国家社会科学基金项目"明清白话文献与吴语语法专题比较研究"
（18BYY047）研究成果

国家社会科学基金重大项目"晚明以来吴语白话文献语法研究及数据库建设"
（21&ZD301）阶段性成果

浙江财经大学中国语言文学省一流学科、浙江财经大学汉语言文字学
省级重点学科资助项目

明清
白话文献与吴语语法

崔山佳 著

ZHEJIANG UNIVERSITY PRESS
浙江大学出版社
·杭州·

图书在版编目(CIP)数据

明清白话文献与吴语语法 / 崔山佳著. -- 杭州：
浙江大学出版社，2024. 12. -- ISBN 978-7-308-25496
-0

Ⅰ. I207.41；H173

中国国家版本馆 CIP 数据核字第 20245GD061 号

明清白话文献与吴语语法

崔山佳　著

责任编辑	赵　静	
责任校对	胡　畔	
封面设计	林智广告	
出版发行	浙江大学出版社	
	（杭州市天目山路148号　邮政编码310007）	
	（网址：http://www.zjupress.com）	
排　版	杭州林智广告有限公司	
印　刷	杭州高腾印务有限公司	
开　本	787mm×1092mm　1/16	
印　张	45.25	
字　数	1045千	
版 印 次	2024年12月第1版　2024年12月第1次印刷	
书　号	ISBN 978-7-308-25496-0	
定　价	198.00元	

目 录

绪　论

（一）引言

1. 近代汉语与现代汉语共同语

蒋绍愚《近代汉语研究概况》（1994）举有晚唐五代、宋、元三段文字，分别出自敦煌民间文学作品《燕子赋》、宋代哲学家朱熹的《朱子语类》和元代的会话课本《老乞大》，蒋绍愚《近代汉语研究概要》（2017）又举了明代文字，都较接近口语，当时应该都很好懂，但现在读起来会感到困难，时代越往前越如此，这就是近代汉语与现代汉语的差距。清代白话文献离现代汉语时间更近，故王力《中国现代语法》（1943、1944）通过列举《红楼梦》《儿女英雄传》例句，探讨了现代汉语中的好多重要理论问题。以上可见明清白话与现代汉语共同语关系之紧密。

蒋绍愚（2017）指出，因时代不太久远，一些近代汉语的语法现象还会保留在现代方言里，把死的历史资料和活的方言资料结合起来，这将为近代汉语研究注入新的活力，是一种值得提倡的研究方向。

2. 近代汉语与吴语

吴语是汉语的主要方言，也是现代汉语重要源头之一，保存了不少明清白话特征。明末江南资本主义萌芽率先在吴语区出现，吴语区经济、文化发达，明清白话文献作者众多，吴语文献戏曲有南戏、杂剧、传奇。南戏产生于浙江温州，明代有"四大声腔"：江苏昆山腔、江西弋阳腔、浙江海盐腔、浙江余姚腔，除弋阳腔外，其余都在吴语区。王国维在《录曲余谈》中指出："至明中叶以后，制传奇者，以江浙人居十之七八；而江浙人中，又以江苏之苏州、浙江之绍兴居十之七八；此皆风习使然，不足异也。"小说作者也如此，如著名的明代短篇小说集"三言""二拍""一型"[①]，作者都是吴语区人，当时影响很大。据我们目前所掌握的 300 余种吴语白话文献目录来看，白话小说占有很大比例。明清白话虽多用通语写作，但有不少吴语成分。除作为核心内容的小说、戏曲外，另如山歌、弹词、契约文书[②]、宝卷、传教士编写的著作、《圣经》方言译本，也有不少吴语语法现象。对于这些明清白话文献的语法现象，现有的研究少有涉及，值得充分挖掘。如契约文书，

---

① "型"指《型世言》，作者陆人龙，浙江杭州人。

② 近几年来，各地的契约文书在文字学界形成一个热点，特别是研究其俗字、词汇。其实，语法也有值得研究之处。

储小昆、张丽（2021：8）指出："有人把甲骨文、汉简、敦煌文书、故宫明清档案和徽州文书称作近代中国历史文化上的'五大发现'（《徽明》1：前言）。"其实，其他地区的文书也十分重要，也有多方面的很高的价值，语言上的学术价值也很高。

3."普方古民外"立体研究方法

黎锦熙在《比较文法》（1933/1986：19）一书的绪论中开宗明义地指出："比较文法者，一，以本族语之文法与世界其他族语相比较；二，以本族本支语（如汉语）之文法与同族异支之兄弟姊妹语（如藏、缅、泰、苗等语）相比较；三，以标准国语（如汉语之现代北京语）之文法与各地不同之方言相比较：此皆属于语言文字学（英名'Phylology'）之范围；四，以汉语中今语之文法与古文相比较，此可作为'汉语发展变迁史'之一部分，固亦不在语言文字学范围之外，惟在语文教育上颇有偏重应用之意味：本篇以是为主，虽有时涉及外国语文法及方言文法，要为便于说明汉语古今文法之真相计耳。"

这使我们想起在语言学界十分流行的，也是很重要的"普—古—方"三结合的研究方法，其实，黎先生早在 1933 年就已经提出了这种"综合"的研究方法。可贵的是"普—古—方—民—外"五结合的研究方法，比"普—古—方"三结合研究方法更全面，真可谓"真知灼见"，也的确发人深省。

江蓝生先生在《科学挖掘少数民族语言"富矿"》（2012）一文中指出："十年前，我曾谈到自己对新世纪中国语言学的愿景，即逐步实现以下三方面的沟通：第一，语言学内部纵横两方面的沟通。比如古代汉语、近代汉语、现代汉语之间的沟通，方言学与汉语史的沟通，语音学、语法学、词汇学的沟通，汉语研究与少数民族语言研究的沟通，中国境内语言的研究与外语研究的沟通，等等。第二，语言学与其他人文社会科学的沟通。比如与历史学、考古学、文学、哲学、社会学、民族学、人类学等的沟通。第三，语言学与计算机应用研究的沟通。要实现以上三方面的沟通不是易事，但我们别无选择，要想在语言学研究上有大的突破，有新的拓展，就要对语言学研究自身进行革命，就要对语言学研究者特别是未来的语言学家的知识结构提出新的要求。"江先生所说的第一点其实就是"普方古民外"。

唐贤清等先生在《汉语历史语法的"普方古民外"立体研究法》（2018）一文中也提出汉语历史语法的"五结合"立体研究法。2021 年 5 月 25 日，唐贤清先生在西南大学汉语言文献研究所做了"汉语历史语法研究的视角"的讲座。唐先生重申，汉语历史语法可以采用"普方古民外"立体研究法，立足于汉语语法结构的历史演变，利用现代汉语共同语、现代汉语方言、民族语言和境外语言的研究材料和理论方法来解决汉语历史语法研究的课题。"普方古民外"立体研究法为汉语历史语法研究提供了新的视角，拓宽了研究领域，形成"三结合"，即把历史语言学与语言类型学等相关理论结合起来，把文献研究与田野调查结合起来，把共时研究与历时研究结合起来，从而助推汉语历史语法研究的发展。对于"普方古民外"立体研究法的研究思路，唐先生认为应从三方面进行：（1）汉语历史语法研究与现代汉语方言。现代汉语方言中的一些语法现象可以补充历史语料中用例较少的语法现象，增加其可信程度。（2）汉语历史语法研究与民族语言。许多与汉语有亲属关系的民族语言中保留了不少古代汉语[①]的语法形式，参照民族语言可以为汉语历史语法提供有力证据和更合理的解释。（3）汉语历史语法研究与境外语言。将单个语言的语法演变放到人类语言演变的背景下考察，对其演变模式、机制和动因会有更本质的认识和更深入的把握。对于"普方古民外"立体研究法的研究价值，唐先生特别指出，这是对邢福义先生"普方古"大三角理论的进一步深化与发展。唐先生还指出，"普方古民外"立体研究法的引入打破了"单一语种"的研究模式，更提供了跨方言跨语言的类型学研究范式。

刘丹青先生在《新中国语言文字研究70年》（2019）第六章第五节中指出："提倡从类型学与语言接触的视角出发，把汉语历史语法与汉语方言语法、汉语与周边少数民族语言、汉语与外语语法进行对比的类型学研究。"

值得说明的是，现在有"大华语"的说法。李宇明先生给"大华语"的定义是"以普通话／国语为基础的全世界华人的共同语"［转引自周清海（2016：13）］。而这"全世界华人的共同语"应该包括华人所在地的方言。也就是说，汉语方言的研究视野不仅仅是在国内，势必还要扩大到全球华语区。如陶红印《全球华语语法·美国卷》（2022：31）举有如下的例子："脂肪粒怎么形成的，能不能挤挤掉，会不会有疤痕？"（华人今日网）"来买过几次了，很好。打包的时候把原包装都一起装装进去了。"（生活波士顿网）陶红印（2022：31）认为，标准汉语都不能用重叠形式，只有"V掉""V+趋向动词"格式。其实，汉语不少方言可以用这种用法，吴语更常见。《全球华语语法·马来西亚卷》（郭熙，2022：120）则提到马来西亚不太正式的语体中有"VP先"的格式，这也是随着华人来到马来西亚的汉语方言。

在方言研究中，不仅要研究中国境内的汉语方言，还要研究海外华人社区的汉语方言，这是汉语方言研究的深入与拓展。如本书就注意到肖自辉的《泰国的西南官话》（2016）、陈晓锦等的《泰国华人社区的汉语方言》（2019）中不少有价值的汉语方言语法现象。另外，还有专门的"海外汉语方言研讨会"，2021年11月14日至15日，由泉州师范学院举办了第八届海外汉语方言研讨会；2023年7月14日至16日，由鲁东大学举办了第九届海外汉语方言国际学术研讨会暨首届海洋语言文化建设论坛；并出版8本论文集。我们可以相信，随着海外汉语方言调查研究的逐步深入，肯定会有越来越多的研究成果问世。

（二）近代汉语研究取得辉煌成就

1. 研究范围越来越广

在吕叔湘先生等倡导下，学界对近代汉语语法一些重要问题，如动词与形容词重叠、三身代词、词缀、副词、介词、连词、助词、语气词、述补结构、处置式、被动句、比较

---

① 据我们的理解，应该包括近代汉语。

句、选择问句、语序等有深入研究，对这些语法现象的描写更细致清晰，并注意到语法和语义的联系、各种语法现象之间的联系、近代汉语语法和方言语法的联系、近代汉语语法与蒙古语等的语言接触等。近几年来，又有与其他民族语言尤其是南方民族语言的接触研究。

2. 研究队伍逐渐壮大

在蒋绍愚、江蓝生等先生带领下，一批中青年学者迅速崛起，一大批博士、硕士参与研究，研究的队伍蔚为壮观。现代汉语共同语、现代汉语方言、民族语言、外语等研究语法化等的学者也把视角转向近代汉语语法。

3. 研究不断深入

3.1 理论色彩日益浓厚

以解决实际问题为研究目标，不空谈理论，是近代汉语语法研究的优良传统。但现在理论色彩日益浓厚，如借鉴语法化、类型学、语言接触、认知语言学等，渐渐成为新的增长点，对语法现象的解释更深入，注意到语法演变的动因和机制以及所产生的影响，总结语言演变的规律。语法化研究成果尤丰，影响渐大，为语言学重要学术品牌。

3.2 研究方法有特色

如纵横比较、定量分析等，尤其是突破共时局限、联系汉语史来分析解释现代汉语共同语或方言或民族语言等，成绩令人瞩目。

3.3 研究成果丰硕

有断代研究、专书研究、专题研究等专著，类型众多，不胜枚举，硕士、博士学位论文数不胜数，近代汉语语法在语法研究中的比重越来越大。由吴福祥等主编的《语法化与语法研究》（商务印书馆）已经出版了 11 辑。近几年来，单是近代汉语语法专著就有不少，如《后期近代汉语方言处置式类型学考察》（张俊阁，2016）、《近代汉语有标记被动句研究》（郑宏，2017）、《近代汉语因果句研究》（李为政，2018）、《近代汉语象声词研究》（赵爱武，2019）、《近代汉语语用标记研究》（李宗江，2019）、《近代汉语复杂被字句研究》（刘进，2019）、《近代汉语颜色词研究》（赵晓驰，2020）、《〈语言自迩集〉及其近代汉语语料》（宋桔，2020）、《近代汉语句式糅合现象研究》（叶建军，2020）等，都是很有特色的近代汉语语法专著。

3.4 国家社科基金重大项目立项

有一批国家社科基金项目立项，更有至少 8 个国家社科基金重大项目立项，如张美兰"近代汉语常用词词库与常用词历史演变研究"（2011）、李炜"海外珍藏汉语文献与南方明清汉语研究"（2012）、李无未"东亚珍藏明清汉语文献发掘与研究"（2012）、吴福祥"功能—类型学取向的汉语语义演变研究"（2014）、杨永龙"多卷本断代汉语语法史研究"（2014）、石锓"类型学视角下的明清汉语语法研究"（2015）、龙国富"近代汉语后期语法演变与现代汉语通语及方言格局形成之关系研究"（2019）、崔山佳"晚明以来吴语白话文献语法研究及数据库建设"（2021）、陈前瑞"现代汉语源流考"（2022）、史金生"元明清至民国北京话的语法演变与标注语料库建设"（2022）、张美兰"近代北方汉语语言接触演变研究"（2023）等，或为近代汉语语法研究，或涉及近代汉语语法研究。

4. 国外近代汉语语法研究

以上为国内近代汉语语法研究概况。国外近代汉语语法研究也取得了不少成果。（日）太田辰夫、志村良治，（美）梅祖麟，（法）贝罗贝等都是近代汉语语法研究大家，他们的研究为近代汉语语法研究带来新视角和启发。尤其是太田辰夫先生，他是继吕叔湘先生之后致力于近代汉语语法研究的"绝无仅有的一人"，在汉语史研究方面是先驱人物之一，最有影响的两部汉语史著作分别是《中国语历史文法》和《汉语史通考》。《中国语历史文法》由蒋绍愚和徐昌华翻译，朱德熙先生在为《中国语历史文法》中译本所作的序中给予高度评价："此书刊布已三十年，可是到目前为止，还没有哪一部书可以取代它的位置。"

在以上研究中，明清白话文献语法研究是重要部分。

（三）吴语语法研究逐步走向深入

1. 方言研究重要、吴语研究重要

方言研究十分重要。朱德熙先生十分重视方言研究，并大力倡导。朱德熙先生指出："方言语法非常值得研究，无论普通话多么重要，方言本身就值得研究。另一方面，研究方言对研究普通话有极大的帮助。例如三个'的'，在方言中就有反映。研究历史也要研究方言，如'何要走？'就是'可要走？'总之，方言语法研究十分紧要。"（邵敬敏，2020：45）

袁毓林（2014）在给王健（2014）所作的序中指出："记得刚去北大做博士生时，张敏就告诉我，朱先生非常看重吴语，曾经问张敏：'你会说吴语不会？'张敏回答：'不会。'朱先生叹了一口气说：'那太遗憾了。'"以上充分说明，在朱德熙先生心目中，吴语具有十分重要的地位。

2. 研究队伍正在扩大

赵元任《北京、苏州、常州语助词的研究》（1926）既是吴语又是汉语方言语法研究论文的开山之作，《现代吴语的研究》（1928）是中国首部用现代语言学方法研究方言的著作。改革开放后，在朱德熙先生等的大力倡导下，方言语法研究越来越被重视，吴语语法研究也如此，研究者日趋增多，尤其是有为数不少的博士生、硕士生，说明吴语语法研究后继有人。

3. 方言学会与学术会议等

浙江省语言学会方言研究会于2019年成立，并于当年召开第一届年会，有不少吴语

语法研究论文。本该于2020年在杭州师范大学举办第二届年会，后因新冠疫情，延迟至2021年11月在浙江师范大学举办，同样因新冠疫情，再次推迟举办。还有专门研究吴语语法的研讨会也已经举办了4届。2021年本该在安徽芜湖举办第11届国际吴方言学术研讨会，也因新冠疫情延迟至2022年11月在复旦大学举办。

所有这些会议，以年轻学者居多。全国汉语方言学会2021年4月在山东大学举行第21届年会，语法研究是其重要内容之一，而且近年来，语法研究比例在逐步提高。还有专门研究方言语法的会议，比如第10届方言语法学术研讨会于2021年9月在河南大学召开。

中国语言学会2021年4月在浙江大学举行了第20届年会，专门设有"吴语研究工作坊"，内容全是吴语语法。

第5届语言类型学国际学术研讨会于2021年7月在广西民族大学举行，方言语法占有较大比重，笔者参加了3次语言类型学国际学术研讨会，交流的全是吴语语法论文。

需要特别指出的是，浙江师范大学成立了中国方言研究院，院长为著名方言学家曹志耘教授，该院已多次展开卓有成效的活动，如2018年11月26日，中国方言研究院举办第二次工作坊，探讨浙江方言文化资源库的建设问题。2020年10月30日至11月10日，由中国方言研究院主办的2020年浙江方言调查实践活动顺利开展，此次调查的方言是浙江省衢州市龙游县溪口镇灵上村的闽东方言，目前，该村闽语真正使用人口不足300人，属于亟待抢救的濒危汉语方言（《老师人才网》2020年11月13日）。

4. 研究成果渐趋增多

现代汉语语法成果更引人注目，理论色彩浓厚，名作迭出。吴语在汉语方言中成就较大，成果颇丰。英国艾约瑟《上海方言口语语法》（1853初版）是最早的吴语语法著作，也是汉语方言语法最早的著作。一些传教士对吴语语法做了记录和研究，美国睦礼逊（1876）与日本桥本万太郎（1985）也有吴语语法的研究成果。赵元任先生既是研究吴语又是研究汉语方言的国内第一人。

吴语语法研究专著有针对上海、苏州、宁波、海门、杭州等地的方言语法研究成果，如钱乃荣《上海语法》（1997）、徐烈炯等《上海方言语法研究》（1998）、李小凡《苏州方言语法研究》（1998）、阮桂君《宁波方言语法研究》（2009）、王洪钟《海门方言语法专题研究》（2011）、汪化云等《杭州方言语法研究》（2023）。林素娥《一百多年来吴语句法类型演变研究——基于西儒吴方言文献的考察》（2015）从传教士吴语文献角度研究吴语语法，郑伟《吴语虚词及其语法化研究》（2017）是吴语虚词语法化研究，王健《苏皖区域方言语法比较研究》从区域方言视角研究方言语法，吴语语法占较大篇幅，崔山佳《吴语语法共时与历时研究》（2018）对吴语18个语法专题进行了共时与历时的考察，阮咏梅《从西洋传教士文献看台州方言百余年来的演变》（2019）虽不是语法专著，但也揭示了不少珍贵的语法内容。由陶寰主编、盛益民副主编的"吴语重点方言研究丛书"已出版4部：《松江方言研究》（许宝华、陶寰，2018）、《富阳方言研究》（盛益民、李旭平，2018）、

《义乌方言研究》（施俊，2021）、《遂昌方言研究》（王文胜，2023），语法占有一定篇幅。王洪钟等《浙江南部吴语语法专题研究》是教育部人文社科项目，还在打磨中。民族语言参考语法专著已出版了 20 余部，成绩喜人，汉语方言参考语法也有成果问世，如夏俐萍博士的《湘语益阳（泥江口）方言参考语法》（2020）可能是汉语方言参考语法第一部专著。可喜的是，盛益民教授的《吴语绍兴（柯桥）方言参考语法》（2021）也已出版，该书根据语言类型学的参考语法框架，在前人研究和实地调查的基础上，对吴语绍兴市柯桥区柯桥街道方言的语法面貌进行了系统全面的描写分析。全书除绪论外，包括七大部分：音系、词和构词法，名词性短语，动词性短语，小句及其构造，复杂句和复合句，句子的功能类型，语义范畴。该书是国内首批汉语方言参考语法专著之一，是吴语第一部参考语法专著，不仅完整地呈现了吴语绍兴柯桥方言的语法面貌，也为汉语方言学界提供了一个可资参照的参考语法描写框架。以上这些成果显示出吴语语法研究视野宽阔，研究深入。"中国东南部方言比较研究"丛书（5 辑）、《吴语研究》（国际吴方言学术研讨会论文集，10 期）等也有吴语语法研究。吴语各地研究专著有数十部，还有不少方言志，尤其是傅国通等《浙江省语言志》（2015）、徐越《浙江通志·方言志》（2017），语法占一定篇幅。语法论文数量可观，其中有不少硕士、博士学位论文。

值得一提的是，2019 年，浙江大学出版社出版了《浙江方言资源典藏》（第一辑，共16 册），分别是乐清、浦江、丽水、东阳、嵊州、诸暨、衢州、庆元、遂昌、宁波、天台、定海、瑞安、余杭、海盐、长兴。这标志着具有 88 个方言点的《浙江方言资源典藏》研究拉开了序幕。2023 年，《中国语言资源集·浙江》出版，分"语音卷""词汇卷""语法卷""口头文化卷"。语法虽然只有一卷，且以"语法例句对照"的形式构成，但很有价值。

有人认为艾约瑟的《上海方言口语语法》只是一种记录，还算不上研究，但钱乃荣（2014）曾给予较高评价。钱乃荣指出："艾约瑟在 19 世纪观察语言的方法和运用的语言学理论在当时都是领先的。他又在不太长的时间内，悉心调查和准确观察到了上海话及其周边方言的许多重要特点，有不少精辟的论述和独到的见解。他的这部著作为我们保存了上海话语音、语法方面最早的相当全面的语料。这是研究中国方言语法的第一部语言学著作，在准确记录和分析研究方言语料方面也做出了示范，使上海方言和吴语的语言学研究从一开始就迈上了科学高度，跨出了可圈可点的第一步。"［参见钱乃荣（2014：9—12）］西洋一些传教士对吴语做了记录和研究，有语法内容［详情可参见钱乃荣（2014）第一章"主要的传教士上海方言著作评述"］。桥本万太郎《语言地理类型学》也有吴语语法。

5. 国家社科基金重大项目立项

近年来，吴语研究的国家社科基金重大项目立项形势喜人，2019 年，陈忠敏教授的"上海城市方言现状与历史研究及数据库建设"、徐越教授的"20 世纪中叶浙江方言调查资料的整理、研究与数据库建设"立项，2020 年，陶寰教授的"吴语语料库建设与吴语比较研究"、王文胜教授的"浙江濒危汉语方言调查研究及语料库建设"立项，在以上重大项目中，语法研究应该有一定的篇幅。崔山佳的重大项目，既有近代汉语语法研究，又有吴语语法研究。以上立项，也充分证明吴语研究的重要性与必要性。我们相信，这些研究必将推动吴语研究的全面、深入开展。

上面的研究多为共时研究，近代汉语与吴语语法历时比较研究成果还较少，且有的研究范围有限，有的研究对象较单一。明清白话文献的作者籍贯为吴语区者占有很大比例，明清白话文献与现代吴语、现代汉语、民族语、欧化 / 日化语法等的比较研究大有潜力可挖。令人欣喜的是，2021 年，笔者的国家社科基金重大项目"晚明以来吴语白话文献语法研究及数据库建设"（21&ZD301）立项，重点研究吴语语法，且是历时与共时的结合研究，除数据库建设外，共分 4 个子课题，分别是：（1）晚明以来俗文学作品中的吴语语法现象研究。（2）传教士文献中的吴语语法现象比较研究。（3）晚明以来吴语文献与共同语语法比较研究。（4）晚明以来吴语白话文献与民族语言语法比较研究。如果时间允许的话，我们还想进行晚明以来吴语白话文献与汉语其他方言语法比较研究。

（四）学术价值

1. 有利于汉语语法史系统研究，有利于沟通明清白话文献与方言语法的比较研究

完整而系统的汉语语法史应是古代汉语（包括近代汉语）、普通话、方言的语法史。有的近代汉语语法现象共同语消失，但方言留存，如双音节动词重叠中间带"一"（"VP一VP"）、三身代词带前缀等。语法比较研究中体现出来的历时演变研究结合方言是近年学界强调的重要方向。

2. 有利于拓展方言语法研究新领域

明清白话文献与吴语语法研究各自取得很大成绩，但两者结合的比较研究成果相对较少，研究前景广阔。明清白话文献范围广，文体杂，数量大，语法研究有待开垦领域多，如传教士文献、契约文书、宝卷、海外华人社区方言等。如马来西亚有"VP 先"（郭熙，2022：120）。泰国不少华人社区有"VP 先"，有的还有"先 VP 先"（陈晓锦等，2019：522）。

3. 有助于挖掘新事实与揭示新规律

明清白话文献作者的籍贯为吴语区者比例很大，这为明清白话文献与吴语语法比较研究提供了很好的平台，能更好地拓展方言语法研究新领域，发掘方言语法研究新事实与演变规律，深化明清白话文献与吴语语法研究。我们对明清白话文献与吴语语法做较全面深入的专题比较研究后证明了这一点。如：后缀"生"一般认为元代后消失，但明清仍有较多"数量 + 生"用法，现代吴语仍在运用，如"三间生""五堆生"，且有许多变式。有的语法现象发展过程曲折，经历"显—潜—显"，如三身代词带前缀有方言消失后又重现，如江苏苏州方言明清有"是"，以后消失，现在又有第一人称复数"像㑚"，"像"就是人称代词前缀。

（五）应用价值

1. 补语法著作之不足

一些著名汉语教材对"V 一 V"性质有动词重叠与同形动量词的争议，近代汉语与吴语有"V 一 V+ 结果补语"，从补语类型看，结果补语最靠近动词，动量补语靠后，故绝大多数"V 一 V"是动词重叠，"V 一 V+ 结果补语"是动词重叠带结果补语，同时，"VV+ 结果补语"也是动词重叠带结果补语。

2. 纠正一些词典的错误

一些近代汉语词典收"做我不着"等，其实"做……不着"是构式，应收"做……不着"才是。"做我不着"等还未词汇化为词。"好 X 不 X"也是构式，有的方言词典收某个"好 X 不 X"词语，似也不妥当。

3. 提高古籍整理质量

一些明清白话文献有断句不对等问题，如"连 V 是 / 递 V"是构式，有的标点为"连 V，递 V"，有的把"连跑是跑"径改为"连忙就跑"，"做……（不）着"也是构式，也有标错现象。产生这种错误的原因是不了解方言语法构式。还有不少戏曲作品中的叹词"的"、指示叹词"哪"也有标错现象。

（六）主要目标

1. 努力拓展语法研究新领域

明清白话文献数量大，文体种类多，小说、戏曲等研究者众，但契约文书、传教士文献等研究者少，这些文献的语法大有开垦的新领域，如宁波（奉化、慈溪）契约文书中的量词"爿"所指对象有所扩展，且"爿"可与其他量词并用，同是浙江的松阳的契约文书中就不见量词"爿"，全国其他地方的契约文书更未见，充分显示了契约文书独特的方言语法价值。海外华人社区方言语法也应纳入研究的视野。还有古代对外汉语课本，如陈泽平教授的《〈琉球官话课本三种〉校注与研究》（2021），其中也有一些珍贵的语法材料，如有不少述补结构组合式"A 得紧"等。《全球华语语法·美国卷》中有动词重叠带结果补语与趋向补语的用法（陶红印，2020：31）。

2. 充分挖掘新语料

称谓语"两爹 / 娘"是独用型，量词"爿"用于田地、山林、墙、桥、毛巾等，小称后缀"细"，XX+ 动，数量 + 生，好 X 不 X 等，都是难得的为普通话所无或其他方言不用或罕见的用法。还有连词"为因"，瑞典著名汉学家高本汉认为"为因"等明代白话小说中使用的词语在《红楼梦》中已经消失，其实，《红楼梦》后的清代白话文献中仍有运用，且在现代方言中还有使用，宁波（奉化）契约文书中也有用例，尤其是贵州清水江契约文书中用例更多，目前已搜集到200余例，"为因"是清水江契约文书表示因果关系的连词中使用频率最高的。不同地域的同一种性质的文书，在用词上居然具有相通性，这是十分奇怪的。

3. 从类型学、语法化等角度揭示重要价值

将明清白话文献与吴语语法结合起来研究，使类型学、语法化、接触语言学、认知语言学、方言地理学等研究的视野更广阔，为这些理论研究的发展、完善做出汉语的贡献。汉语方言的形容词"AXA"重叠式有数十种之多，颇具类型学价值。南方民族语言中也有一些形容词"AXA"重叠式，既有与汉语方言相同之处，也有自己的特色，有的可能是语言接触，有的则有其他原因。

（七）思路方法

1. 本专著研究的基本思路

明清白话文献与吴语语法研究已获不少成果，但因文献极为丰富，尚有许多研究空白。本课题研究的基本思路是：

（1）以明清白话文献为立足点，重点是吴语。明清白话文献数量大，文体种类多，有小说、戏曲、弹词、民歌、宝卷，也有契约文书、传教士文献等，工作量大，要充分利用大数据。

（2）同时，不少内容还涉及现代汉语共同语、其他方言与南方民族语言，要做到多方面结合研究。

2. 具体研究方法

2.1 历时研究与共时研究相结合

历时重在演变，共时重在比较异同。在语法研究中，要着重以下几点：

（1）有的语法现象从少到多；有的现象从多到少，渐趋消亡。

（2）有的语法现象在现代汉语共同语中消失，方言仍存；有的语法现象有人认为消失，其实仍有；有的语法现象消失，但以其他形式发展。

（3）有的语法现象有人认为现代才有，其实明清已有。

（4）有的语法现象与北方方言具有对应关系。

（5）有的语法现象发展过程曲折，经历"显—潜—显"不同阶段。

（6）有的语法现象随着人们的迁徙，也从此地迁徙到彼地，更有的从中国迁徙到了国外。

（7）重视传教士文献。他们要传教，而传教的对象多为文化水平不高的人，有的甚至

是文盲，所以只能忠实地记录当时、当地的口语，有的为书面记录所首见。

（8）有的语法现象通过对外汉语教材形式传播到其他国家，如元明清的《老乞大》《朴通事》等，清代如《琉球官话课本三种》（《官话问答便语》《白姓官话》《学官话》）。

2.2 详尽描写与理论解释相结合

理论主要有类型学、语法化，兼及接触语言学、认知语言学、方言地理学等。

2.3 文献调查与实地考察相结合

注重白话文献，旁及其他文献，包括明清笔记，实地调查一些重点方言。

（八）特色与创新

1. 学术思想的特色与创新

1.1 努力挖掘文献

本研究的重点是明清白话小说、戏曲，也关注弹词、民歌、契约文书、传教士文献、宝卷等。传教士文献所提供的自然口语的准确度为同时代其他文献资料所不可比拟的，是研究 19 世纪后半期至 20 世纪初期汉语方言自然口语最有价值的资料，如有不少"数量＋生""V 得＋程度副词"等的记载。有的甚至是汉语首见的语法现象，如"A 得猛"、量词重叠"A 加 A"等。

明清戏曲也有待深入挖掘之处，我们仔细阅读廖可斌先生主编的《稀见明代戏曲丛刊》（8 册）后，搜集到不少珍贵语料，充实了本书的内容。

1.2 加强理论色彩

借鉴类型学、语法化、接触语言学、认知语言学、方言地理学等理论，尽可能用这些理论进行合理解释。宋代的"V 一 V"，一是表实际计量动作次数，"一"是同形动量词用法；二是表动作次数少、持续时间短、程度轻，是动词重叠。到明代，"V 一 V"由宋代的句法性的动量结构重新分析为形态性的动词重叠，是语法化的结果。明清白话文献形容词"AXA"重叠式、量词"AXA"重叠式只有几种形式，到了现代，各地方言多达几十种，呈现象似性；南方民族语言的形容词与量词也有"AXA"，有的显示语言接触，有的有平行发展的可能。

2. 学术观点的特色与创新

2.1 明清白话文献与吴语语法研究有独特价值

明清白话文献丰富，类型多，很有研究价值，方言中有不少现象能在明清白话文献中找到源头，如"XX 动"。吴语亲属称谓独用型很有类型学价值，如"两老头_{夫妻俩}"是丈夫隐含了妻子，"两老太婆_{夫妻俩}"则是妻子隐含了丈夫。吴语后置状语现象较多，因为常用，有的早就词汇化了，如"夜快"至少清代已经从"V 快"（后置状语或黏合式述补结构）词汇化为时间名词。

2.2 注重动态研究与历时层次

汉语几千年发展未曾出现重大断裂，是自古至今连贯的过程，探索汉语发展的来龙去脉，寻求其演进、变化种种规律，是汉语史中最引人入胜、最有价值的课题。这种纵向研究的许多问题须经近代汉语尤其是明清阶段才能圆满解决。语音、词汇有历时层次，语法现象也有历时层次，比如普通话"再吃一碗"，有的方言有三种说法：吃碗添→再吃碗添→再吃碗，呈三个层次：方言说法→框式状语→共同语说法。

3. 研究方法的特色与创新

3.1 运用新的研究视角

本研究特别注重明清白话文献到现代吴语的历时演变与比较；文献主要是白话小说、戏曲，兼及其他多种文体，尤其是传教士文献，而吴语区域又是传教士的主要传教地，留下了大量的口语文献材料。

3.2 注重对比与定量分析

本研究既有明清白话文献与吴语语法比较，又有吴语与普通话及其他方言语法比较，如吴语有"两爹父子/女俩"等独用型，与北方有的方言"爷俩"等语义有联系。还有与南方民族语言的比较，即注重"普—古—方—民"四结合研究方法。定量分析能有效区分典型范畴核心成员与边缘成员，如"数量＋头"用于钱是典型用法，用于其他则是非典型用法。

人称代词加前缀

（一）晚唐五代白话文献的"是"+人称代词

近代汉语早期的名著《敦煌变文集》《祖堂集》《古尊宿语录》《五灯会元》等晚唐五代白话文献有"是"+三身代词用法。日本著名学者太田辰夫所编的《〈祖堂集〉口语语汇索引》里有"是我、是你、是渠"等词目，可以看出他早已注意到这种现象。中国学者吕叔湘（1985/2017）、袁宾（1990，1994）、刘坚等（1992）、蒋礼鸿（1994）、张惠英（1995）、吴福祥（1996）、曹小云（1996）、江蓝生等（1997）、张美兰（2001）、蒋绍愚等（2005）、陈明娥（2006）、蒋宗许（2009）、温振兴（2010）、曹广顺等（2011）、崔山佳（2018a）等都曾做过考察。

刘坚等（1992：276）指出："值得注意的是，在唐五代时期白话成分较多的文献里，又可以看到在某些疑问代词和三身代词前面加'是'的用法，前者如'是谁'、'是底'、'是物'，后者如'是我'、'是你'、'是他'。据我们看来，用在这两种代词前面的'是'，原本是系动词；在前面加上'是'，是为了加强疑问代词的疑问语气和加强三身代词的指示性。"刘坚等（1992：281）认为："从文献资料来看，这种特殊的代词前缀通行的时间并不长，似乎仅限于唐五代时期——约八至十世纪前后。"

蒋宗许（2009：142）认为，"是"缀主要用在疑问代词或三身代词之前，通行于唐五代，宋以后渐次落寞。其实，明清时期的白话文献中也有许多，下文要谈到。蒋宗许（2009：142）指出："在现代汉语中，已不见'是'为前缀的痕迹。"普通话中是不见，但吴语、徽语、客家话等方言中还顽强地存在着。蒋宗许（2009：142）认为，张美兰（2001）、曹小云（1996）研究以为，"是"缀在宋代的禅宗语录中偶有用例，大致如此，但上边的例证似可见此说未必周延，"是"作前缀是口语中的现象无疑，但不一定只局限于禅宗语录。或许只是相关语料太少或我们未曾发现。如：

（1）杨坚举目忽见皇后，心口思量："是我今日莫逃得此难？"（《敦煌变文校注·韩擒虎话本》）

（2）我缘今日斋去，是汝且与我看院。（《敦煌变文校注·难陀出家缘起》）

（3）（白庄）问远公："是你寺中有甚钱帛衣物？须速搬运出来。"（《敦煌变文校注·庐山远公话》）

（4）相公道："是他道安是国内高僧，汝须子细思量。"（《敦煌变文校注·庐山远公话》）

（5）"和尚此间还著这个人不？"师云："是我这里别有来由。"（《祖堂集》卷1）

（6）师云："……到这里不分贵贱，不别亲疏，如大家人守钱奴相似，及至用时，是渠总不得知东西。……"（《祖堂集》卷 2）

（7）当用无用，如啐啄之机，是他上上之流始得。（《祖堂集》卷 3）

（8）是你远来大艰性，还将本来不？（《祖堂集》卷 3）

（9）又潜谓（曹彬）曰："但只要归服，慎勿杀人。是他无罪。只是自家着他不得。"（《宋朝事实类苑》卷 1 引《丁晋公谈录》）

（10）德山宣鉴禅师，鸿山问众足："识遮阿师也无？"众曰："不识。"鸿曰："是伊将来有把茅盖头。骂佛骂祖云。"（宋·曾慥《类说》卷 20）

（11）是我三年不死，这般灭胡种底，一斧打折脚。（《古尊宿语录》卷 15）

（12）是你每日把钵盂吃饭，唤什么作饭？（《古尊宿语录》卷 16）

（13）乃曰："一只圣箭直射九重城里去也。"师曰："是伊未在。"（《五灯会元》卷 7）（蒋宗许，2009：140–142）

《敦煌变文集》《祖堂集》《古尊宿语录》《五灯会元》等与佛教（尤其是禅宗）有关，例子较多。其他如《宋朝事实类苑》是宋代史料辑集，《丁晋公谈录》是宋代中国文言琐谈小说，它记录北宋真宗时宰相丁谓（封晋国公）言谈，宋·曾慥的《类说》是笔记。

刘坚等（1992：277）还举有"是"用在疑问代词前的例子，如：

（14）薛道衡聘陈，为人日诗……南人嗤之曰："是底言！谁谓此虏解作诗！"（《隋唐嘉话上》）

（15）摘荷空摘叶，是底采莲人！（张祜《读曲歌》《乐府诗集》卷 46）

刘坚等（1992：277–278）指出，"如果说这两例中'是底'的'是'解作系词也说得通的话，那么下面一例'是底'的'是'就完全不能解作系动词了"，如：

（16）当初缘甚不嫌，便即下财下礼，色（索）我将来，道我是底！（《龂龂新妇》《敦煌变文集》858）

刘坚等（1992：278）分析道："这是新妇对公婆发的牢骚话，说是：当初你们为什么不嫌，下财下礼把我娶了过来，现在还说我干什么！'是底'的意思就是'底'——什么，'是'字已虚化，'是底'应看作一个词。"

蒋绍愚等（2005：76）指出："'是'缀是唐五代新兴的代词前缀，用于三身代词及某些疑问代词前，增强指示性或疑问语气。太田辰夫[①]、吕叔湘（1985）、袁宾（1990）较早注意到'是'的这种用法，江蓝生（见刘坚等，1992）则对'是'缀的用法、功能和来源有过专门讨论。"如：

（17）是谁如此解会？（《祖堂集》卷 12）

蒋绍愚等（2005：76）指出，"江蓝生认为疑问代词'是物（勿、没）''是底'的'是'也是词缀"，如：

（18）唤作是物？……不唤作是物？（《神会语录》）

蒋绍愚等（2005：77）又指出，"元明文献中'是'缀已属罕见。曹小云（1996）发现

---

① 有一个注释：太田辰夫的《〈祖堂集〉口语语汇索引》编于 1962 年。

《西游记》中有少数用例，但限于第一、二人称代词前"。

晚唐五代的前缀较为单一，据目前材料可见，只有"是"。但可以用于疑问代词前为后代所未见或罕见，如"是底""是谁""是物"。

（二）明清白话文献的"是／自／贼"＋人称代词

1.《金瓶梅》的"自"＋人称代词

张惠英（1995：12-13）指出，明代兰陵笑笑生的《金瓶梅》有"自"放在人称代词前的用法，"自"相当于词头（前缀），有"自我"（见第 46 回）、"自你"（见第 40 回）、"自他"（见第 20 回）、"自伊"（见第 73 回）。第一人称、第二人称、第三人称代词前都可加前缀。

张美兰（2001：123）也认为："'自'作为一个词缀置于代词前，构成'自我、自你、自他、自伊'的结构，用于句首，充当句子的主语与修饰语。"如：

（1）武松道，我行不更名，坐不改姓。自我便是阳谷县人氏。（《金瓶梅》第 1 回）——另如第 15 回、第 46 回（2 处）、第 65 回、第 75 回都有"自我"。

（2）月娘道，教他妈妈抱罢，况自你这蜜褐色挑绣裙子不耐污，撒上点子膙到了不成。（《金瓶梅》第 40 回）——另如第 19 回有"自你"。

（3）婆子道，官人倘然要说俺侄儿媳妇，自恁来闲讲便了，何必费烦又买礼来。（《金瓶梅》第 40 回）——另如第 25 回、第 86 回有"自恁"。

（4）（月娘道）自他媳妇子七病八病，一时病倒了在那里，上床谁扶持他。（《金瓶梅》第 20 回）

（5）自伊师明悟，少其一目，俗名金禅。（《金瓶梅》第 73 回）（张惠英，1995：12-13）

例（1）说的是武松景阳冈打虎的故事，与《水浒传》第 22 回有关联，但《水浒传》的例句是：

（6）武松道："小人是此间邻郡清河县人氏，姓武名松，排行第二。……"

《水浒传》未见"自我"。此前未见"自恁"。"自"与"是"一样，也是前缀，也用于三身代词前面。

2.《西游记》的"是"＋人称代词

《金瓶梅》的前缀是"自"，而《西游记》的前缀是"是"，可能是方言因素。曹小云（1996：48-49）指出，《西游记》有"是我"（见第 85 回），"是我们"（见第 34 回），"是你"（见第 17 回）。如：

（7）行者在旁笑道："这呆子胡说！你若做了贼，就攀上一牢人。是我在这里看着师父，何曾侧离？"（《西游记》第 1 回）——另如第 39 回、第 57 回、第 58 回（2 处）、第 86 回都有"是我"。

（8）问之再三，小妖俯伏在地："……那神仙听见说孙行者，他也恼他，要与我们帮功。<u>是我们</u>不曾叫他帮功，却将拿宝贝装人的情由，与他说了。……"（《西游记》第34回）

（9）行者道："<u>是你</u>也认不得你老外公哩！……"（《西游记》第17回）——另如第19回、第41回、第60回也有"是你"。

《西游记》"是"没有用于第三人称代词前的例子，但有"是+我们"，"是"用于第一人称代词复数前面，这是以前所未见的，如例（8）。

还有比较奇特的是，在称谓语前面也可加前缀"是"，如：

（10）行者袖中取出个简帖儿来，递与三藏道："……<u>是老孙</u>就把那小妖打死，变做那老和尚，进他洞去，骗了一钟茶吃，欲问他讨袈裟看看，他不肯拿出。……"（《西游记》第17回）——另如第20回、第26回（2处）也有"是老孙"。

（11）妖精叩头道："小孙前夜对月闲行，只见玉华州城中有光彩冲空。……他定要看看会去，<u>是小孙</u>恐他外面传说，不容他看。……<u>是小孙</u>急取四明铲赶出与他相持，问是甚么人敢弄虚头。……小孙一人敌他三个不过，所以败走祖爷处。……"（《西游记》第89回）

"是"用于称谓语前也为此前所未见。

3. 清代白话文献的"是/自/贼"+人称代词

石汝杰等（2005：554）收"是俚"："<代>同'俚'。他。是，是前缀。"如：

（12）倷阿晓得<u>是俚</u>叫做况青天？倷要端正介两句说话回俚，勿要临时说勿出哉。（《十五贯弹词》第11回）

石汝杰等（2005：554）收"是你"："<代>你。是，是前缀。"如：

（13）罢哉，<u>是你</u>七七八八要上天个哉。（《缀白裘》第9集第1卷）

（14）<u>是你</u>道是会做奢针线哉了，忘记子小时节齍垄哉。（《审音鉴古录·荆钗记》）

石汝杰等（2005：554）收"是我"："<代>我。是，是前缀。"如：

（15）既然贴端正末，得罪大老官，<u>是我</u>关门哉，新年里再见罢。（《三笑》第21回）

（16）我张大官人薄薄里要点体面勾了，弗要吊牢子弗肯放，<u>是我</u>就甩杀子勾嗟！（《缀白裘》第10集第3卷）

石汝杰等（2005：554）收"是我里"："<代>我们。是，是前缀。"如：

（17）（付关门念佛介）<u>是我里</u>阿要唱介个喏拉哈吓？（净）使得个耶。（《缀白裘》第9集第1卷）

石汝杰等（2005：554）收"是吾"："<代>我。是，是前缀。"如：

（18）世时艰难，全凭拆拆单，三日没生意，肚皮要饿瘫。（白）<u>是吾</u>吴松年便是。（《白雪遗音》第4卷）

（19）王母娘娘蟠桃三千拨一只，<u>是吾</u>吃过七八百。（《吴下谚联》卷1）

石汝杰等（2005：554）收"是吘"："<代>你。是，是前缀。"如：

（20）吘若是弗阴弗阳，<u>是吘</u>个儿儿子呵，晏点进子戏房，眉毛根才捎吘个下来趷

吓!（《缀白裘》第 10 集第 3 卷）

（21）呒出来，大老官，呒乌居休想天鹅肉。是呒故宗戏腔，想新科状元做女婿，真正好勿色豆。（《六美图》第 17 回）

还有"是"放在"你我"前面的例子，这种说法为此前所未见，也为现代方言所未见。如：

（22）蕙娘又道："是你我这样偷来偷去，何日是个了局？……"（清·李百川《绿野仙踪》第 82 回）

（23）次日早在畅春园，达摩肃王说："顾焕章，你早来了好，来，来，来！咱们比比看，是你我哪个有本事。……"（清·姜振名、郭广瑞《永庆升平前传》第 23 回）

据石汝杰（2006：209），《缀白裘》还有"贼唔"的说法。如：

（24）我没那呢？——贼唔么，吓，有里哉。 我怎么办呢？你吗？啊，有了。

石汝杰（2006：209）指出，在清代的弹词《三笑》里人称代词有词头"自"。如：

（25）大老官想想介，自我勒里想吃海味吓。（第 33 回）

《缀白裘》人称代词也有词头"自"。如：

（26）自俚除了当今皇帝，还怕罗个来？ 他除了当今皇上，还怕谁来？

以上可见，人称代词有好几个，既有单数，又有复数，如例（17）的"是我里"，还有"你我"，如例（22）、例（23）。前缀多用"是"，也用"自"，"贼"只是偶尔用之。

与此前相比，"是俚""是我里""是吾""是呒""贼唔""自俚"等说法都是新产生的，显示出人称代词带前缀一直在演变着。

石汝杰（2006：209–210）指出，Edkins（1868：102）也称：上海单音节代词常常用"是"（'zz）填补空位。例子为"是我""是伊""是其"等。实际上这样的语法现象至今还存在。如上海市川沙县（已撤销，1993 年成立了浦东新区，撤销了川沙县）东部地区老派方言所有的人称代词都还有词头"贼"（入声），江苏昆山县（现为昆山市）与上海嘉定县（现为嘉定区）的交界地区也有把"我"说成"是我"的现象。这说明这种语法现象的历史很长，分布范围也比较广。

4. 清末传教士文献的"是／自" + 人称代词

4.1《上海方言口语语法》等的"是／自" + 人称代词

（英）艾约瑟（1868/2011：119）指出，当代词仅为一个字时，空缺的位置常由"是' zʅ"来填补。如：

是我　　　' zʅ ' ŋu（我）

是伊 是其　' zʅ i ' zʅ ʤi（他）

是那众人　' zʅ na ' tsoŋ ' ȵiɤ（你们所有人）

（英）艾约瑟《上海方言词汇集》（1869）有"是其他""是伊他们""是其他们"。

（法）无名氏《松江方言练习课本》（1883）有"是伊 [zeʔ-i]他""是其他""是呢""是那他们"。

（27）学生子当中，那里一个最好？——嗯，是是伊，规矩也好，用心也用心。（《松江方言练习课本》第 315 页）

4.2 《宁波方言字语汇解》的"是"+三身代词

《宁波方言字语汇解》（以下简称"《汇解》"）为美国旅甬传教士睦礼逊（William T. Morrison）编著，朱音尔、姚喜明、杨文波校注，游汝杰审订，2016 年由上海大学出版社出版。"出版说明"指出："本书记录了 19 世纪中后期宁波方言的语音、词汇、语法和大量自然口语语料，用于帮助当时初到宁波的外国人了解和学习宁波话，同时也对后人研究宁波方言历史面貌和演变有重大参考价值。"事实确实如此，《汇解》不但有很高的词汇价值，也有很高的语法价值。如第 216 页有"是其"，前面有"其"，第 230 页有"是我"，前面有"我""我自"，第 305 页也有"我自"。这说明清末宁波方言也有"是"+三身代词。

4.3 《土话指南》的"是 / 自"+人称代词

张惠英（1995：13）认为，人称代词而缀词头的，在汉语方言中很少见。今吴语一些地区仍保持"自"或"实"作人称代词词头的说法。先看 1908 年法国天主教上海土山湾慈母堂第二次印的《土话指南》，其中"自我（亦作'是我'）、自侬、自伊（是伊）、自泥、自俹"等说法见得极多。如：

（28）自我我伊就勿敢碰个。若使碰起我来味，一把揪牢之，拨伊一个勿壳涨，让伊吃得苦头来，响亦响勿出。（上卷第 12 页）

（29）个装生活，包拨自侬侬，生拉比别人便宜点。固是自然，若使包拨我做味，勿但比别人便宜百千两银子，就是生活，亦坚固新拉。（上卷第 27 页）

（30）伊要个，是我我亦无啥勿可以。（上卷第 33 页）

（31）自伊他写之一封回信，告诉伊屋里人话，勿曾留啥银子。（上卷第 42 页）

（32）照阁下个高见，我去回答伊，省是伊他再来者。（上卷第 45 页）

（33）无啥话勿得，是自泥我们舍亲，认得个朋友，搭别人打官司，舍亲教我出去，替伊拉话拢之罢。（上卷第 48 页）（张惠英，1995：13）

（34）倷话无得哪个收号。到底票子上记拉，自我是自俹搭收拉个味。（《土话指南》第 86 页）

（35）箇付春联，倷虽然勿贴，亦可以放拉，因为是自倷个本色，将来算一件传家之宝。（《土话指南》第 101 页）

（36）老爷，那能晓得，是自伊拉个退票呢？——我伊拉荡取拉个，就是前几日，我到伊拉搭去买物事咾，找拨拉我个。（《土话指南》第 133 页）［转引自钱乃荣（2014：255、275）］

这说明，当时的上海方言"是""自"音同。

4.4 蒲君南文献的"是 / 自"+人称代词

（37）大嫂嫂待自伊个姑娘好像娘一样拉。［（法）蒲君南《上海方言课本》（1939）第 52 页］

（38）我末也几次三番劝自侬搭之教侬书个王先生常庄叮嘱自侬，一眼页无没效验。

《上海方言课本》第 95 页）［以上转引自钱乃荣（2014：254–255）］

（法）蒲君南《上海方言语法》（1941）在对代词的说明中指出：听到"其、其拉"；常听到说来自宁波方言的"阿拉"，正规说话时上层不说；当名词是一个音节时，宁可加一个"自"："自我，自侬，自伊，自其；自佣，自㑚"。（钱乃荣，2014：255）

蒲君南的《上海方言语法》中缺"自伊拉"，疑是因三音节而不用"自"。这一套用法后来逐渐消退，到 20 世纪 50 年代以后已近于绝迹。蒲氏说明：在一个音节词里前可加"自"（第 50 页）。又如：

（39）有个末毛病伊，有个末庆贺<u>自伊</u>，再有个末感谢<u>自伊</u>，到末脚伊末也答复<u>自佣</u>几句说话，勉励自佣咾安慰<u>自佣</u>。（第 95 页）（钱乃荣，2014：256）

5. 晚唐五代与明清白话文献与《土话指南》"是 / 自" + 三身代词的比较

5.1 前缀与人称代词

比起晚唐五代的语法现象来，明清时期有许多变化，一是前缀除"是"外，还有"自"，还有"贼"。

人称代词也多样化，除"我""他"等外，还有"伊""俚""㑚""唔""侬""佣""㑚"等，不仅有单数，还有复数"我们""我里"，还有两个人称代词连用的"你我"。

除《金瓶梅》用"自"外，明清白话文献多用"是"。但 1908 年上海土山湾慈母堂第二次印本《土话指南》多用"自"，如"自我_{少作·是我}、自侬、自伊_{少作·是伊}、自佣、自㑚"等，尤为奇怪的是，多作"自我"，少作"是我"；多作"自伊"，少作"是伊"，即《土话指南》是"自""是"两可，以"自"为多。

5.2 语序的变化

此前的三身代词带前缀基本在主语位置上，到了传教士时期，也可用在宾语位置上，这是语序上的演变。如例（38）、例（39）等。

5.3 方言地理分布

晚唐五代"是"方言范围比明清要狭窄。一般认为，《敦煌变文集》反映的主要是西北方言，但曹广顺（1994：48）认为，《敦煌变文集》并不能保证完全代表西北方言色彩，其中也可能有受当时南方方言影响的宗教文献。温振兴（2010：61）也认为，晚唐五代时期此类"是"主要在当时的南方地区使用。唐代交通发达，南北畅通。《敦煌变文集》中的"是"同时还在北方地区有零星的使用。《祖堂集》五代南唐泉州招庆寺静、筠二禅僧编，全书内容记述自摩诃迦叶以至唐末、五代共 256 位禅宗祖师的主要事迹及问答语句，而以南宗禅雪峰系为基本线索，所以以南方方言为主。《五灯会元》是"五灯"的"会元"，其作者复杂，范围超出吴语区，但也主要反映南方方言。《古尊宿语录》是佛教禅僧语录汇编，其作者也复杂，范围也超出吴语区，也主要反映南方方言。

明清白话文献《金瓶梅》的作者兰陵笑笑生为山东人，方言似属北方方言。《西游记》的作者吴承恩是江苏淮安府山阳县（今江苏省淮安市楚州区）人，方言也似属江淮官话。鲁国尧（1988）指出："我们认为吴方言在古代是北抵淮河的，江淮之间本为吴语的地盘，4 世纪永嘉之乱，北方汉族人民的大批南迁，江淮之间以至江南的今南京、镇江甚至常州、常熟一带为北方话所占领。"鲁国尧（2002：541）又重申了上述说法。袁毓林等（2005：17）也认为，"古吴语的北部边界基本上在古淮河"。袁毓林等（2005：20）指出，一般认为，《金瓶梅》的语言主要是反映山东（尤其是鲁南）方言的。对于《金瓶梅》中出现的这些南方话成分，至少可以有两种解释：有南方人增删添改，混入了吴语成分；当时鲁南方言中就有这些今天只存在于吴语和江淮方言的格式。鲁南距古淮河不远，古吴语对它会有一定程度的影响，五六百年前的鲁南地区应该比现在存留更多的吴语遗迹，上述例句可能就是这种遗迹的证据。

上面虽然说的是《金瓶梅》，但这同样可以用来说明《西游记》的语言状况。所以，明清时期的这些地区有可能留有不少吴语的痕迹，或者受吴语的影响。如动词重叠后带结果补语、趋向补语等语法现象，在吴语中普遍存在，在江淮地区也普遍存在（王健，2014：167）。西周生的《醒世姻缘传》也是如此，一般认为它是山东人所作的长篇小说，但有动词重叠＋结果补语的用法，如：

（40）苏锦衣道："……但则明白，我叫了他的家人，当面与他<u>说说明白</u>。"（《醒世姻缘传》第 5 回）——另第 57 回有"说说明白"。

（41）魏三封道："我也不合他到官，我只拿出小科子来叫列位<u>看看明白</u>，我再把这老私科子踢给他顿脚，把这几件家伙放把火烧了，随那小私科子怎么样去！"（《醒世姻缘传》第 72 回）

《醒世姻缘传》有动词重叠＋结果补语的用法，这是山东方言固有的，还是受吴语等影响，不好轻易下结论。

石汝杰等（2005）所举人称代词带前缀的例子都是吴语作品，如《十五贯弹词》《缀白裘》《审音鉴古录·荆钗记》《三笑》《白雪遗音》《吴下谚联》《六美图》等。

因此，明清时期"是／自我"等的方言分布范围要比晚唐时期广得多，以吴语为多。

（三）现代吴语的"是／自"＋人称代词

吴语的人称代词有前缀"是"等，不少学者考察过。如：艾约瑟（1868/2011）、赵元任（1928/2011）、布尔戈伊（1941）、钱乃荣（1992，2003b）、游汝杰（1995）、陈忠敏（1996，2016）、陶寰（1997）、潘悟云（1998，2001）、钱曾怡（2002）、刘丹青（2003b，2008a）、郑张尚芳（2004）、吴子慧（2007）、陈贵麟（2007）、曹志耘（2008）、张惠英（2009）、王文胜（2012）、吴越等（2012）、施俊（2013，2019）、叶祖贵（2014）、李旭平（2014）、盛益民（2014）、孙宜志（2015）、黄琪婷（2018）、盛益民等（2018）、王霄（2019）、徐越等（2019）、赵翠阳等（2019）等。据目前资料看，是外国学者最早描述这种特殊语法现象，而中国学者是赵元任最早研究。可见，对人称代词有前缀"是"等的考察时间长达100 多年，说明这种语法现象很有特色，很有研究价值。

陈忠敏（1996：62）认为，人称代词有前缀"是"等是北部吴语中很特殊的形式，陈忠敏（1996：63）指出："人称代词带前缀'是'的方言只见于北部吴语的三个地区。它们是：上海地区、湖州地区和临绍地区。"①

其实，浙江西南部的丽水地区也有，丽水属南部吴语，属处衢片。曹志耘（2008：1）认为浙江松阳有"是我"。王文胜（2012：134）认为松阳有"是我""是你""是渠"（他／她／它），三个人称都有；不过，有一说明："松阳话的'我、你、他'中的前缀'是'在口语中有时也会省略。"王文胜（2012：134）又指出，松阳的"我们"也说作"是我"，但你们说作"你些农"，"他们"说作"渠些农"。即第一人称复数前才有"是"，第二、第三人称复数前没有用"是"。

浙江丽水缙云方言也有。吴越等（2012：676）指出：

1. 第一人称单数　　缙云方言的第一人称单数代词，除了"我"，还有一个"[同]我"（[doŋ²⁴/ŋo²⁴]）。"[同]"只是附加词素，没有任何意义和功用。"我"和"[同]我"两者通用，可以互相取代。"[同]我"二字急读，可以合并为一个音：[toŋ⁴¹]，意义不变。

2. 第二人称单数　　缙云方言的第二人称单数代词，除了"你"，还有一个"[定]你"（[den³²/nɪ³²]）。"[定]"只是附加词素，没有任何意义和功用。"你"和"[定]你"两者通用，可以互相取代。"[定]你"二字急读，可以合并为一个音：[ten⁴¹]，意义不变。

上面所说的"附加词素"，就是我们所说的前缀。缙云方言第三人称前无前缀。而且第一人称与第二人称的前缀音不同，与松阳方言也不同。

陈贵麟（2007：14–15）也提到缙云方言的人称代词前缀。陈贵麟（2007：14）认为，人称代词第一、第二的单字念法是[ŋo³¹]、[nɪ³¹]，在主事者焦点时加上词头。如第一人称是"□我"[toŋ⁴¹·toŋ³¹]，第二人称是"□你"[tɑn⁴¹·nɪ⁴¹]。这个词头绝不出现在第三人称之前。并认为"党"字可作为这个词头的本字。陈贵麟（2007：15）认为，至于缙云西乡方言第三人称没有前缀"党"，或许是已经消失，造成偶然的空缺（gap）。

温州方言用表示给予义的动词兼介词"赗"[ha⁴²]作强调代词的标记，如"赗我、赗你、赗渠"（潘悟云，1998：61）。郑张尚芳（2003：356）也指出，温州单复数还都有前加"丐"[老派 kha⁵ 新派 ha⁵]的强调式，"丐"作动词是给的意思，加在代词前虚化为词头，"丐我、丐你、丐渠"相当于近代汉语中的"阿我、阿你、是我、是你、是渠"（现在北部吴语"是我、是尔"等还说，但"是"常促化为[zəʔ]）。温州代词复数也可说"丐我侪、丐你侪、丐渠侪，丐我大家人"等，赵元任《现代吴语的研究》（1928）把"丐"记成"客"（"客五大家人"），这是因为温州词头常读轻声短调，跟"客"很像，依新派则跟"哈"很像了。

温州方言人称代词前缀与缙云方言也不同，这显示出南部吴语不同于北部吴语的复杂性。

---

① 陈忠敏（2016：64）认为，南部地区的婺州片里也发现有"是＋人称代词基式"的形式，不过，已经跟代词的基式合音为一个音节。……除婺州片外，处州片的松阳也有"是＋人称代词基式"的形式（王文胜，2012：134）。温州地区强调式是代词基式前加"丐"（郑张尚芳，2008：236）。可见，陈忠敏（2016）已改变看法。但未提到缙云方言。

施俊（2013：129-130）认为浙江义乌方言也有，而婺州片吴语一般被认为是南部吴语与北部吴语的过渡地带。

据现有的材料来看，人称代词有前缀"是"等的方言点分布如下。

上海吴语：宝山（宝山霜草墩）、闵行、川沙、嘉定、松江、奉贤、金山、崇明。

江苏吴语：海门、苏州、昆山。

浙江吴语：分布范围更广。如：

湖州：市区、长兴、安吉、德清、武康（旧）。

杭州：余杭、新登（旧）、富阳、临安。

绍兴：越城、上虞、诸暨、嵊州。

宁波：市区、奉化、象山。

丽水：松阳、缙云。

金华：义乌。

台州：三门。

温州：市区、瑞安、乐清。

台州三门方言有人称代词前缀"是（zeh）"是最新研究成果。王怀军（2022：332-333）认为，前缀"是"用于代词之前，在三门方言里较为常见，但新一辈较少说。"是"念促化音"实（zeh）"，其在代词前可加可不加，意思不变。

（1）是尔望个辣茄，红来哐好相！ 你看这辣椒，红得多少漂亮！

（2）是尔书拨本我望记无较不？ 你的书给我一本看看可以吗？

（3）是我几时来过爻吟？料横忖不转。 我什么时候来过了？完全想不起来。

（4）是我赢爻，是尔帮人也忒无较用爻。 我赢了，你们这帮人也太差劲了。

因此，"是／自"加三身代词用法既出现于吴语北部地区，也出现于吴语南部地区，如温州、丽水，还出现于过渡地带的义乌和三门[①]，以北部地区为多。从方言地理分布来看，最南端是温州、丽水，最北端是江苏的海门，西部的衢州方言未见描写。

张惠英（2009：180）也认为，"还有少数老人能说'尚我 zã313''尚里我们 zã313·li''甚你 zən313''甚特你们 zən313·də'"。

但奇怪的是，苏州方言历史上有人称代词前缀，后来不见了，几年前又有第一人称代词复数"像伲"的说法，这很少见（史濛辉，2015：118-121）。史濛辉（2016）又有详尽论述，可参看。

张惠英（1995：14）认为，现在吴语口语这个人称代词"自"已讲得不多，但并没有绝迹。今奉贤方言称"你"是"实依"，"你们"是"实俪"。松江方言称"你"是"实奴"，"你们"是"实娜"，"他"是"自其"或"实伊"。浙江的湖州市区、安吉、德清、富阳、长兴口语仍说"自我、实我、自其"等。词头"实"和"自"来源相同，故"自我、实我"可互读。今崇明方言中，一些上年纪的人把"我"说成[zã]（音同"尚"，"自我"的合音），把"你"说成"甚"（"自你"的合音）。所以，《金瓶梅》的"自我、自你、自恁、自他、自伊"

---

① 王怀军（2022：4）认为，台州是南北吴语的交汇之地，台州吴语兼具南北吴语的特点。

显然是吴语方言的反映。吴语没有敬称"恁（您）"，"自恁"是模仿北方话的敬称"您"再加上吴语的人称代词词头及其构造方式配制而成。

（四）徽语与客家话等的"是""等"+人称代词

1. 徽语的人称代词前缀"是"

张惠英（1995：14）认为人称代词有前缀"是"等显然是吴语方言的反映。

其实，人称代词带前缀主要在吴语区运用，徽语也有几个点。据曹志耘（2008：1），浙江寿昌旧既说"是我"，又说"是我农"。（我农～我）安徽的祁门既说"是我"，又说"我"。江西的婺源既说"是我"，又说"是我哩"（我哩～我）。浙江的寿昌（旧）既说"是尔"，又说"是尔农"。

又据谢留文（2014），徽语不但祁门方言和婺源方言有，甚至江西浮梁（鹅湖）方言（方清明，2006）也有，而浮梁（鹅湖）方言一般认为属于徽语，方清明（2006：11）把它归为徽语、赣语的过渡方言。

因此，"是我"等一般是吴语说法，徽语也有，如浙江的寿昌（旧）；安徽的祁门，江西的婺源、浮梁（鹅湖）都属于徽语。这几个方言点靠近吴语区，可能是受吴语的影响，或者说有吴语的底层，也有可能是近代汉语的延续。

谢留文（2014：103）在"提要"中明确指出："本文根据其他徽语方言材料，论证徽语祁门方言第一人称代词'晓 ˉɕɯːɴ'和婺源方言第一人称代词'刷 ˉsoʋ'其实都是'是我'的合音形式。"谢留文（2014：104）指出："江西浮梁（鹅湖）方言（方清明，2006）人称代词单数形式分别是'我 uɔʔɴ、尔 nʌ（原文写作'你'）、渠 kuʌ'，第一人称代词复数形式有排除式'是我尔ₐₘₙₗₗ'和包括式'是我尔大□ [ɕiʌ]ₘₗₗ大家'两种。"谢留文（2014：104）认为："'是我尔'实际读音是'ɕiʌʔɴʌ'，是'是我'ₐₘ+'尔'，具体合音过程是：ɕiʌ+ɽɕeu+nʌ → ɕiʌʔɴʌ。'是我尔大□ [ɕiʌ]'实际读音是'ɕiɔʔɴʌ thaʌɕiʌ'，其中的'是我'也是合音。"谢留文（2014：104）又认为："安徽祁门（箬坑）方言（王琳，2007）人称代词单数形式分别是'我 Aʌ、尔 nʌ、渠 khuʋ'，其中第一人称代词单数还有另一种说法'ʃaːoʌ'，作者记为'是我'，是对的，实际上就是'是我'的合音。具体的合音过程是：ɕiʌ+oʌ → ɕiɔːʌ → ʃaːoʌ。"谢留文（2014：104）指出："'是我'的合音形式 [ʃaːoʌ] 在第一人称代词复数中也可以使用，例如，'是我一些人ₘₗₗ'。"谢留文（2014：104）列有一张表，他指出："从表中可以看出，安徽祁门（箬坑）方言可以用'是+我'的合音形式表示第一人称代词的单数，江西浮梁（鹅湖）方言第一人称代词单数形式虽然不是'是+我'，但是可以用'是我 [ɽɕiɔ]ₐₘ+尔'表示复数形式。"

王琳（2015：157）指出，安徽祁门箬坑方言有人称代词带前缀的现象。箬坑方言的第一人称代词有两种形式——"我"和合音词"< 是我 >[ʃaːo³⁵]"。第一人称的这两种说法主要是新老区别，本地人以"< 是我 >[ʃaːo³⁵]"为主。如：

（1）< 是我 > 是老师。

（2）一家之长是＜是我＞。

表领属时，一般在人称代词后加"个"。如：

（3）乙 ＝ 是 ＜是我＞个书这是我的书。

箬坑方言的人称代词复数形式是在单数形式的后面加上"□ [xũːɐ²¹²]"或者"大家"，如：我□ [xũːɐ²¹²]、我大家、＜是我＞□ [xũːɐ²¹²]、＜是我＞大家、尔□ [xũːɐ²¹²]、尔大家、渠□ [xũːɐ²¹²]、渠大家。

"＜是我＞"可以作主语，如例（1），也可以作宾语，如例（2），也可以作定语，如例（3）。人称代词带前缀作主语的最多，作宾语与作定语的罕见。

2. 客家话的人称代词前缀"等"

奇怪的是，客家话也有。曾良（1993：106）指出，江西赣县方言有"等"作人称代词的前缀："等"是赣县方言人称代词的前缀，没有实义。如：等我、等你、等渠、等我党、等你党、等渠党。也可以不用前缀"等"，意义一样。如"等我来嗒"也可说"我来嗒我来了"，"等渠党在读书"可说"渠党在读书他们在读书"。而不用前缀的用法渐渐占优势，说明前缀"等"有逐渐消亡的趋势。

不管如何，赣县方言的前缀"等"与吴语的"是"等有同样的语法功能，又与有的吴语方言点一样，有逐渐消亡的趋势。

3. 晋语的人称代词前缀"崴"

还有奇怪的是，山西晋中灵石方言的"崴"也有相当于人称代词前缀的用法。"崴我"是"我"的意思，"崴你"是"你"的意思（王丽滨，2017：97）。这样看来，"崴"似乎也是人称代词前缀，但没有第三人称"崴他"的说法。晋中有榆次、介休、祁县、太谷、平遥、灵石、榆社、寿阳、昔阳、左权、和顺11个方言点，只有灵石有"崴"这种特殊用法。当然，"崴"是不是真正的人称代词前缀，还需作进一步考察。

从方言地理分布的角度来看，现代方言人称代词加前缀用法的地理分布多在长江以南，主要是吴语，另外徽语、客家话也有，北方的晋语也有，但方言点很少，只有晋中的灵石。

我们相信，随着方言调查研究的深入，可能还会发现其他方言也有人称代词前缀。

（五）古今比较

关于人称代词加前缀现象，还有几个问题要展开。

1. 前缀有不同写法

明清白话文献较为单一，多用"是"，也有"自"，偶有"贼"。"是"是由系动词语法化而来的。"自"可能在有的方言中与"是"同音。而"贼"则可能是同音的记音字。

现代吴语各地读音不同，前缀有不同写法，如："是""自""实""杂""拾""什""同""定""像""让""贼"〔上海川沙东部地区老派方言所有的人称代词都还有词头"贼"（入声）（石汝杰，2006：210）〕、"赗"[ha⁴²] 等 10 余个。再加上有合音现象，就更复杂。上面所说的大多方言虽然用的前缀不同，但语音上是相似或相近的，只是因为方言的不同，写成不同的字，所有这些都体现了语音象似性特征。"是"等应该是古代文献的延续，但"赗"是动词兼介词语法化的结果。（潘悟云，1998：61），比较特殊。缙云方言的"同""定"来源不清。

长兴方言人称代词前缀一般写作"是"[zəʔ²]，如赵翠阳等（2019），黄琪婷（2018：45–46）认为长兴方言人称代词前缀是"色"[səʔ⁵]。"是"与"色"音较近。但"方言老女""方言青男""方言青女"说到"我"时，有"娘ᵕ我"的说法。如：

（1）我们管点 [gəu²⁴³] 呢，就是讲，哎耶，相骂扒架嘞，邻宿隔壁有点 [gəu²⁴³] 事体白ᵕ色ᵕ倒了嘞，夫妻档里有点个吵架呢也来寻着外ᵕ，阿婆娘娘搭刮ᵕ媳妇吵架叫呢也来寻着我们，打架了，总刮ᵕ鸡毛蒜皮诶，样样事体要寻着居民会诶，个么外ᵕ那介呢，娘ᵕ我当时也介ᵕ想诶：诶，我来了居民会里厢要弄诶，就要弄得好，要弄出点成绩出来么，让自家看看个（"方言老女"，赵翠阳等，2019：130）。

（2）娘ᵕ我个业余生活搭兴趣爱好呢也是比较广泛个，本来呢喜欢打篮球，当然难ᵕ也喜欢，虽然讲吨拨ᵕ格时光打得多，但是也是自家喜欢个之一，礼拜六礼拜天会得搭外ᵕ小朋友一道去体育馆去打篮球，搭人家去竞争，也锻炼身体，本来呢也搭小朋友，一道参加过肯德基个篮球比赛，虽然杂ᵕ末里吨拨端到名次，但是过程还是蛮快活个，大家一道出汗、健身、锻炼身体（"方言青男"，赵翠阳等，2019：148）。

（3）娘ᵕ我从小就勒ᵕ长兴雉城镇长大个，个么接下去呢，娘ᵕ我来讲一讲，娘ᵕ我长兴生活了 35 年，看见长兴发生了点 [gəu²⁴³] 变化，我搭大家来介绍一哈子（"方言青女"，赵翠阳等，2019：153）。

但"方言老男"全是说"是我"（共 12 处），此外，还有"是外ᵕ"（1 处），"是伊"（3 处）。"方言老女"除"娘ᵕ我"（1 处），还用"是尔"（3 处）、"是倷"（1 处）。"方言青男""娘ᵕ我"有 8 处，"方言青女""娘ᵕ我"有 14 处，在"对话"中，"方言青女""娘ᵕ我"有 2 处。

以上的"娘ᵕ"作为前缀，全用在第一人称"我"前面，未见用于第二、第三人称及复数前面。

许宝华等（2020：4552）收"娘你"："< 代 > 你。"方言是浙江湖州双林的吴语，双林是湖州市南浔区的一个镇。与长兴不同，"娘"用于第二人称前。虽然地点有所不同，但湖州方言有"娘"作人称代词前缀是可以确定的。

王霄（2019：14）认为嵊州方言有"实"作为前缀的用法："实"作前缀，一般附加在单数或复数的人称代词前，将单音词变成双音词，有时起强调作用。如：实我、实侬、实伊、实伲我们、实倷你们、实郲他们。但好多人写作"是"，如施俊（2019：111）：倕我们（不包括听话人）、是倕咱们（包括听话人）、倷/是倷你们、郲/是郲他们。但施俊（2019：111）单数三身代词未加前缀。

徐越在《浙江方言资源典藏·余杭》（2019）的"后记"中指出："调查过程中我俩争论时嗓门一个比一个高，为人称代词的单数复数，为一会儿'石 ⁼我'一会儿'属 ⁼我'；开心时笑声一个比一个响，为突然溜出来的一个儿缀词，为顺口冒出来的成语、谚语、歇后语；休息时话题一个比一个多，聊过去聊眼前聊将来，谈家庭谈工作谈兴趣。"可见，就是当地"方言老男"，对人称代词前缀的发音或用字有时也是吃不准的。但最后成文时，还是都写作"是"（徐越等，2019：131-132）。可见，人称代词前缀在余杭方言口语中也有读作"石 ⁼""属 ⁼"的。

2. 同一个前缀，分布地域有跳跃性

如"让"，绍兴有，海宁、湖州_{双林}、长兴_{夹浦}、余杭_{东湖}等地也有（盛益民，2018：246）。又如"像"，宁波市区、奉化、象山有，奇怪的是，现在苏州方言也有"像伲"。同时，这里所说的长兴方言有"让"，与上面所说的长兴方言的"娘 ⁼"音较近。长兴方言既有"是"，又有"让／娘 ⁼"，与绍兴话东头埭土话可以加前缀"是""让"也是相同的。所以，有一定间隔距离的不同方言点有同一种语音的现象。

相比而言，明清白话文献则前缀单一。

3. 三个人称代词分布不均衡

明清白话文献除《西游记》未见第三人称代词带前缀外，人称代词分布一般较为均匀。

现代方言则较复杂。多数方言点三个人称代词都有前缀，有的只有两个人称代词有前缀，有的第一人称缺少前缀，如上海松江，但第三人称有 zʅ⁴dzi⁴/zeʔ⁸ɦi⁴ 两种说法。有的第三人称缺少前缀，如浙江缙云。苏州方言现在虽然也有"像伲"，但只有第一人称代词才有。杭州富阳方言最复杂，它有三套不同的人称代词共存现象。第一套人称代词是简单式，第二套和第三套是强调式。第二套人称代词是在第一套的前面加上一个用以塞擦音开头的音节 /zəʔ/，第三套人称代词有浊化的喉音 /ɦəʔ/ 作前缀（李旭平，2014b）。这也很有特点。如：

表1 富阳方言人称代词的普通式和强调式

人称	第一套		第二套		第三套	
	单数	复数	单数	复数	单数	复数
第一人称	ŋʏ	ɦia-la 或 la	zəʔ-ʏ		ɦəʔ-ʏ	
第二人称	n	na	zəʔ-n	zəʔ-na	ɦəʔ-n	ɦəʔ-na
第三人称	ɦi	ɦia	zəʔ-ɦi	zəʔ-ɦia	ɦəʔ-ɦi	ɦəʔ-ɦia

但不论是第二套还是第三套，第一人称复数都没有前缀，也出现不均衡。

这种情况从标记理论来看，属于不对称现象。人称代词有前缀属于有标记，无前缀属于无标记。有的方言在人称代词带前缀上出现对称与不对称现象。

后来，盛益民等（2018：289）略作改动，即去掉了第三套，有的音也作了改动，如：

表2　富阳方言人称代词的普通式和强调式（新）

人称	第一套		第二套	
	单数	复数	单数	复数
第一人称	我 ŋʊ²¹²	阿拉 aʔ³³laʔ²¹²，拉 la²¹²	是我 zəʔ¹¹/əʔ¹¹ŋʊ⁵³	
第二人称	尔 n̩²¹²	偧 na²¹²	是尔 zəʔ¹¹/əʔ¹¹n̩⁵³	是偧 zəʔ¹¹/əʔ¹¹na⁵³
第三人称	渠 i²¹²	俹 ia²¹²	是渠 zəʔ¹¹/əʔ¹¹i⁵3	是俹 zəʔ¹¹/əʔ¹¹ia⁵³

盛益民等（2018：289-290）指出，就这两套人称代词，其中强调式代词前缀"zəʔ²"的本字应为"是"，"əʔ²"是"zəʔ²"的一种语音弱化形式（陈忠敏，1996：62）。根据李旭平（Li，2015）的论述，富阳方言普通式和强调式代词在句法分布和意义上有一定的区别。顾名思义，强调式代词本身有强调意义，更确切地说，这种强调意义体现为对比性（contrastiveness）。从句法分布来看，强调式代词一般出现在话题的位置，包括主语和前置宾语等。出现在动词后作宾语时，往往需要重音或用于对比句。如：

（4）是尔今年几岁？⁼尔今年几岁？

（5）我搦是渠打勒一顿 ⁼我搦渠打勒一顿。

（6）*我打勒是渠一顿。/ 我打勒'是渠一顿。

（7）*小王欢喜是尔。/ 小王欢喜'是尔。

本维尼斯特（Benveniste）在1946年就指出了一个有趣的现象，即不少语言里的单数第三人称代词的形式和第一、第二人称代词不平行。如匈牙利语和新几内亚语里，单数第一和第二人称代词通常都带有某种人称附缀，而第三人称代词却没有附缀（参见Haiman，1985）。其实类似的现象也存在于上古和中古汉语里，只不过"缺席"的不是语缀，而是干脆作为第三人称代词本身。上古汉语只有第一、第二人称代词，没有真正的第三人称代词；若要指称第三人，只能借用指示代词"彼、其、之"等。近现代汉语的第三人称代词"他"在六朝以前也还是"其他"的意思。这个假设能得到很多语言里事实的支持，如日语、朝鲜语和蒙古语的第三人称代词也来自指示代词，并至今仍与后者同形［参见郭锡良（1980）］。法语、俄语的第三人称代词及英语第三人称代词的复数形式也都是来源于指示代词［参见徐丹（1989）］。由此甚至可以提出一条可能具有普遍意义的假设，即在任何一种语言里，其人称代词系统若存在"三缺一"的现象，所缺的一定是第三人称代词。显然，非零形式和零形式在此的对立反映了非第三人称和第三人称在概念领域里的对立，即第一人称和第二人称是交谈的直接参与者，第三人称则不是。古代阿拉伯语言学家对三种人称的命名正好反映了其实质：第一人称被称为"说话者"，第二人称被称为"听话者"，而第三人称被称为"缺席者"，即第三人称代词语缀的"缺席"象似地反映了概念领域里不参与交谈的第三者的缺席（吴为善，2011：202-203）。如缙云方言第三人称代词就没有前缀。但富阳方言比较特殊之处是，第一人称代词复数都没有前缀，而第二、第三人称代词复数却都有前缀。这与其他方言有很大不同。

4. 人称代词复数

人称代词复数明清白话文献已有，如《西游记》的“是我们”，《缀白裘》的“是我里”，但都是第一人称代词复数，未见第二、第三人称代词复数。

现代吴语不少方言点既有第一人称代词复数加前缀，也有第二、第三人称代词复数加前缀。

赵元任（1928/2011：96–97）所记的松江方言第三人称有“自其赖$_{\text{复数}}$”。赵元任（1928/2011：155）表格中上海松江方言“你们”说成“zeqna 杂那$_{\text{皆音}}$”。

钱乃荣（1992：972–974）记载以下方言点有人称代词复数带前缀现象：宁波方言“象辣 ʑiã^{22}lɐʔ^{5}”、金华方言“自郎 ɕʑi^{22}lʌŋ^{24}”、松江方言“拾拉 zəʔ^{2}lɑ^{34}”、宝山霜草墩话“自茄 zʅ^{21}dʑiɑ^{34}”等，都是人称代词复数带前缀。钱乃荣（2003b）也多次说到人称代词复数带前缀的问题。钱乃荣（2003b：117）指出，奉贤第二人称复数“你们”为[实倻 zəʔ^{2}nɑ^{34}]，第三人称代词复数为[实伊拉 zəʔ^{2}ɦij^{55}lɑ^{52}]/[实拉 zəʔ^{2}lɑ^{34}]。松江方言第二人称复数“你们”为[实倻 zəʔ^{2}nɑ^{34}][实拉 zəʔ^{2}lɑ^{34}]。钱乃荣（2003b：118）指出：第二人称复数，萧塘是“[ɑ^{33}nɑ^{34}/zəʔ^{2}nɑ^{34}]”，邬桥、庄行是“[zəʔ^{2}nɑ^{34}/zɑ^{24}]”，胡桥是“[zəʔ^{2}nɑ^{113}/zɑ^{113}]”；第三人称复数，萧塘是“[gəʔ^{2}lɑ^{34}]”，邬桥是“[zəʔ^{2}lɑ^{53}/gɪʔ^{2}lɑ^{53}]”，金汇是“[ɦi^{22}lɑ^{34}/ʔij^{44}lɑ^{52}]”，光明是“[ʔi^{55}lɑ^{31}]”。钱乃荣（2003b：119）指出：松江方言的“你们”可“[zəʔ^{2}nɑ^{34}/zəʔ^{2}lɑ^{34}]”两读。说明“n”“l”也不分。

游汝杰（1995：45）在附录中说湖州话是——我们：z̥əŋa；你们：z̥əʔ nɑ；他们：z̥ʅdʑia；z̥əʔdʑia。第三人称代词也有两种说法。

游汝杰（1995：45）认为长兴、安吉、德清、富阳话复数人称代词前也有词头。

长兴——我们：ŋa；zəʔŋa；你们：na；zəʔna；他们：la；zəʔ la。

安吉——我们：ŋaʔ；zəʔŋaʔ；你们：naʔ；zəʔnaʔ；他们：dʑia；zəʔdʑia。

德清——我们：zəʔŋa；你们：na；他们：la。

富阳——我们：aʔ la；你们：zɛ na；他们：zɛ jia。

陈忠敏（1996：63）指出，布尔戈伊（1941）记录了20世纪40年代上海市区话不管单复数人称代词都可带前缀“自”（“自、是”同音），复数如自伲、自那、自伊拉。

钱曾怡（2002：275–276）认为，绍兴嵊县（今嵊州市）方言有人称代词复数带前缀用法。第一人称：什□[zəʔ$_{2}$ ˤua]，第二人称：什□[zəʔ$_{2}$ ˤŋɑŋ]，第三人称：什□[zəʔ$_{2}$ ˤiɑ]。

李旭平（2014b）指出，富阳方言的第二人称、第三人称代词复数带前缀形式。

笔者所在学校魏业群同学认为，绍兴诸暨方言国际音标大致是：是[ŋa^{44}]$^{=}$我们、是[ȵa^{44}]$^{=}$你们、是[ga^{44}]$^{=}$他们。

孙宜志（2015）指出，以下方言点也有“自”作前缀用法，如：

金华——咱们：自浪[zi^{24}lɑŋ–^{42}]

澧浦——咱们：自两[zʅ^{242}–^{13}liɑŋ^{533}-^{53}]

鞋塘——咱们：自侬[zi^{353}–^{24}noŋ^{334}–^{21}]

嵊州方言有“侹$_{\text{我们（不包括听话人）}}$”，也有“是侹$_{\text{咱们（包括听话人）}}$”（施俊，2019：111），“我们”

与"咱们"在带不带前缀上有区别。余杭方言是另一种情况——"我们_{不包括听话人}"：伢⁼/是伢。"咱们_{包括听话人}"：（无）（徐越等，2019：131）。因此，人称代词是复数时，有如下的现象："我爸"：伢⁼_{我们}阿伯；"你爸"：是那⁼_{你们}阿伯；"他爸"：是崖⁼_{他们}阿伯（徐越等，2019：132）。

由上可见，单是人称代词带缀，浙江吴语就这么复杂多样。

5. 合音

明清白话文献因全是书面文献，未见合音的描写。

现代吴语中，有不少方言点有"合音"的形式，也显示人称代词带前缀的复杂性。

金山方言的第二人称单数有 zu 和 zəʔ nu 两个并用的词。zəʔ nu 中的 zəʔ 是词头，nu 是"奴"。zu 是 zəʔ nu 的合音（游汝杰，1995：34）。

松江称"你"的"造 [zɔ¹¹³]"就是"实诺 [zəʔ²nɔ³⁴]"的合音，奉贤的邬桥称"你"有两种读法"zu²³"和"zəʔ²nu³⁴"，前者是后者的合音（钱乃荣，2003b：117–118）。

张惠英（2009：181）指出："崇明少数老人自称'尚_我、尚里_{我们}'，称对方为'甚_你、实你_你、甚特_{你们}'。我们以为，'尚'是'自我'的合音，'甚'是'自你'的合音，'实你'是'自你'的变读。"张惠英（2009：181）又指出："宁波话'象我_我、象拉_{我们}'的'象'是'自我'的合音，和崇明话的'尚_我'相对应。"这里我们有疑问：说"象"是"自我"的合音，那么，"象我""象拉"如何解释？难道是"自我＋我""自我＋我们（阿拉）"？

吴越等（2012：676）认为缙云方言有合音："'[同]我'二字急读，可以合并为一个音：[toŋ⁴¹]，意义不变。""'[定]你'二字急读，可以合并为一个音：[ten⁴¹]，意义不变。"

三门方言也有"合音"。王怀军（2022：333）指出，"是"和部分常用代词有合音现象，如"是我⁼zo²、是尔⁼zen²、是何物⁼za²物、是何人⁼zae¹人"等。

关于合音问题，更复杂的是浙江义乌方言和徽语。

施俊（2013：128）在"提要"中指出，"义乌方言第一人称基本式可分为两类：一是'我'类，一是'侬'类。'侬'类包括'是侬'和'我侬'；'我'类包括'我'和'是我'"。施俊（2013：129）指出："我们认为这类第一人称 dʑioŋ⁴ 和 tɕioŋ⁴ 是'是侬'的合音。"

施俊（2013：133）认为义乌方言"是我"有 5 种读音："dʑia⁴、tsie⁵、tsia⁵、dʑiɛ⁴、diɛ⁴。"文章介绍了"是我"经历的音变过程：

dʑi⁴+a⁵ → dʑia⁴（义亭）→ tsia⁵（赤岸周边）→ tsie⁵（杭畴一带）

↘ dʑiɛ⁴（葛仙、陇头朱等地）→ diɛ⁴（下演乡）

施俊（2013：135）指出："通过对义乌方言第一人称单数九种不同读音表现的分析，我们可以较清楚地认识到婺州片吴语第一人称的语源，如金华的孝顺、曹宅、澧浦等地说的'tɕia³'和孝顺地区说'tsia³'均为'是我'的合音，且前者发生了腭化音变。此外，对其他片方言也能提供参考，如严州片的寿昌第一人称单数为'咱 tsa⁵²'（记音字）或'咱侬 tsa⁵²nɔm⁵²⁻³³'，这里的'tsa⁵²'也是'是我'的合音。建德为'党 taŋ²¹³'或'卬 aŋ²¹³'，认为前者为'是侬'的合音，后者为'我侬'的合音。"寿昌和建德也属于徽语区。

孙宜志（2015）说傅村的"我"写作"余 [dʑia¹³¹]"。但孙宜志又认为，施俊博士告诉他，

这 "[ʤia¹³¹]" 可能是合音形式。这是有道理的，因为义乌与金华相邻，义乌有合音形式，金华也是有可能的。

安徽祁门箬坑方言也有人称代词带前缀合音词 "< 是我 >[ʃoːʁ³⁵]"（王琳，2015：157）。

赣东北徽语也有合音情况。第一人称单数读 "□ so/sɐ" 的只见于婺源溪头话、沱川话、紫阳话 3 处方言点，声调都为阳上。"□ so/sɐ" 实际上是 "是我" 的合音，是一类具有某种突出强调意味的人称代词。这 3 处方言点中，"□ so/sɐ" 与 "我" 或 "阿" 并存。但在紫阳话和沱川话中 "□ so/sɐ" 已经较少使用，特别是青年人群已经基本不说。只有在溪头话中 "□ so" 的使用还较普遍。在溪头话中，"阿" 和 "□ so" 的出现环境并不对立，但如果用于回答问话、与他人情况对比等语境中，一般倾向于使用后者。如：

（8）尔到何里去？——□ so²³¹ 到南昌去。

（9）昨日老王钓着一条大鱼，□ so²³¹ 不曾钓着鱼。

（10）车票□ so²³¹ 买好之了，尔不要买嘞。

例句中，"□ so²³¹" 都用于回答问话和与他人对比。这应该是 "□ so²³¹" 依然具有一定的强调意义的体现（胡松柏等，2020：787）。

其余安徽、江西徽语的合音情况可参见谢留文（2014）。

从类型学角度来看，"合音" 与非合音也是类型的不同。

6. 前缀的强调义渐趋淡化

古代文献人称代词前缀是起强调作用。郑张尚芳（2003：356）指出，指代词分基本式和强调式是汉语的古老传统，文言中 "吾：我 | 汝：尔 | 夫：彼 | 胡：何" 的古鱼部歌部对立就起于这种变化，"我尔彼何" 是强调式，后世白话才改用带 "阿、是" 词头表示。温州的 "丐" 也基于这一传统，（闽北邵武话代词都以 h- 起，可能与温州同源）。如果郑张尚芳（2003：356）可信的话，那么，"人称代词" 前缀的方言分布范围还要广。①

刘坚等（1992：276）指出，在前面加上 "是"，是为了加强三身代词的指示性。

但现代吴语不少方言点，人称代词基本式和强调式并用，强调义或指示性有淡化趋势。

曹志耘（2008：1）指出，有的方言既说 "是我"，又说 "我"；既说 "是你" 等，又说 "你" 等；既说 "是渠" 等，又说 "渠" 等，这说明，有的方言 "是我" 等已经没有强调义，与单用的 "我" 等同义，也有可能是受普通话影响。

现在的年轻人就不太使用人称代词前缀。吴子慧（2007：80）认为，绍兴方言保留了古汉语 "是" 加人称代词的模式，但是目前已经用得很少。可以预测，随着绍兴方言代词的不断简化和整合，"是" 作前缀的现象在绍兴方言中将会很快消失，成为历史现象。

不仅绍兴方言，其他方言也是如此。这是一种普遍现象，也是不可逆转的。如苏州市区新派及少数中派所用的 "像伲" [ʑiã³¹n̩i²¹]，只是个例。

---

① 在 2019 年 10 月 13 日山西临汾召开的全国汉语方言学会第 20 届年会上，赵日新教授对笔者说，江西一些方言也有这种用法。

三

"数量＋生"

（一）引言

汉语历史上有"生"作后缀的用法。蒋绍愚等（2005：103）在第三章词缀中说到后缀"生"，认为后缀"生"可用于形容词、名词、动词、疑问代词和副词后，表示情状或样态。此前，张美兰（2001：142）认为后缀"生"可分为形容词后缀、名词后缀、动词后缀、疑问代词后缀、副词后缀5种。雷文治（2002：125）认为，"生"作为后缀有4种形式：（1）形容词的后缀；（2）疑问代词的后缀；（3）近指代词的后缀；（4）副词的后缀。好多学者提到，后缀"生"在元代以后趋于衰落，如蒋绍愚等（2005：107）指出："元代以后'生'缀趋于衰落，前代盛行的'（太）形容词·生'几乎不见，'疑问代词·生'和'副词·生'也主要见于'怎生''好生''偏生'这三个凝固的形式。"石锓（1994，1996）、董秀芳（2011）等持同样看法。杨荣祥（2002：71）也认为现代很多南方方言还保留着一些"X生"形式的副词，如"偏生、怪生、好生"。

其实，后缀"生"在近代汉语还有一种特殊用法，即"数量＋生"，表示与数量有关的某种状态。唐宋萌芽，明清成熟，到现代吴语仍在运用，而且有所发展演变。

关于"生"缀的这种特殊用法，除上举蒋绍愚等（2005）等以外，另有好多研究词缀"生"的学者没有提及，如蒋礼鸿（1981）、刘瑞明（1987）、袁宾（1989）、刘坚等（1992）、刘绪湖（1998）、刘志生（2000）、魏达纯（2004）、冯淑仪（2005）、蒋宗许（2009）、褚立红（2009）、王云路（2010）、周金萍（2012）、刘传鸿（2014）等。

（二）近代汉语的"数量＋生"

近代汉语有"数量＋生"的用法，最早出现于唐代，如：

（1）海鲸露背横沧海，海波分作两处生。（唐·元稹《侠客行》）

不过，刘传鸿（2018：228）指出："石锓（1994：18）、刘瑞明（2006：128）、蒋宗许（2009：219）将句中'生'看作词缀。我们认为'生'乃普通动词，产生义。海波本不存在，因海鲸露背，故分作两处而产生。'波'与'生'的搭配很常见，如唐刘禹锡《杂曲歌辞·浪淘沙》：'流水淘沙不暂停，前波未灭后波生。'《古尊宿语录》卷三七：'问："无风为什么往往波生？"'"刘传鸿（2018：228）认为，"文献中未见'两处生'作为词语的其他用例"。

例（1）中的"生"不是后缀，乃是动词，这是对的。但说"文献中未见'两处生'作

—— 31 ——

为词语的其他用例"是不准确的。如：

（2）若子孙化子孙，财从两处生，财既是<u>两处生</u>，宜两处求，或与人同求，大吉。（明·无名氏《断易天机》第 1 部分）

上例是术数，比较特殊，"财从两处生"的"从两处生"，作"从两处 + 生"理解，是状中结构，"生"是动词，作谓语；而后一句的"财既是两处生"，从下面例子可见，明代"数量 + 生"的"生"已经明显是后缀，我们以为可以作"数量 + 生"理解，"生"是后缀。[①]

从宋代起，"数量 + 生"中的"生"已经语法化为后缀，如：

（3）卦有<u>两样生</u>：有从两仪四象加倍生来底；有卦中互换，自生一卦底。（《朱子语类》卷 67）[②]

如果说以上的"生"有争议，但明代起的例子应该可以确定是后缀，如：

（4）在房中仔细一看，他虽在厢楼上做房，后来又借他一间楼堆货，这楼却与妇人的房间同梁合柱，<u>三间生</u>，这间在右首，架梁上是空的，可以扒得。（陆人龙《型世言》第 6 回）

（5）这田弄得<u>一片生</u>，也不知个苗，分个草，眼见秋成没望了。（《型世言》第 33 回）

（6）红大道："怎的叫石女儿？等我摸。"便一摸去，如个光烧饼，<u>一片生</u>的。（无名氏《一片情》第 6 回）[③]

（7）其妇闻了哭倒在地道："他怎的待我，我忍得丢了去嫁。且有这块肉在此，只当他在一般。你们要我嫁，我就吊死了，与他<u>一块生</u>去。"（桃源醉花主人《别有香》第 4 回）

以上是明代白话小说。明代戏曲也有，如：

（8）我有解，假如新人、新郎，那里是<u>一处生</u>的？（邓志谟《凤头鞋记》第 11 出）

（9）（净）依着你的主意，人也差不多<u>两节生</u>了。（姚子翼《祥麟现》第 12 出）

清代白话小说也有，如：

（10）看见那人是<u>两块生</u>的脸，满面是血，披头散发。（心远主人《二刻醒世恒言》上函第 12 回）

其他体裁的作品也有，如：

（11）揣两个人色<u>一堆生</u>读书格好朋友，有船掣水，水掣船格情意，本来应该互相帮助，妞想到依拨我卖了，真当令我伤心啊。（清·范寅《越谚》）

---

① 刘传鸿教授（微信交流）认为后一个"两处生"承接前句，"生"还是动词。

② 刘传鸿教授（微信交流）认为"两样生"对应冒号后的两个"生"。即"生"也不是后缀。

③ 刘传鸿教授（微信交流）认为此例的"一片生"是"一（两）片生成"的意思。如："众将上前一看，这飞钹合在一处生成，没有痕缝。要想拉开，任你刀砍斧劈，只是不动。"（《薛丁山征西》第 25 回）"然大地本一片生成，而有动不动之异，理尤不可解也。""画眉但患上翅相仿，犹如万选青铜钱。下者飞时有如雀，两片生成已交搭。"（《画眉谱》）（《五杂俎》卷 4）也有"一块生成"的说法，如："见行者不能阻当，八成不知轻重，倘然亵污梵言，其罪不校，即忙抛下菩提数珠一颗，念动法语，将经柜一块生成。"（《续西游记》第 5 回）"若两岸小水，亦自西向东，水底即有石骨硬土，亦是两边龙脚，非渡水也，龙能渡大江大河，不能渡山谷之小溪小涧，即溪涧石骨连片，或如一块生成，亦是两边龙脚相连，并非渡水。"（《山洋指迷原本》）"扯开御封，把双手去揭那篾盖时，却似一块生成全然不动。"（《三遂平妖传》第 1 回）"自此一片起来，四下里慢慢黑云团圈接着，与起初这覆顶的混做一块生成了，雷震数声，甘雨大注。"（《初刻拍案惊奇》卷 39）针对该例来说，"一片生"确有"一片生成"的可能。

（12）春暖百花香，腰骨<u>两秃生</u>。（范寅《越谚》）

上面 2 例是记录当时越地（绍兴）方言的作品。据介绍，《越谚》是一部反映中国清代越地方言、谣谚集的语言文献，《越谚》上卷语言类，辑录谚语、俗语和民谣。分为述古之谚、警世之谚、借喻之谚等 17 组。《越谚》全以记录口头俗语为目的，对于方言、谚语，有一语即记一语，对于歌谣，也完全照口头传唱著录，不避土音俗字，因此保存了越中方言、谣谚的第一手资料。"秃"是量词，记音字，"处"义，现笔者家乡浙江奉化还在说。

（13）当初个航船来得高大，这个曹龙朱客人才是长大汉子，房舱里却坐得下，照式目下这种航船只好做<u>两段生</u>了困个哉！（清·山阴黄子贞松筠《双球珠》第 11 回）

（14）明堂不觉微微醉，脸上红霞<u>两片生</u>。（清·陈端生《再生缘》第 39 回）

上面 2 例是弹词。

北京语言大学语料库（BCC）也有 2 例，如：

（15）师曰："打碎香炉，不分宾主。"又遣问曰："打得<u>几块生</u>？"（清·聂先《续指月录》）

（16）姑姨姊妹<u>一家生</u>，抹粉涂脂把席登。（清·集云堂《宗鉴法林》第 4 部分）

上面 2 例都是禅宗语录。

还有"并排 + 生"的说法，如：

（17）我里介末好像一字长蛇阵能，<u>并排生</u>跪下去。（清·曹春江《合欢图》第 2 回）

（18）众人看了他两个头是<u>并排生</u>的，真是怪不可言。（民国·无名氏《上古秘史》第 91 回）

"并排 + 生"并非"数量 + 生"。"并"是动词，是"合在一起"的意思，确切地说，"并排 + 生"是"动 + 量 + 生"。"并排生"与"一排生"义近，所以，一般还是把它当作"数量 + 生"。

《朱子语类》是朱熹与其弟子问答的语录汇编，方言成分比较复杂，邓志谟是江西鄱阳人，清代的禅宗语录其作者不清楚，其余作品的作者多为吴语区人。

就语法功能来看，"数量 + 生"能作多种句法成分，如例（2）、例（3）、例（8）、例（13）、例（18）作宾语，例（4）、例（6）、例（9）、例（12）、例（14）、例（16）作谓语，例（5）、例（15）作补语，例（7）、例（11）、例（17）作状语，例（10）作定语。

《五灯会元》有一例"生"与数字相结合，其意义是表示事物量的状况，如：

（19）何故？渠无所在，渠无名字，渠无面孔。才起一念追求，如微尘汗，便隔<u>十生五生</u>。（《五灯会元》卷 18）

这一例"生"直接与数字相结合，是"数 + 生"，而绍兴方言"生"与数字之间必须有量词或名词，两者是有区别的（王敏红，2008：75）[①]。其他吴语方言也未见有"数 + 生"用法。据目前所知，"数 + 生"的用法昙花一现，此后未延续下来，属刘丹青（2011）所说

---

① 刘传鸿教授（微信交流）认为"十生五生"估计相当于"十世五世"，"生"也非后缀。我们觉得有道理。在此感谢刘传鸿教授。

的"废"。

石汝杰等（2005：540-541）收有"生"缀的这种特殊用法，"生"义项三是："＜助＞一般用在数量词后，表示这样的组合形式。可作谓语、状语。"此词典把"生"当作助词，我们以为还是当作词缀好。石汝杰（2009：45-46）把"生"就当作后缀处理，认为"数量结构后加上'生'，表示整体由几个部分构成"。后来的白维国（2011）未收"生"的词缀义。但白维国（2015：1923）收"生"的"词尾"义，又分两点：a.用在某些形容词、疑问代词、副词等之后。b.用在某些数量词组之后。例句一是《型世言》第6回，二是《一片情》第6回。

（三）清末传教士文献的"数量＋生"

1.《汇解》的"数量＋生"

《汇解》的"数量＋生"有不少。如：十样生（第261页）、两接生（第334页）、一股生（第455页）、三股生（第455页）、弗是一班生（第499页）、一班生（第501页）。

《汇解》第455页对"一股生"作了注释："绳、线之类的一股。后置的'生'意为'存在，在哪儿'。"注释错误。原因是不知"数量＋生"是一种特殊的用法，吴语不少地方至今仍在运用，如绍兴、宁波、杭州、金华等。据目前所掌握的材料来看，基本在吴语区运用。而且，这种特殊的"生"的用法近代汉语已有运用。

《汇解》第467页对"一种"作了注释："一群。据注音应为'一种生'。"看注音是："ih-tsong′-sang。""sang"就是"生"。同页还有"一种蜜蜂"，其注音是："ih-tsong′-sang mih-fong′。"中间也有"sang"（生），"一种蜜蜂"应是"一种生蜜蜂"。"一种生"也是"数量＋生"。

2. 宁波圣经土白的"数量＋生"

比《汇解》要晚一些的宁波圣经土白也有"数量＋生"，如：

（1）其就会分出两号生，正像看羊主顾分出胡羊山羊介。（《马太福音》25：32）

（2）也弗单只为了一国百姓，还要收集拢箇醒散开间神明个儿子，拨其拉做一个生介。（《约翰福音》11：52）（阮咏梅，2019：188-189）

3. 台州圣经土白的"数量＋生"

比《汇解》晚一些的台州圣经土白也有"数量＋生"，如：

（3）其就会分出两号生，正像看羊主顾分出胡羊山羊介。（《马太福音》25：32）

（4）也弗单只为了一国百姓，还要收集拢个醒═散开间神明个儿子，拨其拉做一个生个。（《约翰福音》11：52）

（5）渠上面像杯，像球，像花，要用金子一块生。（《出埃及记》25：31）另《出埃及记》28：8"有"一块生"，《出埃及记》37：21"有"十块生"。

（6）渠就会分出两号生，像看羊主子分出绵羊山羊。（《马太福音》25：32）

（7）也弗单只为个一国百姓死，也要收集个些散开上帝个儿因拨渠许做一个生。（约翰11：52）

（8）个体里衣裳呒缝，因为从上到下做一件生。（《约翰福音》19：23）（阮咏梅，2019：188-189）

例（1）、例（2）是宁波圣经土白，例（3）、例（4）是台州圣经土白，翻译相同，例（5）、例（6）与例（1）、例（2）、例（3）、例（4）内容差不多，但翻译有所不同。

以上可见，单是宁波、台州两地的传教士文献中就有近20例"数量＋生"，充分证明传教士文献在汉语史研究中的重要贡献。传教士文献所调查的对象是口语性的语言，因此是弥足珍贵的，值得我们好好深入、全面研究。

（四）现代吴语的"数量＋生"

1. 浙江吴语的"数量＋生"

宁波方言有"数量＋生"。朱彰年等（1991：234）收"生"："词缀，多用在数量词后面：两剀～│两隔～│一排～│三股～。"

朱彰年等（1996：61）收"生"，义项二是："＜词缀＞多用在数量词后面。"如：两剀生、两隔生、一排生、三股生。

汤珍珠等（1997：208）收"生"："后缀成分，用在量词后面，构成'数＋量＋生'或'指代＋量＋生'的三字格式。"如"两隔生""四股生""做堆生摆的""西瓜切勒四瓜生"。汤珍珠等（1997：214）收"两瓜生""两样生""两隔生"。

周志锋（2012：227）也提到宁波方言的"数量＋生"："AB为数量词。表示与数量有关的某种状态。"如：一排生、三股生、两架生（屁股跌勒两架生）、两隔生（新妇搭阿婆总归有眼两隔生个）。

朱彰年等（2016）是朱彰年等（1991）的修订版。朱彰年等（2016：309）也收"生"："后缀，多用在数量词后面，表示与数量有关的某种状态：一排～│两隔～│三股～│屁股磕勒两架～│东西做堆～安的。"注释更完整、更准确，从"表示与数量有关的某种状态"来看，认为"数量＋生"是形容词性。又如儿歌："蹲蹲奔进戏文场，屁股会揩两架生，膏药会贴两皮箱。"（朱彰年等，2016：153）"份成三股生。"（朱彰年等，2016：155）朱彰年等（2016：229）收"一排生"："形容并列排在一起：～三只书橱。也说'挨排生''挨面排。'"

余姚方言也有，如肖萍（2011：250）。

鄞州方言也有，如肖萍等（2014：303、308）。

奉化方言也有，如：

（1）子丑寅卯辰未降，东方发白天大亮，百鸟做窠百样生，老鹰做窠高得猛。……百鸟百兽百虫长，各自做窠百样生。[《动物做窠》（陈峰，2017：89）]

绍兴方言也有，如王敏红（2008：74）、盛益民（2021：95–96）。吴子慧（2007：58）也举有例子，如：

（2）勿<u>一堆生</u>去_{不一块儿去}。

杨葳等（2000）也举有不少例子，如：

（3）劈成<u>两爿生</u>。（第 308 页）

（4）春暖百花香，腰骨<u>三截生</u>。（第 392 页）

（5）冤家夫妻颓棕绷，擂眯擂去<u>一堆生</u>。（第 434 页）

（6）铜锣一声响，坐拢<u>一桌生</u>。（第 444 页）

（7）天下十八省，道理<u>一个生</u>。（第 455 页）

杨葳等（2000：311）又收有"一堆生_{一块儿}""两开生_{分处}""三堆生_{作三处分开}""两化生_{球状物，一分二}""四牙生_{球状物，一分四}"。

嵊州长乐话也有，甚至有"样样生_{每一样}""年年生_{每年}"。（钱曾怡，2008：312，313）又如：

（8）俚嵊县家啦啦一般是一个家族聚<u>一堆生</u>吃年夜饭个，所以讲就是以长辈为主，比如讲长辈长哪块，小辈就大家过去，团团圆圆个烧个一桌两桌。（施俊，2019：138–139）

施俊（2019：142）把"一堆生"翻译成"一起"。

诸暨方言也有，如普通话"他家一下子死了三头猪"，诸暨方言是这样说的：

（9）［渠拉］屋里厢<u>一卯生</u>死掉三个猪。（孙宜志等，2019：110）

三门方言也有，用于数量上的一种变化结果。如"一袋分子两袋生_{一袋分成两袋}""斗子一篮生_{凑成一篮}"等，这里的"生"念轻声，也有人弱化促化成入声 sah。（王怀军，2022：363）

杭州方言也有，如鲍士杰（1998：248–249，306–307）。

萧山方言也有，如（日）大西博子（1999：136，138）。

金华方言也有，如曹耘（曹志耘）（1987：92）、曹志耘（1996：179）、许宝华等（2020：1191）。

缙云方言也有，如吴越等（2012：270）。

温岭方言也有，如阮咏梅（2013b：140）。

温州方言也有，如郑张尚芳（2008：99）。

以上是书面上的方言记载。我们曾调查浙江籍的学生，发现"数量＋生"的分布范围更广：湖州（周利丽、吴智敏）、舟山（王诗岚）、镇海（李倩）、余姚（干露）、慈溪（赵开翼）、新昌（梁泽芳）、诸暨（李丹红）、余杭（蒋赛乐）、富阳（侯洁敏、汪利、孙争舸、俞麟靓）、桐庐（高静）、浦江（吴佳文）、武义（韩洁琼）、兰溪（叶青）、嘉兴（范瑶佳）、海盐（杨雪丽）、椒江（许琴樱）、黄岩（黄超玲）、天台（王婷婷）、龙游（陈晓婕）。可参看崔山佳（2012，2016b，2018a，2021）。

2.上海、江苏吴语的"数量＋生"

上海方言也有。汤志祥、褚半农、陈夏青等先生曾对笔者指出，上海方言有"数量＋

生"说法，如莘庄、嘉定等地。^①但李荣（2002）未提及上海方言"生"的后缀用法，游汝杰（2014）也未提到后缀"生"，然而游汝杰（2014：301）在说到量词"样"时指出："'一样生'是'一个样儿'的意思，'两样生'是'不一样'的意思。普通话没有这两个词。"

上海崇明方言也有。张惠英（1993：148）提及"生"：崇明⑦用在数量结构后，构成形容词：一垛～_{笔直一行那样}｜两条～_{像两条那样}。虽然没有说明这是后缀用法，但实际就是后缀。

张惠英（1993：204）收"一垛生"，方言点是崇明，义项有二。一是"一系列"：一垛生乱七八糟个事体_{一系列乱七八糟的事情}；二是"一行"：排队排一垛生。

张惠英（2009：164）提到"生"："'生'用作形容性词尾，多在'一、两、个'组成的相当于量词结构的词末，形容像那个样子。"这里的"词头"是指"前缀"，"词尾"是指"后缀"。如：

（10）几个小囡坐勒<u>一排生</u>_{几个小孩坐成一排的样子}。

（11）营生<u>一摊生</u>做勿完_{活儿多很多做不完}。"一摊／一滩"指很多东西在一起。

（12）沟沿上有<u>一簇生</u>个茜_{沟沿上有一簇一簇的荠菜}。

（13）一张钞票拨夷揪勒<u>一团生</u>_{一张钞票被他揪成团儿了}。

（14）几家新房子起勒<u>一垛生</u>_{几家新房盖成一行的样子}。

（15）夷个人脾气<u>两样生</u>个_{他的脾气跟我们不一样}。

另如"一爿生_{成片的样子}""一条生_{成条的样子}"。

崇明方言还有如下说法：热气蓬生_{热气腾腾的样子}、冷气摊生_{很冷清的样子}、骨棱枝生_{形容肌肉少骨头多的样子}。（张惠英，2009：164）

"热气蓬生""冷气摊生""骨棱枝生"虽然不是"数量＋生"，但也是很有特色的，"生"具有"……的样子"的语义，更具特点。明代戏曲有"闹热蓬生"，如：

（16）（丑）吓。不过是要点儌，好好哩说，儌个<u>闹热蓬生</u>来。小官人，拿个只锭得来。让我咬介一点边来哩，包介一包。哈，拿去。（无名氏《鸾钗记》（五）拔眉）

"闹热蓬生"应该是"热热闹闹的样子"，与崇明方言的"热气蓬生""冷气摊生""骨棱枝生"是同类的。

江苏海门方言也有。王洪钟（2011a：270）在第五章词汇部分的数词、量词部分举有如下例子：一摊生、一团生、一排生、一垛生、一簇生。

以上例子与崇明方言一样。因为崇明话与海门话实际上是同一个方言。

江苏启东方言也有。（由浙江工业大学朱洪慧同学提供）

江苏苏州方言也有，苏州人史濛辉、蔡佞两位先生告诉笔者，苏州方言也有"数量＋生"，如"一样生""两段生"等，但使用频率不高。

从上面的方言地理分布来看，"数量＋生"全属于吴语，以江苏海门、启东为最北部，以浙江温州为最南端，以浙江衢州龙游县为最西部，龙游靠近金华，而衢州市区的姜巧颖同学只介绍了"数量＋头"："一块头／两块头／五块头钞票。"未提及"数量＋生"。又询问

---

① 在参加第 10 届汉语语法化问题国际学术讨论会时，张谊生先生说，上海话没有"数量＋生"。这说明，上海话"数量＋生"不如浙江吴语用得普遍，而且上海市中心的一些区可能用得更少。莘庄、嘉定离市中心有一定的距离。

过笔者指导的王丹丹同学，其家乡是衢州的常山，她说，凭语感，常山方言无此说法。

3. 现当代作品等的"数量 + 生"

朱自清的散文也有例子，如：

（17）船家照他们的"规矩"，要将这一对儿生刺刺的分开；男人不好意思做声，女的却抢着说，"我们是'一堆生'的！"太亲热的字眼，竟在"规规矩矩的"航船里说了！于是船家命令的嚷道："我们有我们的规矩，不管你'一堆生'不'一堆生'的！"大家都微笑了。有的沉吟的说："一堆生的？"有的惊奇的说："一'堆'生的！"有的嘲讽的说："哼，一堆生的！"（朱自清《航船中的文明》）

朱自清先生出生于江苏省东海县（今连云港市东海县平明镇）。但其原籍浙江绍兴。上例前面还有"说得满口好绍兴的杭州话"的话。文中对"一堆生"作了注释："一块儿也。"

浙江作家的小说中也有，如：

（18）这份人家也是，三个儿子三样生，时局真要乱下去，你得给我们作个证，我可没掺和他们杭家的事。（王旭烽《茶人三部曲》上部）

《杭州日报》[来自北京语言大学语料库（BCC）"报刊"] 也有好几例，如：

（19）以前我听杭州一些老人形容一些不三不四的东西，也就是今天我们认为很不到位的东西为："三不像，四样生"或者是"乌不三白不四"，也就是黑不黑、白不白的意思。（《乌不三白不四——说说一些电视娱乐节目》，《杭州日报》2000-12-6）

（20）普通话是要推广的，但千万不要因为推广普通话而使地方戏曲三不像四样生。（《评弹何必说普通话》，《杭州日报》下午版 1997-9-19）

（21）只是好唐诗宋词，学着涂鸦，又每每与格律相悖，成为四不像六样生排列整齐的"死"，遭众人笑。（《愤读记》，《杭州日报》1988-6-20）

北京语言大学语料库（BCC）"微博"也有例子，如：

（22）乡谚："冤家夫妻坍棕绑，翻来复去一堆生。"（微博）

只是不知道此微博的作者是何方人氏，但属吴语区的可能性很大。

浙江的谚语也有，如：

（23）乌大菱壳，余拢一堆生。（《中国谚语集成·浙江卷》第 142 页）

（24）春暖百花香，腰骨三段生。（《中国谚语集成·浙江卷》第 289 页）

（25）铜锣一声响，坐拢一桌生。（《中国谚语集成·浙江卷》第 419 页）

上面 4 例都是绍兴的谚语，从中也可证明绍兴方言"数量 + 生"用法的普遍性。

浙江的歌谣也有，如：

（26）囡儿子呀囡儿子，

等你爹爹回转来，

请来东庄王木匠，

把一间房子隔做五间生。（《中国歌谣集成·浙江卷》第 231 页）

上例是余杭歌谣。

（五）"数量 + 生"的性质与功能

1."数量 +生"的性质

蒋宗许（2009：225）指出："关于'生'缀的作用，学者们曾作过很有意义的探索，志村良治（1984）分析了'太 X 生'，认为这种组合起到了对状态的积极、主观的强调。曹广顺（1995）认为，'生'缀用在形容词后，在原词的意义上增加了强调、夸张的意味；用在名词之后时，它把对人的称呼变成了对人物特征的描写，使这些名词具备了形容词的功能；用在动词之后时，可以把动作变成相对静止的状态，使之具有形容词的性质，用来描摹人或事物的情状，充当描写性谓语。"朱彰年等（2016：309）也认为"后缀，多用在数量词后面，表示与数量有关的某种状态"。①"生"用在数量短语后，也使"数量 + 生"整个结构具有状态，具有形容词性质。即"数量 + 生"的这种特殊用法，是"形容词 / 名词 /动词 + 生"用法的一种扩展。

2.语法功能

从语法功能来看，"数量 + 生"可作补语，如"屁股跌勒两架生""几个小囡坐勒一排生""一张钞票拨夷揪勒一团生""几家新房子起勒一埭生"，"勒"都是结构助词，相当于普通话的"得"；可作宾语，如"新妇搭阿婆总归有眼两隔生个""蹏蹏奔进戏文场，屁股会揿两架生，膏药会贴两皮箱""排队排一埭生"；可作主语，如"一排生三只书橱"；可作定语，如"一埭生乱七八糟个事体""沟沿上有一簇生个茜"；可作状语，如"营生一摊生做勿完"；可作谓语，如"夷个人脾气两样生个"。以上是就现代吴语来说的。可见，就语法功能来看，古今一致。

（六）古今比较

刘丹青（2017b：67）指出："历史比较语言学的方法贡献就在于突破这个限制，而且他们更进一步的研究发现，到了后代，文献里面所记载的语言，反而是比较新的，而更古老的东西，恰好存活在活生生的口语里面。这个倒是孔老夫子早就说过的，'礼失而求诸野'。"

汉语方言的事实确实如此。不过到了现代，吴语的"数量 + 生"又有不少演变。具体有以下几点：

1.数量 + 名 + 生

现代吴语除了有"数量 + 生"外，还有"数量 + 名 + 生"。与"数量 + 生"相比，形式更复杂，即增加了中间的名词。主要分布在绍兴和金华。

---

① 在第十届汉语语法化问题国际学术讨论会上，张敏先生、董秀芳先生也认为"数量 + 生"具有形容词性质。

绍兴方言的例子如：

两本生——两本书生

三样生——三样东西生

四袋生——四袋米生（王敏红，2008：74）

盛益民（2014：121）描述得更细致，在这种结构中，数量短语修饰的名词也能出现。名词能出现在两个不同的句法位置："Num+Cl+N+生"和"Num+Cl+生+N"。这两种结构在语义上没有差别，差别只在句法上：只有当整个结构充当状语时，才会既可以用"Num+Cl+N+生"，也可以用"Num+Cl+生+N"，如：

（1）a. 我作阿兴<u>一个寝室生</u>蹲过嗰<small>我跟阿兴住过同一个寝室。</small>

b. 我作阿兴<u>一个生寝室</u>蹲过嗰。

（2）a. 我作渠<u>两张眠床生</u>困带<small>我跟他睡在两张不同的床。</small>

b. 我作渠<u>两张生眠床</u>困带。

盛益民（2014：122）指出，在其他的句法位置中，都只能用"Num+Cl+N+生"，而不能用"Num+Cl+生+N"，如：

（3）a. 我作渠是<u>两个学堂生</u>嗰<small>我和他是两个学校的。</small>

b. [*]我作渠是<u>两个生学堂</u>嗰。

这也是比较特别的，从而也证明绍兴方言的"数量+生"是比较成熟的说法。

诸暨方言也有，如：

（4）割ᵗ么一记话么，割ᵗ句话传到外头去呢，传得有割ᵗ有割ᵗ<u>一个村宕生</u>割ᵗ，一头是西、村宕东边一头是，西，西边么是西施，妹ᵗ头么叫东施。（孙宜志等，2019：163–164）

"村宕"又可写作"村堂"，如：

（5）割ᵗ日子，西施到茅家埠割ᵗ<u>村宕里</u>去，去收柴钿。因为[渠拉]爹斫柴，卖掉么钞票弗付么，渠到<u>村堂里</u>去收割ᵗ，收柴钿。（孙宜志等，2019：170）

上例前面用"村宕"，后面用"村堂"，两者同义。

金华方言的例子如：

一个村生。（曹志耘，1996：179）

比较而言，绍兴方言"数量+名+生"使用频率更高一些。

2. 数 + 名 + 生

王敏红（2008：74）认为绍兴方言也有数词直接加名词后再加"生"的形式，如：

一个村堂生——一村堂生

一个学堂生——一学堂生

两只篮生——两篮生

前面的"一个村堂生""一个学堂生""两只篮生"是"数量+名+生"，后面的"一村堂生""一学堂生""两篮生"是"数+名+生"。

诸暨方言也有，如：

（6）好，屋里头轮也轮只小鸭，一潮小鸭话介＂割＂陶锅里头话割＂一陶锅生割＂去煤拨＂客＂。

（7）一夜头生割＂偷得去啊。（孙宜志等，2019：128）

例（6）的"陶锅"就是"锅"，是名词。例（7）的"夜头"是"夜"义，也是名词。

3. 量＋生

还有"量＋生"，也主要分布在绍兴、金华。与"数量＋生"相比，形式更简单，即省略了前面的数词。

盛益民（2014：121）指出，"一堆生"中的数词"一"还可以省略，如：

（8）鹅血呆歇鸡血里堆生烧进咚鹅血等会儿一起烧进鸡血当中。

金华方言的例子如：

（9）我和佢起生去我和他一起去。

（10）一样生的摆块生一样的放在一块儿。［曹耘（曹志耘），1987：92］

曹耘（曹志耘）（1987：92）提到金华汤溪方言中的后缀"生"："生"只用在数量词后（数词"一"常可省去），如既可说"一样生"，又可省略说"样生"。

这种"量＋生"的用法也比较特殊，不但近代汉语未见，其他方言也较少见，是绍兴方言"量名"结构的一种体现，也与绍兴方言的"量名"结构比较常见有一定关系（魏业群等，2016：67-71；盛益民等，2016：31-47）。金华方言也有"量名"结构（陈兴伟，1992：206；曹志耘等，2016：598）。

4. 量打／加量＋生

还有"A打A＋生"，主要分布在台州、宁波，如：

（11）萝卜切阿粒打粒生萝卜被切成一粒一粒的。

（12）佢烧来咯面根打根生咯他烧的面条很好，都是整根整根的。（叶晨，2011b：233）

奉化方言也有类似说法，如：

（13）东西堆打堆生摆好东西一堆一堆放好。

（14）西瓜瓜打瓜生切好西瓜一块一块切好。

上面的例子，"生"是用在量词重叠式"A打A"后面，是"A打A＋生"，很特殊。

台州方言既有"A打A"，又有"A加A"，因此，也有"A加A＋生"，如：

（15）香蕉拨我切作粒加粒生阿咯香蕉被我切成一粒一粒了。（叶晨，2011a：49）

5. 量量＋生／相

还有"AA＋生"，如：

（16）荔枝栗子粒粒生，

枝枝节节保爹娘。

新人尝了荔枝果，

果子同心积德长。（《中国歌谣集成·浙江卷》第 125 页）

上例是宁海歌谣。上面的"AA+生"与前面的"A 打 A+生"应该有内在联系。"AA+生""量词重叠+生"，也是一种比较特殊的重叠形式。

嵊州长乐方言也有，如：样样生_{每一样}、年年生_{每年}。另如：

（17）样样生都好葛。（钱曾怡，2008：312—313）

嵊州长乐方言也有"量量相"，如"日日相_{每天}"（钱曾怡，2008：313）。"年年"后面用"生"，"日日"后面用"相"，显然，"相"与"生"语义是相同的。

上面的"样样生""年年生""日日相"都已经词汇化为副词。

嵊州与宁海中间隔了一个新昌，长乐又靠近新昌，所以，方言相近也属正常。

6. 数量＋生／相

阮咏梅（2013b：140）指出，台州的温岭方言有"'数量短语＋生／相'。数量短语后加'生'（泽国等）或'相（太平等）'，表示人或事物呈现的单位或形式"。如：

（18）拨个块蛋糕分成三块生／相_{把这块蛋糕分成三块。}

（19）几张桌拼来一张生／相_{几张桌子拼成一张。}

温岭方言比较特殊的是"相"，相比"生"，"生"属于典型范畴，而"相"就不属于典型范畴，只是个别方言点有此用法。温岭方言既有"生"，也有"相"，嵊州长乐方言也是既有"生"，也有"相"。两地相距有一定距离，却有相同的用法，也比较奇怪。

7. 动／形＋量＋生

前面举过清·曹春江《合欢图》第 2 回与民国·无名氏《上古秘史》第 91 回的"并排生"，"并"是动词。吴语现在仍有"动＋量＋生"，且动词有所增加，宁波方言除仍有"并排生"的说法外，还有义同"一排生"的"挨排生"，"挨"也是动词。还有"做堆生"，"做"是形容词。奉化方言也有"做堆生""做墥生""做埭生"，还有"做份_户生""做家生"等。

8. 指示代词＋量＋生

还有"各样＋生"，如：

（20）前世同娘定定当，

今下与娘各样生；

前世沸水无介热，

今时冷水不算冷。（《中国歌谣集成·浙江卷》第 645 页）

上例是苍南歌谣。奉化方言也有"各样＋生"，如"两姊妹性格各样生"。

"各"是指示代词，所以"各样＋生"是"指示代词＋量＋生"，又是一种新的用法，也为近代汉语所未见。

9. 量词为动量词与时量词

近代汉语量词都是名量词，现在有的方言的动量词与时量词也能进入"数量＋生"。奉化方言有"两埭_次生""两秃_处生""三日生""五年生"等说法。

10. 形容词＋生

崇明方言不但有"数量＋生"，还有如下用法：热气蓬生_{热气腾腾的样子}、冷气摊生_{很冷清的样子}、骨棱枝生_{形容肌肉少骨头多的样子}。这里的"生"也具有"……的样子"的语义，也是表示状态，与"数量＋生"在语义上是相同的，也很有特点（张惠英，2009：164）。这与近代汉语中的"（太）形容词＋生"有区别。钟兆华（2015：549）举有如下例子：

（21）学画鸦黄半未成，垂肩弹袖<u>太憨生</u>。（唐·虞世南《应诏嘲司女花》）

（22）（敬）云："忽然百味珍馔来时作<u>摩生</u>？"师曰："太与摩<u>新鲜生</u>。"（南唐·静、筠二禅师《祖堂集》卷7）

（23）梅蕊重重何俗甚，丁香千结<u>苦粗生</u>。（宋·李清照《摊破浣溪沙》）

（24）我已无官何所恋，可怜汝亦<u>太痴生</u>。（清·纪昀《阅微草堂笔记·滦阳销夏录·师犬堂》）

近代汉语中的"（太）形容词＋生"，形容词要么是单音节的，也有双音节的，更多的是"太＋形容词＋生"，这与崇明方言的四字格形式不同。

11. "数量＋生"的词汇化

还有一些"数量＋生"因为常用，已经词汇化。

鲍士杰《杭州方言词典》（1998：248-249，306-307）收有如下的"数量＋生"：

"两起生"："分开；不在一块儿。"如：

（25）卖的米不是一淘的，是<u>两起生</u>的。

"两样生的"："两样的。"

"一排生：一个行列。"如：

（26）大家坐<u>一排生</u>。

"一堆生：一起，一块儿。"如：

（27）他们两个人住勒<u>一堆生</u>得。

"一道生：一起，一块儿。也作'一淘生'。"如：

（28）他们<u>一道生</u>上班。

"一样生的"："一样的，多指相貌、脾气而言。"如：

（29）姐妹俩个是双胞胎，相貌儿<u>一样生</u>的，脾气也<u>一样生</u>的。

这里的"两＋量＋生""一＋量＋生"等已经词汇化，作为词条收入方言词典。

余杭方言有"一弯﹦儿生_{一下子}"（徐越等，2019：79），也已经词汇化。

汤珍珠等《宁波方言词典》（1997：214）收有如下的"数量＋生"：

"两瓜生"："两半儿。"如：

（30）木头从当中介劈落去，劈渠两<u>瓜生</u>。

"两样生"："不一样。"如：

（31）该对双胞胎相貌一色一样，性格会和个_{完全}两<u>样生</u>。

"两隔生"："形容不黏合；不贴切；有隔阂。"如：

（32）手骨磕断过嘺，总有眼两<u>隔生</u>。

朱彰年等《宁波方言词典》（1996：61、309）收有如下的"数量+生"：

"一排生"："＜形＞并排在一起。"也说"挨排生""挨面排。"如：

（33）<u>一排生</u>三只书橱。

"两隔生"："＜形＞形容不能合而为一，有隔阂。"如：

（34）两份人家庵勒一道，总归有眼两<u>隔生</u>。

以上说明宁波方言这些"一/两+量+生"也已经词汇化。

桐庐方言有副词"一总生_{一起}"，又可写作"一道生""一起生"（《桐庐方言志》第124–125页）。"一总生""一道生""一起生"都已经词汇化。

词汇化了的"数量+生"，一般是小的数词，如"一""两"。如宁波方言有"西瓜切成十瓜生"，这"十瓜生"不可能词汇化。同时，成为词汇化的"数量+生"都是常用的，使用频率高，常常容易词汇化。

还有如嵊州长乐方言的"样样生""年年生""日日相"都已经词汇化。嵊州方言还有"堆生""一堆生"词汇化的用法。普通话"一起"，嵊州方言是"堆生""一堆生"（施俊，2019：113、138）。这"堆生"是"一堆生"的省略。又如普通话"叫小强一起去电影院看《刘三姐》"，嵊州方言是这样说的：

（35）喊小强<u>堆生</u>到电影院里去看《刘三姐》去。（施俊，2019：116）

上面的诸多变式，大多为近代汉语所未见，极少数为近代汉语所罕见。

12. 方言分布范围缩小

方言地域分布范围有所缩小。古代作品中的"数量+生"既分布在南方，又分布在北方，以南方为多。现在都分布在吴语区，浙江分布范围广，苏南、上海有少量分布。这导致大多数年轻人已经不知道有这种用法，甚至有些语言学者也疏忽了。

四

"数量 + 头"

（一）引言

太田辰夫（2003：156）提到量词时，专门列有"后缀"一节，讨论的只是"儿"："量词带后缀的很罕见，但偶尔有带'儿'的。这种情况下大概有量词名词化的作用，它的后面通常不带名词，但是，带名词的也并非没有。量词后面用'儿'的例子大约始见于元代。"如：

（1）我若见了这<u>两桩儿</u>便是见我母亲一般。（《伍员吹箫》3）

（2）早梁山泊上好汉遇着<u>三个儿</u>也。（《争报恩》2）

（3）待我折<u>一朵儿</u>咱。（《碌砂担》1）

（4）你说<u>一句儿</u>。（《杀狗劝夫》2）

（5）我会<u>一桩儿</u>手艺。（《不生债》3）

（6）你记的俺庄东头王学究说的那<u>一句儿</u>书么？（《渔樵记》3）

例（5）、例（6）"数量 + 儿"后面还带名词。可惜没有提到"数量 + 头"。

张美兰（2001：128–134）提到近代汉语的后缀"头"，也未提到"数量 + 头"。

蒋绍愚等（2005：92–93）提及后缀"子"时指出，"2. 作量词后缀。也始自唐代，但用例尚不很多，且量词多借用普通名词充当（梁晓虹，1998；张美兰，2001）"。如：

（7）忽然管著<u>一篮子</u>，有甚心情那你何？（李贞白《咏狗蚤》）

（8）这个<u>一队子</u>，去也然转来。（《祖堂集》卷8）

上面2例都是"数量 + 子"。

蒋绍愚等（2005：93）指出，宋代以后，"量词后缀的用法得到发展。不仅用于临时量词后，用于专门量词后的也很多"。举有"八段子"（《朱子语类》卷76）、"一下子"（《抱妆盒》第3折）。又指出："但总体上，'子'作量词后缀不如'儿'那么活跃（张美兰2001）。"

蒋绍愚等（2005：95）提到后缀"儿"时指出，"宋代起，'儿'缀又广泛运用于量词（多为名量词）后，充当量词后缀"，如"三两枝儿"（辛弃疾《清平乐》）。蒋绍愚等（2005：96）指出："杨建国（1993）指出：带'儿'缀的量词，在意念上都是表示轻量的，因此量词前的数词都是很小的数字。"可能受"数量 + 儿"的影响，现在一些方言中也有"数量 + 头"在意念上表示少量，在量词前的数词都是很小的数字，如下面要提及的扬州方言，张其昀（2009）把"头"称作"表微标记"。

蒋绍愚等（2005：98）又提到"儿"作动量词后缀。认为"同用于名量词后一样，'儿'

通常也表示意念上的轻量"。如"一遭儿"（元刊《调风月》第3折）、"一下儿"（《西游记》第19回）。

蒋绍愚等（2005：100–103）提及后缀"头"，说"头"可以用于名词、动词、形容词、副词后面，但没有提到用于"数量"后面的情况。

郑奇夫（2007：69）认为，"头"一是用在名词性语素的后面，二是用在动词性语素的后面，三是用在形容词语素的后面，也没有提到可用在"数量"后面。

宋开玉的《明清山东方言词缀研究》（2008），讲到后缀"头"，篇幅较多，分为：（一）作名词后缀；（二）作代词后缀；（三）作形容词、副词后缀，也没有提到"数量 + 头"。其实，《金瓶梅》《醒世姻缘传》有"数量 + 头"的例子，而《金瓶梅》《醒世姻缘传》是宋开玉（2008）重要的语料，似是疏漏。

蒋宗许的《汉语词缀研究》（2009）讲到后缀"头"，但也没有提及"数量 + 头"用法。

梁晓红（2008：385）指出，"本文仅就量词后带'子'的现象作了一些分析和探讨，但实际上，近代汉语量词后还能带'儿''头'等"，如：

（9）师云："禅门名迦叶大定寂门。不动一丝子，无所不通；不动一毛头，无所不达。"（《古尊宿语录》卷33）

梁晓红（2008：386）指出："前用'一丝子'作宾语，后以'一毛头'呼应。又如前所举到的《金瓶梅》十二回中的'一柳子头发'，就在同一回也说'一柳儿头发'。而'子、儿、头'三个一直是公认的名词后缀，所以还有必要把'头'和'儿'结合起来一起剖析研究，才能得出比较准确的结论。另外，'子'在近代汉语中的用法颇为丰富，有些用法在现代汉语，特别是方言中还存在，所以我们应该从纵横两方面进行考察研究，以能对'子'有一个全面的正确的认识。"

确实如此，"头"与"子""儿"一样，近代汉语中的用法也是颇为丰富的，有些用法在方言中还存在，从纵横两个方面进行考察，才能对"头"有一个全面的正确的认识。

同时，例（9）明确告诉我们，至少宋代已有"数量 + 头"。

（二）近代汉语的"数量 + 头"

1. 时间名词 + 头

王健（2006a：46）举有"数量 + 头"较早的例子，如：

（1）时人语言："人命难知，计算喜错。设七日头或能不死，何为预哭？"（《百喻经》11篇）

郑伟（2017：129）指出，"在时间名词后附加'头'的例子可能在魏晋时期便有，如在数量词'七日'后加词缀'头'"，除例（1）外，另举有如下1例：

（2）敕诸民众，及时耕种，满七日头，必将降雨。[吴·支谦译《撰集百缘经·梵犹王施婆罗门缘》，转引自蔡镜浩《魏晋南北朝词语例释》（1990：327）]

例（1）与例（2）从时间看后者更早些。

王健（2006a：49）有注释说："奇怪的是我们在《百喻经》中找到'七日头'的说法，而在随后反映唐、宋语言面貌的《敦煌变文集》、《祖堂集》、《景德传灯录》中都没有找到'头₁'的用例，所以我们也很怀疑《百喻经》中这个例子的可靠性。"

蒋绍愚等（2005：101）也举有例（1），但却是把"头"当作"用于事物名词后，表示事物"，只在"日头"下面画线。我们以为，这样理解不符合事实，"头"应该是放在"七日"后面，而不是只放在"日"后面。

还有"五更头"等说法，"五更"与前面的"七日"一样，也是时间名词。唐宋时期就有。郑伟（2017：130）指出："这一时期的'头'还可以附加在'五更''六七月'等表达时间概念的数量词后面。"如：

（3）一家千里外，百舌五更头。（唐·顾况《洛阳早春》）

（4）一夜雨声三月尽，万般人事五更头。（唐·韩偓《惜春》）

（5）六七月头无滴雨，试登高处望圩田。（宋·杨万里《圩丁词》）

（6）寂寞一生心事五更头。（宋·毛滂《相见欢》）

郑伟（2017：130）把"五更""六七月"当作"数量词"。相比前面的"七日"，"五更""六七月"也应该是时间名词。

唐宋时期有不少"五更头"，还有"六七月头"，因此，王健（2006a：49）所说的反映唐、宋语言面貌的《敦煌变文集》《祖堂集》《景德传灯录》都没有找到"头₁"的用例，就怀疑《百喻经》中的"七日头"的可靠性理由不是很充足。

郑伟（2017：130）指出，太田辰夫（2003：87-88）在讨论后缀"头"的用法时认为，隋以前"头"多附于"前、后、上"等方位词，唐代以后又可以后附于"心、街、角"等名词，而像"老实头、说头儿"跟在形容词、动词后面的用法到了清代才出现。可见太田先生并未注意到用来表达时间的后缀"头"。原因大概是这种用法"头"在唐宋时期并不引人注目，而且宋元以后似乎也渐趋消失。

其实，至少明代还有不少"五更头"的说法，如：

（7）亦说道："……不消到五更头，就要起身的。"［沈璟《一种情》（残本之一）第14出］——另同出有"四更头"，《一种情》（残本之二）第14出有"五更头"。

（8）鹦哥未见，巧妇莫留，不堪百舌五更头。（邓志谟《凤头鞋记》第9出）

（9）恨金鸡，五更头叫甚至忙？逼慈乌，两分飞去甚慌。（郑之珍《新编目连救母劝善戏文·刘氏回煞》）

（10）五更头做一梦。（凌濛初《初刻拍案惊奇》卷23）

石汝杰等（2005：642）收有"五更头"："<名>即'五更'。指黎明。"如：

（11）姐听情哥郎正在床上哼喽喽，忽然鸡叫咦是五更头。世上官员只有钦天监第一无见识，你做闰年闰月，郵了正弗闰子介个五更头？（《山歌》卷2）

（12）到了五更头，船家照例一早起来开船。（《官场现形记》第13回）

例（12）是清末的例子。

而且吴语仍在运用，如宁波方言就有，朱彰年等（1996：31）收"五更头"："<名>

五更天；天明鸡叫时。"如：五更头就爬起；俗语："雷打五更头，午时有日头。"

汤珍珠等（1997：378）也收"五更头"，义同"五更"："拂晓。"如：东风急溜溜，难过五更头；五更起风，白日更凶。

奉化方言口语也说"五更头"。

2. 明清白话文献的"数量 + 头"

2.1 明代戏曲的"数量 + 头"

《古尊宿语录》卷 33 与"一丝子"并用的"一毛头"应该是"数量 + 头"。至少从明代开始，直到现代，不少方言"数量 + 头"的用法一直未中断过。

崔山佳（2018a：77–86）第三章是"数量 + 头"，举有很多近代汉语例子，可参看。现在我们又收集到一些例子，如：

（13）我想只回避得一个时辰，<u>三十两头</u>已安慰受用。（傅一臣《苏门啸·没头疑案》第 3 折）

（14）可作急回去，打点<u>十两头</u>，并两匹头端正，我明早来谢领。（《苏门啸·截舌公招》第 4 折）

（15）若是卜公子不曾抢那小姐去，恐怕<u>三百两头</u>不能个安享。（薛旦《醉月缘》第 22 出）

（16）（末）吓，且住。此人极算小，专在我们面上刻剥。这封儿只好<u>五钱头</u>罢了，不要睬他，路爷。（无名氏《出师表》第 4 出）

（17）还耐守<u>两年头</u>，还耐守<u>两年头</u>。（沈君谟《风流配》第 2 折）

（18）元公子的事体，且待后日来找<u>二百两头</u>，再将三言两语，哄他到鬼庙里，弄得他置身无地。（《风流配》第 21 折）——另第 26 折有"五百两头"。

（19）（丑）阿哥，打是罢哉，方才说个<u>三分头</u>，勿要忘记子。（无名氏《白罗衫》第 6 折）同折另有 1 例"三分头"。

（20）（丑）少不得也是<u>一两头</u>。（吴炳《绿牡丹》第 2 出）

还有"八脚头"，如：

（21）（净）啐，你是<u>八脚头</u>老师父哉。（张大复《快活三》（清钞本）第 17 出）

还有"二婚头"，如：

（22）我想嫁<u>二婚头</u>，惯有人扎火囤的，不免自去望一望看。（无名氏《色痴·阴妒》）

"八脚头""二婚头"虽然不是确切的"数量 + 头"，但还是有内在联系的。

2.2 清代戏曲的"数量 + 头"

（23）谁想被临安这些老相识局去，镇日花六只<u>五副头</u>，不上半年，弄得精光了，衣食渐渐不周。（李玉《占花魁》第 15 出）

（24）（净）也不要三七、四六，竟是连学生的<u>三钱头</u>平半分，大家一两六钱半。（李玉《清忠谱》第 4 折）——同折另有 1 例"三钱头"。

（25）捫向钞三寸阔官票，坐大轿六块头京帽。（吴伟业《秣陵春》第 27 出）

（26）锭没包子起来，<u>四块头</u>没不渠看，即说当个点。（无名氏《三笑姻缘》第 7 出）另有第 26 出"八十两头"、第 29 出"三两头"、第 33 出"二十两头"。

（27）（丑）就是前村个<u>三百亩头</u>田里，少子挜壅了，渠上子一个毛坑。（盛际时《人中龙》第 2 折）

（28）（背看银介）咦，倒有<u>五十两头</u>。（黄燮清《帝女花》第 16 出）

（29）一夜<u>一两头</u>，落肚。（洪炳文《警黄钟》第 4 出）

（30）（净）女先生，个是<u>十两头</u>，申太夫人个，个是我俚太夫人的赏封，个是馒头果子。（无名氏《玉蜻蜓》第 30 折）

（31）（净）道老爷，我本来要做顶<u>六块头</u>帽子送拉吓戴戴，弗得知吓头寸大小？（沈起凤《文星榜》第 30 出）

（32）（杂）我俚<u>两家头</u>，要置办勾金漆马桶，送拉奶奶哺哺，弗晓得屁股勾大小？（《文星榜》第 30 出）

上例的"两家头"与明代戏曲的"二婚头""五更头""八脚头"一样，也已经词汇化。虽然不是确切的"数量 + 头"，但也是有内在联系的。

以上可见，有姓有名的作者，多为江苏、浙江人，这与戏曲在江苏、浙江最发达有关。

3. 清末传教士文献的"数量 + 头"与"量头""量数"

据《汇解》，清末宁波方言也有"数量 + 头"，如"独股头"（第 455 页）、"三股头绳"（第 479 页）。《现代汉语词典》（第 7 版，下同，2016：320）收"独"，义项有七，其一是："一个：~子 | ~木桥 | 无~有偶。"

（法）无名氏《松江方言练习课本》（1883）有"年头"，如：

（33）六岁读起，连今年读之<u>五个年头</u>。（第 295 页）

钱乃荣（2014：291）指出："头""量词后缀，构成'年头'、'月头'、'号头'三词。年头：整年。""现用'年'，'五个年头'现一般说'五年'。'五个号头'、'五个月头'即'五个月'。"

其实，明清戏曲作品已有"年头"，如：

（34）后来雷神送归，又说要耐<u>两个年头</u>。（明·沈君谟《风流配》第 2 折）

（35）状元公，老夫同窭年兄是天成四年的进士，整过了<u>五十年头</u>，还在这里做官。（清·吴伟业《秫陵春》第 31 出）

上例的"五十年头"粗看也是"数量 + 头"，但细看之后，我们以为与例（34）的"两个年头"一样，"五十年头"的结构也是"五十 + 年头"，"头"是"量 + 头"，不是"数量 + 头"中的"头"。

清末传教士文献还有量词后缀"数"。"年数"表示年的累计。如：

（36）<u>年数</u>长远点勿碍，但望学得精明末是者。（《松江方言练习课本》第 297 页）

（37）第个衣裳勿牢，<u>年数</u>着起来勿久哉。〔（英）麦高温《上海方言习惯用语集》

（1862）第 105 页]

"石数"表示石的累计，如：

（38）今年打之几化**石数**米？（《土话指南》第 31 页）

还有"磅数"，如：

（39）现在要称斤两，有几化**磅数**？[《上海方言习惯用语集》第 24 页）（转引自钱乃荣（2014：291）]

钱乃荣（2014：291）指出，还有"岁数"。现今除了"年数""岁数"还在用，少用"X 数"，通常说"有几斤"，少用"有几化斤数"。但（法）蒲君南《法华新字典（上海方言）》（1950）还有"论斤头买""论斤数买"的说法。[引自钱乃荣（2014：35）]

但"数"是个比较封闭的后缀，现有的材料只跟在"年""石""磅""岁"等后面，不像"头"具有开放性特点。

4. 契约文书的"数量＋头"

清代宁波契约文书有如下例子：

（40）新昌廿九都下蔡岙胡英奎今立绝卖田文契，原有天田贰处，土名**三垃头**，系福字八百六十八号，天田四分七厘五毛。（"胡英奎绝卖契"，王万盈《清代宁波契约文书辑校》第 110 页）

上例已经词汇化为名词，是地名，但其结构也是"数量＋头"。

5. 文言笔记的"数量＋头"

清代文言笔记也有，如：

（41）醉后磨墨一斗，以**三文头**鸡毛笔，书此篇。（明·董其昌《画禅室随笔》卷 1）

（42）值书院月课，榜发，监院官以奖赏银请，铎援笔径批第一人十两。故事盐道缺最瘠，月课第一人，奖银不过二两，监院以旧例告，请减。铎哑然曰："咱们在城里时，偶向石头胡同口袋庭听姑娘们唱一支小曲，也要赏他个**四两头**，这人花花绿绿的写了这七百多字，请师爷们念与我听，也怪有调门儿的，难道就不值**十两头**吗？"（孙静庵《栖霞阁野乘》卷上）

上例既用"十两""二两"，又用"四两头""十两头"。

（43）此公素贪鄙，每名八两，如同贸易。孤寒不胜其愤，乃即其各题，镕化成七律一首，颇有巧思，录之以资一笑："金重文经富可求，防公两眼欠离娄。致身不用双帖括，竭力须寻**八两头**。陈仲食蝥终见弃，子华肥马定高收。凭君掏尽沧浪水，难洗今朝脸上羞。"（曹千里《说梦》卷 1）

上例前用"八两"，后用"八两头"，所指同。

"数量＋头"主要运用于白话小说与戏曲，也有其他文体，连文言笔记也有，这充分说明"数量＋头"的适应性很广。

6. 数＋头

明清白话文献还有"数＋头"，如：

（44）刘锦衣道："这只好看了胡家外甥的体面，我们爷儿两个拿力量与他做罢了，叫他再添一千两银子，明白也还让他一大半便宜哩。把这二千头，我们爷儿两个分了，就作兴了梁家胡家两个外甥，也是我们做外公做舅舅的一场，就叫他两个也就歇了这行生意，唤他进京来，扶持他做个前程，选个州县佐贰，虽是低搭，也还强似戏场上的假官。"（明·西周生《醒世姻缘传》第5回）

前面有"一千两银子"，后面的"二千头"应该也是指银子。清代例子更多，如：

（45）那道那程咬金正坐在殿上，低头在那算鬼帐，造了王府开销之后，只好落银一万，安銜家伙等项，只落得五千两头，仪门内外中军、旗牌军、传宣官、千把总、巡风把路、各房书吏上了名字，送来礼仪不上三千头，共二万之数。我想这个差事可以摸得三万，如今共止有一万八千，还少一万二千，再无别人凑数。（无名氏《说唐后传》第54回）

上例前面有"五千两头"，后面用"三千头"，也是省略了量词"两"。

（46）聘才道："难说话的很，在钱眼里过日子，要和他商量，除非多许他钱，尚不知他肯不肯。他怕得罪了那边，一年得不了这两千四百头就难了。我看这个东西要和他讲白话，是断断不能的。"（陈森《品花宝鉴》第28回）——另第43回有"三千头"。

（47）那时不空和尚的二千头借款早已归清。（文康《儿女英雄传》第23回）

（48）侄少爷道："三千头怎么说？"（李伯元《官场现形记》第5回）——另同回有"五百头"，第10回有2处"四万头"，第17回有"三万头"，第19回、第36回各有"二万头"，第28回、第29回各有"十万头"。

（49）"……就有这个冤桶猜着了《中庸》上是有一句'威仪三千'，这明明是想三千头的意思。……"（吴趼人《糊涂世界》第10回）——另第11回有2处"三千头。"

（50）此时正在盘算那三千头，可以稳到手了。（吴趼人《二十年目睹之怪现状》第88回）——另第90回有"三千头。"

（51）腰里一文不文，那家亲戚当时虽被我花言巧语骗了五百头到手，要办这事，一半还不够！（白眼《后官场现形记》第5回）

以上是白话小说。戏曲也有，如：

（52）方才亦去探听探听，闻得道如有出首者赏钱三千头，捕着亲丁个，赏钱一千头。（清·盛际时《人中龙》第15折）

"数＋头"可以说是省略了后面的量词，如"两""块"等。

就使用频率来看，"数＋头"远远不能与"数量＋头"相比。就范畴理论来看，"数量＋头"是典型用法，而"数＋头"是非典型用法。

"数＋头"与"数量＋头"还有不同之处是，前者的"数"要"大数"，不能说"三头""七头""十头"等，而"数量＋头"的"数"可大可小。

（三）现代吴语的"数量 + 头"

"数量 + 头"现在的方言分布范围较广，涉及十大方言中的七大方言：吴语、闽语、徽语、赣语、粤语、平话、官话，另有畲话和乡话。（曹志耘，2008：49）

吴语分布范围较广，崔山佳（2018a：53–59）已举有不少例子。下面是此后收集到的例子。

舟山方言有"数量 + 头"。徐波（2004：105）指出："加在食粮词组后面用作定语或宾语，表示某事物以该数量状况为存在形式：一分 ~ 角子（一分的硬币）、一两 ~ 面包、该块而是五尺 ~ 葛、两角 ~ 咯邮票。"我们以为"加在食粮词组后面"似乎不够全面。"一分头"是钱币，"五尺头"是布，"两角头"是邮票，这些都不能算是"食粮词组"。同时，与舟山方言十分接近的宁波方言也无"食粮词组"的限制。

舟山定海方言也有，如：

（1）买办先生手段高，廿四盆头统买到。

盆打盆来排打排，装好盆头贺新郎。（徐波，2019：184）

绍兴方言也有。杨葳等（2000：14）说到"数量词词素 + 头"，如：五分头、十块头、廿支头。吴子慧（2007：84）也举有"十碗头""独袋头"。并指出，另有表示一个单位以整体来计算，整数面值的货币后都可以加"头"：廿支头、十块头、一分头。

绍兴嵊州方言也有，如：

（2）舅舅舅舅，湖里游游，

马桶角头趷趷，

"嘭"个一脚头，

还道是只大黄狗，

原来是偃大娘舅。（施俊，2019：157）

绍兴诸暨方言也有，如：

（3）吃到肚里头，

哎哟哎哟痛到三夜头。（孙宜志等，2019：162）

上例是诸暨的歌谣。

海盐方言也有，如：

（4）哇，现在去看看只海塘，做格种全部是钢化玻璃，双层头。（张薇，2019：123，141，184）

海盐方言还有"独家头""两家头"。

有"两家头"等说法，一般也不把它当作"数量 + 头"。金华浦江方言有，如：

（5）大庭、细庭哥弟两家头讲："老四哥，尔空话讲句我听听。"（黄晓东，2019a：161–162）

三门方言也有。"数量 + 头"在三门方言里也较常见，可以用来表示某种情形或特征。如：

用于人：独个头'一个人、两个头'两个人、廿个头'以二十个人为统计单位的

用于钱币：一角头'一角、独角头'一角、一块头'一块、独块头'一块、十块头'十元纸币、廿块头'二十元纸币、五十块头'五十元纸币、一百块头'百元纸币

用于斤两：二两头'二两装的东西、半斤头'半斤装的东西

用于房屋：独间头'独栋房子、三间头'三间一排的房子、三层头'三层一幢的房子

其他：廿个头'二十支装的、三匹头'动力为三匹的设备（王怀军，2022：363）

分类分得很细。其实，还可用于照片，如一寸头、两寸头、六寸头等，奉化方言常用。

（四）其他方言的"数量＋头"

曹志耘（2008：49）调查的"头"是"名词后缀，用于数量后表钱币"。方言点有：

浙江：84个点。浙江所有点都有这种说法：湖州、长兴、安吉、孝丰（旧）、武康（旧）、德清、崇德（旧），嘉兴、嘉善、平湖、海盐、海宁、桐乡、杭州、余杭、萧山、富阳、临安、昌化（旧）、于潜（旧）、桐庐、分水（旧）、新登（旧）、淳安、建德、寿昌（旧）、遂安（旧），绍兴、上虞、诸暨、嵊州、新昌，鄞州、镇海、余姚、慈溪、奉化、宁海、象山，舟山，金华、汤溪（旧）、义乌、东阳、浦江、兰溪、武义、永康、缙云、磐安、衢江、开化、常山、龙游、江山，丽水、宣平（旧）、松阳、云和、龙泉、遂昌、庆元、景宁吴、景宁畲、青田、天台、三门、临海、仙居、黄岩、温岭、玉环，温州、乐清台、乐清瓯、永嘉、洞头、瑞安、文成、平阳、泰顺吴、泰顺闽、苍南吴、苍南闽。其中主要是吴语，84个点中有78个点；淳安、建德、寿昌（旧）、遂安（旧）是徽语，4个点；苍南闽是闽语，景宁畲是畲话，各1个点。与"看看清楚"这种动词重叠带结果补语相比，多了一个"乐清瓯"。

上海：11个点。上海所有点都有这种说法：崇明、宝山、奉贤、嘉定、金山、闵行、南汇、浦东、青浦、上海、松江，全属吴语。

江苏：27个点。主要在苏南，苏北也有一些，如：吴江、苏州、昆山、太仓、常熟、常州、江阴、张家港、通州、无锡、宜兴、溧阳、高淳、溧水、金坛、靖江吴、丹阳，属吴语，17个点；扬中、句容、南京、南通、江都、东台、泗洪、涟水，属江淮官话，8个点；宿迁、邳州，属中原官话，2个点。

福建：23个点。寿宁、柘荣、福鼎、周宁、福安、霞浦、屏南、罗源、连江、闽侯、闽清、福州、长乐、福清、古田、尤溪、宁德闽，属闽语闽东片，17个点；永春，属闽语闽南片，1个点，浦城闽，属闽语闽北片，1个点，光泽、邵武，属闽语邵将片，2个点，浦城吴，属吴语；宁德畲，属畲话，各1个点。闽语闽东片最多。

江西：10个点。横峰、东乡、武宁、资溪、铅山，属赣语，5个点；婺源、德兴，属徽语，2个点；玉山、上饶县、广丰，属吴语，3个点。

安徽：13个点。绩溪、歙县、黟县、祁门、屯溪、休宁，属徽语，6个点；滁州、郎

溪，属江淮官话；2个点，当涂、宣城、黄山区，属吴语，3个点；广德，属中原官话，宁国，属西南官话，各1个点。

河南：12个点。民权、开封县、禹州、扶沟、鲁山、西平、项城、社旗、确山、新蔡、信阳、商城，都属中原官话。

山东：1个点。东明，靠近河南，属中原官话。

广东：1个点。潮阳，属闽语闽南片。

广西：2个点。博白，属粤语，邕宁，属平话，各1个点。

湖南：1个点。辰溪乡，属乡话。

湖北：5个点。蕲春、武穴、黄石、鄂州，属江淮官话，4个点；大冶，属赣语，1个点。

此外还有一些方言有"数量＋头"。据笔者所在学校学生告知，安徽庐江方言（属江淮官话）也有"数量＋头"。江苏淮安方言（属江淮官话）也有，"头"与数量关系组合，形成具有限定性的新组合关系。如：三年头、两碗头。由数量关系和后缀"头"组成的组合中，"头"作为词缀，表示"仅仅，只有那么多"的意思（张鲁明，2012：8）。安徽祁门军话也有，"头"放在数量结构后面，表示前面的数量是作为一个整体的，如：十块头、五块头、五十块头、一百块头（赵日新等，2019：212）。都用于指钱，"头"的搭配能力不如吴语强。安徽歙县大谷运方言也有"数量＋头"，指代用来计量的事物。如：两间头（屋）、五块头（钞票）、两张头（面额五元的钞票）、一百头（面额一百元的钞票）、一碗头（面）、一杯头（酒）（陈丽，2013：147）。与"头"搭配的名词比祁门军话要多，除货币的"块"外，还有"间""碗""杯"等。还有比较特殊的是浙江江山廿八都方言，也有"数量＋头"，如：十块头_{面额十元的纸币}、五毛头_{面额五角的纸币}、一百块头_{面额一百元的纸币}。以"名词性＋头"的居多，其他几类数量有限。"数量词性＋头"仅用于表示纸币（黄晓东，2019b：166）。这可能与廿八都方言与官话更近，属于官话方言岛（黄晓东，2019b：8）有关。因为吴语"数量＋头"中的量词面很广。以前，食堂有饭票，就有"X两头"的说法，还有粮票，也有"几两头""几斤头"，钱币数量小，有"一分头""五角头"等。现在，数码相机拍好去打印照片，打印店服务员要问印成"几寸头"，你要回答"四寸头""五寸头"等。

以上可见，吴语方言点最多，共190个点中有113个点，占59%多。涉及的方言南方有吴语、闽语、徽语、赣语、粤语、平话、西南官话、畲话、湖南乡话、安徽军话，北方有江淮官话、中原官话，遍布浙江、江苏、上海、福建、江西、安徽、广东、广西、湖南、湖北、河南、山东，要比"数量＋生"的分布范围广得多。

（五）古今比较

到了现代，吴语等的"数量＋头"又有不少演变。具体有以下几点。

1. 量词 + 头 / 数

明清白话文献、清末传教士文献中已有"量+头"的说法。现在的吴语用得更普遍。

绍兴方言有"量+头":表示具有某种性质的事物:班头、斤头、分头、件头、堆头、阵头。表示某类人(有贬义):乌青档头、户头。(吴子慧,2007:84)

崇明方言有"埭头""轮头""年头""斤头""尺头"等。(张惠英,2009:163-164)

上海方言有"粒头""斤头""分头"等。(许宝华等,1997:184)

苏州方言有"尺头""斤头""听头"等。(叶祥苓,1993:144)李小凡(1998:27)认为,后缀"头"附加在量词后面,构成普通话名词,如:斤头_{分量}、份头_{份儿}、块头_{体魄或以元为}_{单位的钞票}、粒头_{粒儿}、件头_{件数}、角头_{角票}、分头_{分币}、节头_{指头}、盒头_{盒装的}。

宁波方言有"斤头""听头"等。(汤珍珠等,1997:194-195)

王健(2006a:44)说到"量词+头","头"直接放在量词后边表示计量单位,又分为三点。

1. 可以作主语,一般表示重量、长度、面积及个体数量等这一类抽象意义,如:

(1)哀点虾葛<u>斤头</u>肯定勿足。

(2)泥搭摊剪布,<u>尺头</u>浪总归勿会让顾客吃亏葛。

(3)房间间数末少,<u>间头</u>倒济蛮大勒海。

(4)瓣批西瓜葛<u>只头</u>捺亨缺仔实梗点。

2. 还可以作介词"照、根据"或动词"称、算、买、卖"等的宾语,一般表示事物计算时依据的单位,如:

(5)哀搭鸡蛋只卖<u>只头</u>勿称<u>斤头</u>。

(6)煤末总归根据<u>斤头</u>算,捺亨会得算<u>两头</u>。

(7)啤酒照<u>瓶头</u>买。

(8)根据去葛<u>埭头</u>_{次数}发补贴。

3. 用作定语,一般表示事物以该量词单位为存在形式,如:

(9)<u>块头</u>钞票。

(10)<u>听头</u>啤酒。

(11)<u>套头</u>房间。

(12)要买就买<u>瓶头</u>酒。

(13)本店专做<u>套头</u>西装。

清末传教士还有"量数",现在只有"年数""岁数",上海方言还在用,奉化方言也有。

其他方言也有"量+头",如广西平话的"头"加在部分量词后面,表示与该量词有关的抽象整体意义,如:个头、块头、户头、兆头等。(唐七元,2020:167)

2. 数词 + 头

(14)"这张<u>一万头</u>我藏了两年了,还是我小孙子给的。一直舍不得用。听说要换新钞票，我才拿出来的。"老婆婆回答着。"老奶奶，不是我说你，居民区报告你一定没有去听，<u>一万头</u>就是新的<u>一块头</u>，你把它换成新币，放到明年我保你仍旧好买十个鸡蛋，还我你四角钱。说不定还多<u>些</u>。""你这个卖蛋的倒是蛮通的，样样晓得。那天报告，媳妇去了，我没有去。早晓得这样，我早上也不出来了。"老婆婆拾着篮子走出了。"要是'刮民党'时代，"旁边另一个卖蛋的女人附着说，"老太婆这张<u>一万头</u>，恐怕买蛋壳也不够。用'金圆券'那年，我第一日卖下来的蛋钱，第二日只好买十封洋火。"（《在小菜场里》，《当代日报》1955-3-2）

《当代日报》是浙江杭州的报纸。1949 年 6 月 1 日，在改造《当代晚报》基础上，《当代日报》正式创刊。在《杭州日报》创刊前夕，1955 年 10 月 31 日，《当代日报》终刊。因此，"一万头"具有吴语色彩。数词"十"以下不能后加"头"，要"百"及以上的数字才可以，如"五百头""三千头""一万头"等，且基本用于钱币，如粮票、油票、布票等不行，因为没有这么大的数量。奉化方言口语中现仍有。

例（14）可以认为是省略了量词"块"，如与之相对还有"一块头"。明清白话文献也有"数 + 头"，数量比现代还多，即现在"数 + 头"的用法萎缩了。这可能与明清时货币主要是银子，只要是"大数"都可以，因"数 + 头"的"数"要求是"大数"。但现代中国大陆，人民币最大数只有一百元。上面的"一万头"是指解放初的货币，现在没有"万元"的纸币。

3."量词"的演变

近代汉语"数量 + 头"多是说钱，有的用"两"，有的用"分"，有的用"钱"，有的用"厘"，有的用"文"，有的用"元"，有的用"块"，都是用于钱的量词。用"元"的较迟。近代汉语量词以"两"最多，这是货币，以银子为主要单位，故"两"最常见。到了现代，改革开放前则是"元/块""角""分"最常见。现在，"分"基本消失了，"角"也少多了，到菜市场买菜，一般情况下，五角以下的就免掉了。

明清白话文献的"数量 + 头"也可用于某种物，如：门、房子、照片、玻璃窗、竹竿等。量词还有如"个""寸""样""斤""间""只""段""岁""回""扇"等。[可参见崔山佳（2018a：84-85）]。有些现在也用，如门、房子、照片、玻璃窗等，但有些则为明清白话文献所无，如"廿支头""五尺头""二包头""两杯头""廿四盆头""十碗头""三份_户头""五十张头""四绞_{毛线等可用"绞"作量词}头""四百克头"等中的"支""尺""包""杯""盆""碗""份""张""绞""克"等，有的量词是现代才有，如"克"。

4.独/单 + 量 + 头

据《汇解》，清末宁波方言已有"独 + 量 + 头"，如"独股头"（第 455 页）。

现在，"独 + 量 + 头"常见，除"独股头"外，另如"独个头""独分_户头""独回_次头""独日_天头""独句头""独袋头""独块头""独只头""独宅头"等（朱妮娜，2012：

15；吴子慧，2007：84；方松熹，2002），量词既可以是名量词，也可以是动量词，还可以是时量词。据我们的语感，"独"可以与绝大多数量词搭配，组成"独＋量＋头"。如：

（15）蛮早以前，有个小后生，渠屋里大老人和计死光勒，即["]渠独个头，相当可怜。（肖萍等，2019：214）

"独＋量＋头"方言分布至少有宁波、绍兴、义乌等方言点。

《现代汉语词典》（2016：320）收"独"，义项有 7，其一是："一个：～子｜～木桥｜无～有偶。"

颜逸明（2000：134）举有"单个头_{面值为一元的钞票}"。郑张尚芳（2008：221）举有"单斤头、单分头_{分币}"。游汝杰等（1998：282）举有"单分头""单万头"，都是温州方言。

奉化方言也有"单角头_{面值为一角的钞票}""单块头_{面值为一元的钞票}"等，用于指钱币。

5. 动量词＋头

黄伯荣（1996：149）说到上海话"数＋动量词"后加"头"的用法：

某些动量词前头受数词"一"修饰时，可以带后缀"头"，强调单一性。如：一趟头写好、一口头吃脱、一回头生意、一记头敲定、一转头办好。

这类用法强调"单一、迅捷"，其中的数词不用"二"以上。成语"一转头生，二转头熟"里的"一、二"是序数，不是基数。"一家头、二家头、三家头……"不看作数量组合，"一碗饭三口头吃脱"中的"三口头"也不属于此类用法。

徐烈炯等（1998：58）说到"X 头₆"，说该式特点有二。

第一，"X 头₆"中，X 为数词加上动量词的短语，表示对动作数量的限制，极言其数量少，前面常常用"只有"，数词多用"一"，至于"两、三"很少用，其他数词基本不用。如：

（16）我一把头就拿伊捉牢。

（17）伊两口头就吃光勒。

（18）程咬金三斧头就打败勒对手。

第二，"X 头₆"主要作状语，少数可以作补语。如：

（19）伊一记头就拨侬将煞。

（20）我一步头就跨过去勒。（以上作状语）

（21）侬骗人只好骗一趟头。

（22）伊读书只读一遍头。（以上作补语）

这主要与动量词有关，尤其是作补语。

李小凡（1998）也说到"数＋动词"后加"头"的用法，认为"头"是附加式状态词后缀。它可以构成两类特定格式的三音节状态词，如：一走头、一拎头、一猜头、一掼头、一汰头、一吃头、一吓头、一撸头。上面的"头"附加在数词"一"和某个单音节动词组成的状中结构后面，构成表示一下子就将该动作完成的状态词。

第二类是附加在单音节数词和某个单音节动量词（包括从名词借用的临时动量词）组

成的数量结构后面，构成表示不过如此、只需如此的状态词。如：一次头、两遍头、三趟头、一记头、一脚头、两顿头、三句头、一口头。（李小凡，1998：33—34）

这种"数＋动词＋头"的语法功能很强，可以作状语、定语、补语、谓语、宾语。如：

（23）<u>一猜头</u>就猜着哉_{一猜就猜着}。——作状语

（24）伲勿做<u>一次头</u>产品_{我们不做一次性产品}。——作定语

（25）俚吓得唻<u>一溜头</u>_{他吓得一下就溜走了}。——作补语

（26）箇点肉嚜<u>一顿头</u>啘_{这点儿肉一顿就吃完啦}。——作谓语

（27）箇种球就要<u>一脚头</u>_{这种球必须一脚就踢进去}。——作宾语（李小凡，1998：34）

相比上海方言，苏州方言的语法功能更多。

动量词与名量词有区别，动量词只能用于小的数词，不能用于大的数词，数词多用"一"字，而名量词无此限制，既可用小的数词，也可用大的数词，如"一百元头"，如果货币有大的，如"千元""万元"大钞，也可用"一千元头""一万元头"。如：

（28）自己走进去，收拾了二百三十两银子，又与玉箫讨昨日收徐家<u>二百五十两头</u>，一总弹准四百八十两。走出来对应伯爵道："银子只凑四百八十两，还少二十两，有些段匹作数，可使得么？"（明·兰陵笑笑生《金瓶梅》第53回）

（29）伯廉料着厂里同事，没人和他要好的，只得走出厂门，却好有一部东洋车，伯廉跨上去坐了，回到新登丰，满肚踌躇道："这三千两银子，张罗倒还容易，只是银子交出，馆地没着落了，我且听其自然。他要辞了我时，我便老实笑纳这<u>三千两头</u>，有保不可！"（清·姬文《市声》第5回）

就银子来讲，"二百五十两头"是个大数目，尤其是"三千两头"。

现代作品也有例子，如：

（30）是撕掉一张<u>三万元头</u>格存折哇！（评弹《真情假意·一往情深》）

6. "一量头"的"头"为表微标记

张其昀（2009：448）认为扬州话里的"数量＋头"的"头"是表微标记，张其昀（2010）看法依然如此。张其昀（2009：448）指出："扬州方言中，若主观认为某计量性数量短语所表示的数量微小，可在该短语后面附着一个'头'[t'ɣɯ³⁴]，表示数量微小，可称为表微标记。表微标记'头'与后缀'头'[·t'ɣɯ]的语音不同，性质更完全不同。后缀'头'是词的结构成分，而表微标记'头'是短语的外加成分。"如：

（31）问：这事要做多长时间？答：A.三天吧。B.要三天哩。C.三天头。

张其昀（2009：448）指出："A答略带揣测语气——这是由语气词'吧'表示的，无言其'三天'时间之长短的语义倾向；B答带有夸大语气——这是由语气词'哩'表示的，有言其'三天'时间之长的语义倾向；C答未用任何表示语气的语气词，句子明显带有言其'三天'时间之短的语义倾向。C答言其时间之短的语义倾向，正是由表微标记'头'表示出来的。"

王健（2006：44）指出：有些数量词后加"头"，有强调数量的作用，较多情况是强

调数量之少，有"仅此而已"的意味。量词既可以为名量词，也可以为动量词，数词多为"一"，"两"和"三"很少用，其他数词基本不用，如：

（32）路勿远，只要一站头。

（33）便今朝胃口勿好，只吃仔一碗头。

（34）实梗点衣裳，一箱头肥皂揩亨够？

（35）瑶眼物事我一记头就搬走哉。

（36）瑶桩事体我一趟头就办好哉。

江苏泗洪方言的"头"也可以用在量词后，构成以下特定格式的三音节词表示量少、不过如此、只需如此。如：一次头、三趟头、两遍头、一顿头、三口头。如：

普通话	泗洪话
（37）这点儿只够一顿的。	介宁小菜一顿头。
（38）家里的房屋只有两间。	家里屋就两间头。
（39）两趟就搬完了。	两趟头就搬了了。（周琴，2007：8）

上面既有动量词，如"顿""趟"，也有名量词，如"间"。

与此有关的是"框缀"。刘丹青（2017a：286）指出："有些语言中还有不连续的词缀（uncontinuous）或框缀（circumfix），也可能是由几个分别加上的词缀整合而成的，如苏州方言用'一V头'表示瞬间完成并产生结果的动作，'一走头'表示立即就离开了，'一扯头'表示瞬间就撕碎了。其中'V头'不成立（其他'V头'都是名词性的，如'盖头'指盖子），因而可以把'一……头'看作一个框缀。"

7. "数量＋头"的词汇化

有些"数量＋头"已经词汇化为词，一些方言词典已收。白维国（2011：1312）收"三出头"："喜庆堂会正式演出前例行加演的三出头喜庆戏。"如：

（40）打动锣鼓，跳了一出《加官》，演了一出《张仙送子》，一出《封赠》……唱完三出头，副末执着戏单上来点戏。（《儒林外史》第10回）

"三出头"前面各有三出戏。

许宝华等（2020：145）收"三日头"："＜名＞疟疾。"方言点全是吴语：上海、江苏苏州、江阴、常州、无锡、昆山、丹阳童家桥。

许宝华等（2020：148）收"三毗头"："＜数量＞三层。"方言点是上海奉贤，如："脚踏三毗头阶沿'刮冷冷'三声叫卖声，外头人惊动里厢方家女千金。"（《白杨村山歌》）

许宝华等（2020：148）收"三埭头"："＜名＞旧上海外国巡官。"方言点是吴语上海，与宁波同。

许宝华等（2020：149）收"三道头"："＜名＞指旧时上海租界里的警察，因其臂章上有三条横纹标记，故名。"方言点是吴语上海。如："（我的那一本书）落在三道头之类的手里了。"（鲁迅《南腔北调集·为了忘却的记念》）"有好几起的三道头和印捕，拔出手枪，……来驱散聚的群众。"（叶绍钧《倪焕之》）《汉语大词典》卷1（1986：237）也收

"三道头"，注释同。

李荣（2002：159）收"三日头"："疟疾，一种传染病，每三天发作一次。"方言点是丹阳。

李荣（2002：169）收"三页头综布"："三层综织的布。"方言点是上海崇明。"三页头"又作"综布"的修饰语。

李荣（2002：172）收"三堻头"："旧上海租界中的巡警。"方言点是上海、宁波。

李荣（2002：173）收"三眼头砖灶"："安装三个锅的砖砌的灶。"方言点是上海崇明。《现代汉语词典》（2016：1509）"眼"义项七是量词："用于井、窑洞等：一～井｜一～旧窑洞｜一～清泉。""三眼头"又作"砖灶"的修饰语。

李荣（2002：176）收"三道头茶"："旧时比较考究的待客礼，一般为一道莲子羹或银耳羹、一道参汤、一道米花茶。"方言点是上海。"三道头"又作"茶"的修饰语。

李荣（2002：180）收"三瓣头"，即"金花菜"："幼嫩的苜蓿，可做蔬菜。"《现代汉语词典》（2016：39）"瓣"义项五是量词："用于花瓣、叶片或种子、果实、球茎分开的小块儿：两～儿蒜｜把西瓜切成四～儿。"

上面这些"三 X 头"词，就本义来看，也是"数量 + 头"，但这里已经词汇化了。

地名中也有，如"三份户头""五份户头"。浙江象山地名就有"三份头"，相传此村初时仅三户人家，且历代单丁，故名"三份头"。吴语好多地方称名量词"户"为"份"，因此，"三份头"也是"数量 + 头"，但也已经成为专有名词。

古代有"五两头"，如：

（41）周显德乙卯岁，伪涟水军使泰进崇修城，发一古冢，棺椁皆腐，得古钱、破铜镜数枚，复得一瓶，中更有一瓶，黄质黑文，隶字云"一双青鸟子，飞来五两头。借问船轻重，寄信到扬州"。（五代·徐铉《稽神录补》补遗）

上例的"五两头"不是上面所说"数量 + 头"的用法。《汉语大词典》卷 1（1986：360-361）收"五两"，义项四是："古代的测风器。鸡毛五两或八两系于高竿顶上，藉以观测风向、风力。"但就结构来看，也是"数量 + 头"，只是早已经词汇化了。

上海松江方言有"一记头_一下子"，又说"一上手"，"一冲头_骤然看见的一瞬间""一别头_一回头，形容很短的时间"（许宝华等，2018：559）。这些都已经作为副词词条收入，可见其也已经词汇化。

8. 数量 + 脑

据曹志耘（2008：49），江西的抚州（属赣语）说"数量 + 脑"，比较特殊，但"头"与"脑"是相关的关系，汉语中有许多"A 头 A 脑""A 头 B 脑"的四字格词语，"头"和"脑"的关系非同一般。"数量 + 脑"说法更具有语言类型学意义。

广西富川秀水九都话（属平话）的"脑"也是后缀，具体又可分为 5 类：

一是指植物。如：葱脑_葱头、木脑_树根、薯脑_做种用发了芽的芋、红薯、萝卜脑、荞脑_荞头、簕[lou⁴²] □[pou⁴²] 母脑_荆棘丛、麦稿脑_麦茬儿、稿脑_稻草根。

二是指身体器官和器物。如：手子脑_手指（总称）、大手脑_大拇指、细手脑_食指、中手脑_中指、没名脑_{无名指}、尾手脑_{小拇指}、脚子脑_{脚趾（总称）}、床头脑_{枕头}、篱桩脑。

三是指自然界事物。如：岗脑_{小山头}、山脑_{山头}、岭脑_{山岭}、赘脑_{小山包}、石脑_{石头}、犁步脑_{犁出来的大泥块}、石灰脑_{生石灰块}。

四是指汉字部首和动物。如：草字脑_{草字头}、宝盖脑_{宝盖儿}、癞脑盖_{秃宝盖}、竹字脑_{竹字头}、螺脑_{螺蛳}。

五是指某类人。如：木人脑_{又笨又傻的人}、癞子脑_{长癞痢头的人}。

以上的"脑"，不少词一般是用"头"的，说明的确有方言"头"与"脑"是差不多的。富川秀水九都话未见后缀"头"的描述。（邓玉荣，2005b：236—237）

湖南耒阳方言（属客家话）也有后缀"脑"："木脑、棍脑、砖脑、土脑、薯脑。"不过，也有后缀"头"，如："石头、日头、骨头、高头、镬头。"（王箕裘等，2008：326）"木脑""砖脑"多数方言说"木头""砖头"。

湖南邵东方言也有"脑"作后缀用法，一般用在"手指"和"脚趾"后面，显得口语意味比较浓。如：脚趾脑_{脚趾}、手指脑_{手指}、大手指脑_{大手指}、二手指脑_{二手指}、三手指脑_{三手指}、四手指脑_{四手指}、满手指脑_{小拇指}、大脚趾脑_{大脚趾}、二脚趾脑_{二脚趾}、三脚趾脑_{三脚趾}、四脚趾脑_{四脚趾}、满脚趾脑_{小脚趾}。不过邵东方言也有后缀"头"，而且搭配面更广（孙叶林，2009：35–36）。"脚趾脑""手指脑"多数方言说"脚趾头""手指头"。

9. 方言分布范围扩大

"数量＋头"的这种用法在明清白话文献中使用频率较高，数量上远远超过"数量＋生"，吴语区最多，其他方言区也有，如北方的山东（《金瓶梅》《醒世姻缘传》《小忽雷》）、河南（《歧路灯》）、北京（《儿女英雄传》）、辽东（《姑妄言》）、江淮官话（《儒林外史》）等。

现代方言分布范围较广，如徽语、闽语、赣语、粤语、平话、畲话、湖南乡话、西南官话、江淮官话、中原官话。

方言的"数量＋头"也显示原型范畴理论。与"头"搭配最典型用法的是与钱有关，所以，曹志耘（2008：49）说"用于数量后表钱币"。其他的都是非典型用法，古今都是如此。

（六）余论

同样是后缀用于"数量"后面，"数量＋头"与"数量＋生"也有相同之处，如普通话"他家一下子死了三头猪"，浙江海盐方言说成"伊拉屋里一记头死脱三只猪猡"（张薇，2019：113）。浦江方言说成"渠得家里一记生死置﹝三个猪"（黄晓东，2019a：116）。这里，海盐方言的"一记头"与浦江方言的"一记生"同义。

但更多的是有很大不同。具体有如下几点。

1. 分布范围不同

"数量+头"的分布范围较广，分布于 12 个省市，而"数量+生"只局限在浙江大部、上海、江苏极少数地区。

2. 语义有别

"数量+生"表示"与数量有关的某种状态"，为形容词性。"数量+头"主要表示"以该数量为一个整体的计量单位"，主要为名词性。

3. 数词不同

"数量+头"的数词可大可小，如可以说"三千两头"，也可说"一两头"。当然也有纯粹表少的。扬州方言的"数量+头"表示少（张其昀，2009，2010）。"数量+生"的数词大多是小，多为"一"与"两"。

4. 变化形式

从变化形式看，也有许多不同之处。

"数量+生"的变式有:（1）数量+名+生;（2）数+名+生;（3）量+生;（4）量打量+生;（5）量量+生;（6）数量+生／相;（7）动+量+生;（8）指示代词+量+生。（9）量词为动量词与时量词;（10）形容词+生;（11）"数量+生"的词汇化;（12）方言分布范围缩小。

"数量+头"的变式有:（1）量+头;（2）数+头;（3）"量词"的演变;（4）独／单+量+头;（5）动量词+头;（6）"一量头"的"头"为表微标记;（7）"数量+头"的词汇化;（8）数量+脑;（9）方言分布范围扩大。

五

XX+动

（一）明清文献的"XX+动"

1. 明清文献的"XX+动"

明清白话小说有"XX+动"，如：

（1）只见耿埴在桶闷得慌，轻轻地把桶盖顶一顶起。那董文虽是醉眼，早已看见，道："活作怪，怎么米桶的盖会这等动起来？"便蹭蹭动要来掀看。（明·陆人龙《型世言》第5回）

（2）一到家中，迎着家婆，开门见他这光景，道："……要赌，像朱家有爷阄在前边，身边落落动，拿得出来去赌。……"（《型世言》第23回）

（3）裴五福指着皮廿九的衣袖道："这里边落落动的，岂不是个彩色？"皮廿九道："……这袖中是耿大娘子与我的银两，替亡妹买办棺木、衣衾。"（明·清溪道人《禅真后史》第3回）

（4）方爷也极信用他，他说的就是，所以极有顽钱，身边的银子也落落动。（明·西湖逸史《天凑巧》第3回）

（5）将入殓之时，蛆虫万万千千已勃勃动满身攒个不住。（明·周楫《西湖二集》卷5）

（6）他将包的坛头一打打开，取根竹棍往里一掏，下底轳轳动有物，又拨又动。（清·谷口生等《生绡剪》第1回）

（7）杨仁一见小官，大为惊异，但是仍旧守住李玄躯壳，不稍动弹，也不起立，只急急动问他因何而来此，可有什么要事。（清·无垢道人《八仙得道》第25回）

明·西周生的《醒世姻缘传》用得最多，共有9例，如：

（8）于是杨太医心内绝不寻源问病，碌碌动只想如此歪念头，正似吊桶般一上一下的思量。（第2回）——另第21回、第39回、第44回、第64回各有1例"碌碌动"。

（9）到了德州，天色未及晌午，只见从东北上油油动发起云来。（第8回）

（10）年纪不上五十岁，肉身约重四百斤。鼾鼾动喘似吴牛，赳赳般狠如蜀虎。（第15回）

（11）晁夫人唬得通身冷汗，心跳得不住，浑身的肉颤得叶叶动不止。（第20回）

（12）他合该晦气上来：那素姐的歪憋，别人还没听风，偏偏的先钻到他的耳朵；别人还没看见，偏偏的先钻到他的眼孔；没要紧自己勃勃动生气，有人解劝，越发加恼，一气一个发昏，旧病日加沉重。（第59回）

明代戏曲也有，如：

（13）［末］清溪兰棹拥，陌上香尘重。粗弦细管嘈嘈动，怎比得鸣禽声数种？（卓人月《花舫缘》第1出）

弹词也有，如：

（14）大红帕子飘飘动，珠球压住放光明。（清·陈端生《再生缘》第73回）——另第74回有"桌围靠背飘飘动，大红锦垫黑镶边"。

2. 其他文献的"XX+动"

笔记小说也有，如：

（15）（李十娘）在母腹中，闻琴歌声，则勃勃动，生而娉婷娟好，肌肤玉雪，既含睇兮又宜笑，殆《闲情赋》所云"独旷世而秀群"者也。（明·余怀《板桥杂记》中卷）

（16）（胡宝珠）方其在母腹时，闻人歌声，即勃勃动，如《板桥杂记》之李十娘，故生而灵慧，管弦丝竹，一过即精。（清·捧花生《秦淮画舫录》卷上）

（17）前乎此一发许犹收敛未毕，后乎此一发许即黄泉之下苏苏动矣。（清·金圣叹《唱经堂随手通》）

古代医案也有，如：

（18）痘候，早晨浑身微微地热，日午后大热，眼白加黄色，两胁下吸吸动，更发甚如惊风，遍身大热，手足逆冷，此病属脏。（宋·刘昉《幼幼新书》卷18）

（19）予有表嫂小产后，腹痛晕厥，冷汗淋淋，遍身麻木，心忪忪动，左脉绝不应指，虚极故也。（明·孙一奎《孙文垣医案》卷3）

3. 语义与语法功能

从语义来看，"XX动"的"动"都表示"……的样子"，如例（1）的"蹱蹱动"是走路跟跄不稳的样子，例（2）的"落落动"是（银子）滚动的样子，形容银子很多，例（6）的"辘辘动"义同"落落动"，也是表示滚动的样子。因此，"动"已经虚化，尤其是例（10），前面是"鼾鼾动"，后面是"赳赳般"，"般"是比况助词，也是虚化的。

从语法功能来看，大多数作谓语，如例（2）的"身边落落动"；其次作状语，如例（1）的"便蹱蹱动要来掀看"；偶尔作补语，如例（11）的"浑身的肉颤得叶叶动不止"。

4. 方言分布

从上述例子作者籍贯分布来看，既有南方人，也有北方人。《型世言》作者陆人龙是浙江杭州人；《禅真后史》作者清溪道人即方汝浩，河南洛阳人，但寓居杭州，可能受吴语影响；《天凑巧》作者罗浮散家又作西湖逸史，小说中又多吴语成分，可能是江浙人；《西湖二集》作者周楫为杭州人；《生绡剪》是汇集众作而成，作者15人，其真实姓名与生平不详，但从作品内容推测，可能均为吴语区的江浙一带人。

《板桥杂记》作者余怀原籍福建莆田，曾长期寄寓金陵（南京）；《秦淮画舫录》作者捧花生是江宁府上元县人，其所写乃是南京秦淮河一带的风月佳话。金圣叹是苏州府长洲县（今江苏省苏州市）人。孙一奎是安徽省休宁县人。

《醒世姻缘传》属于山东方言，但明代吴语区北部的范围可能要比现在往北得多，山东大概是吴方言区的边缘，可能受吴语影响。袁毓林等（2005：17）认为"古吴语的北部边界基本上在古淮河"。袁毓林等（2005：20）再次提出类似看法。鲁国尧（1988，2002）也持类似观点。袁毓林等（2005）等所指对象是《金瓶梅》，但这同样可以用来说明《醒世姻缘传》的语言状况。同时，上面所说的南京、江宁府应属吴语区。

因此，古代作品"XX+动"的用法主要见于吴方言区，也见于山东方言。而传统的文言作品一般用"XX+然"，如"谦谦然谦逊的样子""慊慊然憾恨的样子"等。

5. 现有研究成果多未涉及"XX+动"

明清白话文献等有"XX+动"例子，但好多近代汉语词典未收，如陆澹安（2009a，2009b）、高文达（1992）、吴士勋等（1992）、许少峰（1997）、白维国（2011）等，《汉语大词典》《汉语大字典》（以下简称《大字典》）也未收。连许少峰（2008）作为大型的近代汉语词典也未收"动"的后缀义。上面有不少为吴语用词，石汝杰等（2005）也未收。

近代汉语中，具有山东方言背景的《醒世姻缘传》有9个"XX动"例子，但宋开玉的《明清山东方言词缀研究》《醒世姻缘传》是其重要研究对象，却未提到后缀"动"。

郑奇夫的《汉语前缀后缀汇纂》（2007）、蒋宗许的《汉语词缀研究》（2009），也未提及后缀"动"。张美兰的《近代汉语语言研究》（2007）第三章是"近代汉语词缀"，也未提及后缀"动"。

周志锋（2001）最早论述明清白话文献的"XX+动"，并明确认为"动"是后缀。

（二）清末传教士文献的"XX+动"

1.《汇解》的"XX+动"

《汇解》有不少"XX+动"："心懔懔动"。注释说："懔懔动：形容惊慌、害怕的样子。"（第14页）"岧岧动"。（第107页）"头晕晕动"。（第132页）"声响隐隐动"。（第166页）"隐隐动"。（第242页）"叫得碎碎动"。注释说："碎碎动：形容心上不安。叫声让人心里七上八下的。"（第217页）"胸膛头膃膃动"。注释说："形容因心跳而胸部起伏的样子。"（第218页）"怔怔动"。（第257页）"辫辫动个"。注释说："感觉不适，有异物感。"（第317页）"憷憷动"。（第333页）"震震动"。（第378页）"怔怔动""惊惊动"。（第422页）"碎碎动"。（第425页）"潭潭动"。（第433页）"飘飘动雪"。（第438页）"冲冲动"。（第448页）"饿得吸吸动"。注释说："形容非常饿，饥肠辘辘。"（第449页）"冲冲动""墙摇摇动"。（第486页）"星光透透动"。（第496页）"怔怔动""岧岧动"。注释说："形容心跳不正常或因惊慌而心悸。""岧：晃动。摇来摆去的。"（第515页）

"心懔懔动""头晕晕动""叫得碎碎动""胸膛头臑臑动""觓觓动个""懔懔动""怔怔动""惊惊动""饿得吸吸动"等不能解释为"表示……的样子"，因为都是指"内心的感觉"，应该解释为"表示……的感觉"。由上可见，一是宁波当时的"XX+动"很常用，二是19世纪末宁波方言的"XX+动"已有两种意思，很有价值。

2. 台州土白圣经的"XX+动"

台州土白圣经也有，如：

（1）都抖抖动聚代讲，上帝个样子待我是咋生？（《创世纪》42∶28）——《路加福音》1∶12也有1处"抖抖动"。

（2）玛利亚望着，为他说话心里挈挈动，忖忖个贺喜说话到底咋意思？（《路加福音》1∶29）

（3）我许现在镜里面影影动望着。（《哥林多前书》13∶12）（阮咏梅，2019∶186）

阮咏梅（2019∶186）指出，这种重叠式表示动作发生的持续状态，具有形容词类的描摹性。如"抖抖动"表示抖个不停的样子，"挈挈动"表示忐忑不安的样子，"影影动"表示影像晃动的样子，"影"作动词用。"XX+动"重叠式在今台州方言中也很常见。

我们以为，"他说话心里挈挈动"是表示内心的情况，用"表示……的样子"来解释似乎不妥，应该是"表示……的感觉"才是。从中也可见，台州土白圣经的"XX+动"也已经有两种意思。

（三）现代吴语的"XX+动"

1. 浙江吴语的"XX+动"

宁波方言有"XX+动"，如：旺旺动、戚戚动、代代动、惝惝动、急急动、戳戳动、现现动/移移动、蒿蒿动、槽槽动/膪膪动、蹿蹿动、跳跳动、摅摅动、摆摆动、摇摇动、搅搅动/绞绞动、拐拐动、晕晕动、投投动、抬抬动、隐隐动等。（朱彰年等，1996∶84-85；汤珍珠等，1997∶286）。许宝华等（2020∶5471）收"惝"，动词，义为"内心因受惊或过于担心而颤抖"。吴语，方言点为浙江宁波。例如：

（1）侬走勒，我侬心里惝惝动。

宁波话的"XX+动"语义上有表示"……的样子"，如"戚戚动"形容提心吊胆、放心不下的样子；"跳跳动"形容跳动的样子；"拐拐动"形容摇摆不稳的样子；"摆摆动"形容器物摆动不牢的样子；"搅搅动"形容密集挨挤的样子。还有表示"……的感觉"的语义，如"晕晕动"形容有点发晕的感觉，因为这只能是人自己的内心感觉，不是外人视觉的感受；"戳戳动"形容皮肤轻微受刺激的感觉；"旺旺动"形容有点骄傲自大的感觉；"投投动"形容做事莽撞冒失，不够稳重的感觉。相比之下，表示"……的感觉"的"动"比表示"……的样子"的"动"，其义更虚（周志锋，2001∶24）。把"戚戚动"解释为"形容提心吊胆、放心不下的样子"，我们以为不准确，因为形容"提心吊胆、放心不下"应该是内心的"感觉"，而不是旁人所看到的"样子"，故应该解释为表示"……的感觉"才符合事实。

从语法功能来看，宁波方言的"XX动"主要用作谓语，也可以作补语、定语、状语。周志锋（2001：24）举有如下例子：

（2）牙齿拐拐动。（作谓语）

（3）汽车乘过，头晕晕动。（作谓语）

（4）油肉吃忒多，吃勒抬抬动。（作补语）

（5）投投动咯人，派勿来大用场。（作定语）

（6）小明戚戚动咯走进考场。（作状语）

鄞州方言也有，如：晕晕动、跳跳动、摇摇动、急急动。（肖萍等，2014：15-16）又如：膪膪动_{形容胃感觉难受}、抬抬动_{胃逆想吐的感觉}、现现动_{胃逆想吐的感觉}、蒿蒿动_{食物日久变质，吃起来有种刺喉的味道}。（肖萍等，2014：283）晕晕动、急急动、代代动_{心跳不正常；心悸}、愮愮动_{因有愧而心不安}、戳戳动。（肖萍等，2014：286）旺旺动_{形容自以为是，瞧不起别人}、投投动_{做事冒失，不稳重，不细心}。（肖萍等，2014：290）虫绞绞动_{很多的虫子}。（肖萍等，2014：331）特别是肖萍等（2014：17、343）提到"横横动"的说法，如"六十横横动""五百斤上落/五百斤横横动""一百斤横横动"，此"动"也是后缀，其语义比表示"……的感觉"的"动"更虚。

奉化方言也有，如：蒿蒿动、槽槽动、疲疲动、慼慼动、代代动、愮愮动、晕晕动、戳戳动、隐隐动、移移动、抬抬动、急急动、怯怯动、绞绞动、投投动、旺旺动、跳跳动、摇摇动、拐拐动、摆摆动、抖抖动、搀搀动、闯闯动、闹闹动、横横动。

同鄞州方言一样，奉化也有"横横动"，其语义也比表示"……的感觉"的"动"更虚。奉化方言还有"花开勒闹闹动"，"闹闹动"义为"茂盛的样子"。虽然表示的是"……的样子"，但这"……的样子"与"摇摇动"所表示的"……的样子"语义虚化程度不一，"花开勒闹闹动"的"闹闹动"是静态的，而"摇摇动"表示的是动态的。

《奉化民俗》一书收有如下"XX动"：怯怯动_{内心不安，有点担心}、晕晕动_{有点晕}、衍衍动_{恶心，要呕的感觉}、搭搭动_{心中不踏实，老是记挂}、横横动_{靠近，左右}、摇摇动_{松动的样子}、隐隐动_{似有似无的声音或十分暗淡的颜色}。如：

（7）三点钟横横动，好吃点心了。

（8）牙齿摇摇动，好拔掉了。（江圣彪，2017：316-317）

"衍衍动"与"移移动"应该同义。同时，《奉化民俗》所收"XX动"数量太少。

余姚方言也有，如：抬抬动_{恶心、想吐的感觉}、蒿蒿动_{食物日久变质，吃起来有种刺喉的味道（多指经过油炸的食物）}、滞滞动_{胃过饱不消化，人难受}。如：

（9）胃里滞滞动。（肖萍，2011：241）

又如"慼慼动：心不安或放心不下"，"搀搀动：因有愧而心不安"（肖萍，2011：243）。形容"有所愧疚，内心不安"，有的用"搀搀动"，有的用"搭搭动"，有的用"愮愮动"。用"愮愮动"更确切。《集韵·盍韵》："愮，心恐也。德盍切。"

象山方言也有，如：佗佗动，同页有"佗"的注释，义为"肥胖"；儴儴动，同页收"儴"，义为"宽缓，宽松"，如："儴圈"（叶忠正，2007：485）。泱泱动，同页收"泱"，义为"不干；不硬；湿"；揪揪动，同页收"揪"，义为"宽松"（叶忠正，2007：487-488）。胀胀动（叶忠正，2007：493）。汤汤动，同页收"汤"，义项有二：①热水；②淅薄。"汤汤动"的"汤"应该是义项二"淅薄"义（叶忠正，2007：503）。憨憨动，同页收"憨"，义为"吃太甜的东西而感不适"（叶忠正，2007：505）。可惜的是，上面的"XX动"都未作解释，有的只能通过"X"来窥探其意义。

舟山方言也有，共有16个。如：摆摆动桌子、椅子等物因年久或质差而摇摇摆摆的样子、摇摇动语义同上、跳跳动故意欲挑逗滋事或静不下来的情态、投投动做事冒失，不够仔细、稳重、搉搉动内心不安，有时略带有愧疚感、摛摛动自以为是、瞧不起人的样子、现现动食用过甜、过油腻的东西或晕车、船引起的反胃、欲吐的感觉、抬抬动语义同上、潆潆动语义同上、急急动急于大小便的感觉、感感动内心不安，放心不下的感觉、嘈嘈动吃了不易消化的食物（如竹笋等），口腔和肠胃难受的感觉、戳戳动皮肤微微受刺而引起的不适的感觉、代代动心跳不正常或因惊慌而心悸、晕晕动头脑发昏的感觉、旺旺动语义同上或同"旺兴夹脚"。（徐波，2004：57）

徐波（2004：61）指出，上面所举的以"动"为摹状成分的词语粗看起来似乎极易与"AAX"式混同，而其实，它们的中心语素还是在后面，它们大都用来形容人的生理或心理感觉，表示"有……的感觉"，如：

（10）该张桌凳摆摆动这张桌子有点儿摇摇摆摆的了。

（11）我早天亮爬起到现在胃里交关难过，抬抬动时格想吐我早上起床到现在，胃一直很难受，老是想呕吐。

（12）该件羊毛衫穿仔弗爽快，有眼戳戳动这件羊毛衫穿着不舒服，有点儿刺人。

（13）汽车辰光坐长勒头晕晕动咯汽车坐久了有点儿头晕的感觉。

我们赞同周志锋（2001）的看法，"XX+动"的"动"应该是后缀，"XX+动"的中心语素应该是"XX"而非"动"。同时，说"它们大都用来形容人的生理或心理感觉，表示'有……的感觉'"的说法也不准确，"XX+动"应该是既有表示"……的样子"，也有表示"……的感觉"，并非只有一种解释，如例（10）的"摆摆动"，就是表示"……的样子"，而不是表示"……的感觉"。还有，上面说的"摆摆动"与"摇摇动"并非完全同义，如"牙齿摇摇动"，就不能说成"牙齿摆摆动"。

温岭方言也有"XX+动"："单音节动词重叠后加'动'字，具有形容词的作用，相当于普通话中的'……的样子'、'……的感觉'。"如：

（14）只望着人影来伏晃晃动只看到人影晃动的样子。

（15）我个两日一眼弗好过，条肚埪疼疼动我这两天有点儿不舒服，（肚子里）有恶心的感觉。

（16）个人扭扭动个，望着哦难过起爻这个人扭来扭去的，（让人）看着就讨厌。（阮咏梅，2013b：138-139）

温岭方言与宁波方言相同，"XX+动"也是既有"……的样子"，又有"……的感觉"。阮咏梅（2013b：236）收"摇摇动"："不稳。"这"摇摇动"也表示"……的样子"。

三门方言也有，且使用比较广泛，用于表示某种状态。如：坠坠动下坠感、疲疲动胃里恶心的样子、滟滟动泪光闪闪的样子、晕晕动头昏脑涨的样子、影影动若隐若现的样子、牵牵动心里牵挂的样子、怯怯动提心吊胆的样子、挈挈动提心吊胆的样子、闷闷动闷热的样子、朦朦动①天气闷热的样子。②头晕难受的样子。③迷糊未醒的状态、袅袅动摇曳、扭动的样子、抖抖动轻手轻脚的样子、撇撇动手脚轻浮的样子、浮浮动①心态难以沉静的样子。②味道微弱的样子。③恶心的样子、雾雾动闷热快下雨的样子。（王怀军，2022：338–339）"坠坠动"解释为"下坠感"说明是感觉，其实，"疲疲动""晕晕动""挈挈动"也应该是"感觉"。

三门方言中有的与其他方言一样，但有的似乎为三门方言所独有，如"滟滟动""撇撇动"等，而且"朦朦动"与"浮浮动"各自有 3 个义项，这也是其他方言所未见。

温州方言也有，温州方言有些单音节动词或形容词重叠后加上词尾"动"，表示一种生动的情态，有"……的感觉""……的样子"等意思，如："晕晕动、逃逃动。"（沈克成等，2004：13）

王昉（2011：56）也举如下例子：

（17）摇摇动个桌摇动的桌子。

周志锋（2012：32）指出："现代吴方言除宁波话、舟山话外，天台话也有'AA 动'式，但意义与用法跟宁波话稍有差异。"可惜周志锋（2012）未举例。

浙江歌谣也有，如：

（18）柯鱼船，驶顺风，一驶驶到洋鞍弄，黄鱼鲥鱼搅搅动。（《柯鱼谣》，《中国歌谣集成·浙江卷》第 32 页）

歌谣属舟山岱山县。同页对"搅搅动"有注释："形容鱼多的样子。"

（19）第九梳头九条龙，龙飞凤舞影影动。（《嫁时梳头歌》，《中国歌谣集成·浙江卷》第 109 页）

歌谣属台州玉环县。

（20）凤冠讨个凤冠红，新妇凤冠闹丛丛，满头珠翠抖抖动，一朵绒花嵌正中。（《讨彩红》，《中国歌谣集成·浙江卷》第 118 页）

歌谣属金华永康县（今永康市）。

（21）厝基响响动，你公会织网。（《田鹭鸶》，《中国歌谣集成·浙江卷》第 482 页）

歌谣属温州苍南县。

（22）人差人，差勿动，长头毛差人抖抖动。（《中国谚语集成·浙江卷》第 371 页）

歌谣属台州。

（23）小人活活动，大人看得重。（《中国谚语集成·浙江卷》第 382 页）

歌谣属杭州。同页有一注释："'活活'或作'碌碌'。"

（24）过年风，绞绞动。（《中国谚语集成·浙江卷》第 727 页）

歌谣属舟山。

上面的"XX+动"都表示"……的样子"。

上面是浙江吴语。

2. 江西吴语的"XX+动"

属吴语处衢片的江西广丰方言也有"XX+动"。胡松柏（2003a：159）举如下例子：

a.摇摇动 / 滚滚动 / 抖抖动 / 爬爬动 / 挤挤动 / 活活动 / 横横动 / 袅袅动

b. 碌碌动 / 哈哈动 / 啷啷动 / 嗖嗖动

胡松柏（2003a：159）认为，a组中的A本都是动词，重叠的AA后加"动"则不再表示动作而是表示事物处于某种运动的状态之中，因而具备形容词的功能。说牙齿"摇摇动"，即描述其摇摇晃晃不牢固的样子；说虫子"爬爬动"，即描述其不停地四处爬动的样子；说女孩子"袅袅动"，即描述其婀娜多姿的样子（"袅"义为撒娇）。b组与a组略不同的是，其中的A语义较虚，不是能单用的动词，基本上只是摹状的音节。说眼珠"碌碌动"，即描述其滴溜溜转动的样子，说老人"哈哈动"，即描述其动作颤巍巍的样子，说布料"啷啷动"，即描述其非常轻柔而抖动的样子。

李政等（2014：313-314）也举有广丰方言的例子。

袅袅动：行动姿态轻盈优美的样子。

碌碌动：坐立不安、好动的样子。

胆胆动：物体抖动、松动的样子。（胆：抖、震动）

嗖嗖动：指东西不牢靠，晃动着发出嗖嗖声的样子。（嗖嗖，拟声）

摇摇动：指东西不牢靠，手去轻摇它便晃动的样子。

啷啷动：步伐很不稳，跌跌撞撞的样子。

嘿嘿动：受到引诱，心动而想去做某事的样子。

哈哈动：走路不稳，东摇西摆。

"哈哈动"的注释后面应该也有"……的样子"。另与吴语不同之处是"X"有拟声词，如"嗖嗖"。

3. "XX+ 动"有两种类型

郑张尚芳（2008：217-218）指出，温州方言的"XX+ 动"有两种情况：念重叠式变调的"张张动、望望动、摸摸动、嬉嬉动、讲讲动"（前字轻声，"动"字也轻声）表对人试行某种行动。这种用法与宁波方言等不同，从"表对人试行某种行动"来看，"XX+ 动"表示的是动词义。"XX+ 动"另一用法是：念连读变调的"摆摆动、坍坍动、摇摇动、涛涛动_{晃荡不定，涛指摧}、耨耨 [nɜ⁶] 动_{晃摆}"则构成表示"不稳定的样子"的形容词。这种用法与宁波方言等同，也是表示"……的样子"等。郑张尚芳（2008）描写更全面。

据卓佳乐同学介绍，温州乐清方言也有"XX+ 动"，也有两种形式，与郑张尚芳（2008：217-218）同。

谚语中也有"XX+ 动"作动词用的，如：

（25）摸新妇勿要实箱实笼，只要新妇十指搠搠动。（《中国谚语集成·浙江卷》第347 页）

谚语属温州。

丽水缙云方言有如下例子：

（26）撮撮动。——指喜欢在女人身上动手动脚的行为。（吴越等，2012：670）

上例显然与温州方言的"走走动""讲讲动"一样，也是表示对人实行某种行动，表示"XX+动"具有动词性。我们曾就"撮撮动"通过电子邮件向《缙云县方言志》的作者之一吴越先生请教，吴先生回信说："撮撮动"的意思是专门用来表示不庄重的男人对女人的动手动脚。缙云方言也有"牙齿摇摇动"这样的说法。这两种"动"，意义上应该是有所区别的。缙云方言还有一个"[tsha⁴¹⁻³³/tsha³³]动"，意思是说某人因病因老走路不稳，趔趔趄趄。"[tsha⁴¹]"的本义，就是趔趔趄趄，东倒西歪。

据胡晓锋同学介绍，缙云方言既有"碰碰动"（"碍事"的意思），这与温州方言的第一种形式相似，表示对人实行某种行动。又有"慢慢动""松松动""摇摇动"等说法，这与温州方言的第二种形式相似，表示"……的样子"。因此，缙云方言的"XX动"与温州方言一样，也有两种形式。

据韩洁琼同学介绍，金华武义方言"XX+动"与温州方言一样，也有两种形式。表示"对人实行某种行动"，"XX动"是动词。如：

（27）老妈把弟弟的牙齿<u>摇摇动</u>，让牙齿更轻松地拔下 _{意思是把乳牙摇一摇，使它更好拔。}

（28）厨师把那块牛排<u>切切动</u>，让它更好腌制入味 _{意思是把牛排切一下。}

（29）把衣服<u>抖抖动</u>，挂起来 _{意思是把衣服抖一下，把衣服上的脏东西抖掉。}

（30）把这盆花<u>移移动</u> _{意思是人把花盆移动的行为动作。}

表示"……的感觉""……的样子"，"XX+动"是形容词。如：

（31）小王站在雨中<u>摇摇动</u> _{意思是小王站在雨中瑟瑟发抖的样子，有冻僵的意思。}

（32）饭后走两圈<u>松松动</u> _{意思是饭后走两圈，裤腰带好像有松动的感觉。}

"XX+动"的两种类型，我们以为是第1类出现得比第2类要早，因为第1类中的"动"虽然有点虚化，但还有动词义，而第2类中的"动"已虚化为后缀。再看如下例子：

（33）诗曰："勒腰绣带<u>飘飘动</u>，□脚阴云霭霭生。"（元·无名氏《秦并六国平话》卷下）

上例"飘飘动"与"霭霭生"对举，"动"与"生"都是动词，"飘飘"与"霭霭"都作状语。上面第一类的"XX+动"就是从"飘飘动"等用法延续而来。周志锋（2001：24）说到后缀"动"有一个语法化过程："动"作后缀当是它语法化的结果。"XX+动"的"动"原是动词，出现在与"动"义有关的词后面表示动作的样态。它虚化的契机是，在"XX+动+VP"的句式中，"VP"是句子的词义中心，"XX+动"处于状语位置，"XX+动"失去了句子中心的地位，因而开始虚化。当它彻底虚化成为词缀后，"XX+动"就可以单独作谓语甚至作补语、定语、状语了。

吴连生等的《吴方言词典》（1995），未收"动"的后缀用法。许宝华等的《汉语方言大词典》（1999，2000），也未收。

（四）其他方言的"XX+动"

1. 客家话的"XX+动"

除吴语有"XX+动"外，福建闽西长汀客家话也有，黄伯荣（1996：258）在说到"福建闽西长汀客话动词的情态表示法"时指出："与普通话还有一点不同的是长汀话双音节的重叠式。长汀话双音节动词可成 AAB 式重叠，这重叠也使动词带上形容词的色彩，用作对动作行为的描写。"如：

（1）巅动→巅巅动_{晃动、摇摆}。

凳子巅巅动_{凳子摇摆不稳}。

黄伯荣（1996：258）作了如下分析：与单音动词的第一种重叠方式不同，这些双音动词由于重叠而带上了形容词的色彩，人们就像看见了鸡毛一根根耸起，身子缩成一团，头发直直翘起，水在锅里沸腾和口袋鼓鼓囊囊，凳子摇摆不稳的样子，显得很生动。这些动词也是带上了形容词的色彩，因而不带宾语。同样，它也不需状语的修饰和补语的补充说明。

上面的"凳子摇摆不稳的样子"就是用来说明"凳子巅巅动"的，确实是用来表示情态的，表示"……的样子"，与周志锋（2006：24）所说的"桌凳摆摆动"同义。

刘纶鑫（2001：306–307）指出，江西客家方言中，有些单音节动词（V）可以在前面或后面加上两个重叠音节，构成 BBV 或 VBB 式结构。此时，动词失去其原有的语法功能，只保留词汇意义，与重叠音节一起构成一种用来描写动态情状的三音节结构。如："眨眨动_{眼睛不停地眨动貌}""蠕蠕动_{虫子不停地蠕动貌}""掉掉动_{尾巴不停地摆动貌}""弹弹动_{发抖貌}"。还有更特殊的现象：有些动词可以加上词头或词尾，并将它们重叠；有些单音节动词可以连续重叠四次。这些重叠形式后面加上"下子"，构成一种描写动态的形容词短语，作用与复音形容词的重叠形式后加"下子"相同，如："翻翻动下子_{不断翻动的样子}""眨眨动下子_{眼睛不断眨动的样子}"。

李荣（2002：3535）收江西于都客家话"掩掩动"一词，说："形容微微晃动：桶里介水掩掩动 | 塘里介水掩掩动 | 着正一身掩掩动，一下都系绸子嘞。"这里的"AA 动"与宁波方言等语义是一样的，表示"……的样子"。但"XX+ 动"是一种结构，于都方言中估计不大可能只有"掩掩 + 动"一种搭配，如果"动"不止与"掩掩"搭配，这样词典收"掩掩动"是不妥当的。我们查了《于都县志》（1991：627），其中就有"XX 动"：

滚滚□ [liu^{31}]：滚个不停。

□□ [ŋɛ^{31}ŋɛ̃^{44}] 动：不稳当，摇摇欲坠。

□□ [p'iɛ^{31}p'iɛ^{31}] 跌：走不稳当。

□□ [k'uɛ̃^{31}k'uɛ̃^{31}]转：转个不停。

奇怪的是，县志中说的是"XX+ 动"式，但例子中只有 1 例是"XX 动"，其余 3 个都不是。但就是这仅有的"□□ [ŋɛ^{31}ŋɛ̃^{44}] 动"，也证明于都方言并不只是"掩掩动" 1 个词。

同时，宁波方言等有不少"XX+ 动"，如果都收入词典，那显然是不对的。许宝华等（2020）就未收"掩掩动"。总之，于都方言对"动"的处理不如宁波方言对"动"的处理。但如果真的是词汇化为词语了，那也是很有价值的。

客家方言于桂片南康荷田话形容词重叠有"AAB"式，有"XX+ 动""嘭嘭 B""AA 叫"。"XX+ 动"的例子如：□□ [n̬iɔ̃^{41}n̬iɔ̃^{41}] 动_{因害怕而发抖的样子}、□□ [luɛ^{11}luɛ^{11}] 动_{不停滚动的样}

子、□□ [liŋ¹¹liŋ¹¹] 动不停转圈的样子、□□ [pã¹¹pã¹¹] 动不停摔东西的样子、□□ [thã¹¹thã¹¹] 动发抖的样子、□□ [phiŋ⁴¹phiŋ⁴¹] 动不停挣扎的样子、蠕蠕动虫不停蠕动状、转转动不停转动的样子、摇摇动不稳固的样子、滚滚动不停滚动的样子、眨眨动不停眨眼的样子、雄雄动说话很凶的样子。（刘斐，2012：140）

刘斐（2012：140）指出："在南康荷田话中，'AA 动'中的'动'是一个形容词后缀，表示'……的样子'。""XX+动"可自由地作谓语和补语，如：

（2）渠丈人婆经常雄雄动他岳母经常说话很凶。

（3）昨日落雪冻渠崽弹弹动昨天下雪冻得他儿子不停发抖。

刘斐（2012：140）认为，形容人的词语和形容事物的词语之间其语法分布有所区别，形容人的 AAB 式形容词不能作定语^①，但加上结构助词"□ [ke⁴¹]"后可以作状语，如：

（4）渠雄雄动□ [ke⁴¹] 骂了一上午他很凶地骂了一上午。

刘斐（2012：140）指出，形容事物的 AAB 式形容词不能作状语^②，加上结构助词"□ [ke⁴¹]"之后才可作定语，但只举"嘭嘭腥"作定语例，未举"XX+动"例子。

从上面所说来看，南康荷田话的"XX+动"表示"……的样子"，与宁波方言等相同。

彭薇（2012：18–19）在说到赣州方言^③的形容词生动式时说有"AA 动"："拼拼动、扯扯动：形容不服气而弄出动静以示反抗的样子。"如：

（5）你不服气可是? 还拼拼动／扯扯动你是不是不服气? 还抗议。

赣州方言的"XX+动"也表示"……的样子"。

广西博白客家话也有"XX 动"，只是重叠后构成动词重叠式，"X"和动不能组合成词，表示动作的重复，可理解为"X 来 X 去"，如□□ [nɔŋ³³nɔŋ³³] 动动来动去、拱拱动拱来拱去、走走动走来走去、跳跳动跳来跳去、□□ [fɛn³¹fɛn³¹] 动小孩耍无赖身体扭来扭去、骂骂动骂来骂去。只能作谓语（梁瑜玉，2019：14），与前面的客家话不同。

2. 广西土话的"XX+动"

广西钟山董家堈土话比较特殊，由象声词或不能单用的语素重叠再加上动词构成状态形容词，表示与这个动词相关的某种状态，其中就有"XX 动"：□□ [no⁵¹no⁵¹] 动跳跳状、□□ [ȵio³¹ȵio³¹] 动一下一下地跳动状。（邓玉荣，2019：225）从解释为"……状"来看，"动"应该有所虚化。

3. 赣语的"XX+动"

卢一舟（2021）指出，江西临川方言也有"AA 动"，其主要是由动词性语素或形容词性语素重叠后加上"动"构成。"XX 动"重叠式表示"……的样子"。说街上的人"泱泱动"，即形容街道上人流涌动；说这伢崽"活活动"，即形容小孩子的性格外向、反应

---

① 原文如此，似乎是"状语"。

② 原文如此，似乎是"定语"。

③ 关于赣州方言的归属有不同看法，多数认为属于客家话。赣州是客家人主要聚居地之一，客家文化浓厚，故笔者认为方言归属为客家话为好。

灵敏；说老人家吓得"蹶蹶动"，即描述老人在受到惊吓时身体抽搐的样子。"AA动"主要用于形容人的状态，但也有少部分是描述事物，如这个梯子"□□动 [fut²fut²thuŋ¹]"的，则是说梯子不稳当。摇摇晃晃的样子。另如：戚戚动、蹶蹶动、纵纵动、□□动 [tshon³²tshon³²thuŋ²]、掸掸动、□□动 [fut²fut²thuŋ²]、翻翻动、□□动 [uaŋ³²uaŋ² thuŋ²]、□□动 [khot⁵ khot⁵ thuŋ²]、悸悸动、□□动 [iet⁵iet⁵thuŋ²]、□□动 [san³²san³²thuŋ²]、急急动 [tɕit²tɕit²thuŋ²]、翘翘动、活活动、泱泱动、扁扁动、□□动 [tɕia⁴⁵tɕia⁴thuŋ²]、躁躁动等。"XX动"具有较强的独立能力，能够充当谓语、定语、状语、补语等成分，充当谓语和补语最为常见。

卢一舟（2021）指出，"XX动"的"动"并未虚化为词缀，仍具有实义。我们以为，临川方言与宁波方言相比，只有表示"……的样子"，而没有表示"……的感觉"，更没有"六十岁横横动"等说法，就语法化程度来看，宁波方言更高，但"动"表示"……的样子"，显然与古汉语的"然"相似，应该已经虚化，而非"仍具实义"。

卢继芳（2007：227）指出，江西都昌阳峰方言也有一种"XX+动"：说话人请求听话人朝着某种目标来做某事。如：

（6）□ [n³⁵²] 侬下昼没有事，记嘚□ [ma³³] 谷□ [ha³³] □ [ha³³] 动 你下午没有事，记得把谷子翻动。

（7）□ [ma³³] 粥搅搅动，再□ [ka³²⁴] 菜进去 把粥搅搅动，再放菜进去。

上面的"XX+动"则是作动词，同是赣语，都昌阳峰方言与临川方言不同。

现代作家白薇的独幕话剧中也有例子，如：

（8）虽然起初我认识你的时候，你是摇摇动，没有决定你的思想。（《敌同志》）——选自《现代》第2卷第1期，1932年11月。

据介绍，白薇（1893—1987）生于资兴市渡头乡秀流村，资兴市位于湖南省南部，为郴州市代管县级市，方言属于赣语。

赣语表示"……的样子"的"XX动"分布范围不广，可能受客家话的影响，是方言接触的结果。

4. 闽语的"XX+动"

福建福鼎方言也有"XX动"。福鼎位于福建省东北部，处于福建省与浙江省的交界地带，属于闽东方言福宁片。"XX动"多由拟声词或动词构成，表示声音或者某种动作状态，如嘭嘭动、哗哗动、呼呼动、呼呼动、喳喳动。这种重叠形式增加了表达的生动性，但是并没有量级上的增加或者减少。如"风甲门吹嘭嘭动 风把门吹得嘭嘭响"（李频华，2016：75–76）。拟声词可以进入"XX动"是比较特殊的。

福建福州方言也有"XX+动"，但语法意义与福鼎方言不同。如黄伯荣（1996：265）在说到"福建福州话词的重叠"时提到这种用法："（4）DD动（转）表示动词D的'到处D'的意思，其感情色彩多表示不希望如此，或讥讽、责备等。"如：

（9）伊蜀日都毛在家，七处整整动 他整天都不在家，到处乱跑。

（10）食一顿饭碗捧捧动 吃一顿饭还端着碗到处走！

（11）蜀把扫帚拖拖动_{一把扫帚到处拖着玩。}

（12）囡囝哥真贱，蜀日都在门前街跳跳动_{小孩很淘气，整天在门前到处跑。}

（13）蜀日菜篮仔掮掮动_{整天拎着小菜篮到处走。}

（14）事计怀做，蜀街逛逛动_{事情不做，满街乱逛。}

黄伯荣（1996：263）还举有"躄躄动_{到处跑}"。

从语义来看，福州方言的"XX动"与温州、缙云、武义方言"XX+动"第1种用法相似，但福建福州方言的"XX动"是"到处D"的意思，其感情色彩多表示不希望如此，或讥讽、责备等，而温州等方言表示对人实行某种行动，感情色彩似乎无褒也无贬。

（五）"XX+起"

1. 吴语的"XX起"

江西广丰方言有许多"XX起"式重叠形容词，如：

a. 乌乌起、焦焦起、瘪瘪起、尖尖起、皱皱起、凶凶起、粘粘起、歪歪起。

b. 翘翘起、翻翻起、浮浮起、竖竖起、飞飞起、捞捞起、争争起、缩缩起。

a组的X是形容词。b组的X本属动词，但它们重叠并后附"起"就已具备形容词的功能，即不再表动作而是表状态了。"XX起"的X因重叠也常常表示程度强化。说额头"皱皱起"，即额头皱纹很多；说眼睛"翻翻起"，即指翻白眼翻得很厉害。不过它们的表义功能主要还在于描述状态，即形容额头皱和翻白眼的具体样子。"XX起"式是广丰方言中形容词构成的一种很有特点的格式。"XX起"式在赣东北吴语和徽语方言点中基本上都有，在赣语北片基本上没有，而在赣语南片东小区弋阳、铅山、横峰方言都有，到西小区如余江方言中此类格式的词语有一些，但数量不多。可见这属于吴语影响赣语的情况。至于徽语与吴语共有的这一语法成分，应当是具有同源的性质（胡松柏，2003a：159）。胡松柏（2003b）持同样看法。

李政等（2014：311）说广丰方言有"XX+起"："后面单音节部分语义虚化，类化为一种后附成分。典型的当算'XX起'格式，'起'由完成体、继续体标记演变成词后缀而具有类化作用，最终固定为'XX起'格式。"如：

耷起_{耷拉着}头→头耷耷起_{耷拉着}→耷耷起

"耷耷起"义为"描写人的头部或物体的顶部下垂的样子"。

李政等（2014：313）又举有如下例子：

作作起：目中无人，只做自己的事，不理睬他人的样子。

捞捞起：主动地去做某事。

"XX+起"已经成为固定的格式了，所以，"捞捞起"应该是"主动地去做某事的样子"。

据笔者所在学校徐文彬同学介绍，浙江常山方言既有"斜斜起""躁躁起""毛毛起"，又有"躁躁动"，常山是浙江吴语与江西吴语的过渡地带。

（1）篮里松松起，讨得娘欢喜。（《中国谚语集成·浙江卷》第382页）

上例是杭州的谚语。"松松起"也表示"……的样子"。

阮咏梅（2013b：260）指出，温岭方言也有"XX+起"，也表示"……的样子"。阮咏梅（2013b：260）指出，温岭方言中"起"与"起来"一样，表示动作发生后成为一种状态，谓语动词前常常有非常形象化的摹状成分来修饰。如：

（2）只个趵趵起_{形容大发雷霆、暴跳如雷的样子}。

（3）只个□□ [da³¹da³¹] 起_{形容一个劲儿地哭的样子}。

（4）贼贼唏_{嚣叫}唏起_{形容嗷嗷大叫的样子}。

（5）许物事都蜷园园起_{这些东西还拼命藏起来}，老早好蚌爻_{早就可以扔了}。

我们以为例（5）的"园园起"不是我们前面所说的"XX+起"用法，不是表示"……的样子"，而是动词重叠带趋向动词"起"用法。

阮咏梅（2013b：260）还有举如下例子：

（6）嘴切切动切切起_{形容嘴角抽动的样子}。

（7）双脚抖抖动抖起_{形容双脚不停抖动的样子}。

上面既有"XX+动"，又有"X+起"，是两种用法的叠加，更加特殊。

2. 其他方言的"XX 起 / 倒"

2.1 江西畲话的"XX 起 / 倒"

胡松柏等（2013：250）在介绍江西铅山太源畲话形容词生动形式时有"XXA"式：

a. 冰冰冷　　笔笔直　　喷喷香

□□ [phiʔ²⁴phiʔ²⁴] 臭　　□□ [tɛʔ²⁴tɛʔ²⁴] 苦

b. 摇摇动　　爬爬动　　跌跌倒　　排排倒

c. 翻翻起　　翘翘起　　指指起_{描写手指指点点}

□□ [ŋau²⁴ŋau²¹²] 起_{描写（头、肢体等）歪向一边}

胡松柏等（2013：250–251）分析说：以上三组"XXA"式形容词，a 组中"A"为形容词，b、c 组的"A"本属动词，但它们重叠并后附"动""倒""起"时就具备了形容词的功能，即不再表动作而是表状态了。如"爬爬动"是描写虫子蠕动的样子，"跌跌倒"是描写跌跌撞撞的样子，"眼翻翻起"是描写眼睛翻白眼的样子。

很显然，在表示"……的样子"等意思时，宁波方言等还比较单一，只用"动"这一后缀，而江西铅山太源畲话既用"动"，又用"倒"和"起"。

2.2 江西铅山方言的"XX 起"

叶秋生等（2007：94）说江西铅山方言有"XX+起"式重叠形容词：

a. 胀胀起、尖尖起、凶凶起、飘飘起

b. 翘翘起、生生起、翻翻起、飞飞起

a 组中的 X 是形容词，b 组中的 X 是动词，但它们重叠并后附"起"就已具备了形容词的功能，即不再表动作而是表状态了。a 组 X 因重叠也常常表示程度强化。说某人"胀胀起"，意思是某人不是一般的嚣张而是很嚣张；说某人"尖尖起"，是指某人对他人盯得很紧、好管闲事。它们的表义功能主要在于描述状态，即形容某人的具体样子。b组中的 X 本属动词，它的"XX+起"主要是通过对具体动作的描述来表示事物性状的。说某人"翘翘起"，即以翘尾巴的动作形象来表明他不可一世、飞扬跋扈的样子。

叶秋生等（2007：95）指出，铅山话"起"作后附成分的主要作用是附在动词、形容词之后充当形容词化标记，它的语义有点类似"……的样子"，但并不明显。某些动词、形容词加上"起"后它的情状更加凸显。说某人"凶凶起"，意指其板着脸孔一副很是吓人的样子；说衣裳"翻翻起"，意指其很是褶皱、卷曲的情状。"XX+起"式程度形容词是铅山话中极具表现力的一类形容词。

上面铅山方言的"XX+起"与宁波方言等的"XX+动"很相似。

胡松柏等（2008：285–286）认为江西铅山方言有"XX+起"式，举有更多例子。并说"起"是由动词虚化而来。比起"XX+动"来，"XX 起"的语法化时间较短，并未找到历史上的来源。

2.3 客家话的"XX 起"

赣州方言的形容词生动式说有"XX 起"，如：翘翘起，形容东西有点翻起来；飘飘起，指人有点得意忘形的样子；飙飙起，形容人有点发飙的样子。如：

（3）那个纸壳子怎么有毛子<u>翘翘起</u>？

（4）你看他有毛子成绩就<u>飘飘起</u>唠。

（5）你还不服气啊，<u>飙飙起</u>丫子！（彭薇，2012：30）

彭薇（2012：30）指出："由后缀'起'构成的 AAX 式生动形式，数量较少，其目标语素 A 为动词性语素，'起'没有实义，但在 AAX 式中意义相当于'……的样子'。"

黄伯荣（1996：258）在说到"福建闽西长汀客话动词的情态表示法"时，除举有"XX 动"外，还举有以下例子：

（6）□起→<u>□□起</u> [ts'aŋˀ ts'aŋˀʃi]耸起。

鸡打架，毛<u>□□起</u>鸡打架，把毛耸起。

（7）翘起→<u>翘翘起</u>翘起。

头发<u>翘翘起</u>头发翘起来。

（8）拱起→<u>拱拱起</u>鼓起。

袋子塞到<u>拱拱起</u>口袋塞得鼓鼓的。

上面几例的"XX 起"，也是使动词带上形容词的色彩，用作对动作行为的描写，与宁波话等"XX 动"有点相似，与江西铅山太源畲话的"XX 动""XX 倒""XX 起"也差不多，与江西铅山话的"XX 起"也近似。

曹志耘（2008：91）说"问问起"的方言点有：宁夏的中卫，属兰银官话；浙江的金华、浦江，属吴语，有 2 个点。这里的"起"是助词，表示尝试，义同表尝试的助词"看"，"问问"等仍是动词，而江西铅山太源畲话、铅山、赣州、广丰，浙江温岭、常山等方言"XX+起"的"起"是后缀，形同实不同。

3. 方言接触

"XX 起"，应该是方言接触的产物。胡松柏等（2005：384–385）说道"赣东北吴语、赣语接触演变的表现"，共有 11 点，其中第 11 点是：赣东北赣语也有一些吴语（主要是赣东北吴语）的语法成分。如："XX 起"式是赣东北吴语一类有特点的形容词构成格式，而铅山方言与上饶方言、广丰方言一样也有许多"XX 起"式重叠形容词：乌乌起、尖尖起、凶凶起、翘翘起、竖竖起、缩缩起。

又据胡松柏等（2013：4）介绍，江西省绝大多数畲民聚居地的畲民在语言运用方面都已经为本地汉语方言所同化，没有了区别于本地汉语方言的本民族的畲族语言。因此，江西铅山太源畲话也很有可能是受江西铅山方言的影响。而铅山方言可能既有吴语的影响，又有可能是近代汉语的延续。奇怪的是，除了"动"外，还有"倒"和"起"，而且三者语义基本相同，但"倒"和"起"与"动"有不同的来源，而且"倒"和"起"的语法化过程还未知。

此前，胡松柏（2003b：66）明确指出，赣东北吴语在语法方面施与赣语影响的，还有一个突出的例子就是"XX 起"。

（六）古今比较

1. 从实到虚

明清文献的"XX 动"，多是表示"……的样子"，这是视觉可见的，应该是较实的。到清末传教士文献已有表示"……的感觉"，这是人们内心的感受，为旁人所看不到，应该是较虚的。到了现代吴语，表示"……的感觉"所占比例更高，甚至还有"六十岁横横动""1 万元横横动""三点钟横横动"等说法，"动"所表示的是更虚化。

但刘丹青先生在第七届汉语方言语法国际学术研讨会小组讨论时指出，这个位置的"动"还有动词的意义，还未彻底虚化。我们以为很有道理，尤其是"桌子摇摇动"这样的说法更是如此。表示"……的感觉"的"动"比表示"……的样子"的"动"要虚一点，还有"六十横横动"的"动"就更虚。这"横横动"多用于表示年龄、时间、金钱等，这与"动"的本义相距更远，也就更虚化。宁波市区、鄞州、奉化等有"横横动"说法。朱彰年等（2016：511）在"宁波方言语法特点举要"时，第 14 点是"表示概数的方式"，有多种说法，如：毛三十、挨三十、三十勿到眼、三十横里、三十横横动、可三十、三四十、三十多眼、三十多星。"横横动"义同"横里"。

而其他好多方言的"XX 动"多表示"……的样子"，如江西的客家话、广西的土话等，不如宁波方言等语法化程度高。

周志锋（2001：24）指出："最后提一下，'动'作后缀，当是它语法化的结果。'从动'的'动'原是动词，出现在与'动'义有关的词后面表示动作的样态。它虚化的契机是：在'AA 动 +VP'的句式中（上引小说十五例，除三例'落落动'外，均属这一句式），'VP'

是句子的词义中心，'从动'处于状语位置，'动'失去了句子中心的地位，因而开始虚化。当它彻底虚化成为词缀后，'XX 动'就可以单独作谓语甚至作补语、定语、状语了。"并在注释中说："'动'字的语法化问题，蒙江蓝生先生来信赐教，谨致谢忱。"我们赞同这种说法。

虽然各地表示"……的样子"有各种不同的说法，但吴语、客家话等的"XX+ 动"有自己的独特现象，即直接继承了近代汉语的"XX 动"，不像其他方言的说法，好多未能在历史文献中找到源头。这是吴语的魅力所在。

2. 方言分布区域缩小

近代汉语"XX 动"的分布范围比现在广，南方有，北方也有，如具有山东方言背景的《醒世姻缘传》用例较多。而现在只在南方，且以吴语为主，一些客家话也有分布，广西土话偶有分布，但山东不见报道。笔者所在学校 2012 级对外汉语专业学生有来自山东的，他们都未介绍山东方言有"XX+ 动"。还有钱曾怡先生主编的"山东方言志丛书"，到 2019 年止，已经出版了 27 种 [①]，也未见"XX+ 动"的报道。可见，据目前所掌握的材料看，"XX+ 动"在现代方言中全部出现在南方。

3. 方言区域

吴福祥先生在对王健（2014）一书的"专家评审意见"中指出："跟语言的分化和演变一样，方言形成之后也会不断发生演变。这类演变可能是特定方言的独立创新，也可能是'沿流'（drift）触发的平行演变或接触导致的'外部演变'（external changes）。后两者往往导致同一区域不同方言在结构上的'趋同'（convergence），从而形成所谓的'方言区域'现象。"上面所说的"XX+ 动"和"XX+ 起"等也属于"方言区域"现象。

"XX+ 动"表"……的感觉""……的样子"的用法明清时期已有用例，现代方言中，吴语和客家话、赣语一些方言点延续了明清时期的用法。有些方言如闽语、赣语的"XX+ 动"，语义为表示动作，与吴语等的"XX+ 动"语义有别。温州、丽水缙云、金华武义方言等也有"XX+ 动"，既有表示"……的样子"用法，也有表示对人实行某种行动义。江西

---

① 分别为：《利津方言志》（杨秋泽，1991，语文出版社）、《即墨方言志》（赵日新等，1991，语文出版社）、《德州方言志》（曹延杰，1991，语文出版社）、《平度方言志》（于克仁，1992，语文出版社）、《牟平方言志》（罗福腾，1992，语文出版社）、《潍坊方言志》（钱曾怡等，1992，潍坊新闻出版局）、《淄川方言志》（孟庆泰等，1994，语文出版社）、《荣成方言志》（王淑霞，1995，语文出版社）、《寿光方言志》（张树铮，1995，语文出版社）、《聊城方言志》（张鹤泉，1995，语文出版社）、《新泰方言志》（高慎贵，1996，语文出版社）、《沂水方言志》（张廷兴，1999，语文出版社）、《金乡方言志》（马凤如，2000，齐鲁书社）、《诸城方言志》（钱曾怡等，吉林人民出版社）、《宁津方言志》（曹延杰，2003，中国文史出版社）、《临沂方言志》（马静等，2003，齐鲁书社）、《莱州方言志》（钱曾怡等，2005，齐鲁书社）、《汶上方言志》（宋恩泉，2005，齐鲁书社）、《定陶方言志》（王淑霞等，2005，时代文艺出版社）、《郯城方言志》（邵燕梅，2005，齐鲁书社）、《沂南方言志》（邵燕梅等，2010，齐鲁书社）、《章丘方言志》（高晓虹，2011，齐鲁书社）、《苍山方言志》（王晓军等，2012，齐鲁书社）、《宁阳方言志》（宁廷德，2013，齐鲁书社）、《泰安方言志》（宁廷德，2015，山东大学出版社）、《无棣方言志》（张金圈，2015，世界图书出版公司）、《费县方言志》（邵燕梅等，2019，商务印书馆）。

铅山太源畲话既有"XX+动",又有"XX+倒"和"XX+起",三者语义基本相同,都表示"……的样子";赣州(西南官话)、温岭方言既有"XX+动",也有"XX起",都表示"……的样子",浙江常山、江西广丰方言也是既有"XX+动",又有"XX+起",其地属于吴语与赣语的过渡地带。江西铅山方言(赣语)有"XX+起",表示"……的样子",与"XX+动"同。因此,从方言地理分布的角度来看,"XX+动"等都运用于南方方言,具有语言类型学意义。"XX+动""XX+倒""XX+起"都表示"……的样子",又有家族象似性特点。

4. 方言变式

近代汉语都是"XX+动",现在一些方言还有"XX+起",语义是一样的。有的方言两种用法并存,如浙江常山方言,既有"XX+动",也有"XX+起",还有"XX+倒",分布范围更窄,江西铅山太源畲话却既用"动",又用"倒"和"起",是三种用法共存。台州温岭有"切切动切起"等说法,是"XX+动"与"X+起"两种用法的叠加,很特殊。江西广丰方言等有的"X"是拟声词,也有类型学价值。

5. 吴语一些方言"XX动"有2种语义

温州、丽水、金华的一些方言,"XX+动"的"动"作为后缀,既有表示"……的样子"又有表示"……的感觉",还有"XX+动"的"动"仍是动词,并未虚化。

而福建福州方言、江西阳峰方言"XX+动"的"动"则只有动词一种用法。

6. 有些"XX动"已词汇化为词

许宝华等(2020:5471)收"惇惇动",是动词:"内心因惶恐不安而抖动。"方言点为吴语,浙江定海。如:"《集韵》:'惇,心恐也。'俗谓心不安曰心惇惇动。"

动词"V 介一 V""V 介 V"重叠

（一）引言

近代汉语单音节动词的重叠形式多种多样。崔山佳《近代汉语动词重叠专题研究》
（2011）第四章就设有如下几节：

第一节"V 了 V"

第二节"V 了一 V"

第三节"V 了又 V"

第四节"V 了几 V"

第五节"V 得（的）一 V"与"V 仔（子）一 V"

第六节"V 得几 V"

第七节"V 上一 V"与"V 介一 V"

"V 了 V""V 了一 V"是典型用法，其余的是非典型用法，使用频率相差很大。

（二）近代汉语的"V 了一 V""V 得 / 的一 V""V 上一 V"等

近代汉语表示完成态的"VX 一 V"有"V 了一 V""V 得 / 的一 V""V 上一 V"等。

"V 了一 V"重叠式有"了"，表示"已然"，如：

（1）口中虽是恁般说，被陈青按住，只把臀儿略起了一起，腰儿略曲了一曲，也算受
他半礼了。（明·冯梦龙《醒世恒言》卷 9）

（2）周羽打了二十板，挼了一挼，敲了一百二十。（明·范受益《寻亲记》第 11 出）

形容词也能进入"V 了一 V"，如：

（3）那怪将绳一扯，扯将下来，照光头上砍了七八宝剑，行者头皮儿也不曾红了一
红。（明·吴承恩《西游记》第 34 回）

（4）秀郎面红了一红道："羞人答答，叫我如何去勾引他，况且老爷心事未遂，倘他
日后不肯招架，可不枉劳了秀郎身子！"（明·白云道人《玉楼春》第 20 回）

崔山佳（2011：137-146）举有众多例子。崔山佳（2011：143）认为明清白话文献"V
了一 V"的例子很多，是普遍现象。

"V 得 / 的一 V"重叠式也表示"已然"，元曲已有"V 的一 V"，只搜集到 3 例，如：

（5）（做一拳打费无忌倒科，云）你看我家老头儿这等不中用，那拳头刚擦的一擦，
便一个脚稍天哩。（元·李寿卿《说鱄诸伍员吹箫》第 1 折）

"V 得一 V"例子要多一些,如:

(6)李逵道:"只指头略擦<u>得一擦</u>,他自倒了。不曾见这般鸟女子,恁地娇嫩!你便在我脸上打一百拳也不妨!"(明·施耐庵《水浒传》第 39 回)

(7)〔净〕不要说大王爷见了娘娘欢喜,就是我前日娘娘要我做嘴,我勉强与他<u>做得一做</u>,满口儿都是香甜的。(明·梁辰鱼《浣纱记》第 34 出)

也有动词是双音节的,如:

(8)我不过在中间略<u>撺掇得一撺掇</u>。(《浣纱记》第 36 出)

但有的版本《浣纱记》作"撺掇一撺掇"。

还有"V 格一 V","格"也同"了"一样,也表示"已然",如:

(9)故歇心里勿必懊躁,停停等俚出仔场,看俚台头望上格辰光,暗暗教对俚做格手势,或者<u>笑格一笑</u>,点一点头,俚如果勿看见未拉倒,一看见,阿有啥勿认得格?(清·梦花馆主江阴香《九尾狐》第 47 回)

还有"V 过一 V","过"也同"了"一样,也表示"已然",如:

(10)那瞎子接在手里,<u>捻过一捻</u>,觉得不少,即忙袖了,原叫春桃送出大门去了。(明·佚名《山水情》第 11 回)

还有"V 仔/子一 V"重叠形式,"子、仔"也同"了"一样,也表示"已然",如:

(11)秋谷<u>想子一想</u>道:"就大势看起来,自然是你的话儿不错。……"(清·张春帆《九尾龟》第 170 回)

(12)要晓得宝玉所说的话,无非说:"……所以奴答应格辰光,嘴里末勿好关照,眼睛对<u>看仔一看</u>,谅必也看见格。奴原是搭搭俚格浆,勿是啥真格呀。……"(《九尾狐》第 13 回)

这种"V 仔(子)一 V"重叠形式应该是吴语用法。朱彰年等(1996:66)收"仔",是助词,义项一是:"相当于'了';饭吃～去|俗语:人心节节高,好～还欠好。"石汝杰等(2005:770)收"子",义项二是助词:"表示完成,和'了①'相当(下同)。"

"V 上一 V"数量较少,如:

(13)试把屁股<u>扭上一扭</u>,就像似螃蟹吐沫。(明·无心子《金雀记》第 4 出)

(14)行者道:"……象这五七千路,只消把头<u>点上两点</u>,把腰<u>躬上一躬</u>,就是个往回,有何难哉!"(明·吴承恩《西游记》第 22 回)

上例的"V 上两 V"的"两",也应是虚数。例(13)前面有"试",例(14)前面有"只消",看来,这 2 例的"V 上一 V"都表示"未然"。

由上可见,以"V 了一 V"为代表,有的表示"已然",有的表示"未然",动词重叠形式多种多样。

（三）明清白话文献的"V介一V""V介V（看）"

1. 明清白话文献的"V介一V"

明代白话文献还有动词"V介一V"重叠式。

先看"V介一V"格式，如：

（1）便要替渠树阴底下<u>党介一党</u>，荒草地上<u>横介一横</u>。（张凤翼《灌园记》第26出）

（2）闷来时捉子管短笛，将来黄牛背上<u>响介一响</u>；兴来时骗子个鬈鬒，困倒青草地上<u>抽介一抽</u>。（吾邱瑞《运甓记》第13出）

（3）立来无人烟所在，探下来<u>看介一看</u>。（冯梦龙《山歌》卷9）

郑伟（2017：118）指出，早期吴语的"介"除了出现在"V介$O_{数量}$"格式中，还可以加插在动词叠置式之间，形成"V介V"的语法格式。在"介V"之间还可以加数词"一"，偶尔也可见"V介两V"的用例，如：

（4）他就颠颠头，做介一个眉眼，<u>摇介两摇</u>，<u>笑介一笑</u>，再做一个手势。（《合欢图》第66回）

这与《西游记》第22回的"只消把头点上两点，把腰躬上一躬"一样，"V介两V"与"V介一V"连用，虽然一用"两"，一用"一"，但其义是相同的，都已经虚化了。

（5）姐儿忍子满肚皮腌臜臭气只得捉胸前头<u>挪介两挪</u>。（《开卷一笑》卷2）

上例"挪介两挪"的"两"也已虚化。

清代戏曲也有，如：

（6）让我<u>坐介一坐</u>，想想革段事务看。（沈起凤《才人福》第27出）

"V介一V"有的表示"已然"，如例（4）、例（5），"介"相当于"了₁"。又如例（2）、例（3）的"介"也表"已然"。有的表示"未然"，如例（1），前面有能愿动词"便要"。

还有"V得介一V"，如：

（7）我里阿公道是费柴费火了，略拿个灰钯来<u>动得介一动</u>。（明·冯梦龙《山歌》卷9）

上例是"得"与"介"连用。

2. 明清白话文献的"V介V"

再看明代白话文献的动词重叠"V介V"式，如：

（8）（付）倒亏你说来，我说道，买点僖下处吃子罢，你敢定要出去<u>游介游</u>，那间去得来像僖雨淋鸡能介。（明·张大复《快活三》（清钞本）第7出）

（9）（内）<u>吹介吹</u>。（《快活三》（清钞本）第9出）

（10）（净）介没你拉，个搭芦寮里<u>躲介躲</u>，等我取寻拉你喫嘘。（《快活三》（清钞本）第14出）

（11）（付）小弟也勿明白晦气哉，那僖中间有许多晦气，请你<u>说介说</u>。（《快活三》（清钞本）第15出）——另第20出"说介说"。

（12）（付）啥，阿可以一头摇，一头<u>说介说</u>。（《快活三》（清钞本）第20出）

"痴"是形容词,也能进入"V介V"重叠式,比较特殊。如:

(13)(付)个、个、个、个况且我个阿妈亦无哉,阿可以,我搭娘子两个<u>痴介痴</u>。(《快活三》(清钞本)第11出)

以上全是明代白话文献,清代白话文献也有。如:

(14)间槛是哉,二朝奉<u>立介立</u>,仰我碰门。(无名氏《描金凤》第9回)

(15)住子!吓嫁弗嫁,也要拿个曲尺得来<u>量介量</u>长短。(钱德苍《缀白裘》第5集第4卷)

(16)吾想曹子建七步成章,等学生<u>踱介踱</u>儿介。(《缀白裘》第4集第4卷)——第12集第1卷有"再踱介踱"。

(17)那间就是玉帝请来吓门前去,<u>也歇介歇</u>。(《缀白裘》第4集第4卷)

(18)健时节,跟子牛<u>奔介奔</u>,<u>走介走</u>;倦时节,就在牛背上,<u>坐介坐</u>,<u>眠介眠</u>。(《墨憨斋定本传奇·新灌园》第18折)

《缀白裘》还有1例"V介V",如:

(19)(付)真正走弗动哉,<u>坐介坐</u>再走。(《缀白裘》第7部分)

(20)介末是哉,外势<u>等介等</u>_{那么是了,外面等一下}。〔清·竹高居士《绣像描金凤》第8回)(转引自蔡晓臻(2018:202)〕

由上可见,"V介一V"与"V介V"一样,至迟在明代已经产生。

"V介V"与"V介一V"一样,有的也是表示"未然",如例(8)前面有"定要",例(11)前面有"请你",例(12)前面有"可以",例(16)前面有"吾想",例(19)前面有"再",显然是表示"未然"。例(20)的"外势等介等",蔡晓臻(2018:202)注释为"外面等一下",显然也是表"未然"。至于例(18),郑伟(2017:119)认为是"惯常行为",并引李宇明(2002:213)的说法:动词重叠式往往可以用来表示反复,而具有双重时点的反复具有"混合体"的特征,比如可表示"惯常"现象。

3. 明代白话文献的"V介V+看"

颇感奇怪的是,"V介V"后面还可加尝试助词"看",如:

(21)(副)俦个奇梦?你且<u>说介说看</u>。(明·无名氏《文渊殿》第9出)

(22)(净)勿信道在有八鸟个,等我<u>模介模看</u>,在是杨卵子个也奇哉。(明·姚子翼《祥麟现》第25出)

因为是尝试用法,再说"V介V看"前面还有"且""等",说明是"未然"。

(四)清末传教士文献的"V个V""V个一V"

清代戏曲有"V个V",如:

(1)(付)个个人,痴个奢,逐桩讲子价钱,该<u>称个称</u>,<u>分个分</u>,那叫我里自家拿介?(无名氏《三笑姻缘》第34出)

此后很少看到其他用例，但西方传教士文献有不少用例，如：

（2）总要教郎中来<u>看个看</u>好拉嚫_{总要叫医生来看看才好呢}。（《土话指南》第2页）——另第14页、第34页、第37页也各有"看个看"。

（3）噢唷，看看侬个袖子看，碗打翻者，快点擔揩台布来，<u>揩个揩</u>。（第107页）——另第124页有"揩个揩"。

（4）啥多化忙耶？<u>坐个坐</u>味者。（第26页）

（5）房间里窗<u>开个开</u>。（第54页）

（6）对侬话，好好能，<u>抖个抖</u>，晾拉。（第116页）

（7）要紧风头里<u>吹个吹</u>。（第117页）

（8）侬担晒空拉个箱子<u>拍个拍</u>。（第17页）

（9）勿错，要去叫裱匠来，<u>糊个糊</u>拉哩。（第123页）［以上转引自钱乃荣（2014）］

张美兰（2017：474）还有1例比较特殊，如："对侬话，好好能抖个抖晾拉。"（《土话指南》第3卷第10章）"抖个抖晾"是"V个VP"，"个"前是单音节，"个"后是双音节。北京官话《官话指南》、九江书会《官话指南》都作"抖晾抖晾"，《沪语指南》未见对应的用法，粤语版《粤音指南》作"抌透吓"、粤语版《订正粤音指南》作"抌过"。

比《土话指南》还要早的（法）无名氏《松江言言练习课本》（1883）也有，如：

（10）洋台上去<u>看个看</u>。（第57页）

（11）烟囱<u>通个通</u>。（第58页）［以上转引自钱乃荣（2014）］

还有更早的例子，如：

（12）马身上日多用刷刨来<u>刷个刷</u>。［（英）麦高温《上海方言习惯用语集》1862，第43页］

钱乃荣（2014：204）认为，"V个V"多用在将来短时反复。"V个V"有"一V再V"的意思，强调反复的动作，与"V一下"有点不一样，但都是适时反复。用"个"后，强调短暂动作的反复性。有的后面也能带补语，如：

（13）我要<u>办个办</u>清爽。［（英）艾约瑟《上海方言口语语法》，1868/2011：151］

据目前所掌握的材料来看，上例是唯一的"V个V"带结果补语的例子。

但《三笑姻缘》应该是最早的。据朱恒夫（2013），该剧校点以清乾隆钞本为底本，显然比传教士文献要早得多。

"V个V"还能说成"V一个V"，如：

（14）百味窗要漆<u>一个漆</u>。［（法）无名氏《松江言言练习课本》，1883：55］

另外，（法）蒲君南《上海方言语法》（1941）也记载有"V个V"。钱乃荣（2014：32）指出，该书对上海方言动词重叠的各种形式也做了归纳分析，如"坐坐、散散心、数数看、坐个坐、动咾动、想一想、笑嘻嘻、话话笑笑、攀谈攀谈、有规有矩、寻来寻去"等各种形式，其中就有"坐个坐"。

钱乃荣（2014：249）指出，100年前的上海方言里，"个"有两个：在连读字组前字上，读去声，写作"箇"等，这个"个"的用法与古字"介"相通；在连读后字上，都读轻声化的"个",用法同古字"个"。因此可以认为,语素"个"只有一个,重读为"箇 [ku]",轻读为"介 [kʌ]"。此外,"介"同"个"。在更古老的形式"什介"中还读老的上古音,为"介"。"个"今读 [gəʔ]。

上面几例虽然用的是"V 个 V",但与明清时期的"V 介 V"一样,只是一用"介",一用"个"而已。

(五) 关于"V 介一 V"后一"V"的性质

郑伟(2017:118)认为,按照学界的一般认识,"V 介一 V"的"一 V"也相当于动量宾语(朱德熙,1982:116)。因此,这类句子也可以归入"V 介 O_{数量}"格式一类。

这是我们所不敢苟同的。崔山佳(2018a:281-284)曾经以"VV+ 补语""V 一 V+ 补语"为例作出了解释。

关于"V 一 V",近代汉语一些研究者认为后一"V"是同形动量词,如李存周(2006)、陈颖(2007)、华春燕等(2010)、曲建华(2011)、陈颖等(2014)等,尤其是金桂桃(2007)。现代汉语也有不少学者,除朱德熙(1982)外,另如黄伯荣等(2009)、北京大学《现代汉语》(2002)、邵敬敏(2001,2007)、汪大年(2012)、沈阳等(2014)、游汝杰(2014)等。

但张斌(2010:95)明确指出,有些单音节动词还可以在中间插入"了"或"一",构成"V 了 V、V 一 V"的重叠形式。如:

看了看 尝了尝 听了听 试了试 问了问 弹了弹 摸了摸 想了想
看一看 尝一尝 听一听 试一试 问一问 弹一弹 摸一摸 想一想

我们以为,张斌(2010)的这种看法是正确的,是符合汉语事实的。

近代汉语有不少"VV+ 结果补语",崔山佳(2011)第八章是"动词重叠带补语",其中第一节是"动词重叠带结果补语",举有众多例子。本书第九章"动词重叠带结果补语"也举有例子,不仅有近代汉语例子,还有清末传教士文献的例子,可参看。

现代方言分布也较广,曹志耘(2008:61)以"你看看清楚"为例,调查结果显示,吴语(115 个点)最多,其他方言也有:赣语(13 个点)、徽语(12 个点)、闽语(22 个点,以闽南片最多)、客家话(7 个点)、粤语(23 个点)、湘语(1 个点),官话系统有西南官话(18 个点)、江淮官话(16 个点)、中原官话(2 个点)。另有平话(28 个点)、畲话(2 个点)、土话(1 个点)、乡话(1 个点)等。以上可见,有"VV+ 结果补语"说法的方言点还是比较多的,分布范围也较广,有 261 个点。

普通话也有"VV++ 结果补语",北京大学现代汉语语料库(CCL)也能搜索到一些例子,其中"清楚""明白""干净""好"作补语有一些例句[可参见崔山佳(2018a:251-253)]。不过,使用频率高、能作补语的形容词远远不能与吴语相比。当然,CCL 中的例子有的就是属于方言的,如周而复的《上海的早晨》有不少"VV+ 结果补语"的例子。他虽然不是吴语区人,但在上海生活过不少时间,应该是熟悉吴语的。琼瑶作品也有不少例子。据曹志耘(2008:61),湖南有 6 个方言点说"VV+ 结果补语"。琼瑶可能也是受自己家乡方言的影响。

更重要的是，杨杏红等（2010）多次说到数量补语一般在多项补语中的位置始终是处于末尾。杨杏红等（2010：59-60）指出，从补语项的数量看，多项补语可以分为双项补语和三项补语。从语义上看，双项补语有以下七类：

（ａ）Ｖ+结果补语+处所补语：醉倒在花下、吹散在空中、病死在医院。

（ｂ）Ｖ+结果补语+数量补语：骂哭过好几回、叫醒三次、病死一个月。

（ｃ）Ｖ+结果补语+趋向补语：吹落下来、击沉下去、飞散开来。

（ｄ）Ｖ+趋向补语+处所补语：领回到自己家里、散开在湖面上、跑回到宿舍。

（ｅ）Ｖ+趋向补语+数量补语：打来一拳、停下来一会、寄出去三天。

（ｆ）Ｖ+处所补语+趋向补语：搬到这儿来、逃往南方去、飞向小船来。

（ｇ）Ｖ+处所补语+数量补语：活在世上一天、搁在家里一两年、死在家里三天。

三项补语主要有以下两类：

（ｈ）Ｖ+结果补语+处所补语+数量补语：病死在家里几天、昏倒在地上一整晚。

（ｉ）Ｖ+结果补语+处所补语+趋向补语：走散到各个革命根据地去、飞散到风中去。

以上可见，数量补语在所有补语中，位置始终处于最后，如：（ｂ）是"结果补语"后面跟"数量补语"，（ｅ）是"趋向补语"后面跟"数量补语"，（ｇ）是"处所补语"后面跟"数量补语"。这是双项补语的排列。（ｈ）是"结果补语"后面跟"处所补语"，最后才是"数量补语"。这是三项补语的排列，即只要有"数量补语"，总是排在最后。那么，"Ｖ一Ｖ"中后一个"Ｖ"就不可能是同形同量词，而只能是动词重叠中的后一个动词。

"说一下清楚"显然不能说，也证明补语"清楚"与动词结合紧，也即与动词距离最近，从认知语言学象似性理论来看，这是属于距离象似性。

杨杏红等（2010：61）指出：由此可见，在多项补语中，如果有一项是结果补语，那么，结果补语总是位于其他补语的前面，而其他补语（趋向补语、处所补语、数量补语）总是位于结果补语的后面。

单音节动词重叠除"Ｖ一Ｖ"外，还有"ＶＶ"；双音节动词重叠除"ＶＰＶＰ"外，还有"ＶＰ一ＶＰ"。如果认为"Ｖ一Ｖ"的后一"Ｖ"是同形动量词的话，那么，"ＶＶ"后一"Ｖ"如何界定？双音节动词重叠"ＶＰ一ＶＰ"的后一"ＶＰ"如何界定？还有"ＶＰＶＰ"的后一"ＶＰ"如何界定？也就是说，如果认为"Ｖ一Ｖ"的后一"Ｖ"是同形动量词，将会带来一系列的问题，而且不能解释。还有单音节形容词偶尔也有"Ａ一Ａ"重叠式，后一"Ａ"如何解释？双音节形容词有"ＡＰＡＰ"重叠式，后一"ＡＰ"又如何解释？

其实，有两种"Ｖ一Ｖ"，一是后一"Ｖ"确实是动量词，"一"读本音，"一"是动词重叠，"一"读轻声。前者如"拜一拜""拜二拜""拜三拜"，"一""二""三"都是实际的数字。后者的"看一看"，"一"读轻声，没有"看二看""看三看"之说。如"外面可能有人，你去看一看"，"看一看"与"看看"就语义来看应该是差不多的。

萧国政等（1988）、邢福义（2000）、徐连祥（2002）都论及"ＶＶ""Ｖ一Ｖ"的关系，他们都认为两者均是动词重叠形式。

萧国政等（1988）从描述、祈使和结构三个方面讨论"V—V"和"VV"的差异。

邢福义（2000）认为，"V—V"和"VV"是同义形式，二者从时量和分量上看不出有什么区别。它们的细微差异，除了在句法格局和语义关系两个方面反映出某些倾向性，主要表现为在说话口气上有不同的语用价值："VV"是自由式，"V—V"是郑重式。

徐连祥（2002）主要从语用差别这个角度来展开论述：（1）语气色彩的作用。在祈使句里，如果含有鲜明的语气色彩，那么，动词重叠用"VV"，不用"V—V"。又分怨责语气、嘲讽语气、赞羡语气，这里的"VV"都不能换成"V—V"。（2）语境的影响。如情急的语境用"VV"，不用"V—V"；轻微、随便的语境用"VV"，认真郑重的语境用"V—V"；悄悄、怯怯的语境用"VV"，从容不迫的语境用"V—V"；不肯定的语境用"VV"，肯定的语境用"V—V"。

刘丹青（2009b：114–115）指出："范方莲（1964）以丰富的历史语料论证很多重叠本来是动词加动量补语的'V—V'形式。有些动词还有成套的'V两V''V三V''V几V'等。这是一种句法组合，而不是重叠形态。但是，范文因其历史来源而不承认它们在现代汉语中是重叠形式，仍然分析为动量结构，这也像上引温昌衍文一样是以历史分析代替共时定位。不但今天很多重叠式已不能恢复为'V—V'动量结构，而且即使两者可互换的地方也有意义和表达功能的差异（参看徐连祥，2002），今天的VV式已经由历史上的句法性的动量结构重新分析为形态性的动词重叠了。重叠也是绝大部分现代汉语研究者对此形式的共识。"

我们觉得刘丹青（2009b）的说法很正确。根据我们的考察，不但现代汉语如此，近代汉语后期就已经由历史上的句法性的动量结构重新分析为形态性的动词重叠了。即这个过程还可提前，也即近代汉语的明代时期已经完成。

结合前面所说的，结果补语始终处于补语最前面，这就能很好地解释"V—V"带结果补语的语言事实。还有下面要提到近代汉语和一些方言的双音节动词"VP—VP"、双音节形容词"AP—AP"，如果解释后一"VP"是同形动量词的话，那么无论如何也解释不通"AP—AP"中后一"AP"也是同形动量词。

（六）现代吴语的"V介—V""V介V"

现代吴语仍有"V介—V""V介V"，但分布范围仍然狭窄。除了上海方言外，江苏苏州西山方言有"歇介歇""歇介—歇歇"等格式。"歇介—歇歇"更特殊，后一"V"用的又是重叠式。常州方言也有"望介—望""（门）关介—关""吃介—吃"等，只是能进入"V介V"[①]的动词很少，仅限于动词"歇"（郑伟，2017：120）。说"仅限于动词'歇'"并不准确，应该是"苏州西山方言仅限于动词'歇'"，因为常州方言的动词还有"望""关""吃"。

---

① 原文如此，前面所举例子如"望介—望""关介—关""吃介—吃"等都是"V介—V"，"V介V"似应为"V介—V"。

钱乃荣（2014 : 204）也认为，现今上海方言中 "V 个 V" 和 "V 个 VC" 的用法都已淘汰，郊区还保留。

张美兰（2017 : 11）说到 "看个看"："沪语 'V 一 V' 形式多以 'V 个 V' 表现。"但前面所举有 "V 个一 V"，看来 "个" 与 "一" 并非同一，"个" 与 "介" 的关系更近。

（七）古今比较

1. 方言分布十分狭窄

根据目前所掌握的材料来看，"V 介一 V" "V 介 V" 的方言分布主要在吴语区，古今都是如此。在所有动词重叠形式中，"V 介一 V" "V 介 V" 是分布范围最狭窄之一，主要分布在北部吴语，确切地说，现在主要分布在苏南与上海郊区，浙江吴语似乎未见报道。

2. "介" "个" "格" 的演变

"V 介 V" 在发展过程中也有演变。先是 "介"，后来有的写作 "个"，如传教士文献《土话指南》、现在的上海郊区方言。也有写作 "格"，如徐烈炯等（1998 : 195）所记载的上海方言。同样是上海方言，不同的学者记载不同，这可能与不同的学者有不同的语感有关，也与语音象似性有关。

徐烈炯等（1998 : 195）指出，上海方言单音节动词重叠后加 "格"，可以表示动作短暂，语义和 "V 一 V" 类似。徐烈炯等（1998 : 195）认为 "V 格 V" 的 "格" 是短时体标记，即表示时量小。如：

（1）迭杯水冷<u>格</u>冷再吃_{这杯水冷一冷再喝}。

（2）侬就辣此地<u>等格等</u>_{你就在这里等一等}。

"V 格 V" 现代才产生。

3. "V 个 V" 到 "V（个）V" 的演变

钱乃荣（2003a）在讨论上海方言的反复体时指出，下面几例 "VV" 之间还可加 "个"。现代上海方言已基本不用了，只见于老派或郊区方言，如：

（3）伊用力气<u>揿（个）揿</u>衣裳角，翘起来真难看_{他用力把衣服角揿了又揿}。

（4）我辣踏板浪<u>踏（个）踏</u>，看看会勿会坍下去_{我在踏板上踩了再踩，看看会不会塌下去}。

（5）伊<u>摸（个）摸</u>自己袋袋_{口袋}，摸出一只钥匙，摸出一角洋钿_钱他摸了一下自己的口袋。

（6）<u>想（个）想</u>昨日事体，气得勿得了。［转引自郑伟（2017 : 120）］

由 "V（个）V" 可知，中间的 "个" 有脱落的可能。而在此之前，"V 介一 V" 可能就已经消亡。这样，明代产生的 "V 介 V" 就很有可能将与其他一些方言语法现象一样，慢慢退出语言交际舞台。这十分可惜，也十分无奈。

4."已然""未然"与"惯常"

近代汉语的"V 介一 V""V 介 V"可表示"已然",也可表示"未然",还可表示"惯常",这要看具体的语境。但现在上海方言的"V(个)V",如"钱乃荣(2003a)所举例(3)–例(6)4 例,全是表示"已然"。"徐烈炯等(1998：195)所举例(1)–例(2)2 例"V 格 V"都是建议,尤其是例(1)后面还有"再"字,全是表示"未然"。

七

双音节动词 "VP 一 VP" 重叠

谭傲霜（2009：206）认为，许多语言都或多或少有重叠现象，但远不如汉语那样普遍。汉语大多数词类都会有重叠形式。

确实如此，汉语有一些特殊的词语重叠形式。尤其是动词重叠形式，很有语言类型学价值。第六章 "V 介 一 V" "V 介 V" 等重叠如此，本章双音节动词 "VP 一 VP" 重叠也是如此。

（一）近代汉语的 "VP 一 VP"

1. 关于近代汉语 "VP 一 VP" 的一些观点

赵克诚（1987：28）认为，近代汉语 "也出现了少量的双音动词重叠中间加'一'的形式"，如：

（1）倘若或城上有人，却不干折了性命，我且试探一试探。（《水浒传》第 1335 页）

（2）你如今心里觉道怎么？且医治一医治。（《西游记》第 398 页）

赵克诚（1987：28）指出，"从发展来看，这种重叠形式，到了现代汉语里，不再使用了"。

刘坚（1992：92）认为，"AB 一 AB 型的动词重叠形式见于明代后期的白话文学作品，使用时间不长就消失了"。

邢福义等（2004：30）指出："双音节动词重叠式中加'一'，这种用法不是没有。近代白话文作品里，现代早期文学作品里，偶尔可以见到。比如《红楼梦》：'贾母原没有大病，不过是劳乏了，兼着了些凉，温存了一日，又吃了一剂药疏散一疏散，至晚也就好了。'不过，总的说来，由于汉语语法结构具有趋简性，这就决定了'看看'比'看一下'常用，因为'看看'趋简，少了一个音节；相反，'照看一下'比'照看一照看'常用，因为'照看一下'趋简，少了一个音节。"

肖瑜（2010：149）认为贺卫国《动词重叠历史考察与分析》第八章 "对于近代汉语中昙花一现的'AB 一 AB'重叠格式的探讨"。

我们以为以上说法都不符合汉语事实。近代汉语的 "VP 一 VP" 有一定使用频率，时间跨度也长，达好几百年，而且一直延伸到现代汉语初期，只是在现代汉语初期后才慢慢退出交际舞台。但吴语和晋语的一些地区现在仍有使用。

2. 元曲的"VP 一 VP"

"VP 一 VP"元曲已有，共 7 例，如：扶持一扶持（《锦云堂暗定连环计》第 1 折）、整理一整理（《包待制智斩鲁斋郎》楔子）、整理一整理（《包待制智斩鲁斋郎》楔子）、浇奠一浇奠（《散家财天赐老生儿》第 3 折）、赏玩一赏玩（《同乐院燕青博鱼》第 2 折）、闲走一闲走（《包龙图智勘后庭花》第 3 折）、歇息一歇息（《功臣宴敬德不伏老》第 3 折）。

3. 明代戏曲的"VP 一 VP"

明代戏曲更多一些，如：相聚一相聚（《浣纱记》第 28 出）、撺掇一撺掇（《浣纱记校注》第 36 出）、挈带一挈带（《香囊记》第 29 出）、祈祷一祈祷（《鸣凤记》第 16 出）、笔削一笔削（《西厢记》第 5 出）、祈祷一祈祷（《春芜记》第 5 出）、带挈一带挈（《运甓记》12 出）、打扫一打扫（《鸾鎞记》第 8 出）、相劝一相劝（《青衫记》第 21 出）、商议一商议（《种玉记》第 9 出）、走动一走动（《玉环记》第 22 出）、布施一布施、指教一指教（《锦笺记》第 15 出）。〔可参看崔山佳（2011，2018a）〕

《稀见明代戏曲丛刊》由廖可斌先生主编，共收录明代杂剧 42 种，传奇 37 种，共计 79 种作品。另外，还有很多明代戏曲剧本已亡佚，但它们部分曲词保留在各种曲选、曲谱中，也对之予以辑录，共收入 230 种剧目的佚曲。我们又找到不少"VP 一 VP"，如：

（3）二位爷抬举一抬举。（范文若《花眉旦》第 28 出）

（4）（姥）呀，你们还不知道，今日有一位本部爷的公子，闻知二位大名，要来相会一相会。（来集之《秋风三叠》侠女新声 铁氏女花院全贞）

（5）如今请老爷自思量一思量，那赵丞相呵，【太平令】正直当朝。与阮翰是文字相知意气饶。肯树私门桃李同宵小。今日忍无故陷时髦。（王昪《弄珠楼》第 16 出）

（6）呀。远远的是封君来也，小子且回避一回避。（张瑀《还金记》第 1 出）——另第 7 出有"哀告一哀告"。

（7）方才放不下娘子，如今可该同我每到海船上去玩耍一玩耍。（张大复《快活三》崇祯间抄本第 13 出）

（8）相烦兄长好看洞中，我略去转动一转动即归。（秦淮墨客《剑丹记》第 4 出）

（9）非常是阻当，盘问一盘问。（无名氏《葵花记》第 18 出）

（10）事干重大，不免将这众工人查点一查点，免致误事。（邓志谟《玛瑙簪记》第 32 出）

（11）呀，前面是钟馗老儿来，我与你躲避一躲避着。（邓志谟《八珠环记》第 21 出）

（12）不如且在这里休息一休息，一则看马，二则等个衣冠人来，拐了他的，岂不是好？（《八珠环记》第 26 出）

（13）今日我和你在草坡之中，把手段搬演一搬演。（邓志谟《并头花记》第 5 出）

（14）（末）烦老丈替我闻问一闻问。（邓志谟《并头花记》第 24 出）

（15）今日上好日期，黄太爷上任理事，试查点一查点，六房书吏并精兵、皂兵、阴阳生皆在此了，可齐到公署之中迎接便了。（邓志谟《凤头鞋记》第 22 出）

（16）若有一些门路，替小弟荐举一荐举。（陈一球《蝴蝶梦》第3出）

（17）（旦）兄弟，那湖中的景致，我不晓得，你指点一指点与我看。（金怀玉《桃花记·游湖再唔》）

（18）（夫）你在我家里许久，也要转动一转动。（无名氏《炼丹记·昝喜嫖落》）

（19）（夫）你在我家里许多年，也要转动一转动。（《炼丹记·昝喜嫖李娟双》）①

陈志勇辑校的《明传奇佚曲全编》（2021）也有2例，如：

（20）后再如此，自古道天变一时，你思省一思省。（无名氏《阳春记》一、贵妃谏主）

（21）（夫）你在我家里许多年，也要转动一转动。（无名氏《炼丹记》昝嘻嫖院）

以上例句为崔山佳（2011，2018a）所无。

朱恒夫先生主编的《后六十种曲》（2013）也有例子，如：

（22）妈妈，有要紧主顾家一两件生意，你可帮衬一帮衬，完成与他，免得他来取讨聒絮。（明·阮大铖《燕子笺》第8出）

（23）今日起早了，不免进去略歇息一歇息，到晚好来放出。（《燕子笺》第14出）

（24）我想墙是爬不过去的了，只得往狗洞剥削一剥削，何如？（《燕子笺》第38出）②

（25）如今天气渐冷，俺有一件寒衣，央你送到俺妹子那里去，教他替俺拆开来，加些绵絮缝治一缝治，俺好穿哩！（叶宪祖《金翠寒衣记》第3折）

还有连用2个"VP一VP"，如：

（26）今日不免去寻他，温存一温存，帮衬一帮衬，到那入场时才好如此如此。（《燕子笺》第6出）

（以上例句也为崔山佳（2018a）所无）。

上面例子的作者以吴语区人为主，也有其他方言区的作家，如王昇为郃阳（今属陕西）人，张瑀为河北正定人，邓志谟为今江西鄱阳人，秦淮墨客为江苏南京人，但明代时，南京的方言可能属吴语。

4. 清代戏曲的"VP一VP"

清代戏曲也有不少，如：扶持一扶持（《怜香伴》第13出）、推详一推详（《琥珀匙》第15出）、光顾一光顾（《风筝误》第2出）、操演一操演（《风筝误》第24出）、操演一操演（《蜃中楼》第11出）、操演一操演（《奈何天》第2出）、点缀一点缀（《意中缘》第14出）、引进一引进（《凰求凤》第2出）、比并一比并（《凰求凤》第10出）、赈济一赈济（《奈何天》第25出）、侦探一侦探（《奈何天》第26出）、举动一举动（《比目鱼》第5出）、查点一查点（《比目鱼》第14出）、赏劳一赏劳（《比目鱼》第17出）、保佑一保佑（《比目鱼》第32出）、巡幸一巡幸（《玉搔头》第2出）、决断一决断（《巧团圆》第32出）、调停一调停（《慎鸾交》第35出）、简点一简点（《一捧雪》第8出）、浆洗一浆

---

① 此例有一校注指出："此曲与《徽词雅调》所收《昝喜嫖落》内容相同，然文字有异文，录此以为对照。"例（18）与例（19）文字基本相同，只是一是"许久"，一是"许多年"。

② 此例的"剥削"，有的写作"剥相"。

洗（《人兽关》第 3 出）、探望—探望（《人兽关》第 11 出）、打点—打点（《占花魁》第 2 出）、检点—检点（《占花魁》第 25 出）、厮认—厮认（《永团圆》第 14 出）、收拾—收拾（《牛头山》第 7 出）、检点—检点（《太平钱》第 23 出）、批阅—批阅（《眉山秀》第 3 出）、停当—停当（《意中人》第 15 出）、预支—预支（《闹窨》）。

也有连用 2 个"VP—VP"，如：

（27）只要画得有几分相似，就不十分到家，我和你指点一指点，改正一改正，就可以充得去了。（李渔《意中缘》第 2 出）

《后六十种曲》也有例子，如：

（28）此一条还求一辈子转奏玉皇，更改一更改，令善人现世受报，化凶为吉，转难成祥。（嵇永仁《续离骚·愤司马梦里骂阎罗》）

（29）（付）吓，有理。咱也正要卸脱了铠甲，把身子松动一松动，快快活活睡一夜好觉，待我唤侍女来卸甲。（遗民外史《虎口余生》第 31 出）

以上可见，古代戏曲也用得不少。而且，随着阅读范围的扩大，可能会在戏曲特别是清代戏曲中发现更多用例，因为我们对清代戏曲的阅读面不够广。

5. 明代白话小说的"VP—VP"

明代白话小说"VP—VP"多见，如：消散—消散（《醒世恒言》卷 26）、祈求—祈求（《初刻拍案惊奇》卷 6）、比试—比试（《二刻拍案惊奇》卷 2）、安息—安息（《二刻拍案惊奇》卷 8）、帮兴—帮兴（《二刻拍案惊奇》卷 8）、拜见—拜见（《二刻拍案惊奇》卷 11、卷 14）、随喜—随喜（《型世言》第 4 回）、活动—活动（《山水情》第 4 回）、得知—得知（《闪电窗》第 4 回）、赏鉴—赏鉴（《鼓掌绝尘》第 1 回）、指引—指引（《韩湘子全传》第 7 回）、引见—引见（《西游记》第 8 回）、随喜—随喜（《隋史遗文》第 5 回）、试验—试验[《三宝太监西洋记通俗演义》（以下简称《西洋记》），第 53 回]、活动—活动（《魏忠贤小说斥奸书》第 1 回）、随喜—随喜（《辽海丹忠录》第 6 回）、察访—察访（《艳史》第 18 回）、试发—试发（《宜春香质》第 1 回）、转动—转动（《天凑巧》第 1 回）、品评—品评（《清夜钟》第 13 回）、磨难—磨难（《咒枣记》第 13 回）、斗胆—斗胆（《醋葫芦》第 2 回）、操演—操演、演习—演习（《痴人福》第 1 回）、相帮—相帮（《别有香》第 12 回）、帮衬—帮衬（《龙阳逸史》第 12 回）、祷告—祷告（《醒世姻缘传》第 3 回）、变化—变化（《醒世姻缘传》第 4 回）。

也有连用 2 个"VP—VP"，如：

（30）宜春道："有话便讲，何必一定要走近身来？""因做亲的事，从来不曾操演，我和你权当一权当，操演一操演。"（醒世居士《痴人福》第 1 回）

（31）子英道："……面子上说得很好听，我向你们借用一借用，租用一租用，我们答应得略迟一点子，他就说我们不顾交情，有意和他怄气，男男女女一大群子，打上门来，逢人便殴，遇物便毁。……"（《痴人福》第 35 回）

6. 清代白话小说的"VP—VP"

清代白话小说"VP—VP"也很常见，如：缉捕一缉捕（《醉醒石》第3回）、挈带一挈带（《醉醒石》第12回）、报他一报他（《连城璧·子集》）、追想一追想（《十二楼·萃雅楼》第3回）、帮助一帮助（《十二楼·拂云楼》第4回）、暴白一暴白（《十二楼·拂云楼》第4回）、比并一比并（《十二楼·鹤归楼》第4回）、卜问一卜问（《十二楼·奉先楼》第1回）、青目一青目（《巧联珠》第24回）、商量一商量（《侠义风月传》第9回）、商量一商量（《人中画》第4卷）、指引一指引（《照世杯》第3回）、权变一权变（《儒林外史》第3回）、帮衬一帮衬（《儒林外史》第22回）、歇息一歇息（《快心编》初集卷5第9回）、摸鼻一摸鼻（《生绡剪》第18回）、保佑一保佑（《樵史通俗演义》第11回）、相看一相看（《云仙笑·又团圆》）、享用一享用（《玉娇梨》第5回）、忖度一忖度（《两交婚》第14回）、访求一访求（《醒风流》第9回）、查点一查点（《英云梦》第5回）、计较一计较（《锦香亭》第2回）、指引一指引（《十二笑》第3笑）、广施一广施（《二刻醒世恒言》上函第3回）、修理一修理（《姑妄言》第4回）、进去一进去（《野叟曝言》第26回）、比试一比试（《野叟曝言》第72回、第83回）、青目一青目（《吴江雪》第24回）、提拔一提拔（《忠孝勇烈木兰传》第1回）、详审一详审（《合锦回文传》第8卷）、帮衬一帮衬（《风流悟》第1回、第2回）、计较一计较（《锦香亭》第2回）、赏鉴一赏鉴（《隋唐演义》第68回）、赏鉴一赏鉴（《蕉叶帕》第7回）、品评一品评（《别有香》第11回）、想象一想象（《蝴蝶缘》第2回）、估看一估看（《快士传》第6卷）、哀告一哀告（《二度梅》第20回）、商议一商议（《海烈妇百炼真传》第8回）、借用一借用（《施公案》第198回）、躲闪一躲闪（《续小五义》第26回）、查对一查对（《十尾龟》第6回）、探望一探望（《新中国未来记》第4回）、思量一思量（《英雄泪》第2回）、寻思一寻思（《英雄泪》第3回）、调停一调停（《英雄泪》第13回）、思寻一思寻（《英雄泪》第13回）、查问一查问（《市声》第23回）。

7. 其他

李运龙（1993：48）认为，那些本身表示一定极限的动词，它们都是封闭状态的词，也不具有持续或反复的特点，故都不能重叠，其中举有"决定"。但我们搜索到如下例子：

（32）那老夫子也笑道："……今天只要<u>决定一决定</u>，还是用这个平日的宗旨呢，或是不用这个平日的宗旨。……"（清·静观子《六月霜》第4回）

可见"决定"可以重叠。

刘云（2009：112）认为："如果这个过程无限度地同质延续下去的话，那么这样的动词也不能重叠，如'喜欢'、'讨厌'等虽然都是一个过程，但这个过程可以无限度地延续下去，所以不能重叠为'喜欢喜欢'、'讨厌讨厌'。"但我们搜索到如下例子：

（33）宝钗接口道："……太太看着这些事，也该<u>喜欢一喜欢</u>。"（清·秦子忱《海续红楼梦》第11回）

可见"喜欢"也可以重叠。

也有连用2个"VP—VP"，如：

（34）背着手，垂着头，踱了几踱，只见眉头一皱，计上心来道："有了有了，前日小柳送诗的时节，有两个姓张姓李的同行，我也认得他，想也是钱塘学里，想那日也往送诗，一定也为着雪小姐的事，何不寻他<u>商议一商议</u>，<u>计较一计较</u>。"（清·樵云山人《飞花艳想》第 10 回）

《朴通事》也有例子，这是朝鲜人学汉语的教科书，可以说是对外汉语教材，可见"VP 一 VP"在当时的成熟性，如：

（35）你<u>打听一打听</u>。

蒲松龄的《聊斋俚曲集》也有，如：

（36）赵大姑说："卖布的净了店——你没嗄<u>裂拉一裂拉</u>。……"（《慈悲曲》第 3 回）

清雍正年间满汉会话教材《清文启蒙》也有，如：

（37）既然一遭认识了，兄长你若是不弃想念，求祈往我家<u>行走一行走</u>。

"行走一行走"对应满语中的 majige feliyereo，即 majige（稍微）＋动词，体现了时短量小的语法意义。

《清文启蒙》还有"算计一算计""吧结一吧结""叙谈一叙谈"，对应满语同样为 majige（稍微）＋动词（马楷惠，2020：42）。也可见在当时的汉语中"VP 一 VP"是很常用的。

刘红曦（2000：74）指出，偏正式复合动词一般也不能重叠，如假装、难免、忽视、热爱、误解等，前一语素一般是形容词性的，后一语素是谓词性的，即使是动词性的，也属非动作性或动作性不强的语素，所以也不能重叠。但也有例外，如"粉饰"就可以重叠，其重叠形式仍为 VPVP 式。

我们以为，"例外"还不少，如我们所掌握的语料中的"试探""闲走""相聚""笔削""相劝""消散""试发""演习""借用""租用""追想""相看""广施""详审""估看""哀告"等都是偏正式复合动词。如果我们扩大阅读面，或许还会发现更多"例外"，就是下面所举的例子中也有一些"例外"。

（二）近代汉语"VP 一 VP"的变式

变式主要有 4 种：VPO 一 VP、VPOVP、VP 了一 VP、AP 一 AP。

1. VPO 一 VP

近代汉语虽然"VP 一 VP"较常见，但带宾语的很少，带名词宾语就更罕见。如果要带，一般放中间，如：

（1）你若圆成了我呵，重重的相谢你，你可<u>作成我一作成</u>。（元·无名氏《玉清庵错送鸳鸯被》第 1 折）

上例是元曲。明代作品也有，如：

（2）这俸禄都从军身上来，谁曾肯将这等有仁德的心<u>顾盼这军一顾盼</u>？（无名氏《皇明诏令·谕武臣恤军勑》）

明代白话小说更多见，如：撩斗他一撩斗（《水浒传》第 24 回）、瞅睬你一瞅睬（《初刻拍案惊奇》卷 15）、拜望妹子一拜望（《二刻拍案惊奇》卷 3）、查考他一查考（《型世言》第 23 回）、济渡他一济渡（《西游记》第 22 回）、照顾八戒一照顾、捉弄他一捉弄（《西游记》第 32 回）、知谢人一知谢儿（《金瓶梅》第 14 回）、知慰他一知慰儿（《金瓶梅》第 18 回）、泡洗他一泡洗（《欢喜冤家》第 8 回）、搭救我一搭救（《一片情》第 2 回）、知谢奶奶一知谢（《一片情》第 11 回）、奉敬他一奉敬（《禅真逸史》第 20 回）、跟随他一跟随（《魏忠贤小说斥奸书》第 3 回）、挈带弟子一挈带（《贪欣误》第 2 回）、取笑他一取笑（《西湖二集》第 30 卷）。

清代白话小说也有，如：作兴他一作兴（《连城璧·寅集》）、帮助我一帮助（《醉醒石》第 10 回）、扶持他一扶持（《人中画》附录《自作孽》第 2 回）、难为他一难为（《照世杯》卷 3）、取笑他一取笑（《西湖拾遗》卷 28）、提拔他一提拔（《玉支玑》第 1 回）、救济小婿一救济（《二刻醒世恒言》下函第 6 回）、面试他一面试（《五色石》卷 8）、奈何他一奈何（《风流悟》第 4 回）、总成我一总成（《姑妄言》第 4 回）、奈何我一奈何（《儿女英雄传》第 25 回）、搭救他一搭救（《别有香》第 13 回）、收拾他一收拾（《二十年目睹之怪现状》第 74 回）。

明代戏曲也有，如：

（3）（小生）亚仙不要谦逊，<u>评品我二人一品评</u>。（薛近兖《绣襦记》第 4 出）

（4）便拿出钱来整酒，动兴处说几句知心的话儿，<u>帮衬他一帮衬</u>。（郑若庸《玉玦记》第 8 出）

（5）相公，你何不着人去<u>劝阻他一劝阻</u>？（孟称舜《二胥记》第 16 出）

（6）（云）钟儿，你也将人亏负，怎不<u>帮衬我一帮衬</u>，早些儿响起来。（来集之《两纱》第 2 出）

（7）俺小仙寂寞残香，殷勤向道，岁月已多，超脱无日，怎不<u>指点我一指点</u>。（《两纱》第 3 出）

（8）（净云）咔，比如方才忒在海里淹死了，就去便了，等我看船在此，你去若有好处，<u>作成我一作成</u>便了。（张大复《快活三》崇祯间抄本第 16 出）

清代戏曲也有，如：

（9）走来，等我替了主人，<u>赏劳你一赏劳</u>。（李渔《凰求凤》第 2 出）

（10）世上有钱的人，若遇此辈，都要<u>怜悯他一怜悯</u>，<u>体谅他一体谅</u>。（李渔《连城璧·寅集》）

上面例子中，宾语以人称代词居多，也有名词作宾语，如"妹子""八戒""人""奶奶""弟子""小婿"。例（3）的宾语是短语，"我二人"是同位短语。

也有重叠后带"儿"尾，如：

（11）妇人道："……你来家该摆酒席儿，请过人来<u>知谢人一知谢儿</u>；还一扫帚扫的人光光的，问人找起后帐儿来了。"（明·兰陵笑笑生《金瓶梅》第 14 回）

（12）月娘因陈经济搬来居住，一向管工辛苦，不曾安排一顿饭儿酬劳他酬劳，向孟玉楼、李娇儿说道："……人家的孩儿在你家，每日早起睡晚，辛辛苦苦，替你家打勤劳儿，那个头心，<u>知慰他一知慰儿</u>也怎的？"（《金瓶梅》第18回）

也有形容词重叠后中间带宾语，如：

（13）铁丐道："……这岛看日出是一奇景，五更起来，索性<u>快活他一快活</u>，补补连日哭想的苦处。……"（清·夏敬渠《野叟曝言》第113回）

近代汉语也有"VP一VP"后带宾语的例子。于江（2008：133-134）指出："前一式后面直接带上宾语，这种用法比较少见，仅发现三例。"如：

（14）害渴的就吃些凉水，<u>洗淋一洗淋身上</u>。（《元曲选外编》738）

（15）路经省下来，<u>再察听一察听上司的声口消息</u>。（《二刻拍案惊奇》350）

（16）（牛浦）方才回来，自己<u>查点一查点东西</u>。（《儒林外史》760）

于江（2008：134）认为："这种带宾形式，由于音节较多的缘故，显得比较拗口，明显地带有书面语色彩。"

"VP一VP"带宾语的例子确实不多，但并非只有3例，我们也发现几例，如：

（17）韩夫人骂声未已，只见芦英又近前道："……我夫人怎么样看待你们，你们一些好歹也不得知，只怕那有官势有钱财的，略不<u>思量一思量</u>'天理人心'四个字，也亏你们叫做人？"（明·杨尔曾《韩湘子全传》第25回）

（18）客人乃辞着店主说道："主人家，你替我<u>看顾一看顾行李</u>，等我去寻取珠来。"（明·邓志谟《咒枣记》第8回）

（19）以上所说这些话，靡别的意思，不过让我们听书的列位，<u>知道一知道亡国的惨状</u>，也就是了。（清·鸡林冷血生《英雄泪》第1回）

以上是白话小说。戏曲也有，如：

（20）（小生）老先生，请<u>品题一品题花</u>如何？（明·薛近兖《绣襦记》第4出）

还有"VP一VP"后带"过"的例子，这也很少见，如：

（21）你道王立好贼，恐怕人认得出，都拿来捶碎了，走到银匠店里，<u>另打造一打造过</u>。（明·周清源《西湖二集》卷13）

（22）你道王立这钱，恐怕人认得出，都拿来捶碎了，走到银匠店里，<u>打造一打造过</u>，选个吉日，王立请自己队里一个媒人打了聘礼，在本官处告了几日假，到彭家酒店里结起花烛，拜堂成亲。（清·陈树基《西湖拾遗》卷41）

如果要带宾语，更多的是用"把"和"将"把宾语前置，如：

（23）看见岸傍有板屋一间，屋内有竹床一张，越客就走进屋内，叫安童把<u>竹床上扫拂一扫拂</u>，坐了<u>歇一歇</u>气再走。（明·凌濛初《初刻拍案惊奇》卷5）

（24）李八八便把碗筷连忙放下，摇头道："……因此特来要表兄转达杨东翁老先生，替小弟话个人情，求他发一封书去，<u>把小弟作荐一作荐</u>，<u>大家发头一发头</u>。"（明·金木散人《鼓掌绝尘》第37回）

上例连用了2个"VP一VP"，是介词"并列删除"现象。

（25）众官齐道："……各人情愿捐出俸资，于出月初一日，募请几众高僧，就在城外

善果寺中，起建一个七昼夜的水陆道场，把那冤魂超度一超度，也是一桩功德。"（《鼓掌绝尘》第40回）

（26）一日，把原先画的各样异相图粘补一粘补，待要出去，只听得外面叫一声："胡相公在么？"（明·陆人龙《型世言》第31回）

（27）走到房中，看见些抄誊二三场括帖，笑道："……还同我去吃些酒，把胸中宿物浇洗一浇洗，去窠窝去走一走，把这些腐板气淘一淘净。……"（明·陆云龙《清夜钟》第13回）

（28）一日，分付张千道："……汝等去街坊上，看那好的算命先生寻一个来，待我把他八字推算一推算，若日后度得一个种儿，也好做坟前祭扫的人。"（明·杨尔曾《韩湘子全传》第2回）

（29）主者道："……若是上的不回头，把那下的比并一比并，并说他也是生来秉受，我也是秉受生来，他如何这愈趋愈下，我必定要越转越高。……"（明·方汝浩《东度记》第19回）

（30）又叫宫人将木槌一个从阴门中敲将进去，道："你生性好淫，官家的却小，你且把这个大木槌快活受用一受用。"（明·周清源《西湖二集》卷5）

（31）你自己吃了不算，偷了不算，若在厨灶上把那东西爱惜一爱惜，这不也还免得些罪孽？（明·西周生《醒世姻缘传》第26回）

（32）母亲道："你这病想是拘束出来的，何不到外面走走，把精神血脉活动一活动，或者强如吃药也不可知。"（清·李渔《连城璧》外编卷6）

（33）直到分居析产之后，垂髫总角之时，听见人说，才有些疑心，要把两副面容合来印正一印正，以验人言之确否。（清·李渔《十二楼·合影楼》第1回）

（34）店主人道："既然如此，就把他试验一试验。"（《十二楼·夏宜楼》第2回）

以上是白话小说。戏曲也有，如：

（35）（旦）把你一身改换一改换。（元·无名氏《白兔记·磨房相会》）

（36）（外、末）刘大娘，把箱子里面的东西查点一查点，我们要转去了。（清·李渔《比目鱼》第14出）

（37）（付）吓，有理。咱也正要卸脱了铠甲，把身子松动一松动，快快活活睡一夜好觉，待我唤侍女来卸甲。（清·遗民外史《虎口余生》第31出）

以上介词是"把"。

（38）那有眼睛的，自不必说了，就是没眼睛的试官，免不得将那水晶眼磨擦一磨擦，吃上两圆明目地黄丸。（明·周清源《西湖二集》卷4）

（39）翠翘道："……妹子你将厨下收拾一收拾，仔细看□□□，我假寐片时，再与你谈心。"（清·青心才人《金云翘》第4回）

以上介词是"将"。

2. VPOVP

在"VPO 一 VP"重叠式的基础上脱落数词"一",就是"VPOVP"重叠式,这种用法只有近代汉语才有,现代方言至今未见报道。如:

(40)月娘因陈经济搬来居住,一向管工辛苦,不曾安排一顿饭儿<u>酬劳他酬劳</u>,向孟玉楼、李娇儿说:"待要管,又说我多揽事;我待欲不管,又看不上。……"(明·兰陵笑笑生《金瓶梅》第18回)——另第70回有"教导他教导"。

(41)差人道:"我拿标子到他家<u>呼卢他呼卢</u>!"(明·西周生《醒世姻缘传》第10回)——另第30回有"补复他补复",第64回有"管教他管教",第67回有"查考他查考",第81回有"致谢他致谢",第97回有"镇压他镇压""奉承他奉承"。

(42)这个浪子,一向受用过的,<u>也该折算他折算</u>。(清·紫阳道人《金屋梦》第28回)

(43)李尚书听了,追悔不及,道:"……你须忍耐,且待我先将司空约这小畜生<u>摆布他摆布</u>,以消此闷气。"(清·惜花主人《宛如约》第14回)

(44)又哭着道:"你见我这么贫苦,二叔,你如今已是贵人,人说不看僧面看佛面,你就不看我,看你过世的哥,<u>照看我照看</u>,只当积阴德,我替你念佛罢。"(清·曹去晶《姑妄言》第16回)

戏曲中也有,如:

(45)你当初说,我做了夫人,须要<u>带挈你带挈</u>。(李渔《风筝误》第30出)

(46)其余只说没有缺出,待下次点,<u>刁顿他刁顿</u>便了。(李渔《蜃中楼》第16出)

(47)还求你开个方便法门,<u>扶救我扶救</u>才是。(李渔《意中缘》第6出)

(48)我如今千恨万恨,只恨那妒妇不过,拐了他的新郎,还不叫做畅快,须要再生一法,<u>羞辱他羞辱</u>才好。(李渔《凰求凤》第14出)

《聊斋俚曲集》例子较多,罗福腾(1998:122)举有如下例子:套弄他套弄(《墙头记》848)、察访他察访(《慈悲曲》899)、教诲他教诲(《蓬莱宴》1078)、扎挂你扎挂(《禳妒咒》1233、1251)、扎挂他扎挂(《禳妒咒》1250)、商议他商议(《磨难曲》1430)、道谢他道谢(《磨难曲》1465)、辱没他辱没(《增补幸云曲》1613)、作索他作索(《增补幸云曲》1614)、故事他故事(《增补幸云曲》1633)、盘问他盘问(《增补幸云曲》1661)。

上面的宾语是人称代词,宾语是名词的也有,如:

(49)沙僧道:"哥哥,也带挈小弟带挈。"(《西游记》第62回)——另第85回有"照顾八戒照顾"。

从上面众多例子来看,石毓智(2003:186)"16世纪之后,动词重叠就可以自由地带上宾语了,而且也不再允许受事宾语插入其间"的看法是不符合语言事实的。

3. VP 了一 VP

还有"VP了一VP",也很少见,如:

(50)狄希陈道:"……我刚才略略的<u>迟疑了一迟疑</u>,便就发了许多狠话。……"(明·西周生《醒世姻缘传》第96回)

于江（2008：134）认为，所有这种格式只发现1例，即例（50）。其实，远不止上面所举之例，如：

（51）凤姐<u>打谅了一打谅</u>，见他生的干净俏丽，说话知趣，因笑道："我的丫头今儿没跟进我来。……"（清·曹雪芹、高鹗《红楼梦》第27回）

（52）聘才见这大模斯样的架子，心里<u>筹画了一筹画</u>，便站起来道："小侄在诸位老伯荫庇之下，一切全仗栽培。……"（清·陈森《品花宝鉴》第2回）

（53）大家给无碍子展开纸来，无碍子取了柳条，<u>端相了一端相</u>，随打成影子，周青黛将砚捧着，无碍子先用淡墨描出，没有半个时辰，俱已画好，并又写明如何捻缝，怎样油漆，以及另置精细筏缝，用棕片夹人，四周栏杆，细为雕刻。（清·香城居士《狐女传奇》第11回）

（54）逸云说："……说了一遍，<u>沉吟了一沉吟</u>说：'好办，我今儿回去就禀知老太太商量，老太太最疼爱我的，没那个不依。……'……"（清·刘鹗《老残游记》第3回）

这种用法在柔石的小说中也有，如：

（55）他微笑了一微笑，又冥想了一冥想。（《二月》五）

（56）他们对着月光冷笑了一冷笑。（《夜的怪眼》）

范方莲（1964：269）也举了1例，如：

（57）非常严肃地把近视眼镜<u>端正了一端正</u>。（李劼人《大波》）

上例也是用介词"把"将宾语前置。

贺卫国（2008b：118）也举有如下的例子：

（58）眼泪流干了，胸中也觉得宽畅了一点的时候，我又立了起来，把房里的东西<u>检点了一检点</u>。（郁达夫《迷羊》十二）

（59）吴一粟这时候已经有点自在起来了，向她看了一眼，就也微笑着<u>移动了一移动</u>藤椅，请她在桌子对面的那张椅子上坐下，他自己也马上在桌子这面坐了下去。（郁达夫《她是一个弱女子》二十）

贺卫国（2008b：118）指出，上例是"VP了一VP"后带宾语的仅有的例子。目前为止，确是如此。

（60）李明霞笑了一笑，<u>沉吟了一沉吟</u>，便决定让梁老板给她吊两段嗓子。（陈炳熙《流动演员》）

李广锋等（2004：36）指出，"V了一V"一般也都是单音节动词。其实，上面所举，也可以是双音节动词的"VP了一VP"重叠形式。

"VP了一VP"是"VP一VP"和"VP了VP"的叠用，据现有的材料所知，"VP了VP"的最早出处是《醒世姻缘传》，所以也只有《醒世姻缘传》才有可能最早出现"VP了一VP"格式。

常俭（1981：83）指出，"ABAB"表示已实现的动作行为时可加"了"，可是没有"AB了一AB"的重叠形式。以上的语言事实证明，常俭的说法是不符合汉语的实际的。王红梅（2007：170）认为："在动词的音节特点上这些变体与VV式存在一定的区别，即双音节动词一般不能进入这些变体，只有单音节动词可以，如'走（了）一走，看（了）一看、洗（了）一洗、挠（了）一挠'中的动词都是单音节的，这些动词重叠式也都合乎语法，而'商量（了）一商量、请示（了）一请示、讨论（了）一讨论'是不合语法的，也就是说双音节动词一般不能进入这些变体中。"就现代汉语一般情况来说是对的，但就整个汉语史来看，"商量（了）一商量、请示（了）一请示、讨论（了）一讨论"是合乎汉语语法的。

《醒世姻缘传》还有"AB 了两 AB"，如：

（61）望着薛三省娘子合薛三槐娘子<u>多索了两多索</u>，说道："你二位好嫂子，好姐姐，不拘谁劳动一位跟我跟儿。……"（第 73 回）

上例虽然用了"AB 了两 AB"格式，实际意思也是"AB 了一 AB"，"两"也是表虚数。

4. AP 一 AP

"VP 一 VP"绝大多数是双音节动词重叠，是典型用法，也有少数是双音节形容词重叠，是非典型用法，我们称之为"AP 一 AP"。下面是近代汉语的例子，如：

（62）你把相公的铺盖到下处，只说是我的，<u>壮观一壮观</u>，这个能事在此。（薛近兖《绣襦记》第 3 出）

（63）（贴跪祝介）老天，愿姐姐早雪一个姐夫，带挈红娘<u>快活一快活</u>。（崔时佩、李景云《西厢记》第 7 出）

（64）（见介净）奴奴蒙公主娘娘召请赏花，怎么不多设些鼓乐，吹的吹，打的打，做他几个杂剧院本，<u>闹热一闹热</u>，到是这般静悄悄的。（叶宪祖《鸾鎞记》第 20 出）

（65）如今会场将近，巴不能得他一第，作成我老常<u>快活一快活</u>。（周履靖《锦笺记》第 29 出）

（66）相公说那里话，你我今年才得四十岁，也不为老，只要把家产来<u>明白一明白</u>，倘日生得一男半女，庶不致担穷。（姚子翼《祥麟现》第 17 出）

以上是明代戏曲，明代白话小说也有，如：

（67）徐公子道："他这佛地久污的了，我今日要与他<u>清净一清净</u>！"（陆人龙《型世言》第 29 回）

（68）出脱了这寒乞婆，我去赚上他几百两，往扬州过，讨了一个绝标致的女子，回到江阴，买一所大宅子，再买上百来亩肥田，呼奴使婢，<u>快活一快活</u>，料他也没这福。（《型世言》第 29 回）

（69）正行之际，非幻说道："师父，你把前日的诗儿再加<u>详细一详细</u>，却不要错上了门哩！"（罗懋登《西洋记》第 6 回）

（70）惟中道："……只是向来在那边落魄，如今去阔一阔，<u>风骚一风骚</u>，做个衣锦荣归。"（陆云龙《魏忠贤小说斥奸书》第 33 回）

（71）夏虎便不回答，含忿在心，背地里叹道："……比如他当初不弄得这一块本钱，我如今那能够去赚这些利钱，落得拿些<u>爽荡一爽荡</u>，也不枉为人一世。"（金木散人《鼓掌

绝尘》第 13 回）

（72）罗士信在旁道："……你道母亲年高，正为母亲年高，正该早建功业，博顶凤冠霞帔，与母亲风光一风光，不该这样畏缩。"（袁于令《隋史遗文》第 36 回）

（73）李道："小屄㞗来不爽利，大屄一㞗，㞗得屁眼里又痒、又胀、又酸、又麻，抽一抽，爽利一爽利，快活得没法哩。"（醉西湖心月主人《宜春香质》第 1 回）

清代白话小说也有，如：

（74）两个到了家，少不得拜客祭祖，阔绰一阔绰。（东鲁古狂生《醉醒石》第 10 回）

（75）岑铎道："……婶子，你可做些好事，把上下人口都叫进房，关了窗户，放开帐子，等大家爽快一爽快，也是阴德。"（夏敬渠《野叟曝言》第 91 回）

（76）素娥道："……他吓得要死，也叫他去快活一快活来。"（《野叟曝言》第 123 回）

（77）王夫人见了心中便喜，接过抱着向贾政说道："多咱替我芝哥儿说个媳妇儿，叫芝哥儿也欢喜一欢喜。"（海圃主人《海续红楼梦》第 5 回）

（78）酒行数巡，李千户忍耐不住，便开口说道："……呼李福取盏来，我等吃个大醉，爽快一爽快！"（无名氏《忠孝勇烈木兰传》第 1 回）

（79）却说那妇人心里道："……可惜正要引他亲近一亲近，怎奈老贼婆出来打断了。……"（坐花散人《风流悟》第 6 回）

（80）潘三道："……你怪不得我，我整整儿想了半年了，你不叫我舒服一舒服。……"（陈森《品花宝鉴》第 19 回）

（81）李君也瞿然改容说道："……再者，哥哥你整要拿着法国的故事来做比例，地球上革命的戏本，不是只有一个法兰西演过的，哥哥何不想想美国的事情，高兴一高兴，何必苦苦说法国来吓人呢？"（梁启超《新中国未来记》第 3 回）

例（70）还有"阔一阔"，说明单音节形容词也可以进入"A 一 A"重叠形式，不过，数量更少。

还有连用"AP 一 AP"的，如：

（82）张轨如道："……我与你莫若窃了他的，一家一首，拿去风光一风光，燥皮一燥皮，有何不可。……"（清·荻岸散人《玉娇梨》第 7 回）

（83）张良卿道："……燥脾一燥脾，风光一风光，有何不可？……"（清·樵云山人《飞花艳想》第 7 回）

据统计，明清白话文献能进行"AP 一 AP"重叠及变式的双音节形容词有 18 个，如：风光、风骚、高兴、欢喜、快活、阔绰、明白、闹热、亲近、清净、舒服、爽荡、爽快、爽利、详细、燥皮、燥脾、壮观。

5. NP 一 NP

也有双音节名词重叠，但数量极少，可忽略不计。在此格式中，双音节名词重叠功能已经"游移"为动词，可作谓语，如：

（84）那些清客道："翠娘便领袖一领袖。"（清·无名氏《生绡剪》第 10 回）

（85）又道："是必求两大娘同来光辉一光辉。"（清·撮合生《幻缘奇遇》第 12 回）

因为既有动词重叠，又有形容词重叠，这就是我们把这种格式概括为"VP 一 VP""AP 一 AP"的原因。刘坚（1992）把它概括为"AB 一 AB"。不过，形容词、名词一旦进入"AB 一 AB"这一重叠形式，其词性发生了"功能转移"，全都变成了动词。

6. "VP 一 VP"小结

据我们不完全统计，近代汉语的"VP 一 VP"有 400 余例。这双音节动词有及物动词，也有不及物动词，以及物动词为多。

能进入"VP 一 VP"重叠的双音节动词有 230 余个，如：

A. 哀告、爱惜、安息

B. 白话、拜见、拜望、帮衬、帮兴、帮助、保佑、暴白、比并、比试、笔削、变化、剥削、卜问、布施、吧结

C. 参证、查点、查对、查考、查问、察访、察听、操演、蹭蹬、拆洗、忏悔、抄化、超度、称扬、瞅睬、出脱、出现、传递、传谕、筹想、撺掇、忖度、忖量

D. 搭救、打点、打扫、打算、打听、打造、带挈、祷告、道达、得知、点化、点缀、颠倒、动念、斗胆、兑用、躲闪

F. 发积、发头、访求、分理、分派、缝治、奉敬、扶持

G. 改换、改正、跟随、更换、估看、顾盼、光顾、广施

H. 回敬、活动

J. 浇奠、浇洗、缉捕、计较、济渡、拣择、捡选、检点、简点、见教、浆洗、讲说、教导、结交、借用、进去、警戒、究问、救济、举动、决定、决断

K. 开指、揩擦、看顾、看管、考较、款待

L. 撩斗、裂拉、怜悯、留恋

M. 面试、摩靠、磨难、磨擦

N. 奈何、难为、宁耐、挪动

P. 盘桓、泡洗、批阅、品题、品评、评量、评品

Q. 祈祷、祈求、挈带、亲目、青目、倾销、取笑、权当、权变

R. 禳解

S. 洒乐、商量、商议、赏鉴、赏劳、赏玩、扫拂、升转、试探、试验、试发、试演、适兴、收藏、收拾、受用、疏散、疏通、思量、思省、思寻、厮认、随喜、算计

T. 探望、提拔、调停、体谅、停当、推合、推算、推详

W. 枉顾、问候

X. 洗淋、洗抹、洗濯、喜欢、下顾、闲走、相伴、相帮、想度、相会、相见、相聚、相看、相劝、想象、详审、享用、消除、消遣、消散、小解、歇息、修理、修整、寻访、寻思、巡幸、行走、叙谈

Y. 摇摆、演习、医治、引见、引进、印正、游览、游赏、游玩、预支

Z. 粘补、张主、整理、照顾、照管、遮盖、遮护、侦探、赈济、支陪、知慰、知谢、指点、指教、指引、周支、驻足、祝赞、转动、转换、追想、准备、捉弄、总成、总承、走动、租用、作成、作承、作荐、作兴

另有"报他""摸鼻"是动宾短语。由上可见，动词数量不少，这也证明这种重叠形式在近代汉语的成熟性。因此，赵克诚（1987）、刘坚（1992）、邢福义等（2004）、肖瑜（2010）等的说法不符合近代汉语语言实际。

（三）现代方言的"VP一VP"

1. 现代汉语书面语的"VP一VP"

施关淦（1990：44）在谈到"单音节动词重叠跟双音节动词重叠"时指出："看看"可以说成"看一看"，但"休息休息"不能说成"休息一休息"。书中还有一个注释："这是就现代汉语普通话而言的。在近代汉语里边，双音节动词有这种重叠形式，如'累烦你引见一引见'（《西游记》八回），'你没奈何，权变一权变'（《儒林外史》三回）。见《语文研究》1989年2期第37页张绍臣同志的文章。"张绍臣（1989：37）认为"现代汉语里不大见到，明清小说里则不乏见"。

吴为善（2011：46）认为可以说"收一收""割一割"，不能说"收割一收割"，可以说"种一种"，不能说"种植一种植"。并认为事实表明双音节动词跟单音节动词在范畴层次和原型性方面同样也有较明显的对立。

邢福义等（2004：30）说到双音节动词重叠中间有"一"的格式时说："双音节动词重叠式中加'一'，这种用法不是没有。近代白话文作品里、现代早期文学作品里，偶尔可以见到。"

邢福义等（2004）说近代白话文作品里也"偶尔可以见到"，不符合语言事实。但认为早期的现代汉语中"偶尔可以见到""VP一VP"，这是对的。

确实如邢福义等（2004）所说的那样，早期现代汉语也有此用法，而且还有一定数量，如：

（1）第三，我所讲的，有时溢出批评范围以外，因为我有些感想，没有工夫把它写出来，趁这机会，简单发表一发表。（梁启超《评胡适之〈中国哲学史大纲〉》）——此文写于1922年。

（2）试检查一检查他的内容，大抵最流行的莫过于讲政治上、经济上这样主义那样主义，我替他起个名字，叫做西装的治国平天下大经纶；次流行的莫过于讲哲学上文学上这种精神那种精神，我也替他起个名字，叫做西装的超凡入圣大本领。（梁启超《科学精神与东西文化》）——此文也写于1922年。

刁晏斌（2007：16）也提到动词重叠，其中有"VP一VP"，如：

（3）陶校长又介绍了他们，个个点头微笑一微笑。（柔石《二月》）

（4）我们又可以回顾一回顾一去而不复返的少年时代。（郁达夫《迟桂花》）

（5）他的舌根怎么也不能摇动—摇动。（郁达夫《沉沦》）

（6）他觉得委实太寂寞了，非稍稍活动一活动不可。（王任叔《疲惫者》）

（7）我们得打算—打算好。（丁玲《水》）

（8）偶然一出门做客，只对着镜子把散在额上的头毛梳理—梳理，妈妈却硬从盒子里拿出一枝花来。［冯文炳（废名）《竹林的故事》］

刁晏斌（2007：16）认为"这样的形式，在初期以后就很少见到了"。

就是柔石小说还有例子，如：

（9）"……我的心神完全被你掷在深渊里，我周身冷而且战，水要淹溺死我了，你提救—提救罢！"（《爱的隔膜》）

巴人（王任叔）小说也还有，如：

（10）她想改变—改变她和子政这永远不即不离的关系，作为一个母亲那样来照顾子政，同时，也得更前进一步，不至老死在作君身边，使自己永远做一个为自己打算的人。（巴人《浇香膏的妇人》）

（11）老头子一说出署长，四下里探望—探望，便缩进脑袋去。（巴人《证章》）

废名的小说也还有，如：

（12）怪哉，这时一对燕子飞过坡来，做了草的声音，要姑娘回首—回首。［冯文炳（废名）《茶铺》］

"VP—VP"基本作谓语。例（2）、例（4）、例（10）的"VP—VP"后面还带了宾语，这比较少见。例（8）的宾语将"把"前置，这也少见。例（7）的"VP—VP"后面的"好"是补语，这更少见。

书面语的例子最迟到20世纪40年代的作品还有，如：

（13）要是把这两者的大小轻重较量—较量，那宝玉实在是个大大的成功者。（张天翼《贾宝玉的出家》）

上文发表于1942年11月。这是我们发现的书面语最迟的例子。

上面作品的作家大多是吴语区人，如郁达夫、柔石、巴人等，这应该是作家家乡方言在作品中的体现。但也有不是吴语区的人，如梁启超是广东人，那是粤方言区的人；丁玲是湖南人，那是湘方言区的人；冯文炳（废名）是湖北省黄梅县人，属江淮官话区的人。张天翼祖籍湖南湘乡东山，出生于南京，在杭州读完小学和初中，1925年秋到北京，次年考入北京大学，1929年正式开始职业写作生涯，1931年加入中国左翼作家联盟，全面抗战爆发后，一直在长沙等地从事抗日救亡工作和文艺活动，方言背景复杂。梁启超可能是受古代白话小说的影响，而丁玲、冯文炳（废名）、张天翼等人，既有受近代汉语的影响的可能，也有受吴语区作家影响的可能。

2. 方言的"VP—VP"

2.1 吴语的"VP—VP"

钱乃荣（2003a：284）指出："双音节词在30年代也能用'V—V'，如：'现在有交关人家用奶婶婶前头，先到医生搭去检查一检查.'（布251页）现今不能用。"钱乃荣（2014：409）再次提到此例，明确说是出自1939年蒲君南的《上海方言课本》。作为课本，有一定的周期，说不定上海20世纪40年代仍有"VP一VP"。看例（13），发表于1942年11月，连作者为非吴语区的人也会用"VP一VP"，那么，20世纪40年代的上海有"VP一VP"的可能性很大。

王福堂（2003：231）认为："AA①的原式是'A一A'，目前口语中较正式的场合仍然使用；ABAB式的原式是'AB一AB'，口语中已经近乎绝迹。"这里所说的是浙江绍兴话，属吴方言。

王福堂（2003：233）指出："下面就先列出第一种重叠式AA①、ABAB和原式'A一A''AB一AB'的变调值进行比较。"如：

（二）ABAB		AB一AB	
研究研究	33-55-55-52	研究一研究	33-55-5-55-52
留心留心	11-55-55-52	留心一留心	11-55-5-55-52
晓得晓得	335-5-55-54	晓得一晓得	335-5-5-55-54
理直理直	115-5-55-54	理直一理直	115-5-5-55-54
荫凉荫凉	33-33-33-33	荫凉一荫凉	33-33-3-33-33
认得认得	11-1-11-1	认得一认得	11-1-1-11-1
客气客气	3-55-5-52	客气一客气	3-55-5-55-52
熟悉熟悉	1-5-5-54	熟悉一熟悉	1-5-5-5-54

王福堂（2003：234）指出："（二）中ABAB和原式'AB一AB'中前AB变调值也各各相同。从调值看，ABAB式是'AB一AB'式省略了'一'的结果。当然，'AB一AB'式中前AB的B和'一'如果可以合音，也会有同样的变调值，但实际上绍兴方言双音节述语并不和其他音节合音。因此，就变调规则和系统内部一致性着眼，双音节重叠式ABAB应该和单音节重叠式AA①的重叠方式相同，同样是省略了'一'的结果。"

由上可见，"VP一VP"重叠形式在绍兴方言中、在口语中、在王福堂先生的耳中应该还是熟悉的，所以，他才有变调值的分析。虽然现在绍兴方言的"VP一VP""口语中已经近乎绝迹"，看来还未完全"绝迹"，就算是完全"绝迹"，也应该是比较迟的。而且在字里行间，我们还能窥见，说不定在绍兴方言的书面语中仍有"VP一VP"的遗迹。①但绍兴城里的老年人是否还在使用，需要作进一步调查考察。2016年6月18日，在辽宁锦州渤海大学召开的第8届官话方言学术研讨会开幕式间歇，我们曾当面询问过王福堂先生，王先生认为，绍兴青年人是不说"VP一VP"了，但老年人还有说的。

绍兴方言口语原来（或现在仍然）有"VP一VP"，柔石、巴人、郁达夫等人的作品也有"VP一VP"，说明吴方言在20世纪初期确实还存在这种重叠形式。

更奇怪的是，江苏苏州方言现在仍在运用"VP一VP"。刘丹青（2012：4）指出，苏州方言"V一V"比普通话更常用，甚至双音动词用"V一V"式也更自然，只要是方言中

---

① 我们询问过绍兴柯桥人的盛益民教授，他说柯桥话现在不说"VP一VP"。

的常用非离合动词都可以这么用，如：商量—商量、打扮—打扮、检查—检查。

关于苏州方言现在口语中仍有"VP—VP"说法的问题，我们曾当面询问过刘丹青先生（2014 年 9 月 28 日在西安陕西师范大学召开的第 7 届汉语方言国际学术研讨会会议间歇），刘先生认为，苏州方言现在仍说"VP—VP"，尤其是口语化的双音节动词，如"商量—商量"等。

苏州方言现在仍有"VP—VP"重叠式是有原因的。刘丹青（2012：4）指出："苏州话原来没有相当于普通话'一下'的泛义动量词（近年有借入'一下'的苗头），普通话中'V一下'动量补语式，在苏州话中常用'V—V'来表示。"所以，普通话中说"商量一下"等，苏州话说"商量—商量"等。

2.2 晋语的"VP—VP"

山西五台方言也有双音节动词"VP—VP"重叠式，如：思谋（一）思谋、打扫（一）打扫、商量（一）商量、吩咐（一）吩咐、修理（一）修理、活动（一）活动、圪蹴（一）圪蹴、忽摇（一）忽摇、卜来（一）卜来、圪对（一）圪对、搜掐（一）搜掐、忽搅（一）忽搅。

五台方言单音节动词重叠式中间可以加"一"，语法意义基本一致，双音节及多音节动词也是如此。加"一"与否主要与用语习惯、语气缓急等因素有关，但其间的区分界线并不突出。如：

（14）他家门些些_{那么多}地，那则些人_{其他人}还帮么，我还能不去帮（一）帮忙哩?

（15）娃娃们快回来了，我给咱打扫（一）打扫家。

（16）外面刮得全是土，你欢欢儿地_{快点}拍打（一）拍打身上的土哇。

一般说来，语气急促的情况下，双音节动词重叠时省略"一"的概率比单音节动词多。"VP—VP"一般表未然或经常性的动作。如：

（17）栓柱家媳妇儿可能圪搜_{拖拉}哩，每天打大早起来梳（一）梳头，洗（一）洗脸，再抹歘（一）抹歘，出来就不早了，今儿稀罕地出来的早。（崔丽珍，2010：17–18）

从语法意义来看，"VP（一）VP"可表动作时短量少，如：

（18）玻璃刚擦了没几天，你再稍微擦掐（一）擦掐就行了。

也可表尝试，如：

（19）你试当（一）试当_{试一试}，这糖可好吃哩!

上例我们有不同的看法。许宝华等（2020：3240）收"试当"，义项有二，其一是："<动>试;试验;尝试。"方言点有:（1）中原官话：新疆吐鲁番、鄯善，青海西宁。（2）兰银官话：新疆乌鲁木齐，甘肃兰州、皋兰。我们以为，五台方言的"试当"可能也有"尝试"义，如果真是这样，那么，"试当（一）试当"的尝试义不是"VP（一）VP"本身就有的，而是由"试当"一词体现出来的。

也可表委婉、祈求、轻松随便。如：

（20）你给我拍打（一）拍打身上的土哇么?

也可表动作的反复多次。如：

（21）快过年了，我也得好好<u>擦抹（一）擦抹</u>玻璃哩，不要叫哪人们笑话。（崔丽珍，2010：20）

动词重叠式在表量上具有明显的主观模糊性：第一，无法用确定的标准衡量量的大小；第二，量在多少的矛盾中实现中和。如：

（22）你替我<u>检查（一）检查</u>他做下的，看有没有错的。

"检查（一）检查"具体是检查一下还是反复详细地多次检查，区别界限不明显，甚至矛盾，但并不影响交际需要。

动作动词重叠式往往有意义的重复，即表示动作的反复的作用，如"圪摇（一）圪摇"有稍微摇一摇即时短量少或者尝试的意思，而"圪摇圪摇"则不再表示时短量少或尝试义，而是由动作的反复引申出来的情态貌。

崔丽珍（2010：18-19）认为，这类重叠中间嵌"一"后不再表状态。

这就说明，"VPVP"与"VP（一）VP"还是有区别的，即"VP（一）VP"有存在的必要性。

在条件句中作谓语时，"VP（一）VP"常与"就"搭配。如：

（23）<u>拾掇（一）拾掇</u>就利洒_{干净利落}了。

此外，还可以受否定词"不""没有"的修饰。如：

（24）家里怎个儿_{这么}乱倒，你也没有<u>拾掇（一）拾掇</u>？

（25）就这么一个闺女，她爹嬷也<u>不打扮（一）打扮</u>她。（崔丽珍，2010：23）

这再一次说明，双音节动词"VP（一）VP"与"VPVP"重叠还是有区别的。这也便是"VP（一）VP"存在的合理性，也是它并非一定会被"VPVP"完全取代的原因。

五台方言的"VP（一）VP"，与明清白话文献、吴语等一样，后面也可带宾语，如例（20）至例（22）、例（25）。

不仅如此，五台方言的双音节形容词也有"VP（一）VP"重叠式。如：热闹（一）热闹。（崔丽珍，2010：26）。崔丽珍（2010：29）指出，形容词经"VP（一）VP"重叠后，具有动词重叠式的语法特征，表时短量少或程度加深。这类词为兼具形容词和动词词性的兼类。

崔丽珍（2010：43-44）指出，在田野调查时，动词重叠式遇到了一个问题："V（一）V"及"VP（一）VP"两式中"一"何时可以省略、省略前后有何异同。有人认为双音节多省略"一"，单音节一般不能省，也有人认为这两种形式一般都不省略"一"，但大多数人则认为省不省略并无明显区别，语气急时多省略，大概与用语习惯有较大关系。这是一个需要商榷和进一步研究的问题，或许它会对汉语动词重叠式"VV"和"V一V"的起源演变过程的研究有一定的帮助。

我们认为，不管怎么说，五台方言有双音节动词"VP（一）VP"重叠式是明确的。

杨建忠教授告诉笔者，其家乡山西静乐方言（属晋语）也有"VP一VP"重叠式。

邢向东（2004：8）在说到其家乡陕西神木方言（也属晋语）动词重叠式"动+给下儿/给阵儿"加"价"时说延川有"复习一复习价"。这"复习一复习"就是"VP一VP"。

2.3 现代汉语关于"VP 一 VP"的一些观点

王希杰（1990：15）两次提到这种用法，举有 2 个例子：批评—批评、调查—调查。

王希杰（1990：15）认为，"一般说，双音节动词中间插上'一'的比较少"。不知王希杰（1990）是就现代汉语来说，还是就近代汉语来说？王希杰（1990：66）指出："一般说，双音节动词就不能借用为动量词。"如不说：批评—批评、调查—调查、研究—研究、哭泣—哭泣。王希杰（1990）这里把后一双音节动词当作前一动词的同形动量词了，显然前后说法有矛盾。

李广锋等（2004：37）举有柔石小说的"微笑—微笑"，说"现代汉语中这种格式非常少见，现代作品中只见到 1 个例子"，这不符合语言事实。

房玉清（2006：272）认为，"单音节动词重叠，中间可以加'了'和'一'；双音节动词重叠，中间只能加'了'，不能加'一'"。比如不能说"参观—参观"。

殷晓明（2005：64）指出，双音节动词重叠可分为两类：一类为"VV"式，一类为"V一 V"式，现代汉语几乎无此用法。

不过，现代汉语初期这种重叠形式有的是少数人的仿古，有的是作者方言的自然表现。不可否认的是，这种重叠形式确实在明代以后的生命力还是强的，到现代汉语初期以后才逐渐消失。

石毓智（2002：2）认为："语音单位与句法结构之间的相互作用表现在各个方面。比如，4 音节是汉语重要的一级语音单位，在语言应用中就表现为，95% 以上的汉语成语都是 4 音节的，汉语语法重叠的最长形式也是 4 音节：干干净净、讨论讨论等。"

石毓智（2003：67）指出："比如，构成汉语音步（meter）的最多音节数是四个，因此 95% 以上的汉语成语都是四音节的，汉语语法重叠的最长形式也是四音节的，如'干干净净、讨论讨论'等。"

我们觉得这个说法就现代汉语普通话来说大致不错，但就近代汉语和一些方言（如绍兴、苏州、五台、静乐等）来说就不大符合语言事实。汉语事实是，在近代汉语较长时间内，双音节动词重叠有"VP 一 VP"式，部分形容词也有这种形式，就是现代汉语早期也有人在运用。虽然在后来消失了，但有些方言还保留着，如苏州话等。同时，房玉清（2006：272）认为，双音节动词重叠，中间能加"了"，那也突破了 4 音节的限制。

但现代汉语中"VP 一 VP"式在普通话中最终还是基本消失了，这可能与石毓智（2003）所说的有一定关系。"VP 一 VP"与"VPVP"语义基本一致，这大概也是现代汉语"VP 一 VP"最终消失的原因之一吧！但值得注意的是，近代汉语晚期动词重叠有"VP 了 VP"形式，现代汉语至今还有，尤其是北方的一些方言，如河南、河北、山东、山西等方言现在还有，书面语则是河北作家使用较多［可参见崔山佳（2011）第三章"AB 了 AB"重叠形式，不但近代汉语有"AB 了 AB"，现代汉语也有］。这说明在一定的情况下，汉语动词重叠形式仍可突破 4 个音节限制。更重要的是，"VP 了 VP"本身表已然，它还是有自身的语法意义，与"VP 一 VP"不同。而"VP 一 VP"主要运用于南方，尤其是吴方言，当然，晋语也有，近代汉语也多在南方运用，现代汉语初期也如此，这说明这两种双音节动词重叠形式从方言地理类型来看，具有类型学意义。

因此，近代汉语和现代汉语初期汉语一些方言的语言事实表明，双音节动词跟单音节动词在范畴层次和原型性方面可以没有较明显的对立。

3. 方言的"AP一AP"

明清白话文献有"AP一AP"，现代汉语也有，如废名的小说有好几例，如：

（26）因为对了镜子（既然答应了出去买东西，赶忙<u>端正一端正</u>）低目于唇上的红，一开口就不好了。（《桥·桃林》）

"端正"比较特殊，它主要是作形容词，但也有作动词用的。《现代汉语词典》（2016：325），义项有三，前两个义项都是形容词，义项三是动词："使端正：～学习态度。"

（27）我就鸦雀无声把眼睛打开，这个正午的时候，门口的树荫凉儿一定是好，我且出去<u>凉爽一凉爽</u>，说话时莫须有先生已经就在槐下立影儿了，呵呵呵，仰面打一呵欠。（《莫须有先生传·莫须有先生今天写日记》）

（28）于是侏儒咄咄书空，时日曷丧，真可以，这个年头儿叫人不好活，今天真可以，我说出来<u>凉快一凉快</u>，莫须有先生他懒得同人说话，我吃窝窝头我也不巴结你，所以我也进去了。（《莫须有先生传·莫须有先生今天写日记》）——另有3处"凉快一凉快"。

汪化云"附录"《废名小说中的黄梅方言成分》（2004：307）说到特殊格式，其中第四点是：双音节动词性词语重叠表示尝试态，普通话中是用 ABAB 的格式，废名小说所反映的黄梅方言则在中间加进"一"。如：

（29）指把给我瞧瞧，让我来<u>估定一估定</u>。（第9页）

（30）主东二人坐在树阴凉下<u>凉快一凉快</u>。（第74页）

例（30）的"凉快一凉快"的"凉快"并不是动词，而是形容词。

巴人小说也有，如：

（31）"老婆？儿子？"老狗听了精神略略<u>奋兴一奋兴</u>，但他马上低下头去。（巴人《顺民》）——"奋兴"应该是"兴奋"的意思。

绍兴方言"VP一VP"中的"VP"大多是动词，也有形容词，如"荫凉一荫凉""客气一客气"等的"荫凉""客气"。（王福堂，2003：234）

五台方言形容词双音节也有"VP（一）VP"重叠式。如：

（32）过几日和们_{我的}老娘_{姥姥}过年去呀，今年多买上些炮，叫们老娘家也<u>热闹（一）热闹</u>。（崔丽珍，2010：30-31）

杨建忠教授告诉笔者，其家乡山西静乐方言也有"AP一AP"重叠式。

形容词有"动态形容词"的说法，上面例子中的形容词显然应该是动态形容词。张斌（2002：306）指出："对于性质形容词，还可以从不同的角度加以分类。首先，根据是否可以带时态助词、趋向动词和能否受副词'没（有）'的修饰，可以把性质形容词分为动态形容词和静态形容词。凡是可以带时态助词或趋向动词表示时态义，同时又可以受否定副词'没（有）'修饰的，就是动态形容词，反之，则是静态形容词。"如：

红、黑、胖、大、热、暖和、激动、轻松、急躁、糊涂、凉快

对、刁、笨、馋、丑、漂亮、优美、暖昧、文静、草率、沉重

上面的形容词只能是性质形容词，而不能是状态形容词。沈家煊（2015：4）认为，成对的性质形容词和状态形容词在修饰名词时存在以下的对称和不对称：性质形容词可以直接修饰名词，但不能修饰带数量的名词；状态形容词不能直接修饰名词，但能修饰带数量词的名词。如：

薄纸　　＊薄一张纸　　＊薄薄纸　　　薄薄一张纸

红花　　＊红一朵花　　＊鲜红花　　　鲜红一朵花

干净衣服　＊干净一件衣服　＊干干净净衣服　干干净净一件衣服

我们认为，从标记理论来看，性质形容词与状态形容词还有不对称的地方，那就是性质形容词能够进入"AP一AP"重叠形式，而状态形容词不能。

"VP一VP"主要在南方方言区使用，现代作家主要是吴语区人，方言口语中现在苏州方言仍在使用。当然，北方的五台方言也在使用。

"VP一VP"与"VP了VP"虽然是汉语动词比较特殊的重叠现象，尤其是"VP一VP"重叠式，南方方言与北方方言都有，可能有近代汉语的影响，但也充分体现了语言象似性。从形式上看，动词重叠式的本质正是同质形式的复现（同一个动词一连出现两次）。这表明语言形式的结构以象似的方式对应于概念的结构。（吴为善，2011：212）

（四）古今比较

1. 方言的分布范围

现在一些方言还有"VP一VP"重叠式，如江苏苏州（刘丹青，2012）、山西五台（崔丽珍，2010）等。但从以上可见，元明清白话文献作者籍贯的地域分布很广，就是《稀见明代戏曲丛刊》作者籍贯的地域分布范围比现在也要广得多，除吴语区人与无名氏外，还有陕西人、河北人、江西人等。总的说来，"VP一VP"重叠式方言分布范围现在大大缩小。

2. 使用频率

近代汉语的"VP一VP"有一定的使用频率，目前已经搜集到400余例。而现代汉语书面语在20世纪40年代还有使用，此后就消亡了。方言的分布范围大大缩小，使用频率大大减小，甚至有渐渐消亡的趋势。上海方言在20世纪30年代末或40年代初可能已消亡。绍兴方言现在也基本消失。刘丹青（2012：4）说苏州话近年有借入"一下"的苗头，可用"VP一下"代替"VP一VP"。如果真的如此，"VP一VP"的使用频率将会渐渐下降，直到消失。

据崔丽珍（2010），其结构是"VP（一）VP"而不是"VP一VP"，说明其也有渐渐减

少使用的趋势。

3. 形式问题

近代汉语有一些变式，如中间带宾语，现代汉语基本消失了。这与"VO一V""VOV"动词重叠式相似，明清白话文献使用频率较高，到现代汉语普通话，"VOV"已经消失，"VO一V"使用频率也大为降低。"VOV"仅存于一些方言中，如浙江奉化方言有如下说法："衣裳溇_洗其溇""棉被掼其掼""地板扫其扫""皮鞋擦其擦"等。奉化籍作家巴人作品中有不少"VO一V"用例。山东方言"VOV"重叠式分布范围要广一些。孟庆泰（1993：47）认为淄博方言有"VOV"重叠式，曹大为（2000：427）认为淄博、章丘的方言有"VOV"重叠式。罗福腾（1998）认为分布范围更广。罗福腾（1998：124）指出："据初步调查，现代山东方言仍然存在着"V他V"的说法。地理分布的大体情况是：从东部的昌邑向西，从北部的桓台向南，从西部的济南、历城向东，从南部的费县、曲阜向北，这中间广大的地区都流行这一说法，具体包括潍坊、临朐、青州、淄博市各区、泰安、章丘、邹平、莱芜、新泰、宁阳、泗水、沂源、蒙阴、寿光、广饶等鲁中地区，约有27个县市区。这种说法的地域范围，随着调查的深入，一定还会更加精确，也许还会扩大。"根据目前所掌握的材料来看，"VPOVP""VPO一VP"重叠式方言中未见报道。

4. 词性问题

近代汉语中的"VP一VP"多为动词，形容词也有一些用例，名词例子极少。现代方言基本上是动词，形容词很少，未见名词用例。从词性来看，也是近代汉语更丰富。

八

动词重叠 + 尝试助词

（一）明清白话文献的"VV看"与"V一V看"

1. 明清白话小说的"VV看"与"V一V看"

1.1 明清白话小说的"VV看"

明清白话小说有"VV看"的说法，"看"是助词，表示"尝试"。动词重叠有的有"尝试"义，加上"看"后，"尝试"味更加浓。

明代白话小说如：秤秤看（《喻世明言》卷26）、会会看（《初刻拍案惊奇》卷6）、秤秤看（《二刻拍案惊奇》卷36）、闻闻看（《鼓掌绝尘》第6回）、说说看（《型世言》第38回）、摸摸看（《一片情》第1回、第12回）、瞧瞧看（《一片情》第11回、第12回）、寻寻看（《欢喜冤家》第7回）、试试看（《英烈传》第12回）、咬咬看（《后水浒传》第18回）、骑骑看（《七十二朝人物演义》卷24）。

《西游记》用得较多，有13例，如：寻寻看（第3回），认认看、念念看（第14回），认认看（第31回2处、第34回、第58回），尝尝看（第39回），摸摸看（第46回、第100回），试试看（第47回），猜猜看、认认看（第74回）。

《西游记》还有"VV儿看"，如：

（1）土地道："……大圣不信时，可把这地下打打儿看。"（吴承恩《西游记》第24回）

清代白话小说如：试试看（《红楼梦》第9回、第32回、第87回）、查查看（《阴阳斗》第9回）、求求看（《金莲仙史》第7回）、想想看（《天豹图》第3回、第9回）、寻寻看（《天豹图》第27回）、认认看（《天豹图》第27回）、听听看（《蝴蝶缘》第15回）、拨拨看（《姑妄言》第1回）、试试看（《姑妄言》第2回）、坐坐看（《姑妄言》第3回）、想想看（《七剑十三侠》第176回）、想想看（《九尾狐》第47回）、讲讲看（《九尾龟》第150回）、说说看（《杀子报》第7回，2处）、照照看（《杀子报》第9回，2处）、想想看、讲讲看（《杀子报》第10回）。

《金台全传》也用得较多，也有13例，如：张张看（第5回），哄哄看（第7回），捉捉看（第9回），说说看（第12回、第24回、第43回、第55回），摇摇看（第23回），算算看（第25回），谈谈看（第32回），称称看（第35回），演演看（第39回），打打看（第40回）。

（2）大圣道："哥说得是，小弟这一向疏懒，不曾与兄相会，不知这几年武艺比昔日如何，我兄弟们请演演棍看。"（《西游记》第60回）

（3）不免推推门看，见门是开的。（明·西湖渔隐主人《欢喜冤家》第1回）

上面几例是"VVO看"，即"VV"与"看"中间有宾语。

还有"VOV看"，如：

（4）却说新玉虽走了进去，心中却费踌蹰道："……让我再去瞧他瞧看！"（明·无名氏《一片情》第1回）

上例是"VV"中间有宾语，后面再带"看"，有类型学价值。

还有双音节动词"VPVP看"，如：

（5）那妇人道："既然干得家事，你再去与你师父商量商量看，不尴尬，合招你罢。"（《西游记》第23回）

（6）精细鬼道："……拿过葫芦来，等我装装天，也试演试演看。"（《西游记》第33回）

（7）孟瑚又隔了月余，心上想道："……如今事冷了，我去打听打听看。"（清·坐花散人《风流悟》第1回）

（8）不说马俭一路回家，且说牛勤推上了门，说道："金二爷坐坐，让我里夫妻两个，府场浪分别分别看。"（清·无名氏《金台全传》第39回）

（9）只听那姑娘学着很响亮的京腔道："……你可打听打听看，你姑娘是大俄国轰轰烈烈的奇女子，我为的是看重你是一个公使大臣，我好意教你那女人念书，谁知道你们中国的官员，越大越不象人，简捷儿都是糊涂的蠢虫！……"（清·曾朴《孽海花》第10回）

（10）邝开智道："我回时，记得用行军测绘的法子，绘了一张草图，待我去检查检查看。"（清·旅生《痴人说梦记》第1回）

（11）他说："不用道字号，皇上的马也得留下；你打听打听看，这里雁过都要拔毛。"（清·贪梦道人《三续彭公案》第28回）

（12）长工沉吟了一回道："这样子不对，奶奶先别动，我去打听打听看。"（清·吴趼人《瞎骗奇闻》第8回）

（13）宝玉道："……奴托去打听打听看。……"（清·梦花馆主《九尾狐》第18回）［可参见崔山佳（2011）］

1.2　明清白话小说等的"V一V看"等

这是在"VV看"的基础上中间增加"一"，但这"一"已虚化，"V一V"也是动词重叠式。也有人认为是"V一V"脱落"一"而成为"VV"。我们赞同后一说。张赪（2000）认为"V一V"和"VV"至迟在南宋末年都已出现。但"V一V看""VV看"出现时间要迟一些。

明代白话小说如：认一认看（《清平山堂话本》"错认尸"）、搜一搜看（《水浒传》第22回）、扮一扮看（《水浒传》第31回）、搜一搜看、照一照看（《水浒传》第42回）、张一张看（《水浒传》第43回）、颠一颠看（《三遂平妖传》第3回）、搜一搜看（《三遂平妖传》第12回）、合一合看（《初刻拍案惊奇》卷5）、搜一搜看（《初刻拍案惊奇》卷15）、合一合看（《二刻拍案惊奇》卷9）、闻一闻看（《西游记》第20回）、寻一寻看（《西游记》

第 75 回)、吓一吓看(《西游记》第 76 回)、冒一冒看(《欢喜冤家》第 3 回)、摸一摸看(《欢喜冤家》第 4 回)、排一排看(《欢喜冤家》第 5 回、第 26 回)、试一试看(《型世言》第 9 回)、卖一卖看(《型世言》第 21 回)、试一试看(《型世言》第 24 回)、捏一捏看(《一片情》第 6 回)、想一想看(《东度记》第 57 回)、托一托看(《英烈传》第 12 回)、说一说看(《龙阳逸史》第 2 回、第 3 回、第 16 回)、讲一讲看(《龙阳逸史》第 8 回)、想一想看(《山水情》第 2 回)、寻一寻看、搜一搜看(《闪电窗》第 1 回)、听一听看(《闪电窗》第 5 回)、试一试看(《西湖二集》卷 29)、比一比看(《七十二朝人物演义》卷 1)、走一走看(《七十二朝人物演义》卷 9)、数一数看(《七十二朝人物演义》卷 13)、试一试看(《七十二朝人物演义》卷 16)、混一混看(《八段锦》第 4 段)、照一照看(《痴人福》第 8 回)。

《鼓掌绝尘》"V一V看"较多，有 13 例，如：试一试看、熬一熬看(第 6 回)、简一简看(第 9 回)、想一想看(第 11 回)、瞧一瞧看(第 12 回、第 23 回)、相一相看(第 17 回、第 37 回)、试一试看(第 18 回，2 处)、寻一寻看(第 22 回)、排一排看(第 26 回)、问一问看(第 38 回)。[具体可参见崔山佳(2011)]

连朝鲜早期(15 世纪)汉语课本也有，如：

(14)且合药试一试看。[《训世评话》(9)，转引自刘坚(1992)]

《训世评话》相当于现在的对外汉语教材，"V一V看"随着汉语教材传到了朝鲜，可见在当时的普遍性，上例显得更珍贵。

清代白话小说如：瞧一瞧看(《快心编》初集第 10 回)、试一试看(《醉醒石》第 2 回)、照一照看(《醉醒石》第 6 回)、想一想看(《十二楼·拂云楼》第 4 回)、相一相看(《连城璧·寅集》)、试一试看(《连城璧·亥集》)、合一合看(《野叟曝言》第 47 回)、搜一搜看(《呼家将》第 26 回)、查一查看(《说唐三传》第 39 回)、查一查看(《平山冷燕》第 14 回)、挣一挣看(《惊梦啼》第 1 回)、查一查看(《天豹图》第 33 回，2 处)、算一算看、(《阴阳斗》第 10 回)、合一合看(《后红楼梦》第 13 回)、想一想看(《补红楼梦》第 13 回)、搜一搜看(《青楼梦》第 25 回)、躲一躲看(《金台全传》第 3 回)、试一试看(《金台全传》第 25 回)、算一算看(《金台全传》第 35 回)、碰一碰看(《老残游记》第 4 回)、请一请看(《老残游记》第 10 回)、想一想看(《多少头颅》)、问一问看(《苦社会》第 37—38 回)、等一等看(《杀子报》第 7 回)、查一查看(《杀子报》第 9 回)。[具体可参见崔山佳(2011)]

还有"V一V儿看"的例子，如：

(15)玄感笑道："……你再想一想儿看。"(明·桃源醉花主人《别有香》第 15 回)

还有这样的例子，如：

(16)钱氏道："我见房里床侧首，空着一段有两扇纸风窗门，莫不是里边还有藏得身的去处？我领你们去搜一搜去看。"(明·凌濛初《初刻拍案惊奇》卷 31)

上例"V一V"前后都有一"去"字。

同"VVO看"一样，也有"V一VO看"，明代白话小说的例子，如：

（17）到晚来，未上床，先去摸一摸米瓮看，到底没颗米，明日又无钱，总然妻子有些颜色，也无些甚么意兴。（施耐庵《水浒传》第 45 回）

（18）对张运使道："……我每可同了不肖子，亲到那地方去查一查踪迹看。"（凌濛初《二刻拍案惊奇》卷 17）

（19）相国叹口气道："……多应是劳碌上加了些风寒，少刻待他起来，可唤他来，待我替他把一把脉看，趁早用几味药儿赶散了罢。"（金木散人《鼓掌绝尘》第 7 回）

清代白话小说也有，如：

（20）那老成些的道："这色象尴尬。须请个医家来，与他候一候脉看才好。"（守朴翁《醒世奇言》第 3 回）

（21）广明说："……俺们便撞一撞你看。"（无名氏《守宫砂》第 42 回）

（22）又李道："且待我诊一诊脉看。"（夏敬渠《野叟曝言》第 20 回）

上面几例中，宾语"米瓮""踪迹""脉"是名词，只有例（21）的宾语是"你"，是第二人称代词。

还有"VO 一 V 看"，如：

（23）清风道："兄弟，还不知那和尚可是师父的故人，问他一问看，莫要错了。"（明·吴承恩《西游记》第 24 回）——另第 74 回、第 76 回各有"吓他一吓看"。

（24）二官听见道："可见村人之言不谬，既称为龙，想必自有灵异，且祭他一祭看。"（明·《梼杌闲评》第 1 回）

（25）也罢，等我晚上揎他一揎看。（清·浦琳《清风闸》第 12 回）

上面的宾语全是第三人称代词"他"。宾语也有名词性的，如：

（26）[净背介]如今依了干娘计策，把袖子拂那箸子落地，只做拾箸，捏他脚儿一捏看。（明·沈璟《义侠记》第 14 出）

"V 一 V 看"最早出于何时呢？据吴福祥先生的说法，最早在宋代就已有用例了，如：

（27）师欣然出众曰："和尚试辊一辊看！"（宋·普济《五灯会元》卷 19）

这是目前所掌握的材料中最早的例子。不过，有人认为，上例的"辊一辊"不是动词重叠形式，后一个"辊"是同形动量词，"辊一辊"是动量结构。[可参见崔山佳（2011）]

2. 元明清戏曲的"VV 看""V 一 V 看""V 介 V 看"等

2.1 VV 看

元代戏曲已有"VV 看"，如：

（28）我在那里戴一戴，头脑生疼起来，且把与他们戴戴看。（施惠《幽闺记》第 9 出）

明代戏曲更多，如：

（29）（副）嗄，你不吃羊个，拿来等我尝尝看。（袁于令《金锁记》第 17 出）——另第 17 出有"尝尝看"。

（30）（丑）是哉唦，人说太监没得此物个，待我摸摸看。（无名氏《金丸记》第 25 出）

（31）（旦指丑云）你认认看这是谁？（徐渭《女状元》第 3 出）

上例比较特殊，后面还带宾语。不用尝试用法，一般说成"你认认这是谁"，如用尝试用法，也可说成"你认认这是谁看"，此时"看"放在最后，成为"VVO 看"。

（32）待我开窗眱眱看。（无名氏《鸣凤记》第 31 出）

（33）我昨晚作诗一首，待我念念看。（无心子《金雀记》第 7 出）

（34）地上吐出许多东西，待我且嗅嗅看。[云水道人《玉杵记（一）》第 5 出]

（35）（净白）我替你试试看。[沈璟《一种情》（残本之一）第 4 出]

（36）待我听听看，在那里叫。（张大复《醉菩提》第 16 出）——另第 27 出有"想想看"。

（37）（净云）有这等事，待我摸摸看，果是个汉子。[张大复《快活三》（崇祯间抄本）第 14 出]——另第 16 出有"吃吃看"。

（38）儿子，我两日勿曾出门，今日等我出去荡荡看。（无名氏《文渊殿》第 9 出）——另第 13 出有"轮轮看""试试看"。

（39）（付白）等我老朽认认看，阿呀，妙阿，（唱）恁威仪，英雄盖世为梁柱，见面闻名信不欺。（姚子翼《祥麟现》第 25 出）

（40）（丑）亲娘，杀人个件事务弗是楚笑个，让我想想看。[明·无名氏《鸾钗记》（二）遣义]——另有"试试看"。

清代戏曲也有，如：

（41）（净）小老爷戴戴看。（李玉《清忠谱》第 7 出）——另第 17 出有"想想看"。

（42）我看渠乩缸里有白酒乩，我说："老亲娘，个白酒不两碗拉我尝尝看？"（李玉《万里圆》第 25 出）

此外还有其他形式的重叠，如：

（43）等我套套渠看，十四官！（明·周履靖《锦笺记》第 13 出）

（44）（副）一歇歇功夫，试试我个数看。（明·无名氏《文渊殿》第 11 出）

（45）（末应，作将诗送小旦介，净、付暗上，净向付低语介）唅，我和你认认新相公看。（明·沈君谟《风流配》第 31 折）

上面几例是"VVO 看"。

（46）（文）这等，我且和你张他张看。（明·孙钟龄《醉乡记》第 15 出）

上例是"VOV 看"。

也有双音节动词重叠带"看"，如：

（47）等我思量思量看。[明·张大复《快活三》（清钞本）第 20 出]

（48）个句倒罢哉，等我去思量思量看。（明·袁于令《金锁记》第 14 出）

（49）吓，有理哉，我想后门头个朱义心粗胆壮个，等我去搭哩商量商量看。[明·无名氏《鸾钗记》（二）遣义]

（50）那秋菊小丫头，倒有点鬼画符个，等我叫渠出来商量商量看。（清·方成培《雷峰塔》第 22 出）

上面几例可概括为"VPVP 看"。

2.2 V 一 V 看

元代戏曲已有，如：

（51）（众）有多少长？（净）待我<u>量一量看</u>，有一丈七八长。（施惠《拜月亭记》第7出）

明代戏曲例子更多，如：

（52）（净）先生，你仔细<u>相一相看</u>。（罗贯中《风云会》第21出）

（53）（旦）这个套数，一法使人可疑，待我试<u>猜一猜看</u>。（徐渭《翠乡梦》第2出）

（54）也则把弓来<u>拉一拉看</u>。（徐渭《雌木兰》第1出）

（55）（小旦）姐姐，你那一个玉蟾在那里？取来<u>比一比看</u>！（叶宪祖《素梅玉蟾》第7折）

（56）（末）你拿手来，我与你<u>相一相看</u>。（徐元《八义记》第12出）

（57）郡主，你也来<u>照一照看</u>。（汤显祖《紫箫记》第13出）

（58）你看这古庙中，人迹不到，那个人一定躲在那里边，我们进去<u>搜一搜看</u>。（许自昌《水浒记》第5出）——另第19出有"望一望看"。

（59）（净）他是独脚贼，我且在洞边<u>摸一摸看</u>。（沈璟《义侠记》第15出）

（60）（老旦）吓，丫头，我便为你的终身之事，你到把我来使性么？我与你试<u>一试看</u>。（沈璟《一种情》第4出）——另第13出有"想一想看"。

（61）（生）你倒<u>搜一搜看</u>。[《一种情》（残本之一）第13出]

（62）（女）你不信，<u>张一张看</u>。（孙钟龄《醉乡记》第33出）——同出另有1处。

（63）此间有一壁缝，待我<u>张一张看</u>。（王元寿《异梦记》第17出）

（64）想他躲在荒草里面，待我四边<u>捞一捞看</u>。[云水道人《玉杵记（一）》第5出]

（65）凌波袜，红绣鞋，俱在此，试<u>穿一穿看</u>哩。（无名氏《红杏记》第6出）

（66）（生）我的娘，是什么诗，<u>念一念看</u>。（范文若《花眉旦》第11出）

（67）我想嫁二婚头，惯有人扎火囤的，不勉自去<u>望一望看</u>。（无名氏《色痴·阴妒》）

（68）（副白）丞相，你仔细<u>猜一猜看</u>。（无名氏《文渊殿》第17出）

（69）列位请<u>评一评看</u>。（无名氏《出师表》第7出）——另第10出有"想一想看"。

（70）（丑）何不<u>穿一穿看</u>。（磊道人《撮盒圆》第26出）

（71）且待我门里<u>瞧一瞧看</u>，他若有柴回来，再作区处，若没有柴回来，那时和他断闹一场。（无名氏《负薪记·逼写休书》）——另《负薪记·整威》有"闻一闻看"。

（72）也罢，且在池边<u>照一照看</u>。（郑国轩《牡丹记·鱼精戏真》）

（73）他叫居师相，崔少华，你<u>想一想看</u>，凭谁依仗？（陈开泰《冰山记·阴战》）

（74）（丑白）杀了这好一会，且看那孩子在怀中可好的么，且取出来<u>瞧一瞧看</u>。（姚子翼《祥麟现》第16出）

（75）（旦）你且<u>猜一猜看</u>。（陈轼《续牡丹亭传奇》第28出）

清代戏曲也有，如：

（76）是桩甚么事，你且<u>讲一讲看</u>！（李渔《比目鱼·冤褫》）

（77）（行到门外望）待我<u>望一望看</u>。（李玉《太平钱》第 10 出）——另第 12 出有"望一望看"。

（78）你<u>猜一猜看</u>。（李玉《五高风》第 11 出）

（79）待我<u>想一想看</u>。（李玉《万里圆》第 7 出）——另第 13 出有"闻一闻看"。

还有"V一V儿看"，如：

（80）（众云）待我剥了你衣服，<u>搜一搜儿看</u>。（明·青山高士《盐梅记》第 9 出）

上例"V一V"后还有"儿"。

（81）（中背云）不免<u>试他一试看</u>哩。（无名氏《红杏记》第 11 出）

上例是"VO一V看。"

2.3 V介V看

明清白话文献有动词"V介V"重叠式，较特殊。"V介V"后面可加尝试助词"看"，如：

（82）（副）偌个奇梦？你且<u>说介说看</u>。（无名氏《文渊殿》第 9 出）

（83）（净）勿信道在有八鸟个，<u>等我模介模看</u>，在是杨卵子个也奇哉。（姚子翼《祥麟现》第 25 出）

3. 明清其他文献的"VV 看"

古代笑话也有，如：

（84）子云："若不信，今晚你去睡一夜<u>试试看</u>。"（清·游戏主人《笑林广记·试试看》）

连笑话也有"VV 看"，可见其使用的普遍性。

（二）清代白话文献的"V一V瞧"与"VV瞧"

1. 清代白话文献的"V一V瞧"

清代白话文献有动词重叠后带助词"瞧"的用法。李珊（2003：46）较早提到《红楼梦》有"V一V瞧"和"VV瞧"表尝试，如：

（1）你出去<u>站一站瞧</u>，把皮不冻破了你。（第 51 回）

（2）贾政道："你<u>试试瞧</u>。"（第 92 回）

李珊（2003：46）指出，以上"瞧"的说法，"资料中仅见此二例，都见于《红楼梦》"。这个说法不准确，据目前所掌握的材料看，其他白话文献也有"V一V瞧"，如：

（3）因递与贾兰道："我看这文章竟都还可以巴结呢，你<u>看一看瞧</u>。"（清·娜嬛山樵《补红楼梦》第 42 回）

（4）我替他<u>轮一轮瞧</u>。（清·钱德苍编选《缀白裘·红梅记·算命》第 7 集）

2. 清代白话文献的"VV瞧"等

"VV 瞧"的例子更多，如：

（5）于冰大笑道："他若驾不起云，仙骨也不值钱了，我还渡他怎么？你刻下试试瞧！"（清·李百川《绿野仙踪》第70回）——另第91回也有"试试瞧"。

（6）晴雯道："我单不怕，是妖精他敢来试试瞧！"（清·归锄子《红楼梦补》第15回）——另第20回、第41回也有"试试瞧"。

（7）黛玉道："实告诉你听：孟老二送的那药，他要下在酒里，先合你喝着试试瞧。一说破了，怕你这道学先生不吃，所以不给你知道，便宜行事。"（清·花月痴人《红楼幻梦》第20回）

（8）那宝钗原想要考考小钰，听见太太吩咐，便顺着说道："当年有人扶乩，把一个对儿求仙人对，那出句是'三塔寺前三座塔'，仙人对了个'五台山上五层台'，如今就把这个对儿对对瞧。"舜华听了就抢着道："我对个'六桥堤畔六条桥'。"宝钗说："很好。并且敏捷得很。"（清·兰皋主人《绮楼重梦》第8回）——另第9回有"张张瞧"，第34回有"跑跑瞧"。

（9）陈二麻子道："你说我听听瞧。"（清·陈少海《红楼复梦》第1回）——另第8回有"合合瞧"，第9回、第24回有"穿穿瞧"，第27回有"摸摸瞧"，第33回有"数数瞧"，第56回有"问问瞧"。

（10）你倒替他想想瞧。（清·王浚卿《冷眼观》第29回）

以上都是白话小说。戏曲也有，如：

（11）（丑）透过来了！你摸摸瞧。（清·钱德苍《缀白裘·红梅记·算命》）——另有"看看瞧"。

弹词也有，如：

（12）不是丽君夸口说；我与你，大展文才试试瞧。（清·陈端生《再生缘》第72回）

民歌也有，如：

（13）脱下花鞋当摆渡，拔下金簪当橹摇，试演试演瞧。（清·王廷绍《霓裳续谱·姐儿无事江边摇》）

上例是双音节动词重叠后带"瞧"，更特殊。

与"VVO看"一样，也有"VVO瞧"，如：

（14）周瑞等笑道："……等着过了这几天，我拉他到宅子外去，白碰碰这桑大太爷瞧。……"（《红楼复梦》第25回）——同回另有"你叫他试试我桑大太爷瞧"。

清·天虚我生的《泪珠缘》更多，有10例，且动词并不重复，如：

（15）又道："爷回头想想瞧，我来了这几个年头，可曾干着什么错儿？可曾有什么坏事？……"（第8回）——另第8回有"听听瞧"，第21回有"谈谈瞧"，第32回有"试试瞧"，第72回有"穿穿瞧"，第78回有"问问瞧"，第85回有"记记瞧""算算瞧"，第92回有"尝尝瞧"，第95回有"看看瞧"。

《泪珠缘》也有"VVO瞧"，如：

（16）赛儿笑向婉香道："听他呢，试搜搜他瞧。"（第16回）

上例前面还有"试"字。

《泪珠缘》也有双音节动词重叠后带"瞧",如:

(17)袁夫人掉下泪来道:"……你是个最有见识的人,所以把你请来,先和你<u>商量商量瞧</u>,是揭穿呢,还是闷着呢?"(第 88 回)

《泪珠缘》还有如下例子:

(18)宝珠笑道:"……姐姐你<u>试猜瞧</u>?"(第 9 回)

(19)又问小鹊道:"……你去<u>问声沈元家的瞧</u>。"(第 19 回)

上面的"瞧"也表尝试。

《绮楼重梦》也有类似例子,如:

(20)又停了一停,说道:"何苦来?这样闹害人家,书也没念完,如今莫作声,让我<u>理一遍瞧</u>。"(第 10 回)

(21)王夫人说:"大家通去<u>做首瞧</u>。"(第 21 回)

《白雪遗音·人害相思》也有类似例子,如:

(22)人害相思微微笑,我也<u>害个样儿瞧</u>,谁知道,我也落在相思套。

《红楼梦补》《红楼幻梦》《绮楼重梦》《红楼复梦》等是《红楼梦》的续书,《泪珠缘》也是模仿《红楼梦》的作品,"VV 瞧"的用法很可能是受《红楼梦》的影响,但《绿野仙踪》《冷眼观》《再生缘》《红梅记》等不是直接受《红楼梦》影响。因此,"VV 瞧"的分布面还是较广的。

周志锋(1998:270-271)比李珊(2003)更早指出表尝试用法的"瞧",周志锋(1998)指出:"补用在动词或动词结构后面表示试一试。"举有《清风闸》的 2 个例子,如:

(23)你<u>想想瞧</u>,为父丢下你来可惨是不惨的?(第 6 回)

(24)你再要说长问短,看我太平拳头,你<u>试试瞧</u>!(第 14 回)

《清风闸》还有其他例子,如:

(25)奶奶说:"……小继,你<u>想想瞧</u>,两件都不便宜。……"(第 6 回)——另第 16 回有"想想瞧"。

(三)《官话问答便语》与清末传教士文献的"VV 看"与"VV 相"

1. 琉球官话课本《学官话》的"VV 看"

(1)等我慢慢的<u>数数看</u>:莲花灯、绣球灯、兔儿灯、走马灯、鳌山灯,百样的灯都有,我数也数不尽。(《学官话》第 49 条)

据有人研究,《学官话》作于 18 世纪末期(1797)。从内容看,《学官话》基本是福州"对外汉语"老师为来华学习的琉球学生编写的实用口语教材(陈泽平,2021:104)。可见,当时已把"VV 看"介绍给邻国琉球学汉语的人们,很有价值。但据曹志耘(2008:91),现代福州方言未用"VV 看"。

2. 上海传教士文献的"VV看""VVO看"

上海传教士文献有不少"VV看"。如：

（2）带百个传教先生打英吉利哗、亚美利迦出来个，现在要试试看，叫辫拉相信个好道理末，倒带样印底俺个土白拉。[（英）慕姑娘《油拉八国》（1849：31）]

（3）先去淘淘看哕来买吤哉。[（英）麦高温《上海方言习惯用语集》（1862：27）]——另第57页有"试试看"，第62页、第76页有"打切打切_{打听}看"，第67页有"估估看"，第69页有"量量看"，第91页有"秤秤看"，第98页有"问问看"。

（4）担手来摸摸看。[（法）无名氏《松江方言练习课本》（1883：48）]——另第56页有"望望看"，第90页有"称称看"，第313页、第316页有"想想看"。

（5）我想商量商量看。[（法）无名氏《土话指南》（1908：23）]——另第62页有"荐荐看"，第63页有"照照看"，第75-76页有"想想看"，第88页、第94页有"看看看"，第95页有"听听看"，第134页有"问问看"。

（6）我个扇子请侬忒我寻寻看。[（美）卜舫济《上海方言课本》（1913：24）]——另第80页有"称称看"。

（7）现在来问问看，阿有第桩事体呢勿有？[（美）派克《上海方言课本》（1923）]

（8）打听打听看。[丁卓《中日会话集》（1936：141），上海三通书局]——另第142页有"用用看"。

上例是"VPVP看"。

（9）有个末，拣两只普通点，拨我看看看。……依倘使要紧就要用，可以试试看。[（法）蒲君南《上海方言课本》（1939）第21课课文]——另第82页有"睃睃看"，第150页有"估估看"，第153页有"试试看""看看看"。

"看看看"很有特色。

还有"VVO看"，如：

（10）认认伊看。[（英）艾约瑟《上海方言口语语法》（1868/2011：176）]——同页另有"做做文章看"。

（11）望望上头看。天主造拉个天。望望下底看。天主造拉个地。[《奉教原由俚言》（1876）]

（12）我问问依看：像箇对瓶，啥个价钱？（《土话指南》第22页）——另第85页有"盘盘货色看"，第106-107页有"看看依个袖子看"。

（13）闻闻香味看。（《中日会话集》第141页）

（14）依勿会得买错：垃拉目录单上四千零十七号；价钱末，两块一只，问问伊拉看，可以强一眼否？[（法）蒲君南《上海方言课本》（1939）第21课课文]

钱乃荣（2014：204）指出："老上海话里，单说'VV'不表示尝试，尝试体的形式是'VV看'。"现在吴语一般也是如此，看来，这个特点至少在清末传教士文献中已体现出来了。

关于"看看看"的说法，钱乃荣（2014：205）指出，"看看看"在20世纪60年代起渐渐为"看看叫"替代，因避三音重叠而形成特例，偶尔还能闻用"让我想想叫"；其他场合"叫"都是为数不多的叠字描写状语的后缀，如"慢慢叫走"。

3.《汇解》(宁波）的"VV看"与"VV相"

（15）只稍忖忖葛些儿老鸦看，渠拉夷弗下秧，夷弗割稻，夷呒呐谷仓，夷呒呐栈房…… _{你想，乌鸦也不种，也不收，又没有仓，又没有库……}（12：24）［转引自林素娥（2021：21）］

上例出自《路加传福音书》（1853），该书反映了当时宁波方言的基本面貌。

《汇解》有不少"VV看"，如"问问看""探探看"。（第28页）"试试看""做做看"。"试试看"后面有"试一试"。（第31页）"定定看"。（第32页）"比比看""对对看"。（第84页）"派°派°看"。（第86页）"数数看"。（第98页）"数数看""检检看"。（第151页）"试试看"。后面有"试一试"。（第153页）"估估看"。（第154页）"摸摸看"。（第171页）"猜猜看"。（第209页）"望望看""寻寻看""查查看"。（第280页）"数数看"。后面有"数一数"。（第314页）"眽眽看"。注释说："张望一下。"还有"偷眽""壁缝里眽""眽貌"。（第339页）"眽"其实应写作"张"，"张"有"看"义，《汉语大词典》卷4（1989：122）"张"有"张望；张看"义。[1]"问°问°看"（第377页）"派°派°看""数数看""算算看"。（第384页）"查查看"。（第415页）"唤唤看"。（第431页）"齅齅看"。注释说："闻闻看。"（第436页）"齅"其实就是"嗅"。"庹庹看"。注释说："用两手伸直测量一下有多长。'庹'是民间一种约略计算长度的单位，以成人两臂左右伸直的长度为一庹，约合五市尺。"（第442页）"肚皮角°落头°寻°寻°看"。注释说："搜肠刮肚。"（第458页）"试试看"。（第476页）"试试看""尝°尝°看"。"试试看"前面有"试试"，后面有"试一试"。（第492页）"称称看"。（第525页）

颇奇怪的是，《汇解》还有"VV相"。第280页既有"看看相"，也有"望望看"。可能是为了避免单调。第384页有"忖忖相""掂掂相"。同页对"忖忖相""掂掂相"作了注释："相：用在动词后或动词结构后面，表示试一试，前面的动词常用重叠式。想一想。"

这说明清末宁波方言既有"VV看"，又有"VV相"，但以前者为典型用法，后者为非典型用法。但从类型学角度来看，后者更有价值。现在宁波方言只有"VV看"，不用"VV相"。

4. 台州土白圣经的"VV相"

台州土白圣经也有"VV相"，如：

（16）尔许有几个馒头在以 ="_{这儿}好去望望相。（《马可福音》6：38）（阮咏梅，2019：186）

以上说明，清末时吴语说"VV相"的范围比现在要广一些，即台州说，宁波也说。现在宁波不说，台州分布较广。

---

[1] 而"眽"，《汉语大词典》未收。《汉语大字典》收"眽"，（一）音为"chàng"，（二）音为"zhāng"，看其音，应为（二），义为"目大"。即"眽"似无"张望；张看"义。

明清时期，表示尝试的助词主要是"看"。自清代《红楼梦》起，也有一些作品用"瞧"，如李珊（2003）、崔山佳（2011，2018a），现在至少可以证明在 19 世纪中后期宁波与台州方言就有"VV 相"。这是在"五四"之前"VV 相"最早的记载，有类型学价值。据目前所掌握的材料看，"五四"前汉语表示尝试的助词有 3 个，"看"最多，是典型用法，"瞧"其次，"相"的分布范围最狭窄，目前发现只在浙江宁波、台州两地有分布。

（四）现代吴语的"VV＋尝试助词"

1. VV＋看

明清白话文献中，使用"VV＋尝试助词"为吴语区作家与作品最多，尤其是"VV 看"与"V 一 V 看"，而传教士文献的"VV 相"则为吴语所独有。

吴语区作家现代作品的"VV 看"与"V 一 V 看"也很多，可参见崔山佳（2018a）。

曹志耘（2008：91）调查"问问看"的"看"。浙江有以下方言点：

嘉善、平湖、嘉兴、海盐、海宁、桐乡、崇德（旧）、德清、湖州、长兴、安吉、孝丰（旧）、武康（旧）、余杭、杭州、萧山、临安、于潜（旧）、昌化（旧）、富阳、桐庐、分水（旧）、新登（旧）、建德、寿昌（旧）、绍兴、诸暨、上虞、嵊州、新昌、余姚、慈溪、镇海、鄞州、奉化、舟山，共有 36 个点。除建德、寿昌（旧）属徽语外，其余全属吴语。

江苏属吴语方言点有 16 个：通州[①]、常州、丹阳、金坛、江阴、张家港、溧水、溧阳、宜兴、无锡、高淳、常熟、苏州、昆山、太仓、吴江。基本属于吴语。

上海全属吴语，有 11 个点：崇明、宝山、奉贤、嘉定、金山、闵行、南汇、浦东、青浦、上海、松江。

安徽属吴语的有 7 个点：当涂、芜湖县、繁昌、青阳、泾县、宣城、黄山区。

江西的上饶县（属吴语）也有。

安徽宣城（雁翅）方言也属吴语，有"试试看""试一下看""试一下""试一试""试试"（沈明，2016：147）。安徽泾县查济方言也属吴语，有"试试看""试一下子看""试一试""试一下"（刘祥柏等，2017：126）。这两地表尝试有多种说法，"试试看"只是其中一种。

2. VV＋其他尝试助词

现代汉语方言表示尝试的助词还有很多。黄伯荣（1996：197）指出，现代汉语单音动词重叠后加"看"表示"试一下"，但在浙江某些地点方言中，后加的这个"看"还可以是其他助词，如遂昌、武义、宣平、永康等地用"望"，如"讲讲望、写写望"，三门等地

---

① 指南通市的通州区。

用"相",如"忖忖相",即"想想看"的意思,平阳等地用"胎"[①],如"吃吃胎"即"吃吃看"的意思,兰溪、义乌等地用"亲",如"望望亲",即"看看看",黄岩等地用"起",如"想想起"即"想想看"意。

黄伯荣(1996:198)指出,浙江温州话的短时体如:AA胎(看。或可写作覗)式。表示对某一动作试一试的意思,后边不可带宾语。如:做做胎、张_{看望}张胎、吃吃胎、用用胎、讲讲胎、著_穿著胎、开开胎等,并认为其他方言也有类似用法。

黄伯荣(1996:198)指出,浙江磐安县尚湖镇袁村话的短时体用"添","添"作为动态助词,经常放在单音节动词的重叠形式后,帮助表示"动作时间短暂"或"尝试一下"。"添"相当于上海话"想想看、看看看"的"看"。如:想想添、食食添、尝尝添、写写添、唱唱添、望望添。

台州方言等说"VV 相"。戴昭铭(2003:147)认为,真正的动词尝试体,在北京话中用动词重叠形式加"看"构成。台州天台方言中,与北京话动词"看"(去声)对应的是动词"相",于是天台方言的尝试体也就是在动词重叠形式后加上这个"相"构成,与北京话的"VV 看"具有对应性。如:问问相、讲讲相、写写相、吃吃相、读读相、走走相、讨论讨论相、活动活动相,也是既有单音节动词,又有双音节动词。

阮咏梅(2013b:281)指出,温岭方言有"VV 相"。这种格式中的动词如果是个单一动词,则无论音节单双都得重叠后再跟"相"组合。如:望望相_{看看看}|喫喫相_{吃吃看}|尝尝相_{尝尝看}|着着相_{穿穿看}|困困相_{睡睡看}|商量商量相|讨论讨论相|计划计划相。还有"VVO+相",如:问问渠相_{问问他看}。

临海方言的动词重叠"VV(凑)相"可表达"威胁、警告",如"叫句凑"可说成"叫叫(凑)相",这里"凑"的基本含义同样是动作的"增量"。(卢笑予,2019:120)临海方言有"VV(凑)相",这是很特殊的说法,语义也不同。至今未见其他方言有此说法的报道。

颜逸明(1994:224)指出,吴语东瓯片的瑞安方言说"眂",如:吃吃眂、张张眂、看看眂、戴戴眂、问问眂。此"眂"就是黄伯荣(1996)所说的"胎"。温州方言用"胎(眂)",而台州方言用"相",体现了方言的类型特色。

王文胜(2012:242)认为普通话的"试试看",浙江丽水市各县市说法如:遂昌:试试望;龙泉:试试瞅;庆元:试试望;松阳:试试望;宣平:试试望;丽水:试试望;云和:试试相;景宁:试试望;青田:试试□(no²);缙云:试试望。王文胜(2015:178–179)说法同。丽水市至少有 4 种说法,在浙江吴语中是最复杂之一,一是"望",最多,有 7 个,"瞅""相""□(no²)"各 1 个。

3. 曹志耘(2008)浙江方言的"VV+尝试助词"

曹志耘(2008)的调查面更广。据曹志耘(2008:91),除说"问问看"浙江有 36 个方言点外,还有其他说法,如:

---

① "胎"应该是印错了,或者是记错了,因为据后面的"VV 胎"格式来看,"胎"应该是"眙"字才是。

问问相：宁海、天台、三门、临海、仙居、黄岩、温岭、乐清台、玉环、云和，属吴语，有 10 个点。宁海虽现属宁波，但在古代属台州，所以就方言来说属台州。云和较特殊，它属丽水，地域上不如宁海与台州毗邻，而是隔了一些县，表示尝试却与台州相同。

问问睇：景宁畲，是畲话。[1]

问问望：永康、武义、缙云、丽水、宣平（旧），属吴语，有 5 个点。[2]

问问望～促：遂昌、松阳，全属吴语，有 2 个点。

问问促：淳安、遂安（旧），属徽语，有 2 个点；开化、常山、衢江、龙游、江山，属吴语，有 5 个点。江西的玉山、广丰，也属吴语，有 2 个点。

问问觑 / 眙：永嘉、乐清瓯、温州、瑞安、洞头、文成、平阳、苍南吴，属吴语，有 8 个点。

问问映：泰顺闽，属闽语。

问问瞭：庆元、青田，全属吴语，有 2 个点。

问问添：汤溪（旧），属吴语。

问问起：金华、浦江，属吴语，有 2 个点。

问问起儿：义乌、东阳、磐安，全属吴语，有 3 个点。

问问青：兰溪，属吴语。

上面绝大多数是吴语，只有"问问睇"是畲话，"问问促"有徽语 2 个点，"问问映"是闽语，可见浙江吴语"VV＋尝试助词"的复杂性。同时，从方言地理分布来看，除金华、台州为北部吴语与南部吴语过渡地带外，多集中在南部吴语。

这些助词中，大多本身应有"看"义，与"看"是同义词，有的可能是因为无本字，用的是替换字，但其本身可能是一个与"看"同义的视觉动词。

方松熹（2002：191-192）指出，义乌方言有"起儿"，"起儿"这个语素，在义乌话里可以作重叠式动词的后缀，构成"AA＋起儿"，以表示"试一试""试试"，如"用用起儿"就是指"用用看"。这种用法不见于普通话。如：食食起儿_{吃吃看}、讲讲起儿_{讲讲看}、想想起儿_{想想看}、敲敲起儿_{敲敲看}、洗洗起儿_{洗洗看}、穿穿起儿_{穿穿看}、听听起儿_{听听看}、做做起儿_{做做看}、开开起儿_{开开看}、烧烧起儿_{烧烧看}、打打起儿_{打打看}、写写起儿_{写写看}。

方松熹（2002：192）指出："此外，'起儿'还可以用在'动动宾'之后，表示'试试'的意思。"如：望望中医起儿_{看看中医看}、做做生意起儿_{做做生意看}、听听声音起儿_{听听声音看}、食食草药起儿_{吃吃草药看}、洗洗衣裳起儿_{洗洗衣服看}。

周建红（2017：12-13）认为江山方言有"VV嚓"，其实就是曹志耘（2008：91）所说的"VV促"。

缙云方言还有一个"摸"，是"望"（[m $\tilde{\mathrm{э}}^{214}$]）字失去尾辅音的变音，相当于"看"，一般用在重叠式动词的后面。如：尝尝摸、听听摸。（吴越等，2012：741）

以上可见，浙江方言动词重叠后带尝试助词除有"看"外，还有"相""睇""望""促"

---

① 江西铅山太源畲话也有"VV睇"。（胡松柏等，2013：240-241）

② 据曹志耘（2008：91），湖南、广西的一些方言点也有"VV望"。

"觑/眙""映""瞭""瞅""察""凑""添""起/起儿""青/亲"等10余个，还有"□（no²）"。而且"瞅""凑"和"□（no²）"等是曹志耘（2008：91）未见的用法。这些复杂的现象，主要出现在浙江南部和西部，如浙江北部的湖州、嘉兴、杭州［除淳安、遂安（旧），历史上属严州］，中部的宁波（宁海历史上属台州）、舟山、绍兴基本一致，一般说"VV看"。总之，浙江方言的这些说法，主要是吴语，还有徽语、闽语、畲话，但总共只有4个点。

上面的例子充分说明方言地理类型学特点，浙江南部因为行政区划和山川阻隔，方言十分复杂，在表示尝试的范畴中就显得十分明显。同一个地区，如丽水就有4种说法；同一种说法，也横跨不同地区，如"相"，如宁海（现属宁波，不过历史上属台州）、乐清台（乐清现属温州，但乐清台的语言属台州），尤其是云和，属丽水。

表示尝试的助词，"看"是典型用法，其他一些词与"看"同义。但"起""亲""添"等表面无"看"义，也表尝试，确实较特殊，可能另有原因。

台州的玉环因为战争、政治等，历史上共有三次重要的大迁移，分别在西汉、明初和清初时期，这也导致玉环的多种类方言的复杂现象。《玉环县志》（1994：639-640）上说玉环有10余种方言，港北说太平方言；鲜迭讲温州方言；城关城南等地说闽南方言；坎门说闽南莆田方言；玉环福昌基通行闽东方言；潮汕话分布在黄泥坎。历史上玉环曾经属于温州，大麦屿、陈屿和温州乐清相邻，大麦屿主要讲温州方言，而陈屿话属于闽南语的分支，也常称为"平阳话"。玉环陈屿说"VV看"，而玉环沙门一带的太平方言（即温岭方言）是说"VV+相"，与台州市大多地方说法相同。

4. 处衢方言的"VV+尝试助词"

曹志耘等（2000：415）说到吴语处衢方言动词重叠带"看"的现象：重叠后再加上相当于普通话语气助词"看"的成分，表示尝试。如：

试试看 　　　　　　　　来闻闻这内花香不香
开化：试试促゠ 　　　　　来喷゠喷゠促゠□[n²¹]朵花香弗香
常山：试试七゠ 　　　　　来喷゠喷゠七゠乙朵花香弗香
玉山：试试促゠
龙游：试试些゠
遂昌：试试望～试试□[tsheʔ⁵]
云和：试试相
庆元：试记儿莽゠

曹志耘等（2000：415）指出，这里的促゠[tshəʔ⁵]（开化）、促゠[tshoʔ⁵]（玉山）、望[mɔŋ²¹²]（遂昌）、相[ʃiã⁵⁵]（云和）都是各方言相当于"看"的成分。七゠[tshʌʔ⁵]（常山）、些゠[səʔ⁵]（龙游）、□[tsheʔ⁵]（遂昌）应该是由"促゠[*tshoʔ阴入]"弱化而来的，尽管龙游和遂昌现在不用"促゠"表示"看"。庆元的"莽゠[mɔ²²¹]"可能是"望"的变形，尽管声调不符合，而且庆元现在不用"望"表示"看"。这些成分除了放在动词重叠式后面，还可以放在动补、动补宾、动宾补等结构的后面（有时还可以重叠），仍然表示尝试。如开化：试下促＝ 试试看 ｜ 尔问声渠促＝ 你问他一声 ｜ 尔问渠声促＝ 你问他一声 ｜ 尔再讲一遍促＝ 促＝ 你再说一遍看。

曹志耘等（2000：435）总结道，相当于普通话表示尝试的助词"看"的成分，开化、常山、玉山分别用"促"[tshəʔ⁵]、"七"[tshʌʔ⁵]、"促"[tshoʔ⁵]，三者同源；龙游用"些"[səʔ⁵]，这个词也跟开化等地的形式有关；遂昌用"望"[mɔŋ²¹²]；云和用"相"[ʃia⁵⁵]；庆元用[mɔ̃²²¹]，本字很可能是"望"。这些成分在本方言或邻近方言都跟动词"看"义相同。

王文胜（2015：216）指出，处州方言如果动词是"看看"，往往有两种情况：一是把表示尝试的助词改为相应的近义词，以避免拗口；二是不忌拗口，直接接说"看看看"。如：

表3　处州方言动词重叠＋尝试助词

方言点	VV+尝试助词	VV+尝试助词
遂昌	望望察	望望望
龙泉	瞅记儿	
庆元	略略望	
松阳	望望察	望望望
宣平		望望望
丽水		望望望
云和	相相望	
景宁	相相望	
青田	相相□ [no⁰]	
缙云	□ [n̠ia³³] □ [n̠ia⁵⁵] 望	

以上的情况，有的与南京方言一样，如一般用"VV看"，但如果动词是"看"，就说"看看瞧"，这可能是为了避免单调，有的与宁波方言一样，无论是什么动词，都用"看"，如说"看看看"。上海方言更特殊，以前说"看看看"，现在居然说"看看叫"，"叫"不是表尝试的助词，而是后缀，可能是"好好叫""慢慢叫"的类推。

5. 严州方言的"VV+尝试助词"

曹志耘（1996b：163）指出，严州方言（属徽语）的建德、寿昌话里，重叠后带上"看"，表示尝试。这个"看"字建德念白读的[kʻɛ³³⁴]，寿昌文读的[kʻã⁵⁵]或[kʻen⁵⁵]。在表示同样意思的时候，淳安、遂安不用动词重叠形式，而是在"动词＋下"的结构后带上一个意思相当于"看"的词，这个词跟"促"同音，淳安读[tsʻoʔ⁵]，遂安读[tsʻu²⁴]。如：

淳安：试下促＝ 试一试 ｜ 碰下促＝ 闻一闻 ｜ 称下促＝ 称一称 ｜ 摸下促＝ 摸一摸 ｜ 尝下促＝ 尝一尝 ｜ 促＝ 下促＝ 看一看 ｜ 尔想下促＝ 啊你想一想吧！｜ 我去问下促＝ 我去问一下

遂安：试下促＝ 试一试 ｜ 称下促＝ 称一称 ｜ 义＝ 猜下促＝ 啊你猜一猜吧！

建德：试试看 ｜ 闻闻看 ｜ 称称看

寿昌：试试看 ｜ 碰碰看闻一闻 ｜ 称称看

"看"，淳安、遂安说"促＝"，建德说"看"，寿昌说"□ [tsʻoʔ²³]"。寿昌跟淳安、遂安一样，也是清母通摄入声字。奇怪的是，寿昌在动叠式后面不用口语中的"□ [tsʻoʔ²]"，而用文读的"看"。曹志耘（2017：286）同。

建德、寿昌方言的动词重叠后带上"看"表示尝试。这个"看"字建德念白读的 [khɛ³³⁴]，寿昌念文读的 [khã⁵⁵] 或 [khen⁵⁵]。在表示同样意思的时候，淳安、遂安不用动词重叠形式，而是在"动词 + 下"的结构后带上一个意思相当于"看"的词，这个词跟"促"同音，淳安读 [tshoʔ⁵]，遂安读 [tshu²⁴]。

建德：试试看、闻闻看、称称看

寿昌：试试看、碰碰看₍闻一闻₎、称称看（曹志耘，2017：286）

钱塘江流域九姓渔民方言也有"VV+ 尝试助词"，如：

建德：试试看、试（一）下起

金华：试试看、试试起、试记起

屯溪：试试□ [tshan²⁴]（黄晓东，2018：224）

刘倩（2019）也是浙江九姓渔民的方言研究成果，单音节动词重叠后再加上"看"表示尝试，"看"的读音为"[thɛ⁴⁴]"。如：看看看、闻闻看、忖忖看、试试看、问问看。有的时候，表示同样的意思，不用动词重叠形式，而是在"动词 + 下 / 记"的结构后再加上一个"看"。如"看看看"还可说"看下看"或"看记看"，"忖忖看"还可以说"忖下看"或"忖记看"（刘倩，2019：309–310）。

浙江应该是"VV+ 尝试助词"分布区域最广的地方，但淳安和遂安没有。方言真是奇怪得很。

6. 婺州方言的"VV+ 尝试助词"

浙江婺州方言动词重叠后再加上相当于普通话语气助词"看"的成分，表示尝试。如：

      试试看   来闻闻这朵花香不香

金华：试试觑   来试试觑格朵花香弗香

永康：试试望   来喷꞊喷꞊望（□ ku⁴⁴）朵花香弗

武义：试试望

武义的"望" [maŋ³¹]、永康的"望" [mɒ⁰] 和金华的"觑" [tshi⁵⁵] 都是相当于"看"。武义表示"看"的动词和助词同形；永康用"望" [maŋ¹⁴] 表示动词"看"，□ [mɒ⁰] 为□ [maŋ¹⁴] 之弱化；金华虽然用□ [moŋ¹⁴] 表示动词"看"，但"觑" [tshi⁵⁵] 可表示"眯眼看"。（曹志耘等，2016：591）

重叠后再加上动词后置成分，表示尝试。如：

      试试看   来闻闻这朵花香不香

汤溪：试试添   来碰꞊碰꞊添仡朵花香弗个

浦江：试试起   来喷꞊喷꞊起噷朵花香弗香

东阳：试试添   尔□□ [phom³³phom³³] 添格朵花香弗香

磐安：试试起儿 来碰碰起儿孤꞊朵花香弗（曹志耘等，2016，591）

以上把"添"当作动词后置成分，我们以为，"添"应该是"睇"，也是相当于普通话语气助词"看"的成分，表示尝试。前面景宁畲话也说"VV 睇"。

普通话"来闻闻这朵花香不香"，婺州方言的说法如下：

金华：来闻闻觑格朵花香弗香

汤溪：来碰゠碰゠添忔朵花香弗个

浦江：来喷゠喷゠起噷朵花香香弗

东阳：尔□[phom³³]□[phom³³] 添格花香香弗

磐安：来碰゠碰゠起儿孤゠朵花香弗

永康：来喷゠记望（□[ku⁴⁴]）朵花香弗

　　　来喷゠喷゠望（□[ku⁴⁴]）朵花香弗

武义：喷゠记望阿焙゠花香弗（曹志耘等，2016：627）

对普通话的"闻闻"，除了武义，其余 6 个方言点都有"VV+ 尝试助词"用法。这说明吴语使用尝试助词频率比普通话更高。

普通话"试试看"，婺州方言的说法如下：

金华：试试觑、试记觑

汤溪：试试添、试记添

浦江：试试起、试记□[n̩i⁵⁵]（[n̩i⁵⁵] 是"儿起"的合音）

东阳：试记儿添、试试添

磐安：试记儿起儿、试试起儿、试记儿望

永康：试记望、试试望

武义：试记望、试试望（曹志耘等，2016：636）

婺州方言 7 个点中，尝试助词有 4 种说法：觑、添、起 / 起儿、望。与处州方言一样，也很复杂。

7.《浙江方言资源典藏》（第一辑）的"VV+ 尝试助词"

普通话"你算算看，这点钱够不够花？"遂昌方言说成"你算算望，一滴゠儿钞票辽゠够弗辽゠够用？"（王文胜等，2019：115）。遂昌方言还有如下说法：

（1）你望望察，月光咥了罢！

（2）大势猜猜察，乙゠个谜语唻是乐猜一个字。

（3）牛郎做了乙゠个梦，亦弗识着真个假个，但是渠还是忖去试试察。（王文胜等，2019：136）

看上面的例子，遂昌方言还是"VV 察"比"VV 望"用得多，除了几个"望望察"可能是为了避免单调外，"猜猜""试试"也用"察"，也可能与个人风格有关。

瑞安方言有"眙"，普通话"你尝尝他做的点心再走么"，瑞安方言说成"你吃吃眙渠个点心再走么""渠做个点心你吃吃眙再走么"（徐丽丽，2019：119）。普通话"你算算看，这点钱够不够花？"，瑞安方言说成"你算算眙，能多钞币有啊否料得用？""你算算眙，能多钞币料得用啊否料得用？"（徐丽丽，2019：121）。又如：

（4）噶你，噶你讲讲睇，个＝个蛮有意思。（徐丽丽，2019：145）

乐清方言也用"VV睇"。普通话"你尝尝他做的点心再走吧"，乐清方言说成"渠做个点心，你味道尝尝睇再蹓走哪"（蔡嵘，2019：116–117）。普通话"你算算看，这点钱够不够花？"，乐清方言说成"你算算睇，个＝眼＝钞票了得用啊否？"（蔡嵘，2019：118）又如：

（5）个＝是眥那一个故事讲乞我听听睇。（蔡嵘，2019：141）

东阳方言有"VV添"，普通话"你算算看，这点钱够不够？"，东阳方言说成"尔算算添，亨＝点钞票够用没？"（刘力坚，2019：117）。又如：

（6）被拉去拉意思哩每＝锵＝讲起来，便是讲做"摆嫁资"啦，便是讲哝＝个结婚厄＝时间呢，亨＝个摆得床里头，摆出来厄＝，娘爱嫁过来厄＝，哝＝些东西都要摆出来得旁人瞧瞧睇厄＝。（刘力坚，2019：134）

（7）这个尔里想想亨＝，亨＝这个糊里糊涂，亨＝想想添日哩老实，也便是讲，亨＝糊里糊涂，亨＝便渠便去试试睇厄＝呐，亨＝添日五更里老实去厄过。（刘力坚，2019：164）

上例先写作"添"，后写作"睇"。

（8）老公去笯篱掇来撩起来望望睇，嗨呀，些儿肉去哝＝满＝厄＝呢？（刘力坚，2019：182）

以上也说明"VV添"的"添"应该写作"睇"才是。

天台方言有"VV相"，如：

（9）恰我呐感觉自己呐扣在35周岁个尾巴拨我撞牢，恰讲我去试试相，恰结果呐我老实走去报名报一勒。（肖萍等，2019：150）

上例出自"方言青女"的"个人介绍"。

（10）恰我拔＝感觉谷＝笔事干蛮有意思呀，项＝，拔＝抱着试试看、谷＝当玩玩个心态呐搭塝来应聘，结果呐鹤忖着自己哦，一记应聘拔＝聘牢落，谷＝渧我感觉自己也蛮荣幸个。（肖萍等，2019：150）

上例也出自"方言青女"的"个人介绍"。

（11）渠托梦拨牛郎，要牛郎第二日枯星起早拔＝走去搭解＝塝湖边走望望相，项＝，走相相。有格＝子事干，如果相着格＝子事干呐，讴渠马上偷走一件粉红色个衣裳。（肖萍等，2019：215）

上例出自天台口头文化发音人潘祖来之口。不但用"望望相"，连一般的视觉动词也用"相"。

据统计，肖萍等（2019）的"VV看"使用比"VV相"要多一些。普通话"你算算看，这点钱够不够花？"天台方言可说成"尔算算看，谷＝点钞票有了用了哦？"（肖萍等，2019：119）多出自"方言青女""方言青男"。即在天台青年人口语中，用"VV相"与"VV看"是自由的，但以"VV看"为多。

丽水方言也有"VV望"，如：

（12）阿＝呗我粒＝呢人员撤退了以后呢，接落来便是乐跟村到＝阿＝粒＝队长啊，或粒＝村到＝阿＝粒＝村干部走去<u>望望望</u>，撮＝里山塘水库有没有出现危库。

（13）阿＝呗，何老师，何老师，你<u>念念望</u>你以前过年是闹＝杂＝样子个？（雷艳萍，2019：132、139）

因篇幅有限，其他方言的"VV 看"未作统计。

《浙江方言资源典藏》（第一辑）只有 16 个方言点，而全部考察的方言点有 88 个，这意味着还有 72 个点有待考察、调查。随着对方言的全面、深入的考察、调查，应该还会发现更多有价值的"VV＋尝试助词"。

许宝华等（2020：5022）"添"义项八是："＜助＞看（表示尝试）。"方言点是吴语：浙江金华岩下：望之添 | 去碰碰运气添 | 试下添。"碰碰运气添"是"VVO 添"。

总体来看，浙江吴语尝试助词"看"的说法确实多样。这些都充分体现了语义象似性特征。

（五）其他方言的"VV＋尝试助词"

1."VV 瞧"

据曹志耘（2008：91），说"问问瞧"的方言点有：

河南：鹤壁，属晋语。

云南：昭通、会泽、马龙、富源、大理、保山、楚雄、临沧、思茅，属西南官话，有 9 个方言点。

据曹志耘（2008：91），还有说"问问瞧儿"的，方言点有安徽的无为，属江淮官话。

其实，方言的分布范围还要广。

1.1 中国境内汉语方言的"VV 瞧"

1.1.1 江淮官话的"VV 瞧"

汉语方言没有"V 一 V 瞧"，但"VV 瞧"的分布范围较广。周志锋（1998：271）指出："今扬州方言犹有这种说法，参《扬州方言词典》174 页。"其实，其他方言也有"VV 瞧"。

江苏南京方言有用"瞧"表尝试，不过有条件限制。李荣（2002：47，作者为刘丹青）指出：动词重叠加"看"表尝试，但在"看看"后不用"看"而用"瞧"，如：你吃吃看，味道好不好？| 你听听看，音色怎么样？| 你看看瞧，高头_{上面}写的什么？

这可能是为了避免"看"三叠比较单调。但有的吴语方言点可说"看看看"，如宁波。

江苏镇江方言有"VV 看／瞧"。单音节动词重叠后，可加上表示尝试意义的"看"或"瞧"，同样表示"短时、尝试"。如：

（1）不要忙得_{急于}说不好吃萨，先<u>吃吃看</u>。

（2）<u>说说看</u>，你又碰到什呢麻烦事。

（3）我<u>看看瞧</u>，宝宝跌到哪块啦？

（4）老虎的屁股你也敢摸，你<u>摸摸瞧</u>！

虽然都表达"短时、尝试",但"VV看"往往用来表达命令、请求、劝说的语气,含协商的意味;而"VV瞧"有一种"量你也不敢怎么样"的威胁意味,一般用于感叹句,语气较强硬。如:

(5)不能只想得_{顾及}你自己,你也要<u>想想看</u>他的难处。

(6)敢动我一根寒毛_{汗毛},你<u>试试瞧</u>!（高婷婷,2012:24）

镇江方言的"看"与"瞧"在语义上有区别,与南京方言不同。

江苏句容方言有"VV瞧",如吃吃瞧、听听瞧、打打瞧、试试瞧、穿穿瞧、骑骑瞧（周芸,2007:139）。句容方言的归属比较复杂,是江淮官话与吴语两大板块的结合处,属过渡地带（周芸,2007:摘要）。但就"VV瞧"来看,应属于江淮官话。

安徽合肥方言里动词重叠（主要是单音动词,双音动词较少这样用）加上"瞧"或加上"看",语义上有细微差异,如:

你试试瞧!　你试试看!

你动动瞧!　你动动看!

你看看瞧!　你瞧瞧看!

你干干瞧!　你干干看!

表感叹语气的这两组句子,动词都是表动作行为。"VV瞧"的句子带有威胁、恐吓的意味,即"量你不敢这样做",而"VV看"则于命令中带有鼓励、商量的语气。但"VV瞧"中动词如表非动作行为,在表感叹语气时则不带有威吓的意味。如"你想想瞧!"同"你想想看!"都是于命令中带有鼓励、商量的语气,但前者比后者命令的意味要重一些（黄伯荣,1996:195,原文为凌德祥的《合肥话中几种特殊的语法现象》）。

合肥方言属江淮官话。其他江淮方言也有,王健（2006b:226-227）指出:江淮方言多数点动词重叠不能单独表"尝试义",后面一般要加上助词"看/望/瞧"才能表"尝试义"。动词重叠后边还可出现"看看/瞧瞧",如"问问看看、尝尝看看、走走瞧瞧"等。涟水、沭阳还常用"V望望看、看看瞧"（涟水）、"V看看"（沭阳）,这其实是"VV看"的变体。如:

(7)尝些小菜<u>看看瞧</u>。（江苏涟水）

安徽的合肥和六安动词重叠本身就可表尝试义,不过也不排斥在后面加上助词"看"。

这些方言点的尝试助词既有"看",也有"望"与"瞧","望"本来也是视觉动词,也语法化为尝试助词,与"瞧"同。

周琴（2007:85）指出:"但泗洪话的尝试貌有着自己特定的格式,可分为一般式和加强式两种,一般式就是在动词原形 V 或者 VO 后附加'看看（个）'、'瞧瞧（个）'以及其变体形式'看~个'或者'瞧~个';而加强式是在动词重叠式 VV 后或者 VVO 后附加'看看（个）'、'瞧瞧（个）'以及其变体形式'看~个'或者'瞧~个'。"如:"我做看看/瞧瞧个_{我做一下试试}。"周琴（2007:86）指出:"通常'瞧~个'和'瞧瞧（个）'侧重于表示对尝试做某动作行为的警告和威胁。例如:'你拿瞧瞧个_{你拿一下试试看}。'而'看~个'和'看看（个）',则包含了鼓励或警告,表达中性的含义,是无标记形态,因此本文用'看看（个）'作为尝试貌的代表。"泗洪方言有"VV瞧瞧"与"VVO瞧瞧"。

总之，江淮方言表尝试用法较复杂，既可加"看"，还可加"望"，还可加"瞧"，还可加"看看"和"瞧瞧"，尝试标记呈现多样性。有的方言点加"看"与加"瞧"所表意义有所不同。

1.1.2 西南官话的"VV瞧"

云南昆明方言也有"VV瞧"，黄伯荣（1996：197）指出：无论是及物或不及物的单音节动词，都可重叠。这一类重叠式含尝试意思，重叠的动词后也可加表尝试意义的助词"瞧（看）"。如：

（8）这匹马性子烈，我来<u>骑骑（瞧）</u>。

（9）你<u>猜猜（瞧）</u>他是哪个_谁?

（10）他说不清，你<u>说说（瞧）</u>。

（11）我来<u>尝尝（瞧）</u>肉咯炰了_{炰了没有}? （张宁，1987：27）

荣晶（2005：144-145）认为昆明方言可用"V（一）下"表尝试，还可在"VV""V一下"两种形式之后加上"瞧、瞧瞧、看、看看、试试"等。如：

（12）你<u>穿穿瞧／瞧瞧／看／看看／试试</u>。

（13）你<u>穿一下瞧／瞧瞧／看／看看／试试</u>。

以上说明，昆明方言表尝试的助词也多样。

陈丽萍（2001：148）指出，云南临沧地区汉语方言有"VV瞧"，如：

吃吃瞧　看看瞧　整整瞧　说说瞧　试试瞧

摸摸瞧　穿穿瞧　尝尝瞧　玩玩瞧　打打瞧

云南沾益方言无论是及物动词还是不及物动词（多为单音节）都可重叠，重叠后加助词"瞧""瞧瞧""看""看看"表尝试意味，如：

（14）这个是哪样东西三，拿来我<u>望望瞧</u>_{这个是什么东西，拿来我看看}。

（15）你家<u>吃吃看看</u>就认得有多爽口啦_{您吃吃看就知道有多爽口了}!

（16）我还把认不得，你<u>问问他瞧</u>_{我也不知道，你问问他看}。

（17）<u>吃吃这个鱼看看</u>。（山娅兰，2005：15）

云南通海方言也有"VV瞧"。如：

（18）再<u>看看瞧</u>_{看看后再说}。

（19）再<u>等等瞧</u>_{等等后再说}。（杨锦，2008：67）

1.1.3 其他方言的"VV瞧"

曹志耘（2008：91）说"VV瞧"的方言共有10个点，"VV瞧儿"1个点。其实，"VV瞧"的方言分布范围还要广，江淮官话区域跨度大，如安徽的合肥、六安、无为、巢湖等，江苏的南京、镇江、句容、扬州、泗洪、涟水（南禄）等，又如王健（2006b：226-227）所说的江淮方言多数点（如涟水、沭阳）。云南的方言点还有昆明、沾益、通海。

此外，中原官话也有一些方言点说"VV瞧"，如安徽阜阳（王琴，2005：78）、濉溪（郭辉，2015）、皖北中原官话（主要分布在商阜片南部、信埠片西部，侯超，2021：208、

212–214）等。又如：

（20）月容笑道："那么，干爹，再让我唱一段试试瞧。"（张恨水《夜深沉》第 37 回）

张恨水是安徽省潜山县岭头乡黄岭村人，生于江西广信小官吏家庭，肄业于蒙藏边疆垦殖学堂。潜山方言属赣语。但不知张恨水所操是何方言。

1.1.4 关于云南、贵州方言"VV 瞧"的来源

关于云南也有"VV 瞧"用法的问题，有学者考证，在明清时期，江南、江西、湖广、南京一带有大量人口迁徙到云南一带，他们把当地的方言也带到云南去了，而且一直用到现在，以至云南方言有一些语法现象与吴方言、江淮方言有联系（王健，2007：253）。就"VV 瞧"来看，主要应是受江淮官话的影响。另据中央电视台《远方的家·边疆行》第 28 集，在介绍云南腾冲的和顺古镇时，说这里的汉族百姓是明代从江苏、安徽来的士兵屯戍于此的后代，腾冲属于保山市，故保山的"VV 瞧"很有可能也是受江淮官话的影响。

曾晓渝等（2017）指出云南官话特殊语法现象有"VV 瞧"。曾晓渝等（2017：185）认为，云南官话的"瞧、瞧瞧、VV 瞧"的用法异于西南官话的主流特点。川黔鄂西南官话里基本上不存在单音节动词重叠"VV"形式，其含义大多用"V+（一）下（子）"来表示（李蓝，2010：87）。曾晓渝等（2017：185）的"云南官话'瞧''VV 瞧'分布比较图"中，"VV 瞧"也只见于云南，不见于四川、重庆、贵州、湖北。曾晓渝等（2017：186）的"云南官话主要特殊现象与西南、江淮、中原官话比较表"中，"VV 瞧"也不见于西南官话的四川、重庆、贵州、湖北、湘桂、湖北。

曾晓渝（2021：162）也认为云南都有"VV 瞧"，贵州没有。而贵州部分，只以屯堡为例，未及盘县、威宁彝族回族苗族自治县等。

曾晓渝（2021：163）明确提出，显然，就语音、词汇而言，云南官话的主要特殊现象与江淮官话对应重合度最高，其次是中原官话；而语法方面的特殊现象只对应于江淮官话。云南方言来自南直隶的江淮官话。可以得出结论：明代南直隶官话（中原官话、江淮官话的融合体）是云南官话的主要源头。

而江淮官话的安徽、江苏，中原官话的苏皖都有"VV 瞧"。

笔者所在学校贵州籍的几名学生告诉我们，贵州有的方言点也有"VV 瞧"。据何婉馨同学介绍，其家乡贵州六盘水盘州市（原盘县）方言有"VV 瞧"，表尝试，如：吃吃瞧、唱唱瞧、弄弄瞧、看看瞧、整整瞧、说说瞧、试试瞧、摸摸瞧、穿穿瞧、尝尝瞧、玩玩瞧、打打瞧、滚滚瞧、背背瞧、听听瞧、学学瞧、抓抓瞧。

盘州方言一般说成"VV 瞧"，但"V"是"瞧"，就说成"瞧瞧看"。如：

（21）A. 我修不好这个电视机。

B. 我来瞧瞧看。

黄秀同学也提供了盘州方言的例子，如：

（22）这题目不难的，你先做做瞧。

（23）再等等瞧，他应该快来了。

（24）你再吃吃瞧，这顿饭是按照你平时的胃口来做的。

但"VV瞧"的"V"多局限于表动作行为的动词，用法有局限性，并不是每一个动词都可这样用。

家乡同是盘州的花照樘同学也说盘州方言有"VV瞧"。

另据安好同学介绍，其家乡贵州毕节的威宁彝族回族苗族自治县（简称威宁县）也有"看看瞧""听听瞧"。如：

（25）听听瞧，他会讲些什么？

"瞧"通常不与双音节词连用，如没有"参观参观瞧"。除"VV瞧"外，还有一种更常用的用法是"看花瞧"，这里的"花"在当地方言中是"一下"的意思，也就是"看一下瞧"。

就毕节市区方言而言，与威宁县方言相差不大，但在表达"看一下瞧""听一下瞧"时往往用"看哈（儿）瞧""听哈（儿）瞧"，"哈（儿）"也是"一下"的意思，故毕节市区与威宁县在表达这个意思时读音略有差别。毕节市区方言没有"VV瞧"，有这种说法的只有威宁县。现在因在毕节市区生活的威宁人很多，故毕节市区也有部分人受到影响会说"VV瞧"，但其方言原本没有此说法。明生荣（2007）也未记载"VV瞧"。

明生荣（2007：300-301）说毕节方言在动词后加"下（看）"或者在动词后加"瞧"的形式即"V+下（看）"或"V+瞧"，表尝试意味或动作时间短暂的语法意义。"V+下（看）"或"V+瞧"两者可互换。如：

（26）不信你试下（看）！ ⁼不信你试瞧！

（27）你走下（看），告△瞧_{试试}鞋子合不合脚？ ⁼你走瞧，告下鞋子合不合脚？

上面的例子说明，毕节虽没有"VV瞧"，但有"V瞧"表尝试。虽也有"V+下（看）"，但这个"看"有括号，说明可有可无，不如"瞧"重要。

贵州一些方言有"VV瞧"有两种可能，一是贵州盘州、威宁与云南地缘相近，如与贵州盘州、威宁地缘相近的云南昭通、富源、会泽都有"VV瞧"（曹志耘，2008：91），尤其是盘州，与云南的富源非常近，威宁县与毕节市区的距离（中间隔了一个赫章县）还是与云南的会泽距离更近（接壤），是方言接触；二是贵州也有江淮方言区人们的迁移历史。明生荣（2007：1-2）指出，明代前，毕节为少数民族聚居区，鲜有汉族居民居住。汉族居民进入毕节，当在毕节卫建立后。据《大定府志》记载："毕节卫亦置于洪武十五年（1382），其年，傅友德平乌撒、乌蒙诸蛮，置乌蒙卫于乌蒙境内，或曰，即今威宁州东北之乌蒙铺也。明年，有德奏徙于元之故毕节驿，使别将汤昭立排栅为守，于是改名毕节卫，属贵州都司，二十年（1387）始筑城。"此后，汉族居民开始成规模进入毕节，汉语毕节方言雏形也于这一时期开始形成。

至于明代进入毕节的居民来自何方，明生荣（2007）未作说明。但关于清初的"客民"来源，明生荣引用了李蓝（1991）的说法："根据现存的族谱、碑铭、地名及民间口碑来看，以四川、江西、湖广（大致相当于今湖北湖南两省）三地人进入毕节的为最多（安徽、江南、两广等地也有不少人移入）。"（明生荣，2007：8）但联系云南的移民，有充分的理由相信，靠近贵州的盘州、威宁应有来自江淮官话区的人，尤其是盘州，与云南非常近。

贵州的盘州不在曹志耘（2008：91）调查的930个方言点之中，威宁是调查点之一，却没有"VV瞧"的记载，可能与调查者语感有关。

我们又询问过宋美林同学，其家乡贵州遵义仁怀没有"VV瞧"，仁怀地处黔北，与云南有一定距离；又询问过宋大鑫同学，其家乡贵州锦屏也没有"VV瞧"，锦屏地处贵州东南部，与云南距离更远。看来，贵州只有西边靠近云南的地方才有"VV瞧"，可能与人口迁移有关。

刘丹青（2011b：28）认为："研究古代汉语语法现象的跨方言存废，既有历史语言学意义，也有语言类型学意义。两方面的研究对象可以各有侧重。"

刘丹青（2011b：28）指出：在历史语言学方面，有关存废的分析有助于确定方言分化的年代和历史层次的时间深度。在这方面，具体语法要素，包括特定的虚词词项和形态要素应成为关注的重点。在类型学方面，有关存废的分析有利于观察不同类型特点的稳定性和可变性，发现类型特征之间的相关性或耦合性。在这方面，有类型学意义的语法模式或库藏特点最值得关注。此外，借助于语法现象存废的考察，可进一步探讨语言演变和语言类型的互动，可探求特定类型演变的动因主要基于内部语法深化还是外部语言接触。

刘丹青（2011b：29）认为："历代语法类型特点在现代方言中的存废是个大课题。"刘丹青（2011b：36）指出，"历代语法类型特点在现代方言中的存废是个尚需展开和深化的课题"。"存，意味着某些方言中保留着普通话中已消隐的古代类型特点，亦即这些方言语法类型上走了与普通话有所不同的演化道路。"

"V—V瞧"与"VV瞧"，清代才在书面语上有记载，现代方言中，"V—V瞧"已消亡，但"VV瞧"存了下来，且方言分布范围有所扩大，现代方言有"VV瞧"的价值一是语法化得到延续，二是显示了方言接触，三是透露了人口迁徙的信息。

1.2 中国境外汉语方言的"VV瞧"

据陈晓锦等（2019：499），表示尝试时，泰国西南官话，尤其是麻栗坝话，最常用的是AAB式，即动词重叠后加"瞧"字，即"XX瞧"式，如清迈麻栗话：看看瞧看一下、去去瞧去一下、听听瞧听一下、吃吃瞧吃一下、穿穿瞧穿一下、比比瞧比一下。

此前，肖自辉（2016：333）已经指出，表示尝试时，泰国西南官话，尤其是麻栗坝话，最常用的是AAB式，如重叠后加"瞧"，即"XX瞧"式。例子同上。又如：

（28）给我看看瞧。（清迈麻栗话、清莱澜沧话。陈晓锦等，2019：529，536）

目前泰国云南籍华人群体共有15万人左右，其中清莱府稍多，有6万～7万人；清迈府5万～6万人；密丰公布和其他各府1万～2万人。这些云南籍移民主要来源于一支国民党的溃败军队和他们的家属构成的一股"难民"潮（陈晓锦等，2019：7）。这就很好地解释了为何泰国华人社区的汉语方言用"VV瞧"来表示尝试。

2. 曹志耘（2008）的"动词重叠＋尝试助词"

曹志耘（2008）的调查面很广。据曹志耘（2008：91），"动词重叠＋尝试助词"的分布范围很广。

问问看：方言点最多，主要集中在南方，北方也有一些点。

新疆：和田，共 1 个点。

山东：蓬莱、荣城、乳山、平度、青岛、桓台、苍山、东明、单县，共 9 个点。

陕西：米脂、清涧、靖边、延安、富县、黄龙、镇巴，共 7 个点。

河南：获嘉、渑池、洛阳、郑州、开封县、民权、夏邑、柘城、禹州、嵩县、鲁山、西峡、镇平、社旗、项城、确山、新蔡、信阳、商城，共 19 个点。

湖北：郧县、老河口、枣阳、房县、钟祥、远安、武汉、鄂州、大冶、咸宁、嘉鱼、洪湖、通山、崇阳、通城、监利、石首、宜都，共 18 个点。

四川：北川、平昌、盐亭、泸定、汉源，共 5 个点。

重庆：云阳、忠县、大足、重庆、武隆、秀山，共 6 个点。

云南：永胜、昆明、建水，共 3 个点。

江苏：赣榆、灌云、丰县、邳州、宿迁、涟水、射阳、泗洪、宝应、东台、江都、如皋、泰兴、通州、张家港、靖江官、丹徒、丹阳、句容、金坛、常州、江阴、常熟、太仓、昆山、苏州、无锡、吴江、宜兴、溧水、溧阳、高淳，共 32 个点。

上海：崇明、宝山、奉贤、嘉定、金山、闵行、南汇、浦东、青浦、上海、松江，共 11 个点。

安徽：亳州、濉溪、利辛、五河、滁州、合肥、巢湖、和县、当涂、繁昌、宣城、广德、芜湖县、桐城、枞阳、岳西、潜山、安庆、怀宁、太湖、望江、宿松、东至、青阳、泾县、宁国、旌德、绩溪、黄山区、黟县、祁门、歙县，共 32 个点。

湖南：临湘、岳阳县、华容、安乡、南县、沅江、汨罗、平江、湘阴、常德、汉寿、张家界、龙山、永顺、桃江、安化、望城、宁乡、长沙市、长沙县、浏阳、株洲、醴陵、湘潭县、湘乡、娄底、涟源、冷水江、双峰、衡山、衡阳县、衡东、攸县、茶陵、安仁、衡南、祁阳、常宁、永兴、资兴、桂阳、汝城、江华，共 43 个点。

江西：彭泽、湖口、九江县、瑞昌、德安、星子、都昌、鄱阳、浮梁、景德镇、婺源、乐平、德兴、万年、横峰、上饶县、铅山、武宁、永修、修水、靖安、安义、新建、南昌市、南昌县、奉新、进贤、东乡、丰城、樟树、抚州、金溪、资溪、南城、黎川、宜黄、乐安、南丰、广昌、崇仁、新干、新余、分宜、峡江、吉水、永丰、吉安县、泰和、万安、遂川、赣县，共 51 个点。

浙江：嘉善、嘉兴、平湖、海盐、海宁、桐乡、崇德（旧）、湖州、长兴、德清、安吉、孝丰（旧）、武康（旧）、余杭、杭州、萧山、富阳、临安、于潜（旧）、昌化（旧）、桐庐、新登（旧）、分水（旧）、建德、寿昌（旧）、绍兴县、上虞、诸暨、嵊州、新昌、舟山、余姚、慈溪、鄞州、镇海、奉化，共 36 个点。

福建：福鼎、建宁、长乐、永泰、惠安、安溪、南靖、漳州、平和、云霄、诏安、东山，共 12 个点。

台湾：新竹县、南投，共 2 个点。

广西：三江、兴安、灵川、桂林、融水、罗城、河池、宜州、柳州、鹿寨、荔浦、钟山、柳江、都安、蒙山、马山、平果、田东、隆安、宾阳、贵港、南宁平、邕宁、扶绥、崇左、钦州、陆川、合浦、防城港，共 29 个点。

问问看看：山东诸城，湖北应城，福建华安、长泰、龙海、漳浦，安徽芜湖、铜陵、池州，湖南桃源。

问问睇：福建的宁德畲，属畲话，1 个点。广西的昭平、苍梧、梧州、藤县、兴业、玉林、岑溪、北流、博白、桂平、北海、灵山、容县、南宁粤，属粤语，14 个点；平南、来宾、横县，属平话，3 个点。广东的汕头、南澳、澄海，属闽语闽南片，3 个点；阳西，属粤语。其中粤语的点最多，共有 15 个。前面说 "VV 看" 的粤语最少，而说 "VV 睇" 的却是粤语最多。

问问望：湖南的泸溪乡，属乡话；临武，属土话。广西的柳城，属平话；象州，属客家话。据王健（2006b），江淮方言也有一些方言点除 "看" "瞧" 外，也有 "望"。

问问觑（眙）：湖南的新田，是土话。广西的资源，是土话。安徽的石台，属徽语。

问问映：福建的光泽、邵武、泰宁、沙县、龙岩，全属闽语，有 5 个点。

问问起：宁夏的中卫，属兰银官话。

这些助词中，有的本身有 "看" 的意思，与 "看" 是同义词，有的可能是因为无本字，用的是替代字，但其本身可能是一个与 "看" 同义的字。

曹志耘（2008：91）还有无本字的，如：

□ [tiE^{35}]：广西的灌阳，属于土话。

□ [tɐm^{35}]：广西的百色、巴马、田阳、上林、宁明，属于平话，有 5 个点。

□ [lɔ^{55}]：湖南的耒阳，属于属客家话。

□ [lEi^{33}]：广西的龙州，属于平话。

□ [tshuəi^{55}]：广西的永福，属于平话。

□ [tshɐn^{212}]：安徽的屯溪、休宁，属于徽语，有 2 个点。

□ [uo^{21}]：福建的永安，属于闽语的闽中片。

另有上文所引的 "问问瞧" "问问瞧儿" 的方言点。

汪曾祺先生是江苏高邮人，高邮方言属江淮官话。其作品也用有不少 "VV 看"。如：

（29）"你自己<u>摸摸看</u>！谁见过你的尾巴！我见到，倒想拿了喂狗呢。"（《灯下》）

《灯下》初刊于《国文月刊》1941 年第 1 卷第 10 期。

（30）"只好跟辅成<u>说说看</u>了，只怕也没有大希望噢。——往年添个人，算得了甚么，今年守岁酒都吃过了，还没个分晓。"（《除岁》）

《除岁》初刊于《文学杂志》（大地图书公司发行）1943 年第 1 卷第 2 期。

（31）你<u>说说</u>你的故事<u>看</u>。（《绿猫》）

（32）新和旧的渗和对照，充满浪漫感。去年沙嘴是江心，呼吸于梅礼美的 "残象的雅致" 之中，把无可托付的心倾注在狗呀猫的身上的，<u>想想看</u>，有多少人？……（《绿猫》）

《绿猫》初刊于《文艺春秋》1947 年第 5 卷第 2 期。

（33）而梁开口了："你牙齿坏了不少，我给你<u>检查检查看</u>。"（《牙疼》）

《牙疼》初刊于《文学杂志》（商务印书馆发行）1947 年第 2 卷第 4 期。

（34）<u>试试看</u>，也许办得到。（《三叶虫与剑兰花》）

（35）<u>想想看</u>，我们在这里生活了七八年，人生中最精彩、最值得活、最有决定性的几年！（《三叶虫与剑兰花》）

《三叶虫与剑兰花》初刊于《文艺工作》1948年第1期。

（36）你<u>想想看</u>，手放在口袋里，搓摩着温热的铜钱，我们何以为情？（《戴车匠》）

（37）我<u>想想看</u>。（《戴车匠》）

《戴车匠》初刊于《文学杂志》（商务印书馆发行）1947年第2卷第5期。

（38）王二忙得喜欢，随便抄一抄，一张纸包了；（<u>试数一数看</u>，两包相差不作兴在五粒以上，）抓起刀来（新刀，才用趁手），刷刷刷切了一堆；（薄可透亮）铛的一声拍碎了两根骨头：花椒盐，辣椒酱，来点儿葱花。（《异秉》）

《异秉》初刊于《文学杂志》1948年第2卷第10期。

（39）我一边找，一边捉摸它的个头、长相，想着它的叫声，忽然，我想起：<u>叫叫看</u>，怎么样？试试！我就叫！（《羊舍一夕》——又名：《四个孩子和一个夜晚》）

《羊舍一夕》初刊于《人民文学》1962年6月号。

上面是《汪曾祺别集》（20册，汪朗主编，浙江文艺出版社）前4册中的例子。可以相信，后面16册中应该也能找到例子。就是前面3册（其中第3册《受戒集》无例子）中，既有"VV看"，又有"V—V看"，还有"VVO看"，还有双音节的"VPVP看"。而且时间跨度也长，有20世纪40年代的，也有20世纪60年代的。

3. 其他学者的研究成果

钱曾怡等（2005：256）说山东莱州方言（属胶辽官话）也有助动词"看"："作为助动词'看'，在莱州方言中不单用，总是采取重叠的形式附于动词或动词性词组之后，表示尝试。"如：

（40）你先<u>尝尝看看</u>。

（41）让我<u>想想看看</u>。

莱州方言有"VV看看"，为曹志耘（2008：91）所未见。

黄晓雪（2014：149）说安徽宿松方言（赣语）既有"VV看"，又有"VV看看"，如：

（42）买一双皮革<u>穿穿看</u>（看）。

（43）舞_做滴_{一点}肉<u>吃吃看</u>（看）。

黄晓雪（2022：202-204）也持同样看法。

宿松方言有"VV看看"，也为曹志耘（2008：91）所未见。

江西都昌方言（属赣语）有动词重叠后带"看看"或"看"，用"看看"远比用"看"多，如：

（44）<u>看看</u>里本书<u>看看</u>。

尝试体还有一种用法，即在动词加数量宾语（不能为指量）后加"试试看看"或"试试看"。如：

（45）吃只粑**试试看看**_{吃一个米饺子试试}。（曹保平，2005：183）

都昌方言的尝试体很有类型学特色。都昌方言有"VV 看看"，也为曹志耘（2008：91）所未见。

与都昌相邻的江西湖口方言（属赣语）有"试试看（看）"和"试试功看（看）"，如：

看看看（看）　　　　拿拿看（看）　　　　走走看（看）

看看试试看（看）　　拿拿试试看（看）　　走走试试看（看）

看看试试功看（看）　拿拿试试功看（看）　走走试试功看（看）

点点试试功看（看）　开开试试功看（看）　吃吃试试功看（看）（陈凌，2020：302）

动词重叠 AA 式，都表示试试的意思，其中，"AA 试试看看"格式，除了表示试试的意思，还可以表示威胁的意思；而"AA 试试功看看"只有表示威胁的意思，意味着：如果你 A 的话，后果将不堪设想，你自己看着办（陈凌，2020：302）。

湖口方言的尝试体也很有类型学特色。湖口方言有"VV 看看"，也为曹志耘（2008：91）所未见。

张一舟等（2001：88）说到"尝试体"时，说成都方言有"VV 看 / 看看""V 一 V 看 / 看看"的形式，可见，除了上面所说的几个方言点有"VV 看看"的说法外，成都方言也有，而且既有"VV 看看"，又有"V 一 V 看看"。"V 一 V 看"举有如下一例：

（46）站一站，等我听**一听看**。（《艾芜短篇小说选》）

成都方言有"VV 看看"也为曹志耘（2008）所未见。

"VV 看看"也涉及好几个方言区，很有特色，有语言类型学意义，可补曹志耘（2008：91）。

莫超（2004：203）举有"试一试看"，认为碧口和中庙两个地方和成都方言一样都可说。

尹钟宏（2005：94）说湖南娄底方言重叠式有"VV 看"："动词重叠后加后缀'看'。后缀'看'是从动词'看'演变而来的，但是距离'看'的本义已相当遥远，意义已经虚化。'看'在重叠动词后使动作带有'尝试'的意味。"如：等等看、做做看、尝尝看、翻翻看。

尹钟宏（2005：94）指出，"VV 看"可以有两种变化形式。

"V 一 V+ 看"：单音节动词重叠后，插入嵌音"一"，强调动词的尝试意味。如：等一等看、煮一煮看、扫一扫看、找一找看。

"VV+ 宾 + 看"：即动词重叠带宾语构成动宾词组，再加后缀"看"。如：看看中医看、吃吃青菜看、拜拜菩萨看。

山西运城方言（属中原官话）也有"VV 看"，如：

（47）这道题太难，叫我再**做做看**。（寇春娟，2012：49）

山西万荣方言（属中原官话）受普通话的影响，近年来，也可在短时貌的基础上再加上轻声的"看"表示，如：

（48）有啥好法嘟_{方法、办法}，叫我再**想想看**。（吴云霞，2009：152）

山西临汾方言也有"VV 看"，如：

（49）有啥好法嘟，叫我再<u>想想看</u>。（刘丹丹，2020：267）

山西的一些方言有"VV看"，也为曹志耘（2008：91）所未见。

处于中原官话与冀鲁官话过渡地带的山东泗水方言也有。如：

（50）你<u>猜猜看</u>，看猜着唠不。

（51）我<u>试试看</u>，可没把握修好。

（52）<u>走走看</u>，看鞋跟脚_{合适}不？

（53）<u>试儿试儿看</u>，看看你考上唠不？（王衍军，2014：275）

看来，受普通话等的影响，北方方言的"VV看"有扩大范围的趋势。

江西浮梁（旧城村）方言（属徽语）有"VV看"，如"较较看_{试试看}"。（谢留文，2012：103）

安徽歙县（向杲）方言（属徽语）有"试试（看）"（沈明，2012：139）。"看"用括号，说明尝试助词"看"有即将消失的趋向。

安徽祁门军话动词重叠后加"看"构成"VV看"，表示尝试，如：

（54）我来<u>写写看</u>。

（55）我们再<u>商量商量看</u>。（赵日新等，2019：220）

广西钟山董家垌土话尝试体有多种说法，其中有"VV看"，如：

（56）你<u>试试看</u>_{你试一试看}。（邓玉荣，2019：241）

张林林（1984：45）指出，陆志韦先生在《汉语构词法》中提到，在吴方言里动词重叠后加助词"看"组成"VV看"式，便有"尝试一下"的意思，这种重叠形式在上海方言、苏州方言里用得很普遍，如"汰汰看""拎拎看"。据他所知，在属江淮方言的九江方言，以及属赣方言的上饶方言里也有类似说法。值得注意是，这种带"看"尾的叠音动词在普通话口语中流行范围很广，出现频率也较高。

山东费县方言有"VV""V一V"，后一音节读轻声，表示强调语气。往往后面带上"看看"二字，表示委婉商量的语气。如：问问看看、想想看看、摸摸看看、听听看看、走走看看、做做看看。问一问看看、想一想看看、摸一摸看看、听一听看看、走一走看看、做一做看看。还可说成"V一下看看"，如：问一下看看、想一下看看、摸一下看看、听一下看看、走一下看看、做一下看看（邵燕梅等，2019：605–606）。曹志耘（2008：91）未调查费县方言点。

我们以为，上面的"看看"主要表示尝试，当然，在别人有一样好东西时，你提出"让我吃吃看看"时，有表示尝试的意味，同时也有委婉商量的语气，但主要还是尝试。即在表示"尝试"义的同时，也显示了"商量"义。

邵燕梅等（2019：636）有一张"费县方言助词总表"，其中有"尝试助词"，有"看""看看"。如"你试试看""先别急，过几天看看""动脑子看看该怎办"。

上面前后两处提到的"看看"前后是矛盾的。"你试试看"的"看"是尝试助词，"动脑子看看"是"动动脑子看"的意思，"看看"是尝试助词。而"先别急，过几天看看"的"看看"似乎应该是动词重叠，而不是表示尝试的助词。但费县方言有"VV看看"，也为曹志耘（2008：91）所未见。

安徽休黟片方言动词重叠后可带"看"或"朕"，如：

（57）尔试试朕，担得动吗_{你试一试，拿得动吗}？

（58）尔猜猜朕，个是诮物_{你猜一猜，这是什么}？（孟庆惠，2005：209）

"朕"可能就是曹志耘（2008：91）所说的无本字的［tshɛn²¹²］。屯溪、休宁方言就是属于徽语休黟片。

广西平南白话有"VV睇"，如：

（59）冇信你木木睇个，讲我冇带钱在身咧_{不信你搜搜看，我说过我没有带钱在身上的}。（欧鉴华，1999：117）

广西南宁白话也有"VV睇"，普通话表短时少量的形式是"VV"，表尝试义是"VV看"，这种用法渗透到南宁白话来，使之增加了两种表短时少量的形式"VV"和"VV下"，表尝试义的也增加了"VV睇"和"VV睇过"两种。如：

（60）件衫你试试睇先至买_{这件衣服你先试试再买}。（林亦等，2008：256）

（61）尝尝睇过啲菜先，入味嘛？/尝尝啲菜睇过先，入味嘛_{这菜尝尝看，入味吗}？（林亦等，2008：333）

吴旭虹（2007：30）也说南宁方言有"VV睇""VV睇过"。如：

（62）我去问问睇/睇过。

广西梧州方言（属粤语）表示尝试用"VV睇过"。如：

（63）其实英文歌冇难学嘅，你唱唱睇过_{其实英文歌不难学的，你可以尝试唱唱}。

（64）只咪坏啊咩？等我嚟试试睇过_{这支笔简坏了吗？让我来试试}！

"VV睇过"表示尝试时，也可以起到缓和语气的作用。（唐七元，2020：30–31）

广西的一些方言有"VV睇过"表示尝试，也为曹志耘（2008：91）所无。

广西桂平方言有"VV睇"。（谢蓓，2011：15）

玉林方言也有"VV睇"，如：

（65）有是律好办法，等我恁恁睇。

（66）你诠诠睇，是是律。（伍和忠，2018：258）

北流粤方言也有"VV睇"，如：

（67）电话坏了？等我来试试睇。

（68）你锤锤睇，块石头几硬啊！（徐荣，2008：30）

北流方言"VV"式表示短时少量，"VV睇"式表示尝试，如"等我试试睇"，如果是用"VV"式，那就表示其他人在看书而说话人想借过来看，如果是用"VV睇"式，那就表示其他人看不懂书而说话人想拿来研究一下，语意有细微差别。（徐荣，2008：24）

广西黎塘平话有"VV掂/掂掂/睇/睇睇"，如：

（69）有哪门好办法/计，等我再恁恁掂/掂掂/睇/睇睇。（伍和忠，2018：265）

黎塘平话"VV掂/掂掂/睇睇"也为曹志耘（2008：91）所无。

广西浦北客家话常在动词或动词的重叠形式后面加"睇［thɐi⁵⁵］"表示尝试。如：

（70）件衫拱好看，偃**试试睇**_{这衣服这么漂亮，我试试看。}

（71）首歌好好听啊，你**听听睇**_{这首歌好好听啊，你听听看。}（唐七元，2020：127）

江西铅山太源畲话动词有"尝试貌"：太源畲话用动词重叠式加上"睇[tʻai³²⁵]（看）"来表示尝试意义。如：

（72）有什个嘚好办法，让偃**想想睇**_{有什么好办法，让我想想看。}

（73）该样衫你着得唔合身，**着着唔样睇**。_{这件衣服你穿着不合身，穿穿那件看。}（胡松柏等，2013：240）

当动词带宾语时，"睇"要与动词分离而置于宾语后形成"VV＋宾＋睇"式。如：

（74）偃也唔晓得今朝什个嘚日子，你**问问佢睇**_{我也不知道今天是什么日子，你去问他看看。}

（75）**着着该样衫睇**，合唔合身_{穿穿这件衣服，看合不合身？}（胡松柏等，2013：240）

太源畲话的"VV睇"也为曹志耘（2008：91）所无。

从上面众多的方言用字来看，大多是"看"义，如"瞧""相""望""眙""视""睇""瞅""眹"等。至于"□（no²）"只是一时找不到本字而已。还有黎塘平话的"掂"可能也是与"看"同义的方言同音字或近音字。

闽南方言的泉州话还有"迈"表示尝试。如"我吃吃看"可以说"我食迈，我食看迈，我食［一下］看迈，我食［一下］迈"。未见有"VV迈"。（李如龙，2007：20）

赣东北方言尝试体的情况如下：

方言点　你算算看

经公桥：尔算算看

鹅　湖：尔算下看

旧　城：尔算算看

湘　湖：尔算算看

溪　头：尔算算看

沱　川：尔算算看下

紫　阳：尔算算看

许　村：尔算下看

中　云：尔算算看

新　建：尔算算望下

新　营：尔算下觑

黄　柏：尔算算看

暖　水：尔算算望下

尝试体往往会在"VV"或"V下"结构中加上"看/望/觑"①，动词重叠式的后一音节往往变读为轻声。（胡松柏等，2020：816–817）

13个方言点，有7个用"VV看"，2个用"VV望下"，1个用"VV看下"，有3个不用动词重叠形式，2个用"V下看"，1个用"V下觑"。"尝试助词"与"下"的位置也有不

---

① 但未见"VV觑"的用法。

同情况：如果动词不重叠，"下"用在尝试助词前；如果动词重叠，"下"用在尝试助词后。第二人称代词都是"尔"。

（六）民族语言的"VV+尝试助词"

关于民族语言有"VV+尝试助词"的问题，崔山佳（2018a）第8章第4节少数民族语言动词重叠带"看"等，如壮语（韦庆稳、覃国生，2009）、侗语（梁敏，2009）、瑶族拉珈语（刘保元，2009）、仫佬语（王均等，2009）、银村仫佬语（银莎格，2014）、瑶族布努语（蒙朝吉，2009）、畲语（毛宗武等，2009）、基诺语（盖兴之，2009）、德昂语（陈相木等，2009）、居都仡佬语（康忠德，2011）、崩龙语（颜其香，1983）、黎语坡春话（符昌忠，2005）等。到目前为止，关于少数民族"VV"+尝试助词用法，梁敢［2014（研究壮语）］描写得最为详尽，可参看。

这里再补充一些内容。如贵州六枝仡佬语的动词重叠后表示短暂或尝试性动作（李锦芳等，2019：195）。拉祜语在动词的后面加 xɑ^{33}ni^{33} 表示试试、尝试一下的意思（孙宏开等，2007：295）。村语有些动词可以重叠，后面要加 fɔ^1 "一下"，表示尝试的意思（孙宏开等，2007：1361）。

崔山佳（2018a：235）认为，南方一些民族语言也有"VV看"的用法是语言接触的结果，是汉语影响了民族语言。我们现在仍然持同样看法。

（七）古今比较

1. 关于"V—V看"的使用频率

徐连祥（2002：121）指出："VV看"一般也不能说成"V—V看"，我们不说"翻一翻看""说一说看""试一试看""等一等看"。

普通话能不能说"V—V看"呢？我们搜索北京大学汉语语料库（CCL），有"试一试看"，如：《21世纪的牛顿力学》、《读者》（合订本）、高阳《红顶商人胡雪岩》、刘绍棠《狼烟》、翻译作品《1984》、翻译作品《傲慢与偏见》、翻译作品《十日谈》、翻译作品《福尔摩斯探案集》、俞平伯《古槐梦遇》、鲁彦《菊的出嫁》。有"等一等看"，如：桑逢康《郭沫若和他的三位夫人》（8处）、周而复《上海的早晨》（2处）、赵树理《三里湾》（2处）。有"找一找看"，如：翻译作品《哈利·波特》（六）、周立波《暴风骤雨》。这些例子既有原创作品，也有翻译作品。既有北方作家的作品，也有南方作家的作品。可见，现代汉语是说"V—V看"的。不过，有的似乎是作者方言背景的体现，如俞平伯是浙江德清人，鲁彦是浙江镇海人，高阳是浙江杭州人，都是吴语区人。

黄伯荣（1996：199-200）在说到湖南汝城话的短时体时指出：表示动作行为轻微、持续时间短暂或尝试，可用以下方式。

（1）"相呢"或"视呢"：只用于句末动词后面，即后面不能跟有宾语。如：

①写相呢。（写＜一＞写看。）

②□ [ˌtən] 视呢。（找＜一＞找看。）

③捞转相呢。（拌搅拌搅看。）

④研究视呢。（研究研究看。）

（2）"（一）下（子）"加"相呢"或"视呢"：之间可以插入宾语。如：

①话下相呢。（说一下看；说＜一＞说看。）

②整下视呢。（修一下看；修＜一＞修看。）

③走下路相呢。（走一下路看；走＜一＞走路看。）

④翻下书视呢。（翻一下书看；翻＜一＞翻书看。）

⑤休息下相呢。（休息一下看；休息休息看。）

⑥商量下视呢。（商量一下看；商量商量看。）

上面例子中，右边的括号内的话是普通话的说法，即湖南汝城话说"话下相呢"，在普通话中可以说"说一下看"，也可以说"说说看"，还可以说"说一说看"。湖南汝城话说"写相呢"，普通话可以说成"写写看"，也可以说成"写一写看"。不知写这份材料的先生所据何在。如果是真的，那么，现代汉语普通话中也确实是可以说"V一V看"的。不过这需要有具体的例子来说明。

吴福祥（1995：161）指出：现代汉语里，"看助"多出现于口语，其典型用法是粘附在动词的重叠式或动补结构后表达动词的尝试体。如：

（1）这曲子很美，你<u>听听看</u>！

（2）味道好极了，你<u>尝一尝看</u>！

（3）你给我<u>量一下看</u>！

（4）先<u>做几天看</u>！

（5）咱们再<u>动动脑筋看</u>！

（6）让我<u>想想看</u>！

（7）让他<u>做做看</u>！

吴福祥（1995）认为现代汉语有"V一V看"。

吴福祥（1995：161）又指出：我们把"看助"所附动词记作"VP"。普通话里"VP看"主要有以下形式。

（1）VV看。

（2）V一V看。

（3）VC看（"C"限于动量、时量补语）。

吴福祥（1995）这里概括为"普通话"里有"V一V看"。

陆俭明（1959/2003：282）指出，直接附在单音节动词另一种重叠式（如"想一想"等）的后边。这种情况也较常见，如：

（8）此刻不过亥正，恐怕桑家姐妹还没有睡呢，<u>去请一请看</u>。（《老残游记》）

（9）满喜和大年都要报名入社，袁丁也没有说不愿入，只是说<u>等一等看</u>，……（赵树

理《三里湾》）

张一舟等（2001：88）指出，四川成都方言有"VV看／看看""V一V看／看看"的形式，"V一V看"举有如下一例：

（10）站一站，等我听一听看。（《艾芜短篇小说选》）

奉化方言口语也可以说"V一V看"，如"翻一翻看""讲一讲看""试一试看""等一等看"等。

因此，现代汉语普通话和一些方言是可以说"V一V看"的，徐连祥（2002）的说法值得商榷。当然，普通话与方言"V一V看"的使用频率远远比明清白话文献低得多。

从例证来看，"V一V看"比"VV看"要出现得早，但近代汉语、现代汉语与方言里，"VV看"却比"V一V看"来得常用。

上面说过，汉语方言也有，又如莫超（2004：104）也举有"试一试看"的例子，认为甘肃碧口和中庙两个地方和成都方言一样都可说。

总而言之，准确地说，普通话也有"V一V看"，只不过不如"VV看"这么常用罢了，古今都是如此。

李存周（2006：61-62）把下面例子中的"看"当作动词，如：

（11）提一提看，且是沉重，把手捻两捻，累累块块，像是些金银器物之类。（《初刻拍案惊奇》卷12）

（12）尼姑道："这多是命中带来的，请把姑娘八字与小尼推一推看。"（《初刻拍案惊奇》卷34）

显然，这是不对的。"看"应该是助词，表示尝试，古今都是如此。

2. 方言分布

近代汉语的"VV+尝试助词"等，以吴语区作家为多，有的为无名氏，其他方言区作者也有。有徽语，如《撮盒圆》的磊道人。有闽语，如《续牡丹亭传奇》的陈轼。有粤语，如《红楼复梦》的陈少海。有江淮官话，如《冷眼观》作者王浚卿为江苏宝应人，《清风闸》作者浦琳为江苏扬州人。《红楼梦》的"V一V瞧"出现在第51回，属前80回，"VV瞧"出现在第92回，属后40回。曹雪芹年少时生活在南京，一直到十多岁离开南京去北京；后40回中的"VV瞧"是原作就有，还是后续者所有，不得而知；但时至清代，"VV看"已十分成熟，哪怕是后续作者，沿袭原作的"V一V瞧"而用"VV瞧"是完全可能的。但当时的江淮官话地区，或者属吴语，或者有吴语的底层。

至于诸多《红楼梦》的续书、《泪珠缘》有"VV瞧"，可能都深受《红楼梦》的影响，至少包括语言上的影响。因此，从方言类型学的角度来看，清代白话文献的"VV瞧"主要运用于江淮官话与吴语。其他方言区的作品很有可能是受《红楼梦》的影响。

与动词重叠带"看"的"V一V看"和"VV看"相比，一是"V一V瞧"和"VV瞧"出现得较迟，《红楼梦》才始见，比"V一V看"和"VV看"要迟得多，二是"V一V瞧"和"VV瞧"数量上也远远比不上"V一V看"和"VV看"。

至于现代方言，"VV+尝试助词"的分布范围更广，有南方，除浙江外，另如：四川（部分）、重庆、云南、江苏（部分）、上海、湖南、江西、福建、台湾、广西、广东，也有北方，如：新疆、山东、陕西、河南、湖北（部分）、安徽（部分）。涉及的方言除吴语外，还有粤语、闽语、平话、客家话、湘语、赣语、徽语、中原官话、兰银官话、畲话、土话、乡话等。

3. VV+补+看

徐越（1998：73-74）指出，浙江嘉善方言的"VV+看"还可以有下列三种变化形式："V一V+看""VV+宾+看"，这与明清白话文献等用法一致；有特色的是"VV+补+看"，即动词重叠带补语构成动补词组，再加后缀"看"，如：旋旋紧看、揩揩清爽看、倒倒干净看、写写端正看、涂涂红看、烘烘干看等。以上是动词重叠带结果补语加后缀"看"。又如：敲敲开来看、走走过去看、推推进去看、拉拉出去看、塞塞进去看、拖拖出来看等。以上是动词重叠带趋向补语加后缀"看"。

"VV+补+看"这种重叠形式明清白话文献未见。

徐烈炯等（1998：192）指出，上海方言除"VV看"外，也有动词重叠带上宾语以后，还可以再带助词"看"；也有动词重叠并且带上补语以后，还可以再带助词"看"。如：

（13）侬汰汰清爽看。

（14）侬摆摆好看。

相比之下，嘉善、上海方言的"VV+补+看"更有特点，既有"VV+结果补语"，又有"VV+看"，是两种形式叠加，嘉善还有动词重叠带趋向补语加助词"看"，形式更多样，更具有语言类型学意义。上海方言未见动词重叠带趋向补语加助词"看"的报道。

"V一V看""VVO看"明清文献已有，而"VV补看"却是新产生的重叠形式。

4. 尝试助词"看"的"类同引申"

从清代开始，受"VV看""V一V看"的影响，已有"VV瞧""VV相""V一V瞧"。到了现代方言，各地方言的读音很复杂，使"看"类动词因"类同引申"，有20来个，尤其以浙江吴语最多，除有"看"字外，还有"相""睇""望""促""觑/眙""睬""眳""瞭""瞅""察""眹""凑""添""起/起儿""青/亲""促"等10余个，还有"□[no²]"。而且"瞅"和"□[no²]"等还是曹志耘（2008：91）未见的用法。这些方言点的说法，更具有语言类型学的意义。

"看"与"瞧"等，大多有"看"这个实义，又有表示尝试的虚义，过去一般认为是类推。李明等（2012：73）指出："至今发现的一条重要的词义演变趋势，是同义或反义的一组词有类似的演变路线，对于这个现象，存在两派意见。"一认为是"类推"。比如孙雍长（1985）所说的"词义渗透"，许嘉璐（1987/2007：24）所说的"同步引申"，蒋绍愚（1989：5）所说的"相因生义"。另一种观点是并不用类推来说明。比如冯利（1986：9-10）所说的"同律引申"、江蓝生（1993/2000：310）所说的"类同引申"。李明等

（2012：74）指出："就实词内部的词义演变而言，类推的作用是非常有限的。由于不同时代、不同方言、不同语言都可能有类同的词义引申路线，类同引申不宜认为是类推。应该还是由于人类认知上的一致导致了词义演变重复同样的路径。"我们以为很有道理，"看"与"瞧"等有类同的词义引申路线，这也是由于人类认知上的一致导致了词义演变重复同样的路径。

5. 家族象似性

动词重叠后可带 20 个左右的尝试助词，这些尝试助词体现了语义的象似性。

沈家煊（1993：2）指出："所以语言的象似性是相对任意性而言，它是指语言符号的能指和所指之间有一种自然的联系，两者的结合是可以论证的，是有理可据的（motivated）。"沈家煊（1993：3）认为："多义词既减少语音形式的数目又体现象似性：意义相近，形式相似。"据《现代汉语词典》（2016：729），"看"的义项一是动词："使视线接触人或物。"义项九是助词："用在动词或动词结构后面，表示试一试（前面的动词常用重叠式）。"这是多义词，是象似性的一种表现。

"瞧"［"看"，语见《现代汉语词典》（2016：1052）］、"相"［xiāng "亲自观看（是不是合心意）"］、"望"（"向远处看"）、"瞭"（瞭望）、"瞅"（"看"）、"视"（"看"）、"觑 / 眙"（"觑"："看；瞧"；"眙"chì："直视，目不转睛地看"，语见《大字典》）、"睇"（tī，"看；望"，语见《大字典》）、"映"（"视"，语见《大字典》）等，本义应该也是动词，都是"看"的同义词，但后来都有表示尝试的助词义，它们应该也具有从动词到助词这样的发展轨迹，具有家族象似性。另外，如"促""添""起""亲 / 青"以及一些有音无字的，我们以为，其本义应该也是"看"的同义词，如"促"就是"看"在当地方言的读音。又如"添"，在吴语中，音与"睇"同或近。又如"起"，《大字典》有"瞝"，音"qī"，"见"义，可能本字就是此字，另收有"眐"，音"qì"，"视"义，另收有"瞲"，音"qì"，是"察；视"义，也有可能是"起"之本字。又如"促"，《大字典》有"眲"，音"cū"，只是义阙，但因为是"目"旁，可能也与"看"有关。因此，这些同义词具有家族象似性。

6. 替换尝试助词

口语中，为了避免单调，尝试助词替换成其他助词，如"看看 + 看"，有的方言的"看"替换成"瞧"，如南京方言。徐烈炯等（1998：192）认为，上海方言虽然也说"看看看"，不过更经常说成"看看叫"，如"侬去看看叫"。钱乃荣（2003a：286）说："'看看看'在 60 年代起渐渐为'看看叫'替代，因避三音重叠而形成特例，偶尔还听闻用'让我想想叫'；其他场合'叫'（或写作'教'）都是为数不多的叠字描写状语的后缀，如'慢慢叫走'。"钱乃荣（2014：205）表示了相同看法。"叫"在这里虽然也表示尝试，但它与"看"的本义距离甚远，不是视觉动词语法化的结果。

这有点像南京话，"看看看"说成"看看瞧"，也是为了避免单调。但南京话用的是"看"的同义词"瞧"，而上海话用的是后缀"叫"，不是"看"的同义词，是比较特殊的。

广东电白旧时正话用"看过""看"或动词重叠表示，两者可同时出现。如：

（15）你<u>读读</u><u>看过</u>。

（16）你去<u>看看</u>中医<u>看过</u>。

（17）你<u>数数</u><u>看过</u>，这 [滴仔] 钱够冇够使？

（18）<u>试试</u><u>看</u>。（陈云龙，2019：233）

比较有特色的是"VV 看过"，似乎在其他方言中未见，而与广西一些方言（如南宁、梧州）的"VV 睇过"相似。

王文胜（2015：217）比较了普通话 3 种"看"在处州方言中的具体情况。如：

表 4　普通话和处州方言 3 种"看"比较

普通话和方言点	视觉动词	尝试助词	尝试助词
	看电影	试试看	看看看
普通话			
遂昌	望	望	望 ｜ 察
龙泉	瞅	瞅	
庆元	眙	望	望
松阳	望	望	望 ｜ 察
宣平	望	望	望
丽水	望	望	望
云和	相	相	望
景宁	相	望	望
青田	相	□ [no⁰]	□ [no⁰]
缙云	□ [n̠ia⁴⁴⁵]	望	望

作为动词的"看"，处州 10 个方言点有 5 种说法，确实比较特殊；作为尝试助词的"看"，10 个方言点有 4 种说法，也比较特殊；作为尝试助词的"看"，用于"看看"后面，普通话不说"看看看"，但处州方言除龙泉方言外，都可以使用，只是用词不同，除青田外，多用"望"，遂昌与松阳同时也可说"察"。处州方言 10 个点中，遂昌与松阳完全相同，两地相邻；宣平与丽水完全相同，两地相邻。

7. 视觉动词与尝试助词的关系

曹志耘等（2016：445—446）指出，关于视觉动词"看"，吴语主要有 5 种说法：太湖片主要说"看"，婺州方言和台州片说"望"，瓯江片说"觑"，衢州市、江西境内的上丽片主要说"□ tshoʔ"，丽水市境内的上丽片则多说"望"和"相"，太湖片甬江小片的少数方言也说"相"。如上海：看 khø³⁵｜宁波：相 ɕiɑ⁴⁴｜黄岩：望 mõ¹¹³｜温州：觑 tshʅ⁴²｜云和：相 ʃiɑ⁵⁵｜常山：□ tshoʔ。虽然"望"的南部吴语色彩比较明显，但是少数太湖片也用"望"，如桐庐：望 moŋ²⁴，龙游方言看说"觑" [tɕhi⁵²]。浙江中、南部吴语方言中"觑"和"望"的分布如下。

A：龙游"觑"

B：婺州方言"望"

A：瓯江片"觑"

这构成很明显的 ABA 分布。从这种分布来看，婺州方言大概"看"曾经说"觑"。如果是这样，那么目前婺州方言"眯眼看"说"觑"（如永康 [tɕhi⁵⁴]），金华话把"试试看"的"看"说"觑" [tshi⁰]，都是早期"觑"的残迹。

赣东北方言中的短时体和尝试体的表达形式如下。

余干话：走（一）下（子）看。（走走看） 默下默看。（想想看）

广丰话：你想下觑下。（你想想看）

德兴话：试试觑。（试试看）（胡松柏，2003b：60）

德兴方言说"VV 觑"，可能与其与浙江衢州相邻有关。衢州的龙游有视觉动词"觑"，离龙游不远的金华有"VV 觑"。

浙江临海既可说"VV 相"，也可说"VV 凑"，也比较特殊。（卢笑予，2019：120）

浙江大学金龙同学（2021）认为，临海方言除说"VV 相"外，也可说"VV 看"。

以上说明，作为视觉动词的"看"，与作为尝试助词的"看"，有的方言一致，有的方言不一致。如上海方言一致，都说"看"，宁波方言不一致，视觉动词也可说"相"，作为尝试助词用"看"（当然，清末也曾说"VV 相"）。这也可解释为何丽水云和方言有"试试相"的说法，与其视觉动词用"相"有关。

8. 尝试助词的语法化

汉语方言表尝试的助词有 20 余种说法，吴语最复杂，其中以处州方言、婺州方言最多样。

王文胜（2015：216）指出，吴语处州方言表示尝试的助词以"望"为主，除了龙泉、青田外，都以说"VV 望"为常。遂昌、松阳还可以说"VV 察"。如：

表5　处州方言动词重叠带尝试助词

方言点	VV+尝试助词	VV+尝试助词
遂昌	试试望	试试察
龙泉	试试瞅	
庆元	试试望	
松阳	试试望	试试察
宣平	试试望	
丽水	试试望	
云和	试试相	试试望
景宁	试试望	
青田	试试□ [no⁰]	
缙云	试试望	

"察"也有"看"义，也可引申为表示尝试，也是"类同引申"。

不过，需要补充的是，云和也比较奇怪，它是以"VV 相"为常，也用"VV 望"。遂昌、松阳方言也有两种说法："VV 望""VV 察"。

王文胜（2015：217-218）说到处州方言尝试助词的虚化。与云和方言一样，景宁方言的"看"也说"相"。云和方言可以说"试试相"，但景宁方言只能说"试试望"，即景宁方言的"相"只能作动词而不能用作助词。因此，云和方言的"相"和景宁方言的"相"具有不同的语法功能。遂昌、松阳、宣平、丽水等地都可以说"望望望"，云和却不可以说"相相相"，说明"望"的虚化程度比"相"更高。

王文胜（2015：218）指出，在处州方言中，"望"的虚化程度最高，云和方言的"相"和龙泉方言的"瞅"次之，庆元方言的"略"、景宁和青田方言的"相"，以及缙云方言的"□[n.ia⁴⁴⁵]"则尚未虚化。

我们以为，之所以会有这种语法化程度不同的情况，与其地理位置也有关。如遂昌、松阳、宣平、丽水连在一起，而龙泉（与福建相邻）、庆元（与福建相邻）、景宁（与温州、福建相邻）、青田（与温州相邻）、缙云（与金华、台州相邻）都处于边缘。

9. 吴语尝试助词与普通话的区别

普通话与方言的动词重叠加尝试助词"看"等表示尝试，自陆俭明（1959）到目前已经达成共识。但汤敬安等（2021：21）打破了这个共识，认为"看"表尝试是错误的，其真正功能是指示"观察尝试行为的结果如何"，即这里"看"仍作动词"观察"讲。

此前，伍和忠（2018：252）指出："因此，无论共同语还是方言，'VP＋看'的'看'并不是助词。"伍和忠（2018：255）对张宁（1987）认为"瞧"是表示尝试意义的助词的说法有一注释："'瞧'与普通话及官话的'看'平行，同质，也不是助词。"这与绝大多数学者的看法不同。我们不同意"看""瞧"不是尝试助词的说法。

钱乃荣（2014：205）认为，"尝试体"是吴语反过来影响普通话、后被普通话引进并继续扩大引进的一种体。现今上海方言用"VV"有时也能表示尝试，即"看"可以省去，如："今朝我要走走近路了。""机器要试试伊灵勿灵。""VV"在句中有没有尝试义，需看上下文而定。

关于"尝试体"是吴语反过来影响普通话，我们表示不同意见。因为，据曹志耘（2008：91），虽然吴语是占绝对优势，但并非其他方言不用。同时，还要考虑明清白话文献有大量例子，并非一定是吴语影响了普通话或者是其他方言。

张林林（1984）认为，不但方言使用，就是普通话也说"VV看"。不过张林林（1984：46）指出："在属吴方言的苏州话里，几乎所有的单音节动词，都可以重叠后再加上助词'看'，但是在普通话中就有所限制，不及在苏州话中应用得广泛。原先在普通话里，'××看'式只是在口语中使用，现在书面语中出现频率也较高，特别是文学作品在写人物对话时经常使用。由此可见，'××看'这种形式有相当的生命力，是一种值得注意的语言现象。"所以，同样是用"VV看"，吴语与普通话还是有很大区别的，即吴语有其自己明显的特点。

袁毓林等（2005：12-13）指出：

"赵元任（1968）说得更为明确：动作动词读轻声（neutral tone）重叠时，可以看作动词的一种体貌（即尝试式，tentative aspect），就跟进行式、完成式一样。比如，'看着'是进行式，'看了'是完成式，'看看'就是尝试式。也就是说，在官话中，动词重叠式可以独立地表示尝试意义。"

在北部吴语（以苏州话、上海话为例）中，动词重叠式也表示动作的小量，包括：（ⅰ）时量短，以及由此引申出的表示和缓的口气；（ⅱ）动量小，并由此引申出的表示尝试。但是，动词重叠式不能单独用来表示尝试意义，一定要在后面附加助词"一看"，构成"VV看"格式以后，才能作为一个自足的句法格式，表示尝试意义。

袁毓林等（2005：13）小结说："可见，动词重叠式在能否独立表示尝试意义方面，吴语和官话有着重大的区别。"

不仅吴语如此，江淮方言也有此种情况。王健（2006b：226-227）指出：江淮方言多数点动词重叠不能单独表"尝试义"，后面一般要加上助词"看/望/瞄"才能表"尝试义"。动词重叠后边还可出现"看看/瞄瞄"，如"问问看看、尝尝看看、走走瞄瞄"等。涟水、沭阳还常用"V望望看、看看瞄"（涟水）、"V看看"（沭阳），这其实是"VV看"的一种变体。如：

（19）尝些小菜<u>看看瞄</u>。（江苏涟水）

上例因为是"尝"，体现的是味觉，而不是视觉，所以"瞄"不可能有动词"观察"义。

安徽的合肥和六安动词重叠本身也可以表"尝试义"，不过也不排斥在后面加尝试助词。

我们认为，袁毓林等（2005）、王健（2006b）的看法无疑是正确的，是符合方言实际的。汤敬安等（2021）的参考文献中未列上面的成果，是有意回避，还是无意疏漏？

汤敬安等（2021：21）认为，"看"自身并不是表达尝试构式的动态助词，它在整个构式中的真正功能是指示"观察尝试行为的结果如何"，即这里"看"仍作动词"观察"讲。

吴语"VV看"中的"看"读"轻声"。如普通话说"看电影"，浙江青田方言说"相电影"，普通话说"试试看"，青田方言说"试试□[no⁰]"，普通话不能说"看看看"，青田方言说"看看□[no⁰]"，"□[no⁰]"读零声母（王文胜，2015：217）。难道说青田方言"□[no⁰]"还是实义动词吗？

普通话不能说"看看看"，但有的方言可以，如宁波方言有"看看看"的说法，前面的"看看"是动词重叠，后面的"看"是尝试助词，读轻声。奉化方言也是如此。

与宁波、奉化等方言相同，浙江遂昌、松阳、宣平、丽水等地可以说"望望望"。（王文胜，2015：218）

汤敬安等（2021：22）还有如下的分析：

"尝试表达是一种常见的口语现象，下面为我们从当代相声中找到的用例。

（1）不信您就试试看。（当代相声）

（2）这个没什么，咱们试试看。（当代相声）"

上述例子的动词重叠式"试试"自身就表达尝试义，如果"看"真的是一个尝试标记，为何还要多此一举再加一个同样表达功能的重叠式"试试"呢？有些学者认为这里的"看"

具有进一步加强尝试的意味（如陆俭明，1959），然而这只是作者个人语感，很难确定这里所谓的"加强义"。

上面的说法至少有两点错误：（1）"如果'看'真的是一个尝试标记，为何还要多此一举再加一个同样表达功能的重叠式'试试'呢？"因为遗漏了袁毓林等（2005）、王健（2006b），才会说出这样的话。事实是，确实有吴语、江淮官话这样的方言，不用尝试助词"看"等，不能表示"尝试"。（2）"然而这只是作者个人语感，很难确定这里所谓的'加强义'"。其实不只是陆俭明的个人语感，可以说是绝大部分吴语人的语感。

朱德熙、邢福义等先生提出语法研究要"普—古—方"综合研究，是很有学术价值和实用价值的。研究"VV看"等尝试结构也是如此，只有这样才能得出比较符合汉语事实的结论。

汤敬安等（2021：26）认为浙江有的方言中的"添""起"是"动量词"。不知其所据何来？"起"我们也表示怀疑，目前还未找到确凿的证据，但"添"是明确的，它不是动量词，其实是尝试助词"睇"。

浙江东阳方言有"VV添"，普通话"你算算看，这点钱够不"，东阳方言说成"尔算算添，亨⁼点钞票够用没"。（刘力坚，2019：117）

我们以为，上面的"算算添"中的"添"应该写作"睇"才是。又如：

（20）被拉去拉意思哩每⁼锵⁼讲起来，便是讲做"摆嫁资"啦，便是讲哝⁼个结婚厄⁼时间呢，亨⁼个摆得床里头，摆出来厄⁼，娘爱嫁过来厄⁼，哝⁼些东西都要摆出来得旁人瞧瞧睇厄⁼。（刘力坚，2019：134）

（21）这个尔里想想亨⁼，亨⁼这个糊里糊涂，亨⁼想想添日哩老实，也便是讲，亨⁼糊里糊涂，亨⁼便渠便去试试睇厄⁼呐，亨⁼添日五更里老实去厄过。（刘力坚，2019：164）

上例前面用"想想添"，后面用"试试睇"。

（22）老公去笊篱掇来撩起来望望睇，嗨呀，些儿肉去哝⁼满⁼厄⁼呢？（刘力坚，2019：182）

（23）到第二年，格⁼个阿梅又到重点户里去瞧瞧睇。（刘力坚，2019：185）

方言中因为有的找不到本字，用其他同音字很正常，"睇""添"就是其中的一个。不能根据同音字就定下词性。"睇"音"tī"，"看；望"义〔《汉语大字典（第2版）》（2010：2668）〕。"睇"也是视觉动词语法化为尝试助词。

《汉语大词典》卷5（1990：1339）收"添"，义项只收三：一是增加；增补；二是生育；三是姓。前两个义项都是动词，后一义项是名词。

《汉语大字典（第2版）》（2010：1757）收"添 tiān"，义项也是三：一是增加；二是生育；三是姓。基本同《汉语大词典》。又收"添 tiàn"，义项有二：一是味益；二是下酒具。

许宝华等（2020：5022）"添"义项有九：①＜名＞下酒用的器皿；②＜动＞盛（饭、菜）；③＜动＞生（孩子）；④＜代＞这么着；⑤＜副＞再；⑥＜副＞更加；⑦＜副＞还；仍然；⑧＜助＞看（表示尝试）；⑨＜助＞表示强调。

可能有方言用"添"作动量词，但也不能证明方言中"VV添"的"添"就一定是动量词。

10. "VV 看"等的威胁色彩

上面提到一些方言的"VV+尝试助词"具有威胁的色彩，如安徽合肥、江苏镇江等，这是因为这些方言有分工，如既有"VV 看"，又有"VV 瞧"。这是一种类型。

还有一种类型是，威胁色彩是句子的语气带来的，并非来自构式本身。如浙江江山方言"VV 嚓"在特定的语言环境中，除表示"试一试"外，还带有威胁的色彩，当双方处在争执的情况下（如：拉扯、推撞、打骂等），其中一方会用"VV 嚓"威胁另一方。如：

（24）你扯扯嚓_{你扯扯试试，你敢扯吗}？

（25）你骂骂嚓_{你骂骂试试，你敢骂吗}？

（26）你打打嚓_{你打打试试，你敢打吗}？

（27）你推推嚓_{你推推试试，你敢推吗}？

"VV 嚓"还可用于长辈与小辈之间发生不和的语境，长辈往往用"VV 嚓"表达长辈的威严和威信。如：

（28）你出去嬉嬉嚓_{你出去试试嚓}。（语境：孩子想出去玩，家长不让，孩子偏要去。家长就会用"你出去试试嚓""你出去嬉嬉嚓"威胁孩子，表达自己的威严）

（29）你谈谈嚓。（语境：子女谈恋爱，父母不同意时就会用"你谈谈嚓"威胁子女，表达父母的威严。）（周建红，2017：12–13）

这种具有威胁性的色彩，其他方言也有，如浙江奉化方言有"你倒去去看_{威胁小孩不许出去}""你倒哭哭看_{威胁小孩不许哭}"。但这只是在一定的语言环境中才有，与其他方言有所不同。

九

动词重叠带结果补语

（一）引言

　　普通话动词重叠后能不能带结果补语，有些学者持否定态度，如毛修敬（1985：36）认为，带结果等补语的动词不能重叠。赵新（1993：93）认为，如果动词后已有表示动作结果等意义的语法成分即补语时，则该动词不能重叠。李宇明（1998：86-87）认为，动词重叠式不能与具有表示完成作用的结果补语共现，甚至连一些动补式的动词都不能重叠，如"吃吃完、砍砍断、捆捆紧、洗洗净、打打倒、推推翻"等。石毓智（2003：184）指出："注意，动词重叠式不能再带其他补语的现象，比如不能说'看看完'、'吃吃饱'等，说明重叠的语素占据的是结果补语的位置。"

　　但也有一些学者持肯定态度，如陈建民（1984：28）指出，近年来，这种格式已经开始在北京口语里听到。像"你说说清楚"。北方方言作家端木蕻良的小说《曹雪芹》（上卷）里有"你那功课什么的，也得抓抓紧了"。储泽祥（1994）认为，重叠式动词带形容词作结果补语（VVA 式）主要见于势力雄厚、人数众多的吴方言区的作家作品中。近几年北方方言区的作家作品中也开始出现，正处于向普通话过渡的交融时期。邢福义（1997：7-8）认为，近年来，这样的用法渐渐多了起来。金明子（1997：91）认为，动词重叠式后带补语的句子常见于吴方言；北方话，特别是北京话从前没有这种说法，但近年来似乎也有人这么说，而且还有扩大的趋势。钱乃荣（2001：35）指出："北方人民在使用普通话时往往会吸收南方语言的某些用法丰富普通话的表现形式，比如'长长胖'、'吹吹干'、'睡睡醒'，这种格式是吴语的说法，现在已在普通话中使用。"钱乃荣（2014：204）仍坚持同样看法："现今'VVC'用得依然很多，并且影响普通话。"

　　关于动词重叠后带结果补语的性质，钱乃荣（2014：203）认为，它一定出现在定指对象后表示短时反复，而且都是将来时态用于未然形的句子中，表示希望产生的结果。汪化云等（2012：34）也认为杭州方言的"VV+ 结果补语"翻译成普通话，一般用把字句，如：

　　（1）门关关好把门关好。

　　（2）毛巾挂挂挺把毛巾挂正。

　　（3）地扫扫清爽把地扫清爽。

　　其实，从语气角度来看，普通话的"把"字句与杭州方言的"VV+ 结果补语"并不对应，即普通话的"把"字句比较生硬，有点命令的口气，而杭州方言的"VV+ 结果补语"的语气就要缓和得多。或许这也是普通话存在或接受"VV+ 结果补语"的动因所在。

（二）近代汉语的动词重叠＋结果补语

近代汉语已有"VV+结果补语"。

1.VV+结果补语

1.1 宋元白话文献的"VV+结果补语"

宋·普济《五灯会元》已有"VV+结果补语"，如：

（1）师曰："这里是甚么所在？ 说说细。"（卷4）

宋代只找到1例，元代也只找到1例，如：

（2）我脱了这衣服，我自家扭扭干。（杨显之《临江驿潇湘秋夜雨》第4折）

1.2 明代白话文献的"VV+结果补语"

（3）八戒道："我又不曾大生，左右只是个小产，怕他怎的？ 洗洗儿干净。"（吴承恩《西游记》第53回）

（4）苏锦衣道："……但则明白，我叫了他的家人，当面与他说说明白。"（西周生《醒世姻缘传》第5回）——另第57回有"说说明白"，第72回有"看看明白"。

1.3 清代白话文献的"VV+结果补语"

清代起，例子就多了，如：

（5）走到里面，取笔砚就做了一支曲儿，名《拍拍紧》：和尚头，赛西瓜，和尚形，似鸡巴。……（云阳嗤嗤道人《警寤钟》第1回）

（6）那酒鬼犹在醉乡，这腊梨是贼的，瞧见这个光景，心暗气道："……不要慌，让我搅搅臭着！"（无名氏《一片情》第14回）

（7）现在人多手乱，鱼龙混杂，倒是这么一来，你们也洗洗清。（曹雪芹、高鹗《红楼梦》第94回）

（8）叔叔吓，借你个廊檐底下坐坐。（唱）要将鞋带拿来缚缚牢。（无名氏《珍珠塔》第13回）

（9）葵花听说祁辛问他，不知说些什么，正要问问详细，便道："也罢。"（曹去晶《姑妄言》第3回）——另第11回有"坐坐好"，第15回有"救救急"。

（10）公主道："床上是左文妹子，你人也不认认清，就是这般胡做吗？"（夏敬渠《野叟曝言》第148回）

（11）艄公说道："……出来寻些买卖，恰恰撞着这一头好生意，正好救救急，我怎肯把就口的馒头送与你吃！"（松馆闲人《粉妆楼》第36回）

（12）没奈何，把顶巾上玉结儿卖了二十文钱，上店里买了一顿点心，且救救急。（丁耀亢《续金瓶梅》第30回）

（13）少说那蛋僧心内乱想，再说那杨母泪珠直流，走进房来，捧着尸来大哭道："……待吾来与你遮遮好，你活时怕羞的，死了谅也怕羞的。"（无名氏《金台全传》第3回）——另同回有"认认清"。

（14）姑娘还着礼，暗道："他可叨叨完了！……"（文康《儿女英雄传》第17回）

（15）福儿见土堆高了，赶忙站上去踹踹结实，梦玉忙嚷道："林小姐在下面，你怎么拿脚去踹，快些下来磕头谢罪。"（小和山樵南阳氏《红楼复梦》第14回）

（16）这里人家楞着眼骂道："那里来这个野东西，这是荣府里来的，你没有问问明白，瞧！"（归锄子《红楼梦补》第18回）——另第20回有"问问明白"。

（17）为这一件足足的往来五六日，方才将各半之说说明，就选了好日子，送过册籍来。（逍遥子《后红楼梦》第17回）

（18）史堂一听此话，倒呆了一晌，便道："……尊驾且再坐一坐，我去问问明白，我们大皆谈谈去。"（周竹安《载阳堂意外缘》第10回）

（19）青娘闻此令，分明是碍奴，今就此回他一令，与看看明白，俾免得疑惑，即曰："公子果是捷才，奴家亦照此式无笨！"（里人何求《闽都别记》第4回）

（20）幸亏日子离着还远，不过传齐了标下大小将官，从中军都司起，以及守备、千总、把总、外委，叫他们把手下的额子都招招齐，免得临时忙乱。（李伯元《官场现形记》第6回）——另第22回、第44回有"说说明白"。

（21）绮云笑道："……二姐姐明个要把花儿数数清楚，共是几朵儿，可不要回来吃人偷光了呢。（天虚我生《泪珠缘》第16回）——另第36回有"理理齐"，第57回有"浸浸软"，第60回有"整整好""浸浸软"。

（22）翠凤道："……耐自家去末，先搭俚哚说说明白，阿是嗄？"（韩邦庆《海上花列传》第9回）——另第14回有"作作清爽"，第48回有"说说明白"。

（23）耐倒说倪问耐讨帐，勿肯放耐，格两声闲话倒要搭耐弄弄明白笃！（张春帆《九尾龟》第129回）

（24）倪阿再等一等勒走，作兴俚卸妆下台来末，倪也好看看清爽哚。（梦花馆主江阴香《九尾狐》第17回）——另第20回有"说说明白"，第31回有"问问明白"。

（25）介山听了这一番话，气得满面通红，向众人道："……好在希贤现在在这里，你问问清楚，到底是我骗他不是？"（陆士谔《十尾龟》第7回）——另第23回有"问问清楚"。

（26）心中大喜，就将柜盖盖好。（藤谷古香《轰天雷》第5回）

（27）连个情节都没有弄弄明白，就是这样牛头不对马嘴的出了一张谎说告示，把个秋女士硬搋在匪党里头。（静观之《六月霜》第12回）

（28）想一想："不好！待我叫这个小二来，拿个灯火与我看看明白。……"（灵岩樵子《杀子报》第9回）——另第10回有"问问明白"。

（29）佩纕笑道："你做做好了，我来写。"（清·梁溪司香旧尉《海上尘天影》第26回）

（30）亮轩道："……到急的时候，还可以救救急，不可以算得小妾么？……"（陈森《品花宝鉴》第23回）

（31）吴良便插嘴道："你两下都记记清。"（李伯元《活地狱》第26回）

（32）这天，我从后院回来，本意到了晚上再进去找着纫芬，和他说说明白的，谁知

没有黄昏，天就下雨。（符霖《禽海石》第 4 回）

（33）魏实甫点首，因道："我且和你把这园子大势**看看明白**去，回来大先生问时好回话。"（大桥式羽《胡雪岩外传》第 3 回）——另第 9 回有"烘烘干"。

戏曲也有，如：

（34）叫娘出来**问问明白**开门。（李玉《一品爵》第 13 出）

弹词也有，如：

（35）此番兵下朝鲜国，吾好把，叛逆之名**洗洗清**。（陈端生《再生缘》第 24 回）

民歌也有，如：

（36）唉，出哉！弗关碍：自家铺盖；横竖棉花胎，**晒晒干**，再好盖。（《吴歌甲集》）

笑话也有，如：

（37）一人衣软，令其妻浆硬些。妻用浆浆好，随扯夫阳具，也浆一浆。夫骇问，答曰："**浆浆硬**好用。"（游戏主人《笑林广记·浆硬》）

上面的动词都是单音节，清代白话小说偶尔也有双音节动词带结果补语，更特殊。如：

（38）凤姐又笑道："到底要**察访察访明白**，别把青儿送到，他两口子配不上，退回家来。……"（归锄子《红楼梦补》第 40 回）

（39）黄抚台跺着脚道："你们这些东西，连外国武官的住处，都不**打听打听明白**，就来回我吗？"（李伯元《文明小史》第 45 回）

2. V—V+ 结果补语

据现有材料来看，最早出自元曲，如：

（40）又没个人扶我，自家挣得起来，驴子又走了，我赶不上，怎么得人来替我**拿一拿住**也好那！（无名氏《包待制陈州粜米》第 3 折）

明清戏曲也有，如：

（41）（生入介）夜饭整治些来吃，衣服与我**烘一烘干**，明日五更，便要起身。（明·无名氏《霞笺记》第 17 出）

（42）（丑背介）虽是一场假病，倒要说做真的，使他**着一着急**，好拿银子出来；又省得心高气傲，不情愿做小。（清·李渔《风求凰》第 27 出）

明代白话小说更多见，如：

（43）待要与他**扯一扯直**，岂知是个僵尸，就如一块生铁打成，动也动不得。（冯梦龙《醒世恒言》卷 38）

（44）取些水来内外**洗一洗净**，抹干了，却把自己钱包行李都塞在龟壳里面，两头把绳一绊，却当了一个大皮箱了。（凌濛初《初刻拍案惊奇》卷 1）

（45）又在桌上取过一盘猪蹄来，略**擘一擘开**，狼飧虎咽，吃个罄尽。（凌濛初《二刻拍案惊奇》卷 27）

（46）走到房中，看见些抄誊二三场括帖，笑道："……还同我去吃些酒，把胸中宿物

浇洗一浇洗，去窠窝去走一走，把这些腐板气淘一淘净……"（陆云龙《清夜钟》第 13 回）

（47）富尔谷道："我说叫先生阿爱也晓得有才，二来敲一敲实。"（陆人龙《型世言》第 13 回）——另第 21 回有"做一做破"、第 25 回有"说一说明，表一表正"、第 29 回有"移一移近"、第 31 回有"烘一烘干"、第 37 回有"讲一讲明"。明清白话文献中，《型世言》是用得较多的。

（48）杨员外一把扯住，道："……足下若不弃嫌，何不同进草堂，着家僮丛起火来，把身上衣服烘一烘干，再暖些酒，御一御寒，就在此草榻了一夜，待明蚤地上解了冻，再去何妨。"（金木散人《鼓掌绝尘》第 31 回）——另第 37 回有"讲一讲明"。

（49）滑仁道："……特来沽一壶浇一浇隐。"（无名氏《一片情》第 10 回）

清代白话小说也有不少例子，如：

（50）且说仇七妈对邬云汉道："这财礼的话，待咱进去讲一讲定。"（酌玄亭主人《闪电窗》第 4 回）

（51）素臣出院，寻见鞋子，带湿穿着，提那夹被，却水浸透了，递与何氏道："快替我烘一烘干。"（夏敬渠《野叟曝言》第 15 回）

（52）那静空僧把衲褶卸去，里边元色布密门钮扣的紧身，把头上金箍捺一捺紧，将刀倒插在背后腰内。（唐芸洲《七剑十三侠》第 7 回）

（53）（平儿）说着，把身子凑一凑近，悄悄说道："就为宝玉和宝姑娘两个人，如今八下里都抱怨到他身上来。……"（归锄子《红楼梦补》第 15 回）

（54）藕香道："我的意思便是想打明儿起，烦宝兄弟和珍爷一块儿去把咱们家和万丰的往来账结一结清楚呢，只不知宝兄弟可能放出点性灵出来，清清头头的干一会事。"（天虚我生《泪珠缘》第 88 回）

（55）施妈去后，玉卿暗想："今日把心迹表一表明，倒也好。但是他果然要认起真来，到底依他不依？"（兰皋主人《绮楼重梦》第 38 回）

（56）护院道："……但是令亲那里，你也应该复他一电，把底子搜一搜清，到底是怎么一件事。"（李伯元《官场现形记》第 4 回）

（57）就把店里的账结一结清，把存的米谷等类，抵给隔壁杂货铺里，算了一百吊钱，连夜收拾细软，带了家眷逃往他方去了。（李伯元《活地狱》第 39 回）

（58）他说："我去把我的头颈骨儿摆一摆牢。"（亡国遗民之一《多少头颅》）

（59）心纯道："有这等事？我们政府怎么也不查一查实在，就签押的？"（无名氏《苦社会》第 37—38 回）

（60）那伙计知是生意到了，随过来将灯挑一挑亮，跟手四托烟送到，差人地保相对躺下。（旅生《痴人说梦记》第 1 回）

（61）阿珠道："中意末，只要拿前头格长头发梳点下来，有剪刀一剪，小木梳一梳，刨花水刷一刷光，就卷仔起来，搭俚笃一样哉。"（梦花馆主江阴香《九尾狐》第 22 回）

（62）本家儿就求他开丸方子，喝，海马、鹿茸、於术、人参，胡这们一稿，当时本家儿就求他配，他说："您先在药铺打一打好。"（松友梅《小额》）

上例很是特殊，因为作者是地道的北京人，与《儿女英雄传》有"VVR"一样，竟然也有"V 一 V+ 结果补语"，很是珍贵。

（63）乳母道："……你这昏官，你要打也不妨，你总应该先问一问明罪状。"（张肇桐《自由结婚》第 9 回）

3. V 了 V+ 结果补语

明清白话文献还有一种特殊的重叠形式，即"V 了 V+ 结果补语"。"V"既有单音节，又有双音节。如：

（64）他将那身体全形出来了，将那一双小小金莲，放过去了，一只搁在楼窗以外，将手中的麈尾，插在那脖子以后，一手拿著汗巾，将那绣花底马鞋上的产土，轻轻的打扫了打扫好，又将那瓜子儿放在手，小十指尖尖放在那樱桃口内，未唇启动，碎玉密排，一行呵著瓜子。（明·无名氏《桃花庵》第 4 回）

上例是"VP 了 VP"带结果补语，目前只发现上举 1 例。

（65）范公子猜他逃军，问了问详细，越发欢喜，起来告辞："我回去，打发小女来。"（《聊斋俚曲集·翻魇殃》第 10 回）

上例作者是山东人蒲松龄，也属北方方言，是值得重视的。

据崔山佳（2011），近代汉语动词重叠形式多样，但不见上例这种"V 了 V+ 结果补语"形式，上面也是目前所见唯一的例子。

从类型学角度看，虽然"VP 了 VP+ 结果补语""V 了 V+ 结果补语"只有各 1 例，但很有价值。

归纳近代汉语的动词重叠带结果补语，"V"基本是单音节，双音节罕见，结果补语也是既有单音节，又有双音节。文体上以白话小说与戏曲为主，弹词、民歌、笑话偶见。

（三）《官话问答便语》与清末传教士文献的"V（一）V+ 结果补语"

1.《官话问答便语》的"VV+ 结果补语"

《琉球官话课本三种》包括《官话问答便语》《白姓官话》《学官话》，据有人研究，《官话问答便语》作于 18 世纪初期（1703 年或 1705 年）。从内容看，《官话问答便语》基本是福州"对外汉语"老师为来华学习的琉球学生编写的实用口语教材，说明 18 世纪初期福州方言（属闽东方言）已有"VV+ 结果补语"，如：

（1）我这几件衣裳腌臜得狠，你替我拿去洗洗干净些，用米浆浆浆，看有线缝裂处，帮我缝一缝；有破的所在，帮我补一补。（《官话问答便语》第 15 条）

2. 清末传教士文献的"VV+ 结果补语"

清末传教士文献的"VV+ 结果补语"数量更多。反映 18 世纪中期宁波方言基本面貌的《路加传福音书》（1853）有"VV+ 结果补语"，如：

（2）……先生，等我个兄弟话一声，阿拉遗落个产业讴渠等我大家**分分开**……夫子，请你吩咐我的兄长和我分开家业。（12：13）［转引自林素娥（2021：21）］

《汇解》中也有好几例，如"照次序**整整好**"。（第26页）"意思摊°摊°开"。（第120页）"**揾揾湿**"。（第123页）"扇子**摊摊开**"。（第168页）"**挂挂好**"。（第213页）"**弄弄湿**"。（第299页）"表**对对准**""表**对对正**"。（第421页）

上海传教士文献更多，如：

（3）碗要**净净**潟沥。［（英）麦高温《上海方言习惯用语集》（1862：11）］

（4）第双鞋子担去**刷刷亮**。［《上海方言习惯用语集》（1862：39）］

（5）到困快前后门要**关关好**。［《上海方言习惯用语集》（1862：41）］

（6）第双鞋子我嫌忒紧要**排排宽**。［《上海方言习惯用语集》（1862：86）］

（7）第个帽子侬要忒忒我担帽块头来**排排大**。［《上海方言习惯用语集》（1862：88）］

（8）一把茶壶跌扁哉，要担去**敲敲好**。［《上海方言习惯用语集》（1862：89）］

（9）眼睛**睁睁开**。［（法）无名氏《松江方言练习课本》（1883：34）］

（10）各处**揩揩干净**，灶头上、地上拢总**收作收作好**，家生**摆摆齐整**，……一总个锅子，齐要**擦擦亮**，灶上也要揩脱，点油腻**擦擦亮**。［《松江方言练习课本》（1883：238）］

（11）空地上先要浇粪，歇之几日末要**拉拉平**，**削削细**。［《松江方言练习课本》（1883：266）］

（12）担树放拉当中，小心勿要歪。然后四面放泥，拿根木头**敲敲结实**。［《松江方言练习课本》（1883：275）］

（13）痰盂满拉起者，担去倒脱之，**弄弄干净**再放拉搭。［（法）无名氏《土话指南》（1908：104）］

（14）米粒头，**弄弄碎**，勿要太薄咾太厚，中中教顶好。［《土话指南》（1908：110）］

（15）担包袱盖拉上头，四面**挨挨紧**。［《土话指南》（1908：117）］

（16）墙上个蓬尘要拍脱，塌子**揩揩干净**，窗上玻璃亦揩个揩。［《土话指南》（1908：124）］

（17）衣裳味，**叠叠好**。［《土话指南》（1908：126）］

（18）**挨挨紧**，勿要让伊动咾动。［《土话指南》（1908：129）挨紧了，别让他动啊动的。］

（19）担外势一众个事体，从头到底，亦侪**算算清楚**。［《土话指南》（1908：136）］

（20）我个衣裳醒黜来死，所以我叫我个佣人**刷刷好**。［（美）卜舫济《上海方言课本》（1913：88）］［以上例句转引自钱乃荣（2014）］

例（10）的"收作收作好"也是双音节动词带结果补语，也是珍贵的例子。补语有的是单音节，有的是双音节。

钱乃荣（2014：203）指出，"VVC"也是一种常见的形式，它一定出现在定指对象后表示短时反复，而且都是将来时态用于未然形的句子中，表示希望产生的结果。

《土话指南》中也有"收作收作好"，如：

（21）格昧侬担到修马鞍辔个店里去<u>收作收作好</u>。（第 3 卷第 16 章）

3. 清末传教士文献的"V 一 V+ 结果补语"

传教士文献也有"V 一 V+ 结果补语"，如：

（21）第根铁依忒我摆垃炉灶里煨红仔咾<u>敲一敲直</u>。〔（英）麦高温《上海方言习惯用语集》（1862：89）〕

（22）第本书要担去<u>切一切齐</u>。〔《上海方言习惯用语集》（1862：103）〕

相比于"VV+ 结果补语"数量要少得多。

4. 清末传教士文献的"V 个 V+ 结果补语"

传教士文献还有"V 个 V+ 结果补语"，如：

（23）我要<u>办个办清爽</u>。〔（英）艾约瑟《上海方言口语语法》（1868/2011：151）〕

上例是唯一的例子，但很有类型学意义。

（四）现代吴语的动词重叠 + 结果补语

1. 吴语的"VV+ 结果补语"

1.1 吴语区作家作品的"VV+ 结果补语"

吴方言区作家作品有不少动词重叠带结果补语的例子，如：

（1）我这回，就是为此特地来<u>说说清楚</u>的。（鲁迅《祝福》）

（2）她的高高的鼻梁，和北方人里面罕有的细白的皮色上，穿戴了这些外国衣帽，看起来的确好看，所以我就索性劝她<u>买买周全</u>，又为她买了几双肉色的长统丝袜和一双高底的皮鞋。（郁达夫《迷羊》）——另有"洗洗干净""说说明白"。

（3）就把框子边上留着的玻璃片<u>拆拆干净</u>，光把没有镜片的框子带上出去，岂不好么？（郁达夫《二诗人》）

（4）但是锡山一停，惠山一转，遇见了些无聊的俗物在惠山泉水旁的大嚼豪游，及许多武装同志们的沿路的放肆高笑，我心里就感到了一心的不快，正同被强人按住在脚下，被他强塞了些灰土尘污到肚里边去的样子，我的脾气又发起来了，我只想登到无人来得的高山之上去尽情吐泻一番，好把肚皮里的抑郁灰尘都<u>吐吐干净</u>。（郁达夫《感伤的行旅》）

（5）临上法场的时候，他托我："大哥，<u>做做好些</u>。"（柔石《刽子手的故事》）

（6）妇人在他后面啜泣地说道："<u>走走快些</u>，<u>抱抱紧些</u>，莫忘记了拉铃。"（柔石《摧残》）

（7）但他立即很不放心似的看着他的同伴们，提出一个问题来："外国调查员讲得拢喂？顶好是<u>讲讲拢</u>，勿要再打。"（茅盾《故乡杂记》）——"拢"是趋向动词，是趋向补语。

（8）"……今儿它既然遭了天条，倒要走螺蛳滩一趟去<u>看看明白</u>。"（茅盾《老乡绅》）

（9）每当他感到这一类的动作太多是太多了的时候，他会说："让我先去把那几页讲义写写完吧。"（杜衡《重来》）——另有"认认清楚"。

（10）他把领带拉拉直，一溜烟跑下楼去。（杨绛《ROMANESQUE》）

（11）有这个力气，不好把田地种种熟吗？（高晓声《李顺大造屋》）

（12）程仙露立时沉下脸："本部堂有何难置桌面之事，你倒要说说清楚！"［东方明《东厂与西厂》第四部分第66节，弑帝事件（3）］

上面的作家都是吴语区人，有的是现代作品，有的是当代作品。吴语动词重叠带结果补语的使用频率很高，应该是作家自己方言的体现。

70年代末的电影作品《儿子、孙子和种子》对话中有"说说清楚"，作者为吴语区人。

据贺卫国（2005：102）调查，一些港台武侠小说中，"VV＋形容词（结果）补语"的使用频率相当高，这很可能也是受到作者所在地区方言的影响，如江苏无锡人慕容美的小说《烛影楼红》8次（第3章1次、第5章1次、第7章2次、第15章1次、第17章1次、第32章1次、第34章1次），《一品红》8次（第7章1次、第14章1次、第17章1次、第20章1次、第23章1次、第28章1次、第29章2次），《风云榜》1次（第1章1次）。如：

（13）于是朱元峰将纱巾弹弹干净，摺起放入怀中，迅速转身出屋。（慕容美《一品红》第14章第245页）

（14）"有本事把你自家的老公管管好不就得了！"一位纸烟店老板娘撇着嘴说。（王晓玉《阿花二》）

王晓玉1944年8月出生于上海，1966年毕业于华东师范大学中文系，先后在哈尔滨、南昌、上海等地任教。

（15）到了晚上，我坐在火盆边，就要去睡觉了，把炭基子戳戳碎，可以有非常温暖的一刹那；炭屑发出很大的热气，星星红火，散布在高高下下的灰堆里，像山城的元夜，放的烟火，不由得使人想起唐宋的灯市的记载。（张爱玲《我看苏青》）

（16）然而她紧接着还是恨一声："噢！侬阿哥囥两块肉皮侬也搭伊去卖卖脱！"（张爱玲《中国的日夜》）

张爱玲虽不是吴语区人，但她在上海生活了不短的时间，应该受吴语的影响。

余光中的作品也有，如：

（17）那你来扭扭紧试试看。（《山中十日，世上千年》）

（18）而机器狼群的厉嗥，也掩盖了我的《木屐怀古组曲》：

踢踢踏

踏踏踢

给我一双小木屐

让我把童年敲敲醒

像用笨笨的小乐器

从巷头

到巷底

踢力踏拉

踏拉踢力（《没有邻居的都市》）

余光中 1928 年出生于南京，祖籍福建永春。母亲原籍江苏武进，故也自称"江南人"。他的经历比较复杂，可能受母亲的影响，作品有吴方言的痕迹。

也有动词是双音节的例子，如：

（19）慢着走，我还有一点事情要<u>交待交待明白</u>。（杜衡《人与女人》）

我们在北京大学现代汉语语料库（CCL）中也搜索到一些例子。下面是"清楚""明白"作补语的一些数据：说说清楚（2）、问问清楚（2）、查查清楚（1）、弄弄清楚（3）、看看清楚（1）、算算清楚（1）、说说明白（1）、讲讲明白（2）、想想明白（1）。看其作者，都为吴语区人或在吴语区长期生活，他们是：陆天明、陆文夫、张爱玲、高阳、余秋雨、钱锺书、金庸。

1.2 吴语方言学者研究成果的"VV+ 结果补语"

动词重叠后带结果补语的用法在吴语中使用频率很高。

上海：压压扁、做做光、卖卖脱、擦擦干净、想想明白。（钱乃荣，1997b：57）

江苏苏州：讲讲明白、看看清、汰_洗汰干净、拉拉上。（刘丹青，1986：19）汪平（2009：434）指出："应该特别指出的是，普通话的动词重叠后不能带补语，苏州话不但可以，而且很常见。"如：吃吃脱、弄弄好、烧烧熟、揿揿扁、敲敲碎、走走开、看看穿、塞塞牢、（牙子_{牙齿}）筑筑齐、汰汰清爽。

浙江的面更广。如：排排齐、烘烘干、切切细、填填平、缚缚牢、削削光、讲讲灵清、扫扫清爽。（傅国通，1978/2010：115）

嘉善：看看齐、揩揩干净、笃笃整齐、扎扎牢、敲敲碎、汰汰清爽、吹吹干、烧烧熟。（徐越，1998：73）扫扫干净、看看清、做做好、弄弄整齐、排排齐。（徐越，2001：133）

绍兴：做做好、屏屏清爽。（寿永明，1999：89）做做好、晒晒燥、煮煮熟、浸浸湿、洗洗清爽、收拾收拾拢。（杨葳等，2000：18）但"收拾收拾拢"的"拢"是趋向动词，是趋向补语。又如：

（20）头耘<u>摊摊平</u>，二耘挖挖根，三耘捧捧圆。（杨葳等，2000：328）

浙南瓯语：排排齐、吹吹冷、踏踏平、晒晒燥、压压扁、捏捏紧、摊摊平、烧烧熟、切切细、讲讲灵清、洗洗光生、坐坐端正。（颜逸明，2000：136）

义乌：衣裳洗洗净洁。（方松熹，2000：215）稻种种好再歇力、门钉钉牢便好用、饭食食饱去、泥摊摊平便好种个、门锁锁好、地扫扫净洁、信写写好、话讲讲灵清。（方松熹，2000：246）

施俊（2021：465）也举有一些例子，如：

（21）饭<u>食食完</u>再去得了_{饭吃完再去吧。}

（22）格丘田<u>割割好</u>再［归去］_{这块田的稻谷割完再回家。}

（23）门<u>锁锁好</u>_{把门锁好}！

（24）地扫扫净洁_{把地扫干净}！

江山：摊摊平、拖拖直、扯扯长、扯扯平、带带大、搓搓圆、捏捏扁、拗拗弯、磨磨快、填填平、挖挖塌、算算清、使使光、搣搣开、扭扭开、装装光、捏捏紧、放放宽、燥燥死、晒晒死、冲冲光、怕怕死、赖赖掉、咥咥饱、缚缚紧、压压实、浸浸透、炊炊熟_{蒸蒸熟}、扳扳倒、煮煮烂、理理顺、搵搵死_{淹淹死}、咬咬破、饿饿死。（周建红，2015：12）

温州：晒晒暖、爊爊燔、讲讲灵清。（池昌海等，2004：150–151）吹吹冷、晒晒燥、打打滥_{弄湿}、捹捹平、讲讲灵清、坐坐端正。（郑张尚芳，2008：217）

丽水方言各县：望望／瞅瞅／相相清楚、帮／拨衣裳着着好。（王文胜，2012：242–244）

桐庐方言也有，如：

（25）地扫扫干净。（含有请把地扫干净的语义）

（26）被叠叠整齐。（含有请把被子叠整齐的语义）（《桐庐方言志》，1992：130）

深受北方方言影响的杭州方言也有，鲍士杰（1998，引论：18–19）指出：重叠后带补语，表示请示或命令，如：立立牢｜坐坐正｜扫扫干净｜说尽灵清；还可以在后面带补语，如，拨地扫扫干净｜拨衣裳摺摺好｜拨炉子生生旺｜拨眼睛睁睁大。鲍士杰（2005：94）指出，杭州方言有"拨地扫扫干净、拨衣裳折折好、拨眼睛睁睁大、拨话语说说灵清"等说法。汪化云等（2012：34）认为杭州方言有"烘烘燥、压压扁、拉拉直、坐坐正、弄弄灵清、擦擦清爽"等说法。

向熹（1998：360）认为，动词重叠带结果补语的动词只限于单音节。李珊（2003：120）也认为，重叠动词带补语限于VV式，并且说VPVP从未见到带补语的例子。其实，清代白话小说就有双音节动词重叠后带结果补语的例子，如"察访察访明白"（归锄子《红楼梦补》第40回）、"打听打听明白"（李伯元《文明小史》第45回），还有清末传教士的"收作收作好"。虽然例子很少，但却是真实存在着。

至于吴语例子更多，如绍兴方言有"收拾收拾拢"（是趋向补语），宁波方言的补语可以是单音节，也可以是双音节。上海方言也有，徐烈炯等（1998：162）在说到动词重叠时说："动词一般是单音节的，但是有些双音节也可以，而形容词补语单音节或双音节则都可以。"如：

（27）我搭侬衣裳整理整理好。

（28）房间我搭侬打扫打扫清爽。

（29）我想交代交代清爽。

崇明方言也有"事体交代交代清爽_{事情交代清楚}""小囡教料教料好_{小孩教育好}"，也是双音节动词重叠后带补语。（张惠英，1993，引论：17）

南京方言也有，如"商量商量好"。（刘丹青，1995，引论：27）

可见，向熹（1998）和李珊（2003）说法不符合语言事实。

1.3 曹志耘（2008）的吴语分布范围

据曹志耘（2008：61），吴语动词重叠带结果补语（以"你看看清楚"为例，是"单音节动词重叠加补语") 的方言点很多。

浙江：湖州、长兴、安吉、孝丰（旧）、武康（旧）、德清、崇德（旧）、嘉兴、嘉善、平湖、海盐、海宁、桐乡、杭州、余杭、萧山、富阳、临安、昌化（旧）、于潜（旧）、桐庐、分水（旧）、新登（旧）、绍兴、上虞、诸暨、嵊州、新昌、鄞州、镇海、余姚、慈溪、奉化、宁海、象山、舟山、金华、汤溪（旧）、义乌、东阳、浦江、兰溪、武义、永康、缙云、磐安、衢江、开化、常山、龙游、江山、丽水、宣平（旧）、松阳、云和、龙泉、遂昌、庆元、景宁吴、青田、天台、三门、临海、仙居、黄岩、温岭、玉环、温州、永嘉、洞头、瑞安、文成、平阳、泰顺吴、苍南吴，有 75 个点。

江苏：苏州、吴江、昆山、太仓、常熟、无锡、常州、张家港、江阴、宜兴、金坛、溧阳、丹阳、高淳、溧水、海门、启东、通州、靖江吴，有 19 个点。

上海：宝山、奉贤、嘉定、金山、闵行、南汇、浦东、青浦、上海、松江、崇明，全是吴语，有 11 个点。

安徽：黄山区、泾县、青阳、池州、南陵、铜陵、繁昌、宣城、当涂，是吴语，有 9 个点。

江西：广丰，1 个点。

2. V—V+ 结果补语

现代作品也有 "V—V+ 结果补语"，如：

（30）她也明明知道我这意思，可是和顽强不听话的小孩似的，她似乎故意在作弄我，要我<u>着一着</u>急。（郁达夫《迷羊》）——另有 "分一分开"。

（31）因为诗人今天在洋车上发见了 "革命诗人" 的称号，他觉得 "末世诗人" 这块招牌未免太旧了，大有<u>更一更</u>新的必要，况且机会凑巧，也可以以革命诗人的资格去做它几天诗官。（《二诗人》）

（32）对这事情，我也不想多说，但是她既然要走，何不好好的走，何不预先同我说<u>一说</u>明白。（郁达夫《她是一个弱女子》）——另有 "穿一穿好"。

（33）"……你今天回去，请你先把这一层意思对你两老说<u>一说</u>明白，等案件办了之后，我们再来提议婚事……"（郁达夫《出奔》）

（34）请你替我扫<u>一扫</u>干净，免得搬来之后着忙。（郁达夫《沉沦》）

（35）既是这样，我倒也不愿意轻轻的过去，倒要看<u>一看</u>清楚，能使他那样地入迷的，究竟是一部什么经。（郁达夫《瓢儿和尚》）

（36）于是我就注意看了看四边的景物，想证<u>一证</u>实我这身体究竟还是仍旧活在卑污满地的阳世呢，还是已经闯入了那个鬼也在想革命而谋做阎王的阴间。（郁达夫《感伤的行旅》）

（37）等年假考<u>一考</u>完，于一天冬晴的午后，向西跟着挑行李的脚夫，走出候潮门上江干去坐夜航船回故乡去的那一刻的心境，我到现在还不能忘记。（郁达夫《大风圈外——自传之七》）

（38）明天打算去<u>查一查清</u>，做一篇答复他的文章，在《创造》第七期上发表。（郁达夫《新生日记》）

（39）冯文先生<u>坐一坐正</u>。（巴人《乡长先生》）

（40）大姊又拿缝纫用的尺和粉线袋给我在先生交给我的大纸上弹了大方格子，然后向镜箱中取出她画眉毛用的柳条枝来，<u>烧一烧焦</u>，教我依方格子放大的画法。（丰子恺《学画回忆》）

（41）我跟她到了家里，她随手拖一条长凳掀起衣角<u>抹一抹干净</u>，说道："家里是糟得不成样子的，请坐罢，先生。"（许志行《师弟》）

（42）陌生？<u>认一认清楚</u>吧。（杜衡《人与女人》）

（43）我刚要发作，小姐又说："呀，我的鞋尖儿践了这么些尘土！你给我<u>拭一拭净</u>。"（穆时英《南北极》）

贺卫国（2005：102）认为"V一V+结果补语"格式似乎在"五四"以前就被淘汰了，并在注释中指出："邢福义先生在《说'V一V'》一文指出，1996年中央电视台现场直播乒乓球两位女选手的擂台赛，解说人有'揩一揩干净'的说法。但是，我们在现当代文学作品与现代汉语方言中都没有见到'V一V+补语'的用例。也许，该例'V一V+结果补语'是说话者无意中受到'VV+结果补语'格式的影响而套用的？"此说法值得商榷，前面已举有现代作品例子。我们在电视连续剧《还珠格格》和续集中也曾听到，剧中既有"说说清楚"的说法（晴儿），又有"看一看清楚"的说法（柳青）。谭兰芳（2006：67）也举有"扱一扱牢"的例子：

（44）有时碰到需要别人抱一抱小孩时，就说："帮我<u>扱一扱牢</u>。"

（五）其他方言的"VV+结果补语"

1. 曹志耘（2008）其他方言分布

据曹志耘（2008：61），其他方言动词重叠带结果补语（以"你看看清楚"为例，是"单音节动词重叠加补语"）的方言点也很多。

浙江：淳安、建德、寿昌（旧）、遂安（旧）是徽语，苍南闽是闽语，景宁畲是畲话。

江苏：南京、南通、丹徒、句容、如皋、扬中、如东、盱眙、泰兴、江都、东台、灌云、靖江官是江淮官话，有13个点，宿迁是中原官话。

安徽：屯溪、歙县、绩溪、旌德、祁门、黟县是徽语，有6个点，广德是中原官话，郎溪、马鞍山是江淮官话，宁国是西南官话，东至是赣语。

江西：进贤、崇仁、东乡、金溪、乐安、黎川、资溪、南城、南丰、宜黄是赣语，有10个点，婺源、德兴是徽语，有2个点。

福建：宁德畲、古田、罗源、永安、仙游、莆田、漳平、南安、晋江、长泰、南靖、漳州、龙海、平和、云霄、诏安。罗源、古田是闽语的闽东片，永安是闽语的闽中片，仙游、莆田是闽语的莆仙片，漳州、龙海、长泰、南靖、漳平、南安、晋江、平和、云霄、诏安是闽语的闽南片，有 10 个点，宁德畲是畲话。

台湾：宜兰、台中县，全是闽语的闽南片。

湖南：汝城、新田、新化、古丈、临澧、临湘。其中新化是湘语，汝城是客家话，临湘是赣语，临澧是西南官话，新田是土话，古丈是乡话，比较复杂。

湖北：黄梅、洪湖、监利。其中黄梅是江淮官话，洪湖是西南官话，监利是赣语。

重庆：重庆、大足、武隆，全是西南官话。

四川：华蓥、平昌、盐亭、旺苍、北川、乐山，全是西南官话。

广东：陆丰、海丰、广宁、四会、封开、德庆、云安、郁南、阳西、电白粤、电白闽、茂名、吴川、化州、廉江、徐闻。其中封开、德庆、广宁、四会、云安、郁南、阳西、茂名、吴川、化州、电白粤是粤语，有 11 个点，陆丰、海丰、徐闻、电白闽是闽语的闽南片，有 4 个点，廉江是客家话。

广西：北海、合浦、博白、陆川、北流、容县、岑溪、玉林、兴业、钦州、宁明、龙州、崇左、扶绥、邕宁、南宁粤、南宁平、隆安、武鸣、宾阳、来宾、上林、马山、平果、田东、田阳、巴马、都安、柳江、柳城、象州、宜州、河池、罗城、融水、三江、灵川、蒙山、平南、藤县、荔浦、苍梧、梧州、贺州、钟山、富川。其中北海、南宁粤、容县、玉林、兴业、博白、北流、钦州、岑溪、藤县、苍梧、梧州是粤语，有 12 个点，合浦、荔浦、象州、柳江、陆川是客家话，有 5 个点，宁明、龙州、崇左、扶绥、灵川、巴马、都安、宜州、罗城、钟山、贺州、富川、来宾、柳城、融水、三江、宾阳、邕宁、隆安、武鸣、上林、马山、平果、田东、田阳、平南、蒙山、南宁平是平话，有 28 个点，河池是西南官话。

云南：昭通、永胜、大理、保山、思茅，全是西南官话。

综上所述，赣语（13 个点）、徽语（12 个点）、闽语（22 个点，以闽南片最多）、客家话（7 个点）、粤语（23 个点）、湘语（1 个点），官话系统有西南官话（18 个点）、江淮官话（16 个点）、中原官话（2 个点）。另有平话（28 个点）、畲话（2 个点）、土话（1 个点）、乡话（1 个点）等。以上可见，有"VVR"说法的方言点还是比较多的，共计有 148 个点，涉及不少方言。

另外，曹志耘（2008：61）说"你看看他清楚"的方言点有：福建的德化、永春、泉州，全是闽语闽南片。"你看看他清楚"，用符号代替就是"VVOR"，这另是一种重叠形式，有类型学意义。

曹志耘（2008：61）的调查结果基本是南方方言。其实，其他方言分布的面还要广一些，如：

（1）于是他放下菜担看看，把枪上的韭菜盖盖好，向警察含意地笑笑（有谢谢的意思么？终久是自家人啊，应当有照应的，我愿意向那警察敬礼），然后照常向着市里走他的大路。（吴伯箫《向海洋》）

（2）"……我们的菜饭再不干净难道还会弄脏了你们的嘴？为什么不连肠子肚子都刷刷干净！"说着就笑得弯下腰去。（孙犁《山地回忆》）

吴伯箫是山东莱芜人，孙犁是河北安平人，其方言都属北方方言。不知是作家家乡方言的反映，还是受明清白话文献的影响，还是受鲁迅等吴语区作家的影响等，不得而知。

江苏淮阴方言也有。如：门关关好、地扫扫干净。这类动词重叠都用于祈使句（黄伯荣，1996：260）。江淮官话的底层是吴语，淮阴方言有"VV+结果补语"是有可能的。

广东汕头方言：卖卖掉（施其生，1997：82）。潮阳方言：割割断、剁剁掉、扫扫清（张盛裕，1979/2016：128-129）。澄海方言的单音节动词重叠后表示强调，可以带上"掉""死""破"等结果成分，如：踢踢掉、写写好、卖卖掉（林伦伦，1996：231-232）。揭阳方言也有（黄瑞玲等，2021：216）。福建永春方言：撖撖破（林连通，1995：455）。漳州方言：砍砍献（马重奇，1995：128）。以上都是闽语。

云南昆明方言大量使用"VV+结果补语"（荣晶等，2000：64-65）。通海方言：压压扁、搓搓热、抐抐拢、抹抹平（杨锦，2008：67）。以上都是西南官话。

以上所举方言有"VV+结果补语"为曹志耘（2008：61）所未提到。

更奇怪的是，荷兰人高罗佩的《狄仁杰断案传奇》也有，如：

（3）丁香小姐正待发作，狄公起身告辞，示意陶甘随他出来，低声吩咐道："……对，欧阳小姐再露面时，你定要<u>问问清楚</u>，她在大厅里究竟待了多少时间，她不可能分身出现在两个地方。"（第6章）

高罗佩是荷兰人，他没有汉语方言背景，其作品也有"问问清楚"的说法，显得很有意思。

2. 北京大学现代汉语语料库（CCL）的"VV+结果补语"

北京大学现代汉语语料库（CCL）也有一些例子。下面是"清楚""明白""干净""好"作补语的一些数据：说说清楚（24）[①]、搞搞清楚（3）、问问清楚（13）、讲讲清楚、查查清楚（3）、弄弄清楚（9）、想想清楚（4）、听听清楚（2）、看看清楚（13）、摸摸清楚（4）、算算清楚（1）、说说明白（2）、问问明白（2）、讲讲明白（1）、查查明白（1）、想想明白（1）、看看明白（1）、揩揩干净（2）、擦擦干净（2）、洗洗干净（3）、做做好（2）、坐坐好（1）、放放好（3）、摆摆好（1）、弄弄好（1）。

上面的"AA+补语"，有的出现在《人民日报》《1994年报刊精选》《读书》和《读者》合订本等报刊上；有的出自北京作家笔下，如舒乙、邓友梅、王朔、礼平等；有的出自山东作家笔下，如冯德英、季羡林、王海鸰；有的出自安徽作家笔下，如周而复、陈桂棣、春桃；有的出自湖南作家笔下，如叶紫[②]；有的出自广东作家笔下，如欧阳山；有的是江苏人，如子川为江苏高邮人，属江淮官话；有的是江西人，如胡辛；也有出自港台作家笔下，如琼瑶（籍贯湖南）、古龙（籍贯江西南昌）等；还有不少翻译作品，译者籍贯较复杂。

其他方言也有不少例子，[可参看崔山佳（2018a）]。

---

① 数字表示出现次数。
② 沈从文是湖南湘西凤凰人，张天翼是湖南湘乡人，他们的作品中也有"VV+结果补语"。

3. 海外华语的的"VV+ 结果补语"

就连泰国潮州话也有"VV+ 结果补语",表示动作的随意性。如:

(4)床顶撮书<u>收收埋</u>(把)桌上的书收起来。

(5)无用个物件<u>硘硘掉</u>(把)没用的东西埋掉。

(6)块菜<u>择择好</u>(把这)些菜捡好。(陈晓锦,2010:322)

曹志耘(2008:61)未见潮州方言有"VV+ 结果补语",其实潮州、汕头方言有"VV+ 结果补语"。欧俊勇等(2011:101)认为,在语音上存在重叠音变现象,语义上可分为"增量"和"减量",表"增量"是古汉语在潮汕方言中的保留,表"减量"是后期由于搭配的补语的虚化而逐渐形成的,附近的汕头等方言也有。或许当时潮州人迁徙去泰国时,潮州方言就有"VV+ 结果补语",他们到了泰国,把"VV+ 结果补语"也带去了。

新加坡华语也有,陈重瑜(1986:140)指出,新加坡华语中动词重叠亦可表动作之完成。此乃闽南语之影响,如:

(7a)这些书<u>收收起来</u>。　　　　(7b)都收起来。

(8a)把它<u>吃吃掉</u>。　　　　　　(8b)(都)吃了(～掉 ～完)。

(9a)把错的地方<u>改改好</u>。　　　　(9b)都改好。

例(7)的"收收起来","起来"是趋向动词,是趋向补语。陈重瑜(1986:140)明确指出,新加坡的动词重叠 + 补语也是来自中国大陆的方言闽南语。

美国"华人今日网"中也有"挤挤掉"的说法(陶红印,2022:31)。这说明,"VV+ 结果补语"已经随着华人来到了太平洋彼岸。

(六)古今比较

1. 分布范围

近代汉语"VV+ 结果补语"多属吴语,属北方方言的只有极少例子。到了现代,虽然仍然以吴语为主要分布区域,但其他方言的分布也较广,这从曹志耘(2008:61)及我们补充的材料可知。同时,随着华侨迁徙,连泰国的潮州话、新加坡的华语、美国的"华人今日网"也有。

周海清(2002:512)指出,另外一些华语口语里常用的格式,如"跑快快、吃好好、坐直直"等,也是普通话里所没有的。后面有一注释说明:陈建民(1984:28)指出,近年来,这种格式已经开始在北京口语里听到。像"你说说清楚"。北方方言作家端木蕻良的小说《曹雪芹》(上卷)里有"你那功课什么的,也得抓抓紧了"。

我们以为,周海清(2002)这里理解错了,周海清(2002)说的是"V+AA",是单音节动词带的补语是形容词重叠,陈建民(1984)所说的是动词重叠带结果补语,两者的性质是不同的。但这里也告诉我们,北京口语里已经有"VV+ 结果补语"是无疑的了。

2. "VV+ 结果补语"与"V 一 V+ 结果补语"的使用频率

明清白话文献的"VV+ 结果补语"与"V 一 V+ 结果补语"虽然使用频率是前者高，但"V 一 V+ 结果补语"也有一定的数量。现代吴语"VV+ 结果补语"使用频率较高，"V 一 V+ 结果补语"使用频率较低，两者差距很大。好多方言现已基本不说"V 一 V+ 结果补语"。

3. 变式

3.1 "V 了 V+ 结果补语"

清·蒲松龄《聊斋俚曲》有 1 例"V 了 V+ 结果补语"，如：

（1）范公子猜他逃军，问了问详细，越发欢喜，起来告辞："我回去，打发小女来。"（《聊斋俚曲·翻魇殃》第 10 回）

现代作品也有"V 了 V+ 结果补语"，如：

（2）把头移将过去，只在她的嘴上轻轻地吻了一吻，我就为她的被盖了盖好，因而便好好的让她在做清净的梦。（郁达夫《迷羊》）

（3）冯世芬两手抚着她的头，也一句话都不说，由她在那里哭泣，等她哭了有十分钟的样子，胸中的郁愤大约总有点哭出了的时候，冯世芬才抱了她起来，扶她到床上去坐好，更拿出手帕来把她脸上的眼泪揩了揩干净。（郁达夫《她是一个弱女子》）

"V 了 V+ 结果补语"或许是"V 一 V+ 结果补语"的类推。

其他作品也有，如：

（4）（武松）把玄色勒腰带收了收紧，打了两个结，带头儿朝左右一塞："诸位，随我来，看咱举！"（王少堂口述《武松》第 505 页）

上面 3 例与例（1）性质是一样的，郁达夫与王少堂是否受《翻魇殃》的启发不得而知。

3.2 "V 了 一 V+ 结果补语"

郁达夫作品还有"V 了 一 V+ 结果补语"，如：

（5）她的鼾声忽然停止了，质夫骤然觉得眼睛转了一转黑，好像从高山顶上，一脚被跌在深坑里去的样子。（郁达夫《空虚》）

（6）我把那些妄念辟了一辟清，把头上的长发用手理了一理，正襟危坐。（郁达夫《迷羊》）

（7）一走上楼，两人把自杭州带来的行李食物等摆了一摆好，吴一粟就略带了一点非难似的口吻向她说："你近来为什么信写得这样的少？"（郁达夫《她是一个弱女子》）——另有"穿了一穿好"。

（8）他在暗中又笑开了口，急忙把纸币收起，拿出手帕来向嘴上的鼻涕擦了一擦干净，便亭铜亭铜的走下扶梯来，打算到街头去配今天打破的那副洛克式的平光眼镜去。（郁达夫《二诗人》）

（9）他把公式演题在黑板上写满了，又从头到尾的看了一遍，看看没有写错，又朝黑

板空咳了两三声，又把粉笔放下，将身上的粉末打了一打干净，才慢慢的转过身来。（郁达夫《杨梅烧酒》）

（10）午后把创造社积压下来的社务弄了一弄清，并将几日来的日记补记了一下，总也算是我努力的一种表白。（郁达夫《闲情日记》）

贺卫国（2008：53）指出，就已经调查的语料看，只有郁达夫作品使用"V了一VA"格式。郁氏作品中的"V了一VA"格式是当时浙江富阳话的真实反映还是郁氏自己的个人"创造"？根据现有的研究情况，似乎还难以下结论，尚需作进一步的考察。不过，结合前面列举的几种重叠格式看，前者的可能性似乎很大，因为这完全符合语法规则的类推规律。

我们的看法是，"V了V+结果补语"与"V一V+结果补语"［可参看崔山佳（2003，2011），VV+结果补语重叠式最多，V一V+结果补语重叠式次之］在近代汉语都有用例。看来，"V了一V+结果补语"是"V了V+结果补语"与"V一V+结果补语"的套叠，具有类型学意义。

郁达夫既有"V一V+结果补语"，又有"V了V+结果补语"，"V了一V+结果补语"又是"V了V+结果补语"与"V一V+结果补语"的套叠，所以它是郁达夫自己个人"创造"的可能性大。

3.3 "VV+结果补语+看"重叠式

徐越（1998：73-74）指出，浙江嘉善方言有"VVR+看"的用法："VV+补+看。即动词重叠带补语构成动补词组，再加后缀'看'。"如：旋旋紧看、揩揩清爽看、倒倒干净看、写写端正看、涂涂红看、烘烘干看。

上海方言也有类似的说法，徐烈炯等（1998：192）指出："动词重叠并且带上补语以后，还可以再带助词'看'。"如：

（11）侬汏汏清爽看。

（12）侬摆摆好看。

嘉善、上海方言的"VV+补+看"更有特点，既有"VV+结果补语"，又有"VV+看"，是两者的叠置，是十分罕见的用法，与前面"V了一V+结果补语"一样，也具有类型学意义。

3.4 "VP一VP+结果补语"

现代作品有"VP一VP+结果补语"用例，如：

（13）我们得打算一打算好。（丁玲《水》）

目前只找到这1例，但却很有类型学意义。现代作品有一些"VP一VP"形式，如梁启超、郁达夫、柔石、巴人、冯文炳、张天翼等，丁玲可能受这些作家的影响，也有可能受明清白话文献的"感染"。在她的潜意识中，有"VP一VP"形式，也有可能受明清白话文献不少"V一V+结果补语"的影响，把两者叠合在一起，就变成了"VP一VP+结果补语"。

4."V+ 结果补语"与"VV+ 结果补语"的区别

相同的句子结构，动词重叠与否，语义有所不同。如桐庐方言中的"地扫扫干净"，"干净"只是说话人所祈使的行为结果，并没有成为现实。因此，"扫扫"前不能受副词"已经"的修饰，句末也不能有时态助词"嘞"（相当于"了"）。而"地扫干净"，"干净"可以是已经实现的行为结果，"扫"前能受"已经"修饰，句末能有助词"嘞"，可以说"地已经扫干净嘞"。动词重叠后的结果补语，一般都是由"干净""整齐"等表示积极意义的形容词担任。如：桌子擦擦干净、账算算灵清、字写写清楚、衣裳穿穿整齐、柴捆捆扎滋_结实、饭吃吃饱、补补牢、坐坐好、隑隑_站稳（《桐庐方言志》，1992：130-131）。

我们以为，这还不全面，还有语气问题。如"把地扫扫干净"，是祈使，是请求，语气缓和，而"把地扫干净"，似乎有点命令的语气，比较生硬。正因为如此，"VV+ 结果补语"有其存在的必要。

5.VV+ 趋向补语

从类型学角度来看，"动词重叠 + 补语"其实主要有 3 种类型，一种是"VV+ 结果补语"至于另外 2 种，一是"VV+ 趋向补语"，二是"VV+ 数量补语"，明清白话文献也有，现代吴语也有。美国"华人今日网"有"装装进去"的说法（陶红印，2022：31）。但从影响程度、使用频率、方言分布等方面来说，都是"VV+ 结果补语"显赫度更高，是典型用法，其他 2 种都是非典型用法。具体可参看崔山佳（2011）。王健（2007：248-249）也提到"VV+ 趋向补语"，并认为主要集中在吴语和徽语东部的绩溪、歙县，江淮方言中只有南通话有这种格式。

张鸿魁（1995：107）认为，《金瓶梅》中"动词重叠后不能再带其他形式的补语，尤其绝对不能带数量补语。我们只发现几例带趋向补语的，可能是刊刻有衍字漏字，不是实际语言的反映"。对此，贺卫国（2004：27）指出："从上面所举的例子看，《金瓶梅》中动词重叠后带趋向补语的情况并非罕见，属于'刊刻有衍字漏字'的可能性不大。另外，倘若《金瓶梅》中的'AA+ 补语'是'刊刻衍字漏字'所致，《醒世》等明代小说中出现的'AA+ 补语''A一A+ 补语'形式又怎么解释呢？难道全是'刊刻衍字漏字'所致？应该不会这么巧。我们认为，'AA+ 补语'是当时实际语言的反映。"我们以为事实确实如此。因为，不但近代汉语有"VV+ 补语"等重叠形式，现代方言也有，两者都是实际语言的真实反映。

崔雪梅（2004：426）把《型世言》如下的例子也当作"重叠动词与结果补语"，如：

（14）便把一手搭于伦臂上，把鞋跟<u>扯一扯上</u>。（《型世言》第 3 回）

（15）只见耿埴在桶闷得慌，轻轻把桶盖<u>顶一顶起</u>。"（《型世言》第 5 回）

其实，这两例也不是"重叠动词与结果补语"，而是"重叠动词与趋向补语"，因为"上"和"起"是趋向动词，不是形容词。

传教士文献也有，如：

（16）烦劳侬<u>拿一拿进去</u>。[（法）蒲君南《上海方言课本》1939：294]

（17）那么，写字台上有把扇子，顺便儿带了来。"——"写字台上有一把扇子，顺便带一带来。"（丁卓《中日会话集》第 121 页，上海三通书局。注意：不是"带一下来"）（钱乃荣，2003a：284）钱乃荣（2014：203）也举有此 2 例。另有"我今朝忙煞，担物事出理出理起来"（《土话指南》第 114 页）［转引自钱乃荣（2014：200）］。

但与双音节动词带结果补语相比，双音节动词带趋向补语更少见。

十

形容词"AXA"重叠

所谓形容词"AXA"重叠，是指形容词重叠中间加上"X"，这"X"较复杂，有的是程度副词，有的是中缀等，从音节上看，多为单音节，也有双音节，甚至有多音节。

（一）近代汉语的形容词"AXA"重叠

近代汉语已有几种形容词"AXA"重叠。

1. A里A

石汝杰（2009：29）说到近代汉语吴语文献有"A里A"："'里'插入单音形容词的重叠形式中，表示程度很高。"如：

（1）差千差万跌心头，想起情郎嘴薄嚣嚣，真是<u>油里油</u>。（明·冯梦龙《夹竹桃》）

（2）倪吃格嫁人格苦，吃得<u>足里足</u>格哉。（清·张春帆《九尾龟》第37回）

（3）他这头媒已做得<u>错里错</u>了，还要去讨没趣。（清·孙景贤《轰天雷》第10回）

（4）教得老虎<u>熟里熟</u>，赛过白相一只猫，弄一只猢狲。（清·梦花馆主《九尾狐》第37回）

上面未说明"里"属什么性质。石汝杰等（2005：387）收"里"，义项三是"助词"："用在重叠的单音节形容词中间，构成'A里A'格式，作用相当于中缀，表示很高的程度。"词性虽确定为"助词"，但又认为"作用相当于中缀"。其实"里"还是作中缀好。

上面的例子全出自吴语区作品。

此外，一些清代白话小说的回目中也有"AXA"，如：

（5）<u>错里错</u>安贵妃五更拼命　疑上疑文丞相一旦骄人（夏敬渠《野叟曝言》第116回）

（6）<u>错里错</u>二美求婚　误中误终藏醋意（蕙水安阳酒民《情梦柝》第15回）

（7）情中情因情感妹妹　<u>错里错</u>以错劝哥哥（曹雪芹、高鹗《红楼梦》第34回）

《野叟曝言》的作者夏敬渠是江苏江阴人，为吴语区作家。《情梦柝》作者姓氏不详，生平亦不可考。《红楼梦》的作者曹雪芹少时在南京生活过，可能受吴语影响。"A里A"大概是吴语色彩的用法。

2. A打A

"A打A"近代汉语多见。蒋宗福（2005：99）收"打"："助词。插在某些单音节词重叠中间，表示强调。"如：

（8）<u>单打单</u>一世无婚配，<u>精打精</u>到老受孤凄，<u>光打光</u>长夜难支对。（明·冯惟敏《僧尼

—— 177 ——

共犯》第 4 折）

（9）如今没别的，水过地皮湿，姑娘就是照师傅的话，<u>实打实</u>的这么一点头，算你瞧得起这个师傅了。（《儿女英雄传》第 27 回）

蒋宗福（2005：99）指出，《汉语大词典》"打"未及此义。

《现代汉语词典》（2016：253）"单"义项一是："只有一个的（跟'双'相对）。"义项二是："奇数的（1、3、5、7 等，跟'双'相对）。"以上 2 个义项的"单"都注明是形容词中的属性词（区别词），但从广义来看，也是形容词。例（8）的"精"和"光"，语义与"单"相近，有一词是"精光"，《现代汉语词典》（2016：689）语义有二，其一是："一无所有；一点儿不剩。""精"和"光"在此就义同"精光"［《现代汉语词典》（2016：485）"光"义项九是："一点儿不剩；全没有了；完了。"］。例（9）的"实"也是形容词。

《聊斋俚曲集》"A 打 A"例子更多，如：

（10）止有女婿人一个，或者他俩<u>平打平</u>，谁打过谁来谁得胜。（《翻魇殃》第 1 回）

（11）仇福子<u>净打净</u>，都说他太无成，如今倒弄得有凭证。（《翻魇殃》第 8 回）——另《俊夜叉》有"我要撩个净打净"，"输赢的叫他净打净"。《穷汉词》有"醒来还是净打净"。

（12）出上捱了一顿打，浑身转了个<u>精打精</u>；<u>精打精</u>，气难争，倒弄的难听难听又难听。（《富贵神仙》第 7 回）

《聊斋小曲》也有，如：

（13）抓起骰来热了盆，一输输了个<u>净打净</u>。（《赌博五更曲》）

黄碧云（2004）提到"打"做中缀用法近代汉语已有，不过例子较少，只举例（8）。

其实近代汉语还有例子，除上所举外，尚有：

（14）和尚相打<u>光打光</u>，师姑相打扯胸膛。（明·冯梦龙《山歌》）

（15）到了明日，张狼牙当先出阵，高叫道："……你今日<u>明打明</u>的出来，我和你杀三百合来，你看一看。"（明·罗懋登《西洋记》）第 62 回）

（16）内中也有游花僧人，只道成员外的小老婆出家，不知怎生丰彩，往往走来摩揣，又从人头讨着了个<u>实打实</u>的风声，都不来了。（明·西子湖伏雌教《醋葫芦》第 12 回）

（17）四鬓<u>精打精</u>，强把光头罩。（明·无名氏《续西游记》第 47 回）——另第 89 回还有 1 例"精打精"。

（18）夏鼎道："……大哥若失了肥业厚产，与我一样儿<u>光打光</u>，揭账揭不出来，他们怕大哥做什么？……"（清·李绿园《歧路灯》第 84 回）

（19）只见他未曾开口，脸上也带三分恶色，才笑容可掬的说道："……'如今我竟要求你的大笔，把我的来踪去路，<u>实打实</u>，有一句说一句，给我说一篇，将来我撒手一走之后，叫我们姑爷，在我坟头里立起一个小小的石头碣子来，把老弟的这篇文章镌在前面儿，那背面儿上可就镌上众朋友好看我的'名镇江湖'那四个大字。……'"（清·文康《儿女英雄传》第 32 回）

（20）店家闻听这句话，他的那，眼望承差把话云："我瞧这小子不成器，早晚间，输他娘的<u>精打精</u>。"（清·无名氏《刘公案》江宁府二部第 3 回）——另都察院二十四部第 2 回还有 1 例 "精打精"。

（21）唐答曰："若好讲，便不是番仔；若<u>硬打硬</u>，便是吕宋加溜巴。"（清·里人何求《闽都别记》第 285 回）

（22）那矮人说："要问你大王爷，居住五华山鸳鸯岭。姓皮，我叫皮虎，外号人称三尺短命丁。你们两个人既是帮外人，我问你是<u>单打单</u>个，还是两打一个呢？"（清·石玉昆《小五义》第 131 回）

（23）众人往两边一闪，智爷脚落地面，东方明说："你们若拿不住这人，等二员外上去，我平生永不喜以多为胜，总是<u>单打单</u>我才动手哪。"（清·石玉昆《续小五义》第 55 回）

（24）左右冲突，虽然着挞者无不毙命，奈将多士众，终不肯退，乃认定东面<u>硬打硬</u>出。（清·汪寄《海国春秋》第 18 回）

以上是白话小说。明清戏曲也有，如：

（25）（净）这稍公稍婆无礼，怎说没老婆的<u>光打光</u>？（明·沈采《四节记·赤壁怀古》）

（26）【山歌】舡稍公娶得个少年娘，横双双了竖双双，好似一对鸳鸯常作伴。笑杀那没老婆的<u>光打了光</u>。（净）这稍公舟婆无理，怎说没老婆的<u>光打光</u>。你见我是出家人没老婆，头又是光的，故意嘲我是光打光。[明·沈采《四节记·赤壁记》（一）兴游赤壁]

上例除了有 "光打光" 外，还有 "光打了光"，更特殊。

（27）昨日将棉袄脱下来，当了五百文，指望翻本；骰子没眼睛，几掷幺二三，输得<u>光打光</u>。（清·朱㿟《十五贯》第 9 出）

也有后一个 "A" 是双音节的，如：

（28）谁知陈学究早准备了，冷不防，一连几耳刮子，都<u>实打实落</u>的打在邹东瀛先生脸上。（民国·不肖生《留东外史续集》第 12 章）——另有 2 例 "实打实落"。

"实打实落" 是 "A 打 AB"，下面要说的方言中也有。

"A" 也有双音节形容词，如：

（29）（正旦唱）您脱空脱空，我<u>朦胧打朦胧</u>。（元·无名氏《桃花女破法嫁周公》第 4 折）

上例是目前搜索到的近代汉语 "A 打 A" 唯一一个 "A" 为双音节形容词重叠现象。现在浙江象山方言也有类似用例。

明代白话小说的回目中也有 "AXA"，如：

（30）<u>白打白</u>终须得到手光做光落得好抽头（明·京江醉竹居士《龙阳逸史》第 14 回）

"A 打 A" 的分布范围较广，既有南方作家的作品，也有北方作家的作品。

3. A 又 A

"A 又 A" 用法至少在南宋已产生，温锁林（2010：98）举有如下例子：

（30）示众云："……既然如是。为甚么那吒扑帝钟？" 良久云："波斯鼻孔<u>长又长</u>。"（宋·颐藏主《古尊宿语录》卷 11）

（31）一齐来爬时，那石高又高，峭又峭，滑又滑，怎生爬得上？（明·冯梦龙《喻世明言》卷 21）

（32）父母慌又慌，苦又苦，正不知什么意救。（冯梦龙《警世通言》卷 23）

（33）孽龙更变作个金刚菩萨，长又长，大又大，手执金戈，与吴君彭君混战。（《警世通言》卷 40）

（34）只因这枝枣树大又大，长又长，伍保气力又大，成都的兵器短，所以倒退了。（清·如莲居士《说唐》第 17 回）

李小平等（2013：164）举有如下例子：

（35）师曰："大海水，深又深。"曰："学人不会。"（宋·普济《五灯会元》）

（36）傍翠阴。解尘襟。婆娑小亭深又深。（元·张可久《寨儿令》）

明代戏曲也有例子，如：

（37）只有我家小姐奇又奇，偏背了我们自偷汉。（明·孟称舜《娇红记》第 20 出）

4. A上A

北京大学古代汉语语料库（CCL）有例子，如：

（38）则见几个巡捕弓兵如虎狼，赶得俺慌上慌？忙上忙。（元·施惠《幽闺记》第 7 出）

（39）昨日个唬的你慌上慌，哎，儿也，从今后不索你忙上忙。（元·武汉臣《散家财天赐老生儿》第 3 折）

（40）（正旦唱）当初那不能彀时害的来狂上狂，不甫能得相见唬的来慌上慌。（元·郑光祖《㑇梅香骗翰林风月》第 3 折）

（41）（正旦唱）这晰他撑的个小船儿摇摇晃晃，我心中慌上慌，我心中忙上忙。（元·无名氏《瘸李岳诗酒玩江亭》第 4 折）

（42）把这些道士吓得慌上慌，一个个都到小酒店里去讨法衣，把这灵官吓得忙上忙，一个个都到徒弟床上去摸冠儿。（明·罗懋登《西洋记》第 9 回）

（43）可拿什么比你们，又有人进贡，又有人作干奴才，溜你们好上好儿，帮衬着说句话儿。（清·曹雪芹、高鹗《红楼梦》第 60 回）

我们也找到一些例子，如：

（44）夫君失散，夫君失散，教我一身难上难。（明·无名氏《节孝记》第 4 出）

（45）饶他奸上奸，终须冤报冤。（明·边三岗《芙蓉屏记》第 11 出）——另第 35 出有"玄上玄""奇上奇"。

（46）别薰砧山上山，大刀头难上难，大刀头难上难。（明·沈璟《一种情》第 24 出）——另《一种情》（残本之一）第 24 出也有"难上难"。

（47）方信开口求人难上难。（明·张大复《快活三》（崇祯间抄本）第 19 出）——另《快活三》（清钞本）第 19 出也有"难上难"。

（48）欲要相逢难上难，指望到京欢聚，谁想阴司走一场？（明·《葵花记》第 25 出）

（49）<u>亲上亲</u>指日谐连理。（明·邓志谟《玛瑙簪记》第 13 出）

上面的"AXA"重叠多被一些方言所继承。

一些清代白话小说的回目中也有"AXA"，如：

（50）错里错安贵妃五更拼命　<u>疑上疑</u>文丞相一旦骄人（夏敬渠《野叟曝言》第 116 回）

（51）<u>亲上亲</u>才郎求月老　喜中喜表妹作新人（陈朗《雪月梅》第 32 回）

（52）单拆单单嫖明受侮　<u>合上合</u>合赌暗通谋（韩庆邦《海上花列传》第 14 回）

近代汉语还有"连不连"。许宝华等（2020：2281）收，是形容词："接连不断。官话。"如：

（53）怎么那眼皮儿<u>连不连</u>的只是跳，也不知是跳财？是跳灾？（元·张国宾《合汗衫》第 4 折）

（54）我这几日身子不快，怎么<u>连不连</u>的眼跳。（元·石君宝《秋胡戏妻》第 2 折）

但未收现当代例子。

我们在"国学迷"中也搜索到以下 1 例，如：

（55）那潭就干了一寸，<u>连不连</u>的嗒上几嗒，那潭渐渐的干下去。（元·李好古《张生煮海》第 3 折）

据材料可知，"连不连"全出自元曲。

"A 里 A""A 上 A"的"里""上"都是方位名词，但这里都已虚化，是中缀。黄碧云（2004：150）认为"打"是中缀，我们同意此看法。"又"也从连词语法化为中缀。

（二）现代吴语的形容词"AXA"重叠

1. A 显 A

分布区域：温州、丽水、台州（"显"有的写作"险"，游汝杰先生在一次会议上告诉我们，还是以"险"更为确切，它符合温州话读音。但一般写作"显"，本专著从众）。

最早提及温州方言有"A 显 A"可能是傅佐之（1962：128–131）。傅佐之等（1982：137）举有如下例子：

A 显 A 式：长显长、好显好、粗显粗、灵显灵、蛮显蛮、凶显凶、重显重、忙显忙、爱显爱、想显想、愁显愁、信显信、吓显吓、急显急、气显气、贪显贪。

AB 显 AB 式：光生显光生、快活显快活、暗静显暗静、清水显清水、腥臭显腥臭、肉胀显肉胀、相信显相信、爱惜显爱惜、了解显了解、听讲显听讲、会讲显会讲、讲牢显讲牢。

ABC 显 ABC 式：悭死到显悭死到、短命相显短命相、坏相道显坏相道、得人憎显得人憎、有意思显有意思、花时间显花时间、爱面子显爱面子、讲生动显讲生动。

上面 3 种形式既有形容词或形容词性短语，又有动词或动词性短语，动词或动词性短语能进入"A 显 A"，是"功能游移"。它们有的是心理动词，前面可以用"很"修饰，如"很爱惜"，有的可以修饰整个结构，如"很会讲"，而不能单独修饰言说动词"讲"，可见与助动词"会"有关。但有的确实是一般动词性短语，中间也能用"显"，很特殊，如"讲生动显讲生动"，还有下面要举的"走快险走快""讲好险讲好"。

温端政（1994：45）提到温州方言与浙南闽语的"A显A"，如：

重叠式：大显大、细显细、厚显厚、薄显薄、硬显硬、软显软（以上单音节）。快活显快活、闹热显闹热、滑溜显滑溜、灵清显灵清、清气显清气（以上双音节）。

反复式：大显大大显大、细显细细显细、厚显厚厚显厚、薄显薄薄显薄、硬显硬硬显硬、软显软软显软（以上单音节）。快活显快活快活显快活、闹热显闹热闹热显闹热、滑溜显滑溜滑溜显滑溜（以上双音节）。

比较两者有一些不同，温端政（1994：45）未提及动词或动词性短语。

颜逸明（2000：137-138）认为温州方言有"A险A"，如：

好险好很好、高险高很高、快险快很快、慢险慢很慢、热险热很热、冷险冷很冷、爽险爽非常舒适、苦险苦非常痛苦、灵险灵非常聪明、呆险呆非常愚笨。（以上单音节）

要紧险要紧、着力险着力、快活险快活、难过险难过、老实险老实、刁钻险刁钻、光生险光生、肮糟险肮糟。（以上双音节）

有些描述性的短语结构也可进入"AB险AB"，如：

动补结构：走快险走快走得很快，非常快、讲好险讲好讲得很好，非常好、吃爽险吃爽吃得非常痛快、用大险用大开销很大，非常大。

助动结构：难买险难买很难买到，难得很、好吃险好吃很好吃，味道非常好、会讲险会讲很会说话，说话能力很强、好看险好看很好看，非常美丽。

形量结构：大粒险大粒形容粒子很大，为豆类、大个险大个形容个子很大，如桃子、大段险大段分割距离很大，如甘蔗、大班险大班儿孙满堂。

周若凡等（2013：92）说瑞安方言有"A显A"：傅佐之等指出，形容词可分为简单形式和复杂形式，前者包括单音节和一般的双音节形容词。后者即形容词的生动形式。周若凡等（2013：93）指出："双音节形容词有性质形容词和状态形容词之分。状态形容词在普通话中不受程度副词'很'修饰，在瑞安话中则不受'显'修饰。沈家煊把状态形容词归为'有界'形容词，总是表示一定的量段或量点，程度量无伸缩性，是定量的，不能像性质形容词一样受程度副词修饰。在这一点上，瑞安话和普通话相同。瑞安话中能和'显'普遍组合的一般只能是性质形容词。"周若凡等（2013：93）认为："此外，瑞安话中还有些描述性的词语也可以进入AB显AB式。"如：

动补结构：走快显走快、讲好显讲好、吃爽显吃爽、用大显用大。

助动结构：难买显难买、好吃显好吃、会讲显会讲、好看显好看。

形量结构：大粒显大粒、大个显大个、大段显大段。

上面的"A"也有动词性词语。以上可见"显"搭配能力很强。

永嘉方言也有"A显A"，如：长显长、多显多、甜显甜、香显香、快活显快活、闹热显闹热。当用这种表达模式时，往往需要伴随加重语气，以体现程度的加深，如果意犹未尽，还可以把重叠式重复一次，如：好显好好显好、多显多多显多、硬显硬硬显硬。（郑

敏敏，2020：28）

乐清方言也有"A 显 A"。除单音节、双音节、三音节形容词外，四音节的形容词性短语如"腻死巴呆""拗精拗落""皮呲纠韧"等也可进入"A 显 A"（支亦丹等，2017a：91-92）。支亦丹等（2017b）、支亦丹（2018）也说到"A 显 A"。

支亦丹等（2017b：57）指出，乐清方言"A 显 A"中的"A"既可以是形容词，如：长显长、好显好、早显早、生好漂亮显生好、闹热显闹热、老实显老实；也可以是动词性词语，如：爱显爱、怕显怕、肯显肯、赔煞显赔煞、写爻显写爻、吃得显吃得；还可以是名词，如：大人显大人、上面显上面、门前显门前、后面显后面。

支亦丹等（2017b：57）认为，乐清方言也有"A 显 AA 显 A"，是"A 显 A"重叠而成，也是既可形容词，如：长显长长显长、好显好好显好、闹热显闹热闹热显闹热；也可是动词，如：爱显爱爱显爱、怕显怕怕显怕、肯显肯肯显肯、喜欢显喜欢喜欢显喜欢，不过都是心理活动动词；也可是名词，如：下面显下面下面显下面、门前显门前门前显门前、后面显后面后面显后面。

乐清方言的名词也能进入"A 显 A"，是较特殊的。名词也可进入"A 显 A"，有类型学价值。

支亦丹等（2017b：54）在"摘要"中指出，瑞安方言的形容词和动词可与"显"字搭配使用，但名词不能。平阳闽语和泰顺方言中，只有形容词可与"显"字搭配使用。可见，同是温州，不同的方言有区别。支亦丹（2018：19-20）也说到乐清方言的"A 显 A"。

王昉（2011：85-95）也说到温州方言的"A 险 A"，描述得较详尽。

傅国通（1978/2010：120）指出：在温州、处州（丽水）的一些方言里有一种嵌音式，即"A 显 A"。王文胜（2008：31）说丽水青田个别点受温州方言的影响也说"热险热"。

台州玉环方言也有"A 显 A"。《玉环县志》（1994：651）指出，在单音或双音的形容词之后，或在重复出现的形容词中加上"显"字，以表程度的加强，相当于"很""甚"，却改变词素结构。楚门话较多见，如"很多""很高""很好吃"被说成"多显""多显多""高显""高显高""好吃显"或"好吃显好吃"。笔者所在学校沈梦华同学说其家乡玉环陈屿话属温州平阳方言（即闽南语），也有"A 显 A"，与苍南闽语一样，这是方言接触的结果。

2. A 猛 / 蛮 [mã⁴¹]A

2.1 吴语的"A 猛 / 蛮 [mã⁴¹]A"等

分布区域：台州、温州、丽水、金华、衢州。

崔山佳（2006：44）指出，台州仙居方言"猛"可用在形容词重叠中间，如：好猛好、坏猛坏、冷猛冷、热猛热、高猛高、矮猛矮、瘦猛瘦、壮猛壮（以上单音节）。老实猛老实、要紧猛要紧、着力猛着力、快活猛快活、难过猛难过（以上双音节）。也可用在短语重叠中间，如：好吃猛好吃、好看猛好看。

李金燕（2020）专门谈仙居方言的形容词"A 猛 A"重叠形式，认为"A 猛 A"是不完全形式。仙居方言的不完全重叠式共有 6 种形式：AXX、有 AA、A 猛 A、A 里 AB、AAB 和 AB 猛 AB。其中"A 猛 A""AB 猛 AB"在仙居方言中使用较为普遍（李金燕，2020：143）。但把"猛"当作中缀，不准确，因为仙居方言与其他吴语一样，也可以说"A 猛"，如"好猛""坏吃猛"，"猛"是后置状语。"猛"与温州等方言的"显"一样是程度副词。如：

（1）渠题目做勒对猛对，肯定考上大学_{他题目做得很对，肯定能考上大学。}

（2）渠则陪多娘做生活杀角猛杀角_{渠如果陪姑娘干活很厉害。}（李金燕，2020：144）

此前，张永奋（2008：70）举有台州方言如下例子：

（3）格楼高猛高，弗坐电梯怎走得上_{这楼这么高，不坐电梯怎么走得上去}？

（4）蓬张桌大猛大，间里放得落哇_{那张桌子很大，房间里放得下吗}？

以上是单音节形容词，也可双音节形容词，如：

（5）渠格吃饭味道猛味道_{看他吃饭那么香。}

（6）格人小气猛小气_{这人非常小气。}（张永奋，2008：71）

张永奋（2008：70）指出："此类重叠式程度的作用比 A1A2X 式更明显，一般在需要特别突出或夸张某事物的性状时使用，使用频率相当高。"

三门方言也有，如：

（7）远猛远_{远远的}望过去，旗门港两横边_{旁边}个山都白光爻_{表完成时态，犹"了"}，便对毛泽东诗里向_{里面}讲个"原驰蜡象"样。（褚树荣《我远猛远个山马坪》）

上例标题也有"远猛远"。

王怀军（2022：345）认为，这种形式在口语里极常用，都表示很高的状态，如"紧猛紧_{很紧}、远猛远_{很远}、高猛高_{很高}、大猛大_{很大}"等。

笔者所在学校余虹同学认为天台方言也有"A 猛 A"。

据肖萍等（2019：231），天台方言口语还有如下说法：

（8）恰渠拔ʺ老实照谷ʺ个"永"字去练，照"永"字去练呐，渠吷越练越好啦，字拔ʺ写勒好勒猛好，进步快起来。（发音人为"方言老女"陈美玲）

中间还有"勒"。

丽水缙云方言也有。吴越等（2012：753–754）指出："并不是所有的形容词都有比较级的副词性后缀。有一些形容词，根本就没有前缀和后缀，但可以用一个通用的后置程度副词'[mã⁴¹]'（极）加在后面作为增强比较级。这个通用的后置副词，几乎适用于所有的形容词（包括单音节和复音节），甚至某些可以加前缀、后缀的形容词，为了加强语气，还可以把形容词重复一遍。"如：长——长 [mã⁴¹]，长 [mã⁴¹] 长；短——短 [mã⁴¹]，短 [mã⁴¹] 短；好——好 [mã⁴¹]，好 [mã⁴¹] 好；坏——坏 [mã⁴¹]，坏 [mã⁴¹] 坏；凶——凶 [mã⁴¹]，凶 [mã⁴¹] 凶；辣——辣 [mã⁴¹]，辣 [mã⁴¹] 辣；冷——冷 [mã⁴¹]，冷 [mã⁴¹] 冷；热——热 [mã⁴¹]，热 [mã⁴¹] 热；大——大 [mã⁴¹]，大 [mã⁴¹] 大；红——红 [mã⁴¹]，红 [mã⁴¹] 红；红武_{漂亮，好看}——红武 [mã⁴¹]，红武 [mã⁴¹] 红武；[弯] 相_{肮脏}——[弯] 相 [mã⁴¹]，[弯] 相 [mã⁴¹][弯] 相。上面也是既有单音节，也有双音节。

我们曾向作者之一的吴越先生询问过丽水缙云方言这种用法的中加成分是不是应写成"猛"，他认为还是写作 [mã⁴¹]。

但其他学者多写作"猛"。陈贵麟（2007：21）在"缙云西乡方言'猛'"表格中举有"热猛热""冷猛冷"。王文胜（2008：31）说缙云也有一些点说"热猛热"。

笔者所在学校胡晓锋同学提供了缙云方言"A 蛮 A"例子：好吃蛮好吃、有趣蛮有趣、好玩蛮好玩、便宜蛮便宜、漂亮蛮漂亮、难看蛮难看、难吃蛮难吃、想睡蛮想睡（以上为双音节形容词，但"想睡"是动词性词语，前面可用"很"修饰，如"我很想睡"，故能进入"A 蛮 A"重叠式）；贵蛮贵、花蛮花、多蛮多、少蛮少、暖蛮暖、胖蛮胖、瘦蛮瘦、重蛮重、轻蛮轻、湿蛮湿、干蛮干、远蛮远、近蛮近、高蛮高、低蛮低、烫蛮烫、冰蛮冰、香蛮香、臭蛮臭、累蛮累、甜蛮甜、酸蛮酸、苦蛮苦、咸蛮咸、淡蛮淡、辣蛮辣（以上为单音节形容词）。

以上说明，因为缙云方言本身比较复杂，不同的人记音不同。

蔡海燕（1997：39）说台州临海方言有"A 蛮 A"，其能产性很强，且使用频率也高。如：青蛮青、香蛮香、燥蛮燥、红蛮红、臭蛮臭、滥湿蛮滥、亮蛮亮、苦蛮苦、暖蛮暖、黑蛮黑、甜蛮甜、冷蛮冷、阴蛮阴、淡蛮淡、壮胖蛮壮、重蛮重、快蛮快、瘰瘦蛮瘰、轻蛮轻、慢蛮慢、饱蛮饱、圆蛮圆、好蛮好、老蛮老、扁蛮扁、乱蛮乱、气蛮气等。

蔡勇飞（2015：139）举有如下例子：蛮好 | 好蛮好比较好 | 佑好很好 | 好得猛好得很 | 好猛介好极啦，反话。如：

（9）个（葛）蛮热闹个（葛），望戏个（葛）人蛮多这里蛮热闹的，看戏的人蛮多。

（10）个（葛）坍热闹蛮热闹，望戏个（葛）勿少这里比较热闹，看戏的人勿少。

（11）个（葛）坍佑热闹，望戏个（葛）人佑多这里很热闹，看戏的人很多。

（12）个（葛）热闹得猛，汗轧出来沃这里热闹得很，汗挤出来了。

徐越（2017：220）也说到临海方言说"A 蛮 A"：好蛮好比较好、葛热闹蛮热闹，望戏葛人勿少这里比较热闹，看戏的人不少。

徐越（2017）可能是参考了蔡勇飞（2015）。阮咏梅（2019：180–181）指出，蔡勇飞（2015：139）认为"蛮好 | 好蛮好比较好 | 佑好很好 | 好得猛好得很 | 好猛介好极啦，反话"存在程度上的差异，而且副词"佑"属临海特有的。但据调查并非如此，副词"佑"其实跟温岭等地的"姁"是同一个字，也属相当于"很、非常"类的程度副词。真正属临海特有的则是"好蛮好"这种格式，而且并非表示"比较"的程度，而是表示"很、非常"的程度。因此，上述以形容词"好"的不同程度结构为例，撇开"好猛介"这个属于语用层面的结构外（"介"相当于语气词），"好"才是"比较好"，而"好蛮好、佑好、好得猛"表示"很、非常"的程度，只是句法功能有所差异。如三者都可以作谓语，"好得猛"不作定语，"好蛮好"作定语时带不带结构助词皆可，而"佑好"作定语时一般后带结构助词。

蔡勇飞教授是杭州人，而阮咏梅教授是温岭人，温岭与临海相邻，又经过调查，关于"好蛮好"表示程度高低的说法应该是可信的。但说"好蛮好"属临海特有则是不准确的，它有一定的分布范围，至少在台州方言中。

笔者所在学校陈晓婕同学说龙游方言有如下例子：

（13）这件衣服他穿起来好器_{好看}麦好器。

（14）这个小品好笑麦好笑。

我们本以为这"麦"应是"蛮"。但陈晓婕同学认为，龙游方言有"蛮好吃"，也有"好吃麦好吃"，故她觉得"蛮"和"麦"有所不同。

赖正清（2019）指出，龙游方言有"A 迈 A"，并认为是龙游方言特有的重叠形式，将形容词重叠后，中间插入"迈"，表示程度加深，几乎所有的形容词都可以用这种形式，且一二三四字的重叠都有，如：清迈清、好迈好、高兴迈高兴、急人迈急人、戳心相迈戳心相、烂腥气迈烂腥气、死形活毒迈死形活毒、鬼形贼相迈鬼形贼相等。三音节、四音节也可进入"A 迈 A"，比较特殊。

我们以为，上面的"迈"就是"麦"，也就是"蛮"。

衢州方言有如下说法：

（15）你甮讲嘞，做领操员蛮神气个嘞，我立得拨＂台上头，大家统立下底，你辣＂看牢我做，我做对了你辣＂就做对个，我做错了你辣＂也甮怪，滑稽蛮滑稽个。（王洪钟，2019：157）

上例是"AB 蛮 AB"。龙游方言有"A 麦 / 迈 A"，衢州方言有"AB 蛮 AB"应该是有可能的。

温州苍南蛮话有"A 们 A"。杨勇（2014：131）指出：重叠的形容词之间加"们"，表示程度，"形 + 们 + 形"。如：甜们甜、苦们苦、客气们客气、烦们烦、造话们造话、訒们訒、忙们忙、好食们好食、横们横_{蛮横}、白们白_{白皙}、乌们乌_黑、重们重、轻们轻_{轻得很}、未们未_{没得很}、高们高、好们好、红们红、快们快、爽们爽、光生们光生、会讲们会讲、灵清们灵清、难做们难做、勤力们勤力、嬉爽们嬉爽、住远们住远、走快们走快、鲜们鲜。"A"既有单音节，也有双音节，还有短语，如"住远""走快"等。

"A 们 A"的"们"其实也是"猛"。方思菲（2013）说苍南蛮话是"A 猛 A"，因是硕士论文，描述很具体。"A 们 A"应视为"A 猛 A"。但奇怪的是，温州普遍的是"A 显 A"，哪怕是苍南的闽南话也有"A 显 A"，但还有"A 们 / 猛 A"是较特殊的。

我们以为，"A □ [mã⁴¹]A""A 蛮 A""A 麦 A""A 迈 A""A 们 A"等应都是"A 猛 A"，"X"只是不同方言的变读而已。

综上所述，台州、温州、丽水、金华、衢州有"A 猛 A"，分布点比"A 显 A"还广。

2.2 其他方言的"A 蛮 A"

湖南道县祥霖铺土话有。如：软蛮软_{很软}、硬蛮硬_{很硬}、咸蛮咸_{很咸}、淡蛮淡_{很淡}、香蛮香_{很香}、臭蛮臭_{很臭}、酸蛮酸_{很酸}、腥蛮腥_{很腥}、甜蛮甜_{很甜}、苦蛮苦_{很苦}、辣蛮辣_{很辣}、清蛮清_{很清}、浓蛮浓_{很浓}、强蛮强_{很强}、□ [la³⁵] 蛮 □ [la³⁵]_{很壮}、枯蛮枯_{很瘦}、长蛮长_{很长}、短蛮短_{很短}、尖蛮尖_{很尖}、阔蛮阔_{很宽}、狭蛮狭_{很窄}、紧蛮紧_{很厚}、薄蛮薄_{很薄}、红蛮红_{很红}、滑蛮滑_{很滑}、轻蛮轻_{很轻}、光蛮光_{很亮}、绿蛮绿_{很绿}、利蛮利_{很利}、白蛮白_{很白}、黄蛮黄_{很黄}、青蛮青_{很青}、黑蛮黑_{很黑}。（谢奇勇，2016：169）如：

（16）就□[lɣ³⁵]紧一头老蛮老咯白尾狗死紧□[pɣ²¹]地。（谢奇勇，2016：202）

谢奇勇（2016：178）再次提到"蛮"：值得一提的是，以上两种形式在口语中并不常用，大多用"……蛮……"这种近乎"中缀"的形式来表达。如：咸蛮咸_{很咸}、淡蛮淡_{很淡}、香蛮香_{很香}、臭蛮臭_{很臭}。

说"蛮"近乎中缀，我们不同意，"蛮"应是副词，程度副词。祥霖铺土话除用"A蛮A"外，"蛮"也可用于形容词前，如：蛮□[nai²¹]_{很好}、蛮甜_{很甜}、蛮雄_{很雄}、蛮狭_{很狭}、蛮盛_{很茂盛}、蛮□[la⁵³]_{很久}、蛮骚_{很骚}。

谢奇勇（2016：209）在说到"副形组合"时，也举有"A蛮A"，显然，这里就把"蛮"当程度副词处理，与前面有矛盾。

不过，祥霖铺土话的"蛮"在不同位置，其声调有所不同，在"蛮A"中读音常变为55调值，在"A蛮A"中读音常变为35调值。（谢奇勇，2016：186）

而且"蛮"作为程度副词，在不少方言中常用。再加上汉语方言中，"AXA"的"X"并非单一的，而是很复杂的，"X"是程度副词的还有不少，如温州话等的"显"，台州方言等的"猛"等。

云南华坪话（属西南官话）也有"A蛮A"，表程度加深。这种格式不能受副词"不"的否定，也不能受程度副词修饰，且重叠的两个形容词只能是单音节形容词，不能为双音节。如：大蛮大、多蛮多、好蛮好。（黄国聪，2019）

与其他方言表程度加深的形容词重叠式不一样的是，华坪话这种形式在使用时后面的语句带有转折的成分，如：

（17）我今天吃得多蛮多_{很多}，但是不饱。

（18）四个人挤蛮挤_{很挤}，还是坐得下。（黄国聪，2019）

上面的"A显A""A猛A"等研究众多，也很细致，成果也多，是吴语的典型用法，显示浓厚的吴语特色。而下面要说到的一些重叠式，有的虽也有一定的分布范围，但其他方言也有，不具方言个性，如"打"；有的分布范围狭窄，只有少数几个点，甚至只有1个点，如"han""死了"；有的能进入"AXA"的形容词只有极少数几个，如"han""死了"，不具典型性。

3. A打A

分布范围较广。吴子慧（2010：72）说到形容词加中缀时举有"A打A"，表程度的增加，举有义乌方言，如：明打明_{很明显}、实打实_{实实在在}、稳打稳_{很稳}。

其实，并非只是义乌方言有"A打A"，其他吴语方言点也说。如温州话，郑张尚芳（2008：218）指出："重叠单音形容词可嵌加衬字来表强调：'平打平、明打明、实打实、扣打扣、赶打赶_{赶着干}、褊打褊、紧对紧_{赶快}、顶对顶_{彼此较真儿}、先不[fu³]先_{首先}'。""先不先"，好多学者认为应是副词而非形容词，如赵日新（2015：200）、兰玉英（2017：178）等。我们也认为是副词。湖南益阳话有"扣打扣_{一个萝卜一个坑，没有余地}"，崔振华（1998：216-217）认为是副词。

台州方言也有，张永奋（2008：72）有一说明："明多明、厘打厘清"这两个形容词重叠式在台州方言里似乎还是单例。这说明，台州方言里"A猛A"是典型用法，而"明多明""A打AB"是非典型用法。

三门方言也有，王怀军（2022：345）指出，这种形式在南台较多，三门方言里极少使用，常见的有"紧打紧'抓紧，不松懈、明打明公然、显然、远打远远远的、迟打迟很迟"等。

象山方言也有，如：曚昽打曚昽、明打明（叶忠正，2007：489、503）。"曚昽"是双音节形容词，比较特殊。

奉化方言只有"实打实"一种说法。

傅国通（1978/2010：120）认为"A打A"见于浙江全省各地，但数量不多，即进入"A打A"的形容词不多，常见的有：实打实、明打明、平打平、稳打稳、直打直、紧打紧、亮打亮。

上海方言也有。游汝杰（2014：240）认为市区有"明打明亮"，松江有"亮打亮"，金山有"明打明"，三种说法，普通话都是"非常明显"义。

上面是吴语。"A打A"在其他方言分布也较广。湘语如：湖南涟源杨家滩（彭春芳，2007：25）、沅江（熊赛男等，2007：87）。平话如：广西资源延东（张桂权，2005：244）、江西于都方言（谢留文，1998，引论：15）。赣语如：江西南丰（曾学慧等，2011：71）、芦溪（刘纶鑫，2008a：130）、新余（曾海清，2010a：56；2010b：78）。客家话如：江西安远（钟慧琳，2011：23）、江西南康（温珍琴，2018：197、201）、湖南耒阳（王箕裘等，2008：334），温昌衍（2006：171）举有客家话如下例子："认打认真、老打老实、笔打笔直。"也是"A打AB"。西南官话如：贵州毕节（明生荣，2007：336）。以上都是地处南方的方言。北方方言也有。中原方言如：江苏赣榆（苏晓青等，2011：353）。胡利华（2011：264、268）在说到安徽蒙城方言（属北方话淮北话土语群）的歇后语时举有如下例子：

（24）涡阳斗（到）蒙城——县（现）打县（现）。

（25）上山滚石头——实（石）打实（石）的。

甚至普通话也有，如《现代汉语词典》（2016：1185）就收有"实打实"："实实在在：～的硬功夫｜～地说吧。"不过能进入"AXA"的形容词不如方言多。

有的方言点还有"A打AB"，如上海方言的"明打明亮"，湖南涟源杨家滩话的"落打落实""老打老实"，湖南沅江方言的"拍打拍实、慢打慢细、从打从容"，江西南丰方言的"老打老实、硬打硬实、稳打稳实、厚打厚实、确打确实"，客家话的"认打认真、老打老实、笔打笔直"等。与民国白话小说的"实打实落"也是一脉相承的。

4. A里/完/勒/年A

分布区域：江苏苏州、浙江绍兴。苏州方言有"A里A"，原则上适用于所有单音节形容词，表程度达到极点，如：好里好、短里短、黑里黑，只有单音节形容词的描写（刘丹青，1986：10）。谢自立等（1995：228–229）指出，此式能产性强，几乎适合于一切能受程度副词修饰的单音节形容词和心理动词。"A里A"表程度极高，似有"A里面也算

A"，中缀 "里" 当来自表方位的后缀 "里"。苏州方言的 "A 里 A" 与前举明清白话文献一脉相承。

刘丹青（1986：10）指出，有一部分苏州人还用 "A 完 A"，表义作用与 "A 里 A" 相近，是由 "A 完 A 完" 在 "A 里 A" 的类化下形成的。谢自立等（1995：229）也指出，现在部分苏州人又说 "A 完 A"，成为跟 "A 里 A" 同义平行的类型。其本式 "A 完 A 完" "A 透 A 透" 是两个平行的变体，可以互换，能产性几乎跟 "A 里 A" 相同，也几乎适合于一切能受程度副词修饰的单音节形容词和心理动词。

谢自立等（1995：229）指出，苏州方言又有由一般双音节形容词整词加中缀 "勒" 重叠而成 "AB 勒 AB"。如：巴结勒巴结、普通勒普通、平常勒平常、明白勒明白、伏贴勒伏贴、爽气勒爽气、新鲜勒新鲜、眼红勒眼红、牵记勒牵记、伤心勒伤心。谢自立等（1995：231）指出，本式是双音节原形中唯一的加缀重叠式，跟单音节加缀重叠式 "A 里 A" 一样，也表程度高，能产性很强，适合于一切能受程度副词修饰的单音节形容词和心理动词。薛才德（1997：14）也指出，苏州方言还有 "A 勒 A"，如 "哭勒哭"（表 "哭" 的动作重复发生），"A" 是动词，比较特殊。又如 "好吃勒好吃"（很好吃），"A" 是形容词性短语。

吴子慧（2010：72）也举有苏州方言的例子：好里好_{好极了}、短里短_{短极了}、红里红_{红极了}。

盛益民（2014：176）认为绍兴柯桥话有 "A 里 A"，如：熟里熟、畅里畅、臭里臭。盛益民（2021：157）也举有此 3 例。

浙江绍兴诸暨方言有 "AB 年＝AB"，如：

（19）滑稽年＝滑稽割＝，小姑娘发靥音_{faye}，义为 "可笑、好笑" 年＝发靥割＝，昂！（孙宜志等，2019：131）

（20）老朱：安全也年＝安全割＝，诶！（孙宜志等，2019：148）

上面的 "年＝" 是程度副词，相当于普通话的 "很"。如：

（21）渠是介＝割＝小人头年＝天真割＝啦，介＝割＝哦，弄来弄去弄去。

（22）讲起来么，[我拉] 大割＝妹也年＝苦割＝横竖。（孙宜志等，2019：131–132）

上面 "AB 年＝AB" 都出自老年人之口，如例（19）出自 "方言老女" 章苗芳之口，例（20）出自 "方言老男" 朱雷之口。又如：

（23）小蒋：诶！年＝好割＝，而且也比较安全割＝！慌是比较慌割＝昂！但是安全是年＝安全割＝。（孙宜志等，2019：152）

上例出自 "方言青男" 方咏凯之口，但 "安全是年＝安全割＝" 与 "安全年＝安全割＝" 结构不同，意义也不同。"安全是年＝安全割＝" 是判断，"安全年＝安全割＝" 是 "AB 年＝AB"。

上面说过，绍兴柯桥话有 "A 里 A"。"年＝" 与 "里" 虽然声母不同，但韵母相同。有的方言 "n" "l" 不分，诸暨方言与绍兴柯桥方言是否也有这种情况。

5. A 上 A

金华武义桐琴话有"A 上 A"，如：好上好、笨上笨，只能用在形容人或物上，并不是所有的形容词都适用，适用范围很有限。

游汝杰（2018：自序）也有例子：

（24）从事吴语调查研究已有数十载，调查地点近百处，所入越深，所见越奇，而吴语世界林林总总，花团锦簇，目不暇接，颇觉个人见识未广，学力有限，概括谈何易，深入难<u>上</u>难。

其他方言也有"A 上 A"，如河北新乐、无极、晋州、栾城、元氏、赵县（属冀鲁官话）。吴继章（1998：60）指出，新乐县南部有"A 上 A"。如：好上好、高上高、黑上黑、甜上甜、厚上厚、浅上浅、贵上贵、酸上酸等。这种重叠式与深泽等的"A 又 / 也 A"式在表义特点、句法功能等完全相同，但只有单音节形容词的描写。李小平等（2013：160）指出，"无极方言中单音节形容词还有'A 上 A'这样的重叠形式"，如："俺这瓜甜上甜、好上好！""你说得对上对。"李小平等（2013：163）又指出："晋州、新乐南部方言中也有'A 上 A'式。"李小平等（2013：163）认为："栾城、元氏、赵县方言中有'A 上 A'式表示程度高。"吕路平等（2013：74）也说元氏方言有"A 上 A"。吕路平等（2013：75）指出，"A 上 A"相当于"非常 + 形容词"，如：好上好、好吃上好吃、香上香、老实上老实、沉上沉。与河北无极方言只能单音节形容词不同，可以有双音节形容词。

"A 上 A"古代白话文献已有，也是古代白话文献在方言中的延续。

6. AhanA

台州玉环陈屿话有"AhanA"，目前无法确定其本字是哪个，表达的语义与"显"字差不多，但"A"远不如"显"形容词多。如：

（25）今天天气<u>热 han 热</u>_{今天天气十分炎热}。

（26）这两天<u>冷 han 冷</u>_{这几天都很冷}。

"A"用得最多的是"热"和"冷"，其他的形容词都用"显"来说。能和"han"字搭配的词语很少，玉环陈屿话很少会听到这个字。笔者所在学校沈梦华同学告诉我们，她是无意中从其爸爸口中听到的。这个字在祖父一辈使用广泛，受温州方言的干扰，年轻群体都已不用这个"han"，全部都用"显"来说。据其猜测，这个"han"字读音和温州平阳瓯语的"很"字读音相似，很大可能是"很"的变音。其祖辈是从福建移民过来的，其方言是闽南语分支。再说玉环在历史上曾归温州管辖，陈屿又离大麦屿港很近，和温州人贸易往来多，这也进一步推动了语言的变化发展，大概这是"han"字的由来。

以上的"X"都是单音节，吴语里"X"也有双音节。

7. A 了格 A

吴子慧（2010：72）说玉环有"A 了格 A"，如：歪了格歪_{很歪}、辣了格辣_{很辣}、小气了格小气_{很小气}。"A"既有单音节，又有双音节。

网上有《玉环话形容词性的生动构形法》一文，其中有“‘形补同形’结构A了格A”，描写更为详细：玉环方言里为表形容程度的加深加重，有一种“形补同形”的特殊结构：在形容词后加上助词“了格”后，再加上该形容词充当前形容词的补语。用这个结构时，说话人带有想极力说服你相信他说的话之目的，带有很强的强调意味，表明了说话人对事物情状的深信不疑和口气的坚定。这个结构大多用于单音节形容词，也存在部分双音节口语词，如：歪了格歪、冷了格冷、辣了格辣、迟了格迟、高兴了格高兴、小气了格小气、中意了格中意。口语中能说的形容词都可套入该结构，书面语词一般不能套入该结构，如不能说：伟大了格伟大、绚丽了格绚丽、壮丽了格壮丽。

玉环方言口语动词也有表面相似结构“V了格V”。如：抖了格抖、摇了格摇、晃了格晃、想了格想。“V了格V”和“A了格A”虽然都用助词“了格”连接两个相同的词，但它们是完全不同的结构：“V了格V”是个无心并列结构，两个“V”的地位是平衡的，相当于普通话的“V了V”或“V了一下”，表动作的重复、短时、少量等语法意义；“A了格A”是个向心结构，前“A”处于核心地位，后“A”是其补语成分，相当于普通话的“A得很”“A极了”。

“A了格A”在句子中只能作谓语，如：

（27）格人小气了格小气。

（28）格天价冷了格冷。

说“A了格A”是“形补同形”，我们觉得还是把它当作形容词重叠更符合语言实际。

8. A死luo(了)A

福建浦城方言有“A死luo（了）A”。据日本文教大学的蒋垂东先生告知，主要是有“热死luo热”“痛死luo痛”“急死luo急”等，“A”范围不广，且只有单音节形容词才可，双音节形容词不行。

9. A里嘣A

盛益民（2014：177）说绍兴柯桥话除“A里A”外，还有“A里嘣A”，如：

（29）书读到透里（嘣）透书读到透。

但显然不如“A里A”用得多。

上面说过，台州方言除“A猛A”“A打AB”外，尚有“A多A”，但“A”只有“明”这一形容词。（张永奋，2008：72）

10. A交关A

衢州方言有“A交关A”，如：

（30）小龚：而且关键是子黄交关黄。（王洪钟，2019：168）

上例比较特殊，其他方言未见有此报道，“交关”是程度副词。

宁波奉化方言也有，如：

（31）该_这人**瘦交关瘦**，但身体还好。

（32）其_他**老实交关老实**。

形容词既可以单音节，又可以双音节。

还有一些其他重叠式。分布范围较狭窄。如庆元方言有"荒实荒"，如：

（33）今年看成**荒实荒**，

腹饥难等五谷黄，

腹泻难等泉水清，

十八个女子难等七岁个郎。（王文胜等，2019：155–156）

鄞州方言有"A 过 A"，如：

（34）**烦过烦**足嘀。

（35）**冷过冷**足嘀。

"A 过 A"与"足嘀"一起，表程度深。（肖萍等，2014：17）

象山方言有"长拔长""直拔直"（叶忠正，2007：497、502）。也应属"AXA"，但同样是形容词较少。

宁波方言另有"A 得是 A""A 是介 A"的形容词重叠式，这形容词既可以是单音节，也可以是双音节，也表程度深。如：好得是好、漂亮得是漂亮；长是介长、阴险是介阴险。如：

（36）**笨是介笨**，问勿肯问。（谚语）

汤珍珠等（1997：5–6）收"是介"，义项有四，其四是："相当于副词'又'。"如：

（37）**笨是介笨**，艮_{性情执拗，言行生硬}**是介艮**，真真吓告话头_{没有办法}。

朱彰年等（1996：251–252）收"是介"，义项有三，其三是："<副>相当于'是这样'、'又'。"如：

（38）该小鬼**笨是介笨**，**坏是介坏**，真真头痛煞。

（39）房子**是介小**，天家**是介热**，庵仔交关难熬。

上例的"房子是介小，天家是介热"也可说成"房子小是介小，天家热是介热"。

以上可见，吴语的"AXA"形式多样，有的是其他方言所未见描写的，颇有类型学研究价值。

（三）"AXA"中"X"的性质

形容词重叠加中加成分，有的是中缀，有的是副词等。从类型学角度来看，这"X"又可分为两种类型，即既有词缀标记，又有词汇标记。

"A 里 A"的"里"应是中缀。刘丹青（1986：10）说苏州方言由于"A 里"和"AA"都不能单说，故本式只能是重叠与中加"里"结合的产物。"里"大概来自方位后缀，"好里好"有"在好的里边算好"义。"A 里 A"的"里"比方位后缀意义更虚，故"里"是中缀。盛益民（2014：177）指出："所以我们怀疑'X 里 X'来源于'X 里啊 X'，'X 里'最初是处所结构。"后来追加为"A 里 A","里"就虚化为中缀。

"A 打 A"的"打"也应是中缀。黄碧云（2004：150）认为"打"是中缀，曾学慧等（2011：71）也认为"打"是中缀，蒋宗福（2005：99）认为是助词，我们以为还是把它定性为中缀好。

至于"显"是中缀还是程度副词，学界也有争议。张洁（2009：51）认为，学者们对"显"的分歧主要表现在以下两点：一是把"显"归为程度副词还是词缀的分歧，二是"显"所表示的语义的分歧。游汝杰（1988）、潘悟云（1995）、崔山佳（2006）把"显"看作后置程度副词，理由是"显"在"X 显"结构中充当了补语，故它不可能是词缀。黄伯荣（1996）认为"A 显 A"是中缀，从而构成"X 显 X"结构，这种单就表面形态所得的结论遭到温端政的反驳。温端政（1994）对形容词程度表示方法作分类，把"显"归为后缀，沈克成父子（2006）的《温州话》承袭了温端政的观点。傅佐之等（1982）在分析"显"的各种可能构词形式后，发现"显"兼具后置程度副词和词缀两种功能，当它与"大显"组合为固定词组时充当后缀，在其他条件下都作程度副词。张洁（2009：51）认为，相较而言，傅佐之等（1982）的观点更具说服力。

周若凡等（2013：93）指出，近年来，瑞安方言新老派出现了词汇差异。新派讲究经济时效、追求简便，出现了将"A 显 A""AB 显 AB"直接省略为"显 A""显 AB"的情况。出现这种省略情况，可能是受普通话"很 + 性质形容词"的影响，在使用中进行了省略。如：好显好→显好、热显热→显热、老实显老实→显老实、闹热显闹热→显闹热。

以上说明，"显"可单独用于形容词后充当后置状语，又可用于形容词前充当前置状语，"显"应是副词。就是"显"只能后置作状语，也是程度副词。傅佐之等（1982：140）比较温州话的"显"与普通话里的"很""最"，认为"显"是一个黏附能力很强的定位的黏着语素，且永远是后置的。但普通话里的"很"则是一种不定位的语素，既可前加，也可后附。而"最"则是永远前加的定位语素。故"显"与"很""最"在语法特点上有很大不同。现在看来，傅佐之等（1982）的说法要改了，因"显"可后置于形容词，也可前置于形容词，还可放在重叠的形容词中间，是不定位的。"大显"一是后置于形容词的一种用法，且"显"明显地有较实在的意义，是程度副词；二是"显"已是构词语系。

刘若云（2006：119）、张永奋（2008：70-71）、吴子慧（2010：72）把"显"当作中缀，显然不妥当。

至于"猛"字，宁波方言常说"这人坏猛""下饭好猛"。朱彰年等（1996：370）收有这种用法的"猛"字："＜副＞用在形容词后面表示程度深，有'得很'的意思：快～│笨～│大～、人多～│下饭好～。"汤珍珠等（1997：204）也收"猛"字，有两个义项，其二是："形容词后缀，相当于普通话'……得很'：路远～│小鬼加气_{让人生气}～……"我们以为，既然"猛"可解释为"……得很"，有具体实在的意义，就不应是后缀。

许宝华等（2020：4921）也收"猛"字，义项二十一是："＜副＞很；非常。吴语。"方言点有浙江温岭：香得猛，对勿（意思是：香得很，是不是？）；还有金华岩下：猛好；猛大；佢钞票多猛。可见"猛"字也可放在形容词前或后，也可构成"A 猛 A"，与"显"字有相同之处。

汪化云等（2020：178）指出，如"猛"在仙居是后置状语，在金华却没有发展出相应的前置状语，不符合标准2；跟仙居类比，金华的"猛"仍应视为后置状语。从许宝华等（2020）可见，金华部分方言点"猛"可前置，即可作前置状语。

李荣（2000：3960-3961）收"猛"字，42个方言点有18个点有"猛"字，其中解释为"很"、又放在其他词语后的有以下方言点：

宁波：同上面汤珍珠等（1997）的注释。

金华：程度副词。用在形容词和部分动词（被修饰词语）的后面，程度相当于北京话的"很"：甜猛｜格个东西好猛个｜格碗菜鲜_{鲜美}猛个｜打扮得好望猛｜渠全划算_{打算}猛｜渠喜欢搭_捉鱼猛。有的被修饰词语与"猛"之间可以加进"得"，如：今日儿天公热得猛，弗要走出去。

嵊州方言也有"猛"作程度副词用法。钱曾怡（2002：289-290）指出，嵊州长乐话"猛"字用得很普遍，"猛"可跟在单音节形容后，如：好猛、大猛、小猛、多猛、少猛、高猛、低猛、早猛、红猛、白猛、咸猛、淡猛、暖猛、冷猛、痛猛、痒猛、奸猛、刁猛等；也可跟在双音节形容后，如：闹热猛、冷清猛、客气猛、老实猛、懒惰猛、勤力猛、高兴猛、肉痛猛、心烦猛、肚饥猛、口燥猛、有数猛等；还可跟在词组后，如：好食_{好吃}猛、要食_{好吃}猛、要笑_{好笑}猛、会做_{能干}猛、会读_{读书好}猛。

钱曾怡（2002：290）分析道，从语义看，"猛"一般只表程度高，如"好猛、够猛、有猛、老实猛、省快猛、好食猛"等，而"大猛、少猛、红猛、冷猛、冷清猛、笨猛"等则表程度过头。钱曾怡（2002：290-291）指出，长乐话"形＋猛"的形式大多还可在前面再加副词"忒葛"，构成"忒葛＋形＋猛"。这种双料副词全部表程度过头，且带有强调意味。长乐话的"忒葛"须跟"猛"合用为"忒葛……猛"，不能单独用在形容词前。

笔者父亲是浙江台州仙居人，70多年前便来宁波奉化工作，但乡音难改。他在日常说话中常用到这个"猛"字。"猛"可用在形容词或短语后，如：好猛、坏猛、冷猛、热猛、高猛、矮猛、瘦猛、壮猛、好吃猛、好看猛。这同嵊州方言差不多。总体来看，"猛"与"显"一样，可前置（极少，如金华岩下），也可后置，还可中置，也有具体的意义，也应是副词。

陈贵麟（2007：22）认为，"猛"字虽已虚化，但可出现在能动词组、形动词组后，如："会讲猛、会做猛、会想猛、好望猛、难望猛、好写猛、难写猛。"他原先调查手册的资料中没有这些部分，经傅国通、郑张尚芳两先生提示后，他到缙云向本地发音人求证，发现果然如此。故他修正原先后缀的看法，认为"猛"字作为形容词的后置成分，跟"形"仍有差距，视为副词较佳。我们以为这种改变是正确的。

一些方言的"蛮"也应该是程度副词。

（四）其他方言的形容词 "AXA" 重叠

1. 其他方言的形容词 "AXA" 重叠

汉语方言不少点有形容词 "AXA" 重叠，形式比近代汉语要多得多，方言分布范围也更广，南方有，北方也有，当然南方更多。这些 "AXA" 重叠有较高的类型学研究价值。

据初步考察，除吴语的 "AXA" 重叠外，另有四大类 45 个小类（虽有的小类可合并，但即使如此，仍可见类型的多样化）。"AXA" 的 "X" 有单音节，也有双音节，还有多音节。语法意义、语法功能、感情色彩也多种多样。有的 "AXA" 为某个方言所独有，有的由 2 个方言所共有，更有的为多个方言所共有，分布范围也很广。具体见表 6：

表 6　汉语方言形容词 "AXA" 重叠

序号	重叠形式	中加成分	方言点	方言归属
1	A 打 A（B）	打	湖南涟源杨家滩、沅江，广西资源延东、江西南丰、芦溪、新余，江西安远、江西南康、湖南耒阳，潜怀安徽西南部大别山区一带、贵州毕节，江苏赣榆、安徽蒙城	湘语、平话、赣语、客家话、江淮官话、西南官话、中原官话
1	A 一 A	一	广东广州	粤语
2	A 嘿 A	嘿	广西宁明白话	粤语
3	A 死 / 鬼咁 / 噉 A	死 / 鬼咁	广西玉林、宁明、南宁	粤语
4	A 鬼 A	鬼	广西宁明白话、广西平南	粤语、平话
5	A 肚 A	肚	广西临桂义宁	平话
6	A 个 [kə⁴⁵/²²]A	个 [kə⁴⁵/²²]	广西秀水、贺州九都话	平话
7	A 恁 A	恁	阳朔葡萄平声话	平话
8	A □ [nat³]A	□ [nat³]（缩、赖、找、荡、捺、溺）	广西横县	平话
9	A 勿 A（B）/A 勿得 A（B）[1]	勿 / 勿得	湖南宁远	平话
10	A □ [mə³⁵]A（B）[2]	□ [mə³⁵]	湖南宁远	平话
11	A 得恁 A	得恁	阳朔葡萄平声话	平话
12	A 死冇咁 A	死冇咁	广西博白地佬话	平话
13	A 死人恁 A	死人恁	阳朔葡萄平声话	平话
14	A 得要死恁 A	得要死恁	阳朔葡萄平声话	平话
15	A 死恁 / 更 A	死恁 / 更	广西两江、阳朔葡萄平声话，广西桂林	平话、西南官话
16	A 呔 A	呔	湖南吉首	湘语
17	A 哒 A	哒	湖南岳阳	湘语
18	A 啊格 A	啊格	湖南娄底	湘语
19	A 死哩个 /X 里咕 A	死哩个 /X 里咕	湖南涟源杨家滩话	湘语
20	A 死口 A	死口	广东增城	客家话

续表

序号	重叠形式	中加成分	方言点	方言归属
21	A拄A	拄	福建漳州	闽语
22	A仔A	仔	福建厦门	闽语
23	A死A	死	江西铅山、泰国曼谷潮州方言	赣语、闽语
24	AB顶AB	顶	安徽徽州华阳	徽语
25	A来A	来	湖南保靖	西南官话
26	A喃A	喃	云南丽江华坪	西南官话
27	A蛮A	蛮	云南丽江华坪、湖南道县祥霖铺	西南官话 湖南土话
28	A安A	安	云南丽江华坪	西南官话
29	A死（去）的A	死（去）的	贵州黔东南	西南官话
30	A得要死（去）的A	得要死（去）的	贵州黔东南	西南官话
31	A了/嘞/[l⁵³/leˇ]A	了/嘞/[l⁵³/leˇ]	云南昆明、思茅、沾益、勐海，广西两江，湖南湘西州，山西原平，甘肃酒泉	西南官话、平话、晋语、中原官话
32	A得/[te⁵⁵]/[tɤ⁵⁵]A	得/[te⁵⁵]/[tɤ⁵⁵]	湖北恩施、宣恩、来凤、咸丰、安陆，黔东南，湖南常德，山西临汾、洪洞	西南官话、中原官话
33	A大A	大	安徽怀宁	江淮官话
34	A高A	高	江苏泰如片³	江淮官话
35	A得儿A	得儿	湖北英山	江淮官话
36	A上A	上	安徽贵池、潜怀_{安徽西南部大别山区一带}河北新乐、无极、晋州、栾城、元氏、赵县	江淮官话、冀鲁官话
37	A又/也A	又/也	河北深泽	冀鲁官话
38	A啊A	啊	河北藁城，湖南益阳（泥江口）	冀鲁官话、湘语
39	A上个A	上个	河北无极	冀鲁官话
40	A是A	是	甘肃酒泉	中原官话
41	A了兀[ɯə]A	了兀[ɯə]	山西古县	中原官话
42	AXXA	XX	陕西韩城、河南济源	中原官话、晋语
43	AB呀不AB	呀不	山西原平	晋语
44	AXX嘞A	XX嘞	河北邯郸磁县、成安	晋语
45	A了/咾/唠个/槐A	了/咾/唠个/槐	山西太原、晋源、天镇、左云、定襄、右玉、柳林、朔州、大同、应县、昔阳、灵石、文水，河北灵寿，山西临汾、洪洞，河北望都、冀州、武邑、衡水	晋语、中原官话、冀鲁官话

以上可见，平话"AXA"各类最多，独有的有10种，与其他方言共有的有2种。

上面各式，有的"A"既可单音节，也可双音节；有的只能是单音节；有的只能是双音节，如安徽徽州华阳话的 "AB 顶 AB" 只有双音节形容词能进入该结构。又如山西原平的 "AB 呀不 AB"，也是只有双音节形容词能进入该结构。有的方言还有 "AXAB"，即前面是单音节形容词，后面是双音节形容词，可称之为不完全重叠式。

泰国曼谷潮州方言有 "A 死 A"，如：矮死矮_{非常矮}、乌死乌_{非常黑}、寒死寒_{非常冷}（陈晓锦，2010：324）。陈晓锦等（2019：502）也指出，泰国华人社区的曼谷潮州方言有 "A 死 A"，如"矮死矮_{非常矮}"。

闽方言常用形容词多叠式的形式表示程度高，漳州方言有 AAA 重叠式，由单音的形容词、名词、动词性语素构成。如：

形容词：白白白_{非常白}、蓝蓝蓝_{非常蓝}、青青青_{非常青}、平平平_{非常平坦}、麻麻麻_{非常麻木}、疏疏疏_{非常稀疏}、洽洽洽_{非常稠糊}。

名词：鼻鼻鼻_{非常黏糊}、雾雾雾_{非常朦胧、迷糊}、板板板_{非常呆板}、疡疡疡_{非常黏糊}、柴柴柴_{非常呆滞}。

动词：放放放_{心不在焉到了极点}、了了了_{一点点都不剩}、眠眠眠_{睡眼朦胧到了极点}。

AAA 式形容词比 AA 式形容词形容的程度增强，表示极度形容，有时含有夸张的意味。如：

乌_黑——乌乌_{很黑}——乌乌乌_{非常黑}

傻_傻——傻傻_{很傻}——傻傻傻_{非常傻}

水_美——水水_{很美}——水水水_{非常美}（马重奇，1995：124）

泉州方言单音节形容词除了 AA 式重叠外，还可以有 AAA 式和 AAAAA 式。多一层重叠在语义上就多加一层，程度就更进一步。普通话单音节形容词的重叠只有 AA 式。泉州方言的这种重叠式可以直接在句中充当谓语和补语。如：

（1）苹果<u>红红红</u>_{非常红}。

（2）面仔<u>红红红红红</u>_{非常非常红}。

（3）晒甲<u>乌乌乌</u>_{非常黑}。

（4）晒甲<u>乌乌乌乌乌</u>_{非常非常黑}。

有时还可以构成 "A 阿 AAA" 的形式，指程度更深，如：

（5）<u>红阿红红红</u>。

（6）<u>乌阿乌乌乌</u>。

泉州方言单音节形容词如果要表示程度深，一般用叠加的方式，叠加的次数越多，程度越深。（陈燕玲，2009：83）

漳州方言也有 "A 拄 A" 重叠式，在两个单音形容词语素之间加个 "拄" 字，构成 "A 拄 A" 式形容词，如：直拄真_{直截了当}、真拄真_{真实}、实拄实_{实实在在}。"拄" 原属动词，有 "抵" 之义，它嵌入 "AA" 之间，动词性质虚化了（马重奇，1995：127）。马重奇（1995）未说明 "A 拄 A" 的表义特点，再说从注释来看，也没有显示表示程度加强，是比较特殊的，也是一种类型。

据目前所掌握的材料来看，中国大陆未见潮州方言有形容词 "A 死 A" 重叠式的报道，只有江西铅山有。不知泰国曼谷潮州方言的 "A 死 A" 来源，有待于进一步调查研究。

此外，汉语方言还有一些特别之处。陈叶红（2010：31）指出，湖南张家界有"A 欻A 的""AB 欻 AB 的"，表程度最高级，在句中常作谓语、补语，一般不作定语。如：懒欻懒的、猾欻猾的、懒散欻懒散的、聪明欻聪明的、索利欻索利的_{很干净}、勤快欻勤快的、伤心欻伤心的、细刷欻细刷的_{皮肤细腻}。邢向东等（2014：323）指出："吴堡话有一种 ABA 式三音节形容词，其中前后音节是同一个语素，中间的语素类似中缀，可以看作一种特殊的重叠式构词形式。通过这种构词形式，表示一种状态的程度很高。如'净打净'表示将所有的东西全部出，没有保留，'净'是形容词性词根，'打'类似重叠的词根之间的中缀，重叠后表示'净'的程度高。'光溜儿光'指完全没有，一点儿也没有；'紧上紧'指情形紧迫、紧急。这种词所表状态的程度，比'AA 儿'式的还高。有的词不表示程度高，这时大多数后头的 B 要儿化。"如：原旧儿旧_{原封不动}、玄不玄儿_{不连续地，分开，多次少量地}、闲不闲儿_{不是专门做某事，试试看}、滑一滑儿_{差不多，略微差一点}。上面的"净打净"与好多方言的"A 打 A"一样，"A 上 A"与河北新乐等方言一致，"A 溜儿 A"为吴堡话所独有。

河南巩义方言也有"AXA"。在形容词重叠式"AXA"中，"A"是单音节形容词，"X"是自由语素，用以加强"A"的程度。因此，形容词"A"所表达的情感由于双重形态手段——重叠和加强而被强化。巩义方言的"AXA"是形容词重叠，数量较少，使用不广泛。例如：

nan^{42}ʂaŋ^{312} nan^{42} 极其困难

kuei^{312}sʅ^{53}kuei^{312} 非常昂贵

wən^{53}iou^{312}wən^{53} 非常稳定

巩义方言"AXA"的形成分两步：首先将形容词"A"复制为"AA"，然后将"X"插入复制的"AA"中。巩义方言有 3 种"AXA"：Aiou^{312}A、Aʂaŋ^{312}A 和 Asʅ^{53}A，前两种数量极少，仅收集了 7 个例子。但它们的使用频率高，构词方式独特。与 Aiou^{312}A 和 Aʂaŋ^{312}A 不同的是，最后一种重复形式 Asʅ^{53}A 在"AXA"重叠式中占很大比例，高达 85%。语素 iou^{312}（又）、ʂaŋ^{312}（上）和 sʅ^{53}（死）的不同搭配能力解释了为什么重叠式"Aiou^{312}A""Aʂaŋ^{312}A""Asʅ^{53}A"在数量上如此不同。虽然可以出现在"AXA"中的形容词"A"是极其有限的，但在"iou^{312}""ʂaŋ^{312}"和"sʅ^{53}"3 个语素中，语素"sʅ^{53}"的搭配和生成能力是最强的。因此，重叠式"Asʅ^{53}A"的数量大大超过了其他两个（魏盼盼，2019：17-18）。从表 6 可见，"又""上""死"其他方言也有。

湖南道县梅花土话有"A 唔 [m⁰] 得 A"，表示程度很高，相当于普通话的"再……不过"（沈明等，2019：195）。普通话"他房间里乱糟糟的，被子不叠，桌子不擦"，道县梅花土话说成"□ [tɤ⁵¹] □ [lə⁰] 房埠乱没 [mɤ³³] 得乱，被没折，台子没抹"（沈明等，2019：283）。其中的"乱没 [mɤ³³] 得乱"与湖南宁远平话的"A 没 [mə⁵⁵]A""A □ [mə³⁵]A（B）""A 莫 [mə²¹]A"的"没""□ [mə³⁵]""莫"音较近，所表示的语义也有点相近。

湖南益阳（泥江口）方言有"A 啊 A"，表示"A"的一种状态，一般是对人的性情或者品质的判断，多表消极意义。如：呆啊呆_{呆呆的样子}、缩啊缩_{畏畏缩缩的样子}、醒⁼啊醒⁼_{傻傻的样子}、戾啊戾_{不配合的样子}（夏俐萍，2020：201）。"A 啊 A"在河北藁城方言也有，但益阳（泥江口）

方言的"A 啊 A"所表语义与其他的"AXA"不同，很有特色。

河北还有"A 昂 A"，与"A 大 A""A 啊 A""A 又 A"，甚至与"A 里个 A"都算作一类。（吴继章，2016：109）

安徽潜怀方言还有"原照原_{仍是原样没变}""里外里_{反正一样}"（李金陵，1994：60）。"里外里"好多方言有，但一般把它当作副词"AXA"重叠。

湖北安陆方言除"A 得 A"外，还有其他说法。盛银花（2015：213）认为，还有少数形容词以其特殊的重叠形式表程度稍深的意思，有"A 嗨 A""A 嗨 AB""A 个 AB""A 里 AB""ABA"等。如：早嗨早、黑嗨黑草、白个白净、小里小气、急忙急。"早嗨早"也是形容词"AXA"重叠式。其实，有些已经词汇化为词了，是副词，如"急忙急"，是副词"AXA"重叠式。

芜崧（2014：26-27）指出，荆楚方言有"先不先_{事先；慌忙地}""硬绷硬_{质量好，过得硬；整整}""原封原_{原封不动地}""真不真_{真正；真的}"等。①

张志华（2005）指出，湖北罗田方言有"差 X 差"。张志华（2005：37）认为，罗田方言的不完全重叠式是指在重叠的两个"差"之间插入助词"X"，构成"差 +X+ 差"，这是罗田方言"差"字重叠式最常见的形式。根据"X"的不同，可将这种类型再分为 3 种基本形式："差 + 乎 + 差""差 + 呀 + 差""差 + 吧 + 差"。还有变式"差 + 乎子 + 差""差 + 呀子 + 差""差 + 吧子 + 差"。罗田方言的"差 X 差"与其他方言的"AXA"有很大的不同是，"X"是有限可变的，但"A"是固定的，只有一个"差"，很有类型学价值。

湖北荆州方言有"A 打 AB"重叠式，如：

（7）他是规打规矩_{实实在在、规规矩矩}的"文革"前大学生。（规矩）

（8）今日休息，明日从打从容地办事_{从从容容地办事情}。（从容）（王群生等，2018：286）

付欣晴（2016：223）指出，带中缀的"AXA"加缀重叠式主要分布在晋语、西南官话和粤语中，客家话（广东增城）、赣语（江西铅山）、湘语（湖南涟源杨家滩）、吴语（浙江温州、江苏苏州）都只见零散分布。从中缀的形式上看，包括只有一个音节的，也包括两个音节的，包括"里、险、哒、也、得、死怎"等，大部分都是具有地方特色的词缀，分布也没有什么规律，只有晋语区的一致性最高，一般都是以"了个 / 了槐"作为中缀。

我们以为付欣晴（2016：223）所说的方言面还不够广，有不少遗漏。如吴语至少漏了"A 猛 A"，其实付欣晴（2016：214）说浙江台州有"A 猛 A"，但付欣晴（2016：223）未提及。另外，我们发现丽水也有"A 猛 A"。"AXA"重叠方言分布还有南方的徽语、平话、闽语等，还有北方的江淮官话、冀鲁官话、中原官话等。"A 了个 A"除晋语外，属于中原官话的洪洞话也有，属于冀鲁官话的河北望都话也有。付欣晴（2016：300）说"AXXA"重叠式只见于陕西韩城，其实河南济源也有。另外，"X"并非全是中缀，还可以是别的，如吴语中的"显""猛"应该是副词。还有中间的"X"3 个音节、4 个音节，甚至是 5 个音节的用法。

以往的形容词"AXA"多为单点方言研究，杨俊芳（2008）较早进行综合研究，但方

---

① "AXA"一般当作副词，如"先不先"。

言面较狭窄，付欣晴（2016）方言面比杨俊芳（2008）广得多，但仍有不少遗漏，中加成分也少得多。

网上有《玉环话形容词性的生动构形法》一文，其中有"'形补同形'结构 A 了格 A"，这里把"A 了格 A"当作"形补同形"结构（即把后一"A"当作补语）。刘丹丹（2020：239）认为山西临汾、洪洞方言的"A 了个 A"是"形补同词"叠式结构。但刘丹丹（2020：238）"二、形容词重叠"中举有"A 了个 A"，说明是把"A 了个 A"当作形容词重叠。显然前后是矛盾的。

宁柏慧（2018：27）认为，这种重叠式不是"AA"重叠后在中间嵌入虚化的"了"，而是"A 了"重叠"A"音节构成"A 了 A"式，因为在昆明方言中"A 了"式与"A 了 A"式是共同存在的。如"脏了""臭了""辣了"也有并行形式"脏了脏""臭了臭""辣了辣"。只是在"A 了"后重叠"A"音节后表示程度的加深。具体说来，当"A"为单音节形容词时，构成"A 了 A"式，如：黑了黑、小了小、冷了冷、深了深、慢了慢、满了满、长了长、宽了宽、高了高、大了大、小了小等。当"A"为双音节形容词时，构成"A 了 A"式，如：老实了老实、老火了老火、好瞧了好瞧、软和了软和、干净了干净、嘈耐了嘈耐、恶俗了恶俗、小气了小气等。

对以上的观点，我们不敢苟同。李兆同（1984）、丁崇明等（2013）都认为昆明方言的"A 了 A"是形容词重叠式，宁柏慧（2018）的标题是"昆明方言形容词构词重叠与构形重叠探析"，而又不承认"A 了 A"是形容词重叠形式，显然是"文不对题"。至于"形补同形"或"形补同词"也不能成立。汉语方言有众多"AXA"结构，南方一些少数民族语言也有，应看作形容词重叠加中加成分。还有汉语方言除了形容词有"AXA"重叠式外，动词、量词、数词、副词都有，是一个系列。

此外，还需要说明的是，"AXA"绝大多数应该是构形重叠，只有副词"AXA"重叠几乎是构词重叠。

2.《汉语方言大词典》的"AXA"

许宝华等（2020）也收有一些形容词的"AXA"，应该说这些"AXA"已词汇化为词。

未猛未：许宝华等（2020：1019）收："差得很远。"方言为吴语：浙江金华岩下。如：

（9）还未猛未到家。

（10）尔的力气还未猛未。

扣掐扣：许宝华等（2020：1599）收："正好；恰好。"方言为吴语：上海。如：

（11）两张稿子扣掐扣抄两千个字。（上海松江）

浙江绍兴也有"扣掐扣"，但吴子慧（2007：191-192）认为是副词。

扣足扣：许宝华等（2020：1599）收："非常吝啬。"方言为吴语：浙江杭州。

扣打扣：许宝华等（2020：1599）收："算好准确的用量，不多不少。"方言为湘语：湖南。如：

（12）不要打埋伏，哪个泡种是扣打扣的？（周立波《山乡巨变》）

光打光： 许宝华等（2020：1663）收："精光。"方言一为中原官话：陕西。二为西南官话：湖北武汉。如：

（13）你也拿我也拿，搞得光打光。

（14）屋里光打光。

光搭光： 许宝华等（2020：1666）收："精光；全完。"方言为江淮官话：江苏南京。

实拄实： 许宝华等（2020：3225）收："不增不减，多少是多少。"方言为闽语：福建厦门。

明打明： 许宝华等（2020：2959）收，义项有二，其一为"很明显；十分清楚"。方言为吴语：上海。如：

（15）明打明，镇委是把她当作基层干部来培养的。（叶文玲《长塘镇风情》）

（16）现在我就明打明告诉你，这百叶是我家公公叫我来拿的，给不给由你！（《新剧作》1981 年第 2 期）

其二是"正大光明。"方言为吴语：上海。例句为明代《西洋记》第 62 回。

明当明： 许宝华等（2020：2960）收，义项有二，其一是"（事情）很清楚；非常明显"。其二是"公开的；正大光明的"。方言为吴语：浙江杭州。

直拔直： 许宝华等（2020：2736–2737）收："说话直截了当，不转弯抹角。"方言吴语：上海松江、江苏苏州。如：

（17）往常他同乘客说话，喜欢井里捞竹头直拔直，今天却很注意分寸。

（18）不过勿能直拔直的问，要说得婉转点。（弹词《玉蜻蜓·庵堂认母》）

（19）我又勿能直拔直说，捘托我传言我一定传到。（弹词《西厢记》）

直拄直： 许宝华等（2020：2737）收："直截。"方言为闽语：福建厦门。

紧绷紧： 许宝华等（2020：4168）收："正好；一点没有多余。"方言为吴语：江苏溧水。

紧巴紧儿： 许宝华等（2020：4169）收："很急促。"方言为东北官话：东北。如：

（20）我也是紧巴紧儿才赶上了这趟车。

真拄真： 许宝华等（2020：4023）收："真实；真正。"方言为闽语：福建厦门。

硬拍硬： 许宝华等（2020：5213）收："牢靠；说话算数。"方言为吴语：浙江绍兴。

硬拄硬： 许宝华等（2020：5213）收："硬碰硬。"方言为闽语：广东潮阳。

硬逗硬： 许宝华等（2020：5213）收："比喻坚持原则，不徇私情。"方言为西南官话：四川成都。如：

（21）现在做工作就是要硬逗硬。

硬碰硬： 许宝华等（2020：5214）收，义项有二，其一是形容词："真实的；来不得虚假的。"方言为吴语：上海、浙江杭州。如：

（22）考试是硬碰硬，侬平常勿用功就是考勿好。

其二是副词："确实；明摆着。"方言为吴语：上海、浙江杭州。如：

（23）我年纪硬碰硬比侬大。

硬堵硬： 许宝华等（2020：5213）收："硬碰硬；真正。"方言为闽语：广东潮州。

如果用"真正"来解释"硬堵硬",它应该是副词更确切,或者分为两个义项,一为形容词,一为副词。

我们并未对《汉语方言大词典》作全面考察,词典中也许遗漏了一些形容词"AXA"重叠。

(五)"AXA"的语义表达与量级

"AXA"一般情况是表程度的加强、加深。但在表程度量方面,不同的方言"AXA"有不同之处。

温端政(1957/2003:28)指出:"A显""A显A"都表形容词的程度,相当于普通话的"好极了""好得很"等。"A显A"在表程度上比"A显"要重一点。

周若凡等(2013:92-93)认为,瑞安方言两类形容词和"显"结合能力有差异,"显"能广泛黏附于简单形式的形容词后,表程度的加深。瑞安方言单音节形容词构成"A显A"的词语数量非常大,几乎所有的单音节形容词都可重叠为"A显A",表程度的加深,使语言更加形象生动。

"A显A"显示了"级"的范畴。傅佐之等(1982:139)说到"显"的程度等级层次:

1. 由"显"黏附于单音词后组成的程度等级系列

原级:	好	想
强化级:	好显	想显
最高级:	好显好	想显想
夸张级:	好显好显	想显想显
	好显好好显好	想显想想显想
比较级:	好大显	想大显

2. 由"显"黏附于双音词后组成的程度等级系列

原级:	勤力	了解
强化级:	勤力显	了解显
最高级:	勤力显勤力	了解显了解
夸张级:	勤力显勤力显	了解显了解显
比较级:	勤力大显	了解大显

3. 由"显"黏附于多音词语之后的组成程度等级系列

原级: 怕得人憎

强化级:怕得人憎显

最高级:怕得人憎显怕得人憎

夸张级：怕得人憎显怕得人憎显

比较级：怕得人憎大显

傅佐之等（1982：139）认为，从上面几组例子可发现，一个词或短语，由于"显"的黏附，随着"显"字结构的变化形式的逐渐复杂化，所表程度也随着层层增强，形成的程度等级层次就是：原级＜强化级＜最高级＜夸张级。

"A显A"的程度虽是"最高级"，但还不是表最高，"夸张级"即"A显A显"最高。但其实，温州方言还有"A显AA显A"。"A显A"比"A显"高，那么，"A显AA显A"应比"A显A显"高才是。另外，未说明"比较级"的等级层次。

仙居方言的"好吃猛"义为"好吃得很"，"好吃猛好吃"也是"好吃得很"，但后者比前者在表程度上要重一点。

李金燕（2020：145）描述更详细：仙居方言重叠式语义有不同程度的强化或者弱化趋势，因此，从等级差异的角度出发，可以根据仙居方言的表义程度强弱，将仙居方言的形容词重叠式排列成等级序列：AA个＜A＜AXX＜AA完＜A猛A。

"A猛A"的程度意义表达到极致，其次是"AA完"，再是"AAX"[①]，最后是"A""AA个"。如：

（1）没熟格安株酸酸个没熟的樱桃有点酸。

（2）没熟格安株酸的没熟的樱桃酸的。

（3）没熟格安株酸死死没熟的樱桃很酸。

（4）没蛮格安株酸酸完没熟的樱桃很酸很酸。

（5）没熟格安株酸猛酸没熟的樱桃酸到不能再酸了。

"安株酸的"的"酸"，属于一般描述，"酸酸个"程度义比"酸"浅，"酸死死"程度义比"酸"要深，但未达到"很酸"的程度，"酸酸完"的程度意义更深一级，"酸猛酸"是"酸极了"。"酸猛酸"式强调某件事物的本身特点达到了无法描述的程度，有夸张的意思，体现出了一个极端。（李金燕，2020：145）

（6）渠煎来格药苦苦个他煎起来的药有点苦。

（7）渠煎来格药苦的他煎起来的药苦的。

（8）渠煎来格药苦滴滴的他煎起来的药苦苦的。

（9）渠煎来格药苦苦完他煎起来的药很苦很苦。

（10）渠煎来格药苦猛苦他煎起来的药苦到不能再苦。

"药苦的"的"苦"，属于一般描述，"苦苦个"程度义比"苦"浅，"苦滴滴"程度义比"苦"要深，但未达到"很苦"的程度，"苦苦完"的程度意义更深，而"苦猛苦"是"苦极了"。"A猛A"的语义程度达到了极点。（李金燕，2020：145）

但临海方言"A蛮A"所表语义有所不同。如：蛮好 | 好蛮好比较好 | 佑好很好 | 好得猛好得很 | 好猛介好很啦，反话。（蔡勇飞，2015：149）

上面清楚地显示，临海方言的"A蛮A"表示的是"比较A"，并非"最高级"，而只是

---

① 原文如此，应为"AXX"。

"比较级"。又如：

（11）个（葛）<u>蛮热闹个（葛）</u>，望戏个（葛）人蛮多_{这里蛮热闹的，看戏的人蛮多。}

（12）个（葛）坱热闹蛮热闹，望戏个（葛）人勿少_{这里比较热闹，看戏的人不少。}

（13）个（葛）坱<u>佑热闹</u>，望戏个（葛）人佑多_{这里很热闹，看戏的人很多。}

（14）个（葛）<u>热闹得猛</u>，汗轧出来沃_{这里热闹得很，汗挤出来了。}

例（12）的"热闹蛮热闹"是"比较热闹"，也是"比较级"，不是"最高级"，所表语义不如"佑 A"，也不如"A 得猛"。但阮咏梅（2019：180–181）认为"好蛮好、佑好、好得猛"表示"很、非常"的程度相似，只是句法功能有所差异。

刘丹青（1986：14）指出："'A 里 A'式（硬里硬）也表示程度强，不同的是它主要带有同类事物里最强的含义，接近印欧语的最高级。如'冰结得硬里硬'暗示硬到不能再硬了。"刘丹青（1986：15）指出，强化式的上述情况，也适合于表程度强的其他各式，如"XA""A 完 A 完""A 里 A"等。

盛益民（2014：176）认为绍兴柯桥话的"A 里 A"表程度达到极点。

可见，单是吴语，"AXA"表量级也是有同有异。

湖南宁远平话的"A 没 A（A 没得 A）""A 没 AB（A 没得 AB）"表"比较 A""很A"，如：

（15）青菜<u>干莫干净</u>_{（这些）青菜干净吗}？

　　　　干没干净_{还算干净。}

这个对话中，问话人想了解菜是否干净，答话者的意思是比较干净。

（16）子煮起个青菜<u>好没好食</u>_{他炒的菜味道很好。}

"A □ [mə³⁵]A（B）"表示程度加深。如：

（17）彼粒红薯<u>硬□ [mə³⁵] 得硬</u>，莫食了_{这个红薯太硬了，别吃了。}

如果"A"或者"AB"是贬义的，整个结构表示"A"或者"AB"的程度加深，有非常讨厌的意味。结构后常常加"去了"，如：

（18）子煮起个青菜<u>难□ [mə³⁵] 得难食去了</u>_{他炒的菜很难吃。}

如果"A"或者"AB"是褒义或者是中性的，整个结构表示"A"或者"AB"的程度加深，并带有明显的夸张意味。如"那青菜冷□ [mə³⁵] 冷了"是说菜已经上来很久了，很凉了。（李永新，2019：186–187）

有的与语气有关。谢自立等（1995：232–233）指出，作为共时平面的重叠式，"A 里A"带有主观强调语气，"硬里硬"跟前附词"绷绷硬"和短语"顶顶硬"都表示最高程度，但"硬里硬"因为原形的重叠而强调语气最重。部分人使用的"A 完 A"语气等同于"A 里A"而不是"A 完 A 完"（"A 完 A 完"的强调语气要舒展一些，更多的是渲染、夸张和感叹意味），可见模式比具体语缀（"里"或"完"）更加重要。"AB 勒 AB"所表示的语义跟"A 里 A"完全相同，即除了表示最高程度，还表示强烈的主观强调语气，语缀"勒"可以认为是"里"（两者声母都是 [l]）在双音节原形情况下的一个变体。

其他方言的"AXA"形容词重叠形式，多表程度的加深、加强，但据马重奇（1995），福建漳州话的"A拄A"式重叠并无这种程度加深的语义,这是非常特殊的现象,有类型学价值。

(六)"AXA"的感情色彩与语法功能

1."AXA"的感情色彩

一般来说,形容词重叠在感情色彩上并无明显的表示,主要看形容词的性质。如温州等的"A显A",台州等的"A猛A",如"这人好猛好",语义表"好";"这人坏猛坏",语义表"坏"。

但其他一些方言也有不同情况。如福建蒲城方言"A死luo(了)A"整个结构表贬义。刘村汉等(1988:140)指出,广西平南白话"A鬼A"的作用与"AA"基本相同,表程度加深,但含憎恶意,如:

(1)佢生得瘦鬼瘦,矮鬼矮他生得很瘦,很矮。

(2)箇条路泘鬼泘,行都唔好行这条路很泥泞,很不好走。

禤伟莉(2009:36)认为,广西宁明白话"A嘿A"的作用与AA基本相同,表程度加深,但含厌恶、嫌弃之义,如:

(3)嗰哋天气冷嘿冷嘅这种天气太冷了。

(4)佢嘅鼻公扁嘿扁嘅他的鼻子太扁了。

(5)佢车得咩嘿咩嘅,不好睇他缝得太弯了,不好看。

(6)佢嘅指甲长嘿长嘅他的指甲太长了。

禤伟莉(2009:36)指出,广西宁明白话的"A死咁A"也有加强程度作用,带有明显的贬义色彩,含有"很A"的意味。

广西玉林方言有"A死咁A"与"A鬼咁A",这两种结构的意思是一样的,都表示程度加深,有"很A"义,且这种"很A"常表贬义。玉林方言的"AA"式都能变为这两种结构。如:厚死/鬼咁厚很厚,太厚了,厚得令人讨厌、瘦死/鬼咁瘦很瘦,太瘦了,瘦得令人讨厌、辣死/鬼咁辣很辣,太辣了,辣得令人讨厌、实死/鬼咁实很硬,太硬了,硬得令人讨厌、红死/鬼咁红很红,太红了,红得令人讨厌(梁忠东,2002:87)。唐七元(2020:32)也认为玉林白话"AX咁A"中常见的"X"有"死、□[hai54]女性生殖器官、鬼"3个,所表达意思是一样的,都表示程度加深,有"很A"的意思,而且常带贬义。如:厚死□[hai54]/鬼咁厚太厚了,厚令人讨厌、阔死□[hai54]/鬼咁阔太宽了,宽得令人讨厌、红死□[hai54]/鬼咁红太红了,红得令人讨厌、软死□[hai54]/鬼咁软太软了,软得令人讨厌、冷死□[hai54]/鬼咁冷太冷了,冷得令人讨厌。相比梁忠东(2002:87),多了1个"□[hai54]",与"死""鬼"相同,也是"坏字眼"。

广西桂林方言有"A死更A",常用于程度更高的贬义感叹句,其后通常紧跟一个"去"。常见的说法有"颠死更颠""蠢死更蠢""久死更久"等,如:

(7)你为什么哏子做,蠢死更蠢去。(唐七元,2020:71)

"死更"也是"坏字眼"。

广西临桂两江方言有"A 了 A",又有"A 死恁 A"（梁金荣，2005：186）。"A 了 A"表示程度的加深，同时具有夸张和描写色彩。如：高了高_{很高}、肥了肥_{很肥}、远了远_{很远}、黑了黑_{很黑}、臭了臭_{很臭}、深了深_{很深}、矮了矮_{很矮}、瘦了瘦_{很瘦}、近了近_{很近}、白了白_{很白}、香了香_{很香}、浅了浅_{很浅}（梁金荣，2005：186）。"A 死恁 A"没有描写色彩，它主要表达说话人对某一性状超过某种程度的夸张性描写。如：高死恁高_{高得要死}、肥死恁肥_{肥得要死}、远死恁远_{远得要死}、黑死恁黑_{黑得要死}、臭死恁臭_{臭得要死}、矮死恁矮_{矮得要死}、瘦死恁瘦_{瘦得要死}、近死恁近_{近得要死}、白死恁白_{白得要死}、浅死恁浅_{浅得要死}，再如：

（8）隔壁家人小死恁小_{隔壁一家人小气得要死。}

（9）老张个儿精死恁精_{老张的儿子精得要死。}（梁金荣，2005：187）

根据例子，"A 死恁 A"也是表示贬义。

张辉（2008：148）指出，广西桂林方言有"A 死"式，中性及带有贬义的单音形容词可套用这个生动形式。如：高死、香死、臭死、远死、肥死、丑死、瘦死、高兴死、难过死、郁闷死、客套死、漂亮死。其语法意义是："A 死"式主要用于表达一种主观认识，认为形容词"A"程度较高，已超过预期程度，带有一些嘲弄的色彩。如："高死"表"太高了"，"香死"表"太香了"，"远死"表"太远了"，"肥死"表"太肥了"，"臭死"表"太臭了"，"丑死"表"太丑了"，"高兴死"表"太高兴了"，"难过死"表"太难过了"，"郁闷死"表"太郁闷了"，"客套死"表"太客套了"，"漂亮死"表"太漂亮了"。"A 死"式程度进一步发展到夸张的程度就成了"A 死恁 A"，表说话人对某种性状超过某种限度的夸张表达，可用"A 得要死"来解释其意义，如："高死恁高"表"高得要死"，"香死恁香"表"香得要死"，"臭死恁臭"表"臭得要死"。"A 死恁 A"也是表示贬义。

浙江绍兴嵊州长乐话有"形 + 猛"，大多还可在前面再加副词"忒 [thəʔˌ/thiʔˌ] 葛"，构成"忒葛 + 形 + 猛"。这种双料副词全部表程度过头，且带有强调意味。如"尔来得早猛"说成"尔来得忒葛早猛"，超过正常要求的意思就更明确。再如"老实猛"等通常没有程度过头的意思，但一旦前面也加上"忒葛"，就也有"太""过于"义。（钱曾怡，2002：290-291）

"A 死"都表贬义，因此，比"A 死"程度更夸张的"A 死恁 A"也多表贬义。正所谓"物极必反"。这与普通话不同。普通话"香得要死"不是贬义。"死"的意义已虚化，只表程度极高义，无贬义色彩。[①]

肖亚丽（2007：51）认为黔东南方言的"A 死（去）的 A"往往表程度很深的贬义，"A"为中性或贬义词。

胡松柏等（2008：304）认为，江西铅山方言"A 死 A"明显带有贬义。"死"可加在形容词、动词和动词短语前表程度较高，相当于"极""特别"，带有夸张意味。胡松柏等（2008：305）又认为，在表程度的同时都带有不满的感情色彩，某些褒义的词语以之修饰，感情色彩也会有所变化。这可能与"A 死恁 A""A 死咁 A"等一样，也与中加成分"死"字有关。

---

① 根据《北斗语言学刊》匿名审稿专家的意见作了修改。

河北灵寿话(属晋语)与山西的好多晋语方言点一样,有"A 了个 A",也表程度极高,但灵寿话的"A 了个 A"大多由表消极义的或贬义的形容词构成,如"丑了个丑""坏了个坏"。本来是积极义或中性义的形容词,一旦如此重叠,"A 了个 A"也就具有了消极色彩,如"甜了个甜"表示的是一种令人不满的甜味;又如"他的衣服灰了个灰,不好看"(吴继章,2016:111)。这与其他晋语不同。乔全生(2000:59)认为,"A 了个 A"式所带的感情色彩与基式有关。基式是亲热、爱抚的积极意义或是厌恶、不满的消极色彩,重叠后只是加深程度。

湖南宁远平话的"A 没 A(A 没得 A)""A 没 AB"(A 没得 AB)与"A □ [mə³⁵]A(B)","A""AB"既有表示褒义的,也有表示中性的,也有表示贬义的。(李永新,2019:186-187)

从以上的分析可看出,一些"AXA"重叠式没有明显的感情色彩,主要看形容词的性质,如形容词表褒义,"AXA"也表褒义,如形容词表贬义,"AXA"也表贬义。但有的"AXA"的"X"本身是个不好的字眼,如"死""鬼""死悇""死/鬼咁"等,整个"AXA"表贬义。由此可见,不同的方言"AXA"的感情色彩并非一样。所有这些,都充分说明汉语方言"AXA"感情色彩的多样性,也充分显示了类型学特色。

2."AXA"的语法功能

在语法功能方面,各方言点的"AXA"也有一些差异。

温端政(1957/2003:28)指出:浙南闽语后面加"显"或重叠后中间加"显"的形容词,在句子里只能作谓语用,不能作其他成分。如:伊戇显戇他呆得很;日头炎显炎太阳猛得很;种田着力显着力种田吃力得很。

但王昉(2011:87)认为温州方言后加"个"可作主语和宾语,但只举作主语的例子,如:

(1)小显小个新可以囥底很小的放进去。

作谓语就较自然,如:

(2)杨梅酸显酸杨梅很酸。

也可作定语,不过也要后加"个",如:

(3)麻烦显麻烦个事干很麻烦的事情。

也可作补语,如:

(4)地下妆起肮脏显肮脏地上弄得很脏。

支亦丹等(2017a:92)说乐清方言的"A 显 A"可在句子中充当谓语、定语、状语和补语,如:

(5)有哩人皮肤天生白显白,晒阿晒弗黑有些人皮肤天生很白,晒都晒不黑。(作谓语)

(6)冇笨显笨个学生,只有弗会教个老师没有很笨的学生,只有不会教的老师。(作定语)

(7)每个老板沃喜欢员工拗精拗落显拗精拗落个做事每个老板都喜欢员工很干脆利落地做事。(作状语)

（8）懒郎流氓共一起打个<u>凶显凶</u>，冇人拦得牢 _{流氓聚众打得很凶，没有人能拦得住。}（作补语）

温端政（1957/2003：28）认为浙南闽语的"A显A"只能作谓语用，不能作其他成分。温州方言与浙南闽语的"A显A"的语法功能不同，温州方言的语法功能更强。有可能浙南闽语是受温州方言的影响，只接受了部分语法功能。

蔡海燕（1997：39）认为临海方言"A蛮A"可作定语、谓语、状语、补语，如：

（9）<u>红蛮红</u>葛衣裳。（作定语）

（10）眼睛<u>细蛮细</u>。（作谓语）

（11）<u>重蛮重</u>葛掼过来／掼过来<u>重蛮重</u>。（作状语，可放在谓词前，也可放在谓词后）

（12）双脚走得<u>重蛮重</u>。（作补语）

张永奋（2008：71）有一个表，说"A猛A"式可作定语、谓语、状语、补语。看来"A猛A"语法功能还是较多的，但未具体举例。

方思菲（2013：41）指出，苍南蛮话"A猛A"能作谓语，是使用频率最高、使用范围最广的，如：

（13）这后生团<u>生好猛生好</u> _{这个年轻人很漂亮。}

也能常作补语，如：

（14）伊写字眼写<u>好看猛好看</u> _{他写字写得很漂亮。}

偶尔也能作定语和宾语，如：

（15）<u>多猛多</u>人走温州嬉 _{很多人去温州玩。}（作定语）

作宾语的例子比作定语更少，而且"猛"只能和方位名词搭配充当表处所的宾语，如：

（16）伊家底在<u>底爿猛底爿</u> _{他家在最里面。}

上例"A"也是名词，方位名词，也是比较特殊的。"A"可以是名词，所以也可作宾语。

盛益民（2014：176）说绍兴柯桥话的"A里A"主要是作谓语和补语，如：

（17）介许多年蹲落，天津<u>熟里熟</u>哉啯 _{住了这么多年，天津是熟得不能再熟了。}

（18）鱼干园到<u>臭里臭</u> _{鱼干藏到臭得不能再臭了。}

苏州方言的"A里A""AB勒AB"作谓语最常见，如：

（19）小张葛闲话<u>对里对</u>。

（20）观前街浪是<u>闹猛勒闹热</u>。

也有作补语，如：

（21）阿有啥倷拿俚讲得实梗<u>坏里坏</u>。

（22）俚葛普通话讲得<u>蹩脚勒蹩脚</u>，难听杀哉。

也可作定语，如：

（23）一部<u>新里新</u>葛脚踏车。（谢自立等，1995：235-236）

以上可见，吴语"AXA"重叠的语法功能有的强一些，有的弱一些。也有的同一种方言，因不同的研究者描述的详略不同，也有差异。

其他方言也是如此，如河北望都话的"A了个A"只能作谓语，如：

（24）今儿这菜可是寡_淡了个寡，没有放盐哇。

而深泽等地的"A又/也A"重叠式则是除了作谓语外还可以作补语。（吴继章，2016：111）

可见，不同的方言，"AXA"的语法功能有强有弱。

（七）"AXA"重叠式形成方式与来源

吴语的"AXA"重叠式有的直接来自近代汉语，如"A里A""A打A""A又A""A上A"等。有的另有来源，或者是类推而成，或者是方言接触的结果。"AXA"重叠式形成方式有以下几种。

1. 追加

近代汉语和现代汉语有一种"X什么X"，齐沪扬（2007：430）认为是追补，是"追加述语"，这是有道理的。汉语先有"X什么"，后才有"X什么X"。"X什么"有表否定的意思，后来出现的"X什么X"否定意味更强。

"A显A"和"A猛A"也有可能是"A显"和"A猛"的追加，因温州等地和台州等地有大量的"A显"和"A猛"。傅国通（2007/2010：40）指出："副词'显'。表示'很'、'非常'的意思，用在形容词或形容词性词语后面。这个副词多见于温州、丽水等地区。"如：好显、大显、高显、热显、多显、长显、威风显、腹痛显、生好显、勤力显、难为情显、摆架子显、上台盘显。傅国通（2007/2010：40）说："副词'猛'，表示'很'、'非常'的意思。用在形容词或形容词性词语后面。这个副词多见于金华、舟山等地区。"如：甜猛、大猛、长猛、短猛、轻猛、重猛、高兴猛、古怪猛、吃力猛、好食猛、难服侍猛、摆架子猛、难为情猛。

杨勇（2014：131）指出："也可以直接用'形+们'，来表示程度加强，如：走快们。"与"A显A"不同，"们"似乎不能前置，因杨勇（2014：131）认为，"形容词前加'蛮'"，"'蛮'在蛮话与蛮讲方言以及金乡话中，'蛮'含'比较'、'挺'的意思。'蛮'都可以置于形容词之前，表示程度稍微加强。在蛮话与蛮讲中，几乎所有的单音形容词都可以加'蛮'"。看来，苍南蛮话"A们A"可能是"A们"追加"A"而形成的，也有可能受温州方言"A显A"的影响类推而来。

2. 省略或脱落

傅国通（2007/2010：33）说到"A显A"："温州、丽水等地区的方言里，有一种由形容词后加副词'显'组成的形容词短语，形式简短，经常重叠，构成'A显A显'或'A显A'式的重叠格式，后者是前者的省略形式。这种词化式的短语重叠格式表示'非常'的附加意义。"如：好显好（显）、大显大（显）、多显多（显）、碎显碎（显）、热显热（显）、冷显冷（显）。游汝杰先生也曾说"A显A"是"A显A显"的省略。

陈贵麟（2007：21）认为缙云方言的"热猛热"是"热猛热猛"的省略，也就是重复之后的部分省略。苏州方言有"A完A完"，脱落后面的"完"，就形成了"A完A"。刘丹青（1986：10）认为有一部分苏州人还有说"A完A"，表义作用与"A里A"相近，是由"A完A完"在"A里A"的类化下形成的。

傅国通（2007/2010：33-34）说到"A猛A猛"："金华地区等方言里，有一种由形容词后加副词'猛'组成的形容词短语，形式简短，经常重叠，构成'A猛A猛'的重叠格式。这种词化式的短语重叠式表示'很'、'非常'的附加意义。"如：好猛好猛、多猛多猛、大猛大猛、高猛高猛、难过猛难过猛、勤力猛勤力猛、高兴猛高兴猛。金华、台州等地有"A猛A"，"A猛A猛"脱落后一"猛"而成为"A猛A"是有可能的。

湖南宁远平话单音节形容词有"A没 [mə⁵⁵]A"和"A没得A"的形式，如"红没红比较红""甜没得甜比较甜"。部分双音节形容词"AB"可以重叠为"A没AB"和"A没得AB"，如"干没干净比较干净""干没得干净比较干净"。形容词性的动宾结构"AB"也可以构成"A没AB"和"A没得AB"，如"用没用心比较认真""用没得用心比较认真"。"A没A（A没AB）"式可以看作是"A没得A（A没得AB）"简化而来，两者意思上没有区别，慢说则有"得"，快说则"得"被省略，如：

好：好莫 [mə²¹]① 好，好莫得好；大：大莫大，大莫得大。

香：香莫香，香莫得香；用心：用莫用心、用莫得用心。（李永新，2019：186）

因此，"脱落"可能也是"AXA"的一种来源，即不同方言的"AXA"可能来源并不一致，有的是"追加"，有的是"省略"或"脱落"。

3. 来源：重叠与中加

刘丹青（2012）其标题是"原生重叠和次生重叠：重叠式历时来源的多样性"，从"重叠式历时来源的多样性"可见，汉语方言的"AXA"并非单一性，应是多样性。刘丹青（1988：170）指出："在汉藏语系中，重叠也常常跟其他语言手段结合使用，这就是综合重叠。这主要表现为两种情况。"刘丹青（1988：170-171）指出，一种是重叠与附加的综合。前举北京方言"试巴试巴、扭搭搭"、苏州方言"好好叫"，就同时运用了重叠与后加两种手段。同时运用重叠与中加两种手段的也很常见，如苏州方言单音动词的"A勒A"（摇勒摇、飘勒飘），昆明方言单音谓词的"A了A"（黑了黑、怕了怕），南京方言量词的"A把A"（个把个、次把次），湘语益阳方言数词的"A什A"（百什百、半什半），傈僳语动词的"AliA" [ʥy⁴²]（吹）→ [ʥy⁴²li³³ʥy⁴²]（飞扬）。重叠也可跟前加结合，如傈僳语 [mo⁴⁴]（高）重叠成 [a³¹mo⁵⁵mo⁴⁴]（高高的），吴语吴江方言动词的"密A密A"（密吃密吃、密看密看）。

以此看来，"AXA"应属综合重叠的"重叠与中加"。

---

① 这里全用"莫"而不是"没"，原文如此。"莫"与"没"声母、韵母相同，只是声调不同。

（八）古今比较

1. 形式的扩展

"AXA"形式，近代汉语只有少数几种，而现代方言竟然多达几十种。

"AXA"中的"X"也更复杂，不但是其音节，还有其性质，有的是程度副词，有的是中缀，有的还很难判断其性质，有的实际上是凑足音节。

2. 现代方言形容词双音节更多

近代汉语"AXA"重叠式中的"A"基本是单音节形容词，元代作品有"朦胧打朦胧"，但仅此1例。

现代方言的双音节就多了些。当然，"A打A"的"A"仍多为单音节形容词，但浙江象山方言有"矇眬打矇眬"（叶忠正，2007：489），其实就是"朦胧打朦胧"。

吴语的"AXA"，其中的"A"也可以是双音节形容词，甚至是短语，有的是三音节，温州方言、龙游方言等甚至可以是四音节。

安徽徽州华阳方言的"AB顶AB"，只能是双音节形容词。山西原平方言的"AB呀不AB"也只是双音节形容词。湖北恩施方言的形容词都能进行"A得A"与"AB得AB"重叠。

3. 现代方言的"AXAB"

民国白话小说已有"实打实落"，但到底只是少数现象。"A打AB"现在方言的分布范围要广一些。江西湖口方言如：干打干脆、干打干净、干打干源、硬打硬算、硬打硬拼、硬打硬抗、硬打硬写、硬打硬拖、硬打硬晒，（陈凌，2019：330）。陈凌（2019：330）认为，湖口方言的"A打AB"只用于"干打干B"和"硬打硬B"，"干B"是一个形容词，"干源"意思是"完全彻底地结束了""没有什么可以再说或再做的了""用不着再说了"。"硬打硬B"的"硬B"是一个偏正结构，其B可以是任何一个动词，"硬打硬"意思是：直面相对，不讲究迂回对策。

湖北恩施方言有"AB得AB"可简化为"A得AB"，因为恩施方言的形容词都能进行"A得A""AB得AB"重叠，这就是说，恩施方言有大量的"A得AB"。（张华，2018：86）

湖南宁远平话中的"A没A（A没得A）""A没AB"（A没得AB）与"A□[mə³⁵]A（B）"，"A""AB"如表示贬义，一般会在结构后面加"去了"，表示"A"或者"AB"程度加深。如：

（1）那□[ta⁵⁵]男子家矮没矮去了_{那个男人太矮了}。

（2）那□[ta⁵⁵]男子家矮□[mə³⁵]得矮去了_{那个男人太矮了}。（李永新，2019：187）

4. "ABXAB"与"AXA"有蕴涵关系

方言中有一些"ABXAB"重叠形式。"ABXAB"大多蕴涵了"AXA",即有"ABXAB",多有"AXA式,有"AXA",不一定有"ABXAB",因有的方言只见"AXA",不见"ABXAB"。只有华阳方言的"AB顶AB"、原平方言的"AB呀不AB"都是双音节,不见单音节,非常罕见。

5. "AXA"的词汇化

有的"AXA"已经词汇化,最有名的是"实打实",连《现代汉语词典》(2016:1185)也收入,还收"动不动""里外里""时不时",都是副词(《现代汉语词典》(2016:312、799、1183)。还有"明打明"等(许宝华等,2020:2959)。

6. 方言接触的"AXA"①

温端政(1957/2003)最早提到浙南闽语(分布在平阳、玉环、洞头、泰顺等地)有"A显A"。如:长显长、多显多、甜显甜、快活显快活、清气显清气_{清洁得很}、闹热显闹热。(温端政,1957/2003:27-28)

温端政(1994:46)指出,浙南闽南语有许多表形容词程度的方式是福建闽南语所没有的,如"蛮A"这种状谓式和"A显""A显A""A显AA显A"这些后缀式及变体。温端政(1994:46)认为:比较浙南闽南语和福建闽南语的形容词程度的表示方式,可以看出3点,其中第3点是:浙南闽南语有许多表形容词程度的方式是福建闽南语所没有的,如"蛮A"这种状谓式和"A显""A显A""A显AA显A"这些后缀式及其变体。温端政(1994:46)指出:"联系与浙南闽南话相邻的几种方言来观察,可以明显地看出,浙南闽南话里'蛮A'和'A显'及'A显A''A显AA显A'这些表示方式,都是来自温州话。"

当然,温州方言与浙南闽南方言有区别。如:温州方言"A显""A显A""A显AA显A"里的"A",除了是单音节或双音节形容词外,还可以是三音节四音节的形容词。如:呆头相_{傻气}显、呆头相显呆头相、呆头相显呆头相显、莽草火性_{莽撞暴躁}显、莽草火性显莽草火性、莽草火性显莽草火性显。浙南闽南方言里形容词很少有三、四音节的,所以不见有这种格式(温端政,1994:47)。还有不同之处是,支亦丹等(2017a:92)说乐清方言的"A显A"可在句子中充当谓语、定语、状语和补语。温端政(1957/2003:28)说浙南闽语的"A显A"在句子里只能作谓语用,不能作其他成分。由此可见,温州方言与浙南闽语的"A显A"的语法功能是不同的,温州方言更强。

温端政(1957/2003:28)指出,根据所收集到的浙南闽语的两千多个词,所有的形容词都毫无例外地可在后面加"显"或重叠后中间加"显"来表程度,但如不是形容词,就不能这样,且也毫无例外。故可用能不能加"显"这个标志来作为判断浙南闽语形容词的依据之一。

---

① 本节与下一节根据《北斗语言学刊》匿名审稿专家意见作了修改。

这也是浙南闽语与温州方言的区别之一。因前面已明确显示，温州方言的动词性词语也能构成 "A 显 A"。

当然，属于浙南闽语之一的玉环方言的 "A 显 A" 也是方言接触的结果。

更奇怪的是，浙江境外的福建福鼎方言也有 "A 显 A""AB 显 AB"，由单音节形容词或双音节形容词中间加 "显" 构成。如：大显大、刁显刁、肥显肥、老实显老实、快活显快活、闹热显闹热。（李频华，2016：75）

这显然也是由温州方言的影响而致，且影响力度更大，因就吴语来看，已是 "跨境" 了。福鼎靠近温州苍南，而 "A 显 A""AB 显 AB" 是温州方言使用频率较高的形容词重叠形式。温州苍南也有闽南语，而闽南语本身没有 "A 显 A""AB 显 AB"，现在苍南闽南语也有 "A 显 A""AB 显 AB"，是受强势方言温州方言的影响。福鼎方言也有 "A 显 A""AB 显 AB"，证实它不但影响到区域内的弱势方言，还影响到区域外的其他方言。

福鼎方言形容词重叠式量级程度有：最低级、低级、中间级、弹性级、轻微高级、次高级、高级、最高级（李频华，2016：75）。"A 显 A""AB 显 AB" 是较高级。"显" 在福鼎方言中是一个程度最高级的副词，但 "A 显 A" 没有表最高程度的量级，说话者在形容对象 "A 显 A" 时，只是客观表对象 "很 A"，如：

（3）这座楼高显高这座楼很高。

（4）我快活显快活我很快乐。（李频华，2016：76）

这是因福鼎方言形容词还有多叠式 "AAA"，它才表最高级。温州方言没有 "AAA"，但有 "A 显 AA 显 A"，它比 "A 显 A" 所表达的程度要高。

"A 显 A" 的变调规律是第一个 A 调值变为 33，后一个 A 读原调。"显" 读轻声。"AB 显 AB" 中前一个 AB 变 33 调，后一个不变调。如：

肥 [pui^{21}]——肥显肥 [pui^{33}][xieŋ][pui^{21}]（李频华，2016：77）

从福鼎方言重叠式的变调规律可看出，量级处于低量到轻微级别的高量时，重叠式发生的变调调值都是变为 33，后字都保持原调。BBA、AA 团、AA 动、AABB、ABAB、ABAC、A 里 AB、不（没）A 不（没）B 的变调都是这样。

但是当重叠式处在较高级的量级时，就会出现调值升高和音长、音强的变化，如 "ABB" 的首字调值变为 55，"AAA" 的首字调值变为 35，并将音长延长，加以强调。"AB 去" 将 "B" 的音强加重，或稍延长，以强调程度之深。

这种音量响度与量级的关系也体现在其他形式上。如 "A 显 A"，当 "显" 读为轻声时，只表一般的高量，但是当 "A 显" 的 "显" 音强增强、音长延长时，所表现的量级程度就比 "A 显 A" 高。如 "悬显悬" 表 "很高"，而 "悬显" 表 "非常高"。（李频华，2016：77）

以上可见，福鼎方言的 "A 显 A" 与温州方言的 "A 显 A" 并非完全相同。

吴福祥（2011：255）认为，如要把某种语法现象归结为某种语言影响的结果，那么最好的证据是与这些语言有发生学关系的姐妹语言，特别是境外的姐妹语或国内较少受汉语影响的姐妹语中没有某种语法现象。上面所说的 "A 显 A"，闽语的形容词特殊重叠式只有 "A 拄 A" 与 "A 仔 A"，没有 "A 显 A"，且 "A 拄 A" 只福建漳州才有，"A 仔 A" 只厦门才有，虽漳州方言、厦门方言与福鼎方言一样，都是闽南语，但漳州、厦门与福鼎相距很远。浙江境内的苍南闽语有"A 显 A"是受强势方言瓯语的影响，瓯语对福鼎方言也有影响。这可证明温州瓯语的强大辐射能力。

其他方言也有方言接触的现象。受周边临桂两江平话、义宁平话的影响，属西南官话的桂林市区所使用的形容词重叠式也有了"A 死""A 死恁 A"。30 岁以下的桂林年轻人比较爱说。从心理认知的角度来看，"A 死""A 死恁 A"能把心里的想法或者感受用极为夸张的"死"字表现出来，加深程度，从而引起别人的注意。如一些年轻女性特别爱用"A 死"这种形式来表现对男性娇嗔的语气。这也就是"A 死""A 死恁 A"在桂林的年轻人中较为流行的原因（张辉，2008：148）。这是平话影响了西南官话。这也说明语言有性别差异。

"A 了 / 咾 / 唠个 / 槐 A"在山西晋语分布范围较广，由于强大的辐射能力，同属山西、但方言属中原官话的洪洞话也有"A 了个 A"，而且还辐射到同是中原官话的河北灵寿，更辐射到冀鲁官话的河北望都、冀州、武邑。当然也有可能是反之，即中原官话、冀鲁官话影响了晋语，但似乎可能性不大。晋语的"A 了 / 咾 / 唠个 / 槐 A"分布范围广泛，而属冀鲁官话又有其他形式，如河北深泽话有"A 又 / 也 A"，河北新乐、无极、晋州、栾城、元氏、赵县方言有"A 上 A"，河北藁城方言有"A 啊 A"，无极方言还有"A 上个 A"。属中原官话的山西洪洞有"A 得 A"，山西古县有"A 了兀 [ɯə]A"。反之，"A 了 / 咾 / 唠个 / 槐 A"在中原官话与冀鲁官话分布范围较狭窄，远不能与晋语相比。[①]

7. 语言接触的"AXA"

南方民族语言不少语言有"AXA"，如彝语（陈士林等，2009）、哈尼语（李永燧，1979）、土家语（田德生等，2009）、傈僳语（李教昌，2014）、木雅语（孙宏开等，2007）、瑶族勉语（毛宗武等，2009）、苗语（李云兵，2006）、巴哼语（黄行，2007）、景颇族载瓦语（徐悉艰，1981）、浪速语（戴庆厦等，1983）、勒期语（孙宏开等，2007）、景颇语（徐悉艰，1990）、基诺语（杨俊芳，2008）、独龙语（杨俊芳，2008）、广西横县壮语（李锦芳等，1993）、四川康定贵琼语（宋伶俐，2019）、四川冕宁多续话（韩正康等，2019）等，涉及好几个语支。民族语言的"AXA"既有与汉语方言相同的地方，也有其独特之处。广西横县壮语更特殊，一般中加成分只一个，而横县壮语却有 6 个。

这涉及汉语与民族语言接触问题，是汉语影响了民族语言，还是民族语言影响了汉语，这是更复杂的问题，有待进一步研究。

---

① 根据《北斗语言学刊》匿名审稿专家意见作了修改。

十一

数词 + 亲属称谓

（一）引言

李旭平（2014）考察了吴语及其邻近方言"数词 + 亲属名词"连用现象，对普通话、吴语（富阳）、赣语（上高）、湘语（长沙）作了类型归纳，认为普通话是类型一，吴语是类型二，赣语和湘语是类型三。普通话是数词后置型，其余三个方言是数词前置型。就数词来看，只有湘语（长沙）等于 2，其余都是大于等于 2。普通话亲属名词无限制，其余三个方言是父母或夫妻，有限制。从独用或并列角度看，吴语（富阳）是独用型，其余都是并列型。所有这些，都是其他学者所未提及的。李旭平（2014）的观察很有特色。

我们也对南方好多方言的"数词 + 亲属名词"进行了较全面的考察，发现"数词 + 亲属名词"较复杂，并非像李旭平（2014）所说的那么简单，且李旭平（2014）因考察的方言点较少，有些说法不符合汉语方言实际，很有补充修正的必要。[参见崔山佳（2018b，2020a）]下面从类型学角度考察南方方言"数词 + 亲属名词"的类型。

（二）古代文献的"数词 + 亲属名词"

1. 两兄弟

北京大学古代汉语语料库（CCL）共有 40 例，其中 1 例为标题。另有其他网站，例子更多。

唐代已有例子，如：

（1）崔侠两兄弟，垂范继芳烈。（顾况《赠别崔十三长官》）

（2）我这两兄弟，又比我能言快语。（刘唐卿《降桑椹蔡顺奉母》）

道世的《法苑珠林》也有"两兄弟"，如：

（3）解褐校书郎，与两兄弟师古、相时同时为宏文崇贤学士，弟育德又於司经校定经史，当代荣之。（清·董诰《全唐文》卷 340）

宋代作品也有，如：

（4）钟毓、钟会两兄弟从小时候起，便有对同一事物的不同看法。（袁采《袁氏世范》卷上）——另还有 1 处。[①]

（5）喝令当日排军，捉将李洪信、洪义两兄弟跪于阶下，骂之曰："您旧时欺负自家，

[①] 此例据"国学大师网"，"两兄弟"共 18 页，269 条结果，除去重复，数量也较多。

赶将出去投军，又要将水淹杀了咱的孩儿！……"（无名氏《新编五代史平话·汉史平话（卷上）》）

元明戏曲也有，如：

（6）某乃刘封，<u>两兄弟</u>糜竺、糜芳，统领三军，擒拿曹仁、曹章。（元·高文秀《刘玄德独赴襄阳会》第3折）

（7）田真哭一会去了，<u>两兄弟</u>也泪珠扑簌。两兄弟也哭一会去了。（明·徐畹《杀狗记》第23出）

明代白话小说也有，例子较多，如：施耐庵《水浒传》第48回，冯梦龙《警世通言》卷30，凌濛初《二刻拍案惊奇》卷4、卷17，陆人龙《型世言》第13回（2例）、第18回，熊大木《杨家将》第10回，余象斗《南游记》卷2，桃源醉花主人《别有香》第15回（4例），西周生《醒世姻缘传》第8回、第73回，无名氏《一片情》第5回。

清代白话小说也有，例子较多，如：李绿园《歧路灯》第104回，夏敬渠《野叟曝言》第54回，无名氏《后水浒传》第9回、第30回、第39回，里人何求《闽都别记》第47回、第107回、第220回、第248回（2例）、第251回、第252回、第364回，陈朗《雪月梅》第29回、第30回、第34回，无名氏《乾隆南巡记》第3回，陈少海《红楼复梦》第80回，俞万春《荡寇志》第73回、第81回（3例）、第88回、第99回、第137回（2例），吕熊《女仙外史》第10回（2例），无名氏《施公案》第224回、第289回、第340回（2例）、第341回，贪梦道人《续彭公案》第35回。如莲居士的《薛刚反唐》第64回标题为《两兄弟彩球各半　庐陵王驸马得双》，也有"两兄弟"。

民国白话小说也有，例子较多，如：曹绣君《古今情海》卷7，费只园《清朝三百年艳史演义》第76回，陆士谔《清朝秘史》第125回，张恂子《隋代宫闱史》第100回，钟毓龙《上古秘史》第37回，蔡东藩《南北史演义》第100回，蔡东藩《元史演义》第1回，常杰淼《雍正剑侠图》第14回。

笔记小说也有，如：

（8）自那里，帖木真、合撒儿<u>两兄弟</u>，不喜他母亲说，又说："我昨前射得个雀儿，也被他夺了；今遭钓得个鱼，又被他夺了。……"（元·无名氏《元朝秘史》）

（9）自文惠公既登将相，<u>两兄弟</u>亦为大官。（明·刘元卿《贤弈编》）

（10）马氏<u>两兄弟</u>，兄名曰，字□谷，一字秋玉；弟名曰璐，字半槎，皆荐试乾隆鸿博科。（清·梁章钜《浪迹丛谈》）

2. 两夫妻／两夫妇

2.1 两夫妻

北京大学古代汉语语料库（CCL）共有12例。

南宋话本有"两夫妻"，如：

（11）<u>两夫妻</u>号天洒地哭起来。（《宋四公大闹禁魂张》）

明代戏曲也有，如：

（12）（旦哭）（净扶介）恩爱<u>两夫妻</u>。（无名氏《负薪记·整威》）

明代白话小说也有，如：

（13）<u>两夫妻</u>号天洒地哭起来。（冯梦龙《喻世明言》卷36）

（14）林断事看那井庆是个朴野之人，不像恶人，便问道："你<u>两夫妻</u>为什么不和？"（凌濛初《初刻拍案惊奇》卷26）

（15）一进门，独儿媳妇，盛氏把他珍宝相似。便他<u>两夫妻</u>，年纪小，极和睦。（陆人龙《型世言》第3回）

（16）云生算计，并不请着亲邻，只与王乔<u>两夫妻</u>合着一桌酒，就在房中坐饮，吃到二更，王乔辞了，下楼去，送在书房中宿下。（西湖渔隐主人《欢喜冤家》第12回）

（17）邪魔道："<u>两夫妻</u>不和，一日两日，就是半年一月，也有和时。……"（方汝浩《东度记》第60回）

清代白话小说也有，如：

（18）且不提店主<u>两夫妻</u>言语，却说小英雄吃酒半酣半饱之际，偶然想起没有盘费给店主酒撰钱，心中筹思，说声："罢了，且将囊内金钱与店主婉商，暂做抵押，且另寻机会便了。"（西湖居士《万花楼演义》第4回）

（19）萧麻子道："……我如今打开后门，和你<u>两夫妻</u>说罢：你家女儿的伤痕，是你们脚踢拳打的。……"（李百川《绿野仙踪》第57回）

（20）有能算盘打的极高，并不请着亲邻，只与柳春<u>两夫妻</u>合着一桌酒儿，就在房中坐饮。（无名氏《两肉缘》第2回）

（21）岑夫人道："……他<u>两夫妻</u>也只有一位小姐，又无亲族，因此把家事尽托付与你兄弟料理。……"（陈朗《雪月梅》第39回）

民国白话小说也有，如：

（22）巴颜<u>两夫妻</u>看看膝下空虚，终日愁眉泪眼，十分凄惨。（许啸天《清代宫廷艳史》第5回）

（23）夜，城中的兵民，多半向鬼门关上挂号报到；觉昌安父子及阿太章京<u>两夫妻</u>，也亲亲热热，一淘儿归阴去了。（蔡东藩《清史演义》第2回）

（24）<u>两夫妻</u>便终日孜孜不倦，在那里祠他的龟，足迹不出大门。（钟毓龙《上古秘史》第35回）

2.2 两夫妇

北京大学古代汉语语料库（CCL）共有19例。

唐诗已有，如：

（25）迢迢（一作超超）<u>两夫妇</u>，朝出暮还宿。（储光羲《田家杂兴》）

明代白话小说也有，如：

（26）也罢，你既行了好心，管教你母子团圆，也是你子完全了<u>两夫妇</u>的孩子，使他子母欢合所积。（方汝浩《东度记》第60回）

清代白话小说也有，如：

（27）王公冠带整齐。岑夫人先与王公夫妇道谢见礼毕，<u>两夫妇</u>就请岑夫人上坐叫月娥拜继。（陈朗《雪月梅》第 29 回）

（28）九公闻听何姑娘竟自来了，这一喜，真是如获珍宝，赛得甘霖；登时忙往里跑，口中大嚷道："……可惜来迟了，<u>两夫妇</u>见不着面，安家少大人已赴营去了。……"（文康《儿女英雄传》第 66 回）

（29）此时鹤仙带二千陆师，下援南昌，留下一千陆师，剑秋就令包起、如心<u>两夫妇</u>管带，营小池口城里。（魏秀仁《花月痕》第 46 回）

（30）碧卿见他如此气恨的数说，不由笑道："吹皱一池春水，关你屁事，人家<u>两夫妇</u>行房，干得痛不痛，不与你相涉，要你来管这些闲事做甚，你若想路见不平，拔刀相助，岂不要将子良的那话儿割断，才出得你胸头一口恶气吗？"（无名氏《春闺秘史》第 7 回）

民国白话小说也有，如：

（31）此时的吴来，因感江督<u>两夫妇</u>的知遇，除了上海道缺关系很大，不能立即以身殉国之外，其余无不甘愿。（徐哲身《大清三杰》第 27 回）

（32）不到几日，侍郎料定不能再起，便捏着柳夫人的手，指着儿子道："……杨升<u>两夫妇</u>，倒忠心得很，最好跟你们到南京去。"（费只园《清朝三百年艳史演义》第 6 回）

（33）听他问中村先生，正不好怎生回答，春子已抢着答道："……他们<u>两夫妇</u>为这小丫头的病，都差不多也拖病了。"（平江不肖生《留东外史》第 75 章）

（34）及赵为秦灭，国亡家灭，只剩得卓氏<u>两夫妇</u>，辗转徙蜀，流寓临邛。（蔡东藩《前汉演义》第 61 回）

（35）我实在不知道你们<u>两夫妇</u>倒底为什么事呀。（钟毓龙《上古秘史》第 9 回）

3. 两姊妹 / 两姐妹

3.1 两姊妹

明代白话小说有"两姊妹"，如：

（36）只见他<u>两姊妹</u>一到房中，小小姐见了道："姐姐，这岂是我你安身之地？"（陆人龙《型世言》第 1 回）——同回另有 1 例。

清代白话小说也有，例子更多，如：潇湘迷津渡者《都是幻》（梅魂幻）第 4 回，潇湘迷津渡者《锦绣衣》移绣谱卷 1 第 1 回（2 例），陈朗《雪月梅》第 27 回、第 28 回、第 29 回、第 50 回，庾岭劳人《蜃楼志》第 5 回，唐芸洲《七剑十三侠》第 64 回，临鹤山人《红楼圆梦》第 23 回，陈森《品花宝鉴》第 54 回，李伯元《文明小史》第 57 回（6 例）。

民国白话小说也有，例子也多，如：蔡东藩《前汉演义》第 93 回，蔡东藩《后汉演义》第 20 回，蔡东藩《两晋演义》第 88 回，蔡东藩《元史演义》第 41 回，蔡东藩《清史演义》第 1 回，费只园《清朝三百年艳史演义》第 97 回，不肖生《留东外史续集》第 43 章，张恂子《隋代宫闱史》第 14 回，钟毓龙《上古秘史》第 81 回，许慕羲《元代宫廷艳史》第 65 回。

清代笔记小说也有，如：

（37）宴间，<u>两姊妹</u>迭相酬酢，絮问海外风景。（王韬《淞隐漫录》）

3.2 两姐妹

明代白话小说已有，如：

（38）只见他<u>两姐妹</u>一到房中，小小姐见了，道："姐姐，这岂是我你安身之地？"（梦觉道人《三刻拍案惊奇》第 5 回）

（39）桃生道："昨我<u>两姐妹</u>占先，今该桂姐，好良夜不要虚过了。"（桃源醉花主人《别有香》第 11 回）

清代白话小说也有，例子多一些，如：里人何求《闽都别记》第 23 回（2 例），陈朗《雪月梅》第 17 回、第 27 回（3 例）、第 28 回（3 例）、第 29 回、第 31 回（2 例），兰皋主人《绮楼重梦》第 7 回、第 11 回、第 14 回、第 24 回，陈少海《红楼复梦》第 17 回、第27 回、第 36 回、第 39 回、第 79 回、第 85 回、第 86 回、第 87 回（2 例）、第 89 回、第90 回。

民国白话小说也有，如：

（40）夏季的一天，郑生在船头洗澡，兰英、蕙英<u>两姐妹</u>在窗缝中望见他的胴体，不禁春心荡漾，便从楼上扔下一对荔枝。（曹绣君《古今情海》卷 10）

4. 两兄妹

"两兄妹"出现得较迟，且较少，民国白话小说才有，如：

（41）恰好裕朗西差竣回京，他这位公使夫人，夤缘莲英<u>两兄妹</u>，叫他在老佛爷面前，保荐二女，老佛爷果然召见，公使夫人是按品大妆，两个女儿，却都是西妆，夫人本来是交际家，自然工于应对，女儿绡冠穀帔，双鸟趿然，兼之眉画春山，眼凝秋水，瓠犀浅露，益显出态度轻盈。（费只园《清朝三百年艳史演义》第 83 回）

（42）哪知这<u>两兄妹</u>受不住北方之苦，又和环狗国人格格不相人（注：原作"人"疑为"入"误写），相率逃到此地，举目无亲，生计断绝，两个人相抱了痛哭一场，双双晕绝而死。（钟毓龙《上古秘史》第 122 回）

5. 两叔侄

"两叔侄"也少，清代与民国白话小说共找到 2 例，如：

（43）王夫人命贾环<u>两叔侄</u>，到王公侯伯文武各官宅里辞行。（陈少海《红楼复梦》第48 回）

（44）将赴长安，行至冠军城，为玄军追及，数百人逃避一空，只有从子道护随着，四顾无路，<u>两叔侄</u>被捉去一双，还至柞城，逼令仲堪自杀。（蔡东藩《两晋演义》第 85 回）

6. 两爹娘

明代戏曲有"两爹娘"，如：

（45）你觑着<u>两爹娘</u>呵，年衰为汝泪双枯。倘你真个不保，痛怨煞这两白头爹娘，究

竟何如。（孟称舜《娇红记》第 48 出）

上例的"两爹娘"不是说有"两个爹娘"，而是说"父母俩"，"爹娘"也是并列关系。

清代弹词也有，如：

（46）不肖孩儿理合亡，无端带累两爹娘。（陈端生《再生缘》第 28 回）——另第 54 回有 1 例。

（47）哥哥，我和你一父娘生，又不是两爹娘养。（明·徐𤱰《杀狗记》第 11 出）

（48）哥哥占田庄，教兄弟受凄凉。本是同胞养，又不是两爹娘。我穿的是粗衣破裳，你吃的是美酒肥羊。（《杀狗记》第 11 出）

从"我和你一父娘生""本是同胞养，又不是"来看，《杀狗记》第 11 出的"两爹娘"是"两个爹娘"的意思，不是"父母俩"。

7. 两师生

比较特殊的是，民国白话小说有"两师生"，"师生"不是亲属名词。但古代"天地君亲师"，"师"的地位很高。也只找到 1 例，如：

（49）到了受任总统，逆料国民心理，厌乱恶兵，因此力主和平，提倡文治，如前清宿儒颜习斋、李□两师生，并令入祀文庙，且就公府旁舍，辟前清太仆寺旧址，设立四存学会。（蔡东藩《民国演义》第 111 回）

8. 两姨夫

明代白话小说已有，如：

（50）一日，公冶长和南宫适两姨夫，坐着闲磕牙儿说话，只听得一个鸟儿嘴里吱吱喳喳，公冶长说道："姨夫，你坐着，我去取过羊来，下些羊肉面，你吃了去。"果真的，一会儿拖一只肥羊，一会儿下出羊肉面，两姨夫自由自在吃了一餐。（罗懋登《西洋记》第 52 回）

（51）原来黄飞虎是邓昆两姨夫，众将那里知道。（许仲琳《封神演义》第 85 回）

9. 两弟兄

元曲已有，如：

（52）则这渺渺云山千万重，阻隔咱两弟兄，不期今日喜相逢。（无名氏《二郎神醉射锁魔镜》）

明代白话小说也有，如：

（53）更怜一种伤心处，家难徒延两弟兄。（罗贯中《三国演义》第 32 回）

（54）备说牢中多亏了蔡福、蔡庆两弟兄两个看觑，已逃得残生。（施耐庵《水浒传》第 66 回）

（55）赵氏道："……时常拿去，我道你两弟兄辛勤苦力做得来，怎等他一家安享？……"（陆人龙《型世言》第 4 回）——另第 16 回也有 2 例。

（56）**两弟兄**俱是弱冠，闻宗师将考，父母打发养静，就收拾在凌云阁上读书。（无名氏《一片情》第5回）

清代白话小说也有，例子较多，如：吴敬梓《儒林外史》第8回（3例）、第15回、第17回、第45回，李绿园《歧路灯》第81回，无名氏《后水浒传》第9回、第30回、第41回，无名氏《说唐后传》第28回，无垢道人《八仙得道》第97回，无名氏《说唐全传》第28回，西湖居士《万花楼演义》第37回，钱彩《说岳全传》第33回（2例），褚人获《隋唐演义》第43回，陈朗《雪月梅》第16回、第26回、第29回、第30回（4例）、第34回（5例）、第35回、第37回、第40回（2例）、第50回（2例），兰皋主人《绮楼重梦》第15回（2例），陈少海《红楼复梦》第80回，俞万春《荡寇志》第76回、第83回、第88回。

清代弹词也有，如：

（57）却临初四行期定，**两弟兄**，发马长行出故乡。（陈端生《再生缘》第22回）

民国白话小说也有，如：

（58）起先两员猛将，忽又从那敌阵之中杀出，各人手执一个血淋淋的脑袋，大声对着官兵喊道："弟兄们快看，我们**两弟兄**，已将伪归王邓光明，连同他那婆娘两个的首级取了来了。"（徐哲身《大清三杰》第58回）

（59）医生道："……一个名叫俞跗，一个名叫少跗，是**两弟兄**。……"（钟毓龙《上古秘史》第10回）——另有6例。

（60）藩组**两弟兄**，不敢回都，竟逃往轘辕去讫。（蔡东藩《两晋演义》第24回）

（61）老仙长来到**两弟兄**近前道："看你们堂堂仪表非俗，小小年纪，竟敢杀伤人命？"（常杰淼《雍正剑侠图》第16回）

清代笔记小说也有，如：

（62）后**两弟兄**皆寿至九十余。（钱泳《履园丛话》）

（三）《浙江方言资源典藏》（第一辑）的"数词＋亲属名词"

丽水方言有"两姨夫""两公婆"。（雷艳萍，2019：90，91）另如：

（1）阿ᵓ个水呢，哎呀，啊，没力气，都是**两哥弟**抬。

（2）问：撮ᵓ里顶好吃？

答：太平坊角**两隔壁**。

（3）阿ᵓ呗有**两公婆**呢，渠两老呢，四五十岁罢，还没有鬼ᵓ儿。

（4）渠乐保佑我个爹娘啊，我**两姊妹**走去以后呢，渠两人乐弗愁吃弗愁着啊！（雷艳萍，2019：122–123）

遂昌方言有"两公婆"，如：

（5）**两公婆**结婚个第一年，老公处里乐包亨ᵓ个长粽送到老婆处里去，就是讲夫家送到娘家去。（王文胜等，2019：134）

定海方言也有，如：两姨丈、两老头／两公婆／两夫妻。（徐波，2019：92，93）

余杭方言也有，如义为"夫妻"的叫"两婆老儿／两老婆"。（徐越等，2019：110）

瑞安方言有"两姨夫_{连襟}""两夫妻"。（徐丽丽，2019：91）又如：

（6）渠啊<u>两娘儿</u>，渠啊儿搭渠啊妈能个。（徐丽丽，2019：166–170）

也有"三母子"，如：

（7）原来他，得了富贵，忘了糟糠，一脚踢去我<u>三母子</u>。（徐丽丽，2019：179）

乐清方言也有，如"两姨丈_{连襟}""两夫妻_{夫妻}"。（蔡嵘，2019：89）又如：

（8）风头霉头<u>两隔壁</u>。（蔡嵘，2019：178）

（9）<u>两亲家</u>抬轿，银体面。（蔡嵘，2019：182）

诸暨方言也有，如"两老马_{夫妻}"。（孙宜志等，2019：83）又如：

（10）<u>两老马</u>"一滴"都不讨相骂割"，遭"也有滴"孙子生客"啦！（孙宜志等，2019：130–132）

东阳方言也有，如：

（11）有一年过年，老郭<u>两公婆</u>，一张一斤头个肉票，掇掇到街路里去买肉。

（12）<u>两哥弟</u>，一个讴做"顺流"，一个讴做"顺水"。（刘力坚，2019：178–191）

天台方言有"两姨丈_{连襟}""两夫妻／两老_{夫妻}"。（肖萍等，2019：90）又如：

（13）恰以后谷"<u>两个</u>去啦，恰人客要去啦，问谷"<u>两老</u>两个，渠讲："尔格"好吃个饼咋装法装起来个？"恰谷"<u>俩老</u>呢搭谷"饼呢，也讲弗嫌人笑，讲："拨尔俩，恰和计亲眷落，也讲谛"拨两个听记。……"（肖萍等，2019：125–126）

天台方言既用"两老"，又用"俩老"，应该前后一致。还有"两老两个"，似乎也不妥当，要么用"夫妻两个"，要么用"两夫妻"，不可能用"两夫妻两个"。

公众号"台州方言"也有"两老_{夫妻}"，又说"两公老安""两公老太"。台州方言的"妻"有好几种说法，如"老安""老安人""老太""内人""内客"。"老安""老安人"比较特殊。

浦江方言有"两姨夫_{连襟}""两公婆_{夫妻}"。（黄晓东，2019：88，89）

可以相信，随着以后《浙江方言资源典藏》各辑的陆续出版，应该还能找到更多例证。

（四）"数词＋亲属名词"独用型

1. 南方方言的独用型

"数词＋亲属名词"独用型多见于吴语，其他南方方言（包括一些西南官话，因地处南方，与地处北方的大多数北方方言不同）也有。

1.1 丈夫隐含妻子

宁波有"两老头_{夫妻俩}"（周志锋，2012：62）。"老头"在宁波是"丈夫"，"两老头"是丈夫隐含了妻子。

有"两老倌"，如：

（1）<u>俩老倌</u>拌嘴是常事，丈姆娘上门是多事。（《中国谚语集成·浙江卷》第 373 页）

上例是宁波谚语。同页有注释："俩老倌：夫妻俩。"许宝华等（2020：1456）收"老倌"，义项四是"丈夫"，方言有西南官话与吴语。许宝华等（2020：1452）也收"老官"，义项一是"丈夫"，方言有西南官话、徽语与吴语。"俩老倌"也是丈夫隐含了妻子。

赣东北徽语沇川话有"两夫仂_{夫妻俩}"，"仂"是后缀，"两夫仂"也是丈夫隐含了妻子。（胡松柏等，2020：500）

1.2 妻子隐含丈夫

富阳有"两老太婆_{夫妻俩}"。如：

（2）早间头，<u>两老太婆</u>打相骂_{早晨，夫妻俩打架}。（李旭平，2014：76）

绍兴也有"两老太婆"（由复旦大学陶寰教授提供）。"老太婆"是"妻子"，"两老太婆"是妻子隐含了丈夫。萧山除有"两老太婆"外，另有"两老婆"，都是妻子隐含了丈夫（由笔者所在学校朱晓飞同学提供）前面所说的诸暨"两老马"也是妻子隐含了丈夫。"老马"的"马"有的写作"嬷"，这里是"老婆"义。

福建建瓯（属闽语）有"两老妈_{夫妻俩}"（可能是"两老公妈"简称）（李荣，2002：2159），"两老妈"简称时把"公"（老公）省掉了，是妻子隐含了丈夫。

湖北咸宁（属赣语）有"两婆佬_{夫妻俩}"，如："伊都两婆佬正在争架。/伊都两婆佬争架在。"（王宏佳，2015）魏钢强（1998：133）收"婆佬"，方言点是江西萍乡，义项一是："丈夫称自己的老伴。"咸宁与萍乡都是赣语。"两婆佬"是妻子隐含了丈夫。

江西贵溪樟坪畲话有"两婆_{夫妻}"，"婆"是"妻子"，"两婆"是妻子隐含了丈夫。

1.3 父亲隐含子女

富阳有"两爹老子_{爸爸+一个儿子或者女儿}"与"三爹老子_{爸爸+两个子女（没有性别限制）}"。如：

（3）<u>两爹老子</u>，一个走勒前头，一个走勒后头_{爷俩，一个走在前头，一个走在后头}。

（4）<u>三爹老子</u>一个印板印出来格_{父子仨一个模子刻出来的}。（李旭平，2014：75）

"两爹老子""三爹老子"都是父亲隐含了子女。

宁波没有"两爹老子""三爹老子"，但有"<u>两爹</u>""<u>三爹</u>"，其义同富阳的"两爹老子""三爹老子"。如：

（5）自苦自得知，<u>俩爹</u>车帮持。（《中国谚语集成·浙江卷》第 217 页）

上例是宁波谚语。

（6）<u>三爹</u>黑清早种田去哩_{父子仨清晨很早种田去了}。（周志锋，2012：63）

浙江诸暨也有"两爹"。（由笔者所在学校魏业群同学提供）

上面的"X 爹"都是父亲隐含了子女。

湖南绥宁关峡苗族平话有"俩爷哩_{父子俩}"（胡萍，2016：133），又有"爷哩 [io²² · le]_{父亲（父亲指称）}"（胡萍，2016：112），"哩"是后缀，用于称谓后不表小，也不表美称（胡萍，2016：143）。"俩爷哩"是父亲隐含了子女。

湖北公安（属西南官话）有"俩爸爸_{父亲和儿子，父亲和女儿}"（袁海霞，2017：157），是父亲隐含了子女。

湖南城步青衣苗土话中有"几爷哩°_{爷儿几个}""两爷哩°_{爷儿俩}"（李蓝，2004：130–131）又有"大辈哩°_{长辈}""小辈哩°_{小辈}"。（李蓝，2004：109）可见，这里的"哩°"无义，"哩"右上角的小圆圈，表示用的是同音字，而不是本字。因此，"几爷哩°_{爷儿几个}""两爷哩°_{爷儿俩}"的"爷"隐含了子女。

1.4 母亲隐含子女

富阳有"两娘_{妈妈＋一个儿子或者女儿}"与"三娘_{妈妈两个子女（没有性别限制）}"。（李旭平，2014：74）"两娘""三娘"是母亲隐含了子女。

宁波也有"两娘""三娘"，其义同富阳。如：

（7）大麦翻倒俩<u>娘</u>扛，小麦翻倒两爿糠。（《中国谚语集成·浙江卷》第647页）

上例是宁波谚语。

（8）依拉<u>四娘</u>坐做部汽车去_{你们母子四个坐同一辆汽车去}。（周志锋，2012：63）

绍兴也有，如：

（9）种田穿棉袄，<u>俩娘</u>扛蓬稻。（《中国谚语集成》（浙江卷）第624页）

上例是绍兴谚语。

上面的"X娘"都是母亲隐含了子女。

绥宁关峡苗族平话有"两娘哩_{娘儿俩}"，又有"娘哩 [nio⁴⁴·le]_{母亲指称}"（胡萍，2016：133），"哩"是后缀，"两娘哩"是母亲隐含了子女。

一些方言点有"两娘母"，如四川南江（苗春华，2004：54）、贵州绥阳（姚丽娟等，2012：215）、赤水（陈遵平，2012：213）、云南丽江华坪（由黄国聪同学提供）、湖南临澧（谢萌，2012：87）、常德（郑庆君，1999：203）、保靖[写作"俩娘母"，是母亲隐含了女或子女（向军，2008：49）]。贵州桐梓有"两娘母儿"，又有"两姨夫儿"（蓝卡佳，2012：258），可见"儿"是儿化，"两娘母儿"也是母亲隐含了子女。重庆也有"两娘母儿"，是母亲隐含了子女（由笔者所在学校袁竹同学提供）。许宝华等（2020：4552）收"娘母"，义项①是："母子、母女或母亲和子女的合称。""娘母"本身已隐含了子女，"两娘母"也是母亲隐含了子女。以上方言虽跨度较大，但都属西南官话。

贵州务川（属西南官话）有"几娘母_{母亲与几个子女的总称}"（魏金光，2012：113），也是母亲隐含了子女。

湖北公安（属西南官话）有"俩妈儿_{母亲和儿子，母亲和女儿}"（袁海霞，2017：157），"儿"是后缀，"俩妈儿"是母亲隐含了子女。

湖南城步青衣苗土话中有"两娘哩°_{娘儿俩}""几娘哩°_{娘儿几个}"（李蓝，2004：130–131）。与"几爷哩°_{爷儿几个}""两爷哩°_{爷儿俩}"相同，"两娘哩°_{娘儿俩}""几娘哩°_{娘儿几个}"的"娘"隐含了子女。

1.5 爷爷隐含孙子女

诸暨有"两公_{爷孙俩}"。如：

（10）<u>两公</u>起早早该头去散步啊_{爷孙俩一个大早就去散步了}。（由魏业群同学提供）

江西石城（属客家话）有"两公哩_{爷孙俩}"。石城方言衍音词较丰富，后缀"哩" [li⁰]是其中之一（吴可珍，2010：112）。"两公哩"是爷爷隐含了孙子／孙女。常德有"两爷爷_{爷孙俩}"（郑庆君，1999：203），公安有"俩爹爹_{爷孙俩}"（袁海霞，2017：157），都是爷爷隐含了孙子／孙女。

1.6 奶奶隐含孙子女

诸暨有"两婆_{祖母和孙子或祖母和孙女}"。如：

（11）<u>两婆还新衣裳穿好啊</u>_{奶奶和孙子（或孙女）还穿上了新衣服}。

1.7 父母隐含子女

富阳有"三老太婆_{一家三口（夫妻俩＋独生子女）}"与"四老太婆_{一家四口（夫妻俩＋两个子女）}"。如：

（12）<u>三老太婆上海旅游去喋</u>_{一家三口上海旅游去了}。（李旭平，2014：76）

（13）<u>四老太婆电视机一个人一只</u>_{一家四口电视机一人一台}。（李旭平，2014：76）

与"1.3 父亲隐含子女""1.4 母亲隐含子女"不同的是，此是"父母隐含子女"。

1.8 孙女／孙媳隐含祖父／母

江西萍乡有"两孙女"，义项有二：①指祖父和孙女两个。②参见"两婆孙女"（魏钢强，1998：316）。"两婆孙女"义为"指祖母或孙女两个。也说'两孙女'"（魏钢强，1998：315）。从义项①可见，孙女隐含了祖父。从义项②可见，孙女隐含了祖母。又有"两孙嫂_{祖父和孙媳两个}"，这是孙媳隐含了祖父。也有"两婆孙嫂_{祖母和孙媳两个}"。从"两婆孙女""两婆孙嫂"可见，"两孙女""两孙嫂"是省略了"婆"。这与建瓯的"两老妈"是"两老公妈"省略了"公"相同。

1.9 叔叔、姑姑隐含侄子

江西石城有"两叔哩_{叔侄俩}"（吴可珍，2010：112），公安有"俩叔叔_{叔侄俩}"（袁海霞，2017：157），都是叔叔隐含了侄子。公安有"俩幺幺_{姑侄俩}"（袁海霞，2017：157），"幺幺"是"姑姑"，常德有"两姑姑_{姑侄俩}"（郑庆君，1999：203），都是姑姑隐含了侄子。常德有"两叔叔_{叔侄俩}"（郑庆君，1999：203），是叔叔隐含了侄子。

1.10 舅舅隐含外甥

湖北公安有"俩舅爷_{舅甥俩}"（袁海霞，2017：157），常德有"两舅舅_{舅甥俩}"（郑庆君，1999：203），都是舅舅隐含了外甥。

1.11 哥哥、姐姐隐含弟弟、妹妹

公安有"俩哥哥_{哥俩}"（袁海霞，2017：157），常德有"两哥哥_{哥儿俩}"（郑庆君，1999：203），都是哥哥隐含了弟弟。常德有"两姐姐_{姐儿俩}"（郑庆君，1999：203），则是姐姐隐含了妹妹。

1.12 师傅隐含徒弟

公安有"俩师傅_{师徒俩}"（袁海霞，2017：157），是师傅隐含了徒弟。

以上可见南方方言独用型的复杂程度，除吴语外，尚有赣语、闽语、西南官话、客家话、平话、畲话等。据目前所见材料看，吴语最复杂多样，单个方言点以公安形式最多。

1.13 其他

南方方言绝大多数是数词用在亲属名词前，也有用于后。云南宁洱城、乡方言（属西南官话）有"娘母俩个 母女俩"（江航，2016：125），与"两娘母"在隐含方面相同。吴语也有，江苏海门有"爷两个 父子俩; 父女俩""爷三个 父亲与两个孩子的总称""娘两个 母子俩; 母女俩""娘三个 母亲与两个孩子的总称"（王洪钟，2011a：211），"爷两个""娘两个"等也是父、母隐含了子女。上海松江有"爷两个 爷儿俩""娘两个 娘儿俩"，浙江平湖有"爷两个 父子或父女""娘两个 母女或母子"（由笔者所在学校邱心彤同学提供），也是父、母隐含了子女。

公众号"台州方言"的"父子／母子"叫"嬢儿"，也说"嬢儿两个"，"父女／母女"叫"嬢囡"，也说"嬢囡两个"。台州方言比较特殊之处有 2 点：一是后面用"两个"，二是"嬢"是"母亲"义，"父子"也叫"嬢儿"，"父女"也叫"嬢囡"，是母亲隐含了父亲。

安徽铜陵吴语有"娘两"，又有"父子两"（张林等，2010：148）。"父子两"没有隐含，但"娘两"是母亲隐含了子女，这也是比较特殊的。

湖南祁东方言（属湘语）与湘语其他方言一样有"两＋亲属名词"，如"两爷崽 父子两人""两弟兄 兄弟两人""两娘崽 母子两人""两个婆 夫妻两人"等，此外还有"亲属名词＋两个"，如"爸爸两个""姨子两个""姐姐两个"（彭晓辉等，2008：12），分别以一个结构整体充当句子成分，前面称谓指的是这两个人的代表，即"爸爸""姨子""姐姐"隐含了其他人。又如"老表""表姐""表妹"等有定性成分也有隐含用法。

更为特殊的是，祁东话还有"人名＋两个"，如：

（14）柱侇子两个看电影去了 小柱等两个人看电影去了。

（15）我到过芳妹子两个咯屋，冒得你讲起那好 我去过小芳等两个人的房子，没有你说的那么好。

"柱侇子两个""芳妹子两个"分别作为一个整体结构充当句子成分，前面的人名是两个人的代表，即"柱侇子""芳妹子"隐含了其他人。使用的前提条件是这两个人对说听双方来说均是已知信息。这种格式在日常交际中常可被"人称代词＋两个"所替换。（彭晓辉等，2008：12）

2. 普通话与北方方言等的独用型

普通话与一些北方方言"亲属名词＋数量词"也有独用型。

2.1"爷儿俩"等与"爷俩"等

普通话与北方一些方言有"爷儿俩""娘儿俩""哥儿俩""姐儿俩"与"爷俩""娘俩""哥俩""姐俩"，如湖北五峰（阮桂君，2014：196）、仙桃（陈秀，2015：143），安徽蒙城（胡利华，2011：167）等，"爷""娘""哥""姐"都有隐含义。

查北京语言大学语料库（BCC）与北京大学语料库（CCL），有隐含义的"X 俩"例句很多。受篇幅所限，此略。

"爷俩""娘俩"与吴语"两爹""两娘"虽亲属名词位置一在前，一在后，但在隐含方面则是相同的。

陕西扶风（属中原官话）有"爷父俩 父子俩""娘母俩 母亲和儿子两个人或母亲和女儿两个人"，则分别是父亲隐含了"子"和母亲隐含了"子女"。"娘母俩"与前面西南官话的"两娘母"虽然亲属名词位置一在前，一在后，但在隐含方面也是相同的。

河北沧州献县有"婆母俩"，其义为"婆媳俩"（傅林，2020：108）。根据其义，"婆母俩"也是"婆婆"蕴涵"媳妇"。

2.2 后用"两个"等

一些方言不用"俩"，用等价的"两个"（"俩"是"两个"的合音或脱落形式，词汇差别不影响结构类型），前面的亲属名词也有隐含用法。如安徽怀远（属江淮官话）、河南固始（属中原官话）有"爷两个""娘两个"，是父、母隐含了子女。这与上海松江等方言相同。

山西岚县（属晋语）有"娘母两块_{母子或母女}"，与西南官话"两娘母"一样，是母亲隐含了子女。甘肃礼县（属中原官话）有"爷父两块_{爷儿俩，父亲和子女}""爷父两该_{爷儿俩，父亲和子女}"，"爷父"都是父亲隐含了子女。据雒鹏等（2010：24），甘肃"父亲"称谓很多，"父"和"爷"现在只出现在"父子"合称的词语中，如"儿父子""爷父""爷儿父子""爷儿老子""爷俩个""爷父两个""父子""爷父们"等，既有"爷父"，又有"爷父两个""爷父们"，"爷父"也是父亲隐含了子女。天水市区有"爷父_{父子}""娘母_{母女}"，分别是父、母隐含了子、女。

陕西扶风除前面提到的"娘母俩"外，还有"娘母两个"，也是母亲隐含了"子女"。

甘肃礼县等的"爷父两块""爷父两该""爷父两个"与陕西扶风的"爷父俩"在隐含方面是相同的，这是否与都属中原官话秦陇片有关还待进一步考察。

2.3 人名＋俩

钱锺书先生的长篇小说《围城》有"人名＋俩"，如：

（16）<u>辛楣俩</u>假装和应酬的本领至此简直破产，竟没法表示感谢。（第148页）

（17）<u>辛楣俩</u>去了一个多钟点才回来。（第156页）

（18）鸿渐送她出去，经过陆子潇的房，房门半开，子潇坐在椅子里吸烟，瞧见<u>鸿渐俩</u>，忙站起来点头，又坐下去，宛如有弹簧收放着。（第219 — 220页）

（19）<u>鸿渐俩</u>从桂林回来了两天，就收到汪处厚的帖子。（第236页）

（20）到香港降落，辛楣在机场迎接，<u>鸿渐俩</u>的精力都吐完了，表示不出久别重逢的欢喜。（第288页）

例（16）的"辛楣俩"是指赵辛楣和方鸿渐，赵辛楣隐含了方鸿渐。例（17）的"辛楣俩"是指赵辛楣和李梅亭，赵辛楣隐含了李梅亭。例（18）、例（20）的"鸿渐俩"是指方鸿渐和孙柔嘉，方鸿渐隐含了孙柔嘉。例（19）的"鸿渐俩"是指方鸿渐和赵辛楣，方鸿渐隐含了赵辛楣。（崔山佳，1993：390）

除《围城》外，钱先生的短篇小说《纪念》也有例子，如：

（21）这造就大批寡妇鳏夫的战争反给予<u>曼倩俩</u>以结婚的机会。

"曼倩俩"指曼倩和才叔夫妇俩，是妻子曼倩隐含了丈夫才叔。

柔石的小说《新时代之死》也有例子，如：

（22）风是呼呼地摇着柏树，秋阳温暖地落在<u>瑪俩</u>的墓上。

"瑪俩"是指周胜瑪和他的妻子，是丈夫周胜瑪隐含了其妻子。

钱锺书和柔石都是吴语区人，但"人名＋俩"应该不是吴语的真实反映。

清·无垢道人的《八仙得道》有如下例子：

（23）除了一天到晚和<u>采和俩</u>切磋琢磨之外，就只陪着夫人做些女红针黹的事情。（第56回）

上例的"采和"隐含了月英。

清·文康的《儿女英雄传》有如下例子：

（24）安老又吩咐人张罗，把<u>张老俩</u>那所房子，打扫糊裱起来，好预备他搬家。（第29回）

"张老"是指张玉凤的父亲张乐世，"张老俩"是指张乐世夫妇俩，是丈夫张乐世隐含了其妻子。

河南固始有"人名＋俩／两个"，如"冬冬俩／两个"，冬冬隐含了另一人。（李倩，2013：15）

但"人名＋俩"并不具有普遍性。刘丹青（2009b：111）指出，名词后的"俩"尚未发展出表双数的概念。跟"俩"同现的名词必须是复数（包括并列）形式，如"夫妇俩""兄弟俩""父子俩""娘儿俩"，不能是单数形式，这说明其中的数范畴义是靠名词的复数义和"俩"一起表示的，"俩"仍然是复数名词语的同位语。如："小明""小明他（们）俩""小明小强俩""小明俩"。刘丹青（2009b：110）认为，北京话尤其是东北话口语中，代词已经靠"俩"的语法化发展出双数范畴，形成单数、双数、复数的数范畴系统。而名词尚未发展出双数范畴，因为与名词同现的"俩"尚没有语法化到独自表双数的程度。我们认为，这是符合汉语实际的。上举"人名＋俩"用法是特殊现象，并不典型。

2.4 后用"仨"

查北京语言大学语料库（BCC），共搜集到"X仨"130例。比如"爷（儿）仨、哥（儿）仨、娘（儿）仨、姐（儿）仨"。北京大学语料库（CCL）也有一些例子。

与"X俩"一样，"X仨"也是清代作品才有，远不能与"两＋亲属名词"相比，如"两夫妇"与"两兄弟"唐诗已有，储光羲《田家杂兴》有"两夫妇"，刘唐卿《降桑椹蔡顺奉母》有"两兄弟"。

2.5 人名＋几个

安徽岳西方言（属赣语）的人名后可加上"几个"，表达类及复数，即表示以某个或某些特定人物为代表的同类聚合。用专名加"几个"表类及可细分为两种。一种是隐含式的，专名只是其中的一个主要人物或代表人物，其余的、次要的人物都隐含了。如：

（25）<u>小王几个</u>哪去着 _{小王他们去哪儿了？}

（26）<u>刘杰几个</u>在打麻将 _{刘杰他们在打麻将。}

用人名"小王""刘杰"加上"几个"表示与"小王""刘杰"相关的所有人，"小王""刘杰"只是这些人中的一个主要人物或代表人物。这里的"几个"相当于普通话中的

"们"或"等"，可说成"小王们（等）""刘杰们（等）"（吴剑锋，2016：350）。"人名＋们"中的"人名"也是以一个主要人物或代表人物的形式表达隐含其他人。

另一种是概括式的，用两个或几个专名尽可能概括同类的所有人物，如：

（27）这事我会和小王、小李几个商量的_{这事我会和小王、小李等人商量的。}

"小王、小李几个"不光包括"小王"和"小李"，还包括相关的其他人，"小王""小李"只是其中之一。

湖南祁东话也有"人名＋几个"，该人名也隐含了其他人。（彭晓辉等，2008：13）

"人名＋两个""人名＋俩"与"人名＋几个"有异有同，异是"两个""俩"表双数，"几个"表复数，但以一个主要人物或代表人物的形式表达隐含其他人是相同的。"人名＋两个""人名＋俩"与"人名＋几个"是"亲属名词＋俩""亲属名词＋仨"用法的扩展。

赣语是南方方言，但岳西地处北方，与地处南方的赣语有所不同。"人名＋几个"与"人名＋两个""人名＋俩"一样，很有类型学价值。

（五）"数词＋亲属名词"兼用型

李旭平（2014：77）认为普通话和赣语、湘语是并列型，吴语是独用型。其实，还有一种兼用型，即兼有独用型和并列型。南方方言有独用型的方言，肯定有并列型，反之则不然，两者有蕴涵关系。

宁波有 13 个"两＋亲属名词"，如：两连襟[①]、两姊妹、两夫妻、两姑嫂、两爹、两老、两老头／两公婆／两夫妻、两家婆、两娘、两亲家公、两亲家母、两兄弟、两叔伯姆／两妯娌（汤珍珠等，1997：213–214）。"两爹、两娘、两老头"是独用型，其余大多是并列型（"两连襟""两妯娌"下面要说到）。诸暨除"两爹、两娘、两公、两婆"独用型外，尚有"两姐妹、两叔伯伯母"等并列型。就是富阳也有并列型，如"两弟兄、两姊妹"等（由笔者所在学校王诗渊同学提供）。更有说服力的是盛益民等（2018：186）除举有"两爹老子"（①父子；②父女）、"两娘_{母女}""两老太婆／两公婆_{夫妻}"等外，还有"两弟兄_{两兄弟}"（词汇部分由盛益民调查、撰写）。这说明富阳也是兼用型。萧山除"两老太婆""两老婆"独用型外，还有"两姐妹、两叔婶"等并列型。吴语有兼用型。

建瓯除独用型"两老妈"外，尚有"两团奶、两团爹、两姊妹、两叔伯母、两叔孙、两姑嫂、两师徒、两爹孙"等并列型。闽语有兼用型。

据魏钢强（1998：315–316），萍乡除独用型"两孙女、两孙嫂"外，尚有"两公孙、两外甥舅爷、两伯侄、两姊妹、两叔伯母、两叔板、两叔侄、两叔嫂、两郎舅、两姑侄、两姑嫂、两师徒、两娘女、两娘崽、两婆孙、两婆孙女、两婆孙嫂、两爷女、两爷崽"等并列型。湖北咸宁除独用型"两婆佬"外，尚有"两爷崽_{父子俩、叔侄俩}、两娘崽_{母子俩}、两爹孙_祖_{父与孙子俩}、两妈孙_{祖母与孙子俩}、两叔是（侄）_{叔侄俩}、两弟兄_{兄弟俩、兄妹俩、姐弟俩}、两姊妹_{姐妹俩、兄妹俩、姐}

[①] 宁波更常见的是"两姨丈"。

弟俩、两姑嫂_{小姑跟嫂子两个人}"等并列型。^①赣语有兼用型。

江西石城除独用型"两公哩、两叔哩"外，尚有"两娘子、两娘女、两爷子、两爷女、两子嫂、两姐妹、两郎舅"等并列型（吴可珍，2010：111–112）。客家话有兼用型。

江西贵溪樟坪畲话除独用型"两婆"外，尚有"两姊妹"等并列型（刘纶鑫，2008b：161）。畲话有兼用型。

贵州绥阳除独用型"两娘母儿"外，尚有"两爷子、两婆媳"等并列型（姚丽娟等，2012：215）。贵州赤水除独用型"两娘母"外，尚有"两夫妻、两父子、两弟兄"等并列型（陈遵平，2012：184、213）。云南华坪除独用型"两娘母"外，尚有"两姐妹、两公孙、两婆孙、两爷儿/两爷子、两叔侄、两婆媳、两舅甥"等并列型（黄国聪，2019）。贵州桐梓除独用型"两娘母儿"外，尚有"两婆媳、两姊妹、两爷子"等并列型（蓝卡佳，2012：131）。湖南保靖除独用型"俩娘母"外，尚有"俩爷儿"等并列型（向军，2008：49）。湖南临澧除独用型"两娘母"外，尚有"两父子、两父女、两爷孙、两姑嫂、两婆媳、两姐妹、两兄妹、两姐弟、两舅甥、两嗲孙、两姑侄、两叔侄、两师徒"等并列型（谢萌，2012：126）。四川南江除独用型"两娘母"外，尚有"两爷子"等并列型（苗春华，2004：54）。重庆除独用型"两娘母儿"外，尚有"两爷子、两姊妹、两弟兄、两爷孙、两婆孙"等并列型（由笔者所在学校袁竹同学提供）。西南官话有兼用型。

（六）"数词 + 亲属名词"对称型^②

比较特殊的是一些方言有"两连襟/两姨丈/两姨夫"，"连襟/姨丈/姨夫"只是一个单词，不是并列的两个亲属名词，是对称性亲属关系名词，甲是乙的"连襟"，则意味着乙也是甲的"连襟"，用刘丹青（1983/2014）的说法，"连襟"属于相向，关系两端地位相等。因此，虽只用一个词，却不同于独用型，不需要隐含另一人，因为另一人也是这个亲属名。这种说法实际上是利用了对称关系名词，用单词起到了并列型的作用，类型上介于独用型和并列型之间，我们把它称为"对称型"。与此有关的是一些方言的"两妯娌"，"妯娌"也是一个单词，也不是并列的两个亲属名词，也是对称性关系名词，甲是乙的"妯娌"，则意味着乙也是甲的"妯娌"。"妯娌"也属于相向，关系两端地位也相等，虽也只用一个词，也不属于独用型，而是属于对称型。萍乡有"两老表_{表兄弟两人}""两老庚_{结拜兄弟（姊妹）的两个人}"，"老表""老庚"也属于相向，也是对称型，湖南娄底有"两同年""两老表""两伙计"，"同年""老表""伙计"也属于相向，也是对称。对称型数量虽很少，但很有类型学意义。

还有较特殊的是好多方言有"两兄弟"，有独用型和对称型两可分析。这是由于"兄弟"已成词，《现代汉语词典》（2016：1471）既收"兄弟（xiōngdì）"，其义为"哥哥和弟

---

① 资料来自"咸宁论坛"上的"咸宁方言词语汇释8. 亲属称谓"，2009年5月29日；王宏佳（2015）未提及，只是在例句中提到"两婆佬"。

② 此节按《中国语文》编辑部提出的意见修改而成，在此表示感谢。

弟"，又收"兄弟（xiōng·di）"，义项有三，其一为"弟弟"。前者"兄弟"是并列型，后者则是对称型。但假如考虑到"兄"在现代口语中已不太成词了，则可优先分析为对称型。而与此相关的"两弟兄"却只有一种分析，《现代汉语词典》（2016：286）"弟兄"的注音只有"（dì·xiong）"，其义为"弟弟和哥哥"，它是并列型。即汉语方言的"数词＋亲属名词"的类型具有多样化的特性。

李旭平（2014）指出"数词＋亲属名词"有2种类型：一是并列型，一是独立型。

李旭平（2014）考察了吴语及其邻近方言中"数词＋亲属名词"连用现象，对普通话、吴语（富阳）、赣语（上高）、湘语（长沙）作了类型归纳，从独用或并列角度看，吴语（富阳）是独用型，其余都是并列型。

崔山佳（2020）提出了应该有4种类型。除了并列型、独立型外，还有兼用型与对称型[①]。从类型学角度来看，对称型也很有特色。该书因篇幅有限，未能展开。我们这里从共时与历时两方面作进一步探讨。

刘丹青（1983/2014：574）说到关系名词可以从多种角度进行分类，其中有"相向、反相向、非相向"三类。刘丹青（1983/2014：574）指出："相向的，关系两端地位相等。如甲是乙的朋友，则乙也是甲的朋友。再比如：亲家、亲戚、本家、情人、同学、同乡。"这里所说的"相向"，就是本书所说的"对称型"。"数词＋亲属名词"对称型很有特色，值得进一步研究。

1. 两连襟 / 两姨丈 / 两姨夫等

1.1 南方方言的"两连襟 / 两姨丈 / 两姨夫"等

对称型有一定的方言分布范围。

有"两连襟"的说法，如浙江宁波方言（属吴语）有"两连襟姐之夫与妹之夫的合称"（汤珍珠等，1997：213）。另如浙江余姚方言（属吴语）（肖萍，2011：146）、浙江鄞州方言（属吴语）（肖萍等，2014：172）。

有"两姨丈"的说法，如浙江奉化方言（属吴语）有"两姨丈"，义同"两连襟"。周志锋（2012：62）指出，"两姨丈"的说法江西于都（属客家话）、福建建瓯（属闽语）等地也有。据我们考察，分布范围还要广。如江西瑞金方言（属客家话，刘泽民，2006：154）、江西萍乡方言（属赣语）（魏钢强，1998：315）、湖南江永桃川土话（鲍厚星，2016：140）、浙江天台方言（属吴语）（肖萍等，2019：90）、浙江乐清方言（属吴语）（蔡嵘，2019：89）、浙江定海方言（属吴语）（徐波，2019：92）。

"两姨夫"的分布范围也较广，如江西铅山太源畲话（胡松柏等，2013：150）、江西贵溪樟坪畲话（刘纶鑫，2008b：100）、江西都昌阳峰方言（属赣语，卢继芳，2007：118）、江西彭泽方言（属赣语，汪高文，2019：113）、湖南耒阳方言（属客家话，王箕裘等，2008：205）、湖南长沙方言（属湘语，鲍厚星等，1998：246）、湖南娄底方言（属湘语，

---

① 对称型的说法来自《中国语文》编辑部的修改意见，在此表示感谢。

颜清徽等，1994：154）、安徽祁门箬坑方言（属徽语，王琳，2015：116）、江西浮梁旧城话（属徽语，胡松柏等，2020：498）、浙江瑞安方言（属吴语，徐丽丽，2019：91）、浙江浦江方言（属吴语，黄晓东，2019a：88）、浙江丽水方言（属吴语，雷艳萍，2019：90）。

也有说"两姨父"的，江西浮梁（旧城村）方言（属徽语）有"两姨父_{连襟}"（谢留文，2012：72）。也有说"二姨父"的，如江西浮梁经公桥话（属徽语，胡松柏等，2020：498）。

奇怪的是，其他亲属称谓语，彭泽方言是在后面用"两个"，如"娘儿两个""夫妻两个""师徒两个""姊妹两个""娘女两个""兄弟两个""兄妹两个""公孙两个""姑嫂两个"等，但是"连襟俩"用"两姨夫"。（汪高文，2019：114）

浙江苍南蛮话也有"两姨夫"，但其意思是："借指不一般的关系，含贬义。"（杨勇，2014：194）

江西南康方言（属客家话）有"两子姨丈_{两连襟}"（温珍琴，2018：92）。奇怪的是，南康方言除"两子姨丈"外，还有如：两子爷_{父子俩}、两子驰佬_{母女俩}、两子爹爹_{祖孙俩}、两子奶奶_{祖孙俩}、两子舅佬_{舅舅和外甥俩}、（两）子嫂_{妯娌（俩）}、两子老表_{表兄弟俩}、两子舅佬_{与妻子的兄弟合称或兄弟与姐夫妹夫合称}（温珍琴，2018：89-92）。其中的"子"如"两子姨丈""两子嫂""两子老表"等应该是无实际意义。

贵州桐梓方言（属西南官话）有"两姨夫儿"。（蓝卡佳，2012：258）

浙江台州温岭太平叫"两娘姨丈"。（阮咏梅，2013：144）

（1）另，这个根叔和你是<u>两娘姨丈</u>吧。（网友"红泥煮酒"的留言，"股吧"，2016年8月9日）

（2）过去姑表亲于姨表；另外由于"血缘"关系，姑娘生的儿子相貌和娘舅相象的也很多，这代不相象，到下一代相象的也有，所以讲"三代勿离娘舅家"。同时外甥可过继给舅舅作儿子，这叫"外甥继舅"，而<u>两娘姨丈</u>的儿子没有过继的说法，更说明姑表亲于姨表。（《台州老话》二，中国路桥新闻网，2010年11月26日）

（3）而大骂楼主那些个男人，都是有着许多<u>两娘姨丈</u>的男人。想让男人都去娶倒货。（台州19楼，网友"大脑搭线"的留言）

例（1）不知其方言背景，但例（2）、例（3）的方言是台州方言。据公众号"台州方言"，叫"两嬢姨丈"，与"两娘姨丈"同。

"连襟俩"的说法，广西资源延东直话（属平话）最复杂，相当于普通话的"姐妹俩"是"两姊呃"，但却是"兄弟、兄妹、姐弟、夫妻、姑嫂、连襟均通用"，即"连襟俩"竟然可以用"两姊呃"来称谓。资源延东直话的"连襟"既可说"姊妹家"，又可说"两姊呃"（张桂权，2005：164）。"连襟"可说成"姊妹家"，这是用女性亲属词来称谓男性亲属词，较特别。

湖北建始方言（属西南官话）有"几老姨"，"老姨"是"连襟"义（朱芸，2015：50）。"几老姨"也是对称型。把"连襟"称作"老姨"，也是以女性的角度来称谓，很有意思。

崔山佳（2018b：122）指出，"两姨丈"中的"姨丈"不是表示"并列"，而是属于"独用"，但这"独用"与"两爹""两娘"的"爹""娘"又有不同，"爹""娘"中包括

"子""女"，而"两姨丈"的"姨丈"，包括两个"姨丈"，是"大姨丈"与"小姨丈"。"两乔""两空"等也是同样表达。现在看来，"两姨丈"与"两爹""两娘"不同，这是正确的，但认为是"独用"，显然不贴切，还是用"对称型"更准确。

1.2 北方方言中的"两乔""两柱""两挑""两桥儿""两挑担""两姨老"等

周志锋（2012：62–63）指出，"连襟"一词各地叫法五花八门，光是用"两……"格式来称呼的除"两姨丈""两连襟"外，还有"两乔""两空""两柱""两挑""两桥儿""两挑担""两姨夫""两姨老"等。可惜没有说出具体的方言点。下面是我们查阅到的情况。山东阳谷方言（属中原官话）有"两乔儿连襟"（董绍克，2005：159）。山东临沂方言（属中原官话）"连襟"也有不同说法，如兰山区：①两乔。②两来襟。河东区、罗庄区、莒南县、沂水县、蒙阴县：两乔。临沭县：①对脊梁。②两连襟。沂南县：①两乔儿。②两来坠。平邑县：①两乔。②乔两孔。费县、郯城县：两乔儿。只有苍山县有其他说法：①连襟儿。②对鼻子（马静等，2003：113–114）。山东郓城方言（属中原官话）有"两乔儿"（吴永焕，2018：118）。山东费县方言（属中原官话）有"两桥儿"，又称"桥腿背称""两来拽"（邵燕梅等，2019：241）。山东宁阳方言（属中原官话）有"两乔儿连襟"（宁廷德，2013：120）。山东章丘方言（属冀鲁官话）有"两乔"，又称"拉不平""连襟"（高晓虹，2011：124）。"两连襟""两姨夫""两姨丈"是对称型，"两乔""两空""两柱""两挑""两桥儿""两乔儿""两挑担""两姨老""两来襟"等也是对称型。

"亲属名词＋俩"一般是北方话的说法，南方话多说成"两＋亲属名词"。这体现了南北方言的方言地理学特征。但"连襟俩"的说法比较特殊。山东郯城话有"两乔较郑重的说法""两来拽较随便的说法"（邵燕梅，2005：107）。山东苍山方言有5种说法："两乔""两来拽""对鼻子""对脊梁骨""一担挑"，说法更是多样（王晓军等，2012：109）。山东泗水有3种说法："两乔儿""两空乔""一担挑"。山东方言属北方方言，如沂南属冀鲁官话，平邑与苍山属中原官话，而泗水方言属于中原官话与冀鲁官话的过渡地带，却也有用"两＋亲属名词"形式来称呼"连襟俩"，也很奇怪（王衍军，2014：182）。

1.3 明清白话文献中的"两姨夫""两连襟"

1.3.1 两姨夫

明代白话文献已有，如：

（4）王明道："公冶长善识鸟音，他有一场识鸟音的事故。是个甚么事故？一日，公冶长和南宫适两姨夫，坐着闲磕牙儿说话，只听得一个鸟儿嘴里吱吱喳喳，公冶长说道：'姨夫，你坐着，我去取过羊来，下些羊肉面，你吃了去。'果真的，一会儿拖了一只肥羊，一会儿下出羊肉面。两姨夫自由自在吃了一餐。……"（罗懋登《西洋记》第52回）

（5）兰生道："嘎不是你的小丈人，定是两姨夫。"（长安道人《警世阴阳梦》第4回）

火原洁《华夷译语》有3处"两姨夫"。李东阳《大明会典》卷之一百六十有1处"两姨夫"。

1.3.2 两连襟

明清白话文献已有，如：

（6）既中后，王氏弟兄与刘、曹<u>两连襟</u>，不免变转脸来亲热，斗分子贺他，与他送行。（明·陆人龙《型世言》第 18 回）

（7）那岳母又死了，这<u>两连襟</u>道："是他嫡亲岳母，不干众人事。"（清·东鲁古狂生《醉醒石》第 14 回）——同回另有 1 处"两连襟"。

（8）这孙绍祖知道都察院里有探春的姑爷，原是<u>两连襟</u>呢，或者看情，可以避重就轻也不可知。（清·嬛山樵《补红楼梦》第 31 回）

明清白话文献未发现"两姨丈"。

2. 两妯娌／两叔伯母

与"两连襟"等有关的是一些方言的"两妯娌"。"妯娌"也属于相向，关系两端地位也相等，虽也只用一个词，也不属于独用型，而是属于对称型。

2.1 方言的"两妯娌"

浙江宁波方言有"两叔伯姆"，与此同义的有"两妯娌"。（汤珍珠等，1997：214）

浙江台州方言也有"两叔伯姆"。"妯娌"也说"叔伯姆""叔伯姆队"。（据公众号"台州方言"）

江西贵溪樟坪畲话也有"两妯娌"。（刘纶鑫，2008b：100）

贵州毕节也有"两妯娌"。（明生荣，2007：270）

贵州贵阳也有"两妯娌"。（汪平，1994：281）

山东微山方言有"三妯娌"的说法，也是对称型。（殷相印，2008：246）

2.2 方言的"两 AB"

南方方言与"两妯娌"同义的还有许多说法。

两婶母：如湖南江华寨山话（曾毓美，2005：252）、广西永福塘堡平话（肖万萍，2005：184）、广西钟山（邓玉荣，2005a：238）等。

两□ [mie³³] 婶：如广西临桂义宁。（周本良，2005：201）

两婶午：如广西临桂两江平话。（梁金荣，2005：155）

两子嫂：如广西富川秀水九都话（邓玉荣，2005b：209）、广西马山老那兴村（客家话）（曾珊，2012：183）、江西泰兴（客家话）（兰玉英，2007：165）、江西南康（客家话）（温珍琴，2018：91）、江西于都（客家话）（谢留文，1998：185）等。广东连平方言（属客家话）也有"两子嫂"。（傅雨贤，2015：64）

两婶伯：如广西阳朔葡萄平声话。（梁福根，2005：272）

两双妈：如广西全州文桥土话。（唐昌曼，2005：219）

两母婶：如江西南昌。（张燕娣，2007：107）江西吴城方言（肖萍等，2017：194）写作"两姆婶"，义同。

两姊嫂：如江西汝城（客家话）。（曾献飞，2006：132）

两前后：如四川成都。（李荣，2002：2162）

两伯母：如湖南泸溪梁家潭乡话（陈晖，2016：243）、湖南泸溪乡话（陈晖，2019：

196）。

　　□**姊**□ [tso⁵³tɕi⁵³xo⁴⁵]：如湖南城步巡头乡话。[tso⁵³] 是"两"义。（郑焱霞等，2016：168）"□姊□" [tso⁵³tɕi⁵³xo⁴⁵] 另一处又写作"□□□" [tso⁵³tɕi⁵³·xa]。（郑焱霞等，2016：182）

　　俩新婆：如湖南绥宁关峡苗族平话。（胡萍，2016：133）

　　两叔妇：如湖南永州岚角山土话。（李星辉，2016：144）

　　两□□ [nio⁵⁴ɕio³³man⁵⁴]：如湖南东安石期土话。（蒋军凤，2016：158）

　　两哥嫂：如湖南桂阳六合土话。（邓永红，2016：141）

　　两弟嫂：如湖南道县祥霖铺土话。（谢奇勇，2016：162）

　　两兄嫂：如湖南双牌理家坪土话。（曾春蓉，2016：149）桂阳六合土话说"两哥嫂"，双牌理家坪土话说"两兄嫂"，道县祥霖铺土话说"两弟嫂"，三者应该都是对称型。

　　两手母：如广东封开方言（属粤语）。（侯兴泉，2017：148）

　　俩麻母：如湖北公安方言。（袁海霞，2017：157）

　　两叔板①：如江西萍乡（属赣语）。（魏钢强，1998：315）。

　　两婶嫂：如广东电白旧时正话。（陈云龙，2019：205）

　　湖南通道本地话很特殊，"两姊妹"有两个义项：①妯娌俩；②姑嫂俩。又有"几姊妹"，义为"妯娌们"。（彭建国，2019：169）②

　　广西宾阳方言（客家话）有"两姊妹"，却是"连襟"的意思。（邱前进，2008：86）

　　贵州晴隆长流喇叭苗人话的"两姊妹"竟有五个义项：①夫妻俩；②姊妹俩；③姑嫂俩；④妯娌俩；⑤姐儿俩。（吴伟军，2019：216）"两姊妹"居然有"夫妻俩"义，确实很奇特。但"几姊妹"又有所区别：①姊妹几个；②姑嫂们；③妯娌们；④姐儿们。（吴伟军，2019：216）即没有"姊妹"指"夫妻"了。这可能是因为"夫妻"只能"两个"，而"姑嫂""妯娌""姐儿"都可以是"两个"以上。

　　从以上的众多说法来看，广西最为复杂，有多种说法。说"两子嫂"的分布范围广，但基本上是客家话。

　　湖北恩施方言（王树瑛，2017：126）、湖北建始方言（属西南官话）（朱芸，2015：50）有"几妯娌"，也是对称型。

　　如果说"妯娌们"，广西永福塘堡平话说"几婶母"，安徽徽州绩歙片方言说"堂家"。如果说"妯娌几个"，广西临桂义宁话说"几口 [mie³³] 婶"。如果说"几妯娌"，江西泰兴（客家话）说"几子嫂"或"几前后"。"几前后"的说法也很特殊，表面看来，"前后"不是亲属名词，但这里的"前"指大媳妇，"后"指小媳妇。又如成都话的"两前后"，这里的"前后"同泰兴客家话一样。陕西神木、扶风有"先后"，陕西吴堡有"先后子"，都是"妯娌"的意思，其构词原理同前面的"前后"。

　　安徽泾县查济方言（属吴语）有"叔伯伙里_妯娌俩_"。其余后面多用"两个"，如"姑嫂两

────────

① 即"两叔伯母"，"板"是"伯母"的合音。

② 另收"两姊妹"，有 4 个义项：①姐妹俩；②姐儿俩；③兄妹俩；④姐弟俩。（彭建国，2019：169）

个""婆媳两个"。另有"叔伯们_{姻娌们}"（刘祥柏等，2017：108）。用"叔伯"（男性）代替"姻娌"（女性）也比较特殊。

姬慧（2020：38）指出，陕北方言亲属称谓词"先后"表姻娌关系，"挑担"表连襟关系。二词构词理据相似，通过词汇化和隐喻认知的方式由短语变为双音词，在陕北晋语中分布较广。二词体现了共同的文化内涵，即陕北方言亲属称谓词在构词中遵循了中国传统文化中的伦理秩序和长幼次序观念，是宗法制度下的产物，从另一个侧面说明了文化对语言的影响。

其实，不单单是陕北，其他方言如山东的"两挑""两挑担"，成都的"两前后"等也是如此。

2.3 方言的"叔妹两/俩个"

安徽铜陵吴语有"叔妹两_{姻娌俩}"。（张林等，2010：148）这也是特殊的叫法。

安徽宣城（雁翅）方言（属吴语）有"叔妹俩个_{姻娌俩}"。（沈明，2016：131）

2.4 方言的"姻俩""姻两个""姻们"

河北方言有这样的俗语："姻俩坐月，一家一回。""姻俩"也属于相向，也是对称型。安徽怀远有"姻两个_{弟兄两人的妻子}"，也属于相向，也是对称型。河南固始有"姻们_{姻娌}"，也属于相向，也是对称型。这些方言中的"姻"可独用，这很特别。

2.5 方言的"两叔伯母"

崔山佳（2020：83）指出："但好多方言的'两叔伯母'等，却属于并列型。"现在看来，"两叔伯母"也应该是对称型。如奉化方言有如下对话：

（9）A. 你们两个是**两叔伯母**?

B. 是的，其_她是我叔伯母。

奉化方言的"叔伯母"是一个单词，可以单用，不是并列的两个亲属名词，是对称型亲属关系名词，甲是乙的"叔伯母"，则意味着乙也是甲的"叔伯母"。

其他方言也有说"两叔伯母"，如浙江诸暨（由笔者所在学校魏业群同学提供）、湖南长沙（鲍厚星等，1998：246）、湖南浏阳（夏剑钦，1998：186）、湖南耒阳（王箕裘等，2008：304）、江西萍乡（属赣语）（魏钢强，1998：315）、广西贺州九都声（张秀珍，2005：213）等。浙江苍南蛮话也有，如：

（10）**两叔伯母**讲不来_{姻娌之间合不来}。（杨勇，2014：193）

有的也写作"两叔伯姆"，如湖南娄底（颜清徽等，1994：154）。

2.6 明清白话文献的"两姻娌"

明代已有，如：

（11）崇曰："……我尝往一所在取帐，男子另一处造纸，**两姻娌**对焙纸，其伯姆半宿妇人，其姻子极是少美，我欲挑之，若半声推拒，隔焙便闻，何以动手。……"（张应俞《杜骗新书》第17类）——另第18类有2处"两姻娌"。

清代也有，如：

（12）**两姻娌**你一句，我一句，胡猜乱讲。（陈朗《雪月梅》第22回）

（13）**两妯娌**扶在一起，趴在地上哭哭啼啼，说：从今以后，永远和睦相处，都不再舍不得那七亩地了。（蓝鼎元《蓝公案》第 11 则）

（14）瑶华道："……罢了，你这老妇同这**两妯娌**，仍在大门上照应。这妯娌两个要嫁人可向长史说知，看他可有管事人相配，不许另嫁府外的闲人。你两个小媳妇且暂在里间，伏侍我几天，俟我启行后，再与你们设处。"（丁秉仁《瑶华传》第 18 回）——另第 22 回有"两妯娌"。

上例较有意思，前面用"两妯娌"，中间用"妯娌两个"，后面用"两个小媳妇"。

清·李卫的《畿辅通志》第 17 部分也有 2 处"两妯娌"。而其他说法如"两叔伯母"等未搜索到。可见，就产生时间来看，是"两妯娌"更悠久。

3. 两老表 / 两老庚 / 两同年 / 两伙计 / 两隔壁

成都、贵阳、柳州有"两老表_{两个有中表亲戚关系的人，包括表兄弟或表姐妹}"，"老表"也属于相向，也是对称型（李荣，2002：2159），湖南娄底有"两同年""两老表""两伙计"（颜清徽等，1994：154），"同年""老表""伙计"也属于相向，也是对称型。

湖南桂阳六合土话也有"两老表_{表兄弟、姐妹两个人的合称}"。（邓永红，2016：141）

江西南康方言（属客家话）有"两子老表_{表兄弟俩}"。（温珍琴，2018：92）

湖北建始方言（属西南官话）有"几老表"。（朱芸，2015：50）与"两老表"一样，也是对称型。

四川泸州方言（属西南官话）有"两隔壁_{两家邻居}"。（李国正，2018：154）

浙江奉化方言（属吴语）也说"两隔壁"。

浙江乐清方言（属吴语）也有。如：

（15）风头雾头**两隔壁**。（蔡嵘，2019：178）

4. 两亲家 / 两亲家公 / 两亲家母 / 两亲翁

宋代已有"两亲家"，如：

（16）两新人诣中堂，行参谢之礼，次亲朋讲庆贺，及参谒外舅姑已毕，则**两亲家**行新亲之好，然后入礼筵，行前筵五盏礼毕，别室歇坐，数杯劝色，以叙亲义，仍行上贺赏花节次，仍复再入公筵，饮后筵四盏，以终其仪。（吴自牧《梦粱录》卷 20）

元代戏曲也有，如：

（17）李社长根前得了个女孩儿，唤做定奴，也三岁了，他两个可是**两亲家**。（无名氏《包龙图智赚合同文字》）

（18）**两亲家**正闹哩！（杨景贤《西游记》第 4 本）

明代以后例子更多。①

以上可见，"两亲家"的对称型用法也是由来已久，从宋代开始，一直未中断过。而且文体多样，有文言笔记，有元曲，有白话小说，有民歌等。

---

① 据"国学大师网"，"两亲家"共有 10 页，145 条，数量较多。

也有"两亲家姆",如：

（19）甲乙**两亲家姆**会亲，乙偶撒一屁，甲问曰："亲家姆，甚响？"乙恐不雅，答曰："田鸡叫。"（清·游戏主人《笑林广记》卷4）

"两亲翁"的说法在方言中未找到，但清代白话文献有，如：

（20）**两亲翁**金榜共标，戴乌纱旧日同僚；女和男青春并韶，衡才挈貌羡慕不遥。（李渔《风筝误》第21出）

（21）却说郭千岁与着狄千岁论国戚亲谊，本是弟兄之称。如今许了女儿姻事，乃**两亲翁**。（李雨堂《五虎征西》第108回）

查《汉语大词典》卷10（1992：345），"亲翁"也作"亲家翁"，义为"亲家公"，所以，"两亲翁"义同"两亲家公"。

浙江吴语的好多方言点有。宁波方言有"两亲家公""两亲家母"。（汤珍珠等，1997：214）余姚方言有"两亲家公""两亲家姆"。（肖萍，2011：146）鄞州方言有"两亲家公""两亲家姆"。（肖萍等，2014：172）奉化方言有"两亲家"。

河南内黄方言有"两亲家"。（李学军，2016：175）奇怪的是，其他亲属称谓语常常是后面用"俩"，如：爷儿俩、妯娌俩、弟儿俩/兄弟俩、哥儿俩、姊妹俩。（李学军，2016：212）

上面的"两亲家"就是对称型。

5. 两兄弟

唐代诗歌、宋代小说、元明戏曲、明清白话小说、民国小说等"两兄弟"例子众多。（参见本章"第二节第一条两兄弟"）

现代方言"两兄弟"的分布范围也较广。如湖南桂阳六合土话（邓永红，2016：140）、蓝山太平土话（罗昕如，2016：142）、绥宁关峡苗族平话（胡萍，2016：133）、东安石期土话（蒋军凤，2016：158）、双牌理家坪土话（曾春蓉，2016：149）、长沙（鲍厚星等，1998：246）、娄底（颜清徽等，1994：154）、浏阳（夏剑钦，1998：186）、江西铅山（胡松柏等，2008：189）、萍乡（魏钢强，1998：315）、南昌（张燕娣，2007：106）、永新（龙安隆，2013：137）、上高（罗荣华博士电子邮件交流）、福建建瓯（李如龙等，1998：221）、广东连平（傅雨贤，2015：64）、浙江宁波（汤珍珠等，1997：214）、余姚（肖萍，2011：257）、鄞州（肖萍等，2014：305）、萧山（大西博子，1999：98，写作"俩兄弟"）、江西铅山太源畲话（胡松柏等，2013：150）、贵溪樟坪畲话（2008b：161）等。

可见，说"两兄弟"的方言有吴语、湘语、赣语、闽语、客家话、平话、畲话、土话等。

湖南道县祥霖铺土话有"两弟人"（兄弟俩）。（谢奇勇，2016：162）上面说"妯娌俩"为"两弟嫂"。"两弟人"指"兄弟俩"，"两弟嫂"指"妯娌俩"，"兄弟"与"妯娌"刚好对应，两者应该都是对称型。

湖南江永桃川土话有"两□[lian^{33}lia^{24}]"，有许多解释，如：兄弟俩、哥儿俩、姐儿俩、兄妹俩、姐弟俩。（鲍厚星，2016：180）其中应该有对称型的用法，尤其是"兄弟俩"。

与此相关的"两弟兄"却只有一种分析，《现代汉语词典》（2016：286）"弟兄"的注音只有"（dì·xiong）"，其义为"弟弟和哥哥"，它是并列型。即汉语方言的"数词＋亲属名词"的类型具有多样化的特性。

湖北建始方言（属西南官话）有"几兄弟 [tɕi⁵³ɕioŋ³⁴·ti]"与"几弟兄" [tɕi⁵³ti²¹³ɕioŋ³⁴]。（朱芸，2015：50）从注音看，与"两兄弟"与"两弟兄"一样，前者是对称型，后者不是。

相比北方方言，对于数词与亲属名词的搭配，南方方言更复杂多样。可以充分地相信，随着方言调查研究的深入开展，可能还会挖掘出更多有价值的语法现象来。同样，"数词＋亲属名词"对称型也可能找到更多的说法。

（七）亲属名词的类型

李旭平（2014：77）用表格的形式将数词和亲属名词的相互关系在普通话、富阳方言、上高方言、长沙方言里的用法和限制作了总结。李旭平（2014：77）指出，当数词置于亲属名词之前时，亲属名词一般只限于父亲、母亲或者夫妻这些亲属名词，不过普通话中数词前的亲属名词无此限制。他认为，数词前置或后置与亲属名词的语义类型密切相关。在众多亲属名词中，只有父亲、母亲和夫妻是属于功能性名词（functional noun），其他的亲属名词一般为关系名词（relational noun）。换句话说，前置数词只能出现在功能性亲属名词前，此时数词不仅表示该亲属名词所指与其相关成员构成一个集体，也表示该集体成员数量。

但据我们考察，南方绝大多数方言与普通话一样，亲属名词也并无限制，也就是数词既可出现在功能性亲属名词前，也可出现在一般关系名词前，而且是出现在一般关系名词前的更多，因为一般关系名词种类比父亲、母亲和夫妻这种功能性名词要多。当然，各方言因种种原因，有的一般关系名词多一些，有的少一些。这在上举例子中可见一斑。（另可参见崔山佳，2018a）

李旭平（2014：77）认为，吴语（富阳）只有"父母或夫妻"功能性名词。我们在"兼用型"时已说过，富阳除"两爹老子、两娘"外，还有"两弟兄、两姊妹"等。宁波除"两爹、两娘"外，还有"两姐妹、两姑嫂"等。诸暨除"两公、两婆"外，还有"两姐妹、两叔伯母"等。萧山除"两老太婆、两老婆"外，还有"两姐妹、两叔婶"等。所以，吴语既有功能性名词，又有一般关系名词，且以后者为多。

李旭平（2014：77）说赣语（上高）只有"父母或夫妻"功能性名词。其实不然。据罗荣华教授电子邮件告知，上高有"两姊妹""两爷崽""两娘女"等。如："你俚两娘女长得状两姊妹_{你们母女俩长得像姐妹俩}。"可见，上高既有功能性名词，又有一般关系名词。同属赣语的萍乡、咸宁前面已有说明，属无限制。同属赣语的江西南昌（魏钢强，1998）、湖南的浏阳（夏剑钦，1998）也无限制。所以，赣语既有功能性名词，又有一般关系名词，且也以后者为多。

李旭平（2014：77）说湘语（长沙）只有"父母或夫妻"功能性名词。其实，据鲍厚星等（1998）、颜清徽等（1994），长沙与娄底也无限制。所以，湘语既有功能性名词，又有一般关系名词，也以后者为多。

因此，李旭平（2014：77）"数词前置或后置与亲属名词的语义类型密切相关"的说法不符合汉语方言事实。退一步讲，即使个别方言有，那也是少见的，是非典型的，不能以偏概全。

（八）并列型亲属名词的排列顺序

四川泸州方言有"两娘母（娘儿俩）""两隔壁（两家邻居）""两爷子（爷儿俩）"。（李国正，2018：154）

广西钦州新立话"两AB"更多，如：两公婆（夫妻俩）、两崽嬷/两崽母（娘儿俩）、两崽爷（爷儿俩）、两爷孙（爷孙俩）、两婶母（妯娌俩）、两姑嫂（姑嫂俩）、两兄弟（兄弟俩）、两兄弟（哥儿俩）、两姐妹（姐妹俩）、两兄妹（兄妹俩）、两姐弟（姐弟俩）、两姑侄（姑侄俩）、两叔侄（叔侄俩）、两师徒（师徒俩）。还有"婆娘新妇（婆媳俩）""舅父外甥两只人（舅甥俩）"。（黄昭艳，2011：222–223）

一般的排列顺序是"男女老少"，但上面"两崽嬷/两崽母（娘儿俩）""两崽爷（爷儿俩）"却未遵守"老少"的顺序，而是相反，是"少老"的顺序。

这种"少老"的顺序，在一些方言中还有。

沈家煊（2015：207）认为，由一对反义词构成的并列式复合词，一般是肯定项在前，否定项在后（赵元任，1968/1979：139），因为人倾向于把认知上显著的成分或先引起注意的成分先说出来，这也是"象似原则"中的"顺序象似"在构词上的反映。举有40个例子，如：多少、大小、远近、长短……相反的情况不是没有，但较少，如：死活、反正、虚实、贫富、俯仰、抑扬、损益、出纳、呼吸。

亲属名词的排列次序也是如此。如果是长辈与晚辈关系，一般情况下是长辈在前，晚辈在后，如"父子""母女""爷孙""婆媳""舅甥"等，但也有一些方言却是晚辈在长辈前面，如：两甥舅［江西汝城（客）（曾献飞，2006：132）］、两崽母（娘儿俩）［广西资源延东直话（张桂权，2005：166）、广西兴安高尚软土话（林亦，2005：195）］、两子嬷（娘儿俩）［广西钟山（邓玉荣，2005a：238）］、两崽嬷（娘儿俩/婆媳俩）［广西灌阳观音阁土话（白云，2005：149）］、两子娘（母子俩/婆媳俩）［湖南江华寨山话（曾毓美，2005：252）］、两崽□[po⁴⁴]（爷儿俩）［广西富川秀水九都话（邓玉荣，2005b：208）］、两崽父（爷儿俩）［广西兴安高尚软土话（林亦，2005：195）］、两崽爷（爷儿俩）［广西贺州九都声（话）（张秀珍，2005：213）］、两子嬷（母亲和子女）、两子父（父亲和子女）［广西钟山董家垌土话（邓玉荣，2019：209）］。广东连南石蛤塘土话有"两崽娘（娘儿俩）""两爷崽（爷儿俩，父亲和子女）"（庄初升等，2019：157）。广东电白旧时正话有"两仔母（娘儿俩）""两仔爷（爷儿俩）"（陈云龙，2019：205）。

江西泰兴客家方言（兰玉英，2007：165）的"两子爷""两子娭""两子阿公""两子孃孃""两子嫂""两子丈人佬"都是"子"在前面，也即晚辈的亲属名词放在前面，也是比较特殊的。同时，"两子阿公""两子孃孃""两子丈人佬"后面的亲属名词有的是双音节，有的是三音节，也很特别。

江西南康客家话也有如下的称谓：两子爷（父子俩）、两子驰佬（母女俩）、两子爹爹（祖孙俩）、两子奶奶（祖孙俩）、两子舅佬（舅舅和外甥俩）、（两）子嫂（妯娌（俩））、两子姨丈（两连襟）、两子老表（表兄弟俩）、两公婆（夫妻俩）、两子舅佬（与妻子的兄弟合称或兄弟与姐夫妹夫合称）（温珍琴，2018：89-92）

广东广州（白宛如，1997：391）、东莞（詹伯慧等，1997：206）有"两仔嬷"（娘儿俩、母子俩）、"两仔爷"（爷儿俩、父子俩），福建建瓯（李如龙等，1998：221）有"两团奶"（娘儿俩、母子俩）、"两团爹"（爷儿俩、父子俩），也是晚辈在长辈前面。

广东河源（客家话）有"两仔爷"（父子俩、父女俩）、"两仔嬷"（母子俩、母女俩）、"两孙公"（爷孙俩）、"两孙舅"（舅甥俩）、"两孙叔"（叔侄俩）、"两孙姑"（姑侄俩）（练春招等，2010：180）。也是晚辈在长辈前面。

江西贵溪樟坪畲话也有，如："两崽娘"（母子俩）、"两子细爹"（叔侄俩）、"两子阿公"（爷孙俩）（刘纶鑫，2008b：160-161）。也是晚辈在长辈前面。

湖南泸溪乡话有"两侄叔"（陈晖，2019：196）。也是晚辈在长辈前面。

如果是同辈关系，总是"兄"在"弟"前，"姐（姊）"在"妹"前。但也有"两弟兄"[贵州赤水（陈遵平，2012：213）、江西泰兴（客）（兰玉英，2007：165）、四川德阳（廖庆，2006：21）、广西全州文桥土话（唐昌曼，2005：219）]的说法，是年龄小的在前、年龄大的在后，也比较特殊。"姐妹（姊妹）"就没有"妹姐（姊）"这种年龄小的在前、年龄大的在后的说法。

贵州务川方言有"几＋亲属称谓"，如：

几爷崽：父亲与几个子女的总称。

几娘母：母亲与几个子女的总称。

几姊妹：三个以上的兄弟姐妹关系的人的总称，包括男女。

几弟兄：三个以上兄弟关系的人的总称。也说成"几兄弟""几哥弟"。

几姨妈：几个人（男女不限）的昵称。（魏金光，2012：112-113）

有的比较特殊，如"几娘母"，是母亲隐含了子女，又如"几姨妈"居然是"几个人"的昵称，而且男女不限，也是"女"中隐含了"男"。

关于"男""女"的关系也有不少方言的说法比较特殊。宁波方言的"两姐妹"很特殊。它相当于普通话的"姐妹俩""兄妹俩""姐弟俩"等意思，即兄弟姐妹中只要有一个是女性的，都可以说"两姐妹"。"两姊妹"在湖南浏阳（夏剑钦，1998：186）、江西泰兴（客）（兰玉英，2007：165）、江西南昌（张燕娣，2007：106）、广西贺州九都声（话）（张秀珍，2005：213）、广西阳朔葡萄平声话（梁福根，2005：273）等与宁波方言意义相同，分别有"姐妹俩""兄妹俩""姐弟俩"的意思。另据李荣（2012：2161），柳州、乌鲁木齐、绩溪有"两姐妹"。属西南官话的贵州黔中屯堡方言有"两姊妹"，分别是"姐妹俩""姐儿俩""兄妹俩""姐弟俩"的意思（龙异腾等，2011：204）。有四个意思。湖南江华寨山话"两姊妹"却有"姐儿俩""姑嫂俩"的意思（曾毓美，2005：252），尤其是"姑嫂俩"也是很特别的。

广西资源延东直话相当于普通话"姐妹俩"的是"两姊呃",却是"兄弟、兄妹、姐弟、夫妻、姑嫂、连襟均通用"(张桂权,2005：164)。这比宁波方言的"两姐妹"所指对象更多、更复杂,竟然连"夫妻""姑嫂""连襟"都可用"两姊呃"。资源延东直话的"连襟"既可说"姊妹家",又可说"两姊呃",也是以"女"为主。"夫妻"也可说"两姊呃",也是以"女"为主,这也很特殊。①

湖南泸溪乡话有"两姐弟",有三个义项：①姐妹俩；②姐弟俩；③姑嫂俩(陈晖,2019：196)。"两姐弟"竟然有"姐妹俩""姑嫂俩"之意也比较特殊。

广东封开县 1961 年由封川县和开建县合并而成。封川话和开建话是封开县境内占主体地位的粤方言。"两 AB"主要有：夫妻(两公婆)(两个点相同),连襟：襟兄襟弟(封川)、吾襟(开建),妯娌：两手母(封川)、姊妹(开建),父子或父女：两仔爷/几仔爷(封川)、两仔爷(开建),母子或母女：两仔嬷/几仔嬷(两个点相同)(侯兴泉,2017：148-149)。"两手母"指"妯娌"也很特殊。

江西客家话"妯娌俩"有："两妇嫂"(宁都)、"两子嫂"(南康、修水)。(刘纶鑫,2001：244)

江西客家话(南康话)有"两子馳_{母子俩}"。江西客家话(黄沙桥话)有"两子娭_{母子俩}"。(刘纶鑫,2001：262、266)

(九)古今比较

1. 类型的多样化

古代文献类型较为单一,主要为并列型,对称型也有一些,如"两兄弟""两姨夫""两连襟""两妯娌""两亲家""两亲家姆""两亲翁"等,但现代方言亲属称谓更多,更复杂。除并列型、兼用型、对称型外,还有独用型,一般只有方言才有,民国戏曲有 1 例,如：

(1)(丁夫人)你纵然叫我两娘母去死,也还须说明白啥。(刘怀叙《庸医鉴》第 6 场)

《庸医鉴》是川剧,作者刘怀叙为四川南充县东观场人,但其生卒年为 1879—1947 年,算是现代作品,但在书面语确是比较早的。

张素宁(2006：8)认为,"两"可以换成其他的数目词("两夫妻""两夫妇"中的"两"除外)。这就现在来说是对的,但古代或民国时期,一夫可以多妻,所以有如下的用例：

(2)三夫妻遂退隐别业,而诗酒为乐。(清·里人何求《闽都别记》第 247 回)

但总体上看,现代方言的类型远比古代文献多样。

---

① 据王丽滨(2017：129-130),晋中称呼"弟妹"的方言词,榆次、太谷、祁县、平遥、介休、寿阳、榆社、灵石、昔阳、和顺、左权全部 11 个方言点都称"兄弟家",很特殊,用男性来称呼女性。与资源延东直话正好相反,"连襟"可说成"姊妹家",是用女性来称呼男性。

2. 并列型的多样化

虽然古代文献已有不少并列型例子，但亲属名词较为单一，不像南方方言那样丰富多彩。

古代主要有"夫妻 / 夫妇""兄弟""姐妹"等，南方方言有很多组合，甚至有"师生"等。

还有"两老 / 两佬"，是"夫妻俩"的意思，"老"既包括"夫"，又包括"妻"，只用一个"老"字，表示的却是并列型，也比较特别。广西宾阳（客家话）有"两佬"（邱前进，2008：86）。又如上举丽水方言的"两老"（雷艳萍，2019：90）、天台方言的"两 / 俩老"（肖萍等，2019：90）、宁波方言的"两老"（汤珍珠等，1997：214）。浙江奉化方言也有"两老"。

广西灵川三街平话有"两老里①"（唐七元，2020：165），与吴语不同之处是有后缀"哩"。

张素宁（2006：8）认为，能与"两"直接搭配的集合名词具有以下两个语义特点：（1）表示人际关系，主要是亲属关系，少数为其他关系，如"师生、师徒"。（2）表示逆向的相互关系。在这一关系元素中，元素 A 对元素 B 有关系 R1，而元素 B 则对元素 A 有关系 R2。如在"父子"词中，A 对 B 来说是父亲，B 对 A 来说是儿子。

其实，在方言中，语义特点远比张素宁（2006）所说的复杂得多，如"独用型"具有包含关系，"对称型""兼用型"与"两老"等也并非"表示逆向的相互关系"就能解释得通的。

据考察，并列式集合名词主要有：父子、父女、母子、母女、姐妹、兄妹、姐弟、兄弟、叔侄、姑侄、祖孙（包括祖父母与孙子女、外祖父母与外孙子女）、妯娌、连襟、翁婿、婆媳、公媳、舅甥、郎舅、姑嫂、夫妻、夫妇、师徒、师生等。

但不是所有的集合名词都能在前面加"两"或后面加"俩"，如无"岳母与女婿"前加"两"或后加"俩"的说法。

好多方言未见"两公媳"，但网上小说中有不少例子，如：

（3）而郭美花风骚、漂亮，大宝又出去挖煤了，青春年少，寂寞难耐，这两公媳天天处在一栋楼里，日久生情，自然也就媾和在一起了。（侯希白《我的禽兽生活》第 2 章）

（4）两公媳下好，一个锅要补，一个要补祸，就经常借油头进山贩酒，一去两三天，街坊笑他们是一对老少配，现在儿子成烈士他倒是做出一副很伤心的样子。（张阳光《猎艳鬼师》第 1 章）

（5）胡德全老脸通红，以他小儿媳的品行还有他自己的人格，两公媳没有事才怪。（战台风《荒村红杏》第 8 章）

（6）野花附和丈夫："赵家两公媳一直以为都跟仇人似的，今天难得这么团结，原来两个人都是见钱眼开，想钱想疯了啊！"（李子谢谢《重生欢姐发财猫》第 108 章）

---

① 原文如此。其实应该是"哩"，是后缀。

也有"公媳俩"的说法，北京大学语料库（CCL）有1例，如：

（7）瑞元出世后，<u>公媳俩</u>都认为是应了相面先生"必出贵子"之言，所以对蒋瑞元格外疼爱，把蒋氏一门"光宗耀祖"的殷殷之望完全寄托在这个尚在襁褓中的婴儿身上。（《蒋氏家族全传》）

除江西萍乡方言有"两叔嫂"外，好多方言未见"两叔嫂"，但网上有一些例子，如：

（8）<u>两叔嫂</u>去大嫂家"借妈"，没想到却让大嫂给抢沟里了，真搞笑！（网络视频）

网上新闻标题也有，如《网购作案工具莆田<u>两叔嫂</u>合伙诈骗被判刑》"揭阳<u>两叔嫂</u>竟因厝地使用权惹纷争事情缘由为何？""至于嘛！玉林地区<u>两叔嫂</u>因土地问题大打出手，赔七千多！""搞笑一家人：小叔和朴海美互捧，互相夸对方的演技好，这<u>两叔嫂</u>真搞笑！"

北京大学现代汉语语料库（CCL）有2例"叔嫂俩"，如：

（9）辣辣见小叔子依旧是一盆温吞水，就有心别扭希望逼他粗犷实在一下，<u>叔嫂俩</u>又开始了新的一轮老调重弹。（池莉《让梦穿越你的心》）——另有1例。

好多方言未见"两姨甥"，但网上有一些例子，如：

（10）齐太太心想也对，这种事除非抓现行，否则不好讲，宁香是她从小看大的<u>姨甥</u>女，亲姊过世了，身为妹妹的也只能替她照顾这个孤女，她们是亲到不行的<u>两姨甥</u>，自己自然相信她。（简薰《二房有福了》第26章）

（11）到了重华宫，天授帝便见<u>两姨甥</u>认真在学字，王又伦那表情叫一个与有荣焉，天授帝瞬间觉得自己脸上也有光——自家孩子被别人真心赞美，做父母的都会很骄傲的。（吾心大悦《盛世慈光（重生）》）

（12）今天所说的故事中所说的<u>两姨甥</u>她们年纪不可考，但是她们的帝王丈夫可考，正是因为她们嫁给了皇帝，所以导致了姨妈做了皇后，而外甥女做了皇太后，辈分却又比姨妈大两辈的现象。（品茶说史《小女孩做了皇太后，姨妈却是皇后，姨妈最后称呼小女孩为婆婆》）

以上的"两公媳""两叔嫂""两姨甥"等，可能是"两兄弟""两姐妹"等的类推。

3. 并列型亲属名词的排列顺序

古代文献中并列型亲属名词的排列顺序都是严格按照长幼顺序，而南方方言有一些顺序是幼在长前。具体可见"本章第八节并列型亲属名词的排列顺序"。

长辈在晚辈前，年龄大的在年龄小的前，这是"象似原则"中的"顺序象似"在"数词＋亲属名词"表达上的反映。晚辈在长辈前，年龄小的在年龄大的前，这也是"象似原则"中的"顺序象似"在"数词＋亲属名词"表达上的反映。前者可以说是"尊老"的体现，后者是"爱幼"的表现。同时，也可用范畴理论来解释。长辈在晚辈前，年龄大的在年龄小的前，这是典型用法；而晚辈在长辈前，年龄小的在年龄大的前，这是非典型用法。

4. 北京大学现代汉语语料库（CCL）的"数词 + 亲属名词"

两夫妻：31 例。

两夫妇：30 例。

两父子：13 例。

两父女：7 例。

两母子：2例。

两母女：7 例。

两兄弟：419 例。

两姐妹：153 例。

两姊妹：72 例。

两舅甥：1例。

两婆媳：1 例。

两叔侄：1 例。

两弟兄：19 例。

两师徒：3 例。

两连襟：1 例。

两亲家：19 例。

相比古代文献的"数词 + 亲属名词"，现代汉语还是增加了一些搭配，如"两母子""两母女""两舅甥""两婆媳""两叔侄""两师徒"等。

以上众多例子不是全部属于普通话范畴，有的是作者母语方言的体现，如：

（13）喝不上一碗热茶的工夫，楼下的母亲就大骂着说："……两夫妻暗地里通通信，商量商量，……你们好来谋杀我的……"（郁达夫《茑萝行》）

（14）两夫妻的眼，都无目的地看着这蜘蛛的悬空的奋斗。（茅盾《蚀》）

（15）杨过怒道："你两夫妻真是一对儿，谁都没半点心肝。"（金庸《神雕侠侣》）

（16）乌先生眨着眼想，越起越糊涂，"那末，古家两夫妇，怎么叫胡大先生'小爷叔'？……"（高阳《红顶商人胡雪岩》）

（17）今向许彦成杜丽琳委婉解释：四个小组里，杜丽琳的小组不是重点；两夫妇如果各踞一重点，力量太偏重，或许会导致旁人不满。（杨绛《洗澡》）

（18）而且她对两个儿子太痴心，把希望都寄在他们身上，余楠来北京后，两兄弟只回家了一次，从此杳无音信。（杨绛《洗澡》）

（19）又有一个中年妇人说道："浙东双义威震江南，他两兄弟正直无私，正好作公证人。"（金庸《天龙八部》）

（20）两兄弟指挥庄丁，在最尊贵处安排席次，一面不住道歉，请众宾挪动座位。（金庸《神雕侠侣》）

（21）接下去的情形出现了急剧的变化，刚才还十分强大的王家两兄弟，在我哥哥菜刀的追赶下，仓皇地往家中逃去。我哥哥追到他们家门口时，两兄弟各持一把鱼叉对准了

我哥哥，我的哥哥挥起菜刀就往鱼叉上扑过去。（余华《在细雨中呼喊》）

（22）本来吕巽、吕安**两兄弟**都是嵇康的朋友，但这**两兄弟**突然间闹出了一场震惊远近的大官司。（余秋雨《遥远的绝响》）

（23）宋钢和李光头是家庭重建后的**两兄弟**；前者胆小怕事，但品行正直，后者野心勃勃且对事着迷。（《余华博客》）

（24）**两姊妹**对看了一下，没有说话。（茅盾《子夜》）

（25）他曾想携同两人出来行走江湖散心，**两姊妹**总是不愿。（金庸《神雕侠侣》）

（26）他心目中使唤的是专管镜槛阁的两个大丫头—巧珠、巧珍**两姊妹**；但来的却是小梅。（高阳《红顶商人胡雪岩》）

（27）**两亲家**见过面，彼此请过客，往来拜访过，心里还交换过鄙视。（钱锺书《围城》）

（28）婆婆打伤后自己救了他的性命，哪知后来反而要将自己煮来吃了，这**两师徒**恩将仇报，均是卑鄙无耻的奸恶之徒，薛公远已死，眼前这鲜于通却非好好惩戒一番不可，当下微微一笑，说道："我又没在苗疆中过非死不可的剧毒，又没害死过我金兰之交的妹子，哪有甚么难言之隐？"（金庸《倚天屠龙记》）

郁达夫是浙江富阳人，茅盾是浙江桐乡人，金庸是浙江海宁人，高阳是浙江杭州人，杨绛是江苏苏州人，余华是浙江海盐人，余秋雨是浙江余姚（现属慈溪）人，钱锺书是江苏无锡人。他们都是吴语区人。

李旭平（2014）论述"数词+亲属名词"的方言只举吴语（富阳话）、赣语（上高话）、湘语（长沙话）的例子，我们认为其考察范围太狭窄，样本太少。其实，南方的西南官话、平话、客家话、粤语、徽语、闽语、畲话等都有，有的亲属名词使用面广。只有考察更多的方言，得出的结论才更可靠。

"数词+亲属名词"的类型有蕴涵关系，即有独用型的必定有并列型，有并列型的不一定有独用型。没有纯粹的独用型，但有纯粹的并列型。也有兼用型，凡有独用型的都是兼用型。并列型是普遍现象，南方北方皆如此。还有对称型。从类型学角度来看，独用型、兼用型与对称型更具价值。

十二

量词"爿"

（一）辞书的量词"爿"

《汉语大字典》收"爿"："《段注说文》：'爿，反片为爿，读若墙。'孙海波《甲骨文编》：'《说文》有片无爿，故《六书》云"唐本有《爿部》……"古文一字可以反正互写，片、爿当是一字。'""爿"音"qiáng"，义项有二，其一是："劈木而成的木片。"《新加九经字样·杂辨部》："鼎，下象析木以炊。析之两向，左为爿，右为片。"《通志·六书略一》："爿，判木也。""爿"音为"pán"，义项有三，其二是："方言。量词。"又分为三小点：

一是用于田地等，相当于"块"。如：

（1）听说踏满一爿田就要一块多钱。（茅盾《秋收》）

二是用于商店、工厂、旅社等，相当于"家""座"。如：

（2）一路言来语去，不知不觉，已到了昨日所住的那爿小客栈内。（《文明小史》第10回）

（3）我那爿火柴厂，近来受战事影响，周转不来了。（茅盾《子夜》第16章）

三是用于整体的部分，相当于"边""段儿""截儿"等。如：

（4）走上前一斧，将荷香砍做两半爿。（《说岳全传》第35回）

（5）外婆桥上，买一头鱼来烧。头爿未熟尾巴焦，盛来碗里发虎跳。（胡云翘《沪谚外编·山歌》）

《汉语大字典》（第二版）同上。

《说岳全传》的作者钱彩是浙江杭州人，《文明小史》的作者是江苏常州人，茅盾是浙江桐乡人，胡云翘即胡祖德，是上海闵行人。由此可见，上面例句全出自吴语区人。

《汉语大词典》卷7（1991：802-803）"爿"音为"pán"，义项有三，其二是："方言。量词。"又分为三小点：

一是用于田地、树林等，相当于"块""片"。如：

（6）当那洋水车灌好了第二爿田的时候，老通宝决定主意请教这"泥鳅精"。（茅盾《秋收》三）

（7）小壁林场四千五百多亩防护林被盗伐2800亩后，成爿树木剩下寥寥无几。（《人民日报》1981-5-4）

二是用于商店、工厂等。如：

（8）见有一爿旧书坊，他却踱将进去，随手翻阅。（清·蔡东藩《清史通俗演义》第28回）

（9）接管了父亲在天津所开的一爿店铺。（鲍昌《庚子风云》第1部第18章）

三是用于整体的部分。除例（4）外，又如：

（10）花瓶摔到地上，碎成几爿。

蔡东藩、茅盾都是浙江人，属吴语区人。鲍昌原籍辽宁凤城，生于沈阳，1942年考入北平辅仁大学附中，1946年1月赴晋察冀解放区，先在华北联合大学文学院学习，后在晋东北、冀中等地从事农村工作，新中国成立后在天津人民艺术剧院等单位工作，方言属北方。例（7）《人民日报》文章的作者不知其方言背景。

白维国（2011：1134）收"爿"："量词。用于工厂、商店等。"如：

（11）只见西湖之上陆宣公祠堂左侧，有一爿小小的杂货店儿。（明·罗懋登《西洋记》第5回）

（12）一时那铺子门前围的人更多，却想不起是爿什么铺子。（清·汤颐琐《黄绣球》第20回）

《西洋记》的作者罗懋登籍贯不详，其号为二南里人，有的研究者据此以为罗懋登是陕西南部人。但《西洋记》有不少语法现象有吴语色彩。再看《黄绣球》，作者汤颐琐是江苏苏州人。因此，"爿"主要运用于吴语区。

白维国（2015）未收"爿"，不知何因。

《现代汉语词典》（2016：976）也收"爿"，义项有二，其二是量词，又分2小点：a. 田地一片叫一爿。b. 商店，工厂等一家叫一爿。

（二）明清白话文献的量词"爿"

1. 明代作品的"爿"

（1）员外道："我前日在通江桥上看见一个先生，头上戴的是吕洞宾的道巾，身上披得是二十四气的板折，脚下穿的是南京轿夫营里的三镶履鞋，坐一爿背北面南的黑漆新店，店门前竖着一面高脚的招牌，招牌上写着'易卦通神'的四个大字。……"（罗懋登《西洋记》第3回）——另第5回有"一爿小小的杂货店儿"，第38回有"一爿古董铺儿"，第77回有"一爿羊肉店"。

（2）那女儿二十岁了，虽是小户人家，到也生得有些姿色，就赘本村陈大郎为婿，家道不富不贫，在门前开小小的一爿杂货店铺，往来交易，陈大郎和小勇两人管理。（凌濛初《初刻拍案惊奇》卷8）

以上来自北京大学古汉语语料库（CCL）。

其他明代白话小说也有，如：

（3）这花芳见阮大穷，劳氏在家有一餐没一餐，披一爿，挂一片，况且阮大忧愁得紧，有个未老先老光景。（陆人龙《型世言》第33回）

（4）巴到天明，舀些冷水，胡乱把脸上抹一抹。将一个半爿梳子，三梳两挽，挽成三寸长，歪不歪，正不正，一个揸槌，岂非埋没了一天风韵！（天然痴叟《石点头》卷6）

（5）楼梯般两扇庙门，马坊样一间殿宇，一座石香炉，东倒西歪。几个泥菩萨，翻来覆去，座前摆两爿竹笼，那些个有灵有感。壁上挂一块木经，看下出谁阳谁圣。（京江醉竹居士《龙阳逸史》第2回）——另第2回、第14回有"半爿僧帽"，第6回有"纸劄铺子便有两爿"，第20回有"一爿典铺"。

从以上例句来看，有的为上面所说的辞书所未收。如例（3）中的"披一爿，挂一片"是指衣服，一用"爿"，一用"片"，两者同义。例（4）中的"爿"用来指"梳子"，例（5）中的"爿"用来指"竹笼"，《龙阳逸史》第2回、第14回中的"爿"用来指"僧帽"。

2. 清代作品的"爿"

清代作品的例子更多。以下例子来自北京大学古汉语语料库（CCL），如：

（6）不是小媳妇夸口，凭着这个舌头，两爿牙齿，抓星酌斗，拨雨撩云，能使南海观音偷嫁西池王母，银河织女私奔月窟嫦娥！（夏敬渠《野叟曝言》第30回）——另第45回有"连肩头削去半爿"，第83回有"一爿大壳"，第84回有"那蚌便舒开两爿大壳，将一爿托住船底，一爿竖作风篷"，第108回有"两爿瘦鬼""两爿皮甲"。又如：

（7）撞得火星乱喷，声震岩谷，洞顶乱石，大爿小片，粗块细屑，蜂蝗一般满头打下。（《野叟曝言》第63回）

（8）用力一拳，把石台打做两段，击下碎石，连爿合片的直爆开来。（《野叟曝言》第67回）

上2例，一用"爿"，一用"片"，也是两者同义。

（9）走上前一斧，将荷香砍做两半爿。（钱彩《说岳全传》第36回）

（10）从此开起典当来，就在东门内开爿泉来当铺。数年之间，各处皆有，共开了二三十爿典当。（唐芸洲《七剑十三侠》第1回）——另第14回有"一爿酒店"，第15回有"是爿黑店"，第24回有"一爿米麦六陈行"，第31回有"一爿点心店""一爿小小酒店""这爿酒店"，第32回有"这爿酒馆""这爿望山楼"，第41回有"开了爿生药铺""一爿茶肆"，第63回有"一爿药铺"。

（11）次日，不问长短，就赶到东便门外，果见离城百步，有一爿破败的小茶馆，他便走进去，拣了个座头，喊茶博士泡了一壶茶，想在那里老等。（曾朴《孽海花》第3回）——另第28回有"一爿小酒店"。

《官场现形记》例子更多，如：

（12）且说这三荷包辞了他哥出来，也不及坐轿，便叫小跟班的打了灯笼，一直走到司前一爿汇票号里，找到档手的倪二先生，就是拿电报来同他商量的那个朋友。（李伯元《官场现形记》第4回）——另第7回有"一爿茶店"，第8回有"一爿洋行"，第10回有"那爿堂子""那爿栈房"，第11回有"这爿洋行"，第13回有"一爿茶馆"，第15回有"一爿烟馆"，第20回有"这爿丸药铺"，第21回有"两爿当铺、三爿钱铺子"，第22回有"一爿小客栈"（2处），第23回有"一爿小铺"，第24回有"一爿古董铺"，第27回有"一爿钱庄"，第29回有"一爿甚么局""这爿番菜馆"（2处），第30回有"这爿烟馆"，

第 31 回有"一爿字号",第 33 回有"一爿钱庄""这爿钱庄""一爿银行"（2 处）"有麦加利、汇丰两爿银行""外国人银行开在上海的，原是为着做中国人生意来的，那一爿不好存银子""这爿书局"（2 处），"有爿票号"，第 34 回有"这爿书局"（2 处），第 37 回有"顺手拿过一只花碗来就往地下顺手一摔，豁琅一声响，早已变为好几爿了""把刚才送进来的那张稿，早已嗤的一声，撕成两爿了""一张纸分为两爿"，第 38 回有"一爿大字号"，第 47 回有"这爿钱庄"（2 处）"一爿破落户乡绅人家""那爿善堂"，第 48 回有"一爿客栈""几爿客栈"，第 50 回有"一大爿地基""一爿丝厂""一爿番菜馆""这爿大菜馆""这爿店"，第 53 回有"一爿大菜馆"。另如：

（13）官厅子上，大大小小官员，每日总得好两百人出进，不是拖一爿，就是挂一块，赛如一群叫化子似的。（《官场现形记》第 20 回）

上例一用"爿"，一用"块"，也是两者同义。

（14）而且它的捏手柄更是希奇，与那刀柄、剑柄、斧柄全然各别，却与半爿方天戟无二，戟尖头反向下生，将手捏在方孔之内，若遇刀剑削他手指，却有四周护住，所以叫做护手钩，是极厉害的军器，只有他破别的，没有别的去破他；今单遇见了铁拐，好似下属见了上司。（无名氏《施公案》第 220 回）

（15）一路上，雷鸣就忍耐不住问道："师父给这爿酒铺子并没冤仇，何故要把假东西愚弄他呢？"（坑余生《续济公传》第 53 回）——另第 82 回有"这爿如意馆"，第 84 回有"一爿大槽坊"，第 87 回有"有爿徐振兴糟坊"，第 127 回有"一爿小酒店""这爿酒店""这一爿店"，第 133 回有"一爿双开间的酒馆"，第 138 回有"一爿肉店"，第 142 回有"有爿酒店"，第 143 回有"一爿茶馆"，第 148 回有"那爿棺材店""一爿小酒店"，第 162 回有"几爿吃食店"，第 164 回、185 回、第 211 回各有"一爿酒店"，第 160 回、169 回、第 208 回各有"一爿酒馆"，第 173 回有"一爿酒楼"，第 185 回有"一爿磨坊"，第 186 回有"一爿卖茶卖酒卖面同点心的吃食店""一爿吃食店"，第 187 回有"一爿大酒馆""一爿吃食店"，第 191 回有"将他拖出到爿茶馆"，第 208 回有"一爿馆子"，210 回有"一爿浴堂"，第 226 回有"一爿茶馆""那爿茶楼""一爿小茶馆"，第 230 回有"一爿大馆子"，第 231 回有"这爿饭馆"，第 232 回有"有爿茶馆"，第 234 回有"寻爿小客栈"。

（16）那女本家名叫阿毛，也是上海人，大姐出身，近来着实有些积蓄，所以到天津来开这爿南班堂子。（张春帆《九尾龟》第 2 回）——另第 73 回有"一爿什么当店"，第 83 回有"这爿钱庄"，第 124 回有"衣服更湿了一大爿"。

上面的"爿"共计 116 处。比起明代作品来，清代作品中的"爿"所指称的名词更具多样化。如：当铺[2]、当店、典当（名词）、酒店[12]、酒馆[7]、酒铺、酒楼、吃食店[4]、饭馆、点心店、如意馆、黑店、米麦六陈行、药铺[3]、茶馆[12]、茶店、茶铺、茶楼、堂子[2]、丝厂、店[2]、磨坊、钱铺子、钱庄[6]、票号[2]、洋行[2]、客栈[5]、小铺、古董铺、栈房、烟馆[2]、局、银行[4]、书局[4]、善堂、馆子[2]、浴堂、槽坊[2]、肉店、棺材店、破落户人家、人、牙齿、肩头、鬼、衣服[2]、皮甲、壳[4]、方天戟、地基、碗、稿、纸。其中店铺类最多，尤其

值得注意的是有"银行""票号""洋行"等。^①

另有与"片"对举的 2 例，与"块"对举的 1 例。

我们又找到几例，如：

（17）斯时，盖有之又不好说出自己姓名，只得顶着龟子名色，被皂隶拖翻地上，退去裤子，露出两爿老屁股，一五一十的受打。（清·杜纲《娱目醒心编》卷 11）

上例"爿"用于"屁股"，比较特殊。

（18）六郎道："……若果生得好，我就把一爿当铺与你赌。"（清·醒世居士《八段锦》第 3 段）

清代白话小说也有不少"爿"所指的名词是上述辞书所未见，如用于"梳子""僧帽""壳""瘦鬼""皮甲"，甚至有用于"屁股"。

3. 民国作品的"爿"

北京大学古代汉语语料库（CCL）民国小说共 24 例，其中徐哲身《大清三杰》4 例、《汉代宫廷艳史》4 例，许啸天《明代宫闱史》3 例、《清代宫廷艳史》4 例，蔡东藩《清史演义》2 例、《秦汉演义》1 例，费只园《清朝三百年艳史演义》4 例，陆士谔《清朝秘史》1 例，李伯通《西太后艳史演义》1 例。

民国小说的"爿"所指名词多为店铺，如徐哲身《汉代宫廷艳史》的"一爿小酒店""一爿药铺子"，许啸天《清代宫廷艳史》的"一爿布庄""一爿古董铺子""那爿铺子""一爿竹木行"，蔡东藩《清史演义》的"一爿旧书坊"，蔡东藩《秦汉演义》的"一爿小酒肆"，费只园《清朝三百年艳史演义》的"一爿小酒店""开爿小小酒店""几爿村店""两爿布庄"，陆士谔《清朝秘史》的"一爿书画馆"，李伯通《西太后艳史演义》的"一爿皮匠店"。也有一些名词是清末新生的，如：

（19）树中在前门外琉璃厂，开了一爿照相馆，做了侨寓的地点，每日与兆铭往来奔走，暗暗布置，幸未有人窥破。（蔡东藩《清史演义》第 96 回）

"照相馆"为以前作品所未见。

也有"爿"指"老天"，如：

（20）谁知蒋氏越是着急，那爿老天越是与她作对，非但雨势加大，而且天黑更快。（徐哲身《汉代宫廷艳史》第 51 回）

清代白话小说有将人"砍做两半爿"的说法，类似的说法民国白话小说例子更多，如：

（21）向老少见了自然更加大怒，自己奔去几脚就将姓鲍的婆娘，踢下一个小产娃娃。姓鲍的岂肯让他，当场一把将他一个身子一撕两爿，连淌在满地的血水，都爬在地上，一齐吃下肚去。（徐哲身《大清三杰》第 3 回）

（22）于是一场大战，萧朝贵竟把王兴国这人，鲜活淋淋的劈成两爿。（徐哲身《大清三杰》第 16 回）

（23）当时一见项元直用刀劈她，来得正好，不但不肯躲闪，反将身子向上用力一迎，

---

① 右上角的数字为出现次数。下同。

当下即听得劈啦的一声巨响，可怜李氏一个娇弱身子，被劈得两爿，顿时死在地下。（徐哲身《大清三杰》第 56 回）

（24）张均失了马，翻身落地，沐英、方刚双枪齐下，张均拨开方刚的枪尖，被沐英一枪刺进左臂，通海顺手一斧，把张均连头夹肩劈去了半爿。（许啸天《明代宫闱史》第 17 回）

（25）青州都指挥高凤领着五千健卒，来剿灭唐赛儿，兵到益都，两阵排开，高凤跃马出阵，这边唐赛儿部下董彦杲拒战，不上三合，那董彦杲等无非是乡村的流氓，又不懂什么武艺的，如何敌得住高凤，当下被高凤手起刀落，劈董彦杲作了两爿。（许啸天《明代宫闱史》第 30 回）

例（21）～例（25）中的"爿"都是指人的"身子"，是"身子"被人劈成或撕成"两爿"。

（26）这时水云的刀先到，早将松月的头颅劈了两爿。（徐哲身《汉代宫廷艳史》第 104 回）

上例是"头颅"被人劈成"两爿"。

（27）接着把头发也打散了，两手只拉住宁王乱哭乱嚷，将宁王的一袭绣袍都扯得拖一爿挂一块的，气得宁王面孔铁青，连声嚷道："怎么，怎么世上有这般撒野的妇女，左右快给俺捆绑起来！"（许啸天《明代宫闱史》第 63 回）

上例"爿"称"绣袍"，与《型世言》中的"披一爿""挂一块"一样。

4. 明清笔记等的"爿"

（28）福山直对三爿沙，傍通扬子江，与狼山相望。（明·谢肇淛《五杂俎》卷 4）

（29）苏州盘门内泮环巷，俗称半爿巷，巷在府学之西。学中泮水出墙外，通城河，河环巷侧，故曰泮环。曰半爿者，音误也。（清·无名氏《梵林绮语录三种·苏州凤池庵小馥》）

例（28）中的"三爿沙"是一个地名，但"爿"用于指"沙"，例（29）中的"爿"用于指"巷"，为上述辞书所未见。同样是指商店，民国时期增加了"照相馆"，如例（19）。又如：

（30）夫闻之，大笑曰："依你这等说来，我再在外几年，家里竟开得一爿山药铺了！"（清·游戏主人《笑林广记》卷 3）

上例是笑话。

（三）清末宁波契约等的量词"爿"

《清代宁波契约文书辑校》有不少"爿"，多用于"山"，也有"田""地"等。还有 2 个量词连用，更有 4 个量词连用的例子，很是特殊。

1.《清代宁波契约文书辑校》的"爿"

这里的"宁波契约文书"主要指奉化岩头村的契约文书。

"爿"主要用于"山"，54例"爿"中有44例是用于"山"，此外，也有用于"田""地"，还可用于"屋基"。如：

（1）秀风今因乏用，情愿将祖父遗下，土座后门山枫树平地壹爿，粮计壹分零。（23. 秀风卖地契，第16页）

（2）皆治今因乏用，情愿将祖父遗下并自置民地壹处，土坐高屋堂前虎手尾，计地壹爿，量（粮）计八分零。（103. 皆治卖地契，第70页）

（3）皆治今因乏用，情愿将高屋堂前虎手尾地壹爿，其四址亩分俱以正契载明不具，情愿找地价钱肆拾千文，其钱随找收足，自找之后并无再找等情，此系两相情愿，各无翻悔，恐后无凭，立此找绝契为照。（104. 皆治立找绝契，第70–71页）

（4）仁岐今因乏用，情愿将祖父遗下更地壹爿，土坐老台门前右大房坐里，量（粮）计壹分。（182. 仁岐卖地契，第120页）

（5）宗备今因乏用，情愿将祖父遗下分授民地壹块，土坐茅洋头葛藤塝，计地贰爿，量（粮）计八分零。（248. 宗备卖地契，第164页）

（6）房长秉鉴等今因管业不便，情愿将祖父遗下更基地壹处，土坐得业人住屋大车门外，计基壹爿，粮计五厘零。（293. 秉鉴等卖地契，第190页）

也有正契未用"爿"，而存底契用"爿"的，如198. 仁盛卖地契（第131页）正契用"民地壹块"，但存底契用"民地壹爿"，如：

（7）仁盛等今天因乏钱用度，情愿将祖父遗下分授民地壹爿，坐落土名岩居头下。（第131页）

又如201. 汪如金卖田契（第133页）正契用"民田贰处"，但存底契用"民田贰爿"，如：

（8）汪如金、如宝、如成同侄倍明、开明等将智房更田，今因乏用，情愿将祖父遗下分授民地贰爿，坐落大坑土名长塝脚，田计七坵，粮计七分零。（第133页）

上例可能有错，因为是"卖田契"，正契用"田"，而存底契用"地"。

以上是"地"。

（9）仁钊今因乏用，情愿将祖父遗下分授民田壹爿，土坐庙下畈，田计壹坵，量（粮）计四分零。（199. 仁钊卖田契，第131页）

上例是"田"。

（10）兄玉佩同弟荣值等今因乏用，情愿将祖父遗下分授民田壹处，土坐老台门，屋基壹爿，粮计壹亩四分零。（34. 毛玉佩卖田契，第23页）

上例是"屋基"，其实也是"田"，前面有"分授民田壹处"。

（11）毛门樊氏同男仁泽今因乏用，情愿将故夫遗下民山壹处，土坐大坑庙前长塝，山计壹大爿，量（粮）计五拾亩零。（51. 毛门樊氏卖山契，第36页）

上例比较特殊，量词"爿"前还有形容词"大"修饰。

2.《清代宁波契约文书辑校》的"片"

（12）仁煦今因乏用，情愿将分授猫竹山壹片，土坐小方岙船底塘，山计壹爿，粮计五亩零。（345.仁煦卖山契，第209页）

（13）得年等今有民山壹处，土坐小方岙，计山壹片，粮计四亩零。（346.得年等卖山契，第209页）

上2例的"片"义同"爿"，这在古代字书中已有记载："古文一字可以反正互写，片、爿当是一字。"明清白话文献也有数例，尤其是例（12），前面用"片"，后面用"爿"，更可见"片"为"爿"。

3.《清代宁波契约文书辑校》的"坵爿"与"坵爿亩分""亩分坵爿"

（14）效山今因年前契买得荣郇祖上祀田数处，各自土名坵爿四址亩分具立，买契不载，惟契内土名寺前下漕田壹坵，量（粮）计壹分零。（54.效山立回赎据，第38页）

上例是"坵爿"与"亩分"，"坵""爿""亩""分"4个都是量词，且是用来指"田"。

（15）两处共计四六坵，其四址坵爿亩分悉照丈量号册管业，今为因无钱用度，情愿将前田一直出卖与奉化毛坤山为业，三面言明。（166.胡英奎绝卖契，第110页）

（16）为因无钱使用，情愿将前田一直出卖与奉邑毛坤山为业，其田字号四址坵爿亩分悉照丈量号册管业，三面议开。（167.毛荣昌同弟荣瑞绝卖田契，第110页）

（17）又壹处七百七十三号又七百七十四号泉田并一丘，其字号粮计亩分坵爿悉照前契管业，为因田价不足，邀同原中，情愿出推与奉邑毛坤山为业，三面议开。（168.毛荣昌同弟荣瑞绝卖田契，第111页）

（18）青山今因钱粮无办，情愿将父遗下坑田壹处，土名新邑下蔡岙，其田四止（址）坵爿亩分字号俱以前契载明，情愿出找与坤山为业，三面言明。（181.毛青山卖田契，第120页）

（19）其字号坵爿亩分四址悉照丈量册管业。（188.毛青山卖田契，第124页）

（20）其四址坵爿亩分字号俱以前契载明，情愿出找与坤山为业，三面议开。（189.毛青山绝卖契，第125页）

（21）王昌庆等原有祖父遗下天田壹处，坐落新田黄反田，土名前庄，系笃字四百念（廿）贰号，量（粮）计七分七厘五毛，其字号亩分坵爿悉照丈量号册管业，为因无钱使用，情愿将前田一直出卖与毛坤山为业，三面言明。（207.王昌庆卖田契，第137页）

（22）王是庆等原有前日交易得天田壹处，坐新昌黄反田，土名前庄，计田贰亩零，其字号亩分坵爿照依前契管业，为因不足，邀同原中找得毛坤山田价钱拾九千五百文。（208.王昌庆卖田契，第138页）

（23）原有自置田壹处，土坐饭超头，系福字七百七十九号天田壹坵，量（粮）计壹亩三分三厘，其四址亩分坵爿悉照丈量号册管业，为因无钱使用，情愿将前田一直出卖与奉邑毛坤山为业，三面议开。（233.新昌俞邦朝卖田文契，第154页）

（24）共田贰亩贰分九厘，其田四址亩分坵爿悉照丈量册号管业，为因无钱使用，情

愿将前田一直出卖与奉化毛坤山边为业，三面议开。（262.新昌俞云木同弟云桥卖田契，第 174 页）

（25）原有前月交易田壹处，土坐饭超头，系福字，其字号<u>亩分垙爿</u>悉照正契管业，为因田价不足，邀同原中找得奉化毛坤山田价钱九千五百文，其钱当日随契收足。（263.新昌俞云木同弟云桥卖田契，第 174–175 页）

上面几例是"垙爿亩分"与"亩分垙爿"，"垙爿"与"亩分"可前可后，但都是"垙爿"连用，"亩分"连用。而且都是指"田"，即都是"卖田契"。

（26）其四址<u>亩分垙片</u>悉照丈量册号管业，为因无钱用度，情愿将前田一起出卖与奉邑岩头毛坤山为业，三面议开。（311.胡岳仁卖田契，第 196 页）

（27）新昌廿九都下蔡呑胡岳仁今立推找文契：原有先月卖与毛边交易得田壹处，土名秉岳，系福字五十三号，其四址<u>亩分垙片</u>悉照正契管业。（312.胡岳仁立推找契，第 197 页）

上面 2 例中的"片"也可用"爿"代替。

还有"亩分垙叚"，如：

（28）连效等今因钱粮无办，情愿将毛捷太祖祀田一代其土名四址<u>亩分垙叚</u>散阔知明不具，情愿将父得（份）分名下尽卖与坤山为业，三面议开，田价钱拾贰千文正。（55.连效卖田契，第 38 页）

（29）林福等今因乏用，情愿将增（曾）祖祀田壹处，土坐上麻车。又壹处，寺前下漕。其四址<u>垙叚亩分</u>式照前伯歧鸣，知明不具。（72.林福卖田契，第 49 页）

（30）华霖同弟虎霖今因乏用，情愿将祖父遗下分授己田壹处，土坐大风呑口，其四址<u>垙叚亩分</u>俱前契载明，知明今不复具。（210.华霖同弟虎霖绝卖契，第 139 页）

《汉语大词典》第 2 卷（1988：890）收"叚¹"，音为"jiǎ"："'假'的古字。"义项有二，其一是："借。"其二是："虚假，非真。"《汉语大字典》（第 2 版：433）收"（一）叚"，音为"jiǎ"："借。后作'假'。"所设义项不能用于解释上面的例子。

《汉语大词典》卷 8（1991：76）收"移垙换叚"："改变自己区划的田地界域以图私利。"如《明历·户律·田宅》："若将田土移垙换叚……罪亦如之。"浙江大学博士吴宗辉先生向我们提供了《大明律集解》附例卷 5 "户律·田宅"，有"欺隐田粮"条，其中有"若将田土移垙换叚，那移等则，以高作下，减瞒粮额，及诡寄田粮，影射差役并受寄者，罪亦如之"的说法，后面又有"所隐之亩数、年数，垙者方圆成垙，叚则垙中所分区叚"的话。吴宗辉博士告诉我们："从字形上讲，相混的情形挺常见的，'叚''段'字形很近。"（参见张涌泉（2015：597）即上面所说的"叚"就是"段"。我们以为很有道理。

《大清律辑注》中也有类似说法："若将（版籍上自己）①田土移丘（方圆成丘）换段（丘中所分区段）挪移（起科）等则，以高作下，减瞒粮额及诡寄田粮（诡寄，谓诡寄于役过年分并应免人户册籍），影射（脱免自己之）差役，并受寄者，罪亦如之（如欺隐田粮之类）。其（减额诡寄之）田改正（丘段）收归本户起科当差。"（何勤华，1999：143）又有

---

① 原文有说明："小括号内文字系笔者所加。"

这样的说法："方圆一区曰丘，丘中分界曰段。移换，谓改易原定之册，非田可移换也。"（何勤华，1999：143）除"坵"改为"丘"外内容基本相同。

《汉语大词典》卷 6（1990：1480）"段"义项六是"量词"，又分 5 点，其中第 1 点是："表示布帛等条形物的一截。"《汉语大字典》（第 2 版：2311）"段"义项六也是量词，分为 4 点，其中第 1 点是："布帛或条形物的一截。"两本辞书都未设"段"的"丘（坵）中分界"的义项。

关于这种"坵爿""亩分""坵爿亩分""亩分坵爿"用法，有的称"复合量词"，如王希杰等（1993）、刁晏斌（2007），有的称"量词连用"，如叶桂郴（2008），有的称为"量词并用"，如张万起（2003）。古籍中，2 个量词连用的例子最多，此外有 3 个量词连用，如：

（31）马驼骡驴牛二十万八千三百二十六<u>匹头只</u>，实有一十九万七千三百五十八匹，事故一万九百六十八匹。……马骡等则锦衣等三十五卫，二万二千八百二十四<u>匹头只</u>，实有二万五百一十二<u>匹头只</u>，事故二千三百八<u>匹头只</u>；五府并所属一十八万五千五百六<u>匹头只</u>，实有一千七万六千八百四十六匹头只，事故八千六百六十匹头只。（明·叶盛《水东日记》卷 5）

（32）先大父有手记云：余靖康丁未正月六日被随军漕檄差专一主管受给兵马大元帅府犒军金帛钱物二十万<u>贯匹两</u>，因见梁正夫说收复燕山，时童贯于瓦桥置司，朝廷支一百万<u>贯匹两</u>犒军，曰降赐库，而河朔诸郡助军之数不与焉。（宋·费衮《梁溪漫志》卷 6）

还有 4 个量词并用，如：

（33）景德四年，三司使丁谓复行稽括，比咸平六年税额增三百四十六万五千二百二十九<u>贯石斤匹</u>。（宋·陈师道《后山谈丛》卷 6）

（34）天禧末，水陆上供金帛缯钱二十三万一千余<u>贯两端匹</u>，珠宝香药二十七万五十余斤。（清·阮葵生《茶馀客话》卷 3）

还有 5 个量词并用，如：

（35）元丰初，在京吏人，自中密下至诸司共二百九十一处，共五千一百四十人，岁支六十二万三千一百八十六<u>贯硕匹斤两</u>。（宋·方勺《泊宅编》卷 10）

（36）熙宁十年，夏税两浙最多，二百七十九万七百六十七<u>贯硕匹斤两</u>，成都、夔州二路各只七万有零。秋税河北最多，七百七十五万八千一十七<u>贯硕匹斤两</u>，夔州六万有零。（宋·方勺《泊宅编》卷 10）

还有 6 个量词并用，如：

（37）南郊赏给：景德六百一万一百<u>贯匹两硕领条</u>，皇佑一千二百万有零，治平一千三十二万有零，熙宁末八百万二千六百八十九<u>贯匹斤两条段</u>。（宋·方勺《泊宅编》卷 10）

甚至还有连用 7 个量词的用例，如：

（38）今据前因……俘获贼属并夺回被虏男妇五百四名口，夺获器械赃物一百三十二件把，马八十二匹只，总计二千八百八<u>名颗口只匹件把</u>。（明·王守仁《王阳明集》卷 11）

具体可参看崔山佳（2013）第3章第2节"复合量词"。

4.《清代浙东契约文书辑选》的"爿"

据唐智燕（2019），《清代浙东契约文书辑选》（张介人，2011）慈溪契约文书中也有不少"爿"，其中用于"田"的有13见，用于"地"的有34见，用于"山、山场"的有37见，用于"他物"的有1见，共85见（唐智燕，2019：181）。"慈溪"是宁波下面的一个县（现在是市）。如：

（39）遵长子山溪登山一爿，又瓦爿地一块在内，又路东山一爿，又柴样湾山一档，又山一档。遵二房长孙云岫山一爿，又连溪登挂篱山一爿。曹家岭山半爿，三石湾上截一爿，连柴样湾山下档一爿，虎山顶南首山一爿，竹园潭独档山一档，尖嘴沟山连上竹园潭山两爿，长岭山一爿。（《嘉庆十三年（1808）慈溪队徐氏立分书》）

上例短短一段文字，用了10个"爿"，"爿"的使用频率可见一斑。

奉化应家棚契约文书也有"爿"，全用于"山、山场"，没有具体数据，只在"爿"右上角标示了黑色的五角星，意为"十分常用"（唐智燕，2019：181）。应家棚只是浙江宁波奉化区裘村镇的一个村。

因为未举具体的例子，尚不清楚是不是如奉化岩头村的契约文书那样有"坵爿"与"坵爿亩分""亩分坵爿"等量词并用现象。

同是属于浙江的松阳《石仓契约》却未见"爿"，只有与"爿"义同的"片"，具体有用于"地"14见，用于"他物"1见。（唐智燕，2019：181）

张燕芬（2011：94-95）认为"爿"的意义可分四点：

一、名词，表示片状的物体。明清白话小说的例子如"草鞋爿""缸爿"等，方言如"碗爿""竹片爿"（崇明话），"柴爿""竹爿"（丹阳话），"柴爿""破缸爿"（温州话），"缸爿"（金华话），"桃仔爿""李爿"（厦门话）等。

二、名词，相当于"边"。清代白话小说《何典》有"屄爿"，方言如"即爿（这边）"、"许爿（那边）"（厦门话、潮汕话）。

三、量词。"爿"的量词用法可细分为三个小类。

1.指一半。清代白话小说有"小半爿""两爿"等，方言有"一爿""半爿"（福州话、雷州话、潮汕话）

2.修饰扁平的东西。明代白话小说的"两爿板斧""半爿僧帽"。方言如"爿"可用来修饰"门、墙壁、篱笆、稻田"等（江浙一带方言）。

3.修饰商店、银行、工厂、酒馆等。明清作品比较普遍。现代方言多出现在江浙一带。

四、方位词，相当于"间"。这一用法明清作品未曾出现，现代方言在福建，如"正月爿"。

但福建厦门、泉州等地文契中也未见"爿"，而只有"片"。具体数据如下：

厦门：用于"地"1见。

泉州：用于"地"1见。

闽北：用于"菜园、茶园"26见，用于"地"1见，用于"山""十分常用"，用于"坟墓、坟地"1见，用于"其他事物"1见。

寿宁：用于"菜园、茶园"22见，用于"地"1见，用于"山""十分常用"15见，用于"其他事物"15见。

罗源：无。

上杭：无。

屏南：用于"菜园、茶园"1见，用于"山"2见。

仙游：无。

漳平：用于"菜园、茶园"1见。

福安：无。

连城：无。（唐智燕，2019：192）

许宝华等（2020：850）收"爿"，义项有十个。义项一是名词："指由整体分成的片状物。"方言点一是吴语：上海；二是闽语：福建厦门。义项二是名词："表方面或方位，相当于'边'或'下'。"方言点是闽语：福建厦门。义项三是名词："汉字偏旁将字旁儿（丬、爿）；也泛指汉字偏旁。"方言点是闽语：福建永泰、厦门。义项四是动词："跨。"方言点是吴语：浙江嵊州太平。

其余六个义项都是量词。

义项五：相当于普通话中的"扇"。方言点一是吴语：浙江温州（一爿门）；二是闽语：广东潮州。

义项六：相当于普通话中的"座"。方言点是吴语：浙江嘉兴、湖州双林、温州（一爿桥）。

义项七：相当于普通话中的"堵"。方言点是吴语：浙江温州（一爿屏墙_{墙壁}）。

义项八：相当于普通话中的"页""片"。方言点一是西南官话：四川邛崃（一爿书）；二是吴语：上海（我下班回家，发现在窗下的地上有两爿嫩绿色的桑叶）（吴春年《墙缝中的蚕桑》）。

9. 相当于普通话中的"块"。方言点是晋语：山西灵石（一爿砖）。

10. 相当于普通话中的"只"。方言点是闽语：广东海康（一爿脚、一爿手、一爿目）。

以上可见，量词"爿"颇具地方特色，在明清白话文献、清代契约文书、现代方言中，多见于吴语，尤其是浙江吴语，其他几个方言点如闽语有一定的分布，而西南官话分布范围不广（四川邛崃），晋语（山西灵石）也有，比较特殊。

5. 宁波传教士文献《汇解》等的"爿"

《汇解》中也有"爿"，如第290页有"一大爿正块之席"，第478页有"这爿店"。"一大爿"与上面例（11）的"壹大爿"一样，量词"爿"前还有形容词"大"修饰。

另如第257页有"上爿牙床""下爿牙床"，第276页有"上爿嘴唇""下爿嘴唇"，第

305 页有"上爿胡须"。上面的"上爿""下爿"都是省略了数词"一",即"上爿""下爿"是"上一爿""下一爿"的意思,"爿"也是量词,是"排"的意思。这说明清末宁波方言口语中"爿"的普遍性。现在奉化方言仍有"上爿牙齿""下爿牙齿""上爿嘴唇皮""下爿嘴唇皮"的说法。

《土话指南》《沪语指南》中也有不少"爿",见表7:

表7 《土话指南》《沪语指南》中"爿"统计

《土话指南》	《沪语指南》	出处（卷—章）	《土话指南》	《沪语指南》	出处（卷—章）
爿	爿	2-2	爿	爿	2-23
爿	爿	2-6		爿	2-23
爿	爿	2-9	爿	爿	2-23
爿	爿	2-9		爿	2-25
爿	爿	2-9	个	爿	2-29
爿	爿	2-9		爿	2-29
爿		2-13		爿	2-29
	爿	2-16		爿	2-31
爿	爿	2-16		爿	2-31
爿	爿	2-17		爿	2-35
爿	爿	2-17	爿	爿	2-36
	爿	2-19	爿	爿	2-36
爿	爿	2-22	爿	爿	2-36
爿	个	2-23		爿	2-36
	爿	2-23		爿	2-36
爿	爿	2-23	爿		3-19

以上据张美兰（2017：831-832）,北京官话《官话指南》、九江书会《官话指南》都作"个",粤语版《粤音指南》全作"间",粤语版《订正粤音指南》23 处作"间"。也说明"爿"是吴语的特征词之一。[①] 但《土话指南》《沪语指南》中的"爿"所修饰的对象都是店铺等,比较单一,远不如明清白话文献多样化。

（四）现代吴语的量词"爿"

1. 方言词典的量词"爿"

方言中的量词"爿"也比较复杂,所指对象面更广。

朱彰年等（1996：48）收"爿",为量词,义项有二,其一是:"片;张;块;条。"如:一爿菜叶爿_{叶子}、一爿席爿_{席子}、一爿田、一爿鳗鲞。俗语:"妇女是半爿天。"其二是:"家。"如:一爿店、一爿厂。从义项一看来,"爿"所指对象很广,其实还可以用于"山""毛巾"等。"一爿席爿"中的前一"爿"是量词,后一"爿"是后缀。

---

① 闽语也有,使用频率、所指对象都远不如吴语。

汤珍珠等（1997：131）收"爿"，为量词，义项有二，其一是："家。"如：一爿商店、一爿厂。其二是："片；张。"如：一爿树叶、一爿鳗鲞。义项二不如朱彰年等（1996）解释得细致。

其实，近代汉语的"爿"作为量词并非"用于工厂、商店等"这么简单。

2. 吴语的量词"爿"

余杭方言有"爿"指"桥"，如：

（1）那么接¯个呢蛮高兴做喜事个，是伊话："那¯见弗来面了哩，每一年个七月初七来接¯个地方，是伢¯喜鹊呢一只连一只，一只咬牢一只变成一爿桥，拨¯那¯两个人去会面。"（徐越等，2019：193）

海盐方言也有"爿"指"桥"，如：

（2）那么现在吾拉海盐从前天宁寺里爿大栅桥，现在变成廊桥啦哩，当时格爿大栅桥有三十几个台阶，台阶走到一半个辰光，格个南面啊好，背面啊好，有两家人家，其中北面个家人家是一爿竹匠店，开起爿桥当中，噢，所以大栅桥走落之后呢，格是闹猛哩。（张薇，2019：121）

上例"爿"也有用于"店"。

（3）所以天宁寺个南面，有一爿朝胜桥，现在大家开电瓶车啊开汽车啊，从天宁寺个南面过，侪要经过嚡爿桥。当时嚡爿桥是台阶桥，因为当时交通勿是侪靠两只轮盘诶，侪是汽车啰、脚踏车，侪靠脚来走诶。那么台阶高呢，嚡爿桥格拉……（张薇，2019：121）

（4）然后到圩城，到沈荡，格个两爿石拱桥兹结棍哩，噢，大到个咊。现在沈荡格爿石拱桥已经拆脱啦哩，难¯么按照原型，难¯么造起沈荡尤角村告地方，恢复个伊一种相貌。（张薇，2019：121）

（5）吾拉屋里是辣¯起齐乡桥，原来格爿齐乡桥尼有只小庙，所以叫齐乡桥庙。（张薇，2019：138）

（6）派出所边浪是消防大队，造起后头白，愁¯隔兹一爿桥。（张薇，2019：163）

（7）从2006年开始造，到马浪，矮¯蛮成功嚡爿桥，矮¯蛮方便。（张薇，2019：164）

丰子恺散文也有"爿"用于桥，如：

（8）河上有一爿桥。一个人堂堂地从右岸上桥；走过了桥，似乎忽然减杀了威风。（《劳者自歌》）

丰子恺是浙江桐乡石门镇人，离海盐较近，都属嘉兴。

瑞安方言的"爿"可用来指"镜子"，如"一爿镜子"。（徐丽丽，2019：111）

天台方言"爿"可用来指"红领巾""手巾"，如：

（9）渠讲，渠都讲："老师"，渠讲"地上有一爿红领巾"。红领巾，一般哦都讲一条，渠讲一爿红领巾，我等天台人讲"一爿红领巾"。（肖萍等，2019：154）

（10）姑娘咿咿声，

买爿花手巾。（肖萍等，2019：193）

诸暨方言"爿"可用来指"山""街",如:

(11)去造桥。遭＝[我拉]到高墩＝走上去,妹＝奔有一 爿山,上头看落去,得割＝乌龟一式式样割＝!一滴＝尾巴,四只脚,一个头昂!妹＝爿山么得飞机拍拍弗是也去拍照相过割＝。一式式样,等于是乌龟割＝一只,爿山像乌龟真像割＝!(孙宜志等,2019:150-151)

(12)遭＝渠头走过去,妹＝奔两爿山像两个馒头,滚圆割＝。(孙宜志等,2019:151)

(13)半爿街接啊,昂!(孙宜志等,2019:152)

我们相信,随着《浙江方言资源典藏》的陆续出版,应该能发现更多的方言点的量词"爿"。

据盛益民等(2016:44),绍兴话普通的个体量词也有大情景指用法,如:

(14)爿天还要落雨带哉天要下雨了。

上例不但表明"爿"可以用于指"天",还说明"爿天"是量名结构。

(五)北京大学现代汉语语料库(CCL)的量词"爿"

数量较多,共有431例("一爿爿"中"爿"的重叠只计1次)。这里的"爿"比较复杂,有的出自普通话,有的作家带有方言色彩。用"爿"指称的名词各类很多。

天地类:天[9]、天地、月、江面、台地、沙、田[4]、草地[3]、小岛、海子、花圃[2]。

工厂类:厂[48]、工厂[2]、纱厂[4]、粉厂、酱菜厂、机器厂、麻织厂、丝织厂、灯泡厂、滑车制造厂、石印厂[2]、火柴厂、公司[10]、幻想公司、企业[2]。

店铺类:商场、商店[21]、肉店、花店[2]、饭馆[4]、饭店[7]、咖啡馆[2]、店[63]、婊子店、药房[2]、药店[4]、药材行栈、杂货店[8]、杂货铺、店铺[9]、酒店[6]、菜馆、书城、书店[8]、书摊、书铺、书局、零售店、画店、鞋铺、摊位、餐馆、市场、店面[3]、工艺品店、酸菜店、专卖店[2]、泡馍馆、布店[3]、家具店、烧鸡店、茶酒楼、服装店[3]、古玩铺、古玩店、古董店、古董玩器铺、铜器店、书画店、客店、旅馆[2]、旅店[2]、服装店、电料行、南货店、锣店、陶瓷器铺子、西餐馆、茶店、橱窗、百货店[9]、夫妻老婆店、米店、剃头店、供销社[2]、绸缎店、大饼店[5]、大饼油条店、面馆、酱园店、水果店、食品店、小百货商店、五金店[2]、铺子[2]、画铺[2]、商行[2]、药铺[2]、店铺、面粉店、理发店、杂货铺、典当、典当铺、照相馆、当铺、裁缝店、鱼店、旱冰场、浴池、澡堂、酱园、茧行、马车行[2]。

作坊类:糖坊、染坊、钱庄、绣庄。

建筑类:李氏故居、鸡窝猪舍、砖窑[2]、炉灶、墙、餐饮设施、炕坊。

人体类:脑盖、屁股、嘴唇、心[4]、脸[2]、身体[3]、肚皮、巴掌块。

动物类:墨头鱼、鱼头、鱼肉[6]、鲯鳅肉、鲢鱼头、猪头、猪肚、猪蹄、生猪[2]、猪、鸡(油鸡)。

植物类:梅花、红梅。

水果类:果实、桃子、生梨[2]、樱桃、鲜柠檬、金瓜、板栗。

蔬菜类：冬菇、大白菜。

食品类：蜂蜜、油条[2]。

物品类：木板门、网、瓷瓶、干柴、木柴、油车、茶壶。

其他：钱、髻。

上面基本上是具体的名词，也有抽象的名词或短语，如：事业、性爱、学术园地。如：

（1）也曾是一家国有军工企业的技术人员，他主动来团结乡支乡，爱上这爿事业，一支便是多年。（《1994年报刊精选》）

（2）这种变态是如此的深重，以至于把性爱本身截然分成二爿。（《读书》）

（3）她用辛勤的汗水浇灌了艺术的绿茵，浇灌着稚嫩的鲜花，浇灌着一爿新辟的学术园地。（《人民日报》1996-9）

当然，与"爿"搭配的名词有的很多，说明常用，有的只是偶尔搭配一下，前者是典型用法，后者是非典型用法。

（六）古今比较

1. 方言分布

古代的方言分布主要在吴语，现代也主要在吴语。查李荣（2002：755），有量词"爿"的方言点如下：

扬州：①用于墙。②商店、工厂等一家叫一爿。

南京：用于商店。服务性行业如饭店、旅馆、银行等一般不用爿。

丹阳：一爿店（厂）。

杭州：一爿树叶儿。

崇明：②用于成片的土地。③用于商店、工厂等。

上海：一爿店（天、田、皮鞋）、两爿嘴唇皮。

苏州：一爿店、一爿银行。

宁波：①家。②片；张。

温州：①用于呈扁平状的东西：一爿门、一爿平墙_{墙壁}、一爿篱笆、一爿笔_{一种扁圆形竹器、}一爿松糕_{糕点名}。②用于呈平面的事物：一爿稻田、一爿草坦_{草地}、一爿操场、一爿云。③用于桥、商店等：一爿汽车桥、对面该_这爿地方有百下烟灶_{一百来户居民}。

金华：①用于商店。②用于地面、村庄：一爿地、爿地稀暍_{透湿}箇、一爿人村_{村庄}。

厦门：一爿西瓜（桃仔、李仔）。

11个方言点中，吴语占到8个，就其义项来看，也是吴语较复杂，尤其是温州方言。

再加上《浙江方言资源典藏（第一辑）》（2019）也有好几个方言点，量词"爿"的范围还要广。

其他如闽语有几个点，西南官话、晋语各只1个点。［见许宝华等（2020）］

2. 名词的替换与增加

与明清白话文献中的名词相比，普通话的名词、方言的名词有继承又有发展。如清末才有的"工厂"，是非典型名词，而现在绝对是典型名词。"公司"是现代才有的名词。如：

（1）美国一个名叫苏珊·亚当的心理学家和其同伙开办了一爿"幻想公司"，自创办以来，门庭若市，生意兴隆。（《读者》合订本）

（2）他在小杂志上看到一、两篇讨论这问题的文章，还不时看到连幅的、奇怪的、有时很好看的广告，先由一爿公司采用，又由另一爿公司采用，为一种出品做广告。（翻译作品《天才》）

《天才》由美·德莱塞著，主万、西海译，只是不知两位译者的方言背景。

还有清末又有用于"银行""洋行"等的。

至于现代吴语的"爿"所指对象也有较大扩展，如一爿叶爿叶子、一爿席爿席子、一爿鳗鲞、一爿毛巾、一爿红领巾、一爿桥、一爿镜子、一爿街、一爿皮鞋、一爿操场、一爿笔、一爿松糕、一爿云、一爿村庄、两爿嘴唇皮等，温州、扬州方言"爿"还可用于"墙"。厦门方言还有"一爿西瓜（桃仔、李仔）"。

以上可见，"爿"有这么多的名词可与之搭配，数量是惊人的。但"万变不离其宗"，与其本义"劈木而成的木片"是有很深的关系的，即与"片"有关系。"叶子""毛巾""席子"本身都是扁平的，哪怕是"房子""山""田地""操场"也都是扁平的，"房子"有地基就是扁平的。

当然"爿"也有许多不同之处。《现代汉语词典》（2016：998）"片"义项六是"量词"：

a.（片儿）用于成片的东西：两~儿药｜一~树叶｜几~面包。

b.用于地面和水面等：一~草地｜一~汪洋。

c.用于景色、气象、声音、语言、心意等（数词限用"一"）：一~春色｜一~新气象｜一~欢腾｜一~脚步声｜一~胡言｜一~真心。

上面似乎只有"一片树叶"可用"一爿树叶"，其余都不能。"一片草地"有书面化气息，如果"山地""旱地"等口语化，可以用"爿"。另如"一片花海"，"花海"是隐喻用法，也不能替换成"一爿花海"。

3."爿"的分布在同一方言也具有地域性

同时吴语中的"爿"也体现地域性。松阳是丽水下面的县，方言属处州，与宁波等有一点距离，契约文书就未见"爿"，只用"片"。

另如"爿"与名词"桥"的搭配，多见于浙江北部一带，如余杭（徐越等，2019：193）、海盐（张薇，2019：121），另如桐乡人丰子恺散文也有"爿"用于桥。温州有"一爿门、一爿平墙、一爿篱笆、一爿笔、一爿松糕、一爿操场、一爿云"等说法，未见或少见于其他方言。宁波一带"爿"常用于"鱼鲞"，如"一爿乌狼鲞河豚鱼制成的鱼干、一爿黄鱼鲞、一爿鳗鱼鲞、一爿明府鲞墨鱼制成的干，明府指宁波"等。

4. 关于北京大学语料库（CCL）等的例子

北京大学语料库（CCL）的例子并非都是普通话，好多是作者本人方言的体现，如作品中有量词"爿"的吴语区作家有：茅盾（《子夜》《秋收》）为浙江桐乡人，夏衍（《压岁钱》）为浙江杭州人，台湾作家高阳（《红顶商人胡雪岩》）为浙江杭州人，香港作家金庸（《天龙八部》《神雕侠侣》）为浙江海宁人，王安忆（《逃之夭夭》《长恨歌》）为上海人，苏童（《另一种妇女生活》《肉联厂的春天》）为江苏苏州人。

还有一些作家原本不是吴语区人，但在吴语区或学习，或工作，或生活过，其作品也有量词"爿"，如周而复，他原籍安徽旌德，生于南京，但他在上海生活、工作了多年，其《上海的早晨》中有 31 个"爿"。张爱玲（《小团圆》《色戒》《连环套》）的作品也有 7 例，她原籍河北丰润，但出生在上海，且在上海生活过很长时间。陆文夫（《享福〈小巷人物志〉》《越来越窄的文学小道》《吃空气》《"可吃的苏州杂志"陆文夫"老苏州茶酒楼"文化氛围浓郁》《清高》《人之窝》）为江苏泰兴人，但后在苏州生活了很长时间。

还有汪曾祺先生的作品也用有一些"爿"。如：

（3）船多不碍港，客多不碍路，兔死狐悲，要是有点办法，谁也不愿援之以手，然而自顾都不暇了，只好眼睁睁看着一爿一爿的不声不响的倒。（《除岁》）

（4）一出他家的门，向北，一爿油烛店。（《最响的炮仗》）

（5）说来说去，不外是从发痒的小腹下升起一种狠，足够把桌上的砚台，自己的手指咬下一段来；腿那么踡曲起来，想起弟弟生下来几天被搋下澡盆洗身子，想起自己也那么着过；牙疼若是画出来，一个人头，半边惨绿，半爿炽红，头上密布古象牙的细裂纹，从脖子到太阳穴扭动一条斑斓的小蛇，蛇尾开一朵（甚么颜色好呢）的大花，牙疼可创为舞，以黑人祭天的音乐伴奏，哀楚欲绝，低抑之中透出狂野无可形容。（《牙疼》）

（6）王锁匠实际上把他那爿铜匠店已经变成一个小工场。（《锁匠之死》）

（7）嘻，"还有两爿儿整个包谷一剖俩的呢，怪好吃！"老鲁说，这比羊肉好吃多了。（《老鲁》）

（8）背着这爿半死不活的饭店，他简直无计可施，然而扔下它又似乎不行。（《落魄》）

（9）大小开了一爿店。（《异秉》）

（10）他家里开爿米店，家道小康，升学没有多大困难。（《徙》）

（11）他家里开了一爿旅馆，他就在家当"小开"。（《星期天》）

（12）（蒌蒿苔子家开了一爿糖坊，小学毕业后未升学，我们看见他坐在糖坊里当小老板，觉得很滑稽。）（《小学同学》）

汪先生是江苏高邮人，方言属江淮官话。但江淮官话的底层是吴语，"爿"也有可能是吴语的残存用字之一。

量词 "AXA" 重叠

普通话有量词重叠形式。张旺熹（2006：92）指出："量词句法重叠式：AA 式、一 AA 式、一 A 一 A 式。"

但汉语方言中还有一种特殊的量词重叠形式，可称之为 "AXA" 式，"A" 表示量词，"X" 是中缀。普通话没有量词 "AXA" 式。

（一）近代汉语的量词 "AXA" 重叠式

1. A 一 A

"A 一 A" 量词重叠式是量词 "AXA" 重叠式产生时间最早的。李康澄（2010：61）指出，"'A 一 A' 是方言特有的数量重叠格式，它的产生也经历了一个长期的历史过程。在近代文献中发现了数例 'A 一 A' 重叠形式"，如：

（1）太翁阴骘天来大。后隆山层一层高，层层突过。簪绂蝉聊孙又子，眼里人家谁那。（《全宋词·刘鉴·贺新郎》）

（2）恺悌君子，民之父母，诚能条一条编之，法公词讼之断则纷纷，末世之制作皆在，可省而治，道行矣。（明·骆开礼《续羊枣集·附录》卷上）

（3）见则见乱石巉巉，个一个利如刀斧；污泥烂烂，寸一寸滑似膏油。（明·郑之珍《目连救母劝善戏文》卷下）

（4）但愿天多生善人，个一个不堕地狱；又愿人多行善事，件一件莫犯天条。（《目连救母劝善戏文》卷下）

（5）我只教他霎时间跪的跪，拜的拜，个一个都俯伏在尘埃，方显我雄才。（《目连救母劝善戏文》卷下）

（6）三十日，皇上差摆牙喇传旨，在金山住泊船，双一双不许开。（清·汪康年《圣祖五幸江南全录》）

李康澄（2010：61）指出："我们认为文献中记载的 'A 一 A' 反映的是方言现象，这种重叠式并没有在通语中流行开来。从文献用例的年代看，这种形式最早出现在宋代，我们能否认为这种形式产生的时间上限是宋代呢？"

据目前所掌握的材料所知，例（1）是所有 "A 一 A" 量词重叠式的产生时间最早的，也可以说是所有量词 "AXA" 重叠式最早的。据介绍，刘鉴字清叟，号立雪，江西人。累举不第，入元不仕。与朱焕（约山）、萧崱（大山）、萧泰来（小山）有唱和。年逾七十而终。有《立雪稿》，已佚。事见《宋季忠义录》卷一六。可见，刘鉴应该是生活在南宋末年到元代初年。

"A 一 A"的"一"不是数词，已经虚化了，应该是中缀，与动词重叠"V 一 V"中的"一"相似。它虽然最早产生，也有方言延续，但分布范围比较狭窄。

2. A 打 A

2.1 明代白话小说的"A 打 A"

"A 打 A"式重叠明代白话小说已有，如：

（7）众人说道："是。"一齐儿步打步的捱下桥去。（罗懋登《西洋记》第 46 回）

（8）（鹿皮大仙）取出一条白绫手帕来，吹上一口气，即时间变做无数的白云，堆打堆的。（《西洋记》第 68 回）

罗懋登是明万历间陕西人，也有的说籍贯不详，约明神宗万历中前后在世，主要活动在万历年间。石汝杰等（2005：836）（四）吴语文献资料书目中提到《西洋记》："书中有一些吴语，如'不好看相'（13、29、39 回）、'不好听相'（41 回）、'该你行雨快了'（21 回）等。但是'连喝递喝，连跑递跑'（31 回）、'驴日、骡子日'（54 回）等不像吴语；部分同音字也不合吴语的音韵规律，如同音字'绢—倦'（5 回）、'钉角—定教'（18 回）、'火—祸'（78 回）等。因此，不容易确定作者本人的方言。"

后出的"A 打 A"现在方言分布范围最广，涉及好几大方言。

2.2 清末传教士文献的"A 打 A"

《汇解》也有"A 打 A"重叠式。如"切得片打片炙一炙"。（第 55 页）"断得刀打刀"。（第 105 页）"点打点滴落"。（第 136 页）"层夹层"。（第 268 页）但"夹"注音为"tang'"，前面"片打片"等的"打"注音就是"tang'"，故"夹"应是"打"。"切得片打片"。（第 435 页）"号打号分开了"。（第 441 页）"步打步"。（第 451页）

另有"一打一""一打一都好个"，前后还有"一个一个""逐一""每个""一并""通统"等。（第 321 页）可见，这里的"一打一"是"个打个"义。用"一"较特殊。

清末《圣经》宁波土白也有"A 打 A"，如：

（9）人所讲个虚话，到审判日子算账，句打句都要算进。（《马太福音》12：36）

（10）其拉大娘忧闷，个打个就问其。（《马太福音》26：22）

（11）尔拉先收拾个醒⁼稗草，把打把缚单拢，好烧火。（《马太福音》13：30）（阮咏梅，2019：183–184）

吴语罗马字文献《路孝子》也有例子，如：

（12）夷把送来个东西样打样拈出来拨阿娘看 又把送来的东西一样儿一样儿取出来给娘看。（祁嘉耀，2018：340）

《路孝子》的时间比《汇解》要早一些，是 1852 年由宁波花华圣经书房出版。

清末《圣经》台州土白也有，如：

（13）耶稣个打个手摸摸，医渠好。（《路加福音》4：40）

（14）株打株树，望渠自个果子，好认出。（《路加福音》6：44）

（15）渠许就忧愁，<u>个打个</u>问渠：讲，"是我弗？"（《马可福音》14：19）

（16）只有约翰讲到个人<u>句打句</u>说话都弗赚_错。（《约翰福音》10：41）

（17）既然有好几个人动手要拨我许确实相信个些事干<u>件打件</u>写在书里。（《路加福音》1：1）

（18）渠个汗像血<u>点打点</u>凝出来渧落地。（《路加福音》22：44）

（19）是要靠着上帝<u>句打句</u>说话。（《路加福音》4：4）

（20）有两三个人做见证，<u>句打句</u>说话好敲实。（《马太福音》18：16）

（21）个事干后头主又设立七十个人，<u>双打双</u>差渠许先到渠所要到个各城里各地方。（《路加福音》10：1）

（22）人所讲个白话，到审判日子<u>句打句</u>要搭渠算账。（《马太福音》12：36）

（23）渠许忧愁猛，<u>个打个</u>问渠讲。（《马太福音》26：22）

（24）尔许先收拾稗草，<u>把打把</u>系起来好烧火。（《马太福音》13：30）（阮咏梅，2019：182–184）

《汇解》时间要比台州传教士文献早，前者为 1876 年，后者为 1880 年。

现在宁波方言量词 "A 打 A" 重叠式很常见（阮桂君，2009：94–95），应该是清末传教士文献的延续。台州北部地区方言（天台、仙居、临海、三门）"A 打 A" 重叠式也常见（叶晨，2011b：233，234），也应该是清末圣经台州土白的延续。

相比之下，《西洋记》只有 "步" "堆" 2 个量词，而《汇解》却有 "片" "刀" "点" "层" "号" "步" 6 个量词，圣经宁波土白有 "句" "个" "把"，《路孝子》也有 "样"，共有 10 个量词。《圣经》台州土白有 "个" "株" "句" "件" "点" "双" "把"，共有 7 个量词。可见，到清末，宁波、台州两地的 "量打量" 重叠式已经比较成熟。

"A 打 A" 的 "打" 也是中缀。可惜的是，《汉语大词典》、石汝杰等（2005）等都未列 "打" 的中缀义。许少峰（2008）"打" 的义项多达 42 个，但仍不见 "打" 的中缀义。蒋宗许（2009）、宋开玉（2008）虽然是专门研究词缀的专著，也都没有提到 "打" 的中缀义。黄碧云（2004）、曾学慧等（2011）等明确说这种用法的 "打" 是中缀。我们也认为 "打" 是中缀。

3. A 把 A

（25）弗瞒吭说，我里做小娘吭个时节，直头相与<u>个把个</u>嘘。（清·沈起凤《文星榜》第 8 出）

沈起凤是江苏苏州人。这是明清白话文献第 3 个量词 "AXA" 重叠式。虽然只有 1 个例子，但非常有价值。"A 一 A" 现代方言分布范围不广，据现有的材料可知，只分布在湖南绥宁、冷水江，四川成都、遂宁。"A 打 A" 使用范围最广，且形式多样，"A 把 A" 也有较广的分布范围，仅次于 "A 打 A"，且与 "A 打 A" 在语义上形成对比，"A 打 A" 多表示大量，"A 把 A" 多表示小量。同时，不少方言有 "A 把两 A"，也多表小量，"A 把两 A" 是从 "A 把 A" 演变而来。

4. A 加 A

如前所述，《圣经》台州土白已经有"A 打 A"，此外，《圣经》台州土白还有"A 加 A"，如：

（26）耶稣就吩咐渠许讴众人在青草地排加排坐落。（《马可福音》6：39）

（27）渠许就望着口舌像火光，又加又分开，停在各人个头上。（《使徒行传》2：3）

（28）渠个汗你连血点加点涕落地。（《路加福音》22：44。1897 年）

（29）结葡萄球加球成熟。（《创世纪》40：10）（阮咏梅，2019：182）

据目前所知，"五四"以前，共有 4 个量词有"AXA"重叠式："A 一 A""A 打 A""A 加 A""A 把 A"。在现代方言中，"A 打 A"的分布范围最广，其次是"A 把 A"，再次是"A 一 A"，方言分布跨省域，跨方言，既有湘语，又有西南官话。"A 加 A"分布范围最窄，只在浙江省内的温州、台州等，都属吴语。

（二）现代吴语的量词"AXA"重叠式

1. A 打 A

付欣晴等（2013：134）指出："量词加缀重叠式'AXA'在汉语方言中的分布比较广泛，我们在西南官话、江淮官话（鄂东片）、客语、赣语、湘语及吴语中都找到了相关语例。"从形式特点来看，付欣晴等（2013：134）指出：这类量词重叠式多适用于单音节量词，但部分方言的双音节量词也能进入该格式，比如湖南汝城的"脚是脚盆""扫是扫谷盆"、重庆方言的"口打口袋"等。

据我们掌握的材料来看，"AXA"分布范围还要广得多，如平话、畲话也有，甚至连山东、甘肃的一些方言也有。重叠形式也更多，如浙江温州和台州等有"A 加 A"式等，付欣晴等（2013）未见介绍。

量词重叠"AXA"形式中用得最普遍的是"A 打 A"式，可能是受形容词的"感染"。

宁波方言有量词"A 打 A"重叠，较早就引起方言学者的关注。朱彰年（1981：238）指出，宁波方言量词"A 打 A"重叠式在句中可以作谓语或补语。如：

（1）房间里的灰尘堆打堆。

（2）晾着的衣服被风刮得团打团。

宁波方言量词构成重叠式后所产生的附加意义因它在句中所作的成分不同而异。其附加意义概括起来有以下几种：

一是表示"每一"，跟普通话量词重叠式相同。如：

（3）件打件是的确良。

（4）部打部自行车有牌照。

二是表示"多量"，略相当于普通话量词重叠后前面再加上一个"一"（如"一套套""一堆堆"之类）。如：

（5）他写的学习心得<u>本打本</u>。

（6）公路上牛屎撒得<u>堆打堆</u>。

三是表示"井然有序"。如：

（7）一听说要搬屋，他早就把满房间的书<u>箱打箱</u>_{近于普通话的"一箱一箱"}整理好了。

四是强调计量单位。如：

（8）不论是<u>双打双</u>的旧鞋还是单只的旧鞋废品商店都收。

这种用法的量词重叠后面总有一个"的"字。组成"的"字结构也有强调计量单位的意味。如：

（9）<u>本打本</u>的是书，<u>张打张</u>的是报纸。

如朱彰年等（1996：50）收"打"，认为是词缀，用在重叠的量词中间。义项有二：

一是表示无一例外的意思。如：考试<u>个打个</u>通过｜打牌<u>回打回</u>输掉。

二是表示"一个一个地"或"一个一个的"等意思（其中"个"可用其他量词替换）。如：西瓜<u>只打只</u>买弗上算略，是<u>箩打箩</u>买便宜｜儿歌：甘蔗<u>节打节</u>，能使买广橘｜歌谣：三月桃花<u>朵打朵</u>。

汤珍珠等（1997：204）收"打"，也说是中缀成分，用在重复的量词中间，构成"A ~ A"的三字格。义项有二：

一是表示无一例外。如：鸡蛋<u>只打只</u>坏掉掉个｜拨渠格貌一讲，乃则_{这下子}<u>个打个</u>儞响_{不吭气}嗝）｜吃饭<u>毛打毛</u>_{每一次}要打噎。

二是表示成某个数量单位地。如：荡头是劳保用品批发单位，毛巾、手套格星_{这些东西}要<u>捆打捆</u>买个，<u>根打根</u>，<u>只打只</u>阿拉勿卖个。

阮桂君（2009：94）也说到宁波方言量词"A打A"重叠式，描述得更详尽。如：<u>件打件</u>_{每一件}、<u>个打个</u>_{个个，每个}、<u>只打只</u>_{只只，每只}、<u>双打双</u>_{双双，每双}。

阮桂君（2009：94-95）指出，重叠后的"A打A"式多了3种附加意义：

第一，表示"每一"，同于普通话。如：

（10）<u>个打个</u>新鲜_{每一个都新鲜}。

（11）连考三忙，<u>忙次打忙次</u>勿及格_{连续考了三次，次次不及格}。

第二，表示多量，相当于普通话"一A一A"格式。如：

（12）渠穿出来个衣裳<u>套打套</u>_{他穿出来的衣服一套一套的}。

（13）人拨蚊虫咬勒<u>块打块</u>肿起嗝_{人被蚊子咬得一块一块都肿起来了}。

第三，表示"井然有序"。如：

（14）庬两日要搬家，渠老早屋落个书<u>箱打箱</u>整好嗝_{过两天要搬家，他早早地把家里的书一箱一箱地整理好了}。

（15）渠做生活交关仔细，田种勒<u>株打株</u>，像印板印过样啦_{他干活很仔细，田种得一株接着一株，像印板印出来一样}。

阮桂君（2009：95）认为，强调计量单位，一般要加后缀"个"，组成"个"字结构（与普通话"的"字结构相似）。如：

（16）随便诺块<u>块打块</u>算还是<u>分打分个</u>算，总没零头和_{随你以块为单位算还是以分为单位算，总之是没有零头的。}

阮桂君（2009：95）指出，当被修饰的是表示本身难以计算的事物的名称时，这种计量的意味更强烈。如：

（17）<u>盒打盒个</u>糖比散装个糖要贵_{盒装的糖比散装的糖要贵。}

就附加意义来看，阮桂君（2009）与朱彰年（1981）基本相同。周志锋（2012：266-267）认为宁波方言"A 打 A"有 3 种用法：

一是表示无一例外，相当于"AA""每一 A"。如：

（18）河虾<u>只打只</u>活龙介。

（19）打牌<u>回打回</u>输掉。

二是表示论某个数量单位，相当于"论 A（的）""一 A 一 A（的）"。如：

（20）西瓜<u>只打只</u>买勿合算，是<u>箩打箩</u>买上算。

（21）该套丛书总共十本，要<u>套打套</u>买，<u>本打本</u>阿拉勿卖个。

三是用作形容词，表示成某个数量单位，相当于"一 A 一 A（的）"。如：

（22）饭呒没煮熟，米还<u>粒打粒</u>个。

（23）该块料作拨侬剪勒<u>片打片</u>了，还有啥用场好派？

相比朱彰年（1981）、阮桂君（2009），附加意义少了"井然有序"和表示计量单位，而增加了"用作形容词"。

我们觉得，宁波方言量词重叠式"A 打 A"可以作谓语或补语，但并不全面。"A 打 A"还可作主语、定语与状语。如例（3）的"件打件"就是作主语，例（4）的"部打部"则是作定语。例（8）的"双打双"也作定语。例（21）的"套打套"则是作状语。

关于附加意义，我们以为"A 打 A"本身没有"井然有序"的附加意义，那是"一 A 一 A"义中产生的。

许宝华等（2020：891）"打"义项三十二是："＜助＞用在重叠的量词间表示'每一'或强调其量之多。"方言点是浙江宁波。如：

（24）<u>件打件</u>是的确良。

（25）他写的学习心得<u>本打本</u>。

义项三十三是："＜助＞用在重叠的量词间强调量的齐整性。"方言点是浙江宁波。如：

（26）<u>盒打盒</u>的糖比散装的要贵。

方言点只举浙江宁波，方言范围确实太小，下文会举大量例子。同时，说"打"是助词，也不太准确。

（27）奉化桃子只只大，慈城杨梅<u>箩打箩</u>，小白西瓜上山坡，邱隘咸齑用缸做，樟树贝母个头大，还有三北大泥螺。（《浙东名产谣》，《中国歌谣集成·浙江卷》第 426 页）

上例是宁波市区歌谣。

（28）从此就要各归各，再不用花头<u>朵打朵</u>。（张金海《传孙楼》第 4 场）

上例作者张金海是浙江慈溪人。

（29）头戴帽子开花灯，脚踏鞋子无后跟，<u>上穿衣衫层打层</u>，下穿裤脚打结根。（《渔家谣》其三，《中国民间文学集成·浙江省·宁波市·奉化市故事歌谣谚语卷》第 381 页）

（30）宁可买甘蔗，甘蔗<u>节打节</u>。（《生出儿子做状元》，《中国民间文学集成·浙江省·宁波市·奉化市故事歌谣谚语卷》第 471 页）

上 2 例是奉化歌谣。

从以上的例子可见，宁波方言 "A 打 A" 中的量词，既有物量词，又有动量词。其实，宁波方言的时间量词也能进入 "A 打 A" 式，如：日_天打日、月打月、年打年。但不如物量词和动量词那么常用。

舟山定海方言也有，如：

（31）<u>盆打盆</u>来<u>排打排</u>，装好盆头贺新郎。（徐波，2019：184）

绍兴方言也有，语法功能与 "AA" 相近，表示 "每一" 的意义，也大多占据句中较前的位置，但一般只能作主语。如：

（32）伊检查得蛮仔细个，<u>个打个</u>都看过_{他检查得很仔细，每一个都看过}。（吴子慧，2007：170）

（33）东虹<u>截打截</u>，要晴一个月。（《中国谚语集成·浙江卷》第 545 页）

上例是绍兴谚语。上例说明，绍兴方言的 "A 打 A" 至少也能作谓语。

台州温岭方言也有。"A 打 A" 量词的选择受限较大，一般只能是个体量词，除表示 "逐一" 和 "遍指" 的意思外，还有 "一个接一个"，或 "按一定的个数进行处置" 的意思，如：

（34）许鸡子要<u>个打个</u>叠起_{这些鸡蛋交一个一个地叠起来}，倻主道主园着进去_{别一下子全部放进去}，慢都碎着完_{否则全碎完了}。

"A 打 A" 能作主语、定语和状语，作主语和定语时，一般后面跟表示范围的副词 "都"。（阮咏梅，2013a：20）

金华义乌方言也有。"A 打 A" 强调 "每一" 的意思。"AA" 和 "A 打 A" 两种形式所表示的意义基本相同，但 "A 打 A" 式语气更肯定，强调意味更重。如：件打件、个打个、粒打粒、只打只、双打双、瓶打瓶、箱打箱、斤打斤、尺打尺、根打根、块打块、桌打桌、株打株、场打场、部打部、节打节、本打本、碗打碗、支打支、袋打袋、杯打杯、串打串、包打包、台打台等。（方松熹，2002：199）

如果扩大考察面，吴语应该还有方言点有 "A 打 A" 用法。但据目前所掌握的材料来看，江苏、上海等北部吴语可能没有，上海崇明方言（张惠英，2009）、江苏海门方言（王洪钟，2011b）都未见描写。汪平（2011：330–331）说江苏苏州方言的量词重叠后表示周遍，如：个个、只只、件件、趟趟、张张、荡荡 [dã dã²³]_{处处，~~好}，样样。

2. A 加 A

"A 加 A" 式主要分布在温州、台州。

黄伯荣（1996：138–139）指出，温州方言量词的原特殊重叠形式是 "A 加 A"，表示逐指。如：个加个、粒加粒、条加条、头加头、支加支、回加回、遍加遍、汏加汏_{每一次}。

某些南部吴方言也有这种重叠法（原作为游汝杰，1980，《温州方言语法特点及其历史渊源》，《复旦学报》增刊）。

游汝杰（2003：174）认为，温州方言量词"A加A"重叠式表示逐指或遍指，如：个加个_{每一个}、张加张_{每一张}、条加条_{每一条}、埭加埭_{每一行}、遍加遍_{每一遍}。相比游汝杰（1980），增加了"遍指"的语义。

郑张尚芳（2008：155）认为，量词中间嵌"加"重叠后不加儿，常表示"每"的意思，加儿尾后除表"每"外，还常作形容词用，如：条加条儿_{分成一条条的}丨寸加寸儿_{寸断的}丨爿加爿儿_{片状的}丨粒加粒儿_{分成一块块的}丨双加双儿_{米饭煮得颗粒分明的样子}丨点加点儿_{点状的}丨张加张儿_{虾皮质量好，每一张（个）都分开不黏结}丨块加块儿_{结成块状的}。如：

（35）个饭双加双儿真好吃。

（36）该厘粉干煮爻寸加寸儿否好吃。

"A加A"有的已经词汇化为词了，如许宝华等（2020：850）收"爿加爿儿"，是形容词，义为"片状的"。方言点是吴语：浙江温州。

与宁波方言的"A打A"相比，表义有细微差别，宁波没有加"儿"用法。

戴昭铭（2006：82）指出，台州天台方言存在一种量词重叠"A加A"式，但未深入展开。

台州温岭方言的量词不能直接重叠，需要加词缀后再重叠，属部分重叠，格式为"A加A"，表示"每一""逐一""周遍"和"量多"义。这种重叠格式中，定量与非定量、离散与连续量词都不构成量词重叠的语义限制。如：角加角、件加件。前者为定量、连续量词，后者为不定量、离散量词。另外，这种格式中的量词都是单音节，如：周加周、日加日、班加班，如果这些量词仍作名词的话，即使名词是双音节的，而量词总也得换成单音节的，如：个加个班级、个加个星期、份加份人家。

"A加A"与"A打A"一样，能作主语、定语和状语。作主语和定语时，一般后跟表示范围的副词"都"，作状语的频率较高。如：

（37）场加场都输爻_{每一场都输了}。

（38）我拨搭捞题目份加份望过去_{我把这么我题目一道一道（地）看过去}。

作定语的例子如：

（39）渠日加日走来搭我争相骂_{他每天来跟我吵架}。（阮咏梅，2013b：254）

台州路桥方言量词重叠式也有，表示"每一A"或"一A一A"，后一个量词变音，显得轻松随意。如：把加把、件加件、打加打、口加口、箱加箱。（林晓晓，2011：108）

三门方言也有，如：

（40）我帮人_{我们}便仔仔细细在张加张_{一张张}上下张眠床个反转面_{反面}寻松明，不得眠床杠床前横木丨箇络_{这些}显眼个坞堂_{地方}寻，是懂怕、担心人家望着_{看到}。

（41）第二日天晴雪停，我帮人拨懒散着力_累个身家捉拾_{收拾}下落_{妥当}，同学个被也条加条_{一条条}放得老坞堂_{老地方}转_{回去}。

（42）外头一点声响也没有，小路上向点加点乌玷_{黑斑点}，是麻雀在解_那寻吃。（以上3

例见褚树荣《我远猛远个山马坪》）

对"A 加 A"用力最深的是叶晨（2011a），叶晨（2011b）也有研究。叶晨（2011b：234）有一张表[①]：

表8 台州方言量词"AXA"重叠

地区	重叠"AXA"式	例子
天台	A 加 A；A 打 A	个加个；条打条
仙居	A 加 A；A 打 A	次加次；只打只
临海	A 加 A；A 打 A	遍加遍；次打次
三门	A 加 A；A 打 A	包加包；只打只
椒江	A 加 A	摊加摊
黄岩	A 加 A	粒加粒
路桥	A 加 A	句加句
温岭	A 加 A	根加根
玉环	A 加 A	张加张

以上说明，台州全境都说"A 加 A"，但"A 打 A"只有天台、仙居、临海、三门使用，这与这四地靠近说"A 打 A"的宁波、绍兴新昌等地有关。另据叶晨（2011b：236），宁海桑洲也既说"A 加 A"，又说"A 打 A"，这与宁海历史上属台州、方言也属台州有关。以上说明，台州方言与清末传教士文献所记载的一样，既有"A 打 A"，也有"A 加 A"。

歌谣也有，如：

（43）食饼筒，两头通，里面嵌满豆腐干丝炒韭葱，猪肉芋头圆饹饹，鲳鱼墨鱼块加块。（《卖食饼筒歌》，《中国歌谣集成·浙江卷》第 56 页）

上例是台州椒江。

（44）十月里芙蓉开呀么稻上场，牵砻打米交官粮；别家官粮担加担，孟姜女家中呀么人抵粮。（《双十二月花名孟姜女》，《中国歌谣集成·浙江卷》第 375 页）

上例是台州玉环。

（45）拉的拉，拔的拔，衣衫拔破粒加粒。（《白沙歌》，《中国歌谣集成·浙江卷》第 193 页）

上例是青田歌谣，青田属丽水市，"A 加 A"除了温州、台州，丽水部分方言点也有。

（46）彭登，彭登，仇家山人盘龙灯。竹节糕，硬墩墩，红豆团，整个吞，夹沙糕，层加层；吃饱肚皮盘龙灯，龙灯越盘越开心。（《盘龙灯》，《中国歌谣集成·浙江卷》第 437 页）

上例是象山歌谣，"A 加 A"除了温州、台州、丽水，宁波部分方言点也有。象山虽属宁波，但其南面是台州的三门，西面是宁海（古代属台州），所以，象山有"A 加 A"不足为奇。

虽然"A 加 A"分布范围狭窄，但较有特色。

---

① 我们对表格作了精简。

宁波方言现在没有"A 加 A"，但却有一个"日加日"。朱彰年等（1996：33）收："<副>一天一天地；逐日地。"如：

（47）该顷下饭日加日贱。

也说"日打日"。但以说"日加日"为多。

朱彰年等（2016：288）也收，也是副词："一天一天地。"如：

（48）该暄鲜白蟹日加日便宜。

这说明，以前宁波方言应该也有"A 加 A"，只不过其他说法消失了，只剩下"日加日"，且已经词汇化了，同时说明，"A 打 A"的"日打日"也词汇化，是"类同引申"（引自江蓝生，1993/2000：310）。

温州方言用"A 加 A"，宁波方言用"A 打 A"，而台州方言因处于宁波与温州中间，两者兼有。

3. 其他"AXA"重叠式

天台方言也有写作"A 个 A"，如：

（49）格＝子个片啦，片个片啦，我等讲"脸＝"，切脸＝切起来，筒起来。（肖萍等，2019：166）

就方言来看，"加"与"个"音较近。

张永奋（1994：78）说台州方言量词重叠时可以加中加成分"打"及"个"，如：

（50）菜烧得碗打（个）碗满满完。

（51）双打（个）双鞋穿旧唉。

（52）件打（个）件衣裳都是白颜色。

（53）个打（个）个人都迟到。

"个"大概就是"加"，这也许是不同研究者的语感不同。

据王洪钟等（2015）考察，浙江南部吴语还有其他量词"AXA"式重叠，如义乌有"A 堆 A"式重叠，金华有"A 个 A"式重叠，丽水有"A 过 A"式重叠。又据叶晨（2011b：236），绍兴新昌、杭州萧山有"A 对 A"，义乌有"A 得 A"。又如：

（54）十月末，水冰骨，豆籽点落粒顶粒。（《中国谚语集成·浙江卷》第 652 页）

上例是温州谚语。这说明温州除"A 加 A"外，口语中偶尔还有"A 顶 A"。

这样看来，浙江吴语量词"AXA"式重叠是多样的，是比较特殊的。

4. 语法意义与语法功能

4.1 语法意义

"A 打 A"与"A 加 A"的语法意义是多样的，但不同学者概括的有所不同。

宁波方言的"A 打 A"的语法意义，有以下几种说法：

表9　宁波方言量词"A打A"重叠的语法意义

作　者	意　义
朱彰年（1981：238）	①表示"每一"，跟普通话量词重叠式相同。 ②表示"多量"，略相当于普通话量词重叠后前面再加上一个"一"（如"一套套""一堆堆"之类）。 ③表示"井然有序"。 ④强调计量单位。
朱彰年等（1996：50）	①表示无一例外的意思。 ②表示"一个一个地"或"一个一个的"等意思（其中"个"可用其他量词替换）。
汤珍珠等（1997：204）	①表示无一例外。 ②表示成某个数量单位地。
阮桂君（2009：94-95）	①表示"每一"，同于普通话。 ②表示多量，相当于普通话"一A一A"格式。 ③表示"井然有序"。
周志锋（2012：266-267）	①表示无一例外，相当于"AA""每一A"。 ②表示论某个数量单位，相当于"论A（的）""一A一A（的）"。 ③用作形容词，表示成某个数量单位，相当于"一A一A（的）"。

归纳以上说法，"A打A"的基本意义或核心意义有二：①表示"每一"。②表示多量。

台州、温州方言的"A加A"的语法意义，有以下几种说法：

表10　台州、温州方言量词"A加A"的语法意义

作　者	意　义
黄伯荣（1996：138-139，原文为游汝杰（1980）	表示"逐指"。
游汝杰（2003：174）	表示"逐指"或"遍指"。
郑张尚芳（2008：155）	常表示"每"。
阮咏梅（2013：254）	表示"每一""逐一""周遍"和"量多"。
林晓晓（2011：108）	表示"每一A"或"一A一A"。

归纳以上说法，"A加A"的基本意义或核心意义也有二：①表示"每一"。②表示多量。

4.2 语义认知模式

普通话量词重叠形式中有"一AA"，又有"一A一A"。有人视两者为一体，即对两者在本质上作"等同观"，又有人视两者为互不相同的语言形式，可称之为"相异观"。

"等同观"的极力倡导者是宋玉柱（1979）。该文对"一AA""一A一A"展开讨论，认为这两种形式是等值的，前者仅是后者在形式上的"简缩"。刘月华等（1983：89）、李宇明（2000：348）、杨雪梅（2002：31）等基本表达的都是与此相近的看法。

郑远汉（2001）对"等同观"发出质疑，认为"一AA""一A一A"是相异而不容混同的。杨凯荣（2006）也对两种形式作"相异观"。[转引自张恒悦（2012b：19-20）]

Talmy（1988：188-189）指出人类对外界进行认知的过程中，可以采取两种不同的视角，一种是宏观视角（perspective point with global scope of attention），另一种是微观视角

（perspective point with local scope of attention）。张恒悦（2012b：21–22）指出，根据上述原理，可以认为"一AA"与"一A一A"的差异源于视角的差异，也就是说，两种不同视角的语言化带来了"一AA"与"一A一A"的并存。并以此为基点，提出以下假设：

A.一AA（如"一个个""一根根"等）表达对由多数个体"一A"组成的集合做宏观视角的扫描（scanning）。由于说话人采用的是固定的全景式的视角，与其说他对集合里的某个特定个体感兴趣，不如说他关注的是集合的整体状况，因此，该形式对应的是"统合型认知"模式。

B.一A一A（如"一个一个""一根一根"等）表达对某集合中的多数个体"一A"分别进行离散性观察。由于说话人采用的是移动的逐一聚集式的视角，随着视线的移动，相关个体被独立前景（foreground）化，从而使个体沿着时间轴依次得以凸显（profile）。因此，该形式对应的是"离散型认知"模式。

张恒悦（2012b：22）认为，可以发现"一AA"与"一A一A"的语义特征在两个方面存在不同：

①就集合的整体状况而言，"一AA"是静态的，无持续性的，但"一A一A"却是动态的，有持续性的。

②就集合中的个体状况而言，"一A一A"的个体被前景化，均为"有界"（bounded），而"一AA"的个体由于后景（background）化，变得模糊不清，近于"无界"（unbounded）。

张恒悦（2012a、2012b）归纳的是普通话量词重叠式"一AA"与"一A一A"的语义认知模式，认为有统合型"一AA"式与离散型"AA"式或"一A一A"式的语义认知特征，两者是不同的。

但有的方言却与普通话量词重叠形式不同，即有的方言一般不用"一AA"与"一A一A"，而用"AXA"重叠式，台州方言用"A加A"或"A打A"，宁波方言用"A打A"，就与普通话的量词重叠式的语义认知模式不同，如温岭方言"A加A"式兼有普通话统合型"一AA"式与离散型"AA"式或"一A一A"式的语义认知特征。至于"量加量"式表达的是统合型语义特征还是离散型语义特征，需要视具体的语言环境而定。（阮咏梅，2013b：254）

宁波方言"A打A"的语义认知模式与温岭方言的"A加A"一样，也兼有普通话统合型"一AA"式与离散型"AA"式或"一A一A"式的语义认知特征。如：

（55）霎时，他觉得两眼一黑，浑身瘫软，不由自主地睡在地下了，紧接着<u>一个一个</u>（*一个个）……都像喝醉了似的，瘫痪在太阳地里。（张恒悦，2012b：24）

上例的"一个一个"，宁波方言可说成"个打个"。

（56）林正书出乎意料地回到家中，但浑身上下全是泥土，汗水把脸冲得<u>一道一道</u>（*一道道）的，一股汗酸味扑鼻而来。（张恒悦，2012b：26）

上例的"一道一道"，宁波方言可说成"道打道"。

（57）一场的人一看都傻了眼。原来坛里放的不是什么海产，竟是<u>一块块</u>金子。

（58）<u>一箱箱</u>穿心莲片运回来堆在仓库里；车间源源生产的药片流不动，越积越多。（张恒悦，2012b：32）

例（57）的"一块块"，宁波方言可说成"块打块"，例（58）的"一箱箱"，宁波方言可说成"箱打箱"。

因此，普通话的"一AA"，宁波方言可说成"A打A"，普通话的"一A一A"，宁波方言也可说成"A打A"。这很有认知语言学与语言类型学价值。

以上是说汉语普通话与方言的量词重叠的语义认知模式是不同的。张恒悦（2012b：15）指出，日语和朝鲜语中都有相当于汉语"量词"的词类范畴——"助数词"，因此也都有相当于汉语的数量词完全重叠式的"一A一（一个一个）"，但是相当于汉语的数量词部分重叠式的"一CC（一个个）"是不存在的。这是此语言与彼语言在量词重叠的语义认知模式上的不同。

4.3 语法功能

朱彰年（1981：238）认为宁波方言的"A打A"可作谓语或补语。其实，还可作主语、定语与状语。

台州方言的"A打A"能作主语、定语和状语。（阮咏梅，2013a：20）

台州方言的"A加A"与"A打A"一样，也能作主语、定语和状语。作状语的频率较高。（阮咏梅，2013b：254）

（三）其他方言的量词"AXA"重叠式

1. 黄伯荣（1996）的统计

黄伯荣（1996：137–139）有"量词的逐指表示法"，举有安徽方言量词的逐指、湖北黄冈方言量词的逐指、湖北宜都方言量词的逐指、江苏淮阴方言量词的逐指、江苏扬州方言量词的逐指、山东平度方言量词的逐指、山西汾西方言量词的逐指、浙江温州方言量词的逐指、湖南益阳方言量词的逐指、福建闽南方言量词的逐指、福建厦门方言量词的逐指、福建永春方言量词的逐指。其中与"AXA"有关的方言点有：湖北黄冈方言、山东平度方言、浙江温州方言、湖南益阳方言，但没有一个方言点说到"A打A"，也没有说到"A把A"等。

2. 蒋协众（2014）的统计

不到20年时间里，语言学界对量词"AXA"重叠研究的成果大为增加。

蒋协众（2014：70）有一张表，是"量词'AXA'重叠在各方言的使用情况"（见表11）：

表11　汉语方言量词"AXA"重叠使用情况

所属方言	方言点	CXC 的形式	CXC 的语法意义	所引文献
江淮官话	湖北鄂东	C 数 C	周遍、完好、逐一、多量	陈淑梅，2007
西南官话	四川遂宁	C 是 C	周遍、逐一、强调计量单位	朱习文，2001
	贵州遵义	C 大 C、C 把 C	多量、少量	胡光斌，2007
	湖南慈利	C 打 C、C 数 C、C 把 C	周遍、多量、少量	王霞，2009
客家方言	广东惠东	C 打 C	多量、逐一、强调计量单位	陈延河，1991
	广东五华	C 实 C、C 打 C	多量、逐一、完好	曾小明，2008
赣方言	安徽岳西	C 是 C、C 把 C	周遍、逐一、完好、少量	黄拾全，2010
吴方言	浙江宁波	C 打 C	周遍、多量、逐一、强调计量单位	朱彰年，1981
土话	湖南石期	C 哒 C	周遍、多量、逐一、强调计量单位	蒋军凤，2005
湘方言	湖南邵阳	C 倒 C、C 卯 C、C 是 C、C 算 C、C 数 C	周遍、多量、逐一、完好、强调计量单位	笔者调查

据我们所掌握的材料，上面的表格还有不少遗漏。如"A 倒 A"重叠式湖南邵东方言也有。构成"A 倒 A"的一般是些时间名词兼准量词，表示时间连续的长时间，渲染时间持续之久，有夸张意味。根据"A"的音节数，可分为两类。

一是 A 是单音节的时间名词。如：日倒日_{—整天或每天}、天倒天_{—整天或每天}、夜倒夜_{—整夜或每晚上}、年倒年_{—整年或每年}、月倒月_{—整月或每月}。

二是 A 是多于一个音节的时间名词。如：上倒上旰_{整个上午}、下倒下旰_{整个下午}、早倒早起_{整个早晨}。

第 1 类的"A 倒 A"与"AA"相比，前者更具有夸张色彩，极言其多，后者只是一般的客观的说法。另外，"A 倒 A"可以表示两种语法意义，一种是"一整 A"，一种是"每A"，具体使用哪种意义在话语环境中一般能确定。第 2 类的"A 倒 A"没有"AA"，只表示一种意思，即"每个 A"。邵东方言中有量词重叠式"A 倒 A"，名词的这种重叠式可能是受量词重叠的影响。（孙叶林，2009：24—26）

蒋协众（2014：70）指出，根据表中引文的描述，将邵阳方言与这些方言相比较可以发现，各方言量词的"AXA"重叠式在其内部构成、语法意义等方面既有诸多相同之处，又存在不少差异，主要有以下四点。

一是存在量词"AXA"重叠式的方言主要分布在长江流域及其以南的广大地区，各方言量词"AXA"重叠式的语法意义与其"X"的形式、重叠式量词的次类以及重叠式所充当的句法成分均有着较为密切的关系，大部分方言量词的"AXA"重叠都能够表达出说话人对量的主观评价，体现出一定的主观性。

事实是远离长江的山东方言有一些点量词有"A 顶 A"重叠，如莱州方言、即墨方言、平度方言（以上属胶辽官话），沂南方言（属冀鲁官话），枣庄方言、微山方言（以上属中原官话），即山东方言所属的三种方言都有点说"A 顶 A"。尤其是属中原官话的微山方言

还有 "A把A" 式重叠，也是表示量小，此外，微山方言还有 "A把两A" 式重叠。山东方言的 "A顶A" 量词重叠式有区域方言学价值。地处东北的辽宁方言、内蒙古方言也有 "A顶A"。甘肃白龙江流域、成县等方言也有 "A打A" 式重叠。所以，量词有 "AXA" 式重叠的方言分布面还要广得多。莫超（2004：43-44）指出，白龙江流域不少方言点有 "点把点"，如迭部的电尕、洛大，舟曲的峰叠、城关，宕昌的哈达铺、宕昌镇、化马，武都的两水、城关、汉王、洛塘，文县的临江、城关、碧口、中庙都有 "点把点" 的重叠式。这也是比较奇怪的，因为能说 "AXA" 的方言好多不能说 "点把点"。

　　二是在 "X" 的语音形式上，目前大致可以归纳为四个系列：一是 "打" 系，包括 "打、哒、倒、大" 等声母都来源于中古端组；二是 "是" 系，包括 "是、数、实、算" 等，声母都来源于中古精组知系；三是 "卯" 系，声母来源于中古明母；四是 "把" 系，声母来源于中古帮母。其中尤以 "打" 系和 "是" 系最为常见。

　　江西都昌（赣语，曹保平，2002：129）、江西抚州（赣语，付欣晴，2006：180）的 "似"、湖南宁乡、益阳（湘语）的 "什"（崔振华，1998：228；张兴良，2008：38；卢小群，2007：71-72）、湖南汝城的 "士"（李康澄，2010：61）、湖南湘乡的 "四"（李康澄，2010：61），湖南涟源的 "式"（卢小群，2007：72），还有湖南娄底（属湘语）的 "赐"（尹钟宏，2005：97），这些也都应该属于 "是" 类。

　　还有湖南绥宁（湘语，李康澄，2010：61）、冷水江（湘语，李红湘，2008：93-94）的 "一"，江西黎川（赣语，付欣晴等，2013：134）的 "啊"，湖南洞口（湘语，曾懿，2012：33）的 "哪"，湖南常宁（赣语，吴启主，1998：212-213）的 "咯/个"。广西柳州的 "搭"（属西南官话，刘村汉，1995：67），有的好像归不到以上4个系列，如 "一" "啊" "哪" "咯/个"。"搭" 倒可属 "打" 系。

　　还有浙江温州、台州的 "加"（郑张尚芳，2008；叶晨，2011b；阮咏梅，2013b），义乌的 "堆"（王洪钟等，2015），金华的 "个"（王洪钟等，2015），好像也归不到以上4个系列。

　　三是邵阳方言的 "X" 形式最为丰富，有5种之多，这在各方言中是较为罕见的。然而，从前文可以看到，虽然邵阳方言存在5种 "AXA" 重叠式，但其中的 "A卯A、A是A" 两式在构成和使用上几乎没有差别，而 "A算A、A数A" 两式无论在与量词的组合功能，还是在其语法意义和所充当的句法成分方面，都受到很多限制。这既体现了邵阳方言 "AXA" 重叠式的多样性，同时也体现了语言的经济原则对它的制约作用。

　　但邵阳方言也有一个特点，就是不能表达 "少量"，而表达 "少量" 是量词 "AXA" 式重叠的一个重要语法意义。

　　四是在语法意义上，各方言量词 "AXA" 重叠式主要表达周遍、逐一、完好、多量、少量和强调计量单位等语法意义，邵阳方言除了不能表达 "少量" 义，可以表达其他多种意义，其表义功能在各方言中也最为丰富。经分析，邵阳方言不能表达 "少量" 义的原因在于它缺少 "A把A"，而表达 "少量" 义的方言中，其 "少量" 义多由 "A把A" 式来承担。

　　但有的方言，"A把A" 也有表达 "大量" 的概念。李金陵（1991：50）认为，安徽潜怀方言"把"字夹在量词或"百、千、万"中间表示数字大、程度高。黄拾全（2010：94-95）认为，安徽岳西方言的"A 把 A"式除表示"主观小量"外，还可表示"主观多量"。这就比较特殊。四川西充方言的"A 把 A"式除表示"小量"外，还可表示"约量"（王春玲，2011：32-33）。黄拾全（2010：93-94）也认为安徽岳西（赣语怀岳片）的"A 把 A"式一般表示"大约"义的"约量"。普通话一般用"一两 C"表示。[①]

广西横县平话量词有"A 又 A"的说法，表示"不断，很多"。如：

（1）次又次都未讲得明白。

（2）去了下又下都未批准。

（3）新衫套又套都未满足。（闭思明，1998：143）

"又"本来是连词，但用于量词重叠"AA"中间，也是非常特殊的。这与形容词"AXA"重叠式中的"A 又 A"可能是相似的，即已经虚化了。

我们上面所说的一些特殊之处，是在总结归纳众多的方言点的情况下才得出的。所以，考察越深入，考察的面越广，得出的结论会更准确，更经得起检验。

3. 付欣晴（2016）的统计

付欣晴（2016：94-95）认为，综合来看，出现在"AXA"重叠式的词缀主要有"打、是、把、数、一、赐、散、啊"等，"A 打 A、A 是 A、A 把 A"这 3 种形式的分布最广，其他只见零散分布。

A 把 A：分布于湘语（如湖南新化、宁乡）、赣语（如江西武宁、安徽宿松、岳西）、西南官话（如四川西充、成都，贵州遵义、贵阳，湖南慈利、吉首）。

A 打 A：分布于客家话（如江西南康，广东五华、增城、河源）、湘语（如湖南涟源）、赣语（如江西铅山）、吴语（如浙江宁波）和西南官话（如四川西充、遂宁、成都，重庆，贵州毕节、绥阳、独山、遵义、贵阳，湖南慈利、吉首）。

A 是 A：分布于客家话（如湖南汝城，广东五华）、湘语（如湖南益阳、涟源）、赣语（如江西丰城、都昌、南昌、抚州，安徽宿松、岳西）和西南官话（如四川南江、遂宁，重庆，贵州绥阳，湖南吉首）。

A 数 A：分布于赣语（如江西武宁）、西南官话（如湖南慈利）及鄂东方言。

A 一 A：见于西南官话（如四川成都，湖南绥宁、冷水江）。

A 赐 A：见于湖南娄底（湘语）。

A 散 A：见于湖南新化（湘语）。

A 啊 A：见于江西黎川（赣语）。

A 顶 A：见于山东微山（中原官话）。

总体看来，"AXA"主要集中于西南官话及湘语、赣语、客家话中。

相比之下，付欣晴（2016）归纳的形式是 9 个，蒋协众（2014）归纳的形式是 10 个，

---

① 约量比较模糊，有的表示多，有的表示少。岳西方言的约量是表示"少"，而西充方言从"除表示'小量'外，还可表示'约量'"的话来看，可能可表示"多"。

付欣晴（2016）还少 1 个，主要是邵阳方言有 3 种形式为付欣晴（2016）所无。但蒋协众（2014）第一种形式只举 1 个方言点，付欣晴（2016）方言分布点大多不止 1 处，如"A 打 A、A 是 A、A 把 A"。

在不长的时间里，方言学者单是量词的"AXA"重叠式研究就取得了很大成绩。但蒋协众（2014）、付欣晴（2016）还是有不少形式遗漏，方言的分布点遗漏更多。

4. 我们的统计

量词"AXA"重叠形式在全国众多方言点的存在，体现了汉民族思维的象似性，具有普遍性的特点，也充分体现了类型学的价值。

据我们初步统计，汉语方言"AXA"重叠式有如表 12 所示的形式与地域分布：

表 12　汉语方言量词"AXA"重叠形式

序号	重叠形式	中加成分	方言点	方言归属
1	A 打 A	打	浙江宁波、奉化、慈溪、绍兴、温岭、义乌，广西宁远、资源延东直话，江西于都、南康、定南、赣县、宁都，广西象州县石龙镇，广东梅县、河源、连平、五华、增城、惠东多祝、兴宁、四川泰兴，江西铅山、抚州，四川成都、西充、广元、西昌、遂宁，重庆，贵州贵阳、黔东南、桐梓、毕节、独山、遵义，云南西畴、安宁，广西柳州，湖南慈利、绥宁、武冈市区、涟源杨家滩、酃县、吉首，江西太源，陕西安康城区、甘肃白龙江流域中下游、成县	吴语、平话、客家话、赣语、西南官话、湘语、畲话、中原官话
2	A 加 / 个 A	加 / 个	浙江温州、台州、宁波	吴语
3	A 数 A	数	湖北鄂东，湖南慈利、邵阳、汨罗、宁远，江西樟树、武宁、余干，安徽岳西	江淮官话、西南官话、湘语、赣语、平话
4	A 是 A	是	四川遂宁、南江、自贡，重庆，贵州绥阳，云南沾益，湖南吉首，湖北丹江口，安徽岳西、宿松、东至龙泉，湖南涟源杨家滩、邵阳、酃县、冷水江、汝城、新化，湖北黄冈	西南官话、赣语、湘语、客家话、江淮官话
5	A 大 / 达 A	大 / 达	贵州遵义、绥阳，重庆，湖南耒阳	西南官话、客家话
6	A 把 A	把	四川成都、西充，贵州贵阳、遵义、桐梓、黔东南、独山，云南安宁，广西桂西高山汉话，湖北武汉、恩施，湖南慈利、吉首、洞口、宁乡、安仁、涟源、新化，江西武宁，安徽岳西、潜怀、芜湖、合肥、濉溪，江苏南京，山东微山，陕西安康城区、福建连城，广西钟山董家垌，安徽祁门	西南官话、湘语、赣语、江淮官话、中原官话、客家话、广西土话、安徽军话
7	A 实 A	实	广东五华	客家话
8	A 哒 / 吖 A	哒 / 吖	湖南吉首、东安石期	湘语、土话
9	A 倒 A	倒	湖南邵阳、邵东	湘语
10	A 卯 A	卯	湖南邵阳	湘语

续表

序号	重叠形式	中加成分	方言点	方言归属
11	A算A	算	湖南邵阳	湘语
12	A赐A	赐	湖南娄底	湘语
13	A似A	似	江西定南、江西都昌、南昌、抚州、上高、丰城，湖南慈利	客家话、赣语、西南官话
14	A什A	什	湖南宁乡、益阳	湘语
15	A士A	士	湖南汝城	客家话
16	A四A	四	湖南湘乡	湘语
17	A式A	式	湖南涟源、长沙	湘语
18	A堆A	堆	浙江义乌	吴语
19	A得A	得	浙江义乌	吴语
20	A过A	过	浙江丽水、广西阳朔葡萄平声话	吴语、平话
21	A对A	对	浙江绍兴新昌、杭州萧山、广西柳州	吴语、西南官话
22	A个/咯A	个/咯	浙江金华，湖南常宁	吴语、赣语
23	A一A	一	湖南绥宁、冷水江，四川成都、遂宁	湘语、西南官话
24	A往A	往	湖南安仁、耒阳	赣语、客家话
25	A啊A	啊	江西黎川	赣语
26	A哪A	哪	湖南洞口	赣语
27	A搭A	搭	广西柳州	西南官话
28	A赛A	赛	湖北五峰	西南官话
29	A顶A	顶	山东莱州、即墨、平度、沂南，枣庄、微山，辽宁朝阳，内蒙古赤峰，湖北丹江口，浙江温州	胶辽官话、冀鲁官话、中原官话、东北方言、西南官话、吴语
30	A散A	散	湖南新化，江西武宁	湘语、赣语
31	A不A	不	湖南冷水江	湘语
32	A刻A	刻	广西临桂义宁	平话
33	A夹A	夹	湖南祁东	湘语
34	A成A	成	河南辉县	晋语

几十年时间里，经过方言学者孜孜不倦的努力，汉语方言从有限的几种量词"AXA"重叠式，到现在的多达几十种形式被挖掘出来了，大大超过了蒋协众（2014）的10种、付欣晴（2016）的9种，方言分布点的范围也远远扩大。我们乐观地相信，随着方言的深入调查研究，应该还会找到更多的形式，方言的分布范围也会更广。如陈凌（2019）就是新出的方言专著，江西湖口方言（属赣语）有"A似A"，如：张似张、个似个、只似只、根似根、棵似棵、粒似粒、块似块、副似副、年似年、碗似碗、刀似刀、拳似拳、圈似圈、瓶似瓶、口似口、笔似笔、下似下、趟似趟、回似回、遍似遍、番似番、场似场、顿似顿、声似声。

该"似 [sʅ⁰]"中缀式，在语流中都后缀"的／嘚 [tə⁰]"①，意思是"每一 A"，如"只似只的"指每一只，"回似回的"即每一回，"声似声的"即每一声。（陈凌，2019：331）

湖口方言也有"A 似 A"，前面的表格未列入。

普通话"天上白云朵朵"，湖南道县梅花土话说成"天上白云朵双朵"（沈明等，2019：263）。"朵双朵"与好多方言的"AXA"相似，如宁波方言可以说成"朵打朵"。

河南辉县方言有"成 A 成 A"，只有惯用物量词和度量衡量词能进入这一形式，重叠式不变调。如：成捆成捆、成堆成堆、成根成根、成吨成吨、成斤成斤、成亩成亩。有时也有"A 成 A"，意义和用法不变（穆亚伟，2121：79）。由此可见，"A 成 A"是由"成 A 成 A"脱落前一"成"而成。"成 A 成 A"表示"量大、完整"（穆亚伟，2121：83）。"A 成 A"义同。

汉语方言的众多"AXA"量词重叠式是对语言类型学的重要贡献。

在 2021 年 11 月上旬举行的中国民族语言学会语言类型学专业委员会第四届学术年会上，湘潭大学陈山青教授交流了论文《汨罗湘语的量词重叠式》，她指出，湖南汨罗（长乐）湘语也有量词"A 数 [səɯ⁴⁵阴去]A"重叠式，"数（读音较轻短）"表多量，如：

（4）手机台数台下去落开手机好多台都丢掉！

（5）墨鱼斤数斤买起吃个墨鱼（每次）买几斤来吃的。

（6）他用个草稿纸垛数垛他用的草稿纸很多叠。

（7）碗数碗个肉下剩到个地，作干得好多碗肉都剩着，可惜了。

（8）他天数天不出门个，就齐是坐到屋里上网他（经常）好几天不出门的，总坐在家里上网。

（9）他俚爷老倌打牌夜数夜输个他老爹打牌连着几晚都是输的。

（10）年数年跍到外头不回来个好几年呆在外地不回来的。②

陈山青教授的这篇论文还未发表。我们乐观地相信，应该还有其他方言的量词"AXA"重叠有待深入挖掘。

（四）民族语言的量词"AXA"重叠式

姜礼立（2021）指出，普通话量词重叠式主要有 AA 式、一 A 一 A 式、一 AA 式三种形式，可表示周遍、主观多量、逐指等语法意义。而湘桂边苗话量词重叠除上述三种形式外，还有 AXA 式，如"只把只""个一个""蔸数蔸"等，即"X"有"把""一""数"，并且湘桂边苗话 AXA 式量词重叠式表示的语法意义也较普通话量词重叠式表示的语法意义范围广，除可用于表示周遍、主观多量、逐指等语法意义外，还可以表示主观少量、完整、计量方式、事物或动作的维量大、事物或动作的维量小、物体的离散状态或单个样式、物体形状变化的动态描述等。

湖南和广西不少方言点有量词"AXA"重叠式，如邵阳有"A 数 A"，绥宁有"A 一

① 原文如此，此句不通顺，似可改为"在语流中都有后缀'的／嘚 [tə⁰]'"。

② 以上 7 例是陈山青教授微信发给我们的，在此表示衷心感谢！

A"；至于"A 把 A"，虽然上面所提到的一些方言未见有量词"A 把 A"重叠，但广西桂西高山汉话，湖南慈利、吉首、洞口、宁乡、安仁等有。因此，湘桂边苗话的量词"AXA"重叠，可能是受汉语方言的影响。再说"A 一 A"是宋代已见用例，历史更悠久。

湖南江华过山瑶话也有量词"AXA"重叠，语法意义与语法功能跟湘语类似，但又有细微区别。表示周遍"每一"时用"AA"重叠，表示逐一、多数，强调计量单位时用"AXA"重叠，"X"是"式"。如：

moei²¹hɔp⁵tiu⁴⁴tɕian³³sʐ⁴⁴ tɕian³³lei³³hɔp⁵.　　你喝酒一斤斤地喝。

你喝酒斤式斤嘞喝

nt'aŋ²⁴wien⁴⁴sʐ⁴⁴ wien⁴⁴ke³³koŋ.　　　　饭一碗一碗地倒掉。

饭碗式碗咯空 ˉ（李星辉，2021）

江华的贝江、湘江、两岔河、码市等乡镇的过山瑶都有这样的重叠形式，只是个别词的读音略有差异。（李星辉，2021）

毛宗武《瑶族勉语方言研究》（2004，民族出版社）调查的标敏瑶语没有"AXA"重叠。江华过山瑶话是勉语勉方言的湘南土语，瑶语内部在量词重叠上并不一致。（李星辉，2021）

湖南涟源、长沙有"A 式 A"重叠式，看来，江华过山瑶话也可能是受汉语方言的影响，也是语言接触的结果。

（五）"AXA"的变式

1. AXAB

这是指重叠形式前一量词是单音节，后一量词是双音节。

汉语方言是复杂的。有的方言少数双音节名量词第一个音节重叠后镶入"打"可构成"A 打 AB"。

湖南慈利方言（西南官话）有"公打公里路""抽打抽屉"。（王霞，2009：43）

四川成都方言（西南官话）有"公打公里多"。（张一舟等，2001：171、173）

江西宁都话（属客家话）有"厘打厘米、公打公里、毫打毫升"。（温昌衍，2006：171）谢鸿猷（2000：232）也指出江西宁都方言有"A 打 AB"，往往用来表示缩小或夸张。如果是用来指称细微的事物，则意指夸张，如果用来指称较大的事物，则表示缩小。如：

（1）解茎绳子有厘打厘米猛 那条绳子才有一厘米长。意指太短了。

另如：公打公里、毫毫升、平打平方、立打立方。

以上可见，"A 打 AB"既可表"多"，也可表"少"。主要看量词本身。

湖南涟源杨家滩话既有"A 是 A"式，又有"A 打 A"式。彭春芳（2007：109）有一张表，"A 是 A"式与"A 打 A"式虽然所表语义与语法功能大致相同，但还是有差异的（见表13）。

表13　涟源杨家滩话量词"A是A"和"A打A"重叠比较

量词重叠式	能充当的句子成分	所在位置	量词性质	语法意义
A是A（B）	状语		物量词、动量词	方式
				多
	谓语		物量词	描述一种状态
				多
	定语	主语的定语	物量词	多
A打A（B）	定语		物量词	多
	谓语		名量词	多
	状语		名量词	多

以上可见，它们充当的句子成分虽然都是状语、谓语、定语，但排列次序不同，所在位置也有"A是A（B）"是"主语的定语"，但"A打A（B）"无此限制。量词的性质也有所不同，"A是A（B）"有动量词，但无名量词，"A打A（B）"有名量词，但无动量词。语法意义上，"A是A（B）"除表"多"外，还有表"方式"与表"描述一种状态"，而"A打A（B）"全表示"多"。

湖南汝城方言有"A是AB"式："当量词为双音节时，量词的重叠采用'A是AB'式。'A是AB'式的用法与'A是A'式的用法基本相同。"如："汤是汤碗我都食得完汤碗我都吃得完。"（曾献飞，2006：147–148）

湖南汝城方言有"A是ABC"式："当量词为三音节时，量词的重叠采用'A是ABC'式。'A是ABC'式的用法与'A是A'式的用法基本相同。"如："渠系拳是拳头古略打我他是一拳头一拳头地打我。"汝城方言的"A是ABC"式更奇特，"是"前是单音节量词，"是"后居然是三音节。

2.一A打/把/是A

2.1 一A打A

有的方言的"A打A"，前面还有数词，是"数A打A"式重叠，数词多为"一"。

四川成都方言有"一A打A"式，如："一个人住一套打套房子。"（张一舟等，2001：170）成都方言有如下用法，如："裂缝有（一）公打公分。"（张一舟等，2001：171）有的前面的"一"可省略，但量词前后不同，一是省略用法，一是未省略，如"公"与"公分"。

四川西充方言（属西南官话）也有，如"一件打件衣服、三双打双鞋""他一回儿能喝（一）瓶打瓶酒，哪凯都不敢跟他喝他一次就能喝一斤酒，谁都不敢和他喝"。"A把A"式前面也可以加数词"一"，如：一窝把窝、一顿把顿、一角把角。（王春玲，2011：31–33）

四川南江方言（属西南官话）有"（一）A打A"，较常见。如："（一）杯打杯酒、（一）公打公里、（一）柜打柜子衣服、一平打平方米、三打三大桶水。"（苗春华，2004：96–97）"平方米""立方米"是三音节，"平方厘米""平方公里"更是四音节，比汝城方言更为特殊。又如：

（2）（一）满打满口袋米一个月都吃不完。

数词"一"有时能省略，有时不能省略。（苗春华，2004：97）

以上例子，有的在量词前有形容词，也是很特殊的语法现象。

重庆方言（属西南官话）有"A 大 A"，"大"或读作"打"。有"一 A 大 A"，表示数量多，数词"一"可省略。如：

（3）白酒都喝了<u>一斤大斤</u>。

（4）布都用了<u>丈大丈</u>。（喻遂生，1990：51）

多音节量词（含计数单位）进入此格式时，前一个 A 只说量词的第一个音节，如：

（5）体积有<u>一立大立方米</u>。（喻遂生，1990：51）

杨月蓉（2000：75）也说重庆方言有"（一）A 打 A（B）"。

付欣晴等（2013：135）指出，贵阳绥阳（西南官话）有"A 大 A"，主观上表量多。如：

（6）小王给他老丈儿屋买了<u>一吨大吨</u>煤。

湖南涟源方言（属湘语）"A 打 A"也可与"一"相结合，如"本打本、一本打本"，语义上没有太大变化。但是"一 A 打 A（B）"比"A 打 A（B）"充当句子成分的能力更强，除了作定语、谓语和状语外，还能作宾语和补语。如：

（7）滴霉豆腐还有<u>一坛打坛</u>，不要做哩。（付欣晴，2016：86）

以上可见，"数 A 打 A"式重叠主要分布在西南官话。

2.2 一 A 把 A

四川成都方言（属西南官话）有，如：

（8）一箱里头有<u>（一）个把个</u>烂苹果没关系。

（9）<u>（一）回把回</u>不去，哪个晓得？

"（一）个把个"就是"一个"或"一两个"，"下把下"是"一次"或"一两次"，表示主观量少（张一舟等，2001：174）。这与"A 打 A"多表量大不同。

四川西充方言（属西南官话）的"A 把 A"式前面可以加数词"一"，如：一窝把窝、一顿把顿、一角把角。（王春玲，2011：33）

四川南江方言（属西南官话）有"（一）A 把 A"，"A"可以是动量词、物量词、时量词，量词可以是单音节，也可以是双音节，但是复音节的量词只能采用"（一）A 把 AB"。如：

（10）还有<u>（一）公把公里</u>的路，你就走不动了。（苗春华，2004：96）

重庆方言（属西南官话）有"一 A 把 A"，强调数量少，数词"一"可以省略，如：

（11）耽搁<u>一天把天</u>没得关系。（喻遂生，1990：51）

2.3 一 A 是 A

四川遂宁市区方言（属西南官话）有"一 A 是 A"等，形式多种。如：

（12）香蕉结得<u>一绺是一绺</u>的。

上例是"一 A 是一 A"。

（13）土头的泥巴还<u>一坨是坨</u>的，我们得把它挖细点。

上例是"一 A 是 A"。

（14）他把灰面搓成条是一条的，放到锅头炸油条。

上例是"A 是一 A"。

（15）天上的乌云团一团的。

上例是"A 一 A"。（朱习文，2001：50–52）

四川南江方言（属西南官话）也有，有一些变式：一 A 是 A、一 A 是一 A。两者表义功能接近。如：

（16）个是个地都不来／一个是个地都不来／一个是一个地都不来。

"A 是 A"比较简洁，较为常用。（苗春华，2004：94–95）

云南沾益方言（属西南官话）有"一 A 是 A"，表示逐指，即表示涉及的每一该物件或动作程度都较高，多表示积极意义。如：

（17）小伙子吃饭么要一碗是碗呢 小伙子吃饭应该大碗大碗地吃。

（18）老二家媳妇做事扎实，一下是下呢 老二的妻子做事每一次很扎实。（山娅兰，2005：27）

贵州绥阳方言（属西南官话）也有"一 A 是 A"，表义功能与"A 是 A"接近。如：

（19）我屋娃二个一个是个嘞都考上大学了。（姚丽娟，2007：31）

3. A 把两 A

"A 把两 A"是中间词语的改变，即由单音节的"把"变为双音节的"把两"等。

3.1 各方言的"A 把两 A"

表14　汉语方言量词"A 把两 A"重叠

方言	方言点	形式	出处
西南官话	四川成都	（一）A 把两 A	张一舟等，2001
	四川西充	A 把两 A	王春玲，2011
	四川彭州	（一）A 把两 A	杨绍林，2005
	四川南江	（一）A 把两 A、（一）A 把两 AB	苗春华，2004
	贵州遵义	A 把两 A	胡光斌，2010
	贵州赤水	A 把两 A	陈遵平，2012
	贵州盘县	A 把两 A	笔者所在学校黄秀同学
	湖南慈利	A 把两 A	吕建国，2007
	湖南吉首	A 把两 A	李启群，2002b
	湖南常德	A 把两 A	郑庆君，1999
	湖北武汉	A 把两 A	赵葵欣，2012
	湖北恩施	A 把两 A	王树瑛，2017
	湖北丹江口	A 把两 A	苏俊波，2012
	湖北宜都	A 把两 A	李崇兴，2014
	湖北五峰	A 把两 A	阮桂君，2014
	湖北钟祥	A 把两 A	张义，2016
	湖北郧县	A 把两 A	苏俊波，2016

续表

方言	方言点	形式	出处
西南官话	广西桂西高山汉话	A把两A	吕嵩崧，2016
	广西崇山（村）土话	A把两A	朱晶晶，2009
	云南西畴	（一）A把两A	《西畴方言志》，1993
	云南安宁	A把两A	吴积才等，1993
	云南广南	A把两A	牟成刚，2014
	安徽宁国	A把两A	凤华，2007
赣语	江西南昌	A把两A（子）	张燕娣，2007
	江西抚州	A把两A（[i³⁵]）	付欣晴，2006
	江西丰城	A把两A基	陈小荷，2012
	江西黎川	A把两A	颜森，1993
	江西永新	A把两A	龙安隆，2013
	江西铅山	A把两A	胡松柏等，2008
	江西上高	A把两A基	罗荣华，2011a、2011b
	江西樟树	A把两A叽	付婷，2006
	江西彭泽	A把两A	汪高文，2019
	江西余干	A把两A	笔者所在学校熊英姿同学
	安徽宿松	A把两A	唐爱华，2005
	安徽东至龙泉	A把两A	唐爱华等，2015
	安徽岳西	A把两A	储泽祥，2009
	湖南浏阳	A把两A	夏剑钦，1998
	湖南洞口	A把两A	曾懿，2012
	湖北咸宁	A把两A	王宏佳，2015
	湖北通城	A把两A	万献初，2003
	湖北阳新	A把两A	黄群建，2016
	湖北崇阳	A把两A	祝敏，2020
江淮官话	湖北安陆	A把两A	盛银花，2015
	湖北浠水	A把两A	郭攀等，2016
	江苏南京	A把两A	《南京方言志》，1993
	安徽合肥	A把两A	杨永成，2015
	安徽怀远	A把两A	贡贵训，2014
	安徽芜湖	A把两A	《芜湖市志》，2009
	安徽巢湖	A把两A	笔者所在学校刘静同学
客家话	四川盘龙、石板滩、盘铁佛、冷家、乐兴	（一）A把两A	王春玲，2018
	湖南耒阳	A把两A	王箕裘等，2008
	广东河源	A把两A	练春招等，2010
	江西赣县	A把两A	肖春燕，2013
	江西南康	A把两A子	温珍琴，2018
	广西柳城县大埔镇	A把两A	蔡芳，2015
	广西贺州市桂岭镇	A把两A	郝鹏飞，2014
	广西博白县沙河镇	A把两A	韩霏，2008

续表

方言	方言点	形式	出处
客家话	广西武宣县三里镇	A把两A	杨蔚，2015
	广西桂林阳朔县金宝乡	A把两A	陈玲，2016
	广西桂林荔浦县双堆屯	A把两A	凡艳艳，2016
	广西融水县怀宝镇	A把两A	韦炜，2015
	广西恭城县莲花镇	A把两A	李辞，2016
	广西象州县石龙镇	A把两A	谭秀琴，2015
畲话	江西贵溪樟坪	A把两A	刘纶鑫，2008b
平话	湖南宁远	A把两A	张晓勤，1999，李永新，2019
	湖南绥宁关峡苗族	A把两A	胡萍，2016
	广西永福堡	A把两A	肖万萍，2005
广西土话	广西全州文桥	A把两A（子）	唐昌曼，2005
	广西平乐新塘面	A把两A	武宁丝，2013
	广西钟山董家峒	A把两A	邓玉荣，2019
湘语	湖南祁阳	A把两A（子）	李维琦，1998
	湖南新化	A把两A	罗昕如，1998
	湖南益阳	A把两A（咀）	崔振华，1998
	湖南涟源	A把两A	陈晖，1999
	湖南衡山	A把两A（呃）	彭泽润，1999
	湖南邵阳	A把两A	储泽祥，1998
	湖南娄底	A把两A	刘丽华，2001
	湖南汨罗长乐	A把两A	陈山青，2006
	湖南永州	A把两A（仔）	张晓勤，2002
湖南土话	湖南新田南乡	A把两A	谢奇勇，2005
	湖南宜章	A把两A	沈若云，1999
	湖南东安	A把两A	鲍厚星，1998
	湖南溆浦	A把两A（儿）	贺凯林，1999
	湖南蓝山太平	A把两A	罗昕如，2016
	湖南永州岚角山	A把两A	李星辉，2016
	湖南东安石期市	A把两A	蒋军凤，2016
	湖南江永桃川	A把两A	鲍厚星，2016
	湖南桂阳六合	A把两A	邓永红，2016
	湖南道县祥霖铺	A把两A	谢奇勇，2016
	湖南新田北乡青龙	A把两A	罗湘明，2007
	湖南临武麦市	A把两A	郭义斌，2009
	湖南城步青衣苗土话	A把两A	李蓝，2004
粤语	广西贵港	A把两A	陈曦，2017
	钦州新立	A把两A	黄昭艳，2011
吴语	浙江常山	A把两A	笔者所在学校王丹丹同学
	安徽宣城（雁翅）	A把两A	沈明，2016
	安徽泾县查济	A把两A	刘祥柏等，2017

续表

方言	方言点	形式	出处
徽语	安徽祁门箬坑	A 把两 A	王琳，2015
	安徽绩溪荆州	A 把两 A	赵日新，2015
	安徽黄山汤口	A 把两 A	刘祥柏，2013
	安徽歙县大谷运	A 把两 A	陈丽，2013
	安徽歙县（向杲）	A 把两 A	沈明，2012
军话	安徽祁门	A 把两 A	赵日新，2019
乡话	湖南泸溪	A 把两 A	陈晖，2019
苗人话	贵州晴隆长流喇叭	A 把两 A	吴伟军，2019
冀鲁官话	山东长山	A 把两 A	艾红娟，2012
中原官话	山东微山	A 把两 A、A 把两 AB	殷相印，2008

方言归属有争议的浙江江山廿八都方言也有"A 把两 A"，如：个把两个—两个、亩把两亩—两亩、里把两里路—两里路。

综上所述，"A 把两 A"的方言分布范围较广，涉及好几个方言，如西南官话、赣语、江淮官话、客家话、湘语、平话、吴语、粤语、畲话、土话，尤其是山东的冀鲁官话、中原官话也有。

且有不少变式，如：（一）A 把两 A、A 把两 AB、A 把两 A（子）、A 把两 A（[i³⁵]）、A 把两 A 基、A 把两 A 叽、A 把两 A 子、A 把两 A（咀）、A 把两 A（仔）、A 把两 A（儿）等。有的前面可加数词（一），有的"把两"后面是双音节，更多的是后面加"子"等后缀（这些后缀不少可归并），又有两种情况，一是可加可不加，一是一定要加。

3.2 当代文学作品的"A 把两 A"

（20）我家离这儿百把两百里……这女人名声再不好也吹不到俺村里，只要我日后把她看严点就行了。（陈忠实《白鹿原》）

上例"百把两百"中的"百"是数词。

（21）从这儿到县城有里把两里路（黄戴英《流泪的黄河》）

（22）他走了有天把两天（彭东明《秋天》）（转引自陈淑梅，2004：24）

陈忠实是陕西西安市灞桥区霸陵乡西蒋村人，彭东明是湖南平江人，黄戴英未详。方言也是西安属中原官话，平江属赣语，两个方言都有"A 把两 A"，也是中原官话的山东微山，比较奇怪，它离陕西距离较远，这是作者方言的体现，还是其他原因，不得而知。

北京语言大学语料库（BCC）也有例子，以"个把两个"为关键词，搜索到如下例子：

（23）这就需要建立一个把两个文明建设融为一体，把精神文明建设纳入经济管理和行政管理，使之紧密结合、相互促进的工作机制。（《人民日报》1996-6-4）

（24）要在咱们许多地方，随便开个会议，随便找个领导讲话，没个把两个小时也下不来。（《人民日报·海外版》2000-12-2）

以上是"报刊"。

（25）第二点，就是结了婚以后，我觉得婚姻有一个把两个人捆绑在一起的趋势，两个人就离不开，就不分开了，老在一起生活，朝夕相处，天长日久，时间一长了，距离这么近，容易产生厌倦情绪，这个我们不能否认，所谓的审美疲劳了。（百家讲坛——周国平谈婚姻A）

上例和例（23）是"一个把两个"，前面多了个"一"。

（26）一个地方有了这么<u>个把两个</u>人，就够你头痛的了。（政界A：龙志毅Y：1999）

（27）卡拉蒙看了提卡和泰斯一眼，比了<u>个把两个</u>头撞在一起的手势。（龙与地下城A：UN Y：UN）

（28）每次自己在家卷头发搞<u>个把两个</u>小时卷得要死一出门就直了……（微博）

（29）再说，我知道当大批游人涌来之际，安德烈，罗丝蒙斯以及希塞尔差不多就该走了，在阿尔贝蒂娜身边最多还能呆<u>个把两个</u>星期，这样一来，不久以后，我也就不需要什么心头的平静了。（追忆似水年华A：普鲁斯特Y：1989）

（30）在那边住<u>个把两个</u>月，又回红果庄。（波谢洪尼耶遗风A：谢德林Y：1979）

以上出自"多领域"。如果用更多关键词搜索，应该还能找到更多例子。但总体上来看，还是方言更复杂。

3.3 A把二A

有的方言"两"可说成"二"，所以有"A把二A"。

湖南沅陵乡话既说"条把□tsoˇ条"，又说"个把两个"，既说"里把□tsoˇ里□sao˧"，也说"里把二里路"，既说"亩把□tsoˇ亩"，又说"亩把二亩"。（杨蔚，1999：169）

东安石期市土话既说"A把两A"，又说"A把二A"，如：里把二里路、亩把二亩。（蒋军凤，2016：166）

宜章土话既说"A把两A"，又说"A把二A"，如：亩把二亩。（沈若云，1999：183）

以上是湖南。有的是乡话，有的是土话。

广西武宣县三里镇客家话既说"A把两A"，又说"A把二A"，如：里把二里路里把二里路、亩把二亩亩把二亩。（杨蔚，2015：131）

恭城县莲花镇客家话既说"A把两A"，又说"A把二A"，如：亩把二亩亩把二亩。（李辞，2016：188）

象州县石龙镇客家话既说"A把两A"，又说"A把二A"，如：亩把二亩亩把二亩。（谭秀琴，2015：157）又如：亩把二亩。表示主观上认为的数量少。（谭秀琴，2015：89）

以上是广西。全是客家话。

湖北郧县方言（属西南官话）既说"个把两个"，又说"里把二里路、亩把二亩"。（苏俊波，2016：175）

山东长山方言（属冀鲁官话）既说"个把两个"，又说"里把二里路一二里、亩把二亩亩数、一二亩"。（艾红娟，2012：247）

江苏南京方言（属江淮官话）也有，如：年把二年二年左右。（《南京方言志》，1993：138）

安徽怀远方言（属江淮官话）既有"A把两A"，也有"里把二里、亩把二亩"。（贡贵

训，2014：152）

湖北安陆方言（属江淮官话）既有"亩把两亩"，也有"亩把二亩"。（盛银花，2015：168）

山东微山方言（属中原官话）少数"A 把两 A"中的"两"也可以说成"二"，如"尺把两（二）尺""斤把两（二）斤"；如量词是动量词时，则"两"不可以说成"二"，如不能说"回把二回、趟把二趟、下把二下"等。

"A 把二 A"远远不如"A 把两 A"广。"A 把两 A"与"A 把二 A"的用法可用范畴理论来说明。"A 把两 A"是典型用法，而"A 把二 A"是非典型用法。从方言分布地域来看，有西南官话、江淮官话、中原官话、土话、乡话。

3.4 "A 把两 A"的变式

除上面所说的"（一）A 把两 A""A 把二 A"外，"A 把两 A"还有一些变式。如广西临桂义宁话（属平话）有"A 刻两 A"，即中缀是"刻"。其量词可以是物量词、动量词或时量词，表达的量要比"A 刻""A 刻 A"稍多。如：粒刻两粒_两粒、个刻两个_两个、遍刻两遍_两遍、次刻两次_两次、年刻两年_两年、日刻两日_两天。如：

（31）个刻两个苹果见恁够吃_一个苹果怎么够吃。

（32）《西游记》我瞇过次刻两次_《西游记》我看过一两遍。

（33）英语我学过年刻两年_英语我学过一两年。（周本良，2005：242-243）

广西永福堡平话也有将"把"说成□[k'ə⁴]，义同"A 把两 A"。如"个□[k'ə⁴⁴]两个""里□[k'ə⁴⁴]两里路""弓□[k'ə⁴⁴]两弓""条□[k'ə⁴⁴]两条""次□[k'ə⁴⁴]两次""回□[k'ə⁴⁴]两回"。（肖万萍，2005：197-198）这里的[k'ə⁴⁴]与义宁方言的"刻"[k'ɐ²⁵]音比较近。

江西永新方言除有"A 把两 A"外，还有"A 多两 A"，如：里多两里、亩多两亩、斤多两斤、里多两里路。（龙安隆，2013：142、162）

武汉方言还有"A 把来 A"重叠式，如"天把来天、句把来句、块把来块、回把来回、次把来次、顿把来顿、斤把来斤、尺把来尺"。但与"A 把两 A"不同的是，数词不能进入"A 把来 A"式重叠，即没有"百把来百"。（赵葵欣，2012：79）

湖南沅陵乡话有"A 把□tsoʏA"用法，如：条把□tsoʏ条、亩把□tsoʏ亩。（杨蔚，1999：169）

广西钦州新立方言的"里把两里路"还可说成"里零两里路""里几两里路"。"亩把两亩"还可说成"亩零两亩""亩几两亩"。（黄昭艳，2011：242-243）这也比较特殊，从"零""几"来看，应该也是表示量小。

江西湖口方言有"A 巴两 A 嘚"，如：只巴两只嘚、张巴两张嘚、斤巴两斤嘚、遍巴两遍嘚、场巴两场嘚、碗巴两碗嘚、年巴两年嘚、桌巴两桌嘚、脚巴两脚嘚、桶巴两桶嘚。如：

（34）剩的只巴两只嘚是你的_剩下的一两个都是你的。

（35）那也就年巴两年嘚啊_那就一两年的时间。

"巴 [pə⁰]"没有意义，而"两 [d'iɔŋ⁰]"是表示不定数的，所以该中缀表约数，意思就是"一两 A 嘚"。如"日巴两日嘚"即一两天的时间，"升巴两升嘚"即一两升，"块巴两块嘚"即一两块。（陈凌，2019：331）

陈凌（2019：307）也说到"A 巴两 A 嘚"，除了上举例子外，尚有：下巴两下嘚、趟巴两趟嘚、回巴两回嘚、顿巴两顿嘚、遍巴两遍嘚。[①] 该重叠式后面经常缀以"嘚"，近似"一 AA 嘚"式，意思是"一两 A 嘚"，常作定语和宾语。如：

（36）我就只有<u>只巴两只嘚</u>我只有一两个。

（37）已里只有<u>日巴两日</u>事嘚这里只有一两天的活儿。

其实，上面的"巴"就是其他方言的"把"。

广西钟山董家垌土话有"粒把几粒个把几个、几个"。（邓玉荣，2019：209）

从范畴理论来看，"A 把两 A"是典型用法，其他的"AX（刻、□[k'ə⁴⁴]、多）两 A""A 把 X（来、□tsoɪ）A"等是非典型用法。从地域分布来看，也是"A 把两 A"要广得多。

3.5 数把两数

正如"A 打 A"等有数词一样，如"百打百""千打千""万打万""亿打亿"等，有的方言的数词也能进入"A 把两 A"。

云南广南方言当数词是高位数如"百、千、万、亿"时，有"百把两百""千把两千""万把两万""亿把两亿"等。（董彦屏，2005：20）这应该是表示大量。

四川成都方言有"数把两数"。如：

（38）月工资<u>千把两千</u>块，他瞧不起。

上例"千把两千"后面还有量词"块"。

（39）一年赚<u>万把两万</u>，不稀奇。（张一舟等，2001：175）

看前后语境，上面 2 例"数把两数"全表小量，就是例（39）的"万把两万"也表小量，因后面有"不稀奇"说明量不大。

彭州方言也有。如：

（40）音乐厅坐得下<u>百把两百</u>人。

"百把两百"就是"一两百"，既是概数，也有主观认为量小。（杨绍林，2005：203）

湖北武汉方言也有，如"百把两百、千把两千"，但没有"百把百"等说法。如：

（41）<u>百把两百</u>人，也不少了。

（42）刚写了成<u>万把两万</u>字，还拿不出手。（赵葵欣，2012：79）

看前后语境，例（41）"百把两百"倒表大量，例（42）"万把两万"倒表小量。

以上全是西南官话。

四川客家话也有"数把两数"，如：

（43）你今年子挣倒<u>万把两万</u>块钱。（盘龙）

（44）你今年子挣倒<u>万把两万</u>块钱。（石板滩）

---

① 其中"遍巴两遍嘚"重复。

（45）你今年子挣倒<u>万把两万</u>块钱。（铁佛）

（46）你今年子挣倒<u>万把两万</u>块钱。（冷家）

（47）你今年子挣撒<u>万把两万</u>块钱。（乐兴）（王春玲，2018：35）

上面例子中，"万把两万"后面都有量词"块"。

江西赣县客家话也有，如：□[pa²⁴]把两□[pa²⁴]子_{—百到两百之间}。（肖春燕，2013：125）结构后面有"子"。

广西象州县石龙镇客家话也有，无论数词是"百""千""万"，仍然指主观上认为的数量少，如：千把两千_{—两千}、万把两万_{—两万}。（谭秀琴，2015：89）

湖南汨罗长乐方言（属湘语）也有，如：百把两百、千把两千、万把两万。（陈山青，2006：313）

湖南永州方言（属西南官话、湘语）也有，如：百把两百个_{—二百个}、千把两千个_{—二千个}。（张晓勤，2002：203）

江西南昌方言也有，如：

（48）<u>千把两千</u>块钱还是拿得出个。（张燕娣，2007：173）

丰城方言也有，如：千把两千基_{才—两千}、百把两百（块）基_{才—两百（块）}。（陈小荷，2012：263）"A把两A"后还有"基"。从解释中有"才"来看，"数把两数"全表小量。

上高方言也有，如：

（49）（一）<u>万把两万</u>只基树_{才—两万株树}。（罗荣华，2011a：48）

罗荣华（2011b：76）同。"数把两数"也表小量，虽然是"（一）万把两万"，但后面有"只基"，也是表小量。

湖北咸宁方言也有，如：

（50）我有个是钱，送个<u>百把两百</u>对我来说不算得么呢_{什么}。（王宏佳，2015：189）

也表小量。以上全是赣语。

湖南绥宁关峡苗族平话也有，如：万把两万。（胡萍，2016：133）

湖南宁远平话也有，表示极少义，相当于北京话的一二（个），如：百把两百、千把两千、万把两万。但不说"十把两十"。（张晓勤，1999：250）

广西临桂义宁话（属平话）也有，如：百刻两百_{—两百}、万刻两万_{—两万}。但不能说"十刻两十"。（周本良，2005：242–243）

广西全州文桥土话也有，如：十把两十（子）、百把两百（子）、千把两千（子）、万把两万（子），分别相当于"十多二十左右""百多两百左右""千多两千的样子""万多两万那个样子"（唐昌曼，2005：252）。"数把两数"后面还有"子"。

安徽庐江南部方言（属江淮官话）也有，如：百把两百、万把两万。（陈寿义，2007：93）

庐江南部方言既有"A把"，又有"A把A"，还有"A把两A"，三种形式表示概数时，意思有所区别。如"万把"表示一万或接近一万，"万把万"表示一万或一万多，"万把两万"表示一万多到两万之间的约数。三种说法在数量上虽然依次略有增加，但是加"把"

的基本功能是使约数表示出 "并不怎么多" 义。（陈寿义，2007：93）

据笔者所在学校刘静同学介绍，其家乡安徽巢湖方言（属江淮官话）也有，如：百把两百人——百多到两百人、千把两千（块）——千多到两千块、万把两万（斤）——万多到两万斤。

芜湖方言也有，如：千把两千——两千左右。（《芜湖市志》，2009：1544）

山东微山方言也有，如：

（51）我一年只赚个万把两万的，不算多。（殷相印，2008：229）

微山方言的数词是位数词，"两" 也可以说成 "二"，如 "百把两（二）百"；但不能说 "千把二千、万把二万"。（殷相印，2008：229）

广西贵港方言也有，如：百把两百——两百、千把两千——两千、万把两万——两万。（陈曦，2017：63-64）

"数把两数" 也涉及好几个方言，如西南官话、赣语、江淮官话、平话、土话、中原官话、粤语。但从方言地域分布来看，还是 "A 把两 A" 更广一些，如还有湘语、吴语。

有的方言不是纯粹的数词，而是后面有量词，如 "个" "块" "斤" 等。

广西桂西高山汉话（属西南官话）有 "万把几万"。（吕嵩崧，2016：390）后面的数词不是 "两"，而是 "几"。但也是表示量小。

"数把两数" 与 "A 把两 A" 在表量上不同，"A 把两 A" 基本上表量小。但 "数把两数" 在不同的方言中所表的量有区别，有的表量大，有的表量小。

"A 把两 A" 在近代汉语中很难找到例子，我们在北京语言大学语料库（BCC）中只找到如下 1 例：

（52）林二官人便着两个精壮的过来，把火睛牛抬了，又着一个把两个小牛儿担去了。"（明·古吴金木散人《鼓掌绝尘》第 17 回）

这比较奇怪，就只这 1 例，所以，我们认为，应该是先有量词 "AXA"，后才有 "A 把两 A"。

"A 把两 A" 要比 "AXA" 更晚产生，可能是在 "AXA" 影响下产生的。

3.6 "A 把两 A" 等的主观量

量词重叠形式大多表达主观量。就表达的主观量来看，"A 把 A" 大多表示主观小量，这与 "把" 的原义有关。付欣晴（2016：96）指出，在量词 "AXA" 重叠式中，除了 "A 把 A" 表示 "主观小量" 外，其他都是 "主观大量" 的表达式。但方言的复杂性比普通话更甚。有的方言点的 "A 把 A" 也有表示主观大量的。李金陵（1991：50）认为，安徽潜怀话（属赣语）"把" 字夹在量词或 "百、千、万" 中间表示数字大、程度高。黄拾全（2010：94-95）认为，安徽岳西话的 "A 把 A" 式除表示 "主观小量" 外，还可表示 "主观多量"。安徽当涂方言（既有江淮官话，又有吴语）的 "A 把 A" 可表示量多或量少，视语境而定（齐群，2013：87）。安徽合肥方言中约量结构 "A 把 A" 使用频率很高，其语义倾向上主要分成三种：一种是多于 "一 A"，一种是少于 "一 A"，一种是差不多，就是 "一 A"，和 "一 A" 相关甚小，几乎接近，看不出明显的语义差别。这三种语义倾向主要是依赖说话者的主观性，依赖上下文语境，才可以被推测、感知。这三种语义倾向是 "足量" "欠量" 和 "约量"。陈淑梅（2004：21-25）则分别称为"足量""欠量""约量"。表足量时，后一"A"读重音。表欠量时，后一"A"读轻声（刘艳，2014：66）。所有这些都比较特殊。

"A 把两 A"虽然有的表示的量比"A 把 A"要大一些，但都是表示主观小量。这是对量词而言，如果是数词，如"他每月有万把两万的工资"，应该是指量大，而"他每年只万把两万的收入"，应该是指量小。还有年代不同，也不一样，在 20 世纪 80 年代，每年收入有 2 万元，那绝对是大量，"万元户"在那时已经是大款，更何况是"二万元户"，在当时应该是更了不得。

3.7 象似性

"A 把两（二）A"等也体现了家族象似性（family resemblance）特征。沈家煊（1993：2）指出："所以语言的象似性是相对任意性而言，它是指语言符号的能指和所指之间有一种自然的联系，两者的结合是可以论证的，是有理可据的（motivated）。"因为语言的象似性指的是感知到的现实形式与语言成分及结构之间的相似性，即语言的形式和内容（语言符号及其结构序列的能指和所指）之间的联系有着非任意的、有理据的、可论证的属性。既然语言符号及其结构序列的能指和所指之间的关联式是非任意的，那么两者之间一定会存在某种理据，而这种理据是可以论证的。

上面说过，"A 把 A"大多表示主观小量，这与"把"的原义有关。"A 把两 A"除"把"外，"两"就数词来看，也是表示小量，因此，"A 把两 A"一般也只能表示主观小量。这是就量词来说。如果就数词来看，要看这个数词本身，如"百""千""万""亿"，有表示主观大量的可能，但如果是"十"，那应该是表示主观小量，有的方言甚至能说"一打一"，如李国正（2018：84、96）两次说到四川泸州方言有"一打一"（其中一次写作"一打五"，误）。正因为如此，有的方言没有"十把两十"的说法，如临桂义宁话就不能说"十刻两十"。"A 打 A"也是如此。大多情况下，数词进入这种重叠形式是表示主观大量，如果是"十打十"，有可能表示主观小量。但好多方言"十"不能这样重叠，如宁波话就没有"十打十"。

值得注意的是，汉语量词重叠既有"形式越多，内容越多"（Lakoff & Johnson，1980）的现象，如绝大多数方言的三叠式、四叠式表示的"主观大量"的即是。也有"形式越多，内容越少"或"形式越多，语气越弱"（陆镜光，2009：125），表示"主观小量"的即是，如徐州方言有量词多叠式"滴滴滴""点儿点儿点儿"等，就表达极言其少，还有量词"一AAA（A）"与"一AAA 仔"重叠式也是强调量更加少。上面所说的量词"A 把两 A"重叠式，基本表示主观小量，也属于"形式越多，内容越少"。而同样是"A 把两 A"重叠式，如果"A"是数词，有的表示"形式越多，内容越多"。

量词的"A 把两 A"等重叠式必须放在方言比较的大背景中，以语言类型学的眼光来看待，从数量象似性的角度来认识、考察其异同，才能得出更符合汉语方言事实的结论来。

3.8 方言接触

"A 把两 A"也涉及方言接触。吴语除浙江常山、安徽宣城（雁翅）、安徽泾县查济等方言外，其他方言点未见"A 把两 A"，常山方言有"A 把两 A"，可能是常山等方言点与徽语或赣语临近，大概是受徽语或赣语的影响，应是方言接触的结果。同样，江西贵溪樟坪畲话有"A 把两 A"，但浙江的畲话没有，这也可能与赣语有"A 把两 A"而吴语只有常山方言有关。

关于安徽徽州方言，学术界有不同看法。赵元任先生在《绩溪岭北音系》（1965）一文中指出："徽州方言在全国范围内很难归类，所以我在民国二十七年给申报六十周年出版的中国分省新图画方言图时候就让徽州话自成一类。因为所有的徽州方言都分阴阳去，近似吴语；而声母又没有浊塞音，又近似官话区，如果要嫌全国方言区分得太琐碎的话，那就最好音类为重，音值为轻，换言之，可以认为是吴语的一种。……其实啊，这一隅的方音很有点介于吴楚之间的意味。……所以拿徽州认为广义的吴语区内可以说也不算扯得太远罢？这也算'吴头楚尾'之又一义了。"（转引自赵日新，2015：6）曹志耘（1996）指出："徽州方言是相对接近长江中游流域方言的一种混合性的方言；……"（转引自赵日新，2015：7）因此，就算徽州方言是吴语的一种，但也因地处吴语边缘，会受到其他方言影响。前面说到，安徽宿松方言（属赣语）（唐爱华，2005：219），东至龙泉方言（属赣语）（唐爱华等，2015：171）、怀远方言（属江淮官话）（贡贵训，2014：151）、巢湖方言（属江淮官话）都有"A 把两 A"，所以，安徽南部祁门箬坑方言、绩溪荆州方言（属徽语）有"A 把两 A"很可能也是受到安徽其他方言（赣语、江淮官话）的影响，即很可能也是方言接触造成的。

4. 数词"AXA"重叠

4.1 数词"AXA"重叠

汉语好多词类有"AXA"重叠式，如动词、形容词、量词、副词等，有的民族语言代词也能如此。这些不同词类的"AXA"重叠式具有家族象似性特点。数词也有"AXA"重叠式。

反映 19 世纪末宁波方言的《汇解》（1876）第 321 页有"一打一""一打一都好个"，前后还有"一个一个""逐一""每个""一并""通统"等，与量词"个"有关，可能这"一打一"中的"一"不是数词，"一打一"是"个打个"义，但用"一"较特殊。

明清白话文献没有真正的数词"AXA"重叠，汉语方言数词也能进入"AXA"重叠式应该是受量词"AXA"重叠的影响类推而来的。这只是词性的改变，即量词改为数词。具体来说又分为两种情况：一是"数 X 数"，一是"数 X 数量"。前者是纯粹的数词，后者是数词与量词的半结合。表示的语法意义等与"AXA"相同。"X"又有"打"和其他的两种情况。

表 15　汉语方言数词"AXA"重叠

重叠形式	方言点	方言	出处
A打A	浙江奉化、舟山	吴语	本人调查、《中国歌谣集成》浙江卷
	湖南安仁	赣语	周洪学，2012
	江西余干		本校熊英姿同学
	广东梅县、河源、惠东	客家话	谢永昌，1994；练春招等，2010；王秋珺，2014；周日健，1994
	江西宁都		谢鸿猷，2000
	广西象州县石龙镇		谭秀琴，2015
A打A	贵州毕节、桐梓、独山	西南官话	明生荣，2007；蓝卡佳，2012；曾兰燕，2016
	四川成都、西昌		张一舟等，2001
A似A	江西抚州、丰城、南昌	赣语	付欣晴，2006；陈小荷，2012；张燕娣，2007
A把A	广西象州县石龙镇	客家话	谭秀琴，2015
	湖南保靖	西南官话	向军，2008
	安徽芜湖、庐江南部、潜怀	江淮官话	《芜湖市志》，2009；陈寿义，2007；李金陵，1991
A什/式A	湖南益阳、涟源、湖南桂阳土话	湘语	卢小群，2007；崔振华，1998；陈晖，1999；徐慧，2001；邓永红，2007
A哒/大A	湖南吉首	西南官话	李启群，2002b
	重庆		喻遂生，1990
A是/拾A	湖南汝城	客家话	曾献飞，2006
	福建宁化		张桃，2020
A达A	陕西关中	中原官话	孙立新，2013
A士A	福建连城	客家话	项梦冰，1997
A数A	湖南汨罗（长乐）	湘语	陈山青，2021

除了上面这些方言有数词"AXA"重叠外，北京语言大学语料库（BCC）也有一些例子。有"千打千"，如：

（53）"打算盘子，个人打错是一颗子，集体打错是千打千！"为了打好集体的这把大算盘，福泉县凤山公社李家湾生产队长李必初不辞劳苦，日夜思虑……（《打好集体的大算盘》，《贵州日报》1965-9-15）

有"万打万"，如：

（54）比如说人粪尿，别的队放任自流，都给社员弄到自留地去了，他那个队卡得很紧：见场收一次，每户平扯百十斤，二十户人一个月要收万打万。（叶宗全，《贵州日报》1958-3-21）

科技文献也有例子，如：

（55）在一些适宜近海张网生产的小岛，如岱山的大蛟山村，虾峙的栅棚村，妇女们也和男人一样摇舢舨，放蟹笼。渔谣《收入万打万》描述的就是这种情景："阿爹包只开洋船，起早落夜张虾潺。姆妈包只小舢舨，门口港里养紫菜。一年收入万打万，笑煞囡囡和奶奶。"

前面有"岱山的大蛟山村"，可见说的是舟山。

（56）有一首叫《黑秤手》的渔歌，全篇歌词用一个"黑"字贯串：黑风黑水黑沙滩，黑天黑地黑老板，黑船黑网黑风帆，捕来黑鱼赚铜板。铜板赚得万打万，买田砌屋做棺材，一张恶脸像黑炭，黑袖里伸出黑手管。十指拍拍算盘扳，黑秤称出巧机关，秤砣上面充几把，捕鱼人只配吃苦饭。广大渔民眼看自己的劳动果实被渔行主盘剥掠夺，满腔愤怒，用诅咒老板赚了铜钱"做棺材"来倾他胸中怒气。

上例是舟山渔歌。

有"百打百"，如：

（57）林泉区苗族代表杨文荣说："宋家沟的地主宋光鼎和宋光亮二人，租几升苞谷土给人家种，就要百打百银子的顶首，将剥削得来的银子拿去窖在坡上，还杀丫头、杀狗来祭财神。"（《讨论建立联合政府》，《贵州日报》1951-6-2）

有"十打十"，例子更多一些，如：

（58）"我没关系，可别让柿子遇上，不然十打十变柿饼。"（武侠小说《戏梦闯江湖》第3章）

（59）虽然只是个小小的计谋，可这一手真是坏到家了，依婉盈那种刚愎自用地性格，十打十地要上当，到时候她怕是吓都要吓死了。（历史军事小说《极品家丁》）

（60）就是市场价，但是药物必须是十打十的保真。（武侠小说《天劫医生》）

（61）至于是否有微毒之类的，他也顾不上考虑了，至少如今这般做法，把本来十打十的危险减少了一半左右，况且在他心里也不太相信香气这么好闻的东西会是什么毒物，再者黄精本就是益气凝神的温和中药，应当无害才对。（武侠小说《我意逍遥》）

（62）就连打着的荣丰商行也是十打十的真名。（历史穿越《碧血大明》）

上面的例子应该属于方言的体现，如吴语、西南官话。只是有的不知道是何种方言。

孙立新（2013：101-102）说到关中方言数量词等的重叠现象，其中有"A达A"。"A达A"还可再作重叠，构成"A达AA达A"，用作状语，其语义就更加强烈。如：

（63）他最近一直万达万万达万地捐钱呢，真个是个大善人。

"A达A"也能够重叠，是更特殊的用法。这与浙南闽语的"A显A"一样，它也能重叠成"A显AA显A"，温端政（1994：45）把它称为反复式，如：大显大大显大、细显细细显细、厚显厚厚显厚、薄显薄薄显薄、硬显硬硬显硬、软显软软显软（以上单音节）、快活显快活快活显快活、闹热显闹热闹热显闹热、滑溜显滑溜滑溜显滑溜（以上双音节）。

福建连城客家话有数词"数士数"重叠（项梦冰，1997：72-73）。大多客家话"AXA"中的"X"为"打"，连城客家话用"数士数"也是比较特殊的。

4.2 数词"AXA+量"重叠

汉语方言除了"AXA"重叠外，还有"AXA+量"重叠，也有一定的分布范围（见表16）。

表 16　汉语方言数词 "AXA+ 量" 重叠

重叠形式	方言点	方言	出处
A 打 A+ 量	江西宁都	客家话	谢鸿猷，2000
	四川泰兴		兰玉英，2007
	广东惠东、惠东县多祝		周日健，1994；陈延河，1991
	江西永新、余干	赣语	龙安隆，2013；本校熊英姿同学
	贵州毕节、桐梓、黔东南、独山、贵阳	西南官话	明生荣，2007；蓝卡佳，2012；王贵生，2007；曾兰燕，2016；涂光禄，2000
	四川成都、西昌、南江		许宝华等，1999；张一舟等，2001；郑剑平，2003；苗春华，2004
	重庆		李科凤，2005；杨月蓉，2000；喻遂生，1990
A 大 / 哒 A	贵州绥阳、湖南吉首	西南官话	付欣晴等，2013；李启群，2002b
A 似 A	江西上高、樟树	赣语	罗荣华，2011；付婷，2006
A 什 A	湖南益阳	湘语	崔振华，1983
A 士 A	福建连城、湖南汝城	客家话	项梦冰，1997；曾献飞，2006
A 把 A	广西阳朔葡萄平声话	平话	梁福根，2005

（六）"AXA" 的语义

1. A 打 A

关于 "A 打 A" 的量的问题，王霞（2009：44）认为表达的是 "主观大量"，这与大多方言是一致的。"点打点" 湖南慈利方言不用，但宁波方言可以说。即宁波方言的 "A 打 A" 既可表示主观大量，也可表示主观小量，这主要看量词的性质，但以表示大量为多，因为表示小量的量词极少。

2. A 是 A

湖南涟源杨家滩方言（属湘语）有 "A 是 A（B）"，表示某种方式，表示 "多"。如：

（1）你把滴桔子<u>箱是箱</u>唧箇装者 你把这（那）些桔子一箱一箱地装着。（表方式）

（2）滴饭<u>碗是碗</u>唧箇放在只桌子高里，连不唧箇 饭一碗一碗地被放在桌子上，没人吃。（表 "多"，表可惜的语气）

（3）今日中午的滴鱼<u>只是只</u>唧箇，煮底好 今天中午煮的鱼是一条一条的（言外之意是没有煮碎），煮得好。（描述一种状态）

（4）佢俚屋里滴肉<u>脚是脚</u>盆个，万千 她家的肉一脚盆一脚盆的，万千。（含 "多" 的意思）（彭春芳，2007：108）

3. A 把 A

贵州遵义方言有 "A 把 A"，"A" 限于单音节量词，可以是物量词，也可以是动量词。

和"A大A"不同的是，动量词（时间量词"天、年"除外）和不定量词"点、些"不能进入"A大A"，却可以进入"A把A"，如：回把回｜趟把趟｜下把下｜点把点。（胡光斌，2010：183）

同"A大A"一般表主观大量不同的是，遵义方言的"A把A"表示的是量少。胡光斌（2010：183）认为，"A把A"意义上都表示量少，除"下把下"表示"（在）短时间（内）"以外，其余"A把A"都相当于"一、两A"，是遵义方言中表达主观小量的一种特殊格式。

安徽潜怀方言也有"A把A"，如：里把里$_{一里左右}$、斤把斤$_{一斤左右}$、下把下$_{偶尔一次}$、本把本$_{一本左右}$。这些用法都形容不太多（李金陵，1994：60）。这是说表示小量。

李金陵（1994：82）指出，潜怀方言用"把"字的出现和组合情况表示两种绝然对立的约略估计，即："把"字放在量词或"百、千、万"后表示数字不大或一般；"把"字夹在量词或"千、百、万"中间表示数字大、程度高。如：

（5）渠走才年把，你就忘记着？

渠走才年把年了，你还不晓得？

（6）只有百把人，你都管不住！

学生百把百，教室都坐不下了。

（7）一天条把烟就够了。

一天要花条把条烟，还得了！

"年把年""百把百""条把条"都是强调数字大或程度高。

以上可见，李金陵（1994：60）与李金陵（1994：82）关于"A把A"的说法有矛盾之处。应该说明只有在一定语言环境中"A把A"才能表示数字大或程度高。

潜怀方言比较复杂，既含有湖北"楚语"、赣语、江淮方言的某些特征，同时又具有掺杂各种方言而汇成本方言独特的地方色彩（李金陵，1994：6）。"A把A"却是好多方言都有的现象，如果潜怀方言中的"A把A"确实可以表示程度高，那么这是很有价值的。

我们以为，"A把A"表示大量还是表示小量，要有一定的语言环境。如"斤把斤菜"，指小量的可能性大，但"斤把斤金子"，那应该是指量大。但与"A打A"不同的是，"A打A"多表大量，偶尔表示小量。而"A把A"正好相反，多表小量，偶尔表大量。

黄拾全（2010：94-95）认为，主观多量是人们在对量进行表述时，主观认为这个量是"多量"。安徽岳西方言的"A把A"式除表示"主观小量"外，还可表示"主观多量"。这就比较特殊。如：

（8）昨日我家个猫捉着一个大老鼠，尾子总有尺把尺长$_{昨天我家的猫捉了一只大老鼠，尾巴有一两尺长。}$

说话者根据自己常识性认识，认为老鼠的尾巴一般不会超过一尺。而这只老鼠的尾巴却有一两尺长，超过了说话者的常识性认识，是多量，这个量在说话者看来就是非正常的，是"异态量"。因此，这个"尺把尺"所表示的主观多量属于"异态主观多量"。再如：

（9）我今朝买的鲫鱼真大，每条总有斤把斤$_{我今天买的鲫鱼很大，每条有一两斤重。}$

说话者主观认为一条鲫鱼一般不会超过一斤。这里的"斤把斤"就是"异态主观多量"。表"异态主观多量"的"A把A"式的"把"要重读，不能轻读。

4. A 刻 [k'ɐʔ⁵]A

广西临桂义宁方言（属平话）有 "A 刻 [k'ɐʔ⁵]A" 式重叠，量词只能是物量词，不能是动量词与时量词，如：包刻包_{大约一包}、斤刻斤_{大约一斤}、碗刻碗_{大约一碗}、箩刻箩_{大约一箩}。语法功能上也较为单一，只作定语，如：

（10）包刻包烟，分他就罢呃_{包把烟，给他就算了}。（周本良，2005：243）

因为 "刻" 相当于普通话的 "把"，所以，"A 刻 A" 也表示小量。

5. A 似 A 嘚

江西湖口方言的 "A 似 A 嘚" 与 "AA" 两种重叠式类似，但也有些不同，即 "A 似 A 嘚" 式不仅强调 "每一个" 的意思，而且强调该事物非常明朗悦目，都非常让人满意或不满。如："豆粑嘚张似张嘚"，即 "每一张豆粑几乎都没有破损"；"钓的鱼只似只嘚"，即 "每一条鱼都比较大，让人满意"；"黄豆嘚粒似粒嘚烂了"，即 "每一粒黄豆都烂了"。（陈凌，2019：308）

"A 似 A 嘚" 与 "一 AA" 非常相似，都可以强调非常清楚、明朗、整齐的样子。如：

（11）堂前晓个熨帖，椅子一排排的 / 排似排嘚_{厅里非常干净整齐，椅子一排排的}。

但两者还有些细微区别。一是 "A 似 A 嘚" 更强调让人满意，而 "一 AA" 未必如此。二是 "A 似 A 嘚" 多带丰富的色彩义，而 "一 AA" 不一定。如：

（12）头毛下一根根的竖起来了_{头发一根根地竖起来了}。

（13）其扯的萝卜下一只只的_{她拔的萝卜都一个个的}。

例（12）没有感情色彩，例（13）有感情色彩，指每一只萝卜都很好。（陈凌，2019：308–309）

湖口方言 "A 似 A 嘚" 有感情色彩，从类型学角度看，是很有价值的。

（七）"AXA" 的语法功能

湖南慈利方言（西南官话）有 "A 打 A"。若 "A" 是名量词，则 "A 打 A" 在句中是可充当主语、定语、宾语等句法成分。若 "A" 是动量词、时量词，则 "A 打 A" 在句中可充当状语、补语。如：

（1）丈打丈都浪费了_{整丈整丈浪费了}。

（2）本打本书还没看_{整本整本书还没看}。

（3）他拿了桶打桶_{他拿了一满桶}。

（4）年打年没回去哒_{整年没回去了}。

（5）讲了遍打遍哒_{讲了很多遍了}。（王霞，2009：43）

慈利方言 "A 打 A" 的 "A" 如果是不同的量词，那么其语法功能是不同的。

叶晨（2011b：234）有一张表，是 "A 加 A" 式和 "A 打 A" 式在语法功能上的比较（见表 17）：

表17　台州方言"A 加 A"和"A 打 A"语法功能比较

	"A 加 A"式	"A 打 A"式
适用范围	适用于量词重叠，所有的量词都能重叠构成"A 加 A"式。	适用于量词重叠，但限于适用频率较高的个体量词、集体量词、度量词、临时量词及专用量词；还可以用于形容词的重叠。
句法成分	在句子中一般可以作主语、宾语、定语和状语。	能作主语、宾语、定语和状语，但作谓语的语法功能特别突出。
语法意义	周遍意义；逐量意义；强调量词；"连续"意义。	在"A 加 A"的基础上增加了"成 A 的""整 A 的"的语法意义。
附加意义	主观多量；中性。	含主观多量，但侧重表达主观满意量；褒义。

黄拾全（2010：93-94）指出，安徽岳西方言有"A 把 A"。"A 把 A"式一般表示"大约"义的"约量"。普通话一般用"一两 A"表示。如：

（6）今朝吃饭的人多，斤把斤肉恐不够_{今天吃饭的人很多，一两斤肉恐怕不够吃。}

（7）我年把年冒到娘家去_{我这一两年没有回过娘家。}

（8）家婆家好远，我下把下走不到_{外婆家很远，我一下子走不到。}

"斤把斤"表示一两斤，"年把年"表示一两年。

表"约量"义的"A 把 A"在句子中可出现在定语、主语、宾语、状语的位置上。如：

（9）我一上昼只看着页把页书_{我一上午只看了一两页书。}（作定语）

（10）个把个不够_{一两个不够。}（作主语）

（11）我今朝买底鲫鱼真大，每条总有斤把斤_{我今天买的鲫鱼真大，每条有一两斤。}（作宾语）

（12）我天把天就到学校去_{我近一两天就上学去。}（作状语）

岳西方言"A 把 A"的"A"所表的意义不同，其语法功能不同。

胡光斌（2010：183）指出，遵义方言的"A 把 A"在句中可以作主语、宾语和定语，作定语时后面都不带"的"。如：

（13）弄多时间都过了，天把天算朗呢！

（14）算了，差个篇把篇，我去想办法。

（15）弄呃多人，点儿把点儿东西就打发啦？

"A"为动量词的"A 把 A"还可以作状语和补语。如：

（16）看样子，下把下我是走不脱的。

（17）就拿个回把回不去，看他又会把你做朗呃嘛！

遵义方言有不同的量词，其语法功能也是不同的。

湖南涟源杨家滩方言的"A 是 A（B）"可作状语、谓语、定语。（彭春芳，2007：108）

黄拾全（2010：93）说安徽岳西方言也有"A 是 A"。表"周遍"义的"A 是 A"式在句中可以出现在主语、状语、定语的位置上。

（18）我几班上同学成绩都很好，个是个都考上着大学_{我们班同学成绩都很好，每个都考上了大学。}（作主语）

（19）佢天是天都吃食堂_{他每天都吃食堂。}（作状语）

（20）佢<u>回是回</u>来都带些东西到小伢_{他每回来都带些礼品给小孩。}（作状语）

（21）今年<u>棵是棵</u>桃子都结满着桃子_{今年每棵桃树都结满桃子。}（作定语）

表"逐量"义的"A是A"可以出现在状语、补语、宾语的位置上。如：

（22）字要<u>笔是笔</u>底写_{字要一笔一笔地写。}（作状语）

（23）书把到佢撕得<u>点是点</u>底个_{书被撕成一点一点的。}（作补语）

（24）米装成<u>袋是袋</u>底个_{大米装成一袋一袋的。}（作宾语）

表"完整量"义的"A是A"在句中一般只出现在谓语位置上，对主语进行陈述。如：

（25）我插的稻秧<u>路是路</u>底个_{我栽的稻秧每行都整齐。}（作谓语）

岳西方言"A是A"中的"A"也是如果所表的意义不同，其语法功能不同。

安徽宿松方言也有"A是A"式重叠。表示的语法意义比较复杂，可以分为三种情况：

一是表示遍指，相当于"每A"，一般作主语。如：

（26）我家班上刘明数学最好，<u>回是回</u>都考百分_{我们班刘明的数学最好，每回都考百分。}

二是表示分指——分组按次序地进行，相当于普通话的"一A一A"，一般作状语。如：

（27）<u>鱼要个是个</u>哩煎_{鱼要一个一个地煎。}

三是描写事物以某种状态出现，一般作谓语、补语、定语。如：

（28）今年哩花生好得不能，<u>粒是粒</u>哩个_{今年的花生好，一粒一粒的。}（作谓语）

（29）面煮哩<u>根是根</u>哩个_{面条煮得一根一根的。}（作补语）

（30）<u>箱是箱</u>哩衣裳冒开过折_{一箱一箱的衣服没有打开过。}（作定语）（唐爱华，2005：188–189）

江西抚州方言与"A打A"结构类似的还有"A似A"式，但是出现在这种结构中的"A"一般是单音节数词或量词，如"百、千、万"等数词，"斤、担、篮"等量词及"年、月、日"等时间词，表示"整整A"。而且，口语中使用"A似A"式表明是说话人的主观想法：认为数量多或时间长。从语法功能来看，"A似A"可以作补语、定语、宾语。如：

（31）渠走了<u>年似年</u>_{他走了整整一年了，说话人以为他走了很长时间了。}（作补语）

（32）我送摆渠<u>担似担</u>谷_{我送了整整一担谷给他，说话人认为送了很多。}（作定语）

（33）渠一个月赚<u>千似千</u>_{他一个月可以赚一千元，说话人认为他赚得很多。}（作宾语）

上例的"千"是数词。

湖南冷水江方言数量结构有"A—A"式。关于"A—A"式的语法功能，其可以作主语、状语、定语和结果补语。

一是作主语：一般表示周遍意义，如：

（34）目倒地下行，<u>步一步</u>行稳哩_{看着地上走路，每一步都走稳了。}

二是作状语：表示动作方式和连续性，强调动作过程，如：

（35）货太多哩，只好<u>批一批</u>送_{货物太多了，只好一批一批地送。}

三是作定语：相当于普通话中"一AA"结构，一般修饰名词或名词性成分，具有形象色彩意义。

（36）<u>只一只</u>个鸭婆走到塘里去哩_{一只只鸭子跑到塘里去了。}

4.作结果补语："A—A"结构后面一般要加"个"。如：

（37）其面巴子高里得狗爪倒棱一棱个_{他脸上被狗抓得一条一条的。}（李红湘，2008：93-94）

李红湘（2008：94）指出："'A 一 A'的结构在句中可以充当主语、状语、定语以及补语。'A 一 A'的结构在句中作主语时候表示周遍意义，与普通话中的'每 A'相对应。'A 一 A'的结构在句中作定语时，与普通话中的'一 AA'相对应，更形象地描写出视觉上的效果。'A 一 A'的结构在句中作状语和补语时，相当于普通话中的'一 A 一 A'结构，但是与'一 A 一 A'结构相比更强调动作行为的方式、过程和动作结果的状态。"

尹钟宏（2005：96-97）说到湖南娄底方言的量词重叠式。有"A 赐 A"重叠式："这种形式是娄底话中很具特色的一种量词重叠形式，大量的量词都进入这种格式，意义的表达比普通话要丰富得多。"如：回赐回、双赐双、天赐天、场赐场。（尹钟宏，2005：97）

"A 赐 A"可作主语、定语、状语。如：

（38）个赐个都请假。（作主语）

（39）双赐双手套都烂咯来。（作定语）

（40）场赐场都输，老婆要骂我格。（作状语）（尹钟宏，2005：97）

湖南洞口方言有"A 哪 A+ 各"式重叠，是洞口方言中很具特色的一种量词重叠形式，大部分个体量词能进入此重叠式，如"个哪个各、块哪块各、件哪件各"等。格式中的"哪"有把前"A"所指事物和后"A"所指事物分开的意思，表数量上的分指，其中的"各"相当于普通话中的"地"。此式所表达的意义近似于"一 A 一 A"式。如：

（41）你唧个哪个咯进去担东西_{你们一个一个地进去拿东西。}

"A 哪 A+ 各"式可以充当主语、谓语、宾语、定语、状语多种句子成分，如：

（42）个哪个咯放在角落上摆好_{一个一个地放在角落里摆好。}

（43）咯嗯咯菇朵朵哪朵咯_{这里的蘑菇一朵朵的。}

（44）咯糖是粒哪粒咯，怕有是蛮好捡_{这糖是一粒粒的，恐怕不是很好捡。}

（45）（床哪床咯）铺盖一下弄湿呱_{一床床的杯子都弄湿了。}^①

（46）把么滴砖 [块哪块咯] 搬过来_{把那些砖一块一块搬过来。}（曾懿，2012：33）

在描述中，写作"A 哪 A+ 各"，但例句中"各"都写作"咯"。

陈凌（2019：331）认为，江西湖口方言的"A 似 A 噑""A 巴两 A 噑"可作主语、述语、宾语、定语、状语和补语。

（47）剩的只巴两只噑是你的_{剩下的一两个都是你的。}（作主语）

（48）那也就年巴两年噑啊_{那就一两年的时间。}（作述语）

（49）你的鱼噑是只似只噑_{你的鱼一条一条很好看。}（作宾语）

（50）我依粒似粒噑下数了_{我一粒粒地数过了。}（作状语）

（51）其依把肉剁噑块似块噑_{他把肉切成一块块的。}（作补语）

上面是说"A 似 A 噑""A 巴两 A 噑"的语法功能，但未举定语的例子。

但陈凌（2019：307）只说"A 似 A 噑"可以作述语、状语、定语（偶尔），显然两者前后不一致。

---

① 原文如此，"杯子"应为"被子"之误。

（八）古今比较

1. 重叠形式更多样

明清白话文献只有 4 种量词 "AXA" 重叠形式："A 一 A""A 打 A""A 加 A""A 把 A"。"A 打 A" 数量最多，"A 把 A" 数量最少，目前只发现 1 例。

现代方言则有 30 多种重叠形式。

2. 分布范围更广

明清白话文献因为只有 4 种重叠式，所以方言分布范围极其有限。

现代方言分则主要分布在南方，北方部分方言也有，有的是方言接触的原因。

有学者认为，"A 打 A" 用法不见于北方方言。莫超（2004：84–85）指出，甘肃白龙江流域中下游的两水、城关、汉王、洛塘、文县临江、城关、碧口、中庙 8 个方言点（属中原官话），有一种加中缀表示 "量" 的方法，中缀一般是 "打"，构成 "A 打 A" 格式，实际属于量词的 "构形"。这种 "A 打 A" 式，既可以表示物量，也可以表示动量。莫超（2004）明确说明 "打" 是中缀，与我们的看法一致。这种 "A 打 A" 式用法，一般在南方方言中存在，北方基本没有。白龙江流域 8 个方言点的 "A 打 A" 用法，莫超（2004）认为是从西南官话中吸收过来的。这说明，北方方言也有少数地方有 "A 打 A" 量词重叠式，这是方言接触的结果。

甘肃成县方言（属中原官话）也有 "A 打 A"，主要有两种形式：

一是表名量：件打件、丈打丈、斤打斤。

二是表动量：原打原、回打回、遍打遍。如：

（1）马勺扣鳖哩——原（圆）打原（圆）。

"A 打 A" 在成县方言中的数量不太多，使用的频率也不太高，它的使用有其特殊的群体，基本是一些受外地迁移来的人影响的当地人，由于成县特殊的人群和地理位置，在长期的接触中，当地人的语言习惯多少会受到外来人口的影响（李丽娟，2015：47）。这与莫超（2004）的说法是相同的，也是方言接触的结果。

在表义方面，成县的 "A 打 A" 也是表示量大，这与其他方言相同。如：

（2）光裙子都买了件打件，还说没的穿的。

（3）这书都学了年打年了，还是不晓得讲了个啥。（李丽娟，2015：49）

陕西安康城区方言（属中原官话）也有，带有对所描述的数量极力渲染的意味，在句中主要作定语或状语。如：

（4）一顿饭就吃斤打斤米！（杨静，2008：183）

"A 打 A" 的方言分布范围为所有量词 "AXA" 重叠中最广，有吴语、平话、客家话、赣语、西南官话、湘语、畲话，甚至是甘肃白龙江流域、成县与陕西安康城区的中原官话。付欣晴（2016：95）指出，"A 打 A" 分布在客家话（如江西南康、广东五华、广东增城、广东河源）、湘语（如湖南涟源）、赣语（如江西铅山）、吴语（如浙江宁波）和西南官话(如四川西充、遂宁、成都，重庆，贵州毕节、独山、遵义、贵阳，湖南慈利、吉首、绥宁)。显然分布范围还是小得多，甚至遗漏平话、中原官话与畲话。

可惜的是，《汉语大词典》、石汝杰等（2005）、许少峰（2008）等都未收"打"的中缀义。宋开玉（2008）、蒋宗许（2009）也都没有提到"打"的中缀义。

总之，"打"作为中缀用法，在现代汉语的一些方言中有其丰富的用法，在这些方言中是"显性"语法现象，这也算是为方言类型学提供了不可多得的语料。

3."A把A"的来源

清代文献有"A把A"，但只有沈起凤《文星榜》1例。现代方言分布范围较广。贵州遵义方言（属西南官话）还有一个与其他不少方言不一致的地方，就是"A把A"也可说成"A把"，也就是量词不重叠。胡光斌（2010：183）指出，"A把A"通常也可以说成"A把"。如上面例句中的"斤把斤""天把天""篇把篇""点儿把点儿""下把下""回把回"都可以分别说成"斤把""天把""篇把""点儿把""下把""回把"。但"A把"并非都能还原成"A把A"。如：

（5）现在角把钱买得到哪样？

（6）我过天把就去看你。

"A把"使用频率比"A把A"高得多，前面所举用"A把A"的例子，多数人、多数场合都选用"A把"而不用"A把A"。

贵州桐梓方言（属西南官话）也有"A把A"，如：个把个、张把张、盘把盘、趟把趟。（蓝卡佳，2012：276）

黔东南方言（属西南官话）不但有"A打A"，也有"A把A"，有"回把、次把、斤把、盆把"说法，但"口语中更习惯在后边再加量词"，如：回把回、次把次、斤把斤、盆把盆。（王贵生，2007：206）

虽然未说明表达的量，但与"A把A"有关的有"A把"，"A把"也是表示"主观小量"。

贵州独山方言（属西南官话）也有。"把"有时放在量词后，表基数为一，如"回把、次把、斤把、盆把"。口语中常习惯后面再加量词，如"回把回、次把次、斤把斤、盆把盆"等。如：

（7）这点他才来过回把这里他才来过一次。

（8）这点他才来过回把回这里他才来过一次。

（9）来个斤把来一斤。

（10）来斤把斤来一斤。（曾兰燕，2016：214）

"A打A"明清文献已有，现代方言应该是明清文献的延续。"A把A"明清白话文献只有1例，而按照以上的说法，"A把A"的来源也许是受"A打A"的影响而类推而来，也许是"A把"的追加。

据目前的资料可见，"A把"在明代白话小说文献中已能见到不少用例。如：个把、件把、条把、块把、张把、篇把、根把、段把、颗把、副把、碗把、间把、台把等。下面以"个把"为例，如：

（11）晁盖动问道："弊村曾拿得个把小小贼么？"（明·施耐庵《水浒传》第 14 回）

（12）到七八月里，却又个把月不下雨，做了个秋旱，虽不至全灾，却也是个半荒，乡间人纷纷的都来告荒。（明·冯梦龙《警世通言》卷 15）——同卷另有 1 处"个把"。

（13）他想道："……须是哄热了丈夫，然后用言语唆冷他父子，磨灭死两三个，止存个把，就易处了。"（冯梦龙《醒世恒言》卷 15）

（14）自此与姚滴珠快乐，隔个把月才回家去走走，又来住宿，不题。（明·凌濛初《初刻拍案惊奇》卷 2）——另同卷、卷 12、卷 16、卷 20、卷 26、卷 38、卷 40 各有 1 处"个把"，卷 6、卷 19、卷 34，各有 2 处"个把"。

（15）问着个把京中归来的人，多道不曾会面，并不晓得。（明·凌濛初《二刻拍案惊奇》卷 4）——卷 25、卷 34 各有 1 处"个把"，卷 8、卷 38 各有 2 处"个把"。

其他明代白话小说也有不少例子，清代白话小说也有例子。

4. 数词的"AXA"重叠

多数方言的数词要求是大数，但也有一些方言小数也可，如四川泸州方言甚至有"一打一""五打五""九打九""十打十"等，数目很小也可重叠，这就比较特殊。（李国正，2018：96）

泸州方言还有多音节数词的重叠，如：十打十二、三打三十、五打五十七、八打八十、九打九十五、百打百二十、三打三百、五打五百二十、七打七千、两打两万。（李国正，2018：96）但没有量词的"A 打 A"，只用"A 把 A"。

类似泸州方言的用法，其他方言也有。如四川西昌方言的"不下五打五千人"（郑剑平，2003：73），"两打两亿用完了"（郑剑平，2003：74），"你六打六十一了"（郑剑平，2003：75）。又如四川成都方言的"二打二十多 / 岁的人，不小啰""一个月光吃饭就要两打两百零点儿""四打四十带点儿年纪，也不年轻了""打的花了我五打五十好几 / 上下 / 左右"（张一舟等，2001：173）。又如贵州桐梓方言的"两打两千万、五打五十万、十打十三亿"（蓝卡佳，2012：276）。以上是西南官话。其他方言也有，如江西南丰方言（属赣语）的"两打两十、四打四百一、五打五千一百、两打两万一千五"（曾学慧等，2011：72）。

同时，形式也有多种，除"A 打 A"外，还有"A 似 A""A 把 A""A 什 / 式 A""A 哒 / 大 A""A 是 / 拾 A""A 达 A""A 士 A"。还有"AXA+量"，除"A 打 A+量"外，还有"A 大 / 哒 A+量""A 似 A+量""A 什 A+量""A 士 A+量""A 把 A+量"。

西南官话还有如下用法。如四川南江方言的"二打二十个、三打三十块、十打十万块、千打千万棵"（苗春华，2004：96）。这是"二打二十"等后面再加量词，与"AXA+量"有关，但更复杂。四川西昌方言也有，如："我用了十打十五元"（郑剑平，2003：73），"买了四打四十一件"（郑剑平，2003：74），"十打十二天地住"（郑剑平，2003：75）。贵州贵阳方言也有，如"二打二十八个、三打三十几斤、八打八千元、两打两千万、五打五十二亿"（涂光禄，2000：363）。其他方言也有，如江西抚州方言（属赣语）的"十打十一块、九打九百个、四打四十一岁"（曾学慧等，2011：104）。

奉化方言的数词能进入"AXA"式重叠。但一般只能是"百""千""万""亿"，不能是"百"以下的数字，如不能说"十打十"，更无"三打三""四打四"等，数词也不能是"十一""一百零一""一千零二"等。所以，数词的"A打A"重叠式表示量大。

湖南安仁方言有"十打十""百打百""千打千""万打万""亿打亿"（周洪学，2012：11）。与宁波话相比，多了个"十"。

江西余干方言数词只有"十"可以和"打"构成重叠结构"十打十"表示量足，相当于百分之百。因其表示数量时有表示"充分、充足"的意思，所以被引申为"充分肯定，不含一点否定的意思"。如：

（16）你做事要<u>十打十</u>，不要务假事喱_{你做事的时候要务实，不能弄虚作假。}（由笔者所在学校熊英姿同学提供）

益阳方言数词有"A什A"重叠，能这样重叠的数词限于"半、炮／十、百、千、万、亿"6个（崔振华，1998：228）。湖南涟源方言数词有"A式A"重叠，能进入这一格式的数词有"半、十、百、千、万、亿"6个（陈晖，1999：235）。

益阳、涟源方言的数词不但有"十／炮"，而且还有"半"，这确实比较特殊。这可能与其表义有关，它并不表大量，而只是表示大概的量，所以，不但可以是"十／炮"，而且还可以是"半"。涟源等地"AXA"强调事物的量多。这就较特殊，并非客观的量，而是主观量。

可见，不同的方言，在数词"AXA"重叠中，对数词的要求是不同的。

以上这些，都是明清白话文献所无。

5. A 把两 A

明清白话文献未见"A把两A"，"A把两A"应该是从"A把A"演变而来，现代方言分布范围也很广，甚至还有一些变式。如：广西临桂义宁方言有"A刻两A"（周本良，2005：243）、广西永福堡平话有"A □ [k'ə⁴] 两A"（肖万萍，2005：197-198）、江西永新方言有"A多两A"（龙安隆，2013）、武汉方言有"A把来A"（赵葵欣，2022：86）、湖南沅陵乡话有"A把□ tsoˈlA"（杨蔚，1999：169）、广西钦州新立方言有"A零两A""A几两A"（黄昭艳，2011：242-243）、广西钟山董家垌土话有"粒把几粒"（邓玉荣，2019：209）等。

6. 有的"AXA"已经词汇化

据蒋协众（2018），不少方言的一些"AXA"已经被方言词典收录，说明这些"AXA"在词典编纂者看来，已经词汇化为词了。如柳州方言的"回把回、次把次"（西南官话），南京方言的"天把天、个把个"（江淮官话），哈尔滨东北官话的"年顶年、个顶个"，乌鲁木齐兰银官话的"个把个"（以上其他官话），长沙方言的"年是年、餐是餐、百是百"，娄底方言的"日次日、夜次夜、下次下、句次句、步次步"（以上湘方言），宁波方言的"日加日、个把个"，丹阳方言的"个把个、只把只、张把张"，金华方言的"个是个"（汤溪说"个还个"），温州方言的"月加月、头加头、条加条、粒加粒、个加个"（以上吴方言），萍乡方言的"年数年、千数千、万数万、百数百"（赣方言），于都方言的"斤打斤、瓶打瓶、回打回、年打年、千打千、十打十"近 20 个，广东梅县方言的"日打日、杯打杯、堆打堆、百打百、亩打亩"（以上客家话），安徽绩溪徽语的"千把千"，山西忻州晋语的"年对年"，海南雷州粤语的"个两个"（以上其他方言）。（见《现代汉语方言大词典》）（蒋协众，2018：108、109、110、111）

虽然我们对于有些"AXA"收入词典有不同看法，但像宁波方言的"日加日"确实已经词汇化了。现在，"A 加 A"重叠主要分布在温州、台州等方言，宁波方言没有"A 加 A"重叠式。

谢留文（1998：9-10）收"回打回"："每回；回回：佢～都食晏昼边子_{快吃午饭时}起得来。"方言点是于都。"回打回"在于都方言中可能也已经词汇化。

谢留文（1998：32）收"打"，义项二十四是："前后带相同的单音名词或形容词可构成'X 打 X'结构：斤～斤_{一斤一斤的}；将近一斤｜话事直～直_{说话直来直去}。"注释中说了两种词性，一是名词，一是形容词，所举例子中的"直"是形容词，而"斤"应该是量词，而不是名词。

7. 有的方言多种说法有分工

有代表性的是赣语。其各次方言蕴含感情色彩的概数表示法大致相同。同一段时间、同一个数目、同一个重量，主观上认为长、多、重是一种讲法，主观上认为短、少、轻又是一种讲法，如表 18 所示：

表 18　赣语量词、数词"AXA"重叠和量词、数词"X 把 + 后缀"

地区	主观上认为长、多	主观上认为短、少
宜春市	年数年、千数千	年把仔、千把仔
宜丰	年数年、千数千	年把子、千把子
清江	年数年、千数千	年把子、千把子
余干	年数年仍、千数千	年把子、千把子
南昌市	年数年、千数千	年把子、千把子
泉口	年数年、千数千	年把喈、千把喈
高安	年打年、千打千	年把子、千把子
南城	年打年、千打千	年把仍、千把仍
望城	年似年、千似千	年把仔、千把仔
抚州市	年似年、千似千	年把仔、千把仔
峡江	年似年、千似千	年把仍、千把仍
都昌	一年、一千	年把喈、千把喈
景德镇	一年、一千	年把喈、千把喈

以上可见，赣语的量词、数词"AXA"中的"X"有"数""打""似"3种说法，以"数"最多。也有不用"AXA"重叠式，如都昌、景德镇。很有特色的还有是"主观上认为长、多"的"AXA"重叠式，"主观上认为短、少"的用"把子 / 仔 / 唧 / 仂"。（陈昌仪，1991：363）

陈昌仪（1991：363–364）指出，"主观上认为长、多、重"大致有三种类型：用"数或似"，用"打"，用强调重音，强调重音落在后个音节上。"主观上认为短、少、轻"比较一致，都用"把"，表示少量的"子、仂、仔、唧"稍有不同。

陈昌仪（1991：364）又指出，上述表示时段只限于整数年、月、日、个：年数年、月数月、日数日（或工数工）、个数个钟头；年把子、月把子、日把子、个把钟头。表示数量、重量一般限于百千万吨担斤：百数百、千数千、万数万、吨数吨、担数担、斤数斤；百把子、千把子、万把子、吨把子、担把子、斤把子等。两、钱限于贵重物品：两数两、钱数钱、两把子、钱把子。整数之前不能用具体数字。

赣语的这种用法也是很有类型学意义的。

8. 语言接触

湘桂边苗话量词重叠有 AXA 式，如"A 把 A""A 一 A""A 数 A"等，而湖南邵阳方言有"A 数 A"，绥宁方言有"A 一 A"，广西桂西高山汉话、湖南慈利、吉首、洞口、宁乡、安仁等方言有"A 把 A"。湘桂边苗话的量词"AXA"重叠，很有可能是语言接触的结果。

湖南江华过山瑶话也有量词"AXA"重叠，主要是"A 式 A"重叠式，江华的贝江、湘江、两岔河、码市等乡镇的过山瑶都有这样的重叠形式，只是个别词的读音略有差异。湖南涟源、长沙有"A 式 A"重叠式，江华过山瑶话也可能是语言接触的结果。

指示叹词"哪"与"喏"

（一）明清白话文献的指示叹词"哪"与"喏"

1. 明代戏曲的指示叹词"哪"与"喏"

1.1 明代戏曲的指示叹词"哪"

我们对"喏"和"哪"进行历时层面的考察，发现至少早在明代已有指示叹词用法。如：

（1）哪，那光油油的，是他出入之所，这是他吃水的所在。（无名氏《节孝记》第18出）

《节孝记》一名"黄孝子传奇"，王季思主编《全元戏曲》收入《节孝记》，作"元南戏"。方言背景有吴语的可能。

（2）（净）哪，哪，哪，在一边。（沈璟《一种情》第14出）——另第18出有"哪"。

（3）（付）哪，你阿看见？（残本之一《一种情》第14出）——另残本之二《一种情》第14出有"哪"。

（4）（末、小生、外、旦）哪哪哪，僵尸又出来了，大家走嗳！（无名氏《钵中莲》第8出）

（5）（付）拉啰里？（生）哪、哪，你听叮叮咚咚珮环声响，阿呀，妙吓。（张大复《快活三》（清钞本）第6出）——另《快活三》（清钞本）第6出有"哪、哪、哪""哪"，第14出有"哪，哪，哪"，第17出有"哪哪哪"。

因为校点者可能不明指示叹词，上面有几处标点有误。《快活三》（清钞本）第6出"哪，听吓"标点为"哪听吓。"，不通。第14出"哪、哪、哪。"标点为"哪、哪、哪？"，把"哪"理解为疑问代词。第17出"我发货，哪哪哪"标点为"我发货哪哪哪"，不通。有的是断句有误，有的是标点有误。

（6）（生）在那里？（老）哪哪哪。（无名氏的《文渊殿》第23出）

（7）（乔白）哦，哦，哦，常言说的好，要妻子是要拜丈母的。你只管拜，我自有道理。随我来啊。娘娘，豫州到了。参见哪，哪，哪。（刘白）刘备参见国太娘娘。愿娘娘千岁，千岁，千千岁。（无名氏《东吴记》第5出）

上例标点也有误。"参见"应该是单独成句，后面要用句号。而3个"哪"是指示叹词，是"乔"和"刘"指示哪位是"娘娘"。所以，才有后面刘备的"刘备参见国太娘娘"。正确的标点是："参见。哪，哪，哪。"

（8）（末）他回来是不醉的耶，见了夫了是哟，到醉起来了。（净）吓，怎么到醉了呢？（末）<u>哪</u>。（将罗帽纳下额）（无名氏《江天雪》第 5 出）

（9）（副、丑）列位看老师的吃酒法，<u>哪</u>，<u>哪</u>。（无名氏《出师表》第 7 出）——另同出有"哪"。

（10）（付作向袖中取出金钗介）<u>哪</u>。（生）如此可能与弟一观？（付）看看何妨。（生）乞借一观，<u>哪</u>。（付）似此贻彤管，极唧恩。（无名氏《钵中莲》第 6 出）——另第 7 出有 6 处，第 8 出、第 14 出各有 1 处。

（11）（副）<u>哪</u>，<u>哪</u>，<u>哪</u>！一锭银子，送拉唔买果子吃。（沈自晋《翠屏山》第 12 出）

（12）（内喊介。丑白）<u>哪</u>，此是大营了。（张大复《如是观》第 6 出）——另同出有 1 处，第 11 出、第 29 出各有 1 处。

1.2 明代戏曲的指示叹词"喏"

（13）<u>喏</u>，<u>喏</u>，<u>喏</u>，这是庚帖，请皇叔收下。（无名氏《东吴记》第 3 出）——另第 5 出有 2 处"喏，喏，喏"。

（14）（外）<u>喏</u>，出家之人，慈悲为本。奴今行走不动，上人何不舍力背我前去，胜造七级浮屠。（郑之珍《新编目连救母劝善戏言·插科》）——另"插科"有 3 处，"才女试节""议婚辞婚""主婢相逢""二殿寻母""未婚逼嫁""曹氏剪发""曹氏逃难""曹公见女"各有 1 处，"过黑松林"有 2 处，"三殿寻母""曹氏到庵"各有 3 处。可见，《新编目连救母劝善戏言》例子较多。

上面的例子，指示叹词"哪""喏"既有单用，也有连用，形式多样。多表示指示，如残本之二《一种情》第 14 出、《快活三》（清钞本）第 6 出、《快活三》（清钞本）第 14 出、《文渊殿》第 23 出等前面都有"在那里？"，后面答的"哪""那"显然是表示"指示"。还有如《钵中莲》第 14 出"哪，就是这只缸"，《如是观》第 6 出"哪，此是大营了"，"哪"显然也是表示"指示"。《如是观》第 11 出"哪——（指介）"，后面还有"指介"，更说明是"指示"。也有表示给予，如例（13）"喏，喏，喏，这是庚帖，请皇叔收下"，显然"喏"是表示"给予"，而且手上应该持有庚帖。总体上看，"哪""喏"以表示"指示"为主。

2. 清代白话文献的指示叹词"喏"与"哪"

2.1 清代白话小说等的指示叹词"喏"与"哪"

（15）碧桃道："呼延庆可在此？"延龙道："<u>喏</u>！这位就是俺延庆哥哥。"（无名氏《呼家将》第 27 回）

（16）仁贵哈哈大笑说："若果是樊哙留得古戟，方是我薛仁贵用的器械也！快些领我去看来。"员外与庄汉领了仁贵同进柴房，说："<u>喏</u>，客官，这一条就是。"（无名氏《说唐后传》第 21 回）——另同回有"喏、喏"，第 25 回、第 34 回各有 1 处"喏"。

（17）约计走了十里之遥，走得小姐脚趾疼痛，寸步难移。便对乳母道："可有息足所在？歇歇再行。"乳母道："小姐，<u>喏</u>，这里有个枯庙在此，且进去坐坐罢。"（华琴珊《续镜花缘》第 5 回）

（18）秋谷见他和了这样一副大牌，又有三张中风，诧异起来，连忙把自己的牌摊出一看，见白板依然不动，中风却少了一张，方才晓得误发了一张中风，致被辛修甫和了一副倒勒，忍不住哈哈大笑道："我真是有些昏了，你们来看，嗒，一对中风竟会打了一张出去，被他和了这样一副大牌，你说可笑不可笑！"（清·张春帆《九尾龟》第29回）

以上是白话小说。

（19）忙开口，问行藏，有何大事甚慌张？嗒嗒嗒，女儿女婿差人至，相迎你我上京邦。呵呀呀！我道是，圣旨传宣你做官，这般欢悦闹喧嚷。（陈端生《再生缘》第78回）——另第79回有"嗒"。

上例是弹词。以上是"嗒"。

（20）阿虎……回头指着阿巧道："哪，是俚个家主公呀。"（《海上花列传》第64回）

上例是"哪"。

据现有材料看，清代白话小说的"嗒"比"哪"多。

2.2 清代戏曲的指示叹词"哪"与"嗒"

（21）（生白）天下大势已去，京城已破；哪，哪，哪，宫殿已焚；吓，中宫已死，我还要想做什么事来吓！（李玉《千钟戮》第7出）——另第13出有"哪"。

（22）（王合端白）哪，（唱）郑重罂缸贵，伊休轻视。（无名氏《钵中莲串关》第2出）——另同出有4处"哪"。

（23）（丑）哪哪哪，那边就是贼营了。（遗民外史《虎口余生》第8出）

（24）（昆）据尔所言，亦是有理。哪，争似俺每，啸傲乾坤，逍遥世界，朝游北海，暮乐沧溟，无拘无束，何等自在！（无名氏《三笑姻缘·仙议》）——另第6出、第12出、第15出、第21出、第22出、第29出、第33出各有1处，第7出、第16出、第30出、第31出各有2处，第31出有1处是"哪，哪，哪"，第34出有3处。

（25）（付）哪，前头来个正是申大爷。（无名氏《玉蜻蜓》第5折）——另第11折有"哪"。

（26）（官）哪！是宋少保信国公大丞相文山先生位。（张士铨《冬青树》第30出）

（27）（贴）大娘晓得什么来？（搭）哪，【醉太平】多应睹春风得意马蹄轻，恋着那衣香荀令。（沈起凤《文星榜》第8出）——另第11出、第12出、第22出各有1处，第9出"哪"有2处，"哪哪哪"有1处，第15出"哪"有2处，"那那那"有1处，第21处有"哪哪"。

（28）（指贴介）哪，哪，哪！龚王氏现在丹墀，他供你害相思，他戏说替你为媒，可是真么？（李文瀚《胭脂鳥》第13出）——另第15出有"哪哪哪"，第16出有"哪"。

以上用的是"哪／那"。

（29）嗒，一大包在此。（张坚《梦中缘》第35出）

（30）嗒嗒，只这谢招郎，可是么？（黄治《蝶归楼》第9出）——另第22出有1处。

（31）敌人攻击旁面烘托，弄这狡狯，嗒嗒，那五妹上楼来了。（《蝶归楼》缀1出）

（32）（生）嗒。俺的心坚如炼，你的情长似线，想仙佛垂怜，软红尘教重践。（《蝶

归楼》补 1 出）

以上用的是"喏"。

（33）诺，你看那壁厢小乞儿早已出场来了。（张英《转天心》第 2 出）——另第 10 出、第 24 出各有 1 处。

清代的指示叹词也是表示"指示"的多，如《呼家将》第 27 回的"喏！这位就是俺延庆哥哥"，《说唐后传》第 21 回的"喏，客官，这一条就是"，《说唐后传》第 21 回的"喏、喏，那边这个穿白的就是了"，《续镜花缘》第 5 回的"喏，这里有个枯庙在此"，《千钟戮》第 7 出的"哪，哪，哪，宫殿已焚"，《钵中莲串关》第 2 出的"哪，就是这只缸"，《三笑姻缘》第 16 出的"（外）在那里？（小生）哪，进来了"，《蝶归楼》第 22 出的"喏。（指点介）"。也有表示"给予"，如《再生缘》第 79 回的"娘娘，喏，大红单上书明白，娘娘凤目细端详"，《钵中莲串关》第 2 出的"（殷氏白）还有什么？（王合端白）有。（作拿金钗科，白）哪"。

3. 辞书的指示叹词"哪"与"喏／诺"

石汝杰等（2005：444）收"哪"，义项有四，其一是："＜叹＞表示让人注意自己所指示的人或事。"除例（62）外，又如：

（34）一根一根介拔，拔到几时？哪！有剪刀拉里。（《缀白裘》10 集 4 卷）

（35）吃药嘿有个吃法个，哪，伸长子个头颈，张开子个嘴，大大能介撮一把放拉舌头浪，唾津咽下去。（《缀白裘》12 集 4 卷）

其二是："＜叹＞表示让人注意自己列举的情况。"如：

（36）我里贼介哉，哪，饭没吃子孙家里个，困没困子王家里罢。（《缀白裘》3 集 1 卷）

（37）（付）走得来，吓是啰里个几分，说来我听听？（丑）哪，方头野猫，铁尾巴雌狗，火夹浪老虫，过街黄鼠狼。（《缀白裘》1 集 2 卷）

石汝杰等（2005：462）收"喏"，义项有二，其一是："＜叹＞提醒对方注意，常用于指示方向、传递东西或说明理由。可连用。"如：

（38）大爷，喏喏，前头就是法华庵哉。（生）果然妙吓。（《白雪遗音》4 卷）

（39）喏喏喏，犯人迎出来哉。（《十五贯弹词》第 9 回）

（40）全仗大叔帮衬帮衬。停歇香金、福鸡、三果才搭吓八刀。（末）什么八刀？（净）喏！少顷事毕搭吓分。（《缀白裘》10 集 3 卷）

（41）王先生，喏，故位是我里二朝奉。（《描金凤》第 9 回）

（42）喏，账簿在此，客人自己去看。（清·吴璿《飞龙全传》第 13 回）

又作"诺"。如：

（43）诺，姜姜买肉剩个十三个塔比特黄边拉里，先拿子去。（《缀白裘》12 集 2 卷）

其实，不但"喏"可连用，"哪"也可连用。如：

（44）（末、小生、外、旦）哪哪哪，僵尸又出来了，大家走嗳！（又同下）（明·无名

氏《钵中莲》第 8 出）

石汝杰（2009：242）对"哪"有注释："哪：叹词，用于指示事物，以引起对方的注意。可几个连用。"

钟兆华（2015：443）收"哪"，音为"nuō"，是叹词："表示让对方注意自己的示意。同'喏'。"如：

（45）哪，哪，我的手还捆在这里，怎的个走法？（清·文康《儿女英雄传》第 6 回）

明清时期的"哪""喏"多出自吴语区作家之手，其他方言也有，一般认为《儿女英雄传》属北京方言。

"哪"音为"nuō"，其义同"喏"（"nuò"）。但就宁波方言来看，"哪"有几个音，音为"nà"，往往表示给予。音为"nǎ"，往往表示指示、提醒。

钟兆华（2015：443）收"喏"，音为"nuò"，是叹词："表示让对方注意自己的示意。"例子来自《飞龙全传》第 13 回。

白维国（2011：1122）收"喏"："叹词，表示让人注意自己所指的事物。"如：

（46）我说得几句，他就一掌，险些儿跌个没命。喏，脸上兀是这般青肿。（清·吴璿《飞龙全传》第 40 回）

4. 清末传教士文献的指示叹词"喏"

清末传教士文献中也有，如：

（47）个个时候，若然有人对哓笃说："喏，基督拉里此地，基督拉笃归搭，勿要相信。"（《马太福音》，1879：24：23）[转引自林素娥（2020b：163）]

（48）喏，是是伊，规矩也好，用心也用心，天主门前也热心。[（法）无名氏《松江方言练习课本》（1883）第 315 页。喏，是他，规矩也好，说用心，他也很用心，天主面前也热心。]

（49）喏，拜天主味，是什介能做法了。[《真福吴国盛致命演义剧本》（1920）][转引自钱乃荣（2014：212、404）]

虽然目前只找到 3 例，但也证明苏州方言、上海方言有指示叹词"喏"。而且，例（48）后面的翻译中仍然是"喏"，说明上海方言现在也有"喏"。

（二）现代吴语的指示叹词"哪""喏"

1. 巴人小说的指示叹词"哪""喏"

像好多方言一样，宁波奉化方言也有指示叹词"哪""喏"。这里以奉化籍著名乡土文学作家巴人的小说为例。先看"哪"的用例。如：

（1）宏斐老嘴还说道："可是城里现在还作行结党了。什么叫结党呀，你们一定不知道。结党呀，那就是把志同道合的人，聚在一起，结了个党，做救国救民的事业。哪哪哪！你看，我这个就是党证。我是自由党呀！……"（《白眼老八》）

（2）停在路角烟纸店门口，店里伙计瞧见你抽出一支香烟，就会隔着柜台赶快送出个火来："老乡，哪，火呀！"（《保镖黄得胜》）——另有1处"哪哪哪"。

（3）"……好吧？哪！抽一支烟。"（《有张好嘴子的女人》）

（4）"……哪哪哪，是这么个粗的柴爿。……昨天夜里，嗳嗳，我到塘山路顺德里一家同乡家去偷东西，哪哪哪正在我伏下门边用家伙撬门时候，不料撞见了别人，就给他一把抱住，大喊捉贼起来……"（《灵魂受伤者——监房手记之三》）

（5）"……为人在世，总得随和一点，哪哪！再加一张……再……"（《"为人在世"》）

（6）"哪哪，他是尚书的子孙，说的话总是公正的，你还敢强嘴分辩？"（《姜尚公老爷列传》）——另有"哪哪哪""哪哪"各1处。

（7）"……俺是在牧民公署——哪哪哪！你瞧牧民公署……"杜老爷说着，大模大样地挺出胸部，用手指指着自家衣襟的角上，但同时，那房东惊奇的眼光，和冷笑的脸孔，使他感到莫名其妙。（《证章》）——另有"哪，哪，哪"3处，"哪哪哪"5处，"哪！哪！哪！"1处，"哪"2处，"哪，哪"1处，"哪！哪！"1处，"哪哪"1处。《证章》用得很多。

（8）"工作吃不消，可是哪个呢？——"王委员这回以委员的身份说话了。他说着，用两个指头做个圈圈儿。"哪！哪！"做给别人看。（《捉鬼篇·一 这里的一群》）

也有写作"那"。如：

（9）"有，有，有。"尚老师随声附说，并从案头抽出一本《论语》。"昨天，我为东翁担了一身汗，很想把翻到的圣人之教送过去，让东翁看一看，好叫东翁依照圣人之道行事。那那那——"尚老师一面戴上老花眼镜，一面翻开《论语》，把"阳货章"摆在姜尚公老爷面前，两人就和着声摇头摆脑一起念起来了。（《姜尚公老爷列传》）

再看"喏"的用例。如：

（10）他站在肉枕边，慢条斯理地说下去：……这照相，喏喏，洋鬼子用三千六百对眼睛铸成的！……唔，唔，——喏喏！这个，这个……（《隔离》）

（11）"喏，喏，这你又问的痴啦！——……"（《有张好嘴子的女人》）

（12）"你应得先去领个证章。明天到公署里来，必须把证章挂在身上。喏，喏，喏，你瞧，（他突出胸部来，急喘着气）也要像我这个样子的——这个样子的挂着，这，你知道吗？……"（《证章》）

（13）他高兴这一问，他说："……喏喏！咱科长就是这么个底儿！……"（《证章》）

巴人原名王任叔，是奉化人，为著名乡土作家，故小说中富有方言色彩，上面的指示叹词"哪""喏"是奉化方言的具体体现。笔者也是奉化人，常听到，自己也常说。同时，巴人作品的"哪"比"喏"用得多，笔者的语感也是如此，日常生活中，"哪"用得多，"喏"用得少一些。

奉化其他作家也有用例，如：

（14）李媒婆：是荆州刺史刘表将军的千金，喏，这是刘小姐的庚帖。（王月仙《卧龙求凤》第1场）——另第6场、第8场各有1处"喏"。

（15）太婆在阿里，喏，在这里！［《火萤团》（二），见《奉化民间文艺·歌谣卷》，陈

峰主编]

"喏"作为指示叹词有一定的分布范围;"哪"作为指示叹词,方言中分布范围不广,但奉化人常常以用"哪"为多。

指示叹词往往伴随着手指的动作,如指方向,则用手指指示方向;如指人或物,则用手指指向某人或物。一般不会只说"喏",不用手指指,否则人们会不知所云。以上是指示叹词表示"指示"。如果指示叹词表示"给予",那么,手上常常会拿着要给予的东西,物连同手一同靠近对方。如例(3)的"哪!抽一支烟",一般说来,在说"哪"时,会随即递上一支烟。奉化方言与前面所说的一样,也是表示"指示"的为多,表示"给予"的少见。

2. 其他吴语作品的指示叹词"哪""喏"

其他吴语方言也有。如宁波鄞州方言有"哪",如:

(16)哪,来该底,侬没看见啊哪, 在这里, 你没看到吗?(肖萍等,2014:372)

余姚方言也有指示叹词,"喏"和"哪"并存,姚剧剧本及舞台表演中多有"喏"和"哪"的用例。如:

(17)钱妙花:村长,那么只好桥归桥,路归路,喏,(遥指远处)我住在南方宾馆33楼,再见!(下)(张金海《龙铁头出山》第2场)

(18)哪,格么我则侬话,许妈妈个人啊登兰在哪里,哪,远远……(余姚滩簧《莲花庵》)

上述例句中的"喏""哪"都表示指示事物,有引起对方注意的含义。

姚剧是余姚地方传统戏曲剧种,剧本语言较真实地反映着余姚方言的面貌。余姚滩簧流行于乡镇,较于现今改革后的姚剧更能反映余姚方言的真实面貌。其中,"喏""哪"是余姚方言指示叹词的具体体现。

陆镜光(2005:93)指出吴语"喏"有动词"拿着"的含义。给听话人递上一支笔时,可以说"喏 [noi⁵³]"。如:

(19)甲:你的笔在哪点儿你的笔在哪里?

乙:喏 [noi⁵³这里]。

其实,"喏"本身没有"拿着"或"给予"的意义,这一意义是由传递或交付的动作赋予的。其主要功能是提醒对方注意,让听话人注意说话人手中的物事。如:

(20)喏,这点小意思就算我则你的酬谢费。(张金海《龙铁头出山》第2场)。

上例说话人在说话时需同时将手中的东西递与对方(黄梦娜等,2019:78)。但肖萍(2011)未提及。

裴明海主编的《宁波剧作家优秀作品选》也有不少表示指示的"喏",除上引例(17)外,另如:

(21)侯金荣(拿出照片一扬)喏!在这里。(天方《爱情十字架》第2场)

天方原名张忠卿,浙江鄞州人,1933年生于上海,1972年调到浙江宁波工作。

（22）常香子　……喏喏，张先生，阿拉屋在这里。……（张金海《传孙楼》第2场）（原文"喏喏"后无逗号）

（23）钱妙花　舅妈有啥困难，外甥囡全力支援！（慷慨解囊）喏，这五十元钱，舅妈拿去用吧！（张金海《龙铁头出山》第1场）——另同场有1处"喏"，第2场有2处"喏"。

张金海是浙江慈溪人。

（24）老祖宗。喏，该打该打！（徐进改编《红楼梦》第1场）

徐进也是浙江慈溪人。

（25）梁父　勿。我勿上在逃，我也是在追。喏，我儿子老大的学生逃学去做生意，我在帮他一起追。（王信厚《"秀才"的婚事》第1场）——另同场有1处，第2场有5处，第3场、第4场、第6场各有2处，第5场有1处。

王信厚1944年生于宁波，在宁波工作。

（26）亮亮　（丢鞋在巧妹面前）喏！（杨东标《明月何时圆》上篇）——另上篇有2处。

（27）野猫子　（指山上）喏，你看，千军万马就放在你们的山上。（杨东标《野杨梅》1）——另《野杨梅》7有1处。

杨东标是浙江宁海人，在宁波工作。

（28）冬梅　（愣呆后）姑姑，姑丈！喏——（戚天法《孟姜女新传》第1乐章）

戚天法1940年出生于浙江慈溪，在宁波工作。

（29）春月　（指朱）喏，小姐口口声声夸他好呢。（孙蔚龙《朱买臣休妻》第1场）——另第2场有2处，第4场、第5场各有1处。

孙蔚龙是浙江萧山人，1963年调入宁波工作。

（30）张殿魁　（喝阻）混蛋，什么买路钱！是革命钱，喏喏喏，兄弟们革命辛苦了，慰劳慰劳。（黄韶《强盗与尼姑》第1场）

黄韶是浙江余姚人。

（31）袁时中　……喏喏喏……（献花）（谢枋《慧梅》第5场）——另同场有1处"喏喏喏"，1处"喏喏"。

谢枋是浙江临安人，1957年后调入宁波工作。

以上是宁波方言，指示叹词全是用"喏"。其实，在宁波人的现实生活中，指示叹词并非这么单一，应该还有"哪"。

绍兴方言也有。感叹词从语义角度看，可分3类：一是表示感叹，二是表示呼唤、应答、指示，三是表示怀疑、肯定、否定。其中表示指示的有"咄[nɒ¹¹³]"："指示。"如：

（32）咄，来*葛*带*里！

又有"咄[nɒ⁵²]"："给予。"如：

（33）咄，葛*个拨偌！（王福堂，2015：334–335）

表示"给予"的"咄[nɒ⁵²]"也应该是指示叹词。

萧山方言也有。叹词"喏"[no⁵³]表示"凡指物示奇"。（大西博子，1999：139）

可见，萧山方言的叹词"喏"也是指示叹词。

富阳方言也有。如：□ [nã⁵³]，叹词，表示给予（盛益民等，2018：279）。只有表示"给予"的叹词。

以上是浙江吴语。

上海崇明方言也有，如"喏"表示指示时念 [no⁵⁵] 或 [no⁵³]，表示提醒时念 [no²²³]。如：

（34）喏，拨一块糖你吃_{诺，给你一块糖吃}。

（35）喏，个件衣裳快点净脱夷_{诺，这件衣服快点把它洗了}。

（36）喏，喏，大家看，夷个付何个腔调_{诺，大家看，他这副什么态度}！

例（34）是说话人传递东西时说的话。例（35）、例（36）的"喏"把听话人的注意力引向眼前的人或事物。下面两例中，例（37）表示"请看"，例（38）表示"提醒"，如：

（37）喏，夷诈人口特看，他要赖了。

（38）喏，是个年子个事体，你忘记脱嗱_{诺，是前年的事，你忘了}？（陆镜光，2005：89）

上海方言也有。许宝华等（1988：357）收"喏"。"喏"有两个读法：[no⁵³]"表示给予"、[no¹²]"表示让人注意自己所指的事物"。

钱乃荣（1997b：241–242）也有记录：（下面5例译文均为陆镜光所加）

（39）喏，脱我拿去_{喏，给我拿去}！

（40）喏，讲拨侬听！

例（39）的"喏"表指示；例（40）的"喏"起篇章标记的作用。

苏州、温州等方言里也有"喏"，在口语中出现频率很高，在文字里却较难找到。一个少见的例子来自杨步伟《一个女人的自传》第一章"讲我自己"的最末一句。如：

（41）你要知道我究竟是怎么样一个人，你得读我的自传。诺！底下就是？

在1999年中国文联出版社出版的《杂记赵家》第4页，"诺"字改作"喏"。杨步伟在上海中西女塾读书，能说上海话。她写作的风格明显受赵元任先生的影响，口语的感觉很强。上面引文中的"诺"明显有话语的功能。其他例子如：

（42）"喏，△是表示全句由低而高的。"（夏丏尊、叶圣陶《文心》十四）

（43）"就到王家磨儿子哩！喏！"她用手指一指左手边一个青葱的林盘。（沙订《母亲》）（引自《汉语大词典》卷3，1989：375）（陆镜光，2005：89）

关于"喏"，《现代汉语词典》（2016：966）也收："＜方＞表示让人注意自己所指示的事物。"如：

（44）喏，这不就是你的那把雨伞？

（45）喏，喏，要这样挖才挖得快。

看来，在方言众多的指示叹词里面，只有"喏"被《现代汉语词典》收入。"喏"的入选是有理由的，一是分布范围广，二是具有悠久的历史。

3.《浙江方言资源典藏》（第一辑）的指示叹词

天台方言有"喏"，如：

（46）恰谷ᵉ新郎官前后邻舍亲眷都去分，"喏，[新妇]娘驮来个样子"。（肖萍等，2019：178）

嵊州方言也有，如：

（47）断燥啦，硬猛剪勿动，喏，哪个来，因为要剪过个啦先，者ᵉ七分燥八分燥介个时光啦，刚刚软软个，哦，者ᵉ么这个，黏么儃黏哉个，者ᵉ就是个个拨伊剪开来。

还有写作"嗱"，如：

（48）嗱，想想那个奇怪，屋里只有我两个小农个，那还有哪谁来东喊我啦。（施俊，2019：173）

上例的"嗱"其实就是"哪"。

定海方言有"哪"，如：

（49）催念辰光，哪，我是啥啥人，屋里屯勒阿里眼呵，今末ᵉ啦我催念是催念啥内容，比如说是吉利呵，比如说是发财呵，比如说是身体健康呵，等等个闲话啦。（徐波，2019：147）

衢州方言有"喏"，如：

（50）衢州啊出了个才子，渠考上进士以后啊，皇帝危险欣赏渠，随手讲，"喏，通勒柴家巷拨ᵉ条路，通归你辣ᵉ屋里啦"，这就叫做进士巷。（王洪钟，2019：149）

遂昌方言也有，如：

（51）所以遂昌农望着哪农包弗起就讲，喏，渠个手掌心发烫个喏，发热个所以包弗起。（王文胜，2019：130）

海盐方言有"诺/喏"，如：

（52）格么，亦要讲到过年，过年尼，难ᵉ么吃年……年三十夜饭，年三十夜饭虽然吭没，诺，小菜吭没现在格个丰盛，但是尼，一般八只十只，总归有诶。

（53）屋里厢种田么，[吾拉]同[吾拉]阿姊两家头基本上侪是相帮去种，喏，虽然是种来勿长啥诶，接段接段，噢，但是种出点同爷娘总归好过相点。（张薇，2019：146）

是"喏"用得多。

乐清方言有"喏"，如：

（54）喏，我直接就书橱底个书连侪沃ᵉ臭。（蔡嵘，2019：146）

诸暨方言也有，如：

（55）一个讲弗去，啊，渠讲，遭ᵉ割ᵉ个ᵉ辰光西施也弗去，遭ᵉ郑旦自想想，又想了割ᵉ想头，渠讲割ᵉ，西施妹妹啊，喏，[渠拉]茅家埠喏割ᵉ口井么真割ᵉ好割ᵉ啦，渠讲鞋ᵉ只ᵉ，割ᵉ口井渠讲割ᵉ洗清洗清割ᵉ，人看落去是煞清爽割ᵉ，口井是一般性种地方是弗大有割ᵉ，昂，渠讲，[我拉]倒去看记看喏。（孙宜志等，2019：171）

宁波方言还有"嚎"，如：

（56）嚎！就来勒该辰光，该头老牛啦一时三刻讲闲话嘞："莫难熬，侬拨我两只角驮落来，变成一，只箩筐，装上两个小人，就好到天上去寻织女去嘞。"（肖萍等，2019：211）

上例中的"嚎"也表示指示。

（三）其他方言的指示叹词

普通话：喏 no^{35}

北京话：呣 m^{55}/m^{51}，哎／唉 ei^{35}/ai^{35}，哎／嘿 ei^{51}/hei^{51}

保定话：喏 no^{35}

上海话：喏 no^{53}/no^{214}

苏州话：喏 no

崇明话：喏 no^{55}/^{53}，no^{33}，no^{223}

汕头话：e^{22}

江苏淮阴话：niẽ^{42}，哊

陕西扶风话：嗲 tsiA^{21}

江苏宿迁话：捏 nie^{55}

兰州话：tɕie^{55}（给东西时）

广州话：呢 ne/le^{55}/^{35}，嗱 na/la^{21}

湖北黄冈话：bər^{13}

长沙话：喋 tie^{31}，喋 tie^{51}

江西话：e

双峰话：喋 de^{35}，嗱 na^{21}

云南潞西话：喏 no^{53}，喏 noi^{213}

衡阳话：喋 tie^{33}，唎 le^{35}

贵州凯里话：la

客家话：me^{33}，a^{33}

海南话：næi（陆镜光，2005：92）

泰国曼谷广府话也有叹词"呢""嗱""呢嗱"。"呢""嗱"都可用作提醒别人关注自己指示的事物。"呢"和"嗱"连用合成的"呢嗱"作用也相同。这3个叹词都可以用汉语普通话的"喏"对译。如：

（1）呢，着红衫嗰个女仔就系阿坚嘅女朋友_{喏，穿红衣服的那个女孩就是阿坚的女朋友}。

（2）嗱，剩翻几百銖，全部畀哂你喇_{喏，剩下几百銖，全部给你了}。

（3）呢嗱，前便嗰间门口有两只石狮子嘅就系银行_{喏，前面那间门口有两只石狮子的就是银行}。（陈晓锦，2010：363）

泰国曼谷广府话属粤语，广州方言有"呢""嗱"，应该也是从中国大陆带过去的。不过，广州方言未见有"呢""嗱"连用合成的"呢嗱"，而曼谷广府话有。如果确实如此，那么，曼谷广府话又有演变。

现代戏曲也有，如：

（4）（况钟）喏，你问的这个鼠字，目下正交子月，乃当令之时，只怕这官司就要明白了。（陈静等改编《十五贯》第7出）——另同出也有1处。

陈静为江苏徐州铜山人，方言属中原官话。但其长期在上海工作，也有可能受吴语影响。

（5）嘴里"汉奸"、"走狗"一个劲地骂，喏，衣裳也撕破了，（坐）牙也打出血来了！（文牧等编剧，汪曾祺等改编《沙家浜》第7场）

汪曾祺是江苏高邮人。

（6）蒋干：喏喏喏，

黄花逐水漂，

二人过木桥。

好景无心爱，

须防歹徒刀。（陈亚先《曹操与杨修》第5场）

陈亚先是湖南岳阳人。

（7）（生白）事久！师母说英台、人心都是女生，要我赶紧去提亲，喏！你看这信物金钗鸾凤香囊袋。咱们径往祝家庄去也！（曾永义《梁山伯与祝英台》四）——另《梁山伯与祝英台》五也有1处。

曾永义为台湾台南人。

（8）（红云）喏，拿些铜钱去吧。（钱惠荣、谢鸣改编《珍珠塔》第1场）——另第2场有2处。

钱惠荣原籍江苏无锡，出生于苏州。谢鸣是无锡人。

（9）（钱姐）快放下，你身体不好，还来帮忙？喏，这是我弟弟。（包朝赞《梨花情》一、苦旅）——另"五、明志""七、真金"各有1处。

包朝赞是浙江松阳人。

以上这些戏曲作家有不同的方言背景，但都用了指示叹词"喏/诺"。

汪曾祺先生的小说也有"喏"的用例，如：

（10）我一去，他们都没看见，翠子还那么坐着，睁着大眼睛望着天，天上不见雁鹅；喏，就像我这样子，大驹子呢，站旁边，看定翠子的脸。（《翠子》）

（11）爬在海棠树上，梅树上，碧桃树上，丁香树上，听她们在下面说："这枝，唉，这枝这枝，再过来一点，弯过去的，喏，唉，对了，对了！"（《花园——茱萸小集二》）

（12）王二这回很勇敢，用一种非常严重的声音，声音几乎有点抖，说：

"我呀，我有一个好处：大小解分清。大便时不小便。喏，上毛房时，不是大便小便一齐来。"（《异秉》）

上面几例的"喏"都表指示。

许宝华等（2020：4721）收"喏"，义项有五，其一是："＜叹＞放在句子或小句的开头，表示引起别人注意自己所指示的事物。"方言是上海话。如：

（13）喏，要撬能挖方才挖得快。

（14）喏，脱我拿去！

浙江金华岩下话。如：

（21）嗒，佢落得_在前头。

方言分布范围太狭窄，并非只有吴语才有。

（四）关于指示叹词的研究

维尔兹比查（Wierzbicha）根据说话者所要表达的不同心理状态，把感叹词分为三类：情感叹词，表达喜欢、赞叹或厌恶、鄙夷等情感或态度；意愿叹词，表达说话者的意志或愿望；认知叹词，表达说话人对某件事的领会、了解或醒悟等（Wierzbicha，1992：165）[转引自李丛禾（2007：119）]。李丛禾（2007：119）指出，实际上还有一类：表达招呼或应答的感叹词。

我们觉得，就汉语（包括方言）来看，还应该有第5类：指示叹词。

明确提出"指示叹词"的是陆镜光（1996），但早在此前，已有方言学者指出汉语方言有"指示叹词"用法。黄伯荣（1996：651）指出，江苏淮阴方言有叹词"□[niɛ̃⁴²]"指示物件、用意所在，相当于"呶"。如：

（1）（父母同寻其子）父：我看见了！

母：□[nɛ̃:⁴²]?

父：□[niɛ̃⁴²]，在树林东边呢。

（2）□[niɛ̃⁴²]，围巾替你拿在这块，你临走把它戴上。

（3）□[niɛ̃⁴²]，这个题目是这样做的……（原文是王开扬的《淮阴市方言语法》）

江苏宿迁方言有"捏[nie⁵⁵]"，用于句首，提醒注意。如：

（4）捏，钱给你！（黄伯荣，1996：651，原文是力量的《宿迁方言语法述要》）

江苏沭阳方言有"□[uəʔ]"。证明自己果然正确，相当于"你看，不是吗？""我说的吧"。如：

（5）我说钥匙在书包里，□[uəʔ]，找到了吧？（黄伯荣，1996：651，原文是王开扬的《淮阴市所辖县市语法特点述要》）

这里，作者并无明确说明"□[uəʔ]"有"指示"用法，但从例句中可以看出，"□[uəʔ]"是手指指向书包里的"钥匙"。再说，沭阳与宿迁相邻，"□[uəʔ]"是沭阳与宿迁共有的叹词。因此，"□[uəʔ]"应该也是指示叹词。

陕西扶风方言有"嗲[tsiA²¹]"，表示给东西，相当于"给你"。如：

（6）这是你的一个，嗲！［黄伯荣，1996：652，原文是徐世荣的《北京土语形容词中 laba 的嵌入》，《语文建设通讯》（香港）1991．10］

广东五华客家话有"嘢[me³]"，表示意外发现。如：

（7）嘢！实这里！（呶！在这里！）

（8）嘢！寻倒里喽！（呶！找到啦！）（黄伯荣，1996：653，原文是李作南的《五华客方言语法》）

广东阳江方言有"嗥"，只用于给东西，是为了引起对方注意才用。如：

（9）嗵，卑你啦！（诶，给你！）

（10）嗵，你揳去也！（诶，你拿去吧！）（黄伯荣，1996：655，原文是黄伯荣的《阳江方言语法》）

许宝华等（2020：5681）收"嗵"，义项有三，其三是："<叹>表示让人注意。"方言是粤语：广东广州。如：

（11）嗵，单车哚嗰度啰，自行车在那儿。

以上学者的研究，比陆镜光（2005）提前10年以上。当然，虽然以前已有一些学者敏锐地感觉到指示叹词的特点，在研究中已有所显示，但真正引起语言学界重视的是陆镜光（2005）。陆镜光的贡献是在其他学者的基础上，明确提出了"指示叹词"这个新的概念。此后，关于方言的"指示叹词"的论文很多，既有期刊论文，也有学位论文。

陆镜光（2005：90）指出，指示叹词有两种主要用法：手势用法（gestural usage）和象征用法（symbolic usage）（Fillmore，1971）。手势用法和象征用法，相当于基本用法和引申用法、字面用法和比喻用法或直接用法和间接用法。为了解说的方便，他把指示叹词这两种用法叫作现场用法和非现场用法。"现场"指的是说话人和听话人都能直接看到对方，而听话人也能直接看到说话人所指的东西；也就是说，说话人和听话人处于进行面对面交际的场景。面对面交际以外的用法，都叫非现场用法（如电话会话或书面交流）。

黄梦娜等（2019：79-80）以余姚方言为例，分析了指示叹词"啰"与"哪"的用法：

一是现场用法。"现场"指的是说话人和听话人能直接看到对方，即说话人和听话人面对面交际，且在交际现场双方都能看到说话人指示的事物。可见"看"或者"注意"是指示叹词的核心意义。在余姚方言中，"啰"与"哪"都能吸引听话人的注意力，是为提醒听话人按照指示注意某物，大致相当于普通话中的"你看""你听"。如：

（12）啰/哪，抽斗里不是来浪啊看，不是在抽屉里嘛？

（13）哪，广播里勒话明朝仔要落雪哉你听，广播里在说明天要下雪。

说话人向听话人传递或交付东西时也用"啰"或者"哪"，如：

（14）啰，还仔侬给，还给你。

（15）哪，朵花送则侬给仔给，这朵花送给你。

二是非现场用法。面对面交际以外的用法，都叫非现场用法。说话人用指示叹词指向抽象的东西，不会出现在交际现场，如电话交流或书面交流都属于非现场用法。非现场用法又分为信息提取、篇章标记和证言功能三大类。在余姚方言中，非现场用法的指示叹词通常是用"哪"，很少有"啰"的情况。信息提取是指为了现阶段交际和沟通的需要，说话人发出信号，邀请听话人从记忆里寻找并提取信息，一般是当前要建立的新话题。要提取的信息可能是谈话双方的共同经历，也可能是说话人有理由相信听话人此前已通过各种途径（教育、阅读、社会经验等）获取知识（陆镜光，2005：91）。如：

（16）哪，阿拉上个月看只电影嘛哪，我们上个月看的那部电影。

篇章标记的作用是使会话进行得更加顺畅。说话双方在会话过程中往往需要从一个话题进入另一个话题，指示叹词能把听话人的注意力转移到新话题上。

（17）啊呵，<u>喏</u>，东边做媒也是我，西边做媒也是我……（余姚滩簧《莲花庵》）

（18）<u>哪</u>，格么我则依话，许妈妈个人啊登兰，<u>哪</u>，远远……（余姚滩簧《莲花庵》）

上2例的"喏"和"哪"表示开始新的话题，表明说话人要围绕后面的话题展开，在句中作篇章标记。余姚方言中指示叹词"喏"和"哪"连接两个句子时，具有证言功能，即可以引出后面的话来证明前面的断言。如：

（19）新开浪爿水果店生意老老好，<u>哪</u>，队又排得老老长浪哉_{新开的水果店生意非常好，队又排得很长了。}

此例通过后句"队排得很长"证明前句"生意好"的断言。指示叹词的证言功能实现的前提条件是需要有前后内容相关的两个句子的存在。

陆镜光（2005：94）在"余论"中指出："指示叹词的研究引起了我们对下面四个问题的思考：（1）汉语叹词体系的深化。过去二十年国内国外对话语和篇章的研究越来越多，越来越深入，我感觉现在正是检讨传统上怎样处理叹词的好时机。譬如说，传统语法书上的叹词，其实有好一部分都跟话语、篇章的结构有很密切的关系，利用当代研究的成果，可以对这个词类进行更准确、更细致的描写和解说。（2）指示叹词跟指示代词的关系，特别是历史上的渊源如何？比如说，'喏'跟'那'有没有同源关系？这个问题有待进一步研究。（3）Dixon（2003）用语言类型学的方法来研究指示词。文章指出，世界上各种语言当中，能表达指示意义的词一般只有三种，一种是名词性的（如'这'），一种是副词性的（如英语的 there），还有一种是动词性的。本文提出的指示叹词，既不是名词性的，也不是副词或动词性的，反而是叹词性的。这很可能是人类语言里的第四种指示词。（4）指示叹词的现场和非现场用法之间，是否存在语法化的关系？如上所述，我们相信，指示叹词的非现场用法（如提示、篇章标记等）很可能是从它们的基本用法（原始用法）虚化而来的。"

（五）古今比较

1. 分布区域

明清白话文献已有一定的分布范围，现代方言分布范围更广，南方有，北方也有，连普通话也延续了"喏"的指示叹词用法。

石汝杰先生微信告知我们说：王福堂先生"他说刚到北京的时候，跟同学说话，有些语言上的差异。给人东西，或者提醒人注意时，我们要用'喏'，北方同学不懂，觉得很奇怪"。而现在也许不同了，因为《现代汉语词典》（2016：966）[①]"喏[1]"的注释是方言："表示让人注意自己所指示的事物。"如"喏，这不就是你的那把雨伞？""喏，喏，要这样挖才挖得快。"

---

① 《现代汉语词典》（1982）、《现代汉语词典》（修订本，1996）、《现代汉语词典》（第7版，2016）注释同。

2. 民族语言与日语的指示叹词

据戴庆厦、徐愁艰（1992：318），景颇语有相类似指示叹词的词，如：

Mo^{31}！ Ndai^{33}lang^{33} u^{31}（表示要交给对方某物）

给你用句末词

"给你，你用这个吧！"

mok^{55}！ Nong^{33}n^{31}re^{33}ai^{33}ma^{31}sha^{31}（表示给物时生气的语气）

给你（泛动）的人

"给！你这样的人！"

景颇语就算是有指示叹词，但据上面2例来看，都表示"给予"。

陆镜光（2005：93）指出，日语里的"ほら"可能也是个指示词。

相比汉语方言，景颇语与日语则比较单一。但也表明指示叹词也具有象似性。

3. 指示叹词的类型

主要有2种基本类型，一表"指示"，一表"给予"，前者使用的频率高得多。还有作"篇章标志"用的，此外，有的学者认为还有表示"提醒"的用法，如上海崇明方言。

4. 语音差异

分布范围最广的是"喏"，古今都是如此。在现代，不但方言有，连普通话也有。古代主要是"哪"与"喏"。

不同的方言，语音上有一些差异，用字更多样，但方言中的指示叹词有一个明显的特点，即声母多为"n"。据陆镜光（2005），除普通话外，在20个方言点中，有10个方言点指示叹词的声母就是"n"，占50%。再加上绍兴方言的"哎"、嵊州方言的"嗱"、宁波方言的"嚷"，声母也是"n"，比例更高。

其实，陆镜光（2005）所说的还比较笼统。如吴语，有的方言点有不同的指示叹词，如宁波、奉化、绍兴、嵊州等。同时，其他方言还有，如山东莱西话的"霍"（杨欣，2017：37—42）、江西湖口方言的"哪""喏"（或作"呐"）（陈凌，2019：248，251，253）。

黄梦娜等（2019：80）对余姚方言指示叹词"喏""哪"的语音象似性作了如下的探讨。

方言的声调体系复杂，尤其语气词、叹词等词类更是难以捉摸。赵元任（1968/1979：368）指出："叹词没有固定的字调，但是有一定的语调。"语调即句调，在一定的语言环境里，句子的语音都有高低长短轻慢，以表示某种情感或语气。指示叹词独立成句，语调即是它的声调。余姚方言的指示叹词能读全调，能重读，元音音质会因开口度的轻微变化而变化，如：

（1）喏，喏，这边有个西餐厅，我请客。（张金海《龙铁头出山》第2场）

上例第一个"喏"起篇章标记作用，念上声，第二个"喏"指示西餐厅位置，念去声。

指示叹词的声调复杂多变，具有辨义功能。表示传递或给予义时，"喏"或"哪"的声调都为去声。如：

（2）喏_给，香烟吃仔支_{抽支烟。}

（3）哪_给，钞票园得浪，勿个丢落_{钱藏好，别掉了。}

指示叹词的音长同样具有辨义作用。音长通常是不起辨义作用的，但是某些语气词或叹词的区别往往体现在音长上。徐世荣（1983：9）曾指出叹词不能归入普通话的四个调位，不能用四声的调号来表示其低昂变化。余姚方言指示叹词的音高也存在超出声调系统的情况。在具体语境中，指示叹词的语调根据说话人的语气轻重程度、指示距离的远近等因素变化。比如同样是"喏"，表示指示远处事物时音长较长，表示指示近处事物时音长较短，表示给予或传递时，接近入声。指示叹词的这些特性涉及语音象似性。

语音象似性通常指某些语言形式与某些意义相关联。研究不同语言的学者发现指示词是词类中较为普遍的具有语音象似性的词类。刘丹青（2007：11）指出："指示词也有语音象似性，而且比名词动词等更普遍、更有规律。突出表现之一是，在具有远近区分的指示词系统中，总是用元音开口度大等响度大的声音指更远的对象。"叹词也有语音象似性。指示叹词的主要功能是在交际中指示或提醒注意，具有一般指示词所拥有的特性。一般认为，指示叹词用于指示处所和所指事物时，"喏"表示近指，"哪"表示远指。两者的语音象似性集中体现在"喏"和"哪"作指示处所用时远近对立与语音形式之间的关联上。其实，近指和远指本身没有什么明确的界限。两者的分别，不只是空间的，往往也是心理的，时常可以转换。而且我们在上文中提到"喏"和"哪"是同一个词的不同语音变体。因此，余姚方言中用哪个语音形式的指示叹词来表示近指或远指与个人语言习惯有关，同时也涉及语音象似性。下文指示叹词统一写作"喏"。

余姚方言中指示叹词的指示距离，随着"喏"发音的变化而变化，近指眼前时，"喏"的发音短促，近于入声，舌位较前。如：

（4）喏，手机寻着浪哉，包里来浪_{手机找到了，在包里。}

远指时，指示距离越远，"喏"的元音的舌位越低，开口度越大。如：

（5）喏，嗄头那边转弯角弯过西就到哉_{那边转弯处往西就到了。}

刘丹青等（2008：291）的研究发现元音开闭确与距离密切相关，近指的指示词总是体现出较小的开口度，开口度大的元音表示远指。"喏"韵母 [uo]，"哪"韵母 [a]，"喏"的介音 u 是后、高、圆唇元音，开口度小，[a] 是后、低、不圆唇元音，开口度大于 [u]。同是后元音，开口度大的表远指。余姚方言的指示叹词完全符合语音象似性。

指示叹词"喏"和"哪"历史悠久，在现代吴语中分布广泛，常用于口语交际，其主要功能体现在话语交际层面，是典型的语用成分。"喏"和"哪"语音相近，功能、意义基本相同，我们认为二者是同一个词的不同语音变体，其语源是古代汉语中作指示词兼第二身代词的"若"。指示叹词与指示词一样具有语音象似性，指示距离的远近与元音的开闭和开口度大小有关。余姚方言的指示叹词"喏"和"哪"完全符合语音象似性。

5. 来源

黄梦娜等（2019：80-81）对指示叹词"喏""哪"作了如下的探讨。

目前，学界对叹词话语和篇章的研究很多，且越来越深入，但是对指示叹词跟指代词的关系、来源等方面的研究尚缺，比如吴语中"喏"的来源以及与"哪"有无同源关系等。刘丹青（2011a：154）表示方言中的众多 n 声母的指示叹词可能与古汉语指示词"尔"（上古 n 声母）有关。但进一步考察可见，从语音上来说，"喏"和"哪"均与古汉语中具有指示作用兼第二身代词的"若"存在某种语源上的关系。章太炎（2015：36）在《国故论衡》中提出"古音娘日二纽归泥说"，"若"之声类有"诺"，称"若"，称"乃"，亦双声相转，是"若"本在泥纽也。"若"：《集韵》而灼切，入药日。铎部。"诺"是"若"的孳生字，《广韵》奴各切，入铎泥。铎部。且"诺"字早在上古时期就有叹词的用法。如：

（6）喏，吾将仕矣。（《论语·阳货》）

（7）孟尝君不说；曰："喏，先生休矣。"（《战国策·齐策四》）

可见，泥母字和日母字混用是上古日母归泥的反映。而"喏"同"诺"，《正字通·口部》："喏，《六书故》：'喏，应声也。'古无此字，疑即诺字。"（张自烈、廖文英，1996：158）《通俗编·语辞》："《淮南子·道应训》：'子发曰：喏。不问其辞而遣之。'注：'喏，应声。'"（翟灏，2013：619）按：武进庄氏作"诺"。用声旁关系来表示的话，"若"原来读如"诺"。吕叔湘（1985/2017：197）假定近代汉语中指示词"那"是从"若"出，认为"若"变成"那"是很有可能的。由于语音发展的不平衡性，许多方言保存了不少古音。吴语中的泥母字和日母字通常混读，一律读为 n 声母。如人 [ȵin]、肉 [ȵio]。因此，指示叹词"喏"和"哪"从语音上考察源于"若"是完全有可能的。另外，从意义角度看，"喏"当与有别择作用的疑问代词"哪"和指示代词"那"相关。吕叔湘（1985/2017：246）指出，"有别择作用的疑问代词'哪'也是从"若"字变来的，'哪'字在以前一直也写作'那'，'五四'时期以后，为了要跟去声的指示代词分别，才提倡写作'哪'。'哪'最初的形式是'若箇'。"这就与指示代词"那"同源（吕叔湘，1985/2017：261）。"喏"用于现场直指时，出现在问答对话中的答句开头，用来指示疑问代词所指代的事物或具体位置。"若箇"作为疑问代词大致出现于唐时，相当于普通话的"哪个"，可指人，也可指物。如：

（8）若箇游人不竞攀？若箇倡家不来折？（卢照邻《行路难》）

"若"在上古就是指示词，用法上与"那"相近，"箇"六朝时出现于南方口语中的指代词，在唐时也有"这、那"之意。吕叔湘认为"不妨把'若箇'当作一个单个的语词"（吕叔湘，1985/2017：261）。现代吴语中的"个"系定指指示词即来源于此。口语要求简短直接，在询问事物具体位置的对话中，回答时用"若"来指示事物位置是合理的。

以上是就余姚方言的指示叹词"哪""喏"来说的，其实也可用来指吴语的指示叹词"哪""喏"。

"哪"与"喏"至少明代白话文献已有。但汉语方言的指示叹词并非只有"哪"与"喏"，如江淮官话黄孝片方言的"嗟"，汪化云（2016：158）认为与"嗟来之食"有关，而"哪"与"喏"与此似乎无关联。即不同的方言，不同的指示叹词可能有不同的来源。

看来，还需要进一步从历时与共时两个方面对指示叹词进行研究。

十五

拟声词"尸""彐"

（一）明清白话文献的"尸尸彐彐"

明代白话小说有"尸尸彐彐"，如：

（1）拎起拳来，或上或下，<u>尸尸彐彐</u>，一气打有一二十拳。打的敖光喊叫。（许仲琳《封神演义》第13回）

（2）未及一餐饭间，病人腹中"骨都都"几阵作响，瞿琰令健婢抱瞿璿坐于净桶之上。少顷，只听得后宰门"豁剌"地振动，却似吕梁洪开闸一般，<u>尸尸彐彐</u>倾将下来。（方汝浩《禅真后史》第33回）

（3）武义一带地方打铁颇多，一日赴馆，往一铁店门前过，只听得<u>尸尸彐彐</u>，两个人大六月立在火炉边打铁，王世名去看道："有刀么？"（陆人龙《型世言》第2回）

（4）成珪想道："我与周君达虽是相知朋友，也要些儿体面，这些脚册手本，件件被他听去，日后如何做人？"只此一事，已是十分着恼；况兼昨夜枕儿边听翠苔说了考打之苦，又是动气的了；复遇此时这番打骂，又且波及于人，岂不发作？便是泥塑的，原也坐不住了，便将后厅香桌儿上<u>尸尸彐彐</u>的拍着骂道："老不贤！老嚼蛆！……"（西子湖伏雌教主《醋葫芦》第9回）

清代白话小说也有，如：

（5）道士见精怪不怕他，他却有些慌了，连忙把令牌在桌上<u>尸尸彐彐</u>敲得发喊道："都天大雷公，霹雳震虚空。……"（古吴墨浪子《西湖佳话》卷10"虎溪笑迹"）

也有用"彐彐尸尸"的，如：

（6）那些走报的，巴不得抢个头报，指望要赚一块大大堂钱，<u>彐彐尸尸</u>。（明·金木散人《鼓掌绝尘》第9回）

（7）众喽罗听说，登时<u>彐彐尸尸</u>，拆了无数，缚成火把。（清·鹭林斗山学者《跨天虹》卷5第4则）

明代戏曲也有，如：

（8）（净）叫些木匠，<u>彐彐尸尸</u>早把棺材钉。（明·吕天成《拜月记》第25出）

也有只用"尸彐"，如：

（9）众人道："我们众人不是你公公的年侄，就是你丈夫的朋友。朋友绝嗣，就与我们绝嗣一般，怎么不干我事？况且费老师大宣德化，远近的妇人没有一个不改心革面，偏是你这狗妇在近边作梗，其实容你不得，要打死你这狗妇，等丈夫另娶一房，好生儿子。"说了这几句，就<u>尸彐</u>骨碌，打到房门上去，其声如雷，比起先捶门的声势更加利害。只是

手法不同，起先用拳头，此时用巴掌，声虽重而势实轻，所以两扇房门再打不碎。（清·李渔《连城璧·午集》）

从以上的例句来看，"尸尸彐彐"的作者多为吴语区人。许仲琳为江苏南京人，明代时，南京应属于吴语区。方汝浩，一般认为是河南洛阳或郑州人，也有人疑为杭州人。陆人龙是杭州人。西子湖伏雌教主真实姓名不详，但就"西子湖伏雌教主"来看，就算不是杭州人，也可能与杭州有关。古吴墨浪子又称西湖墨浪子，真实姓名不详，但就"西湖墨浪子"来看，就算不是杭州人，也可能与杭州有关，同时，《西湖佳话》共16卷，以平话形式写成，每卷讲述一个与西湖有关的人物故事。金木散人吴姓，为苏州人。《跨天虹》题"鹫林斗山学者初编，圣水艾衲老人漫订"，"鹫林"为浙江杭州灵鹫峰（即飞来峰）之别称，鹫林斗山学者很有可能为杭州人，艾衲老人即艾衲居士，《豆棚闲话》的作者，也可能为杭州人。吕天成为浙江余姚人。李渔为浙江兰溪人。

（二）学界关于"尸尸彐彐"的研究

1.《汉语大字典》等的注释

《汉语大词典》未收"尸""彐"。石汝杰等（2005）也未收，但"吴语文献资料目录"中收有《型世言》《禅真后史》《醋葫芦》《西湖佳话》《鼓掌绝尘》《跨天虹》等，而上面众多例子说明，"尸""彐"主要出现在吴语作品中，石汝杰等（2005）未收显然是疏漏。"尸""彐"多出现在明清白话小说，但白维国（2011、2015）也未收"尸""彐"，不知出于什么原因。

《汉语大字典》（第二版，2010：33）收"尸""彐"。"尸"："拳击声。""彐"："象声词。拳击声。"例子都是《封神演义》第13回。但都未注音。

《中华字海》也收"尸""彐"，两字注释相同："音未详。拳击声。见《封神演义》第十三回。"释义与例句全同《汉语大字典》。

2. 杨春霖的说法

杨春霖先生在给《宋元明清百部小说语词大辞典》（吴士勋等，1992）写的序中指出："去年，有位同志问我《封神演义》中的'尸'、'彐'两字如何读音？其含义又为何？我查了估计收生僻字会较多的字书《广韵》、《龙龛手镜》、《康熙字典》、台湾版《中文大辞典》等，但没有查到。我校历史系侯志义先生谓，以语句内容推断，当是'左'、'右'两字。我再翻检印行不很久而后来居上的《汉语大字典》，始见赫然收有此二字，但不注音，只解释为'拳击声'，并只引《封神演义》第十三回：'拎起拳来，或上或下，尸尸彐彐，一气打有一二十拳。'作例证。我至今还不能定其音义。"

3. 许少峰《近代汉语词典》"尸尸彐彐"的注释与注音

许少峰（2008：1420）收"尸尸彐彐"，认为注音是"pīpīpāipāi"："字书无尸、彐两字，亦不知其读音。但其为状声词无疑;从下例3个书证来看,暂拟为 pī 和 pāi。似较切近。"举有3个例证,分别是许仲琳《封神演义》第13回、梦觉道人《三刻拍案惊奇》第2回、清溪道人《禅真逸史》第33回。《三刻拍案惊奇》其实就是《型世言》,《禅真逸史》其实是方汝浩(清溪道人即方汝浩)的《禅真后史》,《禅真逸史》与《禅真后史》不是同一部小说,许少峰(2008)搞错了。

许少峰(2008)还有一个"按":"用作开关门的声音,则其音当为 yīyīyāyā。"我们以为,许少峰(2008)所举3个例句中的"戶戶刂刂"解释为"用作开关门的声音"也不确切,下文将进行论述。

4. 赵家栋的看法

赵家栋(2015,2017)都说到"戶""刂"。赵家栋(2015:104)认为汉语言中采用这种分形会意的方式构成的谜语不止一例,如将"斗(鬥)"字拆分成"𢇮"与"刂",俗写作"戶刂",又作"戶戶刂刂",表示打斗、击打之声。

赵家栋(2017)认为,从来源上来看,"戶刂"本作"𢇮 刂","戶刂"当为"𢇮 刂"的俗写。"𢇮""刂"是"鬥"字的拆分字,"鬥"为"斗争"中"斗"的繁体字。"鬥"的甲骨文为𢇮,小篆为𩰋,表示二人相斗之形。《说文·鬥部》:"鬥,两士相对,兵杖在后,象鬥之形。"段注:"乳卪在前部,故受之以鬥,然则当云争也……且文从两手非两士也。"段玉裁认为,前部的乳卪是两手,并非兵器。"鬥"表示二人在争斗,把"鬥"的拆分"𢇮 刂",就产生了表示打斗的声音的拟声词"𢇮 刂"。所以"戶刂"与"乒乓"就来源而言,二者可以说为异形词,同采用拆字法,拟打斗之声。

我们以为很有道理。

5. 我们的看法

我们认为"戶戶刂刂"为"象声词""状声词"无疑是对的。但许少峰(2008:1420)认为"字书无戶、刂两字"则不符合事实,《汉语大字典》与《中华字海》都收有这两字。

《汉语大字典》解释为"拳击声"的所指太狭窄。究其原因,是字典只举《封神演义》1例,而此例中的"戶戶刂刂"似可解释为"拳击声"。但其他例子是不能用"拳击声"解释的。如例(2)中的"戶戶刂刂"是坐在马桶上拉肚子的声音,例(3)中的"戶戶刂刂"是"打铁声",例(4)中的"戶戶刂刂"是用手拍香桌儿的声音,例(5)中的"戶戶刂刂"是"令牌"敲击桌子发出的声音,例(6)中的"刂刂戶戶"是先用拳头,后用巴掌捶击门的声音。例(7)中的"刂刂戶戶"是"拆"东西(主要是与木头有关,可以缚成"火把")的声音。例(8)中的"刂刂戶戶"是钉棺材的声音。例(9)中的"戶刂"是打门声。这些声音与《封神演义》中用拳头打人是不一样的。因此,用"拳击声"来解释"戶戶刂刂",外延显然太狭窄了。看以上所举例子,"戶戶刂刂"确切的解释应该是:"象声词,形容拳击声、打铁声及其他物体敲击声等。"

（三）"尸尸刂刂"和"乒乒乓乓"等

1. 有的直接把"尸尸刂刂"改为"乒乒乓乓"

王维堤先生点校的上海古籍出版社1991年10月版的许仲琳的《封神演义》，把第13回中的"尸尸刂刂"改为"乒乒乓乓"。

王起（1994：510）对"刂刂尸尸"作了注释："象声词，即乒乒乓乓。"声音也注作"pīng pīng pāng pāng"。我们以为这个注释也值得商榷。因为"刂刂尸尸"这是四个字，一般是"尸"在前，"刂"在后，如果"尸尸刂刂"同"乒乒乓乓"，那么，《拜月记》中的"刂刂尸尸"，也要写"乓乓乒乒"，这样才对应。

国学大师网、北京语言大学语料库（BCC）把《禅真后史》第33回中的"尸尸刂刂"也改为"乒乒乓乓"。国学大师网、北京语言大学语料库（BCC）中的《媚史》（其实就是《禅真后史》）第33回中干脆未见"尸尸刂刂"或"乒乒乓乓"。

2. 赵家栋的看法

赵家栋（2017）在"摘要"中认为，"乒乓"在明代就经常用于表示打斗、碰撞声。"尸刂"的用法和"乒乓"相似，二者构词方式亦同。与"尸刂"是异形词。在中国古代有很多表示碰撞、击打、爆破的象声词，如"甹𠔻""菲蜂""彳嗠徬""砰磅"等，它们都是"乒乓"的同源词。

赵家栋（2017）认为，就发音性质而言，"乒乓"模拟的音为碰撞声、击打声和爆裂声。文献用例如下：

一是打斗声。

（1）还是齐天大圣能，乒乓一棍枪先折。（《西游记》第70回）

（2）二人跳下冈子来，摆开两条铁棍，乒乒乓乓，将番兵打得落花流水。（《说岳全传》第17回）

二是爆裂声。

（3）风随火势，焰飞有千余丈高；火逞风威，灰迸上九霄云外。乒乒乓乓，如同阵前炮仗；轰轰烈烈，却似锣鼓齐鸣。（《封神演义》第64回）

（4）朝廷命我放砲仗，高不放，低不放；墙高，梯也爬不上。留到明年正月十五流星爆仗，乒乓咭刮之声，一齐都放，一齐都响。（《缀白裘·四节记》）

三是打门声。

（5）这是那里说起？差不多要睡了，外边乒乒乓乓打门，我说是那一个，是你张三叔要借我的靴子穿穿。（《缀白裘·高腔》）

四是响雷声。

（6）那沉雷护闪，乒乒乓乓，一似那地裂山崩之势，唬得那满城人，户户焚香，家家化纸。（《西游记》第45回）

五是锅碗瓢盆碰撞声。

（7）又听得"拍"的一声，桌子上的菜碗，乒乒乓乓，把吃剩的残羹冷炙，翻的各处都是。（《官场现形记》第24回）

六是捶背声。

（8）（贴）吃酒。（付）又是乒乒乓乓的做什么？（贴）我见你行路辛苦，与你捶打捶打。（《缀白裘·杀货》）

接着，赵家栋（2017）将"尸乃"和"乒乓"所模拟的声音进行对比。

一是"尸乃"和"乒乓"分别模拟打斗声。

（9）众人一齐上前，拳头巴掌，乒乓劈拍，乱打将来。（《说岳全传》第62回）

（10）那上面乓的一声令牌响，只见那半空中，悠悠的风色飘来……（《西游记》第45回）

"尸尸乃乃"的例子是《封神演义》第13回、《西湖佳话》卷10。

二是"尸乃"和"乒乓"分别模拟"钉棺材"时的敲击声。

（11）叫几个尼姑和尚，叮叮咚咚，做些功德送出南门；再叫几个道士拉鬼门关上去招魂；叫几个木匠乒乒乓乓忙把棺材钉。（《缀白裘·幽闺记》）

"尸尸乃乃"的例子是《拜月记》第25出。

三是"尸乃"和"乒乓"分别模拟凿击金属声。

（12）银匠道："錾坏时，大郎莫怪。"银匠动了手，乒乒乓乓錾开一个口子，那银皮裂开，里面露出假货。（《醒世恒言》卷16）

（13）只见新竖起三间堂屋，高大宽敞，木材巨壮，众匠人一个个乒乒乓乓，耳边惟闻斧凿之声，比平常愈加用力。你道为何这般勤谨？大凡新竖屋那日，定有个犒劳筵席，利市赏钱。（《醒世恒言》卷18）

"尸尸乃乃"的例子是《型世言》第2回。

四是"尸乃"和"乓"分别模拟敲击令牌声。

（14）那上面乓的一声令牌响，只见那半空中，悠悠的风色飘来……（《西游记》第45回）

"尸尸乃乃"是《西湖佳话》卷10。打斗声中也举有《西湖佳话》卷10，不确，《西湖佳话》卷10模拟的声音是"敲击令牌声"，不是模拟"打斗声"。

3. 我们对"尸尸乃乃"和"乒乒乓乓"的看法

我们以为"尸尸乃乃"就是"乒乒乓乓"的理由还不充分。因为"尸尸乃乃"还有另外的拟声，如《禅真后史》第33回中的"尸尸乃乃"是指"拉稀"的声音，似乎"乒乒乓乓"没有对应的用法。同时，《拜月记》第25出的"尸尸乃乃"虽然是模拟"钉棺材"的敲击声，但作定义概括，应该定性为"钉木制品"，"模拟'钉棺材'时的敲击声"应该改为"模拟'钉木制品'时的敲击声"才符合生活实际。笔者年轻时做过木匠，用"钉"木制品更多的是其他，如桌子、凳子、窗框、门框、箱子、木床等，而不只是"棺材"。

另外,《封神演义》确实是有"乓乓乒乒"的用例,且更多,如:

(15) 风随火势,焰飞有千丈余高;火逞风威,灰进上九霄云外。乓乓乒乒,如同阵前砲响;轰轰烈烈,却似锣鼓齐鸣。(《封神演义》第64回)

(16) 雷鹏左遮左架;雷鹏左护右拦。众诸侯齐动手那分上下;殷纣王共三员将前后胡戳。顶上砍,这兵器似飕飕冰块;胁下刺,那枪剑如蟒龙齐翻。只听得叮叮当当响亮,乓乓乒乒循环。鞭来打,铜来敲,斧来劈,剑来刹,左左右右吸人魂;勾开鞭,拨去铜,逼去斧,架开剑,上上下下心惊颤。(《封神演义》第96回)

从上面的例子可以看出,侯志义先生以语句内容推断,"尸""刁"当是"左""右"两字的看法,可能与例(16)中的"左左右右吸人魂"有关。

《汉语大词典》卷1(1986:657)收"乓乓乒乒":"象声词。"举有2例,最早例子如:

(17) 二人跳下冈子来,摆开两条铁棍,乓乓乒乒,将番兵打得落花流水。(清·钱彩《说岳全传》第17回)

《说岳全传》是清代的作品,其实明代已有,如《封神演义》,可见《汉语大词典》的例证有点迟。

《汉语大词典》卷1(1986:657)收"乒":"象声词。"最早的例子如:

(18) 那上面乒的一声令牌响,只见那半空里,悠悠的风色飘来。(明·吴承恩《西游记》第45回)

其实,《西游记》中也有"乓乓乒乒"的例子,如:

(19) 他轮枪舞剑,一拥前来,照行者劈头乱砍,乓乓乒乒,砍有七八十下。(《西游记》第14回)

(20) 风随火势,焰飞有千丈余高;火趁风威,灰进上九霄云外。乓乓乒乒,好便似残年爆竹;泼泼喇喇,却就如军中炮声。(《西游记》第16回)

(21) 那沉雷护闪,乓乓乒乒,一似那地裂山崩之势,唬得那满城人,户户焚香,家家化纸。(《西游记》第89回)

(22) 他两个领着土地阴兵一齐上前,使钉钯,轮铁棒,乓乓乒乒,把一座摩云洞的前门,打得粉碎。(《西游记》第61回)

奇怪的是,《汉语大词典》"乒"字条举有《西游记》的例子,但为何"乓乓乒乒"未举《西游记》的例子?

明代的例子还有,如:

(23) 一任他乓乓乒乒,栗栗烈烈,撼天关,摇地轴,九仙天子也愁眉;那管他青青红红,皂皂白白,翻大海,搅长江,四海龙王同缩颈。(罗懋登《西洋记》第7回)

(24) 一个飞宝剑,前挑后剔,光光闪闪,就如那大寒陆地凛严霜;一个抛铁杵,直撞横冲,乓乓乒乒,就如那除夜人家烧爆竹。(冯梦龙《警世通言》卷40)

(25) 银匠动了手,乓乓乒乒錾开一个口子,那银皮裂开,里面露出假货。(冯梦龙《醒世恒言》卷16)

(26) 只见新竖起三间堂屋,高大宽敞,木材巨壮,众匠人一个个乓乓乒乒,耳边惟

闻斧凿之声，比平常愈加用力。你道为何这般勤谨？（《醒世恒言》卷18）

我们在北京大学语料库（CCL）"古代汉语"中共发现38例"乒乒乓乓"，清代的作品如：《野叟曝言》、《说岳全传》（3处）、《七剑十三侠》、《侠女奇缘》、《呼家将》、《官场现形记》（2处）、《文明小史》、《施公案》（3处）、《海国春秋》、《续济公传》。民国的作品如：《明代宫闱史》（3处）、《汉代宫廷艳史》（2处）、《清朝三百年艳史演义》（2处）、《留东外史》、《留东外史续集》、《西太后艳史演义》（3处）。所以，"乒乒乓乓"用例很多，而"尸尸乛乛"用例不多，到目前为止，我们只找到9例。[①]赵家栋（2015：104）只举我们找到的9例中的5例[②]，赵家栋（2017）也只举同样的5例[③]，所以，说"明清小说中习见'尸尸乛乛'用例"是不符合语言实际的，"乒乒乓乓"与"尸尸乛乛"使用频率相差悬殊。

当然，同是作为象声词的"乒乒乓乓"与"尸尸乛乛"所拟声音差不多（但并非完全一样），我们以为可能是这样的："乒乒乓乓"是通语的说法，当然吴语也用，而"尸尸乛乛"则是方言用法，主要是吴语的用法。

（四）现代吴语等"尸""乛"的意义与注音

1. 现代吴语等"尸""乛"的意义与注音

浙江奉化民间有"尸""乛"是"开门、关门声"的说法，读音为"[iŋ⁴⁴⁵ã⁴⁴⁵]"。而且，就这两个字后来的形体来看，也是本义为"开门、关门声"更有理据。有意思的是，笔者所在学校何华珍教授告诉笔者，其家乡江西抚州（属赣语）与奉化的音差不多，意义也是"开门、关门声"。

更有意思的是，（美）睦礼逊（William T.Morrison）编著的《汇解》收有"尸乛"，其注音为"inŋ'-anŋ"，其注音与奉化方言音差不多。又收有"门尸乛响"（第100页）。可见，这里的"尸乛"也是指"开门、关门声"。而《汇解》应该是当时（1876年）宁波方言的口语的实际记录，是非常可信的。

但"[iŋ⁴⁴⁵ã⁴⁴⁵]"这个音所反映的对象狭窄，只是"开门、关门声"，而明清白话文献中的例子所比拟的声音要复杂得多。我们以为，这是其词义的缩小。原来吴语用"尸""乛"是拟声词的泛指，现在专指"开门、关门声"，其词义所指对象减少，其声音也有变化，用拟"开门、关门声"而定为"[iŋ⁴⁴⁵ã⁴⁴⁵]"，应该是比较准确的。

奉化民间有"尸""乛"两字，《汇解》也有"尸""乛"，但与宁波方言有关的朱彰年等（1991、2016，1996）、汤珍珠等（1997）、周志锋（2012）都未有记载。

另据浙江大学俞忠鑫先生告知，浙江宁波慈溪人林汉达先生的作品中也用到"尸""乛"，江苏有的地方也有，只是不知其具体例子，不好判断其意义。网上有人说郑板桥诗中有"尸""乛"，也未找到。又据浙江师范大学张磊教授告知，《徽州文书》的"契

---

① 包括"乛乛尸尸"1例，"尸乛"1例。

② 包括"乛乛尸尸"1例。

③ 虽然举5例，但重复举例，其实只举4例。未举赵家栋（2015）所举的《鼓掌绝尘》第9回。

约"中也有"尸""乐",注释为"门户",看其本义,是"正门",但我们以为还是应该理解为"开门、关门声"。[①] 这就与宁波等方言一致了。

上举《徽州文书》的出处为清光绪十二年丙戌冬月宋观成订《乡音集要解释》下册卷85。

泉州方言也有"尸""乐",如:

(1)剞劂_{敲击木头的拟声词}木成舟,砼泵_{东西入水的拟声词}水中游。尸乐_{船桨摇动的声音}双篙桨,彳亍到泉州。

这是苏世洪 2019 年原创专辑《身在此城中》的首发主打歌曲《来去泉州》。按歌词的语境来看,"尸""乐"是双篙、船桨划动的声音,这是其他方言所未见的,与宁波等方言所说的"开门、关门声"不同。

综上所述,现在可以确定"尸尸乐乐"在明清白话文献中的词义与现代吴语等的词义相比,现代吴语等所指对象大为减少。"尸尸乐乐"的音在明清白话文献中现在还不能确定,但从清末开始,宁波等方言所使用的"尸乐",其音是可以确定下来了。吴语中拟声词"尸乐"与一些量词有相似之处,即古代是"一量对多名",现在好多演变为"多量对多名"。"尸乐"在明清白话文献中是泛指,可以模拟多种声音,现代吴语等方言中专指"开门、关门声"。泉州方言"尸乐"另有其音其义。

2. 关于"后宰门"

许少峰(2008:1420)还有一个"按":"用作开关门的声音,则其音当为 yīyīyāyā。"这是针对清溪道人《禅真逸史》[②]第 33 回中的"少顷,只听得后宰门'豁刺'地振动,却似吕梁洪开闸一般,尸尸乐乐倾将下来"而说的。许少峰(2008)同。我们以为,这种理解是错误的。

许少峰(2008:758)收"后宰门":"皇宫的后门。"如:

(2)叫张百户分付张千、李万、韩厥、李海,好生把守前朝、后宰门,不许奸细入宫。(明·徐元《八义记》第 29 出)

(3)卢杞走入内书房,写了一联简帖,藏在袍袖之中,即便上轿,往后宰门而来。(清·天花主人《二度梅》第 6 回)

"后宰门"也作"后宰",如:

(4)今宵离了后宰,这玉皇李子苦尽甘来。(元·缺名《抱妆盒》第 2 折)

也作"后载门":"即'后宰门'。"如:

(5)(徽宗)头戴唐巾,脚下穿一双乌靴,引高俅、杨戬私离禁阙,出后载门。(《大宋宣和遗事》亨集)

《禅真后史》第 33 回中的"后宰门"并非"皇宫的后门",也并非泛指的后门,而是指"肛门"。周志锋(2006:100-101)收有"后宰门",并指出:"按:'后宰门',又作'后载

---

① 张磊教授认为《徽州文书》的注释比较简略,感觉应该是开关门窗的声音。
② 其实是《禅真后史》。

门''厚载门'，帝王宫殿的后门。"并认为，"此词元明清通俗文学作品中繁有其例"，书中举有不少例子。周志锋（2006：101）说："又可泛指后门。"如：

（6）姑子说："我住的不远，就在这<u>后宰门</u>上娘娘庙里歇脚。"狄婆子说："既在城里不远，你再说会子话去。"（明·西周生《醒世姻缘传》第40回）——周志锋（2006：101）说："此指济南府城的后门。"

（7）至大雄宝殿……挹香看了一回，见不甚好看，复从<u>后宰门</u>出去，却是一个方丈，门首供一架莲花，即造言佛升天之用。（清·俞达《青楼梦》第21回）——周志锋（2006：101）说："此指大雄宝殿的后门。"

周志锋（2006：101）说："又可指肛门。"例子除《禅真后史》第33回外，另如：

（8）连忙带转马头，略下些又是一拄，却直滑到尾骶骨边，几乎错进了<u>后宰门</u>去。（《醋葫芦》第6回）

确实，《禅真后史》第33回中，"坐于净桶之上。少顷，只听得后宰门'豁剌'地振动，却似吕梁洪开闸一般，尸尸弖弖倾将下来"，前面有"坐于净桶之上"，"净桶"是"马桶"义［语见《现代汉语词典》（2016：693）］。后又有"似吕梁洪开闸一般"，又有"倾将下来"，是说拉稀的事情，所以，这里的"后宰门"就指"肛门"。《醋葫芦》第6回中"直滑到尾骶骨边，几乎错进了后宰门去"，前有"滑到尾骶骨边"，所以，此"后宰门"也是"肛门"。"后宰门"有"肛门"义，为隐喻用法。《现代汉语词典》（2016：1364）收"尾骨"："人和脊椎动物脊柱的末端部分。人的尾骨是由4—5块小骨组成的。"又收"骶骨"："腰椎下部五块椎骨合成的一块骨，呈三角形，上宽下窄，上部与第五腰椎相连，下部与尾骨相连。"因为"尾骨"与"骶骨"都在身体的下部，与"肛门"较近，所以才会出现"几乎错进了后宰门去"的情况。

《醋葫芦》还有1例，如：

（9）赛小唱道："论人生，男共女，匹阴阳，前对前，如何<u>后宰门</u>将来串？分开两片银盆股，抹上三分玉唾涎，尽力也筛将满，那里管三疼四痛，一谜价万喜千欢。"（第11回）

"后载门"也有"肛门"义，如：

（10）一家的公公是个聋子，连打雷也听不见。一日，见外边失火，问道："媳妇，是那里失火？"那媳妇把他的屁股沟子一摸，他说："哦，是<u>后载门</u>。可知是那条街？"媳妇拉着他的手往胯下一摸，他道："是臭水沟。不知是甚么人家？"（清·曹去晶《姑妄言》第15回）

因为前面有"那媳妇把他的屁股沟子一摸"，后面有"媳妇拉着他的手往胯下一摸"，所以这里的"后载门"也应该是指"肛门"。

就是"后门"也有"肛门"义，也是隐喻用法。如《汉语大词典》卷3（1989：962）"后门"的义项五是："指肛门。"如：

（11）尔曾留有<u>后门</u>不？若无门，即有腹脏，屎从何出？（明·李贽《三大士像议》）

（12）早已把女儿放下，抱在身上，将膝盖紧紧地抵住<u>后门</u>，缓缓地解开颈上的死结，

用手去摩。（明·冯梦龙《醒世恒言·陈多寿生死夫妻》）

高文达（1992：302）收“后门”，义项有二，其一是：“下次，退路。”其二是：“肛门。”例子即《醒世恒言·陈多寿生死夫妻》。

石汝杰等（2005：261）收有“后门口”：“喻指肛门。”如：

（13）天香此时后门口觉得焦辣辣的难受，要想奚十一与他杀杀火。（清·陈森《品花宝鉴》第40回）

“后门”“后门口”有隐喻义“肛门”，那么，“后宰门”有隐喻义“肛门”就不足为奇了。

我们查了北京大学语料库（CCL），发现确有“后宰门”“后载门”“厚载门”，但没有指“肛门”的意思，这说明“后宰门”作“肛门”用的例子确实不多，但《禅真后史》和《醋葫芦》2例的“后宰门”的确是“肛门”义。所以，我们以为，许少峰先生的理解有误。

3.《古壮字字典》中的“戶”“冃”

另，《古壮字字典》（第317页）也收“戶”“冃”，但与汉语音义都不同。如：

“戶”：（邙、爿、邓、伻），音“mbiengj” [biːŋ³]。边；一半。

“冃”：音“mbiengq” [biːŋ⁵]。①形容词之后附加成分。②前面加“戶”，义为“恍惚”。

（五）古今比较

1. 现代方言中音的转变

明代白话文献中的“戶”“冃”虽然至今未知其准确的音，但从清末开始，至少宁波方言的“戶”“冃”已经变音了，《汇解》收“戶冃”，其注音为“inŋ′-anŋ”，与现代宁波等方言的“[iŋ⁴⁴⁵ã⁴⁴⁵]”相近。泉州方言的“戶冃”另有其音。

壮字“戶”“冃”的音为[biːŋ³][biːŋ⁵]，也大为不同。同时，用“[iŋ⁴⁴⁵ã⁴⁴⁵]”的音来解释明代白话文献与泉州方言中的“戶”“冃”也不符合。

2. 现代方言义的转变

明代白话文献中的“戶”“冃”虽然是拟声词，但意义多样，与“乒乒乓乓”大多可对应，如模拟打斗声、模拟“钉木制品”时的敲击声、模拟凿击金属声、模拟敲击令牌声（赵家栋，2017）。但从清末开始，《汇解》收有“门戶冃响”，“戶冃”专指“开门、关门声”，从词义演变角度来看，这是词义的缩小，符合词义演变规律。泉州方言的“戶冃”另有其义。

最近收到浙江大学古籍研究所博士吴宗辉的电子邮件，他向我们提供了一条重要的信息：在新昌县档案馆藏调腔抄本当中见到过这两个拟声词，意义也是“开门、关门声”，出自调腔《西厢记·游寺》，抄本图片如下：

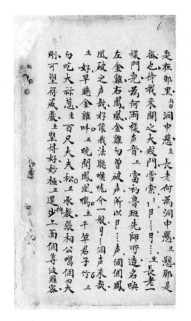

［新昌县档案馆案卷号：195-1-1，俞志慧、吴宗辉《调腔钞本叙录（新昌县档案馆藏晚清民国部分）》（中华书局 2015 年版）有收入该抄本图版。该抄本为晚清抄本，具体抄写年代不详］

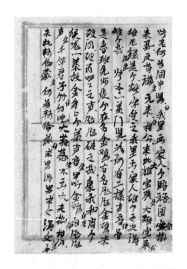

［新昌县档案馆案卷号：195-1-12，光绪二十九年（1903）"张贤云记"，记作"吲"和"牙（？）"］

现把吴宗辉博士发我的这 2 例抄录如下：

（1）（丑）徒弟吓，大殿钥匙在那里？（内白）洞中悬。（小生）长老，何为洞中悬？（丑）悬，那（乃）是挂也①。待我来开之大殿门。雪索，雪索。旦……旦……。（小生）长老，一样门儿，为何两样声音？（丑）当初鲁班先师所造，名唤左金鸡，右凤凰。金鸡勿

---

① 此处 195-1-12 总纲本作"我里出家人个暗语，悬空挂来乩，这等讲"，其下尚有说白："（小生）原来。（付）相公，来此大雌宝殿。（小生）大雄宝殿。（付）雄呢原是个雄字，进之我里出家人，雄个要变得雌个哉。"

曾破声，所以"卪……"声，个个凤凰破之声哉[1]，好像我法聪喉咙介一般，"刁……"个声来哉。

（2）（生）张（长）老，一羕（样）门儿，为何有二样声音？（付）骨是鲁班先师造个，左名金鸡，右名凤凰。金鸡未破同（洞），破（故）而"咿咿"之声；凤凰破之哉，象（像）我和尚个候（喉）咙一羕（样），故金（而）"牙牙"个羕（样）声音。

吴宗辉博士介绍说：第一幅（新昌县档案馆案卷号：195-1-1）是新昌的调腔老艺人楼相堂收集的，而第二幅（新昌县档案馆案卷号：195-1-12）是宁海山上方三坑班"老永庆"的老艺人方永斌献出的。过去调腔除了绍兴地区有（绍兴府城一带的调腔原本也很兴盛，民国时期渐衰，抗战爆发后才消失），宁波、台州等地也有流布，其中新昌以东的奉化、宁海、象山等地有"三坑班""三坑调"流传，大概是经新昌三坑向东流传的调腔，而作为调腔分支的宁海平调正是在三坑班的基础上发展起来的。因此，第二幅抄本可能要视为宁海的材料。

吴宗辉博士指出，《拜月记》是宋元南戏，后来又称《幽闺记》。《拜月记》（《幽闺记》）该例所在的出目，昆曲舞台本称为《请医》，清乾隆间戏曲选本《缀白裘》十二集选录时已改为"乒乒乓乓"，今昆曲舞台演出时也念作"乒乒乓乓"。

例（1）与我们前面所举一样，是"卪""刁"。新昌与奉化相邻，"卪""刁"的读音与奉化也相似。例（2）记作"咿""牙"，是同音字代替。可能是宁海的方音。相比而言，用字是例（1）准确。

看来，随着文献的深入挖掘，也许能够发现更多的"卪""刁"用例。

---

[1] "个个"，亦作"格格"，同"介个""噶个"，系指示代词"个"（亦作"介"，这，这样）和量词"个"的结合，意为这个。

十六

连 - 介词 "为因"

（一）关于 "为因" 的说法

1. 高本汉与蒋绍愚的说法

瑞典汉学家高本汉曾对明清 5 部小说作过统计，结论是 "为因" "甚" "兀" 等明代白话小说中使用的词语在《红楼梦》中已经消失，而将近 30 种现代汉语中常用的词语和格式在《红楼梦》中都已出现（见 B. Karlgren, New Excurions on Chinese Grammar, BMFEA 24, 1952）（蒋绍愚，2017：6）。

后来，蒋绍愚（2017：364）认为："（3）有些 AB 或 BA 中一种形式的消失，是在现代汉语之前。如 '为因' 这种形式，在《西游记》中就已经消失。"

以上说明，"为因" 在《西游记》或《红楼梦》前是存在的，但后来消失了。

2. 李为政（2017）的说法

李为政《近代汉语因果句研究》（2017）虽然是针对近代汉语这个阶段，但晚唐五代的语料是《敦煌变文校注》与《祖堂集》。宋代的语料是《朱子语类》与《三朝北盟会编》。元代的语料是《新刊大宋宣和遗事》与《新编五代史平话》。明代的语料是《水浒传》与《金瓶梅》。对清代至 "五四" 前的汉语和现代汉语的研究，他认为前者可选用《红楼梦》（前 80 回）、《醒世姻缘传》《歧路灯》《儒林外史》《聊斋俚曲集》《儿女英雄传》以及四大谴责小说等，后者可选用北京大学语料库（CCL）中的例句。

李为政（2017）有一附录 "近代汉语因果句概况一表览"，其中晚唐五代的 "为因" 只 1 次，宋代、元代无 "为因"，明代的 "为因" 29 次。表中未列入清代的数据。

我们以为，这些数据有问题。问题的关键是，李为政（2017）所列的明清白话文献多具北方色彩，而明清时期，作者更多、作品数量更多的应该是南方的作家，特别是具有吴语背景的作家，还有所列的作品基本是长篇小说，而 "三言" "二拍" 等短篇小说未列入。所以，我们认为所选样本有问题，所得出的结论就存在问题。明清白话文献既有白话小说，又有戏曲，我们搜集到大量 "为因" 的例子。

（二）《西游记》后明清白话文献的连词"为因"

1. 明代白话小说的"为因"

据考察，连词"为因"在《西游记》后继续存在。下面所举例子都晚于《西游记》。如：

（1）那公主翻身，叫："……我是均州李翠莲，<u>为因</u>施财斋僧，刘全丈夫骂我，悬梁缢死，今蒙唐王钦差阴世进瓜，阎王怜悯，命我夫妻相会，放我两个回来。"（杨志和《西游记》卷2）

关于吴承恩（约1500—1583年）的《西游记》与杨志和的《西游记》的关系，有的认为后者不仅仅是前者的简编、缩写，而且有独立的思考和侧重，可以互为印证与补充。如果这是真的，看来是后者比前者要迟。吴承恩的《西游记》没有"为因"，而杨志和的《西游记》有"为因"。"四游记"是明代万历年间出现的四种长篇神魔小说的合称，书中大都是与道佛两教有关的神怪故事，包括《东游记》《西游记》《南游记》《北游记》，杨志和的《西游记》是其中之一。

（2）却说殷高正在镇守南北界水火山，见真人赍法旨到，连忙出接入，参见毕，真人曰："金阙化身，<u>为因</u>下凡收黑气，去到太保山，遇见一伙妖精，不能收伏，来投三清。……"（余象斗《北游记》卷4）

余象斗生卒年为16世纪中叶至1637年后。

（3）吴山接酒在手道："小生<u>为因</u>灸火，有失期约。"（冯梦龙《喻世明言》卷3）——另卷20有"陈巡检为因孺人无有消息"，卷34有"为因小弟蒙君救命之恩"。

（4）自古唤做罗刹江，<u>为因</u>风涛险恶，巨浪滔天，常番了船，以此名之。（冯梦龙《警世通言》卷23）——另卷28有"为因清明节近"。

（5）节次说及唐朝宣宗宫内，也是一个韩夫人，<u>为因</u>不沾雨露之恩，思量无计奈何，偶向红叶上题诗一首，流出御沟。（冯梦龙《醒世恒言》卷13）——另卷13有"为因当日在庙中听见韩夫人祷告"，卷33有"为因养赡不周"。

冯梦龙生卒年为1574—1646年，比吴承恩迟得多。

（6）生叹口气道："……<u>为因</u>负了寺僧慧空银五十两，积上三年，本利共该百金。……"（凌濛初《初刻拍案惊奇》卷15）——另同卷有"为因那陈秀才是个撒漫的都总管"，卷35有"为因佛殿坍损""为因修理宅舍"，卷36有"为因一时无端疑忌"。

凌濛初生卒年为1580—1644年。

（7）窦家兄弟<u>为因</u>有一个亲眷上京为官，送他长行，就便往苏州探访相识去了。（凌濛初《二刻拍案惊奇》卷9）——另卷29有"为因到旧处寻访不见"。

（8）<u>为因</u>口舌鲠直，多有伤人，恶了当朝宰相王荆公，被他寻件风流罪过，把苏学士贬去黄州安置。（熊龙峰《熊龙峰小说四种·苏长公章台柳传》）

《熊龙峰小说四种》于明万历年间刊印。

（9）林澹然合掌道："……<u>为因</u>贪走路程，错过了饭店宿头，一时饥渴，欲求施主沽一壶素酒解渴，因此惊动了列位，莫怪。"（清溪道人《禅真逸史》第9回）——另第10回有"为因江宁县知县祝鸥差委搜捕这林澹然不着",第23回有"为因送先祖骸骨归乡",第30回有"为因日前留一有孕女人"。

清溪道人即方汝浩,其生平事迹无考,但《禅真逸史》出现于明朝末期。

（10）瞿天民劝道:"……我省着你了,为因琰儿事发。妇人家好甚见浅,孩子又非是卖与人去,刘郎官居刺史,何等富贵,孩儿受用不浅,比在你我身旁更好十倍,何苦如是?……"（方汝浩《禅真后史》第19回）

（11）长老道:"当原日有个喜见菩萨,放火焚身,供佛三日;又有个妙庄王香山修行,为因父王染疾,要骨肉手眼煎汤作引子,就卸下手眼,救取父王,以致现出千手千眼、救苦救难、大慈大悲,才登观世音正果;又有锡腊太子舍了十万里江山,雪山修行,以致乌鸦巢顶,芦笋穿膝,且又舍身喂虎,割肉饲鹰。……"（明·罗懋登《西洋记》第11回）——另第18回有"为因贫道船上有神乐观里的二百五十名道士、乐舞生,有朝天宫里的二百五十名道士、道童",第20回有"为因宝船行至白龙江下,风浪大作",第34回有"为因贩盐下海",第36回有"为因南朝大明国朱皇帝驾下差遣两个大元帅""为因这个利害",第42回有"为因他偷吃了我一粒仙丹",第45回有"为因私通外国事发之后",第46回有"为因得了天师的飞符",第50回有"为因受你厚礼",第52回有"我为因要取两个凤凰蛋,献上玉皇,前赴蟠桃大宴""为因国师差遣来此山中取凤凰的蛋""为因一时寻不见",第56回有"为因撒发国那个金毛道长",第77回有"弟子为因镇国寺附近汜水关,关云长辞曹归汉,来到关上,把关官吏埋伏火烧之计,是弟子漏泄于云长",第87回有"为因官身下海""哥哥为因家道贫穷",第89回有"为因两个姐姐争风""为因番总兵身死之后""为因国家有难""为因赍了国书""原日为因抵触了继母",第91回有"为因兵下西洋""为因不曾判断填命""为因不见玉玺",第92回有"为因昨日佛爷爷做圆满",第94回有"为因抗拒了那两位元帅"。

罗懋登生平事迹不详,大概于明神宗万历中前后在世,主要活动在万历年间。

（12）我为因性拗,平昔常有冒犯,万乞宽恕,不要挂怀。少刻侄婿进来,要求好言帮衬。（金木散人《鼓掌绝尘》第30回）

《鼓掌绝尘》"因为"有2例,"为因"有1例。金木散人生活于明崇祯年间。

（13）夏提刑展开观看,上面写着:"立借契人蒋文蕙,系本县医生,为因妻丧,无钱发送,凭保人张胜,借到鲁名下白银三十两,月利三分,入手用度,约至次年,本利交还。……"（兰陵笑笑生《金瓶梅》第91回）

《金瓶梅》成书时间约在明隆庆至万历年间。

（14）今七月中元夜,复梦亡夫云:"足下当为魁元,为因露天奸污二女,不重天地,连乡科亦不能矣。……"（西湖渔隐主人《欢喜冤家》第10回）

西湖渔隐主人生平不详,可能生于晚明或明末清初。

（15）为因恶了铁木御史,奏闻英宗皇帝,罢归田里。（风月轩又玄子《浪史奇观》第2回）

《浪史奇观》的作者风月轩又玄子其人其事无考。据考,明天启年间及明末的书籍都曾提到该书，故知该书至迟作于明万历年间。

（16）当时，秦王稽大夫<u>为因</u>引荐范唯，不意睢反权倾己，位居其上。（余邵鱼《春秋列国志传》第 105 回）

余邵鱼（约生活于明朝嘉靖、隆庆年间），福建建阳县人，。

以上都是明代白话小说，时间上都比《西游记》要迟。

2. 明代戏曲的"为因"

（17）小生淮南本贯，姓满名谦，<u>为因</u>访一故友，远到长安，不期解任去了。（傅一臣《苏门啸死生冤报》第 1 折）

傅一臣为明末清初戏曲作家。

（18）<u>为因</u>父母年老，要上表奏辞官回去，来此已是午门，不免进入串勿来个。［张大复《快活三》（清钞本）第 17 出］

张大复生卒年约 1554—1630 年。

（19）（净云）<u>为因</u>婆婆身丧，家下无依，独自寻来到此。（无名氏《葵花记》第 21出）——另第 30 出有"为因女将孟日红剿贼有功"，第 31 出有"为因机关敢为叛逆"。

（20）试官大人，<u>为因</u>那药性不好。（邓志谟《玛瑙簪记》第 19 出）

（21）<u>为因</u>我女婿不在家，致有如此变故。（邓志谟《凤头鞋记》第 33 出）

邓志谟约明神宗万历中前后在世。

（22）自家兵马使王庭凑是也，<u>为因</u>幽州兵士作乱，共推朱克融为留后。（云水道人《玉杵记（一）》第 3 出）

（23）我晓得了，<u>为因</u>落第，故此着恼呵。（无名氏《红杏记》第 17 出）

（24）老夫徐广是也，官居长史之职，<u>为因</u>新主刘裕接位，告老林泉。（无名氏《绿袍记》第 6 出）

《绿袍记》当为万历后期至崇祯年间所刊。

（25）人家丈夫，<u>为因</u>无子，其妻劝夫娶妾。（无名氏《双璧记》第 5 出）——另第 6出有"为因无子"。

（26）俺们是成都府生员监生人等，<u>为因</u>番兵入犯，百姓丁男，排家编户，上城防守。（孟称舜《娇红记》第 24 出）

孟称舜的生卒年约 1599—1684 年，会稽（今浙江绍兴）人，比吴承恩要迟许多。

（27）（杂喝介）俺是黄门陈老爷持上名帖，拜上夫人，<u>为因</u>犯路小厮癞头鼋，将泥丸打跌俺老爷下马，即要送官究治，这小厮说曾在夫人处效过劳的，俺老爷吩咐小的，禀过夫人发落，然后送官。（陈轼《续牡丹亭传奇》第 9 出）——另第 22 出有"为因老年祈嗣""为因官事株累"，第 26 出有"为因擎掌明珠"，第 28 出有"为因引他梦回莺转"，第37 出有"俺陈最良为因大计老耄，久经休致"，第 42 出有"为因家主平蛮报捷"。

陈轼为明末清初戏曲作家（1617—1694）。

（28）自家李碧峰的便是。<u>为因</u>宗师岁考，特来昆山东市前，做些买卖。（薛旦《续情灯》第 5 出）——另第 18 出有 "为因考童生不济"。

薛旦为明末人。

（29）千里寄衣裳，昔日范杞梁，<u>为因</u>始皇无道，高筑万里长城，他妻孟姜曾千里送衣。（高一苇《葵花记·寻夫遇寇》）

高一苇万历、崇祯年间在世。

（30）东人<u>为因</u>救母，欲往西方，期在三年服满，然后启行。（郑之珍《新编目连救母劝善戏文·主仆分别》）—— "主仆分别" 另有 "为因救母修行"，"过黑松林""目连坐禅""目连寻犬" 各有 "自家为因救母"，"过寒冰池""开场" 各有 "为因救母"，"二殿寻母" 有 "为因图财杀死人命"，"七殿见佛" 有 "为因赴会""贫僧为因母堕地狱"。

郑之珍的生卒年为 1518—1595 年，安徽祁门县渚口乡清溪人，比吴承恩要迟一些。

（31）下官公朗，<u>为因</u>昨日放告，有符明告秀才白受之，诱女私奔一节，事迹可疑。（叶宪祖《团花凤》第 2 折）

叶宪祖生卒年为 1566—1614 年，浙江余姚人，比吴承恩要迟。

（32）小生淮南本贯，姓满名谦，<u>为因</u>访一故友，远到长安不期解任去了。（傅一臣《苏门啸》第 1 折）

傅一臣为明末清初戏曲作家，生卒年不详，浙江杭州人。

以上除无名氏不知年代外，其余戏曲作品都比吴承恩《西游记》要晚。

3. 清代白话小说的 "为因"

（33）原来山显仁<u>为因</u>女儿才高得宠，压倒朝臣，未免招许多妒忌。（荻岸散人《平山冷燕》第 13 回）

（34）王寿道："我家相公<u>为因</u>避祸到江南来，恐怕相公出京寻不见，故叫小人送书知会。"（荑秋散人《玉娇梨》第 19 回）

（35）那妇人低鬟含笑，娇声答道："……<u>为因</u>正房妒悍，著妾另居于此，敢问郎君上姓贵名，家居何处，曾娶妻否？"（樵李烟水散人《灯月缘》第 1 回）——另第 3 回有 "为因姊以烧香"，第 4 回有 "兰娘为因一夜无眠""为因等著真生""兰娘为因子昂已归"，第 6 回有 "小弟为因寇盗纵横，家室如毁"，第 12 回有 "为因拙妻临殁之时"。

（36）查得当日立庙时节，之推夫妇原是衣冠齐楚并肩坐的，<u>为因</u>这事平空把之推塑像忽然改向朝着左侧坐了。（艾衲居士《豆棚闲话》第 1 则）

（37）张氏道："我丈夫叫陆必大，<u>为因</u>短少钱粮，收禁在狱，欲卖房子完纳。……"（杜纲《娱目醒心编》卷 7）

（38）忽一日，有个媒婆引着一个老妪到樊家来，说道："城外村中有个财主，<u>为因</u>无子，他大娘欲为娶妾，闻说宅上二娘要出嫁，特令这老妪来相看。……"（笔炼阁主人《五色石》卷 2《双雕庆》）——卷 3《朱履佛》有 "为因母亲急病死了"。

（39）也是事该凑巧，赵相<u>为因</u>父亡，借了一主官债，历年还过本利，尚有债尾未清，意欲求让。（鸳湖烟水散人《珍珠舶》第 1 回）——另第 2 回有 "为因自己的生辰已近"，

第 6 回有"为因凭限难违"，第 11 回有"为因风顺"，第 12 回有"为因醉卧虎丘""为因思主情深"，第 13 回有"为因择婿"，第 14 回有"小弟为因手中困乏"。

（40）王禹偁有《响屧廊》诗云："廊坏空留响屧名，为因西子绕廊行；可怜伍相终尸谏，谁记当时曳屧声！"（蔡元放《东周列国志》第 81 回）

（41）为因出兵日子不利，紮营在此。（无名氏《说唐》第 48 回）

（42）王义盘问了一回，转身对炀帝奏道："……为因父母俱亡，其兄奸顽，贪了财帛，要将他许配钱牛；恰蒙万岁点选绣女，亭亭自诣州愿甘入选，备充宫役。"（褚人获《隋唐演义》第 27 回）——另第 57 回有"为因幽州刺史张公谨五十寿诞，与柴嗣昌昔年曾为八拜之交"。

（43）军校道："……我们的老爷，现奉当今圣旨颁下来的，为因红脸的名叫赵匡胤，杀了女乐一十八名，弃家逃奔，故此各处关津城市，张挂告示，有人捉得解送京来，千金重赏，万户侯封。……"（吴璿《飞龙全传》第 12 回）——另第 18 回有"为因无钱使用"，第 29 回有"为因已性不明"。

（44）裴天雄说道："……小弟为因奸臣当道，逼得无处容身，故尔权时落草，罗兄不嫌山寨偏小，俺裴天雄情愿让位。"（竹溪山人《粉妆楼全传》第 29 回）——另第 72 回有"为因折了王虎、康龙无人退敌"，第 76 回有"为因老亲翁失陷此地"。

（45）宋江听了，怒不可遏，忽想到望蒙山前之事，为因不忍一时之忿，以致失地丧将，便只得忍辱守营。（俞万春《荡寇志》第 128 回）

（46）喽罗上山报知大王，杨再兴下山来看，只见张保跪下禀道："……为因解粮才到，不知有这个军令，故尔冒犯了大王。……"（钱彩《说岳全传》第 47 回）——另第 60 回有"为因元帅进京久无信息"。

（47）长随问了，来回复道："这金忠说是浙江宁波鄞县人，为因有罪，遣戍到马宣卫所，马宣作乱，不得不从。"（空谷老人《续英烈传》第 11 回）

（48）遂走回身来到李荣春面前禀告："大爷，但前面乃是一位小姐，因要往宁波去探亲，为因到此母亲病死在此，无钱收埋，故要卖身葬母的。"（无名氏《天豹图》第 1 回）——另第 7 回有"为因心忙意乱"。

（49）郑天惠说："那人需对赵虎说：'为因我不愿为绿林，又不能脱身出去，忽见四老爷被捉，就有心来救，无奈一人势孤。……'……"（石玉昆《小五义》第 156 回）——另第 158 回有"为因听了家人之言"，第 230 回有"为因朝天岭与贵处俱是唇齿之邦"。

（50）为因听了周庆儿回来一说，群贼俱是一怔，大家抄家伙直奔后面查看虚实，果然三个家人横躺竖卧，鲜血淋漓。（石玉昆《续小五义》第 34 回）——另第 106 回有"为因朝天岭与贵处俱是唇齿之邦"。

（51）诗曰："凡事总要苦琢磨，为因世上能人多。……"（石玉昆《小八义》第 60 回）

（52）小行者道："不是舍不得，为因无用，借与一个自利和尚，去种佛田了。"（无名氏《后西游记》第 12 回）

（53）原来这日刘子晋为因扰得安可宗久了，在沿河板闸口赁了一间临河楼房，备下酒席，请安家父子看龙船，就请王嵩相陪。（无名氏《巫梦缘》第9回）——另第9回有"为因这日有客"，第11回有"为因本日春归""为因苛刻了些""为因不是岁考"。

（54）凌霄道："亦非也。为因月色溶溶，特来与郎闲话片晌。"（白云道人《赛花铃》第4回）——另同回有"为因试期将近""为因红生家事单薄"，第5回有"为因家下不能静坐"，第8回有"为因贸易""为因避难而来"，第9回有"为因剿寇有功""为因求取功名"，第14回有"为因思念爹爹"。

（55）他便怀里掏出卦筒来，走到上头恭恭敬敬的作了一个揖，手内摇着卦筒，口里念道："……兹有信官贾某，为因母病，虔请伏羲，文王、周公、孔子四大圣人，鉴临在上，诚感则灵，有凶报凶，有吉报吉。……"（曹雪芹、高鹗《红楼梦》第102回）

上例还说明，就是《红楼梦》中也有"为因"。

（56）小燕道："……小姐说她是侯爷自幼聘定的夫人，为因守节不肯改嫁，受了许多苦楚，要求侯爷不负前盟之意，请侯爷看诗便知。"（静恬主人《金石缘》第20回）

（57）梅白道："为因山水勾留，故此来迟。"（陈小海《红楼复梦》第21回）

（58）两人告坐，坐下，苏老爷说道："夫人今日来与下官道喜，为因下官官礼不周，望乞恕罪。"（无名氏《桃花庵》第23回）

（59）和尚指着后面："……为因有一个姓顾的欺他，叫我去找姓顾的，他在前面等着，要与姓顾的讲句话儿。"（梁溪司香旧尉《海上尘天影》第57回）

（60）冯少伍道："……此事虽隔数年，为因当日挪移这笔款，故今日广东的财政，十分支绌，专凭敲诈富户。……"（黄小配《廿载繁华梦》第10回）

（61）吟毕便道："……为因恣意寻花，耽情问柳，以至落魄异乡，江东难返。……"（俞达《青楼梦》第15回）——另第47回有"他倒说为因命运多蹇"，第54回有"原来是告为为因因贫赖婚"，第60回有"弟子金挹香为因勘破尘缘"。

（62）杨四道："并无正事，为因在家昏闷得很，故想到外边去闲散闲散罢了。"（梦花馆主《九尾狐》第1回）——另同回有"为因前晚见了你"，第2回有"为因黛玉天生一双桃花色眼"，第3回有"为因他必须天亮好睡"，第4回有"为因佳人美貌"，第6回有"为因我是原媒""为因日前杨四在他家点的是《滚红灯》"，第7回有"为因杨四那边一声响"，第8回有"为因日间转局尚少"，第10回有"为因黛玉夜夜出外"，第11回有"为因月山是个武角色"，第12回有"那班客人为因羡慕宝玉""为因下山报恩""为因昨天辛苦"，第14回有"为因绶之年纪既轻，相貌又好"，第18回有"为因广东风气，不论富商贵介，都喜在船中饮酒取乐"，第20回有"为因阿金比阿珠更加能干"，第27回有"为因那班徒弟都是年轻力壮、好勇斗狠的人"，第30回有"为因等事成之后"，第40回有"为因大人年已半百"，第45回有"为因宝玉头上的插戴、身上的穿着，件件是上海新式，光华夺目，彩色动人，与北京妇女装束判若天渊"，第61回有"为因即刻要打照会到捕房中去"。

（63）而前书何以并未提及？为因没有他的正文之故。（《九尾狐》第53回）

上例比较特殊，似乎是因果倒装。以上是白话小说。

（64）为因连朝不空闲，竟无问问与观观。（陈端生《再生缘》第56回）

（65）今春刘氏夫人至，<u>为因</u>谢罪到中堂。（《再生缘》第 70 回）

上例也是因果倒装。以上是弹词。

白维国（2011：1617）收"为因"，如：

（66）城外村中有个财主，<u>为因</u>无子，他大娘欲为取妾。（清·笔炼阁主人《五色石》第2回）

（67）主管道："在城人家。<u>为因</u>里役，一时间无处寻屋，央此间邻居范老来说，暂住两三日便去。……"（明·冯梦龙《喻世明言》卷 3）

上例的"为因"后面的"里役"是名词，"为因"是介词，应该另外设义项。截至本书交稿时，尚未见到有词典为"为因"设立介词这一义项。

钟兆华（2015：644）收"为因"，如：

（68）<u>为因</u>不忍一时之忿，以致失地丧将。（清·俞万春《荡寇志》第 128 回）

显然例子要迟得多。

4. 清代戏曲的"为因"

（69）（付白）<u>为因</u>你每要做忠臣，故此圣上特来奉请。（李玉《千钟戮》第 11 出）——第 14 出有"老身为因放心不下""为因庆成公主娘娘奉旨往齐云岩进香"，第 17 出有"为因乏食"。

（70）我冯玉吾，<u>为因</u>媳妇少艾，急欲择吉圆房。（朱𡼏《十五贯》第 6 出）——另第18 出有"为因急往苏州辨人冤枉"。

（71）"立卖身文契康宣，<u>为因</u>父母双亡，衣食不周，情愿自卖自身。……"（无名氏《三笑姻缘》第 9 出）——第 34 出有同样内容。

（72）我今特奉圣旨，<u>为因</u>西川节度李老爷的夫人发配新州卫去，因此特来追他转去。（盛际时《人中龙》第 26 折）——另同折有"为因进京打探你母亲消息""为因那仇士良已死"。

（三）清代与民国契约文书的"为因"

1. 清代宁波契约文书的"为因"

（1）两处共计四六垱，其四址垱丬亩分悉照丈量号册管业，今<u>为因</u>无钱用度，情愿将前田一直出卖与奉化毛坤山为业，三面言明。（166. 胡英奎绝卖契，第 110 页）

（2）<u>为因</u>无钱使用，情愿将前田一直出卖与奉邑毛坤山为业，其田字号四址垱丬亩分悉照丈量号册管业，三面议开。（167. 毛荣昌同弟荣瑞绝卖田契，第 110 页）

（3）又壹处七百七十三号又七百七十四号泉田并一丘，其字号粮计亩分垱丬悉照前契管业，<u>为因</u>田价不足，邀同原中，情愿出推与奉邑毛坤山为业，三面议开。（168. 毛荣昌同弟荣瑞绝卖田契，第 111 页）

（4）王昌庆等原有祖父遗下天田壹处，坐落新田黄反田，土名前庄，系笃字四百念

（廿）贰号，量（粮）计七分七厘五毛，其字号亩分垅爿悉照丈量号册管业，<u>为因</u>无钱使用，情愿将前田一直出卖与毛坤山为业，三面言明。（207. 王昌庆卖田契，第 137 页）

（5）王是庆等原有前日交易得天田壹处，坐新昌黄反田，土名前庄，计田贰亩零，其字号亩分垅爿照依前契管业，<u>为因</u>不足，邀同原中找得毛坤山田价钱拾九千五百文。（208. 王昌庆卖田契，第 138 页）

（6）原有自置田壹处，土坐饭超头，系福字七百七十九号天田壹垅，量（粮）计壹亩三分三厘，其四址亩分垅爿悉照丈量号册管业，<u>为因</u>无钱使用，情愿将前田一直出卖与奉邑毛坤山为业，三面议开。（233. 新昌俞邦朝卖田文契，第 154 页）

（7）共田贰亩贰分九厘，其田四址亩分垅爿悉照丈量册号管业，<u>为因</u>无钱使用，情愿将前田一直出卖与奉化毛坤山边为业，三面议开。（262. 新昌俞云木同弟云桥卖田契，第 174 页）

（8）原有前月交易田壹处，土坐饭超头，系福字，其字号亩分垅爿悉照正契管业，<u>为因</u>田价不足，邀同原中找得奉化毛坤山田价钱九千五百文，其钱当日随契收足。（263. 新昌俞云木同弟云桥卖田契，第 174–175 页）

（9）其四址亩分垅片悉照丈量册号管业，<u>为因</u>无钱用度，情愿将前田一起出卖与奉邑岩头毛坤山为业，三面议开。（311. 胡岳仁卖田契，第 196 页）

上面例子充分证明，宁波方言至迟到清末还常用"为因"。

2. 清代上海契约文书的"为因"

清末上海契约文书中也有连词"为因"，如：

（10）立卖在房装修并预支升高据张驾六，<u>为因</u>前将遗在城二十五保七图拾铺陆家宅内坐北朝南门面吉房壹所，计楼平房叁拾贰间，并随屋基地壹亩四分九厘，凭中杜绝与玉芝堂张处永为世业。（《光绪十三年（1887）上海张驾六卖装修契》）[①]

以上说明至迟在清末，上海方言也有连词"为因"。

3. 清代福建屏南契约文书的"为因"

（11）立卖断地基坪契陈俊奉仝侄等，<u>为因</u>祖手遗下有地基坪壹植（直），坐址本处土名俗叫大楼下。（《同治七年（1868）屏南陈俊奉等立卖断地基坪契》）[②]

以上说明至迟在清末，福建屏南也有连词"为因"。

4. 清代与民国清水江契约文书的"为因"

（12）为因家下缺少口粮用度无从得出，父子謪（谪）议，自愿将祖业水田请中问到本寨杨传福……（《康熙贰拾贰年龙国祥岑猛半坡田断卖契》，见《贵州清水江流域明清土司契约文书·亮寨篇》）

---

① 转引自唐智燕（2019：161）。
② 转引自唐智燕（2019：272）。

（13）弟兄三人<u>为因</u>缺少银用，无处出息，自己謪（謪）议，愿将到与扬抑坪得换……（《嘉庆贰拾壹年杨士光弟兄刁仲田断卖契》，见《贵州清水江流域明清土司契约文书·亮寨篇》）

（14）<u>为因</u>严父生养死葬用费无出，自己弟兄商（商）议，愿将严父铙钵山脚养膳田壹分……（《光绪拾九年龙端龙秀铙山脚田断卖契》，见《贵州清水江流域明清土司契约文书·亮寨篇》）

（15）<u>为因</u>喜事无出，母子第（弟）兄商（商）议，自愿将慈母受分养膳之业，坐落地名……（《光绪廿六年龙门石氏全男蚂蟥笼田断卖契》，见《贵州清水江流域明清土司契约文书·亮寨篇》）①

（16）<u>为因</u>缺少用费，情愿将祖山场，坐落地名良典。（《乾隆四十七年含租佃之山林断卖契》）

（17）姜生隆<u>为因</u>生理，自愿将地名冉构阜杉木山场一块（出卖）。（《嘉庆二十二年姜生隆断卖杉木山场约》）

（18）<u>为因</u>生理缺少银用，无处得出，自己愿将到屋地基乙块（出卖）。（《嘉庆二十二年姜东保样得等山场杉木地基断卖契》）②

（19）立断卖栽手杉木字人党（堂）兄姜老生，<u>为因</u>先年得写姜开明与文斗寨所共之山壹块。（《道光九年（1829）锦屏加池寨姜老生立断卖栽手杉木字》）

（20）立换字人姜必昌，<u>为因</u>欠到本房清明会钱，无处归还，自己弟兄商议剥换，自愿将番干古本名所占栽手之股，与胞兄姜必达剥换党黄花必达所占栽手之股与必昌断补清明会。（《1913 年锦屏平鳌寨姜必昌立剥换字》）

（21）立断卖杉木山字约□□□杨胜红，<u>为因</u>缺少钱用无出，自愿将（杉）木山一烈，上凭福兴田坎大路，下凭芳□，左凭吴贤明之山为界。（《1917 年锦屏王家榜村杨胜红立断卖杉木山字约》）

（22）立拨换字人清明会友姜学正、学信、学礼等，<u>为因</u>先年得买学开各处山场并栽手，拨与必荣管业，必荣自愿将分占祖遗山地名细在打首山上截，拨归会上分落学正、学礼、必庆弟兄叔侄管业，二比心平意愿，不得翻悔异言。（《1922 年锦屏平鳌寨姜学正等立拨换字》）

（23）立出左约字人胡张氏，<u>为因</u>遗（移）置，只得将祖父所遗分授之核桃园新造之堂屋一押、东边之地基一间，与胞弟胡仲先左明老房一间……自左明补价之后，各照契管业。（《1946 年吉昌胡张氏立左约字》）③

吉昌属黔东南地区。（唐智燕，2019：26）

（24）立卖杉木约人陈老什，<u>为因</u>缺少银用，无处得出，自己情愿将至所栽姜昌举兄弟之山，坐落地名乌智维，其木五股均分，陈老什栽手占二[股]，地主占三股。（《嘉庆

---

① 转引自苌丽娟（2020：4）。

② 转引自史光辉（2020：247）。

③ 例（19）～例（23）转引自唐智燕（2019：26，28，32，254）。

二十二年（1817）三月初十日陈老什卖杉木契》,《苗族契约》2/B0045）

（25）立卖栽手字人天柱县岩门寨杨惟嶽、[杨惟]谋兄弟，为因先年佃到主家姜朝胡弟兄山场一块，地名卧夭，至今木植长大，缺少银用，弟兄相（商）议，自原（愿）将到名下栽股出卖与主家，凭中议定价银十二两正（整），我弟兄占栽手分落四两八钱，亲手领回应用。（《道光十一年（1831）杨惟嶽、杨惟谋兄弟卖栽手契》,《苗族契约》2/B0096）

（26）立请字人粟胜才，为因先年得写平鳌寨胜芳之山，地名污茶溪，今与韩世华、谭友信二比争持，自愿请到姜文勋、三今、学海、宗宽、启华等宰鸡鸣神，胜才出鸡狗，友信当南岳大王宰割，二比心平意愿，并无逼勒等情，临场亦不敢宣（喧）嚷多言，今欲有凭，立此请字是实。（《嘉庆二十年（1815）十一月二十一日粟胜才请神文书》,《清水江》2/2/185）

（27）立请字人姜东贤、东才兄弟等，为因有祖遗山场杉木地名冲讲，忽被启略越界强卖盗斫，以致我等混争，央中理论，未获清局。（《道光二十七年（1847）姜东贤、东才兄弟请神契》,《苗族契约》3/F0033）

（28）立断卖田约人石伦生，为因账务无甚偿还，自愿将先年得买孝周田一坵约禾五把，土名跳幹，出断卖与本地石登朝、石□□二人名下得买为业……（《嘉庆十四年（1809）三月初四石伦生断卖田契》,《黎平文书》1/6/16）

（29）为因先年先祖所该之账无艮（银）币还情（清）……（《道光二十一（1841）年十二月初七日姜凌汉三兄弟卖山场杉木契》,《姜启贵》287）

（30）立巧（调）换杉木字人姜昌明，为因要老木割寿方，无处得出……（《咸丰十年（1860）八月二十二日姜昌明调换山场契》,《姜启贵》364）

（31）为因缺用无出，今将名下受分小引斋对门坡脑花地一块……。（《光绪八年（1882）三月初二日龙于球卖棉花地契》,《亮寨文书》81）

（32）立断卖田约人姜文彬，为因要银还账，无从得处（出），请中向（上）门问到姜文勤兄名下（《乾隆三十三年（1768）八月初六日姜文彬卖田》,《姜元泽》13）

（33）立断卖田字约人龙盛远，为因二兄去世，诀（缺）少安葬用费无出。（《民国三十七年（1948）腊月十七日龙盛远断卖田契》,《亮寨文书》183）

（34）立断卖田字约人岑湖寨石奶桃，为因家下缺少用，……凭中胞弟石伍寿，代笔石殿元。（《嘉庆八年（1803）六月十二日石奶桃断卖田契》,《黎平文书》1/6/10）

（35）立断卖田字人朱老小、杨氏朱奶海佑叔嫂二人，为因缺少银用，无出……（《同治四年（1865）三月二十一日朱老小、杨氏朱奶海佑断卖田契》,《黎平文书》1/6/368）

（36）立断卖祖坟山约人补华宗，为因家下缺少银用，无出，自己愿卖土名果柳山一块，出卖与堂弟兄石经魁名下，当日三面议定断价纹银二两整，亲手收回应用。（《嘉庆七年（1802）八月初五日补华宗断卖祖坟山契》,《黎平文书》1/5/28）

（37）立当字人姜志长、引长弟兄二人，为因父亲忘（亡）故，无银用度，自愿将到培丁之山名下所占一股，出卖与本房姜宗玉叔父名下，今被岩顺具控有名在案，我弟兄无银理落，自愿将也丹大田一坵作当宗玉叔，□□在于我弟兄理落。（《道光四年（1824）

十月廿四日姜志长、引长弟兄二人当契》,《姜元泽》233)

(38)**为因**族中人众,所居有远有近,其人有老有少,况后世子孙更加繁衍。(《民国四年(1915)三月初九日刘玉壶等众议合同》,《岑巩文书》275–276)①

(39)立借字约人忙脸石芝杰、石声祥二人,**为因**木植生意缺少用费,无处所出,自己借到杨品极公名下实借过本元银三百两,亲手收回应用,其艮(银)自借之后,言定每两照月加三行息,限到脱货本利为还,不得短少,如有误者,杰愿将便素田四坵,载禾九十把;祥愿将归朝田一坵,载禾三十把作抵。(道光二年四月初四日,李斌,2017:23)

(40)立收典田价字人石体全,**为因**买耕牛缺少银用无出,自己登门问到,今将土名便岁田一边典□足银二两四钱正(整)。(宣统三年二月十四日,李斌,2017:107)

(41)立典田字人石氏乃灵乔,**为因**家内缺少粮食无出,自愿将土名困遂大田坎上,过路上下大小二坵,在(栽)禾五把,今自出典与本寨议学众等名下得典为业,当日面言典价元银五两一钱五分整。(光绪二十二年四月二十七日,李斌,2017:40)

(42)立典荒屋地基字约人石奶寅,**为因**先年所借之帐本利无归,自愿将土名格茂地基乙(一)副,今凭中出典本寨族内石芝松、石祥云二人名下承典为业。(同治八年十一月十八日,李斌,2017:337)

(43)立典塘字约人石氏奶继宗,**为因**缺少账务无甚偿还,自愿将土名已放塘一口,均禾九把,系作四股均分,本名所占三股,凭中出典与石起太公名下承典为业,当日三面议定典价元银三十一两整。(道光廿三年四月十五日,李斌,2017:98)②

(44)**为因**先理,缺少利银,无从得出。(《乾隆三十八年(1773年)山林卖契》,唐立等,2002,《贵州苗族林业契约文书汇编》)③

上例的"先理"是汉语词"生理(生意买卖)"的别字,受苗、侗音影响而记作"先"。(姚权贵,2020:134)所以,"先理"也是动词性词语,"为因"是连词。

(45)立断卖子杉木字约人容嘴寨姜国正、姜乔你弟兄二人,**为因**家下缺少用费无出,自愿将到地名鄙雅子杉木乙块,上坪(凭)盘路,下砍(坎)左坪(凭)冲,右坪(凭)领为界,下坪(凭)赧头为界,四至分明,五大股均分为二十股,本名占一股。(甲寅年正月十五日,李斌,2017:223)

"整理者提炼的标题为'姜国正、姜乔你弟兄二人断卖子杉木字约(民国三年正月十五日)'。"

(46)立典田字人石灿壁父子二人**为因**账务缺,用费无出,自己愿将便彼田叁坵载禾五把出典。(祺祥元年四月十三日,李斌,2017:315)④

(47)立错字人文斗寨姜永松等,**为因**生理,卖到平鳌寨姜盛魁等卖到地名皆依丈又名荣昌山一块。(张应强等,2009:137)

---

① 例(24)～例(38)转引自肖亚丽(2020a:23–28)。
② 例(39)～例(43)转引自宋家永(2020:72–74)。
③ 转引自姚权贵(2020:134)。
④ 转引自陈洪波(2020:52)。

（48）立清白投字人龙梅所、陆富宇二姓，<u>为因</u>往外，针地方安身，立意投到文斗寨界内。（张应强等，2011：199）^①

（49）立卖山场杉木约人姜绍怀，<u>为因</u>家中要银使用，无处得出，自愿将到祖遗山场杉木，土名污鸠求，出卖与上寨姜士朝兄名下承买为业……其山分为口股，绍伦、绍怀共占一大股，今将本名半股出卖。（陈金全等，2008a：79）

（50）立卖山场杉木油山并地字人文斗寨六房姜弘仁父子，<u>为因</u>家下缺少银用无出，自己将到油山一块，土名鸟假者，又将亲手得买生连弟兄本名之山场一块土名两点，又将一假令山场名下占一股，一共三处出卖下文斗寨姜映林名下承买为业。（《中国少数民族社会历史调查资料丛刊》修订编辑委员会，2009：24-25）

（51）立典田字约人龙景怡，<u>为因</u>家下缺少用费丈项无出，自己愿将受分之业……要行出典。（谭洪沛等，2014：214）

（52）立将山还账务字人文斗上寨姜尚文。<u>为因</u>伯父缠疾，屡借贷姐丈银费用，后施（拖）日久，手内不便付还。［唐立等，2003（第3卷）：F-29］

（53）立断卖油山场田坎上下杉木字人下房姜光模，<u>为因</u>要银使用，无处得出，自己问到上房姜绍熊名下承买修理管业。（陈金全等，2008a：327）

（54）立卖地木字人六房姜绍魁，<u>为因</u>缺少用度，无出，自愿将到杉木地培拜丢，在凭祥地山内，出卖与下房姜应辉等名下承买为业。（陈金全等，2008a：62）

（55）立断卖山场杉木字人姜周才，<u>为因</u>缺少会银，自愿将到地名南我亲手所栽杉木一块，出卖与土地会人等，姜保口、连佑、今三、酉保、肇伦、保艮（银）、会内九人承买。（陈金全等，2008b：46）

（56）立分合同字人中房龙飞池、廷彩，<u>为因</u>先年得买上寨龙保三连木代（带）地，分为二大股，廷彩、飞池、保三三人占地一大股。（陈金全等，2008a：46）

（57）立讨枪（仓）住居字人姜坛保，<u>为因</u>无处住歇，自己登门讨到姜登沅、登庭二人之控（空）枪（仓）壹间居住，各自打扫修整，不居（拘）远近，行正坐稳。（陈金全等，2008a：521）

在近代汉字研究第三届学术年会上，史光辉教授、唐智燕教授、姚权贵博士、芟丽娟博士等告诉笔者，清水江契约文书有很多"为因"。史光辉教授说清水江流域有以苗族、侗族为主的20多个民族分布其间。唐智燕教授说清水江流域汉语受苗族、侗族等侗台语的影响，有不少汉语为偏正的词语，常常为正偏形式，"为因"就是其中之一。

我们以为，这与形容词"AXA"重叠式一样，汉语方言有，一些民族也有，到底是谁影响了谁，这很难说。近代汉语有形容词"AXA"重叠式，也有连词"为因"，且有介词"为因"，都有一定的历史，清水江流域契约文书的"为因"还是受近代汉语的影响更大一些，或者可以说是近代汉语的延续。但不管怎么说，连词"为因"在《西游记》或《红楼梦》后还有顽强的生命力，通过清水江流域的契约文书也可见一斑。同时，有好几例的时间属于20世纪的，即1910年以后，尤其是有1946年、1948年，时间更迟，完全属于现代汉语范畴。

---

① 转移引自钟一苇（2020：167）。

（四）明清白话文献的介词"为因"

1. 明代白话小说的介词"为因"

（1）王进笑道："……为因新任一个高太尉，原被先父打翻，今做殿帅府太尉，怀挟旧仇，要奈何王进。……"（施耐庵《水浒传》第2回）

（2）这汉道："……为因本处一个财主，将五千贯钱教小人来此山东做客，不想折了本，回乡不得，在此人赘在这个庄农人家。……"（《水浒传》第17回）

（3）主管道："在城人家。为因里役，一时间无处寻屋，央此间邻居范老来说，暂住两三日便去。……"（冯梦龙《喻世明言》卷3）

（4）一连闯了几家，为因生人，推道有人接在外边的，或是有客的，或是几个锅边秀在那厢应名的。（陆人龙《型世言》第37回）

（5）地里鬼越发欢喜，说道："前日国王为因铁笛之事，把老哥的事细细的告诉小弟，只是小弟失亲。"（罗懋登《西洋记》第83回）——另第87回有"为因机密军情"，第89回有"为因唐状元""为因金毛道长官差"。

（6）来至大圣寨中，大圣接入礼毕，光佛曰："闻大圣今与小徒交战，为因变尊相偷仙桃一事，是否？"（余象斗《南游记》卷4）

（7）通天教主曰："……名利乃凡夫俗子之所争，嗔怒乃儿女子之所事，纵是未斩三尸之仙，未赴蟠桃之客，也要脱此苦恼；岂意你三人乃是混元大罗金仙，历万劫不磨之体，为三教元首，为因小事，生此嗔痴，作此邪欲。……"（许仲琳《封神演义》第84回）

2. 明代戏曲的介词"为因"

（8）（贴）为因何事而起？（席正吾《罗帕记·王可居迎母受责》）

（9）罗卜自从父亲丧后，为因丧事，久未念经。（郑之珍《新编目连救母劝善戏文·遣子经商》）

郑之珍的生卒年为1518—1595年，安徽祁门县渚口乡清溪人，比吴承恩要迟一些。

（10）今有本府本县本坊申庆，为因孩儿申纯，梦境随邪，病魔为祟，特于今年今月今日今时，敬请神官，奉行摄勘，有鬼捉鬼，有怪捉怪。（孟称舜《娇红记》第25出）

（11）（生）为因多病远求医，（末）旧馆依然尚可棲。（孟称舜《娇红记》第26出）

（12）是暇丘解人，是暇丘解人，为因贼子，迢迢教我来传递。（顾大典《义乳记·日南雪冤》）

3. 清代白话小说的介词"为因"

（13）兰娘道："为因爹爹，遭了无妄之灾，褐被赃官枉问，这番起解都堂，料必多凶少吉。……"（樵李烟水散人《灯月缘》第3回）

（14）原来苏良嗣为因旨意，叫他检点筵席，故早到此。（褚人获《隋唐演义》第73回）

（15）王嵩问起姨父在间壁，不知还差几间房屋，安可宗道："<u>为因</u>冯老师家，就在紧间壁，闻得内室也在楼上，故此一向闲着，恐不雅相。……"（无名氏《巫梦缘》第7回）

（16）何以言之？<u>为因</u>数十年前，各样器用非但没有，而且有了也不用。（梦花主人《九尾狐》第1回）——另第19回有"为因此间多少客人"。

4.清代戏曲的介词"为因"

（17）自家沈仰桥，<u>为因</u>鞑房之变，汴京残破，士女逃亡，我只得和妻子领了小姐随众南奔。（李玉《占花魁》第5出）

（18）原来<u>为因</u>时事，不愿功名，携眷遨游，安心放逸，乃是一个高士了。（范希哲《鱼篮记》第24出）

范希哲是明末清初戏曲作家，生卒年、生平事迹均不详，浙江杭州人。

（19）老身康婆，<u>为因</u>王少山的女儿亲事，高勿成，低勿就，今日特去回覆他。（盛际时《人中龙》第15折）

（20）（付）便是有好几年弗曾来哉，<u>为因</u>近来无子爷娘，暂权我里住两日。（《人中龙》第15折）

盛际时是明末清初戏曲作家，生卒年、生平事迹均不详，江苏吴县人。

（五）现代方言的"为因"

现代方言也有连词"为因"。许宝华等（2020：814）收"为因"："＜连＞因为。"方言点有二，一是西南官话：云南玉溪。二是粤语：广东广州。都未举例。但举《水浒传》（第3回）、《初刻拍案惊奇》（卷15）2个例句。李荣主编（2002：4465）也收"为因"："连词。因为。"方言点是广州。也未举例。

其他方言也有"为因"。广西陆川客家话就有，如：

（1）<u>为因</u>细人哩斗舌小事，两家人闹到唔和 _{因为小孩吵架的小事，两家人闹得不和。}（唐七元，2020：119）

我们以为，上例不确切。因为"细人哩斗舌小事 _{小孩吵架的小事}"是名词性结构，不是谓词性结构，所以，"为因"是介词。

笔者所在学校黄梦娜同学告诉笔者，其家乡浙江余姚也有连词"为因"。如：

（2）小王读书没去，<u>为因</u>生毛病浪 _{小王读书上学，因为生病了。}

（3）<u>为因</u>走路看手机河里翻翻落 _{因为走路看手机掉河里了。}

黄梦娜认为"为因"现在少用，她基本不用，只是听别人有用的。

但无论如何，吴语的余姚方言也有连词"为因"的残存是确定的。

现代汉语的"因为"既可作连词，也可作介词。余姚方言的"为因"也是如此，如：介词"为"表示目的，又可表原因，如：

（4）<u>为</u>侬葛事情，我两只脚泡跑起 _{为了你的事，我两只脚跑得起泡了。}

（5）为噎眼小事情寻相骂勿值当_{为这点小事吵架不值得的。}

表示原因的介词，"为"后面可加"因"字，构成"为因"。如：

（6）为因噶小眼事体寻相骂勿值当_{为了这么点小事吵架不值得的。}

由上可见，"为因"在通语中消失了，但在一些方言中仍然存在，如西南官话的云南玉溪方言，粤语的广东广州方言，广西的客家话，还有吴语的余姚方言。而且我们乐观地相信，随着对方言的全面、深入的调查研究，也许还会发现更多方言有连介词"为因"。

（六）倒序词语形成的原因

近代汉语时期不少词语的顺序还未固定。袁宾（1992：113）把这种词语现象称为"倒序词语"："倒序词亦称倒辞，指字序可以颠倒的词语。这是近代汉语文献里常可见到的一种语言现象。据有人统计，《水浒传》一书中仅双音倒序动词便有百余个。"倒序动词如：把守／守把、搀扶／扶搀等。倒序名词如：力气／气力、敌头／头敌、蔬菜／菜蔬、名声／声名、命运／运命、从人／人从等。倒序形容词如：整齐／齐整、光明／明光、狭窄／窄狭、空虚／虚空、辛苦／苦辛、和平／平和等。倒序副词如：共同／同共、莫敢／敢莫。

但一些方言，尤其是南方方言，如吴语，保存了不少与普通话排列有异的顺序的词语，除"力气／气力"外，又如"人客／客人""热闹／闹热"等。连介词"为因"也是其中之一。

袁宾（1992）分析了倒序词语形成的原因。袁宾（1992：119）说：

近代汉语阶段产生了大量的双音词，这些双音词的组合存在着一个逐渐凝固的过程。在此过程的前期，即词的内部组合不是很牢固的时候，便容易发生字序颠倒的现象。随着时间的推移，互为倒序的词往往淘汰一种形式，另一种被保存下来，如以上所举"故乡，乡故"，"本钱，钱本"，即保留了前者，淘汰了后者。两种形式在较长的时间里都使用的情况也是有的，如上文所举"整齐，齐整"。

由两个双音词语联合而成的四音词语，一般凝结得不很紧密，所以也可能发生倒序现象。

有时倒序词语的形成与方言习惯有关。例如：

客人——人客

你来同这位客人一席坐罢。（《儒林外史》第八回）

我入门后，不许再着人客。（《古今小说》卷十五）

其中"人客"系吴越一带的方言词。

其他又如为了修辞的原因（调平仄，凑韵脚等），也有可能造成倒序词语。

"为因"也是如此。

历史上还有"为缘""缘为"也是因果连词。据李为政（2017），晚唐五代，"为缘""缘为"各有3次（李为政，2017：287），宋代只有"缘为"（1次），未见"为缘"（李为政，

2017：292）。到了明代，只有"为缘"（2次），未见"缘为"（李为政，2017：302）。到了现在，"为缘""缘为"似乎都不见了。

清代福建契约文书有连词"缘因"，如：

（5）缘因缺银使用，情愿托中说谕，即将麦地、菜地共计五匹立契出卖断金盘与盖竹公名下为业。（《光绪二十五年（1899）闽北陈以松立典卖断契》）[1]

（七）"为因"的语法化路径

马贝加（2002：301）说："'为因'见于明代。明代'因为、为因'后带谓词性短语，便发展成为连词。"如：

（1）为因里役，一时间无处寻屋，央此间邻居范老来说，暂住两三日便去。……"（明·冯梦龙《喻世明言》卷3）

上例"为因"其实是介词。

（2）为因到处寻访不见，正在烦恼。幸喜相遇。（凌濛初《二刻拍案惊奇》卷29）

上例"为因"是连词。

按马贝加（2002）的说法，"为因"是先有介词，后有连词。

据李为政（2017：54），唐代文献已有连词"为因"，如：

（3）为因能致远，今日表求贤。（《全唐诗》卷782）

又据李为政（2017：42），介词"为因"的例子如"芳兰只为因香折"（《全宋诗》卷2）。我们以为"芳兰只为因香折"中的"为因"不是一个词，而是跨层的，其节律应该是"芳兰／只为／因香／折"。所以，《全宋诗》中的"为因"不是介词。

元曲也有连词"为因"，如：

（4）为因路阻，不能得去。（元·王实甫《西厢记》第5本第3折）

从介词到连词的演变是正常的语法化路径，而从连词到介词的演变虽然不多，但并非不可能。吴福祥（2017：259）讨论了汉语方言里四种逆语法化演变，即"并列连词＞伴随介词""处所介词＞处所动词""与格介词＞给予动词"和"比较介词＞比拟动词"。其中就有"并列连词＞伴随介词"。吴福祥（2017：259）把这称为逆语法化现象。如果真是如此，"为因"从连词到介词的演变也是逆语法化现象。不过这还要有更多的例证来证明。

（八）古今比较

1. 连词"为因"分布范围大为缩小

明清白话文献"为因"使用频率高，分布范围广，南方有，北方也有。文体也多样，如小说、戏曲、弹词，到了清末，契约文书也有大量的例子，方言点虽然都在南方，但分

---

[1] 转引自唐智燕（2019：195）注③。

布范围也较广，如浙江、上海、福建、贵州，尤其是贵州，数量最多。

现代方言分布范围大大缩小，只有地处南方的云南玉溪方言（属西南官话）、广东广州（属粤语）、浙江余姚（属吴语）还在使用，而且使用频率很低。

2. 介词"为因"分布范围更小

作介词用的"为因"，虽然浙江余姚、广西陆川客家话还有，但已经接近消失。

可以想见，随着对方言的深入调查研究，应该还会发现其他方言点有"为因"的用法。但毋庸讳言，"为因"现在使用频率十分低下，而且年轻人基本不说了，如黄梦娜同学自己基本不用，只是偶尔听其他人说过而已。

（九）一点感想

鲁国尧先生的《尼采篇》有如下一段话：

高本汉（1889 — 1978 年），瑞典人，二十世纪西方的第一流汉学家，著作甚丰：《左传真伪考》《诗经译注》《书经译注》《汉文典》。他的代表作《中国音韵学研究》对中国音韵学影响巨大。高本汉，在中国赢得很高的声誉，请看《鲁迅全集》之《中国人与中国文》："高本汉先生是个瑞典人，他的真姓是珂罗倔伦（Karlgren），他为什么'贵姓'高呢？那无疑的是因为中国化了，他的确对于中国语文有很大的贡献。"该文称高本汉是"西洋第一等的学者"。〔载《鲁迅全集》（人民文学出版社，2005 年）第 5 卷第 382 页。〕高本汉于 1936 年为其《中国音韵学研究》的中译本写了篇"著者赠序"，他是这么写的："中国民族史上的研究工作何等的大，一个西洋人再要想在这上面担任多大一部分工作，现在其实已经不是时候了。中国新兴的一班学者，他们的才力学识既比得上清代的大师如顾炎武段玉裁王念孙俞樾孙诒让吴大澂（笔者按，原译文在众多人名后不加顿号），同时又能充分运用近代文史语言学的新工具；我也不必在这里把人名都列出来，只须举一些刊物，例如：《历史语言研究所集刊》,《国学季刊》,《燕京学报》,《金陵学报》,《文哲季刊》,《北平图书馆馆刊》，此外还有许多第一流的杂志及各种目录。一个西洋人怎么能妄想跟他们竞争呐？这一班新学者既能充分的理解古书，身边又有中国图书的全部，他们当然可以研究到中国文化的一切方面；而一个西洋人就只能在这个大范围里选择一小部分，作深彻的研究，求适度的贡献而已。这样，他对于他所敬爱的一个国家，一种民族，一系文化，或者还可以效些许的劳力。无论如何，我自己恳切的志愿是如此的。"（赵元任译文）（《中国音韵学研究》，高本汉著，赵元任、罗常培、李方桂译，清华大学出版社 2007 年，第 5-6 页。）这"一个西洋人"何等诚挚！他列举了若干中国的"第一流的杂志"的名称，他赞誉"中国新兴的一班学者"，他说他自己"一个西洋人怎么能妄想跟他们竞争呐？"

　　高本汉先生作为瑞典人，那个时候没有互联网，不能搜索语料，只能靠平时看书的积累，再加上有的书籍那时还未出版，如明代的一些白话小说、戏曲等，尤其是方言调查、契约文书等尚未问世，他对"为因"所作的判断是不确切的，但也是情有可原的。

十七

复合词 "来 X" ①

（一）引言

复合词 "来 X" 在吴方言中很是常见，且虚实兼用。从目前公开发表的论文和正式出版的专著看，有写作 "来 X" "勒 X" "辣 X" "拉 X" 等的。我们以为这些记的只是同音字，主要在于舒声和入声的差异，可视为一类，是 "来 X" 的不同变体，我们统一把它们记作 "来 X"。

已有不少学者对复合词 "来 X" 进行了大量的考察，基本可概括为三大方面。描写方言语法现象时关注到复合词 "来 X" 的，有谢自立等（1989）、徐烈炯等（1998）、曹晓燕（2003）、吴林娟（2006）、钱萌（2007）、钱乃荣（2009）、王洪钟（2011a）等；专门对某个方言点复合词 "来 X" 进行探析的，有于根元（1981）、巢宗祺（1986）、王福堂（1995）、潘悟云（1996）、曹志耘（1996）、陶寰（1996）、石汝杰（1996）、游汝杰（1996）、平悦铃（1997）、刘丹青（2003a）、左思民（2005）、袁丹（2007）、李玲玲（2009）等；跨方言对复合词 "来 X" 进行综合考察的，有刘丹青（1986）、钱乃荣（1997）、胡明扬（2003）、蔡国妹（2006）、左思民（2009）、蔡丹（2010）等。相对来说，总括性的文章较少。

我们从区域方言学的角度考察复合词 "来 X" 的区域分布、规律及来源。

（二）明清吴语文献的 "来 X"

1.《明清吴语词典》的 "来 X"

"来 X" 在近代汉语后期已经开始使用，文言笔记中也有。下面以石汝杰等（2005）为依据，说明 "来 X" 在明清时期的吴语作品中是常见的。

来边："< 动 > 在这儿，在那里。来，动词'在'。"如：

（1）此处谓之间边，彼处谓之个边；在此谓之来边。（《戒庵老人漫笔》卷 5）

（2）方言凡问物之在者，则曰在那里，此官语也；吾地曰来边，常州曰来头，丹阳曰来个，无锡曰来上，苏州曰来打（上声）。（《说郛续·暖姝由笔》）

来搭：义项有二。其一是："< 副 > 在那儿；指动作正在进行，正在。"如：

（3）郎见子姐儿再来搭引了引，好像铜杓无柄热难盛。（《山歌》卷 1）——另有卷 3 "小阿奴奴弗来搭强求人"，卷 5 "家婆再也来搭结私情"。

---

① 本章在课题组成员魏业群同学硕士学位论文《吴语诸暨枫桥话语法专题研究》（2015）的基础上改写而成。

义项二是："＜助＞着，用在动词后，表示动作结果的持续。"如：

（4）西风起了姐心悲，寒夜无郎吃介个亏。啰里东村头西村头南北两横头二十后生闲**来搭**？借我伴过子寒冬还子渠。（《山歌》卷1）——另有卷8"两个侪跪来搭"，卷9"又弗是你撒食养来搭个"。

（5）僧攒眉曰："阿弥陀佛，眼也不曾开，为甚打小僧？"其人曰："我只问你个肚里那**来搭**？"（原注：那来搭，吴语犹云"怎么样在那里"也。）（《笑府》卷5）

来打："＜动＞同'来搭'。在那儿。"如：

（6）方言凡问物之在者，则曰在那里，此官语也；吾地曰**来边**，常州曰**来头**，丹阳曰**来个**，无锡曰**来上**，苏州曰**来打**（上声）。（《说郛续·暖姝由笔》）

来带："＜动＞同'来搭'，在那儿。"如：

（7）好重好重，来来来，呆呆大一尾鱼**来带**哉。（清·无名氏《梅花戒宝卷》上卷）

来咚：义项有二。义项一是："＜动＞在，在那儿。"如：

（8）颜庵话倍有只鸭炉**来咚**，有弗有架事？（《雪岩外传》第7回）——同回另有"其勒话胡雪岩个娘还来咚嘟么"。

义项二是："＜副＞在，正在，表示进行。"如：

（9）怀宝道："其经手哈自？"芙明道："经手是外头请个，其总管是其外甥范毓峰**来咚**管个。"（《雪岩外传》第7回）

来东："＜介＞同'来咚'。在。"如：

（10）我道倍**来东**河口淘米洗菜，倍到勿起。（清·无名氏《梅花戒宝卷》上卷）

来乨（dū）：义项有四。义项一是："＜动＞同'来朵'（下同）。在。"如：

（11）那间囡儿**来乨**绣房里，呒拿个两家聘物去不来哩看。（《缀白裘》3集1卷）

义项二是："＜副＞在，正在。表示动作在进行中。"如：

（12）此老**来乨**打磕铳，待我叫声介。老贾！老贾！（《缀白裘》1集2卷）——另有2集1卷"来乨打雄"，3集1卷"屋里着实介来乨相打"。

义项三是："＜助＞表示动作或其结果的持续，有时有'在那儿'的意思。"如：

（13）好端端困**来乨**，到半夜里，又报来："禀上师爷，有贼人来劫寨！"（《党人碑》第23出）

（14）吓！有里哉。前日子有个句容人当一把切面刀**来乨**，拿拉呒看。（《缀白裘》5集2卷）

（15）里向听得挑一担香烛**来乨**，佛婆就拿门得来一开。（《芙蓉洞》第5回）

义项四是："＜介＞在。"如：

（16）也曾课读，无如书本无缘，倒**来乨**秦楼楚馆终日歪缠。（《梅花缘》第18出）

来笃：义项有二。义项一是："＜动＞同'来哚'（下同）。在。"如：

（17）该位先生叫江秋燕，**来笃**燕庆里，唱口实头出色。（《海天鸿雪记》第1回）——另第2回有"来笃屋里"。

义项二是："＜介＞在。"如：

（18）二老爷也勿晓得倽事体晼，困**来**笃床浪勿起来哉，算倽个一出！（《海天鸿雪记》第6回）

来多："<动>同'来哚'。在（那儿）。"如：

（19）阿晓得钱笃笃正**来多**倒运个辰光，勿要搂哉！（《描金凤》第6回）

来朵：义项有八。义项一是："<动>在，在那儿。"如：

（20）（丑白）里势阿有个把人**来朵**？（付）来哉，啥要紧？（《白雪遗音》卷4）

（21）答转头来，看见橹梢上一个猪头罐**来朵**，寂测测拿得过来。（《合欢图》第69回）

（22）道子你勒朵周二官府浪，罗里晓得勿**来朵**，倒作成子二老官做子一件大正经。（《三笑》第44回）

又作"来哚"。如：

（23）善卿问："王老爷阿来里？"阿珠道："勿曾来，有三四日勿来哉，阿晓得**来哚**陆里？"（《海上花列传》第3回）——同回另有"也勿管啥客人来哚勿来哚"，第12回有"日逐一淘来哚"。

义项二是："<介>在，到。"如：

（24）有个说，扛到天海寺里，放**来朵**山门头，一个铜钱一看，飞燥哚！（《麒麟豹》第9回）

（25）就是你令郎个件事务，小熊**来朵**苏州府况太爷跟前喊子冤枉。（《十五贯弹词》第11回）

（26）大爷冻杀**来朵**关王庙里了！（《描金凤》第6回）

（27）周大娘娘**来朵**龙府做奶娘，常久勿居来哉。（《文武香球》第8回）

又作"来哚"。如：

（28）人末一年大一年哉，**来哚**屋里做啥哩，还是出来做做生意罢。（《海上花列传》第1回）——另第10回"撞来哚太阳里末那价呢"，第11回"耐拿保险单自家带来哚身边""我保险单寄来哚朋友搭啘""寄来哚朋友搭末最好哉"，第17回"今朝一日天困来哚床浪勿起来"，第59回"说是上来哚新闻纸浪"。

义项三是："<介>从，在。"如：

（29）只见许大姑娘头上大个朵腊梅花，**来朵**小姐枕头边集出来。（《合欢图》第44回）

义项四是："<副>在，正在。表示动作进行，也指现在的情况。有时还有'在这里'的含义。"如：

（30）禀上老爷，那人胸前还**来朵**有热气个，如今抬到船边来了。（《珍珠塔》第6回）

（31）一头**来朵**摇船，一头打磕铳，前一铳，后一铳，几乎铳番来水里子。（《合欢图》第69回）

（32）但是本拉侯小姐打子一顿，至今满身骨豆还**来朵**酸痛。（《文武香球》第69回）

（33）吓，倛你大家勿要猪罗狗屁，二朝奉有啥勿好末，有吾大朝奉**来朵**陪罪。（《描

金凤》第 8 回）

又作"来哚"。如：

（34）为俚一干仔倒害仔几花娘姨、大姐跑来跑去，忙煞，再有人**来哚**勿放心。（《海上花列传》第 7 回）——另有第 8 回"赵家姆搭俚家公主也来哚有趣"，第 13 回"大少爷搭四老爷来哚吃大菜"，第 14 回"娘姨来哚拿来哉"。

义项五是："＜助＞着。用在形容词等后，表示状态。"如：

（35）钱先生，穷昏哉呢啥？当票算得银子末，小弟多得势**来朵**，一才换子铜钱哉。（《描金凤》第 7 回）

（36）我里老爷勿空**来朵**，连仔我介没工夫搭俉那处？（《珍珠塔》第 2 回）

（37）侯小姐还勿曾得知个拉，今日豆空闲**来朵**，到勿如去报介一个信拉小姐晓得。（《文武香球》第 13 回）

又作"来哚"。如：

（38）（小红）只是不理，好一会，方说道："耐个心勿晓得那价生**来哚**！变得来！"（《海上花列传》第 4 回）——另有第 5 回"真真歪来哚仔"，第 11 回"我要去望望俚阿好来哚"。

义项六是："＜助＞着，在那儿。表示动作完成后其结果、状态、影响的持续（或产物的存在）。一般和动词结合，充当谓语，也可作定语。"如：

（39）关王庙里冻倒一个人**来朵**，倘然冻死子，俉笃地方浪有干系个。（《描金凤》第 2 回）——另有第 8 回"一点也勿曾端正来朵么那处"。

（40）噫，个是尤二叔屋里，舍落开子门**来朵**？吓，想是尤二叔出行去哉。（《十五贯弹词》第 5 回）——另有第 6 回"趁他困着来朵"。

（41）内中有一个刑名师爷姓张，乃是浙江绍兴府人氏，才学很好，是介了八百两银子一年聘请**来朵**个。（《文武香球》第 26 回）

又作"来哚"。如：

（42）写**来哚**凭据阿有啥用场？耐要拿几样要紧物事来放来里，故末好算凭据。（《海上花列传》第 8 回）——另有第 10 回"倌人欠来哚债"，第 11 回"教人做来哚鞋子总无拨自家做个好""耐脚浪着来哚倒蛮有样子"，第 17 回"倒好像是俚该来哚个讨人"。

义项七是："＜助＞着，在那儿。表示祈使。"如：

（43）哈哈哈，我是说搂话。女婿大爷，坐**来朵**。（《描金凤》第 7 回）

又作"来哚"。如：

（44）朱老爷耐看**来哚**，看俚做黄翠凤阿做得到四五年。（《海上花列传》第 15 回）

义项八是："＜语＞用在句末，强调程度和数量等，表示感叹语气。"如：

（45）一班官员为接勿着钦差大人，急杀**来朵**，要我到府上来寻。（《珍珠塔》第 19 回）

又作"来哚"。如：

（46）耐两只脚倒燥**来哚**碗！一直走到仔城里！（《海上花列传》第 4 回）

来哚：义项有三。义项一是："见'来朵'。"例子见上"来朵"条。

义项三是："<助>着。用在动词后，表示动作的持续。"如：

（47）有个米行里朋友，叫张小村，也到上海来寻生意，一淘住**来哚**。（《海上花列传》第1回）——另有同回"等来哚"，第14回"阿是客人等好来哚"。

来个："<动>在那儿。例见'来边'。"

来哈：义项有二。义项一是："<动/助>同'来海'。在里面。也表示动作完成后结果的持续。"如：

（48）（净）斟来！（丑）客人，斟**来哈**哉。（《缀白裘》1集4卷）——另有12集4卷"只得拿大门前个一只药柜得来放个死人来哈"。

义项二是："<介>在。"如：

（49）你看，哪，哪，三个女客夹一个男人家**来哈**宅外头得势，阿觉道弗雅相？（《缀白裘》3集2卷）

来海：义项有二。义项一是："<动>在，在内。参见'来朵'。"如：

（50）先到东兴里李漱芳搭，催客搭叫局一淘**来海**。（《海上花列传》第7回）——另有第18回"倪两家头也来海"。

（51）大凡客人同先生笃落个相好，定规注定来浪格，前世里就有缘分**来海**格。（《商界现形记》第2回）

义项二是："<语>表示强调。"如：

（52）俚霉是霉极来浪哉，若是俚肯开销呢，野瘟得勿是实梗**来海**哉。（《商界现形记》第3回）

来罕："<动>同'来海'。"如：

（53）口渴得势，勿得知猪头罐里阿有茶**来罕**？（《合欢图》第70回）

来呵："<动/助>同'来海'。"如：

（54）你有子铜钱银子但凭你阁**来呵**，只没要无钱空把布裙嚣。（《山歌》卷6）——另有卷8"偌鱼来呵"。

（55）我买**来呵**三百两银子咚，其说话即肯三百。（《雪岩外传》第7回）

来亨："<助>同'来海'。"如：

（56）那阿是少来？再拨两根没是哉。拿去，添足**来亨**格哉。（《缀白裘》5集2卷）

来化："<动/助>同'来海'。"如：

（57）三爷，弗要管德行弗德行，无非有几个雌和尚**来化**。（《白雪遗音》卷4）

（58）日前，来山东道上遇一少年，生得文质彬彬，好像斯文路数。肩浪背一个包古，看来沉重，必然有点财帛**来化**。（《六美图》第7回）

（59）一双鞋子做了六个月，鞋尖头浪绣个大仙鹤，穿来短了寸半巴。拿块木头垫**来化**，脚后跟上有点硬巴巴。（《双珠球》第3回）

来浪：义项多达十二个。义项一是："<动>在，在那儿。浪，本是表地点的词。"如：

（60）正要退出，却为屠明珠所见，急忙问道："阿是黎大人一干仔**来浪**？"（《海上花列传》第 19 回）——另有第 51 回 "倒也人人肚皮里才有来浪"，第 52 回 "倒勿是定归要来浪一堆，就勿来浪一堆"。

（61）倪晓得耐格日仔勿到倪搭来，定规有个道理<u>来浪</u>里向。（《九尾龟》第 150 回）

（62）伯芬吃了一惊道："<u>来浪</u>啥场化？" 宪太太道："就<u>来浪</u>路浪向哈。"（《二十年目睹之怪现状》第 91 回）

义项二是："＜介＞在。" 如：

（63）倪两家头困<u>来浪</u>外头房间里，天亮仔还听见耐咳嗽。（《海上花列传》第 31 回）

（64）倪<u>来浪</u>别人面浪倒才是客客气气格，独有<u>来浪</u>耐面浪末，就是推板点也呒啥希奇。（《九尾龟》第 176 回）——另有第 186 回 "留仔倪一干仔来浪上海"。

（65）<u>来浪</u>生意浪末勿得勿绷格该点点面子，勿然末客人哚看子像啥嘎？（《商界现形记》第 2 回）

（66）吴淞放仔小火轮来接哉，李老大刚刚来说，船放<u>来浪</u>铁马路桥。（《海天鸿雪记》第 3 回）

义项三是："＜介＞从。" 如：

（67）朴斋打量这小大姐面庞厮熟，一时偏想不起；忽想着 "阿巧" 名字，方想起来，问他："阿是<u>来浪</u>卫霞仙搭出来？"（《海上花列传》第 31 回）

（68）倪叫老二，刚刚<u>来浪</u>上海来，今朝七点钟到格搭格。（《九尾龟》第 148 回）

义项四是："＜副＞正，正在。表示动作进行，也指现在的情况。有时还有'在这里'的含义。" 如：

（69）问道："阿是原<u>来浪</u>勿适意？" 漱芳道："故歇好仔多花哉。"（《海上花列传》第 35 回）——另有第 43 回 "耐阿是来浪要俚哭"，第 44 回 "心里来浪要"，第 50 回 "故歇少大人来浪坐马车"，第 54 回 "俚哚来浪租小房子"。

（70）说道："耐到好格，几日天勿到倪搭去，倪牵记得来。" 秋谷也作苏白答道："好哉，好哉，勿要<u>来浪</u>生意经哉。"（《九尾龟》第 45 回）——另有同回 "勿壳张耐当时末来浪答应"，第 133 回 "归面格客人哚来浪勿高兴""格面格客人哚来浪说闲话"。

（71）方大少到是蛮直落格，才是归两个朋友<u>来浪</u>花头花脑格出主意。（《海天鸿雪记》第 3 回）

（72）诧异道："秋云呢？" 那些做手道："<u>来浪</u>来哉，<u>来浪</u>来哉。"（《商界现形记》第 2 回）

义项五是："＜副＞在，正在，表示一贯的行为和情况。" 如：

（73）耐格闲话一径<u>来浪</u>瞎三话四，有点靠勿住。（《九尾龟》第 128 回）——另有第 131 回 "省得俚笃一径来浪板面孔"，"心浪一径来浪勿舒齐"。

义项六是："＜副＞刚才（以前）在做，来着。" 如：

（74）洪氏先问晚饭，秀英道："倪吃过哉，<u>来浪</u>吃大菜呀。"（《海上花列传》第 30 回）——另有第 42 回 "起初倪才来浪望俚好起来"，第 49 回 "坎坎还来浪起个花头"。

义项七是："＜助＞着。用在动词后，表示动作的持续。" 如：

（75）该副烟盘还是我十四岁辰光搭倪娘装个烟，一径放来浪勿曾用，故歇倒用着哉。（《海上花列传》第 34 回）——另有同回 "再要活来浪做啥"，第 36 回 "困来浪时常要大惊大喊"，第 53 回 "常恐再有啥人跟来浪"，第 56 回 "就是余庆哥一干子管来浪"。

（76）耐有啥格法子末来末哉，倪等好来浪！（《九尾龟》第 161 回）

（77）格只戒子末并勿是阿四宝格，原是沈大少格，俚哚搂白相咾拿来戴来浪格。（《商界现形记》第 2 回）

义项八是："＜助＞着。用在前一动词后，表示后一动作的方式。" 如：

（78）浣芳央及道："姐夫坐该搭来，阿好？我困仔末，姐夫坐来浪看好仔我。" 玉甫道："我就坐来里，耐困罢。"（《海上花列传》第 35 回）——另有第 59 回 "故歇罗老爷等来浪要哉"，第 63 回 "俚坐来浪无啥做"。

义项九是："＜助＞着。用在形容词等后，表示状态。" 如：

（79）耐阿想吃啥？教俚哚去做，灶下空来浪。（《海上花列传》第 19 回）——另有第 38 回 "阿是二小姐蛮好来浪"，第 47 回 "倪先生恭喜来浪"。

（80）让俚去罢，俚耐人是勿大好来浪。（《海天鸿雪记》第 2 回）

（81）倪格日仔一看见耐，就晓得耐是老牌子，标致搭仔年轻格相好勿知几化来浪，洛里会挨得着倪呀！（《九尾龟》第 149 回）——另有第 163 回 "心浪也明白来浪"。

义项十是："＜助＞着，在那儿。表示动作完成后其结果、状态、影响的持续（或产物的存在）。一般和动词结合充当谓语，也可作定语。" 如：

（82）那人站不稳，倒栽葱一交从墙头跌出外面，……周双玉慌张出房，悄地告诉周双珠道："弄堂里跌杀个人来浪！"（《海上花列传》第 28 回）——另有第 31 回 "客人送拨俚个诗才裱来浪"，第 35 回 "我个心勿晓得那价生来浪"，第 43 回 "阴阳先生看好日脚来浪""说来浪闲话一点点无拨差"。

（83）勿瞒章大少说，格日仔倪间搭格房间，轧实勿空，才是客人笃定好来浪格。（《九尾龟》第 135 回）

（84）格格困身子格料作末，绸缎庄浪向赊来浪格。（《商界现形记》第 2 回）——另有第 8 回 "通商厨房叫格菜送来来浪哉，添格四只荤盆野摆好来浪哉，马上候格花雕野炖热来浪格"。

义项十一是："＜助＞着，在那儿。用于祈使。" 如：

（85）朴斋鞠躬鹄立，待命良久，忽一个军官回过头来喝道："外头去等来浪！"（《海上花列传》第 38 回）——另有第 62 回 "困来浪末哉"。

（86）倪勿要，耐搭我好好里坐来浪。（《九尾龟》第 93 回）

义项十二是："＜语＞用在句末，强调程度和数量等，表示感叹语气。常和 '杀'（煞）连用。" 如：

（87）倪无姆上单养我一干仔，我有点勿适意仔，俚嘴里末勿说，心里是急杀来浪。（《海上花列传》第 20 回）——另有第 28 回 "俚哚才要紧煞来浪"。

（88）我看方伯苏个意思，着实要做俚，该两日定归吃酒碰和，闹忙煞来浪哉！（《海

天鸿雪记》第 3 回）

（89）格排滑头码子格年轻客人，要讨倪转去格多煞<u>来浪</u>，格是加二勿连牵哉。（《九尾龟》第 23 回）

（90）耐做子陈大少末要破例哉，倪看得煞耐<u>来浪</u>。（《商界现形记》第 2 回）

来里：义项有七。义项一是："<动＞在，在这里。里。本是指近的方位词，这里，里面。参见'来浪'。"如：

（91）多少大小官员前来迎接，罗里晓得我里姑爷勿<u>来里</u>哉。（《珍珠塔》第 19 回）

（92）这件物事，实在没得那处呢？吓，厨底下有一只蒲包<u>来里</u>，一齐送与他罢。（《金台全传》第 55 回）

（93）痴鸳心心念念<u>来里</u>张秀英身浪，晚歇定归去。（《海上花列传》第 40 回）——另有"有几户客人勿<u>来里</u>上海才勿算，<u>来里</u>上海个客人就不过两户"。

又作"来哩"。如：

（94）吾里大娘娘<u>来哩</u>，请你朵主人算账，快早点开正门。（《三笑》第 18 回）

又作"来俚"。如：

（95）这二千四百两银子、一张田契<u>来俚</u>，倍且拿去。（《描金凤》第 2 回）

义项二是："＜介＞在，到（这里）。"如：

（96）这是我个只船头还搁<u>来里</u>干岸浪来。（《缀白裘》2 集 1 卷）——另有 3 集 1 卷"弗是我今日<u>来里</u>阿哥阿嫂面前糁松香哙"。

（97）王老爷<u>来里</u>该搭做仔两年半，买来哚几花儿物事才<u>来里</u>眼睛前头。（《海上花列传》第 10 回）——另有第 33 回"死<u>来里</u>上海"。

义项三是："＜副＞在，正在。表示动作进行，也指现在的情况。"如：

（98）我郸间羹汤篮提子个糠虾，<u>来里</u>眼泪出；升箩里坐子蚕茧细思量。（《山歌》卷 8）

（99）二老官，我搭你故歇辰光<u>来里</u>吃年夜饭，勿得知唐阿大阿曾居来？（《九美图》第 28 回）

（100）汪先入娘贼，平常日间做人派赖，要俚宽当点，罚咒不肯，正<u>来里</u>没处出气。入娘贼今朝倒运，我里去打俚个淫妇种。（《描金凤》第 8 回）

（101）看耐到仔房里向，东张张，西张张，我末<u>来里</u>好笑，要笑出来哉呀！（《海上花列传》第 14 回）——另有第 19 回"<u>来里</u>来哉"，第 22 回"赛过<u>来里</u>说钱老爷"，第 51 回"<u>来里</u>肉痛"，第 56 回"余庆哥一径<u>来里</u>埋冤我"。

又作"来哩"。如：

（102）啥人要吽堂客家<u>来哩</u>插嘴插舌，咯叫雌鸡报晓，弗是好兆。（《白雪遗音》卷 4）

又作"来俚"。如：

（103）（付）罗个<u>来俚</u>搭我搂介？（丑）你朵个穷爷拿个，自我勿还个哉。（《三笑》第 17 回）

义项四是："〈助〉着。用在动词后，表示动作的持续。"如：

（104）耐意思要我成日成夜陪仔耐坐<u>来里</u>，勿许到别场花去，阿是嘎？（《海上花列传》第 6 回）——另有第 14 回 "倪等来里"。

义项五是："〈助〉着。用在形容词等后，表示现在状态。"如：

（105）那么新年新岁发利发市，钱先生自在行朋友，谅来勿要说得个。——晓得<u>来里</u>个。（《描金凤》第 10 回）

（106）小云道："我勿去哉，耐哩？"善卿道："我倒间架<u>来里</u>，也只好勿去。"（《海上花列传》第 12 回）——另有第 20 回 "我自家蛮要吃来里"，第 26 回 "倪是蛮干净来里"，第 32 回 "今朝朋友齐来里"。

（107）阿呀，昏脱<u>来里</u>哉，烟灯还勿曾点勒。（《商界现形记》第 4 回）

义项六是："〈助〉着，在这儿。表示动作完成后其结果、状态、影响的持续（或产物的存在）。一般和动词结合充当谓语，也可作定语。"如：

（108）细思量，细思量，我里个情哥是个铁心肠。我搬<u>来里</u>子一个月日，你也弗直得来看看张张。（《山歌》卷 8）

（109）多谢天地，赚得十二个铜钱<u>来里</u>，添五个，拿酒来吃子罢。（《党人碑》第 9 出）

（110）我搭耐说仔罢，倪搭用好包打听<u>来里</u>，阿有啥勿晓得？（《海上花列传》第 14 回）——另有第 41 回 "我替耐寻着仔一桩天字第一号个生意来里"。

（111）倪刚刚吃过夜饭，吃勿落<u>来里</u>，章大少请慢慢交用末哉。（《九尾龟》第 42 回）

（112）栈房钱欠仔勿少哉，故歇付勿出<u>来里</u>，还有点别样要紧用场，搭仔到天津个川资，算算非此不可。（《海天鸿雪记》第 8 回）

（113）勿要笑我软壳鸭蛋，阿簌新鲜学得一记好拳头<u>来里</u>，打起来总是做兄弟胜的。（《金台全传》第 36 回）

又作 "来哩"。如：

（114）小官人，拿个只锭得来，让我咬介一点边<u>来哩</u>，包介一包。（《缀白裘》5 集 2 卷）

义项七是："〈语〉用在句末，强调程度和数量等，表示感叹语气。"如：

（115）阿唷，好怕面孔，吓煞<u>来里</u>哉！（《珍珠塔》第 10 回）

（116）就年底一节末，要短三四百洋钱哚，真真急煞<u>来里</u>。（《海上花列传》第 58 回）——另有第 63 回 "做我个客人多煞来里"。

（117）做我个客人多煞<u>来里</u>，就比仔朱五少爷再要好点也勿稀奇。（《海上花列传》第 63 回）

（118）倪穷末穷，七百两银子格事体，还出得起<u>来里</u>。（《九尾龟》第 6 回）——另有第 47 回 "倪倒牵记煞来里"。

来哩："见'来里'。"

来俚："见'来里'。"

来立：义项有二。义项一是："< 动 > 同'来里'。在。"如：

（119）（丑）门浪阿有人朵？（杭）合啃，是老童，可是你家大爷来立？（丑）正是。（《三笑》第 20 回）

来上：义项有二。义项一是："< 动 / 副 > 同'来浪'（下同）。在上面，在那儿。"如：

（120）等我里情哥郎来上做介一个推车势，强如凉床口上硬彭彭。（《山歌》卷 2）

（121）方言凡问物之在者，则曰在那里，此官语也；吾地曰来边，……无锡曰来上。（《说郛续·暖姝由笔》）

义项二是："< 助 > 着，在那儿。"如：

（122）弗知困拉丢落里。咦！个是榻床哉，必定困来上。（《缀白裘》4 集 2 卷）

以上是"来 X"系列用法。

浪里："< 助 > 同'勒里。'着。肯定某种情状，略带夸张的意味。"如：

（123）但凭别人批点，我且吃点著点，家主婆今日革吃局壮浪里哉。（清·沈起凤《文星榜》第 18 出）

勒丢："见'勒朵'。"

勒笃："见'勒朵'。"

勒朵：义项有五。义项一是："< 动 > 在。朵，本是表地点的词，已虚化。参见'来朵'。"如：

（124）那间末是个哉！钱老相阿勒朵屋里？（《描金凤》第 6 回）

（125）只怕看差哉，四个字勒朵嘘。（《三笑》第 5 回）

又作"勒丢"。如：

（126）娘娘，大爷是勿勒书房里五日哉。文宣说鬼话，到说勒丢书房里。（《芙蓉洞》第 5 回）

又作"勒笃"。如：

（127）格位申大人格公馆勒笃啥场化介？（《九尾狐》第 37 回）

义项二是："< 介 > 在。"如：

（128）看来要勒朵年辰里死个哉。（《描金凤》第 7 回）

（129）唱末勒里唱，远得勿多路吓，个星跟班二爷听来勿奈烦哉，立勒朵船头浪，朝子东首个只小船要骂哉吓。（《三笑》第 5 回）

又作"勒哚"。如：

（130）倪先生末叫小桃红，住勒哚尚仁里。（《负曝闲谈》第 18 回）

又作"勒丢"。如：

（131）大爷，素琴勒丢外头说，娘娘请大爷进去。（《芙蓉洞》第 5 回）——同回有"若昨夜大爷勒丢个位师太房里住子末"。

又作"勒笃"。如：

（132）鸟勒笃空里飞，鱼勒笃水里游，人勒笃地上走。（《江苏新字母》第 13 章）

义项三是："< 介 > 从。"如：

（133）若讲前头个故号大船，是东亭镇浪华太师朵太太，<u>勒朵</u>杭州天竺烧香转来，间捄烧子回头香了居去哉。（《合欢图》第 3 回）

义项四是："< 助 > 用在动词短语后，表示状况的存在或持续。着。"如：

（134）千苦万苦，苦子九空师太，新来晚到，焉能独把衾关？一淘坐<u>勒朵</u>介，还要受大娘娘个星皮冈。（《三笑》第 2 回）——另有第 47 回"壁浪还写字勒朵哉嚄"。

又作"勒乱"。如：

（135）冯阿爹，张德茂朵来请去摇会。……大家才齐<u>勒乱</u>哉，单等阿爹。（《十五贯弹词》第 2 回）

（136）吓，吭<u>勒乱</u>立，让我进去再请末哉。（《芙蓉洞》第 5 回）

又作"勒笃"。如：

（137）格几化跪（读巨）<u>勒笃</u>格铁人，阿就是秦桧长舌妇格套人介？（《九尾狐》第 56 回）

义项五是："< 副 > 表示动词在进行。正在。"如：

（138）我哩奶奶房里勿见仔一个古董老寿星，正<u>勒朵</u>齐心捉贼，悟里来做啥？（《描金凤》第 1 回）

又作"勒乱"。如：

（139）路倒尸个，好吓，吭到一干子<u>勒乱</u>捣鬼。（《芙蓉洞》第 5 回）

又作"勒笃"。如：

（140）耐说末实梗说，到仔归个辰光，就是<u>勒笃</u>说说笑笑，心里总归勿起劲。（《海天鸿雪记》第 6 回）

（141）格落先生勿能说来，<u>勒笃</u>商量格局事体，真真对勿住各位大少哩。（《九尾狐》第 42 回）

勒哚："见'勒朵'。"

勒海：义项有六。义项一是："< 动 > 在（一起）；在里面，在内。"如：

（142）统统才<u>勒海</u>，终要二三千笃。（《九尾狐》第 33 回）

（143）耐要包我，耐一塌刮仔搭我调三百洋钱，连耐格局帐才<u>勒海</u>。（《海天鸿雪记》第 13 回）

义项二是："< 副 > 在，正在。表示动作进行。"如：

（144）朱大少，天浪<u>勒海</u>落雨哉，倷哪哼好转去介？（《九尾狐》第 14 回）

义项三是："< 助 > 用在动词后，表示其前所述的对象也包括在内。"如：

（145）蛮好蛮好，大后日，奴要收干囥鱼，阿要拿格位张大少一淘请<u>勒海</u>仔罢。（《九尾狐》第 21 回）——另有第 53 回"连搭大先生一淘说勒海"。

（146）该格事体，连我一淘上<u>勒海</u>，倒讨厌哛。（《海天鸿雪记》第 16 回）——另有第 17 回"我轧勒海仔"。

义项四是："< 助 > 着。用在动词"有"等后，表示存在。"如：

（147）现在三马路浪有一所住宅<u>勒海</u>，看上去倒蛮新格来。（《九尾狐》第 10 回）——

另有第 11 回"奴还有一个道理勒海来"。

义项五是："< 助 > 着，在那儿。表示动作完成后其结果、状态等的持续。"如：

（148）难耐该搭阿要来埭把格勒？有仔格洞，一径缩勒海仔勿出来格哉。（《海天鸿雪记》第 15 回）

（149）原本是两家合租，故歇一家为仔生意勿好，出码头到杭州去哉，单剩倪亲眷住勒海。（《九尾狐》第 20 回）

义项六是："< 语 > 用在句末，表示感叹语气，强调程度和数量等。"如：

（150）辰光还早勒海呀，再请坐歇勒去哩。（《九尾狐》第 1 回）——另有第 3 回"勿见得要俫帮忙勒海"，第 28 回"招呼勿得一招呼勒海"，第 44 回"不过大先生俫终有点一相情愿勒海"，第 49 回"也要耽搁两日勒海勒"，第 56 回"还勿晓得哪哼勒海勒"。

（151）秦大人耐要说该只戒指勿值实梗星铜钱，秦大人耐勳动气，耐还勿懂勒海勒。（《文明小史》第 55 回）

勒浪： 义项有七。义项一是："< 动 > 在，在那儿。"如：

（152）样式事体，有倪勒浪，决不会亏待耐的。（《官场现形记》第 8 回）

（153）格个人勒浪仔，自然月山勿便再去，趁格格当口，格落肯到间搭来哩。（《九尾狐》第 32 回）

（154）唔笃请先走罢，倪马车还勒浪归首来。（《海天鸿雪记》第 5 回）——同回有"昨夜头勒浪轮船浪个辰光"。

义项二是："< 介 > 在。"如：

（155）贡大少勿嫌怠慢末，就勒浪倪搭用仔便饭罢。（《九尾龟》第 114 回）

（156）俚乃个客人到倪床浪来困，倪自家个客人到坐勒浪小房间里。（《海天鸿雪记》第 6 回）

义项三是："< 副 > 在，正在。表示动作进行，也指现在的情况。有时还有'在这里'的含义。"如：

（157）前埭老爷屋里做生日，叫倪格堂差，屋里向几几化化红顶子才勒浪拜生日，阿要显焕！（《官场现形记》第 8 回）

（158）阿唷！急得来，故歇心口里向还勒浪跳，阿要作孽？（《九尾龟》第 6 回）——另有第 100 回"倪先生勒浪牵记耐呀"，第 104 回"倒一干仔勒浪舒齐"。

（159）先生送到外势，看见场浪两只狗勒浪打雄。（《九尾狐》第 58 回）

（160）耐昨夜头去送方鼎夫，勒浪蛮好个畹，那哼就有起毛病来哉？（《海天鸿雪记》第 5 回）

义项四是："< 助 > 着。用在动词后，表示动作的持续。"如：

（161）仲声道："我何尝勿会？不过坐勒浪仔，呒拨心相。"（《海天鸿雪记》第 5 回）

（162）大人赏仔唔笃几化，谢才勿过来谢，呆瞪瞪立勒浪作啥介？（《九尾狐》第 39 回）

义项五是："< 助 > 着。用在形容词等后，强调状态。"如：

（163）小卿故歇已经嫁仔人，听见说小干仵养得蛮大**勒浪**哉。（《海天鸿雪记》第 7回）——另有第 18 回"只好一年一年僵**勒浪**哉嗳"。

（164）俚倷格脾气，倷也蛮晓得**勒浪**，勿但手头吝啬，而且夹七夹八，小气得吭淘成。（《九尾狐》第 13 回）——另有第 29 回"坐勿动勒浪"。

义项六是："＜助＞着，在那儿。表示动作完成后其结果、状态、影响的持续（或产物的存在）。"如：

（165）故歇个官实在吭做头哉。就是倪实梗，举人中末中**勒浪**哉，阿有倽用场嘎？（《海天鸿雪记》第 8 回）

（166）连搭自家撒（读拆）出来格屎，也要留**勒浪**做肥料格来。（《九尾狐》第 13回）——另有第 17 回"也算修勒浪格眼福"，第 20 回"倪格搭房门一径关勒浪"，第 36 回"格搭墙头浪有招纸贴好勒浪"。

（167）水弄得多哉，倪手浪才是**勒浪**哉。（《商界现形记》第 1 回）

义项七是："＜语＞用在句末，表示感叹语气，强调程度和数量等。常和'杀'（煞）连用。"如：

（168）鸣冈到实头起劲**勒浪**啘，该桩事体费心得势。（《海天鸿雪记》第 4 回）——另有第 20 回"二小姐吞瘀利害煞勒浪"。

勒里：义项有六。义项一是："＜动＞在，在这里。里，本表示地点。"如：

（169）笑话哉！勿**勒里**末勿**勒里**哉，有啥捉牢仔**勒里**我里庵里个？（《芙蓉洞》第5 回）

（170）陈耀翁既然真格是一位观察公，有差使**勒里**上海，也犯弗着白叨光堂子里人。（《海天鸿雪记》第 17 回）

（171）夜深哉，各位大少笃勿嫌醒醒，阿要住**勒里**仔罢，横势间搭房间多呀。（《九尾狐》第 19 回）

又作"勒俚"。如：

（172）倪也有老太太格啘，格末俚笃总归多说多话，格落我故歇情愿一干仔**勒俚**上海，才勿搬俚笃上来。（《海天鸿雪记》第 15 回）

义项二是："＜介＞在。"如：

（173）个也勤怪耐，但是**勒里**上海场化一个局也勿叫，也是做勿到个事体。（《海天鸿雪记》第 6 回）

义项三是："＜介＞从。"如：

（174）下船之后，**勒里**纱窗里抧张得出来，天光尚早，因而就命家人传话驾长，收跳开船。（《三笑》第 4 回）

义项四是："＜副＞在，正在，表示动作进行，也指现在的情况。有时还保留'在这里'的含义。"如：

（175）大爷还是昨日出去个拉，我**勒里**寻大爷。（《芙蓉洞》第 5 回）

（176）大老官正**勒里**打算讲讲经说说佛法，罗里晓得一个迹光路个朋友来哉。（《三笑》第 4 回）——另有第 9 回 "相爷介虽然勒里看书"，第 23 回 "在勒里要见太太"。

（177）故歇臂膊浪搭仔腰里向，还**勒里**痛来呀。（《九尾狐》第 3 回）——另有第 34 回 "说奴勒里牵记佬"。

义项五是："< 助 > 着，在那儿。表示动作完成后其结果、状态、影响的持续（或产物的存在）。" 如：

（178）铜钱是当**勒里**哉，点心是买**勒里**哉。（《三笑》第 8 回）——另有第 9 回 "铜钱是当勒里哉，点心是买勒里哉"，第 10 回 "吾里大爷、二爷看中勒里个"，第 13 回 "姓名还未曾说出来个勒里"，第 44 回 "你朵尊夫人打毁勒里个星东东西西"。

（179）我里冶坊浜大府里太太烧香，先挑一担香烛**勒里**。（《芙蓉洞》第 5 回）

（180）我也晓得**勒里**，不过也犯勿着去说穿俚笃。（《海天鸿雪记》第 19 回）

（181）倒弄得奴呒不仔主意，湿手捏仔干面**勒里**哉，倷替奴想想看哩。（《九尾狐》第 16 回）——另有第 38 回 "格落奴好舒舒齐齐坐勒里哩"。

义项六是："< 语 > 用在句末，表示感叹语气，强调程度和数量等。" 如：

（182）格部车子倒实在标致**勒里**，可惜车里坐格人迎面还看勿出豌。（《九尾狐》第 15 回）——另有第 30 回 "我记得清清爽爽勒里"。

（183）耐该格闲话忒客气哉，才为仔我勒吵格豌，还要带累耐受气，倪意勿过煞**勒里**。（《海天鸿雪记》第 11 回）

勒俚："见'勒里'。"

上面的 "来 X"，首字为 "来" 的占绝大多数，有 24 个，如：来边、来搭、来打、来带、来咚、来东、来乱、来笃、来多、来朵、来哚、来个、来哈、来海、来罕、来呵、来亨、来化、来浪、来里、来哩、来俚、来立、来上。也有写作 "勒" 的，有 8 个，如：勒乱、勒笃、勒朵、勒哚、勒海、勒浪、勒里、勒俚。也有写作 "浪" 的，只 1 个，如：浪里。有的具有同义关系，有的与现代吴语相同。

比较一下，现代吴语中绝大多数用法在明清时期的吴语作品中都可见到，而且明清时期的 "来 X" 更复杂。

有的有 5 种词性，如：动词、介词、副词、助词、语气词。有的介词又分点，如 "来朵""来浪" 都分为 2 点。有的副词又分点，如 "来浪" 分为 3 点。有的助词又分几点，如 "来朵""来里""勒海""勒浪" 都分为 3 点，"来浪" 分为 5 点。

有的只有动词 1 个义项，未产生语法化现象，这少见，如 "来边""来打""来带""来多""来个""来罕"。"来亨"："< 助 > 同'来海'。""浪里"："< 助 > 同'勒里。'" 着。肯定某种情状，略带夸张的意味。""来亨""浪里" 只有助词 1 个义项。

有的义项全是虚词，如 "来搭" 义项有二。一是副词，二是助词。

有的义项跨度大，如 "来海"，义项有二。义项一是："< 动 > 在，在内。参见'来朵'。" 义项二是："< 语 > 表示强调。" 从动词到语气词，中间未见过渡词性。

有的是同义词，如与 "来搭" 同义的有 "来打""来带"，"搭""打""带" 音近或音同。又如 "来朵""来哚"，后者 "哚" 多了一个形旁，又如 "来里""来哩""来俚"，后两者多了形旁。

有的义项很多，如"来里"义项有七。义项一是："<动>在，在这里。里。本是指近的方位词，这里，里面。参见'来浪'。"义项二是："<介>在，到（这里）。"义项三是："<副>在，正在。表示动作进行，也指现在的情况。"义项四是："<助>着。用在动词后，表示动作的持续。"义项五是："<助>着。用在形容词等后，表示现在状态。"义项六是："<助>着，在这儿。表示动作完成后其结果、状态、影响的持续（或产物的存在）。一般和动词结合充当谓语，也可作定语。"义项七是："<语>用在句末，强调程度和数量等，表示感叹语气。""勒浪"义项也有七。义项一是："<动>在，在那儿。"义项二是："<介>在。"义项三是："<副>在，正在。表示动作进行，也指现在的情况。有时还有'在这里'的含义。"义项四是："<助>着。用在动词后，表示动作的持续。"义项五是："<助>着。用在形容词等后，强调状态。"义项六是："<助>着，在那儿。表示动作完成后其结果、状态、影响的持续（或产物的存在）。"义项七是："<语>用在句末，表示感叹语气，强调程度和数量等。常和'杀'（煞）连用。""来朵"义项有八。其一是："<动>在，在那儿。"义项二是："<介>在，到。"义项三是："<介>从，在。"义项四是："<副>在，正在。表示动作进行，也指现在的情况。有时还有'在这里'的含义。"义项五是："<助>着。用在形容词等后，表示状态。"义项六是："<助>着，在那儿。表示动作完成后其结果、状态、影响的持续（或产物的存在）。一般和动词结合，充当谓语，也可作定语。"义项七是："<助>着，在那儿。表示祈使。"义项八是："<语>用在句末，强调程度和数量等，表示感叹语气。""来浪"最复杂，义项有十二个。义项一是："<动>在，在那儿。浪，本是表地点的词。"义项二是："<介>在。"义项三是："<介>从。"义项四是："<副>正，正在。表示动作进行，也指现在的情况。有时还有'在这里'的含义。"义项五是："<副>在，正在，表示一贯的行为和情况。"义项六是："<副>刚才（以前）在做，来着。"义项七是："<助>着。用在动词后，表示动作的持续。"义项八是："<助>着。用在前一动词后，表示后一动作的方式。"义项九是："<助>着。用在形容词等后，表示状态。"义项十是："<助>着，在那儿。表示动作完成后其结果、状态、影响的持续（或产物的存在）。一般和动词结合充当谓语，也可作定语。"义项十一是："<助>着，在那儿。用于祈使。"义项十二是："<语>用在句末，强调程度和数量等，表示感叹语气。常和'杀'（煞）连用。"

石汝杰等（2005：365）也有一些疏漏，如"来打""来带"与"来搭"同义，"来搭"注释有"副词""助词"两个义面，但"来打""来带"只有动词"在那儿"一个义项，显然对应不起来。又如"来东"："<介>同'来咚'。在。"只有一个义项，但"来咚"义项一是："<动>在，在那儿。"义项二是："<副>在，正在，表示进行。"数量也没有对应，词性也没有对上。

有的义项排列顺序有问题，如"来乷（dū）"，义项有四。一是："<动>同'来朵'（下同）。在。"义项二是："<副>在，正在。表示动作在进行中。"义项三是："<助>表示动作或其结果的持续，有时有'在那儿'的意思。"义项四是："<介>在。"按一般语法化的顺序，助词义应该排在最后面。

据陈曼君（2015：96-98），明末的《荔枝记》中已经有"在处"这种既表示进行体，又表示持续体的用法。

相比于明清时期吴语的例子，闽语的《荔枝记》的用法就要单调得多了。

2. 清末传教士文献的"来 X"

林素娥（2015）书名是"一百多年来吴语句法类型演变研究——基于西儒吴方言文献的考察"，第六章是"一百多年来吴语'拉（勒）/来 X'结构及演变"，第一节是"一百多年前上海话'拉 X'及'X'"；第二节是"一百多年前金华话'在那'与'在安'"；第三节是"一百多年前台州话'在得'与'在间'"；第四节是"一百多年前温州话'是搭'及'搭'"；第五节是"一百多年前宁波话'来 X'及'X'"（其中有"来东"和"东"，"来间"和"间"，"来的"和"的"）；第六节是"一百多年前宁波话'来 X'及'X'的来源"；第七节是"宁波话'来 X'与苏州话'勒 X'、绍兴话'来 X'比较"；第八节是"一百多年来吴语'拉（勒）/来 X'结构的演变"；第九节是"结语"。

林素娥（2015）既有吴语不同方言点的具体情况，如上海方言的"拉 X"，金华方言的"在那""在安"，台州方言的"在得""在间"，温州方言的"是搭"，宁波方言的"来 X"（"来东""来间""来的"），苏州方言的"勒 X"，绍兴方言的"来 X"，这是共时研究，也有吴语"拉（勒）/来 X"结构的演变，这是历时研究。

林素娥（2021：17）指出：《路加传福音书》（1853）是第一部汉语方言《圣经》单行本罗马字译本，虽为译本，但其语言地道，反映了当时宁波话的基本面貌。

事实确实如此。《路加传福音书》（1853）就有不少"来 X"用法。如：

（184）利未来自屋里办一席大菜，请耶稣，有许多收钱粮人等别人做队<u>来间</u>喫利未在自己家里为耶稣大摆筵席，有许多税吏和别人与他们一同坐席。（5：29）［转引自林素娥（2021：18）］

（185）葛一日有几个法利赛人走来，等耶稣话，䳸荡头<u>来东</u>，到别坞荡去，因为希律要杀尔。正当那时，有几个法利赛人来对耶稣说："离开这里去吧！因为希律想要杀你。"（13：31）

（186）里头<u>来的</u>主顾回答是介话，䳸吵我，门已经关兑……那人在里面回答说："不要搅扰我，门已经关闭，孩子们也同我在床上了，我不能起来给你。"（11：7）

（187）葛头<u>来间</u>个人硬搭渠拉进来勉强人进来。（14：23）［转引自林素娥（2021：18）］

（188）第一个安息日，耶稣走过麦地里，渠门徒摘勒麦培，手里搓搓，<u>来间</u>喫有一个安息日，耶稣从麦地经过。他的门徒掐了麦穗，用手搓着吃。（6：1）

（189）渠拉拢总眼泪勃出来个哭渠。耶稣是介话："好䳸眼泪出……"众人都为这女儿哀哭捶胸。耶稣说："不要哭……"（8：52）［转引自林素娥（2021：19）］

（190）……先生，阿拉看见一个人用尔个名头<u>来间</u>赶鬼出……夫子，我们看见一个人奉你的名赶鬼……"（9：49）

（191）耶稣个阿娘等兄弟走到耶稣坞荡来，因为有一潮人<u>来东</u>，近身弗拢耶稣的母亲和他弟兄来了，因为人多，不得到他跟前。（8：19）［转引自林素娥（2021：20）］

（192）葛遭耶稣来加利利葛些儿聚会堂里来的传道理于是耶稣在加利利的各会堂传道。（4：44）

（193）渠来渠拉个聚会堂里来间教训，众人都称赞渠他在各会堂里教训人，众人都称赞他。（4：15）
［转引自林素娥（2021：22-23）］

尽管"来X"不用做前置介词，但它们经重新分析，在连动结构中获得表 V_2 进行的时间义，即用作进行体标记。如：

（194）渠拉来的驶船时候，耶稣睏熟兑……正行的时候，耶稣睡着了……（8：23）

（195）正好来东讲个时候，有一个人从管聚会堂主顾屋里介来，等渠话……还说话的时候，有人从管会堂的家里来，说……（8：49）

（196）渠拉路上来间走时候，有一个人等渠话："主弗论阿里去，我跟勒尔走。"他们走路的时候，有一人对耶稣说："你无论往哪里去，我要跟从你。"（9：57）［转引自林素娥（2021：23）］

上面众多例子既有"来东"，又有"东的"，还有"来间"。

（197）a.官话：你们往对面村子里去，进去的时候，必看见一匹驴驹拴在那里，……可以解开牵来。（《路加》19：30）

b.苏州话：笃到对面个镇上去，进去个时候，必要看见小驴子缚拉笃，……解之牵得来。

c.上海话：到对面个村上去，进去个时候，必要看见缚拉个小驴子，……解脱之咾牵来。

d.宁波话：你拉走到对面个乡村去，走进就会碰着一匹小驴子桩间，……解之，牵勒来。

e.台州话：你许好到对面乡村去，走进就会碰着一条小驴系间，……解告，牵来。

f.温州话：你大家到对面乡村去，走底个时候就会眙着一条小驴儿吊牢，……把佢解爻牵来。［转引自林素娥（2020a：31）］

上面例子中，只有宁波、台州方言用"V 间"，其余 3 个吴语方言点未用。

（198）a.官话：耶稣赶出一个叫人哑巴的鬼。（《路加》11：14）

b.苏州话：耶稣赶脱一个使人做哑子介鬼。

c.上海话：耶稣拉赶脱一个哑子个鬼。

d.宁波话：耶稣来间赶出一个鬼，是个哑鬼。

e.台州话：耶稣赶出一个鬼，是哑佬鬼。

f.温州话：耶稣赶出一个哑个鬼。［转引自林素娥，（2020a：33-34）］

上面例子中，只有宁波方言用"来间"，其余 4 个吴语方言点未用。

也有单独用"东"，如：

（199）再呒有人灯盏点仔，就拁勒东西罩东……没有人点灯用器皿盖上……（8：16）［转引自林素娥（2021：20）］

（200）a.官话：两个女人一同推磨，要取去一个，撇下一个。（《路加》17：35）

b.苏州话：两个女眷一陶牵磨，一个收去，一个留住。

c.上海话：两个女人一同牵磨，一个收去，一个剩拉。

d. 宁波话：有两个女人并排牵磨，一个会收上去，一个会剩落<u>东</u>。

e. 台州话：有两个女人聚队磨磨，一个会收去，一个会剩告。

f. 温州话：有两个女人相伴扼磨，一个会收去，一个会剩落。［转引自林素娥，（2020a：31-32）］

上例可见，只有宁波方言用"东"，吴语其余4个方言点未用。

也有单独用"来"的，如：

（201）就生出大儿子来，抲勒布裹好子，拨渠瞓<u>来</u>马槽里就生了头胎的儿子，用布包起来，放在马槽里。（2:7）［转引自林素娥（2021：19）］

以上可见，19世纪50年代，宁波方言的"来X"以及"来""东"都比较常用，而且宁波方言现在日常所有的用法，当时已经基本有了。在对比中，我们又可知晓，比起其他吴语来，宁波方言的"来X"要常用一些。

上面"来间""V间"的"间"，现在一般写作"该"。

（三）现代吴语"来X"语法功能与区域分布

根据语法功能的不同，"来X"复合词大致可分为动词、介词、助词三大类，其中助词又涉及体标记和语气助词。除诸暨枫桥方言的例句是笔者所在学校魏业群同学根据母语语感仿拟的，杭州话、常州话部分例句为田野调查之外，其他引自已公开发表的方言论文专著的，都标有出处，部分例句是其他学者私人告知的，也将注明。但是，因句子背后暗藏的规律往往比句子本身更值得探讨，所以相对来说更加复杂。

1. 区域分布

就目前我们所掌握的材料看，"来X"复合词主要集中在吴方言区域，江苏南部、浙江北部、浙江南部（温州等类似"来X"的词也列入其中）均有此类词。我们以具有代表性的几个点进行说明。这里涉及动词、介词、体标记、语气助词几个方面，有些方言用的是"来"或"X"，为了更好地进行比较分析，我们将具有以上语法功能的"来"或"X"也进行了列举。

1.1 江苏

常州：勒^①**、勒荡、勒娘、勒头、头／漏（"勒头"的合音）**

王健（2014：42）指出常州方言"经常在动词前出现表示进行体的有'勒荡'、'勒娘'和'勒头'。'勒荡'和'勒娘'相当于普通话的'在这里'，其中'勒荡'用得更多一些；'勒头'相当于普通话的'在那里'"。进行体用前加动词的虚化处所成分表示，主要为"勒荡""勒娘""勒头"。其中"表动作进行的'勒头'还可简缩成'头'或形成合音形式'漏

---

① 我们的发音合作人（徐尧，25岁，电视台编导）认为常州新北区春江镇和常州市区主要采用"勒"的形式，没有"勒荡""勒娘""勒头""头／勒"的用法，这些主要是武进区横山桥镇的用法，但可能因为现在受普通话影响，也有直接用"勒"的趋势。

[lei]'"。持续体有两种表现手段，一种用后加动词的虚化处所成分表示，另一种用虚词"佬"表示。

无锡：勒／勒勒、勒里、勒浪①

曹晓燕（2003：54-55）认为，表示无锡方言的"勒""本来是动词，相当于普通话的'在'，表存在。作为介词主要表示动作行为发生的时间和处所"。"和'勒'有关的复合介词还有'勒里'、'勒娘'，表示不明确的处所和方位，并且也从表空间位置转为表时间。作为介词，这些词的意义和'勒'差不多，只是使用频率小很多，主要用作动词和助词。"

无锡方言"静态持续体的语法标记是动态助词'勒娘'或'勒里'。语素'勒'单独成词可作动词或介词。'娘'是方位词，像普通话的'上'，但只能用于处所名词后对应某一有定的'位'，但是它可以单独在动词前表示进行体。'里'就是表示'里面'。""'勒娘'和'勒里'互相对应，分别指'在那里'和'在这里'。"（曹晓燕，2003：73）

无锡方言用来表示进行体的助词"'勒（勒）娘／勒里'、'登勒娘／里'也可以放在动词前表示动作正在进行"。（曹晓燕，2003：76）

"勒"有时候也可以说成"勒勒"。

常熟：勒笃、勒俚、勒海／海、勒浪／浪

袁丹（2007：155）说常熟方言"'勒 X'有'勒笃'、'勒俚'、'勒浪'、'勒海'四个词"。后三者都可以作动词、介词、进行体、存续体、语气助词（"勒海"不能作介词），其中"勒海"作动词时"语义并未虚化，依然带有'在……里'的意思"（袁丹，2007：156）。而作进行体、存续体和语气助词时意义虚化，且作进行体时"变成单纯的体标记（普通话的"在"），同时产生'勒'、'海'合音为'擂ᵈ'的现象"。"勒浪"原意为"在上面"的意思，现语义发生泛化，也可表"在里面"之义。"勒海""勒浪"可省略为"浪"和"海"。

皇甫亿（2011：46）指出常熟方言"勒海"使用频率最高，"勒浪"表示的地点意义还很强，"海""浪"可独用表静态持续。现在常熟话已不太用"勒里"表动态进行，但可以表静态持续，很多时候兼表"在这儿"的意思，多出于女性之口，而且年轻人说得不多，而越靠近苏州、无锡，"勒里"说得就越多。三者都可后接小句，但这种用法有消失的趋向。在表静态持续时，"勒浪""勒海""勒里"都放句末。常熟话中"来 X"结构还有一个"勒笃"，但不能作持续体、进行体体标记，只能作介词。（皇甫亿，2011：37）"'勒海'虚化程度最高，也最接近典型的持续体体标记。"（皇甫亿，2011：40）

"来 X"后接动词性成分表动态进行，置于动词或形容性成分后表静态持续。

---

① 曹晓燕（2003：73-74）认为无锡话的"勒娘"是表示远指的，但王健（2014：44）的调查结果是，"勒娘"表示的方位可远可近，只是出现在动词前表示进行意义的时候有远指的意味。我们暂且将"勒娘"归为"远指"，与"勒里"相对应。

苏州：勒、勒里[1]、勒哚 / 勒笃、勒海[2]、勒浪[3]、勒搭

刘丹青（2003a：80）指出，苏州方言里有“勒里 [lə$^{23-2}$]、勒哚（= 勒笃）[ləʔ$^{23-2}$toʔ$^{-5}$]、勒浪 [ləʔ$^{23-2}$lã $^{-55}$]、勒海 [ləʔ$^{23-2}$hE^{-55}]、勒搭 [ləʔ^{23}taʔ$^{5-2}$]”。其中，今天的苏州方言里最常用的是“勒浪”与“勒海”。（刘丹青，2003a：83）

王健（2014：34）认为，苏州方言用“勒海 / 勒浪 / 勒里 / 勒笃”来表示进行体、持续体。“‘勒里’一般表示近指，‘勒里’和‘勒笃’现在已经很少有人使用。‘勒浪’‘勒海’不分远近指，‘勒海’现在最常用。‘勒海’一类的词有时候还保留表示方位的意思。”

谢自立等（1989：107）在论述苏州方言里的语缀时，提到“辣 / 辣浪 / 辣海”，简释为“介词，副词，相当于‘在’。辣浪 / 辣海又是时态助词，在谓词后面，表示状态持续”。

据我们考察，“来 X”表动态进行和静态持续，与常熟方言类似。

昆山：勒、勒海、勒浪

吴林娟（2006：80）认为，江苏昆山方言“勒 [ləʔ ^{23}]（伊勒喇搭$_{\text{他在哪里？}}$）”“勒海 [ləʔ^{2}hᴇ^{21}]（伊勒海做作业$_{\text{他在做作业}}$）”“勒浪 [ləʔ^{2}lã^{44}]（伊勒海吃饭$_{\text{他在吃饭}}$）”表动作发生的处所 / 时间 / 起始点，相当于普通话的介词“在”。

吴林娟（2006：67）指出，“昆山方言的进行体标记用‘勒 [ləʔ^{23}]’、‘勒浪 [ləʔ^{2}lã^{52}]’、‘勒海 [ləʔ^{2}hᴇ^{21}]’放于动词前表示存在”，“昆山方言持续体的体标记为‘仔 [zɿ^{52}]’、‘勒浪 [ləʔ^{2}lã^{21}]’或‘勒海 [ləʔ^{2}hᴇ^{21}]’”。

海门：勒、勒愢、勒特、勒勒

王洪钟（2011a：200–201）指出，“海门方言的进行体意义由动词前添加相当于普通话‘在’的‘勒’[ləʔ^{2}] 来表示，也可以说‘勒愢’[ləʔ^{2}hiə^{34}]、‘勒特’[ləʔ^{2}dəʔ^{2}] 或‘勒勒’[ləʔ^{2}ləʔ^{2}]”。“持续体意义通常是用后附于动词（含动补复合动词）、形容词的‘勒愢’[ləʔ^{4}hie^{21}] 来表示的。”

1.2 上海

上海：辣 / 辣辣、勒海、辣该

平悦铃（1997：40）指出，上海话“至今活跃于人们口语中的是‘辣辣’和‘辣海’。某些年轻人口中还有‘辣该’。还有两个存在于老年人口中，但在上海中青年人口中已趋消亡的格式是‘辣浪’及‘辣里’”。“这些‘辣～’格式具有的语法功能，从实义动词到处所介词，及至表示进行体（动词前）和持续体（动词后）意义的体标记，呈现出逐步虚化

① 清代戏曲选本《缀白裘》有不少“来（拉）”类词，通常把里面的方言认为是清代前期苏州及其周围地区的方言，即今苏州话的前身[详参石汝杰（2006：207）]。我们以为，选本里的“拉里”“拉哩”“拉俚”“来里”“来哩”可初步看成是今苏州话的“勒里”，“拉厾”对应为“勒哚（笃）”，“拉哈”为“勒海”，“拉浪”为“勒浪”。

② 据王健（2014：34）调查，“年纪大一些的苏州人‘勒海’排斥明显的近指，‘勒浪’则远近皆可；年纪轻一些的则认为‘勒浪’、‘勒海’没有什么差别”。我们以为，“勒海”可能一开始是特指远指的，后来语义泛化，近指也可用，所以我们暂且将“勒海”归为中性，即可远可近。

③ 李小凡（1998：202）认为，老派苏州方言用“勒浪”表远存在，“勒里”表近存在，“勒海”无所谓远近。新派三者混用，不分远近，其中“勒海”使用频率最高，“勒浪”次之，“勒里”已很少使用。刘丹青（1986：28）指出，苏州话“勒浪 V”表进行体时可说成“浪 V”（俚浪打球），其他 ABV 今没有省略式（历史上有过）。

的一个过程。"

据我们考察,"来 X"表动态进行和静态持续的形式,与常熟话类似。

1.3 浙江

杭州:来东 / 拉东①

游汝杰(1996:339–340)说杭州方言进行体的表达法是"来东 + 动","来东"是前置于动词的。持续体也用"来东",后置于动词。而且,名词只能前置于动词,不能后置于动词作宾语。如:可以说"我帽儿戴来东,不怕冷的","* 我戴来东帽儿,不怕冷的"则不成句。

桐庐:来、来里、来汉

宋桔(2010:81)指出,桐庐方言中"'来 ~ '是兼表实义动词、介词、时体和语气助词的结构,有来 [lɛ¹³]、来汉 [lɛ¹³haŋ⁵³]、来里 [lɛ¹³li⁵⁵] 三种形式,分别表示中性、远指、近指"。表进行体和持续体时,分别为"来汉 / 来里 +V""V+ 来汉 / 来里",可用于过去、现在,"不能用于说话时间早于动作时间和参照时间的'将来时'"。

绍兴:来埭 / 来带 b、来动 / 来东、来亨、埭 / 带、动 / 东、亨

陶寰(1996:312)认为绍兴方言的进行体标记有三个,记作"来埭 [le²²da⁵⁵]""来动 [le²²doŋ⁵⁵]""来亨 [le²²haŋ⁵⁵]","快说时 [la]、[loŋ]、[laŋ] 或 [haŋ]","一般只能与具有动态特征的动词结合,表示动作的持续","只能放动词之前,紧挨着动词"。可作实义动词,意为"在"或"呆"。三者有远近的区别对立。"'来埭'表示近指的进行,相当于'在这儿';'来亨'表示远指的进行,相当于'在那儿';'来动'是混指,视具体情况,可以是近指或远指,在三个形式并举时,也可以是中指。"陶寰(1996:317)认为绍兴方言的持续体标记是"埭 [da]""动 [doŋ]""亨 [haŋ]","三种形式也存在远近指之分",与进行体相类似。

据我们考察,动词前"来 X"表动态进行,动词后"X"表静态持续。

绍兴柯桥:来、来咚、来带、来亨、咚、带、亨

盛益民(2014:234)指出,柯桥方言与普通话存在动词"在"相当的成分是"来 [le]"。"'来'是个黏着语素,不能自由使用,必须带上'带''亨''咚'等具有指示空间方位的成分",具体有:来带 [le¹¹ta⁵³]、来亨 [le¹¹haŋ⁵³]、来咚 [le¹¹toŋ⁵³]。"这三个存在动词不仅表示存在,也带有直指性:'来带'是近指的;'来亨'是远指的;'来咚'是中性指,不区分远近。""由于存在动词是非常高频使用的形式,在柯桥话中有两种紧缩方式:一种是省缩,一种是合音。'来带'可省略为'带','来亨'可省略为'亨','来咚'可省略为'咚'或'来'。"盛益民(2014:407)说柯桥方言动前的"来咚、来带、来亨"表进行体,动后的"咚、带、亨"表示延续体。"来 X"也可作介词。

新昌:来蒙、来头、来固

王晓慧(2014:184)认为新昌方言中有"来固 [gu]、来蒙 [məŋ]、来头 [deʔ]",对应于绍兴话的"来埭、来亨、来垌",意思相当于普通话的"在",分别表近指、远指、不确

---

① 我们的发音合作人(胡全富,84 岁,退休工人,一直居住在上城区)认为记作"拉东"更合适,音为 [laʔ]。

② "埭"与"带"、"动"与"东"只是记字上的不同,前后两者语法功能、语义特征都相同,应视为同一个。

定远近的中性指。可作动词、介词、体标记。

诸暨：来过、来卡、勒过、勒卡、过、卡

蔡丹（2010：2）认为诸暨方言（未说明具体哪个方言点）表持续义的词语形式主要有"来过 [leikhə?]""来卡 [leikhʌ?]""勒过 [lə?kh?]""勒卡 [lə?khʌ?]""起过 [tɕhi khə?]""起卡 [tɕhikhə?]""过 [khə?]""卡 [khʌ?]""来 [lei]"。蔡丹（2010：5）介绍了诸暨方言持续体标记的句法位置，"'来过/卡'用在动词前，构成 AB+V 形式，相当于普通话中的'在'；'勒过/卡'用于动词后，构成 V+AB 形式，相当于普通话中的'着'；'起过/卡'也用于动词或动词短语后，一般位于句末，相当于普通话中的'着呢'；'过/卡'用于句末，相当于普通话中的'着'、'呢'或'着呢'。""以上持续体标记都是成对出现的，其中含语素'过'的表近指，含语素'卡'的表远指。在诸暨方言中，任何一种持续体意义的表达都有远近两种形式。"

据我们考察，"来过/来卡"可作介词与动词，其他几个词不可以。

诸暨枫桥①：来的/搭、来东、的/搭、东

诸暨枫桥方言"来 X"有"来的""来东"，有时候"来的"也说成"来搭"，我们以为"来的"是"来搭"的弱化。将"的"作为"搭"的弱化，与"搭"和"埭"的情况相似，本字可能是"埭"。金华汤溪方言表进行体有"是达"（"达"为非轻声）类词，持续体也用"达"（轻声），在这方面可能与诸暨话类似。"埭"在《集韵》入声代韵："埭，地之区处"，德代切。［具体可参看曹志耘（1996：290–291）］

"来的/搭"与"来东"可作动词、介词、进行体标记、持续体标记。"来的/来东 +V"表示进行体，"V+ 的/东"表示持续体（"的"有时候也可说成"搭"）。有时持续体也可以说成"V+ 起 + 的/东"，"起"是起始体的标记，表示状态开始发出。"来的"与"来东"作动词、介词、进行体标记时基本上已没有远近对立，但"的/搭"与"东"作持续体标记时稍微带有远近指之分，"东"标记远指，"的/搭"标记近指。如"书安起搭/东_{书放着呢}"，前者可能是说话者离书距离较近，就在书的旁边，后者可能是说话者离书有一定的距离。标记远指的"东"，甚至还虚化成了语气助词。

宁波：来/来勒、来的/来对、来当、来东、来该、的、当、东、该

朱彰年等（1996：148）收录"来 [le²³³]"义项有四，分别为：1.<动>在；2.<介>在；3.<副>正在；以上三义也说"来勒"。4.<助>用作词尾，表示一段时间。收录"来对 [le²²³təi⁴⁴/tie?⁵]"，义项为：1.<动>在；2.<副>正在；3.<动>好、如愿、不在乎。"来当 [le²²³tɔ̃⁵³]"义项为：1.<动>在、在（这里）；2.<副>在、正在（这里）。"来该 [le²²³ ke⁵³]"义项为：1.<动>在、在（那里）；2.<动>用在表处所的名词后面，有"在……""去了……"的意思；3.<副>在、正在（那里）。朱彰年等（1996：232）释"该"为助词时，"用在动词后面表示动作正在持续，相当于'着'（但动作行为必须发生在远处）"，如"门口立该_{门口站着}""衣裳外头晒该_{衣服在外面晒着}"。

---

① 诸暨枫桥位于诸暨东部，与柯桥区接壤。枫桥方言"来 X"与诸暨市区、西部、南部有不同之处。故也单独列出，可作参考比较。

汤珍珠等（1997：124）收录"来 = 来勒"，义项为：1. 动词，在；2. 介词，在；3. 副词，在、正在。其中义项三说，"作为动词的'来'和作为副词的'来'后面常跟表示近指的助词'的'和表示远指的助词'该'，成为'来的'和'来该'。表示近指还可以说'来当'或'来东'，强调客观存在"。

"来 X+V"表动态进行，"V+来 X"表静态持续。

鄞州：来、来的、来该、的、该

肖萍等（2014：361-363）列举了关于鄞州方言进行体的一些句子，我们根据例句，大致进行了归纳。"来 X"可作动词、介词、体标记、语气助词。"来 X"后接谓语动词，可表进行体；"来"（肖萍等记作"咧"，我们以为和"来"应是同一个）"的""该"位于谓语动词后可表持续体。肖萍等（2014：365-371）列举的例句里有"嘞"，不少例句中标明"也说'咧'"，我们以为或许可以看成是"来"的音变字，这样的话"来"也可作语气助词。

金华汤溪：是哒、抓哒、落哒、得哒、哒

据曹志耘（1996：290）所说，金华汤溪方言里进行体，"由'是 [dʑ¹¹³]'、'抓 [tɕio²⁴（在）]'、'落 [lo¹¹³（在）]'加处所词'达 [da¹¹³]'构成的'是达 [dʑ¹¹³⁻¹¹da¹¹³⁻⁰]'、'抓达 [tɕio²⁴da¹¹³⁻⁰]'、'落达 [lo¹¹³⁻²⁴da¹¹³⁻⁰]'三词，用在动词前，意义已经虚化，相当于时间副词'在'。此外，轻声的'达 [da¹¹³⁻⁰]'也可单独用在动词前"。在今天的汤溪话里，"'是达'、'达'较常用"，前者比后者显得强调一些。"'达 [da¹¹³]'用在代词和名词后面时，表示处所。'<这>达'意为'我这儿'，'老师达'意为'老师那儿'"（曹志耘，1996：290）"'达'也能离开代词和名词单用，不读轻声，义同'<这>达'，此时意义更加实在。"（曹志耘，1996：291）而持续体基本助词是"轻声的'达 [da⁰]'，用在动词后"（曹志耘，1996：291）。

刘丹青（1986：28）也表示汤溪方言表示进行体时表达为"是哒 V、抓哒 V、落哒 V"，更常说"哒 V"。表示持续体时表达为"V 得哒"，但不如其省略式"V 哒"常用。

温州：着/在搭、搭

潘悟云（1996：265-266）指出，温州话表进行体虚词为"着搭 [zɿta]"。其中"'着'是近古汉语中使用得很普遍的存在动词，相当于北京的'在'"。"'搭'为处所词，相当于'那里'，其他吴语习见"，"'着搭'已经结合并虚化作一个时间副词，几乎没有'在那里'的意思了，只能黏附在动词的前头，读前附调，是一个地道的黏附形式"，可以看作进行体的标志。"'搭'有变体 da、la。最极端的弱化形式中 1着‖失落，1搭‖弱化为 la。"温州话持续体的体助词是也"着搭"，"附在动词后头，读后附调，表示动作发生后所产生的状态一直持续着"。"搭"比"着搭"虚化程度更高，因为"'着搭'的处所义最强，在特定的语境中主要表示处所义"。（潘悟云，1996：266）

游汝杰（1996：346）将温州话进行体、持续体标记都记作"在搭"，可见"在"与"着"确实有语音上的关联性。

2. 语法功能

2.1 动词

"来 X"可作动词，表"存在"义。有两种语义特征，一表人或事物存在的处所、位置，标记空间意义，二表"在于、决定于"等义。我们以为这是"来 X"最基本的功能。请看例句。

常州：我**勒**学堂勒我在学校里。（调查所得）

常熟：老娘**勒**笃床浪老妈在床上。（袁丹，2007：155）

苏州：小王**勒**图书馆里小王在图书馆里。（刘丹青，2003a：80）

昆山：昨天能夜里能**勒浪**谁人家昨天晚上你在谁家？（吴林娟，2006：80）

上海：我**辣辣**上海，伊**辣海**杭州我在上海，他在杭州。（平悦铃，1997：40）

杭州：我**拉**东窝里我在家。（调查所得）

桐庐：你今朝**来汉**杭州伐你今天在杭州吗？（宋桔，2010：82）

柯桥：我**来带**何里我在哪儿？（盛益民，2014：235）

新昌：小张有勿有**来头**小张在不在？（王晓慧，2014：184）

诸暨：东西**来卡**东西在了。（笔者所在学校魏业群同学提供）

诸暨枫桥：伽弗**来搭**他们不在。（笔者所在学校魏业群同学提供）

宁波：阿拉**来的**杭州我在杭州。（笔者所在学校周玳同学提供）

鄞州：人没**来该**，门锁该人不在，锁着门呢。（肖萍等，2014：361-363）

奉化：我宁波**来的**我在宁波。（调查所得）

2.2 介词

"来 X"是否可作介词一说，有所争议。刘丹青（2003b：263-264）认为绍兴方言中的"来咚、来带、来亨"用于"来 X+处所 +VP"结构中时，不是介词，仍然是动词，因为其表示动作主体存在的位置，之后的 VP 可以省略；如果方所题元只表示动作的场所，而非主语存在之处时，后面的 VP 不能删除。此时"来 X"是动词还是介词难以区分，我们以为是"来 X"虚化不彻底造成的，正如普通话"在"既可作存在动词，又可作介词，往往有些句子还有歧义之分，如："我在火车上写字"，可以理解为"我坐 / 躺在火车上正在写字"，也可以理解为"我把字写在火车上面"，前者"在"主要标记的是动作主体存在的处所，后者标记的是动作发生的处所。"来 X"在大多数吴语中表介词功能时，往往仍有动词成分在内，我们以为是作介词同时兼表存在意义，所以为了方便说明与区分，我们暂且把此种情况的"来 X"定义为介词。

"来 X"充当介词成分时，可表示动作发生、事物存在的处所，标记空间意义，与处所词构成介词结构作状语，可表示范围，也可表示动作发生、出现、消失的时间，标记过去已然发生的事情，后二者并不具有成句功能。我们以为，这是表存在义的同形动词"来 X"虚化而来的。例句如下。

常州：我**勒**菜场娘买菜我在菜场买菜。（调查所得）

无锡：佗勒火车站工作_{他在火车站工作}。（曹晓燕，2003：54）

常熟：老阿伯勒笃葛浪打太极拳_{伯伯在那边打太极拳}。（袁丹，2007：135）

苏州：小王勒黑板浪写字_{小王在黑板上写字}。（刘丹青，2003a：80）

昆山：我勒海角落头里捉着弇只猫弇_{我在角落里捉到这只猫的}。（吴林娟，2006：80）

上海：我辣海上海读书，伊辣海杭州白相_{我在上海读书，他在杭州玩}。（平悦铃，1997：41）

杭州：他拉东公司里上班_{他在公司里上班}。（调查所得）

桐庐：伊来/来汉/来里房间里写字_{他在房间里写字}。（宋桔，2010：82）

柯桥：我来带屋里头吃饭_{我在家里吃饭}。（盛益民，2014：257）

新昌：我来固家里食饭_{我在家里吃饭}。（王晓慧，2014：184）

诸暨：我来过客厅里睏觉_{我在客厅里睡觉}。（笔者所在学校魏业群同学提供）

诸暨枫桥：阿叔来的绍兴教书_{叔叔在绍兴教书}。（笔者所在学校魏业群同学提供）

宁波：水蜜桃来东/来当圆台面高头，侬剥剥其喫_{水蜜桃在圆桌上，你剥皮吃了吧}。（笔者所在学校周玳同学提供）

鄞州：其拉来该边来该收拾东西_{他们正在那儿收拾东西}。（肖萍等，2014：361–363）

奉化：我来东吃饭_{我在吃饭}。（调查所得）

2.3 助词

进行体表动态进行，持续体表静态持续。"来X"可表示进行体和持续体意义，且一定程度上符合体标记的四条标准，它们是：意义的虚化；结构关系的黏着；功能上的专用；语音上的弱化（李如龙，1996：6），所以我们暂且把这类的"来X"叫做进行体、持续体标记。

2.3.1 进行体标记

普通话表示动作进行的方式是在动词前面加时间副词"在"，在动词后面加"呢"或"着呢"（曹志耘，1996：289）。如：他在洗衣服；他洗衣服呢；他在洗衣服呢；他洗着呢。"来X"主要通过与动词性成分相结合，表示动态进行的发生，且基本所有"来X"都是这样的句法结构。请看例句。

常州：昨头佗来格辰光，我正当勒娘看电视_{昨天他来的时候，我正在看电视}。（王健，2014：42）

无锡：我还勒里吃饭的，你先去吧_{我还在吃饭呢，你先去吧}。（曹晓燕，2003：77）

常熟：我勒海看书_{我在看书}。（袁丹，2007：156）

苏州：我勒海奔勒，勿觉著冷_{我在跑，不觉得冷}。（石汝杰，1996：357）

昆山：伊勒做作业_{他正在写作业}。（吴林娟，2006：67）

海门：大家裁睏个特，夷仍勒憾复习嘞_{大家都睡了，他仍然在复习呢}。（王洪钟，2011a：200）

上海：我辣辣看书，伊辣辣洗浴_{我在看书，他在洗澡}。（平悦铃，1997：41）

杭州：老师来东看书，不要吵特_{老师正在看书，不要去吵他}。（游汝杰，1996：339）

桐庐：伊昨天3点钟的时光来汉/来里蒙书_{他昨天3点的时候在看书}。（宋桔，2010：83）

绍兴：外头来亨落雨，要带雨伞个_{外面在下雨，要带上雨伞}。（陶寰，1996：313）

柯桥：伽来咚吃饭哉_{他们在吃饭了}。（盛益民，2014：406）

新昌：妈妈来固在缝衣裳，爸爸来头忙什介唻爸爸在忙什么呢？（王晓慧，2014：185）

诸暨：只狗来卡咬人这只狗在咬人。（笔者所在学校魏业群同学提供）

诸暨枫桥：娘娘来东汰衣裳奶奶在洗衣服。（笔者所在学校魏业群同学提供）

宁波：当家人来该闷冬勿响算账嘞，侬死快的嘞当家人正在默默地算账，你完蛋了！（笔者所在学校周玳同学提供）

鄞州：其来该看书他正在看书。（肖萍等，2014：361–363）

奉化：其来该烧饭他正在烧饭。（调查所得）

金华汤溪：尔还是达望电视啦你还在看电视呀？（曹志耘，1996：290）

温州：我着搭吃饭，<他>着搭洗手我在吃饭，他在洗手。（潘悟云，1996：265）

部分方言在具体部分例句中，"来X"仍带有表示动作发生的处所的实在意义，有些已完全看不出实义的痕迹，这更好地体现了不断虚化的过程。

值得注意的是，有些方言"来X"之间有远近的对立，也就是说它们具有直指功能。如绍兴方言"来埭""来动""来亨"作进行体标记时，分别表示近指、中指、远指的进行，也带有"在这里""在这／那里""在那里"的含义。

按传统说法，进行体标记也可说成副词，义为"正，正在"，这样与明清文献中的副词对应起来了。

2.3.2 持续体标记

普通话的持续体标记主要是"着 [tʂə⁰]"。我们将静态动作的持续、动作完成后造成的状态在较长时间内的保持，都看作持续体的表现。例句如下。

常州：就摆勒娘好咧，勿碍紧葛就摆在这里好了，不要紧的。（王健，2014：44）

无锡：我肚皮饱勒里得我肚皮饱着呢。（王健，2014：44）

常熟：我铜钿拿勒海，能夠拿哉我钱拿着了，不要拿了。（袁丹，2007：157）

苏州：俚就是欢喜困勒海看书他就是喜欢躺着看书。（石汝杰，1996：359）

昆山：犟只牛趴勒浪吃草这头牛趴着吃草。（吴林娟，2006：67）

海门：我回转葛先夷眠勒憾我回家的时候他睡着呢。（王洪钟，2011a：201）

上海：大门关辣海，窗户开辣海大门关着，窗户开着。（平悦铃，1997：41）

杭州：电灯开来东，门窗开来东电灯开着，门窗也开着。（游汝杰，1996：340）

桐庐：门关来汉／来里门关着。（宋桔，2010：83）

绍兴：伊墙壁高头靠亨／来亨吃香烟他靠在墙上在抽烟。（陶寰，1996：318）

柯桥：阿兴已经坐亨／*来亨／*冷① 哉阿兴已经坐着了。（盛益民，2014：406）

新昌：小张坐蒙小张坐着。（王晓慧，2014：185）

诸暨：书安卡书放着。（笔者所在学校魏业群同学提供）

诸暨枫桥：困东比坐东要好躺着睡比坐着要好。（笔者所在学校魏业群同学提供）

宁波：饮料，冰箱里摆该，侬自家渠捞饮料，放在冰箱里，你自己去拿。（笔者所在学校周玳同学提供）

---

① "冷"为"来亨"的合音，音为 [laŋ⁰]。（盛益民，2014：236）

鄞州：一或人墙角落头睏该_{墙底下睡着一个人}。（肖萍等，2014：361-363）

奉化：书本桌凳上摆该_{书本桌子上放着}。（调查所得）

金华汤溪：坐达，弗要徛起来_{坐着，不要站起来}！（曹志耘，1996：290）

温州：门开着搭，屋底没有人_{门开着，屋里没有人}。（潘悟云，1996：266）

有些方言"来 X"作持续体标记时也具有远近对立之分。同样是具有直指功能，有的三分对立完整，有的只有远近对立。如绍兴方言"埭 / 带""动 / 东""亨"在一定程度上依旧带有"这""这 / 那""那"的语义色彩；诸暨枫桥方言"的 / 搭"与"东"略微有近指、远指之区别。

按传统说法，进行体标记也可说成助词，义为"着"，这样与明清文献中的助词对应起来了。

2.3.3 语气词

语气词相对于动词、介词、体标记来说更虚，只有部分方言的"来 X"发展出了这样的语法功能，甚至有些方言虽可看作语气词，但仍具有成句功能。如：

常熟：今朝受着点起勒海_{今天受了点气}。（袁丹，2007：157）

上海：风大辣海^①。（许宝华等，1988：354）

绍兴：交学细勿容易，上心些读东_{交学费不容易，用心点儿学}。（王福堂，1998：10）

诸暨枫桥：饭拨我快丢喫东_{饭给我吃快点}！（笔者所在学校魏业群同学提供）

鄞州：昼过赶弗上其犯关咧_{他中午赶不上就糟糕了}。（肖萍等，2014：361-363）

"来 X"作语气助词，各方言虚化程度不一。有些方言"来 X"尚不能作语气词，如杭州方言；有些方言"来 X"具有语气含义但兼表动词、介词或时体助词之义（也就是说依然作句法成分），如桐庐方言；有些方言"来 X"已可以作为完全的语气词，如常熟方言。也有方言兼含以上三种情况的两种，如桐庐方言既可以做完全的语气词，又兼语气词和其他词的语法功能（宋桔，2010：84）。如：

（1）坐来汉 / 来里，勿要动！（表时体的同时兼有语气的含义，而非独立的语气词）

（2）门口头晒衣裳来汉，没有地方晒棉皮了。（不参与完句，独立的语气词）

常熟方言中，"来 X"的三种主要形式"勒俚""勒海""勒浪"可作语气词，甚至由"勒浪"省略而来的"浪"也具备语气词的功能，只有"勒笃"没有语气词的用法。可见，常熟方言"来 X"是相对来说虚化得最彻底也最完整的。

我们将以上"来 X"的语法功能及区域分布罗列到表 19 中。"+"表示具备该语法功能，"-"表示不具备该语法功能，"？"表示待具体考证或不确定。部分方言有明显的远近指对立的，在"来 X"后进行了标注，其中不分远近指，或在远近指对立情况下是中指的，都统一标记成"中指"。

---

① 据徐烈炯等（1998）、左思民（2005）所说，"辣海"出现在句末，句法作用相当于一个语气词，语法意义表示一种稍微带有"夸张"的语气，并兼有"提醒"对方的意味，有一些"你别不相信"的意思在内。

表9　吴语"来X"语法功能区域分布

方言点	"来X"相关结构	动词	介词	助词（进行体）	助词（持续体）	语气词
苏州	勒	+	+	+	?	?
	勒里（近指）	+	+	+	+	?
	勒哚／勒笃（远指）	+	+	+	+	?
	勒海（中性）	+	+	+	+	+
	勒浪（中性）	?	+	+	+	+
	勒搭	+	+	+	+	?
上海[4]	辣／辣辣	+	+	+	+	?
	勒海（远指）	+	+	+	+	+
	辣该	+	+	+	+	?
昆山	勒	?	+	+	−	−
	勒海	?	+	+	+	−
	勒浪	?	+	+	+	−
海门	勒	+	+	+	−	−
	勒憾	+	−	+	+	−
	勒特	+	+	+	−	−
	勒勒	+	+	+	−	−
常州	勒	+	+	+	+	−
	勒荡（近指）	−	+	+	+	−
	勒娘（近指）	−	−	+	?	−
	勒头（远指）	−	−	+	+	−
	头／漏（"勒头"的合音）	−	?	+		
无锡	勒／勒勒	+	+	−	−	−
	勒里（近指）	+	+	+	+	−
	勒娘（远指）	+	+	+	+	−
常熟	勒笃	+	+	−	−	−
	勒俚（近指）	+	+	+	+	+
	勒海	+	−	+	+	+
	勒浪	+	+	+	+	+
	海[5]	−	−	+	+	−
	浪[6]	+	+	+	−	+
杭州	来东／拉东	+	+	+	+	
桐庐	来（中指）	+	+	−	−	−
	来里（近指）	+	+	+	+	−
	来汉（远指）	+	+	+	+	−
汤溪	是哒	?	−	+	−	?
	抓哒	?	−	+	−	?
	落哒	?	−	+	−	?
	得哒	?	+	−	+	?
	哒	?	?	+	+	?

方言点	"来X"相关结构	动词	介词	助词（进行体）	助词（持续体）	语气词
绍兴	来埭/来带（近指）	+	?	+	−[7]	−
	来动/来东（中指）	+	?	+	−	−
	来亨（远指）	+	?	+	−	−
	埭/带	−	−	−	+	−
	动/东	−	−	−	+	+
	亨	−	−	−	+	−
绍兴柯桥	来	+	−			
	来带（近指）	+	+	+	−	−
	来咚（中指）	+	+	+	−	−
	来亨（远指）	+	+	+	−	−
	咚	+	−	−	+	−
	带	+	−	−	+	−
	亨	+	−	−	+	−
新昌	来蒙（近指）	+	+	+	?	
	来头（中指）	+	+	+	?	
	来固（远指）	+	+	+	?	
诸暨	来过	+	+	+	−	
	来卡	+	+	+	−	−
	勒过	−	−	−	+	−
	勒卡	−	−	−	+	−
	过	−	−	−	+	−
	卡	−	−	−	+	+
诸暨枫桥	来的/搭	+	+	+	−	−
	来东	+	+	+	−	−
	的/搭（近指）	−	−	−	+	−
	东（远指）	−	−	−	+	+
宁波	来/来勒	+	+	+	−	?
	来的/来对	+	−	+	−	−
	来当（近指）	+	−	+	−	−
	来东（近指）	+	−	+	−	−
	来该（远指）	+	−	+	−	−
	的	−	−	−	+	+
	当	−	−	−	+	+
	东	−	−	−	+	?
	该	−	−	−	+	+
鄞州	来	?	+	−	+	+
	来的	+	+	+	+	−
	来该[8]	+	+	+	+	−
	的	−	−	−	+	−
	该	−	−	−	+	−

续表

方言点	"来X"相关结构	动词	介词	助词（进行体）	助词（持续体）	语气词
奉化	来	?	+	−	+	+
	来的	+	+	+	+	−
	来东	+	−	+	+	
	来该	+	+	+	+	−
	的	−	−		+	−
	东	−	−	−	+	?
	该	−	−	−	+	−
温州	着搭/在搭	?	?	+	+	
	搭	?	?	+	+	−

注：以上所有"来"（勒、辣）都非自由形式的存在动词，我们以为是"来X"的省略形式。

"X"除了以上用法外，没有别的用法，不具有成词作用。

（四）"来X"的分布规律及溯源

1. 分布规律

根据"来X"的区域方言学考察，我们以为以下几点是值得我们注意的。

1.1 语法功能的一致性

在被考察的方言里，"来X"就语法功能而言，具有单向的一致性：

a. 用在NP结构前，或其后不接任何成分，表示存在义。

b. 用在"处所+VP"前，表示动作发生的处所。

c. 用在谓语动词前，表示动态进行。

d. 用在谓语动词后，表示静态持续。

1.2 远近区分现象

部分方言"来X"具有距离指称义，甚至感染到作体标记（进行体、持续体）时也含有远近对立之区别，我们称之为体标记远近区分现象。这是因为"来X"作体标记是由介动同形的"来X"虚化而来。而体标记兼含远近指，我们以为这正是虚化程度不是很高或虚化不彻底的结果。换句话说，"来X"在此时兼具体标记和远近标记的双重功能。蔡丹（2010：5）认为诸暨话远近持续体标记的区分，"是处所词语虚化为体标记过程中'这里'和'那里'远近对立的残留。由于体标记的前身处所词语有近指和远指的对立，虚化后的持续体标记保留了这种对立"。

有些方言三分对立很完整，有些只有二分对立。我们以为可能会有一个统一的发展过程，大概是先有远近的对立，之后再虚化或重新产生一个表中指的词，或原先表远、近指的都不分远近了。

但远近之分有不断模糊的趋势，这里以诸暨枫桥方言、苏州方言为例。诸暨枫桥方言表进行体时"来的 / 搭"与"来东"没有远近的选择，但表持续体时"的 / 搭"只能标记近指，"东"标记远指。我们可以猜测的是表进行体标记的"来的 / 搭"与"来东"之前应该也有远近的对立，现在不区分或模糊了。今天的苏州方言"勒 X"没有明显的远近之分，但"'勒浪'与'勒海'可能分别带有轻微的近指和远指意味，但很不明显，两者实际上经常可以互换"，但"十分明显的近指还是排斥'勒海'"（刘丹青，2003a：83）。以晚清的《海上花列传》为参考，我们发现老苏州方言有明显的远近对立关系，"来里"（现大多学者将苏州方言的"来"记作"勒"，"海"写作"来"）表近处，"来哚"表远处，"来浪"不标远近，刘丹青（2003a：83-84）也有这样的考察结论。

对于为什么会有远近对立的存在，刘丹青（2003a：84）对苏州方言的解释是"来里""来哚"的远近对立来自"第一身与第二、第三身代词的对立"。因"里""哚"受与之所搭配的代词（第一与第二、第三人称单数）语义色彩的影响，词义感染，最终导致"里""哚"也有"因为其人称意义而带来距离意义的差别"。据袁丹（2007：155），今天常熟方言"勒俚""只能用于近指"，"勒笃""已没有近指、远指之分了"，而常熟话第一与第二、第三人称复数分别是"我俚""能 ⁼[neŋ²] 笃（右上角"⁼"号表示同音字）""偍[gɛ²] 笃"。我们可以理解为"俚"与"笃"作为第一与第二、第三人称复数后缀，第一与第二、第三人称指示远近的对立，使得"俚"与"笃"也带上了这样的色彩，那么，"勒俚"应表近指，"勒笃"是远指。前者符合现在常熟方言的语言事实，后者语义发生变化，无远近指之分了。因为近指、远指皆是由说话者"我"来作为参照物的，就人称而言，说话者本人必然是近的，在说话者之外的都是远的，这是一种心理距离。就事物来说，远近是就离说话者的距离而言的。

而绍兴方言、诸暨方言、诸暨枫桥方言等这些方言"来 X"远近区分现象的来源，目前尚不明确。但可以确定的是，肯定不是来自人称复数后缀的远近对立，因为无论是哪个"来 X"的形式目前好像都不能与"X"挂起钩来。我们暂且将它认为是源于与三身代词的习惯性搭配的。

这样远近对立的区分有两种情况，一是来自人称复数后缀的对立，而这种对立又是来自三身代词单数的远近对立，二是源于与三身代词的习惯性搭配。

关于距离指称义的区分，大致呈现出的规律为"来里（俚）"类为近指，其他大多数可能为远指。

1.3 时空转化机制

如果把"来 X"作动词、介词时的语义特征统一标记为空间概念上的所指，那么进行体、持续体标记可以看作时间概念的一部分。潘悟云（1996：259）认为，"把一个事件作为一个过程来对待，它在时间轴上的展开有起始、持续、终结三个阶段。凡是与这三个阶段相涉的时间概念，都属于语义上的体范畴"。空间与时间总是有密切关系，从认知角度上可构成延伸关系。

空间近远指虚化为时间的近远指，也是符合语法化的语义和句法功能规律的。就语义层面来说，"在这 / 那"→表"现在 / 过去"；句法功能层面上说，介词→体助词。现在进行时态标记的是"现在"发生的事件，可以看成是时间轴上的近指（这），因为就在眼前发生；过去进行时态标记的是"过去"已经发生的事件，在情态范畴上属已然态，可以看成是时间轴上的远指（那），而将来进行时态标记的是"将来"未发生的事件，属未然态，也是远指（那）。这些都可以说明远近与时态的关系，而远近又是从空间意义出发的。可见，时空转换是很常见的。

这也说明了在有远近指对立的方言中为什么有些方言存在不同的"来 X"只能用于不同时态的现象，这是对应原则在起作用。如无锡方言"我勒娘看书得"（"勒娘"有远指意味），意为"我刚才在读书"；"我勒里看书得"，意为"我现在正在读书"[①]。远指对应过去，近指对应现在。

再以宁波方言和上海方言为例。宁波方言同样的进行体标记，已然和现在态有不同之处。钱萌（2007）认为，现在进行时态在动词前用"的 / 来的"表示，过去进行时态在动词后用"来盖"表示，"的 / 来的"与"来盖"分别是表示近指和远指的"来 X"结构，且一个为前置，一个为后置。我们以为"的"是"来的"的省略，这在其他吴语中也是常见的，如常熟方言的"勒海""勒浪"可省略为"浪"和"海"（袁丹，2007：160）。无独有偶，老上海话也有这样"由'方所词'近指和远指经语法化而形成的'过去进行时态'和'现在进行时态'"的情况。传教士 Pott（1920）指出，过去进行时用"我垃拉吃 I was eating"，现在进行时为"我垃里吃 I am eating"，因为"垃里"相对于近指，"垃拉"为远指［The real force of leh-'li（拉里）is 'here', and the real force of leh-la'（垃拉）is 'there'. 详见（Pott, 1920：13）][②]，"由方所的远指进一步语法化转化为时间上表示远指，即成为表示过去的行为"，"现在此种用法随着上海方言表示近指的'垃里'的消失而消退"（钱乃荣，2009：162–163）。

1.4 语法化序列

所有被考察的方言的"来 X"都具有进行体、持续体标记功能，呈现向动词、介词和语气助词两端不连续递减的趋势。值得注意的是，在具体方言中，有些"来 X"作为体标记时，兼表介词义，说明未完全虚化成体标记，我们称之为"准助词"。如果我们构拟出一条"来 X"的语法化序列，那么，在这个序列中准助词$_1$（兼表"在这 / 那里"与"持续"）占中心地位，前后两端分别连着实在意义较强的动词、介词与意义稍加往后虚化的准助词$_2$、助词$_1$，且占据整个中间位置。

---

① 例句引自王健（2014：44）。

② 关于 Pott（1920）的语言材料，引自钱乃荣（2009）。

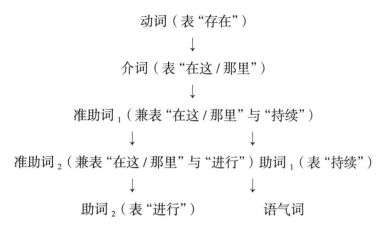

动词（表"存在"）

↓

介词（表"在这 / 那里"）

↓

准助词₁（兼表"在这 / 那里"与"持续"）

↓   ↓

准助词₂（兼表"在这 / 那里"与"进行"）助词₁（表"持续"）

↓   ↓

助词₂（表"进行"）   语气词

由动词、介词虚化为体标记，是容易理解的。我们在前文时空转化机制里，也作了一定的描述。"来 X"由动词表"存在"，引申为介词（表动作发生的地点、表动作发生的时间），再到体助词（进行体和持续体），这是符合语法化规律的。

就认知角度来说，一个事物的存在概念是相对于一定的时间空间而言的，作为介词"在这 / 那"是空间的范畴，是存在的一种表示，而时空转换之后，时间又是存在的另一种形式"在这 / 那时"。无论是动态进行（进行体）、静态持续（持续体），动作和状态的两种形式总是在一定的时空概念里，所以以"来 X"作动词、介词、体助词三者是具有一定的理据性的。

我们以为，此时的"来 X"具有指示作用，即提醒听话者注意在此处（他处）正在发生的一些情况。若是正在进行的动作（如诸暨枫桥话：我来的汰衣裳_{我正在洗衣服}），表示进行体；若动作较短暂已完成却保留动作持续下来的一些状态（如诸暨枫桥话：东西安东蛮好咯_{东西放着挺好的}），表示持续体。胡明扬（2003：51）也有这样的论述。

至于为什么认为准助词₁先于准助词₂呢？即为什么认为介词先发展出准助词₁呢？

这可从近代汉语的文献中得到一些启发。据杨蓓（1999：127）考察，"从近代语料中，有大量表示持续状态的体助词［见曹广顺（1995）的例句］，却没有紧紧粘在动词之前的'来'。元、明时代没有表示进行意义、在动词之前的'来'，直到清代的一些小说中才出现一些表示进行意义的'来～'"。"可见'来'单独用在动词前的时间还要再晚一点。因此，可以推测'来'及'来～'在语法功能上的发展：从存续体到进行体，位置由后往前移。"而老上海话的一些语料也有一定的佐证，杨蓓（1999：127）认为，"1862年时的'辣海'都在动词之后充当表示存续意义的助词，而近几十年来却可以出现在动词之前表示进行意义"，"体助词'辣～'标记存续体比进行体要早好长一段时间。上海话的'辣～'所表示的意义及发展途径与近代汉语中的'来'有相似之处"。

再者，我们发现常州方言用"勒荡""勒娘""勒头"表持续体时，可能会有歧义，原因在于常州方言的"来 X"尚还有表方位的实在意义。常州方言"包我拎勒荡格咧"可以理解为"包我拎着呢"，也可以理解成"包我拎到这里了"，出现这种歧义的主要是"拎"类动词（王健，2014：44）。

另外，绍兴柯桥方言表存在义动词有两种形式[①]，分别为：

（1）阿兴屋里头<u>来咚</u>。（老派）

（2）阿兴<u>来咚</u>屋里头。（新派）

这一方面说明"来X"位于句末可能早于居于句中心；另一方面，也让我们思考会不会是"来X"作动词时就有这两种格式，后来居末尾的"来X"逐渐虚化为表持续体标记，句中心的"来X"成为存在义动词的唯一句法形式，之后再虚化为进行体标记。

总之，持续体标记是由介词表"在这/那"虚化或许是可靠的。

然后，由后置于动词的"来X"不断往前移，越来越靠近中心谓语动词，前置于动词表进行体。梅祖麟（1994）认为体貌词的发展是从与动词黏得不紧发展为黏得越来越紧的。

至于发展为语气词，主要与"来X"[②]后置于动词性结构表静态持续有关，大多情况下是处于句末位置（句末位置是语气词最易出现的句法位置）。这样的用法长时间高频率被使用，使得"来X"获得了部分语气词的功能，我们以为是句法使然。

"X"的虚化，使得其原先表处所的意味逐渐模糊，渐渐往语气词方向靠拢，这在绍兴方言中可见一斑。王福堂（1998：10）指出，绍兴方言"'东'、'带'、'亨'表处所虽然明确区分近指、远指、泛指，但当后面没有表处所的词语，而且本身处于句末位置时，表处所的功能便大为减弱"，如：

（3）诺则啥实葛立<u>带</u>_{你干吗这么站着}？（近）

（4）野新妇有冇讨进<u>亨</u>唻_{他们家儿媳妇娶了没有}？（远）

（5）电视机买<u>东</u>哉_{电视机买了。}（泛）

这也可以解释为什么是有些中指（或者说泛指、或指）的"X"更容易虚化为语气词，因为在不区分远近的情况下，说话人更想表达的是一种语气，不需要对远近的特别对立，所以在三分明显对立的情况下往往更容易选择表中指的那个语素。绍兴方言便是佐证。王福堂（1998：10）指出，"无论是说话人或是对方，其实都并不意识到人、物存在的处所是话题的一部分。而其中不表示与说话人距离远近的'东'还可以由表指示转变为表语气"。如：

（6）饭豪燥吃<u>东</u>_{饭快点儿吃}！

"这些句子中的'东'实际上只表指令语气"。而且在绍兴方言里，两个"X"甚至可以连用，如[③]：

（7）诺葛里坐<u>带带</u>，怕伊勿看见介_{你坐在这儿，难道就没看见}？（近）

（8）诺头冒实葛立<u>带亨</u>则啥_{你刚才这么站着干吗}？

（9）电视机买<u>带东</u>，也无有工夫看_{买了电视机，也没时间看。}

诸暨枫桥方言也如此，如：

（10）样东西藏<u>搭东</u>，有什个用场_{一直藏着这样东西，有什么用呢}？

哪怕本来"X"之间有远近指的对立，但在这样的情况下依然可以连用，不起冲突，也不会造成语义上理解的偏差，广泛被受众所接受，可见，此时的"X"虚化的程度更大。语义的泛化使虚化可能性更大。

2. 语法功能的获得

2.1 内部构造

要对"来X"进行探源，首先要弄清楚"来X"的内部构造，即"来"与"X"分别是什么。

"来X"的"来"相当于"在"，是由"在"演化过来的，主要是语音发生变化造成的结果，是表存在的动词。不少学者已进行过论证。钱乃荣（2009：159）指出，"吴语中表示人或事物位置的'来 [lɪ]'与普通话中的'在'是同一语素，由于'在'在吴语中不断语法化，所以语音弱化，声母韵母声调发音中性化，声母在吴语中由 [dz] 变作 [z]，又流音化作 [l]，文献中便写作'来'；又因各地读音的差异，如韵母促音化，而在文献中分别写为'垃 [leʔ]'、'勒 [ləʔ]'、'立 [liʔ]'以及'拉 [lɑ]'、'辣 [lʌʔ]'等"。游汝杰（1996：346）也认为，"吴语里的这个体标记是从实词虚化而来的"，"各地（文中具体指的是杭州方言、上海方言、绍兴方言、温州方言）体标记'来东、来哈、辣海、来亨、来搭、在搭'的第一个音节，就语义或语源来说应该是'在'"。

关于"来X"的"X"，可以明确的是"X"是不成词的语素，黏着在"来"后，引方位处所词或谓语动词。

钱乃荣（1997a：102）认为，"'里'、'浪'实际上是由方位名词虚化而来的后置介词，与由方位动词虚化的前置介词'来'一起构成'来'字结构"。刘丹青（2003b：224）分析"X"基本上是可作后置词的，苏州话"来X"的"X"（"里""浪""哚""海""搭"）都是方位处所后置词或后缀，起源于名词。我们也赞同这样的说法，但是绍兴方言、诸暨枫桥方言的"X"似乎与方所后置词无关。诸暨枫桥方言"来的/搭"与"来东"似乎可以对应绍兴方言的"来带/埭""来东"，当然远近指是有所不同的。就诸暨枫桥方言来说，"的/搭"[①] 本字可能是"埭"，"埭"在《集韵》入声盍韵："埭，地之区处"，德盍切。刘丹青（2003b：256–257）认为，绍兴方言"埭"是处所语素"荡"的语音变体。诸暨枫桥方言和绍兴方言，包括杭州方言的"东"，我们猜测与苏州方言"哚"有关。刘丹青（2003b：259）指出，"'东'当为'哚'的儿化形式，鼻韵尾或鼻化是吴语区的儿化形式"。绍兴方言"X"的"亨"与远指代词"亨"语音相同，若将两者相关起来，似乎和吴语其他"X"来源有明显出入。我们赞同刘丹青（2003b：258）的说法，"'亨'很可能是'海'的儿化，来自处所名词'场许'（读作'场化'）中的是'许'"。这么看来，将"X"看作处所后置词或后缀或许也是可行的。

2.2 "来X"的来源

对"来X"来源的解释，目前主要是"缩合说"。"缩合说"认为"来X"是由"来 +

---

① 郑张尚芳先生（私人交流）告诉我们，诸暨枫桥方言的"来的/搭"可能主要从"来埭"来。

NP+X"而来，其中"X"基本都有后置词和处所后缀的作用，代表有巢宗祺（1986）、刘丹青（2003a）、徐烈炯等（1998）等。

徐烈炯等（1998：19）基本同意巢宗祺（1986）的说法，但认为"辣海"是由"近指'辣此地海头'（在这儿）或'辣伊面海头'（在那儿）缩合而来"，"辣"是"辣辣"与"辣海"的省略形式。钱乃荣（1997a：102）认为，"'来……里'等经常使用以后，抽去了里面的名词性词语，在吴语中形成了4个固定的'来'字结构：来搭、来里、来浪、来化"。刘丹青（2003a：83）认为"来X"①是由省略"来……X"中的NP而来的，也就是说是"来+方所后置词"而来。

杨蓓（1999：125）则认为"不能简单地认为'辣海'是由'辣……海头'缩合而成的"，因为现在上海话中有"辣海……海头"，如：

（11）侬个书辣海小王海头。

我们以为这并不影响"缩合说"的情况。因为"来X……X"很有可能是一种"叠床架屋"的现象。"来X"一旦虚化程度较高，"X"已成为词内语素，全然没有处所后置义，那么为了更强调方位意义，在处所名词后加上后置词也是可能的。

因此，我们赞同"缩合说"。

2.3 内部选择

通过区域方言的比较，我们发现，不同方言进行体和持续体的实现形式有一定的差异与共同性。如汤溪方言、绍兴方言、温州方言表进行体采用"来X"与"X"两种形式，而表持续体只取"来X"的"X"（温州方言"来X"也可）；而苏州方言、昆山方言等进行体不可以用"X"，但"来X"与"来"都可表示（虽"来"不可做持续体标记）。

是不是"来X"的"来"与"X"都具备"来X"的部分功能（至少已经经过凝固后词汇化了），两者取其一是方言的习惯使然？这只是猜测，尚需其他证据来支持。

某一成分的有无，应该是方言语法在演变过程中该成分的保持与失落的过程，也是不同方言各自选择哪一成分的问题。被选择的那一成分往往进行虚化，逐渐成为类似前/后置词的作用。从形式上看，"来X"有"来"或"X"的简略表达，我们以为是语法功能逐渐虚化的体现，正是进一步虚化的外在表现。而某一成分的语义与语法功能不会因为该成分的消失而消失，在很大程度上可能会转嫁给相邻的其他成分。

"X"与"来"长时间高频率的组合关系，使得"X"语义泛化；虚化后，受语义感染的影响，也逐渐单独有"来X"的部分语法功能和语义特征。同样情况，语义感染发生在"来"身上，"传染"之后，"来"单独也具备了"来X"的一些语法功能，部分方言选取"来"单独也可作为表进行体标记，如苏州方言和昆山方言。可见"词义感染"的情况是分别适用于"来"与"X"的。只是不同方言又有一个各自选择的情况，有的选了"来"，有的选了"X"，有的依然用"来X"，但"来"或"X"兼有。

---

① 刘文为"勒X"，为叙述方便，统一称为"来X"。

（五）小结

"来X"复合词在吴方言中虽有多种不同写法，但根据考察，基本可以确定"来"是"在"语音演变的结果，"X"源于方所后置词，"来X"由"来+NP+X"缩合而成。"来X"[①]大致可作动词、介词、进行体标记、持续体标记，部分方言"来X"还可作语气助词，具有一致性：

a. 用在NP结构前，或其后不接任何成分，表示存在义。

b. 用在"处所+VP"前，表示动作发生的处所。

c. 用在谓语动词前（"来X+V"），表示动态进行。

d. 用在谓语动词后（"V+来X"），表示静态持续。

有些方言具有远近指的对立，我们以为是源于"来X"的距离指称意义，可能是来自人称复数后缀的对立，而这种对立又是来自三身代词单数的远近对立，也可能是源于与三身代词的习惯性搭配。

所有被考察方言的"来X"都具有进行体、持续体标记功能，呈现向动词、介词和语气助词两端不连续递减的趋势。我们可以构拟出一条"来X"的语法化序列，涉及时空转换机制，且在这个序列中准助词₁（兼表"在这/那里"与"持续"）占中心地位，前后两端分别连着实在意义较强的动词、介词与意义稍加往后虚化的准助词₂、助词₁，且占据整个中间位置。

通过区域方言的比较，我们发现不同方言进行体和持续体的实现形式有一定的差异与共同性。某一成分的有无，应该是方言语法在演变过程中该成分的保持与失落的过程，也是不同方言各自选择哪一成分的问题。"来"与"X"长时间高频率的使用，在"语义感染"的作用下，使得"来"或"X"部分兼具了"来X"的语法功能和语义特征，至于选择哪一种形式，是方言选择的结果。

（六）古今比较

1. "来X"的"来"

钱乃荣（1997a：102）认为，"吴语中表示人或事物的位置的'来'与普通话中的'在'是同一语素。'在'的声母从'[dʑ]'变到'[z]'，进一步流音化变作'[l]'。'在'是中古海韵上声字，俗写作平声的'来'字。'来'常可变读为'拉'或促声的'勒'、'垃'等，这些音变都是'在'虚化轻读的结果"。石汝杰（2006：232）也这样认为，"'来'、'拉'、'勒'当是同一个词，'来'因极为常用，以至发生弱化以及促化，其结果就是变成入声的'拉'，进一步发展的结果就是央元音韵母的'勒'了"。这样看来，我们将这些"来X"复合词归为一类是可靠的。

---

① 有些方言"来"或"X"具备"来X"的语法功能，都统一归入"来X"内。

另外，金华汤溪方言、温州方言也有与"来 X"复合词相类似的词，分别是"是哒""抓哒""落哒""得哒""着搭"。它们在语义特征、语法功能上与"来 X"基本一致。潘悟云（1996：265），认为，"着"是近古汉语中使用得很普遍的存在动词，相当于北京的"在"，在其他吴语中声母弱化为 [l-]，读为"辣、勒、拉"等。所以，我们也将汤溪方言和温州方言的这类词放在"来 X"复合词中一起论述。

戴昭铭（1999：251）也认为吴语的"来"来自"在"。戴昭铭（2004：30）持同样看法。

2. 分布范围

在明清白话文献中，更多的是以苏州、上海为中心的吴语，民歌如冯梦龙的《山歌》，戏曲如《缀白裘》，小说如《海上花列传》等。

而在现代吴语中，江苏、浙江分布范围广，尤其是浙江吴语分布范围更广。

3. 形式

明清白话文献有 33 种（"来 X"24 种，"勒 X"8 种，"浪 X"1 种）。

虽然都是吴语，但各方言的语音有差异，有多种写法。

江苏的"来 X"的"来"基本用"勒"。如：

苏州：勒、勒里（近指）、勒哚 / 勒笃（远指）、勒海（中性）、勒浪（中性）、勒搭。

昆山：勒、勒海（远指）、勒浪。

海门：勒、勒憾、勒特、勒勒。

常州：勒、勒荡（近指）、勒娘（近指）、勒头（远指）、头 / 漏。

无锡：勒 / 勒勒、勒里（近指）、勒娘（远指）。

常熟：勒笃、勒俚（近指）、勒海、勒浪、海、浪。

昆山由苏州代管，两地距离很近，但苏州的"勒海"是中性，昆山的"勒海"是远指。常州与无锡紧挨着，而且历史上无锡属于常州，但常州的"勒娘"是近指，无锡的"勒娘"是远指。

上海"来 X"的"来"用"勒"，也用"辣"。如：

上海：辣 / 辣辣、勒海、辣该。

浙江的"来 X"的"来"基本用"来"，还有其他说法，如"拉""是""着""在"等，也用"勒"。如：

杭州：来东 / 拉东。

桐庐：来（中指）、来里（近指）、来汉（远指）。

汤溪：是哒、抓哒、落哒、得哒、哒。

绍兴：来埭 / 来带（近指）、来动 / 来东（中指）、来亨（远指）、埭 / 带、动 / 东、亨。

绍兴柯桥：来、来带（近指）、来咚（中指）、来亨（远指）、咚、带、亨。

新昌：来蒙（近指）、来头（中指）、来固（远指）。

诸暨：来过、来卡、勒过、勒卡、过、卡。

诸暨枫桥：来的 / 搭、来东、的 / 搭（近指）、东（远指）。

宁波：来 / 来勒、来的 / 来对、来当（近指）、来东（近指）、来该（远指）、的、当、东、该。

鄞州：来、来的、来该、的、该。

奉化：来、来的（近指）、来东（近指）、来该（远指）①、的、东、该。

温州：着搭 / 在搭、搭。

相比而言，浙江比江苏、上海要复杂，绍兴和绍兴柯桥并非完全一致，诸暨与诸暨枫桥区别更大。这与浙江吴语有北部吴语、也有南部吴语有关。同时，浙江不少方言点还没有人深入调查研究，应该还有方言点有"来 X"。

浙江天台方言进行态用□阿 [lei╲a╦]+V 构成。如：

佢□ [lei╲] 阿吃饭_{他在吃饭}。

佢□ [lei╲] 阿睏觉_{他在睡觉}。

句中的□ [lei╲] 相当于北京方言的"在"。"阿" [a╦] 是一个语助成分，读轻声，似乎没有实际意义，估计可能是 [ka╲ tɛ]_{那儿}的一个弱化形式。比照上海方言：

伊辣海睏_{他在睡觉}。

伊睏辣海_{他睡在那儿}。

"辣海"在动词前表示进行态，在动词后表示存在，尽管有时不能对应使用（钱乃荣，1992）。正因为"辣海"相当于"在那儿"，才有可能置于动词后表示存在。天台方言的 [leia╦] 相当于上海方言的"辣海"，不过在天台方言动词的存在态中，通常只用 [l╦ka╲ tɛ]，而不用 [lei╲ a╦]：

进行态：佢□ [lei] 阿睏觉_{他在睡觉}。

存在态：佢睏□ [l╦╦] □ [ka╲] □ [tɛ]_{他睡在那儿}。

后一句的 [l╦╦] 是 [lei] 的弱化形式，通常写成"勒"。（戴昭铭，1999：251）

如笔者所在学校王丹丹同学是衢州常山人，认为常山有"来得"，既可作动词，如：

（1）葛日班主任勚来得乙里，班里危险吵_{今天班主任没在，班里很吵}。

（2）"促促_{看看}我个手机来得尔袋里吗_{看看我的手机在你口袋里吗}？"

"勚哎，勚来得乙里_{没哎，没在这}。"

例（1）的"乙里"词汇意义已经虚化，但是常山方言仍旧不能省略。

也可作副词，与作动词时使用相同的是，"来得"后面必须加上"乙里"，之后才能修饰动词性词语。如：

（3）尔等下渠，渠来得乙里吃饭_{你等下他，他在吃饭}。

（4）渠葛得来得乙里困，困得一昼爸哪_{他还在睡，睡了一下午了}。

（5）渠乙下来得乙里开会，尔等下_{他现在在开会，你等下}。

常山是吴语的边缘，是"波浪"式的末端，只有 1 个"来得"。

---

① 据笔者的语感，奉化方言的"来该"除了表示"远指"外，还有表示时间方面的，可用于"昨天""此前"："侬昨日来该作啥？""侬才方_{刚才}来该作啥啦？"不能用"来的"替换。

4. 词性与语义

明清白话文献有 5 种词性：动词、介词、副词、助词、语气词，其中介词、助词等还可分小点。现代吴语也可分为动词、介词、副词、助词、语气词，只是我们对"副词、助词"的词性作了改动，称为"进行体标记、持续体标记"。

十八

表"小""框缀"与"框式结构"

（一）引言

刘丹青（2013：200-201）认为汉语中表达小称范畴的形式手段主要有六大类：儿化、"儿"缀、变韵、变调、"子、仔、唧、崽、嘚"等"子"系后缀及其他来源的后缀、重叠。

蔡华祥等（2017：276-278）认为汉语方言里有双后缀用法，如"子儿""头儿""儿子""头子""子子"等。其实，还有"子头"这种双后缀用法，如浙江奉化方言的"袖子"，有的人说成"袖头子"，也有人说成"袖子头"，前者是"头子"双后缀，后者是"子头"双后缀。

汉语方言还有后缀重叠用法，下面要说到的平话、湘语等就有。

有的方言有后缀多叠式。一是"子"多叠式，主要分布在西北的中原官话区。

陕西商州方言形容最小的东西时可尾加"子子子"。如：石头子子子_{最小的石头}、沙子子子_{最小的沙粒}、碎子子子_{骂小儿语：我把你个~}！（孙立新，2004：90）酒泉方言形容最小的东西时也可尾加"子子子"。如：石头子子子_{最小的石头}、沙子子子子_{最小的沙粒、小的石头}、茄子子子子_{茄子的种子}、碎子子子_{骂小儿语：我把你个碎子子子}等。（孙占鳌等，2013：386）兰州及周边地区也常使用"名＋子子子"。如：沙子子子子、石头子子子、碎子子子子（最小者）。这种"子"尾较特殊，指"小中更小者"，节律是"沙子＋子子＋子""碎子＋子子＋子"。（莫超，2009：29）看来其也是符合"形式越多，内容越多"的象似性原则，只是程度往小的方向而已，与一些程度副词、量词一样。甘肃天祝县汉语方言也有，如：沙子子子子、石头子子子。后缀"子"重叠的用法，在天祝方言中时常出现，这种"子"尾较特殊，它不是一概而论，而较具象，一般为特指。（宋珊，2017：20）

二是"头儿"多叠式。安徽濉溪方言有副词"紧紧_{老是，总是，表示时间长}"，有时也可表程度很深，义同"最"，常用在方位词前。如"紧紧前边儿、紧紧后头儿"。有时为强调程度极深，"紧紧"可无限制重叠。如："他在紧紧紧紧……前头／紧紧后头"。"紧"有时也可单用，但程度比重叠使用稍浅。如：紧前头／紧后头。这种情况下，为强调程度极深，往往可使方位词或其后一音节重叠，以示程度渐深。如：紧前头儿头儿、紧头儿头儿头儿、紧前头儿头儿头儿。（郭辉，2015：220）"头儿"是后缀，也是后缀多叠式。

阳蓉（2018：132-139）把广东南雄方言（属客家话）的小称分为三种类型：后缀型、混合型、变调型。其中"混合型"又分为两种：后缀与变调共存型、变韵与变调共存型。

以上可见汉语方言中表"小"后缀的多样性、复杂性。同时，汉语方言还有表"小"的"框缀"与"框式结构"。

（二）近代汉语表"小"的框式结构 [1]

近代汉语有"小……子""小……儿""小……崽子""小……羔子"等，我们把它们称为"框式结构"。

1. 小……子

"小……子"的搭配形式产生较早。何纯惠（2017：227-228）指出："'子'缀在历史上很早就出现了。王力（1957/1980：262）《汉语史稿》提到有六种'子'是他认为不应当视为词尾的，其中第三种是指禽兽虫类的初生者，他引用了《后汉书·班超传》的'不入虎穴，焉得虎子'；第六种是指圆形的小东西，如《史记·高祖本纪》的'左股有七十二黑子'。王力提到的这两种'子'，在本文分别归于 B、C 阶段。从各地客家话语料的比较可知，许多小而圆或形体较小的蔬果，经常会加上后缀，除'子'缀以外，其他类的后缀也是有的。"现在方言中，"X 子"中的"子"，有的是后缀，有"小"义，有的没有。何纯惠（2017：228）指出："太田辰夫在《中国语历史文法》中也提到，'子'加在小而圆的东西后面的用法是自古就有的，如：《孟子·离娄》提到的'在乎人者莫良于眸子'、《冥祥记·珠林》卷 27 引的'三十年后，唯时吞小石子'，'子'用于动物名之后的时代稍晚，但唐以前也相当多，如：《杂宝藏经》卷 3 的'时聚落中有一猫子'、《贤愚经》卷 10 的'汝今见此地中蚁子不耶'、《北魏胡太后诗·乐府诗集 73》的'秋去春还双燕子'（太田辰夫著，蒋绍愚、徐昌华译，2003：85-86）"。

以上可见，表小称的后缀"子"早就存在，《冥祥记·珠林》卷 27 引中的"小石子"可能是表小称后缀中较早或是最早的。

2. 小……儿

据郑张尚芳（1981：49-50）考证，汉魏六朝时"儿"已具有表人的小称的意义，唐宋时儿缀词已相当发达，指物的儿缀词在诗文里屡见不鲜。从缙云、云和、庆元等地方言来看，南部吴语儿缀词里的"儿"起初应是指"动物幼仔"的意思，后来从"动物幼仔"逐渐扩展到其他"小"的事物，发展为泛指的"指小"词尾。缙云、云和、庆元方言的儿缀今天还处于小称的初始阶段，即"准小称"的阶段。如，缙云方言的"儿"只能加在表人或动物的名词后面，仍表"幼仔"的意思，如"口人儿小孩儿、鸡儿小鸡"。庆元方言的"鸡儿小鸡、凳儿小凳"等儿缀词，主要功能是指小。郑张尚芳（1980：246）指出："温州话的儿尾词虽然很活跃，但从语音到语义都还与单词'儿'能截然分开，这似乎又是保留汉语方言儿尾发展阶段中一种比较早期的现象。"

---

[1] 关于"框式结构"有广义与狭义之分，"在……上""在……里""在……中"等有的称为"框式介词"，如刘丹青（2002），有的称为"介词框架"，如陈昌来（2014）。前面的"在"与后面的"上""里""中"性质完全不同，但可以构成"框式"。这是广义。我们这里的"框式结构"也取广义，如前面的"小"等是形容词性，后面的"子""儿""崽子""羔子"等是后缀。

至于"小……儿"要迟一点，但至迟明代已有。如明成化本《白兔记》中有：眉儿、眼儿、蛇儿、女孩儿、孩儿、哥儿、一点儿、些儿、罐儿、迎头儿、瓢儿、小鹿儿、窝儿、盏儿、小厮儿、裙儿、骨头儿、虫儿、路儿、房儿、小河儿、鱼儿、荷叶儿、油嘴腔儿、波罗戒儿、桌儿、草棒儿、鸡儿、小张儿、小王儿、刘见儿、咬脐儿。（游汝杰，2018：265）其中的"小鹿儿、小厮儿、小河儿、小张儿、小王儿"是框式结构。既有表动物，也有表河流、表人的姓氏。

3. 小……崽子

清代作品有现在普通话常见的"小……崽子"，国学大师网的例子有："小猴儿崽子"4例、"小猴崽子"3例、"小兔崽子"6例、"小忘八崽子"1例、"小囚崽子"1例。作品有：《红楼梦》《施公案》《补红楼梦》《红楼圆梦》《皇清秘史》《绘芳录》《八贤传》《绘芳录红闺春梦》《靖江宝卷》《绮楼重梦》等。《清代宫廷艳史》是民国作品。如：

（1）二姐倒不好意思说什么，只见三姐似笑非笑，似恼非恼的骂道："坏透了的小猴儿崽子！……"（曹雪芹、高鹗《红楼梦》第64回）

（2）凤姐儿听到这里，点了点头儿，回头便望丫头们说道："你们都听见了？小忘八崽子，头里他还说不知道呢！"（《红楼梦》第67回）

（3）袭人红着脸道："小猴崽子，又混浸起来了！"（临鹤山人《红楼圆梦》第12回）

（4）王妈妈大怒骂道："狂徒，小兔崽子，你望哪里钻？"（落魄道人《八贤传》第15回）

（5）连忙把手在眼上擦了一擦，正要解劝，忽听得外面嚷道："……那个瘟狗揭出来的小囚崽子，输了银子想要赖。……"（兰皋主人《绮楼重梦》第2回）

还有"老兔崽子"的说法，如：

（6）"哎哟喝！马老义士爷！我们这儿背地里说闲话哩。老义士爷您可别往心里去！我们骂那老兔崽子不是您哪。"（常杰森《雍正剑侠图》第58回）——同回又有2例。

还有"老猴崽子"的说法，如：

（7）说着话够奔前来，叫道："胜三弟后退，我拿老猴崽子！"（清·张杰鑫《三侠剑》第4回）——同回又有1例。

这说明，有些人已不清楚"崽子"的意思了，仿照"小兔崽子"而制造了"老兔崽子"等。

4. 小……羔子

国学大师网的例子有："小王八羔子"12例、"小亡八羔子"2例、"小兔羔子"5例、"小猴羔子"：1例、"小杂羔子"1例。还有"老王八羔子"13例、"老忘八羔子"2例、"老亡八羔子"1例。其中《醒世姻缘传》第51回有"老王八羔子"，也说明至少明末清初"羔子"的意义已磨损。作品有：《醒世姻缘传》《聊斋俚曲集》《歧路灯》《绿野仙踪》《三续金瓶梅》《官场现形记》《案中冤案》《三侠剑》《白雪遗音》等。如：

（8）少时，一干百姓都喘喘跪下禀道："……与他老子说，他老子只是信惯他这<u>小猴</u><u>羔子</u>，再也不肯吃喝一句儿。……"（清·李绿园《歧路灯》第 65 回）

（9）张大说："<u>小杂羔子</u>气煞我！……"（清·蒲松龄《聊斋俚曲集·墙头记》第 4 回）

（10）发了半日呆，说："<u>小兔羔子</u>倒有造化，你不喝茶吗？"（清·讷音居士《三续金瓶梅》第 5 回）

（11）郑婆子道："我怎么就嫁了个你！到不如嫁个<u>小亡八羔子</u>，人惹着他，他还会咬人一口。……"（清·李百川《绿野仙踪》第 60 回）

（12）贾大少爷气的脸红筋涨，指着奎官大骂道："我毁你这<u>小王八羔子</u>！……"（清·李伯元《官场现形记》第 24 回）

据现有的材料来看，框式结构以"小……子"出现得最早，"小……儿"次之，明末或清代以后又有"小……崽子""小……羔子"。

上面所列举的众多框式结构应是受"小……子""小……儿"的影响或"感染"而来的，是类推。

湖南汝城话"崽"可以跟"子"结合起来作词尾（词缀），即在"崽"后再加"子"，造成"叠床架屋"的效果，进一步加强小的程度。如：女崽子_{小女孩子}、鸡崽子_{小鸡、鸡雏儿}、狗崽子_{小狗}、刀崽子_{小刀、刀儿、刀子}等。（黄伯荣，1996：18，原文为柴李军《湖南汝城语法特点初探》）我们以为，这要么不准确，要么是汝城话的特殊之处。因为至少从《红楼梦》开始，"崽子"就融合在一起了。"羔子"更早一些，至少从《金瓶梅》开始，"崽子"就融合在一起了，即已经词汇化为词了。如：

（13）这一丈青气忿忿的走到后边厨下，指东骂西，一顿海骂道："贼不逢好死的淫妇、王八<u>羔子</u>！……"（明·兰陵笑笑生《金瓶梅》第 28 回）

（三）现代汉语表"小"的框式结构

现代汉语的"小牛儿""小鸡儿"等的"小……儿"也是框式结构。

现代汉语也有"小……崽子"。北京大学语料库（CCL）有以下例子："小兔崽子"40 例、"小土崽子"1 例（有可能是"小兔崽子"）、"小猴崽子"5 例（其中"小猴崽子"1 例、"小猴儿崽子"2 例、"小猴巴崽子"2 例）、"小狗崽子"3 例、"小马崽子"3 例、"小猪崽子"2 例、"小猫崽子"1 例、"小狼崽子"1 例、"小家雀崽子"1 例、"小地主崽子"1 例、"小共产党崽子"3 例（其中"小共产崽子"1 例、"小共产党崽子"2 例）。还有"老兔崽子"7 例。

另外，38 集电视连续剧《绝地逢生》有大明寨朱寨主说了"小鸡崽子"。国学大师网也有"小龙崽子们""小兔崽子"各 1 例。

北京语言大学语料库（BCC）"文学"与"报刊"也有"小……羔子"的说法，如："小王八羔子"8 例、"小鳖羔子"3 例、"小鬼羔子"1 例、"小地主羔子"1 例。

云南怒苏语在名词后加词尾 za^{55} 表示小。za^{55} 原义为"儿子"，此处虚化。如：

nɔ^{55}za^{55} 小牛犊、iã^{55}za^{55} 小绵羊羔、va^{53}za^{55} 小猪崽、

lu^{53}za^{55} 小石头子儿、da^{35}kha.ı^{35}za^{55} 小棍子、kh.ı$\tilde{\text{ɔ}}^{31}$tɕa^{55}za^{55} 小溪（孙宏开等，2007：474）

怒苏语只是名词后加后缀，不是框式结构，但翻译成汉语，有的就成了框式结构，如"小……羔""小……崽""小……儿"等，这应该是普通话的说法。

以上可见，现代汉语的"小……儿""小……崽子""小……羔子"，与近代汉语是一脉相承的，但形式远远不如方言多样化。

（四）现代吴语表"小"的框式结构

方言的众多"框缀""框式结构"，有的是近代汉语的延续，有的可能受普通话的影响，如"小"，有的则是方言与方言接触的结果。

汉语方言表"小"词缀还存在其他类型。刘丹青（2017：286）说："有些语言中还有不连续的词缀（uncontinuous）或框缀（circumfix），也可能是由几个分别加上的词缀整合而成的，如苏州方言用'一V头'表示瞬间完成并产生结果的动作，'一走头'表示立即就离开了，'一扯头'表示瞬间就撕碎了。其中'V头'不成立（其他'V头'都是名词性的，如'盖头'指盖子），因而可以把'一……头'看作一个框缀。"

汉语方言表"小"也有"框缀"，前后都用词缀，如：（1）滴滴儿……儿；（2）崽崽……崽；（3）一……崽；（4）一……咀；（5）一……仔；（6）儿……儿；（7）尕……娃子；（8）尕……儿；（9）圪……儿/子；（10）□[·au]……儿；（11）□[·au]……□[·nau]/□[·au]……□[·n̠iau^{24}]；（12）一/蜀……团。

更多方言中心语前后都表"小"，有多种搭配形式，如：（1）小……儿；（2）小……细；（3）小……呐；（4）小……崽（儿）；（5）小……娃（娃）子/儿；（6）小……伢子（7）小……羔子；（8）小……团；（9）小……佬；（10）小……哩；（11）细……儿；（12）细……子；（13）细……崽（唧/儿/子）；（14）细……基；（15）细……呃；（16）细……积；（17）细……团；（18）琐……儿；（19）细……仉；（20）碎……娃儿；（21）碎……伢子；（22）衰……阆。前面的"小""细""琐""碎""衰"等都是形容词，后面的"儿""细""呐""崽（儿）""娃子/儿""伢子""羔子""崽（唧/儿/子）""子""基""呃""积""团""阆"等都是后缀。前后虽都表"小"，但性质不同，前面是形容词，后面是后缀。受刘丹青（2002，2014，2017）的启发，本书把它们称作表"小"的框式结构。

还有三重结构表"小"，如"一小……子""一圪……儿""小……花细"。虽然这种三重标记用法不多，但"一小……子""一圪……儿"是特殊的"框缀"，就类型学角度来看，是很有价值的。

上面的多种说法，有的是吴语。下面分别展开。

1. 小……儿

浙江永康方言有"小书儿""小马儿""小燕儿"，温岭方言有"小带儿""小洞儿"。（游汝杰，2018：264）

浙江磐安方言有"小男子儿_{男孩儿}"。（曹志耘等，2016：587）

浙江遂昌方言"儿"字单用时读 $[nie^{221}]$（阳平），义为儿子、男孩儿。词尾"儿"$[nie^{221}]$ 可加在一些名词性语素后构成儿缀词（注意前面有时有"小"字），具有小称的功能。"儿"在儿缀词里的变调跟阳平作后字时的语音变调完全一样，也就是说"儿"的变调不是小称变调。如：小鸡儿、小猪儿、小犬儿_{小狗儿}、小农儿_{小孩儿}。（曹志耘，2001：34）还有"小娘儿_{姑娘}"（曹志耘，2001：40）。

"小……儿"在其他方言中也有。

2. 小……细

奉化方言有一小称后缀"细"，据目前材料所知，此为奉化方言所独有。

最早说到奉化方言后缀"细"的是傅国通（1978）。傅国通（1978/2010：80）指出，奉化话称小动物和小植物时，往往后头加个"细"字，这个"细"字相当于别地的"儿"尾。如：小猪细、小牛细、小猫细、小鹅细、毛竹细、松树细、冬瓜细、芋艿细、蕃茄细。

游汝杰（2018）中 2 处说到奉化方言的"细"。游汝杰（2018：202）指出："北片吴语名词普遍不用变调或变音的手段构成小称。奉化方言称小动物或小植物时，往往以'细'字后置，似乎也是小称，但所用是词汇手段。如：小猪细、小牛细、小猫细、松树细、冬瓜细、番茄细。"游汝杰（2018：264）指出，吴语里有所谓"小称"（diminutive forms）的语义范畴，用于指称小巧的令人喜爱的事物，如小的鞋子、小的箱子、小的橘子等。小称的表达手段可分为两大类：第一类是词汇手段；第二类是屈折变化（inflection）。第二类又分可分为两小类：名词本身变音和变调；后附的自成音节的鼻音变调。第一类用词汇手段表小称，如奉化方言称小动物或小植物时，往往以"细"字后置，所用是词汇手段。如：小猪细、小牛细、小猫细、松树细、冬瓜细、番茄细。

傅国通先生、游汝杰先生都不是奉化人，对"细"的解释总是隔了一层。而崔山佳是奉化人，崔山佳（2018c：333-334）举了更多例子。称动物的如：小猪细、小牛细、小猫细、小狗细、小兔细、小鸡细、小鹅细、小鸭细、小鸟细。这些动物既有家畜，也有家禽，还有泛指的鸟。称植物的如：毛竹细、松树细、冬瓜细、南瓜细、芋艿细、番茄细、番薯细、萝卜细、稍（脆）瓜细、西瓜细。这些植物既有树木，也有蔬菜，还有水果。

宁波方言有一"犅"$[ã^{445}]$字，义为"牛犊"。有俗语"冬冷弗算冷，春冷冻煞犅"。《集韵·梗韵》收"犅"："犅，吴人谓犊曰犅。於杏切。"也说"小牛犅"（参看朱彰年等，1996：496）。宁波方言的"犅""小牛犅"均指"小牛"，奉化方言也说"小犅细"，也指"小牛"。因为奉化没有马、骡、驴等动物，所以没有"小马细""小骡细""小驴细"等动物的小称说法。

上面称动物和植物的小称有不同的叫法，即动物小称在前面还有"小"，而植物小称没有。奉化方言称动物也可不用前面的"小"，如"小猪细"也可叫"猪细"，"小鸡细"也可叫"鸡细"，"小犏细"也可叫"犏细"。

3. 小……佬

浙江嵊州方言的后缀"佬"构成指人名词，如果没有特殊的说明，一般指的都是男性，不常用于指称女性。但有一个特例——"小妹佬"，专门用来指称最小的女儿，带有小称色彩。（王霄，2019：17）

4. 小……仵

江苏苏州方言的"仵"[n²²³]是表小称的名词后缀，与普通话的儿化后缀相当。但"仵"只能构成以下四个词：囡仵_{女儿}、小干仵_{小孩儿}、小娘仵_{小姑娘}、筷仵_{筷子}。（李小凡，1998：31）李小凡（1998：31）指出，在早期白话文献《山歌》中，"仵"写作"儿"，其构词能力比现在强，如：筷儿、小囡儿、小团儿、姐儿、小阿姐儿、男儿、大块头儿、斜块头儿、酒儿、脚儿、心儿、口儿、笔儿、眼儿、月儿、蕊儿、台儿、更儿。由此看来，"仵"很可能是历史上儿化后缀的残迹。

5. 细……儿

浙江金华浦江方言有"细鸡儿_{小鸡儿}""细狗儿_{小狗儿}"。（曹志耘等，2016：589）金华武义方言有"细鸡儿""细鹅儿"。（曹志耘等，2016：356）金华汤溪方言鼻尾型小称词，如：细鸡儿_{小鸡儿}、细刀儿_{小刀儿}。（曹志耘，2001：34）汤溪方言还有"鼻尾／变调"混合型小称，如：细田儿_{小块的田}、细树儿_{小树}。（曹志耘，2001：37）

曹志耘等（2016：589–590）也有"细……儿"用于表人或物的用法，如金华有：细女妮儿、细娘子儿_{女孩儿}；汤溪有：细农儿_{小孩儿}、细鬼儿_{男孩儿}、细刀儿_{小刀儿}、细凳儿_{小凳儿}；浦江有：细佬儿_{小孩儿}、细男子儿_{男孩儿}、细女客儿_{女孩儿}、细小娘儿_{少女}；武义有：细伢鬼儿_{小孩儿}。曹志耘等（2016：589）甚至说汤溪与浦江有"细拇执＝头儿_{小拇指}"。曹志耘等（2016：152、153）说汤溪有"细铁勺儿_{一种小锅}""细床儿_{小床儿}"。曹志耘等（2016：197）说浦江有"细□□[mia³³lãn³³⁴]儿_{小的箩筐}"。

浙江衢州方言有"细伢儿_{男孩}""细囡儿_{女孩}"。（王洪钟，2019：85）如：

（1）外面有个<u>细伢儿</u>在哭。

（2）外面有个<u>细囡儿</u>在哭。（王洪钟，2019：85）

浙江丽水方言有"细庚＝儿"，既可指"男孩"，又可指"小孩"。（雷艳萍，2019：87）如：

（3）外面有个<u>细庚＝儿</u>在哭。（雷艳萍，2019：180）

徐越《浙江通志·方言志》（2017：322）说丽水方言有"细梗儿_{小孩}"。"细梗儿"应该就是上面的"细庚＝儿"。

浙江浦江方言有"细男子儿_{男孩}""细女客儿_{女孩}"。（黄晓东，2019a：85）如：

（4）好些多<u>细鱼儿儿</u>＂呐＂溪滩诶游。

（5）前面走诶一个壮□□ [pɤ³³pɤ³³]个 <u>细男子儿</u>。

许宝华等（2020：3306–3309）收有一些"细……儿"，也是框式结构。如：

细囡儿：男孩儿。方言点是吴语：浙江长兴。

细船儿：小船。方言点是吴语：浙江温州。

细个儿：小孩子。方言点是吴语：浙江云和。

细人儿：小孩子。方言点有：（1）吴语：浙江开化。（2）客家话：广东梅县。（3）闽南语：台湾。

6. 琐……儿

游汝杰（2018：264–265）说温州方言既有"猫儿"，又有"琐猫儿"，其中的"琐"是"小"义。

瑞安方言有"琐细儿_{小孩}"。（徐丽丽，2019：88）"琐"音 [sai³⁵]，是"小"义。（徐丽丽，2019：103）如：

（6）门前有个壮滚滚个男个<u>琐细儿</u>走来。（徐丽丽，2019：119、159）

7. 衰……闾

江西广丰方言有后缀"闾"，"闾"尾与"儿"尾相比较，它的表小意味是十分明显的。"羊闾"就是"小羊"，"树闾"就是"小树"。"闾"尾不具有表小意味而纯粹只作名词标记的情况极少，只有像"猫闾、兔闾"这几个词才没有含小的意思（当然猫、兔之类本身也属形体较小的动物）。人们称大的猫、兔时也叫"猫闾、兔闾"，倘要指称小的猫、兔，就得在前面加表小的修饰成分"衰"（即"小"），叫"衰猫闾、衰兔闾"。［黄伯荣，1996：16，原文为胡松柏《广丰方言的"儿"尾》，《上饶师专学报》（社科）1983年第2期］

（五）其他方言表"小"的"框缀"

"框缀"与"框式结构"的区别，主要在于前者中心语前后都是词缀，"框式结构"则前者是表"小"形容词，后者是词缀。现列表20如下：

表20　其他方言表"小""框缀"

格式	方言点	方言	出处
滴滴儿……儿 / 滴……儿	安徽东至龙泉	赣语	唐爱华等，2015
崽崽……崽	广西兴安城关话、广西兴安湘漓话	湘语	罗昕如，2017
儿……儿	湖南通道本地话	土话	彭建国，2019
尕……娃子	甘肃酒泉	中原官话	孙占鳌等，2013
尕……儿	青海湟水流域	中原官话	芦兰花，2017

续表

格式	方言点	方言	出处
圪……儿／子	河南焦作、河南安阳、河南南阳、河南浚县	晋语、中原官话	张晓宏，2002；王芳，2021；葛果，2018；辛永芬，2021
□ [·au] ……儿	河南浚县	中原官话	辛永芬，2021
□ [·au] …… □ [·nau]／□ [·au] …… □ [·n̩iau²⁴]	河南浚县	中原官话	辛永芬，2021
一……崽	广西阳朔葡萄平声话、广西三街	平话	梁福根，2004；唐七元，2020
一……咀	湖南南县	湘语	张美，2020
一……仔	浙江江山廿八都、江西宜春	官话方言岛、赣语	黄晓东，2019b；《江西省宜春市志》，1990
一／蜀……团／仔	福建福州土白、福建宁德蕉城区、台湾、泰国潮州话、浙江苍南、广东电白旧时正话	闽语、蛮话、正话	陈泽平，2015；陈丽冰，2002；江豪文等，2019；陈晓锦，2010；杨勇，2014；陈云龙，2019

（六）其他方言表"小"的框式结构

其他方言也有表"小"的框式结构，且有多种类型，前面主要是形容词"小""细"，"碎"只有 2 种。后缀形式呈现多样化，也列表 21 如下。

表 21 其他方言表"小"框式结构

格式	方言点	方言	出处
小……儿	山东胶州、山东郓城、河南内黄、湖北钟祥、湖北安陆	胶辽官话、中原官话、西南官话、江淮方言	宋兆祥等，2018；吴永焕，2018；李学军，2016；张义，2016；盛银花，2015
小……呐	安徽祁门箬坑	徽语	王琳，2015
小……崽（儿）	湖南蓝山太平土话、湖南双牌理家坪土话、广西资源城关话、湖南浏阳、贵州独山	湘语、赣语、西南官话	罗昕如，2016；曾春蓉，2016；罗昕如，2017；夏剑钦，1998；曾兰燕，2016
小……娃（娃）子／儿	湖北荆门、湖北宜城、湖北建始、湖北随州、湖北恩施、湖北郧县、湖北宜城、湖北襄阳、湖北安陆	西南官话、江淮官话	刘海章，2017；朱莹，2015；黄伯荣，1996；王树瑛，2017；苏俊波，2016；徐娟，2017；黄赛勤，1992；盛银花，2015
小……伢子	湖北公安	西南官话	袁海霞，2017
小……羔子	安徽濉溪	中原官话	郭辉，2015
小……团	福建福州土白	闽语	陈泽平，2015
小……哩	湖南城步青衣苗土话	少数民族汉语	李蓝，2004

续表

格式	方言点	方言	出处
细……儿[9]	江西浮梁（旧城村）、广东梅县、四川仪陇、湖南通道本地话、湖北浠水	徽语、客家话、土话、江淮官话	谢留文，2012；黄雪贞，1995；何纯惠，2017；彭建国，2019；郭攀等，2016
细……子[10]	台湾、广东翁源、福建上杭蓝溪、福建武平岩前、福建长汀、江西宁都城关、	客家话	何纯惠，2017
细……仔[11]	广东电白旧时正话、广西梧州白话、泰国曼谷广府话	正话、粤语	陈云龙，2019；唐七元，2020；陈晓锦，2010
细……哩	广西三街	平话	唐七元，2020
细……崽（唧/儿/子）[12]	湖南浏阳、广西富川秀水九都话、江西安远欣山、江西全南城厢、江西上犹社溪、江西南康、广东连南石蛤塘、贵州晴隆长流喇叭	赣语、平话、客家话、土话、苗人话	夏剑钦，1998；邓玉荣，2005；何纯惠，2017；刘纶鑫，1991；温珍琴，2018；庄初升等，2019；吴伟军，2019
细……基	湖南双峰	湘语	许宝华等，2020
细……呃	江苏东台	江淮官话	许宝华等，2020
细……积	江西宜春	赣语	《江西省宜春市志》，1990
细……团	广东中山隆都	闽语	许宝华等，2020
细……仂	江西乐平	赣语	许宝华等，2020
细……伢	赣东北沱川话、中云话	徽语	胡松柏等，2020
碎……娃儿	甘肃祁县、陕西安康	中原官话	王建弢，2015；周政，2016
碎……伢子	甘肃武威	兰银官话	张云翼，2021

（七）三重结构表"小"

上面都是在中心语前面各有一个表"小"的标记，方言中还有前面或后面有两个表"小"标记的用法。

1. 小……花细

崔山佳（2018c：333-334）认为，宁波奉化方言中的"细"除称小动物、小植物外，还可称人，如"地主细""婊子细""茶箩细""呆大细"等。

奉化方言的小称后缀"细"，用于表动物、植物时确实是用于指称小巧的、令人喜爱的，但称人较特殊，除"奶花细"是指称小巧的、令人喜爱的外，其余基本是贬义的，如"地主细""婊子细""呆大细""茶箩细"等，这可能与"地主""婊子""呆大""茶箩"等本身是贬义词有关。

用于表人时，"奶花细"比"地主细"等更特殊。"花"本是后缀，表小称[①]，"细"也是后缀，也表小称，是小称后缀的叠加。在"花"后面加上"细"，是因为"花"的小义已磨

---

① 奉化方言除"奶花"外，还有"咸蕰花"，是指切得很细小的咸菜，也是表"小"。

损，一般人已不大清楚"花"是小称后缀了，所以才在后面加小称后缀"细"。两个小称后缀有层次先后的关系，"花"是底层，"细"是后来的。更有意思的是，奉化方言还说"小奶花细"，"小"也是表"小"，但在一般人眼里，"细"的小义也已磨损，这样一来，"小奶花细"竟有3个表小称的用法，比动物的"小猪细、小牛细、小猫细、小狗细、小兔细、小鸡细、小鹅细、小鸭细、小鸟细"等更复杂，甚至比"小犞细"也要复杂。奉化方言的"犞"是"小牛"的意思；又说"牛犞"，也是指"小牛"；又有"犞细"，也是指"小牛"；又说"小犞细"，同样是指"小牛"。奉化方言只有"小奶花细"一种说法，但很有类型学价值。

安徽祁德片方言江西德兴话有"猪豚_{小猪}""鸡豚_{子鸡}"。（孟庆惠，2005：254）"豚"义为"小猪，泛指猪。"[《现代汉语词典》（2016：1334）]"猪豚_{小猪}"中的"豚"也许有"小猪"义，也许"小猪"义已磨损，只残存"小"义。但"鸡豚"中的"豚"应没有"小猪"义，而只有"小"义。安徽休黔片方言婺源话有"细猪豚_{小猪}"。（孟庆惠，2005：181）这也是特殊的说法，如果"豚"只残存"小"义，那么"细……豚"也是一种框式结构。德兴与婺源两地是相邻的。

2. 一小……子

酒泉方言有时"子"尾可附在数词和重叠量词构成的数量词组后面，表"小"或"少"，还可在第一个量词后加"小"等表小的形容词。如：一小块块子、一小篮篮子等。（孙占鳌等，2013：385）

根据所举例子可见，"还可在第一个量词后加'小'等表示小的形容词"的说法错了，应是"还可在第一个量词前加'小'等表示小的形容词"，或者是"数词后加'小'等表示小的形容词"。

"一小……子"搭配形式中，"一……子"也是"框缀"，但特殊的是，前面既有前缀"一"，又有形容词"小"，是双重表"小"，是特殊的"框缀"。

3. 一圪……儿

河南焦作方言（属晋语）有"圪+量+儿"用法，如"圪截儿、圪枝儿、圪撮儿"，这类量词表模糊的、较小的计量单位，前面的数词一般来说仅限于"一"，如"一圪截儿线""一圪枝儿花""一圪撮儿土"等。（张晓宏，2002：25）"一圪……儿"与"一小……子"不同的是，"圪"也是前缀，即前面是前缀的叠加，是特殊的"框缀"。

以上可见，虽然这种三重标记用法不多，但就类型来看，是很有价值的。

（八）古今比较

1. 分布区域扩大

南方方言与北方方言相比，"框缀""框式结构"在南方方言分布范围广。这与其他框式结构有类似之处，如"再……凑/添""再……过""死……死""先……先/

起""定……定""定定……定定"等，多分布在南方。

表"小"的"框缀"与表"小"的框式结构搭配形式也是如此，多分布在南方。南方方言如：吴语、赣语、徽语、湘语、客家话、平话、西南官话、土话等，分布区域如：浙江、江西、安徽、湖南、广西、贵州、四川、广东、福建、台湾等。当然，北方也有分布，如甘肃、陕西、山东、河南、湖北等，方言有西南官话、江淮官话、中原官话、胶辽官话等。

2. 表"小"对象的变化

上面的框式结构大多指称动物，如安徽东至龙泉方言的"滴滴儿狗儿_{小狗儿}"，奉化方言的"小猪细"等。

也有一些指称人，如安徽东至龙泉方言的"滴滴儿妹儿""滴滴儿伢儿_{小孩儿}""滴滴儿□[ɕiɛ²¹³]_{最小的儿子}"，广西兴安城关话的"崽崽妹崽_{小女孩}""崽崽俫崽_{小男孩}"，湖北荆门方言的"小牛娃子_{牛犊子}""小马娃子_{马驹子}""小狗娃子_{断奶后的幼犬}"，奉化方言的"小奶花细"。

也有指称植物，如湖北随州方言、宜城方言的"小树娃儿"。

还有表其他事物。如湖南通道本地话的"儿鱼儿""儿凳儿"也很特殊，既有"鱼"，也有"凳"，又如宜城方言的"小瓜娃儿"。

有的能进入框式结构的名词较少，如湖南蓝山太平土话只有"小鸡崽_{小鸡儿}"，三重结构中，奉化方言只有"小奶花细"。

有的能进入框式结构的名词很多，所指对称较广，不但有植物名，还可指人，还有指屋子，如湖北随州方言的"小姑娘娃儿""小屋娃儿""小树娃儿"。

广西阳朔葡萄平声话的"数量＋崽"，中间不是名词，而是量词。如：一阵崽、一餐崽、一口崽、一把崽_{一小把儿}、一把崽_{一嗜噜}、一串崽、一点崽、一鼓崽_{一小把}、一□[dziaŋ³¹]崽_{小节}"。台湾闽南语的"一寡仔""一点仔""一屑仔"及揭阳闽语的"一块团""一点团""一滴团""一尼团"，中间也是量词。

3. 框式结构的层次

框式结构很多有历史层次。游汝杰（2018：264-265）指出，实际上在许多方言里，词汇手段和屈折变化手段并存并用，都用于表小称，或者将词汇手段和屈折变化手段结合起来构成混合型的小称表达法。这三种表达法也就形成三个历史层次的叠置。如温州方言：

（1）猫儿 muɔ³³ŋ²¹²（屈折变化）

（2）琐猫儿 sai³⁵muɔ³³ŋ³¹（词汇手段）

（3）琐猫儿 sai³⁵muɔ³³ŋ²¹²（词汇手段和屈折变化手段结合）

例（3）既用词"琐"（小）来表示，又用儿尾 ŋ³¹ 变读入声 ŋ²¹² 表示。这三个层次以第一个层次最为古老。在吴语内部，用屈折变化表小称，在南部仍较发达，在北部则是残留现象。

奉化方言的"小……细"也有层次。按游汝杰（2018：264）的说法，奉化方言的"小猪细、小牛细、小猫细、松树细、冬瓜细、番茄细"等称小动物或小植物时，往往以"细"字后置，所用的是词汇手段。但我们以为，上面称动物与植物有不同之处，即称动物时，除后面有"细"外，前面还有"小"。"细"和"小"应不是同时产生的，而是有时间先后。"细"早，"小"迟。"细"是方言固有的，"小"可能是受通用语的影响。至于"小奶花细"则更复杂，"花"最早，"细"其次，"小"最迟。

贵州独山方言既有"小娃崽"，也有"娃崽"。（曾兰燕，2016：151）看来，这"小娃崽"也应有历史层次，"娃崽"是固有的，"小娃崽"是后来的。

4.形式多样化

明清白话文献中形式单一，只有几种形式，如"小……子""小……儿""小……崽子""小……羔子"等。现在不但有众多形式的"框缀"，还有众多形式的"框式结构"，甚至还有三重结构。而且我们相信，随着方言研究的逐渐深入，也许还会找到新的形式，或者还会产生新的形式。

（九）结语

以上汉语方言众多形式的表"小""框缀"与"框式结构"，都是近代汉语的延续，也可以说是近代汉语在现代方言中演变的结果。同时，"框式结构"的层次也充分体现演变。

汉语有多种形式的"框式"结构，最常见的是"框式介词"（也有说作"介词框架"），普通话有，方言也有，而且历史悠久，古代汉语、近代汉语都有；还有"框式状语"（也有说作"框式虚词结构"），主要体现在一些方言中。此外，还有苏州方言"一 V 头"等"框缀"，再加上我们所说的表"小"的"框式结构"。随着方言调查研究的逐步深入，应该还会发现更多的表"小"的"框式结构"等。

十九

A+得+程度副词

（一）引言

朱德熙（1982：125）根据组合形式的差异，把汉语的述补结构分为组合式和黏合式两种，组合式述补结构中有结构助词"得"，黏合式述补结构中则没有"得"。这种分类也可以被认为是从类型学角度来划分的。郭继懋等（2001：14-22）就两者的差异进行了认知分析。两种补语表达上的差异是凸显的程度不同，两种补语的语义差异是规约性结果与偶发性结果。这是传统的分类。

作为组合式述补结构，明清白话文献最常用、为人们所熟知的是"A得很"，此外，还有"A得紧"与"A得极"，明代白话文献开始运用，分布范围较广；还有"A得凶""A得野""A得势""A得猛"等，但分布范围狭窄。到了现代，"A得很"仍是最常用的，"A得紧""A得极""A得凶""A得野""A得势""A得猛"，在普通话中已消亡，但在吴语一些地方还存在，如浙江浦江方言、衢州方言仍有"A得紧"，江苏苏州老年人仍用"A得极""A得野""A得势"，安徽祁德片方言德兴方言仍有"A得凶"，其中新营话可说成"热得凶／傲"。现代方言又产生了新的"A+得+程度副词"，如"A得险""A得魂""A得类""A得恶"等。近代汉语还有"A得慌"，在北方方言中分布范围较广，普通话也有，而且性质已发生转化，有人认为当代汉语"得慌"有附缀化特征，"X得慌"有构式化趋势，语法化程度高。

普通话常用"A得很"（另一种是"A极了"，未用"得"，但后面要加"了"），但有些方言用"A很"，对于"A很"的"很"，有人认为是补语，有人认为是后置状语，有人认为是状语后置。从类型学视角来看，应该是后置状语。后置状语这种语言现象不但在汉语方言中有，南方不少民族语言也有。关于其来源，学界也有不同看法。

（二）元明清白话文献的"A得紧"

1. 元曲的"A得紧"

（1）（孛老云）雨大的^①紧，前路又没去处。（元·杨显之《临江驿潇湘秋夜雨》）

北京大学古汉语语料库（CCL）也有例子，如：

（2）（净）虚弱得紧，胃口倒了。老官儿，你也吃一服。（《全元曲·戏文》）

---

① "的"同"得"，后同。

（3）（净）我**疼得紧**，去不得！（《全元曲·戏文》）

（4）（丑）说谎？这等**像得紧**！倘或大哥不信，怎么处？（《全元曲·戏文》）

2. 明清白话文献的"A 得紧"

2.1 明代白话小说的"A 得紧"

明代白话小说的"A 得紧"例子众多，据《古代小说典》，有《水浒传》《三遂平妖传》《西洋记》《封神演义》《韩湘子全传》《西游记》《醒世恒言》《初刻拍案惊奇》《二刻拍案惊奇》《型世言》《辽海丹忠录》《英烈传》《禅真逸史》《西游补》《金瓶梅》《明珠缘》《昭阳趣史》《别有香》《绣榻野史》《龙阳逸史》《浪史奇观》《宜春香质》《欢喜冤家》《醋葫芦》《续西游记》《玉娇梨》《醒世姻缘传》等。除了"A 得紧"外，还有前加"程度副词""评注性副词""指示代词"等的用法，还有"A+N 得紧""A 又 A 得紧"等用法。

2.2 明代戏曲的"A 得紧"

（5）（丑）这个是我两人相爱之深，把他腰肢儿搂肿，却**大得紧**了，故谓之十围杨柳；口唇儿嗒肿，却**厚得紧**了，故谓之百颗樱桃。（林章《观灯记》）

（6）（生、小生云）**妙得紧**！〔张大复《快活三》（崇祯间抄本）第 16 出〕

（7）（外）只为南朝诸将**凶狠得紧**。（姚子翼《祥麟现》第 8 出）——另第 16 出有"痛得紧"。

（8）**好笑得紧**，就把俺拴起来，要送甚么官，依旧是南安府的勾当，再要把我问罪鸣官闹一场。（陈轼《续牡丹亭传奇》第 9 出）

（9）（老旦）这样成立了，**可喜得紧**。（磊道人《撮盒圆》第 10 出）——另同出有"娇怯得紧"，第 14 出有"执拗得紧"，第 26 出有"好得紧"。

（10）**可恶得紧**，我与拜揖，他说马上闪腰，回礼不便。（无名氏《嫖院记·正德宿肖家庄》）

（11）这安人到**热心得紧**，适才这女子，莫非就是他生的？（杨之炯《蓝桥玉杵记》第 25 出）

（12）（生）叔叔，说也**奇怪得紧**，锦衣卫新到了一个进士经历，叫做沈鍊。（无名氏《出师表》第 9 出）——另第 13 出有"妙得紧"。

（13）我小姐看了，像是心上就有几分想着那人儿一般，偶然把这节事情，在笺上题一首词，又**古怪得紧**！（阮大铖《燕子笺》第 13 出）——另第 16 出有"烦躁得紧"。

（14）（丑推杂下介）你也请进戏房坐坐好，**停当的紧**，有大福分人，调度自然不同。（谢国《蝴蝶梦》第 29 出）——另第 35 出有"寂寞得紧"。

（15）（末）正是，这也**奇得紧**！（无名氏《白罗衫》第 22 折）——另第 27 折有"清雅得紧"，第 29 折有"多得紧"，第 33 折有"奇得紧"。

（16）（外）和尚，我**怕得紧**！（郑之珍《新编目连救母劝善戏文·插科》）——另《新编目连救母劝善戏文·三殿寻母》有"多得紧"。

（17）（净捶腰介）从不曾坐这半日，**倦得紧了**，腰肢欲折，好索红裙情扶。（吴炳

《绿牡丹》第 2 出）——另第 2 出有"口渴得紧"，第 12 出有"可恶得紧"。

（18）说起来，<u>好笑得紧</u>。（吴炳《西园记》第 6 出）——另同出有"可笑得紧"。

（19）不好，<u>口燥得紧</u>。（沈自晋《翠屏山》第 21 出）——另第 25 出有"眼疼得紧"。

（20）（净）小正，可怜儿，<u>寂寞得紧</u>，和你搂搂儿去。（沈自晋《望湖亭》第 4 出）——另第 11 出有"妙得紧"，第 14 出有"待慢得紧"，第 23 出有"妙得紧"，第 28 出有"倦得紧"。

（21）灯也<u>多得紧</u>，说也说不了。（秦鸣雷《合钗记》"清风亭遇子"）

（22）（丑笑上）妙极妙极，爹爹、母亲整备花烛，与我今日成亲，闻说妹子在房中梳洗，不觉<u>心痒得紧</u>，不免到他房前，偷觑一回。[仲仁《绿华轩》（二）砥节]

（23）（生背云）昨夜梦一神人与语道，刘孝女是我妻子。<u>古怪得紧</u>。敢问令尊官居何职？[朱少斋《（刘孝女）金钗记》（一）张子敬钓鱼]

（24）（小生）<u>闷人得紧</u>，几时开我。[袁于令《珍珠衫》（三）惊欢]

（25）生得<u>妙得紧</u>。[紫红道人《百花舫》（一）窥宴]

（26）状元不知，说起那陈州<u>可怜得紧</u>。（无名氏《高文举珍珠记》第 21 出）

（27）（丑）娘，我家歇不得，这个人<u>可恶得紧</u>。我与拜揖，他说马上闪腰，回礼不便。[无名氏《五桂记》（七）一家五喜临门]

（28）（旦）身上<u>热得紧</u>。[无名氏《咬脐记》（二）花园游赏]

（29）原来睡了，这人真个没心，脸上汗<u>大得紧</u>，我将扇扇他几下。[无名氏《咬脐记》（二）花园游赏]

（30）我肚中<u>疼得紧</u>了。（无名氏《妆盒记》冷宫生太子）

（31）<u>妙得紧</u>！胜似我旧时戴的。（王济《连环记》第 20 出）

也有的"A 得紧"中的"紧"是形容词，"A"是一般动词，可概括"V 得紧"，如：

（32）（生）原来姑娘这样<u>关妨得紧</u>。（磊道人《撮盒圆》第 18 出）

（33）（小生）赵海，有人告你，上司命我捕拿，<u>勤限得紧</u>，你如今有何话说？（《撮盒圆》第 24 出）

（34）后来媒婆<u>催进得紧</u>，舅爷因而发怒，速速赶离他门，走得我两脚慌忙无措。（孟称舜《娇红记》第 24 出）

（35）多时发与他裱的观音像，小姐要供奉，<u>催得紧</u>，快拿与我去！（阮大铖《燕子笺》第 8 出）

上面 4 例的"紧"是形容词，这说明，明代时有的"紧"还未语法化为副词。到底是形容词还是程度副词，主要看语义，还要看前面的"A"是动作动词还是形容词或是心理活动动词，若是动作动词的，"紧"是形容词；若是形容词或是心理活动动词的，"紧"是程度副词。

2.3 清代戏曲的"A 得紧"

李玉的戏曲用例较多，如：

（36）俺<u>饿得紧</u>了，快缚起来！（《一捧雪》第 5 出）——另第 6 出有"妙得紧"，第

11 出有"倦得紧""奇怪得紧"，第 23 出有"遥远得紧"，第 29 出有"奇得紧"。

（37）你看雪越下得大了，<u>冷</u>又冷得紧，身子又麻木了。（《人兽关》第 10 出）——另第 16 出有"干净得紧"，第 19 出有"好笑得紧"，第 22 出有"奇得紧"，第 24 出有"齐整得紧"。

（38）我儿，你不要慌，事体还<u>大</u>得紧哩。（《占花魁》第 2 出）——另第 19 出有"短得紧"，第 20 出有"醉得紧"，第 23 出有"疼得紧""即景得紧"。

（39）<u>好笑得紧</u>！（《永团圆》第 11 出）——另第 25 出有"好笑得紧"。

（40）（苏白）好马！好马！虽然落膘，缰口<u>硬</u>得紧。（《麒麟阁》第一本第 7 出）——另第一本第 15 出有"长得紧"，第一本第 17 出有"空闲得紧"，第一本第 19 出有"好得紧"，第一本第 22 出有"热闹得紧"，第一本第 26 出有"冷落得紧"，第二本第 3 出有"快活得紧"。

（41）俺们许多兵马到了，供应又少，船只又少，你又不来领路到黄家溪去，两位老爷<u>恼</u>得紧，着咱们来锁你这狗官去，砍你这驴头下来。（《千忠禄》第 10 出）——另第 12 出有"破坏得紧"，第 23 出有"冷得紧"。

（42）（丑）<u>好笑得紧</u>，他是个钦犯，怎么与他联姻结党？（《清忠谱》第 5 折）——另第 6 折有"好得紧，好得紧""多得紧"，第 9 折有"可笑得紧"，第 22 折有"多得紧""大得紧"。

（43）（生）领教！（吟介）"落花飞絮满阶苔，似我愁萦扫不开。"<u>妙得紧</u>，自然之极！"仰看泥巢双燕语，似曾相识故飞来。"（《意中人》第 8 出）

（44）（丑）只是<u>冷淡</u>得紧，怎生过得日子？（《万里圆》第 7 出）——另第 13 出有"重得紧"。

其他剧作家也有用例，如：

（45）（末）妇人的姿色到这般地步，<u>也勾得紧了</u>，难道还有好似他的？（李渔《比目鱼》第 4 出）——另第 17 出（2 处）、第 29 出有"勾得紧了"，第 19 出（2 处）有"疼得紧"。

（46）若得如此，<u>好得紧</u>！（朱㿟《十五贯》第 5 出）

（47）（众）我们衣服湿透，<u>又冷的紧</u>怎么处？（遗民外史《虎口余生》第 4 出）——同出有"口渴得紧""困倦得紧"，第 8 出有"大得紧"，第 12 出有"狠的紧"，第 31 出有"醉得紧"，第 41 出有"困倦得紧"。

（48）我看兄<u>爱惜此杯得紧</u>，何必换与别人？（吴伟业《秣陵春》第 7 出）——同出还有"古撇得紧"，第 12 出有"褴褛得紧"，第 18 出有"萧索得紧"，第 32 出有"灵应得紧"。

（49）（小生）酒保，今日吃酒的为何<u>多得紧</u>？（邱园《党人碑》第 9 出）——另第 9 出有"快活得紧"，第 10 出有"兜答得紧"。

（50）（小生）啊哟哟，<u>口渴得紧</u>，取茶来。（无名氏《三笑姻缘》第 21 出）——另第 7 出有"好得紧"，第 31 出有"勾得紧了""小气得紧"。

（51）叫拾翠园，里面<u>精致</u>得紧。（叶时璋《琥珀匙》第 3 出）——另第 5 出有"高得紧"。

（52）（净拍手介）<u>妙得紧</u>，一霎时染得这黑了。——另第 22 折有"着忙得紧"，第 23 折有"热闹得紧""无礼得紧""腌臜得紧"，第 27 折有"奇怪得紧"。

（53）这银子<u>重得紧</u>，勿好拿。（无名氏《十美图》第 16 出）

（54）（生）妙，<u>晶莹可爱得紧</u>。（无名氏《玉蜻蜓》第 4 折）——另第 10 折有"恼得紧"（2 处）。

（55）说起来还<u>情痴的紧</u>。（清·张坚《梦中缘》第 4 出）——另同出有"好笑得紧"，第 20 出有"急的紧"。

（56）不料近日这些百姓们<u>刁顽得紧</u>，若做官的狠敲毒拶，弄得他九死一生，一般的卖女儿卖女也肯出些保全身命的银钱。（清·唐英《转天心》第 7 出）

（57）（生）哦！贱人<u>胡闹得紧</u>。（黄治《蝶归楼》第 10 出）——另第 23 出有"平常的紧"。

也有"V 得紧"，如：

（58）觉道我们大相公，<u>心头活动的紧</u>，见一个爱一个哩！（黄治《蝶归楼》第 22 出）

上例的"紧"是形容词。

2.4 清代白话小说的"A 得紧"

清代白话小说用例更多，据《古代小说典》，有《灯草和尚》《风流悟》《灯月缘》《弁而钗》《十二楼》《豆棚闲话》《娱目醒心编》《醉醒石》《八洞天》《儒林外史》《歧路灯》《林兰香》《姑妄言》《醒名花》《怡情阵》《株林野史》《五凤吟》《玉楼春》《春柳莺》《飞花艳想》《巧联珠》《平山冷燕》《二度梅全传》《痴人福》《玉支矶》《燕子笺》《情梦柝》《凤凰池》《锦香亭》《续金瓶梅》《绣屏缘》《闹花丛》《肉蒲团》《都是幻》《巫梦缘》《巫山艳史》《女仙外史》《天豹图》《雪月梅》《万花楼演义》《说岳全传》《粉妆楼全传》《说唐》《说唐后传》《说唐三传》《隋唐演义》《薛刚反唐》《儿女英雄传》《飞龙全传》《七侠五义》《七剑十三侠》《施公案》《荡寇志》《后红楼梦》《绿牡丹》《疗妒缘》《蜃楼志》《海上尘天影》《活地狱》《负曝闲谈》《品花宝鉴》《海上花列传》《海烈妇百炼真传》《续镜花缘》。

此外，弹词也有"A 得紧"，如陈端生的《再生缘》。

2.5《琉球官话课本三种》的"A 得紧"

《琉球官话课本三种》是指《官话问答便语》《白姓官话》《学官话》，据有人研究，三种琉球官话课本分别作于 18 世纪初期（1703 年或 1705 年）、中期（1750 年）、末期（1797 年），比《汇解》（1876 年）要早得多。从内容看，《官话问答便语》《学官话》基本是福州"对外汉语"老师为来华学习的琉球学生编写的实用口语教材。

"A 得紧"用得很多，可见当时的普遍性。如：

（59）既有船便，<u>凑巧得紧</u>。担子不知道去了不曾？（《官话问答便语》4）

（60）内中也有生疮生疖的，<u>不干净得紧</u>。（《官话问答便语》8）

（61）我这耳朵里<u>痒得紧</u>，你替我看看。（《官话问答便语》9）——《学官话》62 也有"痒得紧"。

（62）我身上酸得紧，你替我扳扳，各处搥搥。（《官话问答便语》9）

（63）地上恶浊得紧，拿扫把来扫一扫。椅桌上拿鸡毛挡来挡个挡。（《官话问答便语》15）

（64）不特我们庙中有做普度，各处都有，大得紧。（《官话问答便语》36）——《白姓官话》39也有"大得紧"。

（65）今日教场大樔（操）兵，好看得紧。（《官话问答便语》45）

（66）弟是做客的人，终日坐在家里闷得紧。（《学官话》7）——《白姓官话》3也有"闷得紧"。

（67）有人说，今晚南门外扮故事。齐整得紧，闹热得紧。（《学官话》8）

（68）这样说，这个人可怜得紧！（《学官话》21）

（69）这个菜汤淡得紧，拿盐来。（《学官话》25）

（70）如今偷东西的人多的紧，你们夜里门户要小心，睡醒些，防着他就是了。（《学官话》32）

（71）连日未见，久违得紧。今日是什厷风吹到这里来呢？（《学官话》40）

（72）今日的天气燥热得紧，到半上午的时候一定会下雨的。（《学官话》48）

（73）那房子矮小黑暗的，人住在里面好不受用，难过的紧。（《学官话》60）

（74）好得紧。（《白姓官话》16）——《白姓官话》20也有"好得紧"。

（75）收过了，多谢，费心得紧！（《白姓官话》25）

（76）弟得罪的紧，愿罚愿罚。（《白姓官话》35）

（77）好说，没有什厷好东西奉敬，怠慢得紧，不要见怪。（《白姓官话》37）

"A得紧"共28处［例（67）有2处］。"A得狠"共37处，数量还是"A得狠"多一些。

汤传扬（2015：13）认为，清中期以后，"紧₂"（程度副词）渐趋衰落。这主要表现在"紧₂"的使用频率降低，"很"以及"要死、了不得"等程度补语的使用频次增多。以《红楼梦》为例，程度补语"紧"使用的频次为3，补语"很"使用的频次为59，补语"了不得"使用的频次为21，在《儒林外史》中"很"与"紧"可以互换，出现在相似的语言环境中。

但不同的作者、不同的地域可能不同，如福建福州的《琉球官话课本三种》使用频次最高的是"A得狠"，其次是"A得紧"。下面浙江宁波《汇解》中"紧"的频次也不低。

2.6 清末传教士文献的"A+得紧"

据（美）睦礼逊《汇解》，清末宁波方言中也有"A得紧"，如"多得紧"。注释说："得：据读音疑为'勒'。紧：形容程度深。很多。"（第5页）第314页也有"多得紧"，第187页有"多得紧个样式"，第297-298页有"错处多得紧"。"火钟大得紧"。注释说："火钟：火情。紧：形容程度深。"（第89页）第206页、第233页、第266页有"大得紧"。"这一年大小事体繁得紧"。（第155页）"遭着水灾地方广阔得紧"。（第163页）"远得紧"。（第318页）"灵得紧个"。（第445页）以上中心语都是形容词，有单音节形容词，也有双音节形容词。也有中心语是动词的，如"逼得紧"（第361页）。"A得紧"的说法是承接明清白话文献而来的，即只承上，但没有启下，现在的宁波方言已不说"A 得紧"，可见，宁波方言的"A 得紧"已经消亡。

此前，（西）瓦罗（万济国）（1703/2003：48–49、50–51）、（英）艾约瑟（1864/2015：161））也谈及"A 得紧"。

2.7 民国戏曲的"A 得紧"

（78）（旦）这词凄凉的紧，待我再听来。（吴梅《风洞山》第 6 出）

2.8 词典的"A 得紧"

白维国（2011：732）"紧"表示"程度深"的例句如：

（79）大奶奶却是利害得紧。（《水浒传》第 103 回）

（80）只要有一个，也就勾得紧了，怎敢做那贪得无厌之事？（《肉蒲团》第 6 回）

（81）听起安老爷这几句话，说得来也平淡无奇，琐碎得紧。（《儿女英雄传》第 19 回）

钟兆华（2015：335）收"紧"，是副词，义项有四，其二是："用于形容词后面，充当补语，表示程度高。很。"如：

（82）雪大的紧，着哥哥久等也。（元·无名氏《渔樵记》第 1 折）

（83）那个功德，真是大的紧。（明·兰陵笑笑生《金瓶梅》第 57 回）

（84）这个主意好得紧，妙得紧。（清·吴敬梓《儒林外史》第 3 回）

许少峰（2008：955）收"紧"，义项十三是："甚，厉害。"例句见王济《连环记》第 20 出等。

3. 明清白话文献的"副词 +A 得紧"

这是指组合式述补结构"A 得紧"前还有程度副词。

3.1 明代白话文献的"副词 +A 得紧"

3.1.1 明代白话小说的"副词 +A 得紧"

（85）沈阆听了，一发欢喜得紧，连忙兑了三百两足纹，又带了些使费，到他下处城外化生寺去封。（陆人龙《型世言》第 15 回）——第 40 回有"一发精洁得紧"。[①]

（86）人熊见韩清这个模样，晓得怕他，开口便笑，那张嘴直掀到耳朵边，一发怕人得紧。（杨尔曾《韩湘子全传》第 29 回）

（87）这个小官，说将起来，开天辟地，就有他的，一发大得紧在这里。（京江醉竹居士《龙阳逸史》第 6 回）

（88）王婆见都氏，道："……一发凑巧得紧，绝妙一门在此。"（心月主人《醋葫芦》

---

① 关于"紧"的词性，学界有不同意见。白维国（2011：732）收，义项⑧：用在动词或形容词加助词"得"（的）的后面充当补语。又分 3 点：a）表示急迫、迅速。b）表示程度深；很。c）表示严密、牢固。钟兆华（2015：335）认为"紧"是副词，"表示程度高。很"。我们认同钟兆华（2015）的看法。下文的"V 得很"的"很"也有不同看法，如聂志平（2005）就认为是形容词。但《现代汉语词典》认为"很"无论前置或后置于中心语都是副词，表示程度相当高。况且聂文只比较"X 得很"与"很 X"，其实，汉语方言与民族语言中还有"X 很"，都是状语后置。

第 3 回）——第 5 回有"一发好得紧"，第 6 回有"一发狠得紧"。

（89）丁惜惜又只顾把说话盘问，见说道身畔所有剩得不多，行院家本色，就不<u>十分亲热得紧</u>了。（凌濛初《二刻拍案惊奇》卷 14）

（90）一会儿又诅咒湘子道："这个小贼道，不看人在眼里，<u>十分轻慢人得紧</u>。……"（杨尔曾《韩湘子全传》第 7 回）

（91）万金见了姑苏主，<u>十分亲热得紧</u>，把香袋儿果子都送与姑苏主收了。（古杭艳艳生《昭阳趣史》卷 1）

（92）那儿妇原是旧族人家女儿，思量从了婆，辱了自己的身；违了婆婆，那个淫妇又<u>十分凶恶得紧</u>，只得一索吊死了。（西周生《醒世姻缘传》第 12 回）

（93）跳出一个邻舍李龙泉道："论起不曾出幼，还该恕他个小，但只是做事<u>忒不好得紧</u>。……"（陆人龙《型世言》第 35 回）

（94）金氏道："你去关了窗儿，<u>忒亮得紧</u>，叫我羞杀人呢，怎么脱的下去？"（情癫主人《绣榻野史》上卷）

（95）宜之笑道："兄也<u>忒葛藤得紧</u>，待我把个明白与你。"（醉西湖心月主人《宜春香质》"风集"第 5 回）

上例的"葛藤"是形容词，白维国（2011：413）收："葛与藤，比喻纠葛、麻烦。"例句有三，一是《野叟曝言》第 14 回，二是《歧路灯》第 102 回，三是《三十年目睹之怪现状》第 32 回。例句偏迟。

（96）淌老儿道："……那韩老爷、韩夫人<u>好不烦恼得紧</u>，终日着人缉访，再没一些儿踪影。……"（杨尔曾《韩湘子全传》第 11 回）——第 19 回有"好不恼怒得紧"，第 25 回有"好不忙得紧"，第 27 回有"好不多得紧"。

（97）生曰："你来看，牡丹亭下芍药中，天然一个卧榻，<u>好不有趣得紧</u>。"（西湖渔隐《欢喜冤家》第 10 回）

（98）且说次日起来，那天上乌云四起，忽然倾下一阵雨来，<u>好生大得紧</u>。（《欢喜冤家》第 10 回）

（99）敷上药，<u>越疼得紧</u>。（罗贯中《三遂平妖传》第 12 回）

（100）周相公沐了头面，浴了身体，拿出狄希陈内外衣裳，上下巾履，更换齐整，对了张朴茂众人说道："<u>好利害得紧</u>！……"（西周生《醒世姻缘传》第 97 回）

3.1.2 明代戏曲的"副词 +A 得紧"

（101）（生、旦低语）看这人<u>一发不尴尬得紧</u>。（傅一臣《苏门啸·智赚还珠》第 1 折）

（102）你每客人也<u>忒奈烦得紧</u>。（无名氏《节孝记》第 22 出）

（103）忙忙碌碌，什么人放一只桶在这里，倒也<u>十分沉重得紧</u>。（张大复《快活三》（清钞本）第 16 出）

（104）我昨晚听得小娘子哭哭啼啼直到天晚，我心下<u>一发不忍得紧</u>。（无名氏《葵花记》第 17 出）

（105）这几日客<u>益发多得紧</u>。（陈轼《续牡丹亭传奇》第 8 出）

（106）我是他的属官，前日在姑苏驿里，投了一个花名手本，那文爷就差小官赶纤，这个差使好**苦得紧**。（薛旦《醉月缘》第 33 出）

（107）（生）好**不知趣得紧**。（席正吾《罗帕记·神女戏王可居》）

（108）不意昨晚庵里烧香，冒了风寒，身子不快，卧在房中，**一发寂寥得紧**。（磊道人《撮盒圆》第 10 出）——第 26 出有"**一发中用得紧**"，第 27 出有"**好生疑惑得紧**"。

（109）（丑）夫人，夜深了，露水下沾衣，身上**一发寒冷得紧**。[祝长生《红叶记》（二）韩氏惜花爱月]

（110）那亭子前边，开这许多花，望去**一发有趣得紧**。[明·紫红道人《百花舫》（一）窥宴]

（111）（夫）此人**甚村得紧**。（无名氏《嫖院记·周元曹府成亲》）

（112）谁想那个人没福，自从到了我庙中，勿知为何日夜啼啼哭哭，染成一病，连日**一发沉重得紧**。（谢国《白罗衫》第 16 折）

（113）茶便是茶礶，**极是便得紧**。（无名氏《吕蒙正风雪破窑记》第 9 出）

（114）（旦云）冤家，这墙**好高得紧**，我怎么跳得过去。（无名氏《高文举珍珠记》第 20 出）

（115）（旦）这**越发奇得紧**！（阮大铖《燕子笺》第 24 出）

上面"A 得紧"前面的副词是程度副词。

（116）（向小生介）你家老爷**真个知趣得紧**，我心衔高谊难名状。（王异《弄珠楼》第 20 出）

（117）（丑）小姐，你看满园百花开放，万紫千红，**真个好看得紧**。（郑国轩《牡丹记·鱼精戏真》）

（118）（丑）到如今，夏日天气**真个热得紧**。（郑国轩《牡丹记·鱼精戏真》）

（119）你看肩挑一担红红白白，**真个好耍子得紧**。[祝长生《红叶记》（二）韩氏惜花爱月]

上面几例的"真个"是评注性副词，与后面的"紧"共现，也能增加程度，但比起两个程度副词，表示的程度要轻一些。

3.1.3 明代戏曲的"指示代词 +A 得紧"

（120）哎哟，怎么**这样倦得紧**。[马人吉《红衫侠》（二）馆娃同梦]

（121）（丑）小姐**这般娇怯得紧**，昨日也不冷呢，为什么就冒了风？[磊道人《撮盒圆》（四）认姑]

（122）（外）为何**这等利害得紧**哩？[席正吾《罗帕记》（三）王可居迎母受责]

（123）（生）绛桃姐多劳，你这茶怎的**这等香甜得紧**？[赵于礼《画莺记》（一）辜生托绛传书]

（124）这罗帕想就是那女子遗下的，怎么**这等香得紧**，敢是他有意于我？[王錂《春芜记》[①] 第 5 出]

---

① 许少峰（2008：955）所举例子中把剧名写作《香芜记》，误。

《现代汉语词典》（2016：1660）收"这样"，是代词："指示代词。指示性质、状态、方式、程度等。"如："担负这样重大的责任，够难为他的。"未收"这等""这般"，它们应该与"这样"同义，也可用以加强程度。

不但普通话有程度指示词，汉语方言也有。袁丹的《从方式程度指示词到话题标记——吴语常熟方言"介"的功能及其演变》（2018：261–266）指出，吴语常熟方言的"介"共有六种功能：方式程度指示词、句首话语起始标记、陈述句末话语结束标记、疑问句末结束标记、小句连接标记以及话题标记。宁波方言也有程度指示词"介"，汤珍珠等（2017：66）收"介"，义项一是："指代词，这么；如此。"如"介烦""介好看""还是介个啊"。虽然明确说明"介"的性质，但从其所举例句来看，"介"也是表示程度。舟山方言也有"介"。（方松熹，1993：143）

义乌方言也有程度指示词，是"许"，表示"这么"，修饰形容词表示程度。如：

（125）格首歌儿许好听嗰哪_{这首歌这么好听的呀}！（施俊，2021：433）

关于"指示代词"与"指示词"，施俊（2021：433）指出："在类型学视角下，指示代词称为指示词更合适。现代汉语方言，尤其是吴方言，指示词不能独立地充当句法成分，与普通话'这、那'能单独使用不同。刘丹青（1999、2008）指出，吴语指示词只指不代，基本上是黏着成分。因此，用指示词来指称方言中的相关词类更符合语言事实。"我们以为很有道理。

据目前所知，赵元任（1928/2011）已经注意到"介"的程度指示词用法。赵元任（1928/2011：99）在"这么（程度）"条下指出，说"介"的有上海、嘉兴、杭州、绍兴、诸暨、余姚、宁波。可见，"介"表示程度在吴语有一定的分布范围。

许宝华等（2020：645）"介"义项一是："<代>这么，这样。"方言是吴语：上海、杭州、绍兴、嵊州太平、湖州双林、诸暨王家井、余姚、宁波、金华。

其他方言也有程度指示词。侯超（2021：147）指出，程度指代词可以用来指代程度。普通话的指示代词有：数量指代词、处所指代词、时间指代词、程度指代词、方式指代词。其中程度指代词有"这么""那么"（方式指代词有"这样""那样""这么""那么"）。皖北方言国程度的指代词和方式指代词是截然分开的，"镇、镇么（近指）"和"恁、恁么（远指）"用来指代程度，"这样、那样"或"镇样（子）、恁样（子）"用来指代方式。如：

（126）你考得镇（么）/恁（么）好，还谦虚啥。

（127）镇（么）/恁（么）大一个苹果都叫他吃完咾。（侯超，2021：148）

但明代戏曲"这等香得紧"中的"这等"本身也是表示程度，"香得紧"中的"紧"也是表示程度，前后都有，表示的程度比单用"得紧"强，但程度指示词比起副词来，则要弱一点。

3.2 清代白话文献的"副词+A得紧"

3.2.1 清代白话小说的"副词+A得紧"

（128）穿绿的吟罢，穿黄的称羡不已，赞道："后面二联一发好得紧。"（樵云山人《飞花艳想》第5回）

（129）小姐道："这一发奇得紧。"（玩花主人《燕子笺》第 12 回）

（130）复至梅花馆，见爱卿一阵一阵更加疼得紧了，挹香无计可施，便向家堂灶司前点烛焚香，祈求早产。（俞达《青楼梦》第 38 回）

（131）雨村道："却十分面善得紧，只是一时想不起来。"（曹雪芹、高鹗《红楼梦》第 4 回）

（132）便叫声："老爷，如今妾身腹中十分疼痛得紧，想是要临盆了。"（雪樵主人《双凤奇缘》第 9 回）

（133）走到跟前，天表叫道："张妈妈好忙得紧？"（姑苏痴情士《闹花丛》第 4 回）

（134）一夜困在床上，正想那日间与臭花娘眉来眼去，交头接耳许多情景，只见蟹壳里仙人走来说道："我一片婆心超度你，却如何这般躲头避懒，今日之下，还在此处好困得紧？……"（张南庄《何典》第 7 回）

（135）那苗青在城真如望穿饿眼，恨不得一刻即到，他便做起大官来，指望封侯封王，一似把个扬州城就是他家送的一件大礼一般，好不重大得紧。（丁耀亢《续金瓶梅》第 28 回）——第 29 回有"好不助兴得紧"。

3.2.2 清代戏曲的"副词 +A 得紧"

李玉的戏曲用得较多，如：

（136）（净）你念头好缓得紧！（《人兽关》第 7 出）

（137）就是退了婚，什么大事，就去投江，忒痴得紧！（《永团圆》第 13 出）

（138）一发可笑得紧！（《永团圆》第 26 出）

（139）（末）便是。况且声音恍似大师，一发奇得紧。（《千忠禄》第 12 出）

（140）（副净、丑）老先生不知那里去了这几日，教我两人好生惶惑得紧。（《两须眉》第 28 折）

"好生"，《现代汉语词典》（2016：520）收，义项有二，其一是："多么；很；极。"

（141）不是吓，小弟来得日子长了，盘缠多用尽；敝司主太狠得紧，一连七八个违限，拿得小弟没主意了。（《万里圆》第 22 出）——第 23 出有"一发古怪得紧"。

上面几例，一是"好……得紧"，二是"忒……得紧"，三是"一发……得紧"，四是"好生……得紧"，五是"太……得紧"。前后分别是程度副词，加重副词所表达的程度。

还有如下的例子：

（142）（生笑介）一发官体俱熟得紧。妙，妙！（《一捧雪》第 9 出）

上例与前面的区别是，前面的程度副词不是放在中心语"熟"前面，而是放在句首，这是比较特殊的。

（143）你看窗外墙垣，颇也高峻得紧！（朱㿟《十五贯》第 17 出）

（144）（副净嚷介）兄忒势利得紧，带其病而送其行，可谓通声气而走名之极乎。（张坚《梦中缘》第 4 出）

3.2.3 清代戏曲的"指示代词 +A 得紧"

清代戏曲也有"指示代词 +A 得紧"，如：

（145）咦，阿呀，是什么东西，<u>这等硬得紧</u>？（邱园《党人碑》第7出）

（146）（生）<u>这等可恶得紧</u>。（盛际时《人中龙》第2折）

3.2.4《琉球官话课本三种》的"副词+A得紧"

（147）这个景致看不成了，如今坐在家里，越坐越闷，<u>十分闷得紧</u>。（《学官话》4）

（148）学生这几日心里<u>好愁闷得紧</u>。自己也不知道是怎广样的。（《学官话》25）

（149）<u>真真闹热得紧</u>！（《官话问答便语》28）——《官话问答便语》32有"真真闹热得紧"。

例（147）、例（148）前面用的是程度副词"十分""好"，例（149）前面用的是评注性副词"真真"。而"A得狠"，除1例前面用程度副词"好"外，其余全是"A得狠"。也就是说，"A得紧"比"A得狠"多了一种前面用评注性副词的用法。

以上可见，"A得紧"在明清白话文献中有一定的使用频率，尤其是《琉球官话课本三种》有28处，连清代的对外汉语教材都有这么多的说法，可见当时"A得紧"的普遍性与常用性。

（三）古代文献的"A得极"

1. 明代以前作品的"A得极"

（1）只是被先生<u>静得极</u>了，便自见得是个觉处，不似别人，今终日危坐，只是且收敛在此，胜如奔驰。（宋·朱熹《延平答问》）

（2）又曰："……这<u>盛得极</u>，常须谨谨保守得日中时候方得；不然，便是偃仆倾坏了。"（宋·黎靖德《朱子语类》卷73）

（3）玉券十华，人风真淳，<u>体真得极</u>，提名旋复。（宋·罗泌《路史》）

（4）胡来得赛，<u>热莽得极</u>，明明的抱着虎睡。（元·无名氏《【双调】寿阳曲·胡来得赛》）

也有"极"未语法化为副词的，如：

（5）事<u>弄得极了</u>，反为房人所持。（《朱子语类》卷127）

上例的"极"有"急"义，是形容词。

2. 明清白话文献的"A得极"

2.1 明代白话小说的"A得极"

（6）狄氏道："非是见鬼。你心里终日想其妻子，<u>想得极了</u>，故精神恍惚，开眼见他，是个眼花。"（凌濛初《初刻拍案惊奇》卷32）

上例的"想"是动词，是心理动词。

（7）元来莫大姐<u>醉得极了</u>，但知快活异常，神思昏迷，忘其所以。（凌濛初《二刻拍案惊奇》卷38）

（8）他当日圆静与田有获相好时，已曾将寺中行径告诉他，他就在徐公子面前道：

"徐公子，你曾散一散，到他里边去？绝妙的好房，精致得极。"（陆人龙《型世言》第29回）

（9）莫说毛帅自家没了忌嫌，连帐下人也说他两个相好得极，也不来顾他了。（陆人龙《辽海丹忠录》第38回）

（10）韩相国呵呵大笑道："妙得极，妙得极！若无四时佳景，将何以祝长春？……"（古吴金木散人《鼓掌绝尘》第5回）——另第13回有"作怪得极了"。

（11）抽到后头，外甥抽得紧，姨娘麻得极，不及取筹。（桃源醉花主人《别有香》第4回）——另第10回有"高兴得极""妙得极"。

（12）玄修道："……今看了，果妙得极。……真个是妙得极。……"（《别有香》第15回）

（13）沈葵拍手道："妙得极！妙得极！……"（京江醉竹居士《龙阳逸史》第11回）

（14）须眉皓然，手拄着一条过头竹杖，仰着鼻孔，向空闻嗅道："今日莲花这等香得极，莫非又有法侣化来？"（无名氏《后西游记》第36回）

（15）把中原百姓，已是骚动得极了。（袁于令《隋史遗文》第25回）

（16）谁知天下之事，乐极了便要生悲，顺溜得极了就有些烦恼，大约如此。（西周生《醒世姻缘传》第8回）——另第14回有"废弛得极了"，第94回有"乐得极了"。

也有"A"是动词的，"极"也作形容词用，义为"急"，如：

（17）这日输得极了，意思要来衙门里摸几分翻筹。（明·陆人龙《型世言》第36回）

（18）众人道："老爷说这鼻子的事，其话又长前年他的丈夫不在家内，他买了一个猴，将他丈夫的巾帽衣裳，都必改把与那猴子，妆成他的丈夫，将那猴日夜的椎打，把猴打得极了，拧断了铁锁，跑到肩上，先抠了眼，后咬了鼻子。"（《醒世姻缘传》第89回）

上2例是"V得极"。

（19）辞别回家，不胜欢喜道："今朝趣得极，你看我舌头儿这回还是香的。……"（无名氏《一片情》第2回）——另第10回有"有趣得极"，第11回有"妙得极"。

2.2 明代戏曲的"A得极"

（20）想是声音娇细得极，故此难听。（磊道人《撮盒圆》第9出）——另第26出有"乐得极"，第27出有"奇得极"。

（21）这等凶得极！（吴炳《绿牡丹》第2出）

（22）前偶然拉山门前念佛，只见一只黄狗走过，肥泛得极，毛水亦干净，拨我呼渠进来，关子山门，揽头介一记凡了账哉。（沈自晋《翠屏山》第17出）

（23）（丑）前日唱窥青眼的一套。妙得极。（袁于令《西楼记》第6出）

（24）（老旦）贾兄是做官的，果然正气得极，饮墨汁、早心赡。[无名氏《名山志》（一）]

2.3 清代白话小说的"A得极"

北京大学语料库（CCL）中也有以下例子，如：

（25）明果欢喜得极，拿出钱来，在酒肆中请这两人，吃得沉醉。（东鲁古狂生《醉醒

石》第 12 回）

（26）迟先道："我也闷得极了，昨日独自睡在冷草铺上，听得屋檐外桃柳枝上燕语莺啼，叫得十分娇媚。……"（艾衲居士《豆棚闲话》第 8 则）

（27）妇人道："外面早得极，老呀再安歇一会儿罢。"（曹去晶《姑妄言》卷 20）——另卷 3 评注有"胖得极"，卷 13 评注有"骚得极"。

（28）如今我已三十多岁，子息却要紧得极了。（天花才子《快心编传奇三集》卷 4）

（29）宫芳饥寒得极，将酒杯往口一倒，竟干没了。（迷津渡者《锦绣衣》第二戏《移绣谱》第 4 回）

（30）白琨见他骚得极了，因向玉姐道："如今我的宝贝快活么？"（江西野人《怡情阵》第 9 回）

（31）燕白颔听了又大笑道："妙得极。……"（荻岸散人《平山冷燕》第 10 回）

（32）强之良道："也不要说破他的机关，只说道爱慕他得极了，便死也要结成鸾凤。……"（烟水散人《玉支矶》第 11 回）

（33）老到得极，出入依旧是驴，酒饭依旧上店打点一钱，或高兴起来，索兴即是两包，罚咒不用戥子了。（集芙主人《生绡剪》第 4 回）

（34）穷得极，与人做些打油的庆寿庆号诗写轴，擦些酒食，得一二百铜钱。（罗浮散客《天凑巧》第 2 回）

（35）你说丽卿终日在书房中，那晓得外边有这样妙处，今朝豪兴得极，拿起笔来不费思索，恰象原旧做成在肚皮里的，煞时间写出一首七言八句的律诗，说道：春气催人到此游，吴山吴水不关愁。……（左臣《女开科传》第 1 回）——另同回有"寂寞得极"，第 8 回有"清正得极"。

（36）众人说："……相帮我们扯得起来，算你力气狠得极的了。……"（无名氏《说唐后传》第 17 回）——另第 40 回有"乏得极了"。

（37）少刻陆松年出来，向着张永说道："老哥哥，两年不见，正是渴想得极。……"（唐芸洲《七剑十三侠》第 71 回）

（38）遂走将过来，王贵看见，就一把扯住，叫道："汤哥哥，张兄弟，你两个人来看看这个人就叫岳飞，我爹爹常称说他聪明得极。……"（钱彩《说岳全传》第 3 回）

（39）公子性起，连连踹他几脚，痛得极了，滚来滚去，叫跳不出来。（西湖居士《万花楼演义》第 12 回）

（40）江采道："只是慕你得极，遂尔冒死，幸乞恕罪。"（嘉禾餐花主人《浓情快史》第 5 回）

（41）蛋僧道："啊弥陀佛，罪过得极。……"（无名氏《金台全传》第 3 回）——另第 25 回有"有限得极""好笑得极了"，第 39 回有"发财得极"。

（42）先前顾全宝邀我吃酒的时候，说得凶险得极。（戚饭牛《清代圣人陆稼书演义》第 24 回）

（43）谈了片刻，谈到现在女界黑暗的情形，爱云便说道："……这一层已是偏袒得极

了，然而这些事还是都由父母作主，教天下做女儿的人也没奈何。……"（无名氏《娘子军》第1回）

（44）那怀玉虽伤两员番将，力乏得极了，在马上眼花缭乱，慢慢的走到吊桥，望上一看，尉迟恭早在上面。（如莲居士《薛仁贵征东》第26回）

（45）环姑方同康氏进来，原来玉成小姐亦在母家，大家见了，康氏道："你……你的面庞儿也瘦得极了。"（梁溪司香旧尉《海上尘天影》第16回）

（46）倪两家头赛过做俚哚和事老，倒也好笑得极哉！（《海上花列传》第12回）

（47）衣云道："好个无心流水绕天涯，这一句浑成得极，一佛大概也为云秋有感而发。"（网蛛生《人海潮》第34回）

（48）公子性起，连连踹他几脚，痛得极了，滚来滚去，叫跳不出来。（李雨堂《万花楼》第12回）

（49）大巧道："……况且他那些工人，都是学堂里学出来的，自然高明得极。……"（姬文《市声》第1回）——另第6回有"谦和得极"，第8回有"好看得极"，第9回有"得意得极"，第23回有"要好得极"，第27回有"通灵得极"，第32回有"亵渎得极"。

（50）周婆道："……但是不妨，如今阊门外寺里，有尊玉佛，灵感得极，求子得子，求财得财，并且还有签诗仙水，救治人家的病。……"（嘿生《玉佛缘》第6回）

（51）这朱先生却谦和得极，已看过信，晓得来历，就说道："……师范生每日要五个钟头教学生，两个钟头上自己的西学课，辛苦得极，你能做的来，明早就拿笔砚来，补做一篇文章，附入师范班便了。"（旅生《痴人说梦记》第6回）——同回另有"熟得极"，第8回有"顽固得极""清苦得极"。

（52）兄弟俩丢了脸，怎肯干休，正想找寻朋友报复，恰巧在半路上遇见督标百总苏元，素来知道他精通拳脚，最喜欢女色，就乘机向他说道："……前边广场上有个山东卖解女郎，相貌生得如花似玉，声言要比武择婿，谁能胜得他，即以终身相托；但照我们看来，她的本领也平常得极，像你苏大爷去和她比试，管教出手即胜。……"（无名氏《林公案》第39回）

（53）却好对房里老夫妇也早睡醒，忽听媳妇喊了一声："不好了！"那种声音急诧得极。（无名氏《施公案》第371回）

（54）拜林看了这谜，笑谓挹香道："这谜面倒古怪得极。"（俞达《青楼梦》第9回）——另第31回有"容易得极"。

（55）而且嫁了一个小官人，虽说不是甚么王侯公子，然而人却也干净漂亮得极，就是随便同妇道家说句把话，也是怪惹人疼的，所以把那些风月闲情，云雨密约，都看得穿了。（王浚卿《冷眼观》第13回）——另第14回有"佩服得极""清超得极"，第17回有"慷慨得极"，第19回有"调侃得极，新鲜得极"，第21回有"俏皮得极"，第22回有"不通得极"，第27回有"漂亮得极"。

上例"A"是两个双音节形容词，这较为罕见。

（56）高公道："高明得极。不知吃几帖？"（刘鹗《老残游记》第3回）——另第9回有"愚蠢得极"。

（57）合他几位伙计商议，大家倒都赞成的，说："我们听说抚院大人**维新得极**，开了无数的学堂，我们要生意好，总要进省去做。……"（李伯元《文明小史》第34回）——另第34回有2例"文明得极"，第35回有"横行得极""文明得极"。

（58）大照大失所望，聚会了十家兄弟商议道："这缺**偏僻得极**，料想不是好缺，我们赚不到若干银子，这便怎处？"（李伯元《活地狱》第38回）

（59）善卿笑道："倪两家头赛做过俚哚和事老，倒也**好笑得极哉**！"（韩庆邦《海上花列传》第12回）——另第37回有"失敬得极哉"，第51回有"雅致得极"。

（60）他心里**恨得极了**，提起一只脚，照准那只狗狠狠踢去。（梦花馆主《九尾狐》第7回）——另第13回有"糊涂得极了"，第24回有"窘急得极了"。

（61）汤介庵素性俭让，不喜吹拍，也看得**澹泊得极**，与大小官员相见了。（戚饭牛《清代圣人陆稼书演义》第7回）

还有如下的用法：

（62）咸贵道："……兄弟没有知道，**欠贺得极**，**欠贺得极**。……"（陆士谔《十尾龟》第38回）

（63）说着莺娘把玩瓶儿不释手，沉鱼笑道："莺娘姊，**可贺得极**，你今后要新就新，要旧就旧，好算个无往不利，普通社会中的妙人儿了。"（蹉跎子《女界鬼域记》第2回）

"可贺"是形容词，"欠贺"与"可贺"有关系。

也有中心语是动词的，如：

（64）照我看这封信上的话，**闪烁得极**，多半是凶多吉少的样子。（王浚卿《冷眼观》第13回）

上例是"V得极"。

2.4 清代戏曲的"A得极"

（65）妙！妙！妙！**妙得极**！（李渔《风筝误》第9出）——另第14出有"勾得极了"。

（66）近日新闻**多得极**，只消一件也勾奇特。（李渔《比目鱼》第23出）

（67）好，好，诗画皆精，只这称呼就先**好得极了**。（范希哲《鱼篮记》第14出）

（68）**凑巧得极**，正撞着倒运的强遭瘟，恰好也背了十五贯铜钱，同了丫头走路，竟被地方追着，捉到当官，替我打，替我夹，替我坐监铺，替我问斩罪，真正是十足替死鬼！（朱雔《十五贯》第18出）

（69）（丑）人**多得极**，晓得那个是你官人？（方成培《雷峰塔》第25出）

（70）个日进府，我说道，个付面孔，**熟得极**，贴准嘘。（无名氏《三笑姻缘》第32出）

（71）束老爷**欢喜得极**，但有一句说话。（叶时璋《琥珀匙》第10出）——另第12出有"痛得极"。

（72）两日生活**忙得极**，外头屋里无得空。（盛际时《人中龙》第9折）——另第2折有"妙得极"，第9折有"着得极"，第15折有"紧急得极"。

（73）（净）俚看得学生低微得极，还有□□个谦和？（钱德苍《缀白裘》9 集卷 1《鲛绡记·写状》）——另有"幽雅得极"。

（74）（付）个老夏奇得极，两遭来迟。朋友毕竟要有兴，要罚哉。（《缀白裘》9 集卷 2《钗钏记·讲书》）——另《钗钏记·出罪》有"风凉得极"。

（75）（净）阿呀，厌得极。阿走。[《新缀白裘·望湖亭照镜（小工调）》]

2.5 清代及民国其他文献的"A 得极"

弹词也有，如：

（76）只为佳文多得极，将他取中略低些。（清·陈端生《再生缘》第 32 回）——另第 33 回、第 61 回有"忙得极"，第 52 回有"凑巧得极了"。

民国白话小说也有，如：

（77）左宗棠因为吉祥是位宗室，圣眷既隆，人也慊和，很对他客气道："老哥何必如此客气，劳驾得极。"（徐哲身《大清三杰》第 67 回）

（78）苏比道："……她就是普贤菩萨的大弟子，他却不是常到这里来的，这也是我主的洪福齐天，不期而然地遇着他，真是巧得极了。"（徐哲身《汉代宫廷艳史》第 85 回）

（79）后主笑道："朕幼年嬉戏之时，常喜为之，今已多年，未尝练习，生疏得极了。卿能于顷刻之间，创为新声。朕当为卿起舞。"（许慕羲《宋代宫闱史》第 33 回）

（80）但成书以后，我们虽已经佩服得极，他却仍以为未竟其业，依旧继续搜求，于是又有这部《清代燕都梨园史料续编》的辑集。（张次溪《清代燕都梨园史料续编·序》，序言为赵景深所撰）

2.6 清末传教士文献的"A 得极"

清末传教士文献中也有，如：

（81）说子就拿手勒脚拨俚笃看，学生子笃快活却还弗相信希奇得极。（《路加福音》，1860：56）[转引自林素娥（2020b：161）]

（82）第个是稀奇得极。[（英）麦高温《上海方言习惯用语集》（1862）第 48 页]（以下简称《习惯用语集》）

（83）第个物事做来巧得极。（《习惯用语集》第 48 页）

（84）路危险得极。（《习惯用语集》第 49 页）

（85）第个谷粮稇得极，价钱买勿起个。（《习惯用语集》第 106 页）

（86）一干画架子雕刻来细巧得极。（《习惯用语集》第 108 页）

（87）端午节，有划龙船，看个人兴猛得极。（《习惯用语集》第 148 页）

（88）用起来个辰光、拉上火一烧、抹拉煤筒竹管里、就成功柳条炭、省迳得极。[（法）无名氏《松江方言练习课本》（1883）第 XLI（41）课 画馆问答]

（89）此地可以写意点味者，不必客气。——承阁下多情，我已经写意得极者。[（法）无名氏《土话指南》（1908），上海土山湾慈母堂，初版：1889 年，第 3 页]（以下简称《土话》）

（90）一向受阁下照应，我本来意勿过得极。（《土话》第 11 页）

（91）前几年皮货行情**大得极**。（《土话》第 15 页）

（92）大家听见之，**快活得极**。（《土话》第 80 页）

（93）小的听见之，**疑惑得极**就跑归去，看看看。（《土话》第 88 页）

（94）方先生听见之，**诧异得极**。（《土话》"官商吐属"第三十七章）

（95）大司务**动气得极**。［（美）考夫特（Corfoot）和雷文森（Rawinson）《沪语开路》（1915），第 28 页］

（96）开车个辰光一点勿辛苦咾**适意得极**个。［（美）派克（Parker）《上海方言课本》（1923），第 76 页］

（97）心里难过得极。（《上海方言课本》第 136 页）［以上转引自钱乃荣（2014）］

钱乃荣（2014：309）指出："现在城区和郊区都已不用。"

（98）个搭个百姓，听见我伲来之，**全怕得极**。（《圣经史记》第 45 章）

《圣经史记》（苏州土白），上海美华书馆重印，1899 年。存卷三（44-64 章），系对《圣经》的解说。作者不详。（石汝杰等，2005：838）

（99）《朱子语类》云：《丰》卦《象》许多言语，其实只在"日中则昃""月盈则食""天地盈虚""与时消息"数语上，这**盛得极**，常须谨谨保守得日中时候方得。（李光地《御纂周易折中》第 4 部分）

《御纂周易折中》是文言笔记，很特殊。

2.7 明代白话小说的"副词 +A 得极"

（100）狄主**一发欢喜得极**，又抽兵去了。（钟惺《夏商野史》第 21 回）

（101）杖了藜杖，戴了楮冠，**一发相称得极**。（无名氏《七十二朝人物演义》卷 9）

（102）两人如夫妻一般，琴调瑟弄，**好不恩爱得极**。（《别有香》第 15 回）

上面的"一发""好不"是程度副词。后面已有"极"，前面又用程度副词"一发""好不"，这"一发 / 好不……得极"与前面的"一发 / 好不……得紧"一样。

（103）玄修道："……今看了，果妙得极。……**真个是妙得极**。……"（《别有香》第 15 回）

"真个"也是评注性副词，也能加强语气。

2.8 明代戏曲的"副词 +A 得极"

明代戏曲也有类似用法，如：

（104）（丑）**一发恭敬得极**，好个侄儿。（磊道人《撮盒圆》第 10 出）——另第 24 出有"一发明白得极"。

上面的"一发"是程度副词。

（105）（看画介）这美人**真美的极**哩。（孟称舜《娇红记》第 30 出）

上例的"真"是评注性副词。

2.9 清代 / 民国白话小说的"副词 +A 得极"

（106）我看了不觉诧异起来，就对一个年轻的妓女问道："听说你们这里米粮**很贵得极**，哪里还有这许多洋米堆在家？……"（王浚卿《冷眼观》第 18 回）

（107）行了半夜，一日，肚中实在饿得极了，只得宽了一件衣服卖钱吃饭，吃了饭又走。（无名氏《金台全传》第 55 回）

（108）两人用远镜一看，都道："嗳呀，嗳呀！实在危险得极！……"（刘鹗《老残游记》第 1 回）——另第 8 回有"实在快乐得极"。

（109）仲和脱去马褂，躺下说道："……今天又合你约着，没法儿的起了个早，实在困倦得极。"（姬文《市声》第 6 回）

（110）亚白道："……现在觉溺其中，实在乏味得极。"（网蛛生《人海潮》第 11 回）

上面几例的"实在"是评注性副词，也能加强语气，再说后面又有程度补语。两者一前一后，显然也加强了语气。

（111）子青不觉回嗔作喜，连连点首，将手在宝玉肩上一拍，低声说道："我实在错怪了你，真真糊涂得极了。"（《九尾狐》第 13 回）——另第 18 回有"真真感激得极"。

上面 2 例前面还有"真真"。"真真"也是评注性副词。

（112）阿珠答应自去，少停进房回覆道："……十三旦格名字着实红得极格，时常到内廷去做戏，还有王公大老笃叫俚去，格落戏馆里向，一个月不过十日八日，勒浪台浪串串，倪故歇要去寻俚，恐怕论勿定日脚格。"（梦花馆主《九尾狐》第 45 回）

"着实"也是评注性副词。

（113）无奈素兰立意要留我过一天，明日再走，我也恐怕本日来不及，只得又坐下来向他问道："……他回复姓陈的几句言语，讽里带刺，着实偶侃得极。……"（《冷眼观》第 19 回）

"着实"是评注性副词。但"调侃"也是动词，居然放在两个副词的中间。

（114）话说侯五嫂在窗外听得明白，如飞似的跪进房来道：小姐小姐，你若充了孟千金，真正象得极的了。（《再生缘》第 45 回）——第 52 回有"真正是凑巧得极了"。

《现代汉语词典》（2016：1663）收"真正"，义项有二，一是形容词，二是副词："的确；确实。"如"这东西真正好吃"。而"的确""确实"是评注性副词，张谊生（2014：21）收"的确"，为评注性副词。

文学评论也有，如：

（115）其余俱破。曹仁屡战皆不能胜，特此告急。【毛夹批：不是刘备救陶谦，却是吕布救陶谦；亦不是吕布救陶谦，仍是陈宫救陶谦也。】【渔眉批：本是刘备救陶谦，却又弄出吕布救陶谦，越发变幻得极。要晓得不，吕布救陶谦，仍是陈宫救陶谦也。】（《汇评三国志演义》）

民国白话小说也有，如：

（116）又有几个翰林，实在穷得极了，晨间上朝下来，换了衣巾，到街上去测字看相，赚几个钱下来，暂度光阴。（许啸天《明代宫闱史》第 109 回）

2.10 清末传教士文献的"副词 +A 得极"

（117）几年来功劳一眼勿曾立，实在羞愧得极。——那能话呢？（《土话》第 19 页）。

（118）箇是实在当勿起，真正劳驾得极者。（《土话》第 20 页）

（119）箇种人个性子，<u>实在可恶得极</u>。（《土话》第 71 页）［以上转引自钱乃荣（2014）］

（四）A 得势

1. 清代戏曲的"A 得势"

清代戏曲有"A 得势"，如：

（1）（众）啐！<u>好得势</u>，沾呒革光。（沈起凤《文星榜》第 11 出）

（2）（白）我里屋里丫头，<u>婆娘多得势</u>，（唱）勿要无人空处把鬼捣，莺头揿面陪欢笑。查出重究，一下不饶，门拴戒尺，三十之敲。（无名氏《三笑姻缘》第 11 出）

（3）（净）我<u>爱得呒势</u>哉。（《三笑姻缘》第 15 出）

上例的"呒"也是人称代词，是"你"的意思，与后面的"像得他凶"（《燕子笺》第 15 出）一样。

（4）（净）是吓，骨个声音<u>熟得势</u>，时常耳朵管里括进括出，一时头上叫学生落里想得着介。［《水浒记·活捉》（载《兆琪曲谱》）］［转引自邓岩欣（2020：18）］

（5）（丑）挑上山来<u>吃力得势</u>，歇歇再走。（《虎囊弹·山亭》载《缀白裘》3 集 4 卷）［转引自邓岩欣（2020：18）］——《缀白裘·虎囊弹·山门》《缀白裘·绣襦记·乐驿》《缀白裘》12 集 2 卷各有 1 处"多得势"，《缀白裘》10 集 4 卷有 2 处"多得势"。

《文星榜》的作者沈起凤是江苏吴县人。《三笑姻缘》虽然是无名氏，但其语言多具吴语风格，是吴语区作家的可能性最大。

（6）（丑）阿猫，我今朝一走，走到吉利桥头，阿哟哟，看见<u>闹热得势</u>，原来是新开一班大药材店，店主叫许仙。（方成培《雷峰塔》第 12 出）

方成培（1713—1808）是安徽歙县人，那时的歙县可能属于吴语区。

2. 清代白话小说的"A 得势"

（7）又去买了一个瓦罐头，两个刷帚，不与人知，仍回原处，连夜取水化墨，<u>实在吃力得势</u>。（无名氏《金台全传》第 4 回）

（8）蓬壶道："上海浮头浮脑空心大爷<u>多得势</u>，做生意划一难煞。……"（韩邦庆《海上花列传》第 60 回）

（9）兰芬拍手道："……勿瞒耐说，要讨倪转去格人<u>多得势</u>来浪。……"（张春帆《九尾龟》第 9 回）

（10）阿金道："姓胡格末<u>多得势</u>，勿但是倪一家，要问啥人佬？"（梦花馆主《九尾狐》第 49 回）

（11）该两日巡捕房里捉马车，<u>利害得势</u>，俚去碰勒浪，起码要罚五十块洋钱，阿要该死！（二春居士《海天鸿雪记》第 20 回）

（12）（丑）芳姑娘，嗯乃弗要性急，略十六<u>多得势</u>来里，四四十六，二八十六，十五加

一也是十六,七九也是十六。(华广生《白雪遗音》卷4)

上例是清代民歌俗曲。

例(7)前面还有评注性副词"实在",也起加强程度的作用。

3. 清末传教士文献的"A 得势"

清末传教士文献中也有"A 得势",如:

(13)正勒笃疑惑时候有两个人立勒个搭,衣裳有<u>亮光得势</u>。(《路加福音》,1860:24章)[转引自林素娥(2020b:164)]

上例也是苏州方言的传教士文献圣经土白,与清代戏曲、白话小说是一脉相承的。

(五)A 得野 ^①

1. 野 +A

清代白话小说有不少"野","野"也是程度副词,如:

(1)黛玉道:"自然倪要去格。奴倒是看格朋友,面孔亦黄亦瘦,像煞烟量<u>野大</u>笃。"(清·梦花馆主《九尾狐》第3回)

(2)宝玉点着头,也不再问,仍回到士诚身旁,说道:"格位史大少倒好白相格,人倒<u>野老实</u>笃。"(《九尾狐》第31回)

(3)阿金未及回答,阿珠先说道:"我看格格人像煞面孔<u>野熟</u>笃,搭仔留春园里格汪桂芬差勿多,勿知阿就是俚?……"(《九尾狐》第49回)

(4)正在犯想之际,忽见阿金手里拿着一张小照,走进房来,说道:"大先生,格日子勒耀华拍格照,今朝我去拿仔来哉。到蛮像煞一个男,<u>野好看</u>笃。……"(《九尾狐》第50回)

(5)阿珠一头听,一头想,心思却与阿金相同,但也不论好,也不论坏,单说道:"大先生格梦,浅末像煞<u>野浅</u>,其实好坏倒定勿出笃。……"(《九尾狐》第53回)

(6)宝玉笑道:"……不过奴听念,像煞<u>野顺流</u>笃,蛮好听格。"(《九尾狐》第54回)

上面几例的"野"显然是程度副词,修饰形容词,表示程度的深,义为"很"。

还有"野野 A",更特殊,如:

(7)秀林道:"干娘要另租房子,倒蛮巧一件事体,倪阿姆有个结拜姊妹,也是开堂子格,前节搬到三马路,就勒倪原底子间壁,故歇因为生意勿哪哼,格落八月半前,亦要调头到四马路西尚仁里去哉,格注房子空下来,干娘就去租仔,阿是<u>野野巧</u>介?"(《九尾狐》第50回)

但总体上看,作为程度副词的"野",一是使用频率不高,二是分布范围狭窄,三是出现得迟。

---

① 本节受陈源源等(2010)启发,特此感谢。

2. 传教士文献的"A 得 / 来野"

西方传教士文献有"A 得 / 来野","来"也是助词,"野"是"非常"的意思。如:

（8）黄浦里<u>险得野</u>。

（9）天<u>高来野</u>拉。（艾约瑟《上海口语语法》,1868/2011：97）

（10）勿敢响喊,所以声气<u>小来野</u>。（土山湾慈母堂《土话指南》,1908：4）

（11）个块地皮<u>大来野</u>。（土山湾慈母堂《土话指南》,1908：9）

（12）蛋勿要像昨日能<u>硬来野</u>,越嫩越好。（土山湾慈母堂《土话指南》,1908：105）

也有写作"A 来野大","野大"是"很大"的意思,如:

（13）海<u>大来野大</u>。（麦高温《上海方言习惯用语集》,1862：49）

（14）第只堂<u>高来野大</u>。（无名氏《松江方言练习课本》,1883：16）——麦高温《上海方言习惯用语集》（1862：49）也有 1 处"高来野大"。

3. 清末白话小说的"A 得野"

清末白话小说中"野"更多的是放在"形容词 + 得"后面构成"A 得野",如:

（15）小村冷笑道："清倌人只许吃酒勿许吵,倒<u>凶得野</u>哝！"（韩庆邦《海上花列传》第 2 回）

（16）黄二姐也笑道："……我老实搭罗老爷说仔罢:俚做大生意下来,也有五年光景哉,通共就做仔三户客人,一户末,来里上海,还有两户,一年上海不过来两埭,清爽是<u>清爽得野</u>哝。……"（《海上花列传》第 7 回）——同回另有"要好得野"。

（17）罗子富送客回来,说道："李漱芳搭俚倒<u>要好得野</u>哝！"（《海上花列传》第 7 回）

（18）罗子富道："耐胆倒<u>大得野</u>哝！拨来沈小红晓得仔末,也好哉。"（《海上花列传》第 9 回）——另第 27 回、第 57 回各有 1 处"大得野哝"。

（19）洪善卿笑道："到仔黄梅天倒好哉,为仔青梅子比黄梅子<u>酸得野</u>哝！"（《海上花列传》第 12 回）

（20）实夫大笑道："……耐勿晓得,俚名气倒<u>响得野</u>哝,手里也有两万洋钱,推板点客人还来哝拍俚马屁哉！"（《海上花列传》第 15 回）

（21）实夫仍洋嘻嘻笑着说道："耐个家主公倒<u>出色得野</u>哝！……"（《海上花列传》第 21 回）——另第 23 回还有 1 处"出色得野哝"。

（22）翠凤道："倪无姆个心思<u>重得野</u>哝,耐倒要当心点。……"（《海上花列传》第 22 回）

（23）翠凤鼻子里哼了一声,答道："耐看末哉,一个人做仔老鸨,俚个心定归<u>狠得野</u>哝！……"（《海上花列传》第 44 回）

（24）小云道："明朝是一笠园中秋大会,<u>闹热得野</u>哝[①]！我末去吃酒;耐要白相,早点

[①] 陈源源等（2010：204）只是"热得野"为黑体字,误,其实应该是"闹热得野","闹热"是"热闹"义。

舒齐好仔，局票一到末就来。"（《海上花列传》第 48 回）

（25）翠凤道："……诸三姐比仔倪无姆<u>好得野</u>哚，就不过打仔两顿。……（《海上花列传》第 49 回）

（26）痴鸳悄向仲英耳边说道："耐看俚年纪末轻，<u>坏得野</u>哚！……"（《海上花列传》第 53 回）

（27）淑人又低头蹙额了一会，道："难倒有点间架来浪。双玉个性子<u>僵得野</u>哚，到仔该搭来就算计要赎身，一径搭我说，再要讨仔个人末，俚定归要吃生鸦片烟哚。"（《海上花列传》第 54 回）

（28）二宝又敬两杯酒，说道："再有句笑话告诉耐，倪关帝庙间壁有个王瞎子，说是算命<u>准得野</u>哚！……"（《海上花列传》第 55 回）

（29）黄二姐喊人泡茶，从容说道："……我有多花闲话来里，拜托耐去说拨罗老爷听，先起头翠凤来里做讨人，生意<u>闹猛得野</u>哚；为仔倪搭开消大，一径无拨多洋钱。……"（《海上花列传》第 59 回）——另同回有"<u>噜苏得野</u>哚"。

（30）文君生性喜动，赶紧脱下外罩衣服，自去园中各处游玩多时，回来向亚白道："齐大人去仔就<u>推扳得野</u>哚！……"（《海上花列传》第 61 回）

"野"后面都有一语气词"哚"。

其他白话小说也有，如：

（31）小宝拭泪，向秋谷说道："……看看别家格倌人面孔生得怕煞，生意倒<u>好得野</u>哚，碰和吃酒闹忙得来，格当中啥格道理，倪也解说勿出。……"（张春帆《九尾龟》第 16 回）

（32）秋谷的话还没有说完，早见陆丽娟瞅了秋谷一眼道："唔笃勿要听俚格瞎三话四，俚笃姨太太<u>凶得野</u>笃。"（《九尾龟》第 100 回）

（33）说着又屈着指头算了一算道："……要借洋钿，要末到中尚仁萧三大搭去借，不过利钿<u>重得野</u>笃。"（《九尾龟》第 164 回）

例（31）"野"后用语气词"哚"，例（32）和例（33）"野"后用语气词"笃"。

（34）宝玉摇摇手，低言道："……奴本想数说俚两句，后来一转念头，因为俚格人，勿比大少直爽，<u>暗刁得野</u>笃，奴搭俚结仔毒，说故歇吵吵闹闹，弄得鸭屎臭煞，只怕俚将来阴损奴，叫奴哪哼防备嗄？……"（梦花馆主《九尾狐》第 13 回）

（35）宝玉道："……亏得奴勒上海格辰光，听见郭大少讲歇，说起两位大少，人末叫好得来，随便啥格事体，总<u>热心得野</u>笃，格落奉屈两位到此地。……"（《九尾狐》第 18 回）

（36）旁边阿珠插嘴道："……我看见仔俚，像煞<u>面熟得野</u>笃。"（《九尾狐》第 20 回）

（37）芸帆正要回答，月舫坐在芸帆背后插嘴道："……奴是勿标致格，真真像格乡下人，<u>粗蠢得野</u>笃，落里及得来昭容阿姊嗄？……"（《九尾狐》第 25 回）

（38）阿金道："晓得晓得，夜头八点钟开场，到十一点半钟完结，做得蛮长格。不过坐马车也<u>吃力得野</u>笃，到仔龙华，还要到虹口，只怕坐勿动格哩，病后当心点格好，阿要

过脱一日再去看罢？"(《九尾狐》第 36 回）

（39）阿金道："……况且俚从前搭要好得野笃，一定也要想法子来会格。……"（《九尾狐》第 47 回）

（40）宝玉话还未毕，阿金忽插嘴道："大先生，阿记得前头倪到北京去，倪勒轮船浪碰着俚格辰光，看俚蹩脚得野笃，阿壳张故歇回仔上海，就实梗时毫起来哉，也是俚格运气，啥真真学得好格佬？"（《九尾狐》第 53 回）

《九尾狐》"野"后全用的是"笃"。这与《九尾狐》是仿《九尾龟》写成的有关。

从上可见，"A 得野"早在《海上花列传》［光绪二十年（1894）出单行本］前就已经在吴语运用了，如艾约瑟《上海口语语法》（1868/2011）。

陆基等合编的《苏州注音符号》［商务印书馆（上海）1931 年版］也有，如：

（41）姆姆，娘姨笨末笨，凶是凶得野哚。

以上说明，苏州方言在 20 世纪 30 年代仍有"A 得野"。

4. V 得野

也有用于"动词短语＋得＋野"结构，也表示程度高。如：

（42）复睇着张小村，把嘴披下来道："耐相好末勿攀，说倒会说得野哚！"（《海上花列传》第 1 回）

（43）桂生复慢慢说道："倪勿然也勿好说，二少爷个人倒划一无淘成得野哚，原要耐二奶奶管管俚末好哩。……"（《海上花列传》第 57 回）

但动词要有条件，如"说"前面就不能加程度副词，但"会说"前面能加程度副词，如"很会说"，即这里的"很"其实不是修饰"说"，而是修饰"会说"这个状中短语。"淘成"也是，程度副词不能加在"淘成"前面，但可以加在"有淘成""无淘成"前面。作为程度副词的"野"虽然后置，但可以前置，如"野会说""野无淘成"，即"很会说""很无淘成"。

（六）A 得猛

1. A 得猛

圣经台州土白的"A 得猛"，如：

（1）聚会堂里人听着个句说话，都气得猛。（《路加福音》4：28；6：11）

（2）因为在天上许个报应大得猛。（《路加福音》6：23）

（3）耶稣难过得猛，格外求求。（《路加福音》22：44）

（4）因为渠有癫病，吃苦得猛。（《马太福音》17：15）

（5）拨众人奇怪得猛，就称赞上帝。（《马可福音》2：12）

（6）有一个财主，渠田地个年成好得猛。（《路加福音》12：16）

（7）个说话难得猛。（《约翰福音》6：60）［转引自阮咏梅（2019：239-241）］

2. V 得猛

《圣经》台州土白也有"V 得猛"，如：

（8）地也**动得猛**，从人在世以来，呒有铁〞大地动。（《启示录》16：18）——（《路加福音》（21：11）也有 1 处"动得猛"。

（9）戈大拉四圈百姓都求耶稣离开渠许；因为**吓得猛**。（《路加福音》8：37）〔转引自阮咏梅（2019：239–241）〕

《圣经》台州土白中的"X 得猛"是新生的，也许受"A 得紧""A 得极"与"A 得很"的影响，根据《圣经》台州土白中有"A 猛""V 猛"，因"同类引申"而衍生了"A 得猛""V 得猛"。

（七）A 得凶 / 恶

1. 明清白话文献的"A 得凶"

（1）这早晚了，还不见女学生进馆，却也**娇养的凶**。（明·汤显祖《牡丹亭·闺塾》）

（2）我想场中做文字时，心上**慌得凶**，不知写哪一套嫖经哪一宗酒帐？（明·阮大铖《燕子笺》第 15 出）

（3）**肮脏的凶**，这里不是我状元走的路道。（《燕子笺》第 38 出）

（4）细细问他梅香，说道日前因为裱轴观音像供养，错讨了一轴春容画来。①了那画上女娘**像得他凶**！（《燕子笺》第 15 出）

上例中间有"他"，很特殊。

（5）廉魂**饿得凶**，将半钵酸饭吞完，狱卒犹未说了。（清·汪寄《海国春秋》第 33 回）

汪寄为安徽徽州人，与现在的祁德片方言德兴话有联系。德兴虽然属于江西，但方言属于徽语。

还有"V 得凶"，如：

（6）怎生狗这样**叫得凶**？（《燕子笺》第 38 出）

（7）（净）我家小姐的相思，比你家公子还**害得凶**哩！（李渔《风筝误》第 12 出）

上 2 例的"叫""害"是动词，后面的"凶"不是程度副词，而是形容词。这说明上 2 例的"凶"还未语法化为副词。

清末传教士文献中也有"A 得凶"，如：

（8）这耗子真**闹的凶**，吵的睡不着觉，东西也咬了个稀烂。这可怎么好？（北京官话《官话指南》第 1 卷第 43 课）

（9）这老鼠真**闹得凶**，吵得困不着醒，东西也咬了个稀烂。这要怎么好？（九江书会《官话指南》第 1 卷第 43 课）

（10）箇只老鼠，**闹来交关**，吵来夜里瞓勿起，物事咬来坏完。难味那能呢？（沪语

---

① 原文如此。我们以为断句有误，去掉这里的句号，在后面的"了"后标上逗号，即"……来了，那画上……"。

版《土话指南》第1卷第43课）

（11）啲老鼠**真正交关**嘞，嘈得你喊瞓唔着觉，乜野都被佢咬烂嘅。噉点算好呢？（粤语版《粤音指南》第1卷第43课）

例（8）、例（9）是官话，用"A的/得凶"，前面的"真"是评注性副词，加强程度的深。例（10）是吴语，用"A来交关"，"来"即"得"，"交关"也是程度副词，2例官话中的"凶"也可认为是形容词，但考虑到吴语"交关"是程度副词，"凶"也有虚化的可能。例（11）是粤语，"嘞"，《汉语大字典》（第2版）有收，音"la"："方言。语气词。表示确定或祈使语气。"如：

（12）你们好执便野**嘞**，就有人客来**嘞**。（清·新广东武生《黄萧养回头》）

《中华字海》也收"嘞"，义项有二，其一是："语气词，相当于'了'。"其二是："用在祈使句里表示命令、请求。"并说"二义均见于《广州话方言词典》"。但看例（11）中的"啲老鼠真正交关嘞"，如果"嘞"是语气词，那么，"真正"对应官话中的"真"，"交关"与吴语一样是程度副词，对应官话中的"凶"，那么，官话句中的谓词性词语"闹"，粤语无从着落。

2. 方言的"A 得凶 / 恶"

2.1 徽语的"A 得凶 / 恶"

安徽祁德片方言德兴话有"形 + 补语"（"得恶""得凶"），如：甜得恶、咸得恶、辣得恶、甜得凶、咸得凶、辣得凶，表示出"非常""极其"的意思。（孟庆惠，2005：272）

胡松柏等（2020：831）指出，普通话中一般用程度副词"太"加上形容词表示过量，如"太多""太少""太长""太短"等。赣东北徽语部分方言点则常用"很""凶"等词置于形容词之后的补语位置上表示。

普通话说"价钱太贵了"，旧城话说成：

（12）价钱**太贵很**哩。

普通话说"这条毛巾太脏了"，旧城话说成：

（13）勒条手巾**肮脏很**哩。

许村话说成：

（14）伊条手巾**邋遢得很**。

暖水话说成：

（15）伊条面巾**污糟得凶**。

胡松柏等（2020：609）指出，普通话说"非常热"，新营话说成"热得凶/傲"。普通话说"很热"，暖水话说成"热得凶"。

上面所提到的暖水话、新营话都属于德兴方言。最有类型学价值的是，新营话不但有"A 得凶"，还可说成"A 得傲"，这是其他方言未见的。

胡松柏等（2020：831）把这种语法现象称为"过量状语"。

关于"A 得恶"，曹志耘（2008：22）只有湖南新田、嘉禾，广西融水 3 个点，未提德兴方言。"A 得凶""A 得傲"为曹志耘（2008：22）所无。

阮大铖是安徽怀宁人，一说为桐城人，不知是否与现在的祁德片方言德兴话有联系。

2.2 赣语的"A 得恶"

江西湖口方言也有"A 得恶"，多用于流芳片，只表示程度很深，只能充当组合性补语，动词只能是心理动词，而所修饰的形容词没有限制，如"长得恶""轻得恶""暖得恶"。（陈凌，2019：405）

湖口方言的"A 得恶"也为曹志耘（2008：22）所无。

2.3 江淮官话的"A 得恶"

江苏盐城方言有"A（得）凶哩"，"凶"是程度副词，表示"十分、相当、很"的意义，如：好（得）凶哩、香（得）凶哩、难吃（得）凶哩。以上"A"是形容词，可用"得"，也可不用，义同。修饰动词、动词短语时，常加"得"，如：高兴得凶哩、紧张得凶哩、跑得快得凶哩。从语用角度看，"凶"相比普通话"十分、相当"突出了说话者的主观感情，语气更强，语气词"哩"又增加了说话者肯定的态度。（朱睿，2014：99）

（八）"A+ 得 + 程度副词"方言分布

"A 得紧"或"A 得极"的作者多为吴语区的作家。

江苏戏曲作家：明代的张大复为昆山人，吴炳为宜兴人，沈自晋为吴江人，薛旦为苏州人。清代的李玉、叶时璋、钱德苍为苏州人，朱㿥、盛际时、沈起凤为吴县人，吴伟业为太仓人，邱园为常熟人。

浙江戏曲作家：明代的姚子翼为嘉兴人，杨之炯为余姚人，谢国、孟称舜为绍兴人，傅一臣为杭州人，郑国轩为浙江人（具体市县不详）。清代的李渔为兰溪人，范希哲为杭州人。

江苏小说作家：明代的金木散人，吴姓，为苏州人，袁于令也是苏州人。清代的沈三白（沈复）、俞达、唐芸洲均为苏州人，李伯元（李伯元）为常州人。

浙江小说作家：明代的凌濛初为湖州吴兴人，陆人龙、杨尔曾、西湖渔隐主人均为杭州人。清代的钱彩为杭州人。

上海小说作家：清代的张南庄为上海人，韩邦庆为松江人，陆士谔为青浦人。

《海上尘天影》的作者梁溪司香旧尉，实为邹弢，江苏无锡人。《人海潮》的作者网蛛生，实为平襟亚，江苏常熟人。黄治为安徽太平（今当涂）人，一说浙江台州人，就算是当涂人，其方言也属吴语。

弹词作家陈端生为杭州人。

民国小说作家：吴梅为江苏长洲（今苏州）人，徐哲身为浙江嵊州人，许啸天为浙江上虞人。

还有众多的上海传教士，（美）睦礼逊的《汇解》，都在吴语区传教。

一些无名氏据作品语言风格看也是吴语区人，如《出师表》《三笑姻缘》等。

还有一些作者用号等，有的可能也是吴语区人，或在吴语区生活过不少时间。《闹花丛》的作者为姑苏痴情士，看其署名中有"姑苏"，可能是苏州人。《醉醒石》的作者"东鲁古狂生"，其人真实姓名不详，当为山东人。据戴不凡《小说闻见录》考证，书中有江南方言，有些故事亦以江南为背景，作者可能在江南生活过。《豆棚闲话》的作者艾衲居士有学者称他可能是杭州人，饱读诗书，才华横溢，却科举不利；他的诗文戏曲作品为人传颂，写小说也颇在行。《平山冷燕》是清代荻岸山人编次的长篇小说，清盛百二《柚堂续笔谈》认为是嘉兴张博山所作。《玉支矶》的作者烟水散人，有人考证为浙江嘉兴人徐震的别号，"古吴烟水散人""鸳湖烟水散人""檇李烟水散人""南湖烟水散人"为同一人。《万花楼演义》的作者西湖居士，实为李雨堂，可能为杭州人。《市声》是晚清仅有的一部以工商界生活为题材的小说。它以上海商界为中心，反映了晚清商界在纺织、茶业等方面受外资侵入而日渐萧条的情景，以及若干有志之士欲振兴民族工业的豪举。作者很有可能是吴语区人。刘鹗为江苏丹徒人，丹徒既有吴语，又有江淮官话，是两个方言的交融地带，但在清代可能是吴语的影响更大。梦花主人的真实姓名为江荫香，其生平事迹、乡籍里贯均不详，但小说描写了清末上海滩名妓胡宝玉风流浪荡、卖笑追欢的烟花生涯，作者很有可能也是吴语区人。

尤其是明清之际苏州派戏曲作家的代表人物李玉运用"A得紧""A得极"的例句最多。

其他类型的"A+得+程度副词"，除"A得凶/恶"外，几乎全属于吴语。可见，明清白话文献的"A+得+程度副词"多为吴语用法。

（九）现代吴语的"A+得+程度副词"

"紧"作后置状语在普通话中已消亡，但在方言中还存在，如在形容词之后加"得紧"构成"A得紧"，相当于普通话的"A得很"。据曹志耘等（2016：598），这种用法在浙江金华方言中仅见于浦江话，如"香得紧、暖得紧、大得紧"等。显然，浦江方言的"A得紧"与近代汉语的"A得紧"是一脉相承的。可见，近代汉语的一些语法现象，在普通话中消失了，但或多或少在一些方言中还顽强地生存着。

刘丹青（2017：75）说"程度补语"："纯粹表示程度的补语，特别是由副词如'很、极'等充当的程度补语，基本上是状语性的。由于补语位置的焦点性，程度补语往往比谓词前的程度状语有更强的强调作用，比较'很好'和'好得很'。普通话的程度补语实际上缺乏统一的句法属性，'极'不能带'得'，实际上等同动结式。'很'必须带'得'，实际上等同状态补语（有些方言如苏州话老派'极'前也带'得'，则'极'也等同状态补语）。"

但可惜的是，苏州方言的"A得极"只见于老派，说明随着老一辈人逐渐退出历史舞台，苏州方言的"A得极"也将退出历史舞台。

1. A得紧

1.1 吴语的"A得紧"

"A得紧"在近代汉语使用频率较高。宁波方言在19世纪中后期仍有"A得紧",现在已消失。"紧"作补语在普通话中也经消亡。

据曹志耘（2008：22），浙江浦江、义乌、分水旧、淳安、遂昌方言的"A得紧"，与近代汉语的"A得紧"一脉相承。但据曹志耘等（2016：598），"A得紧"在浙江金华方言中仅见于浦江话，如"香得紧、暖得紧、大得紧"等。

浦江方言的例子如：

（1）变做一个，慌＝得风景顶好，<u>好得紧</u>个堂头生啊。

（2）粥＝儿＝一直到岩头吉＝个，吉＝个水晶园区啊，是<u>便得紧</u>啊。（黄晓东，2019a：127，129）

（3）张姨：袋＝儿我嘚增＝屋前屋后个，<u>净洁得紧</u>哇，将洁嗒嗒。……（黄晓东，2019a：148–149）

例（1）、例（2）的发音人是"方言老男"应平，例（3）的发音人张姨是"方言老女"张灵仙。但未见"方言青男"与"方言青女"有"A得紧"用法。可能也预示着浦江方言的"A得紧"将逐渐退出历史舞台。

"A得紧"在浙江除曹志耘（2008：22）所提到的5个点外，衢州方言也有，如：

（4）我是土生土长个衢州人啦，生嘞衢州天皇巷里细天皇巷一号，屋里姊妹勒七个，三男四女，当时屋里头嘞条件是交关差个，只有我老子一个人工作，哥哥嘞同大姊嘞州总管嘞拨＝以后么，也无啥里读书，小学有得读<u>好得紧</u>啦，毕业以后么就在外地当当细工，拨＝个时候寻行当就是非常难个，无地方寻行当个，做做细工，维持一家人个生活。

（5）要四十斤糯米，再呗一领一领篾席，两边晒满晒高＝，再呗晒出去收归来，起码要晒半个月啦，<u>烦得紧烦得紧</u>！（王洪钟，2019：126，136）

上例是"A得紧"的<u>重叠</u>。

徐越（2017：14）也说到衢州方言说"凉得紧"，就是普通话"冷得很"，"紧"具有"很"义。又承蒙衢州人吴巧玲同学告知，衢州城郊方言（和市区差别不太大）也有"热得紧"等。

衢州方言还有"鲜味紧个"的说法（王洪钟，2019：163），是"很鲜美"的意思（王洪钟，2019：169），比较特殊。衢州方言甚至有"燥勒紧_{无钞票}"的说法（王洪钟，2019：188），"燥勒紧"似乎已经词汇化了。

1.2 其他方言的"A得紧"

浙江淳安方言也有"A得紧"。普通话"今天热得很/今天热极了"，淳安方言说成"今奶热得紧"。（曹志耘，2017：294）

淳安方言属徽语，徽语似乎未见"A得紧"，淳安方言有"热得紧"是否为方言接触，有待进一步考察。

湖南的道县梅花土话也有"A得紧"，如：

（6）<u>香得紧</u>，是没是（个）_{香得很，是不是啊}？

（7）□[tɤ⁵¹]事<u>多得紧</u>，连食饭都没法罢嘞_{他事太多了，连饭都没法儿吃}。（沈明等，2019：194）

沈明等（2019：194）认为"A得紧""表示程度，用于动结式"。

湖南道县梅花土话中的"A得紧"与曹志耘（2008：22）所提及的道县方言是一致的。但谢奇勇（2016）是湖南道县祥霖铺土话研究，在"中补结构"中说到"管得紧"，这"管"是动词，不是"A得紧"。另有"□[nai¹³]得很_{好得很}"，用"A得很"。（谢奇勇，2016：211）

1.3 北京大学语料库（CCL）的"A得紧"

搜索北京大学语料库（CCL）现代汉语，我们发现有一些"A得紧"。我们以"得紧"为关键词，共搜索到301处，其中"紧"多为形容词，计187例，"紧"为程度副词的共115例（其中1例内容重复，1例有2处）。民国时期的俞平伯《戒坛琐记》、张爱玲《连环套》、苏青《小天使》都有。金庸的作品最多，有96例，其中《倚天屠龙记》有19例，《天龙八部》有49例，《神雕侠侣》有25例，《雪山飞狐》有3例。这些作家有吴语背景，与明清白话文献是相通的。当然其他方言背景的作品也有，但比例很小。更重要的是，有"委实凶恶得紧"（金庸《天龙八部》）、"实是仰慕得紧"（金庸《天龙八部》）、"委实仰慕得紧"（金庸《天龙八部》）、"实在浅薄得紧"（金庸《天龙八部》）、"更是钦佩得紧"（金庸《天龙八部》）、"实是可怜得紧"（金庸《天龙八部》）、"当真胡闹得紧"（金庸《神雕侠侣》）、"当真豪爽得紧"（金庸《神雕侠侣》）、"真神气得紧"（金庸《神雕侠侣》）等例子。

阮智富等（2000：1913）收"紧"，义项十是："很，甚。"如：

（8）隐隐的笙歌似乎从天外飘来，那是太液池的尽头，在那里，仿佛成千上万的人不知为什么正<u>热闹得紧</u>。（曹禺《王昭君》）

2. A得极

曹志耘（2008：22）以"热得很"为调查对象，发现说"热得极"的方言有：浙江长兴、海南琼海、万宁。但赵翠阳等（2019）未见"A得极"的报道。我们又问湖州籍的学生，也说未听到有"A得极"的说法。

此外，江苏苏州老派也说"热得极"。（刘丹青，2017a：75）承蒙史濛辉博士告知，苏州老年人是说"热得极"的。

3. A得猛

3.1 吴语的"A得猛"

据曹志耘（2008：22），"热得猛"的说法有浙江诸暨、宁海、临海。临海方言的例子如：

（9）个（葛）<u>热闹得猛</u>，汗轧出来沃_{这里热闹得很，汗挤出来了}。（蔡勇飞，2015：139）

（10）<u>好得猛</u>_{好得很}。（徐越，2017：220）

（11）逃起来<u>快得猛</u>_{跑得非常快}。（卢笑予，2016：197）

公众号"浙江乡音"的"跟我说方言"栏目 2020 年 12 月 1 日有篇文章《浙江临海方言介绍》，其中有"有一种厉害<u>杀甲得猛</u>"。"杀甲"就是"厉害"的意思。

台州其他方言也有。许宝华等（2020：4921）收"猛"字，义项二十一是："＜副＞很；非常。吴语。"方言点有浙江温岭：香得猛，对勿（意思是：香得很，是不是？）。这也说明温岭方言有"<u>A 得猛</u>"。

天台方言有"A 得猛"，但肖萍等（2019）把"得"写作"勒"，有时写作"了"。"好勒猛"有 5 处，"大勒猛""小气勒猛""好了猛""奇怪勒猛""闹热勒猛""高兴勒猛"各有 2 处，如：

（12）咋讲讲呐，远相呐，搭谷＂个济公个帽头样，恰里转呐，对哦，济公呐是天台个造佛技术<u>高超了猛</u>，谷＂面相去呐是笑个，解＂面相去亦是拉叫个，谷＂讴做半笑半哭，对哦？

（13）老底个时候，天台个山啊水都<u>美勒猛</u>，曾经有段时间呐，对哦？

（14）渠个玻璃雕刻，<u>好相勒猛</u>，而且国务院啊，哪样省政府啊都在用渠个东西，我等谷＂个木雕也是蛮好咯。

（15）渠<u>内行勒猛</u>。

（16）恰再呐有条件个人呐，到半个月月勒，来望半月，还<u>客气勒猛</u>。（肖萍等，2019：125–231）

"得"写作"勒""了"是语音的弱化。

金华方言也有。曹志耘（1996：172）指出，在有些被修饰词语与"猛"之间可加进"得"，如：

（17）今日儿天公<u>热得猛</u>，弗要走出去。

承蒙笔者表弟黄奇勇告知，仙居方言也有，如"热得猛""好得猛""好吃得猛"等。

我们询问了公众号"三门湾乡音"的作者王怀军先生，他回答说：三门方言也有"热得猛"等。

承蒙宁海人陈一兵先生告知，其家乡宁海方言"A 得猛"很常用，如"热得猛""坏得猛""坏吃得猛"等。

承蒙笔者所在学校陈言序老师告知，宁波象山石浦、鹤浦也有"热得猛"等。如：

（18）上海蛋糕<u>好得猛</u>来，一开门，统统卖完。

（19）早嘎乌贼包，<u>好吃得猛</u>，现在么没了。

宁海、象山现在属宁波市，但宁海历史上属台州，石浦、鹤浦地处象山南部，与三门只隔了三门湾。

至于曹志耘（2008）说诸暨方言有"A 得猛"的问题，我们询问过诸暨枫桥人魏业群同学，承她告知，诸暨的枫桥没有"A 得猛"，山下湖、城西的大塘、五泄也没有。诸暨说"A 得猛"的范围估计较狭窄。

3.2 "A 得猛"与"A 猛"的语义

阮咏梅（2019：240）指出，《圣经》台州土白中的"A 得猛"与"A 猛"可以互相代替，如"因为渠有癫病，吃苦得猛"，"我箇因被鬼附得苦猛"，两句的形容词都是"苦"，一句用"苦得猛"①，一句则用"苦猛"，两句语境和意义相当。但根据不同版本的译本可以看出，两者有时候在语义上有轻重，"A 得猛"程度比"A 猛"高，"A 猛"对应的译句一般无须前加程度副词而只用光杆动词或形容词即可，如"渠许就吓猛"，1880 年版的"吓猛"对应的是 1897 年版的"怕惧"（"渠许就怕惧"），而"A 得猛"则常常用台州土白中相当于最高级的程度副词"顶 A"来对译，如"戈大拉四圈百姓都求耶稣离开渠许；因为吓得猛"，1880 年版的"吓得猛"对应的是 1897 年版的"顶怕惧"（"戈大拉四方百姓都求耶稣离开渠许；因为顶怕惧"）。如"拨众人奇怪得猛，就称赞上帝"，1880 年版的"奇怪得猛"对应的是 1897 年版的"顶奇怪"（"拨众人顶奇怪，就归荣华拨上帝"）。如"有一个财主，渠田地箇年成好得猛"，1880 年版的"好得猛"对应的是 1897 年版的"顶好"（"有一个财主，渠田地箇年成顶好"）。如"有些所在地动得猛"，1880 年版的"地动得猛"对应的是 1897 年版的"顶大地动"（"各处有顶大地动"）。如"箇说话难得猛"，1880 年版的"难得猛"对应的是 1897 年版的"顶难"（"箇说话顶难"）。

4. A 得势 / 死

现代吴语未见有"A 得势"。史濛辉博士告知我们，其怀疑"A 得势"可能是苏州现在所说的"A 得死"。但不确定，因为从读音上看，"势"和"死"不同音。现在苏州方言表示程度深基本都用"A 得死"（同音词）。上面所举清代戏曲的"A 得势"，现在苏州方言全都能替换成"A 得死"（＝同音）。又承蒙石汝杰教授告知，现在苏州大概乡下还有用的，城区早就听不到了。在石先生小时候还有人说"A 得势"。

清代苏州等方言的"A 得势"很可能与现在苏州方言的"A 得死"有继承关系。不过，这需要进一步考察。

5. A 得 / 来野

承蒙苏州人史濛辉博士告知，苏州方言现在几乎不用了，但在他的印象中，郊区的老人可能还会用"A 得野"。又承蒙石汝杰教授告知，现在苏州大概乡下还有用的，城区早就听不到了。在石先生小时候还有人说"A 得野"。

上海松江方言现有"大来野介""丘来野完""伊特吴侬好来野哠"。

关于"来"与"得"的关系，艾约瑟的《上海方言口语语法》（1868/2011）曾提及过。钱乃荣（2014：9）评价说："艾氏这种语言发展观使他在观察语言现象时经常注意其变化的两可现象，记录并了解它们的转变情况，留下的这些资料十分珍贵。如在语法方面，他说到上海话补语标记的'得'当量正从'来'向'得'始改变，如'写来好看—写得好看'。他说：'受过教育的人常避免使用"来"，而常用"得"来代替，但在稍低的阶层中用"来"却极为普遍。'现今，上海郊区还多用'来'，城区用'得'或'得来'。"

钱乃荣（2014：152）指出，"来、得来、得"是上海方言引介动词后的补语的前置词。

---

① 原文如此。其实此例前者是"吃苦得猛"，与后者的"苦猛"并非完全对应。

"来"是土层介词，后受北方方言"得"的影响而变为"得"，也有用过渡形的叠加"得来"。

钱乃荣（2003a：205）指出，后置的程度副词举有"野""野大"等，"野"可能是"邪"声母失落的又读。20世纪30年代已不用，改用"邪气"。现在有些郊区还在用"野"。

《汇解》收有"野气"。如"胆子大野气"。前面有"胆子大"。（48）"胆子大°野°气"，有注释："野气：程度副词，置于形容词后。胆子很大。"（第361页）"性情野°气。"（第493页）

但现在宁波方言"野气"只是形容词。朱彰年等（1996：350–351）收"野气"："<形>不正规；不严肃；粗制滥造。"如"该人做事情交关野气""其写咯文章交关野气，漏洞百出咯"。也说"野对""野气勃出"。汤珍珠等（1997：71）也收"野气"："不正规；不合套路。"如"该野果子阿里摘来啦？介野气东西啥好吃啥？""渠做出来事体交关野气，侬依路搭渠尴。屙屁眼收拾残局也来勿及。"

石汝杰等（2005：705）收"野气"："<形>神气；威风。"如：

（20）（生）你要知我的姓名还早。（副净）阿唷，好野气宄！（生）[折桂令]这不是步砖金马门中，怎教俺、小小排衙，把姓氏供？（清·沈起凤《才人福》第16出）

沈起凤是江苏吴县人。"野气"可能是个吴语词。

许宝华等（2020：4773）未收"野气"。但收"野"，义项有十一，其一是："<副>很；非常。"方言一是吴语，方言点一是上海。"野"放在中心语前面，如：

（21）饭瓜南瓜种得野大。

（22）就大奶奶长大奶奶短格马屁拍得野足哚。（《海上新繁华梦》初集第5回）

方言点二是江苏苏州。"野"放在中心语后面。例句分别是《海上花列传》第2回、《九尾龟》第100回。

方言二是闽语，如：福建厦门：野好、野悬蛮高；福建福州：伊拍腹寒他患疟疾，蜀身抖喽野厉害全身抖得很厉害；福建福清、永春：桂花野芳香；还有台湾。

从上可见，"野"作为程度副词，吴语的上海与闽语的福建一些方言又有区别，即闽语未见用于"A得野"。

许宝华等（2020：4774）收"野完"："<副>很。"方言是吴语：上海松江，如：丘来野完坏得很。"来"即"得"。

"丘来野完"是"A来野完"，也是"A+得+程度副词"。

许宝华等（2020：4774–4775）收"野听"："<副>相当于'的'。"方言是吴语：上海松江，如：伊待吴侬好来野听他待我好得很的。

"好来野听"是"A来野听"，也是"A+得+程度副词"。

许宝华等（2018：562）收"邪"[ziɑ³¹]："很，非常。"又作"邪气"[ziɑ³¹⁻²⁴chi³⁵⁻³¹]。这是松江方言。许宝华等（2018：563）收"野"[ɦiɑ²²]，义项有二，其一是："非家养的，非正规的。"其二是："很，非常。"又收"野完"[ɦiɑ²²⁻²⁴βe³¹⁻³¹]："后置程度副词，很，非常。"又作"野介""勿收口""海外"。上海方言的"邪气"是前置程度副词，而"野气"是后置程度副词。也许，宁波方言"野气"与松江方言的"野"等有关系。

甘于恩（2005：87）提到一些程度副词，其中福州方言有"野"。李如龙（2007：234）指出，闽方言有"野大野大"等说法。林寒生（2002：112）也指出，闽东方言有程度副词"野"。

但闽语的程度副词"野"都是前置用法，未见"A 得野"用法。而松江方言有"A 来野"，可能与吴语在历史上就有多种"A 得 + 程度副词"有关。

6. A 得险

曹志耘（2008：22）说浙江兰溪、江西广丰说"热得险"，都属吴语。

承蒙笔者所在学校支亦丹同学告知，其家乡乐清方言也有"热得险"的说法。乐清方言也属吴语。

承蒙笔者所在学校蓝升同学告知，兰溪确实有"热得险"的说法，不仅如此，他家住兰溪，是畲族人，兰溪畲话也有"热得险""冷得险""早得险""速度得险_{形容速度很快}"等。他认为畲话可能是受兰溪方言的影响。

其他方言也有，如江山廿八都话有如下说法：

（23）今日**热得险**_{今天非常热}。

（24）这个女娃子**齐整得险**_{这个女孩儿非常漂亮}！

（25）这个房间**吵得险**_{这个房间非常吵}。（黄晓东，2019b：189）

不过，黄晓东（2019b：189）指出："现在，'A 得很'比'A 得险'用得普遍。"关于江山廿八都话的方言归属问题，据黄晓东（2019b：6），《衢州市志》（1994：1233）认为廿八都话"贵州省贵阳市至广西壮族自治区桂林市之间的口音相近""是一种西南官话与吴语长期融合的语言"。陶寰（2007）则认为，廿八都话除了有北方方言的一些特征，还有闽语、畲话等方言的成分，但更多的特征与邻近地区的吴语相同，可以定性为"浙西南地区土官话"，但更近吴语。[转引自黄晓东（2019b：8）]黄晓东（2019b：8）指出："我们认为，廿八都话与吴语的'异'大于'同'，不宜归入吴语。总体来看，廿八都话与官话更近，宜归入官话方言岛。"但就"热得险"来看，应该是受吴语的影响。

7. A 得魂

"A 得魂"为曹志耘（2008：22）所未见。长兴方言有"A 得魂"，如：

（26）一听就晓得能够帮朝廷加工茶叶，格是格点茶叶搭格只炒茶叶刮˭人个水平肯定蛮好个，而且格头难˭造得蛮好，而且格头难˭造得蛮好，勒˭山顶浪˭，春天家个辰光，新茶勉强上市，搭大唐贡茶院，泡杯茶，欣赏欣赏风景，格只是也**享受得魂**诶。

（27）12.5 里，个么两边全种了刮˭银杏树，银杏树外˭长兴人叫白果树，一到了秋天家个辰光，格只树叶子变得金黄金黄个，勒˭格只空中介˭飘呢，席˭家像金黄色个蝴蝶，飘到地浪˭呢，就算估格只地浪˭呢铺了一层金黄色个地毯，景色呢**漂亮得魂**。

（28）难˭外˭长兴有毛老˭老˭人家全部以种茶叶为生个，到了 4 月份清明前后，新茶上市个辰光，格点茶叶是香得了弗得了，而且有刮˭外地人还要到外˭长兴来买茶叶，个么乡下头除吃格只紫笋茶之外，还有一样茶，<u>也出名得魂</u>，好吃哉，叫 [gəu²⁴³] 呢？叫烘青豆茶。

（29）小舒：……海鲜城么格辰光也乡下头，搭那介 ˉ 啊弗晓得呢，难 ˉ 么也闹猛的<u>魂</u>，啊是啊。……（赵翠阳等：155–179）

8. A 得了魂

长兴方言还有 "A 得了魂"，义同 "A 得魂"，应该是前者的变式，如：

（30）紫笋茶，外 ˉ 长兴人特别喜欢吃茶，格只紫笋茶<u>香得了魂</u>，个么大唐贡茶院有 [gəu²⁴³] 个称号呢？

（31）个么边浪 ˉ 呢，有刮 ˉ 住勒 ˉ 太湖边浪 ˉ 个人家，席 ˉ 家 ˉ 顺便开了刮农家乐，到了 9 月份个辰光，生意特别好，闻上去是诶，格只太湖边浪 ˉ，到了 9 月份个辰光，那刮 ˉ 车子开过去，腥气比较重撒，但是伊刮 ˉ 东西<u>新鲜得了魂</u>。

（32）太湖开渔节。顶闹猛个辰光，格只太湖个湖面浪 ˉ 停了百把只渔船，人一道勒 ˉ 捕鱼，格个场面是<u>大得了魂</u>。

（33）老乔：外 ˉ 长兴历史介悠久，闲话也介 ˉ 多，但是外 ˉ 长兴个物产也<u>丰富得了魂</u>哎，介 ˉ 咯长兴是个风水宝地，是个好地方。……（赵翠阳等：155–172）

9. A 得类

据曹志耘（2008：22），浙江江山方言说 "热得踏 ˉ"。但据笔者所在学校王晓丽同学告知，其家乡江山淤头说 "A 得类"，如 "热得类" "冷得类"，"类" 是程度副词，相当于普通话的 "很"。淤头离县城 20 公里左右，地处江山的西南角。

以上可见，吴语的 "A 得 + 程度副词" 形式较多。再加上长兴方言 "A 得魂 / A 得了魂"，上海、苏州方言的 "A 得 / 来野"，形式更多。

10. 曹志耘（2008）的 "A+ 得 + 程度副词"

曹志耘（2008：22）以 "热得很" 为调查对象，发现汉语方言绝大多数是说 "热得很"，分布范围极广，无对应结构的方言点也很多，也有一定的分布范围，主要为江苏南部、上海（全部）、浙江、福建、台湾（全部）、广东、广西、海南。此外，还有其他多种说法，如：

热着很：青海乐都。

热□ [nəŋ⁵⁵] 很：湖南江永。

热□ [dʑi⁴²] 太很：湖南泸溪乡。

热得挺：内蒙古集宁。

热得紧：浙江浦江、义乌、分水（旧）、淳安、遂昌，福建浦城吴、宁化、长汀、连城，湖南道县。

热得紧 ~ 热得很：湖南桂东。

热得猛: 浙江诸暨、宁海、临海。

热得好交关: 澳门。

热得极: 浙江长兴，海南琼海、万宁。

热得太: 陕西志丹、富县、黄龙。

热得透: 福建永定。

热得滞: 广东花都、顺德、恩平，陕西米脂。

热得险: 浙江兰溪，江西广丰。

热得恶: 湖南新田、嘉禾，广西融水。

热得厉害: 山西临县、中阳、霍州、灵丘。

热得杀: 广西灵川，江西玉山。

热得死: 湖南涟源，广西南宁平话。

热得以⁼惨: 福建周宁。

热得难: 江西万载。

热得得: 福建沙县。

热得踏⁼: 浙江江山。

其实，方言中还有一些说法为曹志耘（2008：22）所无。有的为遗漏方言点，如"热得极"，江苏苏州老派也说。（刘丹青，2017a：75）山西一些方言点也有"A 得太"，还有"A 得太太"的说法。如：

河津：美　美哩太　美哩太太

　　　白　白哩太　白哩太太

万荣：慢　慢得太　慢得太太

　　　粗　粗得太　粗得太太

　　　整齐　整齐得太　整齐得太太

永济：硬　硬得太　硬得太太

　　　能干　能干得太　能干得太太

以上的三种说法，表示程度的逐步加深。（侯精一等，1993：113）

侯精一等（1993：126–127）再次说到副词"太"与结构助词"得"一起构成程度补语。"太"还可重叠成"太太"，表示程度加深。这种表示法主要分布在南区一些点。如：

永济：美得太₍好得很₎、美得太太₍好极了₎。

　　　瞎得太₍坏得很₎、瞎得太太₍坏极了₎。

万荣：冷得太、冷得太太，乖得太、乖得太太，脏得太、脏得太太，多得太、多得太太。

山西临汾吉县₍柏山₎寺有"A 太太"，如：好太太、坏太太、甜太太、白太太、高兴太太、喜欢太太。也可说成"麻烦得太太、瞎得太太、美得太太"等。在句子中，"太太"后面往往加句尾语气词"哩"。如：

（34）这衣服贵太太哩。

（35）<u>快</u>太太哩。

（36）今么这事可办好了，办哩心里<u>平静</u>太太哩。（刘丹丹，2020：256）

有时候在被修饰词前还可叠加程度副词"可_{很、挺}"。如：

（37）我这把椅子，我可<u>爱见</u>太太哩。

"可"的程度稍弱于"太太"。（刘丹丹，2020：256）

邢向东在《陕西方言重点调查研究》前言中指出，陕西关中方言语法上的显著特点是：少用程度状语，代之以程度补语，如"嫽得很、嫽得太（太）、嫽扎了、美得很、美得太（太）、整扎了"。说明陕西关中方言也有"A 得太（太）"。

河北唐山曹妃甸方言（属冀鲁官话）常用的程度副词有 5 个：更、忒、霸道、额、慌。前 2 个前置，后 3 个后置，如：好吃得霸道_{很好吃}、香得额_{很香}、使得慌_{累得慌}。（沈丹萍，2021：202）"慌"的分布范围较广，"霸道""额"可能分布范围不广，很特殊。

宁夏吴忠方言（属兰银官话）有"AXA"式，如：

官向官、民向民、脚打脚、话赶话（"A"为名词，"B"为动词）

明打明、实打实、硬碰硬、随当随（"A"为形容词，"B"为动词）

羞不羞、臊不臊、动不动、头巴头、侉巴侉、瞎不瞎（坏不坏）（"A"是名词[①]、动词、形容词，"B"是中缀）（刘晨红等，2018：187）

其实，上面的例子有好几种词性的重叠形式，有的是副词，如"动不动"，有的有争议，如"明打明""实打实"等。

（十）古今比较

1. 有消亡，也有新生

如"A 得紧"，明清白话文献有较高的使用频率，宁波方言至少 19 世纪末期还在运用，但到现在，只有少数方言点还在运用，吴语相对多一些。至于"A 得极"，现在消失得更厉害，苏州只有老派还在使用，随着这些老人的去世，也将要消失。长兴方言，越翠阳等（2019）未见报道，就算未彻底消亡，与苏州方言也差不多。

有消亡，也有新生。"五四"前未见"热得踏⁼""A 得魂""A 得了魂"等，"五四"前未见"热得险"可能另有原因。一是温州方言《圣经》土白只有 5 种，而上海土白有 58 种，宁波土白有 51 种，台州土白有 22 种。二是温州土白的口语化程度不高。《圣经》台州土白中既有量词"A 打 A"重叠式，也有"A 加 A"重叠式，"A 打 A"与北部吴语一样，"A 加 A"相对来说具有南部吴语特色，但温州土白未见"A 加 A"。（阮咏梅，2019：184）

2. 吴语形式最多

据曹志耘（2008：22），除"A 得很"外，方言另有 21 种说法，吴语的用法最多，占

---

① 原文为"名动"，据上下来看，应为"名词"，据此改。

近四分之一，如"热得紧""热得猛""热得极""热得险""热得踏⁼"，"热得猛""热得险""热得踏⁼"3种说法为吴语所独有。再说长兴还有"A得魂"与"A得了魂"，所占比例更高，为近三分之一，且为曹志耘（2008：22）所无。但赵翠阳等（2019）未见"A得极"，也许与苏州一样，"A得极"也是老派所说。

浙江遂安有"A来糊了"。普通话"今天热得很/今天热极了"，遂安方言说成"今日热来糊了"。（曹志耘，2017：294）也为曹志耘（2008：22）所无。

清末传教士文献中有"A来非凡"，如：

（1）并且㑚凶横来非凡，啥人输垃伊拉之咾，还勿起味，就拿房子田地㑚拆拨伊拉，什介能勿讲情理个。（《土话指南》第2卷第26章）

（2）伊拉听见之，晓得是本地方个财主人，快活来非凡。（《土话指南》第2卷第26章）[转引自张美兰（2017：278–279）]

（3）近来鞍辔咾、马踏镫、肚带，多化傇生腥臊来非凡。（《土话指南》第3卷第16章）[转引自张美兰，（2017：511）]

上面的"来"其实就是"得"。前面说到松江方言有"A来野"，其实就是"A得野"。

对于"非凡"的词性，辞书有不同的解释。《现代汉语词典》（2016：376）"非凡"的注释是形容词："超过一般；不寻常。"如"非凡的组织才能""市场上热闹非凡"。阮智富等（2000：3133）的注释是："超过一般；不平凡，不寻常。"如：

（4）倒是庙门前的两棵白杨树值得赏玩，又高大挺拔，气概非凡。（叶圣陶《登雁塔》）

虽然未明确说明是形容词，看其注释和《现代汉语词典》同，应该也认为是形容词。

钟兆华（2015：192）"非凡"的注释是："副词。用于形容词前或后，作状语或补语。表示程度极高。非常。"如：

（5）不施朱粉，分明是梅萼凝霜；淡竚精神，仿佛如莲花出水。仪容绝世，标致非凡。（明·冯梦龙《古今小说》卷24）

（6）文制台听了别人说他提倡学务，心上非凡高兴。（清·李伯元《官场现形记》第53回）

石汝杰等（2005：184）收"非凡仔""非凡之"："＜副＞非常。'仔'是助词。"如：

（7）故歇借铜钱实头非凡仔难，陆里去开口嗄？（《海天鸿雪记》第8回）

（8）如今有种新发明的赛珍珠，做得非凡之像，那怕专门做珍宝生意的人尚且认不出是真是假。（《商界现形记》第11回）

（9）阿聪进了学堂，读书非凡之巴结，学堂里先生非凡欢喜他，每逢考试，分数总是他最优。（《十尾龟》第14回）

上面几例"非凡（仔/之）"都用在中心词前面作状语。关于词典收"非凡仔""非凡之"，我们觉得不妥。"仔/之"是助词，不应该和"非凡"合在一起收入词典。上面几例中的"非凡仔难""非凡之像""非凡之巴结"中的"非凡"，我们认为应该视作形容词，而例（9）中的"非凡欢喜"中的"非凡"则是副词。

《现代汉语词典》（2016：376）"非常"有两个义项，一是形容词（属性词）："异乎寻常的；特殊的。"如"非常时期""非常会议"。二是副词："十分；极。""非凡"也应该有两个词性。

3. 各方言程度不一

一般认为，"很好"的程度不如"好得很"来得高，区别在于程度副词一是前置，一是作补语。但有的方言不一定。如浙江浦江方言中，"今日□[mən¹¹]暖""今日暖得紧"（程度较深），"今日危险暖"（程度更深）。（曹志耘等，2016：637）显然，"危险暖"表示的程度更高，即前置的"危险暖"比作补语的"暖得紧"要高。

东阳方言有"今日热猛""今日尽热"两种说法，一程度副词后置，一程度副词前置，但程度上并无区别。（曹志耘等，2016：637）

"今天很热"，金华方言说"今日儿热猛"，而"今天非常热"，金华方言说"今日儿热猛热猛"，即"热猛"的重叠式比单叠式程度要高。但磐安方言又有不同，"今天很热"，磐安方言说"今日儿热猛"，"今天非常热"，磐安方言说"今日儿热猛热猛"，又可说"今日儿尽热"。这与东阳方言又不同，东阳方言是"尽热"与"热猛"相同，而磐安方言是"尽热"与"热猛热猛"相同。（曹志耘等，2016：636–637）

4. 分布范围不同

明清白话文献中，有的"A得+程度副词"分布范围较广，如"A得紧"，南方的吴语、徽语、客家话、湘语都有分布。有的分布范围很狭窄，如"A得野""A得势"基本在上海、苏南运用，《海上花列传》使用频率最高。现代方言的"A得猛""A得险"只在浙江部分地区使用，"A得魂""A得踏⁼""A得类"分布范围更窄，只在1个县/市区域内使用。

5. 方言接触

据曹志耘（2008：22），江山方言说"A得踏⁼"，但江山境内的廿八都话说"A得险"。不过，廿八都话的"A得险"不是凭空而来，应该是方言接触的结果。浙江兰溪、江西广丰是说"A得险"的。廿八都与江西广丰相邻，与本省的兰溪反而距离远。

6. A得惨

四川泸州方言有"A得惨"，"惨"有"要命"的意思，如：安逸得惨、好得惨、红得惨、斯文得惨、热得惨等。与"惨"同义的还有"伤心""到住""该歪""够逗""板（板板烧）""遭不住"。但使用范围有别："惨""伤心""遭不住"应用较广，"遭不住"有"受不了"的意思；"到住""该歪""够逗"适用于带贬义的场合；"板（板板烧）"带有动态的意向。（李国正，2018：100–101）泸州方言的"惨"，虽然可以用于"A得"后面，但还具有形容词性质，还未语法化为程度副词，与我们前面所说的"A+得+程度副词"结构不同。

7. A 得慌

明清白话文献有"A 得慌／荒"，如：

（10）我心里倒十分疑得荒。（明·无名氏《钵中莲串关》第 1 出）

（11）（丑）俺被箭赶来，在囊中受苦一会，肚儿里饿得荒，先生可怜见，权把你来充饥吧。（清·李玉《一捧雪》第 5 出）

上 2 例用"荒"。

（12）（付）这般吃法闷得慌，想个法儿，取乐取乐便好。（清·遗民外史《虎口余生》第 11 出）

（13）（小旦挈介。贴）适才他在这里闹的慌，是我叫他去睡了，且待我补起来者。（清·仲振奎《红楼梦》第 15 出）

北方方言分布范围较广，如中原官话、冀鲁官话、东北官话等都有分布。

河北沧州献县方言（属冀鲁官话）有如下例子：

（14）忒累得慌啊！（傅林，2020：164）

上例也是程度副词"A 得慌"，表示程度更重。

普通话"A 得慌"使用频率也较高。[可参见张谊生（2018）]

关于"慌"的性质问题，语言学界有不同看法。关键（2010：95）指出，通过对这一结构的历史和现状的考察，认为现代北京方言里的"V/A 得慌"已经是一个词汇性单位，它由原来的同形句法结构词汇化而来。张谊生（2018：46）认为，当代汉语"得慌"有附缀化特征，"X 得慌"有构式化趋势，语法化程度更高。"A 得慌"比汉语方言其他的"A 得＋程度副词"要"进步"得快。

同时，我们还可以从《官话指南》（六种）中见"慌"义同副词"很"。如：

（15）甚么会高乐呀，不过是在家里坐着，也是闷得慌，睡响觉起来，也是不舒服，莫若出去趟达趟达倒好。（北京官话《官话指南》第 2 卷第 11 章）

（16）甚么会高乐呀，不过是在家里坐着，也是闷得很，睡中醒起来，也是不舒服，莫若出外游荡游荡倒好。（九江书会《官话指南》第 2 卷第 11 章）

（17）会作乐个啥呢，不过是拉屋里坐拉，也是闷得极，睏中觉起来，也是勿舒服，勿如朝外游荡游荡倒好。（沪语版《沪语指南》第 2 卷第 11 章）

（18）乜野哙高兴呢，不过係喺屋哝坐处，亦係闷到极，瞓晏觉起身，又係唔自然，不如出去散吓步喞嘅啫。（粤语版《粤音指南》第 2 卷第 11 章）[转引自张美兰（2017：120）]

从上面 4 例可知，"闷得慌"义同北京方言的"闷得很"、吴语的"闷得极"、粤语的"闷到极"。

二十

A/V+ 后置状语

（一）引言

按朱德熙（1982：125），"动词/形容词+副词"是黏合式述补结构。我们这里把后置的副词称为后置状语。

金立鑫（2009：394）认为，根据句子成分的句法功能原则，任何对动词的直接描述都是状语，无论其位置在动词前还是在动词后，其基本性质不变。定语和状语位置的变化并不会改变其句法上的本质属性，因为无论它处在何种位置，都是对某名词或谓词的修饰或限定，位置虽然可以改变，但其句法功能不变（参看刘丹青，2005a）。这是语法理论的一个普遍原则。汉语描写语法没有任何理由要人为地违背这一原则。金立鑫（2011）、邵菁等（2011）持相同看法。这是从类型学视角所作的分类。

汪化云等（2020：175）指出："汉语方言中也有少量的这类副词状语置于谓语中心之后（以下简称'后置状语'）。这个现象在袁家骅（1989）中就有记载，粤语广州方言中'你行先你先走'的'先'即是其例。这是汉语方言尤其是东南方言中常见的一种语法现象，与VO型语言的语序显然有着协调的一面。"

汪化云等（2020：176–179）指出："关于后置状语的内涵，人们从'后置、状语'两个方面都有所阐述（蒙元耀，1990；刘丹青，2001a），本文不再重复。但是，后置状语、补语和'状语倒装'三种语法现象均处于谓语中心之后，三者都有以副词构成的情况，容易混淆。因此，对三者有必要进行区别。而区别的手段，显然也是界定后置状语外延的手段。参考时贤的论述，本文主要采用语用、意义—语法、语法三类标准，进行四种测试，来界定后置状语的外延。"具体如下：

（1）语用标准：信息属性的测试。

（2）意义—语法标准：删除测试。

（3）语法标准：内嵌测试和带宾测试。

①内嵌测试：后置状语与状语倒装的区别。

②带宾测试：后置状语与补语的区别。

从上面所说已经可以看出，学者对"A/V+后置状语"中"副词"的性质有不同看法，如述补结构黏合式、补语、后置状语、后置副词等。我们这里称为"A/V+后置状语"，前面的中心语可以是形容词，也可以是动词，后面的副词可以是程度副词，也可以是时间副词等。

（二）明清白话文献的 "A/V+ 副词"

1. V 快

1.1 明清白话文献的 "V 快"

1.1.1 明代白话文献的 "V 快"

据我们考察，"V 快" 至迟明代已有，如：

（1）吏房也有管过的，也有<u>役满快</u>的，已不在数内。（冯梦龙《警世通言》卷 15）

（2）想道："三万银子<u>到手快</u>了，怎么恁样没福，到熟睡了去，弄到这时候！……"（冯梦龙《醒世恒言》卷 37）

以上是白话小说。

（3）（贴旦）我儿，传闻<u>县中考快</u>了，怎么不用心读书？（沈自晋《望湖亭》第 4 出）

（4）（生）乱鸡咿喔想<u>天明快</u>，（出步介）只得转苍苔，三千弱水，做个咫尺隐蓬莱。（《望湖亭》第 28 出）

（5）但我<u>依从快</u>了，又恐他不是实心。（黄方胤《陌花轩杂剧》第 1 出）

（6）若是<u>到快</u>了，院子回来，自然报的。（沈君谟《风流配》第 17 折）

（7）（净内介）<u>看来快</u>哉，分付趁早挈人参汤吃子便好。（姚子翼《祥麟现》第 23 出）

以上是戏曲。

1.1.2 清代白话文献的 "V 快"

清代开始，例子更多，如：

（8）（末）只怕官府<u>到快</u>，我和你先要侍候。（李玉《清忠谱》第 4 折）

（9）都御史杨爷，打了一百铁杠子，<u>死快</u>了，让俺收监去。（《清忠谱》第 15 折）

（10）母亲在上，府尊、县尊已诏齎<u>到门快</u>了。（《清忠谱》第 25 折）

（11）日头<u>倒西快</u>哉，快点走一步，要救肚皮要紧。（石子斐《正昭阳》第 13 出）

以上是戏曲。

清代白话小说多用 "框式状语" 形式，见第二十二章 "框式状语"。

1.2 清末传教士文献的 "V 快"

清末传教士文献也有。上海方言就有：<u>夜快</u>者_{快夜了}、<u>死快</u>者_{快死了；要命}。[（英）艾约瑟（1868/2011：118）] 又如：

（12）白糖<u>完快</u>者，去买一斤来添添。（《沪语便商》散语第 6 章，1892）

（13）甲：昨夜啥时候落个_的雨？乙：<u>天亮快</u>！ [《松江话》（1883）第 79 页]

（14）<u>爬起起来快</u>！（《便览》1910：3）[转引自林素娥（2015：325，326，327）]

（15）水路<u>来快</u>唔？——快拉。[（英）麦高温《上海方言习惯用语集》（1862）第 17 页]

（16）到<u>眠快</u>前后门要关关好。[（英）麦高温《上海方言习惯用语集》（1862）第 41 页]

（17）三刻<u>到快</u>者，小菜齐好拉末？——<u>好快</u>者。[（法）无名氏《松江方言课本》

（1883）第 136 页］［以上转引自钱乃荣（2014）］

以下几例的"夜快"已经词汇化为时间名词，如：

（18）拉**夜快**，日头落山个时候_{天晚日落的时候}。（1/32）［转引自蔡佞（2018：197）］

（19）侬早晨到阆中场化去呢还是**夜快**动？——早晨头去。［（英）本杰明·詹金斯（Benjarmin Jenkins）《上海土白》（1850）第 342 页］

（20）阴凉点末，**夜快**浇一回有者。［（法）无名氏《松江方言课本》（1883）第 267 页］

（21）我本来要到府上来瞻仰瞻仰，因为昨日**夜快**到拉个，行李咾啥，勿曾安放好，……让我明朝还拜罢。（《土话指南》第 2 页）［以上转引自钱乃荣（2014）］

美国旅甬传教士睦礼逊（Morrison）编著的《汇解》也有"V 快"。"睡°熟快"。后面有"将调觉"，而"调觉"是"睡醒"义。（第 134 页）"我噎煞快了。"前面有"噎煞""噎气勿转""我差不多噎煞了"。（第 462 页）"夜快。"前面有"夜头""夜到""夜晚头"。后面有"今°日°夜°到夜°饭吃°过来"。（第 155 页）这里的"夜快"与"夜头""夜到""夜晚头"等并列在一起，可见已词汇化为时间名词。当然也有"快饿死了"的说法。（第 229 页）

传教士文献应该是当时口语的记录，是比较真实可靠的。

冯力（2007：249-250）指出，明·冯梦龙的《山歌》里已出现表迅速义的"快"字①，但无一例是处于谓语位置上的。迅速义的"快"只用作动词前的状语或名词前的定语。如："被窝中快快钻""第一等快舡到弗是摇_{第一等快船倒不用摇}"。一直到清代吴语小说《海上花列传》和《九尾狐》里才出现了不少动词后表"近将来体"的助词"快"。但我们上面所举的例子可证，至迟明代的小说与戏曲这些白话文献已有表"近将来体"的助词"快"，冯力（2007）的说法不符汉语事实，正因为此，冯力（2007）关于"V 快"的论证就存在问题。

2. A 显

清末传教士文献《温州话入门》（1893 年出版于上海）已有"A 显"，如：

（22）你伉 [kha] 我讲许 [he] 个人个 [ge] 口音有你该能 [kihnang] 好否 [fu]？我个 [ge] 口音唔冇 [n-nao] 何乜 [ganyie] 好**显** [shie]。（47）（游汝杰，2021：469）

（23）其字眼识不识？识**显**个 [shie-ge]。识到四五千字。（53）

（24）其脾气好小女孩？其个 [ge] 性是紧**显** [shie]，人是还好。（185）

（25）你会泅不会？泅是会泅，远**显**个 [shie-ge] 泅不去。（147）

（26）该 [kih] 条江你泅得 [de] 过泅不过？江阔**显** [shie]，我泅不过去。（147）（游汝杰，2021：473）

从上面几例来看，温州方言至迟在 19 世纪末的口语中已常用。

---

① 墙斯（2022）认为《祖堂集》中的"快"已表"快速"义。蒋绍愚（2022）认为，《艺文类聚》中有"君快去，我缓来"，这说明唐代初年"快"已有"快速"义。

3. A/V+ 猛

清末圣经台州土白已有"猛"是程度副词后置用法。

3.1 清末圣经台州土白的"A 猛"

（27）渠许忧愁猛，个打个问渠讲。（《马太福音》26：22）（阮咏梅，2019：186）

（28）我个囝被鬼附得苦猛。（《马可福音》16：8）

（29）人喜欢黑暗还好如亮光，因为渠许行为是恶猛。（《约翰福音》3：19）

（30）为鱼多猛，网拔弗动。（《约翰福音》21：6）

（31）到沿街上，为众人挤猛，营兵只好档渠。（《使徒行传》21：35）

（32）有一梗毒蛇为热猛蹿出。（《使徒行传》28：3）（阮咏梅，2019：239–240）

3.2 清末圣经台州土白的"V 猛"

中心语不但有形容词，也有动词，如：

（33）撒迦利亚望着，抖抖动，吓猛_{很害怕}。（《路加福音》1：12）（阮咏梅，2019：186）

（34）渠许便走出，从坟逃开；人吓猛辩辩抖：一顶˜弗搭别人讲，因为吓猛。（《马可福音》16：8）

（35）我就哭猛因为呒有好摊开个卷书望渠。（《启示录》5：4）

（36）渠许就吓猛。（《路加福音》8：35）（阮咏梅，2019：239–240）

以上"A 猛""V 猛"中的"猛"也是程度副词后置用法。

4. V 添

清末传教士文献有"V 添"，可见表示"动作继续进行或动作行为的重复，数量继续追加"的"V 添"至迟在 19 世纪末已有，如：

（37）你衣裳着着一件添。[《温州话入门》（1893）Exercise XI]

（38）白糖完快者，去买一斤来添添。（《沪语便商》散语第 5 章）[转引自林素娥（2015：325）]

上例"添"重叠。

汪化云等（2020：181）认为，"毗邻南部吴语的北部吴语绍兴方言，现在只有'过、快'两个后置状语；但是在九十多年前的鲁迅作品中，却存在跟今南部吴语一样的后置状语'添_再'"。如：

（39）电灯坏了，洋烛已短，又无处买添，只得睡觉，这学校真是不便极。（《两地书》）

我们觉得上例《两地书》"买添"中的"添"不是副词，而是实义动词。《汉语大词典》未收"买添"，但白维国（2011：990）收"买添"，注释是："购买添置。"如：

（40）住宅前后买添房屋地段，创造一所花园。（《禅真后史》第 7 回）

（41）将自己买添的并多余的煤米，都送了童奶奶用。（《醒世姻缘传》第 56 回）

其实，宋代已有。如：

（42）买添幽景浑无价，洗却繁阴别有风。（王禹偁《公余对竹》）

（43）栎翁块坐重帘下，独要买添令问价。（范成大《卖痴獃词》）

明代白话小说也有，如：

（44）单于民新买添的产业，卖的精空，只有祖遗的一所房子，与杨尚书家对门，前面三间铺面，后面两进住房，客厅书舍，件件都全。（西周生《醒世姻缘传》第25回）

明代、清代、民国文言笔记中也有，如：

（45）正月十五日为上元节，前后张灯五夜。相传宋时止三夜，钱王纳土，献钱买添两夜。（明·田汝成《西湖游览志余·熙朝乐事》）

（46）（公）去体那有赤虫？解买几对，车白买五十斤，大虾买几十插。别物赶城内去，买添处也罢。（明·吴守礼《金花女·借银往京》）

（47）某尝计之，每兵一名，给田二十亩，若此处有兵五千，当买田一万亩。大率每年兵银五千，则田价将殽一半。如少，则以各项下赃罚银买添，或更少，则以入官田足之。权其重轻，则所费者少，所省者多，一劳而永逸矣。（明·何良俊《四友斋丛说》卷14）

（48）【臣】复细加酌议，将前项买添之谷收贮后，于次年青黄不接之时，即令将陈谷照买添之数平粜。（清《世宗宪皇帝硃批谕旨》第24部分）

（49）拨补应买添贮谷石一摺。（《清实录·乾隆朝实录》卷593）

（50）请客时，酒须多蓄，未完先买添。（清·陆圻《新妇谱·款待宾客（五条）》）

（51）宋朝业请增上元，钱氏买添见野史。（徐世昌《晚晴簃诗汇》卷87）

以上可见，"买添"有一些用例，而且从北宋起，历经明清直至民国都有用例，"买添"的对象多为具体的货物等，如例（39）中的"洋烛"，例（40）中的"房屋地段"，例（44）中的"产业"，例（48）、例（49）中的"谷"，例（50）中的"酒"，也可以是抽象的事物，如例（42）中的"幽景"。所以，鲁迅《两地书》"电灯坏了，洋烛已短，又无处买添"中的"买添"与上面其他例子中的"买添"是一样的意思，"买添"都是并列式合成词，"添"是实义动词，而不是副词。

与"买添"同义的还有"添买"，如：

（52）因问李瓶儿，查算西门庆那边使用银两下落，今剩下多少，还要凑着添买房子。（明·兰陵笑笑生《金瓶梅》第14回）——另第35回有"西门庆家中又添买了许多菜蔬"。

（53）狄希陈叫狄周添买了许多果品，请李奶奶合童奶奶同坐。（明·西周生《醒世姻缘传》第75回）——另第87回有"我在南京尚可添买"。

（54）一路打尖宿店，素臣赔几个钱，添买些酒菜，把两人都喜欢了。（清·夏敬渠《野叟曝言》第92回）

（55）少顷，酒食齐备，林岱又添买了两样，让文炜居正，林岱在左，严氏在右。（清·李百川《绿野仙踪》第18回）——另第79回有"只用添买四两亦可"。

（56）李姨娘屋里自从给老太太做寿日起，接着三老爷的丧事，这些酒席、点心都算

不了的帐，发不尽的钱，又<u>添买</u>各色海味、小菜，买办应用什物。（清·陈少海《红楼复梦》第 47 回）

（57）但系苏小姐过门未久，虽然鱼水情深，但将蕙芳之事骤然说起，恐他疑心，要吃醋起来，只得托辞要了二百两赤金，送与蕙芳<u>添买</u>货物。（清·陈森《品花宝鉴》第 53 回）

（58）因此，他时常要<u>添买</u>猪仔。（清·吴趼人《劫馀灰》第 16 回）

（59）喜得木器家私，在杭州带来不少，稍为<u>添买</u>，便够用了。（吴趼人《二十年目睹之怪现状》第 98 回）

（60）后来在任上，手里的钱多了，又派了回来，<u>添买</u>了一百几十亩地，翻造了一所大住宅，宅子旁边又起了一座大花园。（清·李伯元《官场现形记》第 49 回）

（61）只见骆子棠来回道："现在预备各事，姜子买了五百斤，鸡卵子三千个，还恐不足用，已赶紧着人<u>添买</u>了。至于酒席，早定下了，男客四十席，堂客五十席。另有香港及乡里来贺的，或不来省赴宴，须别时另自请他。到那日想要请少西老爷进来知客，至于招待堂客的应用何人，还请示下。"（清·黄小配《廿载繁华梦》第 16 回）——另第 21 回有"因又在羊城关部前添买了一间大宅子"。

（62）宝玉早将商标摘下，所以交了新年，别无应酬繁文，十分清静，惟与阿金等计划开张一事，又<u>添买</u>了各房摆设器具，此外均已齐备，不必细述。（清·梦花馆主《九尾狐》第 51 回）

以上是白话小说，文言笔记也有，如：

（63）迨至九年二月二十日后，带去食物已尽，小的们请在彼处<u>添买</u>，主人不允，且云："我之所以不死而来者，当时闻夷人欲送我到英国，闻其国王素称明理，意欲得见该国王，当面理论，既经和好，何以无端起衅？究竟孰是孰非？以冀折服其心，而存国家体制。彼时此身已置诸度外，原欲始终其事，不意日望一日，总不能到他国，淹留此处，要生何为？所带粮食既完，何颜食外国之物？"（清·方浚师《蕉轩随录》卷 3）

上面的例子中，有的语言环境中的"添买"与"买添"是相同或相似的。如例（40）"买添"的是房屋地段，例（52）"添买"的是房子，例（50）"买添"的是"酒"，例（55）"添买"的是"酒食"。

北京语言大学（BCC）语料库"古汉语"中也有很多例子。

"买添"与"买添"应该是同义的异序词。

汪化云等（2020：181）认为，绍兴方言"现在只有'过、快'两个后置状语"，按其意思，现在绍兴方言没有"V 添"。其实，绍兴方言有"V 添"，如：

（64）饭吃碗<u>添</u>。

（65）馒头驮两个<u>添</u>。（吴子慧，2007：213）

绍兴方言还有"框式状语"的"再……添"，如：

（66）饭<u>再</u>吃碗<u>添</u>。

（67）馒头<u>再</u>驮两个<u>添</u>。（吴子慧，2007：213）

也可以像北京方言一样只用"再"来表示。如：

（68）饭<u>再吃碗东</u>，呆歇要饿个_{再吃碗饭吧，等会儿要饿的。}

（69）馒头<u>再驮两个去</u>_{再拿两个馒头吧。}（吴子慧，2007：213）

王福堂先生是绍兴人，他也认为绍兴方言有"V 添"，如：

（70）勿客气，<u>吃碗添</u>！（王福堂，2015：356）

许宝华等（2020：5021）收"添"，义项有九，其五是："＜副＞再。"方言有三：吴语、客话、粤语。吴语又有 4 个方言点：

一是浙江绍兴，如：

（71）勿客气！<u>再吃碗添</u>！

二是浙江金华岩下，如：

（72）<u>吃碗饭添</u>_{再吃一碗。}

（73）<u>再望两遍添</u>_{再看两遍。}

（74）<u>红点儿添还好望些</u>_{再红一点还要好看。}

（75）<u>再去添弗的</u>_{再去不去}？

三是浙江苍南金乡，如：

（76）<u>吃一碗添</u>。

（77）<u>买瓶来添</u>。

（78）不够用走<u>来讨添</u>。

四是浙江温州。未举例。

吴子慧教授是浙江绍兴人，主要研究绍兴方言，《吴越文化视野中的绍兴方言研究》（2007）是其代表作，其看法应该具有可信度。王福堂先生是北京大学教授，是著名的方言研究专家，其对母语语法现象的描述，应该说可信度也是很高的。"勿客气，吃碗添！"与"勿客气！再吃碗添！"意思一样，前者是"V 添"，是方言固有说法，后者是"再 V 添"，是受普通话影响的说法。

据曹志耘（2008：88），说"吃一碗添"的方言点有 157 个，其中就有浙江绍兴县、诸暨、嵊州。据曹志耘（2008：87），既说"吃一碗添"也说"再吃一碗添"的方言点有 86 个，其中就有浙江的绍兴县、新昌。现在绍兴的行政区域已经作了调整，绍兴县已经成为柯桥区。调查绍兴县的是杭州师范大学徐越教授，她也是方言研究专家，其可信度应该也是高的。

傅国通（2007/2010：39）也指出，在温州、丽水、金华、衢州等及杭州、绍兴的某些方言里，副词"添"常用在动词短语或动词后，表"增加、增添"义。动词前也可同时用同义副词"再"或"还"，句意不变。

《玉环县志》（1994：651）指出，坎门话的"添"，鲜叠话的"凑"或"添"，楚门话的"凑"，在修饰动词是后置的，如普通话的"再"，可表示动作或过程或次数的继续。如：再坐一会儿，再吃一碗，坎门话说成"坐一仔添""吃一碗添"，鲜叠话说成"坐一下仔凑""吃一碗添"，楚门话说成"坐一记凑""吃一碗凑"。同一个县，3 个地方，有的统一说成"添"，有的统一说成"凑"，有的既可说"凑"，又可说"添"，确实比较特殊。

不仅如此，余蔼芹（1993：13）认为，宁波、舟山、台州、绍兴等有"（再）买一本凑"。即绍兴方言不但有副词后置"凑"，也有"框式状语""再……凑"。

一个方言点既有"V 添"，又有同义的"V 凑"，既有"再……添"，又有同义的"再……凑"，并不奇怪，浙江处衢方言就是两种形式都有，如浙江开化、常山、江西玉山。（曹志耘等，2000：432）

江西赣东北 13 处方言点，如"再吃一碗吧"，12 处方言点用"（再）……凑"，但婺源的紫阳用"（再）……凑/添"。（胡松柏等，2020：818）

以上可见，认为绍兴方言现在只有"过、快"两个后置状语的说法不符合绍兴方言实际。

汪化云等（2020：175）认为，《张协状元》第 18 出的"添"也是副词后置。如：

（79）更望娘行，多方宛转。（合）宛转些添，回来自当偿还。

八百多年前的孤例，以后一直未见用例，直到清末（1893 年）才有"V 添"（下文要说到）。对此，我们有疑问。再看例（79），前面还有些话，如：

（80）望娘子借与，娘子便去说。前途怕钱欠，中途怕钱悭，钱谁与添？

《汉语大词典》卷 5（1990：1339）"添（tiān）"有三个义项：一是"增加，增补"。二是"生育"。三是"姓"。《汉语大字典（第二版）》（2010：1757）"添（tiān）"也有三个义项：一是"增加"。二是"生育"。三是"姓"。《汉语大词典》卷 3（1989：1403）收"宛转"，有十个义项，义项七是"辗转。指经过许多人的手或许多地方"。从"多方宛转"来看，"宛转些添"就是辗转借钱。因为进京赶考，需要的银两不是小数，单是借一户两户恐怕不够。

例（79）的"添"无疑就是实义动词，是"增加，增补"的意思，"宛转些添"是"宛转些借（钱）"，不是汪化云等（2020）所说的"V 添"，"添"不是副词，而是动词。例（80）的"添"其实与第一个"添"是一样的意思，也是动词，也是"增加，增补"。再说例（80）"添"前面有"借""钱欠""钱悭"，例（79）"添"后面有"偿还"，也证明两个"添"都是"增加，增补"义，其对象就是"钱"，确切地说，就是"借钱"。南宋时"添"是实义动词，它远远未语法化为副词。

因此，"《张协状元》是南宋时期温州九山书会才人编撰的，其后置状语'添'反映的应该是八百多年前温州方言的语法现象。这说明后置状语在吴语中的存在由来已久，值得深入研究""虽然后置状语在八百多年前就有用例，但现有的文献资料难以印证这种演变的历史过程"（汪化云等，2020：175）等说法是不符合汉语事实的。

杨永龙（2003：29）认为，"吗"在唐代写作"无"，"无"本来是"VP+neg"式反复问中处于 neg（negative，否定词）位置的否定词，唐代虚化为句尾语气词。成为语气词后，先后出现了"磨、摩、麽、嘛、末、吗"等多种书写形式。"磨""摩"见于敦煌文献，《祖堂集》中也有大量的"摩"字用例，宋代以后一般写作"麽"，金元以后偶或写作"嘛""末"，清代中期以后写作"吗"，但直到现当代文献中仍能见到写作"麽（么）"的例子。

但钟兆华（1997：8）认为"吗"字在南宋已有用例，如：

（81）《邻几杂志》云：党太尉观画真，忽大怒曰："我前画大虫，犹用金箔贴眼，我便消不得一对金眼睛<u>吗</u>？"其意盖斥画师为之画真容时，未用真眼睛，认为寒窘也。

钟兆华（1997：8）指出，这是南宋皇都风月主人所编的《绿窗新话》卷下"党家妓不识雪景"条内摘录的一节故事。"吗"在语句中的反问语气是再确切不过了，这是迄今所见到的疑问语气词"吗"的最早用例。

但是国家图书馆所藏旧抄本《绿窗新话》没有该条。该条见近人周夷校补本《绿窗新话》（古典文学出版社，1957年版）。所引文字实出自周夷所附相关资料。（杨永龙，2003：29）

例（81）是孤例，南宋只有1例，以后很长一段时间无例子，到了清代中期以后写作"吗"[①]，如《红楼梦》有不少例子。因此，南宋的"吗"是孤例，其真实性就已经被否定了。

与例（81）语气词是被人改动过的不同，例（79）则是误解了"添"的语义，把本应是实的理解成虚的了。

5. V 凑

清末传教士文献已有"V 凑"。

《汇解》第179页有"加香凑"，第241页有"加°凑"（注释说"添上"），第248页有"嵌一个°字凑"，第251页有"续凑"，第277页有"加°一点凑"（注释说"稍微再加一点"），第408页有"加°盐凑"，第479页有"加二°倍凑"（注释说"再加两倍"），第489页有"加两倍凑三倍"。

第277页把"加°一点凑"注释为"稍微再加一点"不确，应去掉"稍微"。

在清末，宁波方言中表示追加义的"凑"已不少见。时间上，1876年的《汇解》比1893年的《温州话入门》要早10余年。

现代方言中，温州方言用"V 添"，宁波方言用"V 凑"，这种区别，至迟在清末已形成。

6. V 先

清末传教士文献已有"V 先"。

"V 先"表"动作领先或优先"，至迟在19世纪末已有，如：

（82）等我<u>走一搭先</u>。（《温州话入门》（1893）Phrases 第389句）［转引自林素娥（2015：326）］

以上可见，明清白话文献共有5种"A/V+ 副词"，据目前所掌握的材料来看，除了"V 快"外，多数首见于清末传教士文献，可见传教士文献的重要价值。

---

① 我们不同意此说法，认为明代戏曲有10余例"吗"，分别出自《稀见明代戏曲丛刊》和《明传奇佚曲全编》。

7. V 过

"V 过"甚至"从新 / 重新 +V 过"的用法，近代汉语已有，且有一定的数量。

严丽明（2009：138）根据近代汉语助词"过"的研究成果（杨永龙，2001；林新年，2006），在来源问题上说得更具体，指出该助词由近代汉语表示"将 V 所涉及的对象从头到尾 V 一遍"的"过"演化而来。近代汉语中的表示"将 V 所涉及的对象从头到尾 V 一遍"例子如：

（83）吾曰："村里男女有什么气息？未得草草，更须堪过始得。"（南唐·静筠二禅师《祖堂集》卷 4 ）

（84）一人自在下面做，不济事。须是朝廷理会，一齐与整顿过。（宋·朱熹《朱子语类》卷 89 ）

（85）问："程子之言，有传远之误者，愿先生一一与理会过。"（《朱子语录》卷 118 ）

"过"本来就有经过义（有起点和终点），所以在将来时态下，容易形成"将从头到尾 V 一遍"的意思。而重行体"过"所在的句子，往往具有"补偿"义（刘丹青撰、叶岑祥校，1996：28）、"修正"义（严丽明，2009：134–135），因此，暗示动作已经发生过一次，再发生一次的话，自然具有"重行"义了，"将从头到尾 V 一遍"义自然演变为"重新 V 一遍"的意义。

（86）焦榕道："看这模样，必是触犯了神道，被丧煞打了。如今幸喜已到家里，还好。只是占了甥女卧处，不当稳便。就今夜殓过，省得他们害怕。"（明·冯梦龙《醒世恒言》卷 27 ）

以下是现代方言的"A/V+ 副词"。

（三）V 快

1. 吴语

杭州方言的副词"快"用在动词、形容词等后面，表示"即将"的意思，与普通话的语序不同。徐越（2017：65）、汪化云等（2020：177–178）、荆亚玲等（2021：54–55）都举有例子，如：

（1）辰光到快得来时间快到了。

（2）毛病好快得来毛病快要好了。

（3）买米快得来快要买米了。

（4）天亮快得来天快亮了。

（5）到二伯伯个新妇个阿姐窝里厢快的。

（6）冰化了快的辰光是冰冰瀼冷的冰快融化了的时候是冰冷的。

（7）饭吃好快的饭快吃完了。

（8）电梯门闭拢快的电梯门快关上了。

（9）水已经开**快**的。水已经快开了。

（10）他**死了三年快**得。他死了快三年了。

鲍士杰（1998：86）收录了副词"快"，表示"将要"，指出其"常用在动词、数量词后"。其实，"快"还可用在其他词后面，如例（2）的"好"、例（4）的"亮"，还可用在短语后面，如例（3）的"买米"、例（5）的"到二伯伯个新妇个阿姐窝里厢"都是动宾短语，例（7）的"吃好"、例（8）的"闭拢"都是中补短语例，例（10）的"死了三年"也是中补结构。至于"用在数量词后"的例子应该是"已经三年快了"才是。另外，例（6）的"冰化了快"比较特殊，浙江奉化方言一般说成"冰化快了"。

至于如何区分后置状语与补语，刘丹青（2000/2010/2020：545）提出了"方便的标准"，即从语用的角度区分：带状语的动词通常单独或跟状语一起构成句子的主要信息；动补结构则以补语为主要信息，动词通常是旧信息或预设信息。

上面例子中，后置的"快"与其前面的动词性成分"吃好""到""开""化""死"构成了句子的主要信息，因此，那个"快"是后置状语，而不是补语。

（11）我看到**水滚快**的。我看见水快开了。

"水滚快""冰化了快"分别作为一个短语充当宾语、定语，可见是一个稳定的"中心语＋状语"结构。

荆亚玲等（2021：55）还分析了"后置状语"与"状语后置"的区别，分为4点，可参看。

萧山方言也有，如：

（12）水滚**快**哉。

（13）天**亮快**哉。（朱婷婷，2012：56）

绍兴方言也有，如：

（14）上课时光**到快**哉。

（15）饭**好快**哉。（吴子慧，2007：213）

在夸张性地强调程度的动补结构中，"快"也出现在后面。如：

（16）**跑煞快**。

（17）**冻煞快**。

上面2例的结构应该是"跑煞＋快""冻煞＋快"。（吴子慧，2007：213）即"快"也是用在中补短语后面。徐越（2017：172）也举有例子。

宁波方言也有，如：

（18）水滚**快**的雷了。水快开了。（汪化云等，2020：181）

（19）领导嘴巴歪一歪，下头脚筋**奔断快**。（朱彰年等，2016：139）

苍南吴语也有，如：

（20）我**做好快**罢。我快做好了。（汪化云等，2020：179）

朱彰年等（2016：400）举有谚语：

（21）**夜快**火烧云，日里火炉烘。

上例"夜快"与"日里"对举，可见已词汇化。

《汇解》的"夜快"已经成词，现代吴语"V快"已经词汇化的方言点更多。如肖萍等（2019：62）也说到宁波的"夜快"。另如舟山（方松熹，1993：109）、定海（徐波，2019：67）、海盐（张薇，2019：59）、富阳（盛益民等，2018：118）等的"夜快傍晚"也已成为时间名词。另有说"夜快（头）"，如鄞州（肖萍等，2014：101），"夜快（点）"，如余姚（肖萍等，2011：90），奉化也说"夜快点"，"夜快"也已词汇化。绍兴有"夜快（头）"。（王福堂，2015：123）富阳还有"日中快接近中午的时间"（盛益民等，2018：118），"日中快"也已词汇化。长兴方言有"夜快边傍晚"（赵翠阳等，2019：59），余杭方言还有"夜快边儿傍晚"（徐越等，2019：85），宁波方言还有"夜快塘⁼傍晚"，也已经词汇化。

许宝华等（2018：265）收"随夜快"："今晚。"又作"煞夜快""夜快""黄昏头"，这是上海松江方言，"夜快"也已词汇化。又收"天亮快"："黎明时分。""天亮快"也已词汇化。许宝华等（2018：572）又收"死快哉"："要死了，用于责备不合情理的人或事。""死快哉"也已经词汇化。如：

（22）难⁼么，放好兹以后<u>夜快</u>么两家头再去赶回转。（张薇，2019：169）

吴语还有不少方言点有"V快"，如上海、江苏的吴语区。［可参见崔山佳（2018）第十八章］钱乃荣（2014）举有上海方言一些例子，如：

（23）火车<u>开快了</u>现在火车快开了。

（24）我个作业<u>做好快了</u>我的作业快要做完了。

江苏江阴方言也有，如：

（25）到现在还没烧饭，我<u>饿煞快</u>哩！

（26）我啊<u>跑煞快</u>哩！（刘俐李等，2013：146）

"煞"用于动词、形容词后作补语，表程度极深，相当于普通话作补语的"死"，常和助词"落""快"连用。（刘俐李等，2013：146）

上面说"快"是助词，我们不同意。下文要论及。

江苏海门、常熟、苏州、常州等方言也有后置状语"快"，如：

（27）水透<u>快</u>哉。（常熟）

（28）水滚<u>快</u>哉。（苏州）

（29）水开<u>快</u>特。（海门）

（30）水滚<u>快</u>咧水快开了。（常州）（汪化云等，2020：181）

绍兴柯桥方言的"快"还有数量上接近的意思，是体用法的继续发展。如：

（31）输得<u>十来万快</u>输了将近十来万。

（32）去得<u>三分之一快</u>去了接近三分之一。（盛益民，2014：409）

这与上面所说的"已经三年快了"一样。

2. 其他方言

除吴语外，其他方言也有这种用法，如河北满城方言（属冀鲁官话）也有这种"V快了"的说法，如：

（33）车来**快**了_{车快来了}。

（34）病好**快**了_{病快好了}。（黄伯荣，1996：793）

北京平谷方言（属冀鲁官话）表示"快要、将要"之义的"快"还经常放在谓词性词语之后，整个词组的意思不变，如：

（35）他的病**快**好了。又说"他的病**好快**了"。

（36）我**快**吃完了。又说"我吃完**快**了"。

（37）他**快**写完字了。又说"他写完字**快**了"。（陈淑静，1988：117–118）

平谷方言两种说法并用，"快"既有后置用法，又有前置用法。可能"V 快了"是平谷方言固有用法，"快 V 了"是受普通话影响的说法。长城的将军关位于北京市平谷区东北约 40 公里的明长城线上，是北京境内长城的东端。其东南为黄崖关，西北近墙子路关，在军事防御上十分重要，是平谷东北的重要隘口。将军关下的一个小村庄也因此得名将军关村。据说明代戚继光守长城时，带去了不少英勇善战的浙江义乌兵，后来他们就在那儿定居下来，根据前面所述，明代已有"V 快"，有可能义乌兵把"V 快"带到了河北、北京长城一带。这与江淮一带的兵把"VV 瞧"带到云南、贵州（靠近云南的一部分地区）一样。

至于满城方言、平谷方言这种"V 快"的说法，是近代汉语的传承，还是其他什么原因，目前不得而知。

徐州方言（属中原官话）也有这种用法，如：

（38）钱都花完了**快**（﹦钱都快花完了）。（苏晓青等，1996，引论：19）

上例与一般不同的是"快"在"了"后。与例（6）杭州方言"冰化了快"一样。但徐州方言还有"你来了又""他吃饭来_{来着}喷_正""去啵还？""不好吃一点儿""回家了都""走了莫须_{大概}""得去反是_{反正}""这孩子不听话老是""走赶紧_{赶快走}走"等。（苏晓青等，1996，引论：19）徐州方言的这种用法与南方的好多状语后置不同，而与现在一些电视剧中人物的台词差不多，似乎是新兴用法，而南方的状语后置用法往往是固有的。

广东封川、开建方言（属粤语）有"好快"，都义为"快要"。（侯兴泉，2017：354）这里的"好快"已经词汇化。

山西晋中榆次方言（属晋语）也有，榆次人说"齐快了"，其实是"快齐了"的逆序，意思是"病快好了"。（王丽滨，2017：69）

由上可见，"V 快了（到快了）"虽然主要运用于吴语，但其他方言也偶尔在运用。因此，冯力（2007：248）说"北部吴语中有一个在谓词后加'快'用于表示近将来体（或即行体）特殊语法结构"，这显然是不符合汉语方言事实的。

张振兴先生在给《河北方言研究丛书》所作的序中指出："曹妃甸简易的农村厕所叫'茅司 [mɑu⁴²sๅ¹³]'，也常见于东南地区的非官话方言。这使我想起好些年以前读李行健主编的《河北方言词汇编》，看到河北有的地方也把包括式的咱、咱们说成上声的 [năn]，第二人称单数也可以说'侬、汝'，第三人称单数也有说成'伊'或'渠'的，'吃、喝、抽'

不分，都说成'吃饭、吃烟、吃酒'，甚至还有的地方也把房子叫'处宅'，跟浙南闽方言的说法相同，就是福建闽方言有些地方的'厝宅'。刚看到的时候难免有些诧异，怎么河北方言这些说法跟东南地区的非官话方言一样了？其实调查深入了，语言事实看多了，就不觉得奇怪了。这就是汉语方言的分歧性和统一性的本质特征。"我们觉得这段很符合汉语方言事实，正因为如此，我们就毫不奇怪河北、山西、苏州北部一些方言有"V 快"的说法了。

冯力（2007：253）还说，当"快"与"形容词 + 煞"构成固定形式"形 + 煞快"时，表示感叹、夸张的语气，相当于普通话的"形 + 死了"：涨煞快、热煞快、吓煞快、痛煞快、气煞快、吃力煞快等。这种用法本来可能是"快要 + 形 + 了"的意思，但到了今天，"快"的本义基本上消失了。因为也可以说"涨煞了"或"涨煞"，而意义不变，所以"～煞快"凝固成了一个词缀语素，"快"只有一个语音的残留形式。

其实，"涨煞快、热煞快、吓煞快、痛煞快、气煞快、吃力煞快"其结构不是"形 + 煞快"，而是"形煞 + 快"。因为"快"可前置，如奉化方言的"热煞快嘞"可以说成"快热煞嘞"，也就是普通话的"快热死了"，与方言有对应关系，而汉语从来没有"煞快热"的说法。显然，冯力（2007：253）的说法不符合汉语事实。

3. 民族语言的"V 快"

矮寨苗语也有"V 快"，如：

ȼha³⁵tsen⁴⁴lei⁴⁴.　　很快地写。

写快貌

ȼha³⁵tsen⁴⁴lei⁴⁴tsen⁴⁴lei⁴⁴. 很快很快地写。

写快貌快貌（余金枝，2011）

4. 现代吴语的"V 紧"

苍南吴语既有"V 快"，又有同义的"V 紧快"，如：

（39）我晓得该事干做好紧罢我知道这事情快做好了。

（40）做好紧罢就停落歇下先快做好了就先停下休息一下。

（41）走来紧快，出事干罢快过来，出事了。（汪化云等，2020：178–179）

苍南是目前所掌握的说"V 紧"的唯一方言点。

（四）A 显 / 险

1. 吴语

"A 显 / 险"表示程度的加深。苍南吴语有"A 显"，如：

（1）老师晓得渠听讲显老师知道他很听话。（汪化云等，2020：179）

瑞安方言也有，如：

（2）哎，<u>是显</u>。（徐丽丽，2019：147）

永嘉方言也有。如：粗显、白显、矮显、短显、薄显、臭显、香显。（以上一般性质形容词）真显、假显、对显、圆显、空显。（以上绝对性质形容词）

"显"可与动词短语、部分心理动词组合，如：

（3）我爱<u>吃甜显</u>，糖出力园底多_{我很爱吃甜，糖尽管多放。}

（4）该条路车弯过，<u>车难开显</u>_{这条路弯弯曲曲，车子很难开。}

（5）永嘉麦饼我<u>喜欢显</u>，独自啊着一个吃_{我很喜欢永嘉麦饼，一个人都能吃一整个。}

（6）我拉吃个物事<u>有显</u>，就是我懒得做_{我家吃的东西很多，就是我懒得做。}（郑敏敏，2020：27-28）

乐清方言也有，且有不少。如"是显"有18处，"对显"有7处，"好吃显"有6处，"快活显"有5处，"喜欢显""何物讲法显"各有2处。又如：

（7）哎，<u>对显对显</u>。

（8）偻腊肉屋底农哪偻挂起晒起哪<u>香显</u>。

（9）凑凑眙，<u>闹热是闹热显</u>，<u>快活也是快活显</u>个，哦？（蔡嵘，2019：139-156）

例（7）是"对显"重叠，例（9）连用2个"AP是AP显"，都比较特殊。

丽水方言用"A险"，即"A显"，也用得较多。普通话"这毛巾很脏了，扔了它吧"，丽水方言说成"乙⁼根毛巾龌龊险，拨⁼渠摔了算罢"。（雷艳萍，2019：117）普通话"老师给了你一本很厚的书吧"，丽水方言说成"老师乞你一本厚险书吧"。（雷艳萍，2019：119）另"好吃险""深险"各有4处，"乐笑险""多险"各有3处。如：

（10）所以，电呢，我呢是印象<u>深险深险</u>，哒⁼。

（11）跑记跳记，笑起，渠蛮⁼得死人开心个，便<u>快活险</u>。

（12）阿⁼个新煤起便热热录⁼录⁼个便<u>好吃险好吃险</u>个嘞。

（13）我粒⁼做鬼⁼儿个阿⁼两年个天气还冷，阿⁼个洗粽箬<u>难洗险</u>个，东洗洗西洗洗，到落末还讲你没洗干净。（雷艳萍，2019：122-179）

例（10）、例（12）都是"A险"重叠。

遂昌方言也用"A险"，且用得更多，王文胜等（2019）共有60处。普通话"王先生的刀开得很好"，遂昌方言说成"王先生个刀开得<u>好险</u>"。（王文胜等，2019：116）另"好险""好咥险"各有5处，"多险""大险"各有4处，"辛苦险""聪明险""早险""无力险""高险""长险""排场险""有意思险""甜险""讲究险"各有2处，如：

（14）赫⁼便做红曲亦是一个<u>辛苦险辛苦险</u>个道路，啊。

（15）遂昌俫是一个季节分明个地方，春夏秋冬每个季节内底有哪些咥个，乐做哪□[neg⁴⁵]道路，都是分工<u>明确险</u>个，亦都是有讲法个。

（16）好，大大小小个节气讲了亨⁼多，大势是弗是对遂昌个节气感觉<u>有兴趣险</u>，有意思险了？（王文胜等，2019：120）

例（14）是"A险"重叠，例（16）中的"有兴趣"是动宾短语，但前面可用程度副词"猛"修饰，如普通话也有"很有兴趣"的说法。

2. "A 显 / 险"的已往研究

"A 显 / 险"的研究已有较长的时间。最早说到"A 显"的是温端政（1957/2003）。温端政（1957/2003：27）认为浙南闽语表示形容词的程度有在形容词后面加"显"的情况，如：大显、高显、老显、好看显、听讲显_{听话得很}。此后，研究"A 显"的成果较多，如：傅佐之（1962）、傅佐之等（1982）、潘悟云（1995）、游汝杰（1998）、颜逸明（2000）、崔山佳（2006）、张洁（2009）、陈笑哲（2011）、方思菲（2013）、周若凡等（2013）、阮咏梅（2013b）、林喜乐（2014）、叶新新（2016）、支亦丹（2018）、支亦丹等（2017a,2017b）等。（可参见崔山佳，2018a）

现代方言只有吴语有"A 显"。

（五）A 猛

1. 吴语

"A 显"以温州、丽水用得较多，而"A 猛"则主要分布在温州、台州、宁波、舟山、绍兴、金华等地。

定海方言有"A 猛"。普通话"这毛巾很脏了，扔了它吧"，定海方言说成"该毛巾腻腥猛了，车＝揩了嘞"。（徐波，2019：120）又如：

（1）有道人歪眼："小娃色＝格猛嘞？搭跌看＝哦？对拷嘛对拷。"（2）我乱话夷＝否拆呵，是哦，格是断了嘛，格人碰着痛猛嘛是哦。（徐波，2019：132）

定海方言说"色＝格猛"，宁波方言有"煞格猛"的说法，两者同。

天台方言也有。普通话"我算得太快算错了，让我重新算一遍"，天台方言说成"我算来快猛，让我算遍凑"。（肖萍等，2019：125）又如：

（3）忖来忖去呒办法，着＝去买个，路亦远猛来弗及，恰急勒团团旋。

（4）恰谷＝两个人客讲好吃好吃，好吃哦，渠讲格＝子尔带两个转去阿去，恰谷＝两个人客高兴猛勒。

（5）讲是格＝子讲落，有两个呐，祖孙两个人，老爷搭谷＝孙囡啦，边讨饭边卖艺喏，唱唱谷＝当＝小曲谷＝东西，走到天台来个时候，穷猛，苦猛，解＝恰天台人也呒告＝东西拨吃啊。（肖萍等，2019：125–231）

例（5）"穷猛""苦猛"连用。

嵊州方言"A 猛"使用频率更高。普通话"我算得太快算错了，让我重新算一遍""他一崤就唱起歌来了"，嵊州方言分别说成"我算得快猛，算错埭哉，带我重新算遍添""伊高兴猛个辰光啦就来亨唱歌哉"。（施俊，2019：118–119）另"多猛"有 4 处，"厚猛""麻烦猛""少猛"各有 3 处，"大猛""淡猛""好吃猛"各有 2 处。如：

（6）水么，忒个弗样摆得多猛，摆得多猛么，烧出来像放汤介变番薯汤哉，个么者＝个，湿猛糊猛。者＝么侬摆得少猛么，格番薯还 [无有] 烧熟，镬干掉哉，个么也弗对，要摆得适当个差弗多个。

（7）者＝拌匀之后么，下一步么就是要驮来刮＝哉，者＝刮＝呢介个，先装块板，装块板呢，就是四面面薄薄介总介竹篾爿啦，个实者＝个钉点东啊，薄薄介个，弗厚猛，厚猛么格番薯胖啦出来也厚猛，格么晒弗燥啊，<u>粘猛</u>，薄薄个。

（8）侬是话"喔"，我断＝断＝<u>吃力猛</u>，我少些断＝两记么算哉，个个露水也[无有]来哦，好哉好哉，介么侬个菜啦就是弗鲜个。

（9）者＝侬话像一般个农也弗大会买猛个，或者是呐便宜些介个，一块五角一块六角介总那偓爹买来介光是话一块五角还是一块六角啦我忘记掉哉，个光＝买来吃吃是煞淡无流个啦，真当吃弗来个，者＝么皮么还厚添，者＝么我想想买吃个东西啦也弗去张伊个，就是等到去买啦总买得稍微呐味道好点介个哦，侬如果味道弗好啦买来掼掼掉个啦，侬弗是越加浪费了哦。

（10）侬吉＝豆腐麻糍豆腐年糕则＝打出去个广告是，蛮＝枪＝号＝啦偓老早做小吃个啦也是，介是一日了麻糍则＝木佬佬好烧来有，豆腐麻糍全部<u>好吃猛好吃猛</u>个。（施俊，2019：123）

例（6）是"湿猛""糊猛"连用，例（9）的"会买"是状中短语，例（10）是"A猛"<u>重叠</u>。

嵊州长乐话也有"A猛"，钱曾怡（2002：289）说嵊州长乐话"猛"字用得很普遍，"猛"可跟在单音节形容词后，也可跟在双音节形容词后，还可跟在词组后。

东阳方言有"A蛮"，其实就是"A猛"。如：

（11）老嬷去裏柴个时间呢，格＝老公啊一只手便嗷啦，嗷啦打那个颊骨里头，<u>痛蛮</u>个，哎呀，熬记短啊，想食肉呀。（刘力坚，2019：180–181）

曹志耘等（2016：597–598）说到婺州方言的"程度表示法"，其二是：在形容词之后加"猛"构成"A猛"，相当于普通话的"很A"。除了浦江，婺州方言普遍都能用这种方式。如汤溪有"多猛、慢猛、苦猛、忙猛"等说法。曹志耘（1987：94）也有提到。浦江未见"A猛"，可能与其有"A得紧"有关。①

郑伊红（2018）专门研究金华方言程度副词"猛"，方言点是坛里郑②。程度副词"猛"的搭配能力很强。可后置于动词或动词性短语，如：

（12）昨天渠生日，妈妈送了渠一块手表，<u>渠喜欢猛</u>嘞。

（13）侬别看渠木头样，随便什么事情，渠都<u>有办法猛</u>筒。

（14）弗担心，渠读过书，讷种事情讲<u>道理猛</u>筒。

虽然"喜欢""有办法""讲道理"都是动词性的，但可用程度副词修饰，与普通话一样，如"很喜欢""很有办法""很讲道理"。

在这些组合中，动词和动词性短语都可以受"很"的修饰，只不过在金华方言中用程度副词"猛"来突显程度深，且出现在动词和动词性短语的后面。通过比较分析，我们发

---

① 关于浦江方言的"A得紧"用法可参看第十九章。

② 是金华市婺城区乾西乡的一个农村。

现，这些被修饰成分在语义上都有一个共同的特征：一般都是表示性质或心理状态的，而不表示具体的动作。（郑伊红，2018：55）

"猛"也可后置于性质形容词。如：

（15）格些橘还正从超市到买了个，侬尝尝觑甜猛箇。

（16）还正来的女同学是哪个，生了漂亮猛喂。

通过观察和分析以上的例句，该文作者发现，金华方言后置程度副词"猛"所修饰的主要是相对性质形容词，很少修饰真、假、横、竖等单纯表性质而没有量或程度差别的绝对性质形容词。（郑伊红，2018：55）

比较奇怪的是，"猛"还可后置于部分合成方位词。如：上面猛很上面、下面猛很后面、前面猛很前面、后面猛很后面、里面猛很里面、外面猛很外面。以上可见，金华方言中单纯方位词主要是和"面"搭配的合成方位词才能在后面加"猛"，"猛"不能后置于"X边""X头"。如：

（17）感冒药放了柜箇上面猛箇地方，小人拿不到感冒药放在了柜子很上面的地方，小孩子拿不到的。

（18）a：王明有没？阿找渠有事割我找他有事情。

b：（指了指队伍的前方）渠了前面猛，你去看看觑他在很前面，你去看看吧。

（19）妈妈分东西放了里面猛，阿拿不到妈妈把东西放得很里面，我够不到。（郑伊红，2018：55）

"A猛"也可重叠，如：好猛好猛。（郑伊红，2018：55）偶尔还可在前面加否定副词"没有"，如：没有好猛、没有漂亮猛。（郑伊红，2018：56）"X猛"后面一般都会有"箇""嘞"等语气词。（郑伊红，2018：56）

温州苍南蛮话也有"X猛"，"猛"可后置于形容词，也可后置于动词，还可后置于方位名词，还可后置于谓词性短语。但所举例子多为"A猛A"。这其实不是真正的副词后置，因为其是放在形容词等重叠的中间的。

形容词可以是3个音节的，如：

（20）这个后生团光生气猛这个年轻人很干净。

（21）该人噜糟相猛这个人很啰唆。

形容词可以是4个音节的，如：

（22）伊这个人腻死巴糟猛这个人很死皮赖脸。（方思菲，2013：49）

可以是动词，但不能后置于动词重叠和一般动词，而是可后置于心理动词、能愿动词、判断动词以及"有""冇"这样的准谓宾动词。只是只举"V猛V"，未举"V猛"。

"猛"可后置于少数的复合方位名词后。如：

（23）成绩在班上算后偏猛成绩在班上算是很后面。

（24）伊坐角落兜猛她坐在很角落。

（25）伊厝底住里边猛她家住在很里面。

（26）衣服放下底猛衣服放在很下面。

（27）我们排队排门前猛我们排队排在很前面。（方思菲，2013：53）

"猛"可后置于复合方位名词后，与金华坛里郑方言一样，是比较特殊的。

"猛"后置于谓词性短语。如：

（28）我会唱歌猛_{我很会唱歌。}

（29）伊上课的时候要讲猛_{他唱歌的时候很愿意讲。}

以上是"猛"后置于状中短语。

（30）这个老师有经验猛_{这个老师很有经验。}

（31）伊做事情生尾巴猛_{他做事情拖拖拉拉。}

以上是"猛"后置于动宾短语。

（32）我洗衣服洗光生猛_{我洗衣服洗得很干净。}

（33）老师的话我听灵清猛_{老师的话我听得很清楚。}

以上是"猛"后置于中补短语。（方思菲，2013：54–55）

但奇怪的是，苍南蛮话的"猛"不能后置于单音节词后面，包括形容词，只有"A 猛 A"，没有"A 猛"。（方思菲，2013：30）这与其他有"A 猛"的方言大为不同。

相比而言，金华与苍南蛮话的"X 猛"比较复杂，很有类型学意义。

公众号"三门湾乡音"中说台州三门方言也有"A 猛"，如：

（34）药气重猛_{药味太重。}

（35）好相猛个大娘我也追不起，太漂亮的大姑娘我也追不起。

肖萍等（2019）未见"A 猛"。其实，宁波方言是有"A 猛"的。（可参见朱彰年等，1996–2016）

关于"A 猛"，浙江吴语还有不少方言有，如金华（曹志耘，1996：172；曹志耘等，2016：636–637）、汤溪（曹志耘等，2016：637）、磐安（曹志耘等，2016：637）、奉化（崔山佳，2006：44）、仙居（崔山佳，2006：44）、阮咏梅（2013b：268–271）等。

2. 徽语寿昌（旧）方言

普通话"今天热得很 / 今天热极了"，浙江寿昌（旧）方言说成"今朝热猛热猛"（曹志耘，2017：294）。

曹志耘（2017：294）指出："寿昌则将程度副词'猛'后置，再加以重叠，又如'甜猛甜猛''好猛好猛''多猛多猛'等。寿昌的这种用法跟金华等地吴语方言相同。"寿昌（旧）方言属徽语，寿昌（旧）方言有"A 猛"可能受吴语的影响，是方言接触的结果。

但寿昌（旧）方言也有自己的特色。曹志耘（2017：294）指出："在寿昌话里，'猛'有时还可以用在所修饰词语的后面，例如说'今朝热猛'。但'猛'这种后置用法所表示的程度比前置时略低。"这与一般所说的补语比状语表示程度要重并不同，有类型学意义。

（六）V 添

1. 吴语

苍南吴语有"V 添"，如：

（1）故事讲个添_{再讲个故事。}

（2）路亦远，亦难走添路远，还不好走！

（3）厘厘有好吃，我真阿弗吃一碗添一点不好吃，我真不想再吃一碗。（汪化云等，2020：179）

例（1）、例（3）中的"添"用在动＋（数）量后面，例（2）用在状中短语后面。

瑞安方言也有。普通话"你才吃一碗米饭，再吃一碗吧"，瑞安方言说成"你啊还是吃一碗饭哎，吃碗添那"。（徐丽丽，2019：121）又如：

（4）划龙船呢，四月呢，就沃⁼，沃⁼逮许俅，许俅，龙船若沃⁼老爻罢，噶走新个树买来，闹热显闹热个，噶逮龙船呢，新个逮渠做起添。（徐丽丽，2019：127）

永嘉方言也有。"添"用在动词性词语后面，表示动作行为是"有待重复进行的"或者动作状态的"继续或持续"，用在形容词的后面，是表示形容性状的程度"有待加深"，以达到增加数量、增进程度的效果。如：

（5）你粥吃碗添你再吃碗粥。

（6）你嬉下儿添你再玩会儿。

（7）走几步添就走到道罢再走几步就到了。

（8）不用愁，渠只十五岁，还会长添个不用担心，他才十五岁，还会长高的。

（9）颜色还着黑厘儿添，不得胎不灵清颜色还要再黑一点，不然看不清楚。（郑敏敏，2020：16）

永嘉方言的"添"还可以重叠使用，作用意义不变。如：

（10）该日闲显闲，冇事干我睏下儿添添今天很闲，没有事干我再睡一会儿。

（11）该香蕉能新鲜，我买厘添添这香蕉这么新鲜，我再买一些。

（12）饭还不燥，还着受一下儿添添饭还不干，还要再焖一会儿。（郑敏敏，2020：18）

乐清方言也有。普通话"你才吃了一碗米饭，再吃一碗吧"，乐清方言说成"你统啊只吃到一碗饭，吃碗添哪"。（蔡嵘，2019：118）普通话"我先走了，你们俩再多坐一会儿"，乐清方言说成"我蹓走罢，你两个坐下添"。（蔡嵘，2019：120）

东阳方言也有。普通话"我走了，你们俩再多坐一会儿"，东阳方言说成"我去哇，尔那⁼两个坐记儿添"。（刘力坚，2019：119）普通话"请你再说一遍"，东阳方言说成"请讲遍添"，普通话"你再吃一碗"，东阳方言说成"尔食碗添"。（曹志耘等，2016：610）

汤溪方言也有。普通话"你再吃一碗"，汤溪方言说成"尔吃碗添哇"。（曹志耘等，2016：609）

磐安方言也有。普通话"请你再说一遍"，磐安方言说成"请尔讲遍添儿"，普通话"你再吃一碗"，磐安方言说成"尔食碗添儿～尔再食一碗"。（曹志耘等，2016：610）磐安方言的"尔再食一碗"是受普通话的影响，是第三层次的说法，但没有中间的"尔再食一碗添"，比较特殊。与婺州其他方言不同。

永康方言也有。普通话"你再吃一碗"，永康方言说成"尔食碗添～尔再食碗添"。（曹志耘等，2016：610）永康方言又是一种情形，有"尔再食碗添"，但没有受普通话影响的"尔再食一碗"。也与婺州其他方言不同。

武义方言也有。普通话"请你再说一遍"，武义方言说成"请农讲遍添"，普通话"你再吃一碗"，武义方言说成"农饭食碗添"。（曹志耘等，2016：610）

庆元方言也有。普通话说"我先走了，你们俩再多坐一会儿"，庆元方言说成"我去了，你两个坐记儿先""我去了，你两个坐记儿添"。（王文胜等，2019：116–117）庆元方言也比较特殊，既用"V 添"，也用"V 先"。

傅国通（2007/2010：39）指出，在温州、丽水、金华、衢州等及杭州、绍兴的某些方言里，副词"添"常用在动词短语或动词后，表"增加、增添"义。如：

（13）吃碗（饭）<u>添</u>。（金华）

（14）买<u>添</u>。（松阳）

（15）讲遍<u>添</u>。（温州）

（16）敢勿敢来<u>添</u>。（东阳）

绍兴方言也有，如：

（17）饭吃碗<u>添</u>。

（18）馒头驮两个<u>添</u>。（吴子慧，2007：213）

据笔者所在学校黄梦娜同学告知，宁波余姚方言有"饭吃碗添添"，而不大听到"饭吃碗添"。余姚原属绍兴，有的语法现象也与绍兴有关。

钱塘江流域九姓渔民方言也有。普通话"你再吃一碗"，九姓渔民方言有如下说法：

（19）a. 尔再吃一碗。

b. 尔再吃碗<u>添</u>。

c. 尔吃碗<u>添</u>。（建德）

（20）尔农（再）吃碗<u>添</u>。（金华）

（21）a. 尔再吃一碗（<u>添</u>）。

b. 尔吃一碗<u>添</u>。（屯溪）（黄晓东，2018：227）

建德方言、屯溪方言有三个层次的说法，但也有区别，即第二层次后面的"添"可有可无，金华方言有第一层次、第二层次 2 种说法。可见，3 个方言点说法不尽相同。

曹志耘等（2000：432）说到普通话与处衢方言的比较。

请你再说一遍！　　　你再吃一碗。

开化：请尔（再）讲一遍<u>添</u>!　　尔（再）食瓯<u>添</u>。

　　　请尔（再）讲一遍<u>凑</u>!　　尔（再）食瓯<u>凑</u>。

常山：请尔（再）讲遍<u>添</u>!　　尔吃瓯<u>添</u>。

　　　请尔（再）讲遍<u>凑</u>!　　尔吃瓯<u>凑</u>。

玉山：请你再讲一遍！　　　你再跌＝一碗。

　　　请你讲遍<u>添</u>!　　　你跌＝碗<u>添</u>。

　　　请你讲遍<u>凑</u>!　　　你跌＝碗<u>凑</u>。

龙游：请尔再讲一遍！　　　尔农食一碗<u>添</u> ~ 尔农再食一碗（<u>添</u>）。

遂昌：请你（再）讲遍<u>添</u>!　　你（再）跌＝碗<u>添</u>。

　　　请你再讲（一）遍！　　你再跌＝一碗。

云和：请你再讲一遍！　　　你再吃一碗。

庆元：请你再讲一转！   你□[ʔdiaʔ5] 碗儿添。

　　　请你（再）讲转添！   你□[ʔdiaʔ5] 碗儿先。

曹志耘等（2000：432）指出，在处衢方言如龙游方言中，"尔农食一碗添""尔农再食一碗（添）""尔农再食一碗"这三种说法同时并存。其中"尔农食一碗添"是方言固有的说法，是最早的层次，在这个层次里，量词前面的数词"一"以省略常；"尔农再食一碗（添）"是方言与普通话"杂交"的形式，是第二层次（玉山话缺少这个层次）；"尔农再食一碗"则是后起的与普通话相同的说法，属第三个层次，有的点第二层次和第三层次并存，有的点只有第三层次，有的点如龙游方言则是三个层次并存，但都没有第一层次和第三层次并存而缺少第二层次的情况，这也说明这类句子确实有三个不同的时间层次。后置成分"先""起""过"的句子也有类似的情况。

上面7个方言点几乎没有完全一样的，可见处衢方言的复杂性。例子中的"（再）"很有意思，如果口语中加上"再"，就是第二层次的形式，如果口语中去掉"再"，就是副词后置。衢州方言中的3个点，既说"V添"，又说"V凑"，很有特色。玉山方言与开化方言与常山方言又有不同，"请你再讲一遍"几乎与普通话相同，而开化与常山没有。龙游方言也很有意思，"请尔再讲一遍"几乎与普通话相同，而"尔侬食一碗添～尔侬再食一碗（添）"则与普通话不同，而且又有两种说法：一用副词后置，一用第二层次的形式。遂昌方言也有特色，既有几乎与普通话相同的说法，又有"请你（再）讲遍添""你（再）跌﹦碗添"，这里包括两种说法：一是副词后置，一是第二层次的形式，就看用不用"再"。庆元方言只有"请你再讲一转"几乎与普通话相同，其既有用副词后置，也有用第二层次的形式。"你□[ʔdiaʔ5] 碗儿先"也很特殊，与"□[ʔdiaʔ5] 碗儿添"同义，可见，在庆元方言中，这里的"先"不表"先行"，而是表示"追加、继续"。曹志耘等（2000：432）指出，庆元话的"先"也具有表示追加、继续的意思，如：

（22）我瞌儿听清楚，你（再）讲转先我没听清，你重说一遍。

只有云和方言几乎与普通话一致。

颜逸明（2000）、钱曾怡（2002）、游汝杰（2003）、王文胜（2006）、骆锤炼（2009）、林喜乐（2014）等都说到温州、嵊州、遂昌等吴语方言点的"V添"。

2. 其他方言的"V 添 / 着"

2.1 徽语

浙江淳安方言的"添"除用作表示继续的后置成分外，还有表"领先"的后置成分，如：

（23）不要急添先别急！（曹志耘，2017：309）

淳安方言也有"添"其他用法，如：

（24）渠去不添他去没去？

（25）尔饭吃去不添你吃饭了没有？（曹志耘，2017：309–310）

曹志耘（2017：310）认为上面2例里的"添"是否语气词很难断言。确实如此，考虑到其他方言（如粤语）"添"有语法化为语气词的情况，说它是语气词也有可能。

孟庆惠（2005：411）认为整个严州徽语都有"V 添"的说法：

淳安、建德：尔吃碗添_{你再吃一碗。}

遂安：义﹦吃碗添。　　　寿昌：朕吃碗添。

淳安、建德：尔买本添_{你再买一本。}

遂安：义﹦买本添。　　　寿昌：朕买本添。

淳安、建德：尔等一下添_{你再等一会儿。}

遂安：义﹦等一下添。　　　寿昌：朕等一下添。

孟庆惠（2005：411）指出："句子中用过'添'后，动词前面还可以用'再'_{尔再吃碗添，}意思不变。"这说明，严州徽语有"再……添"。

安徽黟县宏村方言有"V 添"，如：

（26）讲一遍添_{再说一遍。}（谢留文等，2008：199）

安徽黟县宏村方言有"再……添"，如：

（27）再吃一碗添_{吃第三碗。}（谢留文等，2008：199）

（28）（再）坐一下添_{再坐一会儿。}（谢留文等，2008：208）

"再吃一碗添"是"吃第三碗"的意思比较特殊。宁波方言如果吃了一碗，可以说"再吃一碗凑"，那是指吃第二碗；吃了第二碗后，说"再吃一碗凑"，那才是指吃第三碗。

安徽歙县大谷运方言也有"V 添"。如：讲一遍添、坐坐添。（陈丽，2013：143）

2.2 祁门军话

安徽祁门军话也有。赵日新等（2019：224）认为，"添 [thiɛ̃¹¹]"表追加、继续，如：

（29）请你讲遍添！

（30）你吃碗添。

祁门军话的"V 添"可能是受徽语的影响。

2.3 赣语

安徽潜怀方言也有。如：

（31）打点水添_{再添一点水。}

（32）加几样菜添_{再加几样菜。}

（33）还住两晚添_{再加住两晚。}（李金陵，1994：78–79）

书中明确说上面的例子是"状语后置"。另外，例（33）是"还……添"，可以认为是"框式状语"。

据李金陵（1994：5，6），潜怀方言区主要在安徽西南部的大别山区一带，既含有湖北"楚语""赣语""江淮方言"的某些特征，同时又具有掺杂各种方言而汇成潜怀方言独特的地方色彩。但据后置"添"的现象来看，这应该是具有赣语特色的。

在赣东北方言中，意义相当于普通话"再"的表示追加、继续的加量补语成分有"添"和"凑"两个。考察各方言点的情况，有的方言只有其中的一个，而在不少方言中是两种说法共现。如：

广丰	玉山	上饶	德兴	婺源	铅山	横峰	余江	余干	乐平
添/凑	添/凑	凑	添/凑	添/凑	凑	凑	凑	凑	凑

赣东北吴语和徽语都是兼说"添"和"凑"的，而赣语都只说"凑"。上饶方言也只说"凑"，应该是赣语影响所致。再看赣东北以外的吴语，如浙江的吴语处衢片中，龙游方言、遂昌方言、云和方言、庆元方言只说"添"，开化方言、常山方言兼说"添""凑"；赣东北以外的徽语，绩溪方言、歙县方言、屯溪方言、休宁方言、黟县方言只说"添"，祁门方言兼说"添""凑"。可以看出，"凑"是赣语性质的语法成分，"添"是吴语、徽语的共有语法成分（应该是同源性），赣东北吴语（还包括开化方言、常山方言）和赣东北徽语（包括祁门方言）受赣语影响，都接受了"凑"并与方言固有的"添"构成语法成分的叠置。（胡松柏，2003b：70）

赣东北有吴语、徽语和赣语，在使用"凑"与"添"上，各有不同，颇为复杂。

2.4 客家话

江西南康方言（属客家话）也有"V 添"。如：

（34）偓想歇觉啦，你们聊刻子添_{我想睡觉了，你们继续聊吧}。（温珍琴，2018：188）

作者认为这是继续体：表示说话人说话时刻动作行为继续进行。

南康方言也有表示加量的"添"放在动词之后，这种情况动词前还可以使用"再"，如：

（35）食碗饭添_{再吃一碗饭}。（温珍琴，2018：223）

于都方言也有。如：食一碗（添）_{（再）吃一碗}、去一到（添）_{（再）去一次}。（《于都县志》，1991：631）

广西陆川客家话也有。"添"表动作行为有待重复或持续，或事物性状程度有待加深。如：

（36）佢食欸一碗饭，还想食一碗添_{他吃了一碗饭，还想再吃一碗}。

（37）水落太滴添_{雨再下大点}。

（38）饭可以煮倒绵滴添_{饭可以再煮烂一点}。（唐七元，2020：136）

2.5 闽语

闽北石陂、镇前等地也有"V 添"。（秋谷裕幸，2008：368）

2.6 泰国曼谷广府话

泰国曼谷广府话有进层助词"添"[tʻim⁵⁵]，出现在谓词短语后面，表示它前面的成分所交代的情况更进一步。其前面的成分常有表示数量、程度、范围等更多、更强、更大的"多、再、埋、仲（重）"等词与之呼应。如：

（39）等多一下添_{多等一下}。

（40）再食一碗添_{再吃一碗}。

（41）湄南河边风大，着埋呢件衫添啦_{湄南河边风大，把这件衣服也穿上吧}。

（42）泰国啲水果不单止品种多，仲好好食添_{泰国的水果不但品种多，还很好吃哩}。（陈晓锦，2010：355）

我们以为，例（40）的"再食一碗添"，例（42）的"仲好好食添"都是"再……添"，后面的"添"不应该是助词。

许宝华等（2020：5021）收"添"，义项有九，其五是："<副>再。"方言点一是吴语。浙江绍兴：夘客气！再吃碗添！浙江金华岩下：吃碗饭添_{再吃一碗}｜再望两遍添_{再看两遍}｜红点儿添还好望些_{再红一点还要好看}｜再去添弗的_{再去不去}？浙江苍南金乡：吃一碗添｜买瓶来添｜不够用走来讨添。浙江温州。二是客话。广东梅县：看一摆电影添_{再看一次电影}｜江西龙南：你写个字添｜你再等一下添，倨就来_{你再等一会儿，我就来}！三是粤语。广东广州：畀三文添_{再给三块钱}｜攞啲嚟添_{再拿一些来吧}｜重嚟两个人添至够_{再来两个人才够}。

虽然所举例子的方言分布比"凑"要广得多，但还是有不少遗漏。

2.7 民族语言的"V 添"

矮寨苗语也有"V 添"，如：

məŋ³¹ nəŋ³¹ a⁴⁴/²¹ ʈe³⁵ le³⁵ tshu⁵³.　　你再吃一碗饭。

你　吃　一　碗 饭　添（凑）（余金枝，2011：152）

（七）V 凑

1. 吴语

"V 凑"义同"V 添"，但分布范围比"V 凑"窄。天台方言有"V 凑"，普通话"我算得太快算错了，让我重新算一遍"，天台方言说成"我算来快猛算错阿落，让我算遍凑"。（肖萍等，2019：118）普通话"我先走了，你们俩再多坐一会儿"，天台方言说成"我去落，尔两个坐记凑"。（肖萍等，2019：119）如：

（1）格讲："[搭我] 指点记凑。"（肖萍等，2019：231）

此前，戴昭铭（1999：252）就提及天台方言有"V+ 数量 + 凑"。"量"可以是名量或动量。量词前的数词"一"通常省略。"凑"相当于北京话的"再"，吴语有的方言是"添"，表示动作的延续或频次的增添。如：

（2）吃碗凑_{再吃一碗}。

（3）买三斤凑_{再买三斤}。

（4）坐记凑_{再坐一会儿}。

（5）去埭凑_{再去一趟}。（戴昭铭，1999：252）

与"添"可重叠一样，"凑"也可重叠，台州方言的例子如：

（6）时间还早，书望两页凑凑。

（7）钞票还有，物事买点凑凑。（张永奋，1994：79）

台州温岭方言也有"凑"重叠的用法，如：

（8）我硕士读爻还要读博士凑／凑凑。

（9）到街埠_{街上}买两件衣裳凑／凑凑。（阮咏梅，2013b：277）

重叠"凑凑"是为了强调重复的程度，也体现了象似性特征。

临海方言的"V凑"更复杂。作为后置句法成分的"凑"在读音上与动词"凑"一样未发生弱化。最常见用法是表示动作行为重复进行，放在形容词性谓语后表示状态程度加深，与普通话"再"相近，主要用于未然语境。"凑"前动词一般属于自主行为类、行为一过程类及言说类（Payne，1997：54-60）。重复义"凑"句法位置相对固定，否定词或情态助动词都无法直接对"凑"产生句法作用。由于吴语存在大量分裂式话题结构，宾语位置上往往留有数量成分，如：

（10）饭弗吃凌爻_{饭不（再）吃了。}（[*]饭凑弗吃爻。/[?]饭弗凑吃爻。）

（11）饭要吃碗凑_{要再吃一碗饭。}（[*]饭凑要吃碗。/[?]饭要凑吃碗。）（卢笑予，2019：118）

卢笑予（2019：119）认为，根据动词与受事名词之间的关系，可区分出两种"VP+凑"。第一种是添加同一受事数量：

（12）毛笔字还要写张凑_{还要再写一张毛笔字。}

（13）葛本书望记凑_{再看一会儿这本书。}

还有一种是添加同一事件场景中的不同行为：

（14）饭吃完爻，汤吃碗凑。→同属"吃饭"场景

（15）毛笔字写好爻，钢笔字写张凑。→同属"写字"场景

（16）? 我电视望勒差勿多爻，游戏想打记凑→非同一场景，较难相容

临海方言的"凑"还可以单用表示回答，如：

（21）A：饭还吃凑□ [uɛ⁵]_{还要再吃饭吗？}

B：凑_{（还要）再（吃）}！

（22）A：昨夜葛电影还要望凑□ [uɛ⁵]_{还要再看昨天的电影吗？}

B：凑_{（还要）再（看）}！

例（21）句A还可以表达为：

（21'）A：饭还凑弗凑_{饭还要再吃吗？}

普通话重复义副词"再"是不能单独用来回答的。如果以单个语素形式回答的话，普通话只能选用情态动词"要"或者实义动词"吃"这些述谓性成分。"凑"不仅可以单独充当答句，还具备和典型动词（prototypical verb）相当的"V–neg–V"属性。虽然两者使用频率不算高，但说明它的述谓性并未全部消失。（卢笑予，2019：120–121）

"凑"还可以单用，表示回答确实特殊，其他方言未见报道。"凑"能单独回答问题，与浙江诸暨方言的量词"双"能回答问题有异曲同工之妙。如：

（23）甲：我要买双鞋。

乙：哈里哪双？

甲：双。（用手指某双鞋子说）^①

量名结构中的名词存在于言谈现象中，说话人和受话人可根据情景（或副语言，如手势）判别出来，"具有指别作用，可用'哪个'之类的疑问词发问"（王健等，2006：240），是言谈现场中的某个事物。（崔山佳，2018a：439）2个例子都是在对话中，是有一定的语

---

① 此例由笔者所在学校魏业群同学提供。

言环境的。

天台方言也有。普通话"我算得太快算错了，让我重新算一遍"，天台方言说成"我算来快猛算错阿落，让我算遍凑"。（肖萍等，2019：118）普通话"我先走了，你们俩再多坐一会儿"，天台方言说成"我去落，尔两个坐记凑"。（肖萍等，2019：119）如：

（24）吉[＝]吃阿以后呐气力有勒，再吉[＝]相呐，<u>走记凑</u>呐边勒有吉[＝]条小溪，溪水呐有菜叶推[＝]出来，渠再走，走到里面呐，谷[＝]麻糍饭推[＝]出来，填碗勒推[＝]出来落，渠俩把谷[＝]麻糍饭也掇起来吃阿。（肖萍等，2019：226）

（25）格讲："[搭我]<u>指点记凑</u>。"（肖萍等，2019：231）

三门方言也有。如：

（26）困_睡一且_{一会儿}亦困重来，亦望上头<u>爬层凑</u>_{再，又。后置}。（褚树荣《我远猛远个山马坪》）

永嘉方言也有"凑"。意义、用法和"添"基本一样。如：

（27）我要<u>眙凑</u>/我要<u>眙添</u>_{我还想再看。}

（28）我想<u>坐下儿凑</u>/我想<u>坐下儿添</u>_{我还想再坐一会儿。}

（29）茶喝<u>杯凑</u>/茶喝<u>杯添</u>_{再喝一杯茶。}

（30）宿金华<u>嬉日凑</u>/宿金华<u>嬉日添</u>_{在金华再玩一天。}（郑敏敏，2020：18–19）

2. 其他方言

2.1 赣语

赣语有"V 凑"。如：

（31）<u>吃一杯凑</u>_{再喝一杯。}

（32）<u>吃碗饭凑</u>_{再吃一碗饭。}

（33）<u>舞一下凑</u>_{再干一阵子。}

（34）<u>来几个凑</u>_{再来几个。}（陈昌仪，1991：366）

陈昌仪（1991：366–367）指出，赣语各次方言普遍使用，出现频率很高，各大片都有此格式。上面几例还可以说成"再……凑"，这就是框式状语。不过，它只能出现在动作行为重复几次以后。"V 凑"可出现在第一次动作行为之后，也可出现在动作行为重复多次之后，后种情况与"再……凑"同义。

这与其他方言也有不同之处。如奉化方言，"V 凑""再……凑"既可以出现在第一次动作行为之后，也可出现在动作行为重复多次之后。尤其是现在城市里年轻人的饭量远不如我们这些"50 后"的人，他们一般吃一碗就够了，就可以说"V 凑"，也可以说"再……凑"。

江西丰城方言有表示增加的"VN 凑"，有两个特点：一是 N 不可省略，二是 N 内部可以没有名词，但不可以没有量词。如：

（35）<u>炒个蛋凑</u>_{再炒一个蛋吧。}

（36）<u>炒个凑</u>_{再炒一个吧。}

（37）穿两日凑。

但不能说"炒蛋凑""炒凑""穿凑"。只有"吃"是例外，如可以说：

（38）吃凑_{再吃}。

（39）吃饭凑_{再吃些饭}。（陈小荷，2012：103）

江西安义等方言也有"V 凑"。（曹志耘，2008：88）

2.2 徽语

江西浮梁（旧城村）方言有"V 凑"。如：

（40）请尔□ [na˧˩] 话一到凑_{请你再说一遍}。（谢留文，2012：101）

（41）尔吃一碗凑啰_{你再吃一碗吧}。

（42）我□ [mau˧˩]_{没有}听清楚，尔话到凑_{再说一遍}。（谢留文，2012：104）

普通话"再吃两碗"，赣东北方言多在句末加"凑"或"添"来表示。赣语中多用"凑"，"添"在吴语、徽语中使用。如：

（43）你坐下凑_{你再坐一会儿}。（江西余干话）

（44）阿咥碗舔^①/凑_{我再吃一碗}。（江西广丰话）（胡松柏，2003b：62）

胡松柏（2003b：66）指出，"坐下凑_{再坐一会儿}"是赣东北赣语借贷给赣东北吴语、徽语的句法格式。

2.3 畲话

浙江景宁畲话也有"V 凑"。如：

（45）古老讲个凑_{再讲个故事}。（胡方，2015：372）

许宝华等（2020：5010）收"凑"，义项有十八，其十五是："< 副 > 再。"方言点是浙江黄岩。从上可见，作为副词后置的"凑"有一定的方言分布范围，只注黄岩，显然太狭窄了。

（八）V 先/起

1. 吴语

苍南吴语有"V 先"，如：

（1）你走两步先。

（2）句让渠走先用弗着个_{让他先走是不行的}。

（3）句渠走爻先个人统有问题_{让他先走的人都有问题}。（汪化云等，2020：178–179）

永嘉方言也有。如：

（4）有何乜事干你勥急先，坐落慢慢讲_{有什么事情你先不要急，坐下慢慢说}。

（5）窗门开爻先，再扫地下_{先开窗户，再扫地}。

（6）你问问灵清先，南京路到底訾那走_{你先去问问清楚，南京路到底怎么走}。

---

① 原文如此，我们怀疑应该是"添"。

（7）我锁匙开冇带身上，你逮门开一开先我没带钥匙在身上，你先开一下门。

（8）你走底先，我宿外转等两个人你先进去，我在外面等两个人。（郑敏敏，2020：11–12）

普通话“让孩子们先走，你再把展览仔仔细细地看一遍”，瑞安方言说成“乞琐细儿走爻先，你再逮个展览好好能眙遍添那”。（徐丽丽，2019：121）如：

（9）就介绍到该＝□先。（徐丽丽，2019：137）

天台方言有“V起”。表示某动作在另一动作之前进行。“起”相当于前面的“先”。如：

（10）尔走起，我拔来你先走，我就来。（戴昭铭，1999：252）

婺州方言的“V先”比较复杂，普通话“你先去吧，我们等一会儿再去”，婺州方言各方言点的说法如下。

金华：侬去起，我浪等记再来。（去起～先去起～先去）

汤溪：尔去起，我道等记儿添（再）去。（去起～先去起～先去）

浦江：尔先□ [ta^{53}] 去，我嘚等记儿先＝儿再去。（先□ [ta^{53}] 去～去起）

东阳：尔去起搭＝哇，我拉过记儿添来。

磐安：尔先去□ [duə^{0}]，我拉等记儿（添儿）再去。（先去□ [duə^{0}] ～去起～先去起）（□ [duə^{0}]是相当于“吧”的语气词）

永康：尔去起，我粒儿农歇记再来。

武义：农躐头前，我两个等记起再来。（曹志耘等，2016：610–611）

金华、汤溪三个层次齐全，东阳、永康、武义只有一个层次。浦江有两个层次，但第一层次是“先□ [ta^{53}] 去”，“先”在前，比较特别，磐安虽然有三个层次，但第一层次是“先去□ [duə^{0}]”，也是“先”在前，也比较特别。

曹志耘等（2000：433）指出，“先”“起”放在动词之后，相当于普通话的“先”，表示领先或优先，云和、庆元用“先”，其他地点用“起”，常山则兼用“先”和“起”。动词前可以再加“先”，也可以不加，动词前如果加了“先”，则动词前后的“先”“起”可以省略，但以不省略为常。

普通话：你先去，我等一会儿再去。

开化：尔（先）去起，我仂等一下再去。～尔先去，我仂等一下再去。

常山：尔去先，我等记（再）去。～尔先去，我等记（再）去。～尔去起，我等记（再）去。

玉山：你先去，我等一□ [io^{0}]（再）解去。～你去起，我等一□ [io^{0}]（再）解去。

龙游：尔去起，奴农等记（着）再去。～尔先去起，奴农等记（着）再去。～尔先去，奴农等记（着）再去。

遂昌：你去起，我等记去。～你先去起，我等记去。～你先去，我等记去。

云和：你先去，我等记再去。～你去先，我等记再去。

庆元：你莽＝先去，我等记儿（再）去。～你莽＝去先，我等记儿（再）去。

曹志耘等（2000：433）指出，“你先去”这个句子，在多数处衢方言中都有三种说法："你去起""你先去起""你先去"，与"V 添"的情况相似。"你去先"是方言固有说法，"你先去起"是方言与普通话杂交的句式，"你先去"是受普通话影响而产生的最新层次。今处衢方言多数地点都是三种句式并存。

开化、龙游、遂昌是三种形式并存，常山、玉山、云和、庆元都只有两种形式，未见框式副词状语。可见，有三种说法的处衢方言和只有两种说法的处衢方言的比例为 3：4，并非"在多数处衢方言中都有三种说法"。其实常山、玉山两地都是有框式副词状语的，这样看来，"在多数处衢方言中都有三种说法"又是符合方言实际的。玉山方言的例子如：

（11）他先做一个钟头起，你再接住做_{他先做一个小时，你再接着做}。（汪化云等，2014：178）

最复杂的是浙江常山方言，普通话"你先走"，常山方言有以下几种说法：

（12）尔<u>先</u>走。

（13）尔走<u>先</u>。

（14）尔<u>去起</u>。

（15）尔<u>先</u>走<u>先</u>。

（16）尔<u>先</u>走<u>起</u>。

（17）尔走<u>起先</u>。

（18）尔<u>先</u>走<u>起先</u>。（崔山佳等，2018：223）

例（13）中的"走先"、例（14）中的"去起"都是状语后置。例（17）中的"走起先"，后置状语是"起""先"同义连用。例（15）中的"先走先"、例（16）中的"先走起"、例（18）中的"先走起先"是"先……起 / 先"。例（18）中的"先走起先"更特殊，后置状语"起先"也是"起""先"同义连用。

汪化云等（2014）说到江西玉山方言有"V 起"，如：

（19）你吃饭<u>起</u>_{你先吃饭}。

颜逸明（2000）、林喜乐（2014）等也说到温州方言的"V 先"。

2. 其他方言

2.1 徽语

安徽歙县大谷运方言有"V 起"，如：

（20）尔人_{你们}吃<u>起</u>，我一下就来。

（21）尔_你<u>坐一下起</u>，我去去就来。（陈丽，2013：143）

陈丽（2013：143）认为"起"义为"（暂时）先"。

安徽黄山汤口方言既有"尔先去，我人等一下儿再去_{你先去吧，我们等一会儿再去}"，又有"尔去起，我人等一下儿再去"。（刘祥柏，2013：86–87）

赣东北徽语各点在表示时间先后时，除了有与普通话相同的语序外，还常常将时间词后置，或将两种用法叠置。如"先喝酒，后吃饭"：

（22）<u>喫酒起</u>，后喫饭。（湘湖话）

（23）<u>喫酒起</u>，后喫饭。（新建话）（胡松柏等，2020：831）

用的也是"V 起"。

2.2 祁门军话

安徽祁门军话还有一个和"起"用法基本相同的"着",二者的区别在于:"起"可以用在单音节动词之后,而"着"必须用在动宾或动补结构之后。如:

(24)<u>喝杯茶起</u>。

(25)<u>喝杯茶着</u>。

(26)<u>先喝杯茶起</u>(再讲)。

(27)<u>吃了饭起</u>再去可照˵?

(28)<u>吃了饭着</u>再去可照˵?

(29)<u>你去起</u>,我们一下再去。

(30)<u>你先去起</u>,我们一下再去。

(31)<u>吃了这碗饭起</u>(再讲)。

(32)<u>了了这个事着</u>(再讲)。

(33)<u>歇下着</u>(再讲)。

(34)<u>歇下起</u>(再讲)。

(35)<u>坐下起</u>,<u>喝点水起</u>。

(36)<u>坐下着</u>,<u>喝点水着</u>。

(37)<u>坐下起</u>,<u>喝点水着</u>。

(38)<u>坐下着</u>,<u>喝点水起</u>。(赵日新等,2019:224–225)

祁门军话的"V 起"可能是受徽语的影响,但不知"V 着"的来源。

2.3 赣语

赣语也有"V 起"。如:

(39)<u>吃该杯起</u>_{先喝掉这一杯,再……}。

(40)<u>吃完干饭起</u>_{先吃光干饭,再……}。

(41)(割禾)<u>割了该块起</u>_{先割完这块,再……}。

(42)<u>做该样起</u>_{先做这一样,再……}。(陈昌仪,1991:366)

陈昌仪(1991:366)指出,"V 起"使用的次方言也较多,抚州市临川、进贤等都有此格式。

普通话"你先走","你先去 / 你去起 / 你先去起"3 种说法在赣东北赣语、吴语、徽语中都有。(胡松柏,2003b:62)

江西安义等方言也有"V 起"。(曹志耘,2008:85)

2.4 畲话

浙江景宁畲话也有"V 先"。如:

(43)<u>渠走先</u>_{他先走}。(胡方,2015:371)

2.5 闽语

闽北石陂、镇前等地也有"V 先"。(秋谷裕幸,2008:368)

2.6《汉语方言地图集》（语法卷）中的"V 先／起"等

曹志耘（2008：84）调查说"你去先"的方言点有 135 个，其中吴语 24 个点，闽语 21 个点，赣语 30 个点，湘语 7 个点，乡话 1 个点，西南官话 2 个点，粤语 40 个点，客家话 3 个点，平话 6 个点，儋州话 1 个点，可见，方言分布区域广阔。粤语最多，其次是赣语，吴语也有 24 个点。

曹志耘（2008：84）调查"你去先"～"你先去"的方言点有 66 个，其中吴语 8 个点，闽语 7 个点，徽语 2 个点［徽语 2 个点是浙江遂安（旧）与安徽石台］，赣语 3 个点，西南官话 2 个点，湘语 2 个点，乡话 1 个点，土话 5 个点，粤语 13 个点，客家话 8 个点，平话 15 个点。平话最多，其次是粤语。方言分布区域也是较广阔的。"你去先"是这些方言的固有说法，而"你先去"说法显然是受普通话的影响。

曹志耘（2008：84）调查"你去先"～"你先去先"的方言点有 38 个，其中吴语 10 个点，江淮官话 2 个点，客家话 1 个点，赣语 18 个点，徽语 1 个点，粤语 3 个点，平话 2 个点，中原官话 1 个点。赣语最多，其次是吴语。

曹志耘（2008：84）调查"你去先"～"你先去先"，还说"你先去"的方言点有 43 个，其中吴语 6 个点，徽语 11 个点，赣语 4 个点，闽语 1 个点，客家话 3 个点，粤语 3 个点，西南官话 3 个点，平话 12 个点。平话最多，其次是徽语，吴语也有 6 个。

曹志耘（2008：85）调查"你去先"的"先"，在南部方言中，与"先"同义的方言用法很多，共有 13 种。

1. "你去先" 141 个。

2. "你去先" ～ "你去起" 11 个。

3. "你去先" ～ "你去头" 1 个。

4. "你去头先" 8 个。

5. "你去前" 18 个。

6. "你去头前" 1 个。

7. "你去起" 95 个。

8. "你去起" ～ "你去着" 1 个。

9. "你去头" 9 个。

10. "你去头边" 1 个。

11. "你去着着" 1 个。

12. "你去正" 1 个。

13. "你去个" 1 个。

说"你去先"最多，说"你去起"其次，只有 1 个方言的说法就有 7 种。

曹志耘（2008：84）调查"你去先"～"你先去先"，还说"你先去"的方言点中有淳安，而建德说"你去先"。但据孟庆惠（2005：411）：

淳安：尔讲先，我等一下再讲_{你先讲，我等一会儿再讲}。

　　　尔讲起，我等一下再讲_{你先讲，我等一会儿再讲}。

建德：尔<u>去起</u>，卬等一下再去_{你先去，我等一会儿再去}。

尔<u>去先</u>，卬等一下再去_{你先去，我等一会儿再去}。

可见，建德也说"V 起"。

孟庆惠（2005：411）指出："用了'先'或'起'之后，动词前面还可以用'先'，意思不变。如'尔先去先'或'尔先去起'。"这说明，严州徽语有"先……先 / 起"。

江西丰城赣方言也有"V 起"。表先行的"起"有歧义，或表意愿，或表实现。如：

（44）渠<u>睏起</u>_{让他先睡吧 / 是他先睡的}。

（45）我<u>吃馒头起</u>_{我先吃馒头吧 / 是我先吃的馒头}。

（46）你<u>打我起</u>_{你先打我吧 / 是你先打的我}。（陈小荷，2012：101–102）

广西钦州新立话（属粤语）"先"也用于中心语之后，如：

（47）我过阿阵儿走，你<u>走先</u>喂_{我过一会儿走，你先走哇}。

（48）佢队<u>走先</u>阿疑，我队走跟尾阿阵儿_{一点儿他们先早一点儿走，我们过一会儿走}。（黄昭艳，2011：293）

广西梧州白话（属粤语）有"V 先"。如：

（49）天气咁热，<u>饮碗冬瓜汤降降暑先</u>_{天气这么热，先喝一碗冬瓜汤消消暑}。（唐七元，2020：36）

（50）咁蚊，我<u>走先啦</u>_{那么，我先走了}。（唐七元，2020：49）

广西桂林方言（属西南官话）也有"V 先"。如：

（51）你<u>去吃饭先</u>，我们一下子再讲_{你先去吃饭，我们一会再谈}。

（52）给我<u>想一下先</u>_{让我先想一想}。

（53）你不要急躁，<u>把你手头的事情做完先</u>_{你不要急躁，把你手头的事情先做完}。

（54）<u>写完作业先</u>，才得出去玩_{先写完作业再能出去玩}。（唐七元，2020：88）

桂林方言还有程度副词"完"的后置，突出强调程度之深，如"我开心完_{我很开心}"。还有程度副词"过隆_太"后置于形容词或谓词，起修饰强调的作用，如"这个考试的题目通过隆了_{这次考试的题目太难了}"。（唐七元，2020：88）

广西陆川客家话也有"V 先"，"先"表示动作行为先行发生，并兼有语气词的作用。如：

（55）<u>转去先</u>，下昼再做_{先回去，下午再做}。

（56）<u>脉人打先</u>_{谁先打人}？（唐七元，2020：136）

广西湘语也有"V 先"。如：

（57）要给客人<u>进先</u>，你走后_{要让客人先进去，你后面走}。（唐七元，2020：226）

2.7 泰国华人社区汉语方言的"V 先"

普通话"让他先吃""你先走"两句，泰国华人社区汉语方言有如下的说法。

曼谷潮州话：

（58）A. 给伊先食。　　　　B. *① 　　　　C. 乞伊先<u>食先</u>。

――――――――

① "*"表示无此说法，下同。

（59）A. 你先行。

清迈潮州话：

（60）A. 互伊先食。　　　　　B. 互伊食先。　　　　　C.*

（61）A. 你先行。　　　　　　B. 你行先。　　　　　　C.*

合艾潮州话：

（62）A. 互伊先食。　　　　　B.*。　　　　　　　　　C.*

（63）A. 你先行。　　　　　　B.*。　　　　　　　　　C.*　　　　　　D. 你行头前。

以上是闽语。

曼谷广府话：

（64）A. 畀渠先食。　　　　　B. 畀渠食先。　　　　　C. 畀渠先食先。

（65）A. 你先行。　　　　　　B. 你行先。　　　　　　C. 你先行先。

勿洞白话畀：

（66）A. 畀渠喫先。　　　　　B.*　　　　　　　　　　C. 畀渠先喫先。

（67）A. 你先行。　　　　　　B. 你行先。　　　　　　C.*

以上粤语。

曼谷深客话：

（68）A. 分渠先食。　　　　　B. 分渠食先。　　　　　C. 分渠先食先。

（69）A. 你先行。　　　　　　B. 你行先。　　　　　　C. 你先行先。

曼谷半山客话：

（70）A. 分渠先食。　　　　　B.*　　　　　　　　　　C.*

（71）A. 你先行。　　　　　　B.*　　　　　　　　　　C.*

以上客家话。

清迈麻栗坝话：

（72）A. 给他先吃。　　　　　B.*　　　　　　　　　　C.*

（73）A. 你先走。　　　　　　B.*　　　　　　　　　　C.*

清莱澜沧话：

（74）A. 给他先吃。　　　　　B.*　　　　　　　　　　C.*

（75）A. 你先走。　　　　　　B.*　　　　　　　　　　C.*

以上官话方言。（陈晓锦等，2019：522–523）

此前，陈晓锦（2010：355）提到泰国曼谷广府话有时间助词"先"[sin^{55}]，与时间副词"先"同形同音。当其出现在动词性词语之后表示"某一行动的时间在相关的行动之前"或"暂时使一个情况实现，其余的再说"等时，不仅与时间副词"先"同形，还与时间副词"先"同义，能够互换使用。不过，当助词"先"表示需要"先搞清某一情况，再说其他"的意思时，副词"先"就不能替换它了。如：

（76）你先行_{你先走}。（"先"是副词）

（77）你行先_{你先走}。（"先"是助词）

（78）你**先行先**_{你先走}。（第一个"先"是副词，第二个是助词）

（79）畀渠**先食**_{让他先吃}。（"先"是副词）

（80）畀渠**食先**_{让他先吃}。（"先"是助词）

（81）畀渠**先食先**_{让他先吃}。（第一个"先"是副词，第二个是助词）

（82）呢件事等阵**做先**_{这件事等会儿先做}。（"先"是助词）

（83）呢件事等阵**先做**_{这件事等会儿才做}。（"先"是副词）

陈晓锦（2010：364）再次提到泰国曼谷广府话的"先……先"：

（84）畀大伯**先讲先**_{让大伯先讲}。

上例也是"先……先"。我们以为，同形同音的两个"先"都应该是时间副词，没有必要分为两个"先"。

上面闽语、粤语、客家话有"V 先"，与汉语方言同，官话方言没有"V 先"，也与汉语同。

3. 民族语言的"V 先"

海南三亚回族回辉语的时间副词 lau^{11} "先"和 ku^{35} "后"用在被修饰的动词之后。如：

pha^{53}lau^{11}. 先走。

走先（孙宏开等，2007：2368）

ha^{33}khau^{33}baŋ^{33}lau^{11}. 老人先吃。

老人吃先（孙宏开等，2007：2372）

ha^{33}pha^{42}nau^{24}，kau^{33}pha^{42}ku^{24}. 你先走，我后走。

你走先，我走后。（田祥胜等，2019：175）

"ku^{24}"（后）也是时间副词。

壮语也有"V 先"，如：

mə:ŋ^{231}pei^{42}ko:n^{33}，ku^{42}re:ŋ^{231}lə:ŋ^{42}. 你先走，我后来。

你走前面，我跟后。（韦茂繁，2012：72）

上例的"ko:n^{33}"（先、前面）、"lə:ŋ^{42}"（后）也是时间副词。

靖西壮语也有"V 先"。如：

ni^5 pai^{1}ko:n^5，ŋo^5 pai^{1}tok^7 laŋ^1.　　你先去，我后去。

你去先，我去后。（郑贻青，2013：266）

贵州六枝仡佬语也有"V 先"，如：

mɯ^{31}vu^{33}ȵi^{45}qu^{31}/mɯ^{31}ȵi^{45}qu^{31}vu^{33}，i^{33}do^{31}pan^{45}lan^{33}/i^{33}pan^{45}lan^{33}do^{31}. 你先去，我后面来。

你去先，你先去，我来后，我后来。（李锦芳等，2019：201）

ai^{45}jo^{33}xo^{33}，do^{33}o^{33}qa^{33}ka^{31}wo^{33}，mɯ^{31}tsʅ^{45}ka^{31}ȵi^{45}qu^{31}a^{45}！哎呀呀，别人没吃，你就先吃起来啦！

哎呀呀，别人未 曾吃不，你就吃先了。（李锦芳等，2019：216）

布依语也有"V 先"，如：

li³¹ma¹¹ θ iən³⁵ðau¹¹tɕi⁵³pu²¹tuŋ³¹ θ uən⁵³kon²⁴. 有什么事情我们几个先一起商量。

有什么事我们几个一起商量先。（陈娥，2015：147）

云南怒族阿侬语副词在句中作状语时，多数放在谓语前，也有少数可放在谓语后。如：

ŋa³¹a⁵⁵dʑa³¹dʑa³¹pha³¹gɛ⁵⁵dʐŋ⁵⁵ɛ³¹dₒ⁵⁵. 你快点儿先走。

你（助词）快快走（后加）先。（孙宏开等，2007：641）

南亚语系云南西双版纳的克蔑语副词置于动词中心词之后，如：

ih⁵³at¹¹ 先说　　i⁵³at¹¹ 先干。

说先干先。（孙宏开等，2007：2455）

ai¹³phui³¹at¹¹. 父亲先走。

父亲走先。（孙宏开等，2007：2457）

湖南城步青衣苗土话谓语是"行走"义动词或"话"时，"先"和"背底"要放在动词后面。如：

（85）你行先，我行背底你先走，我后走。

动词是"话"时，"先"一般是放在动词后，"背底"一般是放在动词前。如：

（86）你话先，伊背底话你先说，他后说。（李蓝，2004：161）

这种语序既受动词的限制，又受副词的限制，其他情况则不能这样说。如：

（87）伊先骂我，我背底骂伊他先骂我，我后骂他。

这句话不能说成"伊骂我先，我骂伊背底"。（李蓝，2004：162）

瑶族布努语也有"V 先"。如：

pe¹muŋ⁴te². 我们先走。

我们 去 先。

a¹muŋ⁴so³. 我俩马上走。

我俩去马上。（蒙朝吉：2009：308）

瑶族勉语也有"V 先"，如：

maŋ⁶daːŋ⁶. 先看。

看先（毛宗武等，2009：179）

布朗语也有"V 先"。如：

m̥ai¹oh². 先写。

写先。

kuik²tɛ²luan¹. 早就到了。

到早 就。（李道勇等，2009：912）

珞巴族博嘎尔语也有"V 先"。如：

no: ben pjoŋ to. 你先说吧。

你说先（语助）。（欧阳觉亚，2009：987）

（九）V 过

1. 吴语

杭州方言有"V 过"。如：

（1）（格卯现在没弄好，）门朝来过。（汪化云等，2020：177）

（2）做了箇副样子，抄两遍过_{做成这个样子，再抄两遍}！（荆亚玲、汪化云，2021：54）

不过，杭州方言的后置状语"过"趋于萎缩。这首先表现在单独做状语时必须出现两个时间词相对照：一是在动词前表述"再 VP"的时间的，二是在相邻的另一分句出现或被省略的表示之前时间的。如：

（3）去年没选上，只得箇卯来过_{去年没选上，只好现在再来}。

（4）（今年没选上，）只得明年来过_{（今年没选上，）只好明年再来}。

（5）研究生个网课，跟朝就到格里，门朝来过_{研究生的网课，今天就到这里，明天再来}。（荆亚玲、汪化云，2021：55）

荆亚玲、汪化云（2021：55）指出，上面 3 例如果没有"去年、今年、格里"与"箇卯、明年、门朝"分别对照，其"过"表示"再"的意义就难以凸显，故句子不能成立：*今年没选上，只得来过。其次，"过"的萎缩还表现在其修饰的只有动词"来"和动补结构（抄两遍）等，没有使用"考过 / 看过 / 买过"之类表达"再 VP"的说法。除非构成框式状语，但那是相应的前置状语的功能。可见后置状语"过"与 VP 组合受限，"来过"有熟语化倾向，不像南部吴语"过"单独做后置状语（曹志耘，2002）那样能自由地修饰动词。

余杭方言也有。如：

（6）做得噶套这样，做过_{重做}。（汪化云等，2020：181）

萧山方言也有。如：

（7）今天来不及了，后忙_{以后}好选过_{再选}够！（朱婷婷，2012：56）

绍兴方言也有。吴子慧（2007：190）认为，"过"表示一个动作（或一种状态）重复或继续，只能作补语，常常和"再"搭配起来用。如：

（8）诺勿可急，我另外老嬷拨诺寻过_{你别着急，我再另外给你找个老婆}。（吴子慧，2007：190）

（9）上外新娘子唔有看清爽，明朝去看过。（吴子慧，2007：214）

婺州方言也有。普通话"我没听清，你重说一遍"，婺州各方言的说法如下。

金华：我未听灵清，侬再讲遍过。（过 ~ 添）

汤溪：我未听清，尔讲记过。

浦江：我还未听灵清，尔讲先 = 先 = 儿啰。

　　　我还未听灵清，尔讲遍先 = 儿啰。

东阳：我辒听灵清，尔讲遍添。（添 ~ 过）

磐安：我辒听清楚，尔讲遍过。（过 ~ 添儿）

永康：我未听灵清，尔（再）讲遍添。

武义：我农未听灵清，农讲遍添。（添～过）（曹志耘等，2016：611）

上面有的用"V 过"，有的既可用"V 添"，又可用"过"，有的用"再……过/添"，如金华方言，婺州方言也是较复杂的。

金华（曹志耘，1996：106）"过₃"用在动词性词语后，表示出于上文提及的理由（含否定意义），另外进行一次该动作，以改换现有的状态。动词前面可以加上"再"，加"再"后有时表示"再重复一次"该动作，有"再一次"的意思。如：

（10）换个过。

（11）我听弗灵清_{清楚}，侬再讲遍过。

（12）我今日儿胖_碰弗着渠，明朝再来过。

例（11）、例（12）其实是"再……过"。

汪化云等（2020：184）认为，在其他方言点可以单用表"重新"的后置状语"过"，在苍南、金华、乐清、宁波等方言中趋于虚化，不能单用后置状语，近乎助词。但在当地人的语感中，这类成分多少有点"重新"的意思，可以和前置状语一起构成框式结构。

例（10）的"换个过"是"V 过"，"过"是后置状语。汪化云等（2020：175）提供宁波方言语料的是阮桂君，他是余姚人，与宁波市区方言有所不同。

傅国通（2007/2010：39）指出，浙江嘉兴、杭州、宁波、绍兴、金华等地区有如下句子：

（13）（介绍信）写张过_{重新写一张}。

我们微信询问了浙江大学人文学院石方红老师（宁波市区人）宁波方言说不说"衣裳买件过_{重新买一件}"。她回复说，她正在父母处，问她母亲，她母亲认为老人还在说的，石方红老师她们（中年人）有时也说的。

笔者母语是奉化方言，奉化方言也有"V 过"，例（10）、例（13）口语能说。另有"衣裳湿了，换件过""这张画画坏了，画张过"等，"过"也是后置状语。

曹志耘等（2000：432）指出，在处衢方言表示重复的后置成分"过"见于常山、玉山、龙游、遂昌和庆元，开化、缙云、云和没有相应的后置成分。"过"用在动词性词语后面，表示因为上文所说的理由（这个理由大都是否定的），重新进行一次该动作，以达到说话者所要达到的目的。在处衢方言中，后置成分"添"或"凑"也常用来表示与此相近的意思。"过"作后置成分时都读本调，不读轻声。

普通话：我没听清，你重说一遍。

开化：我艪听清楚，尔（再）讲遍添。～我艪听清楚，尔（再）讲遍凑。

常山：我艪听灵清，尔（再）讲遍过。～我艪听灵清，尔（再）讲遍添。

我艪听灵清，尔（再）讲遍凑。

玉山：我未听灵清，你再讲一遍。～我未听灵清，你讲遍添。

我未听灵清，你讲遍凑。～我未听灵清，你讲遍过。

龙游：奴农还未听清楚，尔农讲一遍过。～奴农还未听清楚，尔农再讲一遍（过）。

遂昌：我艪听清楚，你再讲遍过。

云和：我无听清楚，你再讲一遍。~我无听清楚，你<u>再</u>讲记添。

庆元：我艚儿听清楚，你（再）讲转添。~我艚儿听清楚，你（再）讲转先。

我艚儿听清楚，你（再）讲转过。

"过"和"添""凑"的作用虽然比较接近，但还是有区别的："过"主要表示重复，而"添""凑"主要表示追加。如庆元方言"你□[ʔdiɑʔ⁵] 碗儿过"表示"不要原来的那碗饭，重新吃一碗"，"你□[ʔdiɑʔ⁵] 碗儿添"则表示"劝你再吃一碗"。

汪化云等（2014）也说到江西玉山方言有"V 过"，如：

（14）格日要<u>抄过</u>一遍_{今天要重新抄一遍。}

傅国通（2007/2010：38）认为，普通话里的副词除"很"和"极"可后置当补语外，其他副词都只能前置当状语。但在浙江吴语里能或只能后置当补语的副词就较多，如"先""起""添""凑""过""煞""显""快"等。

钱乃荣（2014：206）指出，用"V 过"表示重来一次的语义，这个体在浙江吴语中常见，在上海方言中已弱化，往往在动词前加上副词"再"或"重新"，但动词后的"过"还是表示"重行"。如：

（15）刚刚勿要算，<u>让伊唱过</u>。

（16）又写一封<u>信来过</u>。

江苏吴江方言也有。如：

（17）茶淡脱特，<u>泡过</u>一杯（吧）_{茶淡了，重新泡一杯。}（刘丹青撰、叶岑祥校，1996b：28；刘丹青，2008a：471）

以上可见，同样是吴语，南部吴语与北部吴语"V 过"的使用频率、条件等很不相同。

2. 其他方言

2.1 赣语

南昌方言经历体表示有过某种经历。重行体表示重复已发生过的动作。这两种体都由"V + 过"表示。经历体"过"读轻声，记作过₁。重行体"过"读 [kuo⁴⁴] 或 [kuo³⁵]，记作过₂。

V + 过₂，表示重复已发生过的动作，可以受副词"再"或"又"的修饰。如：

（18）这个东西不行，（再）<u>换过₂</u>一个_{再换一个。}

（19）话错了<u>话过₂</u>_{说错了可以再说一次。}

（20）许件不好，我（又）<u>买过₂</u>了一件_{重新买了一件。}

（21）许件衣裳<u>做过₂</u>了一下吧_{那件衣裳重新做了一下吧？}

否定式分两种情况：属于过去时段的"重行"，在动词前面加"冒"；其他时段的加"不要"。如：

（22）渠昨日夜里<u>冒弄过₂</u>饭，吃了当昼_{中午}剩个饭。

（23）你今日夜里<u>不要弄过₂</u>饭，当昼有剩饭。

（24）字写得有好清楚，不要（重新）<u>写过₂</u>。

V+过₁与 V+过₂的区别在于：V+过₂表示现在或将来的动作，如例（18）、例（19）；若要表示过去的动作，后面必须接"了"，如例（20）、例（21）。V+过₁只表示过去，如："我去过加拿大。"因此，要判断动词后面的"过"是过₁还是过₂，只需加上表示过去的时间状语。须加"了"句子才通的是过₂，反之是过₁。（徐阳春，1999：95-96）

上面有"再……过""又……过"等。

刘纶鑫（2001：301）认为，要区别经历体和重复体，主要依靠语言环境。一是语言背景，即看看说此话之前动作者是否有过这类行为，从而判定是不是重新发出同样的动作；二是看句子前后是否有表示重复意义的其他句法成分。如：

（25）我食过一只苹果添。

（26）小张另外（再）写过一个报告。

这样，歧义便消除了。

张燕娣（2007：265-267）也举有南昌方言的例子，如：

（27）菜都一起冷泼了，我去拿渠热过一下。

这类句子还可以在动词前加上"重新""再"这样的词，而意义不变。

丰城方言的例子如：

（28）喊过一个人来另叫一个人来。

（29）买过一只上海表另买一块上海表。（陈小荷，2012：99-104）

余干方言的例子如：

（30）换过一个再换一个。（汪应乐，2004：298）

江西安福方言中，动态助词"过₃"，还表示动作的再次发生。如：

（31）□[kei˩]只事冇做好，怪不得你，嫑叫，做过就是哩这件事情没有做好，不能怪你，别哭，重新再做就好了。

（32）□[kei˩]只字你□[men˩]写好，你快些子来写过一只这个字你没有写好，快点过来重写一个。

上 2 例都是表示前次动作没有做好，要求动作再次发生以完善动作所支配的对象，既可以带宾语，也可以不带宾语。严丽明（2009）认为，"凡是对结果感到满意的都不能用过₃"。从实际用例来看，安福方言中还有表示动作的再次发生以满足需要。（雷冬平，2020：446）

（33）□[kei˩]把椅子做得好，把□[kei˩]把送得你姐姐，你做过一把送得你哥哥这把椅子做得好，把这把椅子送给你姐姐，你再重新做一把送给你哥哥。

（34）跌□[kæ˥]哩就跌□[kæ˥]哩，嫑紧，你拿钱去买过一支丢了就丢了，不要紧，你拿钱去重新买一支。

（35）开头剖个篾叽一下用完哩，等我去剖过些子来开始剖的竹篾全部用完了，等我再去重新剖一些来。

（36）前日去书店里借个书一下看完哩，我要去借过几本来看前天去书店借的书都看完了，我再去重新借几本来看。

上面 4 例中，"V+过₃"都是表示 V 的再次发生，例（33）、例（34）是由于动作所支配的事物没有了，需要动作的重新发生从而使主体重新拥有动作所支配的事物，如例（33）是表达做的椅子不是不好，而是很好，但是数量不够送人，只好重新再次发生动作；例（34）同样也是由于铅笔丢失了，需要重新买一支。例（35）、例（36）表达的是，动作所获得的事物用完了，因此需要动作的再次发生以满足需要。

安福方言中，"V+过₃"不需要在结构前添加表示"重新"义的副词来辅助表达动作的再次发生（当然，在 V 前加上"再"也是可以的），因此，再次体标记"过₃"也是比较成熟的。赣语南昌方言(熊正辉，1994：69)也有"过₃"。"过₃"用于动词后，表重新再来。如：

（37）话说错了话过 | 写错了涂泼去再写过。

赣东北方言重行体分前加式和后附式两种。前加式的表示法及体标记基本上和普通话相同，用副词"再""重"放在动词前构成。后附式重行体标记主要有"过""凑""添"等。这种后附式还经常和前加式一起构成糅合式。如：

余干话：换过一个再换一个。　换一个凑再换一个。

德兴话：换过一个。　　　　洗一到凑再洗一遍。

广丰话：换过一个。　　　　坐下凑／坐下添再坐一会儿。（胡松柏，2003b：59）

胡松柏（2003b：59）指出，赣东北方言中的重行体标记"过"和经历体标记"过"的语音形式不同。经历体标记"过"在赣东北方言中一般读轻声，而重行体标记都读本调。"过"和"凑""添"表义有区别："写过"是说原先写的不行，重新再写；"写凑""写添"是说原先写的不够，还需再写。

2.2 客家话

广东梅县方言的例子如：

（38）碗公唔曾洗净，洗过一到碗没洗干净，再洗一遍。

（39）我同你拿过一只我给你重拿一个。

（40）做过重做！

一般情况下，"过"可与"再"同现。（温昌衍，2020：437）温昌衍（2020：437）有注释指出，大部分梅县方言例子由黄映琼提供，例（38）引自谢永昌（1994：300），他认为，"过"功能相当于普通话的频率副词"再"。陈延河（1998：392）也指出，梅县话有重行体助词"过"，他引用的是《粤东客家山歌》中的例子。如：

（41）船头烧火船尾烟，船到滩头难转弯。好马唔食回头草，打过篱笆换过园。

广东惠东方言的例子如：

（42）这两张车票过□[e1]期，只好买过两张（车票）这两张车票过期了，我只好重新买两张(车票)。（陈延河，1998：391-392）

广东丰顺方言的例子如：

（43）写倒恁差斗，翻写过翻写过写得这么糟，重新写过重新写过。

（44）拿过一张来重新拿一张来。

动词前常常要有"翻""重新"这一类副词。（黄婷婷，2009：140）

例（43）是重叠。

福建连城方言的例子如：

（45）**换过**一只_{另换一只。}（项梦冰，1997：204–205）

福建长汀方言的例子如：

（46）汝盘棋唔算，**来过**_{这盘棋不算，重来。}

例中的"过"是虚化词，表示动作重做。（罗美珍，2000：200）

闽西永定客家话有 3 个"过"，分别为"过₁""过₂""过₃"。"过₁""过₂"属体标记，"过₃"是貌标记，表示"重行"，即"前一动作行为无效，客观要求重新实施一次"。如：

（47）这个坏吔，倕**拿过**一个分你_{这个是坏的，我重拿一个给你。}（李小华，2014：258）

江西南康方言也有表示事情要重新做的"V 过"，如：

（48）写得特过潦草，你要**写过**_{写得太潦草了，你要重新写。}

（49）哝听清，就喊渠**话过**一遍_{没有听清，就叫他再说一遍。}（温珍琴，2018：226）

表示动作重复进行，除了用"再""又"附在动词前外，还可以使用"过"，即"V+过"。（刘汉银，2006：17）。

江西石城高田方言也有，如：

（50）底盘唔算，**来过**_{这局不算，重来。}

值得注意的是，石城方言中，此时"过"不读本调上声调 [ko˅]，而读变调阳平调 [ko˧]，这证明此时表重行的"过"与表经历的"过"有了功能上的明显差别，在语音上区别开。与此相同的通过音变来区别经历体和重行体的现象还见于赣语余干方言。（温昌衍，2020：438）

台湾客家话也有重行体助词"过"，并且既有"过"（重行体助词）位于动词后的例子，也有"过"（副词，义同"再"）位于动词前的例子，甚至有动词前后都有"过"的例子。

台湾苗栗客家话的例子如：

（51）我同你**拿过**一只_{我给你重拿一个。}

（52）写到忒过老草，你爱**写过**_{写得太潦草了，你要重新写。}（材料由徐贵荣博士提供）

台湾东势客家话的例子如：

（53）我同你**拿过**_{我给你重拿一个。}

（54）**做过**_{重做}！（强硬命令语气）（也可说：过做。此时，语气较温和）（材料由江俊龙博士提供）（温昌衍，2020：438）

2.3 粤语

粤语的例子见于香港方言、广州方言、广东廉江方言及广东东莞方言。香港方言和廉江方言的例子分别参见张洪年（1972：148）和林华勇（2005：9）。

广州方言的例子如：

（55）你唔满意下次**来过**_{你不满意下次再来。}

（56）呢张画画得太差，后日**画过**一张_{这张画画得太差，后天再画一张。}（李新魁，1994：257–258）

广州方言的动态助词"过₃"。"用在动词后，表示整个动作过程从头重复，可用于将来时、现在时或过去时。"如：

（57）唔得就**嚟过**_{不行就再来一次。}

（58）佢而家同你<u>开过</u>一张发票_{他现在给你再开一张发票。}

（59）<u>抄过</u>都抄得咁乱_{再抄一遍还抄得这么乱。}（陈晓锦等，2006：119）

严丽明（2009：134–135）分析了广州方言中表示修正的助词"过"的使用条件，认为其核心意义是表示对相关动作行为不如意结果的修正。如：

（60）做乜唱到走晒音㗎？<u>嚟过</u>_{怎么唱得连调都走了？重来}！

（61）你件衫缩水缩成嗽嘅？<u>买过</u>件啦_{怎么你这件衣服缩水缩成这样了，重新买一件吧。}

白宛如（1998：49）认为，广州方言的"过₃"用在动词后，表重复一次该动作，如：

（62）今日卖晒嘞，等到听日来<u>睇过</u>|<u>换过</u>件衫|计得唔啱，<u>再计过</u>喇|<u>倒过</u>啲水来喇。

东莞方言的例子如：

（63）呢个唔好，<u>搦过</u>_{重拿}一个畀你。

（64）攞翻去<u>做过</u>_{重做}。

"过"在动词后表示"另外""重新""再"等意思。（詹伯慧等，1997：37）

雷冬平（2020：446）认为，虽然在粤语中"过₃"也还可以和"重新"或"再"之类的副词同现，但更多的情况是，这种"过₃"直接位于动词之后，表示动作的再次发生。"过₃"独立使用的情况在粤语中大量存在，说明再次体标记"过₃"这一范畴在方言中已经发展成熟。

覃凤余等（2009：16）提到"V+过₃"结构中的"过₃"为再次体标记，如"杯水冻晒，再斟过一杯先"。并认为"过₃"为粤语所共有。本书将这种"过₃"称为"再次体标记"就是借鉴了覃、吴二位先生的说法。正如覃文所说，"过₃"这种功能为粤语所共有，如东莞话（詹伯慧等，1997：37）就记录了"过₃"，认为它用在动词后表示"另外、重新、再"等意思。如：

（65）呢个唔好，<u>搦拿过</u>一个畀你|攞翻去_{拿回去}<u>做过</u>。

广西梧州白话（属粤语）也有。如：

（66）有冇够净，喊□[na⁴¹]<u>洗过</u>_{不干净，叫他再洗一次。}（唐七元，2020：160）

2.4 闽语

福建建瓯方言也有。如：

（67）衣裳未曾洗俫俐，让<u>洗过</u>_{衣服没洗干净，要重洗。}

（68）话错掉话（得）<u>过</u>_{说错了重说。}（李如龙等，1998：65）

2.5 湘语

湖南长沙方言的"过₃"用在"动+过（数量）"里，表示重新来过。如：

（69）咯次选举不作数，就<u>选过</u>一次_{重新选一次。}

（70）那件衣不合身就<u>买过</u>一件_{重新买一件。}（鲍厚星等，1998：85）

2.6 平话

南宁方言也有，如：

（71）亚杯茶淡了呃，我<u>再泡过</u>_{那杯茶淡了，我再泡一杯。}

（72）亚盘棋有算，<u>重新捉过</u>_{这盘棋不算，重新下}。

"过"经常与"另外""重新""再"共现。（杨敬宇，2002：340–342）这是"再……过""重新……过"。

2.7 西南官话

成都方言也有，如：

（73）衣服没洗干净，<u>洗过</u>_{重洗}就是了。（邓英树等，2010：20）

梁德曼等（1998：131）也说成都方言"过₃"用在动词后，表"再来一遍"。如：

（74）做得不合格，<u>做过</u>就是了。

四川资中方言也有，如：

（75）这个菜格外<u>热过</u>了，现在可以吃了_{这个菜另外热过了，现在可以吃了}。（林华勇等，2015：300–301）

许宝华等《汉语方言大词典》（1999：1846）"过"的义项四十三记录了"过₃"的用法，认为它是助词，用于某些动词或动词性词组后，以表示所做的事或动作的重复。如：

（76）有时事做差些儿，遭老婆狗血淋头地大骂一顿，也老是这样说："做过就是了，闹啥子？"（李劼人《暴风雨前》第二部分三）（成都话）

（77）佢未缚牢，我来<u>缚过</u>｜<u>做遍过</u>。（金华岩下话）

（78）你去<u>攞洗过</u>_{你拿去再洗}｜你<u>计过</u>佢_{你重新计算一下}。（广州话）

就目前的材料来看，再次体标记"过₃"还见于粤语、赣语、湘语、吴语以及西南官话等南方方言。从老舍等北方作者也使用这种再次体标记"过₃"来看，北方方言中也可能存在这种"过₃"的用法。也就是说，在"过₃"产生之初，表示"动作再次发生"之义需要结合"'重新再一次'类副词+V过"来表达，"过₃"的再次体标记功能更多的还是通过构式来浮现，即需要借助同义词形成一种构式来表达，但到了现代汉语方言中，"过₃"表示动作的再次发生已不需要前加上"重新"类副词了，"V+过₃"依靠上下文语境，完全可以独立表达动作的再次发生，"过₃"在方言中发展成熟。（雷冬平，2020：447）

2.8 民族语言

黎语也有类似语法现象，如：

na¹vuːk⁷lɯːŋ¹.　　他重新做。

他做重新。（苑中树，1994）

上例是"重新"后置。

贵州晴隆长流喇叭苗人话中"重新、重、另外、再"等副词与"V过"结构连用时，常表示未然，含有"重新完成""再次经历"之意。这种结构常用于含祈使义的句子中，且其后不能带宾语。动词的受事以主语的形式出现或充当"把"字结构的宾语。如：

（79）箇题算错矣，让我<u>重算过</u>_{这道题算错了，让我重新算一遍}。

（80）我俺把渠<u>重新写过</u>□交_{我们重新写了再交}。（吴伟军，2019：255）

陈延河（2002：329–330）指出，民族语言瑶语、畲语也有类似重行体助词"过"的成分。如广东连南瑶族自治县寨南镇水坑瑶语（勉语）：

m̥ei³¹˩ teŋ²⁴˦i⁴⁴˥tsou¹¹˩ ei⁴⁴˥ nai⁴²˩tei²⁴˩ lui⁴⁴˥ hou²⁴˩ fa¹¹˩ hai³¹˩, i⁴⁴˥ ham⁵³˩ tsou¹¹˩ ki˩²⁴ tei²⁴˩。

你跟我做的这件衫裤小了，我打算做过件。

你给我做的这件衣服小了，我打算重做一件。

说明该语言表"经历过"的"过"，也读"［ki²⁴˩］"，与上述重行体助词"过"同音。如：

（81）你吃过［ki²⁴˩］笋干吗？吃过［ki²⁴˩］。

惠东畲语的例子如：

le⁵⁵˥ laŋ⁵³˩le¹¹˩ kə³¹˩ muŋ³¹˩e⁴⁴˥ nuŋ³¹˩，nuŋ³¹˩，kʷa³¹˩laŋ⁵³˩。

这个荔果你别吃，吃过个。

这个荔枝你别吃，另吃一个。

说明该语言表"经历过"的"过"，也读"［kwa˩］"，与上述重行体助词"过"同音。如：我不有去过［kwa˩］一次广州我广州一次也没有去过。

　　看来，重行体助词"过"广泛见于南方的汉语方言，民族语言也有类似成分，这体现出其类型学上的意义和价值。不过，从目前材料看，最普遍的表现还是见于客家话。此外，赣语的表现也相对较多。

3. 其他

3.1《汉语方言地图集》的"A+程度副词"

据曹志耘（2008：21），汉语方言"热很"（形容词＋程度副词）的方言分布区域如下：

热很: 山西：平定（晋语）、万荣、平陆（中原官话）。陕西：宝鸡（中原官话）。江苏：南通（江淮官话）。安徽：当涂（吴语）、绩溪、歙县（徽语）。浙江：龙泉。湖南：保靖（湘语）。广西：龙胜、三江（平话）、河池（西南官话）。共13个点。方言有晋语、中原官话、江淮官话、吴语、徽语、湘语、平话、西南官话。分布范围较广。

热猛: 浙江：舟山、镇海、鄞州、奉化、象山、新昌、天台、三门、临海、仙居、黄岩、东阳、义乌、兰溪、磐安、金华、永康、汤溪（旧）、武义、缙云、龙游、衢江。共22个点。吴语。

热猛～热杀: 浙江：嵊州。共1个点。吴语。

热猛～热险: 浙江：玉环、温岭、宣平（旧）。共3个点。吴语。

热杀: 浙江：嘉善、嘉兴、桐乡、海宁、崇德（旧）、德清、孝丰（旧）、武康（旧）、余杭、杭州、富阳、临安、于潜（旧）、昌化（旧）、桐庐、萧山、上虞、诸暨、开化。共19个点。全是吴语。

热险: 浙江：常山、遂昌、松阳、丽水、云和、青田、景宁吴、永嘉、乐清瓯、乐清台、温州、瑞安、平阳。共13个点。吴语。

热恶: 广西：融水。共1个点。平话。

热紧: 浙江：景宁畲。共1个点。畲语。

热极: 广西：桂平、兴业（粤语），海南：定安、屯昌、昌江（闽语）。共5个点。

热太: 陕西：富县、黄龙。共2个点。中原官话。

热消：广东：丰顺。共 1 个点。客家话。

热交关：广西：宁明。共 1 个点。平话。

热踏 =：浙江：江山。吴语。

热□ [nan¹³]：广西：贺州。共 1 个点。平话。

以上可见，吴语的后置状语形式最多样，有 6 种，分布范围也最广，有 61 个点（其中浙江 60 个，安徽 1 个），没有对应结构的方言如：平湖、海盐、长兴、湖州、安吉、慈溪、余姚、绍兴县、分水（旧）、新登（旧）、浦江、宁海、文成、泰顺吴、泰顺闽、苍南吴、苍南闽、洞头，另有属于徽语的遂安（旧）、淳安、寿昌（旧）、建德，共 22 个点。但我们请教宁海人陈一兵先生，他说宁海有"A 猛"的说法，如"天热猛""该人坏猛""下饭好吃猛"等。所以吴语区的方言点里三分之二有后置状语，三分之一没有对应结构。

据前所知，"热猛"在浙江有 22 个方言点在运用，如：舟山、镇海、鄞州、奉化、象山、新昌、天台、三门、临海、仙居、黄岩、东阳、义乌、兰溪、磐安、金华、永康、汤溪（旧）、武义、缙云、龙游、衢江，另加宁海，共有 23 个点，还有既说"热猛"又说"热杀"的 1 个点，既说"热猛"又说"热险"的 3 个点，所以浙江共有 27 个点说"热猛"。

（十）关于"很""甚 / 极"的性质

聂志平（2005）认为"X 得很"中"很"的性质是形容词。

杨荣祥（2004：42）认为，从历史演变看"VP+ 甚 / 极"，"甚 / 极"是形容词性的，是"甚 / 极"形容词用法的残存。"VP+ 甚 / 极"应该分析为主谓结构，"甚 / 极"是对 VP 的状态加以陈述、说明。

我们以为，"X 得很"中的"很"，"VP+ 甚 / 极"中的"甚 / 极"，都应该是程度副词，而不应该是形容词。从形容词语法化为程度副词是很正常的路径。再看一些方言的"形容词 + 得 + 程度副词"，程度副词有好几个，是"类同引申"。这与"VV+ 尝试助词"一样。

我们应该从发展、演变的眼光来看待这些语法现象。

1. A 很

1.1 明代戏曲的"A 很"

明代已有"A 很"，如：

（1）（净）不过箫吹月下聊消疠，剑舞风前当受餐，俺与您六神呵，猛可也悬殊很。（无名氏《钵中莲》第 9 出）

1.2 方言的"A 很"

曹志耘（2008：21），不少方言点有"热很"，其实范围还要广一些。

1.2.1 吴语

安徽宣城（雁翅）方言有"A 很"。如：

（2）□ [keʔ٦]_这碗菜<u>咸很</u>略_了。

（3）□ [keʔ٦]_这碗菜<u>太咸</u>略_了。（沈明，2016：150）

上面2句，一用"A很"，副词后置，可能是固有用法；一用"太A"，副词前置，可能是后起的。

安徽泾县查济方言（属吴语）有如下说法：

（4）这碗菜<u>太咸</u>了。

（5）这碗菜<u>咸很</u>了。（刘祥柏等，2017：129）

同样的意思有两种说法，一句是后起的，一句是方言固有说法。

查济方言又有如下说法：

（6）今朝_{今天}非常热。

（7）今朝_{今天}特别热。

（8）今朝_{今天}热极了。

（9）今朝_{今天}<u>热很了</u>。（刘祥柏等，2017：127）

表示"很热"有4种说法，"热很了"只是其中一种，前几种可以说是普通话的说法。

1.2.2 徽语

江西浮梁（旧城村）方言既有"今朝好热_{今天很热}"，又有"今朝热很□ [tiɿ]_{今天太热了}"。（谢留文，2012：103）又如：

（10）□ [leiɿ]碗菜硬<u>咸很</u> [tiɿ]_{这碗菜太咸了}。（谢留文，2012：104）

1.2.3 赣语

赣语也有"A很"，如：多很哩_{太多了}、饱很哩_{太饱了}、穷很哩_{太穷了}、胀很哩_{太胀了}。（陈昌仪，1991：366）

赣语也有"A伤"，"伤"义同"很"，如：

（11）咯伢仔<u>老实伤</u>哩_{这男孩太老实了}。

（12）许只人<u>厉害伤</u>哩_{那个人太厉害了}。

（13）<u>多伤哩</u>吃不落_{太多了吃不下}。

（14）<u>快伤哩</u>会跌跤_{太快了会摔跤}。（陈昌仪，1991：366）

陈昌仪（1991：366）指出，"A很""A伤"使用也较普遍，不过各次方言使用的词语不尽相同，丰城、清江用"伤"，抚州市、临川用"很"，其他次方言则有另外的词语。

赣东北赣语部分方言点经常用"伤""绝"等词置于形容词之后的补语位置上表示过量。如"太辣了""太恶了"，乐平方言、余江方言说"辣伤哩""恶绝哩"。而赣东北吴语、徽语则没有这种说法。"伤""绝"这些词出现在补语位置上多含有非积极意义，通常不说"好伤哩""漂亮绝了"之类的句子。（胡松柏，2003b：62）

虽然胡松柏（2003：62）未明确说明"伤"的词性，但应该也是程度副词。

奇怪的是，在泰国各地西南官话中，也有一种"……伤了"的表达方式，表示程度过高，相当于"太……"。这种说法在清迈麻栗坝话中最为普遍。如：

（15）<u>多伤了</u>_{太多了}。

（16）辣子辣伤了_{辣椒太辣了。}

（17）衣裳烂伤了_{衣服太破了。}

其他和麻栗坝话接触较多的聚居点也有类似用法。如热水塘龙陵话：

（18）这些苹果小伤了_{这些苹果太小了。}

（19）今天的菜咸伤了_{今天的菜太咸了。}

（20）这点到曼谷远伤了_{这里到曼谷太远了。}

（21）这点的粪草多伤了_{这里的垃圾太多了。}（肖自辉，2016：340）

肖自辉（2016：340）指出，境内云南省很多地区的西南官话称"吃多了"为"吃伤了"，此处"伤了"就有表示程度过量的意思。而现在的镇康话中也有类似泰国西南官话却略有不同的用法，即以"X 伤"表示"X 死了"的意思，如"你拼我吓伤_{你把我吓死了}""这两天倒霉伤_{这两天倒霉死了}"。可以推测，泰国西南官话表程度过深的"XX 伤了"格式应该是从"吃伤了"这一用法逐渐发展延伸成为一个表程度过量的常用补语结构。

赣语应该与泰国清迈麻栗坝话没有什么关系，但有相似用法，的确比较奇特，也是象似性的体现。

1.2.4 畲话

浙江景宁畲话有"A 真"，如：

（22）那个人好真_{那个人很好。}（胡方，2015：369）

"真"相当于"很"。

1.2.5 西南官话

四川泸州方言有"A 很"。李国正（2018：101）指出："普通话有'好得很'这样的结构，副词'很'作补语必须跟在'得'的后面。泸州话'很'作补语直接跟在形容词之后，表示'太''过分'的意思。"如高很了、凶很了、红很了、滚_热很了、欢喜_{高兴}很了、下细_{仔细}很了。

广西桂林方言也有"A 很"。如：

（23）这个果子甜甜的，好吃很。（唐七元，2020：70）

1.2.6 江淮官话

安徽合肥方言的"很"作形容词后的极性补语时，前面不加普通话结构助词"得"。如：

（24）以后只要不吵不争就对我们都孝敬很了_{以后只要不吵不争，就算对我们非常孝敬了。}

（25）第゠芫荽香很_{这芫荽香得很。}（杨永成，2015：272）

1.2.7 中原官话

宁夏的隆德方言的"很"常用作形容词中心语的补语。但其用法与普通话稍有差别，中心语与补语之间可以不用结构助词"得"连接。如：

（26）歌子好听得很。

（27）地里洋芋大得很。

以上句子也可以说成：

（28）歌子<u>好听很</u>。

（29）地里洋芋<u>大很</u>。（杨苏平，2018：165）

值得注意的是，除了与否定副词"不"搭配作动词中心语的状语外，"很"在隆德方言老派话中不直接作状语。普通话"很红""很愿意"等状中结构，在隆德话中习惯说成"红很""愿意很"等中补结构。如：

（30）他平时<u>很不抽烟</u>_{他平时不大抽烟}。

（31）他现在<u>很不上班</u>_{他现在不经常上班}。

（32）太阳<u>红很</u>。（＊太阳很红）

（33）他愿意<u>上班很</u>。（＊他很愿意上班）

（34）路<u>滑很</u>，走路能加_{格外}小心着！（杨苏平，2018：165–166）

从"'很'在隆德方言老派话中不直接作状语"可见，"A 很"应该是隆德方言固有说法。

1.2.8 城步青衣苗土话

湖南城步青衣苗土话被称为一种少数民族汉语，是一种从苗语演变而来的汉语。（李蓝，2004：232，239）湖南城步青衣苗土话有副词"很"，只能用在形容词的后面，如"多很""好很"等。（李蓝，2004：133）"蛮"与"很"都是程度副词，但在分布上是成互补状态："蛮"只能构成"蛮 A"格式，"很"只能构成"A 很"或"A 哩很"格式，两者不能互换。如：

（35）今日来呱<u>蛮多</u>嘅人_{今天来了很多人}。

（36）今日来嘅人<u>多很</u>_{今天来的人很多}。（李蓝，2004：154）

很有可能"A 很"是城步青衣苗土话固有说法，而"蛮 A"可能是后来的。

1.3 民族语言的"A 很"等

靖西壮语有"A 很"。如：

te¹khjak⁷la:i⁴lo⁵.　他很勤快。

他勤很了。（郑贻青，2013：260）

靖西壮语也有"A 极"。如：

wa:n¹ɣan⁵.　　　甜极了。

甜极（郑贻青，2013：275）

海南黎语（侾方言的罗活土语保定话）的副词一般用在动词或形容词的前面，只有少数副词能用在动词或形容词之后。如：

kha:u¹pai³ia³. 白极了。

白极了。

副词 pai³ia³ 和 dat⁷ 还可以重叠，用在形容词的后面，表示程度的加深。如：

ɬen¹dat⁷dat⁷. 好得很。den³pai³ia³pai³ia³. 非常非常亮。

好很很。　　　　　亮非常非常。（孙宏开等，2007：1349）

云南澜沧县勐朗坝拉祜语的形容词可与副词 dʑa⁵³（很）结合，位置在形容词之后。

如：ka^{54}ʥa^{53}. 很冷。mɣ^{21}ʥa^{53}. 很饿。（孙宏开等，2007：297）又如：

ni^{33}ʃa^{33}ʥa^{53}. 很好看。

看好很。（孙宏开等，2007：297）

ɣ^{31}ʥa^{53}mɣ^{53}ʥa^{53}ve^{33}pu^{31}mɔ^{53}pɛ^{33}mi^{31}. 伟大的祖国。（形定）

大很高很的祖宗份地。

sʅ^{54} te^{53} vɣ^{21}xɔ^{33}ʥa^{53}. 一背柴很重。（数量定）

柴一背重很。

tʃhɔ^{33}tɕhi^{33}te^{53} ɣa^{53}tʃɔ^{35}ʥa^{53}. 这个人很瘦。（程副状）。

人这一个瘦很。（孙宏开等，2007：304）

但与否定副词 ma^{53}（不）结合时，位置在形容词之前。（孙宏开等，2007：297）

云南通海县白阁村卡卓语也有。程度副词属固有的，其位置在动词、形容词之后，属汉语借词的，在动词、形容词之前。如：

vi^{53}li^{24}te^{33}to^{31}phiɑ^{24}liɑ^{24}the^{24}. 这朵花很漂亮。

花这朵漂亮很。

ji^{33} nɑ^{24}the^{24}. 他很好。

他好很。（孙宏开等，2007：432，433）

vi^{53}li^{24}tshɯ^{33}the^{24} tə^{33} tshɯ^{33}the^{24}. 白白的花。

花白很（助）白很。

tshɯ^{33}the^{24} tshɯ^{33}the^{24} tə^{33}vi^{53}li^{24}. 白白的花。

白很白很（助）花。

tshɑ^{33}the^{24}. 很热。

热很。（孙宏开等，2007：437）

看来，"the^{24}"（很、极）是卡卓语固有的。

云南兰坪柔若语也有。如：

tɕiou^{33}ka^{55}sɛ^{53}tsẽ^{33} iɑ^{33} kɑu^{55} xã^{35}. 那些树长得很高。

DEMLOC 树长高很。（陈海宏，2019：150）

ʔa^{33}mo^{53}sɛ^{53}va^{53}ne^{33} xã^{35}. 这种花的颜色最红。

DEM 种花红最。

tɯ^{55}pe^{33}iẽ^{33}tsou^{31}lou^{35}xã^{35}. 他们家吃得很好。

3pl 家吃好很。

sʅ^{33} ṇa^{55} ʔa^{33} iɑ^{33} nã^{33}khou^{33} xã^{35}zo^{31}. 这个孩子很可怜。

孩子这 CL 可怜很 TAM。（陈海宏，2019：151–152）

tha^{33}lõ^{35}ʔõ^{55}ta^{53}tɯ^{31} ve^{35} xã^{35}zo^{31}. 兔子跑得远远的。

兔子 -CL 跑 PRT 远 很 TAM。（陈海宏，2019：160）

此前，孙宏开等（2007：464）也认为兰坪县兔峨乡柔若语也有，如：

ʔe^{35}iou^{55}！nu^{55}xɑ^{35}zɑu^{31}！啊唷！痛得很！

啊唷痛很（助词）！

ʔe³⁵le³¹！mi̠⁵³xɑ³⁵zɑu³¹　　lɑu³¹！啊呀！太多了嘛！

啊呀多很（助词）（语气）！

云南盈江县铜壁关区恩昆土语景颇语有少数副词修饰形容词性谓语时位于中心语后。如：

tsaŋ³³tik³¹. 极轻。kja³¹la²³¹. 极软。

轻极。　　　　　　软极。（孙宏开等，2007：564）

云南芒市潞西阿昌语也有"A+ 程度副词"等。其后加程度副词主要包括lə⁵⁵kɯ³³/lə³³kɯ³³ "很"、lə³³kɯ⁵⁵/lə³³kɯ³⁵ "太"和tsa⁵¹ "很"等。如：

fən³³tɕi⁵⁵tɕhi³³lom³⁵tsha?⁵⁵lə³³kɯ³³. 这个粪箕很脏。

粪箕这 CL 脏很。

ŋa⁵⁵mui⁵¹tɕhi⁵⁵to³³tsut³¹lə³³kɯ⁵⁵. 这条黄鳝滑极了。

黄鳝这 CL 滑太。

lia³³ʑɛ⁵⁵ŋa⁵⁵tsa⁵¹. 田也很多。

田地也多很。

a³¹-kɯ⁵¹-kɯ⁵¹ʑi⁵⁵ŋa⁵⁵xau⁵⁵to³¹tɕau³³kei³³lə³³kɯ³³. 那只大鸟很好看。

PRE- 大 - 大的鸟那 CL 好看很。

khui³³xua⁵⁵xua⁵⁵to³³n̠ɛ⁵⁵kei⁵¹lə³³kɯ³³. 那只花狗很好玩。

狗花那 CL 好玩很。

naŋ³³ta³¹luan³⁵ɯ³¹kɯ³³ʑi⁵⁵. 你不要乱笑。

2sgNEG 乱笑 很 TAM。（时建等，2019：166–168）

贵州六枝仡佬语也有。如：

da⁴⁵ma³³tɕiu³¹da³¹qha⁴⁵qə³¹ze⁴⁵do³¹. 小李结婚不热闹。

小李结婚冷清甚。（李锦芳等，2019：198）

i³³ka³¹tsʅ⁴⁵do³¹a⁴⁵. 我吃得很饱。

我吃饱很了。（李锦芳等，2019：200）

da⁴⁵la⁴⁵ə³¹pe⁴⁵ʔlai³³n̠i⁴⁵jau⁴⁵ə³¹plei⁴⁵do³¹. 这个小孩长得很俊。

个小孩子这生漂亮甚。（李锦芳等，2019：206）

此前，孙宏开等（2007：1386）也举有例子，如：

tshu³³pai³³zəɯ³¹ti³³ai²⁴hen⁵⁵o³³！火车拉得真多哟！

车火拉得多很哟！

海南三亚回辉语副词通常处在动词或形容词前作状语。有时也可出现在动词或形容词的后面作后置状语。有"A 很"。如：

nau³³tha¹¹ta¹¹taːn?³²khun¹¹za⁵⁵khai³³iaːn?²¹khat⁴²ni³³. 她有一条漂亮的红裙子。

她有一条裙子红好看很。（田祥胜等，2019：175）

四川松潘羌语也有"A+ 程度副词"。副词在句中做状语时，可以出现在动词之前，也可以出现在两个名词短语之间。如：

　　tsɐ-k popu puly que-j, pə me-le. 这个东西太贵，买不起。

　　这 -GEN 东西贵太 –INDCT 买 NEG– 行。（黄成龙等，2019：151）

　　甘肃肃南西部裕固语也有"A+ 程度副词"。如：

　　ɑnɑ-ŋ mɑ-ɣɑjɑxʂi muli do. 母亲对我特别好。

　　母亲 -POS 1SG–ALL 好特别 COP。（苗东霞，2019：204）

　　因为副词 muli 义为"很"，所以，jɑxʂimuli 也是"A 很"。但西部裕固语其他程度副词常用在中心语前面，如"jinjɑxʂi"（最好）、"dɑndʑintoʂɑn"（太厉害）。（苗东霞，2019：204）

　　甘肃文县白马语也有"A+ 程度副词"。如：

　　tɕhe⁵³se³⁵du³⁵mər⁵³mɔ⁵³tʃhe⁵³mɔ³¹ʃ̩³¹. 你的担心完全是多余的。

　　2sg 担心 DEM 多余太 TAM。

　　khe²⁴¹n̠i⁵³tɕɛ⁵³re³¹dʑa³⁵xə̃⁵³. 她的头发很长。

　　3sg 头发长很。

　　n̠ɛ̃³¹n̠i⁵³ndʑ⁵³ tã⁵³mu⁵³xə̃⁵³. 这个小孩很机灵。

　　小孩 DEM 机灵很。

　　yə³¹rɛ⁵³ɕɛ⁵³ n̠i³¹ʃo⁵³ʃo⁵³tʃhe⁵³mɔ³¹ʃ̩. 庄稼长得太稀了。

　　庄稼长 COMP 稀太 CSM。

　　tɕhi³¹mbɛ⁵³ndʑ⁵³ zɔ⁵³vu⁵³xə̃⁵³. 这小伙子很能干。

　　小伙子 DEFM 能干很。

　　khe²⁴¹n̠i⁵³ʃɐ⁵³gɛ³⁵gue²⁴¹ re³¹. 他特别高兴。

　　3sg 高兴特别 TAM。（魏琳，2019：163–164）

　　苗语有"A 很"。如：

　　ken⁵⁵poŋ⁴⁴va⁴⁴（或 va⁴⁴）. 　哭得厉害。

　　哭很。

　　ne⁴⁴ljen¹³n̠oŋ⁵⁵. 　　很多。

　　多极。（王辅世，2009：42）

　　瑶族勉语也有"A 很"，如：

　　daːŋ¹hai⁶. 很香。

　　香很。（毛宗武等，2009：179）

　　台湾排湾语也有"A 很"。如：

　　matsam arava la itsu a lamlam. 这块姜很辣。

　　辣很（助）这（助）姜。

　　laləqəl̠ arava tatiav. 昨天很冷。

　　冷很昨天。（陈康等，2009：842）

德昂语也有"A 很"。如：

doŋ lut. 太长。

长太

daːŋ ɔʔɔh. 很大。

大很。（陈相木等，2009：994）

京语的程度副词比较特殊，有的既能修饰形容词，也能修饰动词。作修饰语的副词，其位置有的只能在中心词之前，有的只能在中心词之后。有个别的既能在中心词之前，也能在中心词之后。如：

ha⁴⁵thə³³. 很深。ȵiən²²lam⁴⁵. 很多。

很深。　　　　　多很。

naŋ¹¹kwa⁴⁵. 太重。thət²²buɯk⁴⁵. 非常热。

重太。　　　　　　太热。（欧阳觉亚等，2009：1097）

珞巴族博嘎尔语也有"A 很"。如：

ko: po haːʥa da. 他很好。

他　好　很（尾助）。

kɯfio çi: po ruŋ da. 这匹马驹最好。

马驹这好最（尾助）。（欧阳觉亚，2009：986）

门巴族仓洛语程度副词 ak⁵⁵pa⁵⁵te "很" 通常用在所修饰的形容词之后。如：

a⁵⁵ha ju¹³o⁵⁵hala tɕʻer⁵⁵tɕʻer⁵⁵ak⁵⁵pa⁵⁵te le¹³. 我们这次的酒很甜。

我们的 酒 这次（语气）甜 有。

on⁵⁵ta¹³wa ka so⁵⁵lo¹³per¹³po⁵⁵ak⁵⁵pa⁵⁵te la¹³. 这种辣椒很辣。

这样的辣椒辣有。

joŋ¹³kʻe⁵⁵wa 的意思跟 ak⁵⁵pa⁵⁵te 差不多，只是在程度上更重一些。这个词修饰形容词或动词时多在中心词之前，有时也可以在形容词之后。如：

u⁵⁵hu⁵⁵wa¹³joŋ¹³kʻe⁵⁵wa tɕak¹³pa⁵⁵la¹³. 这牛真肥。

这牛肥有。

u⁵⁵ȵu¹³ko¹³tʻam⁵⁵tɕʻi⁵⁵lu¹³joŋ¹³kʻe⁵⁵wa la¹³. 那蛋真大。

那蛋大有。

kaŋ¹³-men¹³tsʻe⁵⁵" 非常"，修饰形容词时在前在后皆可。它所表示的意思在语气上又重一些。如：

so⁵⁵lo¹³on⁵⁵-ta¹³wa per¹³po⁵⁵kaŋ¹³-men¹³tsʻe⁵⁵la¹³. 这种辣椒非常辣。

辣椒这样的辣有。

tik⁵⁵taŋ⁵⁵ "稍许"，用在所修饰的形容词或动词之前。

ta¹³sur "稍许" 在语气上比 tik⁵⁵taŋ⁵⁵ 还要弱一些。它修饰动词时在动词之前，修饰形容词时在形容词之后。如：

u⁵⁵tʻu⁵⁵lai¹³si⁵⁵ ço tɕʻer⁵⁵tɕʻer⁵⁵ta¹³sur la¹³. 这种香蕉有点甜。

这香蕉（语气）甜有。

prus⁵⁵kin" 一样"，用在所修饰的形容词前后皆可。（张济川，2009：897-898）

珞巴族博嘎尔语也有"A 很"。如：

ko: po ha:dʑa da. 他很好。

他好很（尾助）。

kɯɦo çi: po ruŋ da. 这匹马驹最好。

马驹这好最（尾助）。（欧阳觉亚，2009：986）

瑶族布努语也有"A 很"。如：

kje³kwe¹si³⁾nə⁴. 路远得很（或路很远）。

路远很。

ni⁴mpjəŋ²ʑen². 他经常病。

他 病经常。（蒙朝吉：2009：308）

因时间关系，我们未能全部调查《中国少数民族语言简志丛书》等，应该还有一些民族语言有"A 很"的用法。唐贤清等（2014：34-35）也举有一些例子。

以上可见，不论是明代戏曲，还是汉语方言、民族语言，"A 很"的"很"应该已经语法化为副词了。

2. A 极

唐贤清等（2010：17）指出，在汉语史上曾出现过以下 4 种结构：（1）V/A+ 极[①]；（2）V/A+ 极 + 了；（3）V/A+ 得 + 极；（4）V/A+ 得（的）+ 极 + 了。4 种形式，只有第 2 种"V/A+ 极 + 了"才被普通话继承，其余"V/A+ 极""V/A+ 得 + 极"2 种形式被方言所继承，而第 4 种形式"V/A+ 得（的）+ 极 + 了"则消失了。据唐贤清等（2010：15），"V/A+ 极了"宋代已有，如"他用那心时，都在紧要上用。被他静极了，看得天下之事理精明"（《朱子语类》卷 100）。

2.1 明代戏剧的"A 极"

（37）（丑笑上）妙极妙极，爹爹、母亲整备花烛，与我今日成亲，闻说妹子在房中梳洗，不觉心痒得紧，不免到他房前，偷觑一回。（仲仁《绿华轩》（二）砥节）

（38）（笑介）俺公子，不道有这等造化，乐极乐极。（仲仁《绿华轩》（二）砥节）

上 2 例"A 极 A 极"后面没有"了"。

2.2 明代小说的"A 极"

因为例子较多，下面用表 22 表示：

---

① 唐贤清、陈丽（2010：14-15）指出，《世说新语·雅量》有"（许侍中、顾司空）尝夜至丞相许戏，二人欢极，丞相便命使入己帐眠"。杨荣祥（2004）认为此例中的"极"是形容词，对"欢"加以陈述描写。"欢极"应该分析为主谓关系。李艳、任彦智（2006）认为此例中的"极"是程度副词作补语。唐贤清、陈丽（2010：14-15）认为，有两种分析的可能：（1）"二人"是话题，"欢"主语，"极"是谓语动词。（2）"二人"是主语，"欢"是谓语动词，"极"是补语。句法结构的复杂化造成了重新分析的可能，这是一个"极"由动词向程度补语演变的临界点的例子，魏晋时期是程度副词"极"作补语产生的萌芽阶段。我们赞同此看法。

表 22　明代小说的"A 极"

作者	作品	例子	作者	作品	例子
冯梦龙	《喻世明言》卷 22	痛极	齐东野人	《隋炀帝艳史》第 16 回	盛极
	《警世通言》卷 25	饿极	桃源醉花主人	《别有香》第 10 回、第 11 回	好极、妙极[2]、快极、美极
	《醒世恒言》卷 26、卷 37	热极、穷极	徐昌龄	《如意君传》	富贵极
凌濛初	《初刻拍案惊奇》卷 6、卷 7、卷 29	乐极、痛极、怒极、欢极	云游道人	《灯草和尚》第 6 回	妙极
	《二刻拍案惊奇》卷 15	醉极	芙蓉主人	《痴婆子传》卷下	怆极
陆人龙	《型世言》第 11 回	贫极	醉西湖心月主人	《宜春香质》"风集"第 3 回、"月集"第 4 回	喜极、乐极
	《辽海丹忠录》第 19 回	怒极	槜李烟水散人	《灯月缘》第 5 回、第 7 回	喜极[2]
周清源	《西湖二集》卷 25	穷极、渴极	醉西湖心月主人	《弁而钗》"清侠纪"第 3 回	喜极
孙高亮	《于少保萃忠全传》第 29 传	忧极	西湖渔隐主人	《欢喜冤家》第 7 回	爱极
熊大木	《大宋中兴通俗演义》第 13 回	怒极	醉心西湖心月主人	《醋葫芦》第 14 回	旺极
清溪道人	《禅真逸史》第 5 回	穷极	余邵鱼	《春秋列国志传》第 34 回、第 58 回	乱极、渴极
吴承恩	《西游记》第 59 回	渴极	无名氏	《后西游记》第 6 回、第 7 回	盛极[2]
吴元泰	《八仙出处东游记》卷下	恨极	无名氏	《续西游记》第 5 回	妙极
兰陵笑笑生	《金瓶梅》第 54 回、第 28 回、第 78 回、第 65 回	扰极、乐极[2]、困极	无名氏	《风流和尚》第 3 回	痒极
无名氏	《明珠缘》第 8 回、第 9 回、第 10 回、第 16 回、第 25 回、第 34 回、第 35 回、第 41 回	妙极[5]、热极、好极、喜极、恶极、恨极"、困极	西泠狂者	《载花船》第 3 回	痛极[2]、喜极

又有如下例子：

（39）当夜前歌后舞，锦簇花攒，直饮至更馀时分，方才薛内相起身说道："生等一者过蒙盛情，二者又值喜庆，不觉留连畅饮，<u>十分扰极</u>，学生告辞。"（明·兰陵笑笑生《金瓶梅》第 28 回）

（40）那药儿见了阳物，发作了，月仙阴内<u>十分痒极</u>，便着实乱墩。（明·西湖渔隐主人《欢喜冤家》第 3 回）

上 2 例"扰""痒"前又有程度副词"十分"，后面又有程度副词"极"，是程度副词前置与后置同现，所表达的程度更甚。

（41）犹氏嫁过陈家一年，生一子，大娘见犹氏生子，<u>一发忿极</u>，遂致身死。（《欢喜

冤家》第 7 回）

上例"忿"前有程度副词"一发"，后面又有程度副词"极"，也是程度副词前置与后置同现，所表达的程度更甚。

2.2 清代白话小说的"A 极"

因为例子较多，也用表 23 表示：

表 23　清代小说的"A 极"

作者	作品	例子
杜纲	《娱目醒心编》卷 12 第 3 回、卷 15 第 1 回	饿极、窘极
	《北史演义》卷 27、卷 34、卷 36、卷 45	骇极、愤极、喜极、窘极
笔炼阁主人	《八洞天》卷 6、卷 8	怒极、坏极
	《五色石》卷 8	妙极
醒世居士	《八段锦》第 2 段	羞极、怒极
蔡召华	《笏山记》第 22 回	贫极
蔡元放	《东周列国志》第 42 回	喜极
李绿园	《歧路灯》第 2 回、第 13 回、第 15 回、第 93 回、第 25 回、第 38 回、第 57 回、第 64 回	喜极[3]、恨极、怕极、好极[2]、闷极[2]
吴敬梓	《儒林外史》第 15 回、第 31 回	恨极、好极
夏敬渠	《野叟曝言》第 1 回、第 3 回、第 4 回、第 17 回、第 21 回、第 39 回、第 63 回、第 76 回、第 88 回、第 89 回、第 100 回、第 121 回、第 144 回、第 153 回、第 25 回、第 40 回、第 102 回、第 109 回、第 117 回、第 131 回、第 137 回、第 141 回、第 150 回	俗极、笨极、骇极[2]、怒极[2]、喜极[3]、乏极[3]、痛极、劳极、愤极、衰极、快活极
曹去晶	《姑妄言》卷 1、卷 3、卷 4、卷 6、卷 7、卷 8、卷 9、卷 10、卷 11、卷 12、卷 13、卷 14、卷 17、卷 18、卷 19、卷 21、卷 22、卷 23、卷 24	坏极、妙极[21]、趣极、是极[4]、乐极[6]、细极、骚极、淫极、喜极[4]、熟极、俗极、弱极、困极、爱极、恨极[2]、怒极
里人何求	《闽都别记》第 5 回、第 8 回、第 30 回、第 91 回、第 94 回、第 114 回、第 170 回、第 176 回、第 182 回、第 185 回、第 213 回、第 238 回、第 298 回、第 324 回、第 335 回、第 341 回、第 363 回、第 376 回、第 386 回、第 83 回、第 230 回、第 23 回、第 131 回、第 29 回、第 34 回、第 36 回、第 44 回、第 52 回、第 53 回、第 66 回、第 260 回、第 79 回、第 239 回、第 353 回、第 85 回、第 107 回、第 158 回、第 188 回、第 333 回、第 128 回、第 139 回、第 252 回、第 141 回、第 157 回、第 208 回、第 222 回、第 249 回、第 250 回、第 371 回、第 228 回、第 277 回、第 290 回、第 306 回、第 315 回、第 327 回	好极[48]、忿极[2]、贵极、肥极、厚极、丑极、僻极、忙极、坚极、久极、大极、慌极、妙极、坏极、丑极、瘦极、闷极、恶极[2]、喜极、博学极、迫极、穷极、高极、老极、愧极
褚人获	《隋唐演义》第 19 回、第 31 回、第 35 回、第 55 回、第 59 回、第 66 回、第 71 回、第 83 回、第 88 回	喜极[2]、慌极、妙极[11]、宠极
无名氏	《呼家将》第 10 回	怕极
如莲居士	《薛刚反唐》第 2 回、第 4 回、第 49 回	怒极[2]、乐极

续表

作者	作品	例子
无名氏	《飞龙全传》第 8 回、第 35 回、第 20 回、第 40 回	妙极[4]、痛极、热极
俞万春	《荡寇志》第 95 回、第 97 回、第 99 回、第 101 回、第 109 回、第 110 回、第 122 回、第 131 回、第 133 回、第 134 回、第 140 回、第 103 回、第 105 回、第 108 回、第 112 回、第 119 回、第 125 回、第 132 回、第 128 回、第 136 回	妙极[2]、巧极[2]、骇极、怒极[10]、恨极、急极、是极[2]、奇极[3]、痛极
丁耀亢	《续金瓶梅》第 42 回	乐极
钱彩	《说岳全传》第 40 回	好极
文康	《儿女英雄传》第 32 回、第 35 回、第 61 回、第 72 回	好极[2]、是极、爱极、怒极、乏极
石玉昆	《三侠五义》第 33 回、第 44 回、第 100 回、第 114 回、第 81 回、第 91 回、第 94 回、第 111 回、第 112 回	巧极[2]、是极[5]、妙极[6]、好极[8]
唐芸洲	《七剑十三侠》第 148 回、第 89 回、第 93 回、第 114 回、第 121 回	恨极、罪极、好极[8]
无名氏	《施公案》第 102 回、第 295 回、第 324 回	怪极、好极
吕熊	《女仙外史》第 3 回、第 4 回、第 8 回、第 26 回、第 36 回、第 39 回、第 44 回、第 59 回、第 15 回、第 53 回、第 17 回、第 92 回、第 64 回、第 85 回、第 87 回	喜极[10]、妙极[5]、忿极、窘极、恼极
李汝珍	《镜花缘》第 60 回、第 81 回	奇极、巧极
无名氏	《蕉叶帕》第 1 回	乐级
潇湘迷津渡者	《都是幻》"梅魂幻"第 2 回、第 3 回、"写真幻"第 5 回、第 6 回	妙极[5]、喜极
李百川	《绿野仙踪》第 4 回、第 7 回、第 29 回、第 33 回、第 49 回、第 52 回、第 55 回、第 75 回、第 87 回、第 67 回、第 79 回、第 83 回、第 84 回、第 97 回	好极[4]、悦极、乐极[3]、喜极[3]、气极、恼极、怒极[2]、怕极[4]、恨极、爱极
嘉禾餐花主人	《浓情快史》第 6 回、第 9 回、第 20 回、第 26 回、第 30 回	痒极[3]、喜极[2]、畅极、淫极、倦极
苏庵主人	《绣屏缘》第 15 回	怒极
无名氏	《巫梦缘》第 7 回	妙极
无名氏	《春闺秘史》第 4 回、第 7 回、第 10 回	淫极、乐极、爱极
无名氏	《杏花天》第 5 回	妙极
江西野人	《怡情阵》第 2 回、第 9 回	盛极、嫩极
无名氏	《碧玉楼》第 10 回	妙极
无名氏	《两肉缘》第 7 回	爱极
情痴反正道人	《痴娇丽》第 4 回	痒极
云间嘻嘻道人	《五凤吟》第 3 回、第 5 回、第 9 回	恨极、喜极
烟霞逸士	《巧联珠》第 2 回	妙极[2]
烟霞散人	《凤凰池》第 6 回	快极[2]
无名氏	《九云记》第 25 回	妙极[2]、是极[2]、雅极[2]
陈朗	《雪月梅》第 7 回	爱极

作者	作品	例子
崔象川	《白圭志》第4回、第6回、第8回	羞极[2]、趣极
	《玉蟾记》第5回、第13回、第14回、第30回、第37回	好极[2]、妙极[8]
随缘下士	《林兰香》第9回、第10回	喜极、弱极
曹雪芹、高鹗	《红楼梦》第17回、第78回、第79回	是极[3]、妙极[4]、好极
无名氏	《绿牡丹》第5回	气极
兰皋主人	《绮楼重梦》第7回、第8回、第11回、第23回、第28回、第35回、第38回、第44回、第46回、第45回	好极[5]、是极[2]、巧极[2]、妙极[4]、怪极
嬛山樵	《补红楼梦》第3回	愤极
陈少海	《红楼复梦》第1回、第9回、第28回、第30回、第40回、第61回（2处）、第64回、第66回（2处）、第67回、第85回、第89回、第10回、第14回、第15回、第60回、第81回、第56回、第59回、第63回、第65回、第72回、第82回、第83回、第84回、第88回	气极[4]、喜极[16]、妙极[2]、乐极[4]、念极、疼极、是极[2]、好极、忙极、醉极、倦极、
临鹤山人	《红楼圆梦》第26回	好极
沈懋德	《红楼梦补》第17回	喜极
花月痴人	《红楼幻梦》第3回、第5回、第22回、第8回、第12回、第16回、第20回、第15回、第19回、第24回	喜极[3]、恨极、乐极[3]、妙极[2]、好极[2]、是极[3]
云槎外史	《红楼梦影》第7回、第14回、第21回	妙极[3]
李修行	《梦中缘》第2回、第12回	妙极[2]、恨极
梁溪司香旧尉	《海上尘天影》第2回、第9回、第13回、第21回、第10回、第16回、第18回、第24回、第26回、第30回、第33回、第38回、第47回、第19回、第27回、第28回、第35回、第40回、第42回、第44回、第45回、第49回、第53回、第54回、第56回	闷极[2]、倦极[4]、充极、妙极[2]、好极[13]、气极[3]、烦极、熟极、懒极、巧极[3]、轻极、早极、忙极、乏极[4]、吓极
吴趼人	《恨海》第7回	痛极
	《劫馀灰》第9回	恨极
	《二十年目睹之怪现状》第29回、第33回、第35回、第67回、第39回	好极[6]、妙极[6]
	《九命奇冤》第23回、第32回	妙极[2]、对极[2]、旺极
张南庄	《何典》第10回	痛极
李伯元	《官场现形记》第2回、第8回、第34回、第52回、第55回、第54回、第60回	恨极、好极[2]、是极[10]
	《活地狱》第38回、第42回	是极[2]、好极[2]
欧阳钜源	《负曝闲谈》第6回、第9回、第34回、第35回、第37回、第41回、第55回、第49回、第54回	恨极[5]、气极[2]、好极[2]、是极[4]
刘鹗	《老残游记》第15回、第19回	好极[2]、气极
曾朴	《孽海花》第5回、第17回	饿极、倦极
邗上蒙人	《风月梦》第7回、第16回	妙极[4]

续表

作者	作品	例子
魏秀仁	《花月痕》第 16 回、第 17 回、第 25 回、第 23 回、第 37 回、第 39 回	乐极、好极[2]、是极、喜极、气极、愤极
俞达	《青楼梦》第 6 回、第 19 回、第 24 回、第 31 回、第 41 回	懒极、是极[2]、愤极、吓极
陈森	《品花宝鉴》第 8 回、第 11 回、第 19 回、第 42 回、第 51 回、第 13 回、第 17 回、第 28 回、第 33 回、第 35 回、第 36 回、第 58 回、第 37 回、第 38 回、第 53 回、第 39 回、第 40 回、第 47 回	乐极[3]、气极[5]、是极[2]、好极[4]、妙极[5]、喜极[2]、巧极[2]
韩庆邦	《海上花列传》第 36 回、第 41 回、第 63 回、第 60 回	薄极、怒极[2]、横极、险极、幻极、紧极
张春帆	《九尾龟》第 21 回、第 38 回、第 74 回、第 153 回	恨极、怒极、气极、是极[2]
梦花馆主	《九尾狐》第 18 回、第 21 回、第 25 回、第 40 回、第 58 回、第 60 回、第 61 回、第 62 回	是极[4]、忙极、巧极、妙极[2]、重极[2]、滥极、便极
梁启超	《新中国未来记》第 4 回	气极
黄小配	《洪秀全演义》第 44 回、第 50 回、第 52 回	痛极、疲极、愤极

弹词也有例子，如：

（42）夫人只为凋零极，也把亲生一样看。（陈端生《再生缘》第 21 回）——另第 22 回有"残忍极"，第 43 回有"忧心极""淹煎极"，第 54 回有"烦絮极"，第 55 回有"烦絮极"，第 58 回有"惨极"，第 60 回有"惆怅极"，第 61 回有"愁烦极"，第 64 回有"沉醉极"。

（43）宝玉亦恍然，悔亲不肯嫁蒋琪官的就是晴雯，还上了一吊，才得把亲事退成的细情，暗叹晴雯贞烈，果与袭人不同，而蒋玉函两次定亲，无心凑合，皆系自己房中宠爱之婢，又虚名空挂，卒归水月镜花，奇也奇极，巧也巧极的了。（沈懋德《红楼梦补》第 35 回）

上例较为奇怪，连用了 2 个"A 也 A 极"。

与明代白话文献一样，也有前面又用副词的，如：

（44）给谏大喜，问着他又补了禀，以优行贡入太学，益发喜极，向他说道："贤契，目今朝廷考取教习，学生料理，包管贤契可以取中。……"（清·吴敬梓《儒林外史》第 22 回）

（45）耿朗听毕，放下酒杯道："这一发妙极，弹琴舞剑，正是韵事。……"（清·随缘下士《林兰香》第 27 回）

（46）匠山道："一发妙极，我也不忍遽别。"（清·庚岭劳人《蜃楼志》第 6 回）

（47）正是大便紧急，谷道内臭粪直喷出来，被竹片带起，径溅到官儿的脸上。越发怒极，喝令："加力痛打！"（清·吕熊《女仙外史》第 88 回）

上面 4 例的"益发""一发"与"越发"都是程度副词，程度比单用一个程度副词要重。

（48）紫云笑曰："头<u>真大极</u>，可作灯笼架。"（里人何求《闽都别记》第 380 回）

（49）保和丞相<u>真通极</u>，他竟是，到处留诗到处吟。（陈端生《再生缘》第 60 回）

（50）<u>真是欢心乐极</u>，眉开眼笑，忙腾个竹箱收了。（曹去晶《姑妄言》卷 24）

（51）碧卿此时，<u>真是乐极</u>，眼睛看的是娇滴滴的花容，鼻子闻的是粉脸香味，手里握的是尖小红菱！（无名氏《春闺秘史》第 4 回）

（52）素兰道："<u>真个像极</u>，一<u>丝</u>儿也不错。我有个主意，你依我不依？"（陈少海《红楼复梦》第 26 回）

（53）今日<u>真真烦恼极</u>，婿尚未，晨昏作揖作灵前。（陈端生《再生缘》第 39 回）——另第 41 回有"真真此事惶然极"。

（54）祝筠同桂夫人也<u>实在乏极</u>，听见这个信儿，夫妻两个无暇料理家政，忙俱安寝。（《红楼复梦》第 29 回）

（55）将个沈夫人<u>实在乐极</u>，说道："好儿子，你怎么这样叫人疼？"（《红楼复梦》第 44 回）

（56）苏小姐赞道："姐姐这个<u>实在好极</u>，怎么能说这般蕴藉风流。为什么我说不到这样，觉得有点粗气。这个我们该贺。"（陈森《品花宝鉴》第 11 回）

（57）子玉道："这也<u>奇极</u>了，我只当你进去了，我们此生休想见面。再想不到你竟能出来，且又竟能到我这里来，真也实在奇怪，却也<u>实在妙极</u>，天乎！天乎！"（陈森《品花宝鉴》第 29 回）

（58）华铁眉笑道："亚白先生一只嘴<u>实在尖极</u>，比仔文君个箭射得准。"（韩庆邦《海上花列传》第 40 回）

上面几例中的"真""真是""真个""真真""实在"都是评注性副词，前后都用副词，比单用"大极"程度要深，但比前后都是程度副词程度要轻一<u>些</u>。

（59）采秋道："峣峣易缺，皦皦易污，这<u>真令人恼极</u>，只锯齿不斜，不能断木，你总要放活点才好呢。"（魏秀仁《花月痕》第 40 回）

上例前面也是评注性副词，但后面是"令人恼"，与前面都用于形容词或心理活动动词或感觉动词等不同。

（60）贾大少爷被他天天来罗苏，<u>实在讨厌之极</u>，而又奈他何不得。（李伯元《官场现形记》第 27 回）

上例也是前后有副词，但后面用的是"之极"。唐贤清等（2010：14）指出："我们在先秦文献中首先发现位于'V'后面的'极'中间有动词'之/至'连接。"如：

（61）十一月，超国吴，赵孟降于丧食。楚隆曰："三年之丧，<u>亲昵之极</u>也。主又降之，无乃有故乎？"（《左传·哀公二十年》）

（62）建始、河平之际，许班之贵，倾动前朝，熏灼四方，赏赐无量，空虚内臧，女<u>宠至极</u>，不可上矣。（《汉书》卷 85《列传第五五》）

唐贤清等（2010：14）指出，以上两例中的"极"虽仍是"极点"义名词，但整个"V+之/至极"结构表达的是一种程度义，"V+之/至极"是对"V"程度的加强。这类结构是

"极"向程度补语发展的初始源头，空间处所义名词首先进入"V+之 / 至极"结构，获得程度义，早期的"V+之 / 至极"与现代汉语中的"（这对恋人）亲昵极了"具有语义上的传承关系。

据我们考察，明清白话小说中"V+之 / 至极"也有不少例子，例（60）更特殊，在"讨厌之极"前面还有评注性副词"实在"，使该结构的程度更强。

2.2 清代戏曲的"A 极"

曹志耘（2008：21）说广西有 2 个粤语方言点、海南有 3 个闽语方言点有"A 极"。其实，清代戏曲也有"A 极"，如：

（63）便是这位郎君，却也痴极，每每顾盼奴家，不即不离，背地里十分愁怨，短叹长吁。（清·黄治《蝶归楼》第 7 出）

黄治是浙江太平县（今温岭）人。

（64）（副）妙极妙极，你就拿了进去，我老人家要回去吃酒了。（《蝶归楼》第 12 出）——第 18 出也有"妙极妙极"。

上面众多例子中的"A 极"后面没有"了"。与"A 极了"相比，"A 极"的例子也不少。

以上可见，宋代的"极"就语法化为后置副词了。唐贤清等（2010：15）指出，"语气词'了'的出现，是推动'极'向补语发展的至关重要的因素。文旭、黄蓓（2008）提出'主观化（subjectification）是"极"的语法化的动因'。我们同意这一观点，事实上，语法化过程往往就伴随着主观化的过程，在'极'的词义发展中，词义泛化的过程、由空间处所到程度终点的映射都是'极'主观化的过程。语气词'了'的出现是'极'主观化程度加深的表现"。其实，明清白话文献众多的"A 极"，本身也是主观化程度加深的体现，尤其是前面还有程度副词、评注性副词同现的例子，更是如此。

2.3 方言的"A 极"

长兴方言有"鲜极鲜"。（赵翠阳等，2019：101）又如：

（65）伊刮﹦杨梅虽然讲呒拨﹦仙居个介大，虽然讲小，但是味道鲜极。（赵翠阳等，2019：137，157）

普通话"极"既可放在形容词、助动词或动词词组前作状语，形成"极 + 形（ + 助动或动词词组）"格式，也可以放在形容词或动词后面作补语。福建永安方言的"极"[ki⁴]和普通话一样，都是表示最高程度的程度副词。但通常只有"形（或个别动词）+ 极"这一格式，"极"后不能加"了"。如：好极好极了，极好、累极累极了，极累、惜极喜爱极了，极喜爱、歹极"丑极了，极丑"或"坏极了，极坏"、衰极"瘦极了，极瘦"或"倒霉极了，极倒霉"、雨淋得透极"遭被雨淋得湿极了"或"被雨淋得很湿"、遭日头曝得焦极"被太阳晒得干极了"或"被太阳晒得很干"。（林宝卿，1989：132）

林宝卿（1989：133）指出，这更可以证明，"形 + 极"与"形 + 得 + 极"里的"极"是补语，其间插个"得"可能稍加强调，正如普通话"高极了"与"高得很"意思基本相同。又据曹志耘（2008：22），长兴方言也有"A 得极很"，这"A 得极"程度是否也比"A 极"要强一点，有待进一步调查考察。

现代汉语普通话用的是"A 极了"，而汉语方言有的还是用"A 极"，但相比明清白话文献，使用频率大大降低。

2.4 民族语言的"A 极"

云南兰坪柔若语的 $xã^{35}zo^{31}$ 表程度最大化，对应于汉语的"极了"。如：

$iẽ^{33}$ $tuɯ^{31}nɛ^{13}pha^{35}nɛ^{33}miou^{31}$ $xã^{35}$ zo^{31}. 盖了一天房子，累极了。

房子一天 -CL 盖 PRT 累极 TAM。

$ʔa^{33}va^{53}muɯ^{33}ɣɛ^{33}mi^{53}$ $xã^{35}zo^{31}$. 今年的雨多极了。

今年雨多极 TAM。（陈海宏，2019：152）

3. A 甚

3.1 古代的"A 甚"

钟兆华（2015：546）收"甚"，副词义项有四，其二是："用于动词、形容词之后，作补语。表示程度极甚。"如：

（66）邹君好服长缨，左右皆服长缨，缨贵<u>甚</u>。（《韩非子·外储说右上·说五》）

上例说明"甚"作后置状语早在先秦已有。

（67）武见，<u>惊惭甚</u>，且掩其面。（唐·卢子《逸史·严武盗妾》）

（68）开成中，温庭筠才名<u>籍甚</u>，然罕拘细行，以文为货，识者鄙之。（五代·王定保《唐摭言》卷 11）

（69）庐陵有人应举，行遇夜，诣一村求宿……屋室百余间，但<u>窄小甚</u>。（宋·徐铉《稽神录》卷 4）

（70）翁平生出处皆不类范蜀公，而学海视君实且弗如<u>远甚</u>。（清·文康《儿女英雄传》第 39 回）

明代戏曲也有，如：

（71）（生笑介）看你这等洒落，可谓脱尽士夫面孔，养成才子风流不减晋代人物也。<u>快甚</u>，<u>快甚</u>，（薛旦《醉月缘》第 2 出）

（72）以下数调到末，悉以花名点缀，浑无痕迹，真弄丸神之手也，<u>妙甚</u>，<u>妙甚</u>。（邓志谟《并头花记》第 9 出中的"眉批"）——第 11 出也有"妙甚，妙甚"。

（73）以勃姑之鸟嵌一媒婆之名，<u>妙甚</u>，<u>妙甚</u>。（邓志谟《凤头鞋记》第 7 出中的"评"）——第 24 出中的"评"也有"妙甚，妙甚"。

（74）<u>妖娆甚</u>，乔装诈扮多风韵，好似平康卖笑人。（阮大铖《燕子笺》第 9 出）——同出还有"分明甚"。

3.2 方言的"A 甚"

浙江永嘉方言也有"A 甚"。程度副词"甚"和"显"都表示程度高，相当于"很""挺"，但"甚"表示的程度略低于"显"。如：

（75）该个工人提个意见<u>有道理甚</u>。_{这个工人提的意见很有道理。}

（76）该个人<u>好甚</u>，肯帮别人显个_{这个人很好的，很愿意帮助别人。}

（77）该桌菜红红绿绿，颜色<u>好眙甚</u>_{这桌菜红红绿绿的，颜色很好看。}

（78）该种皮带真韧，<u>经用甚</u>这种皮带很有韧劲，很经用。

（79）该粒布个花样清水甚，匄我阿妈做衣裳蛮好这块布的花样很好看，给我妈做衣服挺好的。（郑敏敏，2020：29-30）

"A甚"为曹志耘（2008：21）所未见。

吴语等南部方言常见的后置状语是受汉语固有的影响，还是受底层的影响，还需作进一步研究。

汉语方言中，总体上看，南方有，北方也有，但南方比北方要多、要复杂。

（十一）古今比较

1. 现代方言形式更多样

如表示程度加深的，根据目前所掌握的材料，清末只有"A猛""A显"，现代吴语形式更多样，除"A猛"分布范围更广外，还有"A显"等。

上面所说的7种后置状语，"五四"以前也有一些，但有的是"五四"以后才有的。有的后置状语消失，也有新的后置状语产生。

广西钦州新立话（属粤语）还有频率副词"又"后置的情况，如：

（1）佢来了<u>又</u>。（黄昭艳，2011：293）

新立话甚至有时形成"又……又"的格式，第一个"又"在中心语前，第二个"又"在句末。如：

（2）佢<u>又</u>来了<u>又</u>。（黄昭艳，2011：293）

上例其实就是"框式状语"。但这是很罕见的，很有价值。

2. 现代吴语的层次更多样

有的后置状语在发展过程中，受到通语或深或浅的影响，有不同的发展层次，如"吃碗添/凑"，有的方言只有一种说法，有的有两种说法，有的有三种说法，这就呈现出不同的层次。游汝杰（2018：259）说："同时副词也可以前置，而语义不变。副词前置和副词后置的两种句式就构成两个历史层次。"如官话"你先走"这个句子在温州里有三种句式可以对应，即：

（3）你<u>走去先</u>。

（4）你<u>先走去先</u>。

（5）你<u>先走</u>。

第一种句式是原有的，副词"先"后置于动词，后两种句式是借用官话结构，"先"字可以前置于动词。第二个句子有两个"先"，后边的"先"读轻音。第三个句子的词序跟官话完全一样。目前三种句式并存，第二种句式可能是第一种句式演变到第三种句式的过渡形式。

又如"再吃一碗饭"这个官话句子在温州话里也有三种表达法，即：

（6）吃碗饭添。

（7）再吃碗饭添。

（8）再吃碗饭。

在第一个句子里"添"字后置。第二个句子既用"再"字前置，又用读轻声的"添"字后置，是叠床架屋。"再"字前置是借用官话结构。第三个句子将后置的"添"字完全取消，其结构变得跟官话完全相同，可能是将来的发展方向。第二个句式则是过渡形式。第一个句式显然是较古老的层次。南方的闽语、粤语和台语都有这一类副词后置的句式，并且副词不能提前。这也可以旁证在吴语里副词后置的句式是较古老的。如厦门闽语：你行在先_{你先走}；浙南闽语：坐一下添_{再坐一下}；广州粤语：你食先_{你先吃}，买几斤香蕉添_{再买几斤香蕉}。（游汝杰，2018：259–260）

壮语用例如：

muɯŋ²paiˡkoːn⁵. 你先去。

你去先。

auˡtiˡtemˡ. 再要一点。

要点添。

deiˡɣaːi⁴ɕaːi⁴. 好得很。

好很。（游汝杰，2018：260）

游汝杰（2018：260）认为，就上述两个吴语温州方言例子来看，狭义的方言历史叠置只包括第二种句式（"你先走去先"），即不同的历史层次在同一个句式里叠置，而第一种和第三种句式构成广义的历史层次的叠置，即不同的历史层次在不同的句式里同现。第一种句式最古老，第二种句式次之，而第三种句式是最新产生的。

3. 方言接触

同一个行政区域中，各地因为各种原因属于不同方言，但在长期的接触中，彼此受影响都是十分正常的语言现象。浙江境内的徽语受吴语的影响是明显的，如寿昌旧方言的"A 猛"。

安徽祁门军话也有"V 添"。（赵日新等，2019：224）应该也是受周边方言影响的结果。

也有的方言处于过渡地带，兼有 2 种说法或更多说法也并非罕见的现象。如有的方言既说"V 添"，又说"V 凑"。王春玲（2018：140）指出，胡松柏（2009：552–553）调查赣东北方言，认为"凑"是赣语性质的语法成分，"添"是吴语和徽语的共有语法成分，"凑"和"添"相当于普通话"再"的表示追加、继续的加量补语成分。在方言接触中，赣东北吴语和赣东北徽语受赣语影响，接受了赣语固有的语法成分"凑"，并与方言固有的"添"构成语法成分的叠置。这是地处浙江西部、与赣语和徽语相连之处。但"凑"在浙江吴语有一定的分布，如台州临海和宁波市区、奉化等。如果说常山方言"凑"有赣语影响的可能，那么，台州临海、宁波市区、奉化等是不大可能受赣语的影响的。所以，吴语“凑”的情况还比较复杂。

汪化云等（2020：186）指出，从目前的报道来看，福建境内的闽语中后置状语极少，主要存在于毗邻吴语的地方，如闽北的闽语中有后置状语“添再”和框式状语“唵……添”（潘渭水，2007：188），闽北石陂、镇前等地存在后置状语“先、添再”（秋谷裕幸，2008：368）。浙南的闽语中有后置状语“添、先、紧、显很”，而闽南语中就没有这类现象（袁家骅，1989：322）。有学者认为闽北的后置状语是受相邻吴语的影响产生的。（林寒生，2002：122）但一般认为吴语、闽语同源。（张光宇，1999：40）

汪化云等（2020：186）指出，早期闽语是存在后置状语的，明嘉靖本《荔镜记》中就至少有“紧快、袂即将”两个。如：

（9）（贴）梅姨，生月乞去，情（曾）捡不曾？下定障紧快下定障！（544）

（10）（丑贴唱）阮唱山歌乞恁听，待恁坐听立亦听。待恁坐落袂即将，走起，待恁起来又袂行。（367）

但至少现在闽南方言没有后置状语，而闽北方言存在，可能与受吴语影响有关。前面说到的浙南闽南语有形容词“AXA”重叠，而闽南语没有，可见，浙南闽南语受温州方言影响。而且，福建福鼎方言也有形容词“AXA”重叠，也是受温州方言影响。

4. 既有消亡，又有新生

据曹志耘（2008：22），长兴方言有“A 得极”。赵翠阳等（2019）未见描写，却认为有“A 得魂”等。可能“A 得极”渐渐消亡，而“A 得魂”则是新生。

林素娥（2015：327）指出：“从百年前吴语文献来看，后置副词在宁波话、上海话、温州话中皆有分布，从副词类别来看，温州话较多，而上海话、宁波话都只有个别副词可后置，三方言后置副词分布虽稍有差异，但皆呈现出消退的迹象，等义的前置结构成为基本形式，在消变速度上，宁波话最快，其次是上海话，最慢的应是温州话。”林素娥（2015：327）再次指出：“宁波话相比上海话和温州话来说，副词后置修饰的词序消退得更早、更彻底，一百多年前就已经看不到它们的踪迹了，只有‘副词 +VP’的词序了。”

其实，虽然有的“V+ 副词”消亡了，但也有“V+ 副词”的新生。周志锋（2012：216-217）说到宁波方言的后置甚辞，即“后置状语”，很有地方特色。

猛：用在形容词后面表示程度深，相当于“得很”：路远猛；雨大猛；下饭好猛。

勿过：用在形容词后面表示程度深，相当于“得很”：今末天家热勿过；菜场里人多勿过；该人手脚木勿过，介眼生活时格会做勿好。

足：用在形容词后面表示程度深，相当于“极”：儇足噹；写意足噹；笨过笨足噹；快过快足噹。

足输赢：用在形容词、动词后面表示程度深或数量多，相当于“到了极点”：面子大足输赢；小苦（苦头）吃足输赢；该桌酒水一千块算足输赢。（周志锋，2012：216-217）

煞：宁波方言既可作前置副词，“很，非常”义；又可作后置状语，用在动词、形容词后面表示程度极深。如：走煞、笑煞、气煞、忙煞、写意煞、有趣煞。（周志锋，2012：214）这种用法的"煞"，宋代已有，如：

（11）近来憔悴人惊怪，为别后，<u>相思煞</u>。（宋·柳永《迎春乐》）

在宁波方言中，"煞"的搭配能力更强。

邢福义（2000b：293-294）认为温州方言中"最、艾、倒、死、甚"等表示程度加深的副词，用在形容词的后边作补语，如：甜最、苦艾、臭倒、咸死、软甚。这"补语"就是本书所说的"状语后置"。

据林喜乐（2014），温州方言现在更是至少有"煞""显""甚""最""先""添""道""起""坚"等9个后置状语。而这几个后置状语，有的也是新生的。游汝杰（2018：259）说南部吴语可以用"添、凑、先、起、道、快"等后置于动词。温州方言如：

（12）饭吃碗添_{饭再吃一碗}。

（13）<u>买本凑</u>_{再买一本凑数}。

（14）你走去先_{你先去}。

（15）你写起，我接落写_{从你开始写，我接着写}。

（16）你走来道_{你马上来}。

（17）衣裳着起快_{快把衣裳穿上}。

游汝杰（2018：259）并说："北部吴语只有个别地点用'添、快'后置于动词。"

其实，北部吴语"快"后置于动词并非个别地点，如上海（市区）、崇明、江苏南部的苏州、海门、江阴等。钱乃荣（1992）经过广泛调查，发现22个吴语点能使用"V 快哉"，它们是：

V 快（10个点）：宜兴、苏州、常熟、霜草墩、周浦、松江、双林、绍兴、余姚、宁波。

V 快 + 快 V（7个点）：金坛、无锡、昆山、罗店、黎里、嘉兴、杭州。

V 快 + 要 / 就要 / 马上 V（4个点）：靖江、上海、盛泽、诸暨。

V 快 + 快要 V（1个点）：溧阳。

22个点全是北部吴语。另举靖江、宜兴、杭州三地的例子。（钱乃荣，1992：1011）此外，浙江的海盐也有"V 快"。

据汪化云等（2020），北部吴语与南部吴语相比，副词后置确实是南部比北部多。但"快"是比较特殊的，北部分布较广。

5. 功能的扩展

金华市婺城区乾西乡坛里郑、温州苍南蛮话的后置状语"猛"还可后置于部分合成方位词，说明这2个方言点"猛"的搭配能力较强。

下面以临海方言的"凑"为例（卢笑予，2019）。临海方言表示"增量"是"凑"最基本的功能，在此基础上，基于其后宾语成分的差异，又细分出三项子功能。

5.1 重复和补充

"数量增加"必须发生在共享事件场景中，于是按照增加的受事类别，将"凑"的功能分为"重复"（受事相同，如："粥还忖吃碗凑_{还想再吃一碗粥}"）和"补充"（受事不同且行为事件也不相同，如："饭吃完爻，汤吃碗凑。"）。Corbett（2004：246）提到动词数范畴（verbal number）可分为事件数（event number）和参与者数（participant number）两种，"事件数"——"参与者数"这组范畴之间的关系与"补充"——"重复"这组范畴之间的关系是平行的。如："（还）剩有十公里（路）凑_{还剩十公里路}"例句中谓语核心为"剩""有"等表示余量的动词，一般动词前有"还"修饰，虽然句子整体表示"剩余"，但"凑"所修饰的同样表示数量成分的重复和增加。

5.2 程度加深

"数量"是相对具体的客观量，如："葛件衣裳还是花滴凑好望_{这件衣服还是再花一点好看}"表示"程度加深"，这是一种实体隐喻（ontological metaphor）表现，将一种本用于表达客观实体的语言形式投射到抽象性质上，所以"程度加深"同样跟"数量增加"有关，与"重复"及"补充"义基本相同，区别只在于事件的类型，即增量的一般不是具体动作行为而是性状。

5.3 延续

（18）物事□[nɛ¹¹³]吃凑爻_{不要再吃东西了}。

（19）□[tɕhiaŋ⁴⁴]□[tɕi³¹]还无□[tɕhy³³]眠，写凑_{现在还不能睡，再写/接着写}！

（20）无□[kɔ⁴⁴]，小佬人还□[uəʔ⁵]长凑啊_{没关系，小孩子还会再长（高/大）的}！

卢笑予（2019：122）指出，例（18）至例（20）表示"延续"或"继续"，虽然例句中"凑"的句法位置与其他几例基本相同，但对出现的句法环境和语用预设有特定要求。表示"延续"义的"凑"字结构中不包含数量结构，不能标示事件有界性。

6. 不同的方言发展速度不同

吴语的后置状语后一般不出现补语，但粤语后置状语之后则无此限制。如：

（21）a. 你走两步先。

  b. 你先走两步。

  c.* 你走先两步。

以上是苍南吴语。

（22）a. 佢先行一粒钟_{一个钟头}。

  b. 佢行一粒钟先。

  c. 佢行先一粒钟。

以上是广州粤语。（汪化云等，2020：178）

类似上述现象，还有不少。如有的方言的框式状语，在另一方言已经不是，即已经语法化为语气词等。就是在同一大的方言中也会有类似现象，如吴语"添"，在浙江苍南、金华、遂昌一般是后置状语，是副词，而在安徽宣城等地近乎语气词。（汪化云等，2020：178）

7. 后置状语的叠合 / 叠加

吴语有不同词形表次序先后的后置状语"起 / 先 / 着"，在同一方言点叠置而分别使用，有的进一步叠合为同义的双音节副词，如：

（23）a. 尔吃点儿茶起_{你先喝点儿水。}

b. 尔吃点儿茶着。

c. 尔吃点儿茶着起 / 起着。（汤溪）

（24）a. 你喝起_{你先喝。}

b. 你喝先。

c. 你喝起先。（丽水）

（25）a. 你走起_{你先走。}

b. 你走先。

c. 你走起先。（苍南）（曹志耘，2002）［转引自汪化云等（2020：183）］

傅国通等的《浙江吴语分区》（浙江省语言学会《语言学年刊》第 3 期方言专刊，《杭州大学学报》1985 增刊：104）说，浙江台州、温州使用"起先"，并与"起"并存，这些地方位于北"起"南"先"的过渡地区。

曹志耘的《东南方言里动词的后置成分》（《东方语言与文化》，东方出版中心，2000：310）说，据现有资料，"起先"只见于浙江丽水吴语（《丽水市志》，1994：105）。如：

（26）你（先）讲先。

（27）你（先）唱起先。

如前所说，温州方言、台州方言、常山方言也有"起先"。温州、台州、丽水都在浙江南部，而常山在浙江西部。但常山所属的衢州与丽水（古代为处州），方言是连在一起的，称为处衢方言。

浙江常山方言也有类似现象，如：

（28）尔走先。

（29）尔去起。

（30）尔先走先。

（31）尔先走起。

（32）尔走起先。

（33）尔先走起先。（崔山佳等，2018：223）

比起其他方言，常山方言更复杂，尤其是还有"先走起先"，后面有 2 个副词连用。

阮咏梅（2013b：270–271）指出，台州温岭方言有"显""猛"和"煞甲"互相叠加的用法，有"猛显""煞甲显""煞甲猛"。"显"与另两个叠加时只能再次后置。如：

好：好显—好猛—好猛显—好煞甲—好煞甲显—好煞甲猛

高兴：高兴显—高兴猛—高兴猛显—高兴煞甲—高兴煞甲显—高兴煞甲猛

显然，这所表达的语义比单纯用程度副词后置更强烈。这是比较特殊的，也显示了象似性特征。

上面的副词是程度副词，是程度副词后置叠加用法。

南昌方言（属赣语）有"重新……过"。如：

（34）个块些子冒洗干净，重（新）洗过一下。

也有"再重新……过""又重新……过"，句意不变，如：

（35）看都看不清，再重（新）写过。

（36）个件不好看，我就又重新买过了一件。（张燕娣，2007：233-234）

上面2例中心语前用两个副词"再""重新"或"又""重新"叠加。

而且在此之前的明清白话文献已有不少"重新/从新……过"的例子。

沈家煊（2005：8）指出，语言的结构与人所认识到的世界的结构恰好对应，这种对应具有广泛性和一再性，不可能是偶然的巧合，这就是语言的"象似性"（iconicity）。因为语言的象似性指的是感知到的现实形式与语言成分及结构之间的相似性，也就是说，语言的形式和内容（语言符号及其结构序列的能指和所指）之间的联系有着非任意的、有理据的、可论证的属性。既然语言符号及其结构序列的能指和所指之间的关联式是非任意的，那么两者之间一定会存在某种理据，而这种理据是可以论证的。

王寅的《认知语言学》（上海外语教育出版社，2007：352）指出数量象似性的认知基础是：语符数量一多，就会更多地引起人们的注意，心智加工也就较为复杂，此时自然就传递了较多的信息。

8. 侗台语底层

王文胜（2015：234）指出，根据其专著第七章石林（1997）、张元生等（1993）的描写和分析，处州话（以遂昌话为例）像"热险很热、吃碗添再吃一碗、你去起你先去、做件过重新做一件"的说法，与底层的壮侗语后置修饰句式之间具有渊源关系的可能性是非常大的。游汝杰（2018：263）认为，量词用作近指是汉语南方方言和侗台语共同的古老特征。在反映古代吴语的文学作品里可找到大量泛用量词"个"用作近指的例子。除泛用量词"个"字用例外，汉语量词发展史上并没有量词用作近指的线索。南方方言中量词用作近指的语法现象是来自侗台语的底层遗存。

我们基本同意上述看法。各地方言的这种后置副词的语法现象确实不少。

二十一

前置状语与后置状语同现

（一）引言

赵日新（2001：45）认为，程度补语自然表程度，而形容程度总是有深浅的区别，在现代汉语中，形容程度深的语法意义，既可以用"状＋形"来表示，如"很好"，也可以用"形＋得＋补"表示，如"好得很"；形容程度浅的语法意义，则只能用"状＋形"表示，如"挺好"，不能用"形＋得＋补"表示。

马庆株（1992：153）指出："程度补语表示程度和幅度，只表示程度高，不表示同样的程度和较低的程度；而程度状语可以表示各种程度。"表程度高到极点以至无以复加，这正是"形容词＋得＋程度补语"这种结构的语法意义。

张斌（2010：1263）的附录十四"状语与补语比较简表（只列主要项）"举有程度副词"很""极"，如表24所示：

表24　状语与补语比较表

语言单位		状语	补语
程度副词	很	表示的程度相对较弱：很傻、很高兴	作程度补语，表示程度相对较强：傻得很、高兴得很
	极	书面语：极好、极兴奋	作程度补语，通常在口语中，表示程度很高：好极了、兴奋极了

该表告诉我们，同样的程度副词，如"很""极"作状语与作补语，其表达的程度作状语不如作补语来得高。

刘丹青（2017：72）指出："谓词的修饰成分按位置前后分归状语补语两种成分，而名词的修饰成分却不管语序一律叫定语，而没有另外立一个名称，这在逻辑上是矛盾的。"刘丹青（2017：75）又指出："纯粹表示程度的补语，特别是由副词如'很、极'等充当的程度补语，基本上是状语性的。由于补语位置的焦点性，程度补语往往比谓词前的程度状语有更强的强调作用，比较'很好'和'好得很'。普通话的程度补语实际上缺乏统一的句法属性，'极'不能带'得'，实际上等同动结式。'很'必须带'得'，实际上等同状态补语（有些方言如苏州话老派'极'前也带'得'，则'极'也等同状态补语）。"[①]

按刘丹青（2017：75）的说法，"很傻""很高兴""极好""极兴奋"中的"很""极"

---

① 汉语有的方言"很"可不带"得"，如下文说到的安徽休宁（溪口）方言（属徽语）有"热很了"，江西都昌阳峰方言（属赣语）有"花露水打多很嘚"等。近代汉语有不少"A得极"用例，可参见第十九章。

— 523 —

是前置状语，"傻得很""高兴得很""好极了""兴奋极了"中的"很""极"是后置状语。虽然这样做与现行的流行说法很不一样，但我们觉得这是很有道理的，尤其是从跨方言、跨语言的角度来看，更显示其真知灼见。

金立鑫（2009：394）认为，根据句子成分的句法功能原则，任何对动词的直接描述都是状语，无论其位置在动词前还是在动词后，其基本性质不变。定语和状语位置的变化并不会改变其句法上的本质属性，因为无论它处在何种位置，它们都是对某名词或谓词的修饰或限定，位置虽然可以改变，但其句法功能不变（参看刘丹青，2005）。这是语法理论的一个普遍原则。汉语描写语法没有任何理由要人为地违背这一原则。金立鑫（2011）、邵菁等（2011）持相同看法。我们以为其也很有道理。

刘丹青（2000/2010）提出的框式副词状语概念，引起了众多方言学者的关注。汉语有些方言存在程度副词既有用于谓词前面、又有用于谓词后面的用法，又分两种情况。汪化云等（2014a：172）认为，"所谓'框式状语'，指的是出现于谓语中心前后的两个同义副词构成的、共同修饰谓语中心的状语"。还有出现于谓语中心前后的两个近义副词构成的、共同修饰谓语中心的状语，本书把它称为前置状语与后置状语同现，所起的作用同框式状语。两者的区别在于是同义副词还是近义副词。

（二）明清白话文献的程度副词 +A 极了

（1）回头看一看后面，只见其人踉踉跄跄，大踏步赶将来，<u>一发慌极了</u>，乱跑乱跳。（明·凌蒙初《初刻拍案惊奇》卷 36）

（2）唐寅点头道："<u>益发妙极了</u>，翘着两指是我和你两人同心，向外一指，是约定了出外私奔；三个指头一伸，便时三更时分，两手向后，便是约在后花园会面。……"（民国·程瞻庐《唐祝文周四杰传》）

上例来自北京语言大学语料库（BCC）中的"古汉语"。

"一发"与"益发"是相对程度副词较高级，与绝对程度副词高量级"极"同现。

（3）穿白的道："今日月满之夜，又是黄道良辰，挨晚些到他家，故意捱黑了，他若留我，我便宿下，这就<u>更妙极了</u>。"（清·曹去晶《姑妄言》卷 18）

（4）尔霭道："这样<u>更妙极了</u>，我陪你来进香，你陪我去上坟；过几天，我一直陪你回上海，你我聚在一处，那有不高兴之理？……"（清·梦花馆主《九尾狐》第 55 回）

（5）振武听说笑道："这<u>更妙极了</u>。"（朱瘦菊《歇浦潮》）——另有一处"那更妙极了"。

上例来自北京语言大学语料库（BCC）中的"古汉语"。"更"是相对程度副词较高级，与绝对程度副词高量级"极"同现。

（6）梦玉要了面镜子，左看右看，笑道："补起景来，<u>越发像极了</u>，真是妙笔传神！……"（清·陈少海《红楼复梦》第 26 回）

"越发"是相对程度副词较高级，与绝对程度副词高量级"极"同现。

"极"后面都要加语气词"了"。

上面几例据朱德熙（1982）是黏合式述补结构。

上面前置状语与后置状语同现的搭配类型是：

a. 一发 / 益发 +A+ 极了

b. 更 +A+ 极了

c. 越发 +A+ 极了

以上的前置状语与后置状语同现分属相对程度副词较高级与绝对程度副词高量级，属不同的类（相对程度副词、绝对程度副词）与级（较高级、高量级）。①

（三）现代吴语的前置状语与后置状语同现

浙江吴语有前置状语与后置状语同现。绍兴嵊州长乐话"形 + 猛"的形式大多还可在前面再加副词"忒 [thəʔ₂/thiʔ₂] 葛"，构成"忒葛 + 形 + 猛"。这种双料副词全部表程度过头，且带有强调意味。如"尔来得早猛"如说成"尔来得忒葛早猛"，超过正常要求的意思就更明确。再如"老实猛"等通常没有程度过头的意思，但一旦前面也加上"忒葛"，就也有"太""过于"义。如：

（1）伊介囊老实猛溜葛，觟 [fɛ²] 骗尔葛 _{他人很老实，不会骗你的。}

（2）伊介囊忒葛老实猛常司介□ [₌ta] 溜别囊欺待 _{他人太老实，常被人欺负。}

（3）件衣裳小猛，穿起来紧绷绷介 _{这件衣服很小，穿起来紧紧的。}

（4）件衣裳忒葛小猛，我硬介绷也绷勿归去 _{这件衣服太小，我硬撑也撑不进。}

长乐话的"忒葛"必须跟"猛"合用为"忒葛……猛"，不能单独用在形容词前，不说"忒葛好""忒葛大""忒葛有""忒葛客气""忒葛高兴"等。（钱曾怡，2002：290–291）

（5）还忒葛长猛，剪点了添 _{还太长，再剪去一点。}（钱曾怡，2002：292）

"忒葛"是程度副词，"猛"也是程度副词，分别放在形容词前后，"忒葛"是前置副词，"猛"是后置副词，是程度副词前置后置同现，即前置状语与后置状语同现。"忒葛……猛"所表程度也是达到极点，且有"太""过于""超过正常要求"义，有贬义色彩，与后面要说的安徽等方言的"太……很了"等相同。长乐话的"忒葛"不能单独修饰形容词，不能单独作状语，这与"太"不同，也与明清及民国白话文献中的"一发""益发"不同，后置的"猛"不能前置作状语，只能是后置作状语。吴语后置状语很多，如有"饭吃碗凑 / 添""你去先 / 起"等，也有框式状语，如"饭再吃碗凑 / 添""你先去先 / 起"等。"猛"是后置副词，吴语不少方言点有，如宁波、台州、绍兴、金华等地，长乐话运用更普遍。［可参看钱曾怡（2002）］

其实，嵊州并非只有长乐话有以上这种特殊用法。据王霄（2019），应该是整个嵊州方言都有这种用法。只是有的"忒葛"写作"忒各"。王霄（2019：34）认为"忒各"是嵊州方言中表示程度过头的一个程度副词，意思与普通话的"太"相同。陶瑗丽（2014：269）将"太"划分为过量级，即超过人们所能接受的正常限度的量级。而过量级在表达时

---

① 关于程度副词的"级"，参见张谊生（2004：4–5）。

一般带有贬义色彩。

在嵊州方言中，"忒各"不能单独用在形容词前，不说"忒各好""忒各大""忒各小""忒各客气""忒各高兴"，必须与后置状语"猛"共现，构成"忒各+形容词+猛"。如："忒各好猛""忒各大猛""忒各小猛""忒各客气猛""忒各高兴猛""忒各老实猛"。两个副词"忒各"和"猛"在这一格式中都有表示程度过头的意思，并且带有强调的意味。有一些受"猛"修饰的形容词本身没有程度过头的意思，如"老实猛""爽快猛"等，但如果加上"忒各"，进入"忒各+形容词+猛"的格式，就有了"太""过于"的意思。（王霄，2019：35）

王霄（2019：43）指出，其他吴语中，"忒各"大多可以单用。

（6）侬话咸点添格少少摆点添也弗要得个哦，侬摆得<u>忒个咸猛</u>也弗对哉，鲜头 [无有]哉，有点咸得要转苦个，个么也弗对。（施俊，2019：127）

上例的"忒个"与"忒葛""忒各"都是同一个词。

金华东阳方言有"忒葛……猛"，如普通话的"太多了"，东阳话说作"忒葛多猛"。（曹志耘等，2016：619）东阳属金华，嵊州属绍兴，方言有差异，但两地相邻，有相同说法很正常。

金华武义方言也有类似用法。"X猛""X猛凶"虽都已有程度的表达形式，但中心语前还可接受程度副词修饰。如：

（7）噯双鞋<u>大猛</u>这双鞋很大。

（8）噯双鞋<u>忒大猛</u>这双鞋太大。

（9）妗妗会讲话<u>猛个</u>舅母很会说话的。

（10）妗妗<u>似嫌会讲话猛</u>舅母太会说话。

例（8）、例（10）的"忒""似嫌"都是程度副词，相当于普通话的"太"。（傅国通，1961/2010：106）

武义方言的"忒""似嫌"只能放在前面作状语，"猛"只能放在后面，是后置状语，这与嵊州长乐话相似。不同之处是，长乐话的"忒葛"不能单独修饰形容词，不能单独作状语，武义话的"忒"可单独作状语（但"似嫌"也不能单独作状语）。武义方言的"忒……猛""似嫌……猛"与嵊州长乐话的"忒葛……猛"也都是前置状语与后置状语同现，也有"太""过于"义。

武义与东阳相距较近，都属金华，是婺州方言，有类似用法也正常。

公众号"三门湾乡音"中说台州三门吴语里的程度副词"脱"又作"忒"，同普通话的"太"，还可以后置程度副词"猛"。如：

（11）六谷欠早摘，<u>脱/忒老猛</u>玉米摘得不够早，太老了。

上例是"脱/忒……猛"，也是表示程度过分，"脱/忒"与前面的"忒葛""忒各""忒个"义同。

台州仙居方言既有"A猛"，也有"太A猛"的说法，如：

（12）格间屋<u>大猛</u>这间屋极大。 格间屋费<u>太大猛</u>这间屋不是很大。

以上吴语的同现现象中后一程度副词都用"猛"，与吴语"猛"是后置状语较常见有关。

义乌方言有"忒大、忒小、忒长、忒短、忒重、忒轻、忒热、忒冷、忒好望、忒难望相"。还可以用"忒+形容词+里凶"表示过量的进一步加强，如"忒大里凶""忒小里凶""忒长里凶""忒热里凶"等。（施俊，2021：470）至于"里"和"凶"，书中未说明。我们微信咨询了施俊博士，"里"是助词。"凶"是程度副词，"大里凶"，"过量"的程度容易产生强调语气，"忒大里凶"，有了"忒"，"凶"似乎意味更强了。在语义上，义乌的"凶"不是一般的"很"。

我们以为，这与前面所说的浙江吴语其他的"忒……猛"等是相同的，即都表示"过量"。

（四）其他方言的前置状语与后置状语同现

1. A 很

汉语一些方言有"A 很"，这是程度副词"很"作补语却没有补语标记"得"。据曹志耘（2008：21），说"热很"的方言点有：山西：平定、万荣、平陆。陕西：宝鸡。江苏：南通。安徽：当涂、绩溪、歙县。浙江：龙泉。湖南：保靖。广西：龙胜、三江、河池。方言分布面较广，既有北方方言，又有南方方言。其实分布区域还要广。

1.1 徽语

安徽休宁（溪口）方言有"热很了"。（刘丽丽，2014：238）

普通话说"这条毛巾太脏了"，江西浮梁旧城话说成"勒条手巾肮脏很哩"（胡松柏等，2020：831）。

1.2 赣语

江西都昌阳峰方言有"形+很+嘚"结构，它表语义程度同前加式"几+形容词"相当，含有"超出所需的分量"意味。"很"作补语，补充说明形容词所述属性程度，"嘚"则是句尾助词。如：

（1）花露水打多很嘚花露水洒得太多啦。

（2）屎缸臭很嘚厕所太臭啦。

（3）里件衣裳红很嘚这件衣服太红啦。

（4）里只菜辣很嘚这个菜太辣啦。

有时在语用上表达一种责备、讽刺、否定的态度，相当于说反语。如：

（6）□ [n³⁵²] 侬对渠好很嘚你对他好啦。

上例有两种意思，一是"你对他太好啦"，一是"你对他很不好"。若是后一种意思则带有讽刺的意味，到底是何种意思取决于语境。（卢继芳，2007：224）

与都昌相邻的湖口方言中的"很"，可作形容词，多表贬义；作为副词时，相当于普通话的"很"。如：

（7）其他_他个嘚_{现在}才动身_{出发}嗒，也晏晚很了_{些嘚}_{一些是啊}他现在才动身，是不是太晚了点啊？

（8）人家看嘚_{发现}你愿意很了，单嘚_{偏偏}不让你去_{人家发现你那么愿意去，可偏偏就不让你去。}（陈凌，2020：125）

1.3 中原官话

安徽濉溪方言也有，如：乖很了、丑很了、俊很了、酸很了、甜很了、苦很了、大很了、小很了。（郭辉等，2018：43）

安徽涡阳方言口语也有，如"这汤糖放多很了，甜很了_{汤放的盐太多了，太甜了}""气球吹大很了就破了_{气球吹太大了就容易破}"。（徐红梅，2006：55）

江苏徐州方言也有，如：天冷狠了、水热狠了、日子苦狠了。（苏晓青等，1996，引论：18）

河南光山方言也有，如：大很了、小很了、少很了、咸很了、早很了、痛很了、冷很了；客气很、老实很、高兴很、勤快很、喜欢很、干净很、好吃很、好笑很、放心很、讨厌很。（吴早生等，2010：53）上面既有"A很了"，又有"A很"，两者语义有别。

1.4 西南官话

四川西昌方言也有，如"回锅肉瘦很了_{太瘦了}不好吃""你总是勤快很了_{太勤快了}才挨骂的""这回遭骂很了_{被骂得厉害了}""你就是对他关心很了_{太关心了}，他才会不听你的"。（陈燕，2012：60）

唐浩（2016：40-42）也举有不少方言有"A很"。不过，他认为聂志平（2005）对"很"性质的认识是得当的。我们与聂志平（2005）的看法不同，认为"很"是程度副词，把上面的"A很"等都当作后置状语。

2. 太A很了

2.1 徽语

安徽徽州方言绩歙片有"A很喽"，有的表加强程度，有的表程度过分。如：

（9）嗯（这）支花漂亮很喽_{这朵花美极了。}

（10）那个人坏很喽_{那个人坏极了。}

（11）嗯扎生活好很喽_{现在生活好极了。}

以上是加强谓语形容程度。

（12）菜咸很喽_{菜太咸了。}

（13）衣裳花很喽_{衣服太花了。}

（14）那个人长很喽_{那个人太高了。}

上面3例与"太硬很喽""太小很喽""太咸很喽"等说法，都是表谓语的性质状态程度过分。（孟庆惠，2005：120-121）孟庆惠（2005：125）在说到"太多了"时，说安徽绩溪有"太多很了""太多了"两种说法，如：

（15）（普通话）太多了，用不着那样多，只要这么多就够了。

（16）（歙县话）多很了，不消那样多，嗯样多就有了。|太多啰，用不着那许多，只

要嗯点就够啰。

（17）（绩溪话）<u>太多很了</u>，用不着那的些，嗯些就有了。｜<u>太多了</u>，用不着嗯的多，只要嗯点就够了。

上面的"太 A 很了 / 喽"就是前置状语与后置状语同现，"很了 / 喽"是后置状语。

安徽黟县宏村方言有"太……很啦"，如：

（18）天<u>太热很啦</u>_{天气太热}。（谢留文等，2008：208）

安徽绩溪荆州方言也有"A 很了"，表很高的程度，只能后置于形容词，相当于普通话的"太 A 了"，前面可加"太"，如：

（19）今朝天<u>太热很了</u>。

（20）<u>太贵很了</u>，我买不起。（赵日新，2015：235）

赵日新（2015：259）认为，常作程度补语的程度副词是"很了""煞""煞死"等。"太 A 很了"比单用"很了"所表程度更高。如：

（21）个天<u>热很了</u>_{天热得不得了}。

上例的"热很了"表"热"的程度很深，但比起例（19）来，显然是例（19）程度更深。

绩溪荆州方言的"太 A 很了"也是前置状语与后置状语同现，"很了"是后置状语。与绩歙片的"太 A 很了 / 喽"表同样的感情色彩，虽形容程度高，但有"过分""过度"义。

普通话说"价钱太贵了"，江西浮梁旧城话说成"价钱太贵很哩"。（胡松柏等，2020：831）

2.2 赣语

江西湖口方言有"太 A 很了"，如：

（22）那只屋里的大人<u>太不成东西很了</u>_{那家大人太不像话了}。（陈凌，2019：290）

（23）你侬对老人家也<u>太厉害很了</u>_{你对老人太苛刻了}。（陈凌，2019：400）

陈凌（2019：226）把"A 很"中的"很"当作形容词。我们以为，上面 2 例的"很"应该已经语法化为程度副词了。

（24）我打你侬_你不赢_{不过}哈，你侬真是<u>太利害很了</u>_{我打不过你，你实在是太厉害了}。

（25）你对其<u>太好很了</u>，搅嘚反过来害你侬_{你对他好过分了，使得他反过来祸害你}。

（26）<u>太馊很了</u>的饭莫吃哈_{太馊了的饭别吃啊}。

（27）你扮_弄的也<u>太拢</u>_{利害}<u>很了</u>，我说_{劝说}你不听_{听从} _{你弄得太稠密了，我怎么劝你都不听}。（陈凌，2019：636）

从跨方言的角度来看，上面 4 例的"很"也应该是程度副词。

2.3 江淮官话

安徽舒城方言有"太 A 很着"，除绝对褒义形容词不能进入这个格式外，其余褒义形容词、中性形容词和贬义形容词进入格式后，全都显示出贬抑义，含有说话人否定、贬斥的感情色彩。贬义形容词进入格式后，其贬抑义得到了进一步确认和强化。中性形容词本身不带感情色彩，可贬可褒，但进入格式后，格式选择其可贬的一面。褒义形容词包含人们肯定、喜爱、赞扬的感情态度。但是，某些褒义形容词进入格式后，则是说话人认为，由于其程度的过量而产生的不良结果与本身性质应有的正常结果相违背，所以整体仍是表达否定的贬抑义。如：

（28）晓芳对他<u>太好很着</u>。

（29）<u>太聪明很着</u>有不好太聪明了也不好。

"对他好"在一个合理的程度内，是值得赞扬的，也能得到"他"的好感或感激，至少不会反感，但是"太好很着"则是"好"得过度了，"好"得让人感到不适，甚至是反感，结果是适得其反。（程瑶，2010：27）

据笔者所在学校陈楠楠同学介绍，其家乡安徽池州贵池牌楼镇话也有"太……很了"，如：太好狠了，太大狠了，太热狠了，太高狠了。"太……狠了"表程度过量。

安徽庐江也有"太A很了"，也是表程度过量或过分。（洪波教授个别交流）

湖北蕲春方言是官话向南方方言过渡的方言区域，属江淮官话的黄孝片区，有"太（把）A+很了"的用法。在蕲春方言中，程度副词"太"除单独使用表高程度外，还有一种较常见的用法是，在"太A"后加"很了"，表示的是一种高程度。"太"本来就表一种高程度，再加上"很"，则为程度进一步强化，句中"把"一般情况下出现在形容词前，是语气副词，无实在意义，起强调作用。如：

（30）今天做工做得<u>太（把）累人很了</u>。

（31）这个老师傅车开得<u>太（把）慢很了</u>。

"太（把）A+很了"有两个特点：一是该格式主要表达的意思是说话人对客观事物的一种解释说明，<u>重在陈述事实</u>，句末不需带句末语气词；如说话人不仅仅是叙述事实，而是向听话人传递观点并希望听话人认同自己的观点时，必须带句末语气助词。如：太（把）蠢很了、太（把）笨很了、太（把）苦很了、太（把）聪明很了、太（把）有钱很了、太（把）厉害很了。又如：

（32）这个伢的学习成绩<u>太（把）差很了</u>吧！

（33）这副中药真是<u>太（把）苦很了</u>哈？

二是这种格式程度过高而使人产生了一种不满情绪，故能进入这种格式的一般都是贬义词，部分褒义词、中性词进入该格式后也会包含消极的感情色彩。如：

（34）每年期末考试都是倒数第一，这伢<u>太把蠢很了</u>。

（35）那个人<u>太把聪明很了</u>，以至于引火上身。（左林俊，2016：34–35）

例（32）、例（33）"太（把）A+很了"后面还有语气词"吧""哈"。

蕲春方言与安徽的一些方言有相同之处，如第二个特点，也有不同之处，如第一个特点。

左林俊（2016：36）在说到程度副词"很"时再次说到"太（把）A+很了"。"很"可进入"太（把）A+很了"，并在句末附带"了"，表"过分""过于"，如"饿很了""瘦很了""神气很了"。这种形式在绝大多数情况下"AP"前有"太（把）"同现。"太（把）"念重音，表达一种完全超出说话人想象的性质和状态。如：

瘦得很（很瘦）→瘦得很得很（非常非常瘦）→<u>太把瘦很了</u>（过分瘦）。

快活得很→快活得很得很→太把快活很了。

可见，蕲春方言是用以上这些形式来表示形容词的级的。

小说中也有"太……很"的例子，如：

（36）做孩子的时候太亲密很了。（废名《柚子》）

废名是湖北黄梅人，方言也属江淮官话。

2.4 西南官话

这种格式在西南官话中广泛存在着。湖北的一些西南官话中就有，如：

（37）这伢营养冇跟上，显得太瘦很了啊！（湖北武汉话）

（38）今年咱们做的榨广椒太咸很了哟！（湖北恩施方言）（左林俊，2016：36）

上2例"太……很了"后面也有语气词"啊""哟"。

湖北荆州方言也有，大都表不满、反感的情绪。如：

（39）伢儿太饿很哒 饿得太很了。

（40）事情做得太出格很哒！（王群生等，2018：325–327）

上2例"太……很了"后面也有语气词"哒"。

荆州的地理位置独特，北部的荆门方言、钟祥方言，东边的潜江方言，带有明显的中原官话特征，南部的公安、监利与湖南省接界，又受到湘方言直接间接的影响。这种特殊的地理位置使荆州方言具有南北方言兼收并蓄的特点。（王群生等，2018：4）

荆州方言的特殊之处在于，中心语除形容词性外，还有动词性，如"管"。

湖北洪湖方言的"很"也可直接出现在形容词后，中间不用"得"，表"过分"，后面必须用"了（哒）"。如：恶很了、瘦很了、神气很了。这种形式一般在前面要加上"太"，变成"太A很了了"才能入句（"太"念重音）。如"他太瘦很了"（"很"实际上也可能是"狠"的引申义）。下面是"A得很""A得很得很"与"太A很了"这三种形式在表程度上的差异：

瘦得很（很瘦）→瘦得很得很（非常非常瘦）→太瘦很了（过分瘦）。（龙泉，2007：29）

以上说法与蕲春方言相同。

湖北襄阳方言也有，如：

（41）这事儿你非得给我一个说法，太气人很了。

（42）这天实在是太热很了，要不我也不会在家不干活。

上面例句都表程度高。"太"本来就是表程度高，加上"很"更强调了这种意味。"太""很"一起所表的程度要高于"太"单独使用时表示的程度。如：

（43）要不是你太欺负人，他也不会跟你闹这一伙！

——就是，你们这给人太欺负很了，谁也受不了。

（44）我看这裤腿有点长了，就想着剪一点，谁想到太剪很了，一下子又短了。

上例的中心语是动词，也较特殊。

"太""很"两个一起用来表程度，这种程度隐含着一种过量的意思，或是说话人没有料到的，或是不如意的，总之就是所有能出现在"太 + 词 / 短语 + 很"中的，不管是褒义或是贬义、中性的，都会加上一种不如意的消极色彩。如：

（45）这些小蝴蝶儿<u>太漂亮很了</u>也不好，容易被孩子们抓住。

（46）要我看，做事儿就得光明正大，<u>太鬼鬼祟祟很了</u>别人还以为你不安好心呢。

（47）吃鱼一定要细嚼慢咽，但也莫<u>太嚼很了</u>，容易伤牙哈。

"漂亮""鬼鬼祟祟""嚼"分别是褒义、贬义、中性的词语，在例句中都带有一种消极色彩。

襄阳方言甚至有"有点" + "太……很"。如：

（48）衣裳<u>有点太洗很了</u>，皱巴巴的。

（49）这段时间<u>有点太热很了</u>，你就莫出门了，到屋里玩儿吧。

"有点"减弱了句子中的程度量。（刘丽沙，2018：41、46-47）

"太……很"表程度高，但前加"有点"，又把所表程度减弱了，确实是很特殊的。其层次更多。类似这种用法湖南矮寨苗语也有。（参见余金枝，2011：145-146）

贵州贵阳方言也有"太……狠了"，如：

（50）这棵索索<u>太长狠了</u>_{这根绳子太长了}。（黄伯荣，1996：393）

（51）<u>太好狠了</u>。

"太"和"狠"意义相近，词性相同。（汪平，2003：244）

贵州遵义方言也有"太……很嘞"，如：

（52）不要耍得<u>太夜深很嘞</u>，明朝还要上班_{不要玩得太晚了，明天还要上班}。（占升平，2020：64）

"太"和"狠"意义相近，词性相同。（汪平，2003：244）虽然"很"写作"狠"，但仍然是程度副词，与前面安徽池州贵池牌楼镇话一样。

四川成都方言进入"AP+ 很了"句式的形容词有一个共同的特征，即前面还可以同时受程度副词的修饰，如：太积极很了、太老实很了。同时，这些形容词表示的性质、状态还具有一种发展趋势，且其发展的结果必然是消极的，即使该形容词本身表示的是褒义或积极意义。因此，"AP+ 很了"句式除了表示程度的发展，还附带了强烈的主观色彩语义。（杨梅，2003：64）又如：

（53）这件衣服<u>太贵很了</u>，我买不起。

（54）不要<u>太怄很了</u>，这都是命中注定的，该她要遭这个灾。（李劼人《死水微澜》）

（55）端三爷说这班人都是天爷可怜大清朝<u>太被洋人欺负很了</u>，才特地遣下来为清朝报仇。（杨梅，2003：65）

成都方言还有如下说法：

（56）今天的稀饭煮得<u>太稀很了</u>点儿。

（57）今天的稀饭也煮得<u>太稀很了点儿</u>嘛。（杨梅，2003：65）

杨梅（2003：65）指出，"很了"后面可以加"点儿"表示程度减轻，如果"太"和"点儿"同现，重音放在"太"上，表示程度加深，句末如果加上语气词"嘛"，就加强了责备的意味，这时形容词前一般有一个副词"也"，但它不表示范围，而表示语气。

以上这种说法，是其他方言未见的，确实比较奇怪。

四川泸州方言也有，如：

（58）呰根木头<u>太粗根很了</u>。

（59）讷些纸<u>太黄张很了</u>。

（60）呰些鸡<u>太小个很了</u>。

（61）讷些鹅板儿<u>太扁个很了</u>。（李国正，2018：102）

与前面好多方言不同的是，形容词后有量词，如"根""张""个"等，但也是前后都用程度副词表程度的加强。

（五）民族语言的前置状语与后置状语同现

黎语有时为了强调程度，可同时在形容词前后使用副词。如：

riːn³nei²tsaŋ³ɬeŋ¹muːn¹dat⁷. 这条筒裙太漂亮了。

筒裙这太漂亮十分。

na¹fei¹kuːn¹vaːu⁷zɯn³pai³ia³. 他走路快极了。

他走路最快极。（孙宏开等，2007：1349）

"tsaŋ³ɬeŋ¹"（太）是"绝对程度副词""超量级"[①]，"dat⁷"（十分）是"绝对程度副词"的"高量级"，两者是同类不同级，"tsaŋ³ɬeŋ¹……dat⁷"是前置状语与后置状语同现。"vaːu⁷"（最）是"相对程度副词"的"最高级"，"pai³ia³"（极）是"绝对程度副词"的"高量级"，两者既非同类又非同级，"vaːu⁷……pai³ia³"是前置状语与后置状语同现。

李云兵（2008：115）、欧阳觉亚等（2009：414）也提及黎语的在形容词前后使用副词。

莫语也有，如：

swəi¹jam¹han⁵. 极深。

最深很。（李云兵，2008：116）

"swəi¹"（最）是"相对程度副词"的"最高级"，"han⁵"（很）是"绝对程度副词"的"高量级"，两者既非同类又非同级，"swəi¹……han⁵"是前置状语与后置状语同现。

居都仡佬语也有，如：

vu³¹tau³⁵qʌ³¹ʔji³⁵thai³⁵ʔle³⁵do³¹. 地上烂泥非常多。

土稀太多很。（康忠德，2011：183）

"thai³⁵ʔ""太"是"绝对程度副词""超量级"，"很"是"绝对程度副词"的"高量级"，两者同类不同级，"thai³⁵ʔ……do³¹"是前置状语与后置状语同现。

贵州六枝仡佬语也有，如：

sɯ³¹pau³³thai⁴⁵gi³³do³¹. 两个人太要好了。

两个太好很。（李锦芳等，2019：200）

以上是侗台语族。其他语族语言也有前置状语与后置状语同现现象。如怒族怒苏语

---

① 关于程度副词的"类"与"级"，都据张谊生（2004：4-5）。下同。

（属汉藏语系藏缅语族彝语支）。怒苏语副词 na^{31} "太" 位于形容词后，带 na^{31} 的形容词前同时还可用 ma^{31}iã^{31} "很"。如：ma^{31}iã^{31}dzũ^{53}na^{31} "很短"。（孙宏开等，2009：831）

"很" 是 "绝对程度副词" 的 "高量级"，"太" 是 "绝对程度副词" "超量级"，两者同类不同级。所以，"ma^{31}iã^{31}……na^{31}" 是前置状语与后置状语同现。

邦朵拉祜语（属汉藏语系藏缅语族彝语支）也有。邦朵拉祜语有程度副词居中心语两边的现象，该类结构是由两个程度副词叠用形成的。如（a^{33}tɕi^{35}……dʑa^{53}）"最"，表示达到两个以上同类事物比较时的顶点。如：

no^{31}ve^{33}a^{35}po^{31}a^{33}tɕi^{35}ni^{33}ça^{33}dʑa^{53}.　　　你的衣服最漂亮。

你的衣服更漂亮很。

dzŋ^{31}tɕhi^{33} te^{53}ja^{11}a^{33}tɕi^{35}do^{31}mɛ^{31}dʑa^{53}.　　这种酒最好喝。

酒这一种更喝好很。

ŋa^{31}xɯ^{33}ta^{53}e^{33}tu^{31}ve^{33}tɕhi^{33}te^{53}qho^{33}tɕi^{35}mu^{33} dʑa^{53}ve^{33}. 我们要爬的这座山最高了。

我们爬上要的这一座更高很。（李春风，2014：163-164）

"a^{33}tɕi^{35}"（更）是 "相对程度副词" "较高级"，"dʑa^{53}"（很）是 "绝对程度副词" 的 "高量级"，两者既非同类又非同级，"a^{33}tɕi^{35}……dʑa^{53}" 是前置状语与后置状语同现。

湘西矮寨苗语属苗瑶语族语言，前置状语与后置状语同现现象更多。［参见余金枝（2011：140、144）］

南方民族语言也有前置状语与后置状语同现现象，这是有其原因的。李云兵（2008：116）说，侗台语族语言以 AD+Adj 为优势语序的语言，总以 Adj+AD 语序作为互补，以 Adj+AD 为优势语序的语言，也总以 AD+Adj 语序作为互补。以 AD+Adj 为优势语序的语言，AD 在不少结构中为汉语的早期或现代汉语借词；以 Adj+AD 语序作为互补的语言，AD 在不少结构中，除村语疑似汉语借词外，大体上是固有词。相反，以 Adj+AD 为优势语序的语言，AD 大体上是固有词；以 AD+Adj 语序作为互补的语言，AD 大体上是近代或现代汉语借词。从这两方面看，Adj+AD 是侗台语族语言早期的语序类型，AD+Adj 是在汉语强势的影响下衍生的语序类型，最明显的证据就是借用汉语的程度副词。这样使得侗台语族语言形容词与程度副词构成的修饰式结构，受语言的影响，AD+Adj、Adj+AD 两种语序类型并存且互补，既对立又统一。

（六）象似性

从认知语言学角度来看，前置后置程度副词同现与框式状语是语言象似性的表现。沈家煊（1993：2）说："所以语言的象似性是相对任意性而言，它是指语言符号的能指和所指之间有一种自然的联系，两者的结合是可以论证的，是有理可据的（motivated）。"沈家煊（2005：8）指出，语言的结构与人所认识到的世界的结构恰好对应，这种对应具有广泛性和一再性，不可能是偶然的巧合，这就是语言的 "象似性"（iconicity）。认知语言学注重语言的象似性，认为语言的象似性程度要比我们过去所想象的大得多。李福印（2008：

51）认为，副词相对于动词的位置也隐含不同的概念顺序，如"他很高兴地玩"，"高兴"置于动词前，是始于"玩"动作之前或伴随此动作的心理状态。如"他玩得很高兴"，"高兴"位于动词后，是"玩"造成的结果（Tai，1985：57）。

前置状语与后置状语同现同下一章"框式状语"一样，体现了顺序象似性特征。本来"更妙了"等已表示了一定程度，现用"更妙极了"等来表达，前面用前置状语，后面用后置状语，同一个程度副词"很""极"，作前置状语所表达的程度不如作后置状语，现既有前置状语，又有后置状语，形成前置状语与后置状语同现或"框式状语"，所表程度更强。同时，既有前置状语，又有后置状语，也体现了数量象似性，是"数量越多，内容越多"，即前置状语与后置状语或"框式状语"表达主观量比单用前置状语或单用后置状语要多。

前置状语与后置状语同现与"框式状语"其实质是相同的，程度副词都通过前置后置使表达的程度更高。不同的是，前者要么不同类，要么不同级，要么既不同类又不同级，而"框式状语"则是既同类又同级。即"框式状语"前后的副词是同义词，前置状语与后置状语的副词是近义词。

（七）古今比较

1. 感情色彩不同

汉语方言与明清白话小说等相比，同样是前置状语与后置状语同现有不同之处。汉语方言的前置状语与后置状语同现除表程度加强外，大多有贬义色彩，如"太……多了""死……死"等。而明清白话小说等中的前置后置程度副词同现既可表贬义，也可表褒义，也可表中性，如："一发慌极了"（《初刻拍案惊奇》卷36）、"益发妙极了"（《唐祝文周四杰传》）、"越发像极了"。明清白话小说的前置后置程度副词同现主要看形容词本身的褒义与贬义，而汉语方言好多不是。

2. 层次不同

体现不同的时间层次，是不同时代的叠加，是历时现象。吴语程度副词后置不少，如温州、台州部分方言的"显"，台州部分方言、宁波、绍兴、金华等的"猛"，都是后置的程度副词。"忒……猛""忒葛……猛""似嫌……猛"等，"A猛"是底层，"忒""忒葛""似嫌"等是后来的，"忒……猛""忒葛……猛""似嫌……猛"是"忒"＋"A猛""忒葛"＋"A猛""似嫌"＋"A猛"。还有长乐话的"忒葛"不能单独修饰形容词，不能单独作状语，武义话的"似嫌"也不能单独作状语，也证明"忒葛""似嫌"是后来的。曹志耘等（2000：435）指出，处衢方言都有动词的后置成分，多数方言有"添"（或"凑"）"先"（或"起"）。如"你再吃一碗"分别有"你吃碗添""你再吃碗添""你再吃一碗"三种句式，"你先去"分别有"你去起""你先去起""你先去"三种句式，分别代表三个层次：第一层次是方言固有说法；第二层次是方言与普通话语法现象的叠置，即框式状语；第三层次是受普通话影响的说法。长乐话有"坐漫辰添再坐一会儿"，也说"再坐漫辰添"，但不能说"再坐漫辰"（钱曾怡，2002），与"忒葛"一样，"再"也不能单用前置。可见，长乐方言不论是框式状语还是前置后置程度副词同现，都还未到达第三层次。

其他方言的"太"与"很/狠"两个程度副词也有层次，"A很"使用频率、范围都比"太……很"要高、要广。所以，"A很"应是底层，"太"是后加的，可能是受普通话的影响，也有可能是方言接触。故"太A很/狠"的层次应是"太"+"A很/狠"。洪波教授的语感也是"太"+"A很了"。

襄阳方言的"有点+太……很了"层次更复杂。

3. 语言接触

南方一些民族语言的前置后置程度副词同现与框式状语，有的可能是语言接触的问题，如湖南矮寨苗语，明确说明 thɛ（太）与 χəŋ³⁵（很）是借自汉语。又如黔东南汉语方言的"很V很"则是民族语言影响了汉语方言。（肖亚丽，2008：25）但近代汉语似乎又有所不同，它也有语序问题，语义重心应也是在前，但似乎没有语言或方言的接触问题，也没有时间层次问题，是共时层面的语法现象。

4. 语序

前置状语与后置状语同现与框式状语很复杂，除语言象似性外，还有其他因素。如有语序问题，如"太+A+很""忒+A+猛"等，是"太"修饰"A很"，"忒"修饰"A猛"，语义重心应在前面的"太"与"忒"。这是因"太"与"忒"是表过量和增量，有较强的主观性。张谊生（2000：25）有客观程度与主观程度的说法。所谓客观程度副词就是客观地、单纯地表程度义的副词，所谓主观程度副词就是在表程度义的同时还带有或强或弱的主观感情色彩。典型的客观程度副词主要有：很、更、极、最、稍、极其、非常、特别、更加、十分、相当、比较、稍微、略微等；典型的主观程度副词主要有：太、透、愈、好、多、越、越发、越加、愈加、愈益、多么、透顶、绝伦、何等、何其等。对照本书所说到的程度副词，既有客观程度副词，如：很、猛；又有典型的主观程度副词，如：太、忒、忒葛、似嫌等。

长乐话的"忒""忒葛"，东阳话的"忒葛"，武义话的"忒""似嫌"，都相当于普通话的程度副词"太"，是绝对程度副词超量级，这些方言点的"猛"，则相当于普通话的程度副词"很"，是绝对程度副词高量级，两者类同级不同，是前置状语与后置状语同现。（张谊生，2004：25）

5. 形式的变化

重叠大多表示"增量"，即表示"大量"。而好多方言的"太……很了"虽然也是表示"增量"，但这"增量"则是"过量"

"A很"表示"大量"，感情色彩上无所谓褒贬，但"太……很了"表示"过量"，正所谓"物极必反"，很明显多数表贬义。

6. 量的层级

蕲春方言的"太……很了"表示过分，即表示"过量"，与此有关的是"A 得很""A 得很得很"，像印欧语言一样有"级"：A 得很 < A 得很得很 < 太 A 很了。湖北洪湖方言也是同样的形式。这与温州方言的"A 显""A 显 A""A 显 A 显""A 显 AA 显 A"等层级不同。

陶瑗丽（2014：269）将"太"划分为过量级，即超过人们所能接受的正常限度的量级。而过量级在表达时一般带有贬义色彩。

我们以为，单是"太"还不能算，而是"太……很了"才能算是"过量"。如"太漂亮了"，不能算是"过量"。"太漂亮很了"算是"过量"。

7. 语气词等

明清白话小说等后置副词后面都是"了"，现代方言多用"了"。有的也用不同的语气词，如安徽绩歙片方言的"喽"，安徽舒城方言的"着"，湖北荆州方言的"哒"等；有的中间有语气词"把"，如蕲春方言；也有的不用语气词，如嵊州长乐话、东阳方言、武义方言、仙居方言等。

泸州方言形容词后面有量词。有的语气词"了"后面还有语气词，如武汉方言的"啊"，恩施方言的"哟"，蕲春方言的"吧""哈"。

明清白话文献的"程度副词 +A 极"，前面的程度副词有"一发""益发""更""越发"等，后面都用"了"。现代方言前面的程度副词单一，用的是"太"类，如吴语的"忒葛 / 各 / 个""太""似嫌"，其他方言基本用"太"，但后面就多样化，多用"了"，也有"喽""啦""着""哒"等，有的甚至后面还加语气词。

以上充分显示，汉语方言比明清白话文献显得更丰富多彩。

8. 语法化程度

江西乐平方言（属赣语）有"A/AB 很哩"式。"A"为单音节形容词，"AB"为双音节形容词。"很"为程度副词，"哩"为语气助词，相当于普通话"了"，"哩"在"很"后具有相当的黏着力，"很哩"共同充当程度补语。

"A/AB 很哩"式的包容性很强，几乎所有含有量的观念的形容词都能进入这一格式。如：大很哩、细小很哩、快很哩、慢很哩、多很哩、少很哩、白很哩、红很哩、甜很哩、饿很哩、冷很哩、难很哩、斜 $[tiA^{55}]_{训读}$很哩、排当很哩、斯文很哩、隔拗$_差$很哩、轻喵 $[ŋan^{21}]_{轻快}$很哩。

此外，有些表心理状态的动词也能进入这一格式。如：容$_宠$很哩、想很哩、怕很哩。（刘坚，1993：124）

刘坚（1993：124）认为，"A/AB 很哩"是后加程度修饰成分。

江西乐平方言还有"太 A/AB 伤哩"式。"太"为程度副词。"A"为单音节形容词，"AB"为双音节形容词。"伤"为形容词，"哩"为语气助词，相当于普通话的"了$_2$"。"哩"在"伤"后面具有相当的黏着性，"伤哩"结合在一起充当程度补语。能进入这一格式的形容词很多，几乎各类都有。如：太坏伤哩、太笨伤哩、太重伤哩、太硬伤哩、太饿伤哩、太咸伤哩、太臭伤哩、太红伤哩、太暗伤哩、太难看伤哩、太醒醒伤哩。有时候"太"也可省略，但这种情况极少。（刘坚，1993：124）

过量级的"A/AB 很哩"式、"太 A/AB 伤哩"式，表示形容词的量不仅高出水平值，而且超过了一般的极限。

区别在于，"A/AB 很哩"表示"虽然超量，但还在能够容受范围之内"，而"太 A/AB 伤哩"则表示"超量太多以致再也不能容受了"。

情绪意味上，"A/AB 很哩"的不满程度稍低一些，"太 A/AB 伤哩"的不满意味较强烈。

"太 A/AB 伤哩"在语意上还隐含着"由于……的原因"这一意味，因而在言语组合中，往往要有一个呼应句。

分布上，"A/AB 很哩"和"太 A/AB 伤哩"较广，几乎所有类型的形容词都有。（刘坚，1993：128）

句法功能，能作谓语。如：

"A/AB 很哩"式作谓语的例子。

（1）伊个白菜<u>老很哩</u>，吃不得_{那个白菜太老了，吃不得。}

（2）本来想去看下伢个，<u>路远很哩</u>，不愿走得_{本来想去看的，路太远了，不愿走。}

（3）今朝<u>忙很哩</u>，第回来嬉过_{今天太忙了，下回再来玩一次。}

（4）渠那个人做事<u>过细很哩</u>_{他那个人做事太仔细了。}

（5）细人伢莫容<u>很哩</u>_{小孩子别太宠他了。}（刘坚，1993：129）

太 A/AB 伤哩式作谓语的例子。

（6）老师都教不下价 [ka⁴⁵]，伊些学生<u>太顽皮伤哩</u>_{老师也都不下去，（因为）这些学生太顽皮了。}

（7）偓是不去看渠哟，伊个老几<u>太醒醒伤哩</u>_{我才不去看他呢，（因为）那家伙太坏了。}

（8）今朝<u>太饿伤哩</u>，一下吃哩三碗_{今天太饿了，一下吃了三碗。}

（9）两个人都搬不动，伊个箱伢<u>太重伤哩</u>_{两个人都搬不动，这个箱子太重了。}

（10）你莫话，今朝老崽真是（<u>太</u>）<u>累伤哩</u>_{你别说，今天老崽（人名）真是太累了。}（刘坚，1993：129）

能作补语。如：

A/AB 很哩式作补语的例子。

（11）看书看得<u>久很哩</u>，眼珠痛痛个伢_{看书看得太久了，眼睛有点儿痛。}

（12）你话得也<u>简单很哩</u>，何里有那好个事哟_{你说得也太轻巧了，哪儿有那么便宜的事哟。}

（13）车开得<u>快很哩</u>，招介莫出事_{车开得太快了，注意别出事。}（刘坚，1993：130）

太 A/AB 伤哩式作补语的例子。

（14）偓不愿动得，今朝走得<u>太累伤哩</u>_{我不愿意动，今天走得太累了。}

（15）一床被卧洗哩一上昼，盖得<u>太瘰瘰伤哩</u>_{一床被子洗了一上午，盖得太脏了的缘故。}

（16）莫怪别家着急，你伊个事务也做得<u>太醒醒伤哩</u>吧_{别怪别人生气，你这件事情也做得太绝了吧。}（刘

坚，1993：130）

刘坚（1993：124）认为，"太A/AB伤哩"是前后均加上程度修饰成分，"伤"是形容词。

我们以为，"A/AB很哩"与"太A/AB伤哩"结构有相似之处，两者都表示"过量"，表示形容词的量不仅高出水平值，而且超过了一般的极限。"很哩"共同充当后置状语，而"伤哩"也可结合在一起充当后置状语。

当然也有区别，如"A/AB很哩"表示"虽然超量，但还在能够容受范围之内"，而"太A/AB伤哩"则表示"超量太多以致再也不能容受了"。情绪意味上，"A/AB很哩"的不满程度稍低一些，"太A/AB哩"式的不满意味较强烈。但我们认为，这区别主要在于"太"。与前面"太……很了"一样，加上"太"，多表示"不满"。如果去掉"太"，更相似。再说，确实有时候"太"也可以省略，虽然这种情况极少。

更重要的是江西丰城、清江（也属赣语）也有"A伤"，"伤"义同"很"，如："咯伢仔老实伤哩_{这男孩太老实了}""许只人厉害伤哩_{那个人太厉害了}""多伤哩吃不落_{太多了吃不下}""快伤哩会跌跤_{太快了会摔跤}"。（陈昌仪，1991：366）陈昌仪（1991：366）指出，江西丰城、清江方言用"伤"，抚州市、临川方言用"很"。

我们以为，乐平方言与丰城、清江方言有同有异，同的是都用"伤"，不同的是也用"很"。乐平与半城相距不是很远，中间只隔了万年、余干、进贤，都属赣语。因此，乐平的"伤"也应该已经语法化为程度副词，与上面所说的其他方言的"太……很"一样，有类型学价值。

查许宝华等（2020：1785），"伤"义项有八，其八是："＜副＞太；过分。"方言一为中原官话，二为闽语。但"伤"的位置都处于中心语前，与乐平方言处于中心语后面不同。

义项七是："＜形＞（差别）程度大。"方言为赣语：江西高安老屋周家。如"差伤个_{差远了}"。高安与丰城相邻，但可能语法化程度不同，一为形容词，一为副词，也是有可能的。

二十二

框式状语

（一）引言

刘丹青（2000/2010/2020：546）提出"框式副词状语"，此后，有的称"框式状语"（汪化云等，2014，其题目是"玉山方言的框式状语"），有的叫"糅合式"（胡松柏等，2013：283），有的叫"杂交"（曹志耘等，2000：432），有的叫"框式虚词"（邓思颖，2006，2007，2009，其题目中有"框式虚词"）。邓思颖（2006，2007，2009）、占小璐（2012）、汪化云等（2014a）、荆亚玲等（2021）多为单点方言研究。曹志耘（1998/2012，2000）虽也提到"框式状语"，但其主题是研究"后置词"。我们这里从更大范围来考察，如分布范围、方言接触、区域方言学、类型的多样性、语法化等级、语气差别等，这样能避免单点方言研究的缺陷。

傅国通（2007/2010：38）指出，普通话里的副词除"很"和"极"可后置当补语外，其他副词都只能前置当状语。但在浙江吴语里能或只能后置当补语的副词就较多，有"先""起""添""凑""过""快"。除"煞""显"外，其余几个副词都能构成"框式状语"。

刘丹青（2017a：72）指出，谓词的修饰成分按位置前后分归状语和补语两种成分，而名词的修饰成分却不管语序一律叫定语，而没有另外立一个名称，这在逻辑上是矛盾的。刘丹青（2017a：75）认为，纯粹表程度的补语，特别是由副词如"很、极"等充当的程度补语，基本上是状语性的。我们赞同刘丹青（2017a）的观点，把中心语前后都有副词性成分称为"框式状语"。

（二）明清白话文献的"框式状语"

1. 要/将……快

1.1 明清白话文献的"要/将……快"

据我们考察，表示"即将"义的框式状语产生的时间要早一些，明代就有。如：

（1）直寻到一间房里，单单一个老尼在床将死快了。（冯梦龙《醒世恒言》卷15）

清代的例子更多，如：

（2）闲话少说，里面的法鼓传过三通，想是要升殿快了，咱和你分班伺候。（李渔《凰求凤》第10出）

（3）［净］瞻老，你催这些货起来，咱要起身快了。（李玉《占花魁》第11出）

以上是戏曲。白话小说例子更多，如：

（4）看看吃尽当光，<u>要</u>沿门求乞<u>快</u>了。（李伯元《文明小史》第 58 回）

（5）他外公办的捐输<u>要停止快</u>了。（白眼《后官场现形记》第 168 回）

（6）雪印轩道："你自己还要做主人呢，可以辞谢之处就谢掉点子，东应酬，西应酬，应酬转来，天也<u>要亮快</u>了。"（陆士谔《十尾龟》第 32 回）

（7）睡到傍晚，堂倌小阿四来招呼，说是<u>要吃晚饭快</u>哉！（姬文《市声》第 24 回）

（8）原来少大爷上不上乌里雅苏台了，改放我们山东学台，即刻就<u>要到快</u>了；家眷是从水路走运河到德州上岸，我要差人去接他们来住几日。（无名氏《续儿女英雄传》第 1 回）

（9）继之哼了一声道："功名也<u>要丢快</u>了，他还要来晾他的红顶子！……"（吴趼人《二十年目睹之怪现状》第 7 回）

冯力（2007：250）指出，在较早时期的用法中，动词前还保留"要"或"就要"这样的将来体标记，与动词后的"快"相响应。可能是因体助词"快"刚出现时用法尚不稳定，仍需"要""就要"协助。

虽然冯力（2007）注意到了"（就）要……快"，但没有明确提出"框式状语"。

1.2 清末／民国传教士文献的"要……快"

（10）领头<u>要</u>用着<u>快</u>者。〔（法）无名氏《松江方言课本》（1883）第 111 页〕

（11）旧年我听见话：伊官<u>要坏快</u>者。我勿那能相信。现在倒真个坏者。〔《土话指南》（1908）第 55 页〕

（12）现在电车勿曾装到伊头，恐怕就<u>要装快</u>哉，以致走路个人便当点。〔《上海方言练习》（1910）第一百零四课 论徐家汇咾梵王渡〕

（13）俚到伊头<u>要说好快</u>者。〔（美）派克（R.A.Parker）《上海方言课本》（1923），第 149 页〕

（14）我爷叔第抢衰痊来交关，因为伊个图作就是<u>要出嫁快</u>哉。〔（法）蒲君南《上海方言课本》（1939）第 61 页〕

（15）主教<u>要到快</u>哉，俚去登拉楼上望拉。（《上海方言课本》第 83 页）

（16）四马路，江西路口头，立兴鞋子店，就<u>要开快</u>哉。（《上海方言课本》第 143 页）

（17）就<u>要开场快</u>哉。（《上海方言课本》第 150 页）

（18）四马路江西路口头，立兴鞋子店，就<u>要开幕快</u>哉。（《上海方言课本》第 150 页）〔以上转引自钱乃荣（2014）〕

除例（1）前面用"将"外，其余各例都是"要"。

2. 再……添

书面上清末传教士著作已有，如：

（19）我<u>再</u>读一遍<u>添</u>。〔《温州话入门》1893 年：Phrases 第 392 句（转引自林素娥（2015：327）〕

3. 重重/从新/重新/再……过

3.1 重重/从新/重新/再……过

（20）读书者譬如观此屋，若在外面见有此屋，便谓见了，即无缘识得。须是人去里面，逐一看过，是几多间，几多窗棂。看一遍，又<u>重重看过</u>，一齐记得，方是。（宋·黎靖德《朱子语录》卷10）

（21）但圣人欲往之时，是当他召圣人之时，有这些好意来接圣人。圣人当时亦接他这些好意思，所以欲往。然他这个人终是不好底人，圣人待得<u>重理会过</u>一番，他许多不好又只在，所以终于不可去。（《朱子语类》卷47）——卷70有"重整顿过"。

以上前面的副词是"重重""重"，也有前面的副词是"重新"的，如：

（22）国家气数盛衰亦恁地。尧到七十载时，也自衰了，便所以求得一个舜，分付于他，又自<u>重新转过</u>。若一向做去，到死后也衰了。（《朱子语类》卷94）

（23）慌忙换了孝服，再三向吕公说，欲等开棺一见，另买副好棺材，<u>重新殓过</u>。（元·《元代话本选集》）

以上是明代以前的例子。

（24）平氏哭倒在地，良久方醒，慌忙换了孝服，再三向吕公说，欲待开棺一见，另买副好棺材，<u>重新殓过</u>。（冯梦龙《喻世明言》卷1）——另卷10有"重新裱过"。

（25）老泉此时手足无措，只得将卷面割去，<u>重新换过</u>，加上好批语，亲手交与堂候官收讫。（冯梦龙《醒世恒言》卷11）——另卷27有"重新殓过"。

（26）小童道："适来县君在卧房里，卸了妆饰，<u>重新梳裹过</u>了，叫我进去，问说：'对门吴官人可在下处否？'我回说：'他这几时只在下处，再不到外边去。'"（凌濛初《二刻拍案惊奇》卷14）

（27）<u>重新帖过</u>一张画成的城门，<u>重新换过</u>一盏明灯，自家放定了方向，又叮嘱王爷道："达盏灯是小的的命，小的也是为朝廷出力，伏乞元帅老爷严加照管。"（罗懋登《西洋记》第85回）

（28）但有颓败，都修整好了。若是十分倾圮倒塌的，便<u>重新筑过</u>。（齐东野人《隋炀帝艳史》第14回）

以上是明代的例子。

（29）要拆去十卺楼，<u>重新造过</u>。（李渔《十二楼·十卺楼》第2回）

（30）累得船家把船都<u>重新洗过</u>，还不能除尽臭气。（曹去晶《姑妄言》卷2）

（31）<u>重新候过</u>鼻息，却也不甚冷；又见两眼，不似方才起水时张开直视。（夏敬渠《野叟曝言》第4回）——同回有"重新整过"。

（32）鸾娜谢恩，<u>重新行过</u>父子的礼。（江南随园主人《绣戈袍全传》第41回）

（33）冠起身整襟，复添了一炷香，复<u>重新弹过</u>一阕。（无名氏《九云记》第6回）

（34）又<u>重新饮过</u>一回，各相拜谢，回营去了。（蔡召华《笏山记》第47回）

（35）众人走到草堂中来，<u>重新叙礼过</u>。（褚人获《隋唐演义》第41回）

（36）云威去把写与儿子的家信拆了，<u>重新写过</u>。（俞万春《荡寇志》第 76 回）

（37）贾政、宝玉<u>重新拜过</u>了。（逍遥子《后红楼梦》第 29 回）

（38）又寻贾珠闲谈一回，同至园中款客、设宴，各处都看了一遍，有些布置不合适的，又督着侍女们<u>重新挪过</u>。（郭则沄《红楼真梦》第 63 回）

（39）韵兰笑着迎出来，先谢了兰生的帮助，萧云、兰生<u>重新见过</u>，大家坐了问问葬事，及路上的景致。（梁溪司香旧尉《海上尘天影》第 31 回）

（40）听见如此说，便出来<u>重新见过</u>。（文康《儿女英雄传》第 15 回）——另第 62 回有"重新点过"。

（41）<u>重新又见过</u>礼。（无名氏《绿牡丹》第 3 回）

（42）是射中的，即由家人带赠彩出去致送；射错的，<u>重新写过</u>谜面粘出去。（吴趼人《二十年目睹之怪现状》第 75 回）

（43）黄道台看完，便<u>重新谢过</u>护院，说了些感激的话，辞了出来。（李伯元《官场现形记》第 4 回）——另第 8 回、第 33 回、第 42 回有"重新写过"，第 17 回有"又重新谢过"。

以上是清代的例子。

还有前面的副词是"从新"的，如：

（44）念武松那厮是个有义的汉子，把这人们招状，<u>从新做过</u>，改作："武松因祭献亡兄武大，有嫂不容祭祀，因而相争"。（施耐庵《水浒传》第 27 回）

（45）两个歌童<u>从新走过</u>，又磕了四个头，说道："员外着小的们伏侍老爹，万求老爹青目。"（兰陵笑笑生《金瓶梅》第 55 回）——同回另有例"从新走过"。

（46）他把员领底下爽利截短了一尺有零，<u>从新做过</u>，照了公乡宦的身材，做了一套齐整吉服，又寻一副上好的白鹇金补缀在上面，又办了几样食品，赶初七早晨，走到公家门上，说："闻得公爷有起官的喜信，特地做了一套吉服，特来驾寿，兼报升官。"（西周生《醒世姻缘传》第 36 回）

以上是明代的例子。

（47）宝钗看毕，又<u>从新翻过</u>正面来细看，口内念道："莫失莫忘，仙寿恒昌。"（曹雪芹、高鹗《红楼梦》第 8 回）——另第 69 回有"——又从新故意的问过"。

（48）瑞儿<u>从新收拾过</u>炭火，另取了一壶热酒来，三位夫人各饮了两杯，便教撤去。（随缘下士《林兰香》第 4 回）

（49）华刺史<u>从新请过</u>蒋青岩、张澄江、顾跃仙三人来，说道："小人世界不可一日无功名高贵。那杨老儿认真碧烟是柔玉小姐，见青岩贤婿中了状元，他便恭恭敬敬将碧烟送回来，较向日举止，岂非天壤！便碧烟这女子是我们的恩人，且又生得容貌不凡，我们将来须要代她寻一个贤婿，以报其德。"（南岳道人《蝴蝶缘》第 13 回）

（50）若花道："这个坐儿早间妹子胡乱坐了，此刻必须<u>从新拈过</u>才好坐哩。"（李汝珍《镜花缘》第 78 回）

（51）文魁也无心拣择吉日，收了银子，就同李必寿夫妻二人，带了几件必用的器物，搬入土房内居住。将房价并卖了家器的银子，打开从新看过，又用戥子俱并归为五十两一包，余银预备换钱零用。（李百川《绿野仙踪》第 25 回）

（52）周庸祐道："彼此兄弟，自应有福同享。我不如每家给五百银子，各人须把屋子从新筑过，你们还愿意否呢？"（黄小配《廿载繁华梦》第 20 回）

以上是清代的例子。

还有前面的副词是"再"的，如：

（53）画士道："这个却又奇了！这题目我倒容易做，只恐又有陈老先生来责备，我却不管。再要画过，我是另要钱的。"（明·西周生《醒世姻缘传》）

（54）酒过三杯，黄生说："如今只是滥饮，太慢送春之事了。莫若将此桌子移向桃花树边来，再换过一筵，然后赋诗钱赠花神，你道好吗？"众人说："此正风雅士所为！"（清·无名氏《乾隆南巡记》）

（55）听说上一科，题目已经印了一万六千零六十张，及至再点数，少了十张，连忙劈了板片，另外再换过题目呢。（清·吴趼人《二十年目睹之怪现状》第 43 回）[1]

清末传教士著作中也有，如：

（56）领口做来勿服帖，凸起来勿登样，从新再做过。（《沪语便商》散语第 6 章，1892 年）

上例中心语前用两个副词"从新""再"叠加，语气更是加强了。

林华勇等（2015：303）指出，西南官话早期语料也有"再……过"。如：

（57）要从新修过。（Dictionnaire Chinois-Francais：651）

上例中的"过"可理解为"把所涉及的对象从头到尾做一遍"的意思。（林华勇等，2015：303）

上例出自 Dictionnaire Chinois-Francais（一、二）（《中国语法词典》1893）。这本著作记录了 19 世纪末 20 世纪初四川方言的日常口语，较全面地反映了当时四川方言口语的语法特点。应该也是传教士文献。上例也证明，19 世纪末四川方言口语中也有框式状语"从新……过"。

温昌衍（2020：441）指出，"过"的"重新 V 一遍"的意义的产生还与"重新"类词语组合有关，如上述《朱子语录》的"又重重看过"例中，表示"从头到尾 V 一遍"的"过"，受前面"重新"类词语（"重重"。这类词语还包括下文举例中的"重新""再"等）的影响（感染），也容易带上"重新"义（句中"重新"类词语是表义的重点，而"过"不是表义的重点，而且意义开始虚化，所以"过"易受"重新"类词语的感染或同化）。[2] 这里的上下文和语境给了它这种影响。上下文和语境在实词虚化的推理过程中起着至关重要的作用，其意义会渗透到虚化词语里而成为它的隐含意义。（沈家煊，1998；严丽明，2009）当然，这样的上下文或者语境要有比较多的例子，这种隐含义才能固化下来成为固定意义。

---

① 以上例子多来自北京大学语料库（CCL）。

② 这种变化现象类似古汉语中的"词义渗透"（参见孙雍长，1985）、"组合同化"（参见张博，1999）现象。（温昌衍，2020：441 注释①）

温昌衍（2020：442）指出，以上这些例子，动词后的"过"都隐含了它是"重新"状态下的"过"的含义（即不是第一遍的"过"），这是受动词前的"重新"类词语感染而造成的。从上可以看出，方言中重行体助词"过"的形成原因及具体过程是："补偿""修正"义语境赋予"过"的"重行"义，"重新"类词语强化了"过"的"重行"义（通过感染作用）。前者起的作用是根本性的，后者起的作用是辅助性的。需要说明的是，"过"成为重行体助词后，不少方言可以省略"重新"类词语，这是进一步的演变。由于语法意义发生了改变，所以"过"其实发生了重新分析。所采取的路向，应该是语法形式和语义的自然匹配这种路向。（刘丹青，2008b：5-18）

3.2 "过"的语法意义和语法作用

温昌衍（2020，439-440）指出，在语法意义和语法作用上，各地表现都差不多。广东梅县方言（谢永昌，1994：300）是"相当于普通话的频率副词'再'"；广东惠东方言（陈延河，1998：392）是表示"取消或者放弃原先的动作或涉及的事物，另外或者重新发出同样的动作，涉及同类的事物"；福建连城方言（项梦冰，1997：204）是表示"重新进行某一动作行为"；福建长汀方言（罗美珍，2000：200）是表示"动作重做"。苏州方言（刘丹青撰，叶岑祥校，1996：28）是"指前一行为、失效或不理想而重新进行一次"；浙江金华方言（曹志耘，1996：104）是表示"另外进行一次该动作"；长沙方言（鲍厚星等，1998：85）是表示"重新来过"；南昌方言（张燕娣，2007：265）表示是"某一行为的重新进行或再次进行"；福建建瓯方言（李如龙等，1998：65）是"表示动作重新进行"；香港方言（张洪年，1972：148）是表示"重新做一遍"。广州方言（李新魁，1994：257-258）是表示"重做某事"（或表示"整个动作过程从头重复"，陈晓锦等，2006：119）；南宁方言（杨敬宇，2002：340-342）是表示"动作重新进行"；四川方言（邓英树等，2010：20）是"指动作行为的重复"。虽然表述不一，但仍然可以看出，其核心意义是"表示动作重新进行"。

3.3 "过"的性质

温昌衍（2020：440）指出，在性质上，刘丹青、叶岑祥（1996：28）当作"补偿性重复体"标记；项梦冰（1997：205）、杨敬宇（2002：340）当作"重行貌"标记；林华勇（2005：9）当作"重行体"助词；陈晓锦等（2006：118-119）认为是表示"整个动作过程从头重复"的动态助词；刘丹青（2008a：471）认为是表示"重行反复体"（简称"重行体"）的词语；黄婷婷（2009：140）当作"表示重行"的助词；邓英树等（2010：20）当作表示"重复体"的助词；陈延河（1998：392）当作表示"另起态"的动态助词；罗美珍（2000：200）当作虚化词；张燕娣（2007：265）当作表示"某一行为的重新进行或再次进行"的副词；陈小荷（2012：81、100、103）当作表示"替换"的动词后加成分（构成"意愿体"的一种格式）；汪应乐（2004：298）当作表达"再次体"的"方言特殊助词"。

温昌衍（2020，440）认为，"重行体助词"的说法简洁明了，所以文章取这种说法。

温昌衍（2020，440）指出，值得注意的是，严丽明（2009）分析广州方言的情况后指出，"过"（原文称"过₃"）的核心语义并不是重复或重新施行之前已发生的动作行为，而是对已然动作行为所带来的不如意结果的实践性修正，或者对未然动作行为潜在的不如意结果的前瞻性调整，概言之，就是表示对相关动作行为的不如意结果的修正。因此，她将"过"称为"表示修正的助词"。当然，这与"重行体"的称呼不矛盾，"重行体"是从体貌角度来说，即动作行为在时间进程中所处的一种状态，"修正"是动作重新进行的一个目的［即类似刘丹青、叶岑祥（1996：28）所说的"补偿"］。从表现看，动作的重新进行既包括"重新进行原动作"，也包括"重新进行与原动作相关的另一个动作"［"重新"的含义就包括"从头另行开始（变更方式或内容）"，如"重新部署"。如石城话中，买东西找钱收到破烂钞票，可以叫对方"换过一张_{另换一张，重换一张}"］。

傅国通（2007/2010：39）说，这种"过字结构"，动词的前面还可以同时加上个"再"字，原意不变。如可以说成"再写张过""再买件过"。但"再"不等于"过"，不能代替"过"。"再"表示"重复"，有"增量"义。"过"表示"重新"，有"更改""增质"义。如"写张过"，意为写的那张不算数，重写一张。

荆亚玲等（2021）的"摘要"中指出，杭州方言中存在后置状语"过、快"及其构成的框式状语"再/重新……过""快……快"，相应的前置状语、后置状语、框式状语，意义基本相同，但有使用群体和语体色彩的差异。框式状语是由后置状语向前置状语演变的中间现象，与其他吴语中同类现象的发展趋势基本一致，反映出杭州方言语法的吴语特色。

就杭州方言来看，后置状语"过"音 [ku²]，与该方言中的经历体助词"过"和作补语、意义为"胜过/完毕"的"过"同音，三者都处在动词后，但各有其分布特征，比较容易区分。（荆亚玲等，2021：54）

我们赞同"过"是副词，"再/重新/从新……过"是"框式状语"的看法。

下面是现代方言的"框式状语"。

（三）要/将……快

冯力（2007：250）认为，到了 19 世纪，西方传教士的上海话记录中对这种句式的记载往往不再加"要""就要"了。

其实，宁波方言现在仍有前面加"要"的用法，如：

（1）其<u>要</u>走<u>快</u>了_{他快要走了。}（朱彰年等，1996：513）

汪化云等（2020：181-182）指出，甬江小片宁波方言亦有表示"重新、即将"的"框式状语"。如：

（2）水滚<u>快</u>的雷了_{水快开了。}｜水<u>要</u>滚<u>快</u>的雷。｜水还没滚<u>快</u>的雷。

海盐方言也有，如：

（3）结果呢，［吾拉］阿姊看吾<u>要</u>摜倒<u>快</u>哩呢，快点快点来抱吾。（张薇，2019：172）

苍南吴语有"马上/快……快/紧"，如：

（4）我<u>马上</u>做好<u>快</u>罢。

（5）<u>快</u>走来<u>紧</u>，出事干罢。（后置状语老派用"紧"，新派用"紧/快"）（汪化云等，

2020：179）

杭州方言有"快……快"，如：

（6）电梯门<u>快闭拢快</u>得_{电梯门快关上了}。

（7）我们再等歇歇，客人<u>快到快</u>得_{我们再等一会儿吧，客人快到了}。

（8）估计再过十分钟他们就到得，<u>快到环城西路快</u>得_{估计再过十分钟他们就到了，快到环城西路上了}。
（荆亚玲等，2021：56）

荆亚玲等（2021：56）指出，其中的前置状语、后置状语的词形都是固定的。除了前置状语前面可以加上其他状语，这个框式状语中的任何一个状语都不能替换为其他副词，来构成另一个框式状语。

"V快"常常后面带语气词，如宁波方言的"了""的嚙"，杭州方言的"得"。

汪化云等（2014a）称"快……快"这类为"固定的框式状语"。

荆亚玲等（2021：57）指出，"快"构成的框式状语常常用以表达甚为急切的语气。这应该是因为其前置状语、后置状语的词形相同，二者的叠加造成了犹如"间隔反复"修辞格一般的强调效果。

江苏海门方言也有"快……快"，如：

（9）水<u>快煞开快</u>特。（汪化云等，2020：181）

汪化云等（2020：183）认为，表即将的"快"，可能是后起创新成分的缘故，在北部吴语的绍兴、常熟、苏州、常州等方言点，也没有产生相应的前置状语、框式状语。

崔山佳（2018a：574–586）已对冯力（2007）提出了商榷，现有的材料证明，至少明代的白话小说、戏曲中已有多例"V快""将……快"，冯梦龙的《醒世恒言》卷15也已出现。所以，"V快""将／要……快"不能算是"后起创新成分"，况且北部吴语的江苏海门、浙江杭州有"快……快"。

据目前所掌握的材料看，"要／将……快"似乎为吴语所独有。

（四）"先……起"与"先……先"

1. 先……起

1.1 吴语

台州方言有"先……起"，如：

（1）你<u>先吃起</u>，我慢慢时吃_{你先吃，我慢慢吃}。（张永奋，1994：79）

台州温岭方言有"我先去起"。（阮咏梅，2013b：273）

据曹志耘等（2000：433），处衢方言中，开化、龙游、遂昌有"先……起"。其实，常山、玉山也有。

普通话"你先走"，常山方言7种说法：其中有"尔先走先""尔先走起""尔先走起先"。即"框式状语"有3种，"你先走起先"更特殊，动词前后有3个同义副词，强调的语气更强烈。

傅国通等（1985：104）认为，浙江台州、温州使用"起先"，并与"起"并存，这些地方位于北"起"南"先"的过渡地区。如上所说，常山也有"起先"，它位于吴语区西端。

据曹志耘等（2016：610-611），婺州方言的金华、汤溪、磐安有"先……起"。

据王文胜（2015：223），处州方言的遂昌、松阳、宣平、缙云有"先……起"。

傅国通（2007/2010：38）举有如下例子：你讲起；你先讲起。（金华等）你走起；你先走起。（衢州、温州、丽水等）

地处江西但属吴语的玉山也有，如：

（2）他先做一个钟头起，你再接住做_{他先做一个小时，你再接着做}。（汪化云等，2014：178）

1.2 其他方言

1.2.1 徽语

浙江淳安、遂安、建德等方言有"先……起"，寿昌有"前……起"。（曹志耘，1996：181）

据平田昌司（1998：286），徽州除祁门外，绩溪、歙县、屯溪、休宁、黟县、婺源都有"先……起"。但安徽祁门军话也有"先……起"，赵日新等（2019：224）认为，军话置于动词之后的"起"，作用相当于北京话放在动词之前的"先"，表示"起"字之前的动作在时间上具有领先性。动词前可以加"先"，也可以不加"先"。动词前如果有"先"，则后面的"起"可以省掉。"起"作后置成分时可读本调，也可读轻声。如：

（3）先喝杯茶起（再讲）。

（4）你先去起，我们一下再去。（赵日新等，2019：225）

安徽歙县（向杲）方言也有，如：

（5）不要急，先喝点水起再讲。（沈明，2012：141）

安徽黟县宏村方言也有，如：

（6）尔先去起，我一会再来_{你先去，我一会儿再过去}。（谢留文等，2008：208）

浙江淳安方言的"添"有表示"领先"的用法，与前置的"先"构成"框式状语"，如：

（7）先吃口茶添_{先喝口水}。（曹志耘，2017：309）

上例说明"添"与"起"也有同义之处。

1.2.2 赣语

江西一些赣语也有，都昌阳峰如：

（8）[n³⁵²]先吃酒起，等下嘚吃饭_{你先喝酒，等一会儿再吃饭}。（卢继芳，2007：193-194）

抚州方言如：

（9）你（先）到该里猥下起，我马上就过来_{你先到这里玩一下，我马上就过来}。（付欣晴，2006：201）

南昌方言如：

（10）先侭你拣起。（张燕娣，2007：232）

铅山方言如：

（11）阿<u>先</u>去<u>起</u>。（胡松柏等，2008：330）

丰城方言如：

（12）渠<u>先</u>瞓<u>起</u>_{他先睡。}

（13）<u>先</u>吃馒头<u>起</u>_{我先吃馒头。}（陈小荷，2012：103）

1.2.3 畲话

江西的畲话也有，如贵溪樟坪：

（14）<u>先</u>睇下嘚电视<u>起</u>，再来做作业_{先看看电视，再来做作业。}（刘纶鑫，2008b：161）

又如铅山太源：

（15）倨<u>先</u>行<u>起</u>。（胡松柏等，2013：283）

江西的畲话在赣语包围之中，可能是受赣语的影响，尤其是铅山太源畲话，与铅山方言一致，有区域方言学意义。

1.2.4 平话

广西全州文桥土话也有，如：

（16）你<u>先</u>做<u>起</u>_{你先做。}（唐昌曼，2005：272）

1.2.5 闽语

闽北石陂也有"先＋动词（＋起）"的格式。（秋谷裕幸，2008：368）

1.2.6 西南官话

据笔者所在学校何婉馨同学介绍，其家乡贵州六盘水（属西南官话）也有，如：

（17）你<u>先</u>走<u>起</u>。

平话、闽语、西南官话也有，说明北"起"南"先"并不完全符合方言实际。

"先……起"的方言分布区域很广，涉及好几个大的方言，如吴语、徽语、赣语、平话、西南官话、闽语，还有畲话。

2. 先……先

"先……先"是中心语前后用同一副词。

2.1 吴语

浙江永嘉方言有"先……先"，意义基本上与"S＋V＋先"表达的一样，表示动作的先后，但是，会比前者多一点祈使意义，强调动作。如：

（18）有何乜事干你<u>先</u>嫑急<u>先</u>，坐落慢慢讲_{有什么事情你先不要急，坐下慢慢说。}

（19）窗门<u>先</u>开爻<u>先</u>，再扫地下_{先开窗户，再扫地。}

（20）你<u>先</u>问问灵清<u>先</u>，南京路到底凴那走_{你先去问问清楚，南京路到底怎么走。}

（21）我锁匙开冇带身上，你<u>先</u>逮门开一开<u>先</u>_{我没带钥匙在身上，你先开一下门。}

（22）你<u>先</u>走底<u>先</u>，我宿外转等两个人_{你先进去，我在外面等两个人。}（郑敏敏，2020：12）

曹志耘（2002：310）认为，据现有资料，"起先"只见于浙江丽水吴语（《丽水市志》：105）。如：

（23）你（先）讲先。

（24）你（先）唱起先。

如前所述，温州、台州、衢州的常山也有"起先"。

金华城里、汤溪有"先……起"。（曹志耘，1998/2012：274–275；曹志耘，2002：308）

据王文胜（2015：223），处州的龙泉、庆元、丽水、云和、景宁、青田有"先……先"。

傅国通（2007/2010：38）指出，浙江温州、丽水、衢州等有副词"先"，常跟在动词后，表动作领先。这类句子中，动词前可用"先"，不避重复，句意不变。如温州、平阳、云和、龙泉等说"你先走去先"，常山也有"你先走先"。

2.2 其他方言

粤语也有，如：

（25）佢先讲先他先说。（邓思颖，2009：237）

2.3 曹志耘（2008）的"先……先"

据曹志耘（2008：84），说"先……先"的方言点面更广。

浙江：15个点，2个是徽语，1个是畲话，其他全是吴语。

江西：28个点，3个是吴语，2个是江淮官话，3个是徽语，1个是客家话，其他全是赣语。

安徽：11个点，1个是吴语，3个是赣语，其他全是徽语。

福建：1个点，是闽语。

广东：4个点，2个是粤语，客家话、闽语各1个。

广西：22个点，2个是客家话，2个是西南官话，4个是粤语，其他全是平话。

重庆：3个点，全是西南官话。

青海：1个点，是中原官话。

云南：1个点，是西南官话。

"先……先"的中心语多为动词性成分，个别也有形容词性成分，如粤语。

可见，"先……先"的方言分布范围也较广，有吴语、徽语、客家话、赣语、闽语、粤语、西南官话、中原官话，还有畲话，比"先……起"的分布范围还要广。

2.4 泰国华人社区汉语方言

陈晓锦等（2019：521）认为，泰国华人社区汉语方言的"先"身兼副词和助词两种身份，作副词时出现在动词性词语之前，作助词时出现在动词性词语的后面，表示某一行动的时间发生在相关的行动之前，及暂时使一个情况实现，其他的再说。在某些情况下，时间助词"先"和与之同形的时间副词"先"，能够与出现在同一个句子中的动词性词语前后呼应使用。不过助词"先"还能表示"需要先搞清某一情况，其他的再说"，这是副词"先"所无法取代的。

普通话"让他先吃""你先走"两句，泰国华人社区汉语方言有如下的说法：

曼谷潮州话：

（26）A. 给伊先食。　　　B.*① 　　　　　　C. 乞伊<u>先</u>食<u>先</u>。

（27）A. 你先行。

清迈潮州话：

（28）A. 互伊先食。　　　B. 互伊食先。　　　C.*

（29）A. 先行。　　　　　B. 你行先你。　　　C.*

合艾潮州话：

（30）A. 互伊先食。　　　B.*　　　　　　　C.*

（31）A. 你先行。　　　　B.*　　　　　　　C.*　　　　D. 你行头前。

以上是闽语。

曼谷广府话：

（32）A. 畀渠先食。　　　B. 畀渠食先。　　　C. 畀渠<u>先</u>食<u>先</u>。

（33）A. 你先行。　　　　B. 你行先。　　　　C. 你<u>先</u>行<u>先</u>。

勿洞白话畀：

（34）A. 畀渠喫先。　　　B.*　　　　　　　C. 畀渠<u>先</u>喫<u>先</u>。

（35）A. 你先行。　　　　B. 你行先。　　　　C.*

以上是粤语。

曼谷深客话：

（36）A. 分渠先食。　　　B. 分渠食先。　　　C. 分渠<u>先</u>食<u>先</u>。

（37）A. 你先行。　　　　B. 你行先。　　　　C. 你<u>先</u>行<u>先</u>。

曼谷半山客话：

（38）A. 分渠先食。　　　B.*　　　　　　　C.*

（39）A. 你先行。　　　　B.*　　　　　　　C.*

以上是客家话。

清迈麻栗坝话：

（40）A. 给他先吃。　　　B.*　　　　　　　C.*

（41）A. 你先走。　　　　B.*　　　　　　　C.*

清莱澜沧话：

（42）A. 给他先吃。　　　B.*　　　　　　　C.*

（43）A. 你先走。　　　　B.*　　　　　　　C.*

以上是官话方言。（陈晓锦等，2019：522-523）

上面闽语、粤语、客家话有"先……先"，与汉语方言同，官话方言没有"先……先"，也与汉语方言同。

泰国华人社区有的也有三个层次，如曼谷广府话、曼谷深客话，与浙江不少方言相同。有的有两个层次，如曼谷潮州话，没有"V 先"；清迈潮州话则没有框式状语；勿洞白

————————

① "*"表示无此说法，下同。

话界一种说法没有"V先",一种说法没有框式状语;曼谷半山客话(客家话);清迈麻栗坝话(官话方言)、清莱澜沧话(官话方言)只有"先V"一个层次,已经全用普通话说法。

泰国华人各个社区之间有不同之处,就是同一社区也有不同之处,如曼谷潮州话,"让他先吃"有"乞伊先食先"的框式状语用法,但"你先走"没有"你先走先"的说法。而合艾潮州话"你先走"有"你行头前"的说法,但"让他先吃"就没有相应的说法。

勿洞白话界又有不同情况,"让他先吃"有框式状语"畀渠先喫先",但没有"V先",而"你先走"没有框式状语"你先行先"的说法,但却有"V先"的"你行先"的说法。

陈晓锦(2010:339)指出,能够出现在被修饰成分后面的词语不多,如汉语普通话的"让他先吃"一句,曼谷潮州话可以说"乞伊先食",但却没有"乞伊食先"的说法,不过"乞伊先食先"的说法,同一修饰成分同时出现在动词的前面和后面,造成一种前后呼应、叠床架屋的架势是可以的。

可见,泰国华人社区方言复杂多样。

(五)"再……添"与"再……凑"

1. 再……添

1.1 吴语

浙南瓯语有"再……添",用不用"再"义同,连用时语气较强。如:

(1)再吃碗添。(颜逸明,2000:142)

温州泰顺也有,如:

(2)再看一集添。(张晓丽,2013:74)

普通话"你才吃一碗米饭,再吃一碗吧",瑞安方言有三种说法:"你啊还是吃一碗饭哎,再吃碗添那""你啊还是吃一碗饭哎,吃碗添那""你啊还是吃一碗饭哎,再吃一碗那"。(徐丽丽,2019:121)

普通话"让孩子们先走,你再把展览仔仔细细地看一遍",瑞安方言说成"乞琐细儿走爻先,你再逮个展览好好能眙遍添那"。(徐丽丽,2019:121)

普通话"我算得太快算错了,让我重新算一遍",瑞安方言说成"我算忒快算赚爻罢,乞我重新算遍添"。(徐丽丽,2019:120)这说明,瑞安方言还有"重新……添"。

普通话"只写了一半,还得写下去",瑞安方言有两种说法:"还只写一半哎,还着写添""还只写一半哎,还着写落添"。(徐丽丽,2019:120)这说明,瑞安方言还有"还……添"。

永嘉方言也有"再……添",强调了"再"的意思,用"再"来表示重复。如:

(3)该饼干味道显,我想再吃一个添这个饼干味道很好吃,我想再吃一个。

(4)明朝再走去买添明天再去买。

(5)你唱歌好听显,再唱首添你唱歌很好听,再唱一首。(郑敏敏,2020:18)

据曹志耘等(2000:432),处衢方言中,开化、常山既有"再……添",又有"再……

凑"，龙游、遂昌、庆元有"先……添"。

据曹志耘等（2016：609–610），婺州金华、汤溪、永康有"再……添"，浦江有"再……先＝儿"。

据王文胜（2015：224），处州方言10个点全部有"再……添"。

傅国通（2007/2010：39）指出，在温州、丽水、金华、衢州等及杭州、绍兴的某些方言里，副词"添"常用在动词短语或动词后，表"增加、增添"义。动词前也可同时用同义副词"再"或"还"，句意不变。如：

（6）吃碗（饭）添。<u>再</u>吃碗<u>添</u>。（金华）

（7）买添。<u>再</u>买<u>添</u>。（松阳）

（8）讲遍添。<u>再</u>讲遍<u>添</u>。（温州）

（9）敢勿敢来添。<u>再</u>敢勿敢来<u>添</u>。（东阳）

绍兴方言也有，如：

（10）饭<u>再</u>吃碗<u>添</u>。

（11）馒头<u>再</u>驮两个<u>添</u>。（吴子慧，2007：213）

嵊州方言也有，普通话"你才吃了一碗米饭，再吃一碗吧"，嵊州方言说成"侬饭吃得一碗和＝，再吃一碗东添"；普通话"让孩子们先走，你再把展览仔仔细细地看一遍"，嵊州方言说成"带小农先归去，侬啦拨展览啦再仔仔细细个看遍添"；普通话"我先走了，你们俩再多坐一会儿"，嵊州方言说成"我先去哉，倷两个农再坐记添"。（施俊，2019：119，122）普通话"我算得太快算错了，让我重新算一遍"，嵊州方言说成"我算得快猛，算错埠哉，带我重新算遍添"。（施俊，2019：118）又如：

（12）者＝么开始烧纸，者＝继续在屋里<u>再</u>拜记<u>添</u>。（施俊，2019：139）

绍兴嵊州长乐话也有，如"坐漫辰添再坐一会儿"可说成"再坐漫辰添"，但不能说"再坐漫辰"，即不能省略"添"。说明受普通话的影响还不深。

浙江龙游塔石方言也叫"北乡话"，为龙游北片的代表性方言，有"再……添"，如：

（13）你<u>再</u>输记<u>添</u>，就破产啵。（钱双莲，2013：41）

安徽泾县查济方言有"再……（添）"，如：

（14）你<u>再</u>吃一碗（<u>添</u>）。

（15）俺没听清，你<u>再</u>说一遍（<u>添</u>）。（刘祥柏等，2017：128）

"添"加了括号，说明其演变速度比浙江吴语要快。

安徽宣城市宣州区溪口镇的吴语也有"再……添"，如：

（16）<u>再</u>讲个嘶<u>添</u>_{再讲个故事}。（汪化云等，2020：180）

但与其他吴语方言点不同的是，"添"只能构成框式结构，不能单独后置表示"再"的意义。（汪化云等，2020：180）

1.2 其他方言

1.2.1 闽语

温州苍南灵溪的例子如：

（17）你<u>再</u>困一子仔<u>添</u>你_{再睡一会儿}。（温端政，1991：149）

据目前所掌握的材料，闽南语未见"再……添"，灵溪方言有，应是受温州方言影响。

1.2.2 徽语

徽语也有。据曹志耘（1996：181），严州的淳安、遂安、建德、寿昌都有"再……添"。歙县也有，如：

（18）吃了碗粥，我<u>再</u>吃碗面<u>添</u>。（沈昌明，2016：88）

有的"再……添"在具体语境中可表威胁意义，如：

（19）尔<u>再</u>硬下<u>添</u>！（沈昌明，2016：88）

安徽歙县大谷运方言也有，如：

（20）<u>再</u>吃一碗<u>添</u>。（陈丽，2013：143）

安徽黄山汤口方言也有，如：

（21）你<u>再</u>吃一碗<u>添</u>_{你再吃一碗}。

（22）我不曾听清楚，尔<u>再</u>讲一遍<u>添</u>_{我没听清，你重说一遍}。（刘祥柏，2013：88）

绩溪方言也有，如：

（23）尔（再）吃碗<u>添</u>。（平田昌司，1998：285）

绩溪的"添"有两个读音，本调的 [theâi^{31}] 和轻声的 [theâi^0]，两者的作用有所不同。在动补、动宾结构里，"添"读本调时，语句重音在"添"上，表追加受事的数量；读轻声时，语句重音在宾语上，表追加一个新的动作。如：

（24）渠买了两本书，想<u>再</u>买本<u>添</u>（[theâi^{31}]）。

（25）渠买了两本书，想<u>再</u>买支笔<u>添</u>（[theâi^0]）。

例（24）表以前已买了两本书，现再买一本书。例（25）表以前已买了两本书，现要再买一支笔。（平田昌司，1998：285）

在"VV 添"结构里，"添"读本调时，对动作的延续或追加有一种强烈的强调意味，起到一种警示、威胁的作用，这时如动词前有"再"，这种意味就更强烈。如：

（26）尔<u>坐坐添</u>（[theâi^{31}]）_{你胆敢再坐着}！

（27）尔<u>再坐坐添</u>（[theâi^{31}]），看我不收拾尔！（平田昌司，1998：285）

据平田昌司（1998：284–285），徽州除祁门外，绩溪、歙县、屯溪、休宁、黟县、婺源都有"再……添"。

赣东北方言重行体的标记是"再""重"，其位置都是在动词前。赣东北徽语各方言点中的重行体按体标记位置的不同可分为前加式和后附式两种。前加式的体标记是"再"。后附重行体标记有"凑""添""过"。这种后附式标记还常和"再"一起构成糅合式。如：

普通话	再吃一碗吧。	让我重新算一遍。
经公桥：	（再）喫一碗凑吧。	让阿算一遍凑。
鹅　湖：	（再）喫一碗凑。	让我再算一遍。
旧　城：	（再）喫一碗凑吧。	让我算过一到。
湘　湖：	（再）喫一碗凑吧。	让我再算一遍。

溪　头：	（再）喫一碗凑。	让我算一遍凑。
沱　川：	（再）喫一碗凑。	让我（再）算一遍凑。
紫　阳：	（再）喫一碗凑 / 添。	让我算过一遍。
许　村：	（再）喫一碗凑。	让我（再）算过一遍。
中　云：	（再）喫一碗凑。	让我算一遍凑。
新　建：	（再）喫一碗凑。	让阿算过一遍。
新　营：	（再）喫一碗凑。	让我再算一遍。
黄　柏：	（再）喫一碗凑。	让阿算过一遍。
暖　水：	（再）喫一碗凑吧。	让我算过一遍。

两句语义有所区别："再吃一碗吧"所表语义为先前的动作进行得不够，重行的动作用以补足数量。"让我重新算一遍"所表语义为先前的动作进行得不好，重行的动作用以更正、弥补。

溪头话、沱川话、中云话 3 处方言点中，两类句子格式同形，后面都用"凑"。其余 10 处方言点两类句子用不同的体助词"凑 / 添""过"来区别。

13 处方言点，"再吃一碗吧"，除紫阳是"（再）……凑 / 添"，其余都是"（再）……凑"。"让我重新算一遍"，除湘湖话、新营话用与普通话相同的前标式的"再 +V+ 补语"格式，其余都用后标式的"V+ 过 + 补"格式。（胡松柏等，2020：817–818）

经公桥话也是两类句子格式同形，后面都用"凑"。其余 9 处用不同的体助词来区别。同时，论述中，前面用"体标记""标记"，后面却用"体助词"，前后表述不一致。

"再吃一碗吧"与吴语比较相近，"让我重新算一遍"与吴语相关较大。

胡松柏等（2020：831）把"（再）……凑 / 添"称为"加量状语"。

1.2.3 粤语

粤语也有，如：

（28）你再饮一杯添_{你再喝一杯。}邓思颖（2007：263）

"再……添"的中心语多为动词性成分，个别也有形容词性成分，如歙县方言的"硬""犟""美"。

1.2.4 客家话

客家话也有，如江西南康方言，如：

（29）倻再做下添，等下再食饭_{我再干一下活，待会儿再吃饭。}（温珍琴，2018：188–189）

作者认为这是继续体：表示说话人说话时动作行为继续进行。

南康方言也有表示加量的"添"放在动词之后，这种情况动词前还可以使用"再"，如：

（30）再坐刻子添_{再坐一会儿。}（温珍琴，2018：223）

可见，"再……添"方言分布区域也较广，如吴语、徽语、粤语、闽语、客家话也都有。

2. 再……凑

2.1 吴语

与"再……添"同义的有"再……凑",宁波方言如:你饭再吃碗凑。

傅国通(2007/2010:39)认为,象山、仙居、常山等说"再买本凑"。余蔼芹(1993:13)认为,宁波、舟山、台州、绍兴等有"(再)买一本凑"。

临海方言的"凑"在特定句式中,能协助表达说话者的态度与情感,形成"V+(一)+量词+凑"结构,义为"看你还敢不敢VP / 看你还敢再VP(不敢)",表示"威胁、警告",这个句式同样可以在"V"前加"再"。如:

(31)(再)叫句凑□〔noŋ〕/ 相_{看你还敢不敢再叫一句! 看你还敢再叫一句不敢}!

(32)(再)哭声凑□〔noŋ〕/ 相_{看你还敢不敢再哭一声! 看你还敢再哭一声不敢}!(卢笑予,2019:120)

受到普通话的影响,临海方言的"凑"和动词、形容词搭配时,动词与形容词前都可以出现"再",形成"再+VP/AP+凑"这样的框式结构,和"VP/AP+凑"意义相同。除了"再"和"亦(又)",部分"VP+凑"前还可以受"还"的修饰,谓语动词以及中心名词可以省略,但数量结构不能省略,如:

(33)(还)(剩/有)十公里(路)凑_{还剩十公里路}。

(34)(还)(剩/有)五张(票)凑_{还剩/有五张票}。(卢笑予,2019:120)

曹志耘等(2000:432)说江西玉山方言没有"再……凑"。其实,玉山话也有,见占小璐(2012:392-392),她是玉山人。如:

(35)东西再送些你凑_{再给你送些东西}。

(36)粥太浓啵,再清些凑,得要好吃些_{粥太稠了,再稀一些就要好吃一些}。(汪化云等,2014:174)

例(35)中心语是动词,表动作行为的重复。例(36)中心语是形容词性词语,表程度加深。这与歙县方言"再……添"中间可加形容词性词语一样。

2.2 其他方言

2.2.1 赣语

(37)茶变得好淡,再泡一碗凑_{茶淡了,重新泡一杯吧}。(江西都昌,冯桂华等,2012:97)

(38)你再话一遍凑_{你再说一遍}!(江西万载,汤潍芬,2016:59-60)

(39)再添碗饭凑。(江西南昌,张燕娣,2007:233)

(40)再吃(一)碗凑、再吃凑。(江西铅山,胡松柏等,2008:331)

(41)你要不要再吃一碗凑?(江西余干,熊英姿提供)

抚州也有。(付欣晴,2006:201)

2.2.2 畲话

江西畲话也有,如:

(42)爱渠再食碗饭凑_{要他再吃一碗饭}。(贵溪樟坪,刘纶鑫,2008b:161)

（43）<u>再吃（一）碗凑</u>。（铅山太源，胡松柏等，2013：284）

樟坪畲话、太源畲话的"再……凑"可能是受赣语影响，尤其是铅山太源畲话更与铅山方言一致，有区域方言学意义。

都昌又有"又……凑"，如：

（46）我<u>又洗得一遍凑</u>我又洗了一遍。（冯桂华等，2012：97）

2.2.3 徽语

安徽祁门也有，如：

（47）尔<u>再吃一碗凑</u>。（平田昌司，1998：285）

孟庆惠（2005：273）说祁德片用"凑"后，动词前还可用"再"尔再吃一碗凑，句意未变化。口语以不加"再"为常。

祁德片方言（包括安徽的祁门、江西的浮梁、德兴）有"再……凑"，但无"再……添"。这可能与祁德片处于赣语包围下，受其影响较大有关。（孟庆惠，2005：227）

安徽祁门军话既有"再……添"，又有"再……凑"，赵日新等（2019：224）认为"添[thiɛ̃11]"表示追加、继续，如：

（48）你<u>再吃碗添</u>。

（49）我吃了一碗饭，<u>再吃一碗粥添</u>。

（50）我买了一本书了，还想<u>（再）买一本添</u>。

"添"用在动词之后，意义相当于"再"，表示动作继续进行，数量继续追加。动词前可以加"再"，也可以不加"再"。动词前如果加了"再"，则后面的"添"一般可以省略，但以不省略为常。"添"读本调，不读轻声。

赵日新等（2019：224）认为，祁门军话有一个与"添"用法完全相同的"凑[tshəu213]"，两者可以自由替换。如"你再讲遍凑"，这个"凑"和赣语用于动词后的"凑"用法相同。

祁门军话具有江淮官话的基本特点。（赵日新等，2019：225）其内部差异不大，比如：说军话的许家、田家动词的后置成分既有"添"也有"凑"，但赤岭较少用"凑"。（赵日新等，2019：225）

休黟片婺源既有"再……添"，又有"再……凑"，如"再嬉一日添""再吃一杯凑"。（孟庆惠，2005：213–214）浙江开化、常山也既有"再……添"，又有"再……凑"。婺源离开化、常山很近，尤其是婺源与开化接壤，应是方言接触。

曹志耘等（2000：432）认为"凑"只出现在开化、常山，这显然跟赣语的影响有关。胡松柏（2007：127）认为"凑"是赣语性质的语法成分，"添"是吴语、徽语的共有语法成分（应是同源性的），赣东北吴语（还包括开化话、常山话）和赣东北徽语（还包括祁门话）因受赣语影响，都接受了"凑"并与方言固有的"添"构成语法成分的叠置。

其实，吴语其他多个方言点也有"再……凑"，如宁波、舟山、台州、绍兴等，都远离江西，似乎不大可能受赣语影响，因此，"'凑'是赣语性质的语法成分"不确切，分布范围要更广。不同方言有同一语法现象，有的可能是方言接触，有的与语言象似性有关。只有更多地考察方言点，才能得出较符合方言实际的结论。

"再……凑"的中心语多为动词性成分，个别也有形容词性成分，如玉山方言。

"再……凑"的方言分布区域比"再……添"要狭窄，但也有一定的范围，如吴语、赣语、徽语、畲话。

（六）"再……过"与"重新……过"

1. 再……过

1.1 吴语

金华方言有，如：

（1）我听弗灵清（清楚），侬<u>再</u>讲遍<u>过</u>。

（2）我今日儿胖_碰弗着渠，明朝<u>再</u>来<u>过</u>。

动词前面可加上"再"，加"再"后有时表示"再重复一次"该动作，有"再一次"的意思。（曹志耘，1996：104）

曹志耘等（2000：433）指出，后置成分"过"见于浙江常山、玉山、龙游、遂昌和庆元，开化、缙云、云和没有相应的后置成分。"过"用在动词性词语后，表因上文所说的理由（这个理由大都是否定的），重新进行一次该动作，以达到说话者所要达到的目的。处衢方言中，后置成分"添"或"凑"也常用来表与此相近义。"过"作后置成分时都读本调，不读轻声。

据曹志耘等（2000：433），处衢方言中，开化既有"再……添"，又有"再……凑"；常山既有"再……添"，又有"再……凑"，还有"再……过"；龙游、遂昌有"再……过"；云和有"再……添"；庆元既有"再……添"，又有"再……先"，还有"再……过"。

曹志耘等（2000：433-434）指出，"过"和"添""凑"的作用虽较接近，但还是有区别："过"主要表重复，"添""凑"主要表追加。如：庆元话"你□［ʔdiaʔ⁵］碗儿过"表"不要原来的那碗饭，重新吃一碗"，"你□［ʔdiaʔ⁵］碗儿添"则表"劝你再吃一碗"。

据曹志耘等（2016：611），婺州也有上述"过"。后置成分"添"也常用来表与此相近义（浦江用"先ᵉ儿"）。"过"作后置成分时可能读轻声。如：金华的"侬再讲遍过。（过～添）"，永康的"尔（再）讲遍添"。

处州方言的遂昌、龙泉、庆元、松阳、景宁、缙云用"再……过"。（王文胜，2015：225-226）

丽水方言也有，如：

（3）绕记以后呢，讲算缚起罢，拿去老娘一检查讲，渠自讲："你未绕紧哪！我再拨ᵉ你<u>再</u>揪<u>过</u>。"好，<u>再</u>揪记<u>过</u>。（雷艳萍，2019：141）

傅国通（2007/2010：39）指出，嘉兴、杭州、宁波、绍兴、金华等也有，如："再写张过""再买件过"，但"再"不等于"过"，不能代替"过"。"再"表"重复"，有"增量"义。"过"表"重新"，有"更改""增质"义。

绍兴方言也有，如：

（4）毛线衫挑得勿好，拆还<u>再挑过</u>。

（5）上外新娘子唔有看清爽明朝<u>再去看过</u>。（吴子慧，2007：214）

盛益民（2014：409）指出，绍兴柯桥方言的重行反复体（或叫"一次性反复体"），指将某个行为重复一次以取代或者更新前一次的行为。如：

（6）衣裳还弗清爽带唻，诺<u>再沪卯过</u>_{衣服还不干净，你再重新洗一次}。

（7）益盘弗算，<u>再来过</u>_{这盘不算，重新再来}。

嵊州长乐话也有，如"再做过"。加"再"有点强调的意味，"过"义相当于普通话的"重新""再"。（钱曾怡，2002：293）

常山方言表追加、继续的有"凑"和"添"。如：

（8）请尔（再）讲遍凑。（可以用于恐吓、威胁语气）

（9）请尔（再）讲遍添。（没有恐吓、威胁语气，比较委婉。）

还有表重复的"过"。如：

（10）我飐听灵清，尔（再）讲遍过。

可以说：我飐吃饱，（再）吃一瓯凑／添。不能说：*我飐吃饱，（再）吃一瓯过。但可这样表达：我飐吃饱，想（再）吃过。（此"吃过"，指的是重新开灶、摆碗筷，再吃一次）

杭州方言也有。与"过"同义的前置状语，是副词"再"。如：

（11）今朝没办好箇话，要一个月后<u>再办过</u>的_{如果今天没有办好，要一个月以后才能再办}。（荆亚玲等，2021：56）

框式状语是由同义的前置状语和后置状语叠加组合而成的，二者共同修饰其间的动词性成分。如前所述，同义副词构成的三类状语意义基本相同，即：框式状语≈后置状语≈前置状语：

（12）你门朝<u>再</u>跟我话<u>遍过</u>≈你门朝跟我话<u>遍过</u>≈你门朝<u>再</u>跟我话<u>遍</u>。你明天再跟我说一遍。

这意味着"框式状语"去掉前置状语或后置状语中的一个，基本意义一般不会发生改变。（荆亚玲等，2021：56–57）

不过，我们认为，这与"框式状语"构成成分的性质有关。下面要论及的程度副词的"框式状语"，则会加强程度，符合"形式越多，内容越多"的象似性原则。

1.2 其他方言

1.2.1 徽语

浙江除遂安外，淳安、建德、寿昌都有"再……过"。（曹志耘，1996：181）

1.2.2 赣语

江西余江方言也有，如：

（13）阿冇听到，尔<u>再话过</u>_{我没听到，你再说一遍（原文作"篇"）}。（胡松柏等，2009：494）

1.2.3 粤语

广东广州方言也有，如：

（14）<u>再开过</u>一张_{再开一张}。（李新魁等，1995：561）

广西梧州白话也有，如：

（15）煲饭都未熟嘅，放啲水<u>再煮过</u>_{这锅饭还没熟，放点水再煮}。（唐七元，2020：47）

1.2.4 客家话

闽西永定客家话也有，如：

（16）这唔算，<u>再唱过</u>一首_{这个不算数，另唱一道}。（李小华，2014：258）

"再……过"方言分布也较广，如吴语、徽语、赣语、粤语、客家话。中心语都为动词性成分。

1.2.5 西南官话

四川资中方言也有，如：

（17）刚刚没讲清楚，<u>再讲过</u>_{刚刚没讲清楚，重新讲}。（林华勇等，2015：300–301）

2. 重新 / 从新……过

2.1 吴语

宁波方言有"重……过"，如：

（18）六起_{落起，接下来}还要<u>重买过</u>。（《数字版宁波童谣》）

处州方言的宣平、丽水、云和、青田用"重新……过"，义同"再……过"，表动作行为的重复。（王文胜，2015：225–226）

杭州方言有"重新……过"，如：

（19）电话里头没话清爽，你当面<u>重新话过</u>_{电话里没说清楚，你当面再说说}。

（20）<u>重新再做一回过</u>，箇次我肯定记牢_{再做一次，这次我一定记住}。

（21）金鱼儿把猫吃外得，要<u>重新再买过</u>得_{金鱼被猫吃了，要再买了}。（荆亚玲等，2021：56）

上例前面是"重新""再"叠加。

余杭方言也有，如：

（22）做得噶套_{这样}，<u>重新做过</u>。（汪化云等，2020：181）

江西玉山方言也有，"重新"读得重，"过"读得轻且须处于动词后、常处于句子或分句末尾，其表义重心在前。如：

（23）字写错么得擦么<u>重新写过</u>_{字写错了就擦掉重写}。（汪化云等，2014a：175–176）

占小璐（2012：395）说玉山话有"重新……过……凑"，三重重复，更能强调重新做某事的决心，表坚决的态度，如"重新演过一遍凑""重新读过一年凑"。

玉山与常山、龙游、遂昌、庆元等方言不同，玉山方言"过"读轻声，而常山方言等"过"作后置成分时都读本调，不读轻声。还有玉山"再……过"中间是动词，有补语也是放在"过"后，如"再抄过一遍"，与例（14）的广州方言相似。而常山方言的"尔（再）讲一遍过"、龙游方言的"尔农再讲一遍（过）"、遂昌方言的"你再讲遍过"等，中间都有表动量的补语。还有常山方言的"（再）讲一遍过""（再）讲遍添""（再）讲一遍凑"，"过""添""凑"三者同义，庆元方言的"（再）讲转添""（再）讲转先""（再）讲转过"，"添""先""过"三者也同义。

钱乃荣（2014：206）指出，用"V 过"表示重来一次的语义，这个体在浙江吴语中常见，在上海方言中已经弱化，往往在动词前加上副词"再"或"重新"，但动词后的"过"还是表示"重行"。如：

（24）这个写得忒潦草者，从新再写过。［丁卓《中日会话集》（1936）第 149 页，上海三通书局］

（25）味道勿好，重新烧过。

例（24）前面"从新""再"叠加。

苏州方言也有，如：

（26）瓣这篇稿子俚勿称心，我只好再写过一遍。

（27）茶淡脱哉，重新泡过一杯吧。

指前一行为、失效或不理想而重新进行一次。用动词后的"过"表示，但动词前面也要有"重新、再"一类副词。（刘丹青撰、叶岑祥校，1996：28）

从表现看，苏州话重行体助词"过"，还离不开前面的"重新""再"的配合。

2.2 其他方言

2.2.1 赣语

南昌方言也有，如：

（28）个块些子冒洗干净，重（新）洗过一下。

也有"再重新……过""又重新……过"，句意不变，如：

（29）看都看不清，再重（新）写过。

（30）个件不好看，我就又重新买过了一件。（张燕娣，2007：233–234）

上 2 例中心语前用两个副词叠加。

2.2.2 客家话

闽西永定客家话也有，如：

（31）重做过重做！（李小华，2014：258）

江西石城高田方言也有，如：

（32）重新做过重新做。（温昌衍，2020：438）

2.2.3 粤语

广西梧州白话也有"重新……过"，如：

（33）你篇稿错别字太多，同我重新抄过你的稿子错别字太多，给我重新抄一遍。（唐七元，2020：47）

2.2.4 西南官话

成都方言也有，如：

（34）说得不对头，重新说过。

"过"用在动词后，表示"再来一遍""重来一遍"。（梁德曼等，1998：131）

四川资中方言也有，如：

（35）你这个作业错的地方太多了，重新写过你这个作业错得太多了，重新再写。（林华勇等，

2015：300–301）

有人认为，"重（新）……过"方言分布较窄，目前所知，只吴语、赣语、客家话有。中心语也都为动词性成分。其实，分布范围还可广一些，如粤语、西南官话也有。

陈前瑞等（2015：82）认为，（方言中的）"重行体'过'在文献中很少专门报导"。其实，从上面的描写中可见，方言中的"V过"的报道不少，近几年的成果更多一些。

2.2.5 现代汉语

现代汉语中似乎也有类似现象［林华勇（2005）也提及这一点］，如（引自北京大学现代汉语语料库）：

（36）王和甫感到还没尽兴似的，立刻就回答道："那么<u>再来过</u>罢！可是你不要装模装样怕难为情才好呀！"（茅盾《子夜》第17章）

（37）杨过将钢杖在地下一顿，笑道："怎么？"樊一翁胀红了脸，道："我一时不察，中了你的诡计，心中不服。"杨过道："咱们<u>再来过</u>。"将那钢杖轻轻抛去，樊一翁伸手去接。那知钢杖飞到他身前两尺。（金庸《神雕侠侣》第17回"绝情幽谷"）

（38）说到这里，她便把买来的那些东西拿给她们看。"瞧，我买了这顶帽子。我并不觉得太漂亮；可是我想，买一顶也好。一到家我就要把它拆开来<u>重新做过</u>，你们看我会不会把它收拾得好一些。"（简·奥斯汀，孙致礼译《傲慢与偏见》第三十九章）

（39）胡雪岩黯然说道："我劝王雪公暂且避一避。好比推牌九摇摊一样，这一庄手气不顺；歇一歇手，<u>重新来过</u>。王雪公不肯，他说他当初劝何根云，守土有责，决不可轻离常州；现在自己倒言行不符；怎么交代得过去？"（高阳《红顶商人胡雪岩》）

（40）据说像昏迷了似的睡了三天之后，就又恢复了精神，说道："<u>重新来过</u>！"却完全忘记他自己说这话的时候是已经七十八岁了。（冯雪峰《善良的单纯》）

这些用于"未然"场合的"过"，很难用普通话中的动态助词"过₁"（表示完成、完毕）和"过₂"（表示经历、经验）来解释，实际上都有一点"动作重新进行"的意义（"过"其实可以理解为表示"将要经历"，在"重新"类词语的感染下，容易产生"重新经历"意义）。只是不够鲜明，也不够独立，只存在于专门的语境中。

上面的作者中，有的是吴语区人，如茅盾、金庸、高阳等。

老舍作品的例子如下：

（41）别嫌麻烦，要多修改——不，要<u>重新写过</u>，写好几遍！有了这个习惯，日久天长，您就会一动笔便对准箭靶子的红圈，不再乱射。（《出众的口才》）

该例中，从"要多修改——不"的上文看，"写过"之"过"显然和"过₃"的由于修正而动作再次发生的功能是相同的，表达的是"重新再写一遍"，这也和下文的"写好几遍"形成无缝对接。（雷冬平，2020：447）

老舍作品中的例子，不一定是北方方言的真实反映，也可能是受近代汉语作品的影响。

温昌衍（2020：443）认为，"过"的这一用法不是直接来自古代汉语或者近代汉语，所以可以认为是各地方言（主要是南方汉语方言）的创新。从认知语言学看，这是"人同此心，心同此理"的语言发展表现。

我们以为，就整体情况来看，无论是后置状语"V 过"，还是框式状语"重新 / 从新 / 再……过"，都应该是从宋代的《朱子语类》开始，历经元、明、清，及至现代方言，生生不息。只是到了现在，有的方言的后置状语"V 过"与框式状语在慢慢退出历史舞台。

（七）"定……定 / 定定……定 / 定……定定 / 定定……定定"等

1. 潮阳方言的"定……定"等

广东潮阳方言（属闽南语）有如下问答：

问：来若载人了_{来了多少人}？

答：有 23 种，如：

（1）<u>定</u>来伊个人。

（2）<u>单</u>来伊个人。

（3）<u>正</u>来伊个人。

（4）<u>净干</u>来伊个人。

（5）<u>单独</u>来伊个人。

（6）<u>单单</u>来伊个人。

（7）<u>定定</u>来伊个人。

（8）来伊个人<u>定</u>。

（9）来伊个人<u>定定</u>。

（10）<u>定</u>来伊个人<u>定</u>。

（11）<u>单</u>来伊个人<u>定</u>。

（12）<u>正</u>来伊个人<u>定</u>。

（13）<u>净干</u>来伊个人<u>定</u>。

（14）<u>单独</u>来伊个人<u>定</u>。

（15）<u>单单</u>来伊个人<u>定</u>。

（16）<u>定定</u>来伊个人<u>定</u>。

（17）<u>定</u>来伊个人<u>定定</u>。

（18）<u>单</u>来伊个人<u>定定</u>。

（19）<u>正</u>来伊个人<u>定定</u>。

（20）<u>净干</u>来伊个人<u>定定</u>。

（21）<u>单独</u>来伊个人<u>定定</u>。

（22）<u>单单</u>来伊个人<u>定定</u>。

（23）<u>定定</u>来伊个人<u>定定</u>。（张盛裕，1979/2016：266）

上面的"定""单""正""净干""单独""单单""定定"7 个都是副词，是限制类范围副词。可以按其构成方式和出现的位置分为两类四组，例（1）～例（7）是 A 组，例

（8）～例（9）是 B 组，例（10）～例（16）是 C 组，例（17）～例（23）是 D 组。A、B 两组属基本式，C、D 两组属配合式。（张盛裕，1979/2016：266）

按我们的看法，例（1）～例（7）是前置状语，例（8）～例（9）是后置状语，例（10）～例（23）就是"框式状语"。

7 个限制类范围副词中，只有"定""定定"是后置副词，其余都是前置副词。可见，"定""定定"比较灵活，可前可后。

2. 其他形式

潮阳方言的"就……""就……定""就……定定"有时也用作范围副词，但出现的频率要比上述副词少多了，而且使用的范围也窄。如：

（24）问：有别样事无有别的事吗？

答：无，<u>就只</u>件事<u>定</u>没有，就这一件事。

据目前所掌握的材料来看，同一意思却用多个不同的框式状语表达，潮阳方言是最特殊的，但分布范围也最狭窄。

新立话有"又……又"，第一个"又"在中心语前，第二个"又"在句末。如：

（25）佢<u>又</u>来了<u>又</u>。（黄昭艳，2011：293）

上例也是"框式状语"，表示重复。

浙江景宁畲话有"都……齐（到）"，如：

（26）人客<u>都</u>来<u>齐到</u>了。（胡方，2015：372）

上例也是"框式状语"，表示范围。

（八）汉语方言的程度副词"框式状语"

1. 吴语

汪化云等（2014a：179-180）指出，江西玉山方言有"死……死"构成框式状语，前一个"死"读得重，后一个"死"读得轻且置于句子或分句末尾。两个"死"重复使用以修饰形容词或心理活动动词，表程度过分［如例（1）、例（2）］或心理状态程度极深［如例（3）］，与"死"单独充当后置状语表达的意义类似，但程度更深，常有贬义。故褒义的词语、表意愿的能愿动词不能出现在"死……死"中，不能说"死喜欢死""死愿意死"。如：

（1）水茶 [ʔy³³dzʌ³⁵] <u>死</u>苦<u>死</u>，我宁愿挂吊瓶_{中药太苦了，我宁愿打吊针。}

（2）她样<u>死</u>清□ [ʔa³³] <u>死</u>，真受弗了_{她太爱干净，真受不了了。}

（3）<u>死</u>戳目<u>死</u>，坐得我背后日日扯我头发_{太讨厌了，坐在我后面天天扯我头发。}

汪化云等（2014a：180）认为，当"死……死"修饰不受程度副词修饰的动作动词时，表"太爱"义，与"死"前置单独修饰这类动词表达的意义相同。如：

（4）我伊孙儿弗喜欢读书，<u>死</u>嬉<u>死</u>_{我这孙子不喜欢读书，太爱玩。}

（5）不要瞅电视，去做作业，<u>死</u>瞅<u>死</u>_{太爱看（电视），管得管弗动管都管不了！}

汪化云等（2014a：180）分析道，"死"单独作前置状语、后置状语，其能修饰的对象不完全相同。故除修饰性质形容词的例（1）、例（2）外，如删掉上列其他例句中的某个状语就可能导致句子不成立：例（3）不能删掉后置状语，因剩下前置的"死"不能修饰心理活动动词；例（4）、例（5）不能删掉前置状语，因剩下后置的"死"不能修饰一般动作动词。"死……死"表"过分、极深"义，所表程度超过了单个的"死"，反映出其表义应是前后两个状语意义的叠加。这与其他三个框式状语（引者按：指"再……凑""重新……过""先……起"）不同，是"1+1＞1"。不过，"死……死"并用，也反映出其应是框式状语：其两个"死"的意义应是相同的，即在框式结构中一个"死"产生了与上述不能删去的"死"相同的临时意义，否则这个不能单独修饰其谓词的"死"就不能出现句中。汪化云等（2014a：180）又强调说，"死……死"的前置状语读得重，故其表义重心也应在前。这一点与安徽等一些方言的"太 A 很"、浙江一些方言的"忒 A 猛"等相似，因其形式是"太 +A 很""忒 +A 猛"，其语义重心都是在前而不是在后。

玉山方言的"死……死"有两种情况，即中心语是形容词与动词的情况是不同的，中心语是形容词时，程度副词"死"可单独修饰；中心语是动词时，程度副词"死"不能单独修饰，只能以框式状语的形式出现。

与江西玉山相邻的浙江常山方言也有"死……死"，也用于表程度的加深。但两地也有一些不同。常山话的光杆动词不能直接进入"死……死"，一般要在前面加上助动词"会"，即副词"死"修饰的不是动词，而是助动词"会"。如：

（6）渠爸爸死会骂人死，我弗去寻他嬉嘞_{他爸爸太会骂人了，我才不去找他玩}！

（7）尼死会吃死，弗劳_{不要}到人家去作人客惹人笑_{你太会吃了，不要去人家家里作客被人笑}。

这就与普通话一样，如不能说"他很说话"，但"他很会说话"就可以，副词修饰的并不是动词，而是助动词"会"或者说是"会"字结构（状中结构）。这比玉山话更合常理。

单音节、双音节性质形容词也可进入"死……死"，但本身已表程度的状态形容词不能进入。如：

（8）天公死热死，我弗想出去_{天气太热了，我不想出门}。

（9）生得死难看死，葛劳_{还要}样会扮_{长得这么难看，还要这么爱打扮}。

"死"本身作为形容词便带有不好的意味，在常山话中语法化后作为程度副词使用时也带有些许贬义色彩，故进入"死……死"的大部分是贬义词，一些中性词、动词进入后也或多或少被主观赋予了负面情绪，如例（7）、例（8）。

"死"属绝对程度副词高量级，由同一个高量级的程度副词组成框式状语，所表的程度比单用一个程度副词大大提高了。故汪化云等（2014a：180）说"死……死"框式状语"反映出其表意应该是前后两个状语意义的叠加"，即"1+1＞1"。就表达语义的程度来看，这与前面所说的前置状语与后置状语同现是一致的。

2. 西南官话

贵州独山方言程度副词"很"的适应性远比普通话宽泛，如"很"作状语用于大多数动词前。这是苗语表达形式在方言中的直接反映，一般表程度加深，表"特别能、非常好"等。如：很吃_{特别能吃}、很打_{特别能打}、很睡_{特别能睡}、很玩_{特别能玩}、很做_{特别能做}、很学习_{学习非常好}、很读书_{读书非常好}。

上面是"很 V"。也有"V 很"，一般放在动词、形容词后作补语，强调行为的程度，表"特别、非常"等义。如：高很_{特别高、非常高}、矮很_{特别矮、非常矮}、凶很_{特别凶、非常凶}、吵很_{特别吵、非常吵}、闹很_{特别闹、非常闹}、踹很_{特别能干、非常能干}。（曾兰燕，2016：219–220）不过，与上面所说的一样，"V 很"的"很"是后置状语。

更奇怪的是，独山方言还有"很 V 很"，中心语是动词，强调行为的程度，表"特别能"等义。如：很吃很_{特别能吃}、很打很_{特别能打}、很逛很_{特别能逛}、很买很_{特别能买}。（曾兰燕，2016：219–220）独山方言的"很 V 很"很有特点，是"很 V"与"V 很"的叠加，中心语居然是动词。"很"是绝对程度副词的高量级，"很……很"也是框式状语，与玉山、常山方言一样，前后也是同一个程度副词。

独山方言程度副词"很"的用法不但与普通话有很大区别，与其他方言也有很大不同。

黔东南方言的"很"可无条件直接放在动作行为动词前后，用来表程度。有"很 + 动"，如：很吃、很拿、很打、很哭、很走、很跳、很读、很写、很爬、很讲、很唱、很睡。"很吃"：很能吃、十分能吃。"很拿"：很能拿、十分能拿。表动作行为达到的程度比较高。（关玲，1997：85）

也有"动 + 很"。如：打很、玩很、叫很、爬很、跳很、哭很、吼很。"打很"：打得很凶。"玩很"：玩得什么都忘了。（关玲，1997：87）

以上的"很 + 动""动 + 很"与独山方言是一样的。

"很 + 动"式后加上表程度的副词"老火""多"等，构成"很 + 动 + 补"式，表动作行为达到的程度非常高。如：很打老火／很笑多／很打很／很跑很。

很 + 动 + 补式可单说，单说一般用来回答问题，表肯定。也可用于句中陈述某件事情，确指某个问题。如：

（10）小王还很打球没？很打老火。／很打很。（小王还爱不爱打球？／打得好不好？太喜欢打了／打得非常好。）

（11）她很跑很。（她跑得很快。／她老在外面跑，不归家。）

"她很跑很"，可以是说她跑得快或老在外面跑，不归家，要根据语境来确定。（关玲，1997：85–86）

上面的"很打很""很跑很"与独山方言的"很 V 很"一样，也是框式状语。

黔东南方言的"很"可以同时放在形容词或动词的前后，表示程度更高。如：

（12）他很吃很_{他太能吃}。

（13）衣服很大很_{衣服很大}。（肖亚丽，2015b：51）

此前，《黔东南方言志》（2007：208）也说到黔东南方言既有"很 V"，也有"V 很"／"很 V 很"，如：很吃很、很打很、很逛很、很劳动很。并多次说到这种特殊用法是受苗语的影响。

肖亚丽（2008：25）认为，黔东南方言可以使用"很 V 很"，强调程度更高。如"很读书很""很吃饭很"。这很明显是受当地民族语言影响的结果。梁敏（1980：53）指出，有些意义相同或相近的副词可以共同修饰和补充同一动词或形容词以加强语气，程度副词 ŋan² "很、极"常一前一后地放在形容词的前后，构成一种加强的固定格式。如：

ka³²³ ŋaːi³³ŋan¹¹laːi⁵⁵ ŋan¹¹.　　　这秧苗好极了。

秧苗这 很 好 很

ŋan²¹²taŋ⁵⁵ ŋan²¹².　　　　　　真香。

真 香 真

独山方言等的"很……很"与玉山、常山话的"死……死"一样，前后用的是同一个程度副词，且是同类同级，都是"框式状语"。前后同一个副词的"框式状语"也有其他形式，如常山话的"你先行先_{你先走}"，动词前后用的都是"先"。（王丹丹，2018：76）

（九）民族语言的"框式状语"

壮语有"框式状语"，如：

li³ ʔau¹θoŋ¹ʔan¹taŋ⁵teːm¹. 还要两个凳子。

还要二个凳还。（蒙元耀，1990：79）

孙宏开等（2007：1107）也说到壮语的"框式状语"。

临高语也有，如：

tsai³ŋo¹fɔi²en¹ 或 ŋo¹fɔi²en¹. 再坐一会儿。

再坐次还坐次还。（孙宏开等，2007：1166）

仫佬语也有，如：

niu²tjen¹paːi¹kun⁵. 我们先去。

我们先去先。（王均等，2009：586）

孙宏开等（2007：1245）也提及（该篇作者为王均）。

侗语的程度副词 ŋaŋ² "很、极"常一前一后地放在形容词的前后，构成一种表加强程度的固定格式。如：

ka³naːi⁶ŋaŋ²laːi¹ŋaŋ²（或说 ŋaŋ²laːi¹kuŋ²）. 这秧苗好极了。

秧苗这很好极（很好多）。（梁敏，2009a：202）

jaːu²jan¹ou⁴ljeːu⁴，eŋ⁵jan¹mien¹qim¹. 我吃完了饭，还要再吃点面。

我吃完饭，更吃面添。（李桂兰，2015，转引自汪化云等（2020：182））

水语也有，如：

ȵaʔ²sjen³fan²haːi¹man¹kon⁵. 你先告诉他吧。

你先说给他先。（张均如，2009：514）

毛南语也有，如：

ŋˡ¹²siːn¹paːi¹kuːn⁵. 你先去。

你先去先。（梁敏，2009b：660）

普标语也有，如：

pən²¹³ɕɯ⁵³nai⁴⁵la:u⁵³ʂʅ²¹³ʔai⁵³bu⁵³！这本书好极了！

本书这非常好多！（梁敏等，2007：58）

邦朵拉祜语也有，如：

ɔ³¹nu³³tshɔ³³ka³¹qe³³pɤ³¹la⁵³？别人都走了没有？

别人都走完了？（李春风，2014：166）

阿昌语也有，如：

nuaŋ⁵⁵tsai³⁵ta³¹pɔk⁵⁵kzai⁵⁵sə³⁵！　你再说一遍！

你再一遍说还！（戴庆厦等，2009：465）

斯诺语也有，如：

tʃa⁴lœ²，ʃɔ⁴tshə²tɕha se²　fa²！哎哟，吓死啦！

哎哟，很　吓极（语助）！（孙宏开等，2007：341）

"ʃɔ⁴"（很）是绝对程度副词的高量级，"se²"（极）是绝对程度副词的高量级，两者同类同级，是框式状语。

以上是汉藏语系语言。南亚语系语言也有。李云兵（2008：221）指出，具有 AD+Adj 优势语序的语言，在一些较特殊的结构中，存在不同的程度副词有前后两种位置的语序。如：

佤　语：ket mhɔ m n̪au. 好极了。

　　　　很好极。

布朗语：tɕat³³ŋom³⁵kaʔ²¹zɤʔ. 非常好。

　　　　很好最。

周植志等（2009：412）也说到佤语的框式状语。如：

krɯɯŋlai ʔan kiʔ（ket）mhɔm n̪au. 那些货物好极了。

货物那些（很）好极。

khauʔ ʔin（si daiŋ）lhauŋ n̪au. 这树高极了。

树这（十分）高极。

李道勇等（2009：911）也说到布朗语的框式状语。如：

tɕat²ŋom¹ka²⁴zɤ²¹. 最好（非常好）。

很好最。

tɕat²laŋ¹ka²⁴zɤ²¹. 最长（非常长）。

很长最。

云南昆格语属南亚语系孟高棉语族佤德昂语支布郎语的一个方言或土语，也有框式状语，如：

tsai³⁵khai³¹tɔʔ⁵⁵npiet⁵⁵！再吃一点！

再吃添一点！（蒋光友等，2016：111）

昆格语的"tsai³⁵……toʔ⁵⁵"与汉语一些方言表示的"再……添"很相似，如浙南瓯语、浙江开化、常山，江西玉山，浙江金华、汤溪、永康、东阳，浙江处州方言的 10 个点，浙江绍兴、嵊州，以上是吴语。徽语也有，如浙江淳安、遂安、建德、寿昌，安徽歙县、绩溪、屯溪、休宁、黟县，江西婺源。另外，粤语、闽语也有。（参见崔山佳等，2018：225–227）

越南谅山侬语也有"框式状语"。如：

moi⁴²kən³¹tɕaːi²¹ zap³⁵ nuɯŋ⁴⁴ za³⁵ koi²¹ hit³⁵ them⁴⁴. 大家歇歇再干。

每人休息 会儿一了再做添。（蒲春春，2011）

（十）关于 "V 快" 的 "快" 的性质

对于"V 快"的"快"的性质，学界有争论。冯力（2007：249）认为"V 快"中的"快""是从处于中心谓语位置的第二个谓词虚化而来的体助词"。崔山佳（2018a）表示不同看法，可参看。

石定栩（2010：66–69）认为，上海方言的两个"快"并不完全相同。但石定栩（2010：69–71）又认为，上海方言的两个"快"有相似之处。最后，石定栩（2010：71–73）得出上海方言"V 快"中的"快"是助词的结论。我们以为也值得商榷。

石定栩（2010：71）指出，第一节的论述中可以看到，上海方言句末"快"在句子里的作用和一般状语不同，并不具有一般状语的基本句法特征。将句末"快"分析为状语显然会形成特例，对上海方言的实际情况没有太强的解释能力。汉语各方言中修饰语的基本位置都是在中心语的前面，所以通常用偏正关系来描述带有修饰成分的复杂结构。这种基本结构形式的一致性，符合类型学的一般规律（Keenan and Comrie, 1991；Comrie, 1989）。如果主张汉语中有出现后置状语，就会形成类型学上的例外，因而需要有有力的证据，进行充分的证明。

原来，石定栩（2010）是基于上海方言只有"V 快"一种后置状语的背景，才提出"V 快"的"快"作后置状语"特例""例外"的看法，并认为"对上海方言的实际情况没有太强的解释能力"。言外之意是，把"V 快"的"快"看作状语后置不符合类型学的一般规律，并提出"需要有有力的证据，进行充分的证明"。

石定栩（2010：72–73）指出："'快'的功能和地位非常接近北方话的'了₂'，或者粤语的'住'，表示一种类似于体貌标记的意义，但并非附着在动词上，也不是附着在严格意义的小句上。'快'应该是主句的附属成分，也就是通常所说的句末助词。"我们以为，"V 快"中的"快"是后置程度副词，还是有实在意义的，因为它可以移位到中心语前面作状语。而且，明代白话小说中已有例子，如：

（1）直寻到一间房里，单单一个老尼在床<u>将死快</u>了。（明·冯梦龙《醒世恒言》卷 15）

（2）想道："三万银子<u>到手快</u>了，怎么怎样没福，到熟睡了去，弄到这时候！如今他却不肯了。"（《醒世恒言》卷 37）

例（1）、例（2）等中的"V快"后面还有真正的句末助词"了"，更证明"快""也就是通常所说的句末助词"的说法是不符合汉语事实的。

清代也有不少例子后面也有助词"了"，如李渔的《凤求凰》第10出的"想是要升殿快了"、《占花魁》第11出的"咱要起身快了"。清代的白话小说也有，如李伯元《文明小史》第58回的"要沿门求乞快了"，白眼《后官场现形记》第168回的"他外公办的捐输要停止快了"，陆士谔《十尾龟》第32回的"天也要亮快了"，无名氏《续儿女英雄传》第1回的"即刻就要到快了"，吴趼人《二十年目睹之怪现状》第7回的"功名也要丢快了"等。

还有不少"V快"后面要加助词"哉"等，如姬文《市声》第24回的"说是要吃晚饭快哉"。

王福堂（2015：355）也举如下的例子：

（3）伊来快哉他快来了。

"哉"置于句末，相当于北京方言的"了₂"。"了₂"即语气助词。所以，"快"不可能是相当于助词"了"。

现代吴语因为各地的语气词不同，一般写作"了"，苏州话更多的是"哉"，崇明话用"嗹"，海门话用"特"，江阴话用"哩"。这也证明"快"不可能是助词。

再说有的"V快"已经词汇化为词了，如"夜快"在不少吴语方言点已经是时间名词。在反映宁波方言的《汇解》中，"夜快"与"夜头""夜到""夜晚头"等并列在一起，试想，如果"快"是助词，可能吗？

第二十章"后置状语"讨论了"V快""A显/险""A猛""V添""V凑""V先/起""V过"等后置状语，而且有的在明清白话文献或传教士文献中已有。

本章讨论了"要/将……快""先……起""先……先""再……添""再……凑""再……过""重新……过""定……定/定定……定/定……定定/定定……定定"等，不仅如此，南方一些民族语言也有框式状语。

前面说过，刘丹青（2017a：72）指出，谓词的修饰成分按位置前后分归状语和补语两种成分，而名词的修饰成分却不管语序一律叫定语，而没有另外立一个名称，这在逻辑上是矛盾的。

吴语等南方方言，在语序方面等与共同语及北方方言有许多不一致的地方，方言学者已经有不少成果。我们只有在大背景下来讨论问题，才能得出符合汉语方言实际的结论来。

盛益民（2014：408）认为，绍兴柯桥方言用后置的"快"表示即将实现体。如：

（4）阿兴要死还快亨哉阿兴快要死了。

（5）阿兴要来快哉阿兴快要来了。

上2例其实是框式状语"要……快"，并非单是后置状语。

盛益民（2014：408）指出，对于汉语方言中后置的"快"，一般认为是后置副词，但石定栩（2010：73）证明上海方言后置的"快"不是后置副词，而是句末助词；柯桥方言的"快"也是助词，而非后置副词。并提出了4个理由。

一是看修饰语测试。普通话作为状语的"快"可以受程度副词修饰，但柯桥方言后置的"快"则不行。

二是"快"位置固定，与其他体成分共现时，只能是"V+O+补语＋快＋亨＋哉"的语序。

三是"快"只能用于主语，而不能用于主语从句、定语从句当中。

四是从来源上看，冯力（2007）证明北部吴语的即将实现体标记来源于"快"作主要动词的主谓结构的重新分析。（盛益民，2014：408-409）

我们不同意以上看法。上面说过，杭州方言有"快……快"的框式状语，前后都用程度副词"快"。作为前置状语的"快"与作为后置状语的"快"，其前面加修饰的能力是不同的。如不少方言有"V很"，"很"前不能加"其他副词"，但"很V"中的"很"前面能加其他副词，如"实在很好"，不少方言有"太……很了"，"很"前面不能加其他副词。至于冯力（2007）的观点是不符合汉语事实的，崔山佳（2018a）已商榷过，可参见。同时，说"快"是助词，如例（4），后面有3个助词："快""亨""哉"，似乎也不大妥当。

刘俐李等（2013：146）认为，"V快"的"快"是助词，我们也认为是不对的。

颜逸明（1994）、黄伯荣（1996）、徐烈炯等（1998）、刘民钢（2001）、吴子慧（2007）也认为"V快"的"快"是后置状语。近年来，徐越（2017）、汪化云等（2020）、荆亚玲等（2021）等也认为"V快"的"快"是后置状语，并认为"要/将……快"是框式状语。他们中有好几位是吴语语法研究专家，我们认为他们的说法是可信的。

（十一）古今比较

1. 现代方言类型增多

"五四"以前的框式状语，据目前的材料来看，只有"要/将……快"比较成熟，一是产生时间早，明末已有，且有一定的数量，其余的"重新……过""再……添"只是在清末才有，且数量很少见。

比起明清白话，现代方言的"框式状语"类型更多，可归纳为以下几种类型：

1）"要/将……快"表示"将要"。

2）"先……起""先……先"等表"动作领先或优先"。

3）"再……添""再……凑"等表"动作继续进行或动作行为的重复，数量继续追加"，有的还表"程度的加深"，这主要指中心语是形容词，如玉山。新立话的"又……又"也表示重复，但与"再……添""再……凑"又有不同。

4）"再……过""重新……过"等表"动作行为的重复"，有的与上面第2种类型有联系。据曹志耘（2002：325），"过"主要表"重新"，"凑""添"主要表"再次"。

5）"定……定""定定……定定"表示范围。

6）"死……死"表"程度的加深""心理状态程度极深"。

现代方言有6大类，又有一些同义的小类型。

2. "框式状语"的层次性

汉语方言不但语音上有分层次的，如"文白异读"，且语法上也分层次，"框式状语"是众多语法层面叠置现象的一种。

完整的"框式状语"有三个层次，有的只有两个层次，只有两个层次的又有不同情况。

曹志耘等（2000：435）指出，处衢方言都有动词的后置成分，多数方言有"添"（或"凑"）"先"（或"起"）。"你再吃一碗"分别有"你吃碗添""你再吃碗添""你再吃一碗"三种句式。"你先去"分别有"你去起""你先去起""你先去"三种句式。分别代表三个层次，第一层次是方言固有说法，第二层次是方言与普通话语法现象的叠置，即"框式状语"，第三层次是受普通话影响的说法。

"凑"也是如此。吴语有的方言点说"……凑"，普通话是说"再……"，后受普通话影响，在"……凑"的基础上，又前加"再"，说成"再……凑"。受普通话影响更进一步，就演变成"再……"。其演变轨迹是"你吃碗凑"→"你再吃碗凑"→"你再吃一碗"。

但各地方言的演变步伐并非完全一致。如嵊州长乐话，只有前面两步，没有第三步，即不能说"再坐漫辰"。（钱曾怡，2002：292）也有不少方言无第二步，即没有"框式副词状语"。南方方言后置副词的方言点很多，但有"框式状语"的就少了不少，即这些方言没有第二步，如景宁畲话既有"VP+凑"，又有"再+VP"，但中间未发展出"框式状语""再+VP+凑"用法。（胡方，2015：372）曹志耘（2008：84）调查"你去先"，曹志耘（2008：87）调查"吃一碗添"，显示不同层次的方言点更多。不同方言发展的速度不同，这也正是语言学理论所说的语言发展不平衡性在"框式状语"中的具体体现。

安徽祁门军话的"再……添"也有三个层次，如"尔吃碗添"是方言原有的说法，"你再吃（一）碗"大概是受普通话影响产生的新说法（但也不能完全排除方言中本来就有该种说法），"你再吃碗添"则是方言与普通话"杂交"的句式，"再"和"添"共现，给人一种叠床架屋的感觉。（赵日新等，2019：224）

祁门军话的"你先去"也有三个层次，如"尔去起""尔先去起""尔先去"。（赵日新等，2019：224）

随着普通话的进一步普及，不但原式会消失，框式状语也将会逐渐消失，从而第三个层次的说法得到普及。

杭州电视台西湖明珠频道《阿六头说新闻》主持人安峰、沈益民的结束语，就分别反映了三个句式的色彩差异：

（1）安峰：阿六头说新闻，跟朝就到格里，门朝再会。_{阿六头说新闻，今天就到这里，明天再会。}

（2）沈益民：阿六头说新闻，跟朝就到格里，门朝<u>来过</u>。→跟朝就到格里，门朝<u>再来过</u>。

安峰一直使用前置状语"再"，反映了杭州方言新派的特点。沈益民 2018 年使用老派的后置状语"过"，一直到 2019 年 1 月 4 日；从 1 月 7 日开始，其结束语就改为框式状语"再……过"了，或许是因为"过"趋于虚化而新派多用"再"，为平衡新派和老派的方言而采用框式状语进行的调整。（荆亚玲等，2021：57）

可以这么说，《阿六头说新闻》的例子是典型的。

3. 变式

"再……添"还有一些变式。傅国通（2007/2010：39）指出，在温州、丽水、金华、衢州等及杭州、绍兴的某些方言里，副词"添"常用在动词短语或动词后，表"增加、增添"义。动词前也可同时用同义副词"再"或"还"，句意不变。这说明这些方言有变式"还……添"。

瑞安方言除"再……添"外，还有如：

（3）我算忒快算赚爻罢，乞我重新算遍添。（徐丽丽，2019：120）

这说明，瑞安方言还有"重新……添"。

嵊州方言除"再……添"外，还有如：

（4）我算得快猛，算错埭哉，带我重新算遍添。（施俊，2019：118）

（5）男人过来碰着倷里，一包，桌凳高头，每个农一条，而且还要摆一包添。（施俊，2019：141）

这说明，嵊州方言与"再……添"同义的除"重新……添"外，还有"还要……添"。

4. 中心语多为动词性词语，也偶有形容词性词语

"先……起"的中心语多为动词性成分，个别也有形容词性成分，广西全州文桥土话（属平话），如：

（6）伊面股先赤起_{他的脸先红}。（唐昌曼，2005：272）

"赤"是形容词，很特殊。

粤语也有，如：

（7）要等我先冷静吓先_{让我先冷静一下}。（邓思颖，2012：12）

"冷静"是形容词，也很特殊。

歙县方言也有，如：

（8）尔再硬下添！（沈昌明，2016：88）

"硬"也是形容词。

5. 后置副词的语法化差异

骆锤炼（2009：476）指出，这些后置副词一方面固然还或多或少保留着自身作为副词义，另一方面却因后置而获得了更多的句法诱因，后果就是逐步变为一种更纯粹的语法手段——有界化。与"再"连用，由"再"更多地承担"持续或反复"的功能，也可看作"添"进一步语法化的表现。项梦冰（1997：187）认为连城方言后置的"添"已虚化为助词，但吴语中的"添"及其他后置副词最终能在虚化的道路上走多远，则既取决于方言自身的发展，还取决于普通话对方言的影响。就目前普通话的强势影响来看，这一类后置现象恐怕不会存在很久。

张庆文等（2008）、莫霞等（2008）就认为粤语句末的"添"是语气词。张庆文等（2008：41-42）甚至认为，不论从语义、线性关系还是句法结构上来看，"仲""添"都无法形成一个框式结构，且所有其他表增加义的前置成分与"仲"类似，也都不可能与"添"组成一个框式结构。"添"有点类似于普通话语气词"吧"。

玉山方言"先……起"的"先"读得重，"起"读得轻且一般处于句子或分句末尾。即省掉其前置或后置状语都不改变句义，故其表意是前置状语和后置状语的同义叠置，即1+1=1；但因其重音在前，故可认为其表意重心在前。（汪化云等，2014a：178）但严州方言的"起"读本调。（曹志耘，1996：181）这涉及语法化等级。

宁波方言口语中常说"……凑"，"凑"读本调，当是后置副词。开化、常山、玉山的"添""凑"在句中也都读本调，不读轻声。（曹志耘等，2000：432）也应是后置副词。可见，不同的方言，其语法化程度不同。相比之下，吴语多地方言"添""凑"的语法不如连城方言彻底。

6. 分布范围扩大

明清白话文献例子数量极其有限，分布范围狭窄。现代方言分布范围较广，涉及很多方言。

"先……先"分布的方言有：吴语、徽语、赣语、客家话、闽语、粤语、西南官话、江淮官话、中原官话、畲话，甚至连泰国华人社区汉语方言也有。

"再……添"分布的方言有：吴语、徽语、闽语、粤语、客家话等。

"再……过"分布的方言有：吴语、徽语、赣语、粤语等。

7. 后置状语的来源

关于后置副词的来源，王文胜（2002）认为这可能和少数民族语言底层有关。王文胜（2015）重申此看法。据孙宏开等（2007），南方民族语言中，后置副词的分布很广。汪化云等（2020：182）指出，吴语大都排斥介词短语充当的状语在动词后出现，一般副词状语也以前置为常。这意味着后置状语可能并非吴语的自源现象，应该主要来自少数民族语言底层，个别则来自内部语法因素导致的创新演变。我们基本同意此观点。

但"框式状语"则又有不同。我们认为，一些民族语言在汉语影响下，可能才有"框式状语"，据我们初步考察已有成果。汉藏语系语言有：壮语、临高语、仫佬语、黎语、莫语、侗语、水语、毛南语、仡佬语、普标语（侗台语族）、矮寨苗语（苗瑶语族）、怒苏语、邦朵拉祜语（藏缅语族彝语支）、阿昌语（藏缅语族缅语支）。南亚语系语言也有，如佤语、布朗语。汪化云等（2020：183）也有类似说法，如前举水语的 [sjen³] 是汉语借词"先"，同义的 [kon⁵] 则是水语的固有词。（张均如，2009：514）构成框式状语与多数吴语类似：固有的副词后置，借用的副词前置。

有的民族语言状语演变轨迹也有三层，如壮语的"你先吃"有以下3种说法：

a. mɯŋ²kɯm¹koːn⁵.

你吃先。

b. mɯŋ²θiːn¹kɯn¹.

你先吃。

c. mɯŋ²θiːn¹kɯn¹koːn⁵.

你先吃先。（蒙元耀，1990：79）

上例第一句是固有的，第二句是外来的，应是受汉语影响，第三句是叠置，与汉语一些方言一样，是"框式状语"。

不少成果提到前置的副词借自汉语，故我们认为"框式状语"是受汉语影响。但有后置副词，南方方言与南方民族语言应该是"近亲"关系。

8. 数量象似性特征

沈家煊（2005：8）认为，语言的结构与人所认识到的世界的结构恰好对应，这种对应具有广泛性和一再性，不可能是偶然的巧合，这就是语言的"象似性"。因为语言的象似性指的是感知到的现实形式与语言成分及结构之间的相似性，即语言的形式和内容（语言符号及其结构序列的能指和所指）之间的联系有着非任意的、有理据的、可论证的属性。既然语言符号及其结构序列的能指和所指之间的关联式是非任意的，那么两者之间一定会存在某种理据，而这种理据是可以论证的。

如前所述，程度副词作状语不如作补语表程度来得高。但"你先走"与"你走先"，前者副词在前，后者副词在后，因两者都作状语，前者是前置状语，后者是状语后置，表达的程度一样。

"框式状语"充分体现了数量象似性特征。王寅（2007：352）指出数量象似性的认知基础是：语符数量一多，就会更多地引起人们的注意，心智加工也就较为复杂，此时自然就传递了较多的信息。"吃一碗凑"已表"动作行为的重复"，再在前面加副词"再"，组合成"再吃一碗凑"，更强调了"动作行为的重复"，使表达的主观量得到了加强。特别是程度副词组成的"框式状语"，如武义话"嗳双鞋大猛这双鞋很大"与"嗳双鞋忒大猛这双鞋太大"（傅国通，1961/2010：106），显然是"忒大猛"程度比"大猛"要深，充分体现了"形式越多，内容越多"。总之，汉语方言的"框式状语"为数量象似性特征提供了不可多得的样本。

9. 感情色彩

与前置状语与后置状语同现一样，框式状语有的也有不同感情色彩，如常山方言进入框式状语"死……死"的大部分是贬义词，一些中性词、动词进入后也或多或少被主观赋予负面情绪，而独山方言的框式状语"很V很"，中心语是动词，只强调行为的程度，表"特别能"等义，无感情色彩。

玉山方言如删掉某个状语就可能导致句子不成立，如"死戳目死"不能删掉后置状语"死"，因剩下前置的"死"不能修饰心理活动动词；有的不能删掉前置状语，如"死嬉死""死瞅死"，因剩下后置的"死"不能修饰一般动作动词。

这与"太……很了"有相似之处。"太……很了"表示"过量"，所以，中心语多是贬义词，就是中性词、褒义词，一旦进入"太……很了"，所表意思也是不如意的。

副词 "AXA" 重叠式

汉语方言单是 "AXA" 重叠式，就有形容词、动词、数词、量词、副词等，所有这些重叠，多为普通话所未见或少见。本章说的是副词的 "AXA" 重叠。副词 "AXA" 重叠与形容词 "AXA" 重叠、量词 "AXA" 重叠最大的不同是，它基本都已经词汇化为词了，而形容词 "AXA" 重叠、量词 "AXA" 重叠只是极少数词汇化为词。

（一）近代汉语的 "AXA" 重叠

近代汉语已有副词 "AXA" 式重叠，而且形式也有好几种。

1. 动不动

1.1 宋代的 "动不动"

"动不动" 很多。如：

（1）问："微，是微妙难体；危，是危动难安否？" 曰："不止是危动难安。大凡徇人欲，自是危险。其心忽然在此，忽然在彼，又忽然在四方万里之外。《庄子》所谓'其热焦火，其寒凝冰'。凡苟免者，皆幸也。<u>动不动</u>便是堕坑落堑，危孰甚焉！"（《朱子语类》卷78）——另卷97也有1处。

（2）这贾奕为看了那天子龙凤之衣，想是："天子在此行踏，我怎敢再踏李氏之门，他<u>动不动</u>金瓜碎脑，是不是斧钺临身。……"（宋·无名氏《宣和遗事·集亨》）

1.2 明代的 "动不动"

明代戏曲也有，如：

（3）抓打撕骂。<u>动不动</u>捻酸。行走坐卧。<u>先不先</u>吃醋。（张四维《双烈记》第3出）

上例前面用 "动不动"，后面用 "先不先"，"先不先" 也是副词 "AXA" 重叠。

明代白话小说较多，如：

（4）那十个厢禁军雨汗通流，都叹气吹嘘，对老都管说道："……这般火似热的天气，又挑着重担，这两日又不拣早凉行，<u>动不动</u>老大藤条打来，都是一般父母皮肉，我们直恁地苦！"（施耐庵《水浒传》第16回）

（5）见成有田有地，兀自争多嫌寡，<u>动不动</u>推说爹娘偏爱，分受不均。（冯梦龙《喻世明言》卷10）——另卷19也有1例。

（6）丰乐楼上望西川，<u>动不动</u>八千里路。（冯梦龙《警世通言》卷6）——另卷11、卷22、卷35各有1例。

（7）那老婆愈加忿怒，便道："……我是个百姓人家，不晓得小姐是什么品级，你<u>动</u>

不动把来压老娘。……"（冯梦龙《醒世恒言》卷1）——另卷3有3例。

（8）况且公婆甚是狠戾，动不动出口骂詈，毫没些好歹。（凌濛初《初刻拍案惊奇》卷2）——另同回、卷6、卷11、卷13、卷16各有1例，卷34有3例。

（9）然见女儿说话坚决，动不动哭个不住，又不肯饮食，恐怕违逆了他，万一做出事来，只得许他道："你心里既然如此，却也不难，找个媒人替你说去。"（凌濛初《二刻拍案惊奇》卷6）——另卷20、卷36各有1例，卷18有2例。

（10）明鉴道："如今这贼手拿着刀子，紧随着老爷，动不动要先砍老爷，毕竟要先驱除得这贼才好。"（陆人龙《型世言》第22回）——另第27回有1例。

（11）假如人根器浅薄，禀性又懒惰，动不动想到某年上登科，某年上发甲，满口胡柴，不知分量，此等妄人，自不必说起。（天然痴叟《石点头》卷7）

（12）聂氏道："……你哥哥少年纵性，不听我良言劝谏，终日寻那小伙子玩耍，未到中年，身子却似鼻涕一样软的，动不动就叫腰酸背痛脚筋抽，头晕眼花心胆颤，巴到天晚，吃了三杯下肚，放倒头齁齁觅睡。……"（方汝浩《禅真后史》第33回）

（13）老高道："……动不动着人就说，高家招了一个妖怪女婿！这句话儿教人怎当？"（吴承恩《西游记》第19回）——另第76回有1例。

（14）黄明曰："……他要反商，我几番苦劝，动不动只要杀我四人。……"（许仲琳《封神演义》第33回）

（15）妇人打开观看，却是《寄生草》一词，说道："动不动将人骂，一径把脸儿上挝。……"（兰陵笑笑生《金瓶梅》第83回）

（16）渐渐熟识，出入衙门，包揽词讼，告债追租，生事诈钱，恐吓乡民，动不动便道凌辱斯文。（无名氏《明珠缘》第38回）

（17）动不动便要拆毁土地庙宇，赶逐起身。（古杭艳艳生《昭阳趣史》卷1）——另卷3有1例。

（18）炀帝道："……只奈外庭这些官员，动不动便要来拦阻。"（齐东野人《隋炀帝艳史》第6回）

（19）却一件，小官虽是不堪，倒是个道地货，颇颇价钱又合得来，一个东道也肯作成，些须钱钞也肯作成，那满身骚如何便肯将就开口，动不动就要起发一块。（京江醉竹居士《龙阳逸史》第12回）

（20）丘妈道："……动不动拳头巴掌，那时真真上天无路，入地无门。……"（西湖渔隐主人《欢喜冤家》第4回）

（21）净海道："……嫁个丈夫，若是撞着知趣的，不用说朝欢暮乐，同衾共枕，是一生受用；倘若嫁着这村夫俗子，性气粗暴，浑身臭秽，动不动拳头、巴掌，那时上天无路，入地无门，岂不悔之晚矣！"（无名氏《风流和尚》第3回）

（22）往时怕的是计氏行动上吊，动不动就抹颈；轻则不许入房，再不然，不许上床去睡。（西周生《醒世姻缘传》第1回）——另第5回、第26回、第87回各有1例。

1.3 清代的 "动不动"

清代白话小说更多, 如:

（23）红樱笑嘻嘻的, 接来撇在一边道:"……偏是这些书呆子, 没要紧咬文嚼字, <u>动不动</u>就要做什么诗, 难道这几行字儿, 可以当礼物谢人的么?"（檇李烟水散人《灯月缘》第 7 回）

（24）惹了他, <u>动不动</u>乱喊乱骂, 指手划脚。（坐花散人《风流悟》第 1 回）——另第 7 回有 1 例。

（25）小江的性子, 在家里虽然倔强, 见了外面的朋友也还蔼然可亲, 不象边氏来得泼悍, <u>动不动</u>要打上街坊, 骂断邻里。（李渔《十二楼·夺锦楼》第 1 回）

（26）若是逞著一人意气, 凌虐亲友, 挺撞官府, <u>动不动</u>揎拳斯打, 健讼好胜, 这便是不该做, 做不来, 做来也不好。（东鲁古狂生《醉醒石》第 12 回）

（27）济南府里有几个俗财主, 也爱王冕的画, 时常要买, 又自己不来, 遣几个粗夯小厮, <u>动不动</u>大呼小叫, 闹的王冕不得安稳。（吴敬梓《儒林外史》第 1 回）——另第 8 回、第 12 回、第 18 回、第 26 回、第 30 回、第 48 回各有 1 例。

（28）及至父子之间, 偶有一言不合, <u>动不动</u>道听了继母。（笔炼阁主人《八洞天》卷 2）

（29）因有几个无赖, 和他去卖私盐, 他<u>动不动</u>与人斯打, 个个怕他, 都唤他做 "程老虎"。（无名氏《说唐》第 20 回）——另第 43 回有 1 例。

（30）知节叹道:"……如今弄得几个弟兄, 七零八落, <u>动不动</u>朝廷的法度, 好和歹皇家的律令, 岂不闷人!"（褚人获《隋唐演义》第 60 回）

（31）那四虎道:"……他<u>动不动</u>横冲过来, 孩儿们与他征讨, 却是倒难招架。"（无名氏《呼家将》第 31 回）——另第 37 回有 1 例。

（32）匡胤喝道:"……你们<u>动不动</u>只管有什么惊恐。……"（无名氏《飞龙全传》第 3 回）

（33）那些小厮道:"<u>动不动</u>什么'母命'!……"（钱彩《说岳全传》第 3 回）——另第 45回、第 76 回各有 1 例。

（34）想来这包黑子的骨硬性直, <u>动不动</u>拿人踪迹, 捉人破绽, 倘或果然被他奏知圣上, 这胡坤实乃有罪的, 悔恨此来反是失言了。（西湖居士《万花楼演义》第 8 回）

（35）施必显乃莽撞之人, <u>动不动</u>扯住了人叫道:花子能家望那里去?（不题撰人《天豹图》第 11 回）——另第 12 回、第 34 回、第 40 回各有 1 例。

（36）刘虎以为平常之辈, 一听这些话, 便动无名之火, 大骂:"小子休得撒野, <u>动不动</u>的开口伤人, 俏皮你大王说话口吃, 看起来就该割你舌根。"（无名氏《施公案》第 150 回）

（37）曼师道:"……况且没有宫殿安顿他, 珍羞供奉他, 那些魔奴魔婢, <u>动不动</u>要嚼人心肝。……"（吕熊《女仙外史》第 8 回）——另第 10 回、第 66 回、第 90 回各有 1 例。

（38）小行者道:"化斋容易, 怪他为饮食<u>动不动</u>要变嘴变脸, 师父莫要惯了他。……"

（无名氏《后西游记》第 36 回）

（39）且说玉面狐凑了些成精的走兽，也是甚么智谋参军，<u>动不动</u>便用计策；也是甚么威武偏将，直不直就要厮杀。（醉月山人《狐狸缘全传》第 80 回）

（40）郑玉卿摇了摇头道："……李师师是个见大钱的，把这银瓶娇养的比自己女儿还重十分，<u>动不动</u>说是道君选过的妃嫔，就是一位皇后相似，他心里还不知安下个甚么网儿，要打一个饿老鸱。……"（丁耀亢《续金瓶梅》第 20 回）——另第 39 回、第 41 回各有 1 例。

（41）宦尊又道："我看如今的人，肚子里一窍不通，拿着古人的诗看还不懂得，<u>动不动</u>也要作诗结诗社。……"（曹去晶《姑妄言》卷 12）——另卷 18、卷 20 各有 1 例。

（42）杏娘笑道："相公你在家尚无纳言的度量，<u>动不动</u>怒发如雷。……"（墨憨斋《醒名花》第 16 回）

（43）不料他人虽生得秀美，性子就似生铁一般，十分执拗；又有几分膂力，有不如意，<u>动不动</u>就要使气动粗，等闲也不轻易见他言笑。（名教中人《侠义风月传》第 1 回）

（44）灞陵桥上望西州，<u>动不动</u>八千里，青山无数，白云无数，来时春梦，去时秋梦，叹人生能有几度？（天花主人《二度梅全传》第 15 回）

（45）王氏道："你不信我说，娄先生一定是去的；人家比不得你，芝麻大一个胆儿，<u>动不动</u>说什么坏了家教。"（李绿园《歧路灯》第 3 回）——另第 8 回、第 40 回各有 1 例。

（46）这里三个人方笑不住，宝钗又道："更好笑，我们那个<u>动不动</u>说人家禄蠹，这里又说个情虫，这倒不是个绝对呢。"（逍遥子《后红楼梦》第 3 回）——另第 23 回有 2 例。

（47）洪儒道："姐姐<u>动不动</u>念出古典来，兄弟那里懂得？"（夏敬渠《野叟曝言》第 17 回）——另第 27 回、第 55 回、第 59 回、第 120 回各有 1 例。

（48）便任情骄纵，待下人丫鬟，<u>动不动</u>矜张打骂，父母也不敢拗他。（静恬主人《金石缘》第 1 回）——另第 2 回、第 16 回、第 17 回、第 18 回各有 1 例。

（49）芳芸道："梦玉是那里学来的，<u>动不动</u>就赌咒，那里像个爷们！"（陈少海《红楼复梦》第 53 回）——另第 66 回、第 72 回、第 96 回各有 1 例。

（50）只见袭人道："你们做小旦的，<u>动不动</u>献后庭花，那个也同前面一样么？"（临鹤山人《红楼圆梦》第 6 回）

（51）更有一等伪人，假充道学，<u>动不动</u>装模作势，自命衣冠中人，以为身分体面有关大庭广众。（梁溪司香旧尉《海上尘天影》第 2 回）——另同回、第 5 回、第 8 回、第 35 回、第 43 回、第 59 回各有 1 例，第 37 回有 3 例。

（52）李富说道："船价贵得很，大点的船，<u>动不动</u>要二百多两银子才肯到德州。……"（吴趼人《恨海》第 5 回）

（53）此时德祐皇帝尚在怀抱，故太皇太后谢氏，垂帘听政，天天召见百官，不似度宗的时候，<u>动不动</u>一年半年都不坐一次朝堂。（吴趼人《痛史》第 6 回）——另第 8 回、第 9 回各有 1 例。

（54）姊姊笑道："我最不服气，男子们<u>动不动</u>拿女子做题目来作诗填词，任情取笑！"（吴趼人《二十年目睹之怪现状》第 40 回）——另第 104 回有 1 例。

（55）郑氏道："众位不要当我是个泼妇，动不动要拼命。我进了他门，做了二十多年夫妻，没有同他斗过一句嘴，也没有怨过半句穷。……"（吴趼人《九命奇冤》第 8 回）——另第 14 回有 1 例。

（56）奶奶不等他说完，早是勃然大怒，厉声道："……你动不动就是这副腮脸，把我那孩子委委曲曲的郁出病了，倘或被你威逼死了，你可好了，你也不想我今年已是五十五岁，十月怀胎，不是容易的，我也晓得你的意思，不过想逼死他，借着生儿子的名目，好娶小老婆罢了。……"（吴趼人《瞎骗奇闻》第 3 回）

（57）伍琼芳道："……要是铁匠的办法，动不动的打个半死，万一当真失手打死了，便怎么好呢？"（吴趼人《糊涂世界》第 3 回）——另第 11 回有 1 例。

（58）钱典史听了这话，便正言厉颜的对他说道："……像你这样好说话，一个管家治不下，让他动不动得罪客人，将来怎样做官管黎民呢？"（李伯元《官场现形记》第 2 回）——另第 35 回、第 40 回、第 53 回各有 1 例。

（59）抚院道："……不然，现在里头交办的事情又多，而且还要开捐，他们动不动的聚众挟制官长，开了这个风气还了得！……"（李伯元《文明小史》第 6 回）——另第 24 回、第 36 回、第 38 回各有 1 例，第 35 回有 2 例，第 30 回有 3 例。

（60）自此，人家叫他做维新党，他亦自居为维新党，动不动说人守旧，说人顽固。（欧阳钜源《负曝闲谈》第 12 回）——另第 13 回、第 17 回各有 1 例。

（61）掌柜的道："……偶然见着回把，这就要闹脾气、骂人，动不动就要拿片子送人到县里去打。……"（刘鹗《老残游记》第 4 回）——另第 6 回、第 15 回各有 1 例。

（62）又见那女子动不动说几句英语，一来寻得不易，二来年纪面貌便过得去，自然没有不允。（黄小配《二十载繁华梦》第 29 回）

（63）只听金升道："哪儿跑出这种不讲理的少爷大人们，仗着谁的大腰子，动不动就捆人！……"（曾朴《孽海花》第 19 回）

（64）动不动开交涉，以骚扰我政府，发兵舰，以凌挟我边疆，纷至沓来，令人目眩心悸。（白眼《后官场现形记》第 2 回）——另第 30 回有 1 例。

（65）爱卿道："你动不动就要做诗，何诗兴如此之豪。"（俞达《青楼梦》第 14 回）

（66）秋谷道："……无奈那些瘟生、曲辫子的客人，不懂情形，不知规矩，动不动要发标吃醋，闹得一塌糊涂，岂不埋没了倌人的一片苦心、一腔好意？……"（张春帆《九尾龟》第 31 回）

（67）到了目今，动不动一万八千，老鸨狮子大开口，望天讨价，毫不为怪。（梦花馆主《九尾狐》第 3 回）——另第 13 回、第 24 回、第 29 回、第 58 回各有 1 例。

还有如下例子：

（68）赛昆仑道："……我怕他不曾睡着不敢收拾东西，就躲在暗处，把双眼盯在他身上看他，响不响动不动，直待他睡了方才动手。……"（李渔《肉蒲团》第 4 回）

上例"动不动"与"响不响"连用，"动"无疑是动词。

2. 大小大

《汉语大词典》卷2（1988：1324）收"大小大"："诺大、多么。"袁宾等《宋语言词典》（1997：63）也收，义项有二，其一是形容词词性，义为"诺大、如此大"。其二是副词词性，义为"多么、实在、太"。如：

（69）夫妻大小大不会寻思，笑破贫僧口。（金·董解元《西厢记诸宫调》卷8）

明代以后基本消失不用。（周君，2009：15）一是使用时间短，二是数量极少。

3. 明打明

"明打明"也少见，如：

（70）到了明日，张狼牙当先出阵，高叫道："……你今日明打明的出来，我和你杀三百合来，你看一看。"（明·罗懋登《西洋记》第62回）

4. 先不先

"先不先"例子也不多。明代戏曲有，如：

（71）抓打捯骂。动不动捻酸。行走坐卧。先不先吃醋。（张四维《双烈记》第3出）

明代白话小说也有，如：

（72）坐在旁边，因说道："……先不先只这个就不雅相。……"（兰陵笑笑生《金瓶梅》第26回）——另第34回也有1例。

清代白话小说多一些，如：

（73）刘氏一旁接口道："……先不先，他们那些门上的人也未必肯去通信。……"（曹雪芹、高鹗《红楼梦》第6回）

（74）小红道："……先不先荣府里二老爷，从来是一点儿闲事不肯多的，通不许给人家在衙门里说情。……"（嬛山樵《补红楼梦》第28回）

（75）那人就恭恭敬敬的先磕了一个头，然后挺着胸脯子回道："……先不先头一件戒规，就不准吃鸦片烟，这是大老爷的明见，一个人不吃了鸦片烟，岂不是就省下若干的耗费了吗？……"（王浚卿《冷眼观》第23回）——另第27回、第30回各有1例。

（76）玉吾坐下叹口气道："……只是怎会如此凑巧，先不先后不后，碰见你个救星，无论如何想不到的。"（《人海潮》第6回）——另第7回有2例，第8回、第14回、第17回各有1例。

（77）常常就暗中饮泣，说："……别的不讲先不先，这双脚那怕生个疔，害个疮，也不会这般的痛楚。"（无名氏《黄绣球》第2回）——另第5回、第27回各有1例。

上例"先不先"后面还有"后不后"，"先不先"不是副词。

5. 实打实

"实打实"例子不多，如：

（78）邓九公道："……姑娘就是照师傅的话，实打实的，这么一点头，算你瞧得起这

个师傅了。……"（清·文康《儿女英雄传》第 27 回）

（79）只见他未曾开口，脸上也带三分恶色，才笑容可掬的说道："……如今我竟要求你的大笔，把我的来踪去路，<u>实打实</u>，有一句说一句，给我说一篇，将来我撒手一走之后，叫我们姑爷，在我坟头里给立起一个小小的石头碣子来，把老弟的这篇文章镌在前面儿，那背面儿上可就镌上众朋友好看我的'名镇江湖'那四个大字。……"（《儿女英雄传》第 32 回）

但下面的"实打实"不是副词，如：

（80）内中也有游花僧人，只道成员外的小老婆出家，不知怎生丰彩，往往走来摩揣，又从人头讨着了个<u>实打实</u>的风声，都不来了。（《醋葫芦》第 12 回）

上例的"实打实"作定语，应该是形容词"A 打 A"重叠。

6. 拢共拢儿

"拢共拢儿"产生时间较迟，清代才有例子，据《古代小说典》，共搜索到 73 例，其中《红楼复梦》69 处，《红楼幻梦》4 处。如：

（81）一会，将家中一切东西<u>拢共拢儿</u>搬来，堆在上房院里。（清·陈少海《红楼复梦》第 1 回）

（82）宝玉道："且慢着！这几夜我还要着实疼你，<u>拢共拢儿</u>谢罢。"（清·花月痴人《红楼幻梦》第 3 回）

还有例是"拢共拢"，如：

（83）汝湘道："老太太们都在看牌，咱们不用都去，只要玉大爷再同一两个上去，说探姐姐请看花作诗会，给众人告个假。不用<u>拢共拢</u>挤作一堆。"（《红楼复梦》第 74 回）

陈少海号小和山樵、红楼复梦人，广东肇庆阳春人。花月痴人真实姓名不详。两者不知何者产生时间早，如果是前者早，那么，后者使用"拢共拢儿"可能是受前者的影响。

7. 时不时

"时不时"数量也不多，如：

（84）这个亲戚姓王，是母亲的中表兄弟，他同情她们母子的遭遇，便<u>时不时</u>地周济她们一点。（曹绣君《古今情海·吾宁有死不受辱》）

（85）那德妃是个有心计的，私下里与武宗身边的小内侍张旺勾搭，<u>时不时</u>的给些银两、首饰，托他在武宗面前多说些好话，尽把那武宗抢到西宫来睡。（齐秦野人《武宗逸史》）

（86）果然，三爷把各种兵器全部买齐，又安上大锅，准备大灶，一天到晚炖牛肉烙大饼不闲着，谁练饿了随便就吃，还<u>时不时</u>地对三奶奶说："你给我拿一百两银子。"（常杰淼《雍正剑侠图》）

从我们所搜集的材料来看，"动不动"出现最早，"时不时"出现最迟。

（二）现代吴语的"AXA"重叠

宁波方言有"日加日"，是副词："一天一天地；逐日地。"如：

（1）该顷下饭日加日贱。

宁波方言"日加日"也可写作"日打日"。（朱彰年等，1996：33）宁波方言有量词"A打A"重叠式，如：个打个、本打本、箱打箱等，没有"A加A"，如不说：个加个、本加本、箱加箱等。温州说"A加A"，台州有些地方说"A加A"，有些地方说"A打A"。（具体参见叶晨，2011a；叶晨，2011b）但宁波话说"日加日"比说"日打日"多，这就比较特殊。

汤珍珠等（1997：361）也收"日加日"："逐日地；一天胜似一天地。"如：

（2）一出梅，天日加日热起来。

词典未注明词性，但在"索引"的"副词"中收"日加日"。这里的"日加日"不是量词重叠式"AXA"，而是词汇化为副词了。

宁波方言有"先勿先"，义为"首先"。如：

（3）侬想买汽车？先勿先侬老孃就勿同意。（朱彰年等，2016：287）

又有"日加日"，义为"一天一天地"。如：

（4）该瞎鲜白蟹日加日便宜。（朱彰年等，2016：288）

鄞州方言也收"日加日"："一天一天地。"（肖萍等，2014：311）

如果说"实打实""明打明"是由形容词语法化为副词，那么，"日加日""日打日""日吤日"等则是量词语法化为副词。

绍兴方言也有副词"AXA"重叠式，如"明打明"义为"公开的，不加掩饰或隐蔽"。如：

（5）伊明打明是来敲撬竹杠的。_{他明摆着是来敲竹杠的。}（吴子慧，2007：184）

也有"动勿动、弄勿弄"等，都表示不论是肯定形式还是否定形式，都非常容易如何如何的条件关系。如：

（6）诺捺个动勿动就要发脾气。_{你怎么动不动就发脾气。}

"横直横"是在"横直"的基础上构成的，是在俗语中需要三个音节时衍生的，如：

（7）横直横，拆牛棚。（俗语）

"扣掐扣"有正好够某个条件，刚刚上线的意思。如：

（8）伊个成绩扣掐扣及格。

"硬碰硬"有过硬、一点不打折扣的意思。（吴子慧，2007：191–192）

温州也有，如"马上马"。（许宝华等，2020：427）

上海方言也有"AXA"，如：先勿先、碰勿碰、（一）歇勿歇、扣恰扣、硬碰硬。如：

（9）伊拉孬个囡儿啊，一眼推扳勿起，碰勿碰要哭个。

（10）袜子忒长，鞋子扣恰扣好着。（游汝杰，2014：364）

"硬碰硬"的面较广，很多地方用，《现代汉语词典》（2016：1576）也收："硬的东西碰硬的东西，比喻用强力对付强力，用强硬的态度对付强硬的态度，也指无法蒙混或毫无回旋的余地：~ 的工夫。"但这里的"硬碰硬"不是副词重叠，而是形容词性的。

许宝华等（2020：1764）也收"先勿先"。方言是上海。义项有二，其一是："居然。"如：

（11）辯桩事体_{这件事}先勿先要伊_他来管。

其二是："表示撇开其他不谈，光说这个，相当于'首先'。"如：

（12）先勿先就是侬勿对。

江苏苏州方言有"先弗先_{首先}"。（汪平，2011：267）

江苏无锡方言有副词"自顾自_{自己顾自己}"。（张丽娜，2011：114）

安徽宣城（雁翅）方言有"刚好刚_{刚好}"。如：

（13）刚好刚十块钱。（沈明，2016：133）

许宝华等（2020：2959）收"明打明"，方言点是吴语：上海，义项有二，都是形容词，其一是："很明显；十分清楚。"如：

（14）明打明的，镇委是把她当作基层骨干来培养的。（叶文玲《长塘镇风情》）

（15）现在我就明打明的告诉你，这百叶是我家公公叫我来拿的，给不给由你！（1981年第2期《新剧作》）

其二是："正大光明。"例子是《西洋记》第62回。

我们以为，就算上面几例的"明打明"都是作形容词用，汉语不少方言也有"明打明"，有的是作副词用，作为大型的方言词典，只收形容词的"明打明"，不收作为副词的"明打明"，显得不够严谨。再说义项二只举明代《西洋记》的例子，而未举现代吴语的例子，显然也不妥当。

（三）其他方言的"AXA"重叠

副词有"AXA"式重叠，多为构词重叠。杨文波（2016：324）认为，副词这种重叠式有两种类型：一是"AXA"式，如兖州方言的"现点现""脚跟脚"，济宁方言的"明打明""直打直""现打现""真打真""硬格硬"。二是"ABA"式，如济南方言、滕州方言、临清方言、博山方言、曲阜方言、阳谷方言、泰安方言、兖州方言、温州方言的"马上马"，又如兖州方言、曲阜方言、大同方言的"眼看眼"，又如济宁方言的"马上马""拢共拢""总共总""眼看眼""高低高"。杨文波（2016：324-325）指出，将"AXA"式和"ABA"式分为两类，是因为这两类重叠的基式不同。"AXA"式（如"现点现""明打明"）的基式是"A"；而"ABA"式（如"马上马""眼看眼"）的基式是"AB"。如"现点现"的基式是"现"，而"马上马"的基式是"马上"。

杨文波（2016：325）认为，由于普通话中存在"AXA"式重叠副词（如"时不时""实打实"），所以该格式不至于让人太过陌生。而"ABA"式重叠副词普通话中并不存在，充其量只会在一些以官话方言为母语的作家作品中偶尔见到。"ABA"式重叠副词主要集中分布在山东省中西部的官话方言中，如济南、滕州、临清、博山、曲阜、阳谷、泰安、兖州等地。除此之外，"ABA"式重叠副词在山西大同、浙江温州、青海湟源等也有零星分布。也可能是这些原因，汉语方言的"ABA"式重叠副词并未被太多的语言学者发现和重视。

其实，据我们的考察，不管是"AXA"还是"ABA"式重叠副词，其分布范围还要广得多，其形式也丰富得多，这些"AXA"式重叠，确实具有语言类型学价值。有的重叠副词近代汉语已经产生。

有的方言用得少，有的方言用得多，而且形式也多样，即既有"AXA"式，也有"ABA"式。"AXA"中尤其以"A不A""A打A"这两种重叠式为多，分布也广。我们这里统一称作"AXA"，以与形容词、量词、数词等一致。

1. 闽语

厦门方言有"未曾（未）"的说法，义项有二，其一是："不曾，尚未。"如：

（1）伊未曾（未）读两字_{他尚未读几个字}，着风谤要写小说_{吹牛要写小说}。（周长揖，1998：93）

厦门方言有"现拄现_{明摆着}"，如：

（2）伊要佫争甚物，物件排在遮，现拄现。（周长揖，1998：233）

厦门方言有"局不局"，义为"一定；必须，表示出于无奈，非如此不可"。如：

（3）你来请，我局不局着去。（周长揖，1998：382）

厦门方言有"千拄千"，义同"凑拄欺"。（周长揖，1998：230）而"凑拄欺"义为"凑巧；正巧；碰巧"，如：

（4）我拄仔要倒去要回去，在街路凑拄欺（千拄千）看着伊。（周长揖，1998：161）

许宝华等（2020：5011）收"凑拄巧"："＜副＞恰好；凑巧；碰巧。"方言是闽语：福建厦门。也作"凑拄欺"。方言点也是福建厦门。

闽语有形容词"A拄A"重叠式，"现拄现""千拄千""凑拄欺"可能与形容词"A拄A"重叠式有关，也符合语法化规律。

海南屯昌闽语有"动无动"，与普通话"动不动"同义。（钱奠香，2002：106）

2. 平话

广西阳朔葡萄平声话有"明倒明、明勒明"，义为"明明"。（梁福根，2005：326）

广西资源延东直话有"白打白"，义为"白_空"。（张桂权，2005：206）

广西永福塘堡平话有"先不先_{事先}"，又有"面对面"。（肖万萍，2005：190）

桂北灵川三街平话有"□［suɔ⁵］不□［suɔ⁵］_{有时，偶尔}"，表某种行为、状态不常发生。如：

（5）□［suɔ⁵］不□［suɔ⁵］我想起这件事，我就难过_{有时候我想起这件事，我就难过}。（唐七元，2020：175）

3. 客家话

客家话也有，但副词构成"A打A"的例子很少，如：越打越、刚打刚。（温昌衍，

2006：170–171）客家话的"A打A"式重叠，"A"另有量词、数词、名词，量词更多见，几乎所有的单音节量词都可以构成"A打A"式，比起量词来，显然副词的"A打A"式重叠是封闭的，有限的。

王秋珺（2014）也多次说到客家话中的"A打A"重叠式，其中形容词和副词也能进入此格式。如：实打实、硬打硬、紧打紧、满打满、明打明、各打各、显打显、老打老实、光打光、单打单等。（王秋珺，2014：21）

湖南耒阳方言有"更加更_{更加}"。（王箕裘等，2008：315）

广东五华客家话有"久唔久"。（兰玉英，2017：177）

广西浦北客家话有语气副词"千祈千_{千万}"，表请求、劝告、叮嘱等，学用于祈使句。如：

（6）你千祈千冇乱吃药_{你千万不要乱吃药}。（唐七元，2020：114）

闽西永定客家话有"久不久""时唔时"与"略略欸"很相似，动作发生的频率也相仿，但更突出其中时间的间隔性，也用于动词性词语之前作状语。如：

（7）你吔手都生坏，久不久爱打人一下_{你的手就是不老实，隔会儿就要打人一下}。（李小华，2014：107）

4. 赣语

江西永新方言有副词"试不试_{不妨}"。（龙安隆，2013：140）

江西南昌方言有副词"先不先_{首先}"。（张燕娣，2007：158）

江西武宁方言也有，如"动不动""要不要""冷不冷"，如：

（8）动不动_{经常}就骂人。

（9）他要不要_{经常}就打老婆。

（10）冷不冷_{偶尔}冒出几句。

"动不动""要不要"都是"经常"之意，但从频率上看，"要不要"要弱于"动不动"。即动不动＞要不要＞冷不冷。（阮绪和等，2006：85）

江西抚州片赣方言有"AXA"嵌音重叠式，即在单音节形容词的二叠式中间嵌入一个附加音节，带有增强程度的作用。如：

（11）今年实打实增产增收了。

（12）他硬打硬把那些货物搬走了。（龚玉秀等，2017）

虽然作者说是单音节形容词重叠中嵌入"打"，但从例句来看，"实打实"与"硬打硬"应该已经语法化为副词了。

安徽宿松方言有"时不时_{不时}"。如：

（13）佢时不时里发脾气_{他不时地发脾气}。（黄晓雪，2014：43）

"总""常""板"这三个词表惯常性的程度不同，"总"表惯常性的程度最高；"常"和"板"其次，侧重于经常性的动作行为或情况；"时不时"最低，指动作行为或事件间歇性发生或出现。（黄晓雪，2014：43）

湖北咸宁方言有“先不先$_{\text{才不愿意}}$”，如：

（14）我先不先懒耳你。

也有“早不早$_{\text{老早}}$”，如：

（15）天还冇黑，伊早不早就摸得床上去睏了。（王宏佳，2015：166）

湖北阳新方言既有“时常”，又有“时不时”，义为“常常、经常”。（黄群建，2016：199）

5. 徽语

安徽休黟片方言有副词“AXA”式重叠。如：

（16）唱唱唱唱忽拉忽$_{\text{忽然}}$喉咙哑着。（孟庆惠，2005：111）

上例的“忽拉忽”是“忽然”的意思，显然也是副词。

安徽绩溪荆州方言也有副词“AXA”重叠式，如：

（17）寡打寡$_{\text{只有}}$三块钱。

（18）恰扣＝恰$_{\text{正好、刚好}}$十斤。

（19）总共总$_{\text{一共}}$十块钱。

（20）尔一回高考渠考不着伪，先不先$_{\text{首先（多用于申说理由）}}$语文就不曾考。

另有“扣＝恰扣＝$_{\text{正好、刚好}}$”“里外里$_{\text{反正}}$”“颠倒颠$_{\text{反而}}$”。（赵日新，2015：198–200）

荆州方言副词“AXA”重叠式比较多，共有7种说法，且来源也多样。如有“寡寡$_{\text{只有}}$”，“寡打寡”是“寡寡”中间插入“打”。既有“恰扣＝恰”，又有“扣＝恰扣”，这更特殊，虽然同为“AXA”重叠式，但前者是“恰”的重叠，后者则是“扣＝”的重叠。既有“总共”，也有“共总”，又有“总共总”，“总共”是正条，所以后一“总”是追加。“先不先”应该也是中间插入“不”，与“寡打寡”又同又不同。同的是都有中间成分；不同的是，没有“先先”的说法。也有“颠倒$_{\text{反而}}$”的说法，“颠倒颠”则是属于追加。

安徽休宁（溪口）有“忽打忽$_{\text{偶尔}}$”，也有“特□［ta^{212}–^{13}］特儿$_{\text{特意}}$”。（刘丽丽，2014：209）

6. 湘语与土话

湖南益阳方言有副词“刚（搭）刚”，义同“刚合$_{\text{刚好}}$”。（崔振华，1998：207）

另有“扣打扣$_{\text{一个萝卜一个坑，没有余地}}$”。（崔振华，1998：216–217）“硬挺硬$_{\text{实打实}}$”。（崔振华，1998：217）

湘西南洞口老湘语有“动不动”。（胡云晚，2010：120）

湖南东安石期市土话（蒋军凤，2016：161）有“光吖光”：“白，无效果。”此“吖”［$kuan^{33}.takuan^{33}$］有的写作“打”，又有“日吖日”，如：

（21）公狮子覷咖几个黑日，日吖日都有老虎来。（蒋军凤，2016：239、259）

湖南城步青衣苗土话有副词“好不好”。（李蓝，2004：133）

广东韶关犁市土话有“动不动”。（李冬香等，2014：179）

7. 西南官话

云南广南方言有"起先、先点、在先、先不先":

一是义为"刚才",但时间间隔比"将、将将"略长,其后也可加"才",四者可互换。如:

(22)他起先 / 先点 / 在先 / 先不先才过来_{他刚才来过}。(董彦屏,2005:20)

二是义为"原来、最初",四者可互换。如:

(23)起先 / 先点 / 在先 / 先不先我没得钱,现在有了_{原来我没钱,现在有了}。(董彦屏,2005:20)

上面的"先不先"也是"AXA"重叠式副词。

云南威信方言的否定副词可在一定条件下重叠(普通话不能重叠),重叠后,仍表示否定意义,只是加强了语气,加深了否定的程度。重叠形式有"A 都 A"式和"A 都 AB"式。

一是形容词前表示较深程度的否定,重叠"不"。如:

(24)这件衣裳不都不好看。("A 都 A"式,"极不好看")

二是在动词前表示较强语气的否定,"不""没""没得""没有"都可以重叠。使用这种否定式的句子,常常是因果关系。如:

(25)今天下午不都不上课,你还来做啥子?

(26)她没都没有去,咋个晓得我在场?

(27)这个货没都没得卖,我买不到 [tau∨]。(邓天玲,1992:35)

黔东南方言有"久不久",相当于普通话"不时",表某个动作隔一段时间就要发生,如:

(28)他久不久要来一下。(肖亚丽,2015a:105)

贵州遵义方言时间副词有"久不久""先不先""早不早""时不时""要不要"。(胡光斌,2010:279)方状副词(方式、状态、重复)中有"动不动""来不来"。(胡光斌,2010:280)从数量来看,是方言中较多的,有 7 个,只不过形式较为单一,都是"A 不 A",即杨文波(2016)所说的"AXA"。

四川成都方言有时间副词"先不先"(张一舟等,2001:269)、"早不早"(张一舟等,2001:270)、"要不要"(张一舟等,2001:277)、"时不时"(张一舟等,2001:278)、"久不久"(张一舟等,2001:279)。有情态方式副词"来不来"(张一舟等,2001:311)。成都方言也有 6 个"A 不 A"副词(与遵义方言相比,少了"动不动"),也超过山东兖州方言的 5 个,也是比较多的,但也是形式单一。

四川成都方言有如下副词:先不先、早不早、要不要、时不时、久不久(表示时间),来不来(表示情态方式)。(兰玉英,2017:177–178)

贵州绥阳方言有"要不要儿_{有时,偶尔}",又有"动不动_{动辄}"。(姚丽娟等,2012:75)

贵州毕节方言有"明打明_{公开}",是语气副词。如:

(29)我明打明地给你讲,想调走是不行的。(明生荣,2007:336)

也有"先不先"。（明生荣，2007：275）

湖南常德方言有"早不早儿""先不先儿"，用在动词前表说话前很久的一段时间。如：

（30）早不早儿/先不先儿就告诉人家哒。

"早不早儿"与"先不先儿"虽然可以互换，但用法上并不完全相同。"早不早儿"相当于"很早、老早"。如：

（31）我早不早儿就作好准备哒。

"早不早儿"有时有因太早而引起不良后果的意思，如：

（32）你早不早儿把钱给他搞么得？好让他掉！

"先不先儿"侧重在时间上"提前作好准备""不打无准备之仗"，如：

（33）你先不先儿就要把东西准备好，免得打乱仗。

这里的"先不先儿"不能换成"早不早儿"，说明二者有不同的语用环境。（易亚新，2007：188）

还有"急忙急"，表某一动作行为是在时间极为仓促的情况下发生的，主要是作状语。如：

（34）这篇文章是我急忙急赶出来的。

"急忙急"有时可以单独成句。如：

（35）急忙急，难得搞好。

"急忙急"并不等同于普通话里的"急忙"。"急忙"表示极为迅速地去做某事，但没有仓促义。（易亚新，2007：190）

有"喜得""幸喜得""得喜得"，相当于"幸亏、幸好"。如：

（36）喜得/幸喜得/得喜得收进去哒，一下就落起雨来哒。（易亚新，2007：190）

还有"错于""讲嘛讲/讲不讲"。"错于"相当于"说起来"，有"退一步讲"的让步意思。它可以与"讲嘛讲/讲不讲"互换，但"错于"语气比较委婉，表示劝解；"讲嘛讲/讲不讲"语气比较强烈，有"再怎么说"的意思，含责备意味。如：

（37）讲嘛讲/讲不讲他也是个人咧，这么不把他当回事。（易亚新，2007：209-210）

还有"兴不兴/搞得不好"，表"不确定、说不定"义，含有说话人的一种推测语气。如：

（38）兴不兴/搞得不好会落雨的。

两者基本上可以互换。（易亚新，2007：210）

郑庆君（1999）只列举常德方言3个"AXA"，如"先不先首先""早不早很早"（郑庆君，1999：214），"兴不兴说不定"（郑庆君，1999：216）。

湖北荆楚方言也有"AXA"。芜崧（2014：19）在说到"中缀"时，举有如下例子：真不真、先不先、急打急、稳打稳、硬绷硬、原封原。这些例子有的学术界有不同看法，有的认为是副词重叠，有的认为是形容词重叠，但其中的"先不先"应该是副词。

芜崧（2014：26-27）说到"复用词"，其中有"AXA"，除举有"急打急情况紧急""先不先事先""稳打稳稳稳当当地""硬绷硬质量好，过得硬；整整""原封原原封不动地""真不真真正；真的""各做各不同样对待，分别处理""各是各几件事或几方面的情况都不同，各有其特殊性""各搞各每个人做自己的事互不干扰"。并认为，"急打急"的意义主要靠复用的"急"来表示，"打"没有实义。余例同理。

我们认为，"急打急""稳打稳"的"打"是中缀，"先不先""真不真"的"不"是中缀，没有实义，但"各做各"与"各搞各"的"做"与"搞"还是实义动词，是有其意义的。同时，"原封原"应该是"ABA"式，即"原封"是一个词，后一"原"是追加的，可见"封"也是实义动词，也是有意义的。"硬绷硬"有的方言写作"硬碰硬"，这"碰"也是实义动词。

芜崧（2014：244）又说到"AXA"，如：急打急情况十分紧急、稳打稳十分稳当、硬绷硬水平高；质量好；过得硬、时不时时常；经常、先不先太着急；慌忙地。也认为"X"为无实义的中缀。

芜崧（2014：283）指出，第二个问题是，"急打急、先不先……"等单位究竟是状态形容词，还是形容词的重叠形式？他请教了几位同行，意见也不统一。后来干脆自己说了算——定为状态形容词（中的一个小类），并且给它取了个名（即复用词）。

但有些是副词"AXA"形式，尤其是"时不时""先不先"。

湖北郧县方言既有"亏得""得亏"，也有"得亏得"，都是"幸亏"义。（苏俊波，2016：170）我们以为，"得亏得"是"亏得"与"得亏"的追加，前者在前，后者在后。

湖北襄阳方言的"多"是程度副词，可以构成新的词语或短语，表示程度的加深，如：多少、多些、多多。其中"多些、多多"可以说成"多么些、多么多"，襄阳方言中一般表述为有"多们些、多们多"。（刘丽沙，2018：27）

当说话人强调数量极多的时候，可以将"多们多"重叠成"多们多们多们多"，理论上可以无限重复"多们"，实际上一般最多重复三次。一般用在儿童对话中，双方处在相互争执的情况下使用。如：

（39）我妈妈前两天从大商场里给我买了多们多好吃的，你有吗？

（40）我的是多们多们多！

（41）那我是多们多们多们多，反正都是比你多！

成人用语中也会出现"多们多"的重复形式，用以强调。如：

（42）你真是没看到，前头那家儿结婚的时候来了多们多们多的车！真是有钱！（刘丽沙，2018：31）

广西荔浦方言有时间副词"久不久"。如：

（43）他现在没得工做，久不久出去耍几天。（唐七元，2020：74）

广西桂林方言时间副词有"AXA"，如"时不时／久不久不时，隔不了多久"。如：

（44）他时不时回家一趟。

（45）他久不久出去吃餐饭。（唐七元，2020：77）

广西乐业逻沙高山汉话也有，如：久不久隔不了多久、不时、时不时时时、经常、有时、要不要不时、先不先先、首先、早不早说话之前较久的时间距离，都是表示时间、频率的副词。如：

（46）我久不久要去看场电影，放松放松。

（47）那块草地<u>时不时</u>地有麻雀飞来。

（48）买了车以后，她<u>要不要</u>就回一趟老家。

（49）你<u>先不先</u>跟他打个招呼，我们今晚到他家聚一下。

（50）九点钟才开门，你<u>早不早</u>去有什么用。（黄革等，2011：111）

8. 江淮官话

安徽怀远方言有"高低高_{终究，到底}"，事情无法避免，多表示一种无可奈何的情绪。如：

（51）小美<u>高低高</u>问她爸要去一百块钱。（贡贵训，2014：167）

安徽肥东方言有"单对单_{单个}""三不三_{意想不到}"。（宋雨薇，2017：213）

河南罗山方言有"面_儿对面_儿"的说法，义为"当面儿"。（王东，2010：313）

湖北浠水方言有"动不动_{经常}"。（郭攀等，2016：140）

湖北安陆方言有否定副词所构成的"X 得 X"结构。安陆方言中，个别否定副词如"有""没"等能被"得"连接起来，构成"NEG 得 NEG"结构，如"你的事做完了么？还有得有 / 没得没"（这种结构所表示的语法意义比"A 得 A"和"V 得 V"要简单得多）。安陆方言中的"有得有"和"没得没"是两种意义完全相同的说法，"有得有"的说法在安陆人老一辈中很普及，他们不说"没得没"；"没得没"在受过较多教育的年轻一代的口语中，尤其是在安陆方言味道很浓的普通话中较多出现，这些会话者很少使用"有得有"。（李崇兴等，2004：53）

但比起形容词"AXA"重叠来，很多方言点的形容词是开放性的、多样的，而副词往往是封闭性的、有限的。

湖北红安方言有时间副词"一哈 / 奏么奏"，都表示时间非常短暂。"一哈"既可以表示前一动作紧承后一动作发生或两个动作几乎同时进行，也可以表示突然发生某一事件；而"奏么奏"表示动作之间的承接性，不表示时间发生的突然性，意思都是"立刻、立即、马上"，但二者不可互换。如：

（52）听说儿子考上了北大，她<u>奏么奏</u>跑回去了。（紧承）

（53）看见那只老鼠钻出来，她吓得<u>一哈</u>大叫起来。（紧承 + 突然）（季红霞，2008：50）

江苏盐城方言有"姜么"，义为"刚"，又有"姜么姜"，义同。（蔡华祥，2011：189）"姜么姜"是"姜么"的追加。有"跟后"，义为"随后"，又有"脚跟脚"，义同。（蔡华祥，2011：190）

江苏淮阴方言有"险难险_{差一点}"，如："车子险难险翻得了""险难险没考及格"。"险难险"结构比"差一点"紧密，且只能作状语。（黄伯荣，1996：394）

连云港方言"ABA"重叠词共有 25 个，以副词居多，共 19 个。如：

脚赶脚、现点现 / 现来现、十分十_{百分百，完全地，实在地}、本打本_{老实本分地}、紧赶紧 / 紧打紧_{非常紧张地}、二一二_{一般、大致}、眼睁眼、手连手_{紧接着、接二连三}、稳打稳_{一定地、肯定地}、拢打拢_{一共}、急赶急_{临时立即、赶紧}、将打将_{正好地}等。

这类副词，在普通话中只有极个别的词语，如"里外里""动不动"等。从这些重叠副词的构词方面看，非常有特点。如"脚赶脚"，有两个义项，其中一个义项表示"一会儿"，如：

（54）不要催他们了，他们<u>脚赶脚</u>就到了。

此外，还有一个义项表示"刚才"，如：

（55）他<u>脚赶脚</u>还在这的。

还可说"脚撵脚"，在构词方面具有非常鲜明的形象性。

"现点现"又可说成"现来现"，表示当场兑现地、当场就开始做某事的意思，如：

（56）你现在让我们<u>现来现</u>就拿出这么多钱给你，真有点困难。

还有"睁眼睁"，表示"亲眼所见"，如：

（57）昨天我<u>睁眼睁</u>看到老孙来我们大队的，你怎么说没来呢？

从这类副词的特点来分析，A 主要为名词和形容词性质，B 主要为动词性质，特别是 A 为形容词的重叠词，整个词语表达的意义大多是在 A 表示的性质特点基础上程度更强化，如紧赶紧、本打本、急赶急、稳打稳等。（姜莉，2018：98）

连云港方言还有"A 不 A"重叠词，只有 2 个，都是副词。如"巧不巧_{碰巧}"，如：

（58）今天<u>巧不巧</u>碰到一个老朋友，又说了一会话。

又如"早不早_{很早}"，如：

（59）他们<u>早不早</u>就去排队了，好不容易买到两张票。（姜莉，2018：99）

连云港方言"ABA"重叠词有少量形容词，如：可卡可_{正好的}、直勌直_{指说话直接切中要害，不含蓄的}、紧巴紧／紧克紧_{十分紧张的}。（姜莉，2018：98）

连云港方言"ABA"重叠词有个别名词，如：对过对_{直对门的地方或面对面}、二面二_{正反或左右两面}等。（姜莉，2018：98–99）

9. 晋语

山西晋源方言有"动不动"，义为"很容易发生某种动作行为，常跟'就'搭配使用"。（王文卿，2007：193）又有"霎打霎"，义为"初次、一时"。（王文卿，2007：194）

山西原平方言有副词"A 不 A"重叠：旋不旋、动不动、咋不咋、来不来、时不时。如：

（60）<u>咋不咋</u>先做个检查看看有问题没？

（61）她<u>动不动</u>就生气了，不用理她。（"动不动"强调动作频繁）（张俊英，2010：31）

山西五台方言有副词"A 不 A"重叠式，如：动不动、时不时。这是与很多方言、共同语的共同点。此外，五台方言还有两个特殊的副词重叠形式，如"甚不甚""咋不咋"，表示不管什么、不论如何、幸好。如：

（62）<u>甚不甚</u>你前晌_{上午}就回来了，要后晌_{下午}回来肯定叫这雨接住了。

（63）他才不管你是亲老子还是后老子哩，<u>咋不咋</u>先给上他两个钱儿再说。（崔丽珍，

2010：31）

山西定襄方言有"甚不甚"的说法，意思是"不管怎么样"，是固定格式。如：

（64）<u>甚不甚</u>先多买上些儿。（范慧琴，2007；78）

山西的清徐方言有"乍打乍_{初次，一时}"。（吴云霞，2002：41）

陕西吴堡方言有副词"先不先儿"，义为"首先，抢在别人前面（做）"。（邢向东等，2014：183）

陕西神木方言有"先不先"，义为"率先、首先"，多用于带有不满意味的语境。如：

（65）你<u>先不先</u>把作业做下再说要的事。（邢向东，2002：545）

还有"甚不甚"，是由疑问代词的反复问形式凝固而成的，表示"不管怎么样"，"先……再说"。如：

（66）<u>甚不甚</u>先把狗的告下去再说。（邢向东，2002：550）

陕西吴堡方言有一种"ABA"式三音节形容词，其中前后音节是同一个语素，中间的语素类似中缀，可以看作一种特殊的重叠式构词形式。通过这种构词形式，表示一种状态的程度很高。如"净打净"表示将所有的东西全部拿出，没有保留。"净"是形容词性词根，"打"类似重叠的词根之间的中缀，重叠后表示"净"的程度高。"光溜儿光"指完全没有，一点儿也没有；"紧上紧"指情形紧迫、紧急。这种词所表状态的程度，比"AA儿"式的还高。有的词不表示程度高，大多数后头的B要儿化。如：玄不玄儿_{不连续地，分开，多次少量地}、原旧儿原_{原封不动}、闲不闲儿_{不是专门做某事，试试看}、滑一滑儿_{差不多，略微差一点}。（邢向东，2013：80）

河南辉县方言有副词"AXA"式，即"A打A"式，重叠后第一个A读原调，第二个A读轻声。数量较少，只有3例，如：实打实（儿）、明打明（儿）、稳打稳。（穆亚伟，2016：53）

从表达程度上来看，"AXA"比"A"要强很多，如：

（67）你就<u>实</u>说吧，要多少了？

（68）你就<u>实打实儿</u>说吧，要多少了？

"实打实儿"有"实实在在"的意思，程度义比"实"要强很多。（穆亚伟，2016：54）

从语法功能来看，"AXA"可作状语，如：

（69）你给我<u>实打实儿</u>叻说，到底恁俩人去干啥唻。

（70）你□[tsuo²¹]_{这人}<u>明打明儿</u>叻给俺这儿偷东西，猖狂叻很呀！

（71）你请放心叻，这活儿我给你<u>稳打稳儿</u>叻拿下。（穆亚伟，2016：56）

河南安阳方言副词有"一弄""弄不弄"，相当于普通话的"动不动"，表示动作行为发生频繁，多表述令人不满意的情况，后面须跟"就"配合使用。如：

（72）孩的身体不好，<u>一弄</u>就生病。

（73）她脾气圪燎_{古怪}，<u>弄不弄</u>就回娘家。

"一弄"与"弄不弄"可相互替换，用"一弄"话语节奏稍快，"弄不弄"话语节奏稍慢。（王芳，2021：201）

10. 冀鲁官话

上面“AXA”的“X”是多变的，而河北深泽方言的副词重叠式“A把A”，“X”是“把”，“X”是常式，“A”是多变的。如：刚把刚、将把将、沿把沿。这种格式比较特殊，表义上也有自己的特点。“刚把刚”表示“刚刚过了某一点”，如：

（74）他**刚把刚**走，你们俩儿前后脚。

“将把将”“沿把沿”则表示“勉强达到某一点”，如：

（75）他**将把将**及格。

（76）**沿把沿**够了。（刘义青等，2004：74）

许宝华等（2020：1381）未收“动不动”，但收“动动儿”，是动词：“动不动。”方言点是东北官话：东北。如：“你动动儿就哭，也不知哪来的那么多眼泪。”又如：

（77）她**动动儿**说人家咒她死。（郑定文《大姊》）

注释中就有“动不动”，但就是未收“动不动”。不知是何考虑。

河北衡水桃城区方言有“当不当的”，义为“勉强当作”。如：“今儿个也没好生着预备，当不当的就算给你过生日嗉。”（郑莉，2021：126）

11. 中原官话

据我们现在所掌握的语料来看，中原官话最复杂多样，分布范围也广，例句也多，下面用表 25 显示：

表 25　中原官话副词“AXA”分布

省属	方言点	AXA	出处	备注
江苏	赣榆	险乎险	苏晓青等，2011	
		马时马		
		总共总		
	徐州	马上马	李申，1985	“AXA”意义仍与原词相同。
		时不时		
		拢共拢		
		猛一猛		
		高低高		
山东	金乡	马上马	马凤如，2000	“AXA”与原副词意义上一致。
		高低高		
		时不时		
		总共总		
		里外里		
	济宁	马上马	徐复岭，2002	“AXA”在语义上表示强调，程度加深。
		拢共拢		
		实打实	冀芳，2010	
		明打明		
		直打直		

续表

省属	方言点	AXA	出处	备注
山东	济宁	现打现	冀芳，2010	"AXA"在语义上表示强调，程度加深。
		真打真		
		硬格硬		"AXA"在语义上表示强调，程度加深。
		真格真		
		总共总		
		眼看眼		
		高低高		
	郯城	巧不巧	邵燕梅，2005	"马展马""马上马""眼看眼"，三者同义，义为"一会儿；马上"，与"一展""马展"同义。"拢共拢""里外里"，二者同义，义为"总共，一共；全部，所有"，与"拢共""合为""哈了八七"同义。邵燕梅（2005：207）把"个顶个"放在"拢共"前面，也是副词。这与宁波方言的"日加日"一样，粗看是量词"A加A"重叠，其实不是，它已经词汇化为副词了。
		马展马		
		马上马		
		眼看眼		
		拢共拢		
		里外里		
		动不动		
		个顶个		
	临沂兰山区与郯城	马上马	马静等，2003	
	汶上	马上马	宋恩泉，2005	"马上马""现打现"，二者同义，义为"马上"，与"立马"同义。
		现打现		
		杭不杭		
		里外里		
		明打明		
	阳谷	一在一	董绍克，2005	
	郓城	马上马	吴永焕，2018	
		时不时		
		里外里		
	微山	拢共拢	殷相印，2008	"拢共拢"和"拢共"一样，也有"一共；总共"义，但二者有细微差别，"拢共拢"有数量往往有一定程度的不足义。如在否定句中，有"竟然"义，句子所表达的数量程度更为不足，甚至连一般的标准都没有达到。如："盖这个房子，拢共拢才花了一万多。"（殷相印，2008：115）这里"拢共拢"所表达的语义比较特殊，不符合一般的数量象似性原则。
		马时马		
		硬格硬		
	宁阳	明打明	宁廷德，2013	
		硬打硬		
	费县	歇乎歇	邵燕梅等，2019	与郯城方言一样，"个顶个儿"也已词汇化为副词了。
		个顶个儿		
		动不动		

省属	方言点	AXA	出处	备注
山东	泗水	拢共拢 眼看眼哩 马上马哩 明打明哩	王衍军，2014	属中原官话与冀鲁官话过渡地带。
山西	万荣	明打明 实打实 险打险	吴云霞，2002	比较单一，中缀只有"打"。
	临汾乡宁_{光华}	明打明	刘丹丹，2020	
河南	固始	时不时 里外里 明大明	叶祖贵，2009	"明大明"可能是"明打明"。
安徽	五河	拢共拢 弄不弄	岳刚，2010	"弄不弄"表示频繁发生的动作，常常用于贬义动词性词语之前，并且与"就"搭配在一起使用。
	濉溪	眼巴眼儿 拢共拢儿 紧赶紧 慢咯慢	郭辉，2015	"紧赶紧""慢咯慢"是两个不同的"AXA"式的连用。
	亳州	千万千 实在实 一定一 一再一 绝对绝 肯定肯 特别特	王艺文，2021	重叠后强调意味增强，且存在量度的变化。另有"必须必"，只存在于年轻人的话语中，是受东北方言影响后创的，不具普遍性，更得不到老一辈人的认可。
甘肃	酒泉	当不当 动不动 可不可 说是说哩	孙占鳌等，2013	"说是说哩"表示肯定，确定。
	白龙江流域	时不时 满打满	莫超，2004	"时不时"不可能是后面脱落"不"，因为不可能有"时不时不"的重叠，而可能是"不时不时"脱落前面的"不"而成，也有可能是"时时"中间插入"不"，这"不"不是实义动词，即没有表示否定义。"满打满"可能是"满打满算"的。

续表

省属	方言点	AXA	出处	备注
陕西	定边	另是另外	高峰，2020	义同"另外"。
	平利	总打总	周政，2009	属中原官话及西南官话。
		时不时		
		动不动		
		先不先		
		早不早		
		要不要		
		动不动		
	白河	按刚按儿	柯西钢，2013	邢向东（2007：375-376）划为中原官话、西南官话及江淮官话的混合方言。

（四）尹世超（2009）的研究

尹世超（2009b）说汉语"ABA/BAB"式构词有形容词、副词、数词、量词、指量词、数量词、动词、名词、代词、介词/连词、叹词、语气词。以副词为最多。如：

压根儿压：压根儿［根本；从来（多用于否定），多为小孩儿说］。也作"轧根儿轧"。（北京话）

谱里谱儿：大致估摸全数。（北京话）

高低高：高低，语气更重；无论如何。（徐州话）

反正反：反正，语气更重。（徐州话）

眼看眼：眼看。（徐州话）

早么早：早早儿，提前，抢先。（武汉话）

冒得冒：表示强调对"已然"的否定，意思是还要等待很长的时间。（武汉话）

内外内：多方面合计。（武汉话）

单另单：单独，另外。后一个"单"可不出现。（武汉话）单独；个别。（扬州话）

久时久：不时，隔不多时。（广州话）

更发更：越来越。（长沙话）

恨死恨：表示限于一定数量，相当于北京话的"仅仅""只"。（忻州话）

份里份儿：超过平常，份外，偏重于两种以上事物的比较。（忻州话）

好兴好儿：也许；可能。（东北话）

好了好（儿）：顶多；至多。（东北话）

将巴将（儿）：勉强。（东北话）

里码里：全；都。（北方话）

里外里：表示不论怎么计算（结果还是一样）。（尹世超，2009b：305-308）

我们上面未举粤语与湘语的例子，从尹世超（2009b）来看，粤语与湘语也有副词

"AXA"。

总体看来，这种"ABA/BAB"式复合词在汉语方言里还有许多，方言分布也更广。

尹世超（2009b：307）在说到厦门话"未八（未）"时指出，这种否定词尾重复否定词首的"ABA/BAB"式复合词和"不能不、不得不、不敢不"等短语的结构、意义和功能都有所不同。其后面的"未"仅仅是前面"未"的重复，只起加强语势的作用，即使不出现，整个词的基本意义并无变化。"ABA/BAB"式复合词具有整体意义，不是由所组成语素意义的简单相加。而"不能不"类短语后面的"不"并非前面"不"的简单重复，而是具有结构关系，整个短语是否定加否定变为肯定。

尹世超（2009b）较早从方言大范围来研究"AXA"，如北京方言、东北方言、广州方言都进入了视线。但比起我们现在所掌握的材料，范围还是较狭窄。

（五）《汉语方言大词典》的"AXA"

许宝华等（2020）收不少"AXA"。如：

久不久：第一卷收："不时；不多久。"方言为西南官话：四川成都。如：

（1）如果不是久不久还有点会议伙食吃的话，那喉咙简直就要生锈了。（《青年作家》1984年第5期）（许宝华等，2020：342）

其实，广西荔浦方言、广西桂林方言（唐七元，2020：74）、黔东南方言（肖亚丽，2015a：105）、贵州遵义方言也有"久不久"（胡光斌，2010：279）。

马上马：第一卷收："马上；立刻。"方言一为冀鲁官话：山东济南、博山。二为中原官话：江苏徐州、山东郯城。三为吴语：浙江温州。（许宝华等，2020：427）

据我们上面所列举的例子来看，中原官话分布范围较广，如山东郯城方言（吴永焕，2018）、山东汶上方言（宋恩泉，2005：216）、山东临沂兰山区方言（马静等，2003：224）、山东济宁方言（徐复岭，2002：75）、山东金乡方言（马凤如，2000：179）都有"马上马"，另外，属中原官话与冀鲁官话过渡地带的山东泗水方言也有（王衍军，2014）。

千拄千：第一卷收："偶然；碰巧儿。"方言为闽语：福建厦门。分布范围狭窄。（许宝华等，2020：325）

未八未：第二卷收："还没有；还早着。"方言为闽语：福建厦门。分布范围狭窄。我们前面未曾提及。（许宝华等，2020：342）

未曾未：第二卷收，义项有二，一是"还不曾"。方言一为吴语：上海松江；二为闽语：福建厦门。二是"还早得很（指距离行事时刻还很远）。"方言为闽语：广东揭阳，例如：

（2）飞机着三点钟后正到，伊未曾未住来在飞机场等接机 _{飞机要三小时才到，他还早得很就来接机。}（许宝华等，2020：1019）

扣克扣：第三卷收："（时间、钱、材料等）刚好，一点没有多余。"方言为上海。如：

（3）早上要忙家务，管孩子，买小菜，出门上班扣克扣实在是不得已的。（许宝华等，2020：1599）

我们前面未提及"扣克扣"。前面提及"扣掐扣",但许宝华等(2020)第三卷却作形容词处理。

许宝华等(2020:1600)还收"扣打扣门儿""扣两扣门儿",都是"恰恰"义,方言都是吴语:浙江温州。

先不先:第三卷收,义项有四,其一是名词。其二是副词:"首先。"方言一为东北官话:东北;二为江淮官话:江苏盐城;三为西南官话:湖北武汉、四川成都;四为吴语:浙江苍南金乡、上海;五为客话:江西上犹社溪。其三为副词:"过早;趁早。"方言为江淮官话:江苏南京。其四为副词:"预先;起先。"方言为西南官话:四川成都、贵州大方、贵州青镇。(许宝华等,2020:1764)

先勿先:第三卷收,前面已提及,此略。(许宝华等,2020:1764)

时不时:第四卷收,义项有二,其一是副词,"时常"义。方言有:(1)东北官话:东北。(2)中原官话:河南、山东曲阜、江苏徐州。(3)西南官话:四川成都。(4)湘语:湖南长沙。(5)粤语:广东广州。(6)闽语:福建厦门。其二也是副词,"偶尔;有时"义,方言点有二,(1)西南官话:云南蒙自。(2)粤语:广东广州。(许宝华等,2020:2319)

时不时地:第四卷收:"不时的;一会儿就。"方言为中原官话河南。如:

(4)房龙边谦辞着不做代表,边骂王麻子有意同他捣蛋,边时不时地借机会大笑一阵,发泄心里的狂欢。(许宝华等,2020:2320)

局不局:第四卷收,义项有二,其一为副词:"必定;一定。"方言为闽语:福建厦门。(许宝华等,2020:2605)

现打现:第五卷收:"马上。"方言为冀鲁官话:山东博山、淄博、桓台。如:

(5)不服从指挥,现打现就找难看。(许宝华等,2020:2680)

直打直:第五卷收:"直接;径直。"方言一为北京官话:北京。如:

(6)直打直的望里院儿跑。

二为中原官话:山东曲阜。(许宝华等,2020:2736)

直搭直:第五卷收:"迳直;直截了当。"方言为西南官话:四川成都。如:

(7)屡次都想约刘老九去,却不好意思直搭直说了出来。(许宝华等,2020:2737)

直碰直:第五卷收:"直截了当。"方言为吴语:江苏苏州。如:

(8)假如直碰直讲请倷出来散心,倷勿一定肯出来。(许宝华等,2020:2738)

拢共拢:第五卷收:"总共。"方言为中原官话:江苏徐州、山东曲阜。(许宝华等,2020:2799)

紧一紧儿:第七卷收:"几乎;差一点儿。"方言为北京官话:北京。如:

(9)他紧一紧儿从边儿上掉下去。(许宝华等,2020:4169)

其他方言似乎未见。

高低高:第七卷收:"终究;到底。"方言为中原官话:江苏徐州。如:

(10)你不让他走,他高低高还是走了。(许宝华等,2020:4383)

其实,山东的一些中原官话也有"高低高",如济宁方言(冀芳,2010:65)。江淮官话也有，如安徽怀远方言。（贡贵训，2014：167）金乡方言还有"里外里"。（马凤如，2000：143）。

硬斗硬： 第八卷收，义项二是："确实；的确。"方言为西南官话：贵州沿河。如：

（11）他<u>硬斗硬</u>考起_上大学了。（许宝华等，2020：5212）

其他方言似乎未见。

眼看眼： 第八卷收："立刻；马上。"方言为中原官话：山东曲阜。（许宝华等，2020：4759）

其实，分布范围还要广。如山东郯城方言（邵燕梅，2005）、济宁方言（冀芳，2010：65）、兖州方言（杨文波，2016：324）、泗水方言（王衍军，2014：229）。不过写作"眼看眼哩"，也有"眼看眼"，江苏徐州方言也有（尹世超，2009b：306），甚至连属晋语的山西大同方言也有"AXA"。（杨文波，2016：325）

越住越： 第八卷收："越来越。"方言为胶辽官话：山东牟平。如"越住越热""越住越学得坏"。山东长岛，如"越住越坏""越住越热闹"。（许宝华等，2020：5202）

我们并未全面调查该词典，但已经可见，该词典收了不少副词"AXA"。如果全面调查，应该还有一些词条。

（六）关于"时不时"的来源

叶建军等（2021：259）指出，频率副词"时不时"的生成机制是糅合，是由"常常、经常"义频率副词"时时"与"不时"糅合而成的。这一生成过程可以表示为：

时时 + 不时→时不时。

如果这样，"时不时"与其他"A 不 A"重叠式的副词不同，是特殊的。

上面说过，"时不时"出现时间较迟，民国白话小说中才有，但现代汉语中出现频率较高。叶建军等（2021：251）指出，从北京大学现代汉语语料库（CCL）中共搜索到912例频率副词"时不时"。

学界对"时不时"有些讨论。如邹海清（2008）分析了"时时""不时""时不时"在语义和句法功能上的差异，邹海艳（2018）从语义、语法、语用三个平面比较分析了"时时""不时""时不时"在共时平面上的异同，卜婷婷等（2019：100–104）分析了"时不时"的句法特征及语体分布情况。（叶建军等，2021：252）

至于"时不时"是如何而来的，也有学者讨论过。吕叔湘（1985）认为，"'不'插在重叠的词或重叠式的词中间，没有否定的作用"，如"动不动、时不时、偏不偏"。江蓝生（2008）则猜测，"'时不时'虽然用同义词'时时'与'不时'的叠加整合解释也说得通，但更有可能跟'偏不偏'一样，是受'X 不 X'三字格影响类推出来的"。（叶建军等，2021：252–253）

叶建军等（2021：253）认为，从共时层面来看，已词汇化的"时不时""动不动""偏不偏"都属于"X 不 X"三字格，表层形式相同，但是根据初步考察，三者可能有不同的来源，"时不时"不是由"X不X"三字格副词"偏不偏"或"动不动"类推而来的。

叶建军等（2021：253）分析了原因，认为有两点：其一，检索了大量的古代汉语和现代汉语语料，均未搜检到副词"偏不偏"用例，《汉语大词典》《汉语方言大词典》《近代汉语词典》《现代汉语八百词》《现代汉语词典》等工具书也未收录，其可能是现代个别方言用法。而副词"时不时"最迟出现于民国时期，所以，先出现的"时不时"不可能是由后出现的"偏不偏"类推而来的。如果说二者有可能存在类推关系，那也只能是"偏不偏"由"时不时"类推而来。

我们以为，"偏不偏"的例子确实找不到，不但古代文献没有，连方言中也不见记载。但古代文献中比"时不时"要早的还有"先不先"，明代已有，"时不时"是不是也有可能从"先不先"类推而来呢？所以，单是用"偏不偏"作论据，理由不是很充分。

叶建军等（2021：253）认为，其二，根据结构与意义的相关性来看，"时不时"也不可能是由"动不动"类推而来的。众所周知，类推（analogy）是语言演变的一种重要机制。类推是基于语言结构之间的某些类似性或相似性，对某个改变语言结构的规则进行推广，扩大其使用范围，比照某个语言结构的新形式而改变另一个语言结构的表层形式。类推总是有原形式和基于原形式的新形式，二者的意义一般是有密切关系的。如果说"时不时"是由"动不动"类推而来的，那么发生类推的原形式是什么呢？如果"时不时"是类推而来的，我们可以说新形式"时不时"的原形式是重叠式"时时"，因为二者语义相近；但是我们却不能说"动不动"的原形式是"动动"，因为"动动"与"动不动"语义相去甚远。《现代汉语词典》（2016：312）对"动不动"的释义是"副词"："表示很容易产生某种行动或情况（多指不希望发生的），常跟'就'连用。"但是"动动"是动词重叠式，表示动量轻微或尝试义，并不表示频率，与副词"动不动"的意义几乎没有联系，"动不动"不可能是由"动动"演变而来的，所以，"时不时"不可能是由"动不动"类推而来的。

用"动不动"作例子，认为"时不时"不能从"动不动"类推而来，我们觉得理由也不是很充分。

上海方言有"先勿先""碰勿碰""（一）歇勿歇"，都是"A勿A"重叠（游汝杰，2014：364），"先先"作为副词似乎不成词[①]，但"碰碰""歇歇"都是动词重叠，但"先先""碰碰""歇歇"都能进入"A勿A"重叠式，也就是说，其基式与进入某个重叠式关系不重要。不能认为"时时"与"动动"不同，就认为不能类推。再说，前面说过，明代已有"先不先"。我们以为，"先不先"应该与"时不时"一样，也是从"动不动"类推而来，而且比"时不时"要早得多。

古代文献中，"AXA"重叠式中间除"不"外，比较常用的是"打"，如"明打明"，明代已有，还有"实打实"，清代已有。

杨文波（2016：324-325）指出，将"AXA"式和"ABA"式分为两类是有原因的，这两类重叠的基式不同。"AXA"式的"现点现""明打明"等的基式是"A"；"ABA"式的"马

[①] 许宝华等（2020：1763）收"先先"，义项有二，都是名词。①旧时指老师。方言为赣语：江西宜春、莲花。②账房，管账的人。方言一为赣语：江西莲花。二为客家话：江西赣州蟠龙。

上马""眼看眼"的基式是"AB"。如"现点现"的基式是"现"，而"马上马"的基式是
"马上"。

由上可见，"AA"是不管它成词不成词，而"AB"则是成词的。

"AXA"中尤其以"A 不 A""A 打 A"这两种重叠式为多，方言分布也广。如山东济宁
方言有"直打直""现打现""真打真"。（杨文波，2016：324）客家话更多，有"实打实、
硬打硬、紧打紧、满打满、明打明、各打各、显打显、老打老实、光打光、单打单"等。
（王秋珺，2014：21）

上面的"直直、现现、真真、实实、硬硬、紧紧、满满、明明、各各、显显、光光、
单单"等，其性质并不全部一样，更何况还有"老打老实"，前后并不对称，但它们都能进
入"A 打 A"。

其余"A 打 A"的方言分布可参见前文。

贵州遵义方言时间副词有"久不久""先不先""早不早""时不时""要不要"。（胡
光斌，2010：279）方状副词（方式、状态、重复）有"动不动""来不来"。（胡光斌，
2010：280）遵义方言共有 7 个 "AXA" 副词。

四川成都方言有"先不先、早不早、要不要、时不时、久不久（表示时间），来不来
（表示情态方式）。"（兰玉英，2017：177–178）成都方言共有 6 个 "AXA" 副词。

其余"A 不 A"的方言分布可参见前文。

厦门方言有副词"现拄现""千拄千""凑拄欺"（周长揖，1998：161，233），福建漳
州方言有形容词"A 拄 A"重叠，如：直拄直、真拄真、实拄实。（马重奇，1995：127）厦
门与漳州两地相邻，副词"A 拄 A"很有可能受形容词"A 拄 A"的影响，是形容词语法化
为副词，从实到虚，这是十分符合语法化规律的。

有的副词"AXA"重叠与形容词"AXA"重叠，不同的人其认知也不完全相同，如有的
认为是副词，已经语法化为虚词了；有的认为是形容词，还未虚化。

"时不时"虽然后起，但比较复杂，如有"不时""时时"。但现有的语言事实，我们认
为其来源还不能完全排除是"类推"。

（七）古今比较

1. 有的 "AXA" 已经词汇化为词

宁波方言的"日加／打日"等。一些词典收入了"AXA"，如《汉语大词典》，还有一
些方言词典，甚至连《现代汉语词典》都已经收入几个"AXA"。如"动不动"，《现代汉语
词典》（2016：312）也收："表示很容易产生某种行动或情况（多指不希望发生的），常跟
'就'连用。"如：

（1）动不动就感冒。

《现代汉语词典》（第 6 版）收有 4 个 "AXA"，如"动不动""里外里""时不时""越
来越"。但第 7 版只收 3 个，未收"越来越"。《现代汉语词典》（第 7 版，2016：1183）收

"时不时":"<方>时常。"是副词。但注明是方言,显然不是普通话固有说法,而是吸收了方言的用法。《现代汉语词典》(第7版,2016:312)收"动不动":"表示很容易产生某种行动或情况(多指不希望发生的),常跟'就'连用。"如"动不动就感冒""动不动就发脾气"。是副词,但没有说明是"方言",应该是普通话固有的说法。《现代汉语词典》(第7版,2016:1185)收"实打实":"实实在在。"未说明是"副词"。

2. 有的"AXA"有连续统,是形容词还是副词不好区分,或者说是两可。

有的方言学者在研究中把形容词、副词的"AXA"混在一起,有的比较明显,有的是两可现象,一时难以分辨。

学者们对于"明打明""实打实"等有不同的说法,有的认为是副词,如杨文波(2016)所举的济宁方言有"明打明",有的认为是形容词,如周洪学(2015:17)认为,安仁话的中缀"打"不但可以插入单音节的量词与数词重叠中间,还可以插入单音节形容词重叠的中间,但其能产性不如量词与数词,只有一个"明打明",表示"很明显"的意思。如:

(2)渠明打明是来敲干咯。他很明显是来敲竹杠的。

王求是(2014:260、270、275、313)也把孝感方言(属江淮官话)的"明打明"当作形容词。

《现代汉语词典》(2016:1185)收"实打实":"实实在在。"如:

(3)实打实的硬功夫。

词典未注明词性,但看两个例子,"实打实"似乎既有形容词义,如前例,"实打实"作定语,又作副词,如后例,"实打实"作状语。

但奇怪的是,许宝华等(2020:2352)收"里外里",义项有四:其一是动词,"合计"义。其二是形容词,"下决心不顾一切"义。其三是形容词,"全部"义。其四是动词,"不论怎么计算、考虑"义。其三的方言点是江淮官话:江苏盐城。如:

(4)你蛮会做生意的嘛,里外里挨你一赚。

居然未收副词的义项。而我们前面所举的"里外里"多为副词。

副词的"AXA"重叠式应该是形容词"AXA"形式的类推,因为副词多是从形容词语法化而来的。但不同的词语语法化程度不一,所以,都会产生一些中介现象。

有些"AXA"到底是形容词重叠还是副词重叠不好判定,或者说它们有一个连续统,语法化的道路不一致。所以,不同的学者对"AXA"有不同的处理。不过,绝大多数的"AXA"应该是明确的,也可以说,它们处在连续统的两端,或者说是典型的。

3. 现代方言"AXA"形式各异

从类型学角度来看,李文波(2016)总体上把"AXA"分为两大类型,既有"AXA",又有"ABA",以"AXA"为多。

有的"AXA"后面还有"儿""哩"等。如陕西吴堡方言的"先不先儿"(邢向东等,2014:183);陕西白河方言的"按刚按儿"(柯西钢,2013:243);安徽濉溪方言的"眼巴眼儿""拢共拢儿"（郭辉，2015：180，218）；河南辉县的"实打实儿"（穆亚伟，2016：53）；湖南常德方言有"早不早儿""先不先儿"（易亚新，2007：188）[郑庆君（1999：214）作"早不早""先不先"]；甘肃酒泉方言有"说是说哩"（孙占鳌等，2013：299）。

许宝华等（2020：1765）收"先不先儿"："< 名 > 先前；事先。"方言是西南官话：湖北随州。未收副词义。

4."AXA"的"增量"与"减量"等

方言的"AXA"与原式"A"相比，多为"增量"，主要是语气更重，尤其是有一些"AXA"副词，所表示的语气比原式更重，如一些方言的"压根儿压"与"压根儿""反正反"与"反正"。有的"AXA"表示程度的加深，如云南威信方言的"A 都 A"。这就充分体现了象似性动因，具体是数量象似性。有的表示略微"增量"，如深泽方言的"刚把刚"表示"刚刚过了某一点"，"沿把沿"表示"勉强达到某一点"。但有的方言没有"增量"，还是原意，如山东金乡与徐州方言的"马上马"，其实就是"马上"义，榆赣方言的"总共总"，其实就是"总共"义，有的反而"减量"，如榆赣方言的"险乎险"表示"差一点"，"歇乎歇"也表示"差一点"。

据王芳（2012）对重叠的类型学考察，名词（包括代词）重叠式的表义功能多达 21种，量词重叠式的表义功能有 10 种，数词重叠的表义功能有 3 种，数量词组重叠的表义功能有 5 种，动词重叠式的表义功能有 19 种，形容词重叠式的表义功能有 3 种，而副词重叠式的表义功能则相当单一，主要表示程度的加强。

其实，就副词"AXA"重叠式来看，王芳（2012）的说法并不准确。同时，副词有多叠式，大多表示"增量"，或者说是表示程度的加强。但有的副词是"减量"。

崔山佳（2019a：79）指出，副词的这种多叠现象（指"AAA""AAAA"），大多证明"形式越多，内容越多"，但并非所有的副词都表示主观大量。如湖北丹江口方言的"将将将将（刚刚刚刚）"，江苏涟水方言的"刚刚刚刚"，江苏徐州方言的"刚刚刚""将将将"，山东金乡方言的"将儿将儿将儿"，山东枣庄方言的"刚刚刚"，山东微山方言的"刚刚刚（刚）""将将将将"，贵州思南的"他将儿将儿将儿（将儿）才走"等。"将"是"刚"的意思，"将将"也即"刚刚"，而"刚刚"虽然也有表示"恰好"[见《现代汉语词典》（2016：427）]的意思，但它是个多义词，还有"表示勉强达到某种程度；仅仅""表示动作或情况发生在不久以前"等意思，而上面的"将将""刚刚"就是指"动作发生在不久以前"，说明时间短。如果多叠，强调时间更短，而不是强调时间更长。因此，"将将将（将）""刚刚刚（刚）"属于"形式越多，程度越浅"。

崔山佳（2019a：79）又指出，副词还有"一 AAA"重叠式，如丹江方言有"一定定定、一再再再、一样样样、一会会会、一下下下"，其中的"一定定定、一再再再、一样样样"表示的语义也是"形式越多，程度越深"。但"一会会会、一下下下"是表示时间更短，《现代汉语词典》（2016：1539）收"一下"，义项有二，其二是副词，义为"表示短暂的时间"。至于"一会ᵣ"，《现代汉语词典》（2016：1535）义项有三，其三是副词，义为"分别用在两个词或短语的前面，表示两种情况交替"，即成对使用。但其义项一"数量词。指很短的时间"，义项二"数量词。指在很短的时间之内"，丹江口方言的副词"一会"与"很短的时间"还是有内在联系的，思南方言的"一哈儿哈儿哈儿"是"一会儿"的意思，也是表示主观小量，"一会会会、一下下下、一哈儿哈儿哈儿"等表示主观小量，也属于"形式越多，程度越浅"。张谊生（2014：202）指出，值得注意的是，少数副词重叠后，语义虽然也是加重，但不是趋大，而是趋小。或者是表示时间更加短暂，或者表示程度更加轻微。如"刚—刚刚""稍—稍稍""初—初初""乍—乍乍""略—略略""微—微微"。如果多叠，那么，表示的时间更加短暂，表示的程度更加轻微，表示的是更加"趋小"。

崔山佳（2019a）认为，副词既可表示主观大量，也可表示主观小量，与量词多叠式有相似之处。量词多叠式大多也遵循"形式越多，内容越多"原则，但有的量词，如"点""滴""撮"等，重叠越多，表示的量越小、越少。还有"一"与量词重叠结合，如"一点点点点""一滴滴滴滴""一撮撮撮撮"，也是重叠次数越多，表示的量越小、越少。这充分显示汉语方言词语重叠所表示的量的多样性与复杂性。

总之，我们要考虑某类词的共性，还要注意它们的个性。既要考虑普通话，也要注意方言。只有这样，才能得出比较可靠的结论来。

5. 不同的方言数量多少不一

有的方言数量多，有的多达近 20 个，如连云港方言（姜莉，2018：98–99）；济宁方言有 12 个（冀芳，2010：65）；有的六七个，如遵义方言有 7 个（胡光斌，2010：279–280）；四川成都方言有 6 个（与遵义方言相比，少了"动不动"）（张一舟等，2001）。有的方言数量少，只有 1 个。有的可能是未能全面深入地调查，有的可能就只有 1 个。

6. 形式的独特性与跨方言性

好多"AXA"跨方言分布，有的分布范围大，有的分布范围小，有的只有该方言才有。

"A 拄 A"似乎为厦门方言所独有；"千祈千"似乎为广西浦北客家话所独有；"恰扣ⁿ恰""扣ⁿ恰扣ⁿ"似乎为湖北荆州方言所独有；"得喜得"似乎为湖南常德方言所独有；"奏么奏"似乎为湖北红安方言所独有；"霎打霎"似乎为山西晋源方言所独有。

再扩大开来，"拢共拢"似乎为中原官话所独有；"甚不甚"似乎为晋语所独有；而"拢共拢儿"在"五四"以前的大量用例却出自广东作者陈少海。

许宝华等（2020：427）收"马上马"："马上；立刻。"方言点是：（1）冀鲁官话：山东济南、博山。（2）中原官话：江苏徐州，山东郯城。（3）吴语：浙江温州。

"时不时"的分布范围也很广。许宝华等（2020：2319）收"时不时"，义项有二，其一是副词，"时常"义。方言有：（1）东北官话：东北。（2）中原官话：河南、山东曲阜、江苏徐州。（3）西南官话：四川成都。（4）湘语：湖南长沙。（5）粤语：广东广州。（6）闽语：福建厦门。义项二也是副词，"偶尔；有时"义，方言点是：（1）西南官话：云南蒙自。（2）粤语：广东广州。

"时不时"的分布范围还要广一些，赣语也有，如：安徽宿松方言、湖北阳新方言。晋语也有，如山西原平方言、五台方言。

"先不先"的分布范围也很广。许宝华等（2020：1764）收"先不先"，义项有四，除义项一是为名词外，其余3个义项都是副词。一义为"首先"，方言有：（1）东北官话：东北。（2）江淮官话：江苏盐城。（3）西南官话：湖北武汉、四川成都。（4）吴语：浙江苍南金乡、上海。（5）客话：江西上饶社溪。二义为"过早；趁早"，方言为江淮官话：江苏南京。三义为"预先；起先"，方言为西南官话：四川成都、贵州大方、贵州清镇。

"先不先"的分布范围还要广一些，平话也有，如广西永福塘堡平话。徽语也有，如安徽绩溪荆州方言。赣语也有，如江西南昌方言、湖北咸宁方言。晋语也有，如陕西神木方言。

7. 分布区域扩大

古代文献虽然也有一定的分布范围，但现代方言分布范围更大。以上可见，单是"AXA"重叠式，其"A"多种，"X"也多样。

杨文波（2016）在"提要"中认为，"ABA"式重叠副词是汉语方言中出现的一类较为特殊的重叠副词，它集中出现在山东省中西部。

我们以为，杨文波（2016）的说法不准确。的确，山东省中西部是比较多，但它其实在全国分布较广，涉及好几个大的方言，除吴语外，另如闽语、客家话、平话、湘语、赣语、徽语、西南官话、江淮官话、中原官话、冀鲁官话、晋语、东北官话等，既有南方方言，又有北方方言，还有一些过渡地带的方言。同时，"AXA"最多的方言也不是在山东中西部，而是在江苏连云港。

因此，汉语方言中的副词"AXA"很有语言类型学研究价值。

二十四

"做……不着"与"做……着"

（一）近代汉语的"做……不着"

"做……不着"在元明清白话作品中较为常见。

1. 元代白话文献的"做……不着"

（1）做我一个主家的不着，这厮每做下来。（王实甫《西厢记》第 5 本第 3 折）

（2）我看那小娘子的说话尽有些意思；则做我铜钱不着，日日来买胭脂，若能勾打动他，做得一日夫妻，也是我平生愿足。（曾瑞卿《留鞋记》楔子）

北京大学语料库（CCL）也搜索到如下例子：

（3）好酒王二道："……你可将一坛酒来，与我吃了，做我不着，捉他去见大尹。"（《元代话本选集·白娘子永镇雷峰塔》）——另有 1 例"做我不着"。

2. 明代戏曲的"做……不着"

（4）（字字双·前腔）白："既如此，做我这张嘴不着，替公子说去。"（沈君谟《一合相·贿媒》）

（5）管不得甚天理，只得做他不着，不免教他出来，有钱诈了他些，待到夜深时，动手结果了他。（杨珽《龙膏记》第 17 出）

（6）弟子铜筋铁骨，火眼金睛，鍮石屁眼，摆锡鸡巴，师父若怕拼，我做弟子不着。（杨景贤《西游记》第 17 出）

（7）（小生揖介）做姐姐不着，再转去替小生说一声儿。（叶宪祖《鸾鎞记》第 18 出）——同出另有"再做姐姐不着"。

（8）（旦云）若我母亲知道不妨，只做我一个不着。（刘兑《新编金童玉女娇红记》题目正名）

（9）你做些银子不着，自己保了前程，又省得贻累我们。（傅一臣《苏门啸·卖情扎囤》第 7 折）——《苏门啸·截舌公招》第 2 折另有"做你徒弟定慧不着"。

（10）兄弟俩既不肯做官，大舅做俩不着。（陈一球《蝴蝶梦》第 3 出）——另第 25 出、第 27 出也有"做俩不着"。

3. 明代白话小说的"做……不着"

白话小说更多，如：

（11）阮小七道："只怕有毒，我且<u>做个不着</u>，先尝些个。"（施耐庵《水浒传》第75回）

（12）他若欺心不招架时，<u>左右做我不着</u>。（无名氏《京本通俗小说·菩萨蛮》）

（13）你可将一坛酒来，与我吃了，<u>做我不着</u>，捉他去见大尹。（冯梦龙《警世通言》卷28）——另同卷也有"做我不着"。

（14）贝氏道："……如今<u>做我不着</u>，再加十匹，快些打发起身！"（冯梦龙《醒世恒言》卷30）

（15）梳裹完了，临出门又笑道："我在家也是闲，那波斯馆又不多远，<u>做我几步气力不着</u>，便走走去何妨。……"（《醒世恒言》卷37）

凌濛初的《初刻拍案惊奇》《二刻拍案惊奇》用例很多，共有20例，如：

（16）王三歪转了头，一手扶六老，口里道："……<u>做我不着</u>，又回他过几时。"（凌濛初《初刻拍案惊奇》卷13）——另卷18有"做工夫不着"，卷19有"做申兰这些不义之财不着"，卷26有"做一遭不着"，卷32有"做个痴兴不着"，卷35有"做我不着"。

（17）但是想起，只<u>做丈夫不着</u>，不住的要干事。（凌濛初《二刻拍案惊奇》卷7）——另卷12、卷25有"做他不着"，卷14有"做自家妻子不着"，卷18有"做工夫不着"，卷20有"做我一个不着""做贾家钱钞不着"，卷22有"做一匹快马不着"，卷28有"做他的本钱不着"，卷29有"做病人不着"，卷32有"做个不着"，卷36有"做些银子不着"，卷38有"做杨二郎屁股不着"，卷39有"做几个富户不着"。

（18）颜氏对钮氏道："<u>做我不着</u>，再打几下罢，你又来讨这苦。"（陆云龙《清夜钟》第2回）——同回另有"做一条绳不着"。

（19）徐铭见了道："……我与家人媳妇丫头有些账目，他又来缉访我，又到我老婆身边挑拨，<u>做他不着罢</u>！"（陆人龙《型世言》第21回）——另第22回有"做咱们不着"，第29回有"做婉儿不着"，第31回有"做三百两不着"，第32回有"做你不着"，第33回有"做这身子不着""做庚仰不着"。

（20）明日午后进城去，<u>做五分银子不着</u>，弄下一付大头和尚。（金木散人《鼓掌绝尘》第3回）——另第5回有"做些闲暇工夫不着"，第7回有"做我不着"，第13回有"做三五十两银子不着"，第24回有"做你不着"，第35回有"学生便做三百两银子不着"。

（21）一会儿又叫老头儿道："祖公公，<u>做你不着</u>，快点了火把去寻那小官人转来，不要枉送了他性命。"（杨尔曾《韩湘子全传》第7回）

（22）婆婆道："不要投水，只说是我将来跌坏了，<u>做我老性命不着</u>。……"（周清源《西湖二集》卷6）

（23）心下想道："宁可<u>做面皮不着</u>，性命要紧。"（齐东野人《艳史》第40回）

（24）报儿高兴得极，对捷儿道："阿弟，<u>做你不着</u>，借我后庭花用用。"（桃源醉花主人《别有香》第10回）

（25）刘玉道："也罢！只要说过价钱，<u>做我的乇孔不着</u>，来一来罢。"（京江醉竹居士《龙阳逸史》第5回）——另第9回有"做一百两银子不着"，第11回有"做百把银子不着"。

（26）龙道："我们水儿难说话的，<u>做我不着</u>，与他打一棒。他管家还须把他一两个银子，他肯撺掇，众人都依了。"（袁于令《隋史遗文》第 41 回）——另第 44 回也有"做我不着"。

（27）晁思才道："……没奈何，只得<u>做我不着</u>，这义气的事，除了我别人不肯做，还得我领了这孩子去照管。……"（西周生《醒世姻缘传》第 57 回）——另第 77 回也有"做我不着"。

4. 清代戏曲的"做……不着"

（28）<u>做几日工夫不着</u>，就去试一试。（李渔《蜃中楼》第 8 出）——另第 28 出有"做我不着"。

（29）我且到门前去立着，若有打发不去的，<u>做我园丁不着</u>，丁他一丁就是了。（李渔《凤求凰》第 2 出）。——第 26 出有 2 例"做你不着"，第 27 出有"做我不着"。

（30）（净）<u>做你不着</u>，去催他上轿。（李渔《奈何天》第 20 出）——另第 30 出也有"做你不着"。

（31）如今没奈何，只得<u>做我不着</u>，走去替代他。（李渔《比目鱼》第 13 出）——另第 13 出有"做娘不着"，第 17 出有"做我老爷不着"，第 23 出有"做你们不着"。

（31）<u>做你不着</u>，方便些儿。（李渔《巧团圆》第 30 出）——另第 33 出有"做我老夫妻不着"。

（32）（丑背对二净介）你们招了，<u>做我的银子不着</u>，替你完赃就是。（李渔《慎鸾交》第 25 出）——另第 35 出有"如今做老年伯不着"。

（33）（丑）吓！老先生，<u>做你不着</u>，认了这个晦气罢。（钱德苍《缀白裘·鲛绡记·狱别》）

"不"也有写作"勿"的，如：

（34）（付）你若勿放渠啥，啐，<u>做我勿着哉</u>，（拍胸介）这泼天的冤屈难宁耐。（盛际时《人中龙》第 14 折）

"不"也有写作"弗"，如：

（35）（小丑）依依依！<u>做那银子弗着</u>，尽子你吃罢哉！（张坚《梦中缘》第 35 出）——同出另有 1 例"做那银子弗着"。

5. 清代白话小说的"做……不着"

（36）弄得个苏秀才也短叹长吁，道："再<u>做三年不着</u>。"（东鲁古狂生《醉醒石》第 14 回）

（37）但恐那老婆子贼滑，不肯信，<u>做我不着</u>，去说说看。（无名氏《后西游记》第 33 回）

（38）（路公）又笑起来，道："……宁可<u>做小女不着</u>，冒了被弃之名，替他别寻配偶罢。"（李渔《十二楼·合影楼》第 2 回）——另《十二楼·夺锦楼》第 1 回有"做对头不着"。

（39）老者将时辰与年月日于一合，叫道："……媳妇做你不着，再熬一刻，到下面一个时辰，就是长福长寿的了。"（李渔《连城璧》卷 2）

（40）拾翠道："……做我痴不着，竟去问那黄生，看他怎么说？"（笔炼阁主人《五色石》二桥春卷 1）

（41）小峰道："不要忙，做我不着，加些盘费上去。……"（醒世居士《八段锦》第 3 段）

（42）茗只得应允道："再无别法，还做我不着，再去走遭。……"（岐山左臣《女开科传》第 8 回）——另第 10 回也有"做我不着"。

（43）他又满面堆下笑来道："拿那银子来，做我不着，还有一个大锭，一发添了你，替你包在里边。"（无名氏《生绡剪》第 17 回）

（44）其年服制将满，恰值大比，意欲做两千银子不着，买个举人摇摆，恐人笑他白木，故此设社，遍招文士入社交游，欲令人知他日与文人学士诗酒往还，不是个无才之辈。（封云山人《铁花仙史》第 5 回）

（45）徐仁拾了封简道："……也罢，做我不着，没有你这中军，看我见得元帅也不？"（钱彩《说岳全传》第 21 回）

（46）闻说峨嵋大王，英雄无比，即想道："何物妖魔，横行如此。做我不着，到那里去游玩一番，便好察其动静。……"（烟霞散人《凤凰池》第 3 回）

（47）唐夫人道："做你不着去催他上轿。"（不题撰人《痴人福》第 5 回）——另第 8 回也有"做你不着"。

（48）丑姑道："……做你不着，替我走一遭罢。"（邹必显《飞跎全传》第 24 回）

（49）我做这块金砖不着，输掉了。（孙家振《海上繁华梦》）

（50）只好做火油不着，停刻烧火时，浇些油在柴上。（《海上繁华梦》）（转引自石汝杰，2009：272）

6. 民国白话小说的"做……不着"

（51）静斋被说得心热起来，当下就同惠伯赶到洋行，打了十万箱的栈单，做店里不着，支了往来庄家几万银子，作为定银。（陆士谔《十尾龟》第 6 回）

（52）奕䜣道："做我不着，入宫碰一回看。"（陆士谔《清朝秘史》第 87 回）

7. 清代笑话的"做……不着"

笑话中也有，如：

（53）其妻力止之曰："胡阎王不是好讲话的，只得做我不着，挨些苦罢。"（清·游戏主人《笑林广记·巨卵》）

上面共搜集到 100 余例，如果扩大搜索面，也许还能找到例子。

"做……不着"中的名词性成分多种多样，有的是一般名词，如"工夫""病人""面皮""火油"等,有的是称谓语,如"弟子""姐姐""丈夫"等,有的是人称代词,如"我""你""俩""他",这是单数,也有复数,如"咱们""你们",有的是短语,如"一遭""三年""三百两"等是数量短语,定中短语例子很多,如"我铜钱""几日工夫""我的银子"等。

当然,有的"做……不着"似是而非。如:

(54)常言道:"做买卖不着,只一时;讨老婆不着,是一世。"(明·冯梦龙《喻世明言》卷1)

上例"做买卖不着"与前面所说的"做……不着"不同,是说"买卖做得不好"的意思。与此相关的是"讨老婆不着",也不是说"讨不到老婆",而是说"讨不到好老婆"。这句"常言"明确地告诉我们,讨到一个好老婆的重要性,做买卖不好只是"一时",讨老婆却是"一世"。

(二)明代白话文献的"做……着"

据目前所掌握的材料可见,明代白话文献才有"做……着"。

1. 明代白话小说的"做……着"

(1)依卑职愚见,不若只做卜吉着,教卜吉下去打捞,便下井死了,也可偿命。(罗贯中《平妖传》第25回)

(2)我今左右老了,又无用处,又不看见,又没趁钱。做我着,教你两个发迹快活。(冯梦龙《喻世明言》卷26)

(3)做这老性命着,与你兑了罢。(冯梦龙《醒世恒言》卷33)——《京本通俗小说·错斩崔宁》例句与此同。

(4)没奈何,没钱做身子着。(陆人龙《型世言》第31回)

(5)王秀才与亲友计议道:"不像体面,放火不颤手,他做钱着,我只做纸着。"(陆云龙《清夜钟》第3回)

(6)做你着,开个恩,看祖宗面上,好歹替他讨了一个(妾)。(伏雌教主《醋葫芦》第5回)

(7)不若依我见识,譬如少得三五十金财礼,做些银子着,讨一个能事的丫鬟,做个从嫁,使他或者替得半分力,也不枉了一番唇舌。(《醋葫芦》第6回)

清代白话小说至今未找到"做……着"。

2. 明代戏曲的"做……着"

明代的戏曲也有"做……着",如:

(8)(生)……张兄,你若不肯,只做我着便了。(张四维《双烈记》第8出)

(9)不要管是他不是他,做他着,且弄他一个去塞白。(傅一臣《苏门啸·没头疑案》

第 3 折）

（10）我有一计，<u>做他着</u>男扮女妆。（《苏门啸·没头疑案》第 3 折）

（11）（生）也罢，<u>做我晦气着</u>，情缘私休，情缘私休。（无名氏《沉香》"刘昔路会神女"）

"做……着"是固定格式，且中间有宾语，大多为人称代词宾语，只有单数人称代词，无复数人称代词。有的是名词或名词性短语。所以，上例标点不对，应该在"做他着"后面断句。

清代戏曲至今未找到"做……着"。可见，"做……着"在清代的书面语里可能已经消亡。

3."做……不着"与"做……着"的关系

好多学者说"做……着"与"做……不着"同义，我们同意这种看法。但刘瑞明（1997：72）却认为："说'做我着'与'做我不着'同义，否定副词'不'字竟可以省略，只能是误说。"其实，刘瑞明（1997：72）倒是误说。如：

（12）陈德甫叹口气道："……也是我在门下多年，今日得过继儿子，是个美事。<u>做我不着</u>，成全他两家罢。"（明·凌濛初《初刻拍案惊奇》卷 35）

再看例（2），两者的语境相同，都是"把自己舍弃不顾"，而为了别人的意思（一是"教你两个发迹快活"，一是"成全他两家"）。一用"做我着"，一用"做我不着"，可见两者是同义的。

（13）不要投水，只说我将来跌坏了，<u>做我老性命不着</u>。（明·周清源《西湖二集》卷 6）

再看例（3），2 例中间都有"老性命"，都是"把老性命舍弃不顾"的意思。一用"做……着"，一用"做……不着"，两者的语境也是相同的，又可见两者是同义的。

程毅中先生在《宋元小说家话本集》一书中，对《错斩崔宁》的"做这老性命着"作了如下的解释："'着'上疑脱'不'字。《陈常可》：'他若欺心不招架时，左右做我不着，你两个老人家将我去府中，等我郡王面前实诉。'《西厢记》五本三折夫人白：'做我一个主家的不着，这厮每做下来。'做 × 不着，有摒弃之意。"［齐鲁书社，2000（上册）：271］如上所述，程先生的说法也是错误的，因为"做……着"并不只是《错斩崔宁》这个孤例，它也是一种固定格式。

徐之明（1999b）说"做……不着"和"做……着"意义不同。徐之明（1999b：55）认为，"做……着"绝非"做……不着"形式的省语，亦非正反同词现象，因为二者所要表达的意思是完全不同的。建议以上各家辞书分别立条。

我们以为徐之明（1999b）的观点同样是不正确的。

杨会永（2009：154）指出：刘先生认为："'做我着'与'做我不着'同义，否定副词'不'竟可以省略，只能是误说。"这不敢苟同。在近代汉语和现代汉语中否定副词"不"不具有否定义其实也是常见现象。袁宾（1984：209）认为："近代汉语中类似这种通过反语方式形成新语词的现象不乏其例，比如'不甫能''不尴尬''不常'等词语都具有与其字面意义相反的意义……和肯定式'好不'相似的是：这些语词中'不'的意义也比较虚，没有否定作用，不能看作否定词；寻求这些语词的来源，大抵也与反语的说法有关。"我们同意此看法。

据目前所搜集到的例句可见，"做……不着"的数量远远多于"做……着"。可见，"做……不着"是典型用法，"做……着"是非典型用法。而且，"做……着"在目前所见的清代白话文献中未见用例。

（三）明清白话文献的"V……不着"

石汝杰等（2005：352）收"苦……不着"："同'做……（不）着'，牺牲某人（或物）（指使其受苦），来达到某个目标。"如：

（1）未知受过聘否？如未许人，<u>苦不银子不着</u>，娶到家中作一小星。岂非大妙的事？（《娱目醒心编》卷6第1回）

（2）便<u>苦门下不着</u>，拼些辛苦，暗暗的跟随他前去，看他果有辛氏没有辛氏。（《两交婚》第17回）

石汝杰等（2005：352）又收"苦……弗着"，作"苦……不着"附条，如：

（3）啐！<u>苦吙弗着</u>，只说王某也逃走哉，就替我一限，也是朋友个情分。（《缀白裘》6集4卷）

石汝杰等（2005：353）又收"苦……勿着"，作"苦……不着"附条，如：

（4）唅！<u>苦你勿着</u>，只说王馒头也逃走哉，你就替我介一限，也是朋友个情分。（《翡翠园》第9出）

（5）骨个姓谢勾若果真做子官居来，<u>苦我阿菊勿着</u>，竟抠子我个两只眼乌珠去嘿是哉。（《报恩缘》第3出）

石汝杰等（2005：353）又收"苦……勿著"，作"苦……不着"附条，如：

（6）罗个淫妇种能介杀野！<u>苦我钱先生勿著</u>，搭里搅一搅末哉。（《描金凤》第6回）

我们也找到几个例子，如：

（7）铁里虫道："……撞住打到底，<u>苦你儿子不着</u>。……"（明·凌濛初《二刻拍案惊奇》卷10）

（8）老者没做理会处，自道："家丑不可外扬，切勿令传出去！褚家这盲子退得便罢，退不得，<u>苦一个丫头不着</u>还他罢了。只是身边没有了这个亲生女儿，好生冷静。"（《二刻拍案惊奇》卷12）

（9）娇娇笑道："为我叫你兄弟两个生气，说不得<u>苦我身子不着</u>，替你弟兄和和事。……"（清·曹去晶《姑妄言》卷8）

（10）鸾吹道："哥哥这样身子，是断断出去不得的；<u>苦小妹不着</u>，与这兽弟做一出罢！"（清·夏敬渠《野叟曝言》第17回）

（11）忽地一阵脂粉油发香气，直透鼻中，细把赛观音一看，如雨洗海棠，娇嫩可爱，不觉顿生怜惜，将嘴贴着香腮安慰他道："……文爷是宽宏大度的人，<u>苦我不着</u>，替你求恩，便得保全性命！……"（《野叟曝言》第53回）

（12）包公哈哈大笑道："……如今<u>苦我老包不着</u>，与你去面君，看圣上如何？"（清·无名氏《呼家将》第6回）

与"做……不着"义最近的应该是"拼……不/弗着"，如：

（13）（小丑）依依依！<u>做那银子弗着</u>，尽子你吃罢哉！（清·张坚《梦中缘》第35出）

（14）（小丑）依依依！<u>做那银子弗着</u>，尽子你穿罢哉！（《梦中缘》第35出）

（15）（小丑）依依依！<u>拼这老性命弗着</u>，个尽子你弄罢哉！（《梦中缘》第35出）

上面3例中，"做……弗着"2例，"拼……弗着"1例，"拼"替换为"做"也通。因此，我们以为，"拼……弗着"是"做……弗着"的变式。又如：

（16）相大妗子道："'船不漏针'，一个男子人，地神就会吞了？<u>拼我不着</u>，恶人做到底罢！等我问他要去！"（《醒世姻缘传》第57回）

（17）童自大道："……我若生在那时候，<u>拼着家私不着</u>，也买上一个做做。……"（《姑妄言》卷10）

（18）李广听说，只是摇手，苦咽咽叫声："……不用你去出战，且同你母亲守关要紧，<u>拼我老命不着</u>，待我杀进番营，前去报仇，若是得胜，不必说了，倘你公公再有差误，尔须要设计入番，找寻你公公、父亲、叔叔、婶婶的骸骨，一并带回天朝，将来你好做报仇之人。"（清·雪樵主人《双凤奇缘》第26回）

（19）罗思举听了，知道定国没有讨贼的胆量，停了半晌，笑答道："老爷果然有老爷的难处，我罗思举定要仰劳老爷，原是我自己不知进退，只是赤手空拳劫营的事，如何做的成功？只求老爷赏我三五斤火药，<u>拼这条贱命不着</u>，定做一番事情出来给人家瞧瞧。"（陆士谔《清朝秘史》第42回）

也有写作"拚……勿着"的，如：

（20）（丑拿帽、生戴）奢个，要赖大伯的亲事吓！<u>拚个条性命勿着</u>，大家乒乒哉奢！（清·李玉《太平钱》卷上）

还有"废……不着"，如：

（21）正在那里自言自语，岂知老者去不多远，却又转来，说道："……常言道：杀人须见血，救人须救彻。还只是<u>废我几两银子不着</u>，救你这条穷命！"（明·冯梦龙《醒世恒言》卷37）

我们以为，上面几例中的"废"，特别是"拼"，义同"做"。也就是说"废……不着""拼……不着"与"做……不着"是同义的格式。石汝杰等（2005）未收"拼……不着"。

上面众多例子的"做"都有实在意义，所以，不能把它当词缀看待。

阮咏梅（2013b：245）说温岭方言有"做条老命"，解释为"拼命"，与"做条老命不着"义比较接近。

（四）现代方言的"做……不着"与"做……着"

1. 吴语的"做……不着"与"做……着"

奉化方言有"做……弗着"的说法。如：做我弗着、做你弗着、做其弗着。其宾语是人称代词。宾语也可以是名词或名词性短语，如：

（1）做一间屋弗着。

（2）做五百元钞票弗着。

（3）做一条性命弗着。

但朱彰年等（1998）与汤珍珠等（1997）都未收"做"的此义项。

游汝杰等（1998：290）指出，温州话的"做"义项十六是："拿某人或某物作牺牲。以'做…不着'的形式表示，'做'后面为名词、名词性短语或人称代词。"如：

（4）做我该条老命不着，伉渠妆哪。

（5）到拉该个地步，只好做钞票不着，尽力用落去吧。

绍兴的谚语有如下用法，如：

（6）有钱做钱着，呒钱做命着。（《中国谚语集成·浙江卷》第 205 页）

上例的"做钱着"是"做钱不着"义，"做命着"是"做命不着"义。"做……着"与"做……不着"意思是一样的。明清白话文献中既有"做……不着"，又有"做……着"，但以"做……不着"常见。现在浙江吴语口语中"做……着"很少听到，上例的谚语可能也是历史的传承。

（7）有钱作钱着，呒钱作命着。（钱可换命）（杨葳等，2000：348）

上例也是绍兴谚语，"作"与"做"又是同义词。

我们还对笔者所在学校本科学生和硕士生进行过调查，除了温州、宁波外，浙江省内其他吴语也使用，如杭州富阳、绍兴诸暨、金华兰溪等。如：

（8）我买彩票，反正做一百块钞票不着。

（9）件事体办勿好，做我不着好啊。

胡飞君（2006）把"做……不着"的"做"当作词缀，这是不妥的。这里的"做"有实在意义，应该是动词。（参见崔山佳，2015）

4.1 徽语的"做……不着"

安徽绩溪方言也有"做……不着"："在'……'处用上一个事物名词，表示拿这个事物出气。"如：

（10）尔有么伙话一悾讲，嫒做只台盘不着。"（赵日新，2003：160）

绩溪方言未见"做……着"。

以上可见，"做……不着"在现代方言中主要见于吴语，偶见于徽语，再说绩溪与浙江相邻，而且其底层是吴语。

（五）关于"做……不着"的语义

到目前为止，对"做……不着"进行研究的多为其他方言区的学者。如刘瑞明（1997，2012）、徐之明（1999a，1999b，1999c）、杨会永（1999，2009）、胡飞君（2005）等。他们所举例子都是明清白话文献中的"做……不着"与"做……着"。因为他们不是吴语区的人，所以，刘瑞明（1997，2012）、徐之明（1999a，1999b，1999c）、杨会永（1999，2009）、胡飞君（2005）等都有不足之处。

顾学颉等（1990：554）收"做我不着"："做我不着：宋元时俗语，含义较多，难以一言概括全面。大约有豁出去、不顾一切、甘冒风险、勇于承担、愿做某种牺牲等义。"

王学奇等（2002：1469）收"做我不着"："做我不着，宋元时俗语，一直沿用下来。它的含义较多，难以一言概括，大约有豁出去、不顾一切、甘冒风险、勇于承担、愿作某种牺牲等义。"

刘瑞明（1997）对"做……不着"作了许多种解释，也就是说，"做……不着"在不同的语言环境中，有不同的含义。

我们以为，对一种在明清白话文献中较常用的结构，竟然随文释义，这既无必要，也是行不通的。更重要的是，因为"做……不着"具有十分明显的方言色彩，对具有西北方言背景的刘先生来说，也稍显困难。

徐之明（1999a：50-52）指出刘瑞明（1997）有以下几点不足之处：一是拘于所定"不着"的基本义"不中""不对"而牵强曲解，误释原义。此种情况比重最大。其中据其误释之义大致可分为"不对""不该""不宜"与"不中（用）"两种情况。二是《"做……不着"新释》（以下简称为《新释》）所作的变通解释于文义似通，但与其所概括的"着"之常义存在相当的距离，已经超越变通的限度，实难成立。三是审校不慎，因而引文省略不当、标点不当等，亦致误释。此外，《新释》对有的例句中"做……不着"所涉指的人物有所误解，自然释义不确。

徐之明（1999a：52）对刘瑞明（1997）提出不同看法，文章指出，遵循上述原则，所做的首要工作就是对《"做……不着"新释》所引的例句中"做……不着"所表现出的具体不同的含义进行梳理，同时参考辞书所作的释义，然后归纳出"做……不着"表达的含义，大体不外以下五种情况：一是拿（或拼舍）……不顾及（惜）；二是拿……不吝惜；三是拿（或把）……不予计较；四是把……不在意；五是让……豁出去。

我们以为，"做……不着"有五个义项也太复杂。

杨会永（2009：152）也对刘瑞明（1997）提出不同意见：通过对"做……不着"这一形式的大量例句的分析，认为其意义有三项：一是拼着……；牺牲……；二是花费……；三是麻烦某人。

我们以为，杨会永（2009）的说法也只是第一点是正确的、后两点也是多余的意思。

我们以为，"做……不着"是一个结构，没有这么多的义项。

还有不少近代汉语方面的词典，收"做我不着"等，陆澹安（2009a，2009b）、龙潜庵

（1985）、胡竹安（1989）、顾学颉等（1990）、高文达（1992）、吴士勋等（1992）、许少峰（2008）、刘益国（1998）、王学奇等（2002）等，我们以为也不妥当，因为"做……不着"是一个结构，"做我不着"等还未词汇化为词。

《汉语大词典》卷1（1986：1525）未收"做……不着"和"做……着"，但"做"的义项十五是："谓拿某人或某事物作牺牲。以'做……不着'或'做……着'的形式，在'做'字后面跟名词、名词性词组或人称代词。"

游汝杰等（1998：290）温州方言的"做"义项十六是："拿某人或某物作牺牲。以'做…不着'的形式表示，'做'后面为名词、名词性短语或人称代词：～我该条老命不着，伉渠妆哪丨到拉该个地步，只好～钞票不着，尽力用落去吧。"

李崇兴等的《元语言词典》（1998：448）："做……不着：把……舍弃不顾。"

在众多的解释中，以《汉语大词典》《现代汉语方言大词典》《元语言词典》解释得最准确，虽然三本词典解释的语句有所不同，但实质上是一样的。

白维国（2011：2068）"做"义项十四是："拼；拿。多用在'做……（不）着'的格式中。"如：

（1）若还敢来应我的，做这条老性命结识他。（明·冯梦龙《古今小说》卷3）

（2）做这老性命着，与你兑了罢。（冯梦龙《醒世恒言》卷33）

（3）宁可做小女不着，冒了被弃之名，替他别寻配偶罢。（清·李渔《十二楼·合影楼》第2回）

上面的例句安排得十分妥当，例（1）是说"做"有"拼；拿"义，例（2）是举"做……着"的格式，例（3）是举"做……不着"的格式。

（六）古今比较

1. 方言分布

除元曲外，就明清白话文献例子作者的籍贯来看，吴语区的最多，如冯梦龙（苏州府长洲县人，今苏州），沈君谟（吴江人，今江苏），杨珽（钱塘人，今杭州），叶宪祖（浙江余姚人），凌濛初（浙江乌程人，今浙江湖州吴兴织里镇晟舍），陆云龙、陆人龙（兄弟俩都是杭州人），金木散人（苏州人），杨尔曾（钱塘人），周清源（武林人，今杭州），孟称舜（会稽人，今绍兴），李渔（浙江兰溪人），钱彩（浙江仁和人，今浙江杭州），陆士谔（上海青浦朱家角人）等。明代的凌濛初与清代的李渔用得最多，各有20例。

也有北方作者，如王实甫（大都人，即北京）、施耐庵（江苏泰州兴化人）、吴承恩（淮安府山阳县人，今江苏省淮安市楚州区）、西周生（山东人）、笔炼阁主人（即徐述夔，江苏东台人）、烟霞散人（即刘璋，阳曲人，今山西太原）。

据目前材料可见，"做……不着"现在多在吴语，且全在浙江，只见于少数方言点，江苏吴语、上海吴语未见报道。徽语偶见，只有绩溪才有报道。

2. "做……着"基本消失

从上面例子中可见,"做……着"基本上消失了,如宁波、温州等现在仍说"做……不 / 弗着"的方言点,也未见"做……着"的报道。至于绍兴谚语的例子,那是历史的传承,不是现在口语的正常反映。

正因为如此,浙江的一些方言专著未见有"做……不着"的报道。如王洪钟(2011a)、肖萍(2011)、肖萍等(2014)、王福堂(2015)、曹志耘(2016)、盛益民等(2018)等,都未见"做……不着"。浙江大学出版社 2019 年出版的《浙江方言资源典藏》(第一辑)中 16 个方言点,如:浦江、东阳、丽水、遂昌、庆元、嵊州、诸暨、衢州、宁波、定海、天台、余杭、海盐、长兴、瑞安、乐清,都没有提到"做……不着"。

许宝华等(2018)是研究上海松江方言的,也无"做……不着"的介绍,张惠英(2009)是上海崇明方言研究,同样不见"做……不着"的介绍。

崔山佳(2003,2004,2018a)、周志锋(2006)结合近代汉语与吴语探讨了"做……不着"与"做……着"。这与崔山佳与周志峰都是吴语区人、既研究近代汉语又研究吴语有关。

二十五

“A 做 A”

（一）明清白话文献的“A 做 A”

1. 明代白话文献的“A 做 A”

明代白话文献中有“A 做 A”，如：

（1）夏方道：“公子，论起他的工夫，着实是值钱的。若是小弟去寻他，又说是公子这里，决然忙做忙，料来没甚推却。”（明·金木散人《鼓掌绝尘》第 11 回）

（2）韦承相道：“老夫有一事耽延，然亦不敢爽约，便是晚做晚，决定要来走一遭。”（《鼓掌绝尘》第 18 回）

（3）骚兴一动，老做老也会举了起来。（明·伏雌教主《醋葫芦》第 4 回）

（4）梦县本是个老奸巨滑，见杨稳婆这么说了，恐怕事情变卦，忙转语道：“……不过洋钱这东西，拿进门，多做多，总不会嫌多；拿出门，少做少，总有点子不舍，这是人人如此的。……”（清·陆士谔《十尾龟》第 35 回）

以上是白话小说，戏曲也有这种用法，如：

（5）常言道：“官久自富，穷做穷，得的东西还勾我和你受用。”（明·吾邱瑞《运甓记》第 25 出）

上面所举例子中，前后用的是同一个词，“忙”“晚”“老”“多”“少”“穷”等都是形容词，且是单音节形容词，也就是说，在“A 做 A”的格式中，“A”由形容词充当。

石汝杰等（2005：782）“做”义项十五是：“< 动 >用在‘A 做 A’的格式中。尽管，即使。”除例（1）、例（3）外，又如：

（6）别人家个婆娘穷做穷，干啾啾缩在窠里，并弗曾餂臀鸟能介着处奔奔。（明·冯梦龙《山歌》卷 9）

上例是民歌。

胡祖德的《沪谚》中也收有好几例“A 做 A”，如：“瘌痢乖做乖，只好跟麻子拎草鞋。”“穷做穷，还有三担风瀛铜。”（原注：“瀛，眉波切，音摩。言富家衰落，尚留宝物，可得重价也。俗称风瀛铜为铜中之宝。”）“小伙子敱做敱，踏板头上有不得三双小儿鞋。”（原注：“子女多，吃用大。敱音笳，俗字也。俗谓有能力曰敱。见《蒙腋书》。”）

《鼓掌绝尘》题金木散人编，撰者吴姓，苏州人，是吴语区人。《醋葫芦》作者伏雌教主，卷首有序，落款“笔耕山房醉西湖心月主人题”，似与杭州西湖有关，估计作者为吴语区人。《十尾龟》的作者陆士谔 1878 年出生在上海青浦朱家角，14 岁到上海城里行医谋生，也是吴语区人。《运甓记》的作者吾邱瑞公元 1596 年前后在世，字国璋，杭州人，也是吴语区人。《山歌》的编者冯梦龙也是苏州人。胡祖德的《沪谚》明确记载的是上海的谚语，胡祖德（1860—1939），字云翘，号笃桥，上海浦东陈行乡人。因此，目前所搜集到的明清时期的"A 做 A"例子，大概都出自吴语。

上面所举例子，既有小说，也有戏曲，还有民歌与谚语，也就是说，多种文体有"A 做 A"，应该是一种比较成熟的格式。但好多近代汉语词典未收，如陆澹安（2009a，2009b）、高文达（1992）、吴士勋等（1992）、许少峰（1997）、白维国（2010）等，《汉语大词典》《汉语大字典》也未收。连许少峰（2008）作为大型的近代汉语词典，也未收"做"的连词义。石汝杰等（2005：782）"做"的注释是准确的，但说"做"是动词，其词性判定不准确，因为作"尽管，即使"解释的"做"词义已经虚化，无论如何不可能是动词，只能是连词。

2. 清末／民国传教士文献的"A 做 A"

清末／民国传教士文献因为真实记录了当时的口语，所以具有可靠性，如：

（7）小坭杆，强做强，勿要一碰就坏个咾。［（法）无名氏《松江方言练习课本》（1883），第 310 页］

（8）就是后首用心做用心，画出来总勿得法。（《松江方言练习课本》第 317 页）

（9）本事大做大，机会勿好，也勿会成功个。［丁卓《中日会话集》（1936）第 291 页，上海三通书局］

（10）笨做笨个人，只要肯用功，无没勿进步个。（《中日会话集》第 291 页）

（11）本钱多做多，无没经验总尴尬个。（《中日会话集》第 292 页）

（12）着之迭件大衣，冷做冷个天，勿冷个者。（《中日会话集》第 292 页）

（13）省做省，少到一百洋钿总要个。（《中日会话集》第 292 页）（钱乃荣，2014：158）

以上的例句从时间上看也属于现代汉语时期。说明上海的"A 做 A"是明清白话文献的延续，在现代仍较常见。钱乃荣（2014：212）指出，今也用旧式，如："弄得清爽做清爽，伊还是勿满意。"也能说"纵"，如："老朋友纵老朋友，还是亲兄弟明算账。""老朋友"是名词，比较特殊。

此前，钱乃荣（2003a：331）在说到上海话的"让步关系"时就说过"V 做 V"："即使……也""不论……也"的意思。"小泥圩，强做强勿要，一碰就坏个咾。"［（法）佚名《松江方言练习课本》（1883：310）］"就是后首用心做用心，画出来总勿得法。"［《松江方言练习课本》（1883：317）］具体例句差不多，只是一是"小坭杆"，一是"小泥圩"。

从上海方言的例子可见"A 做 A"中的"A"一般是单音节形容词，偶尔也可是双音节的形容词，如"用心做用心"。从范畴理论来看，单音节形容词是典型用法，而双音节形容词是非典型用法。这说明，吴语与此前又有所不同。

钱乃荣（2014：158）认为"A 做 A"是让步从句，解释为"也怕……也，就是……

也，即使……也"。但我们以为，"A 做 A"应该是转折从句，解释为"虽然……不过，虽然……但是"更好一些。

3. 明清白话文献的"A 自 A"

明代白话小说有"A 自 A"格式，如：

（14）三藏道："你看不出来哩，<u>丑自丑</u>，甚是有用。"（吴承恩《西游记》第 16 回）

（15）八戒道："……我们<u>丑自丑</u>，却都有用。"（《西游记》第 20 回）

（16）八戒道："……我<u>丑自丑</u>，有几句口号儿。"（《西游记》第 23 回）

（17）众仙道："这猴子恋土难移，<u>小自小</u>，倒也结实。"（《西游记》第 25 回）

（18）行者笑道："……咱老孙<u>小自小</u>，筋节。"（《西游记》第 31 回）

（19）八戒慌了，厉喊道："不要剥皮！<u>粗自粗</u>，汤响就烂了！"（《西游记》第 77 回）

（20）三藏道："他<u>丑自丑</u>，却俱有用。……"（《西游记》第 80 回）

（21）八戒道："你这黑子不知趣！<u>丑自丑</u>，还有一些风味。自古道：'皮肉粗糙，骨格坚强，各有一得可取。'"（《西游记》第 93 回）

清代白话小说也有，如：

（22）他<u>丑自丑</u>，到底是女孩家，有些子作难。（曹去晶《姑妄言》第 13 回）

（23）他<u>恶自恶</u>，侄子不能惩其恶，自有报其恶者。（无名氏《金钟传正明集》卷 37）

清代戏曲也有，如：

（24）（小丑放手介）妈妈，<u>老自老</u>，到还是水的。（张坚《梦中缘》第 35 出）

（25）（丑）俺们<u>老自老</u>，一夜三次要会战，不许你挂免战牌，不许你上阵便求饶，你可依得吗？（《梦中缘》第 35 出）

清代笔记也有，如：

（26）刘须溪曰："<u>好自好</u>，但亦不宜系。"（贺裳《载酒园诗话》卷 1）

上面例子中，"自"表示转折，也含有"虽然"的意思。有的后半句还有"却""倒""还"等词呼应。同时，这"A"也是形容词，如"丑""小""粗"等。

动词也有进入"A 自 A"格式的，如：

（27）俞良便道："我<u>醉自醉</u>，干你甚事！……"（明·冯梦龙《警世通言》卷 6）

（28）只见一客虽醉，俗语说的好：<u>醉自醉</u>，不把葱儿当芫荽。（明·方汝浩《东度记》第 95 回）

动宾短语也有进入"A 自 A"格式的，如：

（29）延寿马，我<u>招你自招你</u>，只怕你提不得杜鼓行头。（元·古杭才人《错立身》第 12 出）

上面的"A 自 A"虽然"A"是动词，但"自"仍然是连词，表示"虽然"，这与宁波方言中的"像做像"一样，虽然"像"是动词，但"做"仍然表示"尽管；纵然；虽然"。

《汉语大字典》（第二版，2010：3248）"自"义项七是："连词。"其中第三点是："表示让步关系，相当于'虽'、'即使'。"《汉语大词典》卷 8（1991：1306）也持同样看法。但这"X"未注明是由什么词充当的。

（二）现代吴语的"A 做 A"

1. 现代吴语的"A 做 A"

宁波方言口语有"A 做 A"格式，如：

（1）朋友好做好，落雨自割稻。（《阿拉宁波话》第 275 页）

（2）夜做夜，豆腐慢慢卖。（《阿拉宁波话》第 290 页）

（3）朋友好做好，发风落雨割自稻。（《中国谚语集成·浙江卷》第 144 页）

上例是宁波谚语。

上面的"做"，前后用的是同一个词，而且都是形容词，单音节形容词。"做"有"尽管；纵然；虽然"的意思。朱彰年等（1996：357）收有"做"的这个义项："（6）＜连＞尽管；纵然。"例子除例（2）外，另如：

（4）忙做忙，书还是要看咯。

（5）绿满山川闻杜宇，便做无情，莫也愁人苦。（宋·朱淑真《蝶恋花·送春》）

我们以为，还是把朱淑真的《蝶恋花》的例子和前面的"A 做 A"的例子分开来解释好。

汤珍珠等（1997：182）也收宁波话"做"的这种用法，如："（3）形容词中缀，用在两个形容词中间，构成'A ～ A'格式，意为不管如何。"例子除例（2）外，另如：

（6）坏做坏，总是自家儿子，一股狠心，一股痛心。

我们以为，把"A 做 A"单独列出义项来，这样更清楚。但把"做"解释为"中缀"，我们以为也不准确，因为"做"确实有连词的性质，是有比较明确的语法意义的。

周志锋（2012：27）也认为"做"用在两个形容词中间，表示让步关系，相当于"虽然、尽管"。除例（2）外，另如：

（7）亲眷朋友好做好，刮风落雨自割稻。

（8）烂泥恶做恶，燥了会褪壳。

（9）泰清寺穷做穷，还有三千六百斤铜"。

浙江奉化方言中也有，如《奉化市志》第 26 编"方言"（第 858 页）也举有例（9）。平时也能经常听到"好做好""忙做忙""夜做夜"等说法。"A"也有双音节形容词，如"好吃做好吃""清爽做清爽""惶恐难为情做惶恐"等，甚至"A"有三音节的用法，如"难为情做难为情"等，还有四音节的用法，如"惶恐不刺形容难为情，不好意思做惶恐不刺"等。

浙江余姚方言也有"A 做 A"。肖萍（2011：246）收"做"，义项有四，其三是："形容词中缀，用于两个形容词之间，构成'A ～ A'格式，意为不管如何。"这是采用李荣（2002：3812）的说法："形容词中缀，用在两个形容词中间，构成'A ～ A'格式，意为不管如何。"我们以为，说"做"是中缀不妥。朱彰年等（1996：357）把"做"解释为连词："尽管；纵然。"既然有相当于"虽然"的意思，有明确的语法意义，所以我们以为不如把它当作连词更为妥当。周志锋（2012：28）说："这个'做'是个连词，有的学者把它看做'形容词中缀'，恐怕不够准确。"我们以为此说有理。

浙江舟山方言与宁波方言很近，也有"A 做 A"，如：

（10）<u>穷做穷</u>，称称也有三两铜。（《舟山方言》教材第 29 页）。

胡飞君（2006）把"A 做 A"中的"做"当作中缀解，可能也是受李荣（2002：3812）说法的影响。

浙江绍兴方言也有"A 做 A"，杨葳等（2000：385）有"穷人家好做好，勿及大人家一件袄"（谚语）。吴子慧（2007：191-192）在说到"ABA"型时说到了"A 做 A"："'好做好、吸做吸'等，都有'即使再 A，也如何'的转折关系。"如：

（11）人<u>好话做好话</u>末也有发火个时光<small>人脾气再好也有发火的时候。</small>

（12）伊<u>吸做吸</u>末也有六十分埭，也比你高埭<small>他虽然差但是也有六十分，也比你分数高呀。</small>

浙江义乌方言有"嵌音式"：在义乌方言里有一种嵌音式形容词，其中有一种是在相同的单音节形容词中间嵌进一个"做"字，构成"A 做 A"式，以表示形容词的某种程度极限。如："新妇好做好也不及自个囡好"，意思是说"媳妇最好也不及自己的女儿好"。句中的"好做好"是表示假设性的形容程度的极限。这种用法是普通话里所没有的，但在义乌方言里用得较广泛。如：

好做好（再好也不及……）	大做大（再大也……）
疲做疲（再差也……）	长做长（再长也……）
穷做穷（再穷也……）	硬做硬（再硬也……）
红做红（再红也……）	老做老（再老也……）

方松熹（2002：196-197）所概括的语义与宁波方言等有差异，宁波方言中"做"是"尽管；纵然；虽然"，是连词，但方松熹（2002：196-197）说"做"是"再……也……"。根据例子来看，义乌与宁波方言是相同的。我们以为"做"解释为"尽管；纵然；虽然"更确切。同时，方松熹（2002：196-197）把"做"当作"嵌音"处理同样不妥当，"做"还是有明确的语法意义的。（方松熹，2002：196-197）

浙江嘉善方言中也有"A 做 A"格式："A 做 A 式。嘉善方言中有'A 做 A'这样的句式，相当于普通话中的'A 是 A'，但'A 做 A'必须与后续句组成比较，否则不能成立。大部分单音节形容词可以有 A 做 A 式。"如：

（13）<u>亮做亮</u>，吭没外头亮<small>亮是亮，但没有外面亮。</small>

（14）<u>好做好</u>，还是学堂里好<small>好是好，但还是学校里好。</small>

（15）<u>穷做穷</u>，吭没李家穷<small>穷是穷，但没有李家穷。</small>（徐越，1998：76）

以上是浙江方言。上海方言也有"A 做 A"格式，如徐烈炯等（1998：183）认为上海话有特殊的构词方式"ABA"，如：乖做乖、好做好、灵做灵。

例子下面分析说，"'A 做 A'表示即使再 A，也会如何的转折关系"。如：

（16）伊<u>好做好</u>，也比勿上侬。

（17）机器<u>灵做灵</u>，也勿及手工包格好吃。

上海崇明方言也有。李荣（2002：3812）把"做"当作"嵌字"处理："用作单音节形容词重叠时的嵌字，表示退让的语气，相当于北京话'虽然'的意思。"如：

（18）单裌子<u>旧做旧</u>，爱好着两年个_{罩衣虽然旧了，还可以穿两年。}

（19）家生<u>破做破</u>，笃脱夷是弗舍得_{家具虽然破，（要说）扔了它还是舍不得的。}

上面把"做"当作"嵌字"，我们以为不是很贴切。既然"做""相当于北京话虽然的意思"，那么应该是连词才是。但此前的张惠英（1993：21）"做"义项一是"用在两个形容词中间，表让步意"，未提"做"是"嵌字"。

以上可见，浙江的宁波方言、奉化方言、余姚方言、义乌方言、嘉善方言和上海方言、崇明方言所说的"A 做 A"与前面明清白话文献的语义基本一样。

从语法功能来看，"A 做 A"可以作复句中的分句、偏句，如"夜做夜，豆腐慢慢卖"，也能作分句的谓语，如"泰清寺穷做穷"，也可作分句的定语，如"冷做冷个天"。

同样，"做"有"虽然"等义，只是一个复句的前一分句，它本身并未有"也"的后续义，这后续义是由后一分句显示出来的，如"本事大做大，机会勿好，也勿成功个"，后一分句就有"也"字，明·伏雌教主《醋葫芦》第 4 回的"老做老也会举了起来"也是如此，"老做老"后面有"也"字。所以，方松熹（2002）、徐越（1998）、钱乃荣（2003a，2014）等的说法不准确。

在"A 做 A"做分句的句子成分时，更不能用"即使……也""不论……也"来解释，如"冷做冷个天"。

许宝华等（1999、2020）都未收"做"的这种特殊用法。吴连生等（1995）也未收。

2. 现代吴语的"V 做 V"

周志锋（2012：61）还举一个动词进入"做"这种格式的例子，如：

（20）两娘<u>像做像</u>，各人各心相。

上例的"做"也是连词，也是"尽管；纵然；虽然"的意思。"像"与一般动词不同，其前面可用程度副词修饰，如"很像"，所以，能进入"A 做 A"。由此可见，虽然宁波话中"V 做 V"中的"V"是动词，但"做"字仍是连词，与下面要说到的福州方言与厦门方言不同。

钱乃荣（1997b：191）也说到上海方言有"V 做 V"格式，如：

（21）<u>骂做骂</u>，<u>打做打</u>，拿伊哝没办法。

同宁波方言一样，"V 做 V"中的"V"是动词，但"做"字仍是连词。从范畴理论来看，吴语的"A 做 A"格式中，形容词是典型用法，是核心成员，动词是非典型用法，是边缘成员。

（三）其他形式的"AXA"

1. 福建闽方言的"A 做 A"

李荣（2002：3813）收厦门方言的"做"字用法，"做"义项七是："放在对举比较的句子里，表示各归各的。"如："你做你，我做我，各人将家己的代志做好较要紧_{重要}｜铁做铁下_放，柴_{木头}做柴下，伓通揽做一下。"这里"A 做 A"中的"做"是动词，"A"有代词，如"你""我"，也有名词，如"铁""柴"。

许宝华等（2020：4823）"做"义项十九是动词，义为"随；听凭。"方言点是闽语：福建厦门。如"做汝_你讲""汝做汝，我做我"。

福州方言有"X 做 X"式，如：

（1）<u>汝做汝</u> nŋ²¹ʒo⁵³ny²¹ _{你搞你的。}

（2）<u>我做我</u> ŋuai²¹ʒo⁵³ŋuai²¹ _{我搞我的。}

（3）<u>新做新</u> siŋ²¹tso⁴⁴siŋ⁴⁴ _{新的归新的。}

（4）<u>旧做旧</u> ku²¹tso⁵³kou²⁴² _{旧的归旧的。}（梁玉璋，2002：119）

"汝做汝""我做我"中的"汝"与"我"是人称代词，是名词性词语，与吴语不同，这里的"做"是实义动词，有"搞"义。"新做新""旧做旧"中的"新"与"旧"，虽然也是形容词，但整个结构的语义也与吴语有别，福州话中的"做"有"归"义，也是实义动词，而吴语中的"做"是连词。因此，同样是"A 做 A"，不同的方言有不同的语义，是形同实不同。

许宝华等（2020：4823）"做"义项二十三是副词，义为"只管；尽管。"方言点是闽语：广东揭阳。如：

（5）因为等你无来，<u>伊做伊胶</u>己去了 _{因为等你不到，他只管自己去了。}

（6）<u>你做你</u>先行，勿等伊 _{你尽管先走，别等他。}

上面福州、厦门、揭阳等方言的"做"，与吴方言中的"做"不同，进入格式的"A"也有别。

2. 浙江黄岩方言的"A 做 A"

据笔者所在学校黄双双同学说，其家乡浙江台州黄岩方言有如下的例子：

（7）这个萝卜，<u>好做好</u>，<u>坏做坏</u>，放一个筐里面。

上例的"好做好，坏做坏"也是"好的归好的，坏的归坏的"，"做"也有"归"义，与福州话相似。但只有"好做好，坏做坏"一种说法。

可以这样说，吴方言的"A 做 A"格式继承了近代汉语，而福建的福州话、厦门话、浙江台州话的"A 做 A"另有发展轨迹。

3. 上海方言的"A 纵 A"

钱乃荣（2003a：331）说上海方言另有"A 纵 A"，如：

（8）任务<u>重纵重</u>，也勿叫声苦。'"

前面还有"老朋友纵老朋友"，看语义，"A 纵 A"义同"A 做 A"。

4. 吴语的"A 末 A"

苏州话有拷贝式话题，其中有"A 末 A"："A 为'末'[mə²³]，跟北京话轻声'么'相近。

'末'是同音字，本身没有意义，'T2 末 T1'是苏州话等吴语特有的。T 只能是谓词。"如：

（9）（我）去末去，饭是弗吃葛去虽然去，饭不会吃（背景：接受邀请去做客，但不吃人家的饭）。

（10）（俚）做末做，心里是怨杀做虽然做，心里怨恨得很。

（11）（面孔）白末白，白得无不血色白虽然白，白得没有血色。

（12）（件衣裳）便宜末便宜，不过物事弗大灵虽然便宜，不过东西不太好。（汪平，2011：343）

汪平（2011：343）指出："'末'在这里相当于'虽然'。完全虚义的后附成分在句中有意义，这可算是苏州话的一个特点。"苏州话"A 末 A"中的"A"既有动词，如例（9）的"去"、例（10）的"做"，又有形容词，如例（11）的"白"、例（12）的"便宜"。形容词也可以是双音节，如例（12）的"便宜"。

陆基等合编的《苏州注音符号》［商务印书馆（上海）1931 年版］也有，如：

（13）姆姆，娘姨笨末笨，凶是凶得野哚。

苏州话的"T2 末 T1"与宁波话等的"A 做 A"差不多。但前面说"'末'是同音字，本身没有意义"，后面又说"'末'在这里相当于'虽然'"，又说"完全虚义的后附成分在句中有意义，这可算是苏州话的一个特点"，我们以为，"末"应该是一个连词，是有实在意义的。

石汝杰（2009：85）有注释说，"'A+ 末 +A'，同一个动词或形容词重复，表示让步，后面提出的情况与之相反，虽然……（却）……；……"

上海方言也有"A 末 A"，是转折从句，解释为"虽然……不过，虽然……但是"。如：

（14）洋伞比之中国伞贵末贵，到底更加用得起。［《松江方言练习课本》（1883：65）］

（15）现在做末做拉哉，还勿曾烧。［丁卓《中日会话集》（1936：302）］

（16）白莲泾个地方我去末去过个，已经记勿清了。（钱乃荣，2014：159）

上面例子中"A"既有形容词，如例（14），也有动词，如例（15）、例（16）。

清末白话小说也有，如：

（17）倪穷末穷，七百两银子格事体，还出得起来里。（清·张春帆《九尾龟》第 6 回）

上例的"穷"也是形容词。

5. 其他方言的"A 罔 A"

江西铅山方言副词"罔"："虽然，虽说。"如：

（18）渠人瘦罔瘦，力气大得很他人虽矮，力气很大。

另如铅山方言的谚语：

（19）矮罔矮，一肚子是拐。（胡松柏等，2008：253、358）

我们以为，铅山话中的"A 罔 A"格式，义同吴语的"A 做 A"。但把义为"虽然，虽说"的"罔"定为副词，这也是不确切的，"罔"也应该是连词。

闽南方言也有"A 罔 A"格式。如：

（20）我老罔老，头壳抑是真好我老归老，脑袋还是很好的。

（21）伊老罔老，我拢嘛佮伊拉天讲他老归老，我仍会跟他聊天。

（22）**汝老冏老，千万莫［mài］胡涂**你老归老，千万别胡涂。

上面 3 例中的"老冏老"虽然对应普通话"老归老"，但是从取向来看，表达了不同意思。例（20）、例（21）的下文"抑是""拢嘛"接近于普通话的"还是""仍会"，属于表达转折的关联词，"老冏老"为已然的存在事实。前后分句的关系造成相反或相对的评述，形成超出一般的预期之外。例（20）的前分句表示单独陈述老态的事实，后分句显示"我"的自豪，形成前后语义对比。尤其当主语是第一人称时，这种超出预期的观点是自我评价。例（21）是情境取向，即说话者对第三人称主语的评价，并非如第一人称主语的自我高度评价，而是对预期以外的陈述。例（22）句中的主语是第二人称，观点来源是说话者取向，从而表达"言外行为"，形成否定祈使命令，也就是说话者劝诫、希望"胡涂"这个情况不要发生以求达成预期。（陈菘霖，2017：66）

上面 3 例，有的与吴语中的"A 做 A"相同，如例（20）换成"我老做老，脑袋还是很好的"可通，例（21）换成"他老做老，我仍会跟他聊天"也可通。但例（22）不能换成"你老做老，千万别胡涂"。又如：

（23）**汝听冏听，毋通［m-thang］太相信伊**他听归听，你可别太相信他。

（24）**汝看冏看，勿乱摸**你看归看不要乱摸。

上 2 例用"V 冏 V"表示否定祈使句。（陈菘霖，2017：66）但在吴语中"V 冏 V"不能换成"V 做 V"。

另外，有些句子看不到任何人称主语，但是可以通过上下文语境判断，属于情况取向，观点或态度由语境中某人所提出。如：

（25）**"家内事"共款，吵冏吵，到底犹是一家伙仔**家里事都一样，吵归吵，终究还是一家人。

（26）**饭食冏食，话袂当［bē-tàng］乱讲**饭吃归吃，话可别乱说。

（27）**讲冏讲中昼饭的时间到了**说归说，吃中饭的时间也到了。

例（25）、例（26）在某些语境下也能形成劝告的语用效果，但否定祈使意涵相较于例（22）～例（24）显得不太强烈，区别主要在于有无第二人称。可将例（26）代入第二人称"汝"（你），产生"汝饭食冏食，话袂当乱讲"，可发现无人称的表达比带有第二人称的否定祈使的语气更和缓。例（27）代入第二人称"汝"（你），则显示说话者对于主语的直接劝告，相较于无人称主语更间接和缓。

可见，"V 冏 V"和第一人称主语"我"搭配，前后分句的关系造成相反或相对的评述；和第二人称搭配并以否定祈使构句出现，表达说话者不期望发生某事件，加以禁止劝诫。与第三人称"他/伊"搭配，表示单独陈述一个事实，其观点来自语境的言说者。（陈菘霖，2017：66-67）

上面几例与吴语的"V 做 V"根本不能互换。闽南方言"V 冏 V"是状态及动作动词皆可。也就是说，闽南方言的"V 冏 V"只有"V"是形容词的，部分与吴语的"A 做 A"相似，大多数不同。

6. 云南昌宁方言的"A 嘿 A"

云南昌宁方言（属西南官话）有语气词"嘿"，大致相当于普通话的"呢"，可以用于疑问句，也可以用于陈述句，既可用于句末，也可以用于句中。

"嘿"用于两个相同的单音节动词或形容词之间，构成"V 嘿 V"或"A 嘿 A"的格式，表示转折或勉强的语气，其后面的分句大多用"就、还、倒"等关联词呼应，类似于普通话的"归"。如：

（28）他聪明嘿聪明，就是上课爱睡觉_{他虽然聪明，但是上课时经常睡觉}。

（29）她丑嘿丑，生个儿子还怪周正喂_{她虽然丑，但她的儿子却很帅}。

（30）你吃嘿吃，倒是不要撑着_{你吃可以，但不要吃多了}。

（31）借嘿借，倒是要记着还_{借是可以，但一定不要忘了还}。

如果"嘿"前后的动词是"说"，便构成"说嘿说"的格式。这种格式除了表示转折或勉强同意的语气外，还能表达一种委婉提醒的语气，含有"顺便说说"或"顺便问一下"的意思。如：

（32）说嘿说我阿着回去煮饭啰_{说归说，我该回家做饭了}。

（33）说嘿说你该去啰_{说归说，你该走了}。

（34）说嘿说你借我的钱哿还唠_{顺便说说，你借我的钱还了吗}？

（35）说嘿说你今年多大啰_{顺便问一下，你今年几岁了}？（李友昌，2012：31）

上面"X 嘿 X"中的"X"有的是动词，有的是形容词，与吴语的"X 做 X"相似。因此，我们以为，"嘿"应该是一个记音字，并非语气词，而是连词。

吴语的"A 做 A""A 纵 A""A 末 A"、江西铅山方言的"A 罔 A"、云南昌宁方言"X 嘿 X"也显示了家族象似性特征。

（四）"A 做 A"与"A 是 A"的比较

1. A 是 A

明代白话小说已有"A 是 A"，这里以"好是好"为例。如：

（1）三巧儿道："你老人家若撇得家下，到此过夜也好。"婆子道："好是好，只怕官人回来。"（冯梦龙《喻世明言》卷 1）

（3）瓜州吩咐承差在城外等候，自己入城赶到黄尚书门首，见旧时老门公在门口捉虱，十州问道："公公，你可晓得你家小姐与翠楼两个如今好否？"那老儿把他一看，见他一表非俗，不敢怠慢，便应道："好是好，这是小姐没有来做望门寡，立志要嫁邵解元，又无处寻那邵解元的踪迹。如今已三十一岁了，还同翠小姐二人苦守书楼，看经念佛，你何敢动问！"（白云道人《玉楼春》第 19 回）

清代白话小说更多，如：

（3）张寅听见叫他联诗，心下着忙。却又不好推辞，只得勉强答应道："好是好，只是诗随兴发，子持兄且请起句，小弟临时看兴，若是兴发时便不打紧。"（荻岸散人《平山冷燕》第 9 回）——另第 15 回也有 1 例。

（4）那人道："一向好呀！"那女人不言语，放下壶就走。那人向绍闻道："<u>好是好</u>，只是脚大。"（李绿园《歧路灯》第 33 回）

（5）贝余道："<u>好是好</u>，只我两个在这里，查起来，不是你，就是我，又揸一顿好打。"（曹去晶《姑妄言》卷 2）——另卷 10、卷 12 各有 2 例。

（6）又走近柜边，卖的人看见只道他来还钱，因问道："馒头好吗？"猪一戒道："<u>好是好</u>，只觉有些土气息，泥滋味。"（无名氏《后西游记》第 20 回）

（7）贾母便吃了半盏，便笑着递与刘姥姥说："你尝尝这个茶。"刘姥姥便一口吃尽，笑道："<u>好是好</u>，就是淡些，再熬浓些更好了。"（曹雪芹、高鹗《红楼梦》第 41 回）

（8）周京道："此处蕉、棠两种，其意暗蓄红、绿二字在内，方可两全其美。就取红香绿玉之意，题以'玉香院'则个。"丞相道："<u>好是好</u>，犹不免俗套。"（无名氏《九云记》第 25 回）——另第 26 回有 1 例。

（9）正说着，周瑞也进来说："王元回过林姑娘，说很好，就这么着。不知老爷的意思，叫小的上来探信。"贾政道："<u>好是好</u>，只是林大爷没有到，怕银子不凑手。"（逍遥子《后红楼梦》第 5 回）——另第 24 回有 1 例。

（10）临了是文鸳擎签，起是"春城无处不飞花"，婆子道："恭喜，又是要进宫的了。御柳是皇上家的柳，明年就有得瞧了。"王夫人笑道："<u>好是好</u>，只是'散入五侯家'，恐防分给藩王子弟也未可知。"（兰皋主人《绮楼重梦》第 23 回）

（11）宝玉道："好极了。"宝钗道："<u>好是好</u>，只怕多费些。"（花月痴人《红楼幻梦》第 13 回）

（12）王夫人道："<u>好是好</u>，可不知姑娘多大了？"（云槎外史《红楼梦影》第 15 回）

（13）兀尤道："既如此，你送我到对岸，多将些金银谢你罢。"渔翁道："<u>好是好</u>，与你讲了半日的话，只怕你还不曾晓得我的姓名。"（钱彩《说岳全传》第 27 回）

（14）潘其观道："很好，家里又清净。"蕙劳道："<u>好是好</u>，我今日不能久陪二位，就要走，姑苏会馆有戏，第二出就是我的戏。"（陈森《品花宝鉴》第 13 回）

（15）吕方、戴宗同说道："<u>好是好</u>，只是害累了恩公。"（俞万春《荡寇志》第 93 回）

（16）智化道："<u>好是好</u>，未免还有些卤莽，欠些思虑。幸而树林之内是劣兄在此，倘若贤弟令人在此埋伏，小徒岂不吃了大亏么？"（石玉昆《三侠五义》第 101 回）——另第 109 回、第 110 回各有 1 例。

（17）艾虎说："不错。我看这里有好几条人命，放起一把火来，倒省许多的事情。"智爷道："<u>好是好</u>，只怕连累街坊邻舍。"（石玉昆《小五义》第 182 回）

（18）九花娘说："……我救你到这后边来，你我结为百年之好，成为夫妇，你想好不好？你我又年岁相当，你也长的好，我也配的上你。咱们两个郎才女貌，作个地久天长的夫妇，你说这事好不好？"武杰说："<u>好是好</u>，你把那迷魂药拿来我看看。"（贪梦道人《彭公案》第 79 回）

（19）刁氏闻听说："……你看行李马匹，都送到家来，你说倒是好哇不好？"张豹说："<u>好是好</u>，就是这个肥的，生成的雄壮，且又精细，咱们也得留神，别弄得发不成财，惹出大祸来。"（无名氏《施公案》第 115 回）

（20）阎二先生大约看了一遍，说道："<u>好是好</u>，但是还少了八个字。"（李伯元《官场现形记》第 34 回）

（21）秦凤梧道："<u>好是好</u>，只怕这位老兄不肯小就罢。"（李伯元《文明小史》第 54 回）

还有对举的用法，如：

（22）刁迈彭道："<u>好是好</u>，<u>坏是坏</u>，不可执一而论。就是叫他们另外住，也得有个章程给他们，不是出去之后，就可以任所欲为的。"（李伯元《官场现形记》第 49 回）

（23）不想太太却又跟了出来，说道："……现在这个差使，你前天说有三千多银子一年，老太太在家无人服侍，况且眼睛也有点毛病，倘或再出了点岔子就更不好了，不如去接了来，一处过，你说好不好？"伍琼芳苦着脸道："<u>好是好</u>，但是没有钱怎么样？"（吴趼人《糊涂世界》第 2 回）

清代还有"好是好"后面加"的"，如：

（24）孙豆腐笑起来，道："<u>好是好的</u>，只是手中之钞，一日做得四五升豆腐尚卖不完，思想要成亲事，可不是虾蟆在阴沟里，想天鹅肉吃么？"（坐花散人《风流悟》第 2 回）——另第 6 回有 1 例"好是好的"。

（25）尉迟恭道："……你道此计如何？"咬金说："<u>好是好的</u>，只是你最喜黄汤，被张环一顷倒鬼，灌得昏迷不醒，把薛仁贵混过，那时你怎么得知？"（无名氏《说唐后传》第 34 回）

（26）因又望著玉芝道："<u>好是好的</u>，莫要只顾赞好，就把砚台忘了。"（李汝珍《镜花缘》第 64 回）

（27）又唐逸史，开元中，罗公远侍明皇于宫中玩月，公远说道："陛下可要到月中去看看么？"明皇说道："<u>好是好的</u>，但那能够去呢？"（梁溪司香旧尉《海上尘天影》第 11 回）——另第 12 回有 1 例"好是好的"。

（28）大家互相赞赏一会，黛玉道："<u>好是好的</u>，只是宝二爷四首全是禄蠹脾气了。"（临鹤山人《红楼圆梦》第 25 回）

（29）公子道："你瞧这琴言怎样？"珊枝不言语。华公子又问了一遍，珊枝说道："<u>好是好的</u>，也是徐二老爷钟爱的，听说外边不肯应酬。"（陈森《品花宝鉴》第 26 回）——另第 24 回有"好是好的"。

（30）魏竹冈一向是以趋奉官场为宗旨的，先开口说道："……你说我这个主意可好不好？"单太爷道："<u>好是好的</u>。但是现在的人总是过桥拆桥，转过脸就不认得人的。……"（李伯元《官场现形记》第 17 回）

（31）婶娘道："<u>好是好的</u>，然而侄少爷已经回来了，终久不能不露面，且把这些冤鬼打发开了再说罢。"（吴趼人《二十年目睹之怪现状》第 18 回）

清代还有"好是好"后面加"了",如:

（32）水运道："好是好了,只是还有一件。"（名教中人《侠义风月传》第3回）

（33）心中自是欢喜,不觉又向六姐叹息道:"这里好是好了,只是能听得唱戏,究不能看得演戏,毕竟是美中不足。……"（黄小配《廿载繁华梦》第19回）

清代还有"好是好极了",如:

（34）何小姐道:"他如今正在兴头上,这样和他轻描淡写,大约未必中用;你不见你方才拦了他一句酒,倒罢了,他就有些不耐烦起来么? 所以我和你使了个眼色。我的意思,正要借今日这席酒,你我看事作事,索性破釜沉舟,痛下一番针砭,你道如何?"张姑娘道:"好是好极了。……"（文康《儿女英雄传》第30回）——另第63回还有1例"好是好极了"。

（35）畹香道:"好是好极了,明儿来回复你。"（梁溪司香旧尉《海上尘天影》第13回）

（36）看罢,双手递还似道,说道:"这美人好是好极了,只可惜不是活的。"（吴趼人《痛史》第1回）

2. "A 做 A"与"A 是 A"的比较

"A 做 A"其实是同语式会话结构。汉语同语式的语义类型很多,根据景士俊（1994：35-37）的研究,可以分为判断式、描述式、紧缩式和让步式。依次举例如下:

（37）父亲一个人在家,饭菜不是饭菜,一屋脏乱。（判断式）

（38）苦是真苦,而且钱袋里的英国钱渐渐花光。（描述式）

（39）问也是白问。（紧缩式）

（40）茶是好茶,不过我总疑心出自段家皇宫,只是广告而已。（让步式）

与"A 做 A"相关的是"让步式"。

乐耀（2016：59）对让步类同语式的已有研究作了扼要的梳理和回顾:最早从语法角度关注让步类同语式的应该要数吕叔湘先生20世纪40年代的《中国文法要略》。吕叔湘（1944/1982：433）在谈到"容认"这一语义范畴的表达时,认为白话中"是"有表达该范畴的作用。具体说是把动词或形容词在"是"字一先一后重复说两遍,有"要论什么,确然是什么,可是……"的口气。并指出"是"字本来只是肯定,因为有下文的一转（比如"就是""不过""只是"等）,"是"字才有"虽然"之意。赵元任[Chao, 1968（吕叔湘译本,1968/1979：319）]在论述动词"是"的用法时,说到由它形成的一种让步结构:把一个谓语先用作主语,然后在谓语里"是"字之后重复一下。并指出这种让步形式的语法结构特点。朱德熙（1982：105-106）在讨论由动词"是"组成的谓语时,提及如果"是"前后的主语和宾语同形,则表示让步,有"虽然"或"尽管"的意思。Liu（2004）和徐烈炯等（2007）在研究同一性（拷贝式）话题结构（identical/copying topic）时就谈到了本书讨论的让步类同语式,明确指出了同一性话题结构的强调作用和让步表达功能。另外,许多学者（邵敬敏,1986;赵晓伟,2007等）对同语式都有不同角度的研究,比如结构的修辞特点、解释、申辩的作用，以及不同变式。

乐耀（2016：59）认为，上述学者多从句法语义的角度或详或略地讨论了让步类同语式的语法结构特点，尤其是都很准确地抓住了该结构的"让步"意味。

此外，向熹（1998：487）说"表语与主语相同的'是'字句"的第二点是"表示让步"，如：

（41）写是写了，不免将着这二颗头到梁山泊上宋江哥哥根前献功去来。（元·高文秀《黑旋风》第 4 折）

（42）妙是妙，他们岂肯轻放过？（明·凌濛初《二刻拍案惊奇》卷 2）

（43）雏是雏，倒飞了好些了。（清·曹雪芹、高鹗《红楼梦》第 108 回）

（44）好是好，只是妹妹要受些屈了。（清·石玉昆《三侠五义》第 109 回）

向熹（1998：487）说：这是一种紧缩的让步式，含有"虽然……但是……"的意思，"是"的前后是动词或形容词，后一分句表示转折。这类"是"已失去了原有系词的意义，可以用其他的虚词表示。向熹（2010：769–770）持相同看法。

"A 做 A"与"X 是 X"作比较，有几点不同：

一是按照类型来看，"A 做 A"就只一种，让步式，而"X 是 X"则是判断式、描述式、紧缩式和让步式。

二是"A 做 A"是"A"，基本上是形容词，而"X 是 X"是"X"，有好几种词性，有名词、动词、形容词、代词、数词、副词等，实词中除了量词，其余都可进入"X 是 X"，甚至有短语。

三是"A 做 A"本身没有变化，就是"A 做 A"，"X 是 X"形式有不少变化，如后面加"的"，后面加"极了"，中间的"是"可加其他的修饰语，形成"不是""仍是""就是"等。

四是"A 是 A"偶有对举的用法，"A 做 A"未见例子。

当然，两者也有相似之处，就让步式来看，就有相似点。就现在所掌握的材料来看，两者产生时间也差不多，都产生于明代。

聂小丽等（2020：33）指出，同语式"X 是 X"表达的是一种容认性让步（邢福义，2001：462），吕叔湘（1942/1982：430）在谈到容认性让步时指出："容认句……先承认甲事之为事实（一放），接下去说乙事不因甲事而不成立（一收）。容认句和转折句很相近，同是表示不调和或相违逆的两件事情；所不同者，转折句是平说，上句不表示下句将有转折，而容认句上句即已作势，预为下句转折之地。"根据这一分析，所谓"容认性让步"有两层意思，一是事实确认，二是预示转折。就问答语境中的让步同语式"X 是 X"而言，它表现出答话和预转两项话语功能。

"A 做 A"也属于容认性让步，也表现出答话和预转两项话语功能。

我们以为，可以这么看，"X 是 X"中的"A 是 A"即让步式是通用语的说法，而"A 做 A"是方言的说法。

莫娇等（2020：31）认为，构式"X 是 X""X 是 X 了""X 都 X 了"的核心语义是隐性否定语义。

齐沪扬等（2006 : 31）认为，"X 是 X"式是负预期量信息的标记格式之一。

除上面所提到的外，薛育明（1984）、符达维（1985）、吴硕官（1985）、邵敬敏（1986）、齐沪扬（1992）、杨艳（2004）等都曾对"X 是 X"进行过研究。吕叔湘（1980）也提到过"X 是 X"。

（五）古今比较

1. 表示"转折关系"形式多样化

明代多个方言区有"A 自 A"，如《西游记》的作者吴承恩是江淮方言区人，《东度记》的作者方汝浩背景较复杂，一般认为是河南洛阳或郑州人，也有人疑其为浙江杭州人。《姑妄言》的作者曹去晶具有东北方言背景。明代后，吴语更多的是用"A 做 A"，到了现代，虽然都是表示"转折关系"，但多个方言区有多种形式，如吴语的"A 做 A""A 纵 A""A 末 A"、江西铅山方言的"A 罔 A"、云南昌宁方言"X 噎 X"等。

2. 上海方言的"A 做 A"与"A 末 A"。

明代时，苏州方言有"A 做 A"，但到了现代，苏州方言未见"A 做 A"，而用"A 末 A"。又因为上海方言与苏州方言的特殊关系，既有"A 做 A"，又有"A 末 A"，两个格式并存，这也符合语言规律。

3. 苏州方言的"A 做 A"与"A 末 A"

苏州方言明代就有"A 做 A"，但到了现代，并不用"A 做 A"，而用"A 末 A"。但细究两者的具体情况，还是有区别的。"A 做 A"中的"A"多为形容词，而"A 末 A"中的"A"，形容词、动词都可以进入，根据现在的例句来看，何者为主，何者为次，还不大好分别。

二十六

连 V 是 V

（一）明清白话文献的"连 V 是 V"

1. 类型

这种结构以"连 V 是 V"为最常见，第 3 个"是"有不同的写法。这里以"连 V 是 V"为代表。

1.1 连 V 是 V

明清白话作品有"连 V 是 V"，如：

（1）赵尼姑见了行径，惹起老骚，连忙骑在卜良身上道："还不谢谢媒人？"<u>连蹲是</u><u>蹲</u>，蹾将起来。（凌濛初《初刻拍案惊奇》卷 6）

（2）乡客叫得一声阿也，<u>连吼是吼</u>，早已后气不接，呜呼哀哉。（凌濛初《二刻拍案惊奇》第 33 回）

（3）只见那腊梨扯落巧姐的裤儿，擸起单裙，就随妇人立着，将此物<u>连槊是槊</u>，忙忙的一口气抽了二三百抽，禁不住一泄如注。（无名氏《一片情》第 14 回）

以上是明代白话小说。

（4）陶家的家人<u>连啐是啐</u>的道："我家小姐好端端在此，这那里说起？"（笔炼阁主人《笔炼阁小说十种》"二桥春"）

（5）济公连忙迎上去，一手把壶抓来，跑到正面席上，朝下一坐，一连倒了三四杯，<u>连唱是唱</u>的，望着金丞相说道："喝呀，喝呀！"（坑余生《续济公传》第 81 回）

（6）听他<u>连说是说</u>的，"阿弥陀佛"<u>连念是念</u>的，赵公胜听着，正然发笑，忽听后面陡然"蹦咚"一声，又听"哎呀"一声，说道："痛煞我了！"（《续济公传》第 114 回）

（7）济公又在腰间掏出一个纽扣大的小葫芦，就在里面倒出一星星末药，由周氏鼻窍吹入，忽然见得周氏上眼皮<u>连动是动</u>的。（《续济公传》第 129 回）

（8）看官，你道着喷嚏因何早不打迟不打，因何偏偏这时候<u>连打是打</u>的呢？（《续济公传》第 134 回）

（9）那些村庄上的人，大半都还睡在屋里，呼的一声，水就进去，惊醒过来，<u>连跑是</u><u>跑</u>，水已经过了屋檐。（刘鹗《老残游记》第 13 回）

以上是清代白话小说。

1.2 连 V 似 V

也有"连 V 似 V"，如：

（10）说他曾忤权奸，曾逐奸党，<u>连掇似掇</u>的，便自然到那九卿。（明·罗浮散客《天凑巧》第 2 回）

石汝杰等（2005：393）收"连……是……"："用在相同的动词之间，表示动作连连发生。……又作'连……似……'。"

1.3 连 V 递 V

还有"连 V 递 V"，明代罗懋登《西洋记》有多例，如：

（11）姜金定坐在马上，鬼弄鬼弄，喝声："走！"牛就走。喝声："快！"牛就快。天师见之，心里才要想个主意，只见姜金定口里<u>连喝递喝</u>，那些牛就<u>连跑递跑</u>，一直跑过阵来。（《西洋记》第 31 回）

（12）姜金定看见天师只身独自，他就起个不良之意，口里念念聒聒，喝一声："走！"那些牛就走。喝一声："快！"那些牛就快。<u>连喝"快！"递喝"快！"</u>，那些牛<u>连跑递跑</u>，又奔着天师面前来。（《西洋记》第 31 回）

（13）天师<u>连喝"照！"递喝"照！"</u>小鬼拽满了弓，搭定了箭，<u>连射递射</u>。那一壶箭<u>连中递中</u>，<u>连出火递出火</u>，他也只当不知。（《西洋记》第 41 回）

（14）火母果真的把个头来顶一顶，一顶，只当不知。又一顶，也只当不知。再一顶，也只当不知。<u>连顶递顶</u>，越发只当不知。（《西洋记》第 42 回）

（15）把个老虎打得<u>连跌递跌</u>，跌上几交，跌得半日不会翻身。（《西洋记》第 73 回）

（16）那老虎俨然有知，把个头照着地平板上<u>连磕递磕</u>。（《西洋记》第 73 回）

（17）<u>连吆喝递吆喝</u>，这个枷再不见松。（《西洋记》第 74 回）

（18）<u>连筑递筑</u>，也不论他的头面，也不管他的肩背，只指望筑耳垣墙。（《西洋记》第 75 回）

《西洋记》还有一例是"递 V 连 V"，如：

（19）<u>递跑连跑</u>，早已背心窝里吃了三十六节的简公鞭，一鞭打做个四马攒蹄的样子，仰翻着在地上。（《西洋记》第 90 回）

看上面的例子，这"递 V 连 V"与"连 V 递 V"是一样的格式。这"递 V 连 V"和"连 V 递 V"与"连 V 是 / 似 V"又是一样的格式。"连 V 是 V"格式的"V"全是单音节的动词，如"蹐""吼""槊""啐""唱""说""念""动""打""跑"；"连 V 似 V"的"V"也是单音节动词，如"掇"。"连 V 递 V"格式的"V"也有单音节，如例（11）的"喝""跑"，例（12）、例（19）的"跑"，例（13）的"射""中"，例（14）的"顶"，例（15）的"跌"，例（16）的"磕"，例（18）的"筑"等；也有双音节，如例（17）的"吆喝"；还有的是短语，如例（12）的"喝'快！'"，例（13）的"喝'照！'""出火"，是动宾短语。近代汉语的"连 V 递 V"比较复杂。现代有的方言的"V"有双音节动词，也有短语，与近代汉语的"连 V 递 V"有内在关系。

1.4 连 V 连 V

明代白话小说还有"连 V 连 V"，如：

（20）那法师却也顾不得人笑，只管<u>连跑连跑</u>刚走得两里路儿，遇着萨君。（邓志谟

《咒枣记》第 4 回）

（21）于是连丢连丢，连掷连掷，五百钱勾甚么丢勾甚么掷？（邓志谟《飞剑记》第 6 回）

（22）那虾兵遇着，拖着两个钢叉，连跳连跳，连走连走。（邓志谟《铁树记》第 2 回）

（23）是夜用尽神通，连滚连滚，恰至四更，真君命社伯等神扣计其数，已滚九十九条，社伯……作鸡鸣，引动众鸡皆鸣。（《铁树记》第 13 回）

（24）孽龙大喜，是夜用尽神通，连滚连滚，恰至四更，社伯扣计其数，已滚九十九条。（冯梦龙《警世通言》卷 40）

（25）那虾兵遇着，拖着两个钢叉连跳连跳，他却走在那里？（《警世通言》卷 40）

例（20）的标点有问题，应该在"连跑连跑"后用逗号断开。

看"连 V 连 V"的语法意义，同上面所说的"连 V 是 V"等是一模一样的。下文要说到的岳西话中的"连 V 连 V"可以说与之一脉相承。

2. 语法功能

明清白话文献的例子大多作谓语；也有作状语，如例（4）的"陶家的家人连啐是啐的道"；也有作补语，如例（15）的"把个老虎打得连跌递跌"。其语法功能与现代汉语方言基本相同。

3. 方言分布

从作者的籍贯来看，有属于吴语的，如：《初刻拍案惊奇》的凌濛初是浙江湖州人。《一片情》作者为无名氏，但篇首有序，后署"沛国樗仙题于西湖舟次"，沛国：治相县，今安徽淮北市相山区，领 21 县：相县、肖县、杼秋、丰县、沛县、临睢，太丘、建平、酂县、谯县、郸县、铚县、竹邑、蕲县、符离、谷阳、洨县、虹县、向县、龙亢、公丘。可见，沛国今在安徽淮北，属中原官话。《笔炼阁小说十种》作者"笔炼阁主人"有的说即徐述夔，他是江苏东台人，乾隆三年（1738）举人，东台为江淮官话。《续济公传》的坑余生，续七序末署"坑余生写于申江心出家之龛中"，作者可能是上海人。《老残游记》的作者刘鹗（1857 年 10 月 18 日—1909 年 8 月 23 日），江苏丹徒（今镇江市）人，当时的方言可能是吴语。《天凑巧》的作者罗浮散客，即西湖逸人，可能是吴语区人。《西洋记》的作者罗懋登生卒年、籍贯不详，字登之，号二南里人，有研究者据此以为罗懋登是陕西南部人，主要活动在万历年间，也有人认为，小说中多吴语，即使他确系陕西人，也一度流寓于江南一带。

因此，"连 V 是 V"等格式主要流行于吴方言、江淮官话、中原官话等，分布范围比现代方言要小得多。

邵天松（2006：107）在摘要中指出："目前见于文字记载的'连 V 是 V'格式最早出自明末，在凌濛初《二刻拍案惊奇》中即有其用例，说明'连 V 是 V'格式在口语中至少存在了两个多世纪。"邵天松（2006：109）认为："这也说明了江淮方言'连V是V'格式在口语中至少已存在了两个多世纪。"受邵天松（2006）的影响，李玲洁（2011：39）指出："据邵天松《高邮方言"连V是V"格式》一文考察，目前见于文字记载的'连V是V'结构最早出自明末。在凌濛初《二刻拍案惊奇》中即有其用例，说明'连V是V'结构在口语中至少存在了两个多世纪。"这时间不准确。据张兵（2005：444），《二刻拍案惊奇》"成书于明崇祯五年（1632）前"，邵天松（2006）发表于2006年，相差时间是374年，应该是三个多世纪才是，要长100年。叶祖贵（2009：134）采用邵天松的说法，也认为"目前见于文字记载的'连V是V'格式最早当出自明末凌濛初的《二刻拍案惊奇》中"，其实，凌濛初的《初刻拍案惊奇》卷6已有"连蹭是蹭"。

如果按"连V连V"结构来看，时间还要早一些。据张兵（2005：355），《警世通言》"成书于明天启年间"。天启时间为1621—1627年，就算是1627年，比《二刻拍案惊奇》也早5年。据张兵（2005：187），《咒枣记》成书于明万历年间。据张兵（2005：190），《飞剑记》成书于明万历年间。据张兵（2005：193），《铁树记》成书于明万历年间，万历时间为1573—1619年，时间比"三言"的《警世通言》还要早。

如果就"连V递V"结构来看，时间还要提前。据张兵（2005：162），《西洋记》成书于明万历二十五年（1597），比2006年要早409年，是四个多世纪。

邵天松（2006：109）指出："在《二刻拍案惊奇》的例句中，校注者对'吼'加了一个注释云：'吼——吴方言，喘气。"连吼是吼"，接连急速地喘了几口气。'这似乎可以说明在明末'连V是V'格式也曾存在于吴方言当中，但在今天的吴方言中，'连V是V'格式早已不用。"这个说法是错误的。现在，宁波方言仍然存在这种说法。周志锋（2006：139–141）认为宁波方言有"连V是V"，在举了汉语方言5种说法后指出："以上5种格式尽管说法（写法）略有差异，能够插入的动词也不一样，语法功能和所表示的意思也不尽相同，但本质上都是同源的，源于'连V是V'式。"周志锋是宁波北仑人，崔山佳是宁波奉化人，都既研究近代汉语，又研究宁波方言。

但根据现有的例子来看，不是"连V是V"最早，而是"连V递V"最早，其次是"连V连V"，再次是"连V是V"与"连V似V"。

（二）现代吴语的"连V是V"

宁波奉化方言有"连V是V"，如：连抢是抢、连夺是夺、连追是追、连赶是赶、连奔是奔、连讲是讲、连吞是吞、连吹是吹、连挖是挖、连写是写、连泼是泼、连让是让、连爬是爬、连跳是跳、连浇_洗是浇、连翻是翻、连拱是拱、连踢是踢、连滚是滚、连打是打等。如：

（1）我连抢是抢只抢到一条带鱼。

（2）他连追是追没追着。

（3）她连泼是泼没把火泼灭。

这动词只能是单音节的，双音节动词不能进入该结构。整个结构表示动作的反复、持续、迅捷。"连 V 是 V"结构后面往往有"V"呼应，如例（1）中的"抢"，例（2）中的"追"，例（3）中的"泼"。就语法功能来看，大多作谓语，且有后续句。

奉化大堰镇还说"连 V 兮 V"，"s"音读成"x"音，这很正常，正如鄞州有的地方叫"阿婶"为"阿 xi"。

浙江歌谣也有例子，如：

（4）四哥望望妹妹到，<u>连慌自慌</u>进书房。（《翠翠鸟》，《中国歌谣集成·浙江卷》第290页）

该歌谣属于浙江松阳县。"自"与"是"在有的方言中是同音的，下面其他方言中也有说成"连 V 自 V"的。同页有一注释说："连慌自慌：慌张的样子。"这个注释不是很确切，应该是"连续不断地呈现出慌张的样子"。"慌"是形容词，可见，形容词偶尔也能进入"连 V 是 V"，但形容词一旦进入该格式，功能就发生了"游移"，即变成动词性了。

其他吴语方言点也有。李荣（2002：3115）收"连……子……"，方言点是崇明："和同一个单音节动词组成四字组重复某个动作，带有强调色彩。"如：连话子话—再说、连请子请—再请、连催子催—再催、连看子看—再看。

李荣（2002：3116）又收"连……四……"，方言点是江苏丹阳："插入动词，表示动作不间断。"如：连吃四吃、连波跑四波、连讲四讲。

浙江吴语的"连 V 是 V"结构可能消失得比较快。《浙江方言资源典藏》（第一辑）共有16个方言点，包括宁波方言，都未提到"连 V 是 V"。究其原因，有的方言点确实是消失了，但有的方言点，其作者不是本地人，可能不熟悉这种特殊的结构，没有引起注意，还有的方言点是语法部分描写较为简单。如宁波方言是有"连 V 是 V"的，作为宁波人的崔山佳（2004，2018a）、周志锋（2006）都论述过，但肖萍等的《浙江方言资源典藏·宁波》（2019没有报道。

我们有充分的理由相信，随着方言研究的深入，也许会发现更多的吴语方言点有"连 V 是 V"结构。

（三）其他方言的"连 V 是 V"

其他方言也有"连 V 是 V"等格式，而且有的方言比吴语有更高的使用频率，在动词的音节与语义上也有很大的不同（表26）。

表26　汉语方言"连 V 是 V"分布

方言	方言点	形式	出处
中原官话	安徽霍邱	连 V 是 V	黄伯荣，1996
	安徽濉溪	连 V 自 V	郭辉等，2013
	江苏徐州	连 V 自 V	李申，2002
	河南固始	连 V 是 V（的）/ 连 V 速 V（的）	叶祖贵，2009
	安徽阜南	连 V 是 V	赵新苗同学

续表

方言	方言点	形式	出处
中原官话	河南商城	连 V 是 / 似 V（地）	杨雪同学
	山东郯城	连 V 带（至）V	颜峰，2011
	江苏宿豫	连 V 带 V	力量等，2011
西南官话	湖北武汉	连 V 直 V	赵葵欣，2012
	湖北随州	连 V 直 V	黄伯荣，1996
	湖北丹江	连 V 直 V	苏俊波，2012；苏俊波，2007
	湖北长阳	连 V 直 V	宗丽，2012
	湖北五峰	连 V 直 V	阮桂君，2014
	湖北宜都	连 V 直 V	李崇兴，2014
	湖北恩施	连 V 直 V	王树瑛，2017
	湖北公安	连 V 直 V	袁海霞，2017
	湖北荆门	连 V 直 V	刘海章，1992
	贵州遵义	连 V 是 V	晏均平，1994
	贵州黄平	连 V 是 V	潘妹同学
	云南楚雄彝族自治州大姚县	连 V 是 V	武文雯同学
江淮官话	江苏淮阴	连 V 是 V	黄伯荣，1996
	江苏镇江、扬州	连 V 是 V	黄伯荣，1996
	江苏高邮	连 V 是 V	邵天松，2006
	江苏涟水	连 V 是 V	胡士云，2011
	江苏南京	连 V 是 V	李玲洁，2011
	南京溧水区共和乡	连 V 直 V	谢模萍同学
	江苏金湖	连 V 是 V	沈家彪，2006
	安徽舒城	连 V 是 V	程瑶，2010
	安徽怀远	连 V 是 V	贡贵训，2014
	安徽天长	连 V 似 V	陆霞同学
	安徽蚌埠	连 V 似 V	刘莹莹同学
	安徽淮北	连 V 似 V	冯珍同学
	湖北安陆	连 V 是 V	陈淑梅，2021
	湖北安陆	连 V 直 V	盛银花，2015
	陕西白河仓上	连不连 V	杨海蓉，2008
湘方言	湖南娄底	连 V 地 V	尹钟宏，2005
	湖南新化	连 V 地 V	刘卓彤，2006
	湖南冷水江	连 V 是 V	谢元春，2005
	湖南常德	连 V 是 V；连 V 只 V	郑庆君，1999；陈露同学
	湖南常德石门话	连 V 之 V	黄伯荣，1996
赣语	安徽宿松	连 V 是 V	唐爱华，2005
	安徽岳西	连 V 连 V；连 V 是 V	储泽祥，2009

从上可见，"连 V 是 V"的分布范围是较广的。

（四）方言词典的"连 V 是 V"及其他

1. 词典的"连 V 是 V"

许宝华等（2020）收有 3 个"连 V 是 V"词条。先看"连吼是吼"："< 动 > 不停地喘气。吴语。"例句是《二刻拍案惊奇》第 33 回。（许宝华等，2020：2283）

再看"连封是封"："< 熟 > 接二连三。西南官话：四川。"如：

（1）团部连封是封的电报往高头打，没得哪个舅子理我们。（甘来《夜过断铁桥》）（许宝华等，2020：2284）

再看"连跑是跑"："< 熟 > 不停地走着。江淮官话：江苏兴化。"如：

（2）两个人就连跑是跑的，到了少年下洞府的时候，少年先把皇姑系在绳子上。（陈士彦《关于一个奇怪少年的传说》）（许宝华等，2020：2284）

许宝华等（2020）还收有"连眨似眨"："< 熟 > 接连眨动。江淮官话：江苏镇江。"如：

（3）二郎神听着听着，左右两眼直翻，中间一只眼睛连眨似眨，气得说不出话来。（汪信正《镇江民间故事·金焦二山一担挑》）（许宝华等，2020：2284）

许宝华等（2020）还收有"连吃递吃"："< 熟 > 狼吞虎咽。湘语：湖南长沙。"如：

（4）他连吃递吃，几口就吃光哒。（许宝华等，2020：2283）

我们以为，许宝华等（2020）所收的"连 V 是 V""连 V 似 V""连 V 递 V"都不妥当，因为这些"连 V 是 V""连 V 似 V""连 V 递 V"，严格来说并不是词语，而是固定结构。上面所举的西南官话、江淮方言、湘语都是开放性的，"V"有的是双音节动词，有的甚至是短语，难道这些说法都可收在词典里吗？更重要的是，这些"连 V 是 V""连 V 似 V""连 V 递 V"还未词汇化为词。

这种"连 V 是 V"的格式，在江淮官话中确实也是很常见，而且这"V"不但有单音节的，还有双音节的，这在王继同（1988）已有比较详细的说明，王继同（1988：394）指出，"连 V 是 V"式在镇江、扬州话中是一个能产性很强的格式，一般说来，表示动作的动词都可以进入这个框架。如：连说是说、连吃是吃、连让是让、连注意是注意、连招呼是打招呼、连打哈欠是打哈欠。试问，"连注意是注意""连招呼是打招呼""连打哈欠是打哈欠"能收入词典吗？

李荣（2002：3118）收"连……是……"，有两个方言点：扬州和南京："语缀，加在动词上构成'连 A 是 A'重叠式，表示快速连续的动作，多接后续成分或后续小句。"如：

（5）他连跑是跑的栓_{追赶}上来了（扬州）

（6）他连赶是赶，总算在开车前赶到。

（7）老师在黑板高头连写是写写了一黑板。（南京）

其实，有"连……是……"的并不只是这两个方言点有这种说法，如上所述，宁波方言就有，只不过朱彰年等（1996）、汤珍珠等（1997）未收。

李荣（2002：3117）也收"连……直……"，方言点是武汉："表示动作连续不断或强烈。"如：连跑直跑、连说直说、连摸直摸、连搓直搓、连拉直拉、鸡子连啄直啄、狗子连哐_吠直哐、水连开直开、踜_摔得连滚直滚。

许宝华等（2020：2283）收"连子四子"："＜熟＞连忙。"方言点是吴语的丹阳。如：

（8）五亲爹来看嬷嬷，我<u>连子四子</u>转来，五亲爹已走倒喽。

与上面所说的一样，词典只收"连子四子"不妥，同样是丹阳方言，李荣（2002）收"连……四……"是妥当的。

李荣（2002：3120）也收"连……递……"，方言点是湖南娄底："表示以极快的速度连续做某一动作。"如：连讲递讲、连翻递翻、连吃递吃、连写递写。

上面的几种"连"字格式，后面的几个字，除"递"字以外，其余几个语音上有相同或相近之处，如"是"字，在扬州、南京方言中读作"si"，"四"在丹阳方言中读作"si"，是同音的；"直"在武汉方言中读作"zi"，"子"在崇明话中读作"zi"，也是同音的。所以，这几个"连"字格式，实际的意思同"连 V 是 V"。就是"递"字语音上也有可通之处。

相比之下，许宝华等（2020）不如李荣（2002）处理得好，后者不一个一个地收，而是统一用"连……是……"等来概括，这是这种固定格式在词典中很正确的处理方法。

李荣（2002：3118）也收"连……连……"，方言点是江西萍乡："表示前后两项包括在一起。"如：

（9）<u>连糠头谷壳连糠</u>一下_{全部}在内里_{里面}。

（10）<u>连人连车子</u>都翻到_{阴上}到_{阴去}田里去唧。

但这里的"连……连……"同上面所举的"连 V 连 V"不一样，这里用的是名词，而且不是同一个名词，而前面所举的"连 V 连 V"中的"V"是动词，是同一个动词。

李荣（2002：3120）还收"连吃地吃"，方言点是湖南长沙："一个劲地吃。"这里的"连吃地吃"就是许宝华等（2020）所举的"连吃递吃"，实际上也可用"连 V 是 V"等来解释，所以，也不应该单独收这个词条。

李荣（2002：3119）还收"连带递带"，方言点是湖南娄底："接二连三。"如：

（11）你一虚脚_{犯错误}，他俩几个就会<u>连带递带</u>介进笼子_{监狱}。

（12）当真介个_{真的}倒霉_{不走运}已只几年<u>连带递带</u>介出事。

这里的"连带递带"不能用"连 V 是 V"等来解释，所以，单独列词条是可行的。

李荣（2002：47）在"南京方言的特点"中也说"连 V 是 V"：这是一种表示状态的动词格式，表示动作很快很急地持续或反复。如：

（13）他听到这个消息，朝家里<u>连跑是跑</u>。

（14）大家<u>连商量是商量</u>，总算想出了一个办法。

并认为这一格式在扬州、淮阴等许多方言中都存在，可视为下江官话的共同特点。

石汝杰等（2005：392）"连"义项五是："＜副＞用在'连……连……'的格式中，表示动作连续不断。"例句是《警世通言》卷40。

2."连 V 是 V"的改字

因为有些学者不明白"连 V 是 V"等是固定的格式，有的直接改了，如对《老残游记》

第 13 回中的"连跑是跑"这个格式，有的版本的校注者因为不懂这是一个方言的固定的格式而把它改变了，王继同（1988）举了几个例子，如：上海广益书局的铅印本把它改作"连忙就跑"，上海文艺书室的石印本改作"惊醒连跑"。1981 年齐鲁书社的严（薇青）注本是以 1957 年人民文学出版社本为底本、参照 1907 年上海神州日报馆首版排印本加以校订的。尽管这两个本子都作"连跑是跑"，但是校订者认为这是"明显"的"错误字句"，并"据文意改为'连忙就跑'"。我们手中的上海古籍出版社 1991 年 10 月版的《老残游记》中的"连跑是跑"也被改为"连忙是跑"。

3. "连 V 是 V"的标点

也有的标点有误。如：

（15）那法师却也顾不得人笑，只管连跑，连跑刚走得两里路儿，遇着萨君。（《咒枣记》第 4 回，据巴蜀书社出版的《明代小说辑刊》第 1 辑，1993 年 12 月第 1 版，钟苇校点）

上例中，"连跑刚走得两里路儿"话不通，其实，这里的"连跑"应该与上面的"连跑"连在一起，也是"连 V 连 V"的格式，逗号应标在第二个"连跑"后面。

（16）姜金定看见天师只身独自，他就起个不良之意，口里念念叨叨，喝一声："走！"那些牛就走。喝一声："快！"那些牛就快。连喝快，递喝快，那些牛连跑递跑，又奔着天师面前来。（《西洋记》第 31 回）

（17）天师连喝："照！"递喝："照！"小鬼拽满了弓，搭定了箭，连射递射。那一壶箭连中递中，连出火递出火，他也只当不知。（《西洋记》第 41 回）

（18）连吆喝，递吆喝，这个枷再不见松。（《西洋记》第 74 回）

上面的例子都出自陆树仑、竺少华校点的上海古籍出版社 1985 年 3 月出版的《西洋记》第 1 版。确切的标点应该是：

例（16）：连喝"快！"递喝"快！"

例（17）：天师连喝"照！"递喝"照！"

例（18）：连吆喝递吆喝

同样，我们认为，湖北随州话所举的例子如：

连一个揖，直一个揖_{不停地作揖}。

连一巴掌，直一巴掌_{一巴掌又一巴掌，不断地打}。

连一个得罪，直一个得罪_{一口一声"得罪"，反复说对不起}。

连一声妈，直一声妈_{一口一声"妈"，不断地叫}。

上面例子中的"，"应该去掉，"连 V 直 V"是一个固定格式，不应该拆开。

也有"递 V 连 V"的次序错误，如：

（19）递跑连跑，早已背心窝里吃了三十六节的简公鞭，一鞭打做个四马攒蹄的样子，仰翻着在地上。（《西洋记》第 90 回）

我们曾怀疑是不是印错了。周志锋（2006：141）说："按：'递跑连跑'不辞，当作'连跑递跑'。《古本小说集成》本正作'连跑递跑'（2454 页）。"

（五）"连 V 是 V"的语义与语法功能

1."连 V 是 V"的语义

至于"连 V 是 V"等格式的语义，学者们也作过探讨。王继同（1998：394）把"连跑是跑"解释为："表示尽主观努力往前跑，动作比较迅速而且要持续一段一定时间，有反复性。"后来邵霭吉（1989：325）认为王继同（1988）"连跑是跑"的解释中的"尽主观努力""往前""一定时间""有反复性"之类并非词义中所有，是作者加进去的。邵霭吉（1989）认为在江淮方言中"连 V 是 V"表示"连续不断地 V"的意思。比如"连说是说"就是"连续不断地说"，"连吃是吃"就是"连续不断地吃"。因此，"连跑是跑"也就是"连续不断地跑"的意思。

我们以为邵霭吉（1989）的说法是对的，这从上面好多方言的解释中可以清楚地看到。另外，我们还可以从《西洋记》中找到论据，这些例子都可证明这"连 V 递 V"也是"连续不断地 V"的意思。再如第 41 回中，前面有好几处提到有天师"喝声'照！'"，所以"连喝'照'递喝'照'"也是"连续不断地喝'照'"的意思。据此看来，许宝华等（2020：2283–2284）对"连 V 是 V"等的解释也是不准确的。因为"连 V 是 V"等是固定的格式，不可能因为"V"的不同，而连"连……是……"也有了不同的解释。"连 V 是 V"等格式中的"V"基本上是动词，只有"连封是封"是特殊的，因为"封"不是动词，而是量词，它不能用"连续不断地 V"去套。黄伯荣（1996：259–260）把"连 V 是 V"概括为迅捷义，更为简明扼要，因为"连续不断地 V"就是表示"迅捷"义。

2."连 V 是 V"的语法功能

不同的方言点，语法功能也并非一致。有的较为单一，只能作谓语；有的除作谓语外，还能作状语；有的甚至不能作补语。

只作谓语的如江苏宿豫方言、湖北五峰方言、湖北恩施方言，湖南新化方言、湖南冷水江方言主要充当谓语。

湖北宜都方言只用作谓语，但带"的"之后，主要用作谓语，也可作补语。

江苏徐州方言只能作状语。但我们表示怀疑，它大概能作谓语。

安徽濉溪方言可作谓语与状语。

湖北随州方言、安徽舒城方言可作谓语、状语或补语，作谓语是最主要的句法功能。

（六）古今比较

1. 方言分布

明清白话文献中，"连 V 是 V"等格式主要流行于吴方言、江淮官话、中原官话等。相比明清白话文献，现代方言的分布范围要大得多，即六大方言，除上面三个方言外，还有湘语、西南官话、赣语，在每个大的方言中的分布地域也较宽广，跨越几个省，如"连 V 是 V"在中原官话的分布区域涉及安徽、河南、江苏、山东 4 个省。"连 V 是 V"在江淮方言的分布区域涉及江苏、安徽、湖北 3 个省，"连 V 直 V"在西南官话的分布区域也涉及湖北、贵州、云南 3 个省。

2. "是"的音变

"连 V 是 V"在湘方言中是很通行的。表示动词的迅捷义。但各地读音略有差异："连 V 是 V"中的"是"，长沙、宁乡读 [ti]，浏阳读 [t'i]，邵东读 [di]，常德读 [tsi]。

这是就湘语来看的，从全国范围来看，也是同样的原因。如一些方言的"四""子"也是如此。

现代方言中，除了"连 V 递 V"中的"递"字，其余几个语音上有相同或相近之处，如"是"字，在扬州、南京话中读作"si"，"四"在丹阳方言中读作"si"，是同音的；"直"在武汉话中读作"zi"，"子"在崇明话中读作"zi"，也是同音的。所以，这几个"连"字格式，实际的意思同"连 V 是 V"。就是"递"字语音上也有可通之处，即在古音中是相通的。

"连 V 是 V"等格式中第三个音节因为不同的方言而有不同的写法，如"是""自""子""至""四""似""直""递""地"等，但好多语音有关系，好多读音只是一音之转，在古音中是相通的，这说明很多方言保存了古音，因此，在语音上具有象似性特征。

3. 变式

有的方言还有变式。湖北五峰方言有变式"连连直 V"，义同"连 V 直 V"，如：连连直说_{不断地说}、连连直蹦_{不断地蹦}。（阮桂君，2014：237）

白河仓上方言的"连不连 V"，岳西方言的"连 V 连 V"，郯城方言的"连 V 带（至）V"等。

荆州方言有"直 V 直 V"，这是荆州方言单音节动词的一种生动形式，表示动作迅速、连续、不间断，具有一定的表现力。如：

（1）他疼得直汪直汪的_{直喊直喊}。

（2）两个翅膀直扑直扑_{翅膀快速扇动貌}。

（3）改作业他总是直勾直勾的_{不假思索地打勾}。（王群生等，2018：280）

"直 V 直 V"与"连 V 直 V"有点接近。

江西湖口方言（属赣语）有"连 A 急 A"，表示急忙而草率地干某事。如：走连急走、连说急说、连拿急拿、连骑急骑、连爬急爬、连哭急哭、连洗急洗、连翻急翻、连读急读、连跑急跑、连写急写、连抄急抄、连逃急逃、连画急画、连槌急槌、连骂急骂、连笑急笑、连买急买。该重叠式几乎适用所有的动词。（陈凌，2020：302）看所举例子，都是单音节动词，没有双音节动词，准确地说，应该是"几乎适用所有的单音节动词"。

这些变式，有的是近代汉语的延续，如岳西方言的"连 V 连 V"，但多为各地方言的创新，如"连连直 V""连不连 V""连 V 带（至）V""直 V 直 V""连 A 急 A"等。

4. 关于"V"的音节问题

明清白话文献的"V"多为单音节动词，也有双音节动词，但较少。

现代方言比较复杂。不同的方言中，能够进入结构的词性和音节要求不同。

浙江奉化方言、江苏高邮方言、江苏句容方言、湖北恩施方言、湖北长阳方言、湖北宜都方言、湖北荆门方言、安徽舒城方言的"V"只能是单音节动作动词。

湘语中多音节动词不能进入，如不能说"连招呼是招呼"或"连打招呼是打招呼"，大概是因为这种框架是一种四字格，如填上多音节动词，就破坏四字格，不顺口了。（黄伯荣，1996）但好多方言与湘语不同。安徽岳西方言的"V"既有单音节动词，也有双音节动词。江苏淮阴方言、江苏镇江、扬州一带方言、安徽宿松方言的"V"既可以是单音节动词，也可以是双音节，还可以是述宾短语。安徽霍丘方言除单音节与双音节动词外，表示意愿的助动词、述宾词组也可以。湖北随州方言的"V"可以换成数量词加名词（数词限于"一"），这是定中短语，是名词性短语，表达的仍然是动作行为。

5. 关于"V"的动词类别问题

多数方言要求是动作动词，但对于能进入该结构的动词，不同方言要求不同。湖北安陆方言的"连V直V"只有少数动词能进入该格式，湖南冷水江方言能进入此格式的动词也比较少，主要有"写、捆、翻、吃、扒、划、爬、看、吐、讲"等，但有的方言的结构具有能产性，如湖北宜都方言的"连V直V"最为能产，难以穷尽列举。

湘语中，有的受意义限制，即使是单音节动词也不行，如"连醒是醒""连死是死"都不行，因为"醒"和"死"都是不受意志主使的，一个人也不能反复进行。但如果作为一个地区或一个家庭连续反复出现的现象，却又可以。如：

（4）那个年头饥寒交迫，村里的人连死是死，掩埋都做不赢手脚。

（5）正拿起事情来做，本来睡得好好的几个孩子，又连醒是醒，甚么事情都干不成了。（黄伯荣，1996：259—260）

以上说明，"死""醒"这样的动词能进入"连V直V"是有条件的。

但有的方言情形有所不同，河南商城方言有"连慌是慌"，浙江松阳歌谣有"连慌自慌"，安徽霍邱方言有"连死是死"，没有条件限制。

邵天松（2006：107）说到高邮方言的"V"有3个语义特征。但叶祖贵（2009：133-134）指出，河南固始方言中"连V是V（的）"的"V"没有这么多限制，它一般只具备前两个语义特征，不具有第三个语义特征，因而能够进入"连V是V"格式的动词极多，就是那些没有明显动作行为的"是、姓"，非自主动词"死、病"以及许多双音节词甚至动宾短语等也能在一定的语境下进入此格式。如：

（6）他连是是是的，才是学生。

（7）他连姓是姓的，才跟他是自家。

（8）这塘的鱼连死是死的，都快死完啦。

（9）瞧着大队要找劳力，他吓得连病是病的。

（10）眼瞧快交卷啦，他急得<u>连等是等</u>的。

（11）瞧着水快凉啦，他<u>连洗头是洗头</u>的。

（12）瞧着车快碰着他啦，他<u>连注意是注意</u>的。

固始方言的"V"可以是没有明显动作行为的"是、姓"，这是非常特殊的，也可以是非自主动词"死、病"，也很特别。还有动词"等"，也是静态的无动作性的动词，也较特别。至于"V"可以是双音节词和动宾短语，这不足为奇，上面所说的好多方言点都是如此。

由上可见，像浙江松阳方言等一样，在固始方言中，形容词偶尔也能进入"连 V 是 V"，如"他连慌是慌的，才买着这本书"，"慌"是形容词。同样，"慌"的功能也发生了"游移"。

因此，"连 V 是 V"在不同的方言点既有共性，又有个性，很有语言类型学价值。

总之，从范畴理论角度来看，"连 V 是 V"等格式中的内部成员有多有少，有的成员只能是单音节动词，有的还可以是双音节动词，甚至有的还可以是短语，更有的就是那些没有明显动作行为的"是、姓"，非自主动词"死、病"也能在一定的语境下进入此格式，甚至连形容词与名词性短语也能如此。但单音节动词尤其是单音节动作行为动词是核心成员，是典型用法，而短语、非动词行为动词、非自主动词等是非典型用法，是边缘成员。

二十七

好 X 不 X

（一）明清文献的"好 X 不 X"

"好 X 不 X"格式在明代笔记已有例子，如：

（1）虎臣笑曰："便是这物事受得许多苦恼，<u>好死不死</u>。"（明·田汝成《西湖游览志馀》卷5）

这是目前发现的最早的"好 X 不 X"格式。据介绍，田汝成（1503—1557），字叔禾，原为钱塘（今杭州）人，因与诗人蒋灼交厚，移家居余杭方山。明嘉靖五年（1526）进士。

虽然例（1）出自笔记小说，但"好死不死"具有口语化。

（2）忽闻一妇人唧濃曰："国姓<u>好死不死</u>，留这一个长尾星，在此害人。"（清·江日升《台湾外记》卷5）

江日升为福建惠安县前型人，生卒年及生平均不详，约公元1692年前后在世。《台湾外记》是清代白话长篇历史演义小说。

（3）臧姑曰："你听别人犹自可，<u>好听唔听</u>，听你亚哥话，你亚哥系废人，渠既明白，为何又没有老婆呀！大约你想唔要老婆，然后学渠，学渠你就该衰，终须有错……"（清·邵彬儒《俗话倾谈》卷一"横纹柴"）

（4）臧姑道："你勿去。叫他做乜呀！个老狗也母，<u>好死唔死</u>，畀狗食都唔好畀渠食。"（《俗话倾谈》卷一"横纹柴"）

（5）十日去探亚悌一回，有时静对亚悌，咒骂其兄，话："亚成哥<u>好死唔死</u>，又走归来，遇时将我凌辱，话我暴戾，渠重丑过我十分。"（邵彬儒《俗话倾谈二集》下卷"好秀才"）

（6）一日，砒霜钵骂盲家婆曰："你个老狗也母，<u>好死唔死</u>，在此食屈米，偷生人世，要你何用呀！"（《俗话倾谈二集》下卷"砒霜钵"）

据张兵（2005：1403）介绍，邵彬儒为广东四会县荔枝园人，字纪棠，《俗话倾谈》成书于清同治年间，"好 X 唔 X"的"唔"是否定副词，相当于普通话的"不"。

例（1）的作者为浙江杭州人，方言是吴语。例（2）的作者是福建惠安人，方言是闽语。例（3）～例（6）的作者是广东四会人，方言属粤语。

例（2）～例（4）的"好死唔死"，同吴语、闽语的"好死弗死"一模一样，也是说"应该死"；例（1）中的"好听唔听"，意思是不该听，但却听了。这说明，吴语至少在明代已有"好 X 不 X"，闽语至少在清初已有"好 X 不 X"，粤语至少在清同治年间就有"好 X 唔 X"。

（二）吴语的"好 X 不 X"

宁波方言有"好 X 不 X"，如：

（1）"真正岂有此理！"冬生瘸手拐着脚大嚷着进来。"他妈的，<u>好捉不捉</u>，寿夫大炮给捉去了。他老婆哭到我家，要我还出人来。我说你向乡长去要去吧，她才不敢来了。"（巴人《乡长先生》）

（2）"——啊！我的娘呀！……"她一边这么喊，一边"啪哒啪哒"拍着手，仿佛冬烘先生唱诗押拍子，一个劲儿唱下去。"我的命是好苦呀！我<u>好选不选</u>末选上这么个癞蝗虫呀！我夜里睡不着觉末我日里挨饿呀！我还要眉头眼脑看别人家的麻面孔呀，哎唷唷！我的娘呀！……"（巴人《有张好嘴子的女人》）

"好 X 不 X"通常写作"好 X 弗 X"，如：

（3）<u>好死弗死</u>，多吃饭米。（朱彰年等，1991：325）

（4）念佛送鲞——<u>好省弗省</u>。（朱彰年等，1991：335）

（5）俗语：面孔<u>好白弗白</u>，屁股<u>好黑弗黑</u>。又：<u>好省弗省</u>，念佛送鲞。（朱彰年等1996：130）

《中国民间文学集成·浙江省宁波市奉化市故事歌谣谚语卷》也有例子，如：

（6）<u>好省勿省</u>，念佛烧香。（第 515 页）

（7）<u>好拣勿拣</u>，拣个无底灯盏。（第 522 页）

宁波方言口语"不"一般写作"弗"，也有写作"勿"，巴人作品用"不"是书面语用法。所以，宁波方言应该以"好 X 弗／勿 X"作代表。

奉化方言还有"好像弗像""好看弗看""好做弗做""好去弗去""好来弗来""好上弗上""好带弗带""好驼_拿弗驼""好搛_夹弗搛""好吃弗吃""好烧弗烧""好起_造弗起""好睏弗睏""好庅_住弗庅""好盖弗盖""好溰_洗弗溰""好买弗买""好卖弗卖""好看弗看""好长弗长""好矮弗矮"等说法。不少多音节动词能进入此结构。

宁波方言、奉化方言"好 X 弗 X"的"X"，既可以是动词，如例（1）的"捉"，例（2）的"选"，例（3）的"死"，例（4）、例（6）的"省"，例（7）的"拣"，也可以是形容词，如例（5）的"白"和"黑"，但以动词为多。

"好 X 弗 X"的意思是，应该"X"而不"X"，不应该"X"而"X"了。用"好……弗……"，主要起强调作用，如例（1）强调的是，不应该"捉"，但却"捉"了。例（2）强调的是，不应该"选"，但却"选"了。例（3）强调的是，应该"死"了，但却没有"死"。例（4）强调的是，应该"省"，但却没有"省"。宁波方言的另一句俗语是："念佛送鲞，真正好省。"［朱彰年等（1996：130）］此俗语义同例（4），意谓在念佛时念佛者要吃素，而"鲞"是海产品，属于荤菜，所以送礼送错了，所以说"好省"。例（5）强调的是，面孔应该"白"，所谓"一白抵三俏"，但却"黑"了，屁股可以"黑"（意即黑点没有关系，别人看不见），但却"白"了。

"好"有"应该；可以"义，《现代汉语词典》（2016：519）收"好"，义项十二是方言，动词："应该；可以：时间不早了，你~走了｜我~进来吗？"宁波方言"好"就有"应该；可以"义。（朱彰年等，1996：130）

如何区别"好 X 弗 X"格式所表达的语义是"应该"还是"不应该"？这主要看上下文语境。如例（1）、例（2）主要强调"不应该"，例（3）、例（4）、例（5）主要强调"应该"。

绍兴的诸暨方言也有，如：

（8）好弄弗弄，弄葛_这种行当。

（9）好像弗像，像其_他娘，介_{这么}难看。

（10）好死弗死，红灯来的走咯_{红灯的时候走路}。

（11）件衣裳_{这件衣服}，好红弗红葛_的。

"好 X 弗 X"的"X"主要为动词，且有"好 X 弗 X，X……"这样的结构。如例（8）后面有"弄"，例（9）后面有"像"。这与宁波方言差不多，如例（1）"好捉不捉"后面有"寿夫大炮给捉去了"，也有"捉"字。例（2）"好选不选"后面也有"选上这么个癞蝗虫呀"中的"选"。或者说这是动词的复制形式。诸暨方言"好 X 弗 X"的"X"也可以是形容词，如例（11），但有限制，即一般为表颜色的词，没有动词来得广。诸暨方言该结构表示的语义没有宁波方言复杂，一般仅是表不应该之义。我们以为是在一种周遍意义的视角下竟然发生了"X"这样的行为（或状态）。如例（8）表"什么行当不能弄，偏偏弄这种行当"，也就是说"任何行当都能干，就是这个行当（这样的行为）不应该干"，例（9）与例（11）依此类推。值得注意的是，但如果"X"是表贬义色彩，通常所说"好死弗死"中的"死"，则是表应该之义，即"年纪大了，应该死了，怎么还不死"，这与宁波方言同。但该短语在诸暨方言又因为"死"概念的泛化，常用来抒发主观上的不满之义（如"要死了，竟然堵车"，意为"糟糕，竟然堵车"），所以不是用于真正意义上"生"与"死"相对的概念，常仅仅是为了抒发主观不满之义，从这个角度说，也是用来否定"好 X 弗 X"后的行为动作，如例（10）。^①

吴越等（2012：656）指出，浙江丽水缙云方言有"好愁弗愁，愁得六月呒热头"，意谓"多余的顾虑"。"好愁弗愁"就是"好 X 弗 X"格式。丽水庆元方言有"好吃不吃"等说法。

金华义乌方言也有。方松熹（2002：161）指出，义乌方言熟语有"好愁勿愁，愁个六月无热头（太阳）"。与缙云方言是同样的意思。

我们在《中国谚语集成·浙江卷》中也找到一些例子，如：

（12）嵊县白鲞地好晒勿晒，新昌铜锣地好挂勿挂。（《中国谚语集成·浙江卷》第433-434页）

第434页有一注释说："晒：喻铺摊，挂：喻高置。嵊县县城地处澄潭、长乐、新昌三江汇合处，扼江比扼山重要，但却傍山而建；新昌县城位于五马、南明两山之间，发展最好是挂山，但却建于平地。"

（13）好省勿省，念佛送鲞。（《中国谚语集成·浙江卷》第18页）

---

① 诸暨方言的介绍由魏业群同学提供。

上例谚语属宁波的宁海。

（14）鳓鱼好钻勿钻，鲳鱼好缩勿缩。（《中国谚语集成·浙江卷》第 730 页）

上例谚语属舟山。第 730 页有一注释说："或作'鳓鱼缩，鲳鱼钻'。"

（15）好省勿省，咸鱼蘸酱。（《中国谚语集成·浙江卷》第 18 页）

上例谚语属嘉兴。

（16）好省勿省，二婚亲吹打。（《中国谚语集成·浙江卷》第 468 页）

上例谚语属衢州。

笔者 2013 年有浙江省高等教育课堂教学改革项目"在语言学概论课中培养学生科研能力"，因此，就"好 X 不 X"格式对 16 届对外汉语专业和 16 届汉语言文学专业学生进行了调查。[1] 调查结果是：绍兴市区方言有"好做勿做_{可以做但不去做}""好死勿死_{年纪很大了还没有死}"。杭州富阳方言有"好讲不讲"。金华兰溪方言有"好听不听""好看不看""好吃不吃"等，一般都用于生气的时候所说的话。衢州方言除有"好死不死"外，还有"好着不着_{常常用于人帮}_{了倒忙，碍了事的情况里}"，如：

（17）这菜本来味道不错，他硬是要多加点盐，然后就不好吃了，他个好着不着的。

（18）我本来要往水箱里注水，他好着不着把进水阀门给关了，然后水箱里就没有水了。

衢州常山方言有"好白不白""好死不死""好睡不睡"等。湖州方言有"好做不做""好听不听""好学不学"等。

据调查，杭州方言也有"好死不死"，这就与田汝成《西湖游览志馀》的说法呼应起来了，杭州方言历史上就有。又据调查，杭州方言除"好死不死"外，还有"好来不来"。如：

（19）你好来不来，这个时候来_{不赶巧，你不该在这个时候来}。

鲍士杰（1998：110）是杭州方言词典，收"好儿不儿"，注释是："指外地人学说杭州话，有时该带儿的词不带，不该带儿的却读作了儿尾词。"如：

（20）你好儿不儿，不该说儿的要说儿。

本来"儿"是名词，或者更准确地说是"儿"尾。但在"好 X 不 X"格式中，"儿"已经是作动词用了。但杭州方言应该还有"好死不死""好来不来"等。不过据徐越教授说，杭州话只有"好儿不儿"。这显然不符合杭州方言事实。

曹志耘（1996b：141）是金华方言词典，收"好……弗……"，注释是："'好、弗'分别用在同一个单音节动词前面，字面意义为应该或可以做什么但不做，指做了不该做的事。"如：好问弗问｜好劳弗劳_{多管闲事}｜好望弗望。如：

（21）侬蛮好讲弗讲，我侬从来未做过这种事干。

（22）侬好做弗做，做格种生活。

---

① 各方言点提供者为：慈溪：姚红（教授）；宁波：张艳、陈伟伟；舟山：王诗岚；绍兴：史旦咪、金柯、王超；富阳：侯洁敏、汪利、孙争舸；兰溪：叶青；衢州：姜巧颖；常山：徐文彬；庆元：甘霞芳；湖州：吴智敏；杭州：陈涵（硕士生）、廖涵璐；上海松江：夏沁。在此表示衷心感谢。

相比之下，别的方言的"X"是动词，而宁波、奉化、诸暨、常山等方言除动词外，还可以有形容词，不过诸暨方言、常山方言只是表示颜色的形容词，宁波方言也可以是其他形容词，如"长""矮"等。

上面是浙江吴语。上海松江方言有"好白相_玩不白相""好弄不弄""好写不写"等。松江方言"好 X 不 X"的"X"也可以是双音节词。据宁波人阮桂君博士说，在宁波方言中，双音节也能进入"好 X 不 X"，如"好快活弗快活""好节省弗节省"等，甚至更复杂的有"好屋里吃饭弗屋里吃饭"，是四音节的短语。奉化方言也有类似说法。显然，"好 X 不 X"在宁波、奉化方言中更为复杂。

还有"当 X 勿 X"，如：

（23）<u>当省勿省</u>，难免当用勿用。（《中国谚语集成·浙江卷》第 805 页）

此谚语属温州。"当"义与"好"同。"好"有"应该；可以"义，"当"是"应当；应该"义。

湖北咸宁方言（属湘语）也有"当 X 不 X"，如：

（24）<u>当做不做</u>，扬叉打兔_{扬叉前端是分岔的，用它来打兔是很困难的，比喻该做的不做，尽做一些无用功。}（王宏佳，2015：293）

据文义，"当 X 不 X"与"当 X 勿 X"同义。

还有"要 X 勿 X"的说法，如：

（25）<u>要冷勿冷</u>，六畜勿稳。（《中国谚语集成·浙江卷》第 741 页）

此谚语属绍兴。"冷"是形容词。"好""当"是助动词，"要"也是助动词，三者义同。因此，"当 X 勿 X""要 X 勿 X"与"好 X 不 X"是同义结构。

（三）其他方言的"好 X 不 X"

1. 粤语

白宛如（1998：249）是广州方言词典，收"好……唔……"，认为是惯用语，义项有二：其一是"该……不……（该做的不做，偏这样做，含有做错义）"：好做唔做_{做错事} | 好话唔话_{说错话} | 好讲唔讲_{讲错话} | 好行唔行。其二是加重语气：好衰唔衰_{真倒霉} | 好死唔死_{真该死}。

从语义来看，广州话也比较复杂。

詹伯慧等（1997：135）是东莞方言词典，收"好衰唔衰"，注释是："指在不该发生不如意的事时偏偏发生这种事。"

（1）唔想睇见佢行_走到半路<u>好衰唔衰</u>又撞到_{遇到}佢。

（2）本嚟_{原来}就有些小_些唔舒服，<u>好衰唔衰</u>落班时又督着_{淋到}雨，返到屋企_{回到家}就发烧。

许宝华等（2020：2046）收"好衰唔衰"，方言点为广东广州，粤语，认为是熟语，注释是："真倒霉；最糟糕。"如：

（3）真系<u>好衰唔衰</u>，又碰到佢_{真倒霉，又叫我遇上了他}。

（4）<u>好衰唔衰</u>撞到佢_{最糟糕的是碰见他}。

看上面几本词典的注释，白宛如（1998：249）义项有二，与宁波方言等有关的是义项一。许宝华等（2020）所收的只是白宛如（1998：249）的义项二，显然不全面。

2. 闽语

李如龙等（1997：149）是建瓯方言词典，收"好死𣍐死"，注释是："詈词。应该死的却没死。""𣍐"一般认为是合音否定副词，义为"勿会"，但"好死𣍐死"中的"𣍐"已经是一般的否定副词了，义同"不"。

许宝华等（2020：2044）收"好死不死"，方言点是台湾，闽语，认为是熟语，注释是："真不凑巧。"我们认为这个注释似乎不太准确，还是李如龙等（1997：149）注释更确切。同时，说"好死不死"的方言较多，如吴语，只说台湾，只说闽语，方言点太少。

我们在北京大学现代汉语语料库中也找到 2 例"好死不死"，如：

（5）我觉得被设计了，怒从心头起，起身就要闪人，好死不死，撞上推门而入的杭特教授。[台湾作家蔡康永《LA流浪记》（2003）]

蔡康永是台湾作家，上例与闽语对应。

（6）"我们很快就可以治好你"，皮聘说："你果然是个鬼灵精，好死不死就在我们要吃饭的时候出现！……"（翻译作品《魔戒》）

据介绍，中国大陆译林版《魔戒》中译本第一部《魔戒再现》的译者为丁棣，第二部《双塔奇兵》的译者为姚锦镕，第三部《王者无敌》的译者为汤定九。台湾联经版《魔戒》，三部曲的译者都是朱学恒。朱学恒先生是台湾人，可能与闽语有关。

3. 湘语

颜清徽等（1997：132）是娄底方言词典，收"好当不当"，注释是："指言论、行动有失长辈身分：该讲个就要讲，莫个～。"湖南娄底属湘语。

王健教授告知，江淮官话有"该死不死""该吃不吃"，与"好 X 不 X"也是同义结构。

以上词典所收的一些"好 X 不 X"词条，我们以为以金华点和广州点处理较好，分别收"好……弗……"和"好……唔……"。因为"好 X 不 X"是一个比较能产的格式。不知建瓯方言除了说"好死𣍐死"外，还有其他说法没有，如有，显然这样收词不对。不知东莞话除了"好衰唔衰"外，还有别的说法没有，如有，把"好衰唔衰"单独立条也是不妥当的。杭州方言除了"好儿不儿"外，至少还有"好死不死""好来不来"，所以，单收"好儿不儿"也不妥当（上面说过，有不同说法，如果杭州方言只有"好儿不儿"一种说法，收"好儿不儿"尚无不可）。娄底方言也有同样的问题，只收一个"好当不当"词条。同样，许宝华等（2020：2046）收"好衰唔衰"这种词条显然也是不妥当的，因为广州方言"好……唔……"是一种比较能产的格式，如白宛如（1998：249）所举，有"好做唔做""好话唔话""好讲唔讲""好行唔行""好衰唔衰""好死唔死"等，不能单是收"好衰唔衰"这一词条，而应该像白宛如（1998：249）那样立"好……唔……"这样的条目。我们以为，"好 X 不 X"似乎还未词汇化为一般词语。当然，如果"好 X 不 / 唔 / 勿 X"已经词汇化了，那是可收词典的。

朱彰年等（1996：130）虽然未收"好X弗X"，但"好"义项三是："应该；可以。"这也是一种处理方式。汤珍珠等（1997：91-92）既未收"好X弗X"，"好"的义项中也未提及"好X弗X"格式，似是疏漏。

据目前的材料来看，在"好X不X"等格式中，"X"是"死"字最多，吴语有，闽语有，粤语也有，连明代笔记、清代白话小说、翻译作品也有。"好死不死"是专门用来骂人的。

至目前为止，我们发现，"好X不/弗X""好X唔X"与"好X𠲳X"格式，从语言地理这个角度来看，主要分布在中国的东南部。

吴语、闽语、粤语等地的"好X不X"等格式，虽然否定副词不同，但表义相同，也充分显示了象似性原则。

（四）北京语言大学语料库（BCC）的"好X不X"

我们在北京语言大学语料库（BCC）中也搜索到不少"好X不X"例子，"好选不选"的例子如：

（1）<u>好选不选</u>，他偏偏选中了木灵派的绿禾。（不古《网游之古剑太初》）

（2）可为什么<u>好选不选</u>，偏偏挑在与美女吃饭的时候玩这套把戏呢？（张君宝《超级教师》）

（3）其实，也算伪装运气不佳，碰到蒙面人，这可是保持全胜记录的高手，伪装<u>好选不选</u>，偏偏选中蒙面人，对其出手偷袭，要知道蒙面人也是玩块的，要说比快，伪装现在的速度对蒙面人来说，无疑相当于三岁小毛孩。（辣椒江《网游之幻灭江湖》）

（4）偏偏地，露西<u>好选不选</u>，却选了一个叫龙虎山的地方，这里，可是天师教的老窝。（元宝《异能古董商》）

（5）该死，为什么<u>好选不选</u>，就选了这家酒店呢？（血的纹章《天龙王》）

（6）那个俊男二号一定是新手，不然怎会<u>好选不选</u>，竟然选了血流得最快的颈大动脉来吸血，他不知道这会令一般人死掉吗？（UN《吸血鬼—耽美集》）

（7）原来，范蠡<u>好选不选</u>，选择钱塘江作为水军训练的场所，要知道这钱塘江离富春不过百里，范蠡的举动如何能够瞒的过他。（天豪《纨绔霸王闯春秋》）

（8）怎么<u>好选不选</u>，非要到墙角猫着呢？（举头《睡修》）

（9）有人<u>好选不选</u>，偏偏选厕所用房来当店面房。（《这爿棉花店》，《杭州日报》下午版2001-9-1）

另外，"微博"有13例"好选不选"。

"好死不死"的例子如：

（10）当然是刚好路过，<u>好死不死</u>怪物正巧死在你脚下，而你又没有出力的动机，这与之前我说的新手抢钱不同！（《"天堂"求生技能之新手篇》，《每日商报》2003-6-8

报刊）

（11）"什么？"绍荣伯勃然了，山羊胡子抖动着，"好死不死的老雌货，真太不识好歹。"（《插秧以前》，《当代晚报》1947-8-27）

（12）有一次，她婆婆向儿子王清水（金治的丈夫）要三角钱，金治就阻挡："不要给她，给你吃还不够，还要讨钱；好死不死，讨债鬼！"（《妇女代表刘金治虐待婆婆》，《厦门日报》1955-11-4）

上面 3 例出自"报刊"。《每日商报》是浙江杭州办的，《厦门日报》是福建厦门办的。只是不知《当代晚报》是何处所办。但我们有理由相信，应该也是浙江、福建、广东等处所办。看例子是 1947 年，是解放前的报纸。

（13）打电话到办公室来，要我说爱她、想她、亲一个，同事们都已经习以为常见怪不怪了，虽然本人自尊心有点受创。但有时候好死不死正在与老板讨论工作，老实说，那时我一点都不想你，因为我非常担心再这样下去，不晓得工作是否还保得住？（网络语料 /网页 /C000013）

"好死不死"的例子更多，单是"综合"就有 416 例，"文学"有 1564 例，"微博"有993 例。

"好省不省"的例子如：

（14）四明路万达对过，别再傥幸泊车了。亲，好省不省。停万达地下，一小时内免费哦。

（15）……打听毛啊，宁波就这么点大，你没打听人家老早把你看的很渺小……我今天上火了奶奶的…贼噶滑稽无语好心帮你想你朋友来了住哪里到头来还要被这么问一下那当我多管事了不说最好气死我了我啦真的是好省不省什么都不管不是挺好一定要自己也去操心最后还是被说不关心还要自责真想火大好久没做面膜了哼……

（16）气死我了我啦真的是好省不省什么都不管不是挺好。

前面 2 例"微博"都出自宁波人的口中。

"好弄不弄"的例子全出自"微博"，如：

（17）好弄不弄，来个全英文版本的，虽然知道自己很需要练习听力，但是也不用对我这么好啊！

（18）气死啦、教室好臭、都怪爆呀威、好弄不弄弄奶喔全微博匿名说真话，我在上跟对 TA 表完真心又送了真实好礼！

（19）来旅游都不忘本行啊，这是页岩我知道，还有这是海岸地貌被飞蛾弄到脸了，这下毁了，讨厌飞蛾啊，好弄不弄，弄人家的脸，很难过啊……哈哈，我在看《网球王子》嘻嘻，你们看过吗？？？

另外，"好像不像""综合"有 21 例，"文学"有 65 例，"微博"有 81 例，"科技文献"有 3 例。

"好死唔死""微博"有 39 例，"好做唔做""微博"有 17 例，"好讲唔讲""微博"有 2例，"好行唔行""微博"有 1 例，"好衰唔衰""微博"有 20 例。这些"微博"绝大多数应该是说粤语的网民。

"对话"中,"好巧不巧"有39例。电视剧中也常常可以听到"好巧不巧"的说法。

上面从北京语言大学语料库(BCC)中搜索到的一些"好X不X"的例子,有的是方言的反映。而且,反映的方言点与前面所举例子基本一致,也就是说,这些方言是吴语、闽语、粤语。

(五)湘语的"好A不A"

曾毓美(2001:28)指出,湖南湘潭方言有"好A不A"。还说形容词嵌有"蛮A不A""好A不A"式("不"在这里没有词汇意义,只有结构意义),有程度加深的功能,在句子一般充当谓语和定语。如:

蛮A不A式:蛮粗不粗、蛮细不细、蛮大不大、蛮丑不丑。

好A不A式:好粗不粗、好勺不勺、好少不少、好乖不乖。

曾毓美(2001:50)指出,湘潭方言形容词的结构方式有八种,其中有"好A不A",如:"好大不大""好细不细"。

曾毓美(2001:52-53)分析说,"好A不A"式中,"好",有的人说成"很",有的人说成"蛮",实际上"好"是"很"的意思,"蛮"也是"很"的意思。这里的"不"似乎不太好理解。"好A不A"是一种单音节形容词重叠的方式,有加重语义的作用,在湘潭方言中运用十分普遍。再如:好高不高、好矮不矮、好粗不粗、好臭不臭、好重不重、好恶不恶

说本地方言的人都能理解这种格式中的"不"有加强语气的作用,但不知为什么用否定词"不"反而可以加深程度。朱德熙先生在《语法讲义》(1982/2010:76)、李荣先生在《"这不"解》(1998:242)中,都论述带否定词的形式表示肯定,可以用来加强语气。普通话中"这不"是"这不是吗?"的紧缩,湘潭方言中"很A不A"是"很A不是吗?很A"的紧缩。上面所举例子应解释为:

好高不是吗?好高。

好矮不是吗?好矮。

好粗不是吗?好粗。

好臭不是吗?好臭。

好重不是吗?好重。

好恶不是吗?好恶。

曾毓美(2001:53)指出,宁远方言有"A勿得A"格式,如:好勿得好、烂勿得烂、臭勿得臭、苦勿得苦、高勿得高、矮勿得矮、聪勿得聪明、清勿得清楚、干勿得干净。这种格式中的"勿"也应是以否定形式表肯定,并有加强语义的作用。所表达的意思是:

好不是吗?很好。

烂不是吗?很烂。

臭不是吗?很臭。

苦不是吗？很苦。

高不是吗？很高。

矮不是吗？很矮。

聪明不是吗？聪明。

清楚不是吗？清楚。

干净不是吗？干净。

联系普通话的"好不热闹、好不高兴、好不佩服、好不干净"等说法，也是用否定形式表示肯定，并且比一般的肯定表义更强，表示的是"很热闹、很高兴、很佩服、很干净"的意思，这就更好理解了。

曾毓美（2001：54）指出，湘潭方言形容词的生动格式很丰富，它们表现出的程度深浅差异也是细致明晰的。如形容一个人的肤色程度由浅到深可以这样用：

基调	比较浅	深	比较深	极深
黑	黑黑里唧	抹黑	抹黑抹黑	好黑不黑　乌黢抹黑

这里的"黑黑里唧"指肤色较白的人经过锻炼日晒后呈现出的健康的古铜色，"抹黑"指肤色较深的人一晒就"墨黑"，而对非洲黑人肤色一般形容成"好黑不黑、乌黢抹黑"等。程度不一，用的形容词也各不相同，描写准确细致、生动传神，有很强的表现力。

我们以为，上面的分析很有说服力。

但湘潭方言中的"好A不A"与我们上面的所说的"好X不X"形同实不同，即表示的语义有别，是同构异质。还有一点不同的是，湘潭方言中的"A"都是形容词，是单音形容词，这与大多数方言中"X"是动词的不同。

以上的"好X不X"格式是很有特色的，具有类型学意义。

但卢小群（2007：101）说到湘潭方言形容词重叠式时指出，有表示最高级的"好A巴A"，如：好甜巴甜、好黑巴黑、好满巴满、好咸巴咸。

长沙方言也有"好A巴A"，如：好甜巴甜、好酸巴酸、好丑巴丑、好绿巴绿。（卢小群，2007：101）

这也是一种说法，这样，第三音节不是"不"，而是一个中缀"巴"，"不"的问题更好地解决了。

此外，益阳方言有"很A巴A"，如：

（1）弯豆很硬巴硬，我咬不动蚕豆很硬很硬，我咬不动。

（2）他穿得很厚巴厚他穿得很厚很厚。

（3）哦只很矮巴矮的人是搞么子家伙的啰那个很矮很矮的人是干什么的？

衡阳方言有"死A巴A"，如：

（4）箇只人死怂巴怂，莫惹其这个人很讨厌，别惹他。

（5）你把箇里搞起死辣巴辣，吗吃拉你把这东西搞得这么辣，怎么吃呢？

（6）箇只死蠢巴蠢的样子，哪个喜欢你啰这么傻，谁会喜欢你！（卢小群，2007：98）

看来，第三音节的写作"巴"的区域还是广的。再说，还有娄底的"拍满巴满"，如：

（7）车子底下里咯人<u>拍满巴满</u>_{车里面的人很满很满。}

娄底方言还有"稀 A 巴 A"，如：

（8）饭煮得<u>稀烂巴烂</u>的_{饭煮得稀巴烂的。}

娄底方言还有"冰 A 巴 A"，如：

（9）<u>冰冷巴冷</u>的菜，去热下_{冰凉冰凉的菜，去热一热。}

长沙方言还有"钉重巴重"，如：

（10）<u>钉重巴重</u>的箱子，哪个提得起啰_{死沉死沉的箱子，谁又能提得动呢}！（卢小群，2007：98）

所以，同属湘语的湘潭方言的"好 A 不 A"还是写作"好 A 巴 A"更好一些。也就是说，"好 A 不 A"中的第三个音节不是否定副词"不"，而只是一个记音字。其与吴语等的"好 X 不 X"不是同构异质，而是不同的构式。

（六）古今比较

1. 分布区域古今基本一致

明清时期的"好 X 不 X"分布范围是吴语区、闽语区、粤语区三地，现代方言也基本在这三地。只是浙江吴语的分布范围要广一些。台湾闽语可能也有。

2. "X"的词的词性

明清文献的"X"都是动词，6 个例子中，其中"死"就占了 5 个，另一动词是"听"，即只有"死""听"两个动词。现代方言多数为动词，如奉化方言是开放性的，也可是形容词，全是性质形容词。

3. "X"的词的音节

明清时期"好 X 不 X"的 6 个例子都是单音节动词。现代方言多数是单音节动词，动词要多得多，尤其是奉化等方言，不少单音节动词能进入"好 X 不 X"结构，甚至连双音节词语和三音节、四音节短语等都可进入，如"好快活弗快活""好节省弗节省""好贪便宜弗贪便宜""好庵别墅弗庵别墅""好屋里吃饭弗屋里吃饭"等，奉化方言甚至有这样的句子："好赚一万元一月弗赚一万元一月"等，"X"竟然可以是 6 个音节。

二十八

结语与余论

（一）引言

上面所说的语法现象主要是说吴语等方言有了演变与发展是纵向的比较，这就是刘丹青（2011）所说的"存"。这所谓的"存"也分几种情况，有的是从明清白话文献萌芽，到现在方言类型众多、分布范围广，如形容词、量词、副词的"AXA"重叠、表"小"的"框缀"与"框式结构"等；有的是明清白话文献使用频率较高，而现代方言使用频率低下，如"做……不着"、连介词"为因"等，现在使用频率低，方言分布范围窄；也有的明清白话文献与现代方言使用频率都较高，但现代方言类型比明清时期多得多，如动词重叠带结果补语等。绝大多数章节还有方言之间的横向比较。

也有"废"，如"X 的 Y"同位语结构、特殊的介词"并列删除"现象、叹词"的""嗻"等明清文献有而现代方言或现代汉语共同语已消失的语法现象。这要在我们以后的国家重大课题研究中继续努力探索。

（二）结语

1. 方言历时与共时考察显示的特性

1.1 时间性

明清白话文献与现代吴语语法等的比较本身就体现了时间性。而这时间性是分阶段的，一个语法现象从萌芽到成熟会经历一个漫长的过程，在这个过程中，不同的阶段具有不同的表现，有的衍生了不少变式，有的甚至由跨层结构产生词汇化。有的由于种种原因而逐渐消失。

时间性，有的可以说是"层次性"。如吴语中的"吃碗凑""再吃碗凑""再吃碗"就充分体现层次性或时间性：

方言固有用法　→　受通语影响的糅合用法　→　受通语影响用法

吃碗凑　　→　　　再吃碗凑　　　　→　　　　再吃碗

1.2 地域性

这也是一个普遍现象。动词重叠 + 尝试助词，最先形成的是"看"，由视觉动词逐渐语法化为尝试助词，后来又由于"类同引申"，不同地域的与"看"是同义、近义词的一些视觉动词也可用于动词重叠后，也语法化为尝试助词，如"瞧""相"等 20 余个尝试助词。

明清白话文献有不少"A 得 + 程度副词"用法，清末传教士文献就有。如上海传教士文献有不少"A 得极"（例较多），甚至有"副词 +A 得极"，苏州传教士文献《圣经》土白有"A 得势"（例少），这是明清白话文献的延续，苏州方言现仍有"A 得极"；上海传教士文献有"A 得 / 来野"（例较多），清末白话小说也有不少例子，但时间比艾约瑟《上海口语语法》（1868/2011）要迟［《海上花列传》（光绪二十年（1894）出单行本）］，苏州方言在 20 世纪 30 年代仍有"A 得野"，上海松江方言现仍有"A 来野"。据《汇解》，清末宁波方言有"A 得紧"，《圣经》台州土白中有"A 得猛"，现在宁波方言未见"A 得紧"，而台州方言仍有"A 得猛"。有些特殊用法的分布范围较狭窄，体现某个地方的特殊性，如"细"表示"小"，不少方言用于名词前，是形容词，但奉化方言是位于名词后，虽然同样是表示"小"，但却是后缀。

又如"A 得紧"在福州方言中也较常用。《琉球官话课本三种》（《官话问答便语》《白姓官话》《学官话》）共有 28 处。虽然从数量上看，"A 得紧"比"A 得狠"（共 37 处）要少一些，但形式比"A 得狠"多，除了用"A 得紧"外，还有在前面用程度副词"十分""好"，还有用评注性副词"真真"。而"A 得狠"，除 1 例前面用程度副词"好"外，其余全是"A 得狠"。也就是说，"A 得紧"比"A 得狠"多了一种前面用评注性副词的用法，说明在 18 世纪的福州，"A 得紧"使用具有普遍性。从内容看，《官话问答便语》《学官话》基本是福州"对外汉语"老师为来华学习的琉球学生编写的实用口语教材。

关于地域性，确实比较复杂。虽然各人有各人的看法，但地域性确实是存在的。

傅国通（2010：45-47）归纳了浙江吴语的浙北片与南部的金华片、台州片、温州片与丽衢片 13 项对立的特征，指出这一系列差异特征不是偶然的，有其现实与历史的方言地理意义。平时的南北吴语之称，也不完全是自然地理概念。

吕俭平（2019：377）指出："汪平、曹志耘列出有丰富小称等 6 条南部吴语的语言特征，并指出前 4 条项目，北部吴语的个别字也存在。这体现了吴语的一些特点，从南到北，逐渐弱化，覆盖面从大到小。这些特点体现了官话的影响由北往南逐渐减弱。"

吕俭平（2019：378）认为，吴语南部地区即使内部差别较大，但还是有不少共同特征，而且是保留了更多的吴语的特征。

吕俭平（2019：378）认为，吴语的南北分区与山川形势也有比较密切的关系。北部吴语地处长江三角洲冲积平原、杭嘉湖平原与宁绍平原，有利于人民交往与方言的趋同。南部吴语地处山地丘陵，交通不便，内部差异较大。

汪化云等（2020）也注意到了吴语的后置副词状语也充分显示了南北吴语的差异。荆亚玲等（2021：57）再次提及：汪化云等（2020）调查发现，后置状语和相应的框式状语在南部吴语中分别为四到五个。地域上由南而北，吴语的后置状语、框式状语的数量逐步减少。在西部吴语、北部吴语多数方言点上为一到两个，在与官话接壤的吴语如丹阳方言，后置状语、框式状语不复存在。这种地域分布应该反映了这类现象的历时演变。杭州方言分别只有两个后置状语和框式状语，正是北部吴语同类现象现状的反映，应该是一种历时演变的中间现象。这也从语法的角度反映出杭州方言的吴语性质。

1.3 个体性

关于能不能说"吃饱了饭""吃饱了晚饭""吃饱了米饭"等，学界有不同看法。郭锐（2002：179-180）有一张表，说两个班114名学生中，有98人认为可以说"吃饱了饭"，占86%，而"吃饱了晚饭"只有33人，占29%，"吃饱了米饭"也只有32人，占28%。

关于"V在了N"句式，二十世纪八九十年代进行过多次讨论，有人认为不"合法"，有人认为"合法"，后来渐渐趋向它是"合法"的。确实，有些作家不喜欢或不太喜欢用此句式，如《冰心散文全编》无1例"V在了N"，9卷本的《余光中集》也只有1例，但好多作家有，如萧红、吴伯箫、茅盾、巴金、胡风、李广田、孙犁（较多）等。又如马烽、西戎的《吕梁英雄传》有29例，冯志的《敌后武工队》有15例，刘流的《烈火金刚》有53例。在所有现当代作家中，老舍先生用"V在了N"格式最多，共有282处，其中小说236处，剧作等46处（剧作14处、散文25处、曲艺2处、新诗1处、自传4处），时间跨度长达几十年。当代作家中，路遥也用得较多，其《平凡的世界》中，单音节动词有135例，双音节动词有49例，共计184例。虽然总数不如老舍（如果看使用频率，还不一定，如规模差不多的《四世同堂》只125例），但双音节动词有49例，远远超过老舍（2例）。这说明，"V在了N"句式在当代又得到了充分的发展。［具体可见崔山佳（2015b）第四章第二节"V介了N"］同是陕西人的陈忠实的《白鹿原》中虽也有"V在了N"，但少得可怜，在前九章中，只找到1例："令人敬佩的是，他没有向阴阳先生作任何暗示，阴阳先生的罗盘却惊奇地定在了那块用亩水地换来的鹿家的慢坡地上，而且坟墓的具体方位正与他发现白鹿精灵的地点相吻合。"（第3章）以上数据充分说明，作家对某种句式有自己的喜好。

我们每个人对方言的使用也具有鲜明的个体性。如奉化方言有"像我""像侬""像其（渠）"，但笔者从来不说，笔者周边其他人好像大多也不说，但笔者有一亲戚（40余岁，男性）经常说，他说到自己时经常说"像我"，而其父母等也都不说。

1.4 年龄

年龄的差异比个体性要大得多，具体体现在经常使用的"老派"与"新派"上。我们所说的奉化方言的一些说法，在笔者儿子他们这一辈人当中不用或基本不用，有的甚至都不懂。所以，好多语法现象将渐渐退出历史舞台。

今苏州市区新派及少数中派的第一人称代词复数出现了"像伲"［ziã³¹ȵi²¹］的形式，老派基本不用。（史濛辉，2015：118）

晋语很普遍的"A了个A"重叠式，谢自立（1990：59）指出，这种格式现在中年以下的人里已经很少使用，青少年则认为他们根本不会这么说。这是30年前的情况，那时的青少年现在已经是中年了，应该是更少有人会说"A了个A"了。

1.5 性别

我们在中国智网"篇名"检索项中以"语言使用中的'性别'"为关键词，共检索到35篇论文（重复的有3篇，实为32篇）。既有外语，如英语，也有汉语，还有翻译作品，多为期刊论文，另有 9 篇硕士学位论文。现实社会中，在语言使用中确实有"性别差异"。

方言也是如此。奉化方言一些女性经常说"正式"，而这"正式"不是形容词，而是副词"真的"义。笔者爱人也经常说，而笔者从来不说。

2. 不同的语法现象呈现出各异的特点

2.1 分布范围相差很大

有的分布范围较广，如形容词、副词的"AXA"重叠等，南方有，北方也有；量词"AXA"重叠虽然北方不多见，但在南方分布范围较广。有的分布范围较狭窄，如人称代词加前缀、量词"爿"基本分布在吴语，而"数量 + 生""做……（不）着""A 做 A"则为吴语所独有，还有动词重叠"V 介（一）V"等分布在上海、苏州一带的北部吴语。框式结构"死……死"分布在江西玉山、浙江常山，分布范围更小。又如"定……定""定定……定定"只分布在广东潮阳，"过……过"只分布在台湾苗栗客家话、台湾东势客家话等。

2.2 搭配能力相差很大

奉化方言三重结构表"小""框缀"的"小……花细"只有"小奶花细"一种说法。而与表"小""框式结构""小……细"则搭配能力要强一些，如有"小猪细、小牛细、小猫细、小狗细、小兔细、小鸡细、小鹅细、小鸭细、小鸟细"等，而"名词 + 细"的搭配能力更强，既可以是动物、植物，还可以是人。

副词"AXA"重叠式，有的方言数量多，多达近 20 个，如连云港方言（姜莉，2018：98–99）；济宁方言有 12 个（冀芳，2010：65）。有的方言数量很少，只有 1 个，可能是未能全面深入地调查，有的可能就只有 1 个。

2.3 生命力相差很大

有的用法，从古至今一直在运用，而且明清白话文献形式单一，现代方言种类很多，如形容词"AXA"重叠、量词"AXA"重叠、副词"AXA"重叠等，生命力很强。如人称代词带前缀，唐五代已有，时间跨度更长。有的生命力则非常短，如叹词"的"，只在明代运用，表同位语关系"X 的 Y"的"的"等也是如此，都在明清白话文献中使用，现代则已经消失。

3. 有待拓展的空间

汪化云等（2020：186）指出，东南亚华人的闽语主要是华侨在明清时期带到境外去的。（朱杰勤，1990）也存在后置状语"先、kha?、ko?再/还（或记作'故'）"的大量用例。如：

（1）□ [ho²¹] □ [kʰa?] 多支再多给一点儿。（文莱斯里巴加湾，陈晓锦，2014）

（2）□ [ho¹¹] 伊食先让他先吃。

（3）你（先）行先你先走。（越南胡志明市，陈晓锦，2014）

（4）我未看 [ko?]还。

（5）我 [ko?]还要看一次 [ko?]还。（马来西亚槟城，杨迎楹，2016）[转引自汪化云等（2020：186）]

汪化云等（2020：186）指出，明清时期的闽语跟吴语类似，至少存在过"快、即将、先、再"4个意义的后置状语，而且，今闽语不同方言点也存在一些不同的后置状语，陈鸿迈（1996：90、160）就举了海口的"头前、过前"（相当于吴语的"先"）做后置状语表示"次序在先"的用例，如：

（6）我来**头前**，是最早一个_{我先来，是最早的一个。}

（7）汝食**过前**_{你先吃。}

还有宝卷的语法研究，还未好好挖掘。这部分将在由笔者作为首席专家的国家社科基金重大项目"晚明以来吴语白话文献语法研究及数据库建设"（21&ZD301）中作深入研究。本书只引用如下例子：

（8）好重好重，来来来，呆呆大一尾鱼**来带**哉。（清·无名氏《梅花戒宝卷》上卷）

（9）我道**倌来**东河口淘米洗菜，倌到勿起。（清·无名氏《梅花戒宝卷》上卷）

《靖江宝卷》还有"小……崽子"的说法。

其他如传教士文献、契约文书等，虽然有些已经充实到本专著中，但也将在重大项目中作深入研究，有的设子课题作专门研究。

4. 有待补充的内容

因为时间的限制，还有一些专题未纳入进来，如量名结构、VO 过与 VO 不过、论元分裂式话题结构、OV 语序与周遍义等，有待在重大项目研究中充实。

（三）余论

1. 明清戏曲的标点问题

郭汉城先生主编的《中国十大古典悲喜剧集》（1989）、朱恒夫先生主编的《后六十种曲》（2013）、廖可斌先生主编的《稀见明代戏曲丛刊》（2018）有的标点符号有一些瑕疵，有的是断句问题，有的是标点标错。原因是标点者不熟悉方言的一些特殊的词类，如有叹词"的"，有指示叹词"哪""喏"等，有的是不清楚方言的一些特殊的动词重叠式，如"VP — VP"；有的是不明白特殊的省略现象，如介词并列删除现象；有的是不了解方言的一些特殊的句式，如"做……着"，还有特殊的选择复句等。

2. 古代白话文献包含不同层次的差异

徐时仪（2021：64-69）指出，古白话文献浩如烟海，且往往杂有抄刻者的改动。如史书中出现的一些白话词虽然大多承自前代，但编纂者遣词造句不可能没有更动，确定史书语料的年代就需要做具体分析，慎重对待。即使是年代和语言都比较可靠的古白话文献的语料，内部成分也很繁杂。一般的做法是假定这些材料代表一种接近当时口语的共同书面语言，而实际上其内部至少包含以下的不同层次的差异。如：（1）方言差异；（2）文白差异；（3）题材差异；（4）作者风格差异；（5）书写形式差异。

上面虽然说的是古代白话文献的词语，其实语法也是如此。我们在上文已多处提及，这里不再展开。

3. 方言语法研究仍需加强

汉语方言语法研究现在已经取得了引人瞩目的成绩，但相比语音、词汇，还是显得远远不够。以"国家哲学社会科学成果文库"为例，方言语音/音韵有马重奇先生的《明清闽北方言韵书手抄本音系研究》（商务印书馆，2014）、李无未先生的《台湾汉语音韵学史》（中华书局，2017）、邢向东先生的《近八十年来关中方音微观演变研究》（中华书局，2021），词汇有徐时仪先生的《〈朱子语类〉词汇研究》（上海古籍出版社，2013）、汪维辉先生的《汉语核心词的历史与现状研究》（商务印书馆，2018），方言词汇有董绍克先生的《汉语方言词汇比较研究》（商务印书馆，2013）等。似乎未见有方言语法的专著进入"国家哲学社会科学成果文库"。

一般认为，现代科学意义的汉语方言学研究是20世纪20年代才兴起的一门学问。赵元任《现代吴语的研究》（1928）为方言学界公认的该领域的开创性著作。它从描写语言学的角度，对吴语33个方言点的语音（声母、韵母、声调）、词汇、语助词作了调查记录。在此之前，赵元任发表的《北京、苏州、常州语助词的研究》（1926）一文应该算是第一篇汉语方言语法研究的科学论文。在此之后到20世纪50年代这段时期，几乎没有从现代语言学的角度探讨汉语方言语法的论著出现。可见，与语音、词汇相比，方言语法的研究并不受学界的重视。究其原因，固然是早期的汉语方言研究本身并不全面、深入，既缺乏大规模的方言普查作为研究的基础，在语法调查的研究能力上也稍显不足，或许也跟研究者对汉语方言的认识有关，即主张方言之间的差异主要体现在语音、词汇上，而语法上并没有显著的不同。就是作为汉语方言调查和方言语法研究的开拓者赵元任先生也是如此，他在《中国话的文法》（1968/2002：209-210）中所提出的观点就是其中的代表："在文法方面，中国各地方言最有统一性。除去一些小的分歧：像吴语、粤语的间接宾语放在直接宾语之前，而国语（跟英语一样）正好相反；还有南方话的能性补语（potential complements）的否定式次序略有不同；等等。另外再除去一些词尾跟语助词的不同，其实各方言之间还可以找出相当接近的对应。咱们可以说，中国话其实只有一个文法。即使把文言也算在内，它的最大特点只在单音节多，复词少；还有表示地方、来源的介词组可以放在主要动词之后，而不放在前面。除此之外，实质上，其文法结构不仅跟北平话一致，跟任何方言都一致。"［转引自郑伟（2017：12）］

不仅如此，吕叔湘《语文常谈》（1980：88）也发表过与赵元任（1968/2002）类似的看法："方言的差别最引人注意的是语音，分方言也是主要依据语音。这不等于不管语汇上和语法上的差别。事实上凡是语音差别比较大的，语汇的差别也比较大。至于语法，在汉语方言之间差别都不大，如果把虚词也算在语法一边的话。"

至于方言语法成果不多，还有一个重要原因是，非母语者有很大障碍。李小凡《汉语方言语法调查研究漫谈》（2007：77）指出："在语言结构中，语法比语音处于更深的结构层面，其研究难度自然要大于语音。一个训练有素的语言学家调查非母语或母方言的语音系统一般不至于碰到不可逾越的障碍，但若调查语法，则常常会感到力不从心，困难重重。"这确实是经验之谈。

郑伟（2017：12-13）指出，从 20 世纪 50 年代开始，为了推广普通话，汉语方言普查的工作在全国范围内开展起来，客观上推动了包括方言在内的汉语方言学的发展。吴、闽、粤等方言的语法研究有了不少新鲜的成果，这些研究已经在一定程度上显示出方言与标准语在语法层面的诸多差异。

吴语的语法研究成果有：行瞿的《温岭话和普通话语法的差异》（1956）、胡明扬的《海盐通园方言的代词》（1957）和《海盐通园方言中变调群的语法意义》（1959）、君勤的《从宁波地区的"给"看语言的发展》（1958）、曹广衢的《温岭话入声变调同语法的关系》（1958）和《浙江话温岭话"头"的用法研究》（1959）、傅国通的《武义话里的一些语音、语法现象》（1961）、傅佐之的《温州方言的形容词重叠》（1962）、金有景的《苏州方言的方位指示词》（1962）。（郑伟，2017：13）

郑伟（2017：14）指出，总的来看，从 20 世纪 20 年代后期到 60 年代初期这段时间，尽管在汉语方言语法领域已有不少创获，但是大多数论文还仅仅是简单地交代语言事实（当然这点也很重要），对现象的观察大多数都不够全面，分析也有待深入；从研究的视角来看也略显单一，几乎都是对方言语法共时材料的描写，很少涉及方言语法的历史演变等问题。直到 20 世纪 70 年代末 80 年代初，汉语方言的调查研究才重新步入正轨。自此以后，随着各地方言调查报告的陆续问世，各种有关汉语方言语法调查和描写的专著、论文也不断地带给学界新的认识。这方面的成果很多，无需一一介绍。正由于此，后来学界对汉语方言的语法差异已经和赵元任先生的看法有所不同了。

朱德熙先生在给《中国大百科全书·语言文字》（1988）所撰的"汉语"词条中说：

> 拿语法来说，方言之间在词法方面的差异比较明显。例如人称代词和指示代词的形式、形容词的后缀、动词和形容词的重叠式、象声词的构造以及名词后缀"子"和"儿"的表示方式（例如"儿"杭州话用成音节的语素表示，而广州话和温岭话用变调表示）等等在不同方言里有时有相当大的差别。
>
> 方言之间句法上的差别可以举"把"字句和反复问句为例。"把"字句是官话区方言里十分重要的一种句式，可是粤方言和吴方言都没有这种句式。例如北京话用"把"字的句子（把衣服洗干净），广州话往往要用"动词＋宾语"的说法（洗干净件衫）。在大部分官话方言里，反复问句的形式是"V 不 V"（V 代表动词，例如：去不去 | 认得不认得）。可是在某些江淮官话和西南官话（例如昆明话）以及一部分吴方言（例如苏州话）里，反复问句的形式是"可 V"（可去 | 可认得）。（朱德熙，1988/1999：216）

其实，方言之间的重叠式的差异，并非只有动词与形容词，数词、量词、副词等也有比较明显的差异。

汉语方言语法研究现在已经取得了很大成绩，成果也越来越多。但方言研究中，语法比例比语音、词汇要小这种现象至今未能彻底改变。就《浙江方言资源典藏》（第一辑）看，语音、词汇比较详细，所占篇幅很大，但语法部分就显得单薄，而且只是例句，量又小。再加上调查者有的是非母或母方言，不少很有特色的语法现象就漏掉了，如前面有些地方已经提及，非常可惜。

再看 2020 年 10 月出版的由胡松柏教授等著的《赣东北徽语调查研究》，字数多达119.8 万字。语音部分分为 3 章，分别是音系、单字音对照、语音特点，页码从第 45 页到第 303 页，共 258 页；词汇部分分为 2 章，分别是词语对照、词汇特点，页码从第 304 页到第 689 页，共 385 页；语法部分分为 2 章，分别是语法例句对照、语法特点，页码从第690 页到第 839 页，共 149 页。三者当中，语法所占比例最低，比语音部分少 100 多页，比词汇部分少 200 多页。

吴语研究的专著有一定的数量，达数十部，但吴语语法专著数量就显得少多了。吴语语法研究专著只有上海、苏州、宁波、海门、绍兴等方言有，如钱乃荣《上海话语法》（1997）、徐烈炯等《上海方言语法研究》（1998）、李小凡《苏州方言语法研究》（1998）、阮桂君《宁波方言语法研究》（2009）、王洪钟《海门方言语法专题研究》（2011）、盛益民《吴语绍兴（柯桥）方言参考语法》（2021）等 7 部，虽然有 7 部，但只有 5 个方言点，其中上海占有 2 部。① 这对吴语这样的方言来说，显然并不令人满意。

难道方言语法真的没有什么内容可写吗？其实不是，孙立新研究员的《关中方言语法研究》（中国社会科学出版社，2013）字数多达 128 万字；夏俐萍博士的《湘语益阳（泥江口）方言参考语法》（商务印书馆，2020）字数也达好几十万字，泥江口只是湖南益阳市的一个镇；吴语有盛益民教授的《吴语绍兴（柯桥）方言参考语法》（商务印书馆，2021），字数也达几十万字，柯桥也只是绍兴的一个区。

民族语言的参考语法搞得更早、更好，由中央民族大学戴庆厦教授主编的有以下 10余部：

时建《梁河阿昌语参考语法》，中国社会科学出版社，2009。

戴庆厦《景颇语参考语法》，中国社会科学出版社，2010。

蒋光友《基诺语参考语法》，中国社会科学出版社，2010。

D. O. 朝克《鄂温克语参考语法》，中国社会科学出版社，2010。

康忠德《居住仡佬语参考语法》，中国社会科学出版社，2011。

赵敏、朱茂云《墨江哈尼族卡多话参考语法》，中国社会科学出版社，2011。

韦景云、何霜、罗永现《燕齐壮语参考语法》，中国社会科学出版社，2011。

常俊之《元江苦聪话参考语法》，中国社会科学出版社，2011。

余金枝《矮寨苗语参考语法》，中国社会科学出版社，2011。

赵燕珍《赵庄白语参考语法》，中国社会科学出版社，2012。

---

① 还有 1 部是朱晓农《上海话语法》（*A Grammar of Shanghay Wu*）（英文，2006）。

力提甫·托乎提《现代维吾尔语参考语法》，中国社会科学出版社，2012。

朱艳华、勒排早扎《遮放载瓦语参考语法》，中国社会科学出版社，2013。

李春风《邦朵拉祜语参考语法》，中国社会科学出版社，2014。

银莎格《银村仫佬语参考语法》，中国社会科学出版社，2014。

蒋颖《大羊普米语参考语法》，中国社会科学出版社，2015。

经典《墨江碧约哈尼语参考语法》，中国社会科学出版社，2015。

莫海文《荣屯布央语参考语法》，中国社会科学出版社，2016。

康忠德《广西东兴京语参考语法》，中国社会科学出版社，2020。

另有其他学者的参考语法，如：

（泰国）刘玉兰《泰国勉语参考语法》，中国社会科学出版社，2014。

（越南）潘武俊英《河内越语参考语法》，中国社会科学出版社，2015。

蒋光友、时建《昆格语参考语法》，中国社会科学出版社，2016。

周国炎、刘朝华《布依语参考语法》，中国社会科学出版社，2018。

钟楠《柬埔寨语参考语法》，世界图书出版公司，2019。

以上可见，汉语方言语法研究大有可挖之处，前景一片光明。

明人陈第在《毛诗古音考自序》中指出："时有古今，地有南北，字有更革，音有转移，亦势所必至。"他在《读诗拙言》中指出："一群之内，声有不同，系乎地者也；百年之中，语有递变，系乎时者也。"虽然他说的是语音会随着时空不同而发生变迁，但语法也应该如此，近代汉语语法如此，共同语语法如此，方言语法如此，吴语语法也如此。

因此，对方言语法研究者来说，确实任重道远。

由笔者担任首席专家的国家社科基金重大项目"晚明以来吴语白话文献语法研究及数据库建设"（21&ZD301），共设5个子课题，分别是：（1）晚明以来俗文学作品中的吴方言语法现象研究；（2）基于传教士文献的晚清吴语语法对比研究；（3）晚明以来吴语白话文献与共同语语法比较研究；（4）晚明以来吴语白话文献与民族语言语法比较研究；（5）晚明以来吴语白话文献语法数据库建设与计量研究。我们将为此做出自己不懈的努力……

参考文献

[1]   艾红娟.山东长山方言研究 [M].北京:语文出版社，2012

[2]   艾约瑟.汉语官话口语语法 [M].董方峰，杨洋，译.北京:外语教学与研究出版社，2015.

[3]   艾约瑟.上海方言口语语法 [M].钱乃荣，田佳佳，译.北京:外语教学与研究出版社，2011.

[4]   白宛如.广州方言词典 [M].南京:江苏教育出版社，1998.

[5]   白维国.白话小说语言词典 [M].北京:商务印书馆，2011.

[6]   白维国.近代汉语词典 [M].上海:上海教育出版社，2015.

[7]   白云.桂北平话与推广普通话研究——灌阳观音阁土话研究 [M].南宁:广西民族出版社，2005.

[8]   白云，杨萌.山西方言形容词重叠形式的地理类型与主观性 [J].山西大学学报（哲学社会科学版），2017（4）:52-58.

[9]   鲍厚星.东安土话研究 [M].长沙:湖南教育出版社，1998.

[10]   鲍厚星.湖南江永桃川土话研究 [M].长沙:湖南师范大学出版社，2016.

[11]   鲍厚星，崔振华，沈若云，等.长沙方言词典 [M].南京:江苏教育出版社，1998.

[12]   鲍士杰.杭州方言词典 [M].南京:江苏教育出版社，1998.

[13]   鲍士杰.说说杭州话 [M].杭州:杭州出版社，2005:94.

[14]   北京大学中文系现代汉语教研室.现代汉语 [M].北京:商务印书馆，2002.

[15]   闭克朝.横县方言单音形容词的 AXA 重叠式 [J].中国语文，1979（5）:348-353，327.

[16]   闭克朝.壮语对横县平话的影响 [J].中南民族学院学报（哲学社会科学版），1991（4）:59-66，73.

[17]   闭思明.横县平话量词记略 [J].广西教育学院学报，1998（A1）:140-143.

[18]   闭思明.广西横县平话语法研究 [J].四川大学学报（哲学社会科学版），1999（A1）:97-102.

[19]   闭思明.记广西横县平话的语缀 [J].广西梧州师范高等专科学校学报，2003（2）:17-18.

[20]   卜婷婷，李思旭.三音节频率副词"时不时"的语法分析 [J].绵阳师范学院学报，2019（6）:100-105.

[21]   蔡丹.诸暨话持续体标记兼远近标记现象研究 [D].上海:华东师范大学，2010.

[22]   蔡芳.柳城县大埔镇客家话研究 [D].桂林:广西师范大学，2015.

[23] 蔡国妹. 吴闽语进行体和持续体的语法化序列分析 [J]. 福建师范大学学报（哲学社会科学版），2006（3）：157–160.

[24] 蔡海燕. 临海方言的状态词 [J]. 台州师专学报，1997（4）：38–42.

[25] 蔡华祥. 盐城方言研究 [M]. 北京：中华书局，2011.

[26] 蔡华祥，刘刚. 汉语方言里的双后缀 [C]// 复旦大学汉语言文学学科《语言研究集刊》编委会编. 语言研究集刊（第 19 辑）. 上海：上海辞书出版社，2017.

[27] 蔡镜浩. 重谈语助词"看"的起源 [J]. 中国语文，1990（1）：75–76.

[28] 蔡佞. 苏州土白《马可福音书》中的介词 [C]// 陈忠敏，陆道平主编. 吴语研究（第九届国际吴方言学术研讨会论文集）第 9 辑. 上海：上海教育出版社，2018.

[29] 蔡嵘. 浙江方言资源典藏·乐清 [M]. 杭州：浙江大学出版社，2019.

[30] 蔡晓臻. 苏州弹词文献中的方言语气助词"哉" [C]// 陈忠敏，陆道平主编. 吴语研究（第九届国际吴方言学术研讨会论文集）第 9 辑. 上海：上海教育出版社，2018.

[31] 蔡勇飞. 临海方言音系及有关词汇、语法特点的研究 [C]// 中国方言学报（第 5 期），北京：商务印书馆，2015.

[32] 常俭. 谈动词的叠用 [J]. 语言教学与研究，1981（2）：75–85.

[33] 苌丽娟. 西南民族地区民间文书与辞书同形字举隅 [C]// 近代汉语研究第三届学术年会论文集. 未出版. 长沙，2020.

[34] 曹保平. 都昌方言重叠式的构成形式及特征 [J]. 南昌大学学报（人文社会科学版），2002（4）：127–130.

[35] 曹保平. 都昌方言的几个特殊语法现象 [J]. 南开语言学刊，2005（1）：180–187，230.

[36] 曹大为.《醒世姻缘传》中的两种山东方言结构 [J]. 蒲松龄研究，2000（C1）：426–434.

[37] 曹广顺. 说助词"个" [J]. 古汉语研究，1994（4）：28–32，48.

[38] 曹广顺. 近代汉语助词 [M]. 北京：语文出版社，1995.

[39] 曹广顺，梁银峰，龙国富.《祖堂集》语法研究 [M]. 开封：河南大学出版社，2011.

[40] 曹小云.《西游记》中的人称代词前缀"是" [J]. 古汉语研究，1996（4）：48–51.

[41] 曹晓燕. 无锡方言研究 [D]. 苏州：苏州大学，2003.

[42] 曹耘（曹志耘）. 金华汤溪方言的词法特点 [J]. 语言研究，1987（1）：85–101.

[43] 曹志耘. 金华方言词典 [M]. 南京：江苏教育出版社，1996.

[44] 曹志耘. 金华汤溪方言的体 [C]// 张双庆主编. 动词的体. 香港：香港中文大学中国文化研究所吴多泰中国语文研究中心，1996，又载曹志耘语言学论文集（第 1 辑），北京：北京语言大学出版社，2012.

[45] 曹志耘. 严州方言研究 [M]. 东京：好文出版，1996.

[46] 曹志耘. 汉语方言里表示动作次序的后置词 [J]. 语言教学与研究，1998（4）：

17–37.

[47]　曹志耘 . 南部吴语的小称 [J]. 语言研究，2001（3）：33–44.

[48]　曹志耘 . 东南方言里动词的后置成分 [C]// 潘悟云主编 . 东方语言与文化 . 上海：东方出版中心，2002.

[49]　曹志耘 . 汉语方言地图集（语法卷）[M]. 北京：商务印书馆，2008.

[50]　曹志耘 . 徽语严州方言研究 [M]. 北京：北京语言大学出版社，2017.

[51]　曹志耘，秋谷裕幸，太田斋，等 . 吴语处衢方言研究 [M]. 东京：好文出版，2000.

[52]　曹志耘，秋谷裕幸主编 . 吴语婺州方言研究 [M]. 北京：商务印书馆，2016.

[53]　巢宗祺 . 苏州方言中"勒笃"等的构成 [J]. 方言，1986（4）：283–286.

[54]　陈重瑜 . 新加坡华语语法特征 [J]. 语言研究，1986（1）：138–152.

[55]　陈昌仪 . 赣方言概要 [M]. 南昌：江西教育出版社，1991.

[56]　陈娥 . 布依语副词语序类型学研究 [J]. 中央民族大学学报，2015（1）：146–152.

[57]　陈贵麟 . 吴语缙云西乡方言语法现象探究 [C]// 汪国胜主编 . 汉语方言语法研究 . 武汉：华中师范大学出版社，2007.

[58]　陈海宏 . 云南兰坪柔若语 [M]. 北京：商务印书馆，2019.

[59]　陈洪波 . 清水江文书整理成果的著作权探析 [J]. 原生态民族文化学刊，2020（4）：50–54.

[60]　陈鸿迈 . 海口方言词典 [M]. 南京：江苏教育出版社，1996.

[61]　陈晖 . 涟源方言研究 [M]. 长沙：湖南教育出版社，1999.

[62]　陈晖 . 湖南泸溪梁家潭乡话研究 [M]. 长沙：湖南师范大学出版社，2016.

[63]　陈晖 . 湖南泸溪乡话 [M]. 北京：商务印书馆，2019.

[64]　陈建民 . 汉语口语 [M]. 北京：北京出版社，1984.

[65]　陈金全，杜万华 . 贵州文斗寨苗族契约法律文书汇编——姜元泽家藏契约文书 [M]. 北京：人民出版社，2008.

[66]　陈丽 . 安徽歙县大谷运方言 [M]. 北京：方志出版社，2013.

[67]　陈丽冰 . 宁德市蕉城区方言名词后缀"团" [J]. 宁德师专学报（哲学社会科学版），2002（3）：38–40，72.

[68]　陈丽萍 . 临沧地区汉语方言志 [M]. 昆明：云南人民出版社，2001.

[69]　陈玲 . 桂林阳朔县金宝乡客家话研究 [D]. 桂林：广西师范大学，2016.

[70]　陈凌 . 江西省湖口方言研究 [M]. 北京：北京师范大学出版社，2019.

[71]　陈康，马荣生编著 . 陈康修订 . 高山族排湾语简志 [M]. 中国少数民族语言简志丛书（修订本）卷肆 . 北京：民族出版社，2009.

[72]　陈曼君 . 闽南方言进行体标记的产生及其演变 [C]// 全国汉语方言学会第十八届年会暨国际学术研讨会论文，2015.

[73]　陈明娥 . 敦煌变文词汇计量研究 [M]. 南昌：百花洲文艺出版社，2006.

[74]　陈前瑞，张曼 . 汉语经历体标记"过"的演变路径 [J]. 汉语史研究集刊，2015（1）：

82。

[75]　陈山青.汨罗长乐方言研究 [M].长沙：湖南教育出版社，2006.

[76]　陈山青.汨罗湘语的量词重叠式 [C]// 中国民族语言学会语言类型学专业委员会第四届学术年会论文.长沙：中南大学，2021.

[77]　陈士林，边仕明，李秀清.曲木铁西，胡素华修订.彝语简志 [M].中国少数民族语言简志丛书（修订本）卷贰.北京：民族出版社，2009.

[78]　陈寿义.安徽庐江南部方言研究 [D].重庆：西南大学，2007.

[79]　陈淑梅.谈约量结构"X 把" [J].语言研究，2004（4）：21–25.

[80]　陈淑梅.英山方言研究 [M].北京：民族出版社，2021.

[81]　陈菘霖.闽南语"冈－ V"及"V －冈 V"的构式语义 [J].厦门理工学院学报，2017（2）：64–70.

[82]　陈曦.贵港话语法研究 [D].南宁：广西大学，2017.

[83]　陈相木，王敬骝，赖永良，陈相木修订.德昂语简志 [M].中国少数民族语言简志丛书（修订本）卷肆.北京：民族出版社，2009.

[84]　陈小荷.丰城赣方言语法研究 [M].北京：世界图书出版公司，2012.

[85]　陈晓锦.泰国的三个汉语方言 [M].广州：暨南大学出版社，2010.

[86]　陈晓锦，林俐.广州话的动态助词"过" [J].暨南学报（哲学社会科学版），2006（4）：118–122.

[87]　陈晓锦，肖自辉.泰国华人社区的汉语方言 [M].北京：世界图书出版公司，2019.

[88]　陈笑哲.英语和温州话异位语序的对比研究 [J].现代语文，2011（11）：142–145.

[89]　陈兴伟.义乌方言量词前指示词与数词的省略 [J].中国语文，1992（3）：206.

[90]　陈秀.湖北仙桃方言研究 [D].武汉：华中师范大学，2015.

[91]　陈延河.惠东多祝客家话名量词、数词的"A 打 A"重叠式 [J].暨南学报（哲学社会科学），1991（4）：113–114，85.

[92]　陈延河.广东惠东客家方言动态助词"过₃" [C]// 李如龙，周日健主编.客家方言研究——第二届客家方言研讨会论文集.广州：暨南大学出版社，1998.

[93]　陈延河.补说广东惠东客家方言动态助词"过₃" [C]// 谢栋元主编.客家方言研究——第四届客家方言研讨会论文集.广州：暨南大学出版社，2002.

[94]　陈燕.四川西昌方言的程度表达形式 [J].语文研究，2012（3）：59–61.

[95]　陈燕玲.泉州方言名词、动词及形容词的重叠式 [J].龙岩学院学报，2009（6）：80–84.

[96]　陈叶红.张家界方言形容词的重叠 [J].世纪桥，2010（19）：30–31.

[97]　陈叶红.张家界方言形容词重叠的韵律句法学理论解释 [J].中外企业家，2011（7）：271–272.

[98]　陈颖.《儒林外史》动量词考察 [C]// 四川师范大学汉语研究所编.语言历史论丛（第1辑）.成都：巴蜀书社，2007.

[99] 陈颖，陈一.“VV 看"的再考察 [J]. 语文教学通讯，2014（8）：57–60.

[100] 陈源源，张龙.清末上海方言程度副词"野"及相关问题 [C]// 上海市语文学会，香港中国语文学会合编.吴语研究（第五届国际吴方言学术研讨会论文集）第 5 辑.上海：上海教育出版社，2010.

[101] 陈云龙.广东电白旧时正话 [M]. 北京：商务印书馆，2019.

[102] 陈泽平.《琉球官话课本三种》校注与研究 [M]. 福州：福建人民出版社，2021.

[103] 陈遵平.赤水方言志 [M]. 北京：中国文史出版社，2012.

[104] 陈志勇.明传奇侠曲全编 [M]. 北京：中华书局，2021.

[105] 陈忠敏.论北部吴语一种代词前缀"是" [J]. 语言研究，1996（2）：62–64.

[106] 陈忠敏.吴语人称代词的范式、层次及音变 [C]// 汉语史学报（第 16 辑），上海：上海教育出版社，2016.

[107] 程瑶.舒城方言语法专题研究 [D]. 桂林：广西师范大学，2010.

[108] 程毅中.宋元小说家话本集（上册）[M]. 济南：齐鲁书社，2000.

[109] 池昌海，王纯.温州话动词重叠式分析 [J]. 浙江大学学报（人文社会科学版），2004（5）：149–158.

[110] 储小昱，张丽.宋元以来契约文书俗字研究 [M]. 北京：人民文学出版社，2021.

[111] 储泽祥.交融中的 VVA 叠动动结式 [C]// 陈恩泉主编.汉语双方言（三）.香港：汉学出版社，1994.

[112] 储泽祥.邵阳方言研究 [M]. 长沙：湖南教育出版社，1998.

[113] 储泽祥.岳西方言志 [M]. 武汉：华中师范大学出版社，2009.

[114] 褚立红.论近代汉语时期"～生"的词性问题 [J]. 现代语文，2010（2）：43–44.

[115] 崔丽珍.山西五台方言的重叠式研究 [D]. 济南：山东大学，2010.

[116] 崔容.太原方言形容词的生动形式 [J]. 晋东南师范专科学校学报，2003（1）：55–57.

[117] 崔山佳.《围城》中有"人名 + 俩"的说法 [J]. 中国语文，1993（5）：390.

[118] 崔山佳.近代汉语中的"VVA"和"V 一 VA" [J]. 语言研究，2003（4）：42–44.

[119] 崔山佳.释"做……着"和"做……不着" [J]. 语言研究，2003（S）：278–281.

[120] 崔山佳.近代汉语语法历史考察 [M]. 武汉：崇文书局，2004.

[121] 崔山佳.方言中几个比较特殊的形容词重叠形式 [J]. 台州学院学报，2006（1）：44.

[122] 崔山佳."人名 + 俩"说法补例（短文两篇之二）[N]. 语言文字周报，2008–03–12.

[123] 崔山佳.现代汉语"潜显"现象研究 [M]. 成都：巴蜀书社，2008.

[124] 崔山佳.介词"把"等特殊用法历时考察 [C]// 中国语言学报（第 14 期）.北京：商务印书馆，2010.

[125] 崔山佳.近代汉语动词重叠专题研究 [M]. 成都：巴蜀书社，2011.

[126] 崔山佳.词缀"生"补说 [C]// 复旦大学语言文学学科《语言研究集刊》编委会编.语言研究集刊（第 9 辑）.上海：上海辞书出版社，2012.

[127]　崔山佳.宁波方言"做"字补说 [J].中国语学研究·开篇，2015，34：236–243.

[128]　崔山佳.汉语语法历时与共时比较研究 [M].北京：语文出版社，2015.

[129]　崔山佳.后缀"生"历时与共时考察 [C]// 陈忠敏主编.吴语研究（第八届国际吴方言学术研讨会论文集）第 8 辑.上海：上海教育出版社，2016.

[130]　崔山佳.说"尸""彐"[J].汉字研究（韩国），2017：163–171.

[131]　崔山佳.吴语语法共时与历时研究 [M].杭州：浙江大学出版社，2018.

[132]　崔山佳.也说方言中的"数词 + 亲属名词"[C]// 中国语言学报（第 18 期），北京：商务印书馆，2018.

[133]　崔山佳.奉化方言的名词小称后缀"细"[J].中国语文，2018（3）：333–334.

[134]　崔山佳.汉语方言副词多叠式研究 [C]// 北斗语言学刊（第 4 辑），上海：上海古籍出版社，2019.

[135]　崔山佳."VV 瞧"中"瞧"的语法化 [C]// 吴福祥，吴早生主编.语法化与语法研究（九）.北京：商务印书馆，2019.

[136]　崔山佳.南方方言"数词 + 亲属名词"类型考察 [J].中国语文，2020（1）：77–85.

[137]　崔山佳.奉化方言的名词小称后缀"细"——兼及其他方言的"崽""仔""团"等 [C]// 中国方言学报（第 8 期）.北京：商务印书馆，2020.

[138]　崔山佳.《笠翁传奇十种》特殊语法现象考察 [J].汉语史研究集刊（第 28 辑）.2020（1）：108–121.

[139]　崔山佳.《聊斋俚曲》中的特殊语法现象 [J].蒲松龄研究，2020（3）：292–310.

[140]　崔山佳.《稀见明代戏曲丛刊》方言语法札记 [C]// 乔全生作.北斗语言学刊（第 6 辑），南京：凤凰出版社，2020.

[141]　崔山佳.邓志谟《并头花记》《凤头鞋记》中的"契母""契娘"与"慈娘"[J].语文建设通讯.2020（122）：42–49.

[142]　崔山佳.再说拟声词"尸""彐"[J].汉字汉语研究，2021（2）：115–123，128.

[143]　崔山佳.吴语后缀"生"的演变 [J].方言，2021（3）：179–187.

[144]　崔山佳.《李玉戏曲集》特殊语法现象考察 [C]// 俞理明，雷汉卿作，汉语史研究集刊（第 30 辑），成都：四川大学出版社，2021.

[145]　崔山佳.吴语形容词"AXA"重叠式历时与共时考察（上篇）[C].乔全生作.北斗语言学刊（第 12 辑），北京：商务印书馆，2024.

[146]　崔山佳，王丹丹.汉语方言框式副词状语考察 [M].现代汉语虚词研究与对外汉语教学（第 7 辑）.齐沪扬主编.上海：学林出版社，2018.

[147]　崔雪梅.《型世言》重叠动词研究 [J].西南民族大学学报（人文社会科学版），2004（3）：424–427.

[148]　崔振华.益阳方言研究 [M].长沙：湖南教育出版社，1998.

[149]　大西博子.萧山方言研究 [M].东京：好文出版，1999.

[150]　戴庆厦.景颇语重叠式的特点及其成因 [J].语言研究，2000（1）：120–127.

[151] 戴庆厦，徐悉艰．浪速话初探 [J]．语言研究，1983（2）：219–243.

[152] 戴庆厦，徐悉艰．景颇语语法 [M]．北京：中央民族学院出版社，1992.

[153] 戴庆厦，崔志超，戴庆厦修订．阿昌语简志 [M]．中国少数民族语言简志丛书（修订本）卷壹，北京：民族出版社，2009.

[154] 戴昭铭．天台话的几种语法现象 [J]．中国语文，1999（4）：249–258.

[155] 戴昭铭．天台方言初探 [M]．北京：中国社会科学出版社，2003.

[156] 戴昭铭．弱化、促化、虚化和语法化——吴方言中一种重要的演变现象 [J]．汉语学报，2004（2）：26–34，95.

[157] 戴昭铭．天台方言研究 [M]．北京：中华书局，2006.

[158] 邓思颖．粤语框式虚词结构的句法分析 [J]．汉语学报，2006（2）：16–23，95.

[159] 邓思颖．粤语框式虚词的局部性和多重性 [C]// 张洪年，张双庆，陈雄根主编．第十届国际粤方言研讨会论文集．北京：中国社会科学出版社，2007.

[160] 邓思颖．粤语句末"住"和框式虚词结构 [J]．中国语文，2009（3）：234–240.

[161] 邓思颖．言域的句法分析——以粤语"先"为例 [J]．语言科学，2012（1）：9–14.

[162] 邓思颖．汉语"的"的研究 [C]．北京：北京大学出版社，2017.

[163] 邓天玲．威信方言语法中的特殊现象 [J]．昭通师范高等专科学校学报（社会科学版），1992（2）：32–38.

[164] 邓岩欣．南戏声腔与明代吴语 [C]// 陈忠敏，徐越主编．吴语研究（第八届国际吴方言学术研讨会论文集）第 10 辑．上海：上海教育出版社，2020.

[165] 邓英树，张一舟．四川方言词汇研究 [M]．北京：中国社会科学出版社，2010.

[166] 邓永红．桂阳土话语法研究 [D]．长沙：湖南师范大学，2007.

[167] 邓永红．湖南桂阳六合土话研究 [M]．长沙：湖南师范大学出版社，2016.

[168] 邓玉荣．桂北平话与推广普通话研究——钟山方言研究 [M]．南宁：广西民族出版社，2005.

[169] 邓玉荣．桂北平话与推广普通话研究——富川秀水九都话研究 [M]．南宁：广西民族出版社，2005.

[170] 邓玉荣．广西钟山董家垌土话 [M]．北京：商务印书馆，2019.

[171] 刁晏斌．初期现代汉语语法研究 [M]．修订本．沈阳：辽海出版社，2007.

[172] 丁崇明．汉语、藏缅语形容词重叠式的特殊用法 [J]．云南民族学院学报（哲学社会科学版），2001（5）：189–191.

[173] 丁崇明，荣晶．昆明方言中的特殊程度表达形式 [C]// 全国汉语方言学会《中国方言学报》编委会编．中国方言学报（第 3 期），北京：商务印书馆，2013.

[174] 董绍克．阳谷方言研究 [M]．济南：齐鲁书社，2005.

[175] 董秀芳．现实化：动词重新分析为介词后句法特征的渐变 [C]// 吴福祥，崔希亮主编．语法化与语法研究（四），北京：商务印书馆，2009.

[176] 董秀芳．词汇化：汉语双音词的衍生和发展 [M]．修订本．北京：商务印书馆，2011.

[177] 董彦屏.广南方言语法研究 [D].昆明:云南师范大学,2005.

[178] 董志翘."儿"后缀的形成及其判定 [J].语言研究,2008（1）:36–40.

[179] 杜文礼.语言的象似性探微 [C]// 王寅主编.中国语言象似性研究论文精选.长沙:湖南人民出版社,2009.

[180] 凡艳艳.桂林市荔浦县双堆屯客家话研究 [D].桂林:广西师范大学,2016.

[181] 范方莲.试论所谓"动词重叠" [J].中国语文,1964（4）:264–278.

[182] 方清明.浮梁（鹅湖）方言研究 [D].南京:南京师范大学,2006.

[183] 方思菲.苍南蛮话后置程度副词"猛"的研究 [D].上海:上海师范大学,2013.

[184] 方松熹.舟山方言研究 [M].北京:社会科学文献出版社,1993.

[185] 方松熹.义乌方言研究 [M].杭州:浙江新闻出版局,2000.

[186] 方松熹.义乌方言 [M].北京:中国文联出版社,2002.

[187] 房玉清.实用汉语语法 [M].修订本.北京:北京语言大学出版社,2006.

[188] 冯桂华,曹保平.赣语都昌方言初探 [M].成都:西南交通大学出版社,2012.

[189] 冯力.从北部吴语的"V 快"看中心谓语成分虚化为助词的现象 [J].中国语文,2007（3）:248–255.

[190] 冯利."同律引申"与语文词典的释义 [J].辞书研究,1986（2）:8–13.

[191] 冯淑仪.《敦煌变文集》和《祖堂集》的形容词、副词词尾 [J].语文研究,2005（1）:17–26.

[192] 凤华.安徽宁国城区方言研究 [D].苏州:苏州大学,2007.

[193] 奉化市民间文学集成办公室.中国民间文学集成·浙江省宁波市奉化市故事歌谣谚语卷 [M].出版者不详,1989:515,522.

[194] 弗朗西斯科·瓦罗.华语官话语法 [M].姚小平,马又清,译.北京:外语教学与研究出版社,2003.

[195] 符达维.作为分句的"X 是 X" [J].中国语文,1985（5）:334–336.

[196] 付婷.樟树方言的词缀研究 [D].南昌:江西师范大学,2006.

[197] 付欣晴.抚州方言研究 [M].北京:中国社会科学出版社,文化艺术出版社,2006.

[198] 付欣晴.汉语方言重叠式比较研究 [M].北京:社会科学文献出版社,2016.

[199] 付欣晴,朱文明.汉语方言量词加缀重叠式"AXA"与主观量 [J].南昌大学学报（人文社会科学版）,2013（5）:133–137.

[200] 傅国通.方言丛稿 [M].北京:中华书局,2010.

[201] 傅林.沧州献县方言研究 [M].北京:中华书局,2020.

[202] 傅雨贤.连平方言研究 [M].广州:中山大学出版社,2015.

[203] 傅佐之.温州方言的形容词重叠 [J].中国语文,1962（3）:128–131.

[204] 傅佐之,黄敬旺.温州方言的表程度语素"显" [J].温州师范学院学报（社会科学版）,1982（2）130–141.

[205] 甘于恩.七彩方言——方言与文化趣谈 [M].广州:华南理工大学出版社,2005.

[206] 高峰 . 定边方言调查研究 [M]. 北京：中华书局，2020.

[207] 高婷婷 . 镇江方言语法研究 [D]. 南京：南京大学，2012.

[208] 高晓虹 . 章丘方言志 [M]. 济南：齐鲁书社，2011.

[209] 高晓莉 . 灵石方言形容词重叠式的研究 [J]. 晋中学院学报，2009（6）：5-9.

[210] 高文达 . 近代汉语词典 [M]. 北京：知识出版社，1992.

[211] 葛果 . 南阳方言中的前缀"圪"字 [J]. 文教资料，2018（13）：36-37.

[212] 关键 . "V/A 得慌"的语法化和词汇化 [J]. 南开语言学，2010（1）：95-102.

[213] 关玲 . 黔东南方言中"很"跟动词的直接组合式 [J]. 贵州教育学院学报（社会科学版），1997（3）：85-87.

[214] 龚玉秀，左国春 . 抚州片赣方言语法研究 [R]. 2017（未刊稿）.

[215] 贡贵训 . 怀远方言研究 [M]. 北京：中国社会科学出版社，2014.

[216] 顾学颉，王学奇 . 元曲释词（四）[M]. 北京：社会科学出版社，1990.

[217] 广西壮族自治区少数民族古籍整理出版规划领导小组办公室 . 古壮字字典 [M]. 南宁：广西民族出版社，2012.

[218] 郭汉城 . 中国十大古典悲喜剧集 [M]. 上海：上海文艺出版社，1989.

[219] 郭辉 . 濉溪方言研究 [M]. 合肥：安徽教育出版社，2015.

[220] 郭辉，褚敏 . 皖北濉溪方言的几种特殊句式 [C]// 全国汉语方言学会第十七届学术年会暨汉语方言国际学术研讨会论文集，广州：暨南大学，2013，未出版 .

[221] 郭辉，郭迪迪 . 濉溪方言形容词程度的生动表达形式及与秦晋方言的比较 [J]. 咸阳师范学院学报，2018（5）：39-45.

[222] 郭继懋，王红旗 . 粘合补语和组合补语表达差异的认知分析 [J]. 世界汉语教学，2001（2）：14-22.

[223] 郭攀，夏凤梅 . 浠水方言研究 [M]. 武汉：华中师范大学出版社，2016.

[224] 郭锐 . 述结式的论元结构 [C]// 徐烈炯，邵敬敏主编 . 汉语语法研究的新拓展（一）. 杭州：浙江教育出版社，2002.

[225] 郭万明 . 恩施话里形容词动词的一种重叠式 [J]. 湖北民族学院学报（社会科学版），1995（1）：79-80，78.

[226] 郭熙 . 全球华语语法·马来西亚卷 [M]. 北京：商务印书馆，2022.

[227] 郭义斌 . 湖南省临武县麦市土话词汇研究 [D]. 长沙：湖南师范大学，2009.

[228] 韩霏 . 博白县沙河镇客家话研究 [D]. 桂林：广西师范大学，2008.

[229] 韩正康，（荷）齐卡佳，袁晓文 . 四川冕宁多续话 [M]. 北京：商务印书馆，2019.

[230] 汉语大词典编辑委员会 . 汉语大词典（第 1 卷）[M]. 上海：上海辞书出版社，1986.

[231] 汉语大词典编辑委员会 . 汉语大词典（第 2 卷）[M]. 上海：汉语大词典出版社，1988.

[232] 汉语大词典编辑委员会 . 汉语大词典（第 3 卷）[M]. 上海：汉语大词典出版社，1989.

[233] 汉语大词典编辑委员会.汉语大词典（第4卷）[M].上海：汉语大词典出版社，1989.

[234] 汉语大词典编辑委员会.汉语大词典（第5卷）[M].上海：汉语大词典出版社，1990.

[235] 汉语大词典编辑委员会.汉语大词典（第6卷）[M].上海：汉语大词典出版社，1990.

[236] 汉语大词典编辑委员会.汉语大词典（第7卷）[M].上海：汉语大词典出版社，1991.

[237] 汉语大词典编辑委员会.汉语大词典（第8卷）[M].上海：汉语大词典出版社，1991.

[238] 汉语大词典编辑委员会.汉语大词典（第10卷）[M].上海：汉语大词典出版社，1992.

[239] 汉语大字典编辑委员会.汉语大字典（第二版）[M].成都：四川辞书出版社，2010.

[240] 郝鹏飞.广西贺州市桂岭镇客家话研究[D].桂林：广西师范大学，2014.

[241] 何勤华.清代律学的权威之作——沈之奇撰《大清律辑注》评析[J].中国法学，1999（6）：143.

[242] 何纯惠.2017两岸客家话小称形式的初步比较[C]// 林清书主编.第六届客家文化高级论坛方言论文集.北京：世界图书出版公司，2017.

[243] 贺凯林.溆浦方言研究[M].长沙：湖南教育出版社，1999.

[244] 贺卫国.《醒世姻缘传》动词重叠研究[D].长沙：湖南师范大学，2004.

[245] 贺卫国."VV/V 一 V+ 结果补语"格式源流考察[J].河池学院学报，2005（6）：99-103.

[246] 贺卫国."AB 一 AB"格式嬗变考察[J].南宁：广西师范学院学报（哲学社会科学版），2008（4）：112-117.

[247] 贺卫国."AB 了 AB"与"AB 了一 AB"格式源流考察[J].百色学院学报，2008（5）：116-119.

[248] 贺卫国.郁达夫小说中的特殊动词重叠格式[J].河池学院学报，2008（1）：51-54.

[249] 侯超.皖北中原官话语法研究[D].南京：南京师范大学，2013.

[250] 侯超.皖北中原官话语法研究[M].北京：中国社会科学出版社，2021.

[251] 侯精一，温端政.山西方言调查研究报告[M].太原：山西高校联合出版社，1993.

[252] 侯兴泉.封开方言志[M].北京：世界图书出版社公司，2017.

[253] 胡方.浙江景宁畲话的语序及其表达功能[C]// 刘丹青，李蓝，郑剑平主编.方言语法论丛（第6辑）.北京：中国社会科学出版社，2015.

[254] 胡飞君.宁波方言中"做"的意义和用法分析[C]// 四川大学汉语史研究所编.汉语史研究集刊（第8辑）.成都：巴蜀书社，2006.

[255] 胡光斌.遵义方言语法研究[M].成都：巴蜀书社，2010.

[256] 胡利华.蒙城方言研究 [M].合肥：合肥工业大学出版社，2011.

[257] 胡明扬.语体和语法 [J].汉语学习，1993（2）：1–3.

[258] 胡明扬.相当于普通话"在那里"的"辣海 / 勒海"等的语法化及其他 [C]// 上海市语文学会，香港中国语文学会合编.吴语研究——第二届国际吴方言学术研讨会论文集.上海：上海教育出版社，2003.

[259] 胡萍.湖南绥宁关峡苗族平话研究 [M].长沙：湖南师范大学出版社，2016.

[260] 胡松柏.广丰方言形容词构成的特别格式 [J].南昌大学学报（人文社会科学版），2003（3）：157–161.

[261] 胡松柏.赣东北汉语方言接触研究 [D].广州：暨南大学，2003.

[262] 胡松柏.赣东北方言语法接触的表现 [C]// 汪国胜主编.汉语方言语法研究.武汉：华中师范大学出版社，2007.

[263] 胡松柏，等.赣东北方言调查研究 [M].南昌：江西人民出版社，2009.

[264] 胡松柏，等.赣东北徽语调查研究 [M].北京：中国社会科学出版社，2020.

[265] 胡松柏，林芝雅.吴语与赣语在赣东北接触情况简述 [C]// 上海市语文学会，香港中国语文学会合编.吴语研究（第三届国际吴方言学术研讨会论文集）.上海：上海教育出版社，2005.

[266] 胡松柏，林芝雅.铅山方言研究 [M].北京：中国社会科学出版社，文化艺术出版社，2008.

[267] 胡松柏，胡德荣.铅山太源畲话研究 [M].北京：中国社会科学出版社，文化艺术出版社，2013.

[268] 胡元福.奉化市志 [M].北京：中华书局，1994.

[269] 胡云晚.湘西南洞口老湘语虚词研究 [M].南昌：江西人民出版社，2010.

[270] 胡竹安.水浒词典 [M].上海：汉语大词典出版社，1989.

[271] 华春燕，查中林.《三侠五义》同形动量词研究 [J].长治学院学报，2010（1）：50–53.

[272] 黄碧云."打"字的中缀研究 [J].辞书研究，2004（1）：154–155.

[273] 黄伯荣.汉语方言语法类编 [M].青岛：青岛出版社，1996.

[274] 黄伯荣，廖序东.现代汉语 [M].4 版.北京：高等教育出版社，2009.

[275] 黄伯荣，廖序东.现代汉语 [M].5 版.北京：高等教育出版社，2011.

[276] 黄成龙，王保锋，毛明军，等.四川松潘羌语 [M].北京：商务印书馆，2019.

[277] 黄革，林荣生.乐业逻沙高山汉话副词研究 [J].广西民族师范学院学报，2011（6）：110–112.

[278] 黄国聪.云南华坪方言的构词法探析 [D].杭州：浙江财经大学，2019.

[279] 黄梦娜，崔山佳.余姚方言的指示叹词 [J].温州职业技术学院学报，2019（3）：77–81，86.

[280] 黄琪婷.浙江长兴河南方言岛词汇研究 [J].文教资料，2018（16）：44–47，111.

[281] 黄群建.阳新方言研究 [M].武汉：华中师范大学出版社，2016.

[282] 黄瑞玲，张艳玲.揭阳闽语的 VVC 结构及其历时来源 [J].复旦大学语言文学学科《语言研究集刊》编委会编.语言研究集刊，2021（2）：213–231，394.

[283] 黄赛勤.襄阳方言记略 [C]// 刘海章主编.荆楚方言研究.武汉：华中师范大学出版社，1992.

[284] 黄拾全.安徽岳西赣语"AXA"式量词重叠及其主观性 [J].南昌大学学报（人文社会科学版），2010（5）：92–95.

[285] 黄婷婷.丰顺（三汤）客家方言助词研究 [D].广州：中山大学，2009.

[286] 黄晓东.吴语婺州方言的人称代词 [C]// 浙江大学汉语史研究中心.汉语史学报（第16辑）.上海：上海教育出版社，2016.

[287] 黄晓东.钱塘江流域九姓渔民方言——濒危方言个案研究 [M].上海：文汇出版社，2018.

[288] 黄晓东.浙江方言资源典藏·浦江 [M].杭州：浙江大学出版社，2019.

[289] 黄晓东.浙江江山廿八都话 [M].北京：商务印书馆，2019.

[290] 黄晓雪.宿松方言语法研究 [M].北京：中国社会科学出版社，2014.

[291] 黄晓雪.宿松方言语法研究 [M].增订本.北京：中国社会科学出版社，2022.

[292] 黄行.我国汉藏民族语言的语法类型 [J].华东师范大学学报（哲学社会科学版），2007（5）：1–12.

[293] 黄昭艳.钦州新立话研究 [M].成都：西南交通大学出版社，2011.

[294] 皇甫亿.常熟话体范畴研究 [D].上海：复旦大学，2011.

[295] 姬慧.陕北方言"先后""挑担"构词理据及文化内涵 [J].咸阳师范学院学报，2020（5）：38–41.

[296] 季红霞.红安方言语法研究 [D].昆明：云南师范大学，2008.

[297] 冀芳.济宁方言特殊的重叠构形与量范畴研究 [J].语文学刊，2010（9）：64–66.

[298] 江航.宁洱城、乡方言研究——以新民街、老郭寨为例 [D].昆明：云南师范大学，2016.

[299] 江豪文，黄瑞玲.闽南方言小量表达的对比研究 [C].第三届"语言的变异与演变"工作坊.常熟：常熟理工学院，2019，未出版.

[300] 江蓝生.近代汉语探源 [M].北京：商务印书馆，2000.英文稿原载游顺钊主编，语汇丛刊·汉语十论，巴黎，1993.

[301] 江蓝生.处所词的领格用法与结构助词"底"的由来 [J].中国语文，1999（2）：83–94.

[302] 江蓝生.概念叠加与构式整合——肯定否定不对称的解释 [J].中国语文，2008（6）：483–497，575.

[303] 江蓝生.科学挖掘少数民族语言"富矿" [N].贵州民族报，2012–03–16.

[304] 江蓝生，曹广顺.唐五代语言词典 [M].上海：上海教育出版社，1997.

[305] 江圣彪 . 奉化民俗 [M]. 杭州：浙江人民出版社，2017.

[306] 姜礼立 . 湘桂边苗话 "AXA" 式量词重叠及其类型学意义 [C]// 中国民族语言学会语言类型学专业委员会第四届学术年会论文，长沙：中南大学，2021.

[307] 姜莉 . 连云港方言词汇研究 [D]. 济南：山东大学，2018.

[308] 蒋光友，时建 . 昆格语参考语法 [M]. 北京：中国社会科学出版社，2016.

[309] 蒋军凤 . 湖南石期土话的量词重叠式 "量 + 哒 + 量" [J]. 株洲师范高等专科学校学报，2005（4）：89–90.

[310] 蒋军凤 . 湖南东安石期市土话研究 [M]. 长沙：湖南师范大学出版社，2016.

[311] 蒋礼鸿 . 义府续貂 [M]. 北京：中华书局，1981.

[312] 蒋礼鸿 . 敦煌文献语言词典 [M]. 杭州：杭州大学出版社，1994.

[313] 蒋绍愚 . 论词的 "相因生义" [C]// 蒋绍愚 . 蒋绍愚自选集 . 郑州：河南教育出版社，1989.

[314] 蒋绍愚 . 近代汉语研究概要 [M]. 修订本 . 北京：北京大学出版社，2017.

[315] 蒋绍愚，曹广顺 . 近代汉语语法史研究综述 [M]. 北京：商务印书馆，2005.

[316] 蒋协众 . 湘语邵阳话中量词的 "AXA" 式重叠——兼谈量词 "AXA" 式重叠的方言类型学意义 [J]. 河南科技大学学报（社会科学版），2014（4）:66–71.

[317] 蒋协众 . 汉语方言量词重叠的类型学考察 [J]. 南开语言学刊，2018（1）:107–117.

[318] 蒋宗福 . 四川方言词语考释 [M]. 成都：巴蜀书社，2005.

[319] 蒋宗许 . 中古汉语的 "儿" 后缀商榷 [J]. 中国语文，2006（6）:550–552.

[320] 蒋宗许 . 汉语词缀研究 [M]. 成都：巴蜀书社，2009.

[321] 金桂桃 . 宋元明清动量词研究 [M]. 武汉：武汉大学出版社，2007.

[322] 金立鑫 . 解决现代汉语补语问题的一个可行性方案 [J]. 中国语文，2009（5）:387–398，479.

[323] 金立鑫 . 从普通语言学和语言类型角度看汉语补语问题 [J]. 世界汉语教学，2011（4）:449–457.

[324] 金明子 . 现代汉语动词重叠说略 [J]. 求是学刊，1997（5）:91–93.

[325] 金龙 . 说吴语台州片的 "看" 义词 [C]// 中国语言学会第二十届年会论文，浙江杭州，2021.

[326] 荆亚玲，汪化云 . 杭州方言中的框式状语 [J]. 语言研究，2021（2）:54–57.

[327] 景士俊 . 谈 "X 是 X" 句的类型 [J]. 语文学刊，1994（4）:35–39.

[328] 康忠德 . 居都仡佬语参考语法 [M]. 北京：中国社会科学出版社，2011.

[329] 柯西钢 . 白河方言调查研究 [M]. 北京：中华书局，2013.

[330] 寇春娟 . 运城方言语法研究 [D]. 南宁：广西师范学院，2012.

[331] 赖正清 . 冰冷冷与冷冰冰——谈龙游方言的重叠式词 [C]// 浙江省语言学会方言研究会第一届年会论文，浙江金华，2019.

[332] 兰玉英 . 泰兴客家方言研究 [M]. 北京：中国社会科学出版社，文化艺术出版社，

2007.

[333] 兰玉英.四川客家方言在词法上的传承与变异 [C]// 林清书主编.第六届客家文化高级论坛方言论文集.北京：世界图书出版公司，2017.

[334] 蓝卡佳.桐梓方言志 [M].北京：中国文史出版社，2012.

[335] 雷冬平.汉语方言再次体标记"过₃"的功能及其形成 [J].方言，2020（4）：445-451.

[336] 雷文治.近代汉语虚词词典 [M].石家庄：河北教育出版社，2002.

[337] 雷艳萍.浙江方言资源典藏·丽水 [M].杭州：浙江大学出版社，2019.

[338] 李斌.贵州清水江文书·黎平文书 [M].贵阳：贵州民族出版社，2017.

[339] 李婵.临湘方言指示叹词"喝""碟"的语用特点研究 [J].湖南涉外经济学院学报，2017（2）：63-68.

[340] 李存周.《拍案惊奇》中的同形动量词 [J].四川教育学院学报，2006（3）：61-63.

[341] 李辞.恭城县莲花镇客家话研究 [D].桂林：广西师范大学，2016.

[342] 李丛禾.感叹词的认知理据和语用功能探究 [J].外语学刊，2007（3）：118-123.

[343] 李崇兴.宜都方言研究 [M].武汉：华中师范大学出版社，2014.

[344] 李崇兴，黄树先，邵则遂.元语言词典 [M].上海：上海教育出版社，1998.

[345] 李崇兴，刘晓玲.安陆方言中的"X 得 X" [J].南阳师范学院学报（社会科学版），2004（4）：52-54.

[346] 李春风.邦朵拉祜语参考语法 [M].北京：中国社会科学出版社，2014.

[347] 李道勇，聂锡珍，邱锷锋.李道勇修订.布朗语简志 [M].中国少数民族语言简志丛书（修订本）卷肆.北京：民族出版社，2009.

[348] 李冬香，徐红梅.韶关犁市土话研究 [M].广州：暨南大学出版社，2014.

[349] 李福印.认知语言学概论 [M].北京：北京大学出版社，2008.

[350] 李广锋，李淑霞.论汉语动词重叠的演变轨迹 [J].郑州航空工业管理学院学报（社会科学版），2004（4）：35-37.

[351] 李桂兰.浅探壮侗语和汉语东南方言状语后置构式 [C].第八届演化语言学国际研讨会论文，印第安纳大学，2015.

[352] 李国正.四川泸州方言研究 [M].成都：四川大学出版社，2018.

[353] 李红湘.湖南冷水江方言数量结构"A 一 A"研究 [J].现代语文，2008（9）：93-94.

[354] 李金陵.皖西潜怀十县方言语法初探 [J].安徽大学学报（哲学社会科学版），1991（3）：45-51.

[355] 李金陵.潜怀方言研究 [M].合肥：黄山书社，1994.

[356] 李金燕.仙居方言形容词重叠式研究 [C]// 陈忠敏，徐越主编.吴语研究（第十届国际吴方言学术研讨会论文集，第 10 辑）.上海：上海教育出版社，2020.

[357] 李锦芳，莫轻业.横县壮语 AbA 形容词重叠式的语义构成及语法功能 [J].中央民族学院学报，1993（6）：76-82.

[358] 李锦芳，曾宝芬，康忠德 . 贵州六枝仡佬语 [M]. 北京：商务印书馆，2019.

[359] 李蓝 . 毕节方言的文白异读 [J]. 贵州大学学报（社会科学版），1991（3）：78–84.

[360] 李蓝 . 湖南城步青衣苗人话 [M]. 北京：中国社会科学出版社，2004.

[361] 李蓝 . 西南官话的分区（稿）[J]. 方言，2009（1）：72–87.

[362] 李蓝 . 西南官话 [M]. 钱曾怡主编 . 汉语官话方言研究（第七章）. 济南：齐鲁书社，2010.

[363] 李丽娟 . 甘肃成县方言重叠式研究 [D]. 西安：陕西师范大学，2015.

[364] 李玲玲 . 绍兴话"来 X"复合词 [J]. 杭州师范大学学报（社会科学版），2009（2）：117–120.

[365] 李康澄 . 湖南绥宁方言的量词重叠式及历史层次 [J]. 河池学院学报，2010（3）：59–61，91.

[366] 李明，姜先周 . 试谈"类推"在语义演变中的地位 [C]// 浙江大学汉语史研究中心 . 汉语史学报（第 12 辑）. 上海：上海教育出版社，2012.

[367] 李频华 . 闽东福鼎方言形容词重叠式量级表现 [J]. 集宁师范学院学报，2016（1）：74–79.

[368] 李启群 . 吉首方言的重叠式 [J]. 吉首大学学报（社会科学版），1994（1）：43–48.

[369] 李启群 . 湘西州汉语与土家语、苗语的相互影响 [J]. 方言，2002（1）：71–81.

[370] 李启群 . 吉首方言研究 [M]. 北京：民族出版社，2002.

[371] 李倩 . 河南固始方言代词研究 [D]. 杭州：浙江财经大学，2013.

[372] 李荣 . "这不"解 [J]. 方言，1998（4）：241–242.

[373] 李荣 . 现代汉语方言大词典 [M]. 南京：江苏教育出版社，2002.

[374] 李如龙 .《动词的体》前言 [C]// 张双庆主编 . 动词的体 . 香港：香港中文大学中国文化研究所吴多泰中国语文研究中心，1996.

[375] 李如龙 . 闽南方言语法研究 [M]. 福州：福建人民出版社，2007.

[376] 李如龙，潘渭水 . 建瓯方言词典 [M]. 南京：江苏教育出版社，1998.

[377] 李珊 . 动词重叠研究 [M]. 北京：语文出版社，2003.

[378] 李申 . 徐州方言志 [M]. 北京：语文出版社，1985.

[379] 李为政 . 近代汉语因果句研究 [M]. 北京：中国社会科学出版社，2018.

[380] 李维琦 . 祁阳方言研究 [M]. 长沙：湖南教育出版社，1998.

[381] 李小凡 . 苏州方言的体貌系统 [J]. 方言，1998（3）：198–210.

[382] 李小凡 . 苏州方言语法研究 [M]. 北京：北京大学出版社，1998.

[383] 李小凡 . 汉语方言语法调查研究漫谈 [C]// 北京大学中文系《语言学论丛》编委会编 . 语言学论丛（第 36 辑）. 北京：商务印书馆，2007.

[384] 李小华 . 闽西永定客家方言虚词研究 [M]. 广州：华南理工大学出版社，2014.

[385] 李小平，安拴军 . 河北无极方言形容词的重叠 [C]// 全国汉语方言学会《中国方言学报》编委会编 . 中国方言学报（第 3 期）. 北京：商务印书馆，2013.

[386] 李新魁．广东的方言 [M]．广州：广东人民出版社，1994．

[387] 李新魁，黄家教，施其生，等．广州方言研究 [M]．广州：广东人民出版社，1995．

[388] 李星辉．湖南永州岚角山土话研究 [M]．长沙：湖南师范大学出版社，2016．

[389] 李星辉．湘语和瑶语量词重叠加数量标记的调量方式 [C]// 中国民族语言学会语言类型学专业委员会第四届学术年会论文，长沙：中南大学，2021．

[390] 李旭平．吴语及其邻近方言中数词和亲属名词连用现象的考察 [J]．中国语文，2014（1）：75–77．

[391] 李旭平．吴语复合人称代词的焦点化和去焦点化 [C]// 首届吴语语法研究研讨会论文．杭州：浙江大学，2014．

[392] 李学军．河南内黄方言研究 [M]．北京：中国社会科学出版社，2016．

[393] 李永燧．哈尼语概况 [J]．民族语文，1979（2）：134–151．

[394] 李永新．湖南宁远平话 [M]．北京：商务印书馆，2019．

[395] 李友昌．昌宁方言语法研究 [J]．云南电大学报，2012（1）：25–31，35．

[396] 李宇明．动词重叠的若干句法问题 [J]．中国语文，1998（2）：83–93．

[397] 李宇明．汉语量范畴研究 [M]．武汉：华中师范大学出版社，2000．

[398] 李宇明．论"反复" [J]．中国语文，2002（3）：210–216．

[399] 李云兵．苗语重叠式的构成形式、语义和句法结构特征 [J]．语言科学，2006（2）：85–103．

[400] 李云兵．中国南方民族语言语序类型研究 [M]．北京：北京大学出版社，2008．

[401] 李运龙．语义、结构、语境影响和制约着动词的重叠 [J]．湖北大学学报（哲学社会科学版），1993（2）：46–52．

[402] 李政，胡松柏．广丰方言中"双 + 单"式的三音节形容词和动词 [C]// 游汝杰，王洪钟，陈轶亚主编．吴语研究（第七届国际吴方言学术研讨会论文集）第 7 辑．上海：上海教育出版社，2014．

[403] 李兆同．昆明话的形容词重迭式 P 了 P [J]．思想战线，1984（1）：41–46．

[404] 李忠东．于都县志 [M]．北京：新华出版社，1991．

[405] 李宗江．近代汉语语用标记研究 [M]．上海：上海教育出版社，2019．

[406] 黎锦熙．中国近代语研究提议 [J]．新晨报副刊（连载），1928．国语旬刊，1929（1卷 2 期）．

[407] 黎锦熙．黎锦熙语言文字学论著选集 [M]．北京：北京师范大学出版社，2002．

[408] 黎锦熙．比较文法 [M]．北京：中华书局，1933/1986．

[409]《丽水市志》编辑委员会．丽水市志 [M]．杭州：浙江人民出版社，1994．

[410] 练春招，侯小英，刘立恒．客家古邑方言 [M]．广州：华南理工大学出版社，2010．

[411] 梁德曼，黄尚军．成都方言词典 [M]．南京：江苏教育出版社，1998．

[412] 梁福根．阳朔葡萄平声话中的词缀 [J]．桂林师范高等专科学校学报，2004（4）：27．

[413] 梁福根．桂北平话与推广普通话研究——阳朔葡萄平声话研究 [M]．南宁：广西民

族出版社，2005.

[414] 梁金荣. 桂北平话与推广普通话研究——临桂两江平话研究 [M]. 南宁：广西民族出版社，2005.

[415] 梁敏. 侗语简志 [M]. 北京：民族出版社，1980.

[416] 梁敏，张均如，李云兵. 普标语研究 [M]. 北京：民族出版社，2007.

[417] 梁敏编著，梁敏修订. 侗语简志 [M]. 中国少数民族语言简志丛书（修订本）卷叁. 北京：民族出版社，2009.

[418] 梁敏. 毛南语简志 [M]. 梁敏，修订. 中国少数民族语言简志丛书（修订本）卷叁. 北京：民族出版社，2009.

[419] 梁晓红. 佛教与汉语史研究——以日本资料为中心 [M]. 上海：上海古籍出版社，2008.

[420] 梁瑜玉. 玉博白菱角镇客家话语法研究 [D]. 南宁：广西大学，2019.

[421] 梁玉璋. 再谈福州话的"做"字 [J]. 福建师范大学学报（哲学社会科学版），2002（2）：117–119.

[422] 梁忠东. 玉林话形容词重叠式的结构形式 [J]. 广西教育学院学报，2002（3）：84–91.

[423] 廖可斌. 稀见明代戏曲丛刊 [M]. 上海：东方出版中心，2018.

[424] 廖庆. 德阳方言语法现象管窥 [J]. 德阳教育学院学报，2006（1）：20–21.

[425] 林宝卿. 永安话"极""过"及其相关的特殊句式 [J]. 厦门大学学报（哲学社会科学版），1989（3）：137–140.

[426] 林寒生. 闽东方言词汇语法研究 [M]. 昆明：云南大学出版社，2002.

[427] 林华勇. 广东廉江方言的经历体和重行体——兼谈体貌的区分及谓词的语义作用 [J]. 中国语文研究（香港），2005（2）：9–18.

[428] 林华勇，肖棱丹. 四川资中方言"过"的多功能性及其语法化 [C]// 复旦大学汉语言文字学科《语言研究集刊》编委会编. 语言研究集刊（第 1 辑）. 上海：上海辞书出版社，2015.

[429] 林连通. 福建永春方言的述补式 [J]. 中国语文，1995（6）：455–461.

[430] 林伦伦. 澄海方言研究 [M]. 汕头：汕头大学出版社，1996.

[431] 林素娥. 湘语与吴语语序类型比较类型研究 [D]. 上海：复旦大学，2006.

[432] 林素娥. 19 世纪以来吴语反复问句类型的演变 [C]// 复旦大学汉语言文字学科《语言研究集刊》编委会编. 语言研究集刊（第 2 辑）. 上海：上海辞书出版社，2014.

[433] 林素娥. 一百多年前宁波话"来 X"复合词 [C]// 第八届吴方言国际研讨会论文，上海：复旦大学，2014.

[434] 林素娥. 一百多年来吴语句法类型演变研究——基于西儒吴方言文献的考察 [M]. 北京：中国社会科学出版社，2015.

[435] 林素娥. 早期吴语位移事件词化类型之比较——基于《路加传福音书》土白译本的

考察 [J]. 语言科学，2020（1）：31–34.

[436] 林素娥. 从域外文献看吴语复数标记词源类型 [C]// 陈忠敏，徐越主编. 吴语研究（第十届国际吴方言学术研讨会论文集）第 10 辑. 上海：上海教育出版社，2020.

[437] 林素娥.19 世纪中叶宁波话的句法类型特征——基于《路加传福音书》（1853）的考察 [J]. 宁波大学学报，2021（2）：17–27.

[438] 林喜乐. 温州方言单音节后置状语结构研究 [D]. 上海：上海师范大学，2014.

[439] 林晓晓. 吴语路桥方言语音研究 [D]. 福州：福建师范大学，2011.

[440] 林新年.《祖堂集》的动态助词研究 [M]. 北京：生活·读书·新知三联书店，2006.

[441] 林亦. 桂北平话与推广普通话研究——兴安高尚软土话研究 [M]. 南宁：广西民族出版社，2005.

[442] 林亦，覃凤余. 广西南宁白话研究 [M]. 桂林：广西师范大学出版社，2008.

[443] 刘伯山. 徽州文书 [M]. 桂林：广西师范大学出版社，2009.

[444] 刘晨红，林涛. 吴忠方言研究 [M]. 北京：中国社会科学出版社，2018.

[445] 刘传鸿.“（太）+ 形容词 + 生” 组合中 “生” 的性质及来源 [J]. 中国语文，2014（2）：127–133.

[446] 刘传鸿. 中古汉语词缀考辨 [M]. 北京：北京大学出版社，2018.

[447] 刘村汉. 柳州方言词典 [M]. 南京：江苏教育出版社，1995.

[448] 刘村汉，肖伟良. 广西平南白话形容词的重叠式 [J]. 方言，1988（2）：139–148.

[449] 刘丹丹. 山西临汾十七县市方言研究 [M]. 上海：上海辞书出版社，中西书局，2020.

[450] 刘丹青. 亲属关系名词的综合研究 [J]. 语文研究，1983（4）：16–22.

[451] 刘丹青. 苏州方言重叠式研究 [J]. 语言研究，1986（1）：7–28.

[452] 刘丹青. 汉藏语系重叠形式的分析模式 [J]. 语言研究，1988（1）：170–171.

[453] 刘丹青. 南京方言词典 [M]. 南京：江苏教育出版社，1995.

[454] 刘丹青. 东南方言的体貌标记 [C]// 张双庆主编. 动词的体. 香港：香港中文大学中国文化研究所吴多泰中国语文研究中心，1996.

[455] 刘丹青，叶岑祥校. 苏州方言的体范畴系统与半虚化体标记 [C]// 胡明扬主编. 汉语方言体貌论文集. 南京：江苏教育出版社，1996.

[456] 刘丹青. 汉语中的框式介词 [J]. 当代语言学，2002（4）：241–252.

[457] 刘丹青. 苏州话 “勒 X” 复合词 [C]// 上海市语文学会，香港中国语文学会合编. 吴语研究（第二届国际吴方言学术研讨会论文集）. 上海：上海教育出版社，2003.

[458] 刘丹青. 语序类型学与介词理论 [M]. 北京：商务印书馆，2003.

[459] 刘丹青. 从所谓 “补语” 谈古代汉语语法学体系的参照系 [C]// 浙江大学汉语史研究中心. 汉语史学报（第 5 辑）. 上海：上海教育出版社，2005.

[460] 刘丹青. 语法学术语的象似性及其利弊 [J]. 燕赵学术，2007（1）：10–21.

[461] 刘丹青. 语法调查研究手册 [M]. 上海：上海教育出版社，2008.

[462] 刘丹青 . 重新分析的无标化解释 [J]. 世界汉语教学，2008（1）：5–18，2.

[463] 刘丹青 . 实词的拟声化重叠及其相关构式 [J]. 中国语文，2009（1）：22–31，95.

[464] 刘丹青 . 语法化理论与汉语方言语法研究 [J]. 方言，2009（2）：106–116.

[465] 刘丹青 . 叹词的本质——代句词 [J]. 世界汉语教学，2011（2）：147–158.

[466] 刘丹青 . 汉语史语法类型特点在现代方言中的存废 [J]. 语言教学与研究，2011（3）：28–38.

[467] 刘丹青 . 原生重叠和次生重叠：重叠式历时来源的多样性 [J]. 方言，2012（1）：1–11.

[468] 刘丹青 . 方言语法调查研究的两大任务：语法库藏与显赫范畴 [J]. 方言，2013（3）：193–205.

[469] 刘丹青 . 方言语法语音探知录 [M]. 北京：商务印书馆，2020.

[470] 刘丹 . 语法调查研究手册 [M]. 2 版 . 上海：上海教育出版社，2017.

[471] 刘丹青 . 语言类型学 [M]. 上海：中西书局，2017.

[472] 刘丹青 . 新中国语言文字研究 70 年 [M]. 北京：中国社会科学出版社，2019.

[473] 刘丹青，陈玉洁 . 汉语指示词语音象似性的跨方言考察（上）[J]. 当代语言学，2008（4）：289–297，379.

[474] 刘斐 . 客家方言于桂片南康荷田话重叠式形容词研究 [J]. 中国语学研究·开篇，2012（31）：135–148.

[475] 刘海章 . 荆楚方言研究 [M]. 武汉：华中师范大学出版社，1992.

[476] 刘海章 . 荆门方言研究 [M]. 武汉：华中师范大学出版社，2017.

[477] 刘汉银 . 南康客家方言语法研究 [D]. 昆明：云南师范大学，2006.

[478] 刘红曦 . 动词重叠的制约因素 [J]. 重庆教育学院学报，2000（2）：71–75.

[479] 刘坚 .《训世平话》中所见明代以前汉语的一些特点 [J]. 中国语文，1992（4）：287–293.

[480] 刘坚 . 近代汉语读本 [M]. 上海：上海教育出版社，1985.

[481] 刘坚 . 乐平方言形容词"量"的表达式 [J]. 语言研究，1993（2）：122–131.

[482] 刘坚，江蓝生，白维国，等 . 近代汉语虚词研究 [M]. 北京：语文出版社，1992.

[483] 刘力坚 . 浙江方言资源典藏·东阳 [M]. 杭州：浙江大学出版社，2019.

[484] 刘丽华 . 娄底方言研究 [M]. 长沙：湖南教育出版社，2001.

[485] 刘丽丽 . 休宁（溪口）方言研究 [M]. 北京：中国社会科学出版社，2014.

[486] 刘丽沙 . 襄阳方言程度表示法 [D]. 武汉：华中师范大学，2018.

[487] 刘俐李，侯超，等 . 江阴方言新探 [M]. 北京：世界图书出版公司，2013.

[488] 刘纶鑫 . 上犹社溪方言的"子"尾 [J]. 中国语文，1991（2）：127–130.

[489] 刘纶鑫 . 江西客家方言概况 [M]. 南昌：江西人民出版社，2001.

[490] 刘纶鑫 . 芦溪方言研究 [M]. 北京：中国社会科学出版社，文化艺术出版社，2008.

[491] 刘纶鑫 . 贵溪樟坪畲话研究 [M]. 北京：中国社会科学出版社，文化艺术出版社，2008.

[492]   刘民钢．试论上海方言的形成 [J]．上海师范大学学报(哲学社会科学版)，2001(1)：77–83.

[493]   刘倩．浙江九姓渔民方言研究 [M]．北京：语文出版社，2020.

[494]   刘瑞明．古汉语词尾新增三例拟议 [J]．兰州教育学院学报，1987（1）：34–45.

[495]   刘瑞明．做……不着" 新释 [J]．古汉语研究，1997（2）：72–74.

[496]   刘瑞明．近代汉语词尾 "生" 源流详说 [J]．励耘学刊，2006（2）：.126–146

[497]   刘瑞明．刘瑞明文史述林 [M]．兰州：甘肃人民出版社，2012.

[498]   刘若云．汉语方言形容词表示程度的语法手段 [J]．沈阳师范大学学报（社会科学版），2006（6）：119–121.

[499]   刘绪湖．近代汉语词尾功能示例 [J]．乌鲁木齐成人教育学院学报（综合版），1998（1）：32–36.

[500]   刘祥柏．安徽黄山汤口方言 [M]．北京：方志出版社，2013.

[501]   刘祥柏，陈丽．安徽泾县查济方言 [M]．北京：中国社会科学出版社，2017.

[502]   刘艳．合肥方言中约量结构 "X 把 X" 的研究 [J]．新余学院学报，2014（6）：64–67.

[503]   刘义青，张艳梅．深泽方言重叠式初探 [J]．保定师范专科学校学报，2004（3）：72–74.

[504]   刘益国．元曲熟语辞典 [M]．成都：四川大学出版社，1998.

[505]   刘月华，潘文娱，故韠．实用现代汉语语法 [M]．北京：外语教学与研究出版社，1983.

[506]   刘云．双音节词重叠类型的功能解释 [C]// 汪国胜，谢晓明主编．汉语重叠问题．武汉：华中师范大学出版社，2009.

[507]   刘泽民．瑞金方言研究 [M]．北京：中国社会科学出版社，文化艺术出版社，2006.

[508]   刘志生．论近代汉语词缀 "生" 的用法及来源 [J]．长沙电力学院学报（社会科学版），2000（2）：108–110.

[509]   龙安隆．永新方言研究 [M]．北京：中国社会科学出版社，2013.

[510]   龙潜庵．宋元语言词典 [M]．上海：上海辞书出版社，1985.

[511]   龙泉．洪湖方言形容词的程度表示法 [D]．武汉：华中师范大学，2007.

[512]   龙异腾，吴伟军，宋宣，等．黔中屯堡方言研究 [M]．成都：西南交通大学出版社，2011.

[513]   龙庄伟．湖北恩施话中的一个土家语成分 [J]．民族语文，1988（6）：68–69.

[514]   卢继芳．都昌阳峰方言研究 [M]．北京：中国社会科学出版社，文化艺术出版社，2007.

[515]   卢小群．湘语语法研究 [M]．北京：中央民族大学出版社，2007.

[516]   卢笑予．临海方言中的 "起" [C]// 陈忠敏主编．吴语研究（第八届国际吴方言学术研讨会论文集）第 8 辑．上海：上海教育出版社，2016.

[517]   卢笑予．后置成分 "添" 的跨方言考察——吴语型和粤语型的分立 [J].2018，未

刊稿 .

[518] 卢笑予 . 浙江临海方言的"凑"：兼与"添"比较 [J]. 南开语言学刊，2019（1）：118–126.

[519] 卢一舟 . 临川方言形容词重叠式"AA 动" [C]// 中国民族语言学会语言类型学专业委员会第四届学术年会论文 . 长沙：中南大学，2021.

[520] 芦兰花 . 湟水流域方言与文化研究 [M]. 北京：中国社会科学出版社，2017.

[521] 鲁国尧 . 泰州方音史与通泰方言史研究 [J]. アジア・アフリカ語の計数研究，1988（30）：149–224.

[522] 鲁国尧 . "颜之推谜题"及其半解（上）[J]. 中国语文，2002（6）：536–549，575–576.

[523] 鲁国尧 . "颜之推谜题"及其半解（下）[J]. 中国语文，2003（2）：137–147.

[524] 鲁国尧 . 尼采篇 [C]// 郭锡良，鲁国尧主编 . 中国语言学（第 10 辑）. 北京：北京大学出版社，2023.

[525] 陆澹安 . 小说词语汇释 [M]. 上海：上海锦绣文章出版社，2009.

[526] 陆澹安 . 戏曲词语汇释 [M]. 上海：上海锦绣文章出版社，2009.

[527] 陆基，方宾观 . 苏州注音符号 [M]. 上海：商务印书馆，1931.

[528] 陆俭明 . 现代汉语虚词散论 [M]. 修订本 . 北京：语文出版社，2003.

[529] 陆镜光 . 汉语方言里的语气词、字调和语调的关系 [C]// 香港语言学学会 1996 年学术年会，香港：香港大学，1996.

[530] 陆镜光 . 汉语方言中的指示词 [C]// 全国方言学会第 11 届学术年会论文，2001.

[531] 陆镜光 . 汉语方言中的指示叹词 [J]. 语言科学，2005（6）：88–95.

[532] 陆镜光 . 重叠·指大·指小 [C]// 汪国胜，谢晓明主编 . 汉语重叠问题 . 武汉：华中师范大学出版社，2009.

[533] 罗福腾 . 山东方言"V 他 V"结构的历史与现状 [J]. 语言研究，1998（1）：118–126.

[534] 罗美珍 . 长汀话与普通话不同的几个虚化词 [J]. 韶关大学学报，2000（S）：196–200.

[535] 罗荣华 . 赣语上高话的主观量表达 [J]. 汉语学报，2011（2）：43–50，96.

[536] 罗荣华 . 赣语上高话的主观量表达研究 [J]. 宜春学院学报，2011（3）：118–122，142.

[537] 罗姝芳 . 恩施方言中特殊的形容词重叠式 [J]. 湖北师范学院学报（哲学社会科学版），2007（6）：60–65.

[538] 罗湘明 . 新田北乡青龙土话词汇研究 [D]. 长沙：湖南师范大学，2007.

[539] 罗昕如 . 新化方言研究 [M]. 长沙：湖南教育出版社，1998.

[540] 罗昕如 . 湘方言词汇研究 [M]. 长沙：湖南师范大学出版社，2006.

[541] 罗昕如 . 湖南蓝山太平土话研究 [M]. 长沙：湖南师范大学出版社，2016.

[542] 罗昕如 . 湘语在广西境内的接触与演变研究 [M]. 长沙：湖南师范大学出版社，

2017.

[543] 罗昕如，李斌．湘语的小称研究——兼与相关方言比较 [J]．湖南师范大学社会科学学报，2008（4）：116–120.

[544] 罗自群．现代汉语方言持续标记的比较研究 [D]．北京：中国社会科学院，2003.

[545] 罗自群．现代汉语方言持续标记的比较研究 [M]．北京：中央民族大学出版社，2006.

[546] 骆锤炼．吴语的后置副词"添"与有界化 [J]．语言科学，2009（5）：472–477.

[547] 雒鹏，马宏．甘肃方言"父亲"称谓考 [J]．西北成人教育学报，2010（4）：24–26.

[548] 吕建国．慈利话量词变化形式研究 [C]// 汪国胜主编．汉语方言语法研究．武汉：华中师范大学出版社，2007.

[549] 吕俭平．汉语方言分布格局与自然地理、人文地理的关系 [M]．北京：中华书局．2019.

[550] 吕路平，吕巧平．元氏方言志 [M]．北京：对外经济贸易大学出版社，2013.

[551] 吕叔湘．释《景德传灯录》中"在""着"二助词 [C]// 吕叔湘．汉语语法论文集．北京：商务印书馆，1984.

[552] 吕叔湘．中国文法要略 [M]．北京：商务印书馆，1982.

[553] 吕叔湘．汉语语法分析问题 [M]．北京：商务印书馆，1980.

[554] 吕叔湘．语文常谈 [M]．北京：商务印书馆，1980.

[555] 吕叔湘．现代汉语八百词 [M]．北京：商务印书馆，1980.

[556] 吕叔湘．语文杂记 [M]．上海：上海教育出版社，1984.

[557] 吕叔湘．近代汉语指代词 [M]．上海：学林出版社，2017.

[558] 吕嵩崧．桂西高山汉话研究 [M]．北京：中国社会科学出版社，2016.

[559] 马贝加．近代汉语介词 [M]．北京：中华书局，2002.

[560] 马彪．汉语语用词缀系统研究——兼与其他语言比较 [M]．北京：中国社会科学出版社，2010.

[561] 马重奇．漳州方言的重叠式形容词 [J]．中国语文，1995（2）：123–130.

[562] 马凤如．金乡方言志 [M]．济南：齐鲁书社，2000.

[563] 马静，吴永焕．临沂方言志 [M]．济南：齐鲁书社，2003.

[564] 马楷惠．基于满汉对勘的《清文指要》动词重叠研究 [D]．北京：北京外国语大学，2020.

[565] 马庆株．汉语动词和动词性结构 [M]．北京：北京语言学院出版社，1992.

[566] 毛修敬．动词重叠的语法性质、语法意义和造句功能 [J]．语文研究，1985（2）：34–41.

[567] 毛宗武．瑶族勉语方言研究 [M]．北京：民族出版社，2004.

[568] 毛宗武，蒙朝吉，郑宗泽．瑶族勉语简志 [M]．毛宗武，郑宗泽，修订．中国少数民族语言简志丛书（修订本）卷肆．北京：民族出版社，2009.

[569] 毛宗武，蒙朝吉．畲语简志 [M]．中国少数民族语言简志丛书（修订本）卷肆．北京：民族出版社，2009.

[570] 梅祖麟．唐代、宋代共同语的语法和现代方言的语法 [C]// 梅祖麟语言学论文集．北京：商务印书馆，1994.

[571] 蒙朝吉．瑶族布努语简志 [M]．蒙朝吉，修订．中国少数民族语言简志丛书（修订本）卷肆．北京：民族出版社，2009.

[572] 蒙元耀．壮语的后置状语 [J]．中央民族学院学报，1990（5）：75-96.

[573] 孟庆惠．徽州方言 [M]．合肥：安徽人民出版社，2005.

[574] 孟庆泰．山东淄博方言的重叠式 [J]．济南大学学报（社会科学版），1993（1）：46-47，51.

[575] 苗春华．南江方言研究 [D]．重庆：西南师范大学，2004.

[576] 苗东霞．甘肃肃南西部裕固语 [M]．北京：商务印书馆，2019.

[577] 明生荣．毕节方言研究 [M]．北京：中国社会科学出版社，2007.

[578] 莫超．白龙江流域汉语方言语法研究 [D]．南京：南京师范大学，2004.

[579] 莫超．白龙江流域汉语方言语法研究 [M]．北京：中国社会科学出版社，2004.

[580] 莫超．甘肃汉语方言语法特点综述 [J]．西北成人教育学报，2009（2）：29-32.

[581] 莫娇，金晓艳．从"X 是 X 了"看同语式构式链与隐性否定量级表达 [J]．延边大学学报（社会科学版），2020（5）：31-38.

[582] 莫霞，冉荣．粤语句末"添"的语法限制 [J]．广西大学学报（哲学社会科学版），2008（S）：138-139.

[583] 牟成刚．广南方言研究 [M]．昆明：云南大学出版社，2014.

[584] 睦礼逊．宁波方言字语汇解 [M]．朱音尔，姚喜明，杨文波，校注，游汝杰，审订．上海：上海大学出版社，2016.

[585] 穆亚伟．辉县方言法研究 [D]．武汉：华中师范大学，2016.

[586] 穆亚伟．辉县方言语法研究 [M]．北京：中国社会科学出版社，2021.

[587] 南京市地方志编纂委员会，方言志编纂委员会．南京方言志 [M]．南京：南京出版社，1993.

[588] 宁柏慧．昆明方言形容词构词重叠与构形重叠探析 [J]．齐齐哈尔大学学报（哲学社会科学版），2018（7）：25-28.

[589] 宁廷德．宁阳方言志 [M]．济南：齐鲁书社，2013.

[590] 聂小丽，李莹．从言谈互动看让步同语式"X 是 X"的话语功能和语义获得 [J]．华文教学与研究，2020（1）：32-37.

[591] 聂志平．关于"X 得很"中"很"的性质 [J]．中国语文，2005（1）：60-64.

[592] 欧鉴华．广西平南白话动词的重叠式 [J]．广西教育学院学报，1999（6）：117-121.

[593] 欧俊勇，黄燕璇．潮汕方言中的"动词重叠 + 补"结构分析 [J]．新乡学院学报（社会科学版），2011（5）：101-103.

[594] 欧阳觉亚 . 珞巴族博嘎尔语简志 [M]. 欧阳觉亚，修订 . 中国少数民族语言简志丛书（修订本）卷壹 . 北京：民族出版社，2009.

[595] 欧阳觉亚，郑贻青 . 黎语简志 [M]. 欧阳觉亚，郑贻青，修订 . 中国少数民族语言简志丛书（修订本）卷叁 . 北京：民族出版社，2009.

[596] 欧阳觉亚，程方，喻翠容 . 京语简志 [M]. 欧阳觉亚，喻翠容，修订 . 中国少数民族语言简志丛书（修订本）卷肆 . 北京：民族出版社，2009.

[597] 潘渭水 . 闽北方言研究 [M]. 福州：福建教育出版社，2007.

[598] 潘悟云 . 温、处方言和闽语 [C]// 李如龙编 . 吴语与闽语的比较研究 . 上海：上海教育出版社，1995.

[599] 潘悟云 . 温州方言的体和貌 [C]// 张双庆主编 . 动词的体 . 香港：香港中文大学中国文化研究所吴多泰中国语文研究中心，1996.

[600] 潘悟云 . 温州话音档 [C]// 侯精一主编 . 现代汉语方言音档 . 上海：上海教育出版社，1998.

[601] 潘悟云 . 上古指代词的强调式和弱化式 [C]// 范开泰，齐沪扬 . 语言问题再认识——庆祝张斌先生从教五十周年暨八十华诞 . 上海：上海教育出版社，2001.

[602] 彭春芳 . 湖南涟源杨家滩话重叠式研究 [D]. 北京：中央民族大学，2007.

[603] 彭建国 . 湖南通道本地话 [M]. 北京：商务印书馆，2019.

[604] 彭薇 . 赣州方言形容词生动形式研究 [D]. 杭州：浙江财经学院，2012.

[605] 彭晓辉，储泽祥 . 湖南祁东话表示双数的"两个" [J]. 汉语学报，2008（2）：11–17.

[606] 彭泽润 . 衡山方言研究 [M]. 长沙：湖南教育出版社，1999.

[607] 裴明海 . 宁波剧作家优秀作品选 [M]. 宁波：宁波出版社，1996.

[608] 平田昌司 . 徽州方言研究 [M]. 东京：好文出版，1998.

[609] 平悦铃 . 上海话中"辣~"格式的语法功能 [J]. 语文研究，1997（3）：40–46.

[610] 蒲春春 . 谅山侬语参考语法 [D]. 北京：中央民族大学，2011.

[611] 齐沪扬 . "X 是 X"句子中副词的作用及连续统模型的建立 [C]// 邵敬敏主编 . 语法研究与语法应用 . 北京：北京语言学院出版社，1992.

[612] 齐沪扬，胡建锋 . 试论负预期量信息标记格式"X 是 X" [J]. 世界汉语教学，2006（2）：31–39，2.

[613] 齐沪扬 . 现代汉语 [M]. 北京：商务印书馆，2007.

[614] 齐群 . 当涂方言中"N 把 N"现象 [J]. 文学教育，2013（3）：87.

[615] 祁嘉耀 . 19 世纪宁波吴语罗马字文献转写及翻译 [C]// 陈忠敏，陆道平主编 . 吴语研究（第九届国际吴方言学术研讨会论文集）第 9 辑 . 上海：上海教育出版社，2018.

[616] 钱曾怡 . 济南方言词典 [M]. 南京：江苏教育出版社，1997.

[617] 钱曾怡 . 嵊县长乐话的特殊语序 [C]// 钱曾怡 . 汉语方言研究的方法与实践 . 北京：商务印书馆，2002. 原载（日）语篇（第 18 期），1999.

[618] 钱曾怡 . 长乐话词汇选 [C]// 钱曾怡汉语方言研究文选 . 济南：齐鲁书社，2008.

[619] 钱曾怡，太田斋，陈洪昕，等 . 莱州方言志 [M]. 济南：齐鲁书社，2005.

[620] 钱奠香 . 海南屯昌闽语语法研究 [M]. 昆明：云南大学出版社，2002.

[621] 钱萌 . 宁波方言语法 [D]. 上海：上海大学，2007.

[622] 钱乃荣 . 当代吴语研究 [M]. 上海：上海教育出版社，1992.

[623] 钱乃荣 . 吴语中的"来"和"来"字结构 [J]. 上海大学学报，1997（3）：102–108.

[624] 钱乃荣 . 上海话语法 [M]. 上海：上海人民出版社，1997.

[625] 钱乃荣 . 现代汉语 [M]. 修订本 . 南京：江苏教育出版社，2001.

[626] 钱乃荣 . 上海语言发展史 [M]. 上海：上海人民出版社，2003.

[627] 钱乃荣 . 北部吴语研究 [M]. 上海：上海大学出版社，2003.

[628] 钱乃荣 . 上海方言的时态及其流变 [C]// 上海市语文学会，香港中国语文学会合编，吴语研究（第五届国际吴方言学术研讨会论文集）. 上海：上海教育出版社，2009.

[629] 钱乃荣 . 西方传教士上海方言著作的研究 [M]. 上海：上海大学出版社，2014.

[630] 钱乃荣 . 上海话的五花八门 [M]. 上海：上海书店出版社，2017.

[631] 钱双莲 . 龙游塔石方言的体 [J]. 语文学刊，2013（2）：40–41.

[632] 钱双莲 . 龙游塔石话"是"的几个特殊用法 [C]// 游汝杰，王洪钟，陈轶亚主编 . 吴语研究（第 7 辑）. 上海：上海教育出版社，2014.

[633] 乔全生 . 晋方言语法研究 [M]. 北京：商务印书馆，2000.

[634] 桥本万太郎 . 语言地理类型学 [M]. 余志鸿，译 . 北京：世界出版公司，1985.

[635] 秋谷裕幸 . 闽北区三县市方言研究 [M]. 台北："中研院"语言研究所，2008.

[636] 覃凤余，吴福祥 . 南宁白话"过"的两种特殊用法 [J]. 民族语文，2009（3）：16–29.

[637] 邱前进 . 广西宾阳客家方言研究 [D]. 南宁：广西大学，2008.

[638] 屈哨兵 . 湖北宣恩话中的一种特殊的语词重叠格式 [J]. 湖北大学学报（哲学社会科学版），1992（2）：57–58.

[639] 屈哨兵 . 湖北宣恩话语法札记 [J]. 中国语文，1993（6）：442–444.

[640] 曲建华 . 论汉语动量词的特殊形式——同形动量词 [J]. 呼伦贝尔学院学报，2011（4）：97–99.

[641] 阮桂君 . 宁波方言形容词重叠式 [J]. 长江学术，2008（4）：102–109.

[642] 阮桂君 . 宁波方言语法研究 [M]. 武汉：华中师范大学出版社，2009.

[643] 阮桂君 . 五峰方言研究 [M]. 武汉：华中师范大学出版社，2014.

[644] 阮绪和，陈建华 . 武宁话的重叠式 [J]. 九江学院学报（社会科学版），2006（3）：81–85.

[645] 阮咏梅 . 温岭方言中的量词 [J]. 宁波大学学报（人文科学版），2013（4）：18–21.

[646] 阮咏梅 . 温岭方言研究 [M]. 北京：中国社会科学出版社，2013.

[647] 阮咏梅 . 从西洋传教士文献看台州方言百余年来的演变 [M]. 北京：中国社会科学

出版社，2019.

[648] 阮智富，郭忠新 . 现代汉语大词典 [M]. 上海：汉语大词典出版社，2000.

[649] 荣晶 . 昆明话和普通话"VV"、"V（一）下"的功能、形式对比 [J]. 云南民族大学学报（哲学社会科学版），2005（1）：144–147.

[650] 荣晶，丁崇明 . 昆明话动词重叠的句法组配 [J]. 方言，2000（1）：61–67.

[651] 山娅兰 . 沾益方言语法研究 [D]. 昆明：云南师范大学，2005.

[652] 邵霭吉 . 释"不作兴"和"连跑是跑" [J]. 中国语文，1989（5）：394–395.

[653] 邵菁，金立鑫 . 补语和 complement [J]. 外语教学与研究，2011（1）：48–57.

[654] 邵敬敏 ."同语式"探讨 [J]. 语文研究，1986（1）：13–19.

[655] 邵敬敏 . 现代汉语通论 [M]. 上海：上海教育出版社，2001.

[656] 邵敬敏 . 现代汉语通论 [M]. 2 版 . 上海：上海教育出版社，2007.

[657] 邵敬敏 . 朱德熙先生 1984 年在上海华东师范大学两次谈话记录稿 [Z]// 北京大学中国语言学研究中心《语言学论丛》编委会编 . 语言学论丛（第 61 辑），北京：商务印书馆，2020.

[658] 邵天松 . 高邮方言"连 V 是 V"格式 [J]. 语文月刊，2006（5）：107–109.

[659] 邵燕梅 . 郯城方言志 [M]. 济南：齐鲁书社，2005.

[660] 邵燕梅，张贵霞，张涛，等 . 费县方言志 [M]. 北京：商务印书馆，2019.

[661] 沈昌明 . 安徽歙县"添"字句的特点研究 [J]. 淮北师范大学学报（哲学社会科学版），2016（1）：86–89.

[662] 沈丹萍 . 唐山曹妃甸方言研究 [M]. 北京：中华书局，2021.

[663] 沈家煊 . 句法的象似性问题 [J]. 外语教学与研究，1993（1）：2–8，80.

[664] 沈家煊 . 实词虚化的机制——《演化而来的语法》评介 [J]. 当代语言学，1998（3）：44，45.

[665] 沈家煊 . 认知语言学与汉语研究 [C]// 刘丹青主编 . 语言学前沿与汉语研究 . 上海：上海教育出版社，2005.

[666] 沈家煊 . 不对称和标记论 [M]. 北京：商务印书馆，2015.

[667] 沈克成，沈迦 . 温州话（第一册）[M]. 宁波：宁波出版社，2004.

[668] 沈明 . 安徽歙县（向杲）方言 [M]. 北京：方志出版社，2012.

[669] 沈明 . 安徽宣城（雁翅）方言 [M]. 北京：中国社会科学出版社，2016.

[670] 沈明，周建芳 . 湖南道县梅花土话 [M]. 北京：商务印书馆，2019.

[671] 沈若云 . 宜章土话研究 [M]. 长沙：湖南教育出版社，1999.

[672] 沈阳，郭锐 . 现代汉语 [M]. 北京：高等教育出版社，2014.

[673] 盛益民 . 吴语绍兴柯桥话参考语法 [D]. 天津：南开大学，2014.

[674] 盛益民 . 吴、徽语论元性强调代词研究综述 [C]// 陈忠敏，陆道平主编 . 吴语研究（第九届国际吴方言学术研讨会论文集）第 9 辑 . 上海：上海教育出版社，2018.

[675] 盛益民 . 吴语绍兴（柯桥）方言参考语法 [M]. 北京：商务印书馆，2021.

[676] 盛益民，陶寰，金春华.准冠词型定指"量名"结构和准指示词型定指"量名"结构——从吴语绍兴方言看汉语方言定指"量名"结构的两种类型 [C]// 北京大学中国语言学研究中心《语言学论丛》编委会编.语言学论丛（第 53 辑）.北京：商务印书馆，2016.

[677] 盛益民，李旭平.富阳方言研究 [M].上海：复旦大学出版社，2018.

[678] 盛银花.安陆方言研究 [M].武汉：华中师范大学出版社，2015.

[679] 施关淦.名词动词形容词 [M].北京：人民教育出版社，1990.

[680] 施俊.论婺州片吴语的第一人称代词——以义乌方言为例 [J].中国语文，2013（2）：128–136.

[681] 施俊.浙江方言资源典藏·嵊州 [M].杭州：浙江大学出版社，2019.

[682] 施俊.义乌方言研究 [M].上海：复旦大学出版社，2021.

[683] 施其生.论汕头方言中的"重叠" [J].语言研究，1997（1）：72–85.

[684] 石定栩.上海话的句末"快" [C]// 林华东主编.汉语方言语法新探索.厦门：厦门大学出版社，2010.

[685] 石锓.近代汉语词尾"生"的功能及来源 [J].丝路学刊，1994（4）：18–21.

[686] 石锓.近代汉语词尾"生"的功能 [J].古汉语研究，1996（2）：41–43.

[687] 石汝杰.苏州方言的体和貌 [C]// 张双庆主编.动词的体.香港：香港中文大学中国文化研究所吴多泰中国语文研究中心，1996.

[688] 石汝杰.明清吴语和现代方言研究 [M].上海：上海辞书出版社，2006.

[689] 石汝杰.吴语文献资料研究 [M].东京：好文出版，2009.

[690] 石汝杰，宫田一郎.明清吴语词典 [M].上海：上海辞书出版社，2005.

[691] 石毓智.汉语发展史上的双音化趋势和动补结构的诞生——语音变化对语法发展的影响 [J].语言研究，2002（1）：1–14.

[692] 石毓智.现代汉语语法系统的建立——动补结构的产生及其影响 [M].北京：北京语言大学出版社，2003.

[693] 时建，蒋光友，赵燕珍.云南芒市潞西阿昌语 [M].北京：商务印书馆，2019.

[694] 史光辉.清水江文书近代汉语新词新义 [C]// 近代汉语研究第三届学术年会论文.湖南长沙，2020.

[695] 史濛辉.苏州方言第一人称代词复数"伲" [ni^{31}] 的来源及演变——兼论"像伲"的词汇化现象 [C].首届吴语语法研讨会论文，浙江杭州，2014.

[696] 史濛辉.苏州方言第一人称代词复数"伲" [ni^{31}] 的来源及演变 [J].语言学论丛，2015（2）：108–125.

[697] 史濛辉.从"伲我们" [ni^{31}] 到"像伲像我们" [zia^{31}ni^{21}]——苏州方言第一人称代词复数的一种新变化 [C]// 汉语史学报（第 16 辑）.上海：上海教育出版社，2016.

[698] 宋恩泉.汶上方言志 [M].济南：齐鲁书社，2005.

[699] 宋家永.清代民间借贷与家庭经济——基于清水江文书的研究 [J].安顺学院学报，

2020（4）: 72–75.

[700] 宋桔. 吴方言"来～"结构语义表达研究——以桐庐方言为例 [J]. 浙江教育学院学报，2010（3）: 81–87.

[701] 宋伶俐. 四川康定贵琼语 [M]. 北京：商务印书馆，2019.

[702] 宋开玉. 明清山东方言词缀研究 [M]. 济南：齐鲁书社，2008.

[703] 宋珊. 甘肃天祝县汉语方言语法研究 [D]. 兰州：兰州大学，2017.

[704] 宋雨薇. 安徽肥东方言词汇研究 [D]. 广州：暨南大学，2017.

[705] 宋兆祥，王南冰. 青岛胶州方言研究 [M]. 北京：中国社会科学出版社，2018.

[706] 寿纪芳. 绍兴方言里自动词的后附成分"东（带、夯）"小议 [C]// 寿永明主编. 绍兴方言研究. 上海：上海三联书店，2005.

[707] 寿永明. 绍兴方言中的动词重叠句 [J]. 浙江师范大学学报（社会科学版），1999（5）: 88–90.

[708] 苏俊波. 丹江方言语法研究 [M]. 武汉：华中师范大学出版社，2012.

[709] 苏俊波. 郧县方言研究 [M]. 武汉：华中师范大学出版社，2016.

[710] 苏俊波. 丹江方言语法研究 [M]. 北京：中国社会科学出版社，2021.

[711] 苏晓青，吕永卫. 徐州方言词典 [M]. 南京：江苏教育出版社，1996.

[712] 苏晓青，万连增. 赣榆方言研究 [M]. 北京：中华书局，2011.

[713] 孙宏开，胡增益，黄行. 中国的语言 [M]. 北京：商务印书馆，2007.

[714] 孙宏开，刘璐. 怒族怒苏语简志 [M]. 孙宏开，修订. 中国少数民族语言简志丛书（修订本）卷贰. 北京：民族出版社，2009.

[715] 孙立新. 关中方言的词缀 [J]. 宝鸡文理学院学报（社会科学版），2004（1）: 88–93.

[716] 孙立新. 关中方言数量词等的重叠现象 [J]. 唐都学刊，2013（6）: 99–103

[717] 孙叶林. 邵东方言语法研究 [M]. 广州：花城出版社，2009.

[718] 孙宜志. 金华、汤溪方言语法的共性与差异 [C]// 第二届吴语语法研究研讨会论文. 杭州：浙江财经大学，2015.

[719] 孙宜志，陈杨积，程平姬，等. 浙江方言资源典藏·诸暨 [M]. 杭州：浙江大学出版社，2019.

[720] 孙雍长. 管窥蠡测集 [M]. 长沙：岳麓书社，1994.

[721] 孙占鳌，刘生平. 酒泉方言研究 [M]. 兰州：兰州大学出版社，2013.

[722] 禤伟莉. 宁明白话形容词的重叠式 [J]. 桂林师范高等专科学校学报，2009（3）: 35–40.

[723] 太田辰夫. 中国语历史文法 [M]. 修订译本. 蒋绍愚，徐昌华，译. 北京：北京大学出版社，2003.

[724] 谭傲霜. 汉语重叠现象的类型学特征 [C]// 汪国胜，谢晓明主编. 汉语重叠问题. 武汉：华中师范大学出版社，2009.

[725] 谭洪沛，高聪. 贵州清水江流域明清土司契约文书：亮寨篇 [M]. 北京：民族出版

社，2014.

[726] 谭兰芳.《金瓶梅词话》中的吴语词 [C]// 复旦大学汉语言文字学科《语言研究集刊》编委会编.语言研究集刊（第3辑）.上海：上海辞书出版社，2006.

[727] 谭秀琴.象州县石龙镇客家方言研究 [D].桂林：广西师范大学，2015.

[728] 汤传扬.近代汉语程度副词"紧"的语法化 [J].牡丹江大学学报，2015（6）：11–13.

[729] 汤敬安，石毓智.现代汉语的尝试构式 [J].外国语，2021（3）：21–30.

[730] 汤濰芬.万载方言特殊句式的结构考察 [J].汉字文化，2016（3）：56–60.

[731] 汤珍珠，陈忠敏，吴新贤.宁波方言词典 [M].南京：江苏教育出版社，1997.

[732] 唐爱华.宿松方言研究 [M].北京：中国社会科学出版社，文化艺术出版社，2005.

[733] 唐爱华，刘玲燕.东至龙泉方言研究 [M].合肥：安徽教育出版社，2015.

[734] 唐昌曼.桂北平话与推广普通话研究——全州文桥土话研究 [M].南宁：广西民族出版社，2005.

[735] 唐浩.江苏省北部方言里"很"的特殊用法 [J].中国语文，2016（1）：40–43.

[736] 唐立，杨有赓，武内房司.贵州苗族林业契约文书汇编（第二卷）[M].京都：京都外国语大学，2002.

[737] 唐立，杨有赓，武内房司.贵州苗族林业契约文书汇编（1736—1950）[M].东京：东京外国语大学，2003.

[738] 唐七元.广西汉语方言概要 [M].北京：世界图书出版公司，2020.

[739] 唐贤清，陈丽."极"作程度补语的历时发展及跨语言考察 [J].古汉语研究，2010（4）：11–19.

[740] 唐贤清，罗主宾.程度副词作补语的跨语言考察 [J].民族语文，2014（1）：33–41.

[741] 唐贤清，姜礼立，王巧明.汉语历史语法的"普方古民外"立体研究法 [J].古汉语研究，2018（4）：43–49.

[742] 唐贤清，王巧明，姜礼立.多视角研究结合 助推历史语法研究立体化 [N].中国社会科学报，2018-09-14.

[743] 唐智燕.近代民间契约文书词汇研究 [M].北京：中国社会科学出版社，2019.

[744] 陶瑷丽.刍议程度范畴的量级划分 [J].中南大学学报（社会科学版），2014（20）：267–270.

[745] 陶红印.试论语体分类的语法学意义 [J].当代语言学，1999（3）：15–24，61.

[746] 陶红印.全球华语语法·美国卷 [M].北京：商务印书馆，2022.

[747] 陶寰.绍兴方言的体 [C]// 张双庆主编.动词的体.香港：香港中文大学中国文化研究所吴多泰中国语文研究中心，1996.

[748] 陶寰.绍兴市志·方言卷 [M].杭州：浙江人民出版社，1997.

[749] 田德生，何天，陈康，等.土家语简志 [M].田德生，修订.中国少数民族语言简志丛书（修订本）卷贰.北京：民族出版社，2009.

[750] 田祥胜，陈保亚.海南三亚回辉语 [M].北京：商务印书馆，2019.

[751] 万献初 . 湖北通城方言的量词 "只" [J]. 方言，2003（2）：187–191.

[752] 汪大年 . 缅甸语汉语比较研究 [M]. 北京：北京大学出版社，2012.

[753] 汪高文 . 彭泽方言研究 [M]. 北京：商务印书馆，2019.

[754] 汪化云 . 鄂东方言研究 [M]. 成都：巴蜀书社，2004.

[755] 汪化云 . "黄孝片" 方言的指示叹词 [C]// 中国语言学报（第 15 期）. 北京：商务印书馆，2012.

[756] 汪化云 . 黄孝方言语法研究 [M]. 北京：语文出版社，2016.

[757] 汪化云，谢冰凌 . 杭州方言的动词重叠 [J]. 浙江外国语学院学报，2012（6）：33–36.

[758] 汪化云，占小璐 . 玉山方言的框式状语 [J]. 中国语言学报（香港），2014（1）：172–180.

[759] 汪化云，姜淑珍 . 吴语中的后置副词状语 [J]. 中国语文，2020（2）：175–187，255.

[760] 汪如东 . 江淮方言泰如片与吴语的语法比较研究 [M]. 北京：中国社会科学出版社，2017.

[761] 汪平 . 贵阳方言的语法特点 [J]. 语言研究，1983（1）：109.

[762] 汪平 . 贵阳方言词典 [M]. 南京：江苏教育出版社，1994.

[763] 汪平 . 方言平议 [M]. 武汉：华中科技大学出版社，2003.

[764] 汪平 . 苏州方言的重叠式 [C]// 汪国胜，谢晓明主编 . 汉语重叠问题 . 武汉：华中师范大学出版社，2009.

[765] 汪平 . 苏州方言研究 [M]. 北京：中华书局，2011.

[766] 汪应乐 . 余干话动词 "体" 的表达特点 [C]// 刘纶鑫主编 . 客赣方言研究 . 香港：霭明出版社，2004.

[767] 王春玲 . 西充方言语法研究 [M]. 北京：中华书局，2011.

[768] 王春玲 . 四川客家方言语法比较研究 [M]. 北京：人民出版社，2018.

[769] 王丹丹 . 常山方言的框式状语 [J]. 温州职业技术学院学报，2018（1）：74–77.

[770] 王丹丹，崔山佳 . 常山话的框式状语 "死……死" [J]. 汉字文化，2017（5）：47–51.

[771] 王东 . 河南罗山方言研究 [M]. 北京：中国社会科学出版社，2010.

[772] 王芳 . 重叠多功能模式的类型学研究 [D]. 天津：南开大学，2012.

[773] 王芳 . 安阳方言语法研究 [M]. 北京：中国社会科学出版社，2021.

[774] 王昉 . 温州话动词和形容词重叠研究 [D]. 北京：北京大学，2011.

[775] 王福堂 . 绍兴方言中的处所介词 "东"、"带"、"亨 *" [C]// 徐云扬主编 . 吴语研究 . 香港：香港中文大学新亚书院，1995.

[776] 王福堂 . 绍兴方言中表处所的助词 "东 *"、"带 *"、"亨 *" [C]// 北京大学中文系《语言学论丛》编委会编 . 语言学论丛（第 21 辑）. 北京：商务印书馆，1998.

[777] 王福堂 . 绍兴方言中的两种述语重叠方式及其语义解释 [C]// 上海市语文学会，香港中国语文学会合编 . 吴语研究（第二届国际吴方言学术研讨会论文集）. 上海：

上海教育出版社，2003.

[778] 王福堂 . 绍兴方言研究 [M]. 北京：语文出版社，2015.

[779] 王贵生 . 黔东南方言志 [M]. 成都：巴蜀书社，2007.

[780] 王怀军 . 吴语三门方言研究 [M]. 上海：上海交通大学出版社，2022.

[781] 王红梅 . 汉语方言动词重叠比较研究 [D]. 广州：暨南大学，2005.

[782] 王洪钟 . 海门方言研究 [M]. 北京：中华书局，2011.

[783] 王洪钟 . 海门方言语法专题研究 [M]. 芜湖：安徽师范大学出版社，2011.

[784] 王洪钟 . 浙江方言资源典藏·衢州 [M]. 杭州：浙江大学出版社，2019.

[785] 王洪钟，等 . 浙江南部吴语语法专题研究 [M]. 教育部课题，未出版，2015.

[786] 王宏佳 . 湖北咸宁方言词汇研究 [D]. 武汉：华中师范大学，2007.

[787] 王宏佳 . 咸宁方言研究 [M]. 武汉：华中师范大学出版社，2015.

[788] 王箕裘，钟隆林 . 耒阳方言研究 [M]. 成都：巴蜀书社，2008.

[789] 王继同 .《老残游记》里的"连跑是跑"[J]. 中国语文，1988（5）：394–395.

[790] 王建弢 . 礼县方言调查研究 [M]. 成都：西南交通大学出版社，2015.

[791] 王健 . 汉语方言中与数量词组合的语缀"头"[J]. 汉语学报，2006（3）：43–50.

[792] 王健 . 江淮方言若干语法特点说略 [C]// 中国语学研究·开篇 . 东京：好文出版社，
2006.

[793] 王健 . 动词重叠三种特殊语法格式的地理分布及相关问题研究 [C]// 北京大学中文
系《语言学论丛》编委会编 . 语言学论丛（第 35 辑）. 北京：商务印书馆，2007.

[794] 王健 . 应县方言形容词重叠式研究 [D]. 临汾：山西师范大学，2010.

[795] 王健 . 苏皖区域方言语法比较研究 [M]. 北京：商务印书馆，2014.

[796] 王健，顾劲松 . 涟水（南禄）话量词的特殊用法 [J]. 中国语文，2006（3）：237–
241.

[797] 王均，郑国乔 . 仫佬语简志 [M]. 岳静，修订 . 中国少数民族语言简志丛书（修订
本）卷叁 . 北京：民族出版社，2009.

[798] 王李英 . 增城方言志 [M]. 广州：广东人民出版社，1998.

[799] 王力 . 中国现代语法 [M]. 北京：商务印书馆，1985.

[800] 王力 . 汉语史稿 [M]. 北京：中华书局，1980.

[801] 王丽滨 . 晋中方言与文化研究 [M]. 北京：中国书籍出版社，2017.

[802] 王琳 . 祁门（箬坑）方言语音研究 [D]. 北京：北京语言大学，2007.

[803] 王琳 . 祁门箬坑方言研究 [M]. 合肥：安徽教育出版社，2015.

[804] 王敏红 . 词缀"生"在绍兴方言中的特殊用法 [J]. 绍兴文理学院学报（哲学社会科
学版），2008（3）：73–75.

[805] 王起 . 中国戏曲选（中册）[M]. 北京：人民文学出版社，1994.

[806] 王琴 . 阜阳方言语法现象举要 [J]. 安徽教育学院学报，2005（1）：77–80，121.

[807] 王秋珺 . 客家话"A 打 A"式词语研究 [J]. 嘉应学院学报（哲学社会科学版），2014

（4）：20–23.

[808] 王求是.孝感方言研究 [M].武汉：华中师范大学出版社，2014.

[809] 王群生，王彩豫.荆州方言研究 [M].武汉：华中师范大学出版社，2018.

[810] 王辅世.苗语简志 [M].李云兵，修订.中国少数民族语言简志丛书（修订本）卷肆.北京：民族出版社，2009.

[811] 王树瑛.恩施方言研究 [M].武汉：华中师范大学出版社，2017.

[812] 王万盈.清代宁波契约文书辑校 [M].天津：天津古籍出版社，2008.

[813] 王文卿.晋源方言研究 [M].北京：语文出版社，2007.

[814] 王文胜.吴语遂昌话的后置成分 [D].北京：北京语言文化大学，2002.

[815] 王文胜.浙江遂昌方言的"添" [J].方言，2006（2）：119–125.

[816] 王文胜.处州方言的地理语言学研究 [M].北京：中国社会科学出版社，2008.

[817] 王文胜.吴语处州方言的地理比较 [M].杭州：浙江大学出版社，2012.

[818] 王文胜.吴语处州方言的历史比较 [M].北京：中国社会科学出版社，2015.

[819] 王文胜，李金燕.浙江方言资源典藏·庆元 [M].杭州：浙江大学出版社，2019.

[820] 王文胜，程朝.浙江方言资源典藏·遂昌 [M].杭州：浙江大学出版社，2019.

[821] 王希杰.数词·量词·代词 [M].北京：人民教育出版社，1990.

[822] 王希杰，关英伟.复合量词的规范和偏离 [J].汉语学习，1993（5）：6–10.

[823] 王霞.湖南慈利话的重叠儿化量词、量词结构及主观量 [J].牡丹江大学学报，2009（1）：42–44.

[824] 王霄.嵊州方言语法专题研究 [D].南京：南京师范大学，2019.

[825] 王晓慧.新昌话中的"来固 [gu]、来蒙 [məŋ]、来头 [deʔ]" [C]// 浙黔语言学论坛暨浙江省语言学会第十七届年会论文，2014.

[826] 王晓军，田家成，马春时.苍山方言志 [M].济南：齐鲁书社，2012.

[827] 王学奇，王静竹.宋金元明清曲辞通释 [M].北京：语文出版社，2002.

[828] 王艺文.亳州话双音节副词"ABA"式重叠研究 [C]// 南方语言学（第十七辑），北京：世界图书出版公司，2021.

[829] 王寅.认知语言学 [M].上海：上海外语教育出版社，2007.

[830] 王衍军.泗水方言研究 [M].广州：暨南大学出版社，2014.

[831] 王云路.中古汉语词汇史 [M].北京：商务印书馆，2010.

[832] 韦茂繁.下坳壮语参考语法 [D].上海：上海师范大学，2012.

[833] 韦炜.融水县怀宝镇客家话研究 [D].桂林：广西师范大学，2015.

[834] 魏达纯.近代汉语简论 [M].广州：广东高等教育出版社，2004.

[835] 魏钢强.萍乡方言词典 [M].南京：江苏教育出版社，1998.

[836] 魏金光.务川方言志 [M].北京：中国文史出版社，2012.

[837] 魏琳.甘肃文县白马语 [M].北京：商务印书馆，2019.

[838] 魏盼盼.巩义方言形容词重叠式研究 [D].长沙：湖南大学，2019.

[839] 魏业群，崔山佳.诸暨方言量名结构的考察 [J].语言研究，2016（1）：67–72.

[840] 温昌衍.客家方言 [M].广州：华南理工大学出版社，2006.

[841] 温昌衍.汉语方言的重行体助词"过" [J].方言，2020（4）：437–444.

[842] 温端政.方言与俗语研究——温端政语言论文选集 [M].上海辞书出版社，2003.

[843] 温端政.苍南方言志 [M].北京：语文出版社，1991.

[844] 温端政.从浙南闽南话形容词程度表示方式的演变看优势方言对劣势方言的影响 [J].语文研究，1994（1）：43–49.

[845] 温锁林.形容词的生动形式"A又A" [J].南开语言学，2010（2）：94–101.

[846] 温珍琴.南康方言形容词的生动形式 [J].牡丹江大学学报，2013（8）：90–92，96.

[847] 温珍琴.南康方言研究 [M].北京：中国社会科学出版社，2018.

[848] 温振兴.近代汉语准前缀"是"的方言属性 [J].宁夏大学学报，2010（1）：60–63.

[849] 芜湖市志编纂委员会.芜湖市志 [M].北京：方志出版社，2009.

[850] 吴福祥.尝试态助词"看"的历史考察 [J].语言研究，1995（2）：161–166.

[851] 吴福祥.敦煌变文语法研究 [M].长沙：岳麓书社，1996.

[852] 吴福祥.南方民族语言疑问构式"A–not–A"的来源 [C]// 著名中年语言学家自选集·吴福祥卷.上海：上海教育出版社，2011.

[853] 吴福祥.汉语方言中的若干逆语法化现象 [J].中国语文，2017（3）：259–276，382.

[854] 吴积才，颜晓云，许光斗，等.安宁方言志 [M].昆明：云南教育出版社，1993.

[855] 吴继章.河北官话方言区形容词的几种重叠式 [J].河北大学学报（哲学社会科学版），1998（3）：58–62，115.

[856] 吴继章.河北方言中的特殊重叠现象及相关问题 [C]// 乔全生主编.北斗语言学刊（第1辑）.上海：上海古籍出版社，2016.

[857] 吴剑锋.安徽岳西方言的复数标记"几个" [J].中国语文，2016（3）：349–356.

[858] 吴可珍.江西石城方言研究 [D].苏州：苏州大学，2010.

[859] 吴连生，骆伟里，王均熙，等.吴方言词典 [M].上海：汉语大词典出版社，1995.

[860] 吴林娟.昆山方言研究 [D].兰州：西北师范大学，2006.

[861] 吴启主.常宁方言研究 [M].长沙：湖南教育出版社，1998.

[862] 吴士勋，王东明.宋元明清百部小说语词大辞典 [M].西安：陕西人民教育出版社，1992.

[863] 吴硕官.试谈"N是N"格式 [J].汉语学习，1985（3）：7–12.

[864] 吴为善.认知语言学与汉语研究 [M].上海：复旦大学出版社，2011.

[865] 吴伟军.贵州晴隆长流喇叭苗人话 [M].北京：商务印书馆，2019.

[866] 吴旭虹.南宁白话体貌考察 [D].武汉：华中科技大学，2007.

[867] 吴永焕.山东郯城方言研究 [M].北京：学苑出版社，2018.

[868] 吴越，楼兴娟.缙云县方言志 [M].上海：中西书局，2012.

[869] 吴云霞.万荣方言语法研究 [D].厦门：厦门大学，2002.

[870] 吴云霞. 万荣方言语法研究 [M]. 北京：语文出版社，2009.

[871] 吴早生，李学义. 光山方言的程度表达形式 [J]. 新余高专学报，2010（3）：53-55.

[872] 吴子慧. 吴越文化视野中的绍兴方言研究 [M]. 杭州：浙江大学出版社，2007.

[873] 吴子慧. 吴方言形容词表示程度的语法手段 [J]. 浙江教育学院学报，2010（6）：71-75.

[874] 芜崧. 荆楚方言语法研究 [M]. 武汉：武汉大学出版社，2014.

[875] 伍和忠. 广西汉语方言体范畴调查与研究 [M]. 北京：北京师范大学出版社，2018.

[876] 武宁丝. 广西平乐新塘面土话语音词汇研究 [D]. 桂林：广西师范大学，2013.

[877] 夏剑钦. 浏阳方言研究 [M]. 长沙：湖南教育出版社，1998.

[878] 夏俐萍. 湘语益阳（泥江口）方言参考语法 [M]. 北京：商务印书馆，2020.

[879] 向军. 保靖方言词汇和语法研究 [D]. 昆明：云南师范大学，2008.

[880] 向熹. 简明汉语史 [M]. 北京：高等教育出版社，1998.

[881] 项菊. 湖北英山方言的重叠形式"X 得儿 X" [J]. 语文研究，2012（1）：52-56.

[882] 项梦冰. 连城客家话语法研究 [M]. 北京：语文出版社，1997.

[883] 肖春燕. 赣县客家方言词汇研究 [D]. 昆明：云南师范大学，2013.

[884] 肖萍. 余姚方言志 [M]. 杭州：浙江大学出版社，2011.

[885] 肖萍，郑晓芳. 鄞州方言研究 [M]. 杭州：浙江大学出版社，2014.

[886] 肖萍，肖介汉. 江西吴城方言词典 [M]. 北京：商务印书馆，2017.

[887] 肖萍，汪阳杰. 浙江方言资源典藏·宁波 [M]. 杭州：浙江大学出版社，2019.

[888] 肖萍，丁薇. 浙江方言资源典藏·天台 [M]. 杭州：浙江大学出版社，2019.

[889] 肖万萍. 桂北平话与推广普通话——永福塘堡平话研究 [M]. 南宁：广西民族出版社，2005.

[890] 肖亚丽. 黔东南方言的程度表示法 [J]. 西华大学学报（哲学社会科学版），2007（3）：49-53.

[891] 肖亚丽. 黔东南方言语法研究 [D]. 上海：上海师范大学，2008.

[892] 肖亚丽. 贵州黔东南方言特殊语法现象举要 [J]. 凯里学院学报，2015（1）：103-107.

[893] 肖亚丽. 黔东南方言"本、多、很"的特殊用法及其来源 [J]. 现代语文，2015（2）：50-52.

[894] 肖亚丽. 略论清水江文书的词汇研究价值 [J]. 安庆师范大学学报（社会科学版），2020（4）：22-28.

[895] 肖亚丽. 清水江文书词语释义十一则 [J]. 原生态民族文化学刊，2020（2）：18-24.

[896] 肖瑜. 汉语动词重叠研究的新篇章——《动词重叠历史考察与分析》评介 [J]. 广西民族师范学院学报，2010（2）：148-150.

[897] 肖自辉. 泰国的西南官话 [M]. 广州：广东人民出版社，2016.

[898] 萧国政，李汛. 试论 V —— V 和 VV 的差异 [J]. 华中师范大学学报，1988（6）：117-

123.

[899]　谢蓓.广西桂平粤方言动词重叠研究 [D].上海:上海师范大学,2011.

[900]　谢鸿猷.宁都方言的语缀"打" [J].韶关大学学报,2000(S):228–235.

[901]　谢留文.于都方言词典 [M].南京:江苏教育出版社,1998.

[902]　谢留文.江西浮梁(旧城村)方言 [M].北京:方志出版社,2012.

[903]　谢留文.徽语祁门、婺源第一人称代词读音试释 [J].方言,2014(2):103–106.

[904]　谢留文,沈明.黟县宏村方言 [M].北京:中国社会科学出版社,2008.

[905]　谢萌.临澧方言研究 [D].南宁:广西民族大学,2012.

[906]　谢奇勇.新田南乡土话研究 [M].长沙:湖南教育出版社,2005.

[907]　谢奇勇.湖南道县祥霖铺土话研究 [M].长沙:湖南师范大学出版社,2016.

[908]　谢永昌.梅县客家方言志 [M].广州:暨南大学出版社,1994.

[909]　谢自立.天镇方言志 [M].太原:山西高校联合出版社,1990.

[910]　谢自立,刘丹青,石汝杰,等.苏州方言里的语缀(一)[J].方言,1989(2):106–113.

[911]　谢自立,刘丹青.苏州方言变形形容词研究 [C]// 中国语言学报(第 5 期),1995.

[912]　辛永芬.豫北浚县方言的小称 [C]// 第十届汉语方言语法学术研讨会论文,郑州:河南大学,2021.

[913]　邢福义.汉语语法结构的兼容性和趋简性 [J].世界汉语教学,1997(3):3–8.

[914]　邢福义.说"V一V" [J].中国语文,2000(5):420–432.

[915]　邢福义.小句中枢说的方言实证 [J].方言,2000(4):289–298.

[916]　邢福义.汉语复句研究 [M].北京:商务印书馆,2001.

[917]　邢福义,刘培玉,曾常年,等.汉语句法机制验察 [M].北京:生活·读书·新知三联书店,2004.

[918]　邢向东.神木方言研究 [M].北京:中华书局,2002.

[919]　邢向东.陕北晋语沿河方言假设类虚拟范畴的表达手段及其语法化过程 [C]// 中国语言学会第十二届年会暨国际中国语文学术研讨会论文,2004.

[920]　邢向东.陕西省的汉语方言 [J].方言,2007(4):372–381.

[921]　邢向东.陕北吴堡话的重叠式构词和词的重叠 [J].延安大学学报(社会科学版),2013(2):78–84.

[922]　邢向东,王兆富.吴堡方言调查研究 [M].北京:中华书局,2014.

[923]　薛才德.汉藏语言谓词 PXP 重叠式 [J].民族语文,1997(3):14–15.

[924]　薛才德.西双版纳勐海汉语谓词的后附成分 [C]// 刘丹青主编,汉语方言语法研究的新视角——第五届汉语方言语法国际学术研讨会论文集.上海:上海教育出版社,2013.

[925]　薛育明.同语与释词 [J].语文研究,1984(2):66–67.

[926]　熊赛男,龙理鹏.沅江话的形容词重叠式研究 [J].重庆科技学院学报(社会科学

版），2007（2）：86–87.

[927]　徐波.宁波方言的语缀 [J]. 宁波大学学报（人文科学版），1998（2）：33–37.

[928]　徐波.舟山方言与东海文化 [M]. 北京：中国社会科学出版社，2004.

[929]　徐波.浙江方言资源典藏·定海 [M]. 杭州：浙江大学出版社，2019.

[930]　徐复岭.济宁方言语法特点撮要 [J]. 济宁师专学报，2002（1）：70–77.

[931]　徐红梅.皖北涡阳话形容词程度的表达方式 [J]. 阜阳师范学院学报（社会科学版），2006（2）：53–55，58.

[932]　徐慧.益阳方言语法研究 [M]. 长沙：湖南教育出版社，2001.

[933]　徐娟.浅析宜城方言后缀"娃儿" [J]. 开封教育学院学报，2017（1）：69–70.

[934]　徐丽丽.浙江方言资源典藏·瑞安 [M]. 杭州：浙江大学出版社，2019.

[935]　徐连祥.动词重叠式 VV 与 V一V 的语用差别 [J]. 中国语文，2002（2）：118–122.

[936]　徐烈炯，邵敬敏.上海方言语法研究 [M]. 上海：华东师范大学出版社，1998.

[937]　徐烈炯，刘丹青.话题的结构与功能 [M]. 增订本.上海：上海教育出版社，2007.

[938]　徐荣.广西北流粤方言语法研究 [D]. 北京：清华大学，2008.

[939]　徐悉艰.景颇族载瓦语概要 [J]. 民族语文，1981（3）：57–72.

[940]　徐悉艰.景颇语的重叠式 [J]. 民族语文，1990（3）：52–60.

[941]　徐世荣.叹词注音时能够使用字调符号吗？ [J]. 中国语文通讯，1983（3）：8–10.

[942]　徐阳春.南昌方言的体 [J]. 南昌大学学报（社会科学版），1999（3）：93–96.

[943]　徐越.嘉善话中实词的重叠现象 [J]. 杭州师范学院学报，1998（4）：71–76.

[944]　徐越.吴语嘉善方言研究 [M]. 合肥：黄山书社，2001.

[945]　徐越.浙江通志·方言志 [M]. 杭州：浙江人民出版社，2017.

[946]　徐越，周汪融.浙江方言资源典藏·余杭 [M]. 杭州：浙江大学出版社，2019.

[947]　徐之明.《"做……不着"新释》商榷 [J]. 古汉语研究，1999（1）：50–52.

[948]　徐之明."做……着"即"做……不着"质疑 [J]. 贵州文史丛刊，1999（2）：53–56.

[949]　徐之明.古小说戏曲中"做……不着"辨释 [J]. 贵州教育学院学报（社会科学版），1999（3）：7–10，62.

[950]　许宝华，汤珍珠.上海市区方言志 [M]. 上海：上海教育出版社，1988.

[951]　许宝华，陶寰.上海方言词典 [M]. 南京：江苏教育出版社，1997.

[952]　许宝华，宫田一郎.汉语方言大词典 [M]. 北京：中华书局，1999.

[953]　许宝华，宫田一郎.汉语方言大词典 [M]. 修订本.北京：中华书局，2020.

[954]　许宝华，陶寰.松江方言研究 [M]. 上海：复旦大学出版社，2018.

[955]　许嘉璐.语言文字学论文集 [C]. 北京：商务印书馆，2007.

[956]　许少峰.近代汉语词典 [M]. 北京：团结出版社，1997.

[957]　许少峰.近代汉语大词典 [M]. 北京：中华书局，2008.

[958]　严丽明.广州话表示修正的助词"过" [J]. 方言，2009（2）：134–139.

[959]　颜清徽，刘丽华.娄底方言词典 [M]. 南京：江苏教育出版社，1994.

[960] 颜森 . 黎川方言研究 [M]. 北京：社会科学文献出版社，1993.

[961] 颜逸明 . 吴语概说 [M]. 上海：华东师范大学出版社，1994.

[962] 颜逸明 . 浙南瓯语 [M]. 上海：华东师范大学出版社，2000.

[963] 阳蓉 . 南雄方言的小称与变音 [C]// 庄初升，温昌衍主编 . 客家方言调查研究（第十二届客家方言学术研讨会论文集）. 广州：中山大学出版社，2018.

[964] 杨蓓 . 上海话"辣～"的语法功能、来源及其演变 [J]. 方言，1999（2）：125–127.

[965] 杨会永 . 再释"做……不着"——兼与刘瑞明先生商榷 [J]. 徐州师范大学学报，1999（2）：152–154.

[966] 杨会永 .《〈"做……不着"新释〉商榷》献疑 [J]. 古汉语研究，2009（1）：152–154.

[967] 杨锦 . 通海方言语法研究 [D]. 昆明：云南师范大学，2008.

[968] 杨静 . 安康方言形容词的重叠式 [J]. 安康学院学报，2008（3）：21–22，28.

[969] 杨敬宇 . 南宁平话的体貌标记"过" [J]. 方言，2002（4）：340–343.

[970] 杨俊芳 . 汉语方言形容词重叠研究 [D]. 上海：复旦大学，2008.

[971] 杨凯荣 . 助数词重ね型构文の认知言语学の考察 [J]. 中国语学，2006（253）：335–352.

[972] 杨梅 . 成都话中的"AP ／ VP+ 很了"句式 [J]. 成都大学学报（社会科学版），2003（3）：63–65，92.

[973] 杨荣祥 . 副词词尾源流考察 [J]. 语言研究，2002（3）：66–72.

[974] 杨荣祥 . 从历史演变看"VP+ 甚 ／ 极"的句法语义结构关系及"甚 ／ 极"的形容词词性 [J]. 语言科学，2004（2）：42–49.

[975] 杨绍林 . 彭州方言研究 [M]. 成都：巴蜀书社，2005.

[976] 杨苏平 . 隆德方言研究 [M]. 北京：中国社会科学出版社，2018.

[977] 杨蔚 . 沅陵乡话研究 [M]. 长沙：湖南教育出版社，1999.

[978] 杨蔚 . 武宣县三里镇客家话研究 [D]. 桂林：广西师范大学，2015.

[979] 杨葳，杨乃浚 . 绍兴方言 [M]. 国际文化出版公司，2000.

[980] 杨文波 . 山东兖州方言"ABA"式重叠副词初探 [C]// 北京大学中国语言学研究中心《语言学论丛》编委会编 . 语言学论丛（第 53 辑）. 北京：商务印书馆，2006.

[981] 杨欣 . 莱西方言指示词研究 [D]. 杭州：浙江财经大学，2017.

[982] 杨雪梅 ."个个"、"每个"、"一个（一）个"的语法语义分析 [J]. 汉语学习，2002（4）：26–31.

[983] 杨艳 . 现代汉语"是"字结构与语用量研究 [D]. 上海：上海师范大学，2004.

[984] 杨迎楹 . 槟城福建话句末"故 koʔ"一词语义探析 [C]// 第八届汉语方言国际学术研讨会论文（福州），2016.

[985] 杨永成 . 合肥方言研究 [M]. 合肥：安徽教育出版社，2015.

[986] 杨永龙 .《朱子语类》完成体研究 [M]. 开封：河南大学出版社，2001.

[987] 杨永龙 . 句尾语气词"吗"的语法化过程 [J]. 语言科学，2003（1）：29–38.

[988] 杨勇.蛮话方言史 [M].上海：上海社会科学出版社，2014.

[989] 杨月蓉.重庆方言量词的语法特点 [J].渝州大学学报（社会科学版），2000（2）：72–77.

[990] 姚丽娟.绥阳方言研究 [D].上海：华东师范大学，2007.

[991] 姚丽娟，占升平.绥阳方言志 [M].北京：中国文史出版社，2012.

[992] 姚权贵.清水江文书所见 300 年前锦屏方言的语音特点 [J].贵州民族研究，2020（5）：132–138.

[993] 叶晨.天台方言中的量词重叠"A 加 A"式 [J].汉字文化，2011（4）：48–51.

[994] 叶晨.台州方言中的量词重叠"ABA"式 [C]// 游汝杰，丁治民，盛爱萍.吴语研究（第六届国际吴方言学术研讨会论文集）.上海：上海教育出版社，2011.

[995] 叶桂郴.明代汉语量司研究 [M].长沙：岳麓书社，2008.

[996] 叶建军，武远佳.频率副词"时不时"的生成机制与动因——兼论频率副词"时时""不时"的来源 [C]// 语言研究集刊（第 27 辑）.上海：上海辞书出版社，2021.

[997] 叶秋生，应利.赣语铅山话形容词的几种生动形式 [J].萍乡高等专科学校学报，2007（1）：93–95，100.

[998] 叶祥苓.苏州方言词典 [M].南京：江苏教育出版社，1993.

[999] 叶新新.论温州方言中的程度副词 [J].现代语文（语言研究版），2016（5）：.94–96.

[1000] 叶忠正.象山方言志 [M].北京：中华书局，2007.

[1001] 叶祖贵.固始方言研究 [M].北京：中国社会科学出版社，2009.

[1002] 叶祖贵.绍兴地区方言的人称代词论略 [J].宁波大学学报（人文科学版），2014（2）：71–75.

[1003] 易亚新.常德方言语法研究 [M].北京：学苑出版社，2007.

[1004] 殷相印.微山方言语法研究 [M].哈尔滨：黑龙江人民出版社，2008.

[1005] 殷晓明.试论《元曲选》中的动词重叠 [J].古汉语研究，2005（4）：63–68.

[1006] 尹世超.说"A 不 A""AVA""A 一 A"式构词格 [C]// 中国语言学报（第 9 期）.北京：商务印书馆，1999.

[1007] 尹世超.汉语"ABA/BAB"式构词格探析 [C]// 汪国胜，谢晓明主编.汉语重叠问题.武汉：华中师范大学出版社，1999.

[1008] 尹钟宏.娄底方言重叠式的构成形式及特征 [J].湖南人文科技学院学报，2005（6）：93–97.

[1009] 游汝杰.温州方言的语法特点及其历史渊源 [J].复旦学报，1980（A1）：107.

[1010] 游汝杰.吴语的人称代词 [C]// 中国东南方言比较研究丛刊.上海：上海教育出版社，1995.

[1011] 游汝杰.杭州方言动词体的表达法 [C]// 张双庆主编.动词的体.香港：香港中文大学中国文化研究所吴多泰中国语文研究中心，1996.

[1012] 游汝杰.温州方言的一些特殊语法现象及其在台语里的对应表现 [C]// 复旦大学中

国语言文学研究所吴语研究室编．吴语论坛．上海：上海教育出版社，1998．

[1013]　游汝杰．温州方言语法纲要 [C]// 著名中年语言学家自选集·游汝杰卷．合肥：安徽教育出版社，2003．

[1014]　游汝杰．上海地区方言调查研究 [M]．上海：复旦大学出版社，2014．

[1015]　游汝杰．吴语方言学 [M]．上海：上海教育出版社，2018：202，259–260，263，264–265．

[1016]　游汝杰．西洋传教士汉语方言学著作书目考述 [M]．增订本．上海：上海教育出版社，2021．

[1017]　游汝杰，杨乾明．温州方言词典 [M]．南京：江苏教育出版社，1998．

[1018]　余金枝．湘西矮寨苗语参考语法 [M]．北京：中国社会科学出版社，2011．

[1019]　于都县志编纂委员会．于都县志 [M]．北京：新华出版社，1991．

[1020]　于根元．上海话的"勒勒"和普通话的"在、着" [J]．语文研究，1981（1）：128-133．

[1021]　于江．双音节动词重叠的早期表现形式 [J]．上海大学学报（社会科学版），2008（1）：131–135．

[1022]　喻遂生．重庆话非名词词类的重叠形式 [J]．西南师范大学学报（人文社会科学版），1990（3）：48–52．

[1023]　袁宾．近代汉语"好不"考 [J]．中国语文，1984（3）：207–215．

[1024]　袁宾．禅宗著作词语汇释 [M]．南京：江苏古籍出版社，1990．

[1025]　袁宾．近代汉语概论 [M]．上海：上海教育出版社，1992．

[1026]　袁宾．禅宗词典 [M]．武汉：湖北人民出版社，1994．

[1027]　袁宾，段晓华，徐时仪，等．宋语言词典 [M]．上海：上海教育出版社，1997．

[1028]　袁丹．常熟话"勒 X"结构及其功能分析 [C]// 上海市语文学会，香港中国语文学会合编．吴语研究（第四届国际吴方言学术研讨会论文集）．上海：上海教育出版社，2007．

[1029]　袁丹．从方式程度指示词到话题标记——吴语常熟方言"介"的功能及其演变 [J]．语言科学，2018（3）：260–272．

[1030]　袁海霞．公安方言研究 [M]．武汉：华中师范大学出版社，2017．

[1031]　袁家骅，等．汉语方言概要 [M]．2 版．北京：文字改革出版社，1989．

[1032]　袁毓林，王健．吴语的动词重叠式及相关的类型学参项——从几种语法格式的分布地域看古吴语的北界 [C]// 上海市语文学会，香港中国语文学会合编．吴语研究（第三届国际吴方言学术研讨会论文集）．上海：上海教育出版社，2005．

[1033]　苑中树．黎语语法纲要 [M]．北京：中央民族大学出版社，1994．

[1034]　乐耀．从互动交际的视角看让步类同语式评价立场的表达 [J]．中国语文，2016（1）：58–69．

[1035]　岳刚．安徽五河方言语法研究 [D]．上海：上海师范大学，2010．

[1036] 云南省语言学会，西畴县志编纂委员会编 . 西畴方言志 [M]. 北京：语文出版社，1993.

[1037] 曾春蓉 . 湖南双牌理家坪土话研究 [M]. 长沙：湖南师范大学出版社，2016.

[1038] 曾海清 . 新余方言三片及其三代人的形容词重叠式比较 [J]. 新余高专学报，2010（4）：55–59.

[1039] 曾海清 . 普通话与方言比较视角下的新余方言形容词重叠式 [J]. 萍乡高等专科学校学报，2010（4）：76–80.

[1040] 曾兰燕 . 独山方言研究 [M]. 北京：世界图书出版公司，2016.

[1041] 曾良 . 江西赣县方言的语法特点 [J]. 南昌大学学报（社会科学版），1993（4）：106–109.

[1042] 曾珊 . 广西马山老那兴村客家方言研究 [D]. 南宁：广西大学，2012.

[1043] 曾献飞 . 汝城方言研究 [M]. 北京：中国社会科学出版社，文化艺术出版社，2006.

[1044] 曾晓渝 . 明代南京官话军屯移民语言接触演变研究 [M]. 北京：商务印书馆，2021.

[1045] 曾晓渝，陈希 . 云南官话的来源及历史层次 [J]. 中国语文，2017（1）：182–194.

[1046] 曾学慧，崔山佳 . "打"字中缀用法补说三题 [J]. 江西农技师范学院学报，2011（4）：71–74.

[1047] 曾懿 . 湖南洞口方言个体量词研究 [D]. 桂林：广西师范大学，2012.

[1048] 曾毓美 . 湘潭方言语法研究 [M]. 长沙：湖南大学出版社，2001.

[1049] 曾毓美 . 湖南江华寨山话研究 [M]. 长沙：湖南师范大学出版社，2005.

[1050] 翟灏 . 通俗编 [M]. 北京：东方出版社，2013.

[1051] 詹伯慧，等 . 东莞方言词典 [M]. 南京：江苏教育出版社，1997.

[1052] 占升平 . 遵义方言中表大量、极量、超量的程度副词 [J]. 贵州工程应用技术学院学报，2020（1）：60–69.

[1053] 占小璐 . 玉山方言的框式状语 [C]// 胡松柏主编 . 赣方言研究——赣方言国际学术研讨会论文集（第 2 辑）. 北京：中国社会科学出版社，2012.

[1054] 张兵 . 五百种明清小说博览 [M]. 上海：上海辞书出版社，2005.

[1055] 张斌 . 新编现代汉语 [M]. 上海：复旦大学出版社，2002.

[1056] 张斌 . 现代汉语描写语法 [M]. 北京：商务印书馆，2010.

[1057] 张光宇 . 东南方言关系综论 [J]. 方言，1999（1）：33–44.

[1058] 张桂权 . 桂北平话与推广普通话研究——资源延东直话研究 [M]. 南宁：广西民族出版社，2005.

[1059] 张恒悦 . 量词重叠式的语义认知模式 [J]. 语言教学与研究，2012（4）：61–67.

[1060] 张恒悦 . 汉语重叠认知研究——以日语为参照系 [M]. 北京：北京大学出版社，2012.

[1061] 张洪年 . 香港粤语语法的研究 [M]. 香港：香港中文大学出版社，1972.

[1062] 张鸿魁 .《金瓶梅》中的动词重叠及其相关句式考察 [J]. 东岳丛刊，1995（4）：

105-109，40.

[1063] 张华.恩施方言特殊形容词重叠浅析 [C]// 盛银花主编.湖北方言文化传播研究（第一辑）.武汉：华中科技大学出版社，2018.

[1064] 张辉.桂林话形容词重叠形式研究 [J].今日南国，2008（11）：147-148.

[1065] 张惠英.《金瓶梅》人称代词的特点 [J].语言研究，1995（1）：12-14.

[1066] 张惠英.崇明方言词典 [M].南京：江苏教育出版社，1993.

[1067] 张惠英.崇明方言研究 [M].北京：中国社会科学出版社，2009.

[1068] 张济川.门巴族仓洛语简志 [M].张济川，修订.中国少数民族语言简志丛书（修订本）卷壹.北京：民族出版社，2009.

[1069] 张建民.泰县方言志 [M].上海：华东师范大学出版社，1991.

[1070] 张洁.温州方言词"显"的语法·语义研究 [J].北京教育学院学报，2009（6）：51-57.

[1071] 张介人.清代浙东契约文书辑选 [M].杭州：浙江大学出版社，2011.

[1072] 张均如.水语简志 [M].张均如，修订.中国少数民族语言简志丛书（修订本）卷叁.北京：民族出版社，2009.

[1073] 张俊英.原平方言重叠式研究 [D].太原：山西大学，2010.

[1074] 张丽娜.无锡方言词汇研究 [D].南京：南京师范大学，2011.

[1075] 张林，谢留文.安徽铜陵吴语记略 [M].北京：中国社会科学出版社，2010.

[1076] 张林林.浅谈"XX 看"式的特点 [J].九江师专学报，1984（1）：45-46.

[1077] 张鲁明.淮安方言语法研究 [D].南宁：广西师范学院，2012.

[1078] 张美.湖南南县方言小称词缀"咆" [J].宜春学院学报，2020（1）：85-90.

[1079] 张美兰.近代汉语语言研究 [M].天津：天津教育出版社，2001.

[1080] 张美兰.《官话指南》汇校与语言研究——《官话指南》（六种）汇校 [M].上海：上海教育出版社，2017.

[1081] 张宁.昆明方言的重叠式 [J].方言，1987（1）：26-28.

[1082] 张其昀.扬州方言表微标记"头" [J].中国语文，2009（5）：448.

[1083] 张其昀.扬州方言表微标记"– 头" [C]// 林华东主编，汉语方言语法新探索.厦门：厦门大学出版社，2010.

[1084] 张庆文，刘慧娟.略论粤语"仲…添"的性质 [J].汉语学报，2008（3）：33-43，96.

[1085] 张绍臣.双音动词重叠与断句 [J].语文研究，1989（2）：37.

[1086] 张盛裕.潮阳方言研究 [M].北京：社会科学文献出版社，2016.

[1087] 张素宁."两 +N"结构的多角度研究 [D].长沙：湖南师范大学，2006.

[1088] 张桃.宁化客家方言语法研究 [M].广州：广东人民出版社，2020.

[1089] 张万起.量词并和现象历史考察 [C]// 中国语言学报（第 11 期）.北京：商务印书馆，2003.

[1090] 张旺熹.汉语句法的认知结构研究 [M].北京：北京大学出版社，2006.

[1091] 张薇. 浙江方言资源典藏·海盐 [M]. 杭州：浙江大学出版社，2019.

[1092] 张晓宏. 焦作方言中的"圪"前缀 [J]. 焦作教育学院学报（综合版），2002（1）：25-26.

[1093] 张晓丽. 泰顺方言的语法特色研究 [D]. 泉州：华侨大学，2013.

[1094] 张晓勤. 宁远平话研究 [M]. 长沙：湖南教育出版社，1999.

[1095] 张晓勤. 永州方言研究 [M]. 南宁：广西民族出版社，2002.

[1096] 张兴良. 湖南宁乡方言个体量词研究 [D]. 长沙：湖南师范大学，2008.

[1097] 张秀珍. 桂北平话与推广普通话研究——贺州九都声研究 [M]. 南宁：广西民族出版社，2005.

[1098] 张燕娣. 南昌方言研究 [M]. 北京：中国社会科学出版社，文化艺术出版社，2007.

[1099] 张燕芬. 说"爿" [J]. 辞书研究，2011（4）：93-96.

[1100] 张一舟，张清源，邓英树. 成都方言语法研究 [M]. 成都：巴蜀书社，2001.

[1101] 张谊生. 现代汉语虚词 [M]. 上海：华东师范大学出版社，2000.

[1102] 张谊生. 现代汉语副词探索 [M]. 上海：学林出版社，2004.

[1103] 张谊生. 现代汉语副词研究 [M]. 修订本. 北京：商务印书馆，2014.

[1104] 张谊生. 当代汉语"X 得慌"的演化趋势与性质转化 [J]. 汉语学报，2018（1）：38-47，96.

[1105] 张义. 钟祥方言研究 [M]. 武汉：华中师范大学出版社，2016.

[1106] 张应强，王宗勋. 清水江文书（第 2 辑第 1 册）[M]. 桂林：广西师范大学出版社，2009.

[1107] 张应强，王宗勋. 清水江文书（第 3 辑第 7 册）[M]. 桂林：广西师范大学出版社，2011.

[1108] 张永奋. 台州方言的特点 [J]. 台州师专学报（社会科学版），1994（3）：75-79.

[1109] 张永奋. 浙江台州方言形容词重叠式研究 [J]. 现代语文（语言研究版），2008（5）：70-72.

[1110] 张涌泉. 敦煌俗字研究 [M]. 2 版. 上海：上海教育出版社，2015.

[1111] 张云翼. 基于构式视角的武威方言"NP+ 形容词 + 啊 / 着就"结构研究 [C]. 第十届汉语方言语法学术研讨会论文，开封：河南大学，2021.

[1112] 张志华. 湖北罗田方言中"差"的重叠形式 [J]. 汉语学报，2005（3）：37-44，95.

[1113] 张自烈，廖文英. 正字通 [M]. 影印本. 北京：中国工人出版社，1996.

[1114] 章太炎. 国故论衡 [M]. 北京：商务印书馆，2015.

[1115] 赵翠阳，叶晗. 浙江方言资源典藏·长兴 [M]. 杭州：浙江大学出版社，2019.

[1116] 赵家栋. 北图敦煌写卷 7677V《方言诗一首》试解 [J]. 敦煌研究，2015（4）：102-105.

[1117] 赵家栋. 释"乒乓"[C]. 第六届全国汉语语汇学暨中华谚语研究学术研讨会，天水：天水师范学院，2017.

[1118] 赵克诚. 近代汉语语法 [M]. 西安：陕西师范大学出版社，1987.

[1119] 赵葵欣. 武汉方言语法研究 [M]. 武汉：武汉大学出版社，2012.

[1120] 赵葵欣. 武汉方言语法研究 [M]. 修订本. 北京：中国社会科学出版社，2022.

[1121] 赵日新. 形容词带程度补语结构的分析 [J]. 语言教学与研究，2001（6）：45–51.

[1122] 赵日新. 绩溪方言词典 [M]. 南京：江苏教育出版社，2003.

[1123] 赵日新. 绩溪荆州方言研究 [M]. 合肥：安徽教育出版社，2015.

[1124] 赵日新，邓楠. 安徽祁门军话 [M]. 北京：商务印书馆，2019.

[1125] 赵晓伟. "X 是 X"结构的多维考察 [D]. 南昌：南昌大学，2007.

[1126] 赵新. 动词重叠在使用中的制约因素 [J]. 语言研究，1993（2）：92–97.

[1127] 赵元任. 北京、苏州、常州语助词的研究 [J]. 方言，1992（2）：85–111.

[1128] 赵元任. 现代吴语的研究 [M]. 北京：商务印书馆，2011.

[1129] 赵元任. 汉语口语语法 [M]. 吕叔湘，译，北京：商务印书馆，1979.

[1130] 赵元任. 中国话的文法 [M]. 丁邦声，译. 赵元任全集（第 1 卷），北京：商务印书馆，2002.

[1131] 浙江省桐庐县县志编纂委员会，北京师范学院中文系方言调查组. 桐庐方言志 [M]. 北京：语文出版社，1992.

[1132] 浙江省玉环县编史修志委员会. 玉环县志 [M]. 上海：汉语大词典出版社，1994.

[1133] 郑剑平. 试论西昌方言的"X 打 X（/Y）+（L）"格式 [J]. 四川师范学院学报（哲学社会科学版），2003（4）：73–76.

[1134] 郑莉. 衡水桃城区方言研究 [M]. 北京：中华书局，2021.

[1135] 郑敏敏. 永嘉方言副词研究 [D]. 金华：浙江师范大学，2020.

[1136] 郑奇夫. 汉语前缀后缀汇纂 [M]. 杭州：浙江大学出版社，2007.

[1137] 郑贻青. 靖西壮语研究 [M]. 南宁：广西民族出版社，2013.

[1138] 郑庆君. 常德方言研究 [M]. 长沙：湖南教育出版社，1999.

[1139] 郑伟. 吴语虚词及其语法化研究 [M]. 上海：上海教育出版社，2017.

[1140] 郑焱霞，彭建国. 湖南城步巡头乡话研究 [M]. 长沙：湖南师范大学出版社，2016.

[1141] 郑伊红. 金华方言程度副词"猛" [J]. 长江学术，2018（15）：55–56.

[1142] 郑远汉. 数量词复叠 [C]// 汪国胜、谢晓明主编. 汉语重叠问题. 武汉：华中师范大学出版社，2009.

[1143] 郑张尚芳. 温州方言儿尾词的语音变化（一）[J]. 方言，1980（4）：245–262.

[1144] 郑张尚芳. 温州方言儿尾词的语音变化（二）[J]. 方言，1981（1）：40–50.

[1145] 郑张尚芳. 温州话指代词系统及强式变化并近指变音 [C]// 戴昭铭主编. 汉语方言语法研究和探索——首届国际汉语方言语法学术研讨会论文集. 哈尔滨：黑龙江人民出版社，2003.

[1146] 郑张尚芳. 汉语古音和方音中一些反映语法变化的音变现象 [C]// 石锋，沈钟伟编. 乐在其中——王士元教授七十华诞庆祝文集. 天津：南开大学出版社，2004.

[1147] 郑张尚芳. 温州方言志 [M]. 北京：中华书局，2008.

[1148] 支亦丹. 乐清方言程度表达研究 [D]. 杭州：浙江财经大学，2018.

[1149] 支亦丹，崔山佳. 温州乐清方言的形容词程度表达 [J]. 温州职业技术学院学报，2017（4）：88–92.

[1150] 支亦丹，崔山佳. 温州一带方言"显"字使用分布 [J]. 现代语文（语言研究版），2017（6）：54–59.

[1151] 志村良治. 中国中世语法史研究 [M]. 江蓝生，白维国，译. 北京：中华书局，1984.

[1152] 中国民间文学集成全国编辑委员会，中国民间文学集成浙江卷编辑委员会. 中国谚语集成（浙江卷）[M]. 北京：中国在版编目中心，1995.

[1153] 中国民间文学集成全国编辑委员会，中国民间文学集成浙江卷编辑委员会. 中国歌谣集成（浙江卷）[M]. 北京：中国在版编目中心，1995.

[1154] 中国社会科学院语言研究所词典编辑室. 现代汉语词典 [M]. 6 版. 北京：商务印书馆，2012.

[1155] 中国社会科学院语言研究所词典编辑室. 现代汉语词典 [M].7 版. 北京：商务印书馆，2016.

[1156] 钟慧琳. 安远客家方言重叠式形容词研究 [D]. 桂林：广西师范大学，2011.

[1157] 钟兆华. 论疑问语气词"吗"的形成与发展 [J]. 语文研究，1997（1）：2–9.

[1158] 钟兆华. 近代汉语虚词词典 [M]. 北京：商务印书馆，2015.

[1159] 周本良. 桂北平话与推广普通话研究——临桂义宁话研究 [M]. 南宁：广西民族出版社，2005.

[1160] 周长楫. 厦门方言词典 [M]. 南京：江苏教育出版社，1998.

[1161] 周洪学. 湖南安仁方言语法研究 [D]. 武汉：华中师范大学，2012.

[1162] 周洪学. 安仁方言语法研究 [M]. 北京：社会科学文献出版社，2015.

[1163] 周建红. 江山方言动词、形容词重叠式研究 [J]. 语文学刊，2015（7）：12–14.

[1164] 周金萍. 《五灯会元》中"生"字的义项、用法和功能 [J]. 文教资料，2012（27）：114–115.

[1165] 周君. 副词重叠式的类型学研究 [D]. 长沙：湖南师范大学，2009.

[1166] 周琴. 泗洪方言语法研究 [D]. 南京：南京师范大学，2007.

[1167] 周青. 绍兴方言的"来 X"结构 [D]. 北京：北京师范大学，2010.

[1168] 周清海. "大华语"的研究和发展趋势 [J]. 汉语学报，2016（1）：13–19，95.

[1169] 周若凡，王文胜. 温州瑞安话形容词重叠结构分析 [J]. 温州职业技术学院学报，2013（4）：90–93.

[1170] 周日健. 广东省惠东客家方言的语缀 [J]. 方言，1994（2）：143–146.

[1171] 周芸. 句容方言研究 [D]. 南宁：广西大学，2007.

[1172] 周政. 平利方言调查研究 [M]. 北京：中华书局，2009.

[1173] 周政. 安康方言接触层次研究 [M]. 北京：语文出版社，2016.

[1174] 周植志，颜其香.佤语简志 [M].周植志，颜其香，修订.中国少数民族语言简志丛书（修订本）卷肆.北京：民族出版社，2009.

[1175] 周志锋.《汉语大字典》义项漏略举例 [M].大字典论稿.杭州：浙江教育出版社，1998.

[1176] 周志锋.说后缀"动" [J].语文研究，2001（4）：23–24.

[1177] 周志锋.明清小说俗字俗语研究 [M].北京：中国社会科学出版社，2006.

[1178] 周志锋.周志锋解说宁波话 [M].北京：语文出版社，2012.

[1179] 朱德熙.语法讲义 [M].北京：商务印书馆，2010.

[1180] 朱恒夫.后六十种曲 [M].上海：复旦大学出版社，2013.

[1181] 朱杰勤.东南亚华侨史 [M].北京：高等教育出版社，1990.

[1182] 朱晶晶.崇山土话词汇研究 [D].南宁：广西民族大学，2009.

[1183] 朱妮娜.宁波方言"头"字后缀研究 [D].锦州：渤海大学，2012.

[1184] 朱睿.盐城方言程度副词研究 [J].重庆科技学院学报（社会科学版），2014（4）：96–100.

[1185] 朱婷婷.萧山方言的特殊语序 [J].现代语文，2012（5）：55–57.

[1186] 朱习文.遂宁话量词的"A 是 A"重叠式 [J].乐山师范学院学报，2001（3）：50–53.

[1187] 朱莹.宜城方言词汇研究 [D].重庆：西南大学，2015.

[1188] 朱芸.湖北建始方言词汇研究 [D].武汉：华中师范大学，2015.

[1189] 朱贞淼，曹伟峰.上海市奉贤区庄行镇方言的时态及其语法化过程讨论 [C]// 第八届吴方言国际研讨会论文，2014.

[1190] 朱彰年.宁波方言量词的重叠式 [J].中国语文，1981（3）：238.

[1191] 朱彰年，薛恭穆，周志锋，等.阿拉宁波话 [M].上海：华东师范大学出版社，1991.

[1192] 朱彰年，薛恭穆，汪维辉，等.宁波方言词典 [M].上海：汉语大词典出版社，1996.

[1193] 朱彰年，薛恭穆，周志锋，等.阿拉宁波话 [M].周志锋，汪维辉，修订.宁波：宁波出版社，2016.

[1194] 祝敏.崇阳方言研究 [M].武汉：华中师范大学出版社，2020.

[1195] 庄初升，丁沾沾.广东连南石蛤塘土话 [M].北京：商务印书馆，2019.

[1196] 邹海清."时时""不时""时不时"的句法语义分析——兼谈其在频率副词系统中的地位和作用 [J].汉语学习，2008（6）：48–53.

[1197] 邹海艳.基于汉语国际教育的"时时""不时""时不时"比较研究 [D].南京：南京师范大学，2018.

[1198] 左林俊.蕲春方言程度表示法 [D].武汉：华中师范大学，2016.

[1199] 左思民.上海话中后置"辣海"的语法功能和性质 [C]// 上海市语文学会，香港中国语文学会合编.吴语研究（第三届国际吴方言学术研讨会论文集）.上海：上海

教育出版社，2005.

[1200] 左思民 . 论吴方言的持续体标记 [C]// 潘悟云，陆丙甫，主编 . 东方语言学（第 5 辑），上海：上海世纪出版股份有限公司，上海教育出版社，2009.

[1201] Le P A, Bourgeois S J. Grammair du Dialecte de Changhai[M]. Changhai: Imprimerie de La Mission Catholique de à l'Orphelinat de T'ou−sè−wè, Juillet, 1941.

[1202] Anne Yue – Hashimoto. Comparative Chinses Dialectal Grammar, Ecole Des Hautes Etudes En Sciences Sociales[M]. Paris : Centre de Recherches Linguistiques sur l'Asie Prientale, 1993.

[1203] Li Xiuping. Emphatic pronouns in Wu Chinese : focalization and topicalization[C]//In *Diversity in Sinitic Languages*, by H.Chappell（ed）. Oxford : Oxford University Press, 2015.

[1204] Liu Danqing. Identical topics : A more characteristic property of topic prominent languages[J]. *Journal of Chinese Linguistics,* 2004, 32（1）: 20–64.

[1205] Pott F L, Hawks. Lessons in the Shanghai Dialect[M]. Shanghai: Printed at the American Presbyterian Mission, 1920.

[1206] Zhu Xiaonong. A Grammar of Shanghai Wu[M]. München & Newcastle: Lincom Europa, 2006.

后 记

　　本书是国家社科基金课题的结题成果，也是我第 10 部专著。今年是我调到浙江财经大学 20 周年的日子，又是浙江财经大学校庆 50 周年的喜庆日子。为纪念校庆，我谨以此书献给浙江财经大学！

　　我于 2017 年退休，但于 2018 年获得了第一个国家社科基金课题，是谓"退而不休"。我孙女 2017 年出生，说不定这是孙女给我带来的又一个福音。孙女一天天长大，课题的写作也渐渐成型。

　　我不是科班出身，因此在写论文上我走过不少弯路，申报国家社科基金课题更是如此，可谓"屡战屡败"。幸亏自己心理因素过硬，屡败屡战，最后总算也圆了一个梦。这要感谢多年来关心支持我的诸位老师。

　　经过 3 年"苦战"，2021 年课题按时结题。

　　不仅如此，2021 年我更是"喜上加喜"，获得了国家社会科学基金重大项目"晚明以来吴语白话文献语法研究及数据库建设"。该课题主要采用"普方古民外"五结合的研究方法。"普方古"三结合的研究方法，我在早期的语言研究中已经不知不觉地采用过。记得我的第一篇所谓的语言学论文《关于"科"释"砍"》（《中国语文通讯》1984 年第 2 期）虽然全文只有 420 字（与李友全先生一起署名，我写作的字数仅 224 字），但是对我今后的人生具有很重要的意义。当时读电大，对于毕业论文是选择文学还是语言，我正犹豫不决，这篇短得不能再短的"豆腐块"，给我以坚定的信心——写语言类论文。该论文认为"科"是一个动词，唐诗已有，如"科竹露沾衣"，有人把"科"释为"砍"，结合奉化方言，我认为将其释为"砍"不确。"砍"在奉化方言用"斫"，而"科"的对象与"斫"不同，它的对象要少得多，只用于树梢、竹枝等。这里其实就用了"普方古"三结合的方法。

　　2000 年在内蒙古大学召开的第 14 届中国语言学会年会上，我看到华玉明教授的论文《动词重叠的形态意义——以汉语和民族语言动词重叠为例》（后发表在《中国语言学报》第 14 期上），深受启发。此后，我开始关注民族语言的研究成果。《近代汉语动词重叠专题研究》（2011）第六章"动词重叠带助词'看'、'瞧'"已经提及民族语言也有类似用法。《吴语语法共时与历时研究》（2018）中，民族语言语法现象更多，如第八章"动词重叠带'看'等"第八节"少数民族语言动词重叠带'看'等"，第十章"形容词'AXA'重叠"第四节"南方民族语言的'AXA'"，第十五章"量名结构"第三节"南方民族语言的量名结构"，第十六章"论元分裂式话题结构"第三节"南方民族语言的论元分裂式话题结构"，第十八章"状语后置"第二节"民族语言的状语后置"。本书涉及民族语言语法的章节更多。该重大课题专门设置一子课题"晚明以来吴语白话文献与民族语言语法比较研究"，由内蒙古大学张鑫博士主持。

与外语比较研究的论文更早一些。《也谈"定语 + 人称代词"结构的来源》（《中国语文》2008 年第 4 期）一文认为"定语 + 人称代词"结构是汉语固有的。后来又发表过几篇关于"定语 + 人称代词"结构的论文，如《〈关于"定语 + 人称代词"〉献疑》（《修辞学习》2009 第 1 期）、《也说"定语 + 的 + 人称代词"结构的类型》（《语言与翻译》2011 年第 3 期）、《〈关于"定语 + 人称代词"结构的思考〉商榷三题》（《宁波大学学报》2012 年第 3 期）、《〈也说"人称代词受修饰"现象〉质疑》（《语言与翻译》2012 年第 2 期）、《〈略论人称代词带修饰语的形式〉质疑》（《中国语学研究·开篇》，2012 年 10 月）、《〈语体动因对句法的塑造〉补说三题》（《现代中国语研究》，2012 年 10 月）、《"定语 + 人称代词"宋代已经成熟》（《汉语史研究集刊》第 20 辑，2015 年 12 月）等。2010 年"语言类型学视角下的汉语欧化语法现象专题研究"申报教育部人文社会科学研究一般项目成功，2013 年 6 月出版专著《汉语欧化语法现象专题研究》。至此，"普方古民外"五结合的研究方法都得到尝试。

近年来，我觉得"方"的外延还可扩展，如海外华人社区的汉语方言研究，这主要是受暨南大学陈晓锦教授的启发；我两次参加海外汉语方言国际学术研讨会，已发表《泰国华人社区汉语方言语法三题》（《鲤城传雅韵，丝路探乡音——第八届海外汉语方言国际学术研讨会论文集》，2023 年 7 月），另一篇论文《海外汉语方言语法研究五题》已投有关论文集。我在"第四届语言教学与研究国际学术研讨会"上宣读的《面向国际中文教育的汉语方言本体研究》一文，也是呼吁重视海外华人社区的汉语方言研究。

"外"包括海外官话课本、跨境民族语言语法研究。我在"中外文献视野下的汉语史研究研讨会"上，宣读了《汉语语法学史研究需要重视中外文献的结合研究》一文，海外官话课本语法研究也有论文即将发表，跨境民族语言语法研究也在其他论文中体现。"外"还有一个很重要的扩展是西方传教士文献的语法研究。因为传教的需要，他们要忠实地记录汉语方言。有的是某地汉语方言最早的书面记录，有的起到承上启下的作用，值得重视。《〈宁波方言字语汇解〉方言语法现象的价值（上）》已被《汉语史研究集刊》录用；《〈宁波方言字语汇解〉方言语法现象的价值（下）》已被《吴语研究》（第 11 辑）录用。重大课题专门设置传教士文献语法研究的子课题，由上海大学林素娥教授主持。最近，我欣喜地看到，由游汝杰、盛益民两位教授主编的《近代稀见吴语文献集成》（第一辑）已经由上海教育出版社出版，该文献集成是西洋传教士吴语方言学著作，给吴语研究者带来了福音。

由于本书篇幅较大，有 110 余万字，加之交稿时的参考文献格式不符合出版规范，另外，因为书稿涉及方言与民族语言，有不少国际音标由于我的"老眼昏花"出现了一些错误，导致编辑任务非常繁重。现在，在责任编辑赵静老师认真负责的帮助下，总算较为圆满地完成了任务。在此由衷地向赵静老师说一声：谢谢！辛苦了！

对于语言研究而言，我原来只是凭兴趣，是业余爱好，20 年前调到浙江财经学院后，当了大学老师，专门教语言学，变成一种职业；退休了，又成为爱好了。这个爱好还将继续下去，正所谓"活到老，学到老"，以后的路还会很长很长，我会乐此不疲……